韓昌黎詩繫年集釋

〔唐〕韓愈 著
錢仲聯 集釋

上

上海古籍出版社

圖書在版編目(CIP)數據

韓昌黎詩繫年集釋 / (唐) 韓愈著；錢仲聯集釋.
—上海：上海古籍出版社，2020. 9
(中國古典文學叢書)
ISBN 978-7-5325-9765-9

Ⅰ. ①韓… Ⅱ. ①韓… ②錢… Ⅲ. ①唐詩—注釋
Ⅳ. ①I222. 742

中國版本圖書館 CIP 數據核字(2020)第 172417 號

中國古典文學叢書

韓昌黎詩繫年集釋

(全三册)

〔唐〕韓 愈 著

錢仲聯 集釋

上海古籍出版社出版發行

(上海瑞金二路 272 號 郵政編碼 200020)

(1) 網址：www. guji. com. cn

(2) E-mail：guji1@guji. com. cn

(3) 易文網網址：www. ewen. co

上海展强印刷有限公司印刷

開本 850×1168 1/32 印張 46. 125 插頁 17 字數 775,000

2020 年 9 月第 2 版 2020 年 9 月第 1 次印刷

印數：1—1,800

ISBN 978-7-5325-9765-9

I·3517 平裝定價：188. 00 元

如有質量問題，請與承印公司聯繫

電話：021-66366565

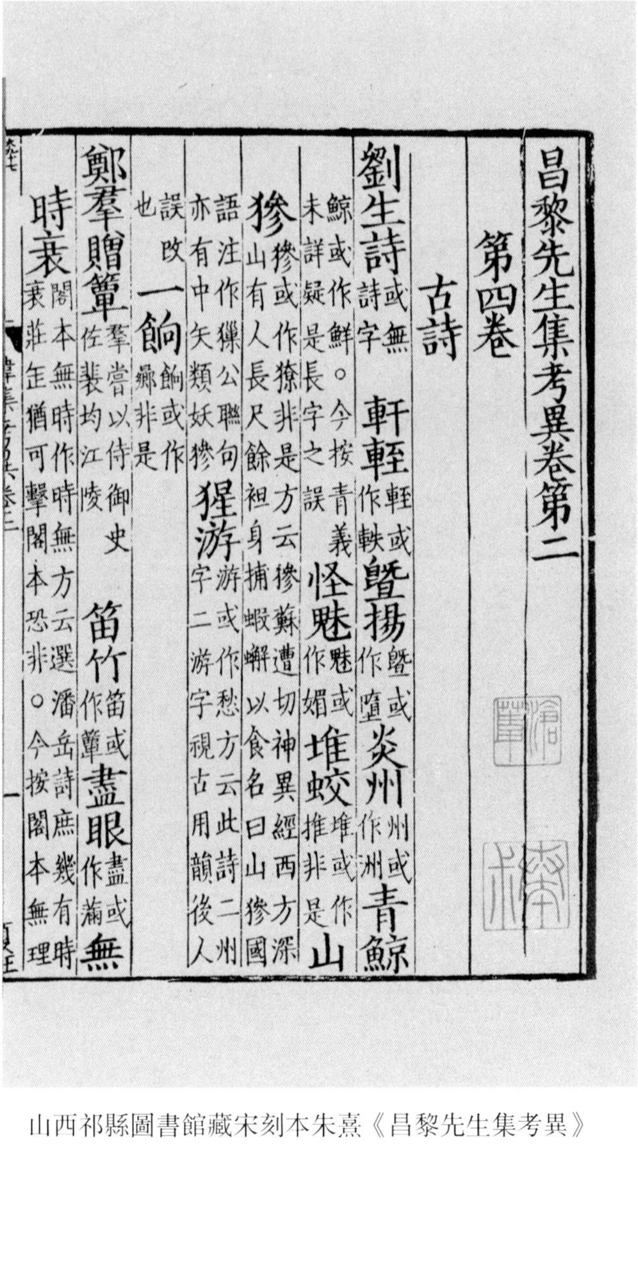

昌黎先生集考異卷第二

第四卷

古詩

劉生詩或無詩字 軒輊輊或作軼 暨揚暨或作墮 炎州州或作洲 青鯨鯨或作鮮。今按青義未詳疑是長字之誤 怪魅魅或作媚 堆蛟堆或作推非是 山㺄㺄或作貐非是方云㺄蘇遭切神異經西方深山有人長尺餘袒身捕蝦蟹以食名曰山㺄國語注作獏公聯句亦有中矢類妖㺄 猩游游或作愁方云此詩二州字二游字視古用韻後人誤改也 一餉餉或作鄉非是

鄭羣贈簟羣嘗以侍御史佐裴均江陵 笛竹笛或作簟 盡眼盡或作薾 無時衰閣本無時作時無方云選潘岳詩庶幾有時衰莊缶猶可擊閣本恐非。今按閣本無理

山西祁縣圖書館藏宋刻本朱熹《昌黎先生集考異》

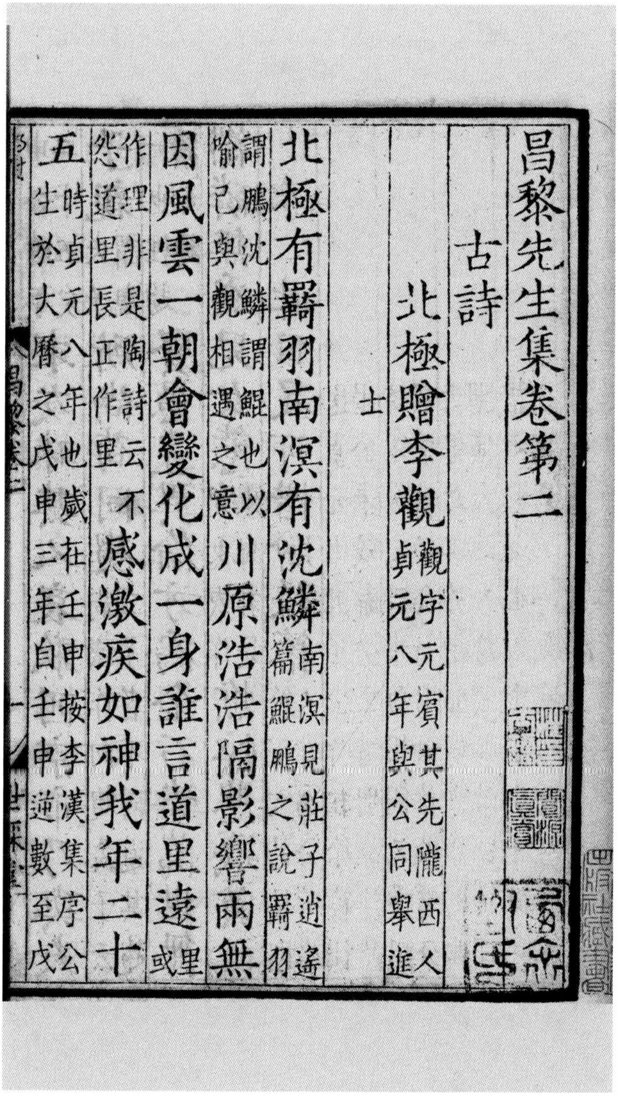

昌黎先生集卷第二

古詩

北極贈李觀觀字元賓其先隴西人貞元八年與公同舉進士

北極有羇羽南溟有沈鱗南溟見莊子逍遥篇鯤鵬之說羇羽謂鵬沈鱗謂鯤也以喻己與觀相遇之意川原浩浩隔影響兩無因風雲一朝會變化成一身誰言道里遠里或作理非是陶詩云不然道里長正作里感激疾如神我年二十五時貞元八年也歲在壬申按李漢集序公生於大曆之戊申三年自壬申逆數至戊

民國蟫隱盧影印宋世綵堂刻本廖瑩中《昌黎先生集》

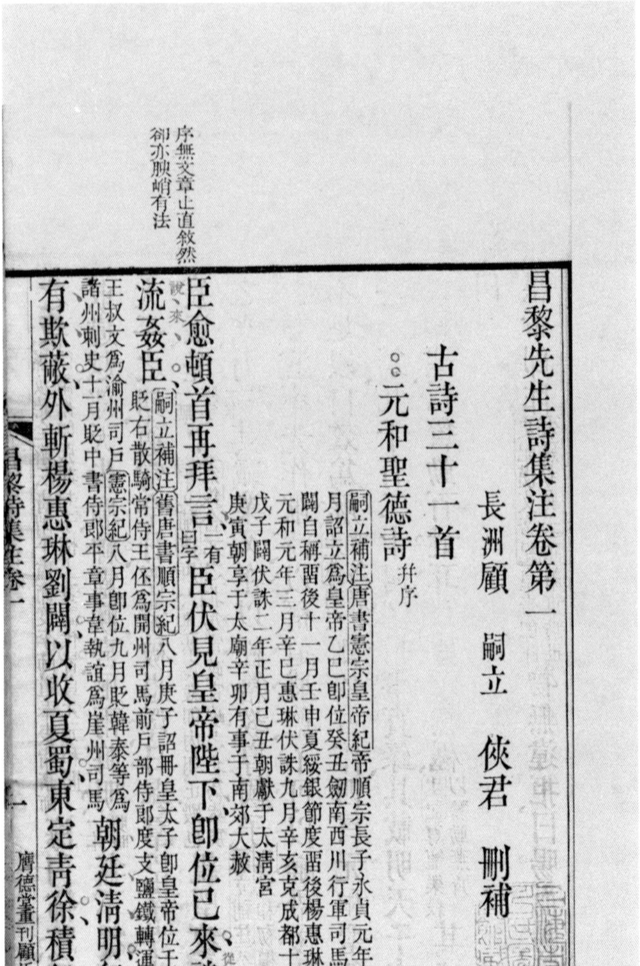

序無文章止直敘然
御亦腴峭有法

昌黎先生詩集注卷第一

長洲顧　嗣立　俠君　刪補

古詩三十一首

○○元和聖德詩 幷序

嗣立補注唐書憲宗皇帝紀帝順宗長子永貞元年八月詔立爲皇帝乙巳卽位癸丑劒南西川行軍司馬劉闢自稱留後十一月壬申夏綏銀節度留後楊惠琳反元和元年三月辛巳惠琳伏誅九月辛亥克成都十月戊子闢伏誅二年正月己丑朝獻于太清宮庚寅朝享于太廟辛卯有事于南郊大赦

臣愈頓首再拜言一有曰字臣伏見皇帝陛下卽位已來誅從丙讀、來、流姦臣嗣立補注舊唐書順宗紀八月庚子詔冊皇太子卽皇帝位壬寅貶右散騎常侍王伾爲開州司馬前戶部侍郎度支鹽鐵轉運使王叔文爲渝州司戶憲宗紀八月卽位九月貶韓泰等爲諸州刺史十一月貶中書侍郎平章事韋執誼爲崖州司馬朝廷清明無有欺蔽外斬楊惠琳劉闢以收夏蜀東定青徐積年

清道光膺德堂刻本顧嗣立《昌黎先生詩集注》

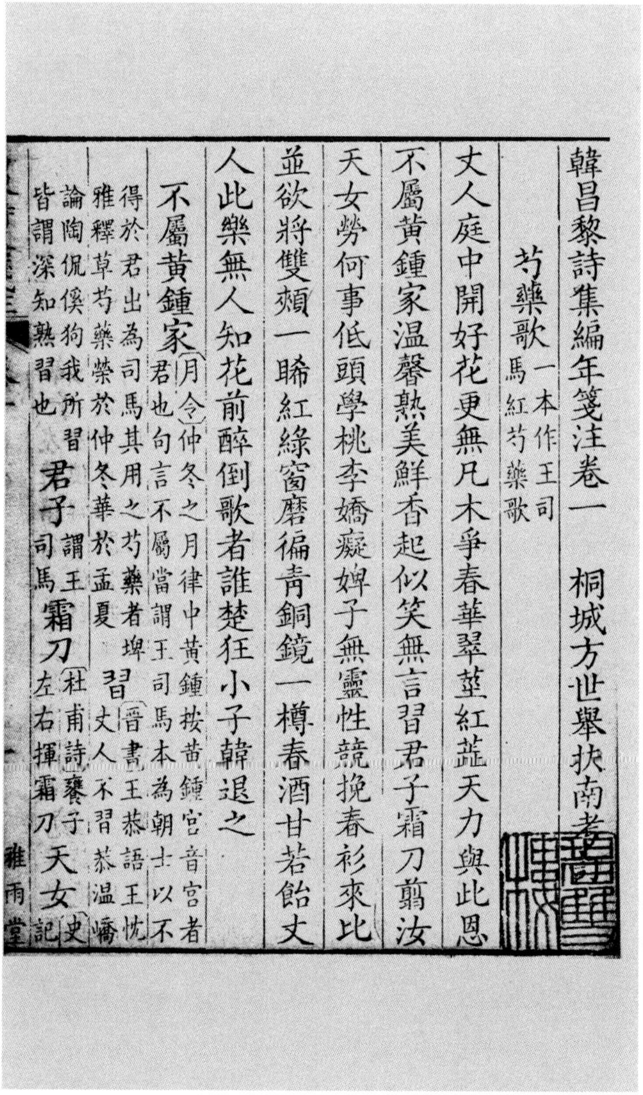
韓昌黎詩集編年箋注卷一　桐城方世舉扶南考
芍藥歌一本作王司馬紅芍藥歌
丈人庭中開好花更無凡木爭春華翠莖紅蕊天力與此恩
不屬黃鍾家温馨熱美鮮香起似笑無言習君子霜刀翦汝
天女勞何事低頭學桃李嬌癡婢子無靈性競挽春衫來比
並欲將雙頰一睎紅綠窗磨徧青銅鏡一樽春酒甘若飴丈
人此樂無人知花前醉倒歌者誰楚狂小子韓退之
不屬黃鍾家月令仲冬之月律中黃鍾按黃鍾宮音宮者君也句言不屬當謂王司馬本為朝士以不
得於君出為司馬其用之芍藥者埤雅釋草芍藥榮於仲冬華於孟夏習晉書王恭語王忱丈人不習恭温嶠
論陶侃傒狗我所習皆謂深知熟習也君子謂王司馬霜刀杜甫詩饔子左右揮霜刀天女史記
雅雨堂

清乾隆雅雨堂刻本方世舉《韓昌黎詩集編年箋注》

前言

韓愈(公元七六八——八二四年)是唐代著名的文學家、思想家。字退之,河南河陽(今孟縣西)人。郡望是昌黎。德宗貞元八年(公元七九二年)進士及第。歷任監察御史、陽山令、河南令、考功郎中、中書舍人、太子右庶子、刑部侍郎、潮州刺史等職。穆宗長慶時,官至吏部侍郎。卒年五十七。著有昌黎先生集。

韓愈所生活的年代,唐王朝已由鼎盛期轉入内亂頻發的中期,統治階級内部和社會各種矛盾開始激化。在他的一生中,就經歷了德宗年代的四鎮之亂、涇原兵變、汴州兵變,順宗年代的王叔文集團改革運動,憲宗年代的劉辟、吴元濟藩鎮叛亂等事件。韓愈出身于庶族地主家庭,年輕時就積極求進于仕途,自稱「念昔始讀書,志欲干霸王」、「報國心皎潔,念時涕汍瀾」,對「前古之興亡,未嘗不經于心也,當世之得失,未嘗不留于意也」。貞元十九年,關中大旱,韓愈以監察御史上疏朝廷請寬民徭,受到貶斥。憲宗元和十二年,曾隨裴度去淮西平吴元濟叛亂;穆宗長慶元年，奉命往鎮州宣撫兵變，在反對藩鎮割據的鬥爭中有所建功。在思想上，他尊崇儒學，主張儒、墨、法兼用；同時，力排愚民蠹財的佛老。憲宗十四年，韓愈諫迎佛骨，反對皇帝帶頭奉佛，雖受貶斥，但仍不改其反佛主張。在文學上，韓愈主張「文道合一」，他不僅是唐代古文運動的領導者，在詩歌創作上也獨闢一徑，與白居易、元稹等人的詩形成「元和體」中的不同流派（李肇國史補）。現留存的詩有三百多首。

韓愈在唐代詩歌史上有重要的地位。繼李、杜之後的五六十年間，詩歌領域中以大曆十子爲代表的卑弱詩風成爲主要傾向。一般文人作詩，往往流連風花雪月，脱離社會現實；詩歌風格，也卑弱頹靡。韓愈的詩，在一定程度上反映了當時的社會現實。其表現手法又融入了散文的清新筆調，加上他才力充沛，想象雄奇，使他的作品成爲「唐詩之一大變」（葉燮原詩），對糾正當時的頹弱詩風，具有積極的作用。宋以後的著名詩人如梅堯臣、歐陽修、蘇軾、王安石、黄庭堅、陸游，直到清代的鄭珍等，都在一定程度上受到韓詩的影響。具體地談韓詩的内容和特色，主要有如下幾個方面：

一，韓愈一生仕途坎坷，對當時政治的黑暗和社會動亂給百姓帶來的苦難有所感受。作品在這方面作了一定程度的反映。如齪齪、歸彭城中寫東郡水災，赴江陵途中寫關中旱情，宿曾江口示姪孫湘寫三江水區百姓的困境，表現了作者對人民的同情和欲「排雲上閶闔」，「上陳人疾苦」的意願。這類作品直接敷陳其事，繼承了杜甫九日寄岑參、北征諸作的傳統。又如豐陵行指斥了皇帝葬儀的奢靡，華山女揭露了豪門貴族的醜行和道教清修的虛僞性，送靈師批判了佛教的蠹國敗俗。有的作品則是對德宗、憲宗時代一些權臣、弄臣的鞭撻，如李花二首之一、陸渾山火、雜詩四首、譴瘧鬼、南山有高樹行、猛虎行、讀東方朔雜事等。題炭谷湫祠堂、秋懷詩之四，表現了作者疾惡如仇的情懷，并對當時的上層統治集團投以鄙夷的目光。在謁衡嶽廟、記夢詩中，表現了「我能屈曲自世間，安能從女巢神山」那種傲岸不屈的氣骨。

二，對祖國壯麗河山的歌咏，是韓詩中寫得很有特色的篇章。南山詩洋洋大篇，寫終南山全貌；送惠師、送靈師、此日足可惜、謁衡嶽廟、陪杜侍御游湘西兩寺獨宿有題、岳陽樓别竇司直、答張徹、盧郎中雲夫寄示送盤谷子詩兩章歌以和之等篇中有描寫天台觀日、瞿塘遇險、黄河夜渡、霧後登嶽、湘山夜景、洞庭風浪、華山絶陘、太行瀑布的片斷，用雄偉瑰異的筆墨，在讀者面前展現了魅人的畫卷。除了這種刻意錘鍊、色彩濃郁的作品外，又有另一種清秀絶塵的寫景好詩，如「瞰臨眇空闊，绿净不可唾」、「太白山高三百里，負雪崔嵬插花裏」等詩句，都是不煩繩削，自然高妙。至于通篇白描寫景的，又有膾炙人口的山石，詩論家何焯説它「一變謝家（靈運）模範之迹，如畫家之有荆（浩）、關（仝）」，點出了它在寫景詩發展中的地位。

三，韓愈有一些敍事咏物的詩篇，刻劃事物形象生動，描繪情態體察入微；這類作品，還往往寄寓言外深意，耐人尋味。鄭羣贈簟、赤藤杖歌贊頌了手工藝者的精製，聽穎師彈琴表現音樂的形象性和它强烈的感染力，都是這方面的佳作。汴泗交流贈張僕射、雉帶箭寫擊球打獵，而歸結到習戰殺賊的謀略，或兼喻賦詩作文的構思；短燈檠歌通過長檠短檠及有關人事的對照，表現了對世態炎涼的憤慨；石鼓歌刻劃闌斑古色的文物，隱含着對陋儒的嘲弄和對中朝大官的諷刺。這類作品，又表明了韓詩題材和表現手法的多樣性。

韓愈爲詩，境界獨闢，不甘蹈襲前人。它的藝術風格，以雄豪奇崛著稱。他在調張籍中談李白、杜甫的創作時説：「想當施手時，巨刃摩天揚。垠崖劃崩豁，乾坤擺雷硠。」而韓愈自己所追求的，是「我願生兩翅，捕逐出八荒。精神忽交通，百怪入我腸。刺手拔鯨牙，舉瓢酌天漿。騰身跨汗漫，不著織女襄」的意境。對奇偉壯麗事物的愛好和悲歌慷慨的浪漫氣質，使韓愈的詩新穎奇突，色彩瑰異，在繼承李、杜，特别是李白的藝術風格的基礎上，又别開生面。唐末詩人兼詩論家司空圖説它「驅駕氣勢，若掀雷抉電，撑抉于天地之間，物狀奇怪，不得不鼓舞而徇其呼吸也」，形象地説明了這一特點。韓詩的藝術風格，還有平易清新，天然去雕飾的一面，除上舉之山石外，還有古詩如落齒、贈劉師服、送李翺、路旁堠送鄂岳李大夫、寄元協律、庭楸、杏花、李花贈張十一署、南溪始泛、翫月喜張十八員外以王六秘書至等篇。這一類作品較多地受到陶淵明的影響，具有「一往清切，愈樸愈真，耐人吟諷」（方東樹昭昧詹言）的特點。絶詩如答張十一功曹、題驛梁、題楚昭王廟、宿神龜、早春呈水部張十八員外，語言樸素自然，也屬于這一類。而秋懷詩五古十一首，則是奇警與清新兼而有之，遣詞造句，不同一般蹊徑，于阮籍、陶淵明、陳子昂、李白等人的同類五古組詩以後，開拓了新的意境。其他律詩中如「銀燭未消窗送曙」，「金釵半墮座添春」等名句，則又風華旖旎，發晚唐温庭筠、李商隱一派詩人之先聲。

對韓詩的評價，自北宋以來，就有兩種對立的意見，尤其在「以文爲詩」這一問題上。貶之者認爲，韓愈詩是押韻之文，于詩無所解，褒之者推尊韓愈爲大家，與李、杜可鼎足而三，詩文合一，不僅空前，恐亦絶後。兩派的分歧極大。他們批評韓詩，有切中弊病的一面；贊揚韓詩，也有符合實際的一面，但都把問題説得絶對化了。韓愈的「以文爲詩」，其部分作品具有流暢平易的特點，與六朝以來浮豔萎靡的詩文形成鮮明的對照，也確實擴大了詩歌領域。但這種古文式的語言，當然有它的缺陷：其一，有些詩篇幾成押韻之文，特别是那些古文中常用的虚詞，出現在詩中，幾乎不像詩句；其次，有些詩長篇議論，用邏輯思維代替形象思維，顯然不符合寫詩規律，缺乏詩趣；其三，用辭賦家鋪張雕繪的手法作詩，鋪排堆砌，晦澀呆鈍，加上詰屈聱牙的僻詞怪字，餖飣滿紙，這就損傷了詩的真美和感染力。有些聯句，在險韻窄韻上逞奇鬥巧，幾近文字游戲。韓愈以文爲詩的得失，大致如此。

韓愈詩集的單行舊注，清代有顧嗣立、方世舉注兩種。全集舊注，宋代已有韓醇、洪興祖、樊汝霖、孫汝聽、祝充、蔡夢弼、蔡元定、文讜、魏懷忠、王伯大、廖瑩中各家的注和方崧卿舉正、朱熹考異。各家注本，現在只存韓、祝、文、魏、王、廖數種；其餘各注，僅因魏注中輯收，纔不至全部堙没。考異本是單行，廖注和元人覆刻王注把它散入正文各句之下。廖注删節魏本舊注，而又盡没舊注諸家之名，選擇失當，文義疏舛，世稱爲「世綵堂本」，並非善本，但經明代東雅堂復雕後，流傳最廣。明人注本有蔣之翹注，新義不多。顧氏詩注，號爲删補舊注，也無新義，且又删去不應删的舊注。方氏詩注，創爲編年，增補注釋，附會史事，互有得失，但未及從事版本校訂。清代學者，出其治學緒餘，旁治韓集，成績遠出宋、明人之上。本書初版于一九五七年，仿照清人集解、問詁一類的纂述方法，採集多家論説外，重新繫年編排。内容包括四個方面：一、校，首列舉正、考異全文，次以祝、魏、廖、王四種影宋、元本爲主，偶及明、清版本，下逮清人考訂，參比同異，擇善而從；二、箋，考索作品的時代背景、本事、有關人物等；三、注，包括訓詁、典故、地理等；四、選輯有關評論。另外，增補了一些注釋，採摭範圍，下限到近代。今人著作不輯入本集。這次重版，加了標點，對原有集釋作了一些修改和增删，難免還有錯誤和缺漏，統請讀者指正。

錢仲聯

一九七八年四月於江蘇師範學院

韓昌黎詩繫年集釋目録

卷三

順宗永貞元年

卷四

憲宗元和元年

卷五

元和元年

卷六

卷七

卷八

元和八年

卷九

卷十

元和十二年

卷十一

卷十二

元和十五年

卷一

芍藥歌〔一〕

丈人庭中開好花〔二〕，更無凡木争春華。翠莖紅蘂天力與，此恩不屬黄鍾家〔三〕。温馨熟美鮮香起〔四〕，似笑無言習君子〔五〕。霜刀翦汝天女勞〔六〕，何事低頭學桃李？嬌癡婢子無靈性〔七〕，競挽春衫來比並。欲將雙頰一晞紅〔八〕，緑窗磨徧青銅鏡。一樽春酒甘若飴〔九〕，丈人此樂無人知。花前醉倒歌者誰？楚狂小子韓退之〔一〇〕。

〔一〕貞元元年乙丑前。　此詩見外集，祝本、魏本作「王司馬宅紅芍藥歌」。廖本、王本作「芍藥歌」。　〔王本引朱熹考異〕方從蜀本删去，今恐是公少作，姑存之。　按：單行本考異無。〔王元啓曰〕此詩朱子以卒章「韓退之」一語，疑爲公之少作。然辭語拙嫩，不類公文，蓋出晚唐人僞託。當從蜀本删去。公文傳世者多，不因削此一篇見少也。　〔補釋〕詩有「楚狂」字，方世舉以爲避地江南時作。　歐陽詹哀辭云：「建中、貞元間，就食江南。」考公於貞元二年北上，此當作於二年以前。

〔二〕〔補釋〕易：「丈人吉。」王弼注：「丈人，嚴莊之稱。」

〔三〕〔方世舉注〕月令：「仲冬之月，律中黄鍾。」按：黄鍾，宫音，君也。句言不屬，當謂王司馬本爲朝士，以不得於君，出爲司馬。其用之芍藥者，埤雅釋草：「芍藥榮於仲冬，華於孟夏。」〔蔣抱玄注〕黄鍾家，猶言鐘鳴鼎食之家也。

〔四〕〔補釋〕説文：「馨，香之遠聞者。」

〔五〕〔方世舉注〕王恭語王忱：丈人不習恭。温嶠論陶侃：傒狗我所習。皆謂深知熟習也。君子謂王司馬。

〔六〕〔方世舉注〕杜甫詩：「饔子左右揮霜刀。」史記天官書：「織女，天女孫也。」

〔七〕〔祝充注〕「靈性」，今本皆作「性靈」，非。

〔八〕祝本、廖本、王本作「睎」。魏本作「稀」。〔魏本引孫汝聽曰〕「稀」，當作「希」。希，學也，今作「稀」，疑字誤。

〔九〕〔蔣抱玄注〕詩：「爲此春酒。」〔魏本引祝充曰〕飴，餳也。詩：「堇荼如飴。」

〔一〇〕〔魏本引韓醇曰〕論語：「楚狂接輿。」〔方世舉注〕建中、貞元間，公避地江濆，在古爲楚地，故用接輿歌鳳語，意以爲王司馬歎其德衰也。結意與不屬黄鍾相應。〔何孟春曰〕詩：「誰其尸之？有齊季女。」後來作者相襲，遂成文章家一例。

【集說】

方世舉曰：「何事低頭學桃李」以上，皆指王司馬，其「婢子」以下語，乃刺軟美逢時者，以爲王司馬瀉憤。「一樽」以下結賞花。

蔣抱玄曰：頗有嫵媚之致。

條山蒼〔一〕

條山蒼，河水黃。浪波沄沄去〔二〕，松柏在高岡〔三〕。

〔一〕貞元二年丙寅。〔考異〕歐本注云：中條山，在黃河之曲，今蒲中也。〔魏本引韓醇曰〕條山，山名，在河中府。河中，公故居在焉。〔方世舉注〕新唐書地理志：「絳州聞喜縣：引中條山水於南坡下，西流經十六里，溉涑陰田。屬河東道。」〔王元啓曰〕外集題李生壁，自言始得李生於河中，與之皆未冠。據此則公年十九曾至河中，過蒲中，感陽城事，有條山蒼詩一首。條山者，陽城隱居之所，事詳順宗實録。其地在河東之河曲。歐本注云：今之蒲中也。說者但知公使鎮州，嘗假途出此，故方世舉定此詩爲長慶二年作。余讀連理木頌及外集題李生壁，知公未第時先曾兩至河東。此詩貞元二年初至河東，城尚未膺李泌之薦，正隱條山，公感事賦此。波浪句，謂遠近慕其德行，從學者多。松柏句，仰其德行之高，且有未獲從游之恨。方謂長慶中作，則與前後奉使諸詩不類。又譏此詩之作爲無謂，且疑下有闕文，皆由誤定爲奉使鎮州時作故耳。余定爲貞元初美陽城作，則語甚有謂，亦不嫌其有闕文也。

〔二〕〔舉正〕杭、蜀同作「浪波」。〔考異〕「波浪」，方作「浪波」。〔祝本魏本注〕「浪」，一作「滄」。〔廖本王本注〕「浪波」，或作「波浪」。〔魏本引韓醇曰〕沄沄，轉流也。〔方世舉注〕爾雅釋言：「沄，沆也。」王逸九思：「窺見兮溪澗，流水兮沄沄。」〔補釋〕韓醇注本說文。楚辭王逸注：「沄沄，沸流。」

〔三〕祝本、魏本作「高岡」。廖本、王本作「山岡」。〔舉正〕閣作「山岡」，杭同。蜀作「高岡」。〔王元啓曰〕首句已有「山」字，不宜複出。作「高」，其義尤勝。

【集說】

黃震曰：簡淡有餘興。

朱彝尊曰：語不多，卻近古。

陳沆曰：蒼者自高黃自濁，流俗隨波君子獨。

程學恂曰：尋常寫景，十六字中，見一生氣概。

蔣抱玄曰：此亦漢魏遺音。

出門〔一〕

長安百萬家〔二〕，出門無所之。豈敢尚幽獨〔三〕，與世實參差。古人雖已死，書上有遺辭〔四〕。開卷讀且想，千載若相期。出門各有道，我道方未夷〔五〕。且於此中息，天命不吾欺〔六〕。

〔一〕〔魏本引樊汝霖曰〕公年十九，舉進士京師。二十五登第春官。二十九始佐汴幕。此詩在京師未得志之所爲，故其辭如此。〔方世舉注〕易同人卦：「出門同人。」又隨卦：「出門交有功。」按：公年十九，始來京師。此詩語氣，係未第時作。〔王元啓曰〕此詩公貞元二年初入京師，未遇馬燧時作，故有「出門無所之」之語。

〔二〕〔方世舉注〕三輔黃圖：「漢高祖有天下，始都長安，欲其子孫長安都於此也。」注：「長安本秦之鄉名，高祖作都於此。」

〔三〕〔蔣抱玄注〕九章：「幽獨處乎山中。」

〔四〕「遺」，舉正從唐、閣本作「其」。〔考異〕「其」，或作「遺」。祝本、魏本作「遺」。廖本、王本作「其」。〔王元啓曰〕「其」字空無所指，作「遺」承上已死說，下語較切實，義復渾全。

〔鍾惺曰〕樸妙，似元結語。

〔五〕〔方世舉注〕北史劉炫傳：「世故未夷。」夷，平也。

〔六〕〔考異〕「命」，或作「誠」。〔譚元春曰〕結得深至。

【集説】

朱彝尊曰：淡中亦有雅味，但略傷率易。

李光地榕村詩選曰：文集所謂「驅馬出門，不知所之。斯道未喪，天命不欺」者，即此時也。

程學恂曰：此等詩即見公安身立命處。

烽火〔一〕

登高望烽火，誰謂塞塵飛？王城富且樂，曷不事光輝〔二〕？勿言日已暮〔三〕，相見恐行稀。願君熟念此，秉燭夜中歸。我歌寧自戚〔四〕？乃獨淚霑衣。

〔一〕貞元三年丁卯。〔魏本引唐庚曰〕時吴少誠敗韓全義，兩都甚擾擾，公詩以此作。〔王元啓曰〕唐説非是。全義之敗，在貞元十六年五月，時公去徐居洛，未入京師，與詩「王城富樂」一語，境象不符。考德宗本紀，貞元二年九月，吐蕃入寇。是冬，連陷鹽、夏二州。明年閏五月，盟于平涼。吐蕃劫盟，公兄侍御史弇爲判官，被害。六月，寇鹽、夏二州。八月，寇青石嶺。九月，寇連雲堡。十月，又連寇豐義、長武城。此詩貞元三年，因兄弇殉難，後連遭吐蕃入寇而作。時公年二十歲，正在京師。讀首二句，知所慨在邊塞，非爲中原。結語寄慨遥深，亦兼爲兄弇下淚。〔方世舉注〕史記周本紀：「有寇至，則舉烽火。」正義曰：「晝日燃烽以望火烟，夜舉燧以望火光也。」

〔二〕〔王元啓曰〕古風「好我衣服，甘我飲食」二語，即所謂事光輝也。

〔三〕〔王元啓曰〕此句爲下文秉燭夜歸作引。

〔四〕〔王元啓曰〕言所憂在君國，非爲一身私計。

落葉一首送陳羽〔一〕

落葉不更息，斷蓬無復歸，飄飖終自異，邂逅暫相依〔二〕。悄悄深夜語，悠悠寒月輝。誰云少年别？流淚各霑衣。

〔一〕貞元七年辛未。〔考異〕「落葉」，或作「葉落」，篇首同。非是。祝本、魏本、王本有「一首」二字。廖本無。〔方世舉注〕以起句落葉二字命題，仿三百篇。〔沈欽韓注〕陳羽集小傳：「羽，江東人。貞元八年，陸贄下第三人登第，歷官至東宫衛佐。」〔舉正〕羽，公同年。登第日作。〔方成珪昌黎先生詩文年譜〕羽與公同年進士，此當是八年前公與羽均未登第時所作。

〔二〕〔方世舉注〕詩蔓草：「邂逅相遇，適我願兮。」

【集說】

朱彝尊曰：此亦可謂拗律。

方世舉曰：蔣之翹云：「晚唐人律詩如此，入古體，覺別自有致。」此誤因舊編云然。此即五律，孟郊集亦有五律，而後人誤同古詩，殊不辨音節。

蔣抱玄曰：不假斧鑿，自有風致。

北極一首贈李觀〔一〕

北極有羈羽，南溟有沈鱗〔二〕。川原浩浩隔〔三〕，影響兩無因〔四〕。風雲一朝會〔五〕，變化成一身〔六〕。誰言道里遠〔七〕，感激疾如神〔八〕。我年二十五〔九〕，求友昧其人。哀歌西京市〔一〇〕，乃與夫子親〔一一〕。所尚苟同趨〔一二〕，賢愚豈異倫。方爲金石姿〔一三〕，萬世無緇磷〔一四〕。無爲兒女態〔一五〕，憔悴悲賤貧〔一六〕。

〔一〕貞元八年壬申。舉正無「一首贈李觀」五字。祝本、魏本、王本有。廖本無「一首」二字。〔魏本引孫汝聽曰〕觀，字元賓，其先隴西人。貞元八年，與公同舉進士。〔舉正〕貞元八年登第日作。〔方世舉注〕列子湯問篇：「岱輿、員嶠二山，流於北極，沈於大海。」按：新唐書李觀傳：觀，字元賓，貞元中舉進士，宏辭連中。授太子校書郎。卒年二十九。觀屬文不旁沿前人，時謂與韓愈相上下。又按：科名記：是年陸贄主司，愈與觀同登進士。詩正其時。上邢君牙書云：「二十有五而擢第。」與詩語合。又按：新唐書歐陽詹傳：詹與韓愈、李觀、李絳、崔羣、王涯、馮宿、庾承宣聯第，皆天下選，時稱龍虎榜。

〔二〕〔魏本引孫汝聽曰〕莊子：「北溟有魚，其名曰鯤，鯤之大，不知幾千里。化而爲鳥，其名曰鵬，鵬之大，不知其幾千里。是鳥也，海運則將徙於南溟。南溟者，天池也。」鶱羽，謂鵬。沈鱗，謂鯤也。以喻己與觀相遇之意。〔方世舉注〕抱朴子勗學篇：「沈鱗可動之以聲音。」

〔三〕「原」，祝本、魏本、王本、游本作「源」。廖本作「原」。

〔四〕〔蔣抱玄注〕書：「惠迪吉，從逆凶，惟影響。」〔補釋〕書孔氏傳：「迪，道也。順道吉，從逆凶，吉凶之報若影之隨形，響之應聲，言不虛。」

〔五〕〔方世舉注〕班固答賓戲：「彼皆躡風雲之會。」

〔六〕〔方世舉注〕蘇武詩：「況我連枝樹，與子同一身。」

〔七〕〔祝本曰〕「里」，一作「且」。〔魏本曰〕「里」，一作「遠」。〔考異〕「里」，方作「理」，非是。陶詩云：「不怨道里長。」正作「里」。

〔八〕〔方世舉注〕易繫辭：「惟神也，故不疾而速，不行而至。」

〔九〕〔魏本引蔡夢弼曰〕時貞元八年也，歲在壬申。按李漢集序，公生於大曆戊申三年，今自壬申逆數至戊申，公時年二十五矣。〔王元啓曰〕貞元八年，公登第之歲，觀以十年卒，則公與觀交，始終不及三年。

〔一〇〕〔方世舉注〕三輔黄圖：「漢高祖始都長安，實曰西京。」新唐書地理志：「上都初曰京城，天寶元年曰西京。」

〔一一〕〔魏本引蔡元定曰〕夫子，謂觀也。

〔一二〕〔舉正〕文粹作「所向」。孟子：「三子者不同道，其趨一也。」注：「趨，讀如趣。」〔姚範曰〕孟子趙岐注：「此言人雖異道，所履則一也。」趨正讀平音。今從朱子，當讀爲趣，亦無所引之注。

〔一三〕〔方世舉注〕阮籍詩：「如何金石交，一旦更離傷？」〔徐震曰〕古詩十九首：「人生非金石，豈能長壽考。」退之反用古詩之意。

〔一四〕〔魏本引祝充曰〕論語：「不曰堅乎，磨而不磷。不曰白乎，涅而不緇。」注：「磷，薄也。」疏：「緇，墨色也。」

〔一五〕〔考異〕「兒女」，或作「女兒」，非是。各本皆作「兒女」，祝本作「女兒」。

〔一六〕〔方世舉注〕屈原漁父：「顏色憔悴，形容枯槁。」

【集説】

蔣抱玄曰：不求奇而層折有致。頗得淵明沖淡之致。

長安交游者一首贈孟郊〔一〕

長安交游者，貧富各有徒。親朋相過時〔二〕，亦各有以娱〔三〕。陋室有文史〔四〕，高門有笙竽，何能辨榮悴？且欲分賢愚〔五〕。

〔一〕貞元九年癸酉。祝本、王本有一首二字。魏本、廖本無。〔魏本引樊汝霖曰〕長安交游者、馬厭穀、出門，其意大率相類，皆公未得志之所爲也。〔方世舉注〕新唐書孟郊傳：「郊，字東野，湖州武康人。少隱嵩山，性介少諧合。韓愈一見，爲忘形交。」〔方成珪昌黎先生詩文年譜〕此乃公未筮仕，東野未第時所作。〔補釋〕方譜繫此詩於貞元十一年。按：郊於本年往徐州，十一年未必在京。此當作於本年孟生詩之前。

〔二〕舉正從蜀本、范、謝校作「過」。〔考異〕「過」，或作「遇」。祝本、魏本作「遇」。廖本、王本作「過」。

〔三〕〔舉正〕閣本作「亦有以歡娱」。

〔四〕〔方世舉注〕晉書張華傳：「家無餘財，惟有文史。」

〔五〕〔魏本引葛立方曰〕公此詩蓋言貧者文史之樂，賢於富者笙竽之樂也。〔鍾惺曰〕嘲罵只須此二字。〔朱彝尊曰〕末句太説明，反覺味短。

【集説】

范晞文曰：東野長安道詩云：「胡風激秦樹，賤子風中泣。家家朱門開，得見不可入。長安十二衢，投樹鳥亦急。高閣何人家？笙簧正喧吸。」氣促而詞苦，亦可憐也。退之有贈孟之詩「長安交游者」云云，亦廣其意而使之安其貧也。

方世舉曰：郊集有長安羈旅行云：「十日一理髮，每梳飛旅塵。三旬九過飲，每食惟舊貧。失名誰肯訪，得意争相親。」又長安道云：「家家朱門開，得見不可入。高閣何人家？笙簧正喧吸。」此詩云「貧富各有徒」，蓋以郊有怨誹之言，故以此廣其意。

蔣抱玄曰：意調大率淺露，殆信口爲之耳。

孟生詩〔一〕

孟生江海士〔二〕，古貌又古心〔三〕。嘗讀古人書〔四〕，謂言古猶今〔五〕。作詩三百首，窅默咸池音〔六〕。騎驢到京國〔七〕，欲和薰風琴〔八〕。豈識天子居，九重鬱沈沈〔九〕。一門百夫守，無籍不可尋〔一〇〕。晶光蕩相射〔一一〕，旗戟翩以森。遷延乍卻走〔一二〕，驚怪靡自任〔一三〕。舉頭看白日，泣涕下霑襟〔一四〕。朅來游公卿〔一五〕，莫肯低華簪〔一六〕。諒非軒冕族〔一七〕，應對多差參〔一八〕。萍蓬風波急〔一九〕，桑榆日月侵〔二〇〕。奈何從進士〔二一〕，此路轉嶇嶔〔二二〕。異質忌處羣，孤芳難寄林〔二三〕。誰憐松桂性，競愛桃李陰。朝悲辭樹葉，夕感歸巢禽。顧我多慷慨，窮簷時見臨〔二四〕。清宵静相對，髮白聆苦吟〔二五〕。採蘭起幽念〔二六〕，眇然望東南〔二七〕。秦吴脩且阻〔二八〕，兩地無數金〔二九〕。我論徐方牧〔三〇〕，好古天下欽〔三一〕。竹實鳳所食〔三二〕，德馨神所歆〔三三〕。求觀衆丘小，必上泰山岑〔三四〕；求觀衆流細，必泛滄溟深〔三五〕。子其聽我言，可以當所箴。既獲則思返，無爲久滯淫〔三六〕。卞和試三獻〔三七〕，期子在秋碪〔三八〕。

〔一〕祝本、魏本「孟」下有「先」字。廖本、王本無。〔考異〕諸本「孟」下有「先」字。〔舉正〕「先」字從閣本、范本删。此首以篇首二字爲題，蜀本、潮本目録亦只作孟生詩，足知今本訛也。樊本作送孟郊詩。東野時往謁張建封於徐，貞元八年也。〔魏本引樊汝霖曰〕東野誌云：「年幾五十，始以尊夫人命來京師，從進士試。」而登科記，東野及第在貞元十二年。此詩未第前作。以其下第，送之謁張建封於徐也。貞元四年，建封鎮徐州，李習之常以書薦東野，有曰：「郊將爲他人所得，而大有立於世，與其短命而死，皆不可知。二者將有一於郊，它日爲執事惜之。」其後韋莊請追贈不及第人，郊在其中。而摭言謂莊以郊爲不第者爲誤，且曰：「郊貞元十二年及第。佐徐州幕卒。」則東野果爲建封所用矣。今考新、舊史及公所誌東野墓，嘗佐鄭餘慶於東都，餘慶鎮興元，奏爲從事，辟書下而卒，未嘗佐徐也。摭言誤耶？將用之未及，而爲餘慶所得耶？卒如習之所料耶？按史，建封卒以貞元十六年，而東野後建封十四年卒，或者建封將用之未及而已卒，亦未可知也。時東野亦有答韓愈李觀別因獻張徐州之作。〔夏敬觀孟東野先生年譜〕貞元四年戊辰，張建封鎮徐州。韓愈有孟生詩，勸先生謁張建封於徐。詩末云：「求觀衆丘小，必上泰山岑；求觀衆流細，必泛滄溟深。子其聽我言，可以當所箴。既獲則思返，無爲久滯淫。卞和試三獻，期子在秋砧。」韓愈詩意在勸先生出仕，毋以未得第遂終於隱，故上言「奈何從進士，此路轉嶇嶔」，而末言張建封爲今之英傑，比之泰山滄海，冀先生得建封之舉而出仕也。昌黎集舊注泥於「奈何從進士」二句，謂爲下第後薦往徐州之詩，不知先生居嵩後，固久不赴舉，墓誌云：「年幾五十，始以尊夫人之命來集京師，從進士試。」韓愈下一始字，頗着重。知居嵩以後，未嘗屢屢赴試。其屢試不第，乃少年時事耳。先生有答韓愈李觀別因獻張徐州詩，蓋是年曾至長安，與韓、李相晤。詩云：「富別愁在顏，貧別愁銷骨。」又云：「哀我摧折歸，贈詞縱橫設。」詩意摧折歸三字，頂貧別而言，非謂試而落第也。果爲試後下第者，則他題如落第、再下第東歸、失意歸吳、下第東南行，皆直書之，此何以不云落第後耶？」〔王元啓曰〕郊集有答韓愈李觀別因獻張徐州詩，觀與公以詩薦郊於張建封，當在貞元九年春夏之交，故曰「期子在秋砧」。明年觀死，公亦東歸，無緣與郊共聚京師，交口向徐州延譽也。〔補釋〕公識李觀在貞元八年，至十年而觀卒。夏敬觀孟東野年譜繫此詩於貞元四年，時韓、李尚未聚首京師，東野答詩，何得以二人連稱？方成珪昌黎先生詩文年譜繫此詩於貞元十一年，時觀已卒，繫年亦誤也。茲從王說。

〔二〕〔考異〕「生」，或作「郊」。魏本作「郊」。祝本、廖本、王本作「生」。〔方世舉注〕莊子刻意篇：「就藪澤，處閑曠，此江海之士，避世之人，閑暇者之所好也。」

〔三〕〔朱彝尊曰〕古字是詩骨。〔方世舉注〕郊詩有云：「詩老失古心，至今寒皚皚。」即用其字也。

〔四〕〔舉正〕：「嘗」，閣本、蜀本同上，校本多作「常」。

〔五〕〔方世舉注〕列子楊朱篇：「五情好惡，古猶今也。四體安危，古猶今也。世情苦樂，古猶今也。變易治亂，古猶今也。」莊子：「冉求問於仲尼曰：未有天地可知邪？仲尼曰：可，古猶今也。」

〔六〕〔舉正〕唐本謝校作「窅默」。杭、蜀皆作「冥默」。李習之與張建封書嘗引公此語，亦用「窅」字，則知杭、蜀本果訛也。祝本、魏本作「冥」。廖本、王本作「窅」。〔方世舉注〕記樂記：「大章章之也，咸池備矣。」屈原遠游：「張樂咸池，奏承雲兮。」注：「咸池，堯樂。」〔陳景雲曰〕蘇子容詩：「孟郊篇什況咸池。」自注云：「唐人題孟郊詩三百篇爲咸池集，取退之詩義。」又劉貢父詩話亦云：「孟有集號咸池，僅三百篇。」至宋次道跋東野詩，卻云：「蜀人蹇濟用退之贈郊句纂成咸池二卷，一百八十篇。」與蘇、劉之說不同。未詳孰是。

〔七〕〔方世舉注〕後漢書向栩傳：「少爲諸生，卓詭不倫，或騎驢入市。」

〔八〕〔魏本引孫汝聽曰〕家語：「舜彈五絃之琴，曰：南風之薰兮，可以解吾民之愠兮。」又禮記：「舜作五絃之琴，以歌南風。」〔補釋〕僞家語本尸子，見禮記正義、文選琴賦李善注、羣書治要所引。〔程學恂曰〕一起乃生鬭乾坤語。看他贊東野詩如此，可知李習之語非侈也。

〔九〕〔魏本引韓醇曰〕宋玉九辯：「豈不鬱陶而思君兮，君之門以九重。猛犬狺狺而迎吠兮，關梁閉而不通。」〔顧嗣立注〕史記陳涉世家：「涉之爲王沈沈者。」應劭曰：「沈沈，宫室深邃之貌。」

〔一〇〕〔方世舉注〕古今注：「籍者，尺二竹牒，記人之年名字物色，懸之宫門。案省相應，乃得入焉。」三輔黄圖：「宫之門閤有禁，非侍衛通籍之臣，不得妄入。」新唐書百官志：「司門郎中員外郎，掌門關出入之籍。凡有名者，降墨勑，勘銅魚墨契，然後入。」

〔一一〕〔黄鉞曰〕晶，説文：「精光也。」

〔一二〕〔顧嗣立注〕漢王商傳：「單于仰視商貌，大畏之，遷延卻退。」

〔一三〕〔方世舉注〕蔡邕九惟文：「居處浮漂，無以自任。」〔魏懷忠注〕任，堪也。

〔一四〕〔朱彝尊曰〕寫不遇意悲切。

〔一五〕〔補釋〕段玉裁説文解字注：「古人文章，多言揭來，猶往來也。」

〔一六〕〔補釋〕華簪，用以固冠也。「低華簪」，猶「低頭」。

〔一七〕〔補釋〕晉書應貞傳：「軒冕相襲，爲郡盛族。」

〔一八〕〔補釋〕差參，即參差，顛倒以押韻。此差參只取差義。荀子大略：「列官職，差爵禄。」義爲分別等級。

〔一九〕〔顧嗣立注〕文選西征賦：「飄浮萍而蓬轉。」

〔二〇〕〔方世舉注〕淮南天文訓：「日西垂，景在樹端，謂之桑榆。」〔補釋〕文選曹植詩李善注：「日在桑榆，以喻人之將老。」黄節補注：「典術云：『桑，箕星之精。』古樂府曰：『天上何所有？歷歷種白榆。』榆亦星名。皆出西方，喻日之薄西將晚也。」

〔二一〕〔方世舉注〕李肇國史補：「進士爲時所尚久矣，俊乂實集其中。由此出者，終身爲聞人。故争名常切，而爲俗亦弊。」

〔二二〕〔顧嗣立注〕選洞簫賦：「嶇嶔巋崎。」善曰：「山險峻之貌。」

〔二三〕〔廖瑩中注〕顔延年弔屈原文：「物忌堅芳，人諱明潔。」太白詩：「羣沙穢明珠，衆草凌孤芳。」

〔二四〕〔舉正〕曾本校「簷」作「閻」。考荀子、史記子貢傳，「閻」字爲正。〔方成珪箋正〕子貢傳當作原憲傳。〔方世舉注〕方説非。其所引皆閭閻之窮簷，但謂窮居之屋簷耳。

〔二五〕〔舉正〕舊本「聆」一作「憐」，李、謝本皆出。〔考異〕「聆」，或作「恥」，或作「憐」。

〔二六〕〔舉正〕「起」，從三舘本、謝校。〔考異〕「起」，或作「赴」。祝本作「赴」。〔魏本引韓醇曰〕

騷：「予既滋蘭之九畹兮，又樹蕙之百畝。冀枝葉之峻茂兮，願俟時乎吾將刈。」詩意若取此。〔魏本引孫汝聽曰〕東皙南陔詩：「言採其蘭。」採蘭，言念親思歸也。

〔二七〕〔考異〕「望」，或作「思」。〔李黼平曰〕毛詩、楚辭用南字多入侵，非關協韻。陸士衡贈顧彥先云：「大火貞朱光，積陽熙自南。望舒離金虎，屏翳吐重陰。」餘俱侵韻。又贈馮文羆云：「昔與二三子，游息承華南，拊翼同枝條，翻飛各異尋。」餘侵韻。朱子於詩燕燕章，上用音字，下用心字，中用南字，不注協音，以其本可入侵韻也。他章注之者，以南字用在上，故須注以就之。

〔二八〕〔魏本引孫汝聽曰〕秦，長安。吴，東野所居。〔方世舉注〕梁昭明太子啓：「暫乖語默，頓隔秦、吴。」江淹别賦：「況秦、吴兮絶國。」蔡琰胡笳十八拍：「關山阻修兮行路難。」

〔二九〕〔補釋〕詩意謂東野窮困，今離吴遠客長安，無論在何地，俱無若干錢以解決生活也。

〔三〇〕〔王本曰〕「方」，一作「州」。〔魏懷忠注〕徐州牧，張建封。〔補釋〕方，同邦、地。

〔三一〕〔魏本引孫汝聽曰〕建封爲徐州，有喜士之稱，許孟容、李博等皆在幕中。〔補釋〕好古，應篇首古貌古心。

〔三二〕〔顧嗣立注〕鄭玄毛詩箋：「鳳皇非梧桐不棲，非竹實不食。」

〔三三〕〔魏本引孫汝聽曰〕書：「黍稷非馨，明德惟馨。」歆，享也。

〔三四〕〔魏本引韓醇曰〕孟子：「孔子登太山而小天下。」〔魏本引祝充曰〕岑，小而高。

〔三五〕〔考異〕「溟」，或作「海」。祝本「溟」作「冥」。各本皆作「溟」。〔魏本引韓醇曰〕孟子：「觀水有術，必觀其瀾。」〔魏本引孫汝聽曰〕竹實、德馨、泰山、滄溟，皆言建封也。〔方世舉注〕李斯諫逐客書：「泰山不讓黃壤，故能成其大。河海不擇細流，故能就其深。王者不卻衆庶，故能明其德。」此爲建封喻，言容納賢豪也。〔朱彝尊曰〕此段稍覺繁。

〔三六〕〔陳景雲曰〕國語：「底著淫滯。」賈逵注：「淫，久也。」

〔三七〕〔補釋〕韓非子：「楚人和氏得玉璞楚山中，奉而獻之厲王。厲王使玉人相之，玉人曰：石也。王以和爲誑，而刖其左足。及厲王薨，武王即位，和又奉其璞而獻之武王。武王使玉人相之，又曰：石也。王又以和爲誑，則刖其右足。武王薨，文王即位，和乃抱其璞而哭於楚山之下，三日三夜，泣盡而繼之以血。王聞之，使人問其故曰：天下之刖者多矣，子奚哭之悲也？和曰：吾非悲刖也，悲夫寶玉而題之以石，貞士而名之以誑，此吾所以悲也。王乃使玉人理其璞而得寶焉，遂命曰和氏之璧。」

〔三八〕〔方世舉注〕李賀詩：「他日還轅及秋律。」謂秋爲試期也。律字與此磪字，皆便文。

【集説】

程學恂曰：此薦孟生於張建封也。然及建封處只末段數語，仍是歸重孟生。古人立言之體，嚴重如此。若出後人手，諛詞滿紙矣。

蔣抱玄曰：頗不以險硬見能，亦集中有數之作。

附答韓愈李觀別因獻張徐州

孟郊

富別愁在顏，貧別愁銷骨。懶磨青銅鑑，畏見新髮白。古樹春無花，子規啼有血。離絃不堪聽，一聽四五絶。世途非一險，俗慮有千結。有客步大方，驅車獨迷轍。故人韓與李，逸輪雙皎潔，哀哉摧折歸，贈詞從横設。徐方國東樞，元戎天下傑。禰衡投刺游，王粲吟詩謁。高情無遺照，明抱開曉月，在土不埋冤，有讎皆爲雪。願爲奇草木，永向君地列，願爲古琴瑟，永向君前發。欲識丈夫心，曾將孤劍說。

岐山下二首〔一〕

誰謂我有耳，不聞鳳皇鳴〔二〕。朅來岐山下〔三〕，日暮邊鴻驚〔四〕。丹穴五色羽，其名爲鳳皇〔五〕。昔周有盛德，此鳥鳴高岡〔六〕。和聲隨祥風〔七〕，窈窕相飄揚〔八〕。聞者亦何事？但知時俗康。自從公旦死〔九〕，千載閟其光〔一〇〕。吾君亦勤理，遲爾一來翔〔一一〕。

〔一〕廖本、王本作二首。祝本、魏本作一首。〔考異〕諸本只作一首。〔舉正〕閣本自「日暮邊火驚」以上爲第一篇。世有灌畦暇語一書，謂子齊初應舉，韓公賞之，爲作「丹穴五色羽，其名爲鳳凰」。子齊姓程，字昔範，嘗著中謩三卷，見因話録。則下詩似當爲別篇。第前詩題以岐山下，此必游鳳翔日作。然四語亦不成篇，疑有脱誤。〔顧嗣立注引俞暘曰〕此詩不必作二首，庚、陽二韻，古原通叶也。〔王元啓曰〕據舊注，則「丹穴」以下別爲一篇，應題丹穴一首贈程昔範，與前贈李觀、孟郊一例。考通鑑，昔範當敬宗初與張又新等同爲宰相李逢吉私人。李漢編集時，以此附岐山下四句之後者，殆鄙其爲人，故將原題削去耳。又據通鑑，當云「名昔範」，舊注「字」字誤。〔黄鉞注〕此詩究當從方作二首爲是。「日暮邊鴻警」五字，頗有含蓄。〔補釋〕諸説作二首者爲長。惟王氏謂李漢鄙昔範爲李逢吉私人之故，削去原題，此未可信。集中有和李相公古近體詩，皆未削去其題。逢吉且不削，何論其私人乎？〔魏本引集注〕岐山，鳳翔也。公嘗至鳳翔，謁節度使邢君牙，今集有上邢君牙尚書書，蓋公至岐下而有所賦也。〔補釋〕程俱韓文公歷官記、方崧卿韓文年表、韓醇全解，俱謂公游鳳翔在貞元十一年。考異曰：「據程致道説，既出潼關因游鳳翔上邢君牙書。」今按：程説大誤。蓋二鳥賦序言五月過潼關，而此書言六月至鳳翔。潼關在長安之東，鳳翔在長安之西，相距六百餘里。豈有五月方東出潼關，而六月遽能復西至鳳翔之理？此書決非此年所作，必是八年以後十年以前，嘗至鳳翔，而有此書及岐山下等詩也。

〔二〕〔朱彝尊曰〕突起，奇。

〔三〕〔方世舉注〕水經注云：「岐山在扶風美陽縣西北。」新唐書地理志：「鳳翔府扶風郡岐山縣，有岐山，屬關内道。」

〔四〕〔舉正〕唐、閣本作「邊火」。〔考異〕「鴻」，方作「火」。今按：上文言不聞鳳鳴，則此當作「鴻」。〔補釋〕舊唐書邢君牙傳：「吐蕃連歲犯邊，君牙且耕且戰，以爲守備」云云。故公詩有「邊鴻驚」之語。

〔五〕〔方世舉注〕爾雅釋地：「距齊州以南，戴日爲丹穴。」南山經：「丹穴之山，有鳥焉，其狀如雞，五采而文，名曰鳳皇。」

〔六〕〔魏本引韓醇曰〕詩卷阿：「鳳皇鳴矣，于彼高岡。」〔魏本引孫汝聽曰〕國語周語曰：「周之興也，鸑鷟鳴于岐山。」〔補釋〕鸑鷟，鳳凰之别稱。

〔七〕〔方世舉注〕左傳：「鳳皇于飛，和鳴鏘鏘。」又：「和聲入于耳而藏于心。」王褒聖主得賢臣頌：「恩從祥風翔，德與和氣游。」

〔八〕廖本、王本作「窅窕」。祝本、魏本作「窈窕」，注曰：一作「窅窅」。〔舉正〕杭、蜀本作「窅窈」。〔考異〕方本作「窅窕」。而舉正改「窕」爲「窈」。按：窅即窈字，既連用之，不應異體，或是窅字一作窈耳。〔方世舉注〕説文：「窅，深目也。窈，深遠也。窕，深肆極也。」按：窅窕亦相近可通，然與窕字相連，宜作「窈窕」，以詩經爲正。

〔九〕祝本、魏本作「姬」。〔舉正〕「公」從唐本。柳本同。

〔一〇〕〔魏本引樊汝霖曰〕即杜子美鳳皇臺詩所謂「西伯今寂寞，鳳聲亦悠悠」也。

〔一一〕〔祝充注〕遲，音稺，待也。易：「遲歸有時。」前漢：「側席遲士。」〔方世舉注〕後漢書章帝紀：「朕思遲直士。」注：「遲，猶希望也。」魏志管寧傳：「振翼遐裔，翻然來翔。」

【集説】

朱彝尊曰：意不深，卻近古。

王懋竑曰：此詩作一首，當從叶韻。若作二首，仍從本音。

嚴虞惇曰：作一首爲是。四句亦不成篇，必有脱誤也。

青青水中蒲三首〔一〕

青青水中蒲，下有一雙魚〔二〕。君今上隴去〔三〕，我在與誰居？

〔一〕廖本、王本作三首。祝本、魏本作一首。〔考異〕諸本作一首。方從閣本。今按：樂府亦作三首。〔魏本引韓醇曰〕詩蓋興寄也。〔魏本引孫汝聽曰〕當是婦人思夫之意。〔補釋〕陳沆詩比興箋以此詩爲公寄内而代爲内人懷己之詞，而未言其年月。今考詩中有「上隴」字，蓋公游鳳翔時作也。公與鳳翔邢尚書書稱「六月于邁，來觀其師」，「青青水中蒲」，正是夏景。公夫人盧氏，年少於公約六七歲。據公爲妻兄盧於陵所作墓誌銘，於陵以元和二年卒，年三十有六。如以公妻之年少於陵二歲計，則貞元九年，年僅十九耳。

〔二〕〔何焯曰〕此是反興。

〔三〕〔方世舉注〕古樂府隴頭流水歌：「西上隴阪，羊腸九迴。」〔補釋〕舊唐書地理志：「鳳翔隴節度使，治鳳翔府，管鳳翔府、隴州。」

青青水中蒲，長在水中居。寄語浮萍草，相隨我不如〔一〕。

〔一〕〔何焯曰〕此是比。

青青水中蒲，葉短不出水〔一〕。婦人不下堂，行子在萬里〔二〕。

〔一〕〔何焯曰〕此是興。

〔二〕〔魏本引韓醇曰〕選東門行云：「居人掩閨卧，行子夜中飯。」又雜詩云：「之子在萬里，江湖迴且深。」〔謝榛曰〕託興高遠，有風人之旨。杜少陵曰：「丈夫則帶甲，婦人終在家。」此文不逮意，韓詩爲優。〔朱彝尊曰〕尤妙絶，更不必道及思念。

【集説】

胡應麟曰：退之青青水中蒲三首，頗有不安六朝意。然如張王樂府，似是而非。取兩漢五言短古熟讀自見。

朱彝尊曰：語淺意深，可謂鍊藻繪入平淡。篇法祖毛詩，語調則漢魏歌行耳。

何焯曰：三章真古意。

陳沆曰：首章「君」，謂魚也。「我」，蒲自謂也。次章「相隨我不如」，言蒲不如浮萍之相隨也。此公寄内而代爲内人懷己之詞。然前二章兒女離別之情，第三章丈夫四方之志。

古風〔一〕

今日曷不樂？幸時不用兵。無曰既蹙矣〔二〕，乃尚可以生〔三〕。彼州之賦，去汝不顧〔四〕；此州之役，去我奚適〔五〕？一邑之水，可走而違；天下湯湯，曷其而歸〔六〕？好我衣服，甘我飲食，無念百年，聊樂一日〔七〕。

〔一〕貞元十年甲戌。〔舉正〕蜀本作二首。宋本同。〔魏本引樊汝霖曰〕自安史亂後，方鎮相望於内地，大者連州十餘，小者不下三四，兵驕則逐帥，帥強則叛上，不廷不貢，往往而是。故托古風以寓意。〔魏本引韓醇曰〕觀詩意當在德宗之世，與烽火相爲表裏云。〔陳景雲曰〕貞元之季，人主方瀆貨，外吏多掊克以事進奉，有税外方圓之目。科率日多，民力重困。公詩殆以是時作。〔顧嗣立注引胡渭曰〕詩云「幸時不用兵」，此必貞元十四年以前作也。十五年則吳少誠反，而大發諸道兵以討之矣。〔王元啓曰〕此詩爲各方鎮賦役煩苛而作，非爲不廷不貢發也。與烽火詩義指各殊。樊、韓二注，混而一之，非是。胡渭曰：「此必貞元十四年以前作。」愚謂十四年以前，公在汴幕，主賓甚相得，不應作此哀怨激楚之音。考德宗本紀，自貞元二年，李希烈伏誅後，雖吐蕃時有蠢動，不過邊疆之患。中土諸節鎮，無有稱兵搆亂者，公所謂「幸時不用兵」也。此詩十年以前，客居京城，未入汴幕時作。

〔二〕〔舉正〕「曰」，從宋本。〔考異〕「曰」，或作「日」。

〔三〕〔舉正〕閣本作「可勞生」，豈有訛耶？〔考異〕「以」，或作「勞」，非是。〔王元啓曰〕既蹙，即謂賦役煩苛。然比前此朱泚、李懷光之亂，則尚有可生之望也。

〔四〕〔陳沆曰〕用碩鼠「逝將去女」。

〔五〕〔舉正〕三館本、歐、謝校同作「我去」。閣本「奚」作「爰」。〔考異〕皆非是。〔魏本引孫汝聽曰〕言政煩賦重，捨之而去，無可之適，謂所在皆同也。

〔六〕〔魏本引孫汝聽曰〕湯湯，大水貌。書：「湯湯洪水方割。」一邑之水，尚可以避，今天下湯湯，可復避乎？

〔七〕〔陳景雲曰〕史記平準書云：「告緡獄興，商賈中家以上大率破。民偷甘食好衣，不事畜藏之産。」篇末四語，意蓋本此。何焯説同。〔唐宋詩醇〕史記韓信傳曰：「農夫莫不輟耕釋耒，褕衣甘食。」索隱曰：「恐滅亡不久，故廢止作業而事美衣甘食。」此篇結意類此。可謂長歌之哀，深於痛哭矣。〔方世舉注〕詩山樞：「且以喜樂，且以永日。」

【集説】

蔣之翹曰：此詩質而不俚，婉而多風，似古謠諺之遺，非唐人語也。

何焯曰：托之方鎮，以覺在上者也。「幸時不用兵」，蓋以兵方自此不解，正言若反也。

胡渭曰：本譏賦役之困，民無所逃，卻言時不用兵，正宜甘食好衣，相與爲樂。辭彌婉而意彌痛，山樞、萇楚之遺音也。

程學恂曰：此等詩直與三百篇一氣。

重雲一首李觀疾贈之〔一〕

天行失其度〔二〕，陰氣來干陽〔三〕，重雲閉白日〔四〕，炎燠成寒涼。小人但咨怨〔五〕，君子惟憂傷〔六〕。飲食爲減少〔七〕，身體豈寧康。此志誠足貴，懼非職所當〔八〕。藜羹尚如此，肉食安可嘗〔九〕？窮冬百草死〔一〇〕，幽桂乃芬芳〔一一〕。且況天地間，大運自有常。勸君善飲食，鸞鳳本高翔〔一二〕。

〔一〕舉正無「一首」以下七字。祝本、魏本、王本皆有之。廖本無「一首」二字。〔魏本引韓醇曰〕觀以貞元十年死於京師，當其疾時，以詩贈云。〔顧嗣立注引胡渭曰〕新書五行志：

「貞元十年春，雨，至閏四月，間止不過一二日。」贈詩蓋此時，觀即於是年卒也。〔方世舉注〕陶潛詩：「重雲蔽白日。」

〔二〕〔舉正〕蜀本作「令失度」。公詩語多用此一體。〔考異〕今按諸本皆作「天行失其度」，文意自通。公詩雖間有如方説者，然亦不專以此爲奇也。〔王元啓曰〕愚按失度自指天行，不應別出一令字，反於行度無關。考異云云，語猶未徹。〔方世舉注〕記月令：「司天日月星辰之行，宿離不貸，無失經紀。」班彪北征賦：「夫何陰曀之不陽兮，嗟久失其平度。」

〔三〕〔方世舉注〕賈誼旱雲賦：「陰氣辟而留滯。」

〔四〕各本作「白日」。祝本作「日夜」。〔舉正〕樊本作「閉白日」，謂今本非。〔魏本引韓醇曰〕選補亡詩：「黮黮重雲。」古詩：「浮雲蔽白日。」或作「重雲閉日夜」，非是。

〔五〕〔魏本引孫汝聽曰〕書：「夏暑雨，小民惟曰怨咨。冬祁寒，小民亦惟曰怨咨。」

〔六〕〔魏本引孫汝聽曰〕小民但知怨咨而已，君子則憂政事之失，干陰陽之和，或至于亂也。言觀憂傷以致成疾也。

〔七〕〔舉正〕從閣本。李、謝校本作「尚爲滅」。〔考異〕非是。

〔八〕〔舉正〕杭、蜀本「職」皆作「識」。張衡同聲歌：「賤妾職所當。」今從三館本。

〔九〕〔方世舉注〕説苑：「晉獻公之時，東郭民有祖朝者，上書獻公。獻公曰：肉食者已慮之矣，藿食者尚何與焉？對曰：設使肉食者一旦失計於廟堂之上，若臣等之藿食者，寧得無肝腦墮地于中原之野乎？」〔張鴻曰〕細筋入骨。

〔一〇〕〔徐震曰〕合江亭詩云：「窮秋感平分。」送僧澄觀云：「洛陽窮秋厭窮獨。」皆用窮秋。則此窮冬，必爲窮秋之誤。若作窮冬，則桂不芳矣。

〔一一〕〔方世舉注〕淮南小山招隱士：「桂樹叢生兮山之幽。」

〔一二〕〔魏本引孫汝聽曰〕以鸞鳳比觀也。〔方世舉注〕廣雅釋鳥：「鸞鳥，鳳皇屬也。」賈誼惜誓：「獨不見夫鸞鳳之高翔。」

【集說】

朱彝尊曰：稍率易。

李光地榕村詩選曰：言李生憂世之志雖可貴，而非職所當。今日貧賤如此，苟富貴當如何乎？有以獨樂而知天命，則不以歲寒改柯易葉。如高飛之鳳皇，覽德暉而來下也。

何焯曰：諸短章音節極古，且多用比興，直所謂突過黄初也。

程學恂曰：此與苦寒歌、苦寒詩並讀。

謝自然詩〔一〕

果州南充縣〔二〕，寒女謝自然〔三〕，童騃無所識〔四〕，但聞有神仙。輕生學其術，乃在金泉山〔五〕，繁華榮慕絶，父母慈愛捐。凝心感魑魅〔六〕，慌惚難具言〔七〕。一朝坐空室，雲霧生其間〔八〕，如聆笙竽韻，來自冥冥天〔九〕。白日變幽晦，蕭蕭風景寒。簷楹蹔明滅〔一〇〕，五色光屬聯。觀者徒傾駭，躑躅詎敢前〔一一〕。須臾自輕舉〔一二〕，飄若風中烟。茫茫八紘大〔一三〕，影響無由緣〔一四〕。里胥上其事〔一五〕，郡守驚且歎〔一六〕，驅車領官吏，甿俗爭相先〔一七〕。入門無所見，冠屨同蜕蟬〔一八〕，皆云神仙事，灼灼信可傳。余聞古夏后，象物知神姦，山林民可入〔一九〕，魍魎莫逢旃〔二〇〕。逶迤不復振〔二一〕，後世恣欺謾。幽明紛雜亂〔二二〕，人鬼更相殘。秦皇雖篤好，漢武洪其源〔二三〕；自從二主來，此禍竟連連〔二四〕。木石生怪變〔二五〕，狐狸騁妖患〔二六〕。莫能盡性命〔二七〕，安得更長延〔二八〕。人生處萬類，知識最爲賢；奈何不自信，反欲從物遷〔二九〕。往者不可悔，孤魂抱深冤；來者猶可誡〔三〇〕，余言豈空文〔三一〕。人生有常理，男女各有倫〔三二〕，寒衣及飢食，在紡織耕耘〔三三〕。下以保子孫，上以奉君親〔三四〕，苟異於此道，皆爲棄其身〔三五〕。噫乎彼寒女，永託異物羣〔三六〕。感傷遂成詩〔三七〕，味者宜書紳〔三八〕。

〔一〕〔方世舉注〕太平廣記：「謝自然，孝廉謝寰女。」集仙録：「謝自然居果州南充縣，年十四，修道不食，築室於金泉山。貞元十年十一月二十日辰時，白日昇天，士女數千人咸共瞻仰。須輿，五色雲遮亘一川，天樂異香散漫。刺史李堅表聞，詔褒美之。」白帖：「謝自然，女道士也，果州人。居大方山頂，常誦道德經、黄庭内編，于開元親授紫虛寶經于金泉山。一十三年，晝夜不寐，兩膝上忽有印，四壖若朱，有古篆六字，粲如白玉。忽於金泉道場，有雲氣遮匝一山，散漫彌久，仙去。」〔何焯義門讀書記〕唐書藝文志：「李堅東極真人傳一卷。」注：「果州謝自然。」

〔二〕〔方世舉注〕舊唐書地理志：「果州，隋巴西郡之南充縣。武德四年，割隆州之南充、相如二縣置。因果山爲名。天寶元年，爲南充郡。乾元元年，復爲果州，領南充縣。屬劍南道。」

〔三〕〔魏本引孫汝聽曰〕寒女，貧女也。〔魏本引韓醇曰〕選郭泰機答傅咸詩：「寒女雖巧妙，不得秉杼機。」

〔四〕〔方世舉注〕廣雅釋詁：「僮騃，癡也。」

〔五〕〔魏本引集注〕果州謝真人，上昇在州城西門外金泉山。

〔六〕〔方世舉注〕齊書劉虯傳：「退不凝心出累，非冢間樹下之節。」〔魏懷忠注〕左傳：「投諸四裔，以禦魑魅。」注：「魑，山神，獸形。魅，説文作鬽，云老物精也。」

〔七〕〔魏本引祝充曰〕禮記：「以其慌惚以與神明交。」〔何焯曰〕四語爲後半篇議論伏案。

〔八〕〔方世舉注〕郭璞游仙詩：「雲生梁棟間，風出窗户裏。」

〔九〕〔何焯曰〕描寫似太史公封禪書。

〔一〇〕廖本、王本作「塹」。祝本、魏本作「氣」。〔舉正〕「塹」，從閣本。〔考異〕塹，或作氣。〔張相曰〕塹，同暫。塹明滅，猶云乍明滅，亦忽字義。

〔一一〕〔魏本引祝充曰〕躑躅，不進貌。楚辭：「待天明兮立躑躅。」

〔一二〕〔方世舉注〕屈原遠游：「悲時俗之迫阨兮，願輕舉而遠游。」

〔一三〕〔魏本引孫汝聽曰〕淮南子：「九州之外有八夤，八夤之外有八紘。」〔魏本引祝充曰〕列子：「八紘九野之水。」注：「八極也。」

〔一四〕〔方世舉注〕曹植與吳質書：「天路高邈，良無由緣。」

〔一五〕〔魏懷忠注〕里胥，里吏也。

〔一六〕「歎」，祝本、魏本作「觀」。〔舉正〕「歎」，從閣本。李、謝校同。潮本作「歡」，今作「觀」，皆訛。

〔一七〕〔方世舉注〕南史王訓傳訓作詩云：「旦奭匡世功，蕭曹佐甿俗。」又虞玩之傳：「自傾甿俗巧僞。」

〔一八〕〔魏本引祝充曰〕蛻，去皮也。〔魏本引韓醇曰〕夏侯湛作東方朔畫贊曰：「蟬蛻龍變，棄俗登仙。」

〔一九〕廖本、王本作「民」。祝本、魏本作「人」。〔舉正〕唐本、閣本皆作「民」。公文石本用「民」字多，只爲字不成，不盡避也。

〔二〇〕〔魏本引樊汝霖曰〕左傳宣公三年：「楚子問鼎之大小輕重。王孫滿對曰：在德不在鼎。昔夏之方有德也，鑄鼎象物，而爲之備，使民知神姦。故民入川澤山林，魑魅魍魎，莫能逢之。」此曰莫逢旃，旃，之也。〔魏本引韓醇曰〕選西京賦：「魑魅魍魎，莫能逢旃。」

〔二一〕〔魏本引孫汝聽曰〕言此事不復振起也。

〔二二〕〔蔣抱玄注〕易：「是故知幽明之故。」注：「有形無形之象也。」

〔二三〕〔魏本引孫汝聽曰〕秦始皇、漢武帝皆好神仙，使人入海求蓬萊、方丈。洪，大也。

〔二四〕〔顧嗣立注〕莊子駢拇篇：「又奚連連如膠漆纆索？」

〔二五〕〔顧嗣立注〕國語：「木石之怪夔魍魎。」

〔二六〕〔祝本魏本注〕「患」，一作「妍」。〔方世舉注〕晉書郭璞傳：「暨陽人任谷，因耕息於樹下，忽有一人著羽衣就淫之，谷遂有娠。將產，羽衣人復來，以刀穿其陰下，出一蛇子，便去。遂成宦者，詣闕上書，自云有道術。帝留谷於宮中。璞上疏曰：任谷所言妖異，無有因由。臣愚以爲陰陽陶蒸，變化萬端，亦是狐狸魍魎，憑陵作慝。願採臣言，即特遣谷出。」〔魏本引祝充曰〕患字義與去聲同，見楚辭：「屢離憂而逢患。」音還。

〔二七〕廖本、王本作「盡」。祝本、魏本作「保」。〔舉正〕唐本作「盡」。閣本、蜀本同。嵇康養生論：「導養得理，以盡性命。」〔王元啓曰〕此句足以唤醒癡愚。世所詫爲靈仙飛化者，自公視之，皆不盡其道而死者耳。

〔二八〕〔程學恂曰〕二語説理極高妙，然是文體，非詩體也。

〔二九〕〔魏本引補注〕書君陳曰：「惟民生厚，因物有遷。」此言爲異物所遷耳。〔汪琬曰〕四語應「童騃無識」。

〔三〇〕〔蔣抱玄注〕論語：「往者不可諫，來者猶可追。」

〔三一〕廖本、王本作「空」。祝本、魏本作「虚」。〔舉正〕「空」，從唐本，閣本、蜀本同。司馬遷書：「思垂空文以自見。」公詩亦多用遷語。

〔三二〕〔魏本引蔡夢弼曰〕倫，匹也。孟子：「飲食男女，人之大倫也。」

〔三三〕〔考異〕「紡」，或作「蠶」。〔何焯曰〕切寒女。〔黄鉞注〕公五言古詩如「在紡織耕耘」及「乃一龍一豬」、「夫平生好樂」等句，其句脈皆上一下四，亦古人所未有，直從三百篇來。

〔三四〕〔王元啓曰〕荀子成相篇：「下以教誨子孫，上以奉祖考。」

〔三五〕〔方世舉注〕阮籍詩：「輕蕩易恍忽，飄颻棄其身。」

〔三六〕〔蔣抱玄注〕漢書郊祀志：「有異物之神，見於成紀。」

〔三七〕〔舉正〕「詩」，從蜀本。〔考異〕「詩」，或作「詠」。祝本、魏本作「詠」。廖本、王本作「詩」。

〔三八〕〔魏本引孫汝聽曰〕論語：「子張書諸紳。」紳，大帶也。

【集説】

葛立方曰：白日昇天之説，上古無有也。老子爲道家之祖，未嘗言飛昇。後之學道者，稍知清虛寡欲，則好事者必以白日上昇歸之，見於僊記者，抑何多邪？韓退之集載謝自然詩曰：「須臾自輕舉，飄若風中烟。」人多以爲上昇，而不知自然爲魅所著也。故其末云：「噫乎彼寒女，永託異物羣。」

范晞文曰：退之紀夢云：「我能屈曲自世間，安能從汝巢神山。」游青龍云：「忽警顔色變韶稚，卻信靈仙非怪誕。」又謝自然云：「簷楹氣明滅，五色光屬聯，須臾自輕舉，飄若風中烟。」信且見矣。華山女云：「豪家少年豈知道，來繞百匝脚不停。雲窗霧閣事恍惚，重重翠幔深金屏。仙梯難攀俗緣重，浪憑青鳥通丁寧。」又誰氏子云：「或云欲學吹鳳笙，所慕靈妃媲簫史。」非不信且見，故從而斥之也。

楊慎升庵詩話曰：謝自然女仙，白日飛昇，當時盛傳其事至長安，韓昌黎作謝自然詩紀其跡甚著，蓋亦得于傳聞也。予近見唐詩人劉商集有謝自然卻還故居一詩云：「仙侶招邀自有期，九天升降五雲隨。不知辭罷虛皇日，更向人間住幾時？」觀此詩，其事可知矣。蓋謝氏爲妖道士所惑，以幻術貿遷他所而淫之。久而厭之，又反舊居。觀商詩中所云「仙侶招邀」，意在言外。惜乎昌黎不聞也。然則世之所謂女仙者，皆此類耳。

朱彝尊曰：率爾漫寫，不見作手。

李光地榕村詩選曰：世固自有仙道，自韓子言之，則皆鬼魅所爲也。信乎？曰：其入於鬼魅者多矣。故首曰「凝心感魑魅」，後曰「木石生怪變，狐狸騁妖患」，而中敍其昇舉之候，風寒幽晦，則非休徵可知。然韓子本意，雖視仙道猶鬼道也，故曰「莫能盡性命，安得更長延」。其紀夢云：「安能從汝巢神山。」則直謂世無仙道，但窟宅巖崖，羣彼異物耳。

王懋竑曰：謝自然，貞元十年十一月十二日辰時白晝上昇，見于郡守李堅之奏，又賜詔褒諭，其事自非誣。昌黎詩云：「皆云神仙事，灼灼信可傳。」蓋紀其實也。是時舉世莫不崇信，而公獨謂「木石生怪變，狐狸騁妖患」，而有「孤魂抱深冤」、「永托異物羣」之歎，其卓識不惑如此。與論佛骨表同，世之人未有表而出之者也。余嘗見王鳳洲所撰曇陽子傳，正所謂木石怪變，狐狸妖患者，而乃爲之張大其事以傳。其視昌黎公，當愧死無地矣。

顧嗣立曰：公排斥佛老，是生平得力處。此篇全以議論作詩，詞嚴義正，明目張膽，原道、佛骨表之亞也。

唐宋詩醇曰：前敍後斷，排斥不遺餘力，人詫其白日飛昇，吾獨爲孤魂冤痛，警世至深切矣。

王元啓曰：按謝自然事，當日俱奉爲神仙，公謂此特爲妖魅所惑。末言人生常理，不但議論宏偉，其一片至誠惻怛之心，尤足令人感悚。

程學恂曰：韓集中惟此及豐陵行等篇，皆涉敍論直致，乃有韻之文也，可置不讀。篇末直與原道中一樣説話，在詩體中爲落言詮矣。

從先韻。言字、冤字，元韻韻補無叶音。先、寒、文、真、刪、元同用，皆

雜詩〔一〕

古史散左右，詩書置後前；豈殊蠹書蟲〔二〕，生死文字間。古道自愚惷〔三〕，古言自包纏〔四〕；當今固殊古，誰與爲欣歡？獨攜無言子，共昇崑崙顛〔五〕。長風飄襟裾，遂起飛高圓〔六〕，下視禹九州〔七〕，一塵集毫端〔八〕。遨嬉未云幾〔九〕，下已億萬年，向者夸奪子，萬墳厭其巔〔一〇〕。惜哉抱所見，白黑未及分〔一一〕，慷慨爲悲咤，淚如九河翻。指摘相告語，雖還今誰親〔一二〕？翩然下大荒〔一三〕，被髮騎騏驎〔一四〕。

〔一〕貞元十一年乙亥。〔廖瑩中注〕文選王粲、曹植皆有雜詩，李善謂「遇物即言，不拘流例」是也。或作雜言，非。〔方世舉注〕此詩爲李實、伾、文輩而作。「古史散左右」云云，時方爲博士也。〔王元啓曰〕此詩與嘲魯連同指，亦爲後進争名者發。或云「爲李實、伾、文輩作」，非是。〔徐震曰〕王説近是而未盡也。觀此詩首六句，顯爲文章而發。意蓋譏時流不識文章本原，衹以獵取科第，終歸身名俱滅；自慨獨抱真識，世莫可與言者。此與答崔立之書同指，疑亦作於其時也。〔補釋〕徐説爲長。公答崔立之書，作於貞元十一年。

〔二〕廖本、王本作「蠹書蟲」。祝本、魏本作「書蠹蟲」。〔舉正〕杭、蜀作「蠹書魚」。〔顧嗣立注〕穆天子傳：「暴蠹書于羽陵。」注云：「暴書中蠹蟲。」

〔三〕〔考異〕「惷」，或作「戇」，或作「蠢」。〔顧嗣立注引劉石齡曰〕禮記：「寡人蠢愚冥頑。」

〔四〕〔補釋〕此承「生死文字間」句來，謂被古人言論所束縛。

〔五〕〔魏本引韓醇曰〕列子：「周穆王駕八駿之乘，升崑崙之丘。」

〔六〕〔方世舉注〕詩正月：「謂天蓋高。」大戴禮天圓篇：「天道曰圓，地道曰方。」

〔七〕廖本、王本作「禹」。祝本、魏本作「寓」。〔考異〕「禹」，方作「寓」。〔方世舉注〕史記孟子荀卿傳：「騶衍以爲儒者所謂中國者，乃天下八十一分居其一分耳。中國名曰赤縣神州，內自有九州，禹之序九州是也。」

〔八〕〔補釋〕妙法蓮華經：「佛告諸比丘：乃往過去無量無邊不可思議阿僧祇劫，爾時有佛，名大通智勝如來。彼佛滅度已來，甚大久遠，譬如三千大千世界所有地種，假使有人磨以爲墨，過於東方千國土，乃下一點，大如微塵，又過千國土，復下一點，如是展轉，盡地種墨，是人所經國土，若點不點，盡抹爲塵，一塵一劫，彼佛滅度已來，復過是數。無量無邊百千萬億阿僧祇劫，我以如來知見力故，觀彼久遠，猶若今日。」大方廣佛華嚴經：「於一塵中，普現一切世間境界。」〔何孟春曰〕退之「下視禹九州，一塵集毫端」，長吉「遥望齊州九點烟，一泓海水杯中瀉」，與老杜所謂「盪胸生層雲，決眥入飛鳥」，是詩家何等眼界？〔汪琬曰〕見地極高，有舉頭天外之想。

〔九〕〔方世舉注〕神仙傳：「陰長生著詩三篇，以示將來，曰：遨戲仙都，顧愍羣愚。年命之逝，如彼川流。奄忽未幾，泥土爲儔。奔馳索死，不肯暫休。」

〔一〇〕〔舉正〕唐、杭本、李、謝校作「壓其墳」。蜀本作「顛」。〔考異〕今按方所從本，蓋後入以重韻而誤改之。〔方成珪箋正〕朱子説甚是。又舉正「墳」蜀作「顛」，疑上「崑崙顛」之顛，或作巔，此從蜀本作「顛」，亦通。

〔一一〕〔方世舉注〕韓詩外傳：「有王之法，若别黑白。」

〔一二〕〔魏本引樊汝霖曰〕此屈原所以去世離俗，道夫崑崙，已而臨睨舊鄉，則曰「國無人兮莫我知」也。

〔一三〕〔方世舉注〕大荒西經：「海外大荒之中，有山名曰大荒之山，日月所入，是謂大荒之野。」

〔一四〕〔舉正〕蜀本只作「麒麟」。古書如戰國策，多用「騏驎」字，義實一也。〔方世舉注〕神仙傳：「孫登被髪自覆身，髪長丈餘。」又：「王遠過吴蔡經家，經父母問曰：王君是何神人？居何處？經曰：常在崑崙山。王君出城，唯乘一黄麟，去地常數百丈。」

【集説】

周煇曰：坡岐亭詩凡二十六句而押六韻。或云無此格。韓退之有雜詩一篇，二十六句押六韻。

朱彝尊曰：是寓意，不是古意。然未爲工。

何焯義門讀書記曰：體源太白，要自有公之胸次。介甫多學此也。

方世舉曰：或疑公不好神仙，而此詩多作神仙之語。不知其寄託，蓋有深意也。當李實、伾、文用事之時，所爲夸奪，賢姦倒置，公被擠而出。未及三年，而世故紛紜，大非前時景象。嚮者諸人，復安在哉。故欲超然於塵埃之外。俯仰人世，夸奪者何如也？

陳沆曰：厭語言文字而思大道也。爲舉世所不好之文，既非逢世之具，又非大道之要。且烈士殉名，與夸者死權，同爭一時勝負耳。自至人知道者觀之，則萬世一瞬，得失毫末，曾白黑未分，已化爲塵土矣。與造物不朽者何人乎？

沈曾植曰：雄恢。黯然孤進之傷。言語不通，奈何乎公！

程學恂曰：此公寓言。中所得者，即原道之旨。當世無可與言者，故託之無言子也。夸奪子，即指世俗之人，惟知以世利相競，而於道懵然無所知識，倏忽之間，已澌滅無存，誠爲可憐也。此自明聞道之旨，以悟世人，絶非好神仙之詞。所謂億萬年，正指後世，言此輩混混然而生，混混然而死，與草木同腐，不聞於後也。若認作當時盛衰，則淺甚矣。非此篇之旨。

馬厭穀〔一〕

馬厭穀兮，士不厭糠籺〔二〕。士被文繡兮〔三〕，士無裋褐〔四〕。彼其得志兮不我虞，一朝失志兮其何如？已焉哉，嗟嗟乎鄙夫〔五〕！

〔一〕〔魏本引樊汝霖曰〕劉向新序：「燕相得罪將出，召門下諸大夫曰：有能從我出者乎？大夫有進者曰：凶年飢歲，士糟粕不厭，而君之犬馬有餘穀粟；隆冬烈寒，士短褐不全，而君之臺觀，幃簾錦繡，飄飄而弊。財者君之所輕，死者士之所重。君不能施君之所輕，而求得士之所重，不亦難乎？燕相慙。」公名篇意出此。〔魏本引韓醇曰〕此詩及出門，皆未得志之辭。其三上光範書時作乎？〔補釋〕陳沆詩比興箋以此詩與利劍、忽忽二詩並題曰雜詩三章，箋曰：「三章舊各以章首之字爲題，實則一時所作。當是德宗貞元十九年，由四門博士拜監察御史時。蓋公懷史鰌進賢退不肖之志，而鬱鬱無所遂，故首章恨不欲去讒而無其權也。次章全用國策燕相出亡事，恨時不養士也。既皆不得，故三章無所發憤，激而爲世外之思，屈子所謂安能忍而與此終古也。」陳說聯三詩爲一，究無確據，轉不如韓說爲長。

〔二〕〔魏本引韓醇曰〕厭，飽也。麄屑爲籺，舂粟不潰也。〔方世舉注〕史記陳丞相世家：「人或謂陳平曰：貧何食，而肥若是？其嫂嫉平之不視家生産，曰：亦食糠覈耳。」徐廣曰：「覈，音核。」孟康曰：「麥糠中不破者也。」〔補釋〕「籺」字當爲麧，說文：「麧，堅麥也。乎没切。」謂麥糠中不破者，即史記陳丞相世家所謂糠覈也。

〔三〕〔方世舉注〕前漢書賈誼傳：「庶民牆屋被文繡。」三輔黄圖：「木衣綈繡，土被朱紫。」

〔四〕廖本、王本作「裋」。祝本、魏本作「短」。〔魏本引洪興祖曰〕音義引方言：「裋，複襦。」許氏注淮南子云：「楚人謂袍爲裋。」說文云：「粗布。又敝布襦也。又襜褕短者謂之裋褕。」

漢書云：「裋褐不完。」注云：「裋，童豎所着布長襦也。褐，毛布之衣也。」杜子美云：「賜浴皆長纓，與宴非短褐。」「短褐風霜入，還丹日月遲。」皆作長短之短。蓋襜褕短者謂之裋褕，則短義亦通。抑古書自有作短褐者，予未之見耶。〔考異〕諸本多作「裋」，一作「短」。今按戰國策：「鄰有短褐。」一作裋。史記：「士不得短褐。」司馬貞曰：「短，亦音豎。」班彪王命論：「短褐之褻。」韋昭曰：「短，當作裋。裋，襦也。」字皆正作短，注中乃云：「裋字豎音。」

〔五〕〔蔣抱玄注〕論語：「鄙夫可與事君也與哉？」

【集説】

蔣之翹曰：意似古而語亦太激。

方世舉曰：按此三上宰相書不報時作。全用燕相語事。左傳：「季文子相君三世，妾不衣帛，馬不食粟。」皆命意所在。下苦寒歌同。

陳沆曰：此與利劍、忽忽三詩，用樂府之奇倔，攄離騷之幽怨，而皆遺其形貌。所謂情激則調變者歟？

程學恂曰：集中如此等詩，皆直氣徑達，無半點掩飾。

苦寒歌〔一〕

黄昏苦寒歌〔二〕，夜半不能休〔三〕。豈不有陽春〔四〕？節歲聿其周〔五〕。君何愛〔六〕，重裘兼味養大賢〔七〕？冰食葛製神所憐〔八〕。填窗寒户慎勿出，暄風暖景明年日〔九〕。

〔一〕魏本、廖本、王本入外集。小字浙本、祝本入正集，〔舉正〕監本入正集，用杭本也。今從蜀本。

〔二〕〔方世舉注〕屈原九章：「昔君與我成言兮，曰黄昏以爲期。」

〔三〕〔王本引考異〕「夜半」，或作「半夜」。廖本、王本作「夜半」。祝本、魏本作「半夜」。

〔四〕〔方世舉注〕宋玉九辯：「無衣裘以御冬兮，恐溘死而不得見乎陽春。」

〔五〕舉正從杭、蜀本校作「節歲聿」。祝本作「歲聿不其周」，注曰：「一作『節歲聿』，一作『歲節聿』。」〔魏本引孫汝聽曰〕聿，遂也。詩：「歲聿其暮。」

〔六〕〔王本引考異〕「何愛」下疑有脱字。

〔七〕廖本、王本作「養」。祝本、魏本作「成」。〔舉正〕唐、杭本同作「養」。蜀本作「成」。〔方世舉注〕魏志王昶傳：「救寒無若重裘。」穀梁傳：「君食不兼味。」易鼎卦：「大烹以養聖賢。」

〔八〕〔魏本注〕「冰」字一作「水」。〔祝本注〕「神所」，一作「誠可」。〔舉正〕從杭、蜀本作「神所」。〔魏本引孫汝聽曰〕冰食葛製，貧者之服食，非所以禦寒也。〔方世舉注〕魏武帝苦寒行：「斧冰持作糜。」南史任昉傳：「昉子西華，冬月著葛帔練裙。」

〔九〕〔舉正〕從杭、蜀本作「明年日」。〔王本引考異〕或作「需明年」，非是。〔蔣抱玄注〕梁元帝纂要：「春風曰暄風。」按：暄，暖也。

【集説】

蔣抱玄曰：未見手段。

送汴州監軍俱文珍〔一〕

今之天下之鎮，陳留爲大。屯兵十萬，連地四州，左淮右河，抱負齊、楚，濁流浩浩，舟車所同。故自天寶以來，當藩垣屏翰之任，有弓矢鈇鉞之權，皆國之元臣，天子所左右。其監統中貴，必材雄德茂，榮耀寵光，能俯達人情，仰喻天意者，然後爲之。故我監軍俱公，輟侍從之榮，受腹心之寄，奮其武毅，張我皇威，遇變出奇，先事獨運，偃息談笑，危疑以平。天子無東顧之憂，方伯有同和之美。十三年春，將如京師，相國隴西公飲餞于青門之外，謂功德皆可歌之也，命其屬咸作詩以鋪繹之。

奉使羌池静〔二〕，臨戎汴水安〔三〕。沖天鵬翅闊〔四〕，報國劍鋩寒〔五〕。曉日驅征騎，春風詠采蘭〔六〕。誰言臣子道，忠孝兩全難〔七〕？

〔一〕貞元十三年丁丑。〔魏本引韓醇曰〕隴西公董晉爲宣武軍節度使，俱文珍爲監軍，公爲觀察推官。文珍將如京師，作序、詩而送之。〔魏本引樊汝霖曰〕此序不入正集，李漢以文珍故爲公諱耶？〔方世舉注〕公奉董晉之命而作，序文甚明，非出己意。況唐書本傳稱其性忠強，識義理，則其人或不必拒。〔王鳴盛蛾術編〕宦官之禍，至唐而極。舊書：「文珍從義父姓，曰劉貞亮，性忠正，剛而蹈義。」彼小人也。節度得人，何用監軍。節度不足信，乃信宦官小人，德宗舛矣。新書：「貞元末，宦官領兵。」舊書：「王叔文欲奪宦者兵權，貞亮建議與之争，乃請立廣陵王爲皇太子，逐叔文。」「憲宗思其翊戴之功，遷右衛大將軍，知内侍省事，卒贈開府儀同三司。」子傳父業，乃以翊戴歸功宦官，殺叔文以快私忿。憲宗視不改父之臣者，相去遼絶。卒之已爲宦官所弑，孫敬宗又爲宦官所弑。自文宗以下，閹人握兵之禍，潰敗决裂，其原皆自文珍發之。昌黎一文一詩，本無關於興亡大局。即送之之時，文珍惡尚未露，亦無害昌黎之爲君子。然叔文之忠謀不用而見誅，文珍之欲據兵權而釀亂，則固確然者。〔近鶴壽曰〕案大凡小人當其未敗露時，何嘗不冒爲君子之行。平涼之盟，俱文珍在渾瑊軍中，會變被執，不居然一君子哉？德宗亦信之，故使之出監宣武軍。昌黎，君子也。君子可欺以其方，蓋深信文珍爲端人矣。其後昌黎自爲君子，文珍自爲小人，本兩不相妨。李漢爲公諱，不以此詩入正集，固非。方世舉周旋其間，謂公奉董晉之命而作，非出己意。亦殊不必。〔補釋〕馮承鈞唐代華化蕃胡考：新唐書卷二百零七：劉貞亮，本俱氏，冒所養宦父姓，故改焉。又卷二百二十二上南詔傳、舊唐書卷一百四十五劉全諒傳皆有俱文珍。按：俱姓始見於十六國時，非漢姓也，其源未詳。

〔二〕〔魏本引樊汝霖曰〕貞元十年六月，以祠部郎中袁滋爲册南詔使，册異牟尋爲南詔王，以成都少尹龐頎爲副使，崔佐時爲判官，內給事俱文珍爲宣慰使，劉幽巖爲判官。〔沈欽韓注〕渾瑊傳：「貞元三年閏五月，與吐蕃盟於平涼州。吐蕃劫盟，中官俱文珍等俱陷於賊。尚結贊至原州，放文珍等歸朝。」詩所謂「奉使羌池静」者如此。

〔三〕〔王本引考異〕「安」，或作「閒」，非是。〔方世舉注〕汴水，謂在晉軍。

〔四〕〔方世舉注〕屈原九歌：「高馳兮沖天。」莊子逍遥游：「鵬之大，不知其幾千里也。怒而飛，其翼若垂天之雲。」

〔五〕〔方世舉注〕魏文帝詩：「越氏鑄寶劍，出匣吐寒芒。」

〔六〕〔魏本引孫汝聽曰〕束晳補亡詩曰：「循彼南陔，言采其蘭。」采蘭以養親也。〔王鳴盛蛾術編〕文珍闍人，不知其所出。所謂親，即義父耳。〔迮鶴壽曰〕用補亡詩義，故下聯直接云「誰言臣子道，忠孝兩全難」也。

〔七〕〔方世舉注〕漢書王尊傳：「尊遷益州刺史，行部至邛郲九折坂，問吏曰：此非王陽所畏道耶？叱其馭曰：驅之，王陽爲孝子，王尊爲忠臣。」晉書潘京傳：「京爲州所辟，謁見問策，探得不孝字。刺史戲京曰：辟士爲不孝耶？京舉版答曰：今爲忠臣，不得復爲孝子。」世說：「桓公入峽，歎曰：既爲忠臣，不得復爲孝子，如何？」

遠游聯句〔一〕

別腸車輪轉〔二〕，一日一萬周郊〔三〕。離思春冰泮〔四〕，瀾漫不可收愈〔五〕。馳光忽以迫，飛轡誰能留郊〔六〕？前之詎灼灼〔七〕，此去信悠悠翺〔八〕。楚客宿江上，夜魂棲浪頭〔九〕。曉日生遠岸，水芳綴孤舟〔一〇〕。村飲泊好木〔一一〕，野蔬拾新柔〔一二〕。人憶舊行樂，鳥吟新得儔郊〔一三〕。靈瑟時窅窅〔一四〕，霧猿夜啾啾〔一五〕。憤濤氣尚盛，恨竹淚空幽〔一六〕。長懷絕無已〔一七〕，多感良自尤。即路涉獻歲〔一八〕，歸期眇涼秋〔一九〕。兩歡日牢落〔二〇〕，孤悲坐綢繆愈〔二一〕。觀怪忽蕩漾〔二二〕，叩奇獨冥搜〔二三〕。海鯨吞明月〔二四〕，浪島没大漚〔二五〕。我有一寸鉤，欲釣千丈流〔二六〕，良知忽然遠〔二七〕，壯志鬱無抽郊〔二八〕。魍魅暫出没〔二九〕，蛟螭互蟠蟉〔三〇〕。昌言拜舜禹〔三一〕，舉颿凌斗牛〔三二〕。懷糈餽賢屈〔三三〕，乘桴追聖丘〔三四〕，飄然天外步，豈肯區中囚〔三五〕。楚些待誰弔〔三六〕？賈辭緘恨投〔三七〕，翳明弗可曉〔三八〕，祕魂安所求〔三九〕？氣毒放逐域〔四〇〕，蓼雜芳菲疇〔四一〕，當春忽淒涼，不枯亦飀飂。貉謡衆猥欸〔四二〕，巴語相咿嚘〔四三〕，默誓去外俗，嘉願還中州〔四四〕，江生行既樂〔四五〕，躬輦自相勠〔四六〕。飲醇趣明代〔四七〕，味腥謝荒陬〔四八〕。馳深鼓利檝〔四九〕，趨險驚蜚輈〔五〇〕。繫石沈靳尚〔五一〕，開弓射鵩吺〔五二〕。路暗執屏翳〔五三〕，波驚戮陽侯〔五四〕。廣泛信縹眇〔五五〕，高行恣浮游〔五六〕。外患蕭蕭去，中悒稍稍瘳〔五七〕。振衣造雲闕〔五八〕，跪坐陳清猷〔五九〕。德風變讒巧〔六〇〕，仁氣銷戈矛〔六一〕。名聲照四海〔六二〕，淑問無旹休〔六三〕。歸哉孟夫子，歸去無夷猶〔六四〕。

〔一〕貞元十四年戊寅。〔舉正〕此詩送東野之江南也。元和三年東都作。〔魏本引樊汝霖曰〕公有送東野序云：「東野之役於江南。」此所謂遠游者，亦其時歟？聯句凡四十韻，東野二十。公十九，李習之一。習之之詩，見於世者，此而已，大率詩非其所長也。〔陳景雲曰〕注謂遠游即東野役於江南時，其説似是而非。蓋役於江南，乃赴溧陽尉任，役謂吏役也。遠游在初春，而歸期訂晚秋，豈有赴官而春去秋還者。又詩中歷敍吴、楚諸地，蓋時將爲湖嶺之游，故云爾。觀東野集中，有過彭澤，次沅、湘諸詩，殆皆此游作，亦可略見遠游之跡矣。

〔王元啓曰〕舊注云：「元和三年作。」按：三年春，郊爲水陸運從事，時鄭餘慶正尹河南，不應無故罷免，乃令作此浪游。四年正月，李翺弔郊於洛東，時郊初丁母艱，未必遽有此遠役。此詩恐貞元中作。〔夏敬觀孟東野先生年譜〕貞元十二年丙子，陸長源爲宣武行軍司馬，佐董晉。宣武軍即汴州也。韓愈爲汴州觀察推官。先生有送韓愈從軍詩、新卜清羅幽居奉獻陸大夫詩、汴州留别韓愈詩、夷門雪贈主人詩。陸長源答詩自注云：「郊客於汴將歸，賦夷门雪贈別，長源答此。」則先生在貞元十二、三、四年，曾至汴州。與韓愈、李翺遠游聯句詩，疑在汴作。詩中有「楚些待誰弔？賈辭緘恨投。貉謡衆猥欵，巴語相咿嚘。」似先生將往楚，或自商行謁復州盧虔時也。〔補釋〕翺于貞元十二年始來汴州，與公相識，有翺祭公文可證。後一二年當尚在汴。此詩作于初春，東野汴州别韓愈詩，有「春英婆娑」之句，夷門雪詩有「春風動江柳」之句，可知與遠游皆同時作。據公重答張籍書，言孟君將有所適。答張書，方成珪箋正考定爲貞元十三年秋作，則遠游諸篇，作於十四年春初無疑矣。〔廖瑩中注〕遠游名篇，祖屈原也。相如大人賦，由遠游發也。自後劉向九難，曹子建樂府，皆有遠游篇。然屈原、相如則兼四方上下而言之。公聯此詩，以送東野于南，所序只江南事。其間大抵事意與大人賦、九歎相同。〔魏慶之詩人玉屑引胡仔曰〕雪浪齋日記云：「退之聯句，古無此法，自退之斬新開闢。」余觀謝宣城集有聯句七篇，陶靖節集有聯句一篇，杜工部集有聯句一篇，則諸公已先爲之。至退之亦是沿襲其舊。若言聯句自退之斬新開闢，則非也。

〔方世舉注〕謂聯句古無此體，自退之始，殊爲孟浪。沈括謂「虞廷賡歌，漢武柏梁，是唱和聯句之所起」，可謂究其源流矣。自晉賈充與妻李氏始爲聯句，其後陶、謝諸人，亦偶一爲之。何遜集中最多。然文義斷續，筆力懸殊，仍爲各人之製。又皆寥寥短篇，不及數韻。唐時如顏真卿等，亦有聯句，而無足采，故皆不甚傳於世，要其體創之久矣。唯韓、孟天才傑出，旗鼓相當，聯句之詩，固當獨有千古。〔王元啓曰〕舊注：聯句古無此法，自退之始。按：柴桑集中，便有聯句，漢武柏梁詩，又在其前。不特此也，三百篇中已備此體。邶風式微詩，每章首二句，黎侯問辭，末二句黎臣答語。豳風九罭詩，首末二章皆東人語，中二章復間以西人告曉東人之辭。此皆後人聯句之祖。舊注非是。〔劉攽中山詩話〕韓吏部集有李習之兩句云：「前之詎灼灼，此去信悠悠。」若無可取。鄭州掘一石刻，刺史李翺詩曰：「縣君愛塼渠，繞水恣行游。鄙性樂山野，掘地便池溝。兩岸植芳草，中間漾清流。所向既不同，塼鑿各自修。從他後人見，景趣誰爲幽？」王深父編次入習之集。此別一李翺爾，而習之不能詩也。

〔二〕〔方世舉注〕古樂府古歌：「心思不能言，腸中車輪轉。」

〔三〕〔蔣抱玄注〕司馬遷報任安書：「是以腸一日而九迴。」本文取義於此。〔何焯曰〕發端警。

〔四〕〔魏本引孫汝聽曰〕詩：「士如歸妻，迨冰未泮。」〔補釋〕詩鄭箋：「迨，及；泮，散也。」

〔五〕〔方世舉注〕江淹去故鄉賦：「愁瀾漫而方滋。」〔何焯曰〕強對。

〔六〕王本「郊」字作「愈」。

〔七〕祝本、魏本作「前之」。廖本、王本作「取之」。〔舉正〕閣本作「前之」。〔魏本引孫汝聽曰〕之，適也。前之，謂前時所適。詎，豈也。〔王元啓曰〕劉貢父詩話引此作「前知」，蓋謂前途通塞，非可預知，此行亦不過縱意所如而已，不能必其有遇也。據此則「知」以聲近誤「之」，「前」以形近誤「取」。〔補釋〕余所見歷代詩話本劉貢父中山詩話作「前之」，未知王何所據。

〔八〕〔蔣抱玄注〕詩：「瞻彼日月，悠悠我思。」〔嚴虞惇曰〕習之一聯，饒有别致。

〔九〕〔蔣抱玄注〕左傳：「楚客聘于宋。」〔舉正〕蜀本作「棲」，洪、謝校同。〔考異〕「棲」，或作「捷」。

〔一〇〕〔魏本引孫汝聽曰〕水芳，水上芳草，蓮芡之屬。綴，結也。

〔一一〕〔考異〕「飲」，或作「館」。〔舉正〕晁校作「飲」。東野幽居詩有「嘉木偶良酌，芳陰庇清彈」，「館」字非也。〔何焯義門讀書記〕「飲」字勝，蒙上宿江岸來，亦不必引幽居詩爲據。

〔一二〕〔方世舉注〕詩采薇：「薇亦柔止。」按郊詩又有「芳物競晼晚，緑梢挂新柔」之句。〔補釋〕詩采薇毛傳：「柔，始生也。」鄭箋：「柔謂脆脕之時。」

〔一三〕〔舉正〕杭、蜀諸舊本並同。作「人意憶行樂，鳥吟忻得儔」。〔考異〕非是。〔朱彝尊曰〕行客飄泊。

〔一四〕〔魏本引孫汝聽曰〕楚辭遠游云：「使湘靈鼓瑟兮，令海若舞馮夷。」靈瑟謂湘靈之瑟。窅窅，深貌。〔何焯曰〕接入幽異之境。

〔一五〕〔魏本引孫汝聽曰〕霽，雲覆日也。霽猿，謂猿在雲間也。〔魏本引樊汝霖曰〕楚辭山鬼云：「猿啾啾兮狖夜鳴。」〔方成珪箋正〕霽，説文作黔，入雲部。此旁从立，或傳録之誤。

〔一六〕〔魏本引孫汝聽曰〕博物志云：「舜死蒼梧，二妃從之不及，淚下染竹，竹爲之斑。」幽，幽深也。

〔一七〕〔李詳證選〕江淹恨賦：「長懷無已。」

〔一八〕〔補釋〕曹植詩：「收淚即長路。」〔魏本引韓醇曰〕楚辭招魂：「獻歲發春兮，汩吾南征。」注云：「獻歲，歲始來進也。」

〔一九〕〔顧嗣立注〕文選李少卿答蘇武書：「涼秋九月。」

〔二〇〕〔魏本引孫汝聽曰〕兩歡，兩人之歡，謂韓、孟也。〔蔣抱玄注〕文賦：「心牢落而無偶。」〔補釋〕文選魏都賦李善注：「牢落，猶遼落也。」按：小與廖落通用。

〔二一〕〔魏本引孫汝聽曰〕綢繆，猶纏綿。詩云「綢繆束薪」是也。〔朱彝尊曰〕居人寂寥。

〔二二〕〔何焯曰〕接得兀突，又换一境。

〔二三〕〔方世舉注〕孫綽天台山賦：「非夫遠寄冥搜，篤信通神者，孰肯遥想而存之？」

〔二四〕〔魏本引孫汝聽曰〕裴氏廣州記：「鯨鯢目即明月珠，故鯨鯢死不見目睛。」吞明月，即謂鯨鯢目也。

〔二五〕〔舉正〕閣本作「大浮」。〔魏本引孫汝聽曰〕謂浪淩島上，如大漚之没也。〔朱彝尊曰〕遠游景物。

〔二六〕〔補釋〕只有一寸之鈎，而欲釣千丈流，言己志大而才小也。

〔二七〕〔方世舉注〕謝靈運詩：「賞心惟良知。」

〔二八〕〔魏本引孫汝聽曰〕鬱，結也。抽，展也。

〔二九〕〔考異〕「魅」，或作「魎」。〔魏本引孫汝聽曰〕魍，魍魎。説文云：「山川之精物。」魅，魑魅，老物精也。〔張相曰〕暫出没，猶云倏出没，忽字義。

〔三〇〕〔魏本引祝充曰〕蛟螭，龍屬。蟠蟉，蟠結之狀。〔何焯曰〕又變。

〔三一〕〔魏本引孫汝聽曰〕書：「禹拜昌言。」注云：「昌，當也。」〔魏本引韓醇曰〕舜葬于蒼梧之野，禹崩于會稽，皆在江南，故得拜其昌言也。

〔三二〕〔方世舉注〕左思吴都賦：「樓船舉颿而過肆。」〔魏本引補注〕斗牛，吴、楚分野也。

〔三三〕〔舉正〕「懷糈」，語見離騷，祭神米也。蜀本作「精」，非。〔魏本引樊汝霖曰〕續齊諧記：「屈原五月五日自没汨羅而死，楚人哀之，每至此日，以竹筒貯米，投水祭之。」餽賢屈，原也。

〔三四〕〔魏本引韓醇曰〕論語：「子曰：道不行，乘桴浮于海，從我者其由歟！」

〔三五〕〔舉正〕杭、蜀作「豈有」。〔方世舉注〕史記騶衍傳：「中國外如赤縣神州者九，如一區中者，乃爲一州。」

〔三六〕〔顧嗣立注〕説文：「些，語辭也。」沈存中筆談：「湖、湘人凡禁咒句尾皆稱些，乃楚人舊俗。」楚辭宋玉招魂：「何爲四方些？」

〔三七〕〔方世舉注〕史記屈原傳：「自屈原沈汨羅後，百有餘年，漢有賈生，爲長沙王太傅，過湘水，投書以弔屈原。」

〔三八〕〔舉正〕三本同作「弗」。〔考異〕「弗」，或作「不」。祝本、魏本作「不」。廖本、王本作「弗」。〔魏本引孫汝聽曰〕翳明，謂掩翳其明也。〔方世舉注〕按：「翳明」句承「楚些」。宋玉招魂本以諷王，然王既壅蔽其明，豈可覺悟也。

〔三九〕〔魏本引孫汝聽曰〕祕，隱祕。祕魂，即謂屈原魂也。〔李詳證選〕謝靈運入彭蠡口詩：「異人祕精魂。」〔方世舉注〕「祕魂」句承「賈辭」。賈誼投書本以弔原，然原已杳冥重泉，豈可復求也。

〔四〇〕〔方世舉注〕孫萬壽詩：「江南瘴癘地，從來多逐臣。」

〔四一〕〔方世舉注〕詩良耜：「以薅荼蓼。」埤雅釋草：「蓼，莖赤味辛。」

〔四二〕廖本、王本如此。祝本、魏本「貉」作「貊」，「欸」作「誶」。〔舉正〕杭、蜀本同作「欸」，蜀音烏來切。王逸曰：「欸，嘆也。」方言曰：「欸，然也。南楚凡言然曰欸。」閣本作「貊謡」。〔補釋〕「猥欸」，雙聲謰語，故與「咿嚘」爲對。猥欸，猶欸乃。乃音靄，亦雙聲爲詞。欸乃爲湘地漁歌之聲。故此謂之「谿謠」，與「巴語」相對。

〔四三〕〔舉正〕字書無呦字。公寄三學士字用「吚嚘」字，征蜀聯句用「咿呦」字，考之字書，「吚嚘」爲正。

〔四四〕〔何焯曰〕此言江南不可久留而思歸也。

〔四五〕〔魏本引孫汝聽曰〕江生，水微漲也。〔魏本引韓醇曰〕江生，猶言生于水之意。〔王元啓曰〕江生二字未詳。舊注謂水微漲，似係曲說。

〔四六〕〔魏本引孫汝聽曰〕躬輦，自推車。勠，并力也。〔方世舉注〕陸機文賦：「非余力之所勠。」〔王元啓曰〕玩上文「去外俗」、「還中州」，下文「趣明代」、「謝荒陬」諸語，則所謂「行既樂」者，蓋以北歸爲樂，故雖躬輦而不以爲勞也。

〔四七〕〔魏本引孫汝聽曰〕醇謂醇德，以酒爲喻，故云飲醇。明代，盛世也。〔方世舉注〕江表傳：「程普曰：與周公瑾交，若飲醇醪，不覺自醉。」

〔四八〕〔魏本引孫汝聽曰〕腥，楚、越之食也。陬，隅也。〔李詳證選〕左思吳都賦：「荒陬譎詭。」

〔四九〕〔王元啓曰〕檝、楫同。易曰：「剡木爲楫。」木剡利于劃波，故曰利檝。

〔五〇〕〔舉正〕閣本作「輩輶」。〔考異〕「輩」，或作「飛」。〔方世舉注〕詩駟驖：「輶車鸞鑣。」傳：「輶，輕也。」按：輶本虛字，今以輩輶對利檝，則作車用，本說文也。說文：「輶，輕車。」

〔五一〕〔顧嗣立注〕王逸楚辭序：「屈原仕于楚懷王，同列大夫上官、靳尚妒害其能，共譖毁之。」

〔五二〕〔魏本引孫汝聽曰〕史記「鵩吺」，即「驩兜」字。古文尚書亦以「驩兜」爲「鵩吺」，堯放之於崇山。靳尚、鵩吺皆在南方，恐其爲鬼爲祟，故欲沈射之也。

〔五三〕〔魏本引樊汝霖曰〕司馬長卿大人賦：「時若曖曖，將混濁兮。召屏翳，誅風伯，刑雨師。」應劭曰：「屏翳，天神使也。」〔魏本引祝充曰〕風俗通：「屏翳爲雨師。」山海經：「屏翳在海東，時人謂之雨師。」〔魏本引孫汝聽曰〕楚辭：「屏號起雨，何以興之？」王逸注曰：「屏翳，雨師也。」將雨路暗，故欲執屏翳戮之。

〔五四〕〔方世舉注〕淮南覽冥訓：「武王度孟津，陽侯之波逆流而擊。武王瞋目而撝之，於是風濟而波罷。」〔補釋〕淮南子高誘注：「陽侯，陵陽國侯也。其國近水，休水而死，其神能爲大波，有所傷害，因謂之陽之侯波。」〔何焯曰〕怪怪奇奇。〔朱彝尊曰〕此蓋借喻刺時，謂誅奸除讒險耳。

〔五五〕各本作「眇」。祝本作「緲」。〔魏本引孫汝聽曰〕廣泛，泛舟。

〔五六〕〔魏本引孫汝聽曰〕高行，山行。〔蔣抱玄注〕史記屈原傳：「以浮游塵埃之外。」〔何焯曰〕收遠游。

〔五七〕〔何焯曰〕應前離思。

〔五八〕〔魏本引孫汝聽曰〕史記：「新浴者必振衣。」闕，魏闕。甚言其高，故曰雲闕。

〔五九〕〔蔣抱玄注〕沈約齊安陸王碑：「清猷濬發。」

〔六〇〕〔蔣抱玄注〕論語：「君子之德，風也。」

〔六一〕〔舉正〕唐本作「仁氣」，字見禮記。〔考異〕「仁」，或作「和」。祝本、魏本作「和」。廖本、王本作「仁」。

〔六二〕各本作「四」。王本作「西」。

〔六三〕〔舉正〕「旹」，古「時」字也。范、謝以唐本校。〔考異〕「旹」，或作「肯」，誤也。祝本作「肯」。魏本作「時」。各本作「旹」。〔方世舉注〕漢書匡衡傳：「淑問揚于疆外。」按此淑問，即令聞。非淑問如皋陶之問。

〔六四〕「歸去」，魏本作「君去」。祝本作「若興」，注曰：「興」，一作「去」。「若」當爲「君」之訛。〔舉正〕閣作「君歸」。蜀作「君興」。〔考異〕「歸去」，方作「君歸」，或作「歸興」。廖本、王本作「歸去」。〔魏本引孫汝聽曰〕楚辭：「君不行兮夷猶。」〔何焯曰〕此以功名期孟而冀其歸也。

【集説】

何焯曰：此篇聯句，另爲一格，逐段起止。大概言江南景物典故，而以離別意收住。末二段則結到歸思也。

劉攽中山詩話曰：東野與退之聯句詩，宏壯博辯，若出一手。王深父云：退之容有潤色也。

朱熹曰：韓詩平易，孟郊喫了飽飯，思量到人不到處。聯句中被他牽得亦着如此做。

胡仔曰：呂氏童蒙訓云：徐師川問山谷云：人言退之、東野聯句，大勝東野平日所作，恐是退之有所潤色。山谷云：退之安能潤色東野，若東野潤色退之，卻有此理也。

朱翌曰：退之與孟郊聯句，前輩謂皆退之粉飾，恐皆出退之，不特粉飾也。以答孟郊詩觀之，如「弱拒喜張臂，猛拏閑縮爪。見倒誰肯扶？從嗔我須齩」。則聯句皆退之作無疑也。

俞瑒曰：聯句詩如國手對弈，著著相當。又如知音合曲，聲聲相應。故知非孟、韓相遇，不能得此奇觀也。韓、孟兩人意氣相合，於中仍有緩急均調之妙。蓋東野之思沈鬱，故時見危苦之音。昌黎之興激昂，故時見雄豪之氣。此同心之言，所以相濟而相成者也。

沈德潛説詩晬語曰：韓孟聯句體，可偶一爲之。連篇累牘，有傷詩品。

趙翼曰：諸聯句詩，凡昌黎與東野聯句，必字字争勝，不肯相讓。與他人聯句，則平易近人。可知昌黎之於東野，實有資其相長之功。宋人疑聯句詩多係韓改孟，黄山谷則謂韓何能改孟，乃孟改韓耳。此語雖未免過當，要之二人工力悉敵，實未易優劣。昌黎作雙鳥詩喻己與東野一鳴而萬物皆不敢出聲。東野詩亦云：「詩骨聳東野，詩濤湧退之。」居然旗鼓相當，不復謙讓。至今果韓、孟並稱。蓋二人各自忖其才分所至而預定聲價矣。即二人聯句中，亦自有利鈍。惟鬬雞一首，通篇警策。遠游一首，亦尚不至散漫。征蜀一首，至一千餘字，已覺太冗，而段落尚覺分明。至城南一首，則一千五六百字，自古聯句，未有如此之冗者。

施補華曰：韓、孟聯句，字字生造，爲古來所未有。學者不可不窮其變。程學恂曰：凡如師川等論者，都是眼中原不識得東野詩。至山谷亦矯枉過正之言。退之亦自具錘鑪，豈能爲東野所變。

答孟郊〔一〕

規模背時利〔二〕，文字覷天巧〔三〕。人皆餘酒肉〔四〕，子獨不得飽〔五〕。纔春思已亂〔六〕，始秋悲又攪〔七〕。朝餐動及午，夜諷恒至卯〔八〕。名聲暫羶腥〔九〕，腸肚鎮煎煼〔一〇〕。古心雖自鞭〔一一〕，世路終難拗。弱拒喜張臂，猛拏閑縮爪〔一二〕。見倒誰肯扶？從嗔我須齩〔一三〕。

〔一〕〔魏本引樊汝霖曰〕東野集有別公詩，此篇疑公所以答也。公貞元十二年七月，佐董晉於汴州。〔方世舉注〕此詩未見贈答之旨，但「名聲暫羶腥」句，似指郊得第以後。按郊擢第即東歸，此在汴所答也。〔王元啓曰〕公詩有「始秋」一語，樊故臆定爲十二年七月。然郊于是年登第，有「春風得意」之句。別公詩乃久困汴河，別思他適，且有「春英」之句，亦非秋作。公重答張籍書言孟君將有所適，則郊之別公，必在十四年。公答詩云云，蓋爲來詩「憔悴」句助其悲嘆也。〔方成珪箋正〕郊於貞元十二年登第，自誇春風得意，公答詩不應有

「纔春思已亂」句。又郊詩云：「遠客獨憔悴，春英各婆娑。」而此詩云：「始秋悲又攪。」若至秋方答則已遲，若當春言秋則無謂，恐此詩非答郊汴州別公之作也。〔補釋〕王説是也。東野登第在貞元十二年，至是十四年，久困汴州，故公詩有思亂悲攪之語，與東野登第時賦春風得意語，情景已殊。況東野詩中亦明言遠客憔悴乎？方説太固。

〔二〕〔舉正〕杭、蜀同作「模」。閣本作「謀」。今本作「謨」。〔補釋〕續傳燈録德洪：「其造端命意，大抵規模東坡而借潤山谷。」

〔三〕〔方世舉注〕廣雅釋詁：「覞，視也。」〔潘德輿曰〕此巧字講得最精。蓋作人之道，貴拙不貴巧，作文亦然。然至于天巧，則大巧若拙，非後世之所謂巧也。孟子曰：「能與人規矩，不能使人巧。」巧從心悟，非洞澈天機者不足語此。若以安排而得，則昌黎所云「規摹雖巧何足誇，景趣不遠真可惜」也。〔補釋〕此謂作家觀察自然，師法自然，擇取其尤美者而寫之。

〔四〕顧嗣立秀野堂本「餘」作「飲」，誤。

〔五〕〔馬位曰〕老杜夢李白云：「冠蓋滿京華，斯人獨憔悴。」昌黎答孟郊詩：「人皆餘酒肉，子獨不得飽。」同一慨然。而古人交情，於此可見。

〔六〕〔方世舉注〕鮑照詩：「秋心不可盪，春思亂如麻。」

〔七〕〔程學恂曰〕二語寫盡東野致功之苦。凡公贊東野處，皆到至處，真實不虛。是真巨眼，是真相知。

〔八〕〔魏本引洪興祖曰〕此又以戲其苦吟，且效其體也。

〔九〕〔方世舉注〕莊子徐無鬼篇：「蟻慕羊肉，羊肉羶也。舜有羶行，百姓悦之。」

〔一〇〕〔舉正〕杭本「爝」作「焰」，俗字也。〔祝充注〕爝，初爪切。廣韻：「熬也。」

〔一一〕〔魏本引韓醇曰〕鞭字蓋莊子皆不從其後而鞭之者也。

〔一二〕〔方世舉注〕古諺：「將奮者足跼，將噬者爪縮。」

〔一三〕〔祝充注〕齩，五巧切，齧也。選：「口齩霜刃。」〔魏本引樊汝霖曰〕此聯公誌子厚墓所謂「落陷穽不一引手救，反擠之又下石焉」者是也。〔方世舉注〕賈誼論積貯疏：「易子而齩其骨。」說文：「齩，齧骨也。」〔趙翼曰〕四語竟寫揮拳相打矣，未免太俗。

【集説】

朱彝尊曰：句句響快，雖不無生割，意卻不硬澀。

蔣抱玄曰：光堅響切，自是本色，然不逮孟詩之耐人咀嚼也。

附 汴州別韓愈詩

孟郊

不飲濁水瀾，空滯此汴河，坐見遶岸水，盡爲還海波。四時不在家，弊服斷綿多，遠客獨憔悴，春英各婆娑。汴水饒曲流，野桑無直柯，但爲君子念，歎息終匪佗。

醉留東野〔一〕

昔年因讀李白杜甫詩，長恨二人不相從〔二〕。吾與東野生並世，如何復躡二子蹤？東野不得官，白首誇龍鍾〔三〕。韓子稍姦黠〔四〕，自慚青蒿倚長松〔五〕。低頭拜東野，願得終始如駏蛩〔六〕。東野不迴頭，有如寸莛撞鉅鐘〔七〕。吾願身爲雲〔八〕，東野變爲龍〔九〕，四方上下逐東野，雖有離別何由逢〔一〇〕？

〔一〕〔魏本引樊汝霖曰〕元和六年，公爲河南令作。〔魏本引唐庚曰〕東野前一年方罷河南水陸轉運從事。〔王元啓曰〕公薦士詩作於元和元年九月，時東野已去溧陽尉，在京參調無成，故有「久無成」及「決焉去」等句。此云「不得官」、「不迴頭」，是未受水陸從事之辟，正當告歸之時。疑薦士詩即繼是而作，皆元年九月事也。舊注因編次辛卯年雪之後，定爲六年所作，蓋由臆論。又東野水陸從事之罷，乃因母喪去職。此詩所云，不似居喪情景。據李翺來南録，翺于四年正月，弔孟東野于洛東。東野以元和九年，後其母五年而卒，則母喪去職，當在四年己丑，爲辛卯之前二年，不得云前一年。唐説亦謬。〔王鳴盛蛾術編〕東野以貞元十一年爲溧陽尉，去尉二年，鄭餘慶尹河南，奏爲水陸轉運從事。此云不得官，當是未作尉以前。而年譜乃編于元和六年，其時東野已得從事。或云：已罷，故云不得官。恐非。

〔迮鶴壽曰〕新唐書孟郊傳云：「年五十，得進士第，調溧陽尉。縣有投金瀨平陵城，林薄蒙翳，下有積水。郊間往坐水旁，裴回賦詩，而曹務多廢。令白府，以假尉代之，分其半俸。」據登科記，東野及第在貞元十二年，然則貞元十一年尚未爲溧陽尉也。東野爲鄭餘慶留府賓佐，在元和二、三年間，去及第時已十一二年。若是貞元十一年即爲溧陽尉，當非去尉二年即爲水陸轉運從事也。此詩云「東野不得官」，舊注以爲「前一年罷水陸轉運從事」，容或有之。但本傳云：「卒年六十四。」若依登科記計之，在元和五年。則此詩不得編于六年。

〔夏敬觀孟東野先生年譜〕詩云：「東野不得官，白首誇龍鍾。」先生元和六年尚居母憂，寧有醉留而又歎其不得官之理。當是元和七八年所作也。〔補釋〕公詩明云「東野不得官」，是必作于東野未爲溧陽尉及水陸轉運從事之前。樊注元和六年，夏譜元和七、八年之説，皆非也。王元啓知其非元和六年作，而以爲作於元和元年九月，則仍在爲溧陽尉之後，無解于「不得官」一語。王鳴盛以爲當作於未爲溧陽尉以前，是矣。而誤以東野於貞元十一年爲溧陽尉，致來迮鶴壽之駁。今據公所爲東野墓誌銘，稱其從進士試，既得即去。間四年，來選爲溧陽尉。則東野於貞元十二年登第，後至十七年，始來選爲溧陽尉。其在貞元十四年春以前，方客游汴州。夏氏東野年譜已有考定。然則十四年春，東野離汴南行，賦詩別公，及爲遠游聯句之時，固尚未爲溧陽尉也。此詩當亦作於同時，末段亦含有惜別之意。

〔二〕〔顧嗣立注〕杜子美集有送孔巢父詩云：「南尋禹穴見李白，道甫問訊今何如。」又不見詩云：「不見李生久，佯狂真可哀。」又春日憶李白詩云：「何時一樽酒，重與細論文？」李太白集有送杜二詩云：「何時石門路，重有金樽開？」又沙丘城下寄杜甫詩云：「思君若汶水，浩蕩寄南征。」所謂二人不相從也。

〔三〕〔補釋〕龍鍾，形容老態。曰「誇龍鍾」，猶俗云「賣老」也。

〔四〕〔程學恂曰〕蘇軾劾程奸，諸儒遂憤駭不已。試看韓子卻自認，何等胸量！

〔五〕〔顧嗣立注〕爾雅：「蒿，菣也。」郭璞曰：「今人呼青蒿。」〔方世舉注〕詩頍弁：「蔦與女蘿，施于松上。」世說：「毛曾與夏侯泰初同坐，時人謂蒹葭倚玉樹。」此蓋師其意而易其詞。

〔六〕〔補釋〕淮南子：「北方有獸，其名曰蹷，鼠前而兔後，趨則頓，走則顛，常爲蛩蛩駏驉取甘草以與之。蹷有患害，蛩蛩駏驉必負而走，此以其能託其所不能。」文選子虛賦李善注引張揖曰：「蛩蛩青獸，狀如馬。距虛似贏而小。」按：爾雅作邛邛岠虛，吕覽、韓詩外傳作蛩蛩距虛，説苑作蛩蛩巨虛。邛邛爲省文，駏驉爲別體也。

〔七〕祝本、魏本作「莛」，廖本、王本作「筵」。「鐘」，王本、游本作「鍾」。〔舉正〕筵，當从竹，維絲筦也。見東方朔答客難。〔魏本引唐庚曰〕公答張徹詩云：「瑣力摧撞莛。」此云「有如寸莛撞鉅鐘」。按：劉向説苑：「子路曰：建天下之鳴鍾而撞之以挺，豈能發其聲乎哉？」説苑作「挺」，而公兩作「莛」。東方朔客難曰：「以莛撞鐘。」公事使説苑，而字則出此。〔方成珪箋正〕筵，當從諸本作莛。前漢東方朔傳：「以莛撞鐘。」注：「莛，謂槀莛。」又説文云：「莛，莖也。」玉篇云：「言其聲不可發也。」皆隸艸部。若从竹作筳，則説文謂維絲管，楚辭注謂小折竹，文選注謂竹算，以之撞鐘，皆有聲矣。

〔八〕各本皆作「吾」。游本作「我」。

〔九〕〔方世舉注〕易乾卦：「同聲相應，同氣相求。雲從龍，風從虎。」

〔一〇〕〔舉正〕唐本、謝校作「離別」。〔考異〕或作「別離」。方從唐本。祝本、魏本作「別離」。廖本、王本作「離別」。〔補釋〕蘇武詩：「願爲雙黄鵠，送子俱遠飛。」公意所本也。〔何焯曰〕：奇趣。

【集説】

俞弁曰：人之於詩，嗜好往往不同。如韓文公讀孟東野詩，有「低頭拜東野」句。唐史言退之性倔强，任氣傲物，少許可。其推讓東野如此。坡公讀孟郊詩有云：「初如食小魚，所得不償勞。又如食蟛蜞，竟日嚼空螯。」二公皆才豪一世，而其好惡不同若此。

朱彝尊曰：粗粗莽莽，肆口道出，一種真意，亦自可喜。

沈德潛説詩晬語曰：韓子高於孟東野，而爲雲爲龍，願四方上下逐之。歐陽子高於蘇、梅，而以黄河清、鳳皇鳴比之。蘇子高於黄魯直，而己所賦詩云效魯直體以推崇之。古人胸襟，廣大爾許！

張鴻曰：設想奇，造句亦奇。公之詩與文，其用筆同出一機軸。

知音者誠希〔一〕

知音者誠希，念子不能別。行行天未曉，攜手踏明月〔二〕。

〔一〕此首見遺詩。〔王本引韓醇曰〕古詩：「不惜歌者苦，但傷知音稀。」〔方世舉注〕按公與馮宿論文書云：「僕爲文久，每自意中以爲好，則人必以爲惡矣，不知古文直何用於今世也？然以竢知者知耳。」文章一道，作者固難，識者正復不易，故深有感於古詩之語。然爾時從公游者，如李翺、張籍、皇甫湜輩，蓋未嘗輕相許可。此詩大抵爲東野而作。〔補釋〕方說近是，無可繫年，姑附於此。

〔二〕〔何焯義門讀書記〕下二句只似惜別，卻暗寓知希，深妙。

【集説】

蔣抱玄曰：音節短而古。

病中贈張十八〔一〕

中虛得暴下〔二〕，避冷卧北窗〔三〕，不蹋曉鼓朝〔四〕，安眠聽逢逢〔五〕。籍也處閭里，抱能未施邦，文章自娱戲，金石日擊撞〔六〕，龍文百斛鼎〔七〕，筆力可獨扛〔八〕。談舌久不掉〔九〕，非君亮誰雙〔一〇〕？扶几導之言〔一一〕，曲節初摐摐〔一二〕，半塗喜開鑿，派別失大江。吾欲盈其氣，不令見麾幢，牛羊滿田野〔一三〕，解旆束空杠〔一四〕。傾罇與斟酌，四壁堆罌缸〔一五〕，玄帷隔雪風，照鑪釘明釭〔一六〕。夜闌縱捭闔〔一七〕，哆口疎眉厖〔一八〕，勢侔高陽翁，坐約齊橫降〔一九〕。連日挾所有，形軀頓胮肛〔二〇〕。將歸乃徐謂〔二一〕，子言得無哤〔二二〕？迴軍與角逐〔二三〕，斫樹收窮龐〔二四〕。雌聲吐款要〔二五〕，酒壺綴羊腔〔二六〕，君乃崑崙渠〔二七〕，籍乃嶺頭瀧〔二八〕，譬如蟻垤微〔二九〕，詎可陵崆㟅〔三〇〕，幸願終贈之〔三一〕，斬拔枿與樁〔三二〕，從此識歸處，東流水淙淙〔三三〕。

〔一〕〔魏本引韓醇曰〕張十八，籍也。貞元十四年，公在汴州，籍爲公所薦送，明年登第。又明年居喪，服除，補太常寺太祝。此詩謂「抱能未施邦」，豈未登第時作，或既第而未仕時乎？〔方世舉注〕舊唐書張籍傳：「貞元中，登進士第。性詭激，能爲古體詩，有警策之句，傳於時。調補太常寺太祝，轉國子助教祕書郎。以詩名當代。公卿如裴度、令狐楚，才名如白居易、元微之，皆與之游。而韓愈尤重之。累授國子博士、水部員外郎、水部郎中，卒。世謂之張水部云。」又按：新唐書張籍傳：「籍，字文昌，和州烏江人。仕終國子司業。」舊書云卒於水部，非也。又按唐中書舍人張洎編次司業集云：「蘇州吳人。貞元十五年渤海公下及第。」與韓集中吴郡張籍之説合，則又非和州人也。〔鄭珍跋韓詩〕方扶南箋謂爲長慶四年爲吏部侍郎以病在告作。余考之，誤也。此詩決非作於長慶四年。是年秋，籍轉國子司業。公疾自中秋後日浸以加，至十二月而卒。中間籍每來省，迫於公事，不能久留。祭公詩云「來候不得宿，出門每徊徨」是也。公既病至危重，必不能於風雪中與人縱談數日，門人輩亦必不能如平時辯論。則詩中「籍也處閭里，抱能未施邦」及「連日挾所有」、「將歸乃徐謂，子言得無哤」等句，並不合事情矣。余細審之，當是貞元十四年孟冬，公在汴州時作。是年十月初，籍至汴，始見公，公館之城西。十一月，汴州舉進士，公爲考官，籍膺首薦，旋入京。其見公後，必至公所，上下議論，連朝累夕可知。籍未見公之前，已爲東野輩特識，猶云：「學詩爲衆體，久乃溢笈囊。略無相知人，黯如霧中行。」則其傲睨一世，於公必負才盛氣，久乃心服者。此詩「處閭里」聯與人合，「隔雪風」聯與時合，「半途喜開鑿」、「子言得無哤」諸聯，與此日足可惜首所謂「開懷聽其説，往往副所望，少知誠難得，純粹古已亡」意正同。其徐謂、言哤二語，即籍祭公詩「觀我性樸直，乃言及平生」也。「從此識歸處」聯，亦即「歲時未云幾，浩浩觀湖江」意。是知此詩皆實敍，非談諧求勝於門人也。若在公卒時，籍學之純正，已幾於公，世號爲韓、張久矣，大言欺人何爲哉？「嘵鼓朝」，指董晉之衙，非公朝。「將歸乃徐謂」，是連日宿公處，至是歸城西館，不得以歸家疑之。

〔二〕〔方世舉注〕史記倉公傳：「病者即泄注，腹中虚。」〔補釋〕「暴下」，猶暴注。素問至真要大論：「諸嘔吐酸，暴注下迫，皆屬於熱。」

〔三〕〔何焯義門讀書記〕以此爲發端，自是累句。

〔四〕〔方世舉注〕乘曉鼓而入朝，如蹋月蹋星之類。

〔五〕祝本、魏本作「逄逄」。廖本、王本作「逄逄」。〔舉正〕「逄逄」，從蜀本，音部江切，字當作「逄」。〔考異〕潮本作「逄」。蓋逄从夆，逄从夆，音義各異。然古書如逄蒙、逄丑父、關龍逄，字皆只作逄，而音蒲江切。疑逄有蒲紅一音，而音蒲江者，由蒲紅而孳也。當考。〔祝充注〕逄，薄紅切，鼓聲也。詩：「鼉鼓逄逄。」淮南子、吕氏春秋皆作韸。韸，薄江切。今協窗字，宜從韸韸之韻。

〔六〕〔方世舉注〕世説：「君試擲地，應作金石聲。」

〔七〕〔魏本引孫汝聽曰〕史記：「秦武王與孟説舉龍文之鼎。」〔唐宋詩醇〕顧嗣立謂孫汝聽不知出自班孟堅寶鼎詩，而漫引史記。此其譌謬更甚。嗣立但見史記秦本紀有王與孟説舉鼎事，而無龍文字面，遂疑其訛謬而改注之。不知秦武王與孟説舉龍文赤鼎，自在趙世家中，詩本用此。孫注或欠詳晰，而於義未爲失也。若不引舉鼎而泛引寶鼎，於下句力扛何涉？

〔八〕〔祝充注〕扛，音江。説文：「横關對舉也。」〔顧嗣立注〕史記項羽本紀：「力能扛鼎。」

〔九〕〔顧嗣立注〕漢蒯通傳：「酈生伏軾掉三寸舌，下齊七十餘城。」師古曰：「掉，揺也。」

〔一〇〕〔考異〕「亮」，或作「諒」。

〔一一〕〔考異〕「几」，或作「机」。〔何焯義門讀書記〕「扶几導之言」以下，波瀾起伏，分明從管公明與諸葛景春往復變化來，但不師其辭耳。

〔一二〕〔舉正〕摐，博雅曰：「撞也」。字見子虛賦。从木者非。王建、杜牧之詩，皆嘗用摐摐字。〔考異〕此字从手，或作樅樅，从木。〔顧嗣立注〕選子虛賦：「摐金鼓。」韋昭曰：「摐，擊也。」

〔一三〕〔顧嗣立注〕漢匈奴傳：「漢使人陽爲賣馬邑城以誘單于，單于乃以十萬騎入武州塞，未至馬邑城百餘里，見畜布野，而無人牧者，怪之，乃引兵還。」

〔一四〕〔祝充注〕杠，旗干。爾雅：「素錦綢杠。」〔補釋〕左傳僖公二十六年：「狐毛設二旆而退之。」杜預注：「旆，大旗也。」按：旆，同旆。

〔一五〕〔魏懷忠注〕甖，缶也；缸，瓶也，酒器。

〔一六〕〔方成珪箋正〕廣韻：釭，訓燈，古雙切。晉夏侯湛有金釭燈賦。謝朓奉和隨王殿下詩：「釭華藺殿明。」〔補釋〕廣韻：「鑪，酒盆，落胡切。」又「釘」借爲「⿰登寸」。集韻：「⿰登寸，張也。或作撜，中莖切。」此云「釘明釭」，猶後世云「張燈」。〔何焯義門讀書記〕夾此乃頓挫。

〔一七〕祝本、魏本、何谿汶竹莊詩話俱注云：「闌」，一作「話」。〔祝充注〕捭，撥也。闔，閉也。〔方世舉注〕鬼谷子捭闔篇：「捭之者，料其情也。闔之者，結其識也。」

〔一八〕〔祝充注〕哆，脣下垂。〔魏本引洪興祖曰〕公稱張籍「哆口疎眉厖」，魏灝稱李太白「眸子炯然，哆如餓虎」，二公狀貌，可想見也。〔王元啓曰〕思玄賦：「尉厖眉而郎潛。」此公「眉厖」二字所本。〔補釋〕文選王褒四子講德論：「厖眉耆耇之老。」李善注：「厖，雜也。」此在張衡思玄賦之前。又思玄賦舊注：「厖，蒼也。」

〔一九〕〔黄鉞注〕使事仍映上「談舌久不掉」。〔顧嗣立注〕史記田儋傳：「田横復收齊城邑，立田榮子廣爲齊王而相之。漢王使酈生往說下齊王廣及其相國横。横以爲然，解其歷下軍。」又酈生傳：「酈生食其者，陳留高陽人也。」

〔二〇〕〔祝充注〕玉篇：「胮肛，大也。」〔補釋〕廣雅：「胮肛，腫也。」集韻引埤蒼曰：「胮肛，腹脹也。」〔朱彝尊曰〕皆以比意，妙。

〔二一〕祝本、魏本作「歸將」。廖本、王本作「將歸」。〔舉正〕蜀本作「將歸」，謝校同。詩：「之子于歸，遠于將之。」毛傳：「將，行也。」故古人以送將歸爲三事焉。〔考異〕方作「歸將」。今按：楚辭言秋之可悲，如在遠行之處，而登山臨水以送欲歸之人，愈覺羈旅之牢落，故其意象慘戚而無聊耳。將字與詩，文同義異，安得强爲一說，而謂送將歸爲三事乎？必爲三事而可顛倒言之，則楚辭之與此詩，皆不復成文理矣。

〔二二〕〔魏本引樊汝霖曰〕管子：「四民雜處，則其言哤。」注：「哤，亂也。」〔魏本引孫汝聽曰〕哤，雜也。得無哤，謂籍所言，其間得無雜乎？

〔二三〕〔舉正〕「軍」，從蜀本。荆公、謝本校同。〔考異〕「軍」，或作「君」，非是。各本作「軍」。祝本作「君」。何谿汶竹莊詩話作「日」。

〔二四〕〔魏本引孫汝聽曰〕史記：「孫臏爲龐涓所刖，曾齊使如魏，竊載與歸。其後魏攻韓，韓告急于齊，使田忌將而往，直走大梁。龐涓聞之，去韓而歸。臏度其行，暮當至馬陵，乃斫大樹，白而書之曰：龐涓死于此樹之下。而令善射者萬弩夾道而伏。涓果夜至斫樹下，見白書，鑽火燭之。讀未畢，齊軍萬弩俱發，涓兵敗，乃自剄曰：遂成孺子之名。」〔魏本引韓醇曰〕公始也扶机導籍使之言，且匿其麾幢，解旆束杠而示之弱。籍乃縱其捭闔，如酈生之下齊，既連日挾其所有，軀病語哤，乃爲公所敗，是猶孫臏之收龐涓也。

〔二五〕〔方世舉注〕世説：「桓温得劉琨妓，曰：公甚似劉司空。温大悦，詢之。婢云：聲甚似，恨雌。」〔沈欽韓注〕以下言籍之雄氣無復存，乃雌聲輸情也。

〔二六〕〔補釋〕廣韻：「腔，羊腔也。羫古文。」太平御覽引字林：「羫，羊腊也。似羊，四耳九尾，目在背。」〔顧嗣立注〕左傳宣公十二年：「楚子克鄭，鄭伯肉袒牽羊以逆。」公意用此。〔王元啓曰〕羊腔二字未解。考司業集後附録此詩，「腔」作「羫」，似承上雌聲言之。今吴伶譏歌聲不雄壯者，謂之眠羊羫。羊羫二字，至今俗用爲笑謔。然未知所本。

〔二七〕〔查慎行曰〕以下述張語，非公之自誇也。〔顧嗣立注〕爾雅：「河出崑崙墟，色白。所渠并千七百一川，色黄。」

〔二八〕〔魏本引樊汝霖曰〕瀧，音雙，水名，在嶺南。又閭江切，奔湍也。南人謂湍爲瀧。

〔二九〕〔補釋〕詩毛傳：「垤，螘冢也。」螘，「蟻」之本字。

〔三〇〕廖本、王本作「峴」。祝本、魏本作「崊」。〔舉正〕峴字見南都賦，蜀本苦江、五江二切。今本作「崊」，字書無此字。〔魏懷忠注〕南都賦曰：「其山則崆峴嶱嵑。」〔王元啓曰〕按司業集附録此詩，「峴」字實書作「崊」。司業集，壽春魏峻刊之淳祐間者。是宋時韓集諸本多誤作「崊」，方氏始據南都賦定從蜀本作「峴」字也。

〔三一〕祝本、廖本、王本如此。魏本作「顧終賜之教」。

〔三二〕〔顧嗣立注〕薛綜東京賦注：「斬而復生曰枿。」廣韻：「櫱，檿也。」

〔三三〕〔祝充注〕淙，説文：「水聲也。」〔方世舉注〕郭璞江賦：「出信陽而長邁，淙大壑與沃焦。」廣韻：「淙，水流貌。」〔魏本引韓醇曰〕籍既爲公所敗，乃自以爲嶺頭之瀧不足以方崑崙之渠，蟻垤之微不足以陵崆峴之山，願終受教於公，而公於是導其所歸也。〔何焯義門讀書記〕應「派別失大江」。

【集説】

吴子良曰：韓退之病中贈張十八詩，意奇語雄，序其與籍談辨，有云「吾欲盈其氣，不令見麾幢。牛羊滿田野，解旆未空杠」云云，「迴軍與角逐，斫樹收窮龐」。後山谷次韻答薛樂道云：「薛侯筆如椽，峥嶸來索敵。出門決一戰，不見旗鼓迹。令嚴初不動，帳下聞吹笛。乍奔水上軍，拔幟入趙壁。長驅劇崩摧，百萬俱辟易。」正與退之詩意同，才力殆不相下也。

朱彝尊曰：讀此，知公善誘，亦善謔。亦是排硬格，但有轉折頓挫，遂覺意態圓活。

何焯曰：此篇多用喻語，與薦士一律。

查慎行曰：游戲爲文，具縱橫開合之勢。

方世舉曰：案管輅别傳：「諸葛原遷新興太守，輅往餞之，大有高談之客。原先與輅共論，輅遂開張戰地，示以不同，藏匿孤虚，以待來攻。原軍師摧衄，自言覩卿旌旗，城池已壞也。其欲戰之士，于此鳴鼓角，舉雲梯，弓弩大起，牙旗雨集，然後登城曜威，開門受敵。言者收聲，莫不心服，皆欲面縛銜璧，求束手于軍門之下。」詩意實本于此。然公以師道自任，而談諧求勝于門下士，殊不得其意所在。得毋張籍以公好游戲博塞，嘗有書規箴，公性倔強，有所不受耶？石鼎聯句，以軒轅彌明自寓，而求勝于劉、侯二子，亦可爲此詩證也。

唐宋詩醇曰：此篇當就用韻處玩其苦心巧思，大略以軍事進退爲比，皆就韻之所近，而詞義乃各得其儕。如前有高陽一喻，而後之窮龐乃以類從，不爲強押。凡解旆迴軍，約降吐款，前後俱一綫穿成。於此見長篇險韻，定須慘淡經營，不可恃才鹵莽也。

陳衍石遺室詩話曰：後半言籍終敗而降服，已如黄河，籍如嶺頭瀧，已導之識歸處。未免過於揚己卑人。

程學恂曰：公初贈籍詩，即云「開懷聽其説，往往副所望」，後又代其自稱云：「籍能辨别是非。」宜乎意見無不合矣。而此詩云云，可知古人交契，雖到極深處，不盡有依順而無違拒也。觀籍兩奉公書，亦可見矣。

天星送楊凝郎中賀正〔一〕

天星牢落雞喔咿〔二〕，僕夫起餐車載脂〔三〕。正當窮冬寒未已〔四〕，借問君子行安之？會朝元正無不至〔五〕，受命上宰須及期〔六〕。侍從近臣有虚位，公今此去歸何時〔七〕？

〔一〕舉正題作「天星」，注曰：貞元十四年冬，汴州送楊凝朝正作。〔方世舉注〕新唐書楊凝傳：「凝，字懋功，弘農人。遷右司郎中，宣武董晉表爲判官。晉卒，亂作。凝走還京師。閫門三年，拜兵部郎中。以痼疾卒。」〔王元啓曰〕按凝以貞元十四年十二月朝正于京，明年二月，汴州亂，同幕諸君皆被害，公與凝獨脱。公從董晉喪去汴至洛，凝則朝正未歸。

〔二〕牢落，見遠游聯句注。〔朱彝尊曰〕題意元淺，道來境卻合。首一句點景峭。

〔三〕〔方世舉注〕詩出車：「召彼僕夫，謂之載矣。」詩泉水：「載脂載舝，還車言邁。」

〔四〕〔蔣抱玄注〕十二月爲窮冬，以歲時之窮而言。

〔五〕〔方世舉注〕傅休奕朝會賦：「采秦漢之舊儀，肇元正之嘉會。」新唐書禮樂志：「皇帝元正受羣臣朝賀，而會前一日，有司設羣官客使等，次於東西朝堂，又設諸州朝集使位。」

〔六〕〔魏本引孫汝聽曰〕上宰，董晉也。按董晉以宣武軍節度兼同中書門下平章事，故云上宰。〔沈欽韓注〕楊奉使賀正，去董晉卒僅一月耳。

〔七〕〔舉正〕三本與文苑同作「歸何時」。〔考異〕或作「何時歸」。祝本、魏本作「何時歸」。廖本、王本作「歸何時」。〔魏本引孫汝聽曰〕恐凝遂留京師。

【集説】

程學恂曰：起興最妙。此并是公應酬之作，所以可存者，中無膚濫語耳。

蔣抱玄曰：意境有似短淺，卻寫得緜邈有致。

汴州亂二首〔一〕

汴州城門朝不開，天狗墮地聲如雷〔二〕。健兒争誇殺留後〔三〕，連屋累棟燒成灰〔四〕。諸侯咫尺不能救，孤士何者自興哀〔五〕？

母從子走者爲誰？大夫夫人留後兒〔六〕。昨日乘車騎大馬〔七〕，坐者起趨乘者下〔八〕。廟堂不肯用干戈〔九〕，嗚呼奈汝母子何〔一〇〕！

〔一〕貞元十五年己卯。〔洪興祖韓子年譜〕董晉行狀云：「十五年二月三日，丞相薨。公之將薨，命其子三日斂，既斂而行。於行之四日，汴州亂。」汴州詩云：「健兒争誘殺留後。」又曰：「母從子走者爲誰？·大夫夫人留後兒。」時陸長源爲御史大夫知留後事，長源欲峻法繩驕兵，爲晉所持，不克行。晉卒，軍亂，殺長源、孟叔度、丘穎，公從晉喪以出，而汴州亂。公義當從喪，又知汴必亂，故去之爾。〔魏本引樊汝霖曰〕汴州自大曆後多兵，劉玄佐死，子士寧代之，無度，其將李萬榮逐之，代爲節度使。萬榮死，董晉實代之。晉卒，軍司馬陸長源總留後事。八日而軍亂，殺長源等。監軍俱文珍密召宋州刺史劉逸準使總後務，朝廷從之。賜名全諒。故公此二詩，卒章各有所諷。〔魏本引韓醇曰〕公是時已從晉喪出汴四日，實貞元十五年。二詩之作，蓋譏德宗姑息之政云。〔方成珪昌黎先生詩文年譜〕是年二月途中作。〔聞人倓古詩箋〕唐書地理志：「汴州陳留郡，武德四年以鄭州之浚儀、開封，滑州之封丘置。」

〔二〕〔方世舉注〕史記天官書：「天狗狀如大奔星，有聲。其下止地，類狗。所墮其地方千里破軍殺將。」又：「吴楚七國叛逆。彗星數丈，天狗過梁野。」後漢書天文志：「大流星如缶，有聲隱隱如雷者，兵將怒之徵也。」〔補釋〕公語本山海經郭璞注：「周書云：天狗所止地盡傾，餘光燭天爲流星，長數十丈，其疾如風，其聲如雷，其光如電。」

〔三〕「⿰言荂」，祝本、魏本作「誘」，廖本、王本作「誇」。〔舉正〕三本同作「誇」。〔考異〕或作「誘」。〔俞樾曰〕愚按：作「誘」作「誇」均未合，是時軍亂而殺其將，非爲人所誘，亦非欲以此誇於人也。誇乃⿰言荂字之誤。廣韻九麻：「譁，諠譁。⿰言荂，上同。」是唐人書譁字，有作⿰言荂者。國語晉語：「士卒在陳而譁。」吴語：「三軍皆譁，釦以振旅。」韓子用譁字本此，言健兒争譁呼而殺留後也。因字從俗作譁，而後人罕見譁字，遂誤作誇矣。誘則又誇之誤也。

〔方世舉注〕古樂府折楊柳歌辭：「健兒須快馬，快馬須健兒。」唐六典兵部郎中條下云：「天下諸軍有健兒。」注：「舊健兒在軍皆有年限，更來往。開元二十五年勑：自今以後，諸軍鎮置兵防健兒，於諸色征行人内及客户中召募，取丁壯情願。健兒長住邊軍者，每年加常例給賜。」

〔四〕〔舉正〕「累楝」，閣本作「累累」。

〔五〕〔蔣之翹曰〕二語神氣黯然欲絶。

〔六〕〔魏本引孫汝聽曰〕謂長源之妻子。　〔魏本引唐庚曰〕長源以御史大夫爲留後，見集送權秀才序云。

〔七〕〔方世舉注〕鹽鐵論：「當路於世者，高堂邃宇，安車大馬。」

〔八〕〔方世舉注〕古今注：「兩漢京兆、河南尹及執金吾司隸校尉，皆使人導引傳呼，使行者止，坐者起。」

〔九〕〔考異〕「肯」，或作「敢」。　〔蔣抱玄注〕此謂德宗姑息養亂，不肯嚴于討伐也。

〔一〇〕〔蔣春父曰〕敍得慘。二首結語，俱無可奈何之辭。

【集説】

楊慎曰：韓文公汴州亂詩，白樂天哀二良文，爲宣武軍司馬陸長源作也。及考他史，則長源酷刑以威驕兵，御之失其道矣。又裁軍中厚賞，高在官鹽直，曰：我不同河北賊以錢物買健兒旌節。所委任從事楊儀、孟叔度，浮薄不檢，常戲入軍營調弄婦女，自稱孟郎。三軍怨怒，遂執長源并楊、孟殺之。由是論之，是長源有以自取，何異雲南之張乾陀，揚州之吕用之哉？昔人有言曰：大雅先人，福之所聚。小智自私，藏怨之府。長源之謂乎？

蔣之翹曰：退之雖好爲長句，然其短古，極有可觀。如汴州亂、馬厭穀、古風、河之水諸作，俱高古絶倫，尚是琴操餘技。

汪琬曰：無意求工，乃臻古奥。

朱彝尊曰：質直得情，正是歌謡意。

胡渭曰：此詩一章譏四鄰坐視，二章譏君相姑息也。

陳景雲曰：首章意乃公羊子所云「下無方伯」，次篇則「上無天子」也。

印憲曾曰：二首前傷無霸，後傷無王。

贈河陽李大夫〔一〕

四海失巢穴，兩都困塵埃〔二〕。感恩由未報〔三〕，惆悵空一來〔四〕。裘破氣不暖〔五〕，馬羸鳴且哀〔六〕。主人情更重，空使劍鋒摧〔七〕。

〔一〕宋小字浙本、祝本入正集。魏本、廖本、王本入外集。〔方崧卿韓子年譜增考〕自咸通本皆附正集。〔魏本引樊汝霖曰〕李大夫疑爲李芃。考之史，芃，德宗初爲河陽節度使。公年十二，當大曆十四年，隨伯兄會遷嶺表。會卒，從嫂鄭歸葬河陽。時德宗初即位，李希烈、李惟岳、田悦、梁崇義、朱滔之徒，相扇繼變，中原騷然。故其後祭鄭嫂文云：「既克反葬，遭時艱難。」而此詩亦有「四海失巢穴，兩都困塵埃」之句，時年十四五矣。公嘗自言：十三而能文。恐或然也。〔魏本引孫汝聽曰〕貞元四年十月，李元爲河陽三城懷州團練使。十五年三月，移帥昭義。按畫記，公適河陽在貞元十一年。詩蓋贈元也。〔方世舉注〕舊注謂李大夫是李芃，此詩乃大曆十四年隨嫂歸河陽時作，時年十二。引公自言十三能文爲證。穿鑿附會，其説難通。〔沈欽韓注〕李大夫蓋李元淳，公贈張籍詩中所云「主人願少留」者是也。「四海失巢穴」，公自謂也。感恩未報，指董晉。盧本注此，亦知舊説非是，然誤李大夫爲李芃，陋矣。芃以建中初爲河陽三城懷州節度使，其時韓公才十餘歲，安得有此詩。〔王元啓曰〕按新史德宗紀，建中二年正月，魏博節度使田悦反，河陽節度使李芃討之。則謂河陽李芃，其説自屬有因。然公此日足可惜詩孫注又云：「時李元爲河陽節度使。」李元未知又是何人？如果孫説可信，則彼詩「羸馬」句與此詩腹聯，意象皆同，「主人願少留」又與此詩落句相似，同屬河陽李大夫，安知此詩不指李元？但李元之名，不見於史。考通鑑：貞元十五年三月，以河陽、懷州節度使李元淳爲昭義節度使。公以二月至河陽，元淳猶未進昭義，此李大夫當指元淳。孫云李元，蓋由刊本誤脱「淳」字耳。然則是詩之作，公年三十有二。若謂十四五歲時作，則此詩無一作童幼之語，而感恩未報句，更非童子所宜言。舊注李芃實誤。方世舉編年箋注將孫注「元」字改作「芃」，引舊書德紀，貞元十五年三月，芃以河陽三城節度使爲昭義節度使。考新史，芃爲河陽節度，見德紀建中二年正月。芃傳：「興元初檢校尚書右僕射，以疾請老。」是芃不待貞元，先以他官告老。至十五年三月，無緣猶在河陽。今考通鑑，自河陽遷帥昭義，乃係李元淳，並非李芃。是年三月，昭義帥王虔休卒，遂用元淳爲代。公以二月至河陽，時虔休未卒，帥河陽者正屬元淳。方氏妄改孫注「元」作「芃」，所引舊史德紀，恐亦由其妄改。〔補釋〕舊唐書德宗紀云：「貞元十五年三月戊午，昭義軍節度使、檢校工部尚書王虔休卒。戊辰，以河陽三城節度使李元爲潞州長史、昭義軍節度、澤潞磁邢洺觀察使。」是舊書正作李元，足見方氏妄改。又舊書李芃傳，芃于貞元元年卒。則更無至貞元十五年猶在河陽之理。王氏駁之是矣。至李元淳之所以爲李元者，方成珪箋正云：「按李元本名長榮，德宗賜名元淳。永貞元年十二月，以避憲宗御名，改淳州爲蠻州，還淳縣爲青溪縣，淳風縣爲從化縣，姓淳于者改姓于。元淳之改名元，當即在此時。」沈欽韓注云：「李元即李長榮。權德輿集及通鑑作元淳。德宗紀無淳字，蓋元和後所諱也。」王説以爲李元之名，不見於史，刊本脱漏淳字，未免失考。又孫注李元之官銜亦誤。舊唐書地理志：「河陽三城懷州節度使，治孟州，領孟、懷二州。」

〔二〕〔方世舉注〕新唐書地理志：「上都，初曰京城，天寶元年曰西京，至德二載曰中京，上元二年復曰西京，肅宗元年曰上都。」「顯慶二年曰東都，光宅二年曰神都，神龍元年復曰東都，天寶元年曰東京，上元二年罷京，肅宗元年復爲東都。」屈原漁父篇：「安能以皓皓之白而蒙世俗之塵埃乎？」

〔三〕廖本、王本作「由未」。祝本、魏本作「未能」。〔王本引考異〕「由未」或作「未能」。方作「能未」。今按：由、猶古字通。

〔四〕祝本、廖本、王本作「惆」。魏本作「怊」。

〔五〕廖本、王本如此。祝本、魏本作「破裘竟不暖」。〔舉正〕「裘破」，從杭、蜀本。〔王本引考異〕「裘破」，或作「破裘」。「氣」，或作「竟」。

〔六〕廖本、王本作「馬羸」。祝本、魏本作「羸馬」。〔舉正〕「馬羸」，從杭、蜀本。〔王本引考異〕「馬羸」，或作「羸馬」。

〔七〕〔蔣之翹曰〕結處悲中卻自有壯氣。

【集說】

蔣抱玄曰：此是拗律，非古體也。直敍情事，規模粗具，頭角峥嶸，不減河東矣。

贈張徐州莫辭酒〔一〕

莫辭酒，此會固難同。請看工女機上帛〔二〕，半作軍人旗上紅〔三〕。莫辭酒，誰爲君王之爪牙？春雷三月不作響，戰士豈得來還家。

〔一〕此首見遺詩。〔方世舉注〕舊唐書張建封傳：「建封，字本立，兗州人。慷慨負氣，以功名爲己任。貞元四年爲徐州刺史、徐泗濠節度使。十二年，加檢校右僕射。在彭城十年，軍州稱理。又禮賢下士，文人如許孟容、韓愈皆爲之從事。」

〔二〕〔蔣抱玄注〕穀梁傳：「國非無良農工女也。」

〔三〕廖本、王本作「半」。祝本作「來」。

【集説】

蔣之翹曰：當時四方多警，朝廷無討賊之意，而諸將亦不用命，故退之「春雷」二語，意若有所諷也。

方世舉曰：按公以二月暮至徐，此云「春雷三月不作響」，舊唐書德宗紀：貞元十五年三月甲寅，吴少誠寇唐州，殺監軍，掠居民千餘而去。未聞建封有請討之舉，故以大義動之。

嗟哉董生行〔一〕

淮水出桐柏山〔二〕，東馳遥遥千里不能休〔三〕。淝水出其側〔四〕，不能千里〔五〕，百里入淮流〔六〕。壽州屬縣有安豐〔七〕，唐貞元時〔八〕，縣人董生召南隱居行義於其中〔九〕。刺史不能薦〔一〇〕，天子不聞名聲〔一一〕。爵祿不及門，門外惟有吏，日來徵租更索錢〔一二〕。嗟哉董生朝出耕〔一三〕，夜歸讀古人書。盡日不得息。或山于樵，或水于漁〔一四〕。入廚具甘旨〔一五〕，上堂問起居〔一六〕。父母不慼慼〔一七〕，妻子不咨咨〔一八〕。嗟哉董生孝且慈。人不識〔一九〕，惟有天翁知〔二〇〕。生祥下瑞無休期〔二一〕。家有狗乳出求食，雞來哺其兒〔二二〕，啄啄庭中拾蟲蟻，哺之不食鳴聲悲，傍徨躑躅久不去，以翼來覆待狗歸〔二三〕。嗟哉董生誰將與儔？時之人夫妻相虐兄弟爲讎，食君之祿，而令父母愁。亦獨何心〔二四〕？嗟哉董生無與儔〔二五〕！

〔一〕〔魏本引孫汝聽曰〕董召南，壽州安豐人。〔方世舉注〕按送董召南序，當在憲宗之世，故云「明天子在上，凡昔時屠狗者，皆可出而仕矣」。此詩云「刺史不能薦，天子不聞名聲」，在董生未應舉之時，大抵徐州所作。徐與壽相近，故稔聞其行義如此。狗乳一段，即公文中記北平王家貓相乳之意。

〔二〕〔方世舉注〕書禹貢：「導淮自桐柏。」注：「桐柏山在淮陽之東。」水經：「淮水出淮陽平民縣胎簪山，東北過桐柏山。」

〔三〕〔廖本王本注〕「遥遥」，一作「悠悠」。〔魏本引韓醇曰〕謂東會於泗、沂，東入於海也。

〔四〕〔顧嗣立注〕水經：「肥水出九江成德縣廣陽鄉，西北入于淮。」

〔五〕〔魏懷忠注〕句絶。〔魏本引洪興祖曰〕不能千里者，以興董生居下，其可以施於人者不遐也。

〔六〕〔舉正〕「千里百里」，閣本只作「千百里」。

〔七〕〔方世舉注〕新唐書地理志：「壽州壽春郡，本淮南郡，天寶元年更名。領縣五：壽春、安豐、盛唐、霍丘、霍山。屬淮南道。」又：「安豐縣，武德七年省小黄、肥陵二縣入焉。」

〔八〕〔考異〕「元」下或有「年」字。〔舉正〕從唐本、蔡本删。祝本、魏本有「年」字。廖本、王本無。

〔九〕〔考異〕「召」，或作「邵」。〔魏本引孫汝聽曰〕論語：「隱居以求其志，行義以達其道。」〔王懋竑曰〕中本字與豐字叶，音征，與聲字叶。

〔一〇〕〔補釋〕顧炎武日知録：「漢之刺史，猶今之巡按御史。隋以後之刺史，猶今之知府及直隸知州也。」新唐書地理志曰：「唐興，高祖改郡爲州，太守爲刺史。」

〔一一〕〔魏懷忠注〕句絶。

〔一二〕〔舉正〕閣本無「更」字。〔考異〕方無「更」字，非是。〔魏本引孫汝聽曰〕徵，亦索也。更，謂更役也。〔王懋竑曰〕錢字不可韻，俟考。或門字叶眠，與錢字叶。〔朱彝尊曰〕近俚近質處，樂府本色。

〔一三〕祝本、魏本、廖本作「耕」。王本、游本作「至」。

〔一四〕各本「于」皆作「而」。舉正從杭、蜀本作「于」。〔考異〕「而」，方並作「于」，非是。〔王元啓曰〕兩「于」字，方本如此。與論語「各於其黨」、春秋傳「於諸其家」、公詩「婚冠所於」同義。謂于此焉樵，于此焉漁。宋曾子固南軒記云：「或田于食，或野于宿。」正用此詩句法。送蔡元振序又有「室于嘆，塗于議」之語。楊誠齋易傳釋既濟六四爻辭，亦有「陵于居，水于澤」之語。皆與此詩句法相類。改「于」作「而」，語間反生跢鳌。

〔一五〕〔方世舉注〕記内則：「慈以旨甘。」〔補釋〕甘旨，舊多指奉親之食品。宋史劉恕傳：「家素貧，無以給旨甘。」

〔一六〕〔魏本引韓醇曰〕選顏延年咏史：「上堂拜嘉慶。」〔方世舉注〕按此三字雖出後漢書岑彭傳，而問父母者，則自文王世子「雞初鳴，至寢門外，問内豎，今日安否何如」云云，與晨昏定省者同。其時無起居字，而起居之義具在。〔沈德潛唐詩別裁集〕作詩主意。

〔一七〕〔方世舉注〕漢書揚雄傳：「不慼慼於貧賤。」

〔一八〕〔舉正〕三本同作「妻子不羞羞」。此詩以三嗟哉三易韻，以羞叶居，眎古用韻也。〔考異〕方從閣、杭、蜀本作「羞羞」。今按：咨字自與居叶，羞羞韻雖可叶，然殊無理而可笑。方之主此，又其酷信三本之誤也。或恐本是「嗟」字，叶音子余反，而誤作羞字耳。然亦不如且作「咨」字之見成穩當也。〔補釋〕杜甫負薪行：「更遭喪亂嫁不售，一生抱恨堪咨嗟。」

〔一九〕〔魏懷忠注〕句絶。

〔二〇〕〔舉正〕杭本無「有」字。〔考異〕方無「有」字，非是。

〔二一〕祝本、魏本、廖本、王本「休」作「時」。〔陳景雲曰〕按「時」當從宋閩本作「休」。

〔二二〕〔方世舉注〕北史孝義傳：「郭世雋家門雍睦，七世同居。犬豕同乳，烏鵲同巢，時人以爲義感之應。」

〔二三〕〔汪琬曰〕敍事質而不俚，瑣而不俗，是謂古節古意。〔朱彝尊曰〕亦以俚俗勝。

〔二四〕〔朱彝尊曰〕鍛語刻酷警動。

〔二五〕廖本、王本作「無與儔」。祝本、魏本作「誰將與儔」。〔舉正〕「無與儔」，閣本、杭本、三館本皆同。蜀本作「誰與儔」。〔考異〕或作「誰將與儔」，或作「將無與儔」，或作「誰與儔」。今按：上句「誰將與儔」，疑而問之之詞也。此句云「無與儔」，答而決之之詞也。

【集説】

吴喬曰：昌黎董生行，不循句法，却是易路。

朱彝尊曰：長短句錯，是仿古樂府；意調亦彷彿似之。

俞瑒曰：古詩長短句，盛于太白，如蜀道難、遠别離等篇，實爲公所取法者。其奇橫偏在用韻處貫下一筆，然後截住，以足上意。如「盡日不得息」、「亦獨何心」等句是也。

方世舉曰：雞狗一段，形容物類相感，其説理本易中孚信及豚魚，其行文設色，又用史記李廣射虎、蘇武牧羝，細碎事極爲鋪張。此所謂人所應有，我不必有，人所應無，我不必無也。然其實總在三百篇如我徂東山，歎卹士卒三年未歸者，正言不過一二，瓜敦、熠燿、鸛垤、鹿埸，娓娓言之。漢樂府猶得此法，如上留田之瓜蒂是也。

沈德潛唐詩别裁集曰：直白少文，正是不可及處。

唐宋詩醇曰：神味古淡，節族自然，集中寡二少雙，惟琴操間有近之者。

此日足可惜一首贈張籍〔一〕

此日足可惜，此酒不足嘗〔二〕；捨酒去相語〔三〕，共分一日光。念昔未知子，孟君自南方〔四〕；自矜有所得，言子有文章。我名屬相府〔五〕，欲往不得行〔六〕；思之不可見，百端在中腸。維時月魄死〔七〕，冬日朝在房〔八〕，驅馳公事退，聞子適及城〔九〕。命車載之至，引坐於中堂，開懷聽其説，往往副所望。孔丘殁已遠，仁義路久荒，紛紛百家起，詭怪相披猖〔一〇〕。長老守所聞，後生習爲常。少知誠難得〔一一〕，純粹古已亡〔一二〕。譬彼植園木，有根易爲長〔一三〕。留之不遺去，館置城西旁，歲時未云幾〔一四〕，浩浩觀湖江〔一五〕。衆夫指之笑，謂我知不明〔一六〕，兒童畏雷電，魚鼈驚夜光〔一七〕。州家舉進士〔一八〕，選試繆所當〔一九〕，馳辭對我策〔二〇〕，章句何煒煌〔二一〕。相公朝服立〔二二〕，工席歌鹿鳴〔二三〕。禮終樂亦闋〔二四〕，相拜送於庭〔二五〕。之子去須臾〔二六〕，赫赫流盛名〔二七〕。竊喜復竊歎〔二八〕，諒知有所成〔二九〕。人事安可恒，奄忽令我傷〔三〇〕。聞子高第日，正從相公喪〔三一〕，哀情逢吉語，惝怳難爲雙〔三二〕。暮宿偃師西〔三三〕，徒展轉在牀〔三四〕。夜聞汴州亂〔三五〕，遶壁行傍徨〔三六〕。我時留妻子〔三七〕，倉卒不及將，相見不復期，零落甘所丁〔三八〕。驕女未絶乳，念之不能忘，忽如在我所〔三九〕，耳若聞啼聲〔四〇〕。中塗安得返，一日不可更〔四一〕。俄有東來説，我家免罹殃〔四二〕，乘船下汴水，東去趨彭城〔四三〕。從喪朝至洛〔四四〕，還走不及停〔四五〕。假道經盟津〔四六〕，出入行澗岡。日西入軍門，羸馬顛且僵〔四七〕。主人願少留〔四八〕，延入陳壺觴。卑賤不敢辭，忽忽心如狂〔四九〕。飲食豈知味，絲竹徒轟轟〔五〇〕。平明脱身去，決若驚鳧翔〔五一〕。黄昏次汜水〔五二〕，欲過無舟航〔五三〕，號呼久乃至，夜濟十里黄〔五四〕。中流上灘潭〔五五〕，沙水不可詳，驚波暗合沓〔五六〕，星宿争翻芒。轅馬蹢躅鳴〔五七〕，左右泣僕童〔五八〕。甲午憩時門〔五九〕，臨泉窺鬬龍〔六〇〕。東南出陳許〔六一〕，陂澤平茫茫〔六二〕。道邊草木花，紅紫相低昂，百里不逢人，角角雉雊鳴〔六三〕。行行二月暮，乃及徐南疆。下馬步堤岸〔六四〕，上船拜吾兄〔六五〕。誰云經艱難〔六六〕，百口無夭殤〔六七〕。僕射南陽公〔六八〕，宅我睢水陽〔六九〕。篋中有餘衣，盎中有餘糧〔七〇〕。閉門讀書史〔七一〕，清風窗户涼〔七二〕。日念子來游，子豈知我情〔七三〕？别離未爲久〔七四〕，辛苦多所經〔七五〕。對食每不飽，共言無倦聽〔七六〕。連延三十日，晨坐達五更〔七七〕。我友二三子〔七八〕，宦游在西京〔七九〕，東野窺禹穴〔八〇〕，李翺觀濤江〔八一〕，蕭條千萬里，會合安可逢〔八二〕？淮之水舒舒，楚山直叢叢〔八三〕，子又捨我去，我懷焉所窮〔八四〕？男兒不再壯，百歲如風狂〔八五〕。高爵尚可求，無爲守一鄉〔八六〕。

〔一〕祝本、魏本、王本有「一首」二字。廖本無。〔魏本引集注〕籍，字文昌，吴郡人。嘗爲公所薦送。貞元十五年公時在徐，籍往謁公，未幾辭去，公惜别，故作是詩以送之。〔方成珪昌黎先生詩文年譜〕是年居符離睢上，未入徐幕時作。

〔二〕〔舉正〕唐、閣本作「足」。〔考異〕「足」，或作「可」。祝本、魏本作「可」。廖本、王本作「足」。〔汪琬曰〕惜别之意，似從「勿言一樽酒，明日難重持」二句翻出。〔朱彝尊曰〕奇句奇壯，意高遠。〔劉熙載曰〕儒者之言，所由與任達者異。〔程學恂曰〕慨然以起，與醉贈張秘書同。

〔三〕〔舉正〕「去」，三本作「須」。〔考異〕「須」字無理，或是「復」字，傳寫誤爾。〔何焯義門讀書記〕「須」字是。所以飲酒不樂者，乃亟待張之至也。「去」字真無理爾。詩：「卬須我友。」〔徐震曰〕張籍見在與韓共飲，韓于席間賦詩贈之，玩「舍酒」二字可見也。何焯謂「亟待張之至」，于文義未合。

〔四〕〔魏懷忠注〕孟郊也。

〔五〕〔方世舉注〕董晉罷相後爲宣武軍節度，表公爲觀察推官，故曰名屬相府。

〔六〕廖本、王本作「行」。祝本、魏本作「驤」。〔舉正〕「行」字從閣本。曾、李校本、蜀本尚作「行」，作「驤」自杭本也。吴才老云：「詩人用行字韻二十有五，無叶今讀者。」

〔七〕〔魏本引韓醇曰〕書武成：「旁死魄。」疏：「魄，形也。月之輪郭無光之處。朔後明生而魄死，望後明死而魄生。」〔補釋〕漢書律曆志：「死霸，朔也。生霸，望也。」注：「師古曰：霸，古魄字同。」

〔八〕〔魏本引韓醇曰〕月令：「孟冬之月，日在房。」朝，早也。〔魏本引孫汝聽曰〕房者，日月所會之處也，如房室之房，書曰「乃季秋月朔，辰弗集於房」是也。

〔九〕廖本、王本作「城」。祝本、魏本作「牆」。〔何谿汶曰〕一作「隍」。〔舉正〕「城」字從閣本、曾李校本。范本云：紹聖本作「城」。作「牆」自杭本也。此詩後用「東去趨彭城」，「諒知有所成」，皆庚韻也，何獨於此疑之。此詩視古用韻：首篇不入今韻者，多爲後學以意妄改。〔祝充注〕時公在汴州也。張籍、李翺始與公相從。其後籍祭公詩云：「北游偶逢公，盛語相稱明。公領試士司，首薦到上京。」翺祭公文云：「貞元十二，公在汴州，我游自徐，始得兄交。」孟郊有汴州亂後憶韓愈李翺詩，蓋此也。〔補釋〕城，叶辰羊切。

〔一〇〕〔魏本引唐庚曰〕楚辭云：「何桀、紂之披猖。」

〔一一〕〔方世舉注〕賈誼治安策：「因使少知治體者，得佐下風。」〔王元啓曰〕是詩貞元十五年作，前此十三年，籍至汴，公年三十。籍嘗自言大曆中問張巡事於于嵩，公生大曆三年，至十四年裁止十二歲，而籍已能向六十餘歲人問事，計其年齒，亦當在七八歲。是則公長於籍，多不過四五歲，居然以少知難得相目，蓋籍年未壯，公復以前輩自居，故其言如此。或引誼「少知治體」爲證，則又誤以長少之少爲多少之少矣。〔補釋〕少知與下句純粹意相對。仍當以方注爲長。

〔一二〕魏本、廖本、王本注曰：「古」，或作「固」。〔方世舉注〕易：「純粹精也。」〔查慎行曰〕才難一言，千古同嘆。〔程學恂曰〕「孔丘殁已遠」數語着眼，可知文昌爲學根柢，非第以詩律微婉，爲世稱道也。

〔一三〕〔魏本引孫汝聽曰〕以喻籍也。〔何焯義門讀書記〕少有所知，便是根也。〔朱彝尊曰〕敍事覺太詳、太實、太拙。

〔一四〕〔舉正〕「未」字從杭、蜀本。〔考異〕「未」，或作「來」。

〔一五〕廖本、王本作「湖江」。祝本、魏本作「湖湘」，注曰：「湖」，一作「江」。〔舉正〕「江」字，閣本、杭本同。蜀本作「湖湘」。公詩多倒用字，漢臯詩話亦見，蜀本非也。一云「植園木」，以喻籍之始從學也。「觀湖江」，以喻其成也。義爲是。〔魏本引孫汝聽曰〕言其日進，如有湖湘之大。

〔一六〕〔魏本引蔡夢弼曰〕明，昭也。荀子賦篇：「昭昭乎知之明也。」〔補釋〕明，叶謨郎切。

〔一七〕〔魏本引韓醇曰〕廣雅：「夜光謂之月。」〔何焯義門讀書記〕二句韓、蘇詩病。

〔一八〕〔方世舉注〕新唐書選舉志：「每歲仲冬，州縣館監舉其成者送之尚書省。而舉選不由館學者，謂之鄉貢，皆懷牒自列於州縣。試已，長吏以鄉飲酒禮會屬僚，設賓主，陳俎豆，備管絃，牲用少牢，歌鹿鳴之詩。」〔姚範曰〕州家，見吳志太史慈傳及吳主徐夫人傳。〔補釋〕顧炎武日知録：「進士乃諸科目中之一科，而傳中有言舉進士者，有言舉進士不第者。但云舉進士，則第不第未可知之辭，不若今人已登科而後謂之進士也。」又：「進士即舉人中之一科，其試於禮部者，人人皆可謂之進士。唐人未第稱進士，已及第則稱前進士。」

〔一九〕〔魏本引孫汝聽曰〕汴州舉進士，愈爲考官，試反舌無聲詩，籍中等。

〔二〇〕〔方世舉注〕前漢書蕭望之傳注：「師古曰：對策者，顯問以政事經義，令各對之，而觀其文辭，定高下也。」

〔二一〕〔祝本魏本注〕「煒」，一作「煌」。

〔二二〕〔魏懷忠注〕董晉也。〔蔣抱玄注〕論語：「朝服而立于阼階。」

〔二三〕〔方世舉注〕儀禮鄉飲酒禮：「設席於堂廉東上。」注：「工布席也。」〔魏懷忠注〕鹿鳴，詩小雅。〔補釋〕鳴，叶謨郎切。

〔二四〕魏本、廖本、王本作「亦」。祝本作「已」。〔祝允注〕闋，終也。記曰：「卒爵而樂闋。」〔方世舉注〕記文王世子：「有司告以樂闋。」

〔二五〕〔補釋〕庭，叶徒陽切。

〔二六〕〔蔣抱玄注〕詩：「之子于歸。」

〔二七〕〔蔣抱玄注〕詩：「赫赫師尹。」〔補釋〕名，叶謨陽切。

〔二八〕〔考異〕「竊喜復」或作「慊慨仍」。〔魏本注〕一作「慊慨乃竊歎」。〔何焯義門讀書記〕二竊字暗與衆夫指笑對照。

〔二九〕〔補釋〕以上籍與公相見於汴州，籍中進士。成，叶辰羊切。

〔三〇〕〔補釋〕馬融長笛賦：「奄忽滅没。」〔何焯曰〕轉卸無痕。

〔三一〕〔魏本引孫汝聽曰〕貞元十五年，高郢知舉，籍登第。是歲二月，晉卒，愈護其喪行。〔補釋〕顧炎武日知録：「前代拜相者必封公，故稱之曰相公。」按：董晉以宣武軍節度同中書門下平章事，封隴西郡開國公，故云。

〔三二〕廖本、王本作「惝」。祝本、魏本作「憿」。〔舉正〕楚辭遠游作「惝怳」，相如傳作「敞怳」。今從蜀本爲正。〔祝本注〕「難爲」，一作「美難」。〔方世舉注〕屈原遠游：「怊惝怳而永懷。」〔何焯曰〕工妙。〔補釋〕雙，叶渠陽反。

〔三三〕〔方世舉注〕新唐書地理志：「偃師，畿縣，屬河南道。」按：董晉本盧鄉人，公送喪歸至河中，故宿偃師西也。

〔三四〕廖本、王本如此。祝本、魏本作「展轉在空牀」。〔舉正〕「徒展轉在牀」，從閣本、李謝校。〔考異〕諸本作「展轉在空牀」。今按：或當從諸本。〔蔣抱玄注〕詩：「輾轉反側。」

〔三五〕〔魏本引孫汝聽曰〕二月乙酉，宣武軍亂，殺留後陸長源。

〔三六〕〔朱彝尊曰〕自己跋涉辛苦，又聞此變，敍來稍覺有味。大抵文生于情是本等。

〔三七〕〔考異〕「留」，或作「弃」。〔祝本魏本注〕「時留」一作「乃弃」。〔方世舉注引陳俱曰〕晉薨，隨晉喪出。四日而汴州亂，公家在圍中，尋得脱，下汴東趨彭城。

〔三八〕〔方世舉注〕詩雲漢：「秏斁下土，寧丁我躬。」爾雅釋詁：「丁，當也。」〔補釋〕丁，叶當陽切。

〔三九〕廖本、王本作「所」。祝本、魏本作「前」。〔舉正〕杭作「所」，蜀作「前」。〔考異〕「我所」，或作「其側」。「所」，或作「前」，或作「側」。

〔四〇〕〔何焯曰〕真。〔程學恂曰〕中間愈瑣愈妙，正得杜法。〔補釋〕聲，叶尸羊切。

〔四一〕〔補釋〕更，叶居郎切。

〔四二〕魏本、廖本、王本作「罷」。祝本作「離」。

〔四三〕〔魏本引孫汝聽曰〕公妻子先往徐州。〔魏本引蔡夢弼曰〕唐地理志：「徐州，彭城郡。」

〔四四〕〔舉正〕閣本、李謝校作「從喪至洛陽」。杭、蜀本亦同。〔考異〕方無「朝」字，「洛」下有「陽」字。今按：「朝至洛」，蓋用洛誥語。又下文云「日西入軍門」，則此當作「朝至洛」明矣。〔魏本引蔡夢弼曰〕唐地理志：「洛陽縣，屬河南府。」〔顧嗣立注〕書洛誥：「朝至于洛師。」

〔四五〕〔考異〕「走」或作「旋」。祝本、魏本作「旋」。廖本、王本作「走」。〔補釋〕停，叶徒陽切。

〔四六〕左傳：「華元曰：過我而不假道，鄙我也。」史記索隱曰：「盟，古孟字。」〔魏本引孫汝聽曰〕盟津即孟津。在唐爲三城節度使之治所。

〔四七〕〔補釋〕禮記問喪：「身病體羸，以杖扶病也。」

〔四八〕〔魏本引孫汝聽曰〕時李元爲河陽節度，主人謂元也。

〔四九〕〔補釋〕漢書司馬遷傳：「居則忽忽若有所亡。」又王褒傳：「苦忽忽善忘不樂。」

〔五〇〕〔方世舉注〕北史李元忠傳：「轟轟大樂。」〔李詳證選〕鮑照樂府東門行：「絲竹徒滿坐，憂人不解顏。」〔補釋〕轟，叶呼光切。

〔五一〕〔方世舉注〕莊子逍遥游：「我決起而飛，搶榆枋。」〔補釋〕以上公送董晉之喪至洛，中途聞汴州亂，至洛東，還將赴徐州，中間一謁李元於河陽。由洛赴徐，本應行黃河之南，是時或因汴州之亂，避行河北。

〔五二〕〔魏本引韓醇曰〕汜水在河南城皋縣。

〔五三〕〔舉正〕杭、蜀同作「過」。　〔考異〕「過」，或作「濟」。祝本、魏本作「濟」。廖本、王本作「過」。

〔五四〕〔魏本引蔡夢弼曰〕前漢地理志：「陳留郡外黃縣有黃溝。」

〔五五〕〔舉正〕杭、蜀本同作「沙潬」。郭璞曰：江東人呼水中沙堆爲潬。潬即灘也。今本作「灘潬」，非。　〔考異〕下句便有「沙」字，恐只當作「灘」。二字複出，如上句言舟航之類。「潬」，或作「澤」。祝本、魏本作「沙灘」。廖本、王本作「灘潬」。　〔何谿汶竹莊詩話注〕一作「汝灘」。　〔方世舉注〕爾雅釋水：「河有灘。」又：「潬沙出。」注：「今河中呼水中沙堆爲潬。」　〔祝充注〕河陽縣南有中潬城。　〔沈欽韓注〕此汴河中所歷，非河陽之中潬城也。

〔五六〕〔方成珪箋正〕李白九日登山詩：「連山似驚波，合沓出溟海。」正公詩所本也。

〔五七〕〔舉正〕「轅馬蹢躅鳴」，閣本與文録同。杭、蜀本皆作「馬蹢躅鳴悲」。曾、謝本多從杭本。〔考異〕諸本或作「馬乏復悲鳴」。　〔何谿汶竹莊詩話注〕一作「馬躑躅悲鳴」。趙作「轅馬蹋軸鳴」。祝本、魏本作「馬乏復悲鳴」。廖本、王本作「轅馬蹢躅鳴」。　〔方世舉注〕李陵録別詩：「轅馬顧悲鳴。」易垢卦：「羸豕孚蹢躅。」

〔五八〕〔何焯曰〕摹寫逼老杜，非屢涉江湖，不知其真。〔程學恂曰〕敍次妙處，真得老杜北征、彭衙遺意。〔補釋〕童，叶徒黃切。

〔五九〕〔洪興祖韓子年譜〕是年二月乙亥朔，甲午，二十日也。

〔六〇〕〔魏本引洪興祖曰〕左昭十九年：「鄭大水，龍鬭於時門之外洧淵。」時門，鄭城門。退之過此時，豈復有鬭龍，蓋想見其事耳。以淵爲泉，避諱也。〔何焯義門讀書記〕只此句用一故實趁韻，非當時情理。〔洪亮吉曰〕昌黎詩如奇而太過者，豈此時時門復有龍鬭耶？若僅用舊事，則窺字易作思字或憶字爲得。〔程學恂曰〕百憂中有此古興，妙絶。〔補釋〕龍，叶莫江切。

〔六一〕祝本、魏本、王本作「東南」。廖本作「東西」。〔方成珪箋正〕「東西」，當從王本、魏本作「東南」。元和郡縣志：「汴州，東南至陳州三百一十里。許州，東南至陳州二百六十里。」許密邇於陳，而曰陳許者，節度使以陳許名故也。〔俞樾曰〕一人之行，不能東西並出，「西」疑「南」字之誤。自鄭而許則迤南，又自許而陳則迤東，故曰「東南出陳許」。

〔六二〕〔舉正〕閣本作「茫茫平」。杭、蜀本皆作「路茫茫」，以今韻求合也。〔考異〕方作「茫茫平」，云用古韻。今按：此詩固用古韻，然皆因其語勢之自然，未嘗作意捨此而用彼也。諸本只作「陂澤平茫茫」，韻諧語協，本無不可。若作「陂澤茫茫平」，卻覺不響。不應以欲用古韻之故，牽挽而強就之也。又按別本或作「路」。而或作「何」者，語意尤勝。讀者詳之。

〔六三〕〔方世舉注〕詩陳風：「彼澤之陂。」傳：「陂，澤障也。」

〔六三〕〔舉正〕閣本、李、謝校作「雄雉」。蜀作「雉雊鳴」。角，音谷，見集韻。祝本、魏本作「雉雊」。廖本、王本作「雄雉」。〔王元啓曰〕雊鳴並出，如前舟航、灘潭之例。舊本特著一「雄」字，無謂。〔魏本引孫汝聽曰〕角角，雉鳴聲。〔朱彝尊曰〕要知此閒點景，方是詩家趣味。北征詩「或紅如丹砂」等句，亦是此意。

〔六四〕〔沈欽韓注〕汴隄也。寰宇記：「古汴河在徐州豐縣南十步。」

〔六五〕〔魏本引洪興祖曰〕公有三兄，皆早世。見於集中者，雲卿之子俞，紳卿之子岌，皆公從兄。或曰：吾兄謂張籍。非也。〔補釋〕兄，叶虚王切。

〔六六〕〔考異〕「艱」或作「險」。

〔六七〕〔舉正〕唐本作「殤」。杭、蜀作「横」。〔方世舉注〕列子説符篇：「利供百口。」晉書周顗傳：「王導呼顗曰：伯仁，以百口累卿。」

〔六八〕〔洪興祖韓子年譜〕南陽公，張建封也。

〔六九〕〔魏本引孫汝聽曰〕二月末，公至徐州。〔魏本引祝充曰〕睢，水名，在徐州。前漢書：「大戰彭城靈壁東睢水上。」公與孟東野書云：「主人與余有故，居余符離睢上。」即此也。

〔七〇〕〔祝充注〕盎，盆也。

〔七一〕〔舉正〕蜀本「讀」作「閱」。

〔七二〕祝本、魏本如此，廖本、王本作「窗户忽已涼」。〔舉正〕三本同作「窗户忽已涼」。文録作「風已涼」。荆公作「清風涼」。〔考異〕諸本多作「清風窗户涼」，或作「窗户風已涼」，或作「窗户清風涼」。今按：公以二月末到徐，不知此詩何時作。若夏，即當作「清風窗户涼」；若秋，即當作「窗户風已涼」。〔王元啓曰〕是年秋，建封奏公爲節度推官。此詩有「共言無倦聽」及「晨坐達五更」之語，必係未授職時所作。其時正當夏令，當作「清風窗户涼」。

〔七三〕〔魏本引孫汝聽曰〕言籍亦繼至徐。〔補釋〕情，叶兹良切。

〔七四〕〔王元啓曰〕籍于去冬入京，離公纔半歲餘。

〔七五〕〔查慎行曰〕二句結束中間三百餘字。〔補釋〕經，叶居良切。

〔七六〕〔補釋〕聽，叶他陽切。

〔七七〕〔陳景雲曰〕公始至徐，徐帥館之睢上，至秋方辟爲從事，詳見與東野書中，注家自失採，遂誤以爲初至即授幕職也。此詩乃未爲從事時作，故喜張之來，有「連延三十日，晨坐達五更」之語，若已入使院，則方晨入暮歸，安得此閒適耶？合全篇細讀之，舊注之疎益見矣。

〔七八〕〔舉正〕「友」，杭、蜀本作「有」。

〔七九〕〔魏本引孫汝聽曰〕西京，長安也。〔補釋〕京，叶居良切。

〔八〇〕〔補釋〕史記太史公自序：「上會稽，探禹穴。」孟東野詩集有越中山水及春集越州皇甫秀才山亭詩，當在此時。

〔八一〕〔魏本引補注〕李習之論性末云：「南觀濤江，入於越，而吴郡陸參存焉。與之言。參曰：尼父之心也。」翺觀濤江，豈此時乎？〔方世舉注〕濤江，即浙江。越絶書：「銀濤白馬。」言潮也。〔李詳證選〕枚乘七發：「將以八月之望，與遠方諸侯交游兄弟，觀濤於廣陵之曲江。」

〔八二〕逢，叶符良切。

〔八三〕〔姚範曰〕「直」，一本作「矗」，丑六切。〔陳景雲曰〕時送籍返和州，故有淮水楚山二句。和隸淮南，又楚地也。〔強幼安唐子西文録〕韓退之作古詩，有故避屬對者，「淮之水舒舒，楚山直叢叢」是也。〔朱彝尊曰〕添一之字，故避對，乃更古健。然秋懷詩何嘗不對。此要看上下調法如何。〔補釋〕叢，叶徂黄切。

〔八四〕〔考異〕「焉」，或作「安」。

〔八五〕〔舉正〕蜀本、三館本、晁、范校同作「狂風」。〔考異〕方作「狂風」，今按：方亦強用古韻之過，不如只作「風狂」，語勢尤健。

〔八六〕〔何焯義門讀書記〕結歸此日可惜。結挺拔。

【集説】

蔡夢弼曰：此詩與元和聖德詩，多從古韻。讀之者當始終以協聲求之，非所謂雜用韻也。押二光字，二鳴字，二更字，二狂字。胡仔謂退之好重疊用韻以盡己之意，蓋不恤其爲病也。

六韻。

洪邁容齋四筆曰：退之此日足可惜一首贈張籍，凡百四十句，雜用東、冬、江、陽、庚、青六韻。

俞瑒曰：此詩用韻非雜也。古庚、陽二韻原自相通，觀鹿鳴、采芑之詩自見，卻非俗説通用轉用之例也。其入東韻者，桑中之詩亦然。按少陵飲中八仙歌，嘗叠用韻。此詩中間敍次，亦彷彿彭衙、北征光景。

李光地榕村詩選曰：長洲顧寧人氏譏韓公不識古韻，蓋謂此詩及元和聖德之類。然顧氏之學，以質于詩書古文，合者爲多，至聲氣之元，歌樂之用，古人所以協律同文之本，則似有未能明者。蓋東、冬、江、陽、庚、青、蒸七韻，原爲一部，以其元乃一氣所生，而用之以叶歌曲，則收聲必同故也。退之此詩，正用東、冬等一部。

方世舉曰：此篇用韻，全以三百篇爲法。此詩用東、冬、江、陽、庚、青六韻，蓋古韻本然耳。至於叠韻，亦非始於老杜。自老杜以前，焦仲卿詩叠用甚多，而亦本於三百篇。

陳景雲曰：篇中尚有二城字，二江字，蔡説不及，想亦用杭、蜀本也。

許昂霄曰：昌黎此日足可惜詩，本用陽韻，旁入庚、青，又兼及東、冬、江，實本於史記龜策傳、淮南子兵略訓、楚辭惜誓、東方朔七諫與樂府焦仲卿詩。故鄭庠古音辨謂東、冬、江、陽、庚、青、蒸皆叶陽音。而毛大可云：七韻一收，皆反喉入鼻之音，即爲宫音。理或然也。

嚴虞惇曰：長篇敍情事，無對偶語，而不覺其宂漫，此見筆力。

唐宋詩醇曰：追溯與籍交結之始，至今日重逢別去。而其中歷敍己之崎嶇險難，意境紆折，時地分明，摹刻不傳之情，并覶縷不必詳之事，倥偬雜沓，真有波濤夜驚、風雨驟至之勢。若後人爲之，鮮不失之冗散者。須玩其勁氣直達處，數十句如一句。尤須玩其通篇章法，搏控操縱，筆力如一髮引千鈞，庶可神明於規矩之外。

王鳴盛蛾術編曰：諸家論韻，可謂謬矣。洪興祖謂此詩雜用韻，若依顧炎武説，則洪説甚確。昌黎生于經學既衰之日，擿埴索塗，那有是處。

黄鉞增注證訛曰：此篇頗似老杜北征，第微遜其紆餘卓犖耳。

程學恂曰：公云「上與甫白感至誠」，如南山詩，乃變杜之體而與相抗者也，如此篇，乃同杜之體而與相和者也。

蔣抱玄曰：惜別是道情之文，然須字字從心坎流出，寫得淋漓盡致，便是大家手筆。況既非律言，用韻錯雜，無足瑕疵。評家多就用韻爲上下手，毋乃蛙聒。

贈族姪〔一〕

我年十八九，壯氣起胸中，作書獻雲闕〔二〕，辭家逐秋蓬〔三〕。歲時易遷次〔四〕，身命多厄窮，一名雖云就，片禄不足充〔五〕。今者復何事？卑棲寄徐戎〔六〕，蕭條資用盡，濩落門巷空〔七〕。朝眠未能起，遠懷方鬱悰。擊門者誰子？問言乃吾宗。自云有奇術，探妙知天工。既往悵何及，將來喜還通〔八〕。期我語非佞，當爲佐時雍〔九〕。

〔一〕此首見遺詩。廖本、王本題如此。祝本作「徐州贈族姪」，注云：「此篇得于洪慶善辨證。」

〔補釋〕酉陽雜俎云：「韓侍郎有疎從子姪，自江淮來，年少狂率，韓責之。謝曰：某有一藝。因指堦前牡丹曰：要此花青紫黃赤唯命。韓試之。乃掘窠治根，七日花發，色白黃歷緣，每朵有一聯詩，字色紫，乃公出關時詩『雲横秦嶺家何在，雪擁藍關馬不前』。韓大驚異。後辭歸江淮，終不願仕。」云云。此詩有「自云有奇術，探妙知天工」二語，當即此姪，青瑣高議乃以此傅會於公姪孫湘，其後小説家言，展轉增飾，益支離不可究詰。注公詩者，復引此詩爲佐證。無論湘爲公姪孫而非姪，籍曰題字有誤，按之事實，亦不能通。湘爲十二郎之長子，公貞元十九年作祭十二郎文云：「汝之子始十歲。」此詩云「卑棲寄徐戎」，爲貞元十五年事。時湘年才六歲耳，豈能遠來徐州，復有妙探天工之奇術乎？祭十二郎文云：「吾佐戎徐州，使取汝者始行，吾又罷去，汝又不果來。」則不特湘不能至徐，即十二郎亦未來徐，此族姪爲公疎從子姪明矣。

〔二〕〔蔣抱玄注〕公以十九歲入京師，豈其時有上皇帝書耶？未詳。

〔三〕〔蔣抱玄注〕説苑：「秋蓬惡於根本，而美於枝葉，大風一起，根且拔矣。」

〔四〕〔補釋〕言日月流逝也。白居易感秋咏意：「炎涼遷次速如飛，又脱生衣著熟衣。」

〔五〕〔補釋〕新唐書韓愈傳：「擢進士第，會董晉爲宣武節度使，表署觀察推官。」

〔六〕〔補釋〕新唐書韓愈傳：「汴軍亂，乃去依武寧節度使張建封。」

〔七〕〔補釋〕據詩意，是時公居符離睢上，尚未爲節度推官。

〔八〕〔補釋〕通，順利也。北史平恒傳：「祖視、父儒，并仕慕容爲通宦。」通宦者，達官顯貴也。

〔九〕〔蔣抱玄注〕書：「黎民於變時雍。」

【集説】

方世舉曰：探妙知天工者，不過如星士之言，故云「既往悵何及，將來喜還通」也。詞淺意陋，或非公作。

章士釗曰：貞元十五年，退之在徐州，依武寧節度使張建封，一官落拓，空無所歸。與李翺書「僕之家本窮空，重遇攻劫，衣服無所得，養生之具無所有，家累僅三十口（「僅」在此從多義，即謂不止三十口也），攜此將安所歸托乎？捨之入京不可也，挈之而行不可也，足下將安以爲我謀哉」諸語，正可與詩中「蕭條」二字相印證。「奇術」當指治牡丹使花，此時十二郎尚在，「吾佐戎徐州，使取汝者始行，吾又罷去」，見於退之祭文。韓湘方五齡童子，更無能擅莳花之術，亦一旁證。又名唐花（唐花即堂花，見宋周密齊東野語），疑唐時已有此法。退之莫然無所見，目爲奇術，亦即道家之幻術，對之成式所述韓姪治牡丹之法，與現代北京用温室烘培不時之花，有相類似。大加欣賞，詠爲詩歌，蓋深中道家之毒而不知，豈特寡聞而已哉。

齪齪〔一〕

齪齪當世士〔二〕，所憂在飢寒〔三〕，但見賤者悲，不聞貴者歎。大賢事業異，遠抱非俗觀，報國心皎潔，念時涕汍瀾〔四〕。妖姬坐左右，柔指發哀彈〔五〕，酒肴雖日陳，感激寧爲歡〔六〕？秋陰欺白日〔七〕，泥潦不少乾〔八〕，河隄決東郡〔九〕，老弱隨驚湍。天意固有屬，誰能詰其端〔一〇〕？願辱太守薦〔一一〕，得充諫諍官〔一二〕，排雲叫閶闔〔一三〕，披腹呈琅玕〔一四〕。致君豈無術，自進誠獨難。

〔一〕〔魏本引集注〕貞元十五年，鄭、滑大水。公十六年自京師歸彭城，作詩云：「去歲東郡水，生民爲流屍。」而此詩亦云「河堤決東郡，老弱隨驚湍」，詩意相類。〔顧嗣立注引胡渭曰〕按洪譜，公以十五年二月暮抵徐州，張建封居之於符離睢上。及秋將辭去，建封奏爲節度推官。符離屬徐州彭城郡，詩云「願辱太守薦」，太守即徐州刺史。蓋是時建封尚未奏辟，故有望於太守之薦。「大賢事業異」至「感激寧爲歡」八句，美太守也。〔王元啓曰〕此詩貞元十五年秋爲徐州節度推官日作。「妖姬」四句，即贈張徹詩所謂「相逢宴軍伶」者是也。是秋河決東郡，詩中「念時涕汍瀾」，正感老弱驚湍一事。〔方成珪箋正〕據胡氏說，及詩「秋陰欺白日」句，參考舊紀，貞元十五年七月，鄭、滑大水。則此乃初秋居睢上詩也。〔補釋〕王說爲長。「大賢」數句，乃公自謂。「願辱太守薦，得充諫諍官」者，願建封薦之於朝廷，非謂辟之爲推官。此蓋是秋已入徐幕時作。

〔二〕〔黄鉞注〕齪齪，漢書作𪘲𪘲。申屠嘉傳：「𪘲𪘲廉謹。」師古曰：「𪘲𪘲，持整之貌。」

〔三〕〔程學恂曰〕一起直詆得妙。

〔四〕〔汪琬曰〕「大賢」以下，蓋公自謂；若謂太守，即是諛詞。

〔五〕〔方世舉注〕詩碩人：「手如柔荑。」劉琨詩：「化爲繞指柔。」〔魏本引韓醇曰〕潘安仁笙賦：「輟張女之哀彈。」

〔六〕〔方世舉注〕阮籍詩：「感激生憂思。」

〔七〕〔舉正〕閩作「蔽」，蜀作「欺」。〔考異〕「欺」，方作「蔽」。今按作「蔽」固古語，然作「欺」尤有味也。〔蔣之翹曰〕「欺」或作「蔽」，語本古而字雅。考異云云，宋人之見也。

〔八〕〔魏本引韓醇曰〕宋玉九辯：「皇天淫溢而秋霖兮，后土何時而得漧？」〔顧嗣立注〕杜子美秋雨嘆：「秋天未曾見白日，泥汙后土何時漧？」

〔九〕舊唐書地理志：「滑州，隋東郡，武德元年改爲滑州。」

〔一〇〕〔舉正〕三本同作「語其端」。謝本作「天意固有謂，誰能詰其端」。〔考異〕「屬」，或作「謂」，或作「以」。「詰」，方作「語」。今按：「謂」「以」「語」不若作「屬」「詰」爲深切。

〔一一〕〔補釋〕太守指徐州刺史張建封。唐代刺史與太守爲互名。日知録曰：「有時改郡爲州，則謂之刺史；有時改州爲郡，則謂之太守：一也。」

〔一二〕〔舉正〕閣本、李校作「争臣官」。〔考異〕「諫諍」，方作「争臣」。今按「争臣」下更著「官」字，語複，非是。

〔一三〕〔顧嗣立注〕楚辭離騷：「吾令帝閽開關兮，倚閶闔而望予。」王逸曰：「閶闔，天門也。」漢司馬相如傳大人賦：「排閶闔而入帝宫。」

〔一四〕〔方世舉注〕書禹貢：「厥貢惟璆琳琅玕。」〔俞汝昌注〕張衡詩：「美人贈我青琅玕。」江淹神女賦：「守明璣而爲誓，解琅玕而相要。」

【集説】

王元啓曰：讀此詩首章八句，襟期宏遠，氣厚辭嚴，見公憫惻當世之誠，發於中所不能自已。從遊如李翺輩，漸涵于公之教澤者深，故幽懷一賦，辭氣悉與冥會。歐公讀幽懷賦，至恨不得生翺時，與翺上下其議論。蓋其所感者深矣。顧反薄韓愈爲不足爲，則豈讀公此詩獨能漠然無動於中乎？

程學恂曰：「願辱太守薦，得充諫諍官」，是公之素願。後公爲御史，即上天旱人饑疏，其志事已定於此。可知古人立言，皆發於中誠，非僅學爲口頭伎倆也。

蔣抱玄曰：此詩剛中有媚骨，較駑驥等篇耐嚼。

汴泗交流贈張僕射〔一〕

汴泗交流郡城角〔二〕，築場千步平如削〔三〕。短垣三面繚逶迤〔四〕，擊鼓騰騰樹赤旗〔五〕。新雨朝涼未見日〔六〕，公早結束來何爲？分曹決勝約前定〔七〕，百馬攢蹄近相映〔八〕。毬驚杖奮合且離〔九〕，紅牛纓紱黄金羈〔一〇〕，側身轉臂著馬腹〔一一〕，霹靂應手神珠馳〔一二〕。超遥散漫兩閒暇〔一三〕，揮霍紛紜爭變化〔一四〕。發難得巧意氣麤〔一五〕，讙聲四合壯士呼。此誠習戰非爲劇〔一六〕，豈若安坐行良圖〔一七〕。當今忠臣不可得，公馬莫走須殺賊〔一八〕。

〔一〕〔魏本引孫汝聽曰〕貞元十五年，公在徐州張建封幕。汴水，徐之西。泗水，徐之南。故以名篇。〔洪興祖韓子年譜〕九月一日上建封書，論晨入夜歸事。其後有諫擊毬書及詩。〔方崧卿增考〕或云：公諫擊毬詩云：「新秋朝涼未見日，公早結束來何爲？」而論晨入夜歸書在九月，不當云其後也。余默默念之。後見唐本，乃作「新雨朝涼未見日」。新雨事本史記日者傳，與山石詩所謂「升堂坐階新雨足」同義也。以是知諫擊毬之爲第二書蓋審也。洪本亦只作「新秋」，蓋洪亦未嘗考及此也。〔補釋〕舊唐書職官志：「尚書省左右僕射各一員，從二品。」

〔二〕〔陳景雲曰〕東坡文：「彭城三面阻水，樓堞之下，以汴、泗爲池。」〔朱彝尊曰〕起是興。

〔三〕廖本、王本作「築」。祝本、魏本作「斸」。〔舉正〕杭、蜀本同作「築場」。詩：「九月築場圃。」謂築堅以爲場也。〔方世舉注〕此但築馳場也。〔俞汝昌注〕初學記：「蹴踘處曰毬場。」

〔四〕〔方世舉注〕吳語：「君有短垣而自踰之。」〔顧嗣立注〕西都賦：「繚以周牆。」

〔五〕〔方世舉注〕新唐書禮樂志：「凡講武，擊鼓舉赤旗爲鋭陣。」

〔六〕各本作「新秋」。〔舉正〕謝本作「新雨」。

〔七〕〔方世舉注〕宋玉招魂：「分曹並進，遒相迫些。」

〔八〕〔祝充注〕攢，在丸切，聚也。

〔九〕〔俞汝昌注〕説文：「毬，鞠丸也。」

〔一〇〕〔魏本廖本注〕「牛」一作「氂」。〔魏本引孫汝聽曰〕以紅牛毛爲纓紱，黄金爲羈，所以飾馬。

〔一一〕〔朱彝尊曰〕奇處全在翻身著馬腹。

〔一二〕〔顧嗣立注〕南史曹景宗傳：「昔在鄉里，騎快馬如龍，拓弓弦作霹靂聲，箭如餓鴟叫。」唐王邕内人蹋毬賦：「毬體兮如珠。」按：曹子建白馬篇：「仰手接飛猱，俯身散馬蹄。」杜子美詩：「走馬脱轡頭，手中挑青絲。捷下萬仞岡，俯身試搴旗。」詩意本此。〔張鴻曰〕描寫擊毬之形狀，此公擅長處也。

〔一三〕〔方世舉注〕宋玉九辯：「超逍遥兮今焉薄？」廣雅釋詁：「超遥，遠也。」謝惠連雪賦：「其爲狀也，散漫交錯。」

〔一四〕〔魏本引補注〕揮霍，奮迅也。〔顧嗣立注〕西京賦：「跳丸劍之揮霍。」〔方世舉注〕曹植七啓：「淩躍超驤，蜿蟬揮霍。」〔蔣之翹曰〕四句極狀其蹋踘之態。

〔一五〕〔顧嗣立注〕發難得巧，即矬帶箭所謂「將軍欲以巧伏人，盤馬彎弓惜不發」是也。舊注難作去聲，引張良發八難解，大謬。〔王元啓曰〕謂發之難，得之巧。建封和詩云：「俯身仰擊復旁擊，難于古人左右射。」與此難字正同。

〔一六〕〔王元啓曰〕劇謂戲劇。建封詩云：「儒生疑我新發狂。」蓋皆以戲劇疑張，張則自云：「習蛇矛，學便馬，用備戎事耳。」公故順其意而謂之曰習戰。〔李黼平曰〕三蒼云：「鞠毛可蹋以爲戲。」而劉向別録云：「蹴鞠兵勢，所以陳武事，知有材力也。」又衛青傳：「方穿域蹴踘。」此習戰句之所本。〔朱彝尊曰〕入正意。

〔一七〕魏本、廖本、王本作「安坐」。祝本作「端坐」。

〔一八〕〔李黼平曰〕末句從杜冬狩行「爲我迴轡擒西戎」脱胎。

【集説】

樊汝霖曰：公集有諫張僕射擊毬書，此詩言「此誠習戰非爲劇，豈若安坐行良圖」，蓋亦以譏之也。

何焯曰：此詩用韻，極變而整。風旨與老杜冬狩行略相似。

方世舉曰：唐時有毬場，憲宗嘗問趙宗儒：人言卿在荆州，毬場草生，何也？此蓋問其軍政不修。宗儒不知，對曰：死罪有之。雖然，草生不妨毬了往來，上爲之啓齒，此唐時武場擊毬之明證也。此詩規之，似失事宜。但此時吴少誠已阻朝命，則講武者不止於此，故未有殺賊之語。若後來裴度平蔡，則贈詩勸其「鐘鼓樂清時」矣。

陳景雲曰：此詩張僕射有和篇，其末云「韓生訝我爲斯藝，勸我徐驅作安計。不知戎事竟何成，且媿吾人一言惠」。蓋擊毬之事，雖不爲即止，亦深以公言爲有當也。

唐宋詩醇曰：神采飛動。結有忠告，便比雉帶箭高一格。

翁方綱曰：廿句中凡七换韻，每韻二句者與四句者相爲承接轉，而意與韻或斷或連，以爲勁節。

程學恂曰：前賦擊毬，極工盡致。後乃以正規之。此詩之諷與書之諫有不同處。

附酬韓校書愈打毬歌

張建封

僕本修持文筆者，今來帥鎮紅旗下，不能無事習蛇矛，閑就平場學便馬。軍中役養驍智才，競馳駿逸隨我來，護軍對引相向去，風呼月旋期先開。俯身仰擊復旁擊，難於古人左右射，齊觀百步透短門，誰羨養由遥破的？儒生疑我新發狂，武夫愛我生輝光。杖移騣底拂尾後，星從月下流中場。人人不約心自一，馬馬不鞭蹄自疾。凡情莫便捷中能，拙自翻驚巧時失。韓生訝我爲斯藝，勸我徐驅作安計。不知戎事竟何成，且愧吾人一言惠。

忽忽〔一〕

忽忽乎余未知生之爲樂也〔二〕，願脱去而無因。安得長翮大翼如雲生我身〔三〕，乘風振奮出六合，絶浮塵〔四〕。死生哀樂兩相棄，是非得失付閑人。

〔一〕〔魏本引樊汝霖曰〕公貞元八年第進士，十二年始佐董晉汴州。十五年晉薨汴亂，公依張建封於徐。故曰：「忽忽乎余未知爲生之樂也。」此豈非所謂天之降大任於是人，必先窮餓困苦之如是歟？〔魏本引補注〕前漢王褒傳：「太子苦忽忽善忘不樂。」名篇意或出此。

〔方世舉注〕舊唐書董晉傳：「行軍司馬陸長源好更張云爲，務從刻削，判官孟叔度輕佻好慢易軍人，皆惡之。晉卒後未十日，汴州大亂，殺長源、叔度等。」此詩作於晉未死之前，蓋逆知亂本之已成，而義不可去，故其自憂如此。〔補釋〕按：方説亦無確據，兹從樊説。

〔二〕廖本、王本作「生之爲」。祝本、魏本作「爲生之」。〔考異〕「生之爲樂」，方作「爲生之樂」，非是。

〔三〕〔魏懷忠注〕北齊邢子才游仙詩：「安得金仙術，兩腋生羽翼。」郭璞游仙詩：「仰思舉雲翼，延首矯玉掌。」

〔四〕〔方世舉注〕司馬相如上林賦：「振鱗奮翼。」莊子齊物論：「六合之外，聖人存而不論。」

【集説】

蔣抱玄曰：語調亦模橅風謡得來。

鳴雁〔一〕

嗷嗷鳴雁鳴且飛〔二〕，窮秋南去春北歸〔三〕，去寒就暖識所依〔四〕。天長地闊棲息稀〔五〕，風霜酸苦稻粱微〔六〕，毛羽摧落身不肥〔七〕。徘徊反顧羣侶違〔八〕，哀鳴欲下洲渚非〔九〕。江南水闊朔雲多〔一〇〕。草長沙軟無網羅，閒飛静集鳴相和，違憂懷息性匪他〔一一〕。淩風一舉君謂何〔一二〕？

〔一〕〔魏本引樊汝霖曰〕此詩興也。公在徐州與孟東野書有曰：「去年脱汴州之亂，遂來於此。主人與余有故，居余符離睢上。及秋，將辭去，因被留以職事。默默在此，行一年矣。今年秋，聊復辭去。江湖，余樂也，與足下終幸矣。」主人謂張建封。公在徐鬱鬱不得志，故見於書與詩者如此，其義一也。〔廖瑩中注〕與前詩同時，公蓋託雁以自喻也。〔方世舉注〕十五年秋，欲去而被留以職事。然去志已決，明年夏即去徐居洛，不待秋矣。

〔二〕〔舉正〕「鳴雁」，蜀本作「鴻雁」。李本從「鴻」。然以題語考之，「鳴」字爲是。〔魏本引韓醇曰〕詩：「鴻雁于飛，哀鳴嗷嗷。」〔方世舉注〕詩：「雝雝鳴雁。」

〔三〕〔方世舉注〕鮑照詩：「窮秋九月荷葉黄，北風驅雁天雨霜。」〔魏本引祝充曰〕管子：「桓公曰：鴻雁春北而秋南，不失其時。」

〔四〕〔舉正〕蜀本作「依」。李、謝本同。〔考異〕「依」，或作「處」，非是。〔何焯曰〕頂明。

〔五〕〔補釋〕李華弔古戰場文：「地闊天長，不知歸路。」

〔六〕〔方世舉注〕鮑照代鳴雁行：「辛苦風霜亦何爲？」〔魏本引韓醇曰〕鴻雁事前輩多使稻粱事，蓋出戰國策。廣絶交論云：「分雁鶩之稻粱。」又杜甫雁詩：「自古稻粱多不足。」

〔七〕廖本、王本作「毛羽」。祝本、魏本作「羽毛」。〔舉正〕蜀本、李本乙。

〔八〕〔方世舉注〕蘇武詩：「黄鵠一遠別，千里顧徘徊。」艷歌何嘗行：「躊躇顧羣侶。」〔王元啓曰〕公在徐幕中，無一同志，書與詩蓋屢嘆之。

〔九〕魏本、廖本、王本作「哀鳴」。祝本作「晨鳴」。〔方世舉注〕屈原九章：「望大河之洲渚。」

〔一〇〕祝本作「朔」。魏本、廖本、王本作「朝」。〔舉正〕「朔雲」，曾本作「朝雲」。然三本皆同上。

〔考異〕「朝」，方作「朔」。今按：既云江南，則不應言朔雲矣。兼作「朝雲」，語亦差謬。〔俞樾曰〕作「朔」者是也。朔與南相對成文，與上文「窮秋南去春北歸」，並以南北對言，而義則有異。上言南北，據鴻雁春北秋南而言。此言南朔，則承江字而言，言江之南水闊，而江之北雲多也。朱子以「江南」連讀，「朔雲」連讀，遂不得其義，而改從「朝」字。豈江南但有朝雲無暮雲乎？若謂「作朝雲語差謬」，則公詩固不可以常格論。朱子蓋嫌作「朔」字則似乎七言律詩耳，然上文「風霜酸苦稻粱微」，亦何嘗不似律詩乎？

〔二〕魏本作「息」。祝本、廖本、王本作「惠」。〔何焯義門讀書記〕「息」字長。〔陳景雲曰〕公在徐幕時，有與李習之書云：「僕於此豈以爲大相知乎？將亦有所病而求息於此也。」違憂懷息，即有病求息意。〔王元啓曰〕按公在徐，自謂病而求息。今既毛羽摧落，又與羣侶相違，則求息之念，又將轉而之他，所以云「違憂懷息」。前此之來，本以求息，今此之去，亦止爲懷息之故，故曰「性匪他」。以此推之，「惠」字脱空無着，不如建本作「息」義長。〔聞人倓注〕周易：「憂則違之。」〔蔣抱玄注〕詩：「兄弟匪他。」

〔三〕〔方世舉注〕史記留侯世家：「上歌曰：鴻鵠高飛，一舉千里。」〔何焯義門讀書記〕二語促在一處，忠厚明快，兩得其妙。

【集説】

朱彝尊曰：此卻純是唐調，風雅儘有餘，然未爲甚高作。

程學恂曰：平韻柏梁體，入後仍轉平韻，唯公多有之。

雉帶箭〔一〕

原頭火燒静兀兀〔二〕，野雉畏鷹出復没〔三〕，將軍欲以巧伏人，盤馬彎弓惜不發〔四〕。地形漸窄觀者多，雉驚弓滿勁箭加〔五〕，衝人決起百餘尺〔六〕，紅翎白鏃隨傾斜〔七〕。將軍仰笑軍吏賀，五色離披馬前墮〔八〕。

〔一〕〔魏本引樊汝霖曰〕公陽山縣齋詩有曰：「大梁從相公，彭城赴僕射，弓箭圍狐兔，絲竹羅酒炙。」此詩佐張僕射于徐從獵而作也。讀之其狀如在目前，蓋寫物之妙者。

〔二〕〔方世舉注〕世説：「顧愷之曰：火燒平原無遺燎。」〔鍾惺曰〕此處乃着一静字，妙甚。〔朱彝尊曰〕只起一句，境已好。

〔三〕〔舉正〕閣本、李、謝校作「伏欲没」。〔考異〕「出復」，方作「伏欲」。按：雉出復没，而射者彎弓不肯輕發，正是形容持滿命中之巧，毫釐不差處。改作「伏欲」，神采索然矣。

〔四〕〔補釋〕張衡西京賦：「彎弓射乎西羌。」薛綜注：「彎，挽弓也。」〔譚元春曰〕二語深，不是尋常弓馬中人説得。〔查慎行曰〕善於頓挫。〔顧嗣立曰〕二句無限神情，無限頓挫。公蓋示人以運筆作文之法也。〔程學恂曰〕二句寫射之妙處，全在未射時，是能於空處得神。即古今作詩文之妙，亦只在空處著筆，此可作口訣讀。

〔五〕〔補釋〕加，此處作「射」解。

〔六〕〔方世舉注〕莊子逍遥游：「蜩與鷽鳩笑之曰：吾決起而飛，搶榆枋。」

〔七〕〔祝充注〕鏃，箭鏃。列子：「善射者能令後鏃中前括。」〔何焯義門讀書記〕帶字醒。

〔八〕〔顧嗣立注〕爾雅：「雉五彩皆備成章曰翬。」射雉賦：「有五色之名翬。」〔方世舉注〕宋玉九辯：「奄離披此梧楸。」注：「離披，分散也。」〔查慎行曰〕恰好便住，多着一句不得。

【集説】

洪邁容齋三筆曰：昌黎雉帶箭詩，東坡嘗大字書之，以爲妙絶。予讀曹子建七啓論羽獵之美云：「人稠網密，地逼勢脅。」乃知韓公用意所來處。

黄震曰：詩特有變態。

汪琬曰：短幅中有龍跳虎卧之觀。

朱彝尊曰：句句實境，寫來絶妙，是昌黎極得意詩，亦正是昌黎本色。

查晚晴曰：看其形容處，以留取勢，以快取勝。

沈德潛唐詩别裁集曰：李將軍度不中不發，發必應弦而倒，審量於未彎弓之先。此矜惜於已彎弓之候。總不肯輕見其技也。作詩作文，亦須得此意。

張鴻曰：描寫射雉，與「汴泗交流」之描寫擊毬，同樣工巧。

從仕〔一〕

居閑食不足〔二〕，從仕力難任〔三〕。兩事皆害性，一生恒苦心〔四〕。黄昏歸私室〔五〕，惆悵起歎音〔六〕。棄置人間世〔七〕，古來非獨今。

〔一〕〔魏本引韓醇曰〕貞元十七年，公始從調京師，此詩其時作。〔王元啓曰〕按：此詩貞元十五年爲徐州節度推官作。公歷宦二十九年，最不得志於徐州。又自九月至明年二月之終，諸幕僚皆晨入夜歸，公上建封書，至有「抑而行之，必發狂疾」之語。建封終不聽，坐是鬱鬱。此詩歎從仕之難，且有黄昏歸私室之語，足知其爲晨入夜歸發也。韓注謂十七年公始從調京師作，非是。

〔二〕〔方成珪箋正〕蓋追溯未授幕職，居符離睢上時也。

〔三〕〔黄鉞注〕二句似從謝靈運「進德智所拙，退耕力不任」化出。

〔四〕〔方世舉注〕陸機詩：「志士多苦心。」

〔五〕〔沈欽韓注〕杜集劍南節度使嚴武辟爲參謀作詩二十韻有云：「束縛酬知己，蹉跎效小忠。周防期稍稍，太簡遂怱怱。曉入朱扉啓，昏歸畫角終。不成尋別業，未敢息微躬。」是晨入夜歸，故事已久。

〔六〕〔祝本魏本注〕「惆」，一作「怊」。〔蔣抱玄注〕楚辭：「惆悵兮而私自憐。」

〔七〕〔考異〕「世」，或作「事」。〔魏本引韓醇曰〕漢張子房：「願棄人間事，從赤松子游爾。」

【集説】

陳繼儒曰：韓退之詩云：「居閒食不足，從官力難任。兩事皆害性，一生常苦心。」子瞻詩云：「家居妻兒號，出仕猿鶴怨。未能逐十一，安敢摶九萬。」二公猶不免徘徊於進退之間。其後退之迷雪於衡山，子瞻望日於儋海，回視闔户擁衾，簞瓢藜藿，不在天上乎！故考槃詩云：「獨寐寤言，永矢弗諼。」

朱彝尊曰：起四句貧士通患。後四句尚覺應不醒。

王鳴盛曰：五言律。

暮行河隄上〔一〕

暮行河隄上，四顧不見人。衰草際黄雲〔二〕，感歎愁我神。夜歸孤舟卧，展轉空及晨〔三〕。謀計竟何就？嗟嗟世與身。

〔一〕〔王元啓曰〕此詩與洞庭湖阻風同意。衰草黄雲，是十月節。落句「謀計」云云，則所謂「糧絶誰與謀」是也。蓋永貞元年自郴赴江陵時作。〔方成珪昌黎先生詩文年譜〕當是十五年冬朝正京師，途中有感而作。〔補釋〕洞庭阻風時在湘江，不得云「河堤」。方説爲長。

〔二〕〔方世舉注〕謝靈運詩：「河洲多沙塵，風悲黃雲起。」

〔三〕〔魏本引韓醇曰〕潘安仁懷舊賦云：「宵展轉而不寐，驟長歎以達晨。」

【集説】

程學恂曰：此詩意興蕭騷，看似無味，而感最深。後來蘇子美集中多擬之。

蔣抱玄曰：隨意寫去，亦落落有致。

駑驥贈歐陽詹〔一〕

駑駘誠齷齪〔二〕，市者何其稠〔三〕？力小苦易制〔四〕，價微良易酬〔五〕。渴飲一斗水〔六〕，飢食一束芻。嘶鳴當大路，志氣若有餘。騏驥生絶域〔七〕，自矜無匹儔〔八〕，牽驅入市門〔九〕，行者不爲留。借問價幾何？黄金比嵩丘〔一〇〕。借問行幾何？咫尺視九州。飢食玉山禾〔一一〕，渴飲醴泉流〔一二〕。問誰能爲御〔一三〕？曠世不可求〔一四〕。惟昔穆天子，乘之極遐游〔一五〕，王良執其轡〔一六〕，造父夾其輈〔一七〕。因言天外事〔一八〕，茫惚使人愁〔一九〕。駑駘謂騏驥，餓死余爾羞〔二〇〕，有能必見用，有德必見收，孰云時與命，通塞皆自由〔二一〕？騏驥不敢言，低徊但垂頭〔二二〕。人皆劣騏驥，共以駑駘優。喟余獨興歎，才命不同謀。寄詩同心子〔二三〕，爲我商聲謳〔二四〕。

〔一〕諸本無「贈歐陽詹」字。〔考異〕洪云：唐本有「贈歐陽詹」字。或作「鴑驥吟示歐陽詹」。詹集有答韓十八鴑驥吟。〔王元啓曰〕篇末有「寄詩同心子」句，標題當從唐本。〔方世舉注〕新唐書歐陽詹傳：「詹，字行周，泉州晉江人。舉進士，與韓愈、李觀、李絳、崔羣、王涯、馮宿、庾承宣聯第，皆天下選。與愈友善，詹先爲國子監四門助教，率其徒伏闕下，舉愈博士。卒年四十餘。」按：公爲歐陽生哀辭云：「十五年冬，余以徐州從事朝正於京師。詹將舉余爲博士，不果上。」〔方成珪昌黎先生詩文年譜〕是年冬抵京後作。

〔二〕〔方世舉注〕宋玉九辯：「卻騏驥而不乘兮，策鴑駘而取路。」相馬經：「凡相馬之法，先除三羸五駑。」司馬相如難蜀父老：「豈特委瑣齷齪。」

〔三〕〔俞汝昌注〕説文：「稠，多也。」

〔四〕〔舉正〕宋本「苦」亦作「良」。

〔五〕〔考異〕「良」，或作「誠」。〔張相曰〕苦與良互文，皆甚辭。

〔六〕〔方世舉注〕莊子外物篇：「君豈有升斗之水而活我哉？」

〔七〕〔方世舉注〕屈原卜居：「寧與騏驥亢軛乎？將隨鴑馬之迹乎？」〔蔣抱玄注〕管子：「不遠道里，故能感絶域之民。」

〔八〕〔方世舉注〕古樂府傷歌行：「悲聲命儔匹。」〔蔣抱玄注〕王褒九懷：「覽可與兮匹儔。」

〔九〕〔方世舉注〕國策：「蘇代説淳于髡曰：人有駿馬欲賣之，見伯樂曰：比三旦立于市，人莫與言。」古今注：「闤，市垣也。闠，市門也。」

〔一〇〕〔方世舉注〕潘岳懷舊賦：「前瞻太室，旁眺嵩丘。」〔何焯曰〕句句針對，卻又變化。

〔一一〕〔方世舉注〕西山經：「玉山，是西王母所居也。」又海内西經：「昆侖之墟，高萬仞，上有木禾，長五尋，大五圍。」注：「木禾，穀類也。」〔顧嗣立注〕鮑明遠代空城雀詩：「誠不及青鳥，遠食玉山禾。」

〔一二〕〔顧嗣立注〕禮記：「地出醴泉。」史記：「昆侖山上有醴泉。」白虎通：「醴泉者美泉，狀如醴。」

〔一三〕〔舉正〕杭、蜀與詹集皆同。〔考異〕諸本作「借問誰能御」。

〔一四〕〔補釋〕張衡東京賦：「故曠世而不覿。」廣雅：「曠，久也。」

〔一五〕〔顧嗣立注〕史記秦本紀：「周繆王得驥温驪驊騮騄駬之駟，西巡狩，樂而忘歸。」裴駰曰：「郭璞紀年：穆王十七年，西征于昆侖丘，見西王母。」〔補釋〕穆天子傳：「八駿之乘，以飲于枝持之中，積石之南河。天子之駿，赤驥、盜驪、白義、踰輪、山子、渠黄、華騮、緑耳。」

〔一六〕〔顧嗣立注〕韓子：「王良佐轡，則身不勞而易及輕獸。」

〔一七〕祝本、魏本作「夾」。廖本、王本作「挾」。〔舉正〕夾，音挾。詹作「挾」。〔考異〕「挾」，方本作「夾」。此從詹集。今按左傳「潁考叔挾輈以走」，當作「挾」。〔俞樾曰〕愚按隱十一年左傳正義曰：「廟内授車，未有馬駕，故手挾以走。」然則潁考叔挾輈以走者，以無馬故也。此則既有騏驥駕車，而王良爲之執轡矣，又何須挾之以走乎？朱説非也。「挾」字仍當從諸本作「夾」。哀十三年公羊傳注云：「齊、晉前驅，魯、衞驂乘，滕、薛俠轂而趨。」韓詩正本此。夾與俠通，變轂言輈，以協韻也。〔顧嗣立注〕史記趙世家：「造父幸於周繆王，繆王使造父御，西巡狩，見西王母，乃賜造父以趙城。」〔補釋〕穆天子傳：「天子之御造父。」説文：「輈，轅也，从車，舟聲。」

〔一八〕〔魏本引孫汝聽曰〕天外事，即謂崑崙丘之事，非中國所見者也。〔方世舉注〕拾遺記：「始皇好神仙之事，有宛渠之民，乘螺舟而至曰：臣少時躡虚卻行，日游萬里。及其老也，坐見天地之外事。」

〔一九〕廖本、王本作「茫」。祝本、魏本作「恍」。〔舉正〕二本同作「茫惚」。詹集作「慌惚」。古慌與茫音通。〔考異〕「茫」，或作「恍」，或作「荒」。〔方世舉注〕司馬相如上林賦：「茫茫恍忽。」淮南原道訓：「昔者馮夷大丙之御也，乘雲車，入雲蜺，游微霧，鶩怳忽。」〔程學恂曰〕二語盡比興無端之妙。

〔二〇〕〔考異〕「餓」，或作「飢」。

〔二一〕〔方世舉注〕易節卦：「不出户庭，知通塞也。」

〔二二〕〔方世舉注〕鹽鐵論：「騏驥負鹽車，垂頭於太行之坂。」

〔二三〕〔考異〕「詩」，或作「言」。

〔二四〕〔考異〕「商」，或作「高」。〔顧嗣立注〕選阮嗣宗詠懷詩：「素質由商聲。」禮記：「孟秋之月，其聲商。」〔方世舉注〕莊子讓王篇：「曾子曳縰而歌商頌，聲滿天地，若出金石。」

【集説】

朱彝尊曰：語氣近古，然無甚風致。

何焯義門讀書記曰：此詩太直。

查慎行曰：魚、模、尤、侯通用，得之三百篇。

附答韓十八駑驥吟

歐陽詹

故人舒其憤，作爾駑驥篇。駑取易售陳，驥以難知言。委曲感既深，咨嗟詞亦殷。伊情有遠瀾，余志游其源。室有周孔堂，道適堯舜門，調雅聲寡同，途遐勢難翻，顧兹萬恨來，假彼二物云。賤貴而貴賤，世人良共然。芭蕉一葉妖，茙葵一花妍，異無材實資，手植堦墀前。梗楠十圍瑰，松柏百尺堅，罔念棟梁功，野長丘墟邊。傷哉昌黎韓，焉得不迍邅？上帝本厚生，大君方建元，實將庇羣甿，庶此規崇軒。班爾圖永安，掄擇其精專。君看廣廈中，豈有庭前萱。

歸彭城〔一〕

天下兵又動〔二〕，太平竟何時？訏謨者誰子〔三〕？無乃失所宜。前年關中旱〔四〕，閭井多死飢。去歲東郡水〔五〕，生民爲流屍。上天不虛應〔六〕，禍福各有隨。我欲進短策，無由至彤墀〔七〕。刳肝以爲紙，瀝血以書辭〔八〕。上言陳堯舜〔九〕，下言引龍夔〔一〇〕，言詞多感激，文字少葳蕤〔一一〕。一讀已自怪，再尋良自疑〔一二〕。食芹雖云美，獻御固已癡〔一三〕。緘封在骨髓，耿耿空自奇。昨者到京城〔一四〕，屢陪高車馳〔一五〕。周行多俊異〔一六〕，議論無瑕疵，見待頗異禮，未能去毛皮〔一七〕，到口不敢吐，徐徐俟其巇〔一八〕。歸來戎馬間，驚顧似羈雌〔一九〕，連日或不語，終朝見相欺〔二〇〕。乘閒輒騎馬，茫茫詣空陂，遇酒即酩酊，君知我爲誰〔二一〕？

〔一〕貞元十六年庚辰。〔魏本引樊汝霖曰〕彭城，徐州也。公爲歐陽詹哀辭曰：「貞元十五年冬，予以徐州從事朝正於京師。」答張徹詩曰：「朝京忽同舲。」而此詩曰歸彭城者，蓋十六年自京復歸徐也。

〔二〕〔方世舉注〕新唐書德宗紀：「貞元十五年三月，彰義軍節度使吳少誠反。九月，宣武、河陽、鄭滑、東都汝、成德、幽州、淄青、魏博、易定、澤潞、河東、淮南、徐泗、山南東西、鄂岳軍討吳少誠。十二月，諸道兵潰於小溵河。」

〔三〕祝本、魏本作「訏謀」。〔魏本引韓醇曰〕詩：「訏謨定命。」〔方世舉注〕新唐書宰相表：「貞元十四年七月壬申，趙宗儒罷，工部侍郎鄭餘慶爲中書侍郎，同中書門下平章事，崔損爲門下侍郎。」〔沈欽韓注〕考其時德宗信任韋渠牟、李實等，羣小用事。宰相崔損、鄭餘慶、齊抗等，充位而已。

〔四〕〔方世舉注〕新唐書德宗紀：「貞元十四年冬，無雪，京師饑。」

〔五〕〔舉正〕杭、蜀同作「東郡水」。舊紀：「十五年秋，鄭、滑大水。」〔考異〕「郡」，或作「洛」。

〔六〕〔方世舉注〕後漢書順帝紀：「咎徵不虛，必有所應。」

〔七〕廖本、王本作「彤」。祝本、魏本作「丹」。〔舉正〕閣本作「彤」。〔補釋〕張衡西京賦：「青瑣丹墀。」李善注：「漢官典職曰：以丹漆地，故稱丹墀。」

〔八〕〔方世舉注〕拾遺記：「浮提國獻神通、善書二人，出肘間金壺，壺中有黑汁，如浮漆，灑地及石，皆成篆隸科斗之字。及金壺汁盡，二人刳心瀝血，以代墨焉。」〔唐宋詩醇〕刳肝瀝血句，從少陵鳳凰臺詩化出。又庾信經藏碑有「皮紙骨筆」之句，退之雖不喜用釋典，然運化前人詞語，自無嫌也。〔補釋〕大智度論：「釋迦文佛本爲菩薩時，魔變作婆羅門而語之言：『我有佛所説一偈，汝能以皮爲紙，以骨爲筆，以血爲墨，書寫此偈，當以與汝。』」此公語所本。至老杜鳳皇臺詩云：「我能剖心出，飲啄慰孤愁，心以當竹實，炯然無外求，血以當醴泉，豈徒比清流。」意似稍殊。

〔九〕〔魏本引蔡夢弼曰〕孟子：「我非堯、舜之道，不敢陳於王前。」

〔一〇〕〔魏本引蔡夢弼曰〕尚書舜典：「帝曰：夔，命汝典樂，教胄子。龍，命汝作納言，夙夜出納，朕命惟允。」

〔一一〕〔舉正〕杭、蜀本同作「葳蕤」。「紛葳蕤以馺遝」，見陸機文賦。〔考異〕「葳」，或作「萎」。今按：「葳蕤」已見楚辭。

〔一二〕〔朱彝尊曰〕陸士衡擬古：「一唱萬夫歎，再唱梁塵飛。」此句法從彼來。

〔一三〕〔補釋〕列子：「宋國有田夫，常衣緼黂，自暴於日，顧謂其妻曰：負日之暄，人莫知者，以獻吾君，將有重賞。里之富室告之曰：昔人有美戎菽甘枲莖芹萍子者，對鄉豪稱之。鄉豪取而嘗之，蜇於口，慘於腹。衆哂而怨之。其人大慙。」〔方世舉注〕嵇康與山濤絶交書：「野人有快炙背而美芹子者，欲獻之至尊，雖有區區之意，亦以疎矣。」

〔一四〕祝本、王本、游本作「城」。魏本、廖本作「師」。

〔一五〕〔方世舉注〕古諺：「高車駟馬帶傾覆。」

〔一六〕〔方世舉注〕左傳：「君子謂楚于是乎能官人。詩：『嗟我懷人，寘彼周行。』能官人也。」任昉求薦士詔：「思求俊異，協贊雍熙。」

〔一七〕〔魏本引孫汝聽曰〕虚禮也。〔魏本引韓醇曰〕猶莊周所謂索我於形骸之内也。孫説爲勝。

〔一八〕〔蔣抱玄注〕孟子：「子謂之如徐徐云爾。」〔魏本引補注〕揚子曰：「巘可抵乎？」巘，罅也。〔程學恂曰〕此等看古人真處。

〔一九〕〔顧嗣立注〕謝靈運晚出西射堂詩：「羈雌戀舊侶，迷鳥懷故林。」注：「羈，無偶也。」

〔二〇〕〔舉正〕閣本與舊本同作「見我欺」。蜀本作「相欺」。〔考異〕「相」，方作「我」。「見相」或作「相見」。今按：此三字，三本疑皆有誤。

〔二一〕〔查晚晴曰〕結語奇。連上數句讀，覺公亦有不滿於建封也。

【集説】

查慎行曰：一肚皮不合時宜，無所發洩，於此章吐之。究竟不能盡吐，一起一結，感歎何窮！

唐宋詩醇曰：憂時傷亂，感憤無聊。騎馬空陂，不減窮途之哭。周行俊異數語，風刺微婉，所謂「中朝大官老於事，詎肯感激徒媕婀」也。

程學恂曰：不到二雅不肯捐，似此真是矣。

蔣抱玄曰：人人驚公多險句，余謂險字工夫，實從夷字經驗而來。讀此首，可以悟關巧。

幽懷〔一〕

幽懷不能寫〔二〕，行此春江潯〔三〕。適與佳節會，士女競光陰。凝粧耀洲渚〔四〕，繁吹蕩人心〔五〕。間關林中鳥〔六〕，亦知和爲音〔七〕。豈無一樽酒〔八〕，自酌還自吟〔九〕。但悲時易失〔一〇〕，四序迭相侵〔一一〕。我歌君子行〔一二〕，視古猶視今〔一三〕。

〔一〕〔舉正引樊汝霖曰〕徐州作。〔方世舉注〕此詩編年無可明據，但以「我歌君子行」揣之，或朝正歸徐，春間所作。觀其上張僕射書，辨晨入夜歸之不可，則於其幕僚有不相合者。故感春鳥和鳴而自酌自吟，歎人之不如鳥也。題曰幽懷，蓋有不可明言者歟？〔王元啓曰〕此詩與贈張籍、歸彭城諸首同編，疑亦在徐作，讀篇中自酌自吟句可見。

〔二〕〔舉正〕唐本作「能」。〔考異〕「能」，或作「可」。祝本、魏本作「可」。廖本、王本作「能」。

〔三〕〔方世舉注〕淮南原道訓：「江潯海裔。」枚乘七發：「弭節乎江潯。」〔朱彝尊曰〕起是裁嗣宗「獨坐空堂上」四句爲兩句，卻近自然。

〔四〕〔蔣抱玄注〕謝偃詩：「凝妝豔粉復如神。」

〔五〕〔舉正〕杭本作「神心」。〔考異〕「人」，方作「神」，非是。〔祝充注〕吹，尺爲切。義與平聲同。記：「命樂師大合吹。」〔方世舉注〕枚乘七發：「陶陽氣，蕩春心。」

〔六〕〔方世舉注〕水經注：「時禽異羽，翔集間關。」

〔七〕廖本、王本如此。祝本、魏本作「知時爲和音」。〔舉正〕杭、蜀本作「亦知和爲音」。〔考異〕諸本作「知時爲和音」，非是。然今本疑亦有誤，或恐「爲」是「其」字。〔徐震曰〕「和爲音」不誤，和讀如唱和之和，言相和爲音也。上句云「繁吹蕩人心」，故此句言鳥亦知相和爲音，若與繁吹相應合也。

〔八〕〔補釋〕陶潛詩：「忽與一樽酒，日夕歡相持。」

〔九〕〔補釋〕公是年三月與孟東野書有云：「吾言之而聽者誰歟？吾唱之而和者誰歟？言無聽也，唱無和也，獨行而無徒也，是非無所與同也，足下知吾心樂否也？」與詩意相合。

〔一〇〕〔魏本引蔡夢弼曰〕前漢蒯通傳：「夫功者難成而易敗，時者難值而易失，時乎時不再來。」

〔一一〕〔補釋〕莊子：「春夏先，秋冬後，四時之序也。」

〔一二〕〔補釋〕郭茂倩樂府詩集平調曲君子行：「樂府解題曰：古辭云『君子防未然』，蓋言遠嫌疑也。又有君子有所思行，辭旨與此不同。」

〔一三〕古猶今，見孟生詩注。

【集説】

朱彝尊曰：是選調，此自是詩正派。

海水〔一〕

海水非不廣，鄧林豈無枝〔二〕，風波一蕩薄〔三〕，魚鳥不可依〔四〕。海水饒大波，鄧林多驚風，豈無魚與鳥，巨細各不同。海有吞舟鯨〔五〕，鄧有垂天鵬〔六〕，苟非鱗羽大，蕩薄不可能。我鱗不盈寸，我羽不盈尺，一木有餘陰〔七〕，一泉有餘澤。我將辭海水，濯鱗清泠池〔八〕；我將辭鄧林，刷羽蒙籠枝〔九〕。海水非愛廣，鄧林非愛枝〔一〇〕，風波亦常事，鱗羽自不宜〔一一〕。我鱗日已大，我羽日已脩，風波無所苦，還作鯨鵬游。

〔一〕此詩見外集。〔王本引考異〕「水」下方有「詩」字。〔魏本引韓醇曰〕詩意謂當世無託足之地，而有還歸之興。豈貞元及第後歸江南時作耶？〔王元啓曰〕公祭老成文云：「吾年十九入京，後四年歸視汝。」公歸江南，蓋在貞元六年未第時。至登第後，十一年嘗歸河陽省墓，十二年即從董晉赴汴，未嘗又至江南。況此詩「鱗不盈寸，羽不盈尺」，係未第時語。考公貞元五年上賈滑州書云：「待命于鄭之逆旅。」知前一年曾已出京。此詩四年下第後，公年二十一歲始擬出京歸洛時作。歸江南又在後二年。〔方世舉注〕鶡冠子道端篇：「海水廣大，非獨仰一川之流也。」按此篇蓋辭去徐州之時。海水鄧林，以比建封。魚鳥，自喻也。

按：方説爲長。

〔二〕〔補釋〕山海經海外北經郝懿行箋疏：「列子湯問篇云：『鄧林彌廣數千里。』今案：其地蓋在北海外。」

〔三〕〔方世舉注〕李陵詩：「風波一失所，各在天一隅。」〔補釋〕蕩薄，摩蕩迴翔，上薄于天。

〔四〕〔補釋〕世説新語：「顧長康拜桓宣武墓詩：『山崩溟海竭，魚鳥將何依？』」

〔五〕〔方世舉注〕賈誼弔屈原文：「彼尋常之汙瀆兮，豈容吞舟之魚？」

〔六〕〔魏本引韓醇曰〕莊子：「鯤化爲鵬，怒而飛，其翼若垂天之雲。」

〔七〕〔方世舉注〕慎子：「廊廟之材，非一木之枝。」

〔八〕〔方世舉注〕北史司馬休之傳：「唐盛言於姚興曰：使休之擅兵於外，得濯鱗南翔，恐非復池中物也。」〔補釋〕説苑：「昔白龍下清泠之淵，化爲魚。」太平御覽引圖經云：「梁王有修竹園，又有清泠池，池有釣臺，謂之清泠臺。」按：外集題李生壁云：「余黜於徐州，將西居於洛陽，泛舟於清泠池。」樊汝霖注：「清泠池在睢陽。」公將自徐赴洛，清泠池途所必經，故借以爲興耳。

〔九〕〔方世舉注〕沈約詩：「刷羽同搖漾，一舉還故鄉。」張華鷦鷯賦：「翳薈蒙蘢，此焉游集。」

〔一〇〕〔何焯義門讀書記〕此下言與身世兩相棄者不同。

〔一一〕〔舉正〕蜀、李校作「自不宜」。〔王本引考異〕或作「不自疑」。祝本、魏本作「自不疑」。廖本、王本作「自不宜」。

【集説】

何焯義門讀書記曰：詩意謂其才未足以勝大任，則當退而求志，以待其成也。

陳沆曰：此感用世之難，而思反身脩德也。「海水饒大波，鄧林多驚風」，喻世道之屯艱，人事之不測。蓋魚鳥依風波以爲生，亦因風波而失所者，巨細之異耳。如鯨鵬則風波愈大，而所馮愈厚，所游愈遠，如君子之可大受，周於德者之不憂邪世也。細如寸鱗尺羽，則泉木之外，便虞飄蕩，然則豈海鄧風波之罪哉，亦我之鱗羽自不脩大耳。與其貪海鄧之廣大，怨風浪之蕩薄，何如反己進德，潛脩俟時，使鱗羽養成，如孟賁之勇，孟軻之氣，而後當大任而不動心乎？

送僧澄觀〔一〕

浮屠西來何施爲〔二〕？擾擾四海争奔馳。構樓架閣切星漢，誇雄鬬麗止者誰〔三〕？僧伽後出淮泗上〔四〕，勢到衆佛尤恢奇〔五〕。越商胡賈脱身罪〔六〕，珪璧滿船寧計資。清淮無波平如席，欄柱傾扶半天赤〔七〕，火燒水轉掃地空〔八〕，突兀便高三百尺〔九〕。影沈潭底龍驚遁〔一〇〕，當晝無雲跨虛碧〔一一〕。借問經營本何人？道人澄觀名籍籍〔一二〕。愈昔從軍大梁下〔一三〕，往來滿屋賢豪者〔一四〕，皆言澄觀雖僧徒，公才吏用當今無〔一五〕。後從徐州辟書至〔一六〕，紛紛過客何由記？又言澄觀乃詩人〔一七〕，一座競吟詩句新〔一八〕。向風長歎不可見，我欲收斂加冠巾〔一九〕，洛陽窮秋厭窮獨〔二〇〕，丁丁啄門疑啄木〔二一〕，有僧來訪呼使前，伏犀插腦高頰權〔二二〕。惜哉已老無所及，坐睨神骨空潸然〔二三〕。臨淮太守初到郡〔二四〕，遠遣州民送音問〔二五〕。好奇賞俊直難逢〔二六〕，去去爲致思從容〔二七〕。

〔一〕魏本題下有「一首」二字。各本無。　〔契嵩曰〕韓子作詩送澄觀而名之，詞意忽慢，如規誨俗子小生。然澄觀者，似乎是清涼國師觀公。謂詩詞有云：「皆言澄觀雖僧徒，公才吏用當今無。」又云：「借問經營本何人，道人澄觀名籍籍。」或云别自一澄觀者。若觀法師者，自唐之代宗，延禮問道，至乎文宗，乃爲其七朝帝者之師。其道德尊妙，學識該通内外，壽百有餘歲。當其盛化之時，料韓氏方後生小官，豈敢以此詩贈之。是必韓子以觀公道望尊大，當佛教之徒冠首，假之爲詩，示其輕慢卑抑佛法之意氣，而惑學者趨尚之志耳。非真贈觀者也。　〔晁公武曰〕華嚴經清涼疏一百五十卷，右唐僧澄觀撰。澄觀居清涼山，號清涼國師，即韓愈贈之詩者。　〔阮閱詩話總龜後集引葛勝仲丹陽集〕有唐中葉，浮屠中有四澄觀。架支提以舍僧伽者，洛中之澄觀也。故退之元和五年爲洛陽令，與之詩云「火燒水轉掃地空，突兀便高三百尺」，「洛陽窮秋厭窮獨，丁丁啄門疑啄木，有僧來訪呼使前，伏犀插腦高頰顴」者也。參無名大師，爲華嚴疏主譯經潤文者，會稽之澄觀也。故裴休爲其塔銘云「元和五年，授僧統印，歷九宗聖世，爲七帝門師，俗壽一百二」者也。傳燈録有鎮國大師澄觀答皇太子問心要，有「心心作佛，無一心而非佛心；處處成道，無一塵而非佛國」之句，所造超詣，豈若前二澄觀布金植福，算沙窮海者之比哉？又有曹溪别出第二世五臺山華嚴澄觀大師，既有華嚴二字，又有無名禪師法嗣之言，似即會稽澄觀，然續云「無機緣語句可録」，則又非也。〔王鳴盛蛾術編〕追敍從軍大梁、徐州，而繼以洛陽窮秋云云，其爲去徐居洛甚明。末有臨淮云云，則澄觀赴臨淮太守招，公送之也。華嚴經疏，唐僧澄觀譔。明天啓七年，嘉興三塔寺刻，前有敍引，述澄觀行述。言其生於開元二十六年戊寅，計至此時貞元十六年庚辰，已六十三，故云已老。彼又言澄觀死於文宗開成三年，年一百有二。公所送即此僧。向來注家，從未引及華嚴疏敍。〔補釋〕葛氏謂澄觀有四，未爲確説。考念常佛祖歷代通載：貞元十五年，清涼受鎮國大師號。贊寧宋高僧傳：順宗在春宮，嘗垂教令澄觀述了義一卷、心要一卷。則葛氏所謂第三澄觀，即第二之會稽澄觀也。第四澄觀，亦非別有一人。傳燈録云「無機緣語句」者，就禪門方面言耳，非謂澄觀無著述也。至公贈詩之澄觀與會稽澄觀，則似非一人。考贊寧宋高僧傳、志磐佛祖統記諸書，澄觀少於山陰出家，後潤州、金陵、剡溪、蘇州、東京、峨眉、五台，皆有蹤跡，卻與淮、泗無緣。自在五台造華嚴新疏畢功，於貞元八年應詔入京，譯經講道。後此久居京師，尊爲國師，亦無至洛陽之蹤跡。且澄觀一生，宏經闡教，爲當時大師。而公詩述時人推許爲「公才吏用」爲「詩人」，亦不相合。契嵩及晁、王二説，皆未可信。至葛氏以此詩爲元和五年公作洛陽令時所作，則與「厭窮獨」語欠合。仍當以舉正、王説爲長。

〔二一〕〔補釋〕魏志烏丸鮮卑東夷傳裴松之注引魏略曰：「臨兒國，浮屠經云其國王生浮屠。浮屠，太子也。父曰屑頭邪，母云莫邪。浮屠身服色黄，髮青如青絲，乳青毛，蛉赤如銅。始莫邪夢白象而孕。及生，從母左脇出。生而有結，墮地能行七步。此國在天竺城中。天竺又有神人名沙律，昔漢哀帝元壽元年，博士弟子景盧受大月氏王使伊存口授浮屠經，云復立者，其人也。」袁宏後漢記：「浮屠者，佛也。」佛法西來，見於信史者，以魚豢所記爲最早。

〔三〕〔補釋〕吴志劉繇傳：「笮融督廣陵彭城，大起浮圖祠，以銅爲人，黄金塗身，衣以錦采，垂槃九重，下爲重樓閣道，可容三千餘人。」楊衒之洛陽伽藍記：「自頂日感夢，滿月流光，陽門飾毫眉之像，夜臺圖紺髮之形。邇來奔競，其風遂廣。至晉永嘉，惟有寺四十二所。逮皇魏受圖，光宅嵩、洛，篤信彌繁，法教逾盛。王侯貴臣，棄象馬如脱履；庶士豪家，捨資財若遺跡。於是招提櫛比，寶塔駢羅，争寫天上之姿，競模山中之影。金刹與靈臺比高，宫殿共阿房等壯。豈直木衣綈繡，土被朱紫而已哉。」

〔四〕〔舉正〕唐本作「雄泗上」。舊本亦同。范、謝本皆校從「雄」，雄亦特出也。「鄭康成以布衣雄世」。〔考異〕「淮」，方作「雄」。今按上句已有「誇雄」字，下句又云「尤恢奇」，則此作「雄」非是。〔補釋〕太平廣記：「僧伽大師，西域人也。俗姓何氏。唐龍朔初，來游北土，隸名於楚州龍興寺。後於泗州臨淮縣信義坊乞地施標，將建伽藍。於其標下，掘得古香積寺銘記，并金像一軀，上有普照王佛字，遂建寺焉。唐景龍二年，中宗皇帝遣使迎師入内道場，尊爲國師。尋出居薦福寺。詔賜所修寺額，以臨淮寺爲名，師請以普照王字爲名，蓋欲依金像上字也。中宗以照字是天后廟諱，乃改爲普光王寺，仍御筆親書其額以賜焉。至景龍四年三月二日，于長安薦福寺端坐而終。即以其年五月，送至臨淮，起塔供養，即今塔是也。出本傳及紀聞録。」

〔五〕〔舉正〕唐本作「恢奇」。舊本亦同。恢奇字見史記公孫弘傳。言衆佛之勢，至此而恢張奇偉也。傳本以「恢」爲「魁」，又恐上語意同，遂易「雄」爲「淮」，非也。〔考異〕作「恢」亦不免與上同相犯，況淮之不可爲「雄」，自避上句「誇雄」字，初不専爲此耶！祝本作「魁」。魏本、廖本、王本作「恢」。〔方世舉注〕隋書經籍志：「天地一成一敗，謂之一刧。自此天地以前，則有無量刧矣。每刧必有諸佛得道，出世教化，其數不同。今此刧中，當有千佛。自初至於釋迦，已七佛矣。」

〔六〕〔考異〕「罪」，本作「獻」。今從謝校本。祝本作「獻」。魏本、廖本、王本作「罪」。

〔七〕〔祝本廖本注〕「柱」，一作「檻」。〔劉攽中山詩話〕塔本喻都料造，極工巧，俗謂塔頂爲天門。〔方世舉注〕漢書揚雄傳：「炕浮柱之飛榱兮，神莫莫而扶傾。」師古曰：「言舉立浮柱而駕飛榱，其形危竦，有神於冥冥之中扶持，故不傾也。」

〔八〕〔方世舉注〕李翱泗州開元寺鐘銘序云：「維泗州開元寺，遭罹水火漂焚之餘，僧澄觀與其徒僧若干，復舊室居，作大鐘。貞元十五年，厥功成。於是隴西李翱，書辭以紀之。」劉貢父詩話：「泗州塔人傳下藏真身，後閣上碑，道興國中塑僧伽像事甚詳。退之詩曰：『火燒水轉掃地空。』則真身焚矣。」

〔九〕〔查慎行曰〕他人於興廢之際，定着鋪排。看先生省筆處。〔李黼平曰〕敘僧伽塔事，蓋僧伽建于前，而澄觀修於後也。清淮四語，寫塔之忽廢忽興，如有神助。

〔一〇〕〔朱彝尊曰〕狀塔影妙絶。

〔一一〕〔李黼平曰〕賦塔名句。

〔一二〕〔蔣抱玄注〕智度論：「得道者名道人。餘出家未得道者，亦名道人。」〔方世舉注〕説文：「籍籍，語聲。」〔補釋〕漢書江都易王非傳：「國中口語籍籍。」顔師古注：「籍籍，喧聒之意。」〔朱彝尊曰〕直將塔説完，方出僧名，倒插法。遂緊頂，分吏才、詩才二節。

〔一三〕〔魏本引孫汝聽曰〕貞元十二年，公佐宣武軍幕。〔蔣抱玄注〕大梁，即汴州開封縣，戰國時魏都。後因稱曰大梁，亦曰汴梁。

〔一四〕〔舉正〕蜀本作「滿目」。「滿屋」字見世説。祝本作「目」。魏本、廖本、王本作「屋」。

〔一五〕〔方世舉注〕吏用，言有爲吏之用耳。

〔一六〕〔魏本引孫汝聽曰〕十五年，公從事徐州節度張建封幕。〔補釋〕阮籍奏記詣蔣公：「辟書始下，下走爲首。」李善注：「辟，猶召也。」

〔一七〕祝本、魏本作「又言」。廖本、王本作「人言」。〔王元啓曰〕「又言」，方作「人言」。按上有「過客」字，則複出「人」字爲贅。對上「大梁」、「賢豪」、「皆言」讀之，作「過客」、「又言」爲是。

〔一八〕〔方世舉注〕史記司馬相如傳：「相如不得已彊往，一坐盡傾。」

〔一九〕〔顧嗣立注〕公集送靈師詩：「方將斂之道，且欲冠其顛。」語與此同。〔黄鉞注〕十六國春秋後秦録道恒道標傳：「陛下天縱之聖，議論每欲遠輩堯、舜，今乃冠巾兩道人，反在光武、魏文之上。」冠巾二字，當是本此。

〔二〇〕〔魏本引樊汝霖曰〕公貞元十六年五月十四日題李生壁云：「是行也，予黜於徐州，將西居洛陽。」故此云「洛陽窮秋厭孤獨」也。〔王元啓曰〕公于十六年四月去徐居洛，至是幾半年矣。

〔二一〕〔考異〕「啄」，或作「打」。「疑」，或作「如」。〔祝充注〕丁丁，中莖切，伐木聲也。詩：「伐木丁丁。」〔方世舉注〕詩兔罝：「椓之丁丁。」爾雅翼：「斲木口如錐，長數寸，常啄枯木，取其蠹。頭上有紅毛，如鶴頂紅。人呼爲山啄木。」

〔二二〕〔考異〕「權」，或作「觀」。方從杭、蜀本。〔舉正〕權，顴也。杭、蜀本只作「權」。選洛神賦、張敏俳文、高歡長頭高權，古字只作「權」，刊本不深考也。〔顧嗣立注〕後漢李固傳：「貌狀有奇表，頂角匿犀。」注：「伏犀也，謂骨當額上入髮際隱起也。」文選洛神賦：「靨輔承權。」善曰：「權，兩頰。」〔方世舉注〕中山國策：「司馬喜曰：若其眉目，準頞權衡，犀角偃月。」

〔二三〕〔魏懷忠注〕睆，斜視也。〔方世舉注〕詩大東：「睠焉顧之，潸焉出涕。」〔查慎行曰〕真正憐才語。

〔二四〕〔顧嗣立注〕唐地理志：「泗州，臨淮郡。」　〔王元啓曰〕通鑑：「十六年六月，徐州亂兵爲張愔求旄節，朝廷不從，使杜佑討之，不克。泗州刺史張伾出兵攻埇橋，大敗而還。朝廷不得已，除愔徐州團練使，以伾爲泗州留後，與濠州皆隸淮南，以弱徐州之權。」考新史，伾先守臨洺，兵拒田悦有功，遷泗州刺史，居州十年，擢金吾衛大將軍，未拜卒。據此則初到郡者，正屬張伾。詩爲十六年作。若十七年，則伾履任已二年矣。

〔二五〕〔蔣抱玄注〕州民指澄觀。

〔二六〕〔舉正〕杭、蜀本作「直難逢」。　〔考異〕「直」，或作「實」。

〔二七〕〔魏本引孫汝聽曰〕爲致思從容者，公令澄觀致其意於泗守，思欲與之從容也。　〔方世舉注〕陶潛詩：「去去欲何之？」　〔朱彝尊曰〕此是嘆其歸儒無由，無奈且適泗州。　〔補釋〕澄觀奉泗守之命來洛，致音問於公。既見而歸，公令其致意於泗守。朱説未得解。

【集説】

朱彝尊曰：稍有波瀾步驟，大約分四節意。筆下操縱自如不枯刻，讀之覺意趣有餘。

潘德輿曰：李冶仁卿譏彈退之，業已觝排異端，不應與浮屠之徒相親，又作爲歌詩語言以光大之。此蓋未審退之之心者。夫退之之心，所憎者，佛也，非僧也。佛立教者也，故可憎，僧或無生理而爲之，或無知識而爲之，可憫而不可憎也。觀退之送惠師云：「惠師浮屠者，乃是不羈人。」言其雖爲浮屠，而人則不爲彼教所束。故用乃字見意。送澄觀云：「皆言澄觀雖僧徒，公才吏用當今無。」是欲其歸正而用其才能，不以僧徒異視，故用雖字見意。送靈師云：「飲酒盡百觥，嘲諧思逾鮮。」飲酒嘲諧，皆戒律所禁，靈師能爾，轉用以譽之，亦愛僧闢佛之意也。退之曷嘗光大其教哉？

河之水二首寄子姪老成〔一〕

河之水，去悠悠，我不如，水東流〔二〕。我有孤姪在海陬〔三〕，三年不見兮〔四〕，使我生憂。日復日，夜復夜，三年不見汝，使我鬢髮未老而先化〔五〕。

河之水，悠悠去，我不如，水東注。我有孤婞在海浦〔六〕，三年不見兮，使我心苦〔七〕。采蕨於山〔八〕，緡魚於泉〔九〕；我徂京師〔一〇〕，不遠其還〔一一〕。

〔一〕〔方世舉注〕韓滂墓志云：「滂祖諱介，一命率府軍佐以卒。一子百川老成。老成爲伯父起居舍人會後，未仕而死。有二子，曰湘、滂。」按祭十二郎文云：「吾佐董丞相於汴州，汝來省吾。止一歲，請歸取其孥。明年，丞相薨，吾去汴州，汝不果來。是年，吾佐戎徐州，使取汝始行，吾又罷去，汝又不果來。」十二郎，即老成也。〔王元啓曰〕「子」字疑衍。或引杜甫贈姪佐詩「嗣宗諸子姪」句爲例，謂唐人有此稱謂。吾謂杜云諸子姪，蓋泛指羣從，下句「早覺仲容賢」，乃指姪佐。若篇題直云「示子姪佐」，恐亦未安。又按貞元十六年夏，公去徐居洛，冬如京師。明年三月東還。此詩十六年在洛時始擬入京而作。觀次章末句可見。〔方成珪箋正〕「子」，疑當作「示」。集有示爽、宿曾江口示姪孫湘、示兒、左遷至藍關示姪孫湘詩，其例也。〔蔣抱玄注〕託黃河以寄興，必去徐州由洛陽如京師時作。貞元十六年。〔補釋〕按魏本引孫汝聽注，以爲十七年作。方世舉注以詩「我徂京師，不遠其還」，謂朝正畢即歸，此乃自京寄懷之作。皆非是。茲從王説。

〔二〕〔方世舉注〕蔡琰胡笳十八拍：「河水東流兮心是思。」

〔三〕〔舉正〕文粹作「海隅」。古音「隅」與「流」通。〔魏本引韓醇曰〕祭文「吾念汝從於東」之意。〔方世舉注〕説文：「陬，阪隅也。」〔蔣抱玄注〕時老成住宣城上元別業。〔補釋〕祭文云：「中年兄殁南方，吾與汝俱幼。」

〔四〕〔王元啓曰〕公祭老成文，貞元十四年，老成歸宣，欲并取其孥來汴，因公去汴，不果。十六年，公佐戎徐州，使人往取老成，繼又去徐不果。是冬，將入京師，與老成別二年餘矣，故云「三年不見」。

〔五〕〔陳沆曰〕即祭文所謂「吾年未四十，而視茫茫，而髮蒼蒼」也。〔補釋〕説文老字云：「从人毛匕。」言須髮變白也。此公用「化」字所本。

〔六〕〔方世舉注〕廣韻：「風土記：大水有小口别通曰浦。」

〔七〕〔王懋竑曰〕浦、苦上聲，此上去通用。或浦、苦叶去聲，或注叶上聲。韻補俱不載。

〔八〕〔魏本引韓醇曰〕詩草蟲：「陟彼南山，言採其蕨。」

〔九〕〔舉正〕杭本同。蜀作「淵」。〔考異〕「淵」，方作「泉」。今按：以淵爲泉，避諱也。依例當作「淵」。祝本、魏本作「泉」。廖本、王本作「淵」。〔魏本引韓醇曰〕詩：「其釣維何？維絲伊緡。」

〔一〇〕〔補釋〕詩：「自西徂東。」

〔一一〕〔舉正〕閣、李謝校作「其」。〔考異〕「其」，或作「而」。祝本、魏本作「而」。廖本、王本作「其」。〔蔣之翹注引劉辰翁曰〕此「其」，楚語也。〔魏本引韓醇曰〕祭文所謂「暫相别，終當久相與處」之意。〔王元啓曰〕按聯句詩云：「我家本瀍穀，有地介皐鞏。」瀍、穀、皐、鞏，皆今河南府地，唐爲洛州。公去徐即洛，蓋是返其故居。祭老成文云：「將成家而致汝。」即謂致之於洛也。採蕨者必于山，緡魚者必于淵，洛既爲公故居，則雖有京師之役，終當不遠其還耳。蓋聚族必于是也。舊注謂求禄必于京師，似錯會公意。後老成竟死宣州，在得此詩後二年。〔陳沆曰〕「我徂京師，不遠其還」，即祭文所謂「圖久遠者，莫如西歸，將成家而致汝」也。采蕨必于山，緡魚必于淵，以喻合聚骨肉必在成家，欲成家必求禄於京師。故云「不遠其還」者，言不久當使汝攜孥來西，還京師也。或謂昌黎不久亦將還，就老成於海浦，有是情乎？〔補釋〕陳説仍牽於舊注樊汝霖之説，未若王説爲長。「不遠其還」，緊接上句「我徂京師」而來，皆就公本人言。陳箋似迂曲。

【集説】

朱彝尊曰：是學國風，却乃長短句，蓋亦欲稍换面貌。

何焯曰：二詩一片真氣，詞亦古極。

程學恂曰：看來只淡淡寫相思之意，絶不著深切語，而骨肉係屬之深，已覺痛入心脾。二詩剴切深厚，真得三百篇遺意，在唐詩中自是絶作。當與公所作琴操同讀。

卷　二

將歸贈孟東野房蜀客〔一〕

君門不可入〔二〕，勢利互相推〔三〕。借問讀書客，胡爲在京師？舉頭未能對，閉眼聊自思。倏忽十六年〔四〕，終朝苦寒飢。宦途竟寥落，鬢髮坐差池〔五〕。潁水清且寂，箕山坦而夷〔六〕，如今便當去，咄咄無自疑〔七〕。

〔一〕貞元十七年辛巳。　〔洪興祖韓子年譜〕十七年辛巳，公在京師，有將歸贈孟東野房蜀客詩云：「倏忽十六年，終朝苦寒飢。」公自貞元二年至京師，今來從調選，前後十六年。　〔魏本引樊汝霖曰〕諱行録云：「房次卿，字蜀客。」登科記：「蜀客貞元七年登第。」房武墓誌云：「男次卿，有大才。」公祭房君文云：「五官蜀客。」東野集有弔房十五次卿少府篇，即其人也。　〔顧嗣立注引胡渭曰〕十七年辛巳，公在京師調選。三月將東還，故賦詩以贈也。

〔方世舉注〕蜀客，房武之子。公爲房武墓誌云：「生男六人，其長曰次卿。次卿有大才，不能俯仰順時。年四十餘，尚守京兆興平尉。然其友皆曰：房氏有子也。」外集又有祭房蜀客文。但是年東野爲溧陽尉，不當在京師。此又不可解也。〔補釋〕公爲貞曜先生墓誌銘云：「年幾五十，始以尊夫人之命，來集京師，從進士試。既得即去。間四年，又命來選溧陽尉。」樊汝霖注：「貞元十二年，吕渭知舉，郊登第。」是則間四年來京選溧陽尉，正爲貞元十七年。方注謂是年東野不當在京師，蓋未深考。

〔二〕〔補釋〕禮記：「大夫士出入君門。」

〔三〕〔方世舉注〕漢書刑法志：「上勢利而貴變詐。」

〔四〕〔王元啓曰〕貞元十七年春，公在京謁選無成，三月東歸。自貞元二年初入京，至此十六年矣。或以是年東野爲溧陽尉，不當在京師爲疑。此爲墓誌「間四年」一語所惑。不知東野以十二年登第，中隔十三至十六，四年不入京，故曰「間四年」。實則奉其母命來選，在十七年春，非十六年也。

〔五〕〔魏本引孫汝聽曰〕差池，不齊貌。「坐」一作「生」。〔廖瑩中注〕晉陶侃曰：「老子婆娑，正坐君輩。」坐字原此也。〔補釋〕文選張茂先雜詩：「蘭膏坐自凝。」李善注：「無故自凝曰坐。」陸士衡長歌行：「體澤坐自捐。」李注：「無故自捐曰坐也。」張景陽雜詩：「百籟坐自吟。」李注：「無故自吟曰坐也。」此公「坐」字所本。

〔六〕〔魏本引孫汝聽曰〕嵇康高士傳曰：「許由，字武仲，堯、舜欲讓以天下，由乃遯耕於中岳潁水之陽，箕山之下。」〔魏本引韓醇曰〕此即公祭老成文云「當求數頃之田於箕、潁之上」之意也。〔顧嗣立注〕史記注：「劉熙曰：箕山，嵩高之北。」地理志：「潁水出陽城，漢有潁陽、臨潁二縣。」

〔七〕〔舉正〕唐本作「女無癡」。杭、蜀本作「無自癡」。〔考異〕「疑」或作「癡」，亦通。方作「女無癡」，則誤矣。〔方世舉注〕後漢書嚴光傳：「帝曰：咄咄子陵，不可相助爲理耶？」

【集説】

黄徹曰：靈澈有「相逢盡道休官去，林下何曾見一人」，世傳爲口實。凡語有及抽簪，即以此譏之。余謂矯飾罔人，固不足論，若出於至誠時，對知己一吐心胸何害。嘗觀昌黎送盤谷云：「行抽手版付丞相，不待彈劾歸農耕。」贈侯喜云：「便當提攜妻與子，南入箕潁無還時。」「如今便當去，咄咄無自癡。」「如今更誰恨？可便耕灞滻。」此類凡數十，豈苟以飾口哉？其剛勁之操不少屈，所素守定故也。

蔣抱玄曰：意境雖淡，風韻極微。

贈侯喜〔一〕

吾黨侯生字叔迟〔二〕，呼我持竿釣温水〔三〕。平明鞭馬出都門〔四〕，盡日行行荆棘裏。温水微茫絶又流，深如車轍闊容輈〔五〕。蝦蟇跳過雀兒浴〔六〕，此縱有魚何足求〔七〕。我爲侯生不能已，盤鍼擘粒投泥滓〔八〕。晡時堅坐到黄昏〔九〕，手倦目勞方一起。暫動還休未可期，蝦行蛭渡似皆疑〔一〇〕。舉竿引線忽有得，一寸纔分鱗與鬐〔一一〕。是時侯生與韓子〔一二〕，良久歎息相看悲。我今行事盡如此，此事正好爲吾規。半世遑遑就舉選〔一三〕，一名始得紅顔衰〔一四〕。人間事勢豈不見，徒自辛苦終何爲？便當提攜妻與子，南入箕潁無還時〔一五〕。叔迟君今氣方鋭〔一六〕，我言至切君勿嗤。君欲釣魚須遠去，大魚豈肯居沮洳〔一七〕。

〔一〕〔魏本引韓醇曰〕公貞元十七年七月二十二日與李景興、侯喜、尉遲汾同漁于洛，洛北惠林寺有石刻在焉。詩必是時作。落句云云，反復其意，興寄遠矣。〔魏本引唐庚曰〕公祭侯喜文云：「我釣我游，莫不我隨。」指此。〔方世舉注〕公與祠部陸員外書云：「有侯喜者，其家在開元中衣冠而朝者五六人，及喜之父仕不達，棄官而歸。喜率兄弟耕於野，以其耕之暇，讀書爲文，文章學西京，舉進士十五六年矣。」是書作於貞元十八年，而喜以十九年中進士第，仕終國子主簿，亦韓門弟子中一人也。又按：與盧郎中論薦侯喜狀云：「進士侯喜，其爲文甚古，立志甚堅。家貧親老，無援於朝，在舉場十餘年，竟無知遇。愈與之還往，歲月已多。去年愈從調選，本欲攜持同行，適遇其人自有家事，迍邅坎坷，又廢一年。及春末自京還，怪其久絶消息。五月初至此，自言爲閣下所知。」云云。是書正十七年作。温水之游，在其年七月，有題名可考。

〔二〕〔舉正〕蜀本作「迟」，起之古文也。〔考異〕「迟」，或作「起」。祝本作「起」。魏本、廖本、王本作「迟」。

〔三〕〔魏本引韓醇曰〕洛水，在河南縣北。易乾鑿度曰：「王者有盛德之應，則洛水先温。」故號温洛。

〔四〕〔蔣抱玄注〕唐以河南爲東都，故云。

〔五〕〔補釋〕廣雅釋器：「轅謂之輈。」通訓定聲：「大車左右兩木直而平者謂之轅，小車居中一木曲而向上者謂之輈，故亦曰軒轅，謂其穹窿而高也。」

〔六〕〔方世舉注〕藝文類聚：「風俗通云：蝦蟇一跳八尺，再丈六。」

〔七〕〔汪琬曰〕此句是主。

〔八〕〔方世舉注〕列子湯問篇：「詹何以獨繭絲爲綸，芒鍼爲鉤，荆條爲竿，剖粒爲餌，引盈車之魚於百仞之淵。」宋玉釣賦：「鉤如細鍼。」廣雅釋言：「擘，剖也。」史記屈原傳：「皭然泥而不滓者也。」

〔九〕〔舉正〕閣本「到」作「至」。〔方世舉注〕淮南天文訓：「日至於悲谷，是謂晡時。迴於女紀，是謂大遷。經於泉隅，是謂高舂。頓於連石，是謂下舂。爰止羲和，爰息六螭，是謂懸車。

薄於虞淵，是謂黄昏。」

〔一〇〕〔魏本廖本注〕「蝦」，一作「鰕」。〔祝充注〕蛭，音質，水蟲也。博物志：「水蛭三斷而成三物。」〔方世舉注〕賈誼弔屈原文：「偭螘獺以隱處兮，夫豈從蝦與蛭螾。」〔何焯曰〕未一持竿，不知二句之真確。

〔一一〕〔考異〕「鬐」，或作「鰭」。今按：鬐，馬鬣也。當作「鰭」。然莊子作「鬐」，則亦可通用也。〔祝充注〕鬐，音祈。儀禮：「魚進鬐。」注：「魚脊也。」〔顧嗣立注〕庾子山小園賦：「一寸二寸之魚。」〔張鴻曰〕描寫釣魚細膩，而造句古勁。

〔一二〕祝本作「時」。魏本、廖本、王本作「日」。

〔一三〕祝本作「選舉」。魏本、廖本、王本作「舉選」。〔蔣抱玄注〕列子：「遑遑爾競一時之譽。」

〔一四〕〔舉正〕閣本「始」作「已」。〔考異〕「始」或作「已」，非是。

〔一五〕〔王元啓曰〕公時赴京謁選，無成而歸，故有箕、潁之思。

〔一六〕魏本、廖本、王本作「迟」。祝本作「起」。

〔一七〕〔考異〕「肯」或作「有」，非是。〔方世舉注〕詩魏風：「彼汾沮洳。」箋：「沮洳，水浸處。」〔魏本引樊汝霖曰〕蘇東坡記儋耳上元：「放杖而笑，過問：何笑？曰：自笑也。然亦笑韓退之釣魚無所得，更欲遠去，不知走海者未必得大魚也。」蓋公作此詩時年三十四，去徐居洛，方有求官來東洛之語。而東坡則晚歲儋耳，發於憂患之餘。覽者無以爲異。〔王元啓曰」公欲遠去，蓋有高隱之思，指塵世爲沮洳耳，非欲馳逐于名利之場別求厚獲也。樊謂公年三十四云云，以此爲兩人所見之異，豈非錯會韓公主意。〔汪琬曰〕應轉「何足求」句，劃然而止。〔查慎行曰〕通篇多爲結句作勢。

【集説】

朱彝尊曰：淺事淺敘，只嫌語太繁耳。

程學恂曰：本旨在結句，而以上樵寫處亦有意致。

蔣抱玄曰：竹垞嫌此詩太繁，以余視之，非繁也，亦淅瀝之商音也。

山石〔一〕

山石犖确行徑微〔二〕，黄昏到寺蝙蝠飛。升堂坐階新雨足〔三〕，芭蕉葉大支子肥〔四〕。僧言古壁佛畫好〔五〕，以火來照所見稀〔六〕。鋪牀拂席置羹飯，疎糲亦足飽我飢〔七〕。夜深静卧百蟲絶，清月出嶺光入扉〔八〕。天明獨去無道路〔九〕，出入高下窮煙霏〔一〇〕。山紅澗碧紛爛漫〔一一〕，時見松櫪皆十圍〔一二〕。當流赤足蹋澗石〔一三〕，水聲激激風吹衣〔一四〕。人生如此自可樂〔一五〕，豈必局束爲人鞿〔一六〕。嗟哉吾黨二三子〔一七〕，安得至老不更歸〔一八〕。

〔一〕〔魏本引樊汝霖曰〕此詩編次於河之水後，當是去徐即洛時作，故其後有「人生如此自可樂，豈必局束爲人鞿」之句。〔方世舉注〕按：外集洛北惠林寺題名云：「韓愈、李景興、侯喜、尉遲汾貞元十七年七月二十二日魚於温洛，宿此而歸。」前詩云：「晡時堅坐到黄昏。」此詩云：「黄昏到寺蝙蝠飛。」正一時事景物。〔王鴻盛曰〕觀詩中所寫景物，當是南遷嶺外時作，非北地之語，但不知是貶陽山抑潮州，不能定也。〔王元啓曰〕此詩在徐獨游而作。公在徐所親無一相從者，與東野書及贈張籍詩可考。今此詩卒章又復云云，是以知其爲在徐作也。樊註恐非。〔補釋〕二王説俱無確證，不如方説爲長。

〔二〕〔補釋〕犖确，音落殻，山石險峻不平之貌。行徑微，路窄。

〔三〕〔舉正〕杭作「足」。蜀作「定」。柳、謝皆從「足」。〔考異〕或作「定」，非是。祝本、魏本作「定」。廖本、王本作「足」。

〔四〕祝本、廖本、王本作「支」。魏本作「梔」。〔顧嗣立註〕蘇頌草木疏：「芭蕉葉大者二三尺圍，重皮相襲，葉如扇生。」酉陽雜俎：「諸花少六出者，惟梔子花六出，即西域薝蔔花也。」「梔」與「支」同。按老杜詩：「紅綻雨肥梅。」肥字本此，承上新雨足來。

〔五〕〔聞人倓注〕盧照鄰詩：「古壁有丹青。」

〔六〕〔考異〕「所見」，或作「見所」，非是。〔補釋〕稀，依稀，糢糊；亦可作稀罕解，謂如此好畫，確是稀見。〔唐宋詩醇〕與嶽廟作「神縱欲福難爲功」略同，於法則隨手撇脱。

〔七〕〔祝充注〕糲，蘭末切，脱粟也。糲粗而粺精。列子：「食則粢糲。」又厲賴二音。〔補釋〕疎糲，糙米。

〔八〕〔何焯義門讀書記〕從晦中轉到明。

〔九〕〔補釋〕晨霧中找不到道路也。

〔一〇〕〔補釋〕煙霏，煙霧。〔何焯義門讀書記〕「窮煙霏」三字，是山中平明真景，從明中仍帶晦，都是雨後興象。又即發端「犖确」「黄昏」二句中所包緼也。

〔一一〕〔魏本注〕「爛」或作「瀾」。

〔一二〕〔舉正〕閣本、蜀本同作「櫪」。曾、謝本刊「櫪」作「櫟」。選南都賦：「楓柙櫨櫪。」李善曰：「櫪與櫟同，古字通。」

〔一三〕〔顧嗣立注引劉石齡曰〕杜子美早秋苦熱詩：「南望青松架短壑，安得赤脚蹋層冰？」

〔一四〕〔舉正〕三本同作「吹衣」。謝作「生衣」。祝本、魏本作「生」。廖本、王本作「吹」。〔方世舉注〕古樂府戰城南：「水聲激激，蒲葦冥冥。」〔何焯義門讀書記〕二句顧雨足。

〔一五〕〔舉正〕杭、蜀本作「自得樂」。〔考異〕或作「可自得」。「自可」，方作「自得」，或作「可自」，皆非是。

〔一六〕〔魏本引孫汝聽曰〕言爲人所鞿縶也。〔補釋〕局束，不自在。鞿，此處作動詞用，牽制也。

〔一七〕〔蔣抱玄注〕論語：「吾黨之小子。」又：「二三子以我爲隱乎？」

〔一八〕〔方東樹曰〕凡結句都要不從人間來，乃爲匪夷所思，奇險不測。他人百思所不解，我卻如此結，乃爲我之詩，如韓山石是也。不然，人人胸中所可有，手筆所可到，是爲凡近。

【集説】

黄震曰：山石詩最清峻。

瞿佑曰：元遺山論詩三十首，内一首云：「有情芍藥含春淚，無力薔薇卧晚枝。拈出退之山石句，始知渠是女郎詩。」初不曉所謂。後見詩文自警一編，亦遺山所著，謂「有情芍藥含春淚，無力薔薇卧晚枝」，此秦少游春雨詩也，非不工巧，然以退之山石句觀之，渠乃女郎詩也。破卻工夫，何至作女郎詩。按昌黎詩云：「山石犖确行徑微，黄昏到寺蝙蝠飛。升堂坐階新雨足，芭蕉葉大梔子肥。」遺山故爲此論。然詩亦相題而作，又不可拘以一律。如老杜云：「香霧雲鬟濕，清輝玉臂寒。」「俱飛蛺蝶元相逐，並蒂芙蓉本自雙。」亦可謂女郎詩耶？

查慎行曰：意境俱別。

查晚晴曰：寫景無意不刻，無語不僻。取徑無處不斷，無意不轉。屢經荒山古寺來，讀此始愧未曾道着隻字，已被東坡翁攫之而趨矣。

何焯義門讀書記曰：直書即目，無意求工，而文自至。一變謝家模範之迹，如畫家之有荆、關也。

翁方綱曰：全以勁筆撑空而出，若句句提筆者。

方東樹曰：不事雕琢，自見精彩，真大家手筆。許多層事，只起四語了之。雖是順敘，卻一句一樣境界，如展畫圖，觸目通層在眼，何等筆力！五句六句又一畫，十句又一畫，「天明」六句共一幅早行圖畫，收入議。從昨日追敘，夾敘夾寫，情景如見，句法高古。只是一篇游記，而敘寫簡妙，猶是古文手筆。

劉熙載曰：昌黎詩陳言務去，故有倚天拔地之意。山石一作，辭奇意幽，可爲楚辭招隱士對，如柳州天對例也。

程學恂曰：李、杜登太山、夢天姥、望岱、西嶽等篇，皆渾言之，不盡游山之趣也。故不可一例論。子瞻游山諸作，非不快妙，然與此比並，便覺小耳，此惟子瞻自知之。

夏敬觀說韓曰：「山石犖确行徑微」一篇，此盡人所稱道者也。學昌黎者，亦惟此稍易近，緣與他家詩境近也。

汪佑南曰：是宿寺後補作，以首二字「山石」標題，此古人通例也。「山石」四句，到寺即景。「僧言」四句，到寺後即事。「夜深」二句，宿寺寫景。「天明」六句，出寺寫景。「人生」四句，寫懷結。通體寫景處句多濃麗，即事寫懷，以淡語出之。濃淡相間，純任自然，似不經意，而實極經意之作也。

送陸歙州詩〔一〕

貞元十八年二月十八日，祠部員外郎陸君出刺歙州。朝廷夙夜之賢，都邑游從之良，齎咨涕洟，咸以爲不當去。歙，大州也。刺史，尊官也。由郎官而往者，前後相望也。當今賦出於天下，江南居十九，宣使之所察，歙爲富州。宰臣之所薦聞，天子之所選用，其不輕而重也較然矣。如是而齎咨涕洟，以爲不當去者，陸君之道行乎朝廷，則天下望其賜。刺一州，則專而不能。或謂先一州而後天下，豈吾君與吾相之心哉？於是昌黎韓愈道願留者之心而泄其思，作詩曰：

我衣之華兮〔二〕，我佩之光〔三〕。陸君之去兮，誰與翱翔〔四〕？歛此大惠兮，施於一州。今其去矣〔五〕，胡不爲留？我作此詩，歌於逵道〔六〕。無疾其驅，天子有詔〔七〕。

〔一〕貞元十八年壬午。〔舉正〕蜀本作「送陸員外出刺歙州詩并序」。〔魏本引孫汝聽曰〕陸傪，字公佐，吴郡人。貞元十六年，召爲祠部員外郎。十八年，執事者上言其才，請爲劇曹。會東方守臣表二千石之缺，上乃以傪爲歙州刺史。〔補釋〕魏本此題「歙州」下有「參」字，哭楊兵部凝陸歙州參題亦作「參」。參，取參佐之義，故字公佐。孫汝聽注作「傪」，説文云：「傪，好兒。」與「佐」無關連。〔沈欽韓注〕夏四月，卒于洛師。〔王元啓曰〕詩凡三章。

〔二〕〔祝本魏本注〕「華」，一作「美」。

〔三〕〔方世舉注〕張衡思玄賦：「佩夜光與瓊枝。」

〔四〕〔考異〕諸本如此。方從閣、杭本，「光」、「翔」下皆有「兮」字。「去」下無「兮」字。今按：古詩賦有句句用韻及語助者，賡歌是也。有隔句用韻及兮，而兮在上句之末，韻在下句之末者，騷經是也。有隔句用韻，而上句不韻不兮，下句押韻有兮者，橘頌之類是也。今此詩方本若用賡歌之例，則「華」、「光」有「兮」而不韻，其「去」字一句，又并無也。若用騷經之例，則「光」、「翔」當用韻，而不當有「兮」，「華」雖可以有兮，而「去」復不可以無兮也。若用橘頌之例，則下三句爲合，而首句不當有兮也。韓公深於騷者，不應如此。蓋方所從之本失之也。今定從諸本，以騷經、以賈誼弔屈首章爲例。若欲以橘頌爲例，則止去方本首句一「兮」字尤爲簡便。但無此本，不敢以意創耳。〔方世舉注〕詩同車：「將翺將翔，佩玉瓊琚。」

〔五〕〔祝本魏本注〕「矣」一作「兮」。

〔六〕〔魏本引孫汝聽曰〕逵，大道也。爾雅：「九達謂之逵。」

〔七〕〔方世舉注〕言將有詔還之也。〔王元啓曰〕此句一見陸出非由上意，一望德宗別伸獨見之明。陸後卒以四月十八日道死，其道不但不行朝廷，并不得退施一州。此李翺陸歙州述所以有「雨與苗，運相違，或雨于海，或雨于山」之嘆也。

夜歌〔一〕

靜夜有清光，閑堂仍獨息。念身幸無恨〔二〕，志氣方自得〔三〕。樂哉何所憂？所憂非我力〔四〕。

〔一〕〔魏本引樊汝霖曰〕此歌及前暮行河隄上詩，皆作於德宗貞元中。時彊藩悍將，可爲朝廷憂，公方歎計謀之未就，雖欲憂之，非所力也。〔方世舉注〕閒堂獨息，當是十八年爲四門博士之時，不以家累自隨也。參調無成，始獲一官，何遽自得？然以一身較之天下，則一身爲可樂，而天下爲可憂。其時伾、文漸得寵，殷憂方大。而身居卑末，又非力之所能爲，故托於夜歌以見意。夜歌者，陰幽之義，言不敢明言也。〔王元啓曰〕此詩自江陵還朝，初官國子博士日作。時公得遂北歸，且未遭飛語。當時強藩悍將如楊惠琳、劉闢以次誅滅，欣然有太平之望，故其言如此。前詩謀計，謂謀生之計。此云所憂，蓋指官資之崇卑。樊注非是。〔方成珪昌黎先生詩文年譜〕此去徐居洛時作。〔補釋〕此詩羌無事實，隨諸家所解皆可通。而方世舉說較長，今從之。

〔二〕〔鍾惺曰〕古極。

〔三〕〔方世舉注〕屈原遠游：「漠虛静以恬愉兮，澹無爲而自得。」〔蔣抱玄注〕禮記：「君子無入而不自得焉。」

〔四〕〔舉正〕閣本作「可悲我才力」。〔譚元春曰〕達。〔蔣之翹注〕退之以無所憂爲樂，正以不得憂爲憂也。〔查慎行曰〕末句詞簡意足。〔李光地榕村詩選〕言所樂者己所自得，而所憂者世事，則非己力之所及也。〔程學恂曰〕妙在不明言所憂何事。

【集說】

鍾惺曰：古直之氣，從深静出。似魏武諸詩。

朱彝尊曰：是刻苦語，劈空創出。清空無襯貼，卻有濃味。

程學恂曰：止三十字耳，而抵得大雅一篇，此爲厚，此爲深矣。須知所謂深厚者，亦非故爲昧晦，示人以不可測也。語語都在眼前，而且蹇蹇匪躬者，則不解所謂。

哭楊兵部凝陸歙州參〔一〕

人皆期七十〔二〕，纔半豈蹉跎。併出知己淚〔三〕，自然白髮多。晨興爲誰慟〔四〕？還坐久滂沱。新墳與宿草〔五〕，已矣兩如何〔六〕！

〔一〕貞元十九年癸未。廖本、王本作「兵部」。祝本、魏本作「兵曹」。〔舉正〕閣本、李、謝校作「兵部」。〔考異〕「部」，或作「曹」。〔洪興祖韓子年譜〕凝爲兵部，而云兵曹者，隋嘗改兵部爲兵曹，禮部爲儀曹也。〔魏本引孫汝聽曰〕凝，字懋功，爲兵部郎中。參，字公佐，自祠部員外郎出知歙州。〔魏本引樊汝霖曰〕柳子厚作凝墓碣云：「貞元十九年正月卒。」李習之陸歙州述言云：「貞元十八年四月卒。」參先凝一年而卒，公乃同時哭之。蓋參佐主司時，公嘗以書薦侯喜等，及出刺歙亦有序送，又嘗有行難一篇，爲參設也。凝則與公嘗佐董晉汴州，皆知己者。去年參死，今年凝又死，此公所以因凝而并及之，且曰「數出知己淚」也。

〔二〕〔舉正〕柳本作「人生」。蜀校同。〔魏本引韓醇曰〕老杜曲江詩：「人生七十古來稀。」

〔三〕〔舉正〕閣本、李、謝校作「併出」。〔考異〕「併」，或作「數」。祝本、魏本作「數」。廖本、王本作「併」。

〔四〕〔蔣抱玄注〕後漢書趙壹傳：「沐浴晨興，昧旦不忘。」〔魏本引韓醇曰〕語：「非夫人之爲慟而誰爲？」

〔五〕各本皆作「論文與晤語」。〔祝本魏本注〕趙本作「新墳與宿草」。〔王元啓曰〕趙德文録本如此，見五百家注。此句點明陸先死，楊後死，公所以同時併哭之故，最爲醒目。傳本作「論文與晤語」，句近凡俗。且上文「知己」二字其義已該，不煩縷舉。又「論文」即是「晤語」，就本句論，亦嫌冗複，今定從趙本。〔補釋〕禮記：「朋友之墓，有宿草而不哭焉。」

〔六〕祝本、魏本作「兩」。廖本、王本作「可」。〔舉正〕閣本、蜀本、文苑作「可」。〔魏本注〕「兩」，一作「復」，一作「爾」。

【集説】

朱彝尊曰：質意可諷。

苦寒〔一〕

四時各平分〔二〕，一氣不可兼〔三〕。隆寒奪春序〔四〕，顓頊固不廉〔五〕。太昊弛維綱〔六〕，畏避但守謙。遂令黄泉下〔七〕，萌牙夭勾尖〔八〕。草木不復抽，百味失苦甜。凶飇攬宇宙〔九〕，鋩刃甚割砭〔一〇〕。日月雖云尊，不能活烏蟾〔一一〕。羲和送日出〔一二〕，恇怯頻窺覘〔一三〕。炎帝持祝融〔一四〕，呵嘘不相炎。而我當此時，恩光何由沾〔一五〕？肌膚生鱗甲，衣被如刀鐮〔一六〕。氣寒鼻莫齅〔一七〕，血凍指不拈〔一八〕。濁醪沸入喉〔一九〕，口角如銜箝〔二〇〕。將持匕箸食〔二一〕，觸指如排籤〔二二〕。侵鑪不覺暖，熾炭屢已添〔二三〕。探湯無所益〔二四〕，何況纊與縑〔二五〕。虎豹僵穴中，蛟螭死幽潛〔二六〕。熒惑喪躔次〔二七〕，六龍冰脱髯〔二八〕。芒碭大包内〔二九〕，生類恐盡殲。啾啾窗間雀，不知己微纖，舉頭仰天鳴，所願晷刻淹〔三〇〕，不如彈射死，卻得親炰燖〔三一〕。鸞皇苟不存〔三二〕，爾固不在占〔三三〕。其餘蠢動儔〔三四〕，俱死誰恩嫌〔三五〕。伊我稱最靈〔三六〕，不能女覆苫〔三七〕，悲哀激憤歎，五藏難安恬〔三八〕。中宵倚牆立，淫淚何漸漸〔三九〕？天乎哀無辜〔四〇〕！惠我下顧瞻〔四一〕。褰旒去耳纊〔四二〕，調和進梅鹽〔四三〕，賢能日登御，黜彼傲與憸〔四四〕。生風吹死氣，豁達如褰簾〔四五〕。懸乳零落墮〔四六〕，晨光入前簷。雪霜頓銷釋，土脈膏且黏〔四七〕。豈徒蘭蕙榮〔四八〕，施及艾與蒹〔四九〕。日萼行鑠鑠〔五〇〕，風條坐襜襜〔五一〕。天乎苟其能，吾死意亦厭〔五二〕。

〔一〕〔魏本引韓醇曰〕公此詩意蓋有所諷，猶訟風伯之吹雲而雨不得作也。謂隆寒奪春序而肆其寒，猶權臣之用事，太昊之畏避，則猶當國者畏權臣，取充位而已。其下反覆所言，無易此意。其末謂天子哀無辜，則望人主進賢退不肖，使恩澤下流，施及草木。其愛君憂民之意，具見于此。〔魏本引樊汝霖曰〕韋渠牟傳：自陸贄免，德宗不復委權于下，宰相取充位，行文書而已。所倚信者，裴延齡、李齊運、王紹、李實、韋執誼與渠牟等，其權侔人主。此詩所以諷也。時賈耽、齊抗之徒當國，公爲四門博士。貞元十九年春作。〔顧嗣立注引胡渭曰〕唐書五行志：「貞元十九年三月，大雪。」豈即所謂苦寒耶？

〔二〕〔魏本引孫汝聽曰〕楚辭：「皇天平分四時兮。」平，謂均也。

〔三〕〔補釋〕莊子：「通天下一氣耳。」

〔四〕各本如此。〔魏本注〕「寒」，一作「冬」。游本作「冬」。祝本「春」作「青」。

〔五〕〔方世舉注〕記月令：「孟冬仲冬季冬之月，其帝顓頊。」梁書朱异傳：「沈約戲异曰：卿年少，何乃不廉？」

〔六〕〔考異〕或作「施綱維」，非是。祝本「綱」作「網」，誤。〔方世舉注〕記月令：「孟春仲春季春之月，其帝太昊。」班固十八侯銘：「御國維綱，秉統萬機。」

〔七〕〔方世舉注〕淮南天文訓：「陰氣極則北至北極，下至黄泉，萬物閉藏。」

〔八〕〔顧嗣立注引劉石齡曰〕禮記月令：「安萌牙」。又：「勾者畢出，萌者畢達。」

〔九〕〔考異〕「攬」或作「擾」。〔方世舉注〕記月令：「孟春行秋令，則飈風暴雨總至。」

〔一〇〕〔方世舉注〕漢書賈誼傳：「釋斧斤之用，而欲嬰以芒刃。」〔顧嗣立注引劉石齡曰〕杜子美前苦寒行：「寒割肌膚北風利。」〔王懋竑曰〕砭，悲廉切。廣韻鹽韻缺此字。

〔一一〕〔方世舉注〕淮南精神訓：「日中有踆烏，而月中有蟾蜍。」

〔一二〕〔補釋〕楚辭離騷：「吾令羲和弭節兮。」王逸注：「羲和，日御也。」初學記引淮南子：「爰止羲和，爰息六螭。」許慎注云：「日乘車，駕以六龍，羲和御之，日至此而薄于虞泉，羲和至此而迴六螭。」

〔一三〕〔舉正〕唐本作「頫」。荆公校同。〔考異〕「頫」或作「煩」。祝本、魏本作「煩」。廖本、王本作「頫」。〔方世舉注〕北史虞世基傳：「卿是書生，定猶恇怯。」南史江謐傳論：「令和窺覘成性，終取躓於險塗。」

〔一四〕〔魏本引孫汝聽曰〕月令：「孟夏之月，其帝炎帝，其神祝融。」

〔一五〕廖本、王本作「沾」。祝本、魏本作「霑」。

〔一六〕各本皆作「鐮」。〔魏本注〕一作「鎌」，與「鐮」同。〔祝充注〕釋名：「鐮，廉也。薄其所刈似廉也。」〔黄鉞注〕東坡「夢回布被起廉隅」，似從此脱化，而更覺趣甚。説文：「鎌，鍥也。」非鐮也，注誤从廉。

〔一七〕〔顧嗣立注〕漢書敍傳：「不齅驕君之餌。」説文：「齅，以鼻就氣也。」

〔一八〕〔方世舉注〕釋名：「拈，黏也。兩指翕之，黏著不放也。」

〔一九〕祝本、廖本、王本作「醪」。魏本作「膠」，誤。〔補釋〕後漢書李賢注：「醪，醇酒汁滓相將也。」杜甫詩：「鍾鼎山林各天性，濁醪粗飯任吾年。」

〔二〇〕〔蔣抱玄注〕莊子：「箝楊、墨之口。」〔補釋〕公羊傳：「拑馬而秣之。」釋文：「拑，以木銜馬口。」

〔二一〕〔方世舉注〕蜀志劉先主傳：「方食失匕箸。」

〔二二〕〔補釋〕説文：「籤，驗也。一曰：鋭也，貫也。从竹，韱聲。」

〔二三〕〔舉正〕唐本、蔡、謝校作「已」。〔考異〕「已」，或作「以」。祝本、魏本作「以」。廖本、王本作「已」。〔王元啓曰〕作「已」無義。〔補釋〕禮記内則：「由命士以上。」釋文：「以」本作「已」。荀子非相篇：「何已也。」楊倞注：「已」與「以」同。王説非是。

〔二四〕〔祝充注〕探，他南切，取也。論語：「見不善如探湯。」〔方世舉注〕列子湯問篇：「日初出，滄滄涼涼。及其日中，如探湯。此不爲近者熱而遠者涼乎。」

〔二五〕〔方世舉注〕南史齊陳皇后傳：「冬月猶無縑纊。」北史邢峙傳：「文宣賜以被褥縑纊。」〔補釋〕説文：「纊，絮也，从糸，廣聲。」春秋傳曰：「皆如挾纊。」又：「縑，并絲繒也，从糸，兼聲。」

〔二六〕〔顧嗣立注〕廣雅：「有鱗曰蛟龍，無角曰螭龍。」杜子美前苦寒行：「凍埋蛟龍南浦宿。」

〔二七〕〔顧嗣立注〕史記天官書：「熒惑曰南方火，主夏日丙丁。」〔補釋〕方言：「躔，厤行也。日運爲躔。」文選月賦李善注：「漢書音義：『韋昭曰：躔，處也，亦次也。』」

〔二八〕各本皆作「冰」。祝本作「水」，誤。〔顧嗣立注〕易：「時乘六龍以御天。」史記封禪書：「黄帝鑄鼎於荆山，龍垂胡髯下迎，黄帝上騎。餘小臣悉持龍髯，龍髯拔墮。」

〔二九〕〔舉正〕蜀本「碭」作「踼」，非。芒碭，乃茫蕩也。芒，平上聲通。詩：「洪水芒芒。」莊子：「芒乎何之。」皆「茫」字也。又：「吞舟之魚，碭而失水。」漢志：「西灝沆碭。」皆「蕩」意也。大包，以宇宙言也。〔方世舉注〕淮南原道訓：「大包衆生。」〔補釋〕淮南子本經訓：「玄玄至碭而運照。」高誘注：「碭　大也。」

〔三〇〕〔補釋〕説文：「晷，日景也，从日，咎聲。」梁書賀琛傳：「每見高祖，與語常移晷刻。」

〔三一〕〔方世舉注〕詩閟宮：「毛炰胾羹。」廣韻：「炰，含毛炙物也。」説文：「燖，湯中瀹肉也。」

〔三二〕〔查慎行曰〕匪夷所思。〔趙翼曰〕謂雀受凍難堪，翻願就炰炙之熱也。〔補釋〕孟郊寒地百姓吟：「寒者願爲蛾，燒死彼寒膏。」落想與此略同。

〔三三〕〔魏本注〕「皇」，一作「凰」。〔方世舉注〕屈原離騷：「鸞皇爲余先戒兮。」注：「鸞，俊鳥也。皇，鳳雌也。以喻仁智之士也。」

〔三三〕〔方世舉注〕左傳：「懿氏卜妻敬仲。其妻占之曰：吉。是謂鳳皇于飛，和鳴鏘鏘。」今雀之么麽，豈在占也。合上句自明。〔王元啓曰〕占，猶數也。

〔三四〕〔補釋〕說文：「蠢，蟲動也，从䖵，春聲。」

〔三五〕〔舉正〕唐、蜀本、蔡、謝校作「恩」。〔考異〕「恩」，或作「思」。祝本、魏本作「思」。廖本、王本作「恩」。

〔三六〕〔顧嗣立注〕書：「惟人萬物之靈。」

〔三七〕廖本、王本作「女覆」。祝本、魏本作「安寢」。〔舉正〕唐本、蔡、謝校作「女覆」。韓文古本「汝」皆作「女」。杭本尚作「女」。今訛自閣本也。汝，指禽雀而言。苦，蓋也。言我雖最靈，而不能汝覆蓋也。義爲是。〔考異〕「女覆」，諸本皆作「安寢」。〔王元啓曰〕苦，茅屬。貧者不能具簟，用以爲席。是故編以爲衣則謂之披苦，編以爲席即謂之寢苦。于遭喪之子，無有不寢苦枕塊帶索者。然不得謂凡屬寢苦枕塊帶索，皆有喪者也。此詩多危苦之辭，如以肌膚爲鱗甲，衣被爲刀鐮，口角則云銜箝，持箸則云排籤，豈皆真有是事。此句以寢不安席爲不安寢苦，蓋措辭之道宜然。方從校本改「安寢」爲「汝覆」，謂窗間鳥雀而言，隔斷前後文脈，謬戾不可偏舉。又僅僅覆一鳥雀，乃用「伊我稱最靈」句轉入，曾謂韓公騰身汗漫之筆，顧作此跛鼈登山之勢乎？〔補釋〕王說非是。作「女覆苦」，見詩人胞與之懷。作

「安寢苫」，轉與下「難安恬」句犯複矣。今從舉正。　〔方世舉注〕左傳：「披苫，蓋，蒙荊棘。」晉書郭文傳：「倚木於樹，苫覆其上而居焉。」

〔三八〕〔考異〕「難」或作「誰」，非是。　〔補釋〕韓詩外傳：「精藏於腎，神藏於心，魂藏於肝，魄藏於肺，志藏於脾，此謂五藏。」

〔三九〕〔方世舉注〕屈原九章：「涕淫淫其若霰。」劉向九歎：「留思北顧，涕漸漸兮。」

〔四〇〕〔舉正〕唐、閣本、蔡、李校作「天王」。　〔考異〕「王」，或作「子」，或作「公」。祝本、魏本作「子」。廖本、王本作「王」。　〔顧嗣立注引胡渭曰〕「子」本「乎」字傳寫之誤，觀篇末「天乎」句可知。天乎者，疾痛之呼也。禮記：「子夏曰：天乎予之無罪也。」史記：「將閭仰天太呼曰：天乎吾無罪。」　〔補釋〕胡說是，今據改。

〔四一〕〔方世舉注〕詩烈文：「惠我無疆。」又匪風：「顧瞻周道。」

〔四二〕〔魏本引孫汝聽曰〕禮緯曰：「旒垂目，纊塞耳。」褰旒去纊，謂明目達聰也。纊者以黄綿爲之。　〔魏本引韓醇曰〕漢書：「冕而前旒，所以蔽明。黈纊充耳，所以塞聰。」

〔四三〕〔魏本引樊汝霖曰〕書：「高宗命傅説曰：若作和羹，爾惟鹽梅。」言進傅説之徒於左右也。

〔四四〕〔補釋〕書益稷：「無若丹朱傲。」左傳：「顓頊有不才子，傲很明德，以亂天常。」　〔祝充注〕憸，詖也，又利口也。書：「國則罔有立，政用憸人。」

〔四五〕〔方世舉注〕史記：「高祖豁達大度。」劉楨詩：「豁達來風涼。」

〔四六〕〔方世舉注〕謂檐下垂冰也。〔王元啓曰〕懸乳謂簷滴。

〔四七〕〔方世舉注〕周語：「土乃脈發，太史告稷，曰：陽氣俱蒸，土膏其動，弗震弗渝，脈其滿青。」

〔四八〕〔顧嗣立注〕王逸楚辭注：「蘭，香草也。」本草：「薰草，一名蕙草。」

〔四九〕〔方世舉注〕爾雅釋草：「艾，冰臺。」注：「今蒿艾。」又釋草「蒹薕」注：「似萑而細，江東謂之蘆。」

〔五〇〕〔方世舉注〕謝脁詩：「朝光映紅萼」。南方草木狀：「朱槿花日光所鑠，疑若焰生。」

〔五一〕〔顧嗣立注〕楚辭九歎：「裳襜襜以含風。」王逸曰：「搖貌。」文選長門賦：「飄風迴而赴閨兮，舉帷幄之襜襜。」

〔五二〕〔補釋〕國語韋昭注：「猒，足也。」〔何焯曰〕結祖老杜茅屋爲秋風所破句法。〔程學恂曰〕少陵自比稷、契處，亦正同此懷抱。

【集説】

汪琬曰：但欲語奇，不覺其言之過當。

朱彝尊曰：怪怪奇奇，與陸渾山火同，此是昌黎獨造。

查晚晴曰：奇想幻筆，於公卻是習逕。

唐宋詩醇曰：鋭思鑱刻，字帶刀鋒，不數晉人危語了語。

程學恂曰：此當與東野寒地百姓吟並讀。然此才力，尤加奇肆。

詠雪贈張籍〔一〕

只見縱横落〔二〕，寧知遠近來。飄飄還自弄，歷亂竟誰催〔三〕？座暖銷那怪，池清失可猜。坳中初蓋底〔四〕，垤處遂成堆〔五〕。慢有先居後〔六〕，輕多去卻迴。度前鋪瓦隴〔七〕，奔發積牆隈〔八〕。穿細時雙透，乘危忽半摧〔九〕。舞深逢坎井〔一〇〕，集早值層臺。砧練終宜擣，階紈未暇裁〔一一〕。城寒裝睥睨〔一二〕，樹凍裹莓苔〔一三〕。片片勻如翦，紛紛碎若挼〔一四〕。定非燖鵠鷺〔一五〕，真是屑瓊瑰〔一六〕。緯繣觀朝萼〔一七〕，冥茫矚晚埃〔一八〕。當窗恒凜凜〔一九〕，出户即皚皚〔二〇〕。潤野榮芝菌〔二一〕，傾都委貨財〔二二〕。娥嬉華蕩瀁〔二三〕，胥怒浪崔嵬〔二四〕。磧迥疑浮地〔二五〕，雲平想輾雷。隨車翻縞帶〔二六〕，逐馬散銀盃〔二七〕。萬屋漫汗合〔二八〕，千株照耀開〔二九〕。松篁遭挫抑〔三〇〕，糞壤獲饒培〔三一〕。隔絶門庭遽，擠排陛級纔〔三二〕。豈堪裨嶽鎮〔三三〕，強欲效鹽梅〔三四〕。隱匿瑕疵盡〔三五〕，包羅委瑣該〔三六〕。誤雞宵呃喔〔三七〕，驚雀暗徘徊。浩浩過三暮〔三八〕，悠悠帀九垓〔三九〕。鯨鯢陸死骨〔四〇〕，玉石火炎灰〔四一〕。厚慮填溟壑，高愁撥斗魁〔四二〕。日輪埋欲側，坤軸壓將頹〔四三〕。岸類長蛇攪〔四四〕，陵猶巨象豗〔四五〕。水官夸傑黠〔四六〕，木氣怯胚胎〔四七〕。著地無由卷，連天不易推。龍魚冷蟄苦〔四八〕，虎豹餓號哀。巧借奢豪便，專繩困約災。威貪陵布被〔四九〕，光肯離金罍〔五〇〕。賞玩損他事，歌謡放我才。狂教詩硉矹〔五一〕，興與酒陪鰓〔五二〕。惟子能諳耳，諸人得語哉？助留風作黨，勸坐火爲媒。雕刻文刀利，搜求智綱恢〔五三〕。莫煩相屬和〔五四〕，傳示及提孩〔五五〕。

〔一〕〔舉正〕公時以柳澗事下遷，疑寄意于時宰也。〔考異〕此詩無歲月，方説恐未必然。〔魏本引樊汝霖曰〕此詩或云自「松篁遭挫抑」以下等語，專以譏時相。故終以其意謂張籍曰：「惟子能諳爾，諸人得語哉？」又曰「莫煩相屬和，傳示及提孩」，其有所譏也審矣。〔方世舉注〕公以柳澗事下遷，在元和初年，時宰爲鄭餘慶、武元衡，與詩所譏者不類。此乃爲皇甫鎛、程异、王播諸人入相而作。鎛、异之相，在元和十三年九月，播之相在長慶元年十月，三人皆以聚斂之臣，驟登宰執，故因詠雪以刺之。詩中所云，皆鎛之罪案。然三人一體，故覩鎛之已往，而深懼播之將來也。觀「慢有先居後，輕多去卻迴」，則知其爲播而發矣。〔王元啓曰〕篇中「水官夸傑黠，木氣怯胚胎」二語，意與苦寒詩相類，故有「專繩困約、威陵布被」等語。至于「隱匿瑕疵、包羅委瑣」，則又與炭谷湫詩同指。蓋德宗末年，任用京兆尹李實，專事剥民奉上，而王叔文、韋執誼等，朋黨比周，密結當時欲速僥倖之徒，定爲死交，此詩皆有所指，疑亦貞元十九年春作。方以「松篁遭挫抑」一語，妄意爲元和七年因柳澗事下遷而作，竊謂「松篁」一語，指張正買、王仲舒、劉伯芻等之被逐，非自謂也。如「豈堪裨嶽鎮，強欲效鹽梅」二語，若專爲一己，不應痛斥時宰至是。或指爲長慶初元時作，亦非。辨見篇末。〔補釋〕王説較長，今據以繫此。

〔二〕〔舉正〕閣、蜀作「只」。〔考異〕「只」，或作「秖」。祝本、魏本作「秖」。廖本、王本作「只」。

〔三〕〔朱彝尊曰〕全是隱刺時相，起四句已見大意。以此意看去，方有味。只鑿空形容，更不用套語，真是妙手。

〔四〕〔魏本引孫汝聽曰〕莊子：「覆杯水于坳堂之上。」坳，地窊下也。

〔五〕〔補釋〕陳奂詩毛氏傳疏：「垤，螘冢。」説文云：「螘封」。趙注孟子公孫丑、高注吕覽慎小並云「蟻封」。封、冢聲相近。封者，聚土之義，冢其墳然者也。〔劉攽中山詩話〕歐陽永叔、江鄰幾論韓雪詩以「隨車翻縞帶，躍馬散銀盃」爲不工，謂「坳中初蓋底，垤處遂成堆」爲勝，未知真得韓意否也。〔王若虚曰〕退之雪詩有云：「隨車翻縞帶，逐馬散銀盃。」世皆以爲工。予謂雪者其先所有，縞帶銀盃因車馬而見耳，隨逐二字甚不安。歐陽永叔、江鄰幾以「坳中初蓋底，垤處遂成堆」之句，當勝此聯。而或者曰：未知退之真得意否？以予觀之，二公之評論實當，不必問退之之意也。〔潘德輿曰〕退之雪詩「隨車翻縞帶，逐馬散銀盃」，誠不佳。然歐陽永叔、江鄰幾以「坳中初蓋底，垤處遂成堆」爲勝，亦瑣細而無味也。

〔六〕〔舉正〕閣作「慢」。李本校作「漫」。

〔七〕〔魏懷忠注〕瓦隴，瓦溝。

〔八〕祝本、魏本作「奔發」。廖本、王本作「發本」。〔擧正〕杭、蜀作「發本」。〔魏懷忠注〕隈，牆曲也。

〔九〕〔李東陽曰〕韓退之雪詩，冠絶古今。其取譬曰「隨風翻縞帶，逐馬散銀盃」，未爲奇特。其模寫曰「穿細時雙透，乘危忽半摧」，則意象超脱，直到人不能道處耳。〔何焯曰〕工細。

〔一〇〕〔方世擧注〕玉篇：「埳，陷也，亦與坎同。」

〔一一〕〔補釋〕階，官階也。舊唐書職官志：「流内九品三十階。」

〔一二〕〔擧正〕杭、蜀作「裝」。〔考異〕「裝」，或作「粧」。魏本作「粧」。祝本、廖本、王本作「裝」。〔顧嗣立注〕釋名：「城上垣曰睥睨，言于其孔中睥睨非常也。」

〔一三〕〔考異〕「裹」，或作「覆」。

〔一四〕〔方世擧注〕南史王志傳：「志取庭樹葉挼服之。」按：此字在歌韻則乃禾切，摩也。在灰韻則素回切，擊也。音異而義亦不同。舊本于讀東方朔雜事及此詩，槩音乃禾切，誤也。

〔一五〕〔方世擧注〕鵠鷺毛皆白。水經注：「温水其熱可以燖雞。」

〔一六〕各本皆作「真是」。朱崇沐本作「其是」。〔王元啓曰〕非是。〔祝本魏本廖本注〕「瑰」，一作「瓌」。〔祝充注〕瓊瑰，石次玉。詩：「瓊瑰玉佩。」〔魏本引補注〕王氏麈史云：「説文以瓊爲赤玉，比見人詠白物多用之。韓愈雪詩『真是屑瓊瓌』，又『今朝踏作瓊瓌跡』，別有所稽耶？豈用之不審也？」　〔黄鉞注〕「林挺瓊樹」，六朝人已用之。　〔方成珪箋正〕唐音癸籤：「瓊爲赤玉，見說文。但毛詩傳言瓊非一，惟云玉之美者，非以爲玉色名。詩傳在說文前，尤可據。陳張正見應衡陽王教詠雪詩：『睢陽生玉樹，雲夢起瓊田。』隋王衡翫雪詩：『璧臺如始構，瓊樹似新栽』。並作白用，不獨謝惠連雪賦『林挺瓊樹』句也。」按：左傳僖二十八年：「楚子自爲瓊弁。」注：「玉之別名。」成十七年：「或與己瓊瑰。」注訓玉，疏訓玉之美。漢書揚雄傳上：「精瓊靡與秋菊兮。」應劭注：「玉之華也。」皆不作赤玉解。今段氏說文改赤爲亦，謂倘是赤玉，當厠璊瑕二篆間，其說甚辯，可以正從來沿習之誤矣。

〔一七〕〔魏本引孫汝聽曰〕楚辭：「忽緯繣其難遷。」注：「緯繣，乖戾也。」萼，花柎。

〔一八〕〔補釋〕郭璞游仙詩：「遐邈冥茫中。」

〔一九〕〔魏本注〕「窗」，一作「爈」。　〔蔣抱玄注〕潘岳賦：「寒凄凄兮凜凜。」

〔二〇〕〔顧嗣立注〕選班叔皮北征賦：「涉積雪之皚皚。」說文：「皚皚，霜雪白之貌也。」

〔二一〕各本皆作「壓野」。　〔考異〕「壓」，或作「潤」。　〔王元啓曰〕「潤」字與下「榮」字相應，舊作「壓野」，殊無意義。　〔祝充注〕芝菌，糞土上英。

〔二二〕〔方世舉注〕魏文帝曹倉舒誄：「傾都蕩邑，爰迄爾居。」

〔二三〕〔考異〕「瀁」，或作「漾」。　〔魏本引孫汝聽曰〕娥，恒娥。嬉，游也。淮南子：「羿請不死之藥于西王母，其妻恒娥竊之奔月宮。」華，月色。　〔方世舉注〕姮娥亦謂之素娥，故雪詩用之。〔王元啓曰〕娥謂夽娥，即指擘華事，故云「華蕩瀁」，與下胥浪同義。舊注以娥爲姮娥，華爲月華，非是。〔徐震曰〕夽娥擘華，與雪何涉？此以月光比雪色也，尚以舊注爲是。

〔二四〕見卷一遠游聯句注。〔方世舉注〕胥怒浪崔嵬，即春雪詩所謂「江浪迎濤日」也。郭璞江賦：「長波浹渫，峻湍崔嵬。」〔何焯曰〕造句。

〔二五〕〔顧嗣立注〕説文：「沙漠曰磧。」

〔二六〕〔魏本引孫汝聽曰〕縞，白色。

〔二七〕〔方世舉注〕梁簡文帝七勵：「酌玉斗之英麗，照銀杯之輕蟻。」〔葉夢得曰〕詩禁體物語，此學詩者類能言之也。歐陽文忠公守汝陰，嘗與客賦雪於聚星堂，舉此令，往往皆閣筆不能下。然此亦定法，若能者則出入縱横，何可拘礙。韓退之兩篇，力欲去此弊，雖冥搜奇譎，亦不免有「縞帶」、「銀盃」之句。杜子美「暗度南樓月，寒生北渚雲」，初不避雲月字。若「隨風且開葉，帶雨不成花」，則退之兩篇，工殆無以逾也。

〔二八〕〔魏本引孫汝聽曰〕漫汗，混合貌。〔魏本引補注〕選：「布濩漫汗。」言廣大也。〔補釋〕南都賦句。

〔二九〕〔何焯曰〕大概前半言雪之飄，後半言雪之積。

〔三〇〕〔舉正〕閣、蜀本、荆公校作「抑」。〔考異〕「抑」，或作「折」。祝本、魏本作「折」。廖本、王本作「抑」。

〔三一〕〔朱彝尊曰〕以下益縱橫自肆，比前更渾脱。〔查慎行曰〕二句有寓意，便佳。

〔三二〕〔魏本引孫汝聽曰〕纔，僅也。言僅有陛級存爾。

〔三三〕〔魏本引孫汝聽曰〕鎮，大山也。〔補釋〕江淹陸東海譙山集：「輕氣曖長嶽，雄虹赫遠峯。」喻四方諸侯。

〔三四〕鹽梅，見苦寒注。〔方世舉注〕鹽梅本係梅諸，此乃借用，取其花之白耳。

〔三五〕〔魏本引孫汝聽曰〕左氏：「瑾瑜匿瑕。」

〔三六〕〔方世舉注〕史記司馬相如傳：「豈特委瑣握齪。」

〔三七〕〔舉正〕蜀作「悟雞」。〔魏本引孫汝聽曰〕呃喔，雞聲。雞誤以爲明，故呃喔也。〔祝充注〕選：「良游呃喔。」〔補釋〕潘岳射雉賦句。

〔三八〕〔顧嗣立注〕史記天官書：「白帝行德，畢昴爲之圍，圍三暮，德乃成。」

〔三九〕〔方成珪箋正〕鄭語：「王者居九垓之田，收經入以食兆民。」韋昭注：「萬萬爲垓。」

〔四〇〕〔方世舉注〕木華海賦：「魚則橫海之鯨，陸死鹽田。顱骨成嶽，流膏爲淵。」

〔四一〕〔魏本引孙汝聽曰〕書：「火炎昆岡，玉石俱焚。」陸死骨，火炎灰，皆以喻雪之狀如此。

〔四二〕〔王元啓曰〕甘泉賦：「洪臺倔其獨出，撽北極之嶟嶟。」應劭曰：「撽，至也。」〔方世舉注〕史記天官書：「北斗七星，魁枕參首。」正義曰：「魁，斗第一星也。」

〔四三〕〔魏本引孫汝聽曰〕博物志：「地有三千六百軸。」〔汪琬曰〕杜詩：「仰看日車側，俯恐坤軸弱。」

〔四四〕〔舉正〕「岸類」，三館本作「堰似」。〔考異〕「攬」，或作「擾」。

〔四五〕〔方世舉注〕木華海賦：「磊匒匌而相⿰阝豕。」善曰：「相⿰阝豕，相擊也。」〔補釋〕「⿰阝豕」通作「⿰虫豕」。廣韻：「⿰虫豕，豕掘地也。豗同。呼恢切。」敦煌掇瑣所載字寶碎金：「猪⿰虫豕地，音灰。」唐人蓋有「豕掘地」之語，故韓用之。〔何焯曰〕似拙。

〔四六〕〔蔣抱玄注〕禮月令：「孟冬之月，其帝顓頊，其神玄冥。」鄭玄曰：「此黑精之君，水官之臣。顓頊，高陽氏也。玄冥，少昊氏之子，曰修曰熙，爲水官。」〔方世舉注〕史記貨殖傳：「桀黠奴，人之所患也。」

〔四七〕〔方世舉注〕記月令：「某日立春，盛德在木。」淮南天文訓：「甲乙寅卯，木也。壬癸亥子，水也。水生木。」爾雅釋詁：「胎，始也。」注：「胚胎，未成物之始。」按：怯胚胎，言積雪凝寒，木氣無以發生也。

〔四八〕〔方世舉注〕韓詩外傳：「水淵深廣，則龍魚生之。」

〔四九〕〔魏本注〕「陵」，一作「淩」。〔方世舉注〕史記公孫弘傳：「弘位三公，然爲布被。」

〔五〇〕〔考異〕「離」，或作「雜」。〔魏本引孫汝聽曰〕詩：「我姑酌彼金罍。」罍，酒器，以金爲之，有雲雷之象，因名罍。

〔五一〕〔舉正〕閣本「硉矹」作「硉杌」，非。〔顧嗣立注〕選江賦：「巨石硉矹以前卻。」善曰：「沙石隨水之貌。」

〔五二〕〔舉正〕「陪鰓」，怒張貌。字見潘岳射雉賦。樊、李校作「毰毸」，非。〔祝充注〕潘岳曰：「敷藻翰之陪鰓。」注：「奮怒貌。」

〔五三〕〔方世舉注〕按：文心雕龍云：「筆鋭干將，墨含淳酖。」蓋極言文人筆鋒不可犯也。公詩云「雕刻文刀利，搜求智網恢」，蓋亦自詡其形容刻入，抉摘無遺矣。老子：「天網恢恢，疏而不失。」

〔五四〕〔方世舉注〕宋玉對楚王問：「國中屬而和者，不過數人而已。」

〔五五〕〔補釋〕提孩，即孩提也。孟子盡心：「孩提之童。」注：「孩提，二三歲之間，在繦褓知孩笑，可提抱者也。」

【集説】

何焯義門讀書記曰：開寶近體，初不以多爲貴。觀此益信。

方世舉曰：此爲王播入相而作也。元和、長慶間，宰相之言利者，皇甫鎛、程异、王播，三人入相，雖有後先，其實相爲終始。方憲宗六年，播爲諸道鹽鐵轉運使，引异自副。异先坐王叔文黨貶黜，李巽薦之，棄瑕録用。至是播令异治賦江淮，諷有土者以饒羨入貢，經費頗贏。播又薦皇甫鎛，及鎛用事，更排播而進异，播出爲西川節度使，而鎛與异遂同平章事。詔下之日，物情駭異，裴度、崔羣力諫不從，以致罷相。异未幾而卒，鎛遂引用姦邪，中傷善類。穆宗即位，鎛始敗，而播遂求還，賄賂權倖，以取相位。朝政不綱，復失河北。憲宗中興之業，一旦隳壞。然則三人之進退，有唐中葉興衰治亂之關也。公不敢顯言，故託之詠雪。篇首數句，言其位望之輕，而出入後先之異。「當窗恒凛凛」以下，言其漸有氣勢，而進羨餘，行賄賂，狼藉之甚也。「松篁遭挫抑」以下，言小人道長，君子道消，不惟節鉞可邀，抑且台階可躋，包藏隱慝，擾亂蒸民，刑戮横加，賢愚莫辨。禍已烈矣，然猶未已也。彼其溪壑難填，崇高莫極，必將使乾坤震動，陵谷貿遷，善氣無以導迎，陰邪爲之錮蔽，含生皆失其所，困約尤受其災，而後極焉。爲害至此，不可勝言矣。然其詞甚刻，而其意甚顯。傳之人口，誰不知之？此所以戒其屬和也。

王元啓曰：此詩自「千株照耀」以上，皆止詠雪，並無刺譏。或據「慢有先居後」二句，謂譏皇甫鎛、程异、王播三人入相。播之相後于鎛、异三年，不應于長慶初并刺元和之相。至「松篁」以下，雖有刺譏，然與元和時事不類，如「塡溟渤，擻斗魁，日輪欲側，坤軸將頹」等句，鎛等弄權竊柄，使遠近人情駭懼，尚恐不至如此。竊謂此與元和七年之説，並屬武斷，僕竊未敢謂然。

姚範曰：余謂公此等詩無一語佳者，蓋底成堆，凡陋可笑。

程學恂曰：方、樊兩注皆失之。若果爲譏諷，正當公言之，何以獨籍知之？至謂以柳澗事，公必不如此小器。此自詠雪耳，不與石鼎一例爲刺時事而作。即謂「松篁」以下語句，有似譏貶。然合通首觀之，逐句求之，多有不可通者矣。此與諸雪詩，皆以開歐、蘇白戰之派者。其形容刻繪，神奇震耀，可謂盡雪之性。將永叔、子瞻所作取來對校，尚覺減色小樣也。獨魯直丁卯年雪一篇，嶽嶽有韓意，勝其他作。硉矹陪鰓，雕刻搜求，正是此詩妙贊。時東野已死，故知之者惟籍也。注者數家，因不識此詩妙處，故節外生枝，強摭事實以搪塞耳。按：此詩「松篁」以下，比意顯然，程說非是。且程既不以此詩爲諷刺，則本集初不注歲月，何以知作此詩時東野已死乎？特方、樊二説過鑿，未若王説之安耳。

蔣抱玄曰：寫景純用白描，看似場面熱鬧耳。此種工夫，須從涵泳經史、烹割子集而來，確爲韓公一家法，他人莫能語也。

落齒〔一〕

去年落一牙，今年落一齒〔二〕。俄然落六七，落勢殊未已，餘存皆動搖〔三〕，盡落應始止。憶初落一時，但念豁可恥〔四〕，及至落二三，始憂衰即死。每一將落時，懍懍恒在己〔五〕。叉牙妨食物〔六〕，顛倒怯漱水，終焉捨我落，意與崩山比〔七〕。今來落既熟，見落空相似。餘存二十餘，次第知落矣〔八〕。儻常歲落一〔九〕，自足支兩紀。如其落併空，與漸亦同指〔一〇〕。人言齒之落，壽命理難恃〔一一〕。我言生有涯〔一二〕，長短俱死爾〔一三〕。人言齒之豁，左右驚諦視〔一四〕。我言莊周云〔一五〕，木雁各有喜〔一六〕。語訛默固好，嚼廢軟還美。因歌遂成詩，持用詫妻子〔一七〕。

〔一〕祝本、魏本作「齒落」。廖本、王本作「落齒」。〔魏本引韓醇曰〕貞元十八年與崔羣書云：「近者左車第二牙，無故動摇脱去。」今此詩又云：「去年落一牙，今年落一齒。」其在貞元十九年作歟？　〔魏本引樊汝霖曰〕公詩有江陵途中云：「自從齒牙缺。」感春云：「語誤悲齒墮。」贈崔立之評事云：「齒髮早衰嗟可閔。」送侯參謀云：「我齒豁可鄙。」贈劉師服云：「今我呀豁落者多，所存十餘皆兀臲。」寄崔二十六立之云：「所餘十九齒，飄飄盡浮危。」江州寄鄂州李大夫云：「我齒落且盡。」公文有祭老成云：「齒牙動摇。」上李巽書云：「髮禿齒豁。」進學解云：「頭童齒豁。」五箴云：「齒之摇者日益脱。」其感於中而見於詩文者多矣。

〔二〕〔方世舉注〕釋名：「牙，摣牙也，隨形言之也。齒，始也，少長之别，始乎此也。」六書故：「齒當唇，牙當車。」

〔三〕〔舉正〕閣、蜀本、晁、謝校作「存」。　〔考異〕「存」，或作「在」。　祝本、魏本作「在」。廖本、王本作「存」。

〔四〕〔補釋〕廣雅：「豁，空也。」

〔五〕〔方世舉注〕書泰誓：「百姓懍懍。」　〔補釋〕懍懍，畏懼也。

〔六〕〔方成珪箋正〕王文考魯靈光殿賦：「枝掌杈枒而斜據。」李善注：「杈枒，參差之貌。」此不从木，蓋古通用。

〔七〕〔舉正〕蜀作「與」，李、謝校同。　〔考異〕「與」或作「欲」。　祝本、魏本作「欲」。　廖本、王本作

〔八〕〔張相曰〕次第，進展之辭，猶云接着也，轉眼也，此言知其接着將俱落也。

〔九〕〔舉正〕唐本、謝校作「落」。〔考異〕或作「一落」。祝本、魏本作「一落」。廖本、王本作「落一」。

〔一〇〕〔魏本引韓醇曰〕周禮：「一紀十有二歲。」以所餘二十餘齒，一歲一落，則足支兩紀矣。如其今日併落，則與歲常漸漸而落者，亦同歸於空而已矣。

〔一一〕〔方世舉注〕古樂府西門行：「自非仙人王子喬，計會壽命難與期。」

〔一二〕〔顧嗣立注〕莊子養生主篇：「吾生也有涯。」

〔一三〕〔補釋〕王羲之蘭亭集序：「況脩短隨化，終期於盡。」

〔一四〕〔方世舉注〕説文：「諦，審也。」

〔一五〕〔顧嗣立注〕史記：「莊子，蒙人也，名周。嘗爲蒙漆園吏，著書十餘萬言，大抵率寓言也。」

〔一六〕〔顧嗣立曰〕莊子山木篇云：「莊子見大木，伐木者止其旁而不取也。問其故。曰：無所可用。莊子曰：此木以不材得終其天年。舍於故人之家，故人命豎子殺雁而烹之，其一能鳴，其一不能鳴，豎子請奚殺？曰：殺不能鳴者。」〔方世舉注〕木雁二字，亦非創用。南史王彧傳：「張單雙災，木雁兩失。」梁元帝玄覽賦：「混木雁而兼陳。」古人用字，必有所本。〔王元啓曰〕下文默好輭美，正言不材之可喜。

〔一七〕朱崇沐本「持」作「時」。〔王元啓曰〕作「時」誤。〔祝充注〕莊子：「踵門而詑子扁慶子。」注：「告也，嘆也。」〔方世舉注〕司馬相如子虛賦：「子虛過詑烏有先生。」張揖曰：「詑，張也。」

【集説】

朱彝尊曰：真率意，道得痛快，正是昌黎本色。

查慎行曰：曲折寫來，只如白話。淵明止酒一篇章法爾爾。

嚴虞惇曰：此首似樂天。

蔣抱玄曰：惟真最難寫得痛，惟率最難寫得快。是詩頗打出此關，然硬處正復不少耳。

古意〔一〕

太華峯頭玉井蓮〔二〕，開花十丈藕如船〔三〕，冷比雪霜甘比蜜〔四〕，一片入口沈痾痊〔五〕。我欲求之不憚遠，青壁無路難夤緣〔六〕。安得長梯上摘實〔七〕，下種七澤根株連〔八〕。

〔一〕〔舉正〕貞元十八年夏登華山日作。〔魏本引樊汝霖曰〕公縣齋有懷曰：「求官來東洛，犯雪過西華。」答張徹曰：「洛邑得休告，華山窮絕陘。」李肇國史補言：「愈好奇，登華山絕峯，度不可反，發狂慟哭，縣令百計取之乃下。」而沈顔作登華旨略曰：「仲尼悲麟，悲不在麟也。墨翟泣絲，泣不在絲也。且阮籍縱車于途，途窮輒慟，豈始慮不至耶？蓋假事諷時，致意于此爾。文公憤趨榮貪位者，若陟懸崖，險不能止，至顛危踣蹶，然後嘆不知稅駕之所，焉可及矣。悲夫！文公之旨，微沈子幾晦哉！」按：公諸詩及國史補所云，公實如此，初無他旨也。〔方世舉注〕此爲憲宗信仙采藥而作。新唐書：「元和十三年，詔天下求方士。李道古因皇甫鎛薦山人柳泌，言天台多靈草，上信之，以泌權知台州刺史。十四年，泌至天台，采藥歲餘，無所得而懼，舉家逃入山中。」此詩託言太華，以比天台，託言蓮藕，以比靈草。深入天台，故曰「不憚遠」；卒無所得，故曰「難貪緣」也。其曰我者，經傳指君之義例也。〔王元啓曰〕舊注引沈顔登華旨，謂國史補言公好奇登華爲不察韓公假事諷時微旨。余謂悔狂咋指，明載公詩，此事何須深諱。但詩題古意，並非紀游之什。詳詩結句，蓋欲人君膏澤下流之意，疑是貞元十九年爲天旱人飢而作。〔補釋〕方注嫌鑿，王説得之。

〔二〕〔魏本引韓醇曰〕華山記云：「山頂有池，生千葉蓮花，服之羽化，因曰華山。」〔方世舉注〕古樂府捉搦歌：「華陰山頭百丈井，下有泉水徹骨冷。」

〔三〕〔補釋〕法苑珠林：「真人關尹傳曰：『老子曰：真人游時，各各坐蓮華之上，華徑十丈。有反生靈香，逆風聞三十里。』」

〔四〕〔方世舉注〕洞冥記：「龍肝瓜生于冰谷，仙人瑕丘仲采食之，千歲不渴。瓜上恒如霜雪，刮嘗如蜜滓。」家語：楚江萍大如斗，剖而食之，甜如蜜。

〔五〕〔方世舉注〕神異經：「西北荒中石邊有脯，名曰追復，食一片復一片。」〔魏本引韓醇曰〕痾，病也。晉史樂廣傳：「沈痾頓愈。」又潘岳閒居賦：「常膳載加，舊痾有痊。」〔王元啓曰〕通篇從此一句生情。

〔六〕〔舉正〕唐本作「五月壁路難攀緣」。蔡、謝校同。鮑溶集有陪公登華山詩，蓋五月也。傳本訛「五月」字爲「青」，復于下增「無」字，非也。〔考異〕「夤」，或作「攀」。今按：公此詩本以古意名篇，非登山紀事之詩也。且太華之險，千古屹立，所謂削成五千仞者，豈獨五月然後難攀緣哉？若以句法言之，則「五月壁路」之與「青壁無路」，意象工拙，又大不侔，亦不待識者而知其得失矣。方氏泥于古本，牽于旁證，而不尋其文理，乃去此而取彼，其亦誤矣。原其所以，蓋緣「五月」本是「青」字，唐本誤分爲二，而讀者不曉，因復削去「無」字，遂成此謬。今以諸本爲正。〔魏本引韓醇曰〕選琴賦：「丹崖嶮巇，青壁萬尋。」〔方世舉注〕左思吴都賦：「夤緣山嶽之臣。」

〔七〕〔顧嗣立注〕杜子美詩：「安得萬丈梯，爲君止上頭。」〔補釋〕韓非子：「秦昭王令工施鉤梯而上華山。」

〔八〕〔魏本引孫汝聽曰〕司馬相如子虛賦：「楚有七澤，其小者名曰雲夢，方九百里。」〔王元啓曰〕欲使病者皆得痊可，不致憾于遠求莫致也。

【集説】

韓醇曰：觀公詩意有興寄，其曰古意，旨深遠矣。

朱彝尊曰：總只以誕事誕語結構。

沈欽韓曰：此詩與杜甫望西嶽作意趣同。

蔣抱玄曰：雖非登山紀事，亦有感慨而發，不是絶對古意。

題炭谷湫祠堂〔一〕

萬生都陽明〔二〕，幽暗鬼所寰〔三〕。嗟龍獨何智〔四〕，出入人鬼間〔五〕。不知誰爲助？若執造化關〔六〕。厭處平地水，巢居插天山〔七〕。列峯若攢指〔八〕，石盂仰環環〔九〕。巨靈高其捧〔一〇〕，保此一掬慳〔一一〕。森沈固含蓄〔一二〕，本以儲陰姦〔一三〕。魚鼈蒙擁護，羣嬉傲天頑〔一四〕。翾翾棲託禽〔一五〕，飛飛一何閑，祠堂像侔真，擢玉紆烟鬟〔一六〕。羣怪儼伺候，恩威在其顔〔一七〕。我來日正中，悚惕思先還〔一八〕。寄立尺寸地，敢言來途艱。吁無吹毛刃〔一九〕，血此牛蹄殷〔二〇〕。至令乘水旱，鼓舞寡與鰥〔二一〕。林叢鎮冥冥，窮年無由删。妍英雜豔實，星瑣黄朱班〔二二〕。石級皆險滑，顛躋莫牽攀〔二三〕。龙區雛衆碎〔二四〕，付與宿已頒〔二五〕。棄去可奈何？吾其死茅菅〔二六〕。

〔一〕〔魏本引樊汝霖曰〕陸長源辨疑志云：「長安城南四十里有靈母谷，俗呼爲炭谷。」宋敏求長安志則云「炭谷在萬年縣南六十里。」又云：「澄源夫人湫廟，在終南山炭谷。」公所云炭谷湫，不出此。〔魏本引韓醇曰〕公南山詩有云：「因緣窺其湫。」即此。公時在京師作。湫，龍居也。〔考異〕歐本云：「在京兆之南，終南之下，祈雨之所也。南山、秋懷詩皆見之。」〔顧嗣立注引胡渭曰〕公詠南山云：「拘官計日月，欲進不可又。因緣窺其湫，凝湛閟陰嘼。」此爲四門博士時事也。「時天晦大雪，淚目苦濛瞀」，此赴陽山過藍田時事也。「昨來逢清霽，宿願忻始副」，此江陵入至藍田時事也。題炭谷湫詩，蓋貞元十九年京師旱，祈雨湫祠，公往觀焉，故曰「因緣窺其湫」。因緣謂以事行，非特游也。篇中饒有諷刺。時德宗幸臣李齊運、李實、韋執誼等與王叔文交通，亂政滋甚，故公因所見以興起。湫龍澄源喻幸臣，魚鼈禽鳥及羣怪喻黨人也。秋懷欲罾寒蛟，而是詩恨不血此牛蹄，剛腸疾惡，情見乎辭。劉、柳洩言，羣小側目，陽山之謫，所自來矣，上疏云乎哉？〔王元啓曰〕貞元末，王、韋之勢已成。此詩公爲御史時詆斥王、韋之作。寄三學士詩云：「或慮語言洩。」語言之洩，即指此等譏訕之詩。篇中魚鼈羣嬉，飛禽翾托，及龙區雛碎等語，皆指八司馬等言之。蓋貞元十九年作。此詩卒章，語意錯出不倫，反覆數過，知「林叢」以下六句，乃係錯簡，當移置前文「飛飛一何閑」下。「林叢」字緊承禽之棲託言之。「冥冥」以下，言其地之幽暗，與篇首二語相應。

「石級」句敍於祠堂之前，則下「寄立尺寸」二語，亦復有根。結處「龙區」四句，直接鼓舞寡鰥，尤爲緊湊。移此六句，即前後文皆順，無可疑矣。若于「飛飛」下突接祠堂，則「翾翾」二語，先苦單薄無依，不特後文錯亂無序已也。〔補釋〕王説殊有理，但無版本可據改，今仍其舊。

〔二〕〔方成珪箋正〕「生都」，王本作「物皆」，語落凡近，非韓公本色。〔補釋〕元刊王本作「生都」。方所據者明翻王本。〔魏本引孫汝聽曰〕萬生，萬物也。陽明，照明也。陽明陰晦，故曰陽明。

〔三〕〔魏本引孫汝聽曰〕寰，亦居也。

〔四〕〔方世舉注〕左傳：「龍見於絳郊，魏獻子問于蔡墨曰：蟲莫智於龍，信乎？對曰：人實不智，非龍實智。」

〔五〕〔魏本引孫汝聽曰〕明晦皆居之。〔方世舉注〕晉書鳩摩羅什傳：「龍者陰類，出入有時。」〔鍾惺曰〕胸中無真正奇奧，吐此五字不得。

〔六〕〔魏懷忠注〕闗，闗鍵也。〔補釋〕莊子：「以造化爲大冶。」

〔七〕〔魏本引孫汝聽曰〕插天之山，高山也。〔魏本引樊汝霖曰〕湫本在南山平地，一日風雷，移居於上。或云：公龍移詩「天昏地黑蛟龍移」云云，即此也。

〔八〕〔魏本引孫汝聽曰〕若聚十指。

〔九〕〔方世舉注〕列子湯問篇：「濱北海之北，其國曰終北。有山，名壺嶺，狀若甔甀，頂有口狀若員環，有水湧出。」古樂府石城樂：「環環在江津。」

〔一〇〕〔方世舉注〕張衡西京賦：「巨靈贔屓，高掌遠蹠。」郭緣生述征記：「華山對河東首陽山，黄河流於二山之間。古語云：此本一山當河，河水過之而曲行。河神巨靈以手劈開其上，以足蹈其下，中分爲兩，以通河流。」

〔一一〕〔魏本引孫汝聽曰〕匊謂以手捧物。一匊，言小也。詩：「終朝采緑，不盈一匊。」慳，悋也。〔趙翼曰〕謂湫不在平地而在山上也。

〔一二〕〔方世舉注〕水經注：「寒水被潭，森沈駭觀。」

〔一三〕〔魏本引孫汝聽曰〕陰姦謂龍。猶南山詩所謂「凝湛閟陰罶」也。

〔一四〕〔方世舉注〕王褒洞簫賦：「春禽羣嬉，翺翔乎其顛。」〔王元啓曰〕依義當作「妖頑」。諸本皆作「天頑」，蓋因「妖」誤「夭」，後更誤「夭」爲「天」爾。

〔一五〕〔祝充注〕翾，小飛也。揚子曰：「朱鳥翾翾。」

〔一六〕〔蔣之翹注引楊慎曰〕奇語也。

〔一七〕〔陳沆曰〕執造化之關，司恩威之柄，喻竊權也。〔唐宋詩醇〕唐書王叔文傳：「順宗不能聽政，深居施幄坐，以牛昭容、宦人李忠言侍，羣臣奏事，從帷中可其奏。大抵叔文因伾，伾因忠言，忠言因昭容，更相依仗。」又王伾傳：「叔文入止翰林，而伾至柿林院見牛昭容等。」此詩「擢玉紆烟鬟」云云，蓋借澄源以喻昭容也。〔補釋〕此詩作於貞元十九年，時伾、文之黨已成，故有所指斥。然其時順宗尚未即位，詩醇以此數句爲指牛昭容，未免言之過早。

〔一八〕〔祝本魏本注〕「悚」，一作「怵」。

〔一九〕〔廖瑩中注〕少陵詩：「匣裏雄雌劍，吹毛任選將。」又：「突騎劍吹毛。」魯季欽引吴越春秋：「干將之劍，能決吹毛游塵。」今吴越春秋無此語。

〔二〇〕〔魏本引孫汝聽曰〕言我豈無吹毛之劍，血此牛蹄水令殷乎？言欲殺此龍也。〔祝充注〕殷，烏閑切，赤黑色。左傳曰：「左輪朱殷。」注：「血染也。」〔補釋〕趙翼曰：「二句謂時俗祭賽此湫龍神，而已未具牲牢也。」今按之下二句詩意，趙説非是。

〔二一〕〔魏本引孫汝聽曰〕鼓舞，謂所禱也。周禮：「國大旱，則師巫而舞雩。」是水旱之際，有鼓舞也。孟子：「老而無妻曰鰥，老而無夫曰寡。」

〔二二〕〔舉正〕妍，从石，瑣从金，皆非。〔魏本引孫汝聽曰〕黄朱班，謂黄朱相雜。班，文也。瑣，小也。

〔二三〕〔方世舉注〕書微子：「今爾無指告予顛隮，若之何其？」

〔二四〕祝本、魏本、廖本作「龙」。王本、游本作「龍」。〔王元啓曰〕龙，雜也。雜衆碎，謂當時僥倖欲速之徒，依附叔文，多至不可勝數，不異毛羣之團聚，公故直以龙區目之。順宗實録所謂「交游蹤跡，詭祕莫有知其端者」，即此衆碎是也。

〔二五〕〔王元啓曰〕頒，亦與也。言其乘水旱，鼓鰥寡，得享一時血食，亦若天與之也。舊注訓頒爲大，殊謬。

〔二六〕〔魏本引韓醇曰〕詩：「露彼菅茅。」〔查慎行曰〕末四句難解。〔王元啓曰〕自恨不能擊斬此妖，第可伏處待盡而已。

【集説】

鍾惺曰：艱奥而帶靈氣。

何焯曰：此詩全是託諷，造語亦奇警。

利劍〔一〕

利劍光耿耿〔二〕，佩之使我無邪心〔三〕。故人念我寡徒侶〔四〕，持用贈我比知音〔五〕。我心如冰劍如雪〔六〕，不能刺讒夫〔七〕，使我心腐劍鋒折〔八〕。決雲中斷開青天〔九〕，噫！劍與我俱變化歸黄泉〔一〇〕。

〔一〕〔魏本引韓醇曰〕此詩次汴州亂後，不平之氣，略見於此。〔查慎行曰〕觀詩中語，乃爲貝錦青蠅而發，非因汴州亂也。〔陳景雲曰〕此詩歲月無可考，詳味詩意，似爲疾讒而作，與汴州事無涉。又孟東野送公從軍詩中，有「行爲孤劍咏」句，疑指此詩，從軍蓋公初赴汴幕時也。〔王元啓曰〕此詩雖列汴州亂後，然以不能刺讒夫爲恨，則非爲汴州之亂可知。又詩旨與炭谷湫「吁無吹毛刃」二語略同。考順宗實録，言「京兆尹李實陵轢公卿以下，隨喜怒誣奏黜陟」，則此詩所云讒夫，恐指李實言之。〔補釋〕王説是也。公祭張員外文曰：「貞元十九，君爲御史。余以無能，同詔並跱。彼婉孌者，實憚吾曹，側肩帖耳，有舌如刀。」正此詩所指之讒夫也。東野送公詩「孤劍」一語，爲從軍而發，與此無涉，陳説非是。

〔二〕〔方世舉注〕宋玉大言賦：「長劍耿耿倚天外。」

〔三〕〔方世舉〕古今注：「吴大帝有寶劍六，三曰辟邪。」

〔四〕〔舉正〕杭、蜀本作「寡徒侶」。〔考異〕「寡」，或作「无」。「徒」，或作「儔」。

〔五〕知音，見卷一知音者誠希注。

〔六〕〔方世舉注〕魏文帝詩：「歐氏寶劍，何爲低昂，白如積雪，利若秋霜。」

〔七〕〔魏本引韓醇曰〕此朱雲「願借上方斬馬劍，用斷佞臣一人頭」之意也。

〔八〕〔方世舉注〕史記荆軻傳：「樊於期曰：此臣之日夜切齒腐心也。」揚雄太玄：「其心腐且敗。」趙國策：「馬服君曰：吴干之劍，薄之柱上而擊之，則折爲三。」

〔九〕〔魏本引韓醇曰〕莊子説劍：「上決浮雲，下絶地紀。」

〔一〇〕〔魏本引補注〕晉書：「雷焕得豐城寶劍，一與張華，一自佩。華誅，劍失所在。焕死，其子持過延平津，忽於腰間躍出墮水，化爲兩龍而去。」〔方世舉注〕吴越春秋：「莫耶曰：神化之物，須人而成。干將曰：昔吾師鑄劍，夫妻俱入冶爐中。今吾作劍，不變化者，其若斯耶？」〔蔣之翹注〕結語萎餒極矣。〔李黼平口〕此有功成即退，深藏不出意。評者以黃泉字而言其諉餒，不知歸黃泉者，即易所謂「龍蛇之蟄」。且不見揚子雲「深者入黃泉，高者上蒼天」語耶？

【集説】

朱彝尊曰：語調俱奇險，亦近風謡。

何焯曰：奇氣鬱律。

潘德輿曰：劇有勁骨。

程學恂曰：此及忽忽等篇，古琴古味古調，上凌楚騷，直接三百篇也。

湘中〔一〕

猿愁魚踊水翻波〔二〕，自古流傳是汨羅〔三〕。蘋藻滿盤無處奠，空聞漁父叩舷歌〔四〕。

〔一〕貞元二十年甲申。〔方世舉注〕公祭張署文，敍遷謫陽山時事云：「南上湘水，屈氏所沈，二妃行迷，淚蹤染林，山哀浦思，鳥獸叫音，余唱君和，百篇在吟。」今此詩語氣，自是初過湘中而作。所謂唱和百篇，或一時興至之談，未必有之，亦或率爾不存，不可見矣。〔補釋〕公於貞元十九年十二月謫陽山令，寄三學士詩云：「商山季冬月，冰凍絶行輈。春風洞庭浪，出没驚孤舟。」則到湘中已在二十年春矣。

〔二〕〔考異〕「踊」，或作「躍」。祝本作「躍」。魏本、廖本、王本作「踊」。〔蔣抱玄注〕陳子昂詩：「坐聽峽猿愁。」詩：「魚躍于淵。」

〔三〕〔魏本引樊汝霖曰〕賈誼弔屈原賦云：「側聞屈原兮，自湛汨羅。」顔師古注：「汨，水名。在長沙羅縣，故曰汨羅。」〔魏本引孫汝聽曰〕羅，縣名，屬長沙郡，北帶汨水。沿汨西北，去縣三十里，有屈潭，即屈原自沈處。〔祝充注〕汨，音覓。

〔四〕〔舉正〕蜀本作「叩船」。考楚辭注，「叩舷」義爲勝。祝本「聞」作「門」，誤。〔魏本引韓醇曰〕屈原有漁父篇，其終曰「漁父莞爾而笑，鼓枻而去，歌曰」云云。〔顧嗣立注〕王逸曰：「鼓枻，叩船舷也。」

【集説】

朱彝尊曰：氣勁有勢。

蔣抱玄曰：一往情深。

答張十一功曹〔一〕

山淨江空水見沙，哀猿啼處兩三家〔二〕。篔簹競長纖纖筍〔三〕，躑躅閒開豔豔花〔四〕。未報恩波知死所〔五〕，莫令炎瘴送生涯〔六〕。吟君詩罷看雙鬢，斗覺霜毛一半加〔七〕。

〔一〕〔胡仔曰〕昌黎集中酬贈張十一功曹署詩頗多，而署詩絶不見。惟韓子年譜載其一篇云「九疑峯畔二江前」云云。署與退之同爲御史，又同遷謫，故詩中皆言之。退之答署詩云云。又有祭署文云：「我落陽山，君飄臨武，君止于縣，我又南踰。」臨武屬郴州，在陽山之北。二詩皆此時作也。〔補釋〕公唐故河南令張君墓誌銘：「君諱署，字某，河間人。以進士舉博學宏詞，爲校書郎，自京兆武功尉拜監察御史。爲幸臣所讒，與同輩韓愈、李方叔三人，俱爲縣令南方。二年，逢恩俱徙掾江陵。」按：洪興祖韓子年譜繫此詩於二十年春南遷時。方成珪昌黎先生詩文年譜繫此詩於永貞二年春二人偕掾江陵時，以題有「功曹」二字；二十年春，張尚未爲功曹。然細按張詩，境地情緒，明係作於湘南而非江陵。至公此詩首三句，即送區册序所稱「陽山天下之窮處，江流悍急，縣郭無居民，夾江荒茅篁竹之間，小吏十餘家」景象。第四句與杏花詩所謂「二年流竄出嶺外，所見草木多異同。山榴躑躅少意思，照耀黃紫徒爲叢」，及游青龍寺詩「前年嶺隅鄉思發，躑躅成山開不筭」者亦合。第六句「炎瘴」字更不切江陵。方説非也。「功曹」二字，疑爲後來追題，或爲李漢編集時所加。唐六典注：「隋諸州有功曹行參軍，及罷郡置州，以曹爲名者改曰司。煬帝罷州置郡，改司功等爲書佐。皇朝因其六司，而改書佐爲參軍事。」新唐書百官志：「諸曹參軍事，皆正七品。」

〔二〕〔蔣之翹注〕起二句，荒寒如畫。

〔三〕〔魏本引孫汝聽曰〕篔簹，竹名。異物志曰：「篔簹生水邊，長數丈，圍一尺五六寸，一節相去六七寸，或相去一尺，廬陵界中有之。」

〔四〕〔舉正〕閣、蜀本作「閙」。〔考異〕「閙」，或作「初」。祝本、魏本作「初」。廖本、王本作「閙」。〔補釋〕太平廣記：「南中花多紅赤，亦彼之方色也。唯躑躅爲勝。嶺北時有，不如南之繁多也。山谷間悉生。二月發時，照耀如火，月餘不歇。出嶺南異物志。」〔朱彝尊曰〕四句點景有静味。

〔五〕〔方世舉注〕謝朓詩：「恩波不可越。」〔廖瑩中注〕左傳：「狼瞫云：吾未獲死所。」

〔六〕〔廖瑩中注〕少陵詩：「應須美酒送生涯。」

〔七〕〔張相曰〕斗，與陡同，猶頓也。

【集説】

王夫之唐詩評選曰：寄悲正在興比處。

何焯義門讀書記曰：五六既不如屈子之狷懟，結仍借答詩以見其憔悴，可謂怨而不亂矣。程學恂曰：退之七律只十首，吾獨取此篇爲能真得杜意。

附原唱

張署

九疑峯畔二江前，戀闕思歸日抵年。白簡趨朝曾並命，蒼梧左宦亦聯翩。鮫人遠泛漁舟火，鵩鳥閑飛霧裏天。渙汗幾時流率土，扁舟直下共歸田。

同冠峽〔一〕

南方二月半，春物亦已少。維舟山水間，晨坐聽百鳥。宿雲尚含姿〔二〕，朝日忽升曉。羈旅感和鳴〔三〕，囚拘念輕矯〔四〕。潺湲淚久迸〔五〕，詰曲思增遶〔六〕。行矣且無然，蓋棺事乃了〔七〕。

〔一〕〔魏本引唐庚曰〕集有同冠峽二詩，一云「囚拘念輕矯」，一云「無心思嶺北」，皆赴陽山時作也。〔顧嗣立注引胡渭曰〕今廣州府陽山縣西北七十里有同冠峽，接連州界，疑即此同冠峽也。

〔二〕〔方世舉注〕張正見詩：「瀲瀲宿雲浮。」

〔三〕〔舉正〕閣本、范、謝校作「和鳴」。〔考異〕「和鳴」，本或作「陽和」。祝本、魏本作「陽和」。廖本、王本作「和鳴」。

〔四〕〔舉正〕和鳴輕矯，皆指百鳥而言也。〔李詳證選〕賈誼鵩鳥賦：「窘若囚拘。」〔查慎行曰〕二句入情。

〔五〕〔考異〕「久」，或作「交」。〔祝充注〕潺湲，水流貌。楚辭：「横流涕兮潺湲。」

〔六〕〔魏本引孫汝聽曰〕詰曲，反覆也。

〔七〕〔魏本引韓醇曰〕劉毅云：「丈夫兒蹤跡不可尋常，便混羣小中，蓋棺事方定矣。」韓詩外傳云：「孔子曰：學而不已，闔棺乃止。」

【集説】

朱彝尊曰：昌黎詩大抵師謝客而加之俊快。

程學恂曰：公南遷詩，似無甚意義者，中極悲悄。須是反覆沈吟，乃見所感深也。

次同冠峽〔一〕

今日是何朝〔二〕？天晴物色饒〔三〕。落英千尺墮〔四〕，游絲百丈飄〔五〕。泄乳交巖脈〔六〕，懸流揭浪摽〔七〕。無心思嶺北，猿鳥莫相撩〔八〕。

〔一〕〔舉正〕閣本、蜀本、文苑皆作「弄冠」。〔考異〕「冠」，或作「巫」。祝本作「巫冠」。魏本、廖本、王本作「同冠」。

〔二〕〔汪琬曰〕只起句聲與淚俱，當與風詩「今夕何夕」對看。

〔三〕〔舉正〕蜀本作「天清」。

〔四〕〔方世舉注〕離騷：「夕餐秋菊之落英。」

〔五〕〔方世舉注〕庾信詩：「洛陽游絲百丈連。」〔汪琬曰〕俱是天晴物色。

〔六〕〔方世舉注〕水經注：「孔山下有鍾乳穴，穴出佳乳。」

〔七〕〔方世舉注〕說文：「揭，高舉也。」

〔八〕〔汪琬曰〕語妙可思。〔朱彝尊曰〕結句從張曲江詠詩化出。〔王鳴盛曰〕心在嶺北，反言無心，聊以自解。

【集說】

黄叔燦曰：中四句總寫峽之奇異。落句言如此物色，不復思嶺北矣。

蔣抱玄曰：儘有色態，結句尤雋永有味。

貞女峽〔一〕

江盤峽束春湍豪〔二〕，雷風戰鬭魚龍逃〔三〕。懸流轟轟射水府〔四〕，一瀉百里翻雲濤〔五〕。漂船擺石萬瓦裂〔六〕，咫尺性命輕鴻毛〔七〕。

〔一〕〔舉正〕連州桂陽縣。貞元二十年春作。〔方世舉注〕水經注：「匯水出桂陽，南至四會，溪水下流，歷峽南出，是峽謂之貞女峽。峽西岸高巖名貞女山，山下際有石如人形，高七尺，狀如女子，故名貞女峽。古來相傳，有數女取螺於此，遇風雨晝晦，忽化爲石。溪水又合匯水，匯水又東南入陽山縣。」〔補釋〕太平寰宇記卷一一七江南西道十五連州桂陽縣云：「貞女峽，在縣南一十五里。」

〔二〕〔顧嗣立注〕杜子美詩：「峽束滄江起。」李太白詩：「青春流驚湍。」

〔三〕〔朱彝尊曰〕起似長吉。

〔四〕〔方世舉注〕水經注：「崩浪萬尋，懸流千尺。」〔顧嗣立注〕海賦：「爾其水府之内，極深之庭。」

〔五〕〔方世舉注〕郭璞江賦：「倏忽數百，千里俄頃。」

〔六〕〔祝充注〕擺，開也。又擺，撥。吴志注：「擺撥衆人之議。」〔方世舉注〕水經注：「激石雲洄，澴波怒溢，水流迅急，破害舟船。」

〔七〕〔舉正〕蜀本作「鴻」。山谷、范、謝校同。閣本作「如毛」。〔考異〕「鴻」，或作「於」，或作「如」。祝本、魏本作「於」。廖本、王本作「鴻」。〔方世舉注〕漢書司馬遷傳：「死或重於太山，或輕於鴻毛。」

【集說】

蔣抱玄曰：起語恢奇，收語雄而直率。

縣齋讀書〔一〕

出宰山水縣，讀書松桂林〔二〕。蕭條捐末事，邂逅得初心〔三〕。哀狖醒俗耳〔四〕，清泉潔塵襟。詩成有共賦〔五〕，酒熟無孤斟〔六〕。青竹時默釣〔七〕，白雲日幽尋。南方本多毒，北客恒懼侵。謫譴甘自守〔八〕，滯留愧難任〔九〕。投章類縞帶〔一〇〕，佇答逾兼金〔一一〕。

〔一〕〔魏本引樊汝霖曰〕貞元二十年在陽山作也。公嘗曰：「陽山，天下之窮處。」又曰：「縣郭無居民，官無丞尉，小吏十餘家。」審此，則所謂「詩成有共賦，酒熟無孤斟」，其孰與樂此乎？及觀公集，區册、區弘、竇存亮、劉師命輩，皆自遠方來從公，則户外之屨滿矣。〔方世舉

注〕舊唐書地理志：「陽山縣，漢屬桂陽郡，神龍元年移於洭水之北，今縣理是也。」〔顧嗣立注引胡渭曰〕陽山縣志：「賢令山在縣北二里，昔韓愈爲令日讀書於此，上有讀書臺。一名牧民山。」

〔二〕〔舉正〕蜀本、謝校作「桂」。舊本多同。〔考異〕「桂」，或作「竹」。祝本、魏本作「竹」。廖本、王本作「桂」。

〔三〕〔蔣抱玄注〕詩：「邂逅相遇，適我願兮。」〔補釋〕初心，猶本意也。吴融和楊侍郎詩：「煙霄慚暮齒，麋鹿愧初心。」

〔四〕〔方世舉注〕異物志：「狖，猿類，露鼻，尾長四五尺，居樹上，雨則以尾塞鼻，建安、臨海北有之。」晉書：「戴仲若春日攜雙柑斗酒，人問何之，往聽黄鸝聲。此俗耳針砭，詩腸鼓吹。」

〔五〕〔考異〕「共」，方作「與」，非是。

〔六〕〔方世舉注〕陶潛詩：「春秫作美酒，酒熟吾自斟。」

〔七〕〔顧嗣立注引胡渭曰〕陽山縣志：「釣魚臺，在縣東半里塔溪之右。韓愈送區册序云：『與之蔭嘉林，坐石磯，投竿而漁，陶然以樂。』宋嘉定初，簿尉邱熹始作臺磯上。」

〔八〕〔方世舉注〕漢書揚雄傳：「有以自守，泊如也。」

〔九〕〔李詳證選〕曹植雜詩：「離思故難任。」

〔一〇〕〔方世舉注〕鮑照詩：「投章心藴結。」縞帶，見詠雪贈張籍注。

〔一一〕〔舉正〕唐本、晁、蔡校作「答」。蜀同。〔考異〕諸本「答」作「益」，非是。祝本、魏本作「益」。廖本、王本作「答」。〔魏本引孫汝聽曰〕其價倍於常者，故謂之兼金。孟子「前日於齊王餽兼金百鎰而不受」是也。此詩當是贈與交朋，望其報章也。〔顧嗣立注〕文選陸士衡詩：「愧無雜佩贈，良訊代兼金。」

【集説】

朱彝尊曰：是拗排律。全不費力，然意味卻有餘。

黄鉞曰：此詩通首對句，絶似選體。

程學恂曰：摹寫景物處，工妙不及柳州遠甚，而别有一種苦味可念。

送惠師〔一〕

惠師浮屠者〔二〕，乃是不羈人〔三〕。十五愛山水〔四〕，超然謝朋親〔五〕。脱冠翦頭髮〔六〕，飛步遺蹤塵〔七〕。發跡入四明〔八〕，梯空上秋旻〔九〕，遂登天台望〔一〇〕，衆壑皆嶙峋〔一一〕。夜宿最高頂，舉頭看星辰，光芒相照燭，南北争羅陳。兹地絶翔走〔一二〕，自然嚴且神。微風吹木石，澎湃聞韶鈞〔一三〕。夜半起卜視〔一四〕，溟波銜日輪〔一五〕。魚龍驚踊躍，叫嘯成悲辛〔一六〕。怪氣或紫赤，敲磨共輪囷〔一七〕。金鴉既騰翥〔一八〕，六合俄清新〔一九〕。常聞禹穴奇〔二〇〕，東去窺甌閩〔二一〕。越俗不好古〔二二〕，流傳失其真。幽蹤邈難得，聖路嗟長堙〔二三〕。迴臨浙江濤〔二四〕，屹起高峨岷〔二五〕。壯志死不息〔二六〕，千年如隔晨。是非竟何有？棄去非吾倫。凌江詣廬嶽〔二七〕，浩蕩極游巡〔二八〕。崔崒没雲表〔二九〕，陂陀浸湖淪〔三〇〕。是時雨初霽，懸瀑垂天紳〔三一〕。前年往羅浮〔三二〕，步戛南海湣〔三三〕。大哉陽德盛〔三四〕，榮茂恒留春〔三五〕。鵬鶱墮長翮〔三六〕，鯨戲側修鱗〔三七〕。自來連州寺〔三八〕，曾未造城闉〔三九〕，日擕青雲客〔四〇〕，探勝窮崖濱。太守邀不去〔四一〕，羣官請徒頻〔四二〕。囊無一金資〔四三〕，翻謂富者貧〔四四〕。昨日忽不見，我令訪其鄰〔四五〕，奔波自追及〔四六〕，把手問所因〔四七〕。顧我卻興歎〔四八〕：君寧異於民〔四九〕？離合自古然，辭别安足珍？吾聞九疑好〔五〇〕，夙志今欲伸〔五一〕。斑竹啼舜婦〔五二〕，清湘沈楚臣〔五三〕。衡山與洞庭〔五四〕，此固道所循。尋嵩方抵洛〔五五〕，歷華遂之秦〔五六〕。浮游靡定處〔五七〕，偶往即通津。吾言子當去〔五八〕，子道非吾遵，江魚不池活，野鳥難籠馴〔五九〕。吾非西方教〔六〇〕，憐子狂且醇；吾嫉惰游者〔六一〕，憐子愚且諄〔六二〕。去矣各異趣〔六三〕，何爲浪霑巾〔六四〕？

〔一〕〔魏本引樊汝霖曰〕公宴喜亭記曰：「太原王弘中在連州，與學佛之人景常、元慧者游。」惠師豈元惠耶？其詩云：「自來連州寺。」弘中時爲連州司户參軍，公其屬邑陽山令也。〔王元啓曰〕送惠、靈二詩，公爲陽山令作。〔沈欽韓注〕傳燈録：「釋元慧，姓陸。立志持三白，吳會之間，謂爲三白和尚。」〔補釋〕贊寧宋高僧傳：「三白和尚之元慧，於開成二年出家，乾寧三年示寂，年七十八。」公在陽山時，尚未生。沈説非是。

〔二〕浮屠，見卷一送僧澄觀注。

〔三〕〔補釋〕漢書師古注：「不羈，言才識高遠，不可羈係也。」〔程學恂曰〕「不羈」二字，是一篇主腦。

〔四〕〔何焯曰〕山水一篇之骨。

〔五〕〔考異〕「謝朋親」，或作「同隱淪」。

〔六〕〔舉正〕謝本作「短髮」。〔考異〕下對「蹤塵」，當作「頭髮」。〔方世舉注〕謝靈運詩：「歸客還海隅，脱冠謝朝列。」魏書釋老志：「服其教者，則剃落鬚髮，釋累辭家。」

〔七〕〔考異〕「飛」，或作「孤」。

〔八〕〔魏本引孫汝聽曰〕四明，山名，在明州。〔方世舉注〕謝靈運山居賦自注：「天台、四明相接連，四明、方石，四面自然開牕。」

〔九〕〔魏本引孫汝聽曰〕爾雅：「秋爲旻天。」言惠師初游四明山，當秋時，梯空而上也。〔顧嗣立注〕李太白詩：「衆星羅秋旻。」

〔一〇〕〔魏本引韓醇曰〕天台，山名，在台州。〔方世舉注〕支遁天台山銘序：「余覽内經山記云：剡縣東南有天台山。」

〔一一〕〔魏本引孫汝聽曰〕言惠師次登天台，見衆山皆小也。〔顧嗣立注〕甘泉賦：「岭巆嶙峋。」善曰：「深無厓之貌。」

〔一二〕〔王元啓曰〕言最高處飛走皆不能到，故曰絶。

〔一三〕〔魏本引孫汝聽曰〕水石相擊，其聲澎湃，如樂音也。〔方世舉注〕書益稷：「簫韶九成。」史記趙世家：「簡子曰：我之帝所甚樂，與百神游于鈞天，廣樂九奏萬舞，不類三代之樂。」〔李詳證選〕左思吴都賦：「木則宗生高岡，族茂幽阜，擢本千尋，與風摇颺，鳴條律暢，蓋象琴筑並奏，笙竽俱唱。」

〔一四〕〔舉正〕蜀本作「夜半」，謝作「中夜」。〔考異〕或作「半夜」。〔祝本魏本注〕「半」字一作「中」。

〔一五〕魏本、廖本、王本作「溟」。祝本作「冥」。〔補釋〕列子：「日初出，大如車輪。」

〔一六〕〔舉正〕三本同作「叫嘯」。選海賦、鮑謝詩多用「叫嘯」字。〔考異〕「嘯」，或作「笑」。祝本、魏本作「笑」。廖本、王本作「嘯」。〔李詳證選〕木華海賦：「更相叫嘯，詭色殊音。」

〔一七〕〔方世舉注〕史記天官書：「若烟非烟，若雲非雲，郁郁紛紛，蕭索輪囷，是謂卿雲。」

〔一八〕〔魏本引韓醇曰〕金鵶，日也，隋孟康詠日詩：「金烏升曉氣，玉鑒漾晨曦。」〔魏本引蔡夢弼曰〕山海經曰：「上於扶桑，一日方至，一日方出，皆戴於烏。」注：「一日方至，一日方出，言交會相代也。日中有三足烏，故云戴於烏也。」〔祝充注〕翥，飛舉也。楚辭：「鸞鳥軒翥而翔飛。」

〔一九〕六合，見卷一忽忽注。〔何焯曰〕寫景奇壯。

〔二〇〕禹穴，見卷一此日足可惜注。

〔二一〕〔魏本注〕「去」，一作「下」。〔方世舉注〕史記東越列傳：「閩越王無諸及越東海王搖者，皆越王句踐之後也。秦并天下，以其地爲閩中郡。漢五年，復立無諸爲閩越王。孝惠三年，立搖爲東海王，都東甌。」

〔二二〕〔方世舉注〕莊子逍遥游篇：「宋人資章甫而適諸越，越人斷髮文身，無所用之。」

〔二三〕〔魏本引孫汝聽曰〕聖路，謂舜、禹南巡之路。〔祝充注〕堙，塞也。左氏：「甲寅堙之。」

〔二四〕祝本 魏本、王本、游本作「浙」。廖本作「淛」。〔魏本引韓醇曰〕説文：「江水東至會稽山陰爲浙江。」

〔二五〕〔方世舉注〕峨嵋、岷山至高。水經注：「當抗峯岷、峨，偕嶺衡、嶷。」言水勢也。

〔二六〕〔魏本引洪興祖曰〕謂伍胥也。續齊諧記云：「子胥死，戒其子投於江中，當朝暮乘潮，以觀吴之敗。自是海門山潮頭洶涌，高數百尺。越錢塘漁浦，方漸低小。朝暮再來，其聲震怒，雷犇電激，聞百餘里，時有見子胥乘素車白馬，在潮頭之中，因廟以祠。」按越絶書：子胥死，捐於大江，發憤馳騰，氣若奔馬，乃歸神大海。水經云：「錢塘江濤，二月八月最高，峨峨二丈有餘。吴越春秋以爲子胥、文種之神，謂此也。」

〔二七〕〔魏本引韓醇曰〕廬嶽，廬山，在今之江州。〔方世舉注〕水經注：「王彪之廬山賦序曰：『廬山，彭澤之山也。雖非五嶽之數，穹窿嵯峨，實峻極之名山也。』山圖曰：『山四方，周四百餘里，疊鄣之巖萬仞，懷靈抱異，苞諸仙迹。』」

〔二八〕〔方世舉注〕屈原九歌：「登崑崙兮四望，心飛揚兮浩蕩。」

〔二九〕〔方世舉注〕揚雄蜀都賦：「崔崒崛崎。」三輔黄圖：「銅仙人捧銅盤玉杯，以承雲表之露。」

〔三〇〕〔魏本引孫汝聽曰〕湖，謂彭蠡也。言廬山上没雲表，下浸湖淪。〔方世舉注〕爾雅釋地：「陂者曰阪。」注：「陂陀不平。」爾雅釋水：「大波爲瀾，小波爲淪。」〔補釋〕匡謬正俗：「陂陀猶言靡迤耳。」

〔三一〕〔舉正〕三本同作「天紳」。〔考異〕「天」，或作「大」。祝本、魏本作「大」。廖本、王本作「天」。〔方世舉注〕水經注：「廬山之北，有石門水，水出嶺端，懸流飛瀑，近三百許步，下散漫千數步，上望之連天，若曳飛練于霄中矣。」

〔三二〕〔方世舉注〕後漢書地理志：「南海郡博羅有羅浮山，自會稽浮往博羅山，故置博羅縣。」

〔三三〕〔補釋〕木華海賦：「戛巖嶅。」李善注：「戛猶槩也。」〔魏本引補注〕漘，水際也。選東都賦：「西盪河源，東澹海漘。」

〔三四〕〔方世舉注〕傅休奕詩：「陽德雖普濟，非陰亦不成。」

〔三五〕〔魏本引孫汝聽曰〕嶺海不寒，故云留春。

〔三六〕〔舉正〕鶱，从鳥，虛言切，飛舉也。从馬，起虔切，虧少也。音義皆異。今字多誤用，故詳之。〔考異〕「鶱」，或作「騫」。祝本、魏本作「搴」。廖本、王本作「鶱」。

〔三七〕〔汪琬曰〕歷敍山水之趣，錯落入古。〔朱彝尊曰〕以上游過。

〔三八〕〔方世舉注〕舊唐書地理志：「連州，隋熙平郡。武德四年平蕭銑，置連州。」

〔三九〕〔方世舉注〕詩出其東門：「出其闉闍。」傳：「闉，曲城也。」

〔四〇〕〔舉正〕三本同作「青雲客」。李白詩喜用「青雲客」三字。〔考異〕「青」，或作「春」。〔方世舉注〕郭璞詩：「尋我青雲友，永與時人絶。」〔李詳證選〕謝靈運登石門最高頂詩：「安得同懷客，共登青雲梯。」

〔四一〕〔舉正〕閣本作「不去」，杭、蜀作「不往」。〔考異〕「去」，或作「往」，或作「得」。祝本、魏本作「往」。廖本、王本作「去」。

〔四二〕〔考異〕或作「其志信不羣」。

〔四三〕〔方世舉注〕班彪王命論：「夫餓饉流隸，飢寒道路，所願不過一金。」韋昭曰：「一斤爲一金。」

〔四四〕〔考異〕「謂」，或作「爲」。〔舉正〕荆公與范本皆校從「謂」。

〔四五〕〔祝本魏本注〕「令」，一作「今」。

〔四六〕〔考異〕「波」，或作「走」。〔方世舉注〕仲長統昌言：「救患赴難，跋涉奔波者，憂樂之盡也。」

〔四七〕〔汪琬曰〕敍送別意曲致。

〔四八〕〔舉正〕「我卻」，閣本作「卻我」。〔查慎行曰〕以下皆述惠師之言。

〔四九〕〔方世舉注〕民，惠師自稱也。晉人自稱民者甚多。〔王元啓曰〕謂公所見不異凡民。或引世説中晉人自稱爲民之例，謂此爲惠師自稱，則所見各異，不當反云寧異。此亦鄙人所謂好奇衒博，不顧文義之安者也。

〔五〇〕〔方世舉注〕水經注：「營水出營陽泠道縣流逕九疑山下，磐基蒼梧之野，峯秀數郡之間，羅巖九舉，各導一溪，岫壑負岨，異嶺同勢，游者疑焉，故曰九疑山。」〔補釋〕太平寰宇記卷一一六江南西道十四道州寧遠縣云：「九疑山，在縣南六十里永、郴、連三州界。山有九峯，參差互相隱映。湘中記云『九峯狀貌相似，形者疑之，故曰九疑，舜所葬，爲永陵』是也。」〔朱彝尊曰〕以下方擬游。

〔五一〕〔考異〕「欲」，或作「願」。

〔五二〕見卷一遠游聯句注。

〔五三〕〔方世舉注〕水經注：「湘中記曰：湘水又北，汨水注之。汨水又西，爲屈潭，即羅淵也。屈原懷沙自沈於此。」　〔黄鉞注〕此與會合聯句「剥苔弔斑林，角飯餌沈塚」意同，而彼造句尤奇峭。

〔五四〕〔方世舉注〕周禮夏官職方氏：「正南曰荆州，其山鎮曰衡山。」注：「衡山在湘南。」史記蘇秦傳：「楚南有洞庭、蒼梧。」索隱曰：「洞庭，今青草湖是也，在岳州界。」水經注：「洞庭湖水廣圓五百餘里，日月若出没於其中。」

〔五五〕廖本作「嵩」。祝本、魏本、王本、朱本作「崧」。　〔方世舉注〕爾雅釋山：「嵩高爲中嶽。」注：「太室山也。」書禹貢：「導洛自熊耳，東北會于澗瀍，又東會于伊，又東北入于河。」

〔五六〕〔方世舉注〕爾雅釋山：「華山爲西嶽。」周禮夏官職方氏：「河南曰豫州，其山鎮曰華山。」張衡西京賦：「秦里其朔，實爲咸陽。左有崤函重險、桃林之塞，綴以二華。」

〔五七〕〔方世舉注〕屈原離騷：「欲遠集而無所止兮，聊浮游以逍遥。」枚乘七發：「浮游覽觀。」詩柔桑：「自西徂東，靡所定處。」

〔五八〕〔魏本引孫汝聽曰〕吾，公自謂。子，謂惠師也。

〔五九〕〔祝本魏本注〕「鳥」，一作「鷰」。　〔魏本引補注〕潘安仁秋興賦序云：「譬猶池魚籠鳥，有江湖山藪之思。」　〔魏本引祝充曰〕馴，擾也，從也。

〔六〇〕〔補釋〕文中子：「或問佛，子曰：聖人也。曰：其教何如？曰：西方之教也，中國則泥。」

〔六一〕〔方世舉注〕記玉藻：「垂緌五寸，惰游之士也。」

〔六二〕〔魏本引孫汝聽曰〕誠，慤貌也。

〔六三〕〔補釋〕莊子郭象注：「對大於小，所以均異趣也。」

〔六四〕〔考異〕「浪」，或作「浪」。〔補釋〕浪，濫也。

【集説】

黄震曰：送惠師詩，皆敍其游歷勝槩，終律之以正道。

朱彝尊曰：歷敍名山之游，挨次鋪敍，下語鍊浄。

查慎行曰：通篇寫其愛山水，游蹤或已到，或未到，序次變化錯落。

查晚晴曰：通篇以好游爲旨，妙在中間將連州隔斷，便如砥柱中流，波濤上下，前是已游，後是未歷，忽作一頓。詩格亦正宜爾爾。

程學恂曰：惠之高處是愛山水，故四明、天台、禹穴、浙濤、廬岳、羅浮，以此追述，而終之以衡山、嵩、華也。

蔣抱玄曰：此詩下語極鍊，摛字極浄。即氣勢壯勇，亦不減送靈師一首。

送靈師〔一〕

佛法入中國，爾來六百年〔二〕。齊民逃賦役〔三〕，高士著幽禪〔四〕。官吏不之制〔五〕，紛紛聽其然〔六〕。耕桑日失隸〔七〕，朝署時遺賢〔八〕。靈師皇甫姓，胤胄本蟬聯〔九〕。少小涉書史，早能綴文篇。中間不得意，失跡成延遷〔一〇〕。逸志不拘教〔一一〕，軒騰斷牽攣〔一二〕。圍棋鬬白黑〔一三〕，生死隨機權。六博在一擲〔一四〕，梟盧叱迴旋〔一五〕。戰詩誰與敵〔一六〕？浩汗橫戈鋋〔一七〕。飲酒盡百觥〔一八〕，嘲諧思逾鮮〔一九〕。有時醉花月，高唱清且緜〔二〇〕。四座咸寂默，杳如奏湘絃〔二一〕。尋勝不憚險，黔江屢洄沿〔二二〕。瞿塘五六月，驚電讓歸船〔二三〕，怒水忽中裂〔二四〕，千尋墮幽泉〔二五〕。環迴勢益急，仰見團團天〔二六〕。投身豈得計〔二七〕，性命甘徒捐。浪沫蹙翻涌，漂浮再生全。同行二十人〔二八〕，魂骨俱坑填；靈師不掛懷，冒涉道轉延〔二九〕。開忠二州牧〔三〇〕，賦詩時多傳〔三一〕。失職不把筆，珠璣爲君編〔三二〕。強留費日月〔三三〕，密席羅嬋娟〔三四〕。昨者至林邑〔三五〕，使君數開筵〔三六〕。逐客三四公，盈懷贈蘭荃〔三七〕。湖游泛漭沆〔三八〕，溪宴駐潺湲〔三九〕。別語不許出，行裾動遭牽。鄰州競招請，書札何翩翩〔四〇〕！十月下桂嶺〔四一〕，乘寒恣窺緣〔四二〕。落落王員外〔四三〕，争迎獲其先。自從入賓館，占悋久能專〔四四〕。吾徒頗攜被〔四五〕，接宿窮歡妍。聽說兩京事〔四六〕，分明皆眼前〔四七〕。縱橫雜謠俗〔四八〕，瑣屑咸羅穿。材調真可惜〔四九〕，朱丹在磨研〔五〇〕。方將斂之道，且欲冠其顛〔五一〕。韶陽李太守〔五二〕，高步陵雲烟〔五三〕，得客輒忘食，開囊乞繒錢〔五四〕。手持南曹敘〔五五〕，字重青瑶鐫，古氣參彖繫〔五六〕，高標摧太玄〔五七〕。維舟事干謁〔五八〕，披讀頭風痊〔五九〕。還如舊相識〔六〇〕，傾壺暢幽悁〔六一〕。以此復留滯〔六二〕，歸驂幾時鞭〔六三〕？

〔一〕〔舉正〕貞元二十年陽山作。〔方成珪昌黎先生詩文年譜〕是年冬末作，以「占恡久能轉」句臆度之。

〔二〕〔魏本引孫汝聽曰〕後漢明帝夢見金人，問羣臣。或曰：西方有神，名曰佛，其形長丈六尺，而黄金色。於是遣使天竺，問佛道法，圖畫形象以歸。其後因流入中國。其佛骨表云「漢明帝時始有佛法」也。〔方成珪箋正〕後漢明帝永平八年乙丑，遣使至天竺，得佛書及沙門。至唐貞元二十年甲申，實七百四十年。公方痛恨浮屠之禍，不應減其年數也。按桓帝紀論：「設華蓋以祠浮屠老子。」而祠黄老於濯龍宫，始延熹九年。浮屠之祠，大約即在其時。自延熹九年丙午至貞元甲申，亦六百三十八年矣。言六百，舉成數耳。蓋明帝時佛法雖入中國，然楚王英外，奉其道者不多。〔補釋〕歷代三寶記引朱士行經録，稱秦始皇時，西域沙門室利防等十八人賫佛經來咸陽，始皇投之於獄。此一説也。但朱士行經録，不甚可信。魏志裴松之注引魚豢魏略，稱漢哀帝元壽元年，博士弟子景盧從大月氏王使伊存口受浮屠經。此一説也。著於信史，此爲最早者。至漢明帝永平八年報楚王英詔，已有浮屠、伊蒲塞、桑門諸辭，此詔始載於漢人所撰之東觀漢記，自屬可信。則佛教之來，自在漢明遣使以前矣。遣使一事，近人考證，知出妄造。特昌黎當時未知之耳。〔補釋〕儀禮燕禮鄭玄注：「爾，近也。」〔朱彝尊曰〕亦是順敘鋪去，筆力自蒼。

〔三〕〔方世舉注〕莊子漁父篇：「上以忠於世主，下以化於齊民。」魏書釋老志：「愚民僥倖，假稱入道，以避輸課。」

〔四〕〔祝充注〕著，直略切，附也。前漢：「因取奇言怪語而附著之。」〔張相曰〕著，猶愛也，亦猶云注重也。「著幽禪」，愛幽禪也。〔補釋〕大智度論：「諸定功德，都是思維修。禪，秦言思惟修。」〔查慎行曰〕兩言盡之。

〔五〕〔考異〕「制」，或作「禁」。

〔六〕〔舉正〕閣本作「紛紛」。〔考異〕「紛紛」，或作「紛紜」。祝本、魏本作「紛紜」。廖本、王本作「紛紛」。〔何焯曰〕伏後意。

〔七〕〔魏本引孫汝聽曰〕隸，氓隸也。

〔八〕〔何焯義門讀書記〕耕桑頂齊民來，朝署頂高士來。〔程學恂曰〕本旨發明在前。〔陳寅恪論韓愈〕送靈師詩云云，其所持排斥佛教之論點，此前已有之，實不足認爲退之之創見，特退之所言更較精闢，勝於前人耳。蓋唐代人民擔負國家直接税及勞役者爲課丁，其得享有免除此種賦役之特權者爲不課丁。不課丁爲當日統治階級及僧尼道士女冠等宗教徒，而宗教徒之中，佛教徒最佔多數。其有害國家財政社會經濟之處，在諸宗教中尤爲特著，退之排斥之亦最力，要非無因也。

〔九〕〔顧嗣立注〕吴都賦：「蟬聯林丘。」善曰：「蟬聯，不絶貌。」〔方世舉注〕南史王筠傳：「七葉之中，名德重位，爵位相繼，人人有集。沈約語人曰：自開闢以來，未有爵位蟬聯、文才相繼如王氏之盛也。」

〔一〇〕〔方世舉注〕左傳：「晉人謂之遷延之役。」注：「遷延，卻退。」

〔一一〕〔方世舉注〕淮南原道訓：「曲士不可與至道，拘於俗，束於教也。」

〔一二〕〔蔣抱玄注〕揚雄太玄賦：「蕩然肆志，不拘攣兮。」義本此。

〔一三〕〔方世舉注〕馬融圍棋賦：「略觀圍棋兮，法於用兵。三尺之局兮，爲戰鬭場。白黑紛亂兮，於約如葛。自陷死地兮，設見權譎。」〔查慎行曰〕以下皆言其不拘教處。

〔一四〕〔方世舉注〕宋玉招魂：「菎蔽象棋，有六博些。成梟而牟，呼五白些。」注：「投六箸，行六棋，故爲六博也。」晉書何無忌傳：「劉毅家無甔石之儲，摴蒱一擲百萬。」

〔一五〕〔舉正〕閣作「呼盧」。〔考異〕「梟」，或作「呼」，或作「樢」。〔方世舉注〕晉書張重華傳：「謝艾曰：六博得梟者勝。」而李翱五木經：「王采四，盧白雉牛。甿采六，開塞塔秃撅梟。全爲王，駁爲甿。皆玄曰盧，白二玄三曰梟。」元革注曰：「王采，貴采也。甿采，賤采也。」則又以盧爲最勝，梟爲最下。大抵古今不同。然按劉毅傳，亦以盧爲貴，則謝艾未足據也。

梟二子白，使轉爲黑，即成盧矣。晉書劉毅傳：「東府聚摴蒱大擲，毅次擲得雉，大喜，褰衣繞牀叫，謂同座曰：非不能盧，不事此耳。劉裕惡之，因挼五木久之，曰：老兄試爲卿答。既而四子俱黑，一子轉躍未定，裕厲聲喝之，即成盧焉，毅意殊不快。」

〔一六〕廖本、王本作「戰詩」。祝本、魏本作「争戰」。〔舉正〕閣本作「戰詩與誰敵」。杭、蜀本作「争戰誰與敵」。范、謝本校「争」作「詩」。戰詩戰文，唐人語也，白樂天「戰文重掉鞅」、劉夢得「戰文矛戟深」是也。〔考異〕「戰詩」，或作「争戰」，或作「文戰」，或作「詩戰」。「誰與」，方作「與誰」，非是。

〔一七〕〔方世舉注〕世説：「殷陳勢浩汗，衆源未可得測。」〔顧嗣立注〕説文：「鋋，小矛也。」

〔一八〕〔祝本魏本注〕「盡」，一作「逾」，一作「餘」。〔考異〕「餞」，或作「醆」，或作「琖」，後放此。祝本、魏本作「醆」。廖本、王本作「餞」。〔補釋〕廣韻：「琖，玉琖，小杯。餞同。」〔程學恂曰〕分明不是守禪家戒律者。

〔一九〕廖本、王本作「逾」。祝本、魏本作「愈」。

〔二〇〕廖本、王本作「高唱清」。祝本、魏本作「清唱高」。〔方世舉注〕李陵録别詩：「乃命絲音，列席無高唱。」

〔二一〕〔方世舉注〕屈原遠游：「使湘靈鼓瑟兮。」

〔二二〕〔方世舉注〕新唐書地理志：「黔州有黔江縣。」〔魏本引祝充曰〕爾雅：「逆流而上曰泝洄。」詩：「遡洄從之。」書注：「順流而下曰沿。」書：「沿於江海。」

〔二三〕〔舉正〕晁本「讓」作「攘」。姚令威曰：「讓，責怒也。」按：此只謂歸舟急于驚雹耳，讓當如「厥大誰與讓」之讓。〔顧嗣立注〕寰宇記：「瞿塘在夔州東一里，古西陵峽也。連崖千丈，崩流電激。」水經注：「峽中有瞿塘、黄龍二灘，夏水迴復，沿泝所忌。」

〔二四〕〔方世舉注〕水經注：同源分派，裂爲二水。

〔二五〕〔舉正〕閣、蜀本作「千尋」。〔考異〕「尋」，或作「潯」。今按：潯與尋同。廖本、王本作「尋」。祝本、魏本作「潯」。〔祝充注〕説文云：「義與尋同。」一作「潯」者，非。〔王元啓曰〕泉，讀作淵。

〔二六〕廖本、王本作「團團」。祝本、魏本作「團圓」。〔補釋〕沈攸之西烏夜飛曲：「日從東方出，團團雞子黄。」〔何焯曰〕造句警奇。〔張鴻曰〕寫水之洄漩，奇景如繪。

〔二七〕〔方世舉注〕潘岳西征賦：「矧匹夫之安土，邈投身於鎬京。」

〔二八〕〔舉正〕閣本作「二十人」。〔考異〕諸本「二」作「三」。祝本、魏本作「三」。廖本、王本作「二」。

〔二九〕〔魏本引孫汝聽曰〕冒犯跋涉。〔補釋〕爾雅：「延，長也。」按：前「失跡成延遷」句，蔣抱玄注以爲「遷延未始不韻，不解何以顛倒」。公蓋欲避免此句複韻故耳。〔何焯義門讀書記〕此段見不獨有才調，且兼膽勇。

〔三〇〕〔方世舉注〕新唐書地理志：「開州盛山郡，忠州南賓郡，皆屬山南道。」〔陳景雲曰〕開牧未詳。忠牧蓋謂李吉甫也。吉甫以貞元中自郎署左官於外，及在忠州，又六年不遷，故曰「失職」。是詩作於貞元二十年，而二牧之贈僧詩，則又在前，觀下「昨者」句可知矣。〔方成珪箋正〕鮑刻魏道輔臨漢隱居詩話：「趙瞰江云：開牧唐次，忠牧李吉甫也。」按：次，字文編。貞元八年，竇參貶官，次出爲開州刺史，在巴峽間十餘年不獲進用。吉甫，字弘憲，亦以竇參故出爲明州員外長史，久之遇赦，刺忠州。六年不徙官。詩故並云「失職」也。次、吉甫，新舊唐書皆有傳。〔沈欽韓注〕舊書文苑傳：「唐次坐竇參出爲開州刺史十餘年。」權德輿集唐使君盛山倡和集序：「十九年冬，既受代，轉遷於夔。」文苑英華：「貞元十八年，韋皋表式爲雲南安撫使。」兩人皆自朝列左職，故詩謂其「失職」。陳景雲曰：「忠牧蓋李吉甫。」考吉甫傳，其貶忠州在陸贄貶別駕時，貞元十一年也。〔岑仲勉唐集質疑〕權德輿駕部員外郎舉朝散郎使持節開州諸軍事開州刺史賜緋魚袋唐次自代狀稱「常任起居郎、禮部員外郎，出守四年，日新其道」，十一年所上也。同書四九四、同人開州刺史新宅記：「貞元八年四月，北海唐侯文編承詔爲郡，……時十三年冬十月，文編居部之六歲也。」文編，次字。又四九〇、同人唐使君盛山唱和集序：「八年夏，佩盛山印綬，……十九年冬，既受代，轉遷於夔，……理盛山十二年，其屬詩多矣。」次之刺開，自貞元八年夏至十九年冬，故贈詩者必次也。

〔三一〕祝本、廖本、王本作「時」。魏本作「世」。

〔三二〕〔魏本引孫汝聽曰〕璣，珠之不圓者。

〔三三〕〔方世舉注〕宋玉招魂：「費白日些。」

〔三四〕〔方世舉注〕陸機詩：「密席接同志。」〔魏本引孫汝聽曰〕羅，羅列。嬋娟，美色也。

〔三五〕〔方世舉注〕新唐書地理志：「驩州日南郡越裳縣。」注：「貞觀二年，綏懷林邑，乃僑治驩州之南境。九年，置林州，領林邑、金龍、海界三縣。貞元末廢。」

〔三六〕〔祝本魏本注〕「使君數」，一作「數數爲」。

〔三七〕〔魏本引韓醇曰〕馨香盈懷袖。按：古詩十九首句。〔魏本引祝充曰〕楚辭：「荃蕙化而爲茅。」選：「席荃蘭而茝香。」〔補釋〕上句離騷，下句司馬相如長門賦。

〔三八〕〔舉正〕閣本、蜀本作「湖」。杭本作「湘」。此言在林邑日，非湘地也。〔考異〕「湖游」與「溪宴」爲對，乃切。祝本、魏本作「湘」。廖本、王本作「湖」。〔魏本引韓醇曰〕漭沆，廣貌。西京賦：「滄池漭沆。」

〔三九〕〔方世舉注〕屈原九歌：「觀流水兮潺湲。」〔程學恂曰〕此等句法，自韓、孟發之。

〔四〇〕〔李詳證選〕魏文帝與吴質書：「元瑜書記翩翩，致足樂也。」

〔四一〕〔補釋〕太平寰宇記卷一一七江南西道十五連州桂陽縣云：「桂嶺，五嶺之一也。山上多桂，因以爲名。」

〔四二〕〔何焯義門讀書記〕嶺外山川，惟天寒乃可經尋。

〔四三〕〔方世舉注〕世説：「太尉荅王平子曰：誠不如卿落落穆穆。」新唐書王仲舒傳：「遷禮部考功員外郎，坐累爲連州司户。」

〔四四〕〔沈欽韓注〕會要五十九：「大曆十四年，虞部奏准式山澤之利，公私共之者，比來占恡甚多。」則占恡乃占據之義也。

〔四五〕諸本如此。祝本「被」作「之」。〔舉正〕閣本作「被」。〔考異〕「頗」，或作「或」。「被」，或作「之」。

〔四六〕兩京，見卷一贈河陽李大夫注。

〔四七〕〔補釋〕杜甫詩：「歷歷開元事，分明在眼前。」

〔四八〕〔方世舉注〕魏武帝有謡俗詞。郭璞爾雅序：「考方國之語，采謡俗之心。」

〔四九〕〔蔣抱玄注〕晉書王接傳論：「材調秀出。」〔程學恂曰〕前曰遺賢，後曰材調，皆不以僧目之。

〔五〇〕〔方世舉注〕梁簡文帝荅湘東王書：「朱丹既定，雌黄有別。」〔顧嗣立注引劉石齡曰〕呂氏春秋：「丹可磨也，而不可奪朱。」

〔五一〕〔何焯曰〕四語是作詩之旨。〔查慎行曰〕有此一段，方見其才學，惜流入於異端也。〔黄鉞注〕公不喜浮屠，而集中所見凡六人，皆反覆惜其材調。而收歛加之冠巾者，僅一無本，甚矣從善之難也。

〔五二〕〔廖本注〕「李」，一作「季」。〔方世舉注〕新唐書地理志：「韶州始興郡，屬嶺南道。」

〔五三〕〔方世舉注〕漢書司馬相如傳：「飄飄有淩雲氣。」

〔五四〕〔舉正〕「繒」，李校從「緡」。〔方世舉注〕郄公大聚斂，嘉賓意甚不同，乞與親友周旋略盡。又王右軍爲會稽內史，謝公就近牋紙，右軍檢校庫中，有九萬，悉以乞謝公。晉書謝安傳：「與玄圍棋賭別墅，玄不勝。安顧謂其甥羊曇曰：以墅乞汝。」廣韻：「气，與人物也。今作乞。」

〔五五〕〔舉正〕南曹，謂王員外仲舒也。墓誌：「所爲文章，無世俗氣。」〔魏本引樊汝霖曰〕唐制吏部員外郎一人，掌判南曹。曹在選曹之南，故曰南曹，仲舒自吏部員外郎貶，謂仲舒也。〔王元啓曰〕愚謂唐世尚書諸曹槩曰南曹，此承王員外言之，故知其指吏部。至於判南曹，亦時用他官爲之，不必定由吏部，如令狐峘以刑部員外郎判南曹是也。就吏部論，百官志云：「員外郎二人，一人判南曹。」亦非凡爲員外皆判南曹也。樊注所云，似爲衍說。

〔五六〕〔舉正〕閣本作「彖象」，杭、蜀作「彖繫」。〔考異〕杜詩：「前哲垂彖繫。」〔方世舉注〕史記孔子世家：「孔子晚而喜易，序彖、繫、象、說卦、文言。」漢書藝文志：「孔氏爲之彖象繫辭。」

〔五七〕〔補釋〕太玄經，漢揚雄撰。

〔五八〕〔魏本引補注〕杜詩：「獨恥事干謁。」

〔五九〕〔魏本引孫汝聽曰〕典略曰：「魏太祖以陳琳管記室，作諸書及檄草成，呈太祖。太祖先苦頭風，是日病發，讀琳所作，翕然起曰：此愈我病。」

〔六〇〕〔考異〕「還如」本或作「頗似」。「如舊相識」，見詠雪贈張籍「縞帶」句注。

〔六一〕〔魏本引祝充曰〕暢，通也。幽悁，憂悒也，忿也。詩：「中心悁悁。」

〔六二〕留滯，見縣齋讀書注。

〔六三〕〔蔣抱玄注〕庾信李陵蘇武別讚：「歸驂欲動，別馬將前。」

【集説】

陳善曰：退之送惠師、靈師、文暢、澄觀等詩，語皆排斥。獨於靈師，似若褒惜，而意實微顯。如圍棋、六博、醉花月、羅嬋娟之句，此豈道人所宜爲者。其卒章云：「方將斂之道，且欲冠其顛。」於澄觀詩亦云：「我欲收斂加冠巾。」此便是勒令還俗也。

方世舉曰：公觝排異端，攘斥佛老，不遺餘力，而顧與緇黄來往，且爲作序賦詩，何也？豈徇王仲舒、柳宗元、歸登輩之請，不得已耶？抑亦遷謫無聊，如所云「逃空虛者，聞人足音跫然而喜」，故與之周旋耶？然其所爲詩文，皆不舉浮屠老子之説，而惟以人事言之。如澄觀之有公才吏用也，張道士之有膽氣也，固國家可用之才，而惜其棄於無用矣。至如文暢喜文章，惠師愛山水，大顛頗聰明，識道理，則樂其近於人情。潁師善琴，高閑善書，廖師善知人，則舉其閑於技藝。

靈師爲人縱逸，全非彼教所宜，然學於佛而不從其教，其心正有可轉者，故往往欲收歛加冠巾。而無本遂棄浮屠，終爲名士，則不峻絶之，乃所以開其自新之路也。若盈上人愛山無出期，則不可化矣。僧約、廣宣出家而猶擾擾，蓋不足與言，而方且厭之矣。

查晚晴曰：敍其生平嗜好技能，拉雜如火，重之以好奇好游，羣公愛重，俱非以禪寂之流目之。而歸之於才調可惜，歛道冠巾，與起處發論，同歸於正。公之不稍假借，往往如此。

何焯義門讀書記曰：得毋太冗？

唐宋詩醇曰：退之闢佛，卻頻作贈浮屠詩。前篇但敍其放浪山水，後篇則干謁飲博，無所不有。其所以稱浮屠者，皆彼法之所戒。良以不拘彼法，乃始近於吾徒，且欲人其人而已，并未暇明先王之道以道之也。二僧游走諸方，行止亦略相似，而兩作各開生面，絶不雷同，是其匠心布置處。

蔣抱玄曰：順敍直寫，最難氣壯而勢勇。讀此首，方知妥帖工夫，純從排奡而來。

李員外寄紙筆〔一〕

題是臨池後〔二〕，分從起草餘〔三〕。兔尖針莫并〔四〕，繭淨雪難如〔五〕。莫怪殷勤謝，虞卿正著書〔六〕。

〔一〕〔舉正〕李伯康也。伯康以貞元十九年守郴州。權德輿集有墓志。〔魏本引韓醇曰〕公貶陽山，過郴州，謁李使君。明年以黄柑遺李，李寄以紙筆，公作此詩以謝。其後祭郴州李使君文云「苞黄柑而至貽，獲紙筆之雙貿」，謂此也。〔魏本引樊汝霖曰〕柳子厚在永州，有楊尚書寄郴筆之作，郴豈出筆耶？〔方成珪昌黎先生詩文年譜〕永貞元年冬作。祭李彬州文「苞黄柑而致貽，獲紙筆之雙貿」，謂此也。洪譜繫二十年，非是。今從舉正校定。〔補釋〕權德輿郴州刺史李伯康墓誌銘：「字士豐，隴西成紀人。貞元十九年秋七月，拜郴州刺史。精力惠養，蠲除煩苦。永貞元年十月卒，春秋六十三。」按：公於二十年春過郴州，黄柑之遺，當在是年冬。若待明年之冬，則李已卒而公已在湘北矣。祭李郴州文，敍此事於「誒新命於衡陽」句前，則公當在陽山而非湘北，韓明年之説有誤。或韓誤以公過郴州在十九年冬，所謂明年仍指二十年也。方譜繫永貞元年冬，非是。又洪譜中未述及此事，方謂繫二十年者無所據。至舉正亦無二十一年之説，不知方何從依之校定也。新唐書百官志：「吏部、户部、禮部，左丞總焉。兵部、刑部、工部，右丞總焉。郎中各一人，從五品上。員外郎各一人，從六品上。」

〔二〕〔方世舉注〕晉書衛恒傳：「弘農張伯英，臨池學書，池水盡黑。」按：祭李郴州文云：「接雄詞於章句，窺逸跡於篆籀。」蓋伯康本善書也。

〔三〕〔方世舉注〕續漢志：「尚書郎主作文書起草。」

〔四〕〔顧嗣立注〕西京雜記：「天子筆以錯寶爲跗，毛皆以秋兔之毫。」

〔五〕〔魏本引韓醇曰〕繭浄，繭紙也。羲之製蘭亭序，乘興而書，用蠶繭紙。

〔六〕〔魏本引樊汝霖曰〕虞卿著虞氏春秋。太史公曰：「虞卿非窮愁亦不能著書以自見於世。」此公所以自比也。〔顧嗣立曰〕著書句應上有力，味乃長。〔王鳴盛曰〕結句自表。

【集説】

朱彝尊曰：語不多，道來卻好，自覺親切有味。

查慎行曰：五言半律，唐人集中僅見。

許昂霄曰：按杜牧之集有七言半律，許丁卯集中亦有五言小律，皆止六句。

程學恂韓詩臆説曰：此亦隨時應酬之作。

叉魚〔一〕

叉魚春岸闊，此興在中宵。大炬然如晝，長船縛似橋。深窺沙可數，静搒水無搖〔二〕。刃下那能脱〔三〕，波間或自跳〔四〕。中鱗憐錦碎〔五〕，當目訝珠銷〔六〕。迷火逃翻近，驚人去暫遥〔七〕。競多心轉細，得雋語時囂〔八〕。潭罄知存寡，舷平覺獲饒〔九〕。交頭疑湊餌，駢首類同條〔一〇〕。濡沫情雖密〔一一〕，登門志已遼〔一二〕。盈車欺故事〔一三〕，飼犬驗今朝〔一四〕。血浪凝猶沸〔一五〕，腥風遠更飄。蓋江烟羃羃，迴棹影寥寥〔一六〕。獺去愁無食〔一七〕，龍移懼見燒〔一八〕。如棠名既誤〔一九〕，釣渭日徒消〔二〇〕。文客驚先賦，篙工喜盡謠。膾成思我友〔二一〕，觀樂憶吾僚〔二二〕。自可捐憂累，何須強問鴞〔二三〕。

〔一〕貞元二十一年乙酉。諸本「魚」下有「招張功曹」四字。〔舉正〕閣本無下四字，杭、蜀本有之。〔魏本引集注〕周官：「以時籍魚。」鄭玄云：「以扠刺泥中取之。」張功曹，署也。公與署俱自御史出爲南方縣，公連州陽山，署郴州臨武。以順宗即位赦，俱徙掾江陵，公法曹，署工曹。公於是出嶺至郴，與署俱竢新命於郴而作。其後公在江陵祭李郴州有云：「投叉魚之短韻，愧韜瑕而舉秀。竢新命於衡陽，費薪芻於館候。」此其證也。〔陳景雲曰〕詩作於貞元二十年春至陽山後，乃竢命於衡陽前一年也。祭李郴州文中敍投叉魚詩事，在俟新命之先。而謝郴州寄紙筆詩，又在投叉魚詩之前。謝詩有「虞卿正著書」句，蓋方在謫居，故云爾。益可證是詩爲陽山時作。公以是冬與張署會宿界上，而叉魚在春，故有「思我友」、「憶同僚」之語，而招之來邑也。舊注非。〔王鳴盛蛾術編〕據年譜云：「永貞元年夏、秋之間，離陽山，竢命於郴州。」即以叉魚與八月十五夜同編于此年。但此云「叉魚春岸闊」，則是春日事。是年春當在陽山令任，何緣與張署叉魚，疑是去年貞元二十年春，赴陽山道中，與張署同行，客邸以此相娱耳。「濡沫」二句，比己與張也。末云「自可捐憂累」，情詞顯然。年譜編次稍誤。〔王元啓讀韓記疑〕此詩舊注謂貞元二十一年公與署俱俟命衡陽而作。近東吴陳景雲力争爲二十年春初至陽山日作。余謂二十年署爲郴之臨武令，令有官守，又隔隸他州，公乃率爾往招，其不達事理亦甚矣。況題稱招張功曹，不應現爲縣令，乃預稱其後日之官。詩云「吾僚」，必在同掾江陵之日，與張寓邸相近，一召可以即來，故有「鱠成思友」之句，蓋是元和元年首春作。李郴州得詩，猶有答書及之。閱月而訃音至。如舊注謂俟命衡陽日，則在二十一年之秋，與篇首「春岸」字不合。陳説又與本題功曹之稱不合。兩皆非是。李郴州祭文敘叉魚事於俟命衡陽之先，陳景雲遂謂叉魚詩二十年作。余謂首章統敘兩年交誼，自貞元二十年至元和元年二月以前，一切往還贈答，皆在其内。因衡陽相聚最久，故次章特又追敘之。首句俟新命之云，乃爲「費薪芻」作引，非謂以前所敘，皆在未俟命之前也。予讀司馬、歐陽兩家紀述之文，專以事類相從，絶不詮序時日。公文亦爾。如陳氏此論，乃昔人所譏拙于敘事之文也。〔補釋〕諸説皆有未安。考訂此詩歲月，當着眼於本詩「叉魚春岸濶」、「膾成思我友，觀樂憶吾僚」數語，及祭李郴州文「苞黄柑而致貽，獲紙筆之雙貿。投叉魚之短韻，媿韜瑕而舉秀。竢新命於衡陽，費薪芻於館候」數語所敘事實之次序。曰春岸，則叉魚在春日。曰思曰憶，則二人不在一地。公二十年春到陽山，黄柑乃秋冬之物，則貽黄柑事已在二十年冬。叉魚事敘在後，自當爲二十一年春尚未至郴州以前，故俟命衡陽句敍次又在後。如集注作於郴州之説，則爲夏秋而非春日，時令不合也。如點勘之説，作於二十年春在陽山時，則事在貽黄柑之前矣，與祭文所敍序次不合也。如蛾術編之説，作於二十年春赴陽山道中與張署同行時，則次序既不合，且二人同行，與詩中「思」、「憶」二字不合也。如記疑元和元年春之説，與題中功曹之稱合矣，然據權德輿李伯康墓志銘，伯康於永貞元年十月卒，公豈能於元和元年春再投以詩。且祭文中明明敍叉魚在俟命衡陽之前，記疑以其與作於江陵之時間不合也，乃強爲之説，謂以事類相從，不詮時日。不知司馬、歐陽敍述之文雖多此例，然公此文卻是順敍而下，如祭張員外文一例也。方成珪昌黎先生詩文年譜繫此詩於元和元年春，即承記疑之説，要皆非是。今考定爲二十一年春在陽山作，庶無鑿枘。然是春張尚爲縣令，功曹之稱，或係後來所題，或原作張十一，而爲編者所加，故舉正所見閣本，無下四字也。至記疑謂張爲縣令，令有官守，不宜率爾往招，不知臨武荒僻小邑，官務本閒，故在二十年冬張曾與公會宿界上，何謂不達事理乎？又蛾術編所據年譜，乃顧嗣立詩注本所載者，非洪興祖譜也。

〔二〕〔方世舉注〕屈原九章：「齊吴榜而擊汰。」注：「榜，進船也。」

〔三〕〔考異〕「刃」，或作「手」。朱本「那」作「何」。

〔四〕〔方世舉注〕劉孝威詩：「游魚或自跳。」

〔五〕〔考異〕「憐」，或作「疑」。〔方世舉注〕郭璞江賦：「鱗甲鑵錯，煥爛錦斑。」

〔六〕〔方世舉注〕北史倭國傳：「有如意寶珠，其色青，大如雞卵，夜則有光，云魚眼睛也。」裴氏廣州記：「鯨鯢目即明月珠，故死不見有目睛。」

〔七〕〔魏本注〕「暫」，一作「不」。〔張相曰〕暫，猶忽也。暫遥，猶云忽遠也。

〔八〕〔魏本引孫汝聽曰〕左傳：「得儁曰克。」〔何焯曰〕二語入神。

〔九〕〔舉正〕杭、蜀本作「船平」。

〔一〇〕〔王元啓曰〕捕魚者多以條貫其鰓。公獨釣詩云：「榆條繫從鞍。」此條字蓋即榆條之條。

〔一一〕〔魏本引樊汝霖曰〕莊子：「泉涸，魚相與處於陸，相呴以濕，相濡以沫。」

〔一二〕〔舉正〕唐本、柳、謝校作「事」。杭、蜀作「志」。祝本、魏本作「志」。廖本、王本作「事」。〔方世舉注〕辛氏三秦記：「龍門水險不通，魚莫能上。江海大魚，薄集龍門下數千不得上，上即爲龍，故云曝腮龍門。」水經注：「爾雅曰：『鱣，鮪也，出鞏穴，三月則上渡龍門，得渡則爲龍矣，否則點額而還。』」

〔一三〕〔魏本引孫汝聽曰〕列子：「詹何引盈車之魚於百仞之淵。」孔叢子：「衛人釣魚於河，得鰥魚焉，其大盈車。」

〔一四〕〔魏本引孫汝聽曰〕鹽鐵論曰：「彭蠡之濱，以魚飼犬。」〔魏本引樊汝霖曰〕杜子美黄魚詩：「脂膏兼飼犬。」

〔一五〕朱本「凝」作「疑」，誤。〔方世舉注〕三齊記：「始皇祭青城山，入海三十里，射魚，水變色如血者數里。」

〔一六〕〔舉正〕杭、蜀本作「拂」。〔考異〕「拂」，或作「迴」。祝本、魏本作「迴」。廖本、王本作「拂」。〔王元啓曰〕此與「長船縛似橋」句相應。迴棹則諸船各散，故曰「影寥寥」。且與「蓋江」句俯仰有情。蓋至船影俱無，故蓋江者徒有冪冪之烟。方作「拂棹」，則不知拂此棹者又屬何物。

〔一七〕〔方世舉注〕記月令：「獺祭魚。」

〔一八〕〔方世舉注〕張正見詩：「颸水似龍移。」

〔一九〕〔顧嗣立注〕左傳隱公五年：「公將如棠觀魚者。」

〔二〇〕〔顧嗣立注〕史記齊太公世家：「吕尚年老漁釣，周西伯出獵，遇於渭之陽。」

〔二一〕〔補釋〕説文：「膾，細切肉也。」

〔二二〕〔方世舉注〕莊子秋水篇：「莊子與惠子游於濠梁之上。莊子曰：鯈魚出游從容，是魚樂也。」左傳：「荀伯曰：同官爲僚，吾嘗同僚。」〔顧嗣立注〕杜子美觀打魚詩：「吾徒胡爲縱此樂？」〔補釋〕公祭張員外文云：「貞元十九，君爲御史。余以無能，同詔並峙。」故曰吾僚也。

〔二三〕〔方世舉注〕賈誼鵩鳥賦序：「鵩似鴞，不祥鳥也。」賦曰：「野鳥入室，主人將去。請問於鵩，余去何之？」

【集説】

黄徹䂬溪詩話曰：老杜觀打漁云：「設網萬魚急。」蓋指聚斂之臣，苛法侵漁，使民不聊生，乃萬魚急也。又云：「能者操舟疾若風，撐突波濤挺叉入。」小人舞智趨時，巧宦數遷，所謂疾若風也。殘民以逞，不顧傾覆，所謂挺叉入也。「日暮蛟龍改窟穴，山根鱣鮪隨雲雷。」魚不得其所，龍豈能安居，君與民猶是也。此與六義比興何異？「吾徒何爲縱此樂，暴殄天物聖所哀。」此樂而能戒，又有仁厚意，亦如「前王作網罟，設法害生成」，不專爲取魚也。退之叉魚曰：「觀樂憶吾僚。」異此意矣。亦如蘄簟云：「但願天日常炎曦。」故後人攻之曰：「豈比法曹空自私，卻願天日常炎赫。」

方世舉曰：論人當觀其大節，論詩當觀其大段，不可摘其一事一句而議優劣也。且杜作於前，韓繼於後，固自不肯相襲。詩甚工細，有何可議？至於蘄簟之願天炎，乃反襯簟之涼也。

朱彝尊曰：儘有色態，但稍未入雅。

聞梨花發贈劉師命〔一〕

桃蹊惆悵不能過〔二〕，紅豔紛紛落地多。聞道郭西千樹雪，欲將君去醉如何〔三〕？

〔一〕〔魏本引韓醇曰〕公集有劉生詩云：「陽山窮邑惟猿猴，手持釣竿遠相投。」師命蓋陽山時客也。〔魏本引樊汝霖曰〕此聞梨花發贈師命云：「欲將君去醉如何？」已而梨花下贈師命云：「今日相逢瘴海頭。」則與劉醉於花下矣。皆陽山時也。〔王元啓曰〕此與後篇梨花下二詩，洪譜不載，蓋皆二十一年春在陽山作，時尚未奉順宗登極之詔。〔方成珪昌黎先生詩文年譜〕是年正月作，以梨花下贈詩見之。或疑春初桃何以落？然梨又何以開也？南方地暖，得氣獨先，固不可以常理論耳。

〔二〕〔考異〕「蹊」，或作「溪」。廖本、王本作「惆悵」。祝本、魏本作「怊悵」。〔魏本引孫汝聽曰〕史記：「桃李不言，下自成蹊。」

〔三〕〔蔣抱玄注〕將，偕也。左傳：「鄭伯將王，自圉門入。」

【集説】

朱彝尊曰：逸興飄然。

梨花下贈劉師命

洛陽城下清明節〔一〕，百花寥落梨花發。今日相逢瘴海頭，共驚爛熳開正月〔二〕。

〔一〕〔王鳴盛曰〕劉生詩言其嘗爲梁、宋之游，則或亦曾至洛陽，與公相識，故其後公令陽山而劉來訪之。

〔二〕祝本、魏本、王本作「熳」。廖本作「漫」。

【集説】

朱彝尊曰：粗豪自肆。

劉生〔一〕

生名師命其姓劉，自少軒輊非常儔〔二〕。棄家如遺來遠游〔三〕，東走梁宋暨揚州〔四〕。遂凌大江極東陬〔五〕，洪濤舂天禹穴幽〔六〕。越女一笑三年留〔七〕，南逾橫嶺入炎洲〔八〕。青鯨高磨波山浮〔九〕，怪魅炫耀堆蛟虬〔一〇〕。山獠讙譟猩猩愁〔一一〕，毒氣爍體黃膏流〔一二〕；問胡不歸良有由〔一三〕，美酒傾水炙肥牛〔一四〕，妖歌慢舞爛不收，倒心迴腸爲青眸〔一五〕，千金邀顧不可酬〔一六〕，乃獨遇之盡綢繆〔一七〕。瞥然一餉成十秋〔一八〕，昔鬚未生今白頭〔一九〕。五管徧歷無賢侯〔二〇〕，迴望萬里還家羞〔二一〕。陽山窮邑惟猿猴，手持釣竿遠相投。我爲羅列陳前修〔二二〕，芟蒿斬蓬利鉏耰〔二三〕。天星迴環數纔周〔二四〕，文學穰穰囷倉稠〔二五〕，車輕御良馬力優，咄哉識路行勿休〔二六〕，往取將相酬恩讎〔二七〕。

〔一〕諸本「生」下有「詩」字。〔考異〕或無「詩」字。〔舉正〕貞元二十一年陽山作。〔方世舉注〕劉生本樂府舊題，方本作劉生詩，而注云「或無詩字」。無「詩」字者是也。古樂府解題云：「劉生不知何代人，觀齊、梁以來所爲劉生詩者，皆稱其任俠豪放，周游於五陵、三秦之地，大抵五言四韻，意亦相類。」公以師命姓劉，其行事頗豪放，故用舊題贈之，而更爲七言長篇。集中有用樂府舊題而效其體者，如青青水中蒲及有所思聯句是也。有用樂府舊題而變其體者，如猛虎行及此詩是也。〔魏本引韓醇曰〕貞元二十一年，劉師命訪公于陽山，斷章似有送行之意。集中有因梨花爲生作二詩，豈前此之作耶？〔王元啓曰〕題曰劉生，與孟生詩同旨。或以爲樂府古題，非是。又公以貞元二十一年夏秋離陽山，是詩述劉之投公，有「天星迴環」之句，則其初至，當在二十年春夏之交。韓謂二十一年師命訪公於陽山，亦非。〔方成珪昌黎先生詩文年譜〕詩當二十一年春夏間作。

〔二〕〔考異〕「軼」。〔魏本引韓醇曰〕詩：「戎車既安，如輊如軒。」〔補釋〕淮南子：「道者置之前而不輊，錯之後而不軒。」按：輊與輕同。〔高步瀛曰〕不輕不軒而後爲平，軒輕正不平也。

〔三〕〔方世舉注〕詩谷風：「棄予如遺。」

〔四〕〔舉正〕唐本、蜀本作「曁」。杭本作「墮」。爾雅曰：「曁，至也。」〔方世舉注〕新唐書地理志：「宋州睢陽郡，本梁郡。」書禹貢：「淮、海惟揚州。」孔注：「北據淮，南距海。」〔高步瀛曰〕元和郡縣志曰：「河南道宋州，自漢至晉爲梁國，宋改爲梁郡。」案：唐宋州治宋城縣，在今河南商丘縣南。唐淮南道揚州治江都縣，在今江蘇江都縣西南。

〔五〕〔魏本引孫汝聽曰〕東陬，東隅，即謂越也。

〔六〕〔魏本引孫汝聽曰〕舂，舂撞也。禹穴在會稽，禹得治水之書於此。

〔七〕〔魏本引韓醇曰〕劉生在越，意有所眷，下云「問胡不歸良有由」，繼以「妖歌慢舞」，則知生所寓皆不羈也。故終篇有「咄哉識路行勿休，往取將相酬恩讎」，蓋有且諷且勸之意云。宋玉登徒子好色賦：「嫣然一笑，惑陽城，迷下蔡。」〔吳闓生曰〕極意雕琢成奇句。

〔八〕〔舉正〕蜀本作「州」。〔考異〕「州」，或作「洲」。祝本、魏本作「洲」。廖本、王本作「州」。〔方世舉注〕公送廖道士序：「衡之南八九百里，地益高，山益峻，其最高而横絶南北者嶺。」屈原遠游：「嘉南洲之炎德兮。」〔魏本引孫汝聽曰〕横嶺，謂五嶺也。炎洲，南方洲島，水中曰洲。〔補釋〕作「州」作「洲」，義並通。但州字與上「揚州」句韻複，作「洲」爲是。

〔九〕〔舉正〕三本同作「青鯨」。〔考異〕「鯨」，或作「鮮」。今按：「青」義未詳，疑是「長」字之誤。〔王元啓曰〕上文「磨」字無所比附，恐當如杜詩「上枝摩蒼天」之「摩」。〔方成珪箋正〕易繫辭：「剛柔相摩。」釋文：「摩，本又作磨。」莊子外物篇：「白波如山。」

〔一〇〕〔舉正〕杭、蜀本作「魅」。杭本「堆」作「推」。〔考異〕「魅」或作「媚」，「堆」或作「推」，非是。

廖本、王本作「魅」作「堆」。祝本、魏本作「媚」。魏本作「推」。〔聞人倓注〕史記五帝紀注：「螭魅，人面獸身，四足，好惑人。」説文：「蛟，龍之屬也。」「虯，龍子，有角者。」

〔一一〕〔舉正〕杭、蜀本皆作「獑」，獑，蘇遭切。神異經：「西方深山，有人長尺餘，袒身捕蝦蟹以食，名曰山獑。」國語注作山獠。公聯句亦有「中矢類妖獑」。公此詩押二州字、二游字，視古用韻也。杭本只作「游」，蜀本作「愁」，訛自此也。〔考異〕「獑」，或作「獠」，非是。祝本、魏本作「獠」作「愁」。廖本、王本作「獑」作「游」。〔補釋〕作「游」，無意義，且韻複。方説非是。〔魏本引孫汝聽曰〕爾雅云：「猩猩小而好啼，出交趾封谿縣。」

〔一二〕〔蔣抱玄注〕穆天子傳：「黄金之膏。」

〔一三〕〔吴闓生曰〕逆折，拗甚。

〔一四〕〔高步瀛曰〕説文曰：「炙，炮肉也，从肉在火上。」「𡖋」，俗字，从二肉，大謬。

〔一五〕〔陳景雲曰〕青眸，即指上歌舞之人。公感春詩云：「豔姬踏筵舞，青眸刺劍戟。」可以互證。

倒心回腸，言劉生目成意移耳。宋玉高唐賦：「感心動耳，回腸傷氣。」

〔一六〕〔方世舉注〕鮑照詩：「千金顧笑買芳年。」王僧孺詩：「再顧連城易，一笑千金買。」〔吴闓生曰〕逆折。

〔一七〕〔魏本引孫汝聽曰〕詩：「綢繆束薪。」傳云：「纏綿也。」

〔一八〕〔舉正〕杭本作「一皫」。皫，不久也。〔考異〕「餉」，或作「皫」，非是。〔補釋〕皫、晌、餉，同聲通用。段玉裁云：「曰一晌，曰半晌，皆是晶字之俗。」「十秋」，祝本作「千秋」。諸本皆作「十」，祝本誤。〔方世舉注〕詩采葛：「一日不見如三秋兮。」

〔一九〕〔吴闓生曰〕奇語。

〔二〇〕〔魏本引樊汝霖曰〕唐永徽後，以廣、桂、容、邕、安南皆隸廣府，謂之五府節度使，名嶺南五管。見舊書地理志。

〔二一〕〔何焯曰〕「還家」句應「棄家」，收一筆，方入陽山。

〔二二〕〔顧嗣立注〕離騷：「謇吾法夫前修兮，非世俗之所服。」王逸曰：「前修，謂前世修習道德之人。」

〔二三〕〔補釋〕左傳：「如農夫之務去草焉，芟夷蘊崇之。」又：「子産曰：昔我先君桓公，與商人皆出自周，庸次比耦，以艾殺此地，斬其蓬蒿藜藿而共處之。」〔顧嗣立注〕文選賈誼過秦論：「鉏耰棘矜。」孟康曰：「耰，鉏柄也。」〔補釋〕此句乃比喻。

〔二四〕〔方世舉注〕按：記月令：「星回於天，數將幾終，歲且更始。」淮南時則訓：「星周於天。」注：「謂二十八舍更見南方，至是月周匝也。」此一年十二月則星一周也。又按左傳：「晉侯曰：十二年矣，是謂一終，一星終也。」庾信哀江南賦：「天道周星，物極必反。」此謂星皆十二年一周也。今此詩若承陽山來，則謂師服至此已一年。若以瞥然一餉成十秋計之，則前此十年今又二年，亦爲一紀矣。言其當歸也。〔吴闓生曰〕頓挫。

〔二五〕〔祝充注〕穰，豐也。史記：「五穀蕃熟，穰穰滿家。」倉圓曰囷。倉，庾也，藏也。禮記：「修囷倉。」

〔二六〕〔顧嗣立注〕漢東方朔傳：「朔笑之曰：咄。」師古曰：「咄，叱咄之聲也。」〔方世舉注〕魏國策：「魏王欲攻邯鄲。季良曰：今者臣來，見人於太行，方北面而持其駕，告臣曰：我欲之楚。臣曰：君之楚將奚爲？曰：吾馬良。臣曰：馬雖良，非楚之路也。曰：吾用多。臣曰：用雖多，此非楚路也。曰：吾御者善。此數者愈善，而離楚遠耳。今王欲成霸王而攻邯鄲，猶至楚而北行也。」公以師命負才浪游，久荒其業，故曰「車輕御良馬力優，咄哉識路行勿休」，蓋深警之。

〔二七〕〔方世舉注〕史記范睢傳：「睢既相，散家財物，盡以報所嘗困戹者。一飯之德必償，睚眦之怨必報。」〔何焯義門讀書記〕雖因其人而言之，然公之生平，於恩讎二字，耿耿不忘，亦心病之形於聲詩者也。魯頌所以尚乎克廣德心也哉。〔王元啓曰〕「酬恩讎」三字不過趁韻作結，所謂詩歌特等戲劇是也。公與人交，已而我負，終不計，死則恤其家。史稱終始不變，蓋實録也。或以是爲公心病所形，公有此病，當確指其實跡言之，何得混以虛辭相巇？此真誣善之言，昔人譬諸蠅矢者也。

【集說】

朱彝尊曰：柏梁體句各一事，此自是燕歌行體。然此體不宜長，又須鍊得精。此作遒緊有味，意態尚恨未甚濃。

翁方綱石洲詩話曰：昌黎劉生詩，雖紀實之作，然實源本古樂府横吹曲。其通篇敘事，皆任俠豪放一流。其曰東走梁、汴，南逾横嶺，亦與古曲五陵、三秦之事相合。末以酬恩讎結之，仍還他俠少本色。不然，昌黎豈有教人以官爵酬恩讎者耶？不惟用樂府題，兼且用其意，用其事。而卻自紀實，並非仿古，此脱化之妙也。

王鳴盛曰：劉生狂躁無拘檢之人，浪游徧天下。在東越爲越女一笑而留三年。入炎州爲妖歌慢舞遂盡十秋。及歷遍五管，困窮不能還家，訪公陽山，公乃陳前修以誘進之。纔周一年，文字已稍可觀矣，故勉之曰：「咄哉識路行勿休。」然如劉生者，豈能必繩以聖賢之道哉？且已白頭，日暮途遠矣，故以利動之曰：「往取將相酬恩讎。」因人施教云爾。抑公是時年卅七八，劉生必不少於公，或反長於公不可知。

方東樹曰：此贈敘題，造句重老。

吴闓生曰：氣體雄直，是韓公本色。字句亦以拗鍊見長。

程學恂韓詩臆説曰：通首寫俠士性情，故棄家遠游，傾心妖豔，取將相，酬恩讎，皆一類事也。惟其胸懷磊落，有異凡庸，則不失爲可取。而素行之不檢，不足以累之耳。再公詩多涉滑稽俳諧，非正言也。若作正言，則公豈亦暱於色者乎？阮亭持此以攻昌黎之短，謂不如文中子門下羅將相，勳業著一時。嘻，何其淺耶！

縣齋有懷〔一〕

少小尚奇偉，平生足悲吒〔二〕。猶嫌子夏儒〔三〕，肯學樊遲稼〔四〕？事業窺皐稷〔五〕，文章蔑曹謝〔六〕。濯纓起江湖〔七〕，綴珮雜蘭麝〔八〕。悠悠指長道〔九〕，去去策高駕〔一〇〕。誰爲傾國媒〔一一〕？自許連城價〔一二〕。初隨計吏貢〔一三〕，屢入澤宮射〔一四〕。雖免十上勞〔一五〕，何能一戰霸〔一六〕。人情忌殊異，世路多權詐〔一七〕。蹉跎顔遂低，摧折氣愈下〔一八〕。冶長信非罪〔一九〕，侯生或遭駡〔二〇〕。懷書出皇都〔二一〕，銜淚渡清灞〔二二〕。身將老寂寞，志欲死閒暇〔二三〕。朝食不盈腸，冬衣纔掩骼〔二四〕。軍書既頻召，戎馬乃連跨。大梁從相公〔二五〕，彭城赴僕射〔二六〕。弓箭圍狐兔〔二七〕，絲竹羅酒炙〔二八〕。兩府變荒涼〔二九〕，三年就休假〔三〇〕。求官去東洛〔三一〕，犯雪過西華〔三二〕。塵埃紫陌春〔三三〕，風雨靈臺夜〔三四〕。名聲荷朋友〔三五〕，援引乏姻婭〔三六〕。雖陪彤庭臣〔三七〕，詎縱青冥靶〔三八〕。寒空聳危闕，曉色曜修架。捐軀辰在丁〔三九〕，鎩翮時方禡〔四〇〕。投荒誠職分〔四一〕，領邑幸寬赦〔四二〕。湖波翻日車〔四三〕，嶺石坼天罅〔四四〕。毒霧恒熏晝〔四五〕，炎風每燒夏。雷威固已加〔四六〕，颶勢仍相借〔四七〕。氣象杳難測，聲音吁可怕〔四八〕。夷言聽未慣，越俗循猶乍〔四九〕。指摘兩憎嫌，睢盱互猜訝〔五〇〕。祇緣恩未報，豈謂生足藉。嗣皇新繼明〔五一〕，率土日流化〔五二〕。惟思滌瑕垢〔五三〕，長去事桑柘〔五四〕。斸嵩開雲扃〔五五〕，壓潁抗風榭〔五六〕，禾麥種滿地，梨棗栽繞舍〔五七〕。兒童稍長成，雀鼠得驅嚇〔五八〕。官租日輸納，村酒時邀迓。閑愛老農愚，歸弄小女姹〔五九〕。如今便可爾，何用畢婚嫁〔六〇〕。

〔一〕〔魏本引韓醇曰〕此詩陽山縣齋作。貞元十九年，公以言事出。至是二十一年，順宗即位，而作是詩。「嗣皇新繼明」，謂順宗也。

〔二〕〔何焯曰〕起勢排奡。〔程學恂曰〕「尚奇偉」、「足悲吒」，六字乃一篇之骨。

〔三〕〔魏本引孫汝聽曰〕論語：「子謂子夏曰：女爲君子儒，無爲小人儒。」〔補釋〕荀子：「正其衣冠，齊其顔色，嗛然而終日不言，是子夏氏之賤儒也。」

〔四〕〔魏本引孫汝聽曰〕論語：「樊遲請學稼。子曰：小人哉樊須也！」〔何焯義門讀書記〕發端兩連，領起全篇，爲綱。

〔五〕〔舉正〕謝以唐本校，作「皐稷」。〔考異〕「皐稷」，或作「稷禼」。祝本、魏本作「稷禼」。廖本、王本作「皐稷」。〔補釋〕書：「帝曰：棄，黎民阻飢，汝后稷播時百穀。」又：「帝曰：皐陶，蠻夷猾夏，寇賊姦宄，汝作士，五刑有服。」〔周必大曰〕子美詩：「自比稷與契。」退之詩云：「事業窺稷契。」子美未免儒者大言，退之實欲踐之也。

〔六〕〔魏本引孫汝聽曰〕曹謂子建，謝謂靈運。〔何焯義門讀書記〕此二語於公不爲夸，但意盡於詞，無餘味爾。

〔七〕〔魏本引孫汝聽曰〕孟子：「滄浪之水清兮，可以濯我纓。」纓所以結冠。濯，自潔也。〔洪興祖韓子年譜〕「濯纓起江湖」，謂自江南入京師。

〔八〕〔方世舉注〕張衡思玄賦：「旌性行以制佩兮，佩夜光與瓊枝。纗幽蘭之秋華兮，又綴之以江蘺。」〔蔣抱玄注〕禮記：「左結佩，右設佩。」劉向九嘆：「結瓊枝之雜佩兮。」晉書石崇傳：「婢妾數十人，皆蘊蘭麝，被羅縠。」

〔九〕〔魏本引補注〕詩：「道阻且長。」

〔一〇〕〔補釋〕古詩十九首：「何不策高足，先據要路津？」

〔一一〕〔顧嗣立注〕漢書外戚傳：「李延年侍上歌曰：『北方有佳人，絶世而獨立。一顧傾人城，再顧傾人國。』上嘆息曰：『世豈有此人乎？』平陽公主因言延年有女弟，上召見之。」

〔一二〕〔魏本引孫汝聽曰〕史記：「趙王得楚和氏璧，秦昭王聞之，願以十五城請易璧。」

〔一三〕〔方世舉注〕漢書武帝紀：「元光五年，徵吏民有明當世之務，習先聖之術者，令與計偕。」師古曰：「計者，上計簿使也。」按：初隨計吏貢，貞元二年，公始來京師也。

〔一四〕〔方世舉注〕記射義：「諸侯歲獻貢士於天子，天子試之於射宫。」又：「天子將祭，必先習射於澤。澤者，所以擇士也。」注：「澤，宫名。」

〔一五〕〔魏本引韓醇曰〕戰國策：「蘇秦説秦惠王，書十上而説不行，資用乏絶，去秦而歸。」

〔一六〕〔舉正〕杭作「能」。蜀作「曾」。〔魏本引孫汝聽曰〕僖二十七年左氏曰：「一戰而伯，文之教也。」公自貞元八年中進士第，至貞元十年，屬試博學宏詞不中。〔王元啓曰〕公于貞元二年入京，至八年登第，凡四舉而後得之，故曰「何能一戰霸」。若試宏詞，則始終不得，難以言霸。

〔一七〕〔舉正〕杭、蜀本作「多」。〔考異〕「多」，或作「重」。祝本、魏本作「重」。廖本、王本作「多」。

〔一八〕〔方世舉注〕賈山至言：「震之以威，壓之以重，豈有不摧折者哉！」

〔一九〕〔魏本引韓醇曰〕論語：「子謂公冶長可妻也，雖在縲紲之中，非其罪也。」

〔二〇〕〔魏本引孫汝聽曰〕史記：「魏有隱士曰侯嬴，公子無忌虚左迎之。嬴有客在市屠中，引車入市，下見其客朱亥，俾倪久立，與其客語。從騎皆竊罵侯生。」

〔二一〕〔魏本引孫汝聽曰〕貞元十一年，公東歸河陽。皇都，京都也。〔方世舉注〕秦國策：「蘇秦去秦而歸，負書擔囊。」

〔二二〕〔魏本引韓醇曰〕灞水出藍田谷西北而入渭。

〔二三〕〔何焯義門讀書記〕已爲結處伏脈。

〔二四〕〔方世舉注〕淮南齊俗訓：「貧人冬則短褐不掩形。」〔顧嗣立注〕漢揚雄傳：「折脅拉骼。」埤蒼：「腰骨也。」

〔二五〕〔魏本引孫汝聽曰〕貞元十二年，公從汴州董晉幕。

〔二六〕〔魏本引孫汝聽曰〕貞元十五年，公從徐州張建封幕。〔查慎行曰〕射字與前重叶，各作一解，非複也。

〔二七〕祝本、魏本、王本作「狐」。廖本作「貑」。

〔二八〕〔魏本引韓醇曰〕冩，之夜切，即炙字。此言從二州冥獵也。〔何焯曰〕從事汴、徐，用總敍。

〔二九〕〔舉正〕閣本、蜀本並同。〔考異〕「荒」，或作「炎」。祝本、魏本作「炎」。廖本、王本作「荒」。〔魏本引韓醇曰〕貞元十五年，董晉薨。十六年，建封亦薨。

〔三〇〕〔魏本引孫汝聽曰〕自貞元十六年張建封薨，公歸洛陽，至十九年，始除監察御史。〔方崧卿年譜增考〕「三年就休假」，蓋統十五年而言也。公是年二月去汴，及秋方從張建封之辟，是亦可以休假言也。公十八年首春，即以一書薦十士於陸傪。二月，陸出刺歙，公送行有序，考其辭意，蓋皆已仕于朝也。况公明年上陳京書云：「去年春嘗得一進謁，其後如東京取妻子。」是公在春末已謁告挈家矣，豈可尚以休假言也。〔方世舉注〕自十六年冬至十九年春，纔二年餘，曰三年，特舉其成數耳。且十八年春已有四門博士之授，是年嘗謁告歸洛，因游華山，故亦在休假中也。〔王元啓曰〕公自十六年初夏去徐州，至十八年春，始有四門博士之授。休居雖止二年，合計前後年歲，亦可謂之三年。孫注直以十九年始除御史當之，則前此得官博士，豈亦列諸休假中乎？　〔補釋〕此句敍次在「兩府變荒涼」之後，「求官去東洛」之前，自以王説爲長。

〔三一〕〔舉正〕蜀本與閣本同。杭本作「去官來東洛」。此謂貞元十五、十六年冬如京調官也。杭本非。　〔考異〕「去」，或作「來」。　〔王元啓曰〕公于貞元十六年冬及明年冬，自洛再往京師。　〔補釋〕公十五年冬爲建封朝正京師，非調官也。舉正誤。

〔三二〕〔祝本魏本注〕「過」，一作「經」。　〔方世舉注〕北史薛端傳：「隆冬極寒，徒跣冒犯霜雪，自京及鄉五百餘里。」　〔補釋〕西華，見送惠師注。

〔三三〕〔補釋〕唐人多泛用紫陌，不泥鄰地。如王勃春思賦：「傷紫陌之春度。」

〔三四〕〔陳景雲曰〕謂官四門博士也。漢光武立明堂、辟雍、靈臺，號三雍宮。　〔何焯義門讀書記〕謂調四門博士也。後漢書注：「第五頡洛陽無主人，鄉里無田宅，客止靈臺中，或十日不炊。」然公詩似非用此。　〔沈欽韓注〕「靈臺」，見後漢書第五倫傳注引三輔決録。　〔唐宋詩醇〕「塵埃紫陌」一聯，與「梅花灞水」同一風致。

〔三五〕〔王元啓曰〕此句乃指御史之遷，蓋由朋友稱譽之力。

〔三六〕〔蔣抱玄注〕後漢書宦者傳：「其有更相援引，希附權強者。」　〔魏本引韓醇曰〕詩：「瑣瑣姻婭，别無膴士。」　〔魏本引孫汝聽曰〕爾雅曰：「兩壻相謂曰婭。」

〔三七〕〔考異〕「雖」，方作「偶」，一作「仰」；「陪」，或作「偶」，皆非是。　〔顧嗣立注〕西京賦：「玉階彤庭。」

〔三八〕〔舉正〕蜀作「青雲」。〔蔣抱玄注〕楚辭：「據青冥而攄虹兮。」注：「青冥，雲也。」〔方世舉注〕王褒聖主得賢臣頌：「王良執靶。」晉灼曰：「靶，轡也。」〔方崧卿年譜增考〕公在御史位之日甚淺，進學解曰：「暫爲御史，遂竄南夷。」又縣齋詩曰：「雖陪彤庭臣，詎縱青冥靶。」皆可考也。

〔三九〕〔魏本引韓醇曰〕曹子建三良詩：「誰言捐軀易？殺身誠獨難。」又求自試表云：「捐軀濟難，忠臣之志也。」〔魏本引孫汝聽曰〕貞元十九年十二月，公以監察御史上天旱人飢疏，貶陽山令。辰在丁，謂上疏之日也。

〔四〇〕〔魏本引韓醇曰〕禬，年終祭名。廣雅：「夏曰清祀，商曰嘉平，周曰大禬，秦曰臘。」〔魏本引樊汝霖曰〕公之貶陽山令，其出以十二月，故云「時方禬」也。〔顧嗣立注〕顏延年詩：「鸞翮有時鎩。」

〔四一〕〔蔣抱玄注〕孟浩然詩：「投荒法未寬。」尹文子：「守職分而不亂。」

〔四二〕〔何焯曰〕入縣齋。〔黄鉞注〕此一聯束上起下，一大開合。

〔四三〕〔黄鉞注〕李尤九曲歌：「年歲晚莫時已斜，安得力士翻日車。」〔魏本引韓醇曰〕杜詩：「西江漫日車。」

〔四四〕〔祝充注〕鎛，孔鎛。續漢書：「石皆鎛裂。」

〔四五〕〔李詳證選〕鮑照樂府苦熱行：「鄣氣晝薰體。」

〔四六〕〔方世舉注〕賈山至言：「雷霆之所擊，無不摧折者。今人主之威，非直雷霆也。」

〔四七〕祝本「颶」作「飉」，而音其遇切，則「飉」字蓋誤刊。王本作「颶」。〔補釋〕太平御覽：「南越志曰：『熙安間多颶風。颶者，具四方之風也。一曰懼風，言怖懼也。常以六七月興。』」按字鑑：「颶，俗从貝，讀若豹，皆誤。」

〔四八〕〔顧嗣立注〕王文考魯靈光殿賦：「吁可畏乎，其駭人也。」

〔四九〕〔舉正〕杭本「循」作「脩」，字訛也。〔祝本魏本注〕「乍」，一作「詐」。〔朱彝尊曰〕此形容嶺俗，有醞藉。

〔五〇〕〔顧嗣立注〕莊子：「而睢睢盱盱，而誰與居？」郭象曰：「跋扈之貌。」

〔五一〕〔舉正〕杭作「帝」，蜀作「新」。〔考異〕「新」，方作「帝」。非是。〔洪興祖韓子年譜〕順宗實録：「貞元二十一年正月丙申，上即位。二月戊子，大赦。八月辛丑，改永貞元年。」

〔五二〕〔方世舉注〕詩北山：「率土之濱。」南史劉懷慰傳：「膠東流化。」

〔五三〕〔蔣抱玄注〕杜甫詩：「君臣忍瑕垢。」〔補釋〕班固東都賦：「於是百姓滌瑕蕩穢，而鏡至清。」〔何焯曰〕以下結出所懷。

〔五四〕〔方世舉注〕王褒僮約：「種植桃李梨柿柘桑，三丈一樹，八尺爲行。」鮑照詩：「桑柘盈平疇。」

〔五五〕嵩，見送惠師注。〔方世舉注〕鮑照詩：「羅景藹雲扃。」

〔五六〕「潁」，祝本、魏本作「穎」，誤。潁，見將歸贈孟東野房蜀客注。〔方世舉注〕爾雅釋宮：「闍者謂之臺，有木者謂之榭。」注：「臺上起屋。」

〔五七〕〔朱彝尊曰〕預描寫光景好，此是寂寞閑暇受用處。

〔五八〕〔方世舉注〕蕭廣濟孝子傳：「王祥後母庭中有李結子，使祥晝視鳥雀，夜則趨鼠。」南史顧歡傳：「歡年六七歲，家貧，父使田中驅鳥雀。」

〔五九〕〔方世舉注〕後漢書明德馬皇后紀：「吾但當含飴弄孫。」説文：「姹，少女也。」

〔六〇〕〔方世舉注〕後漢書向長傳：「長，字子平，隱居不仕。建武中，男女娶嫁既畢，勑斷家事，與北海禽慶俱游五嶽名山，竟不知所終。」沈約詩：「早欲尋名山，須待婚嫁畢。」碧溪詩話：「蕭思話先于曲阿起宅，有閑曠之致。子惠基嘗謂所親曰：須婚嫁畢，當歸老舊廬。故元次山招陶別駕云：無惑畢婚嫁，竟爲俗務牽。退之云：如今便可爾，何用畢婚嫁。」按：蕭惠基事見齊書本傳及南史。〔何焯曰〕翻用妙。〔義門讀書記〕「惟思滌瑕垢」至末，事業文章奇偉之實，嫌小人儒而不爲者也。蹉跎摧折悲咤之由，今將不得爲大人之事，行以學稼終，所謂悼本志之變化者也。後半故謬其詞，公豈有樂乎此哉？

【集説】

蔣之翹曰：詩無甚佳處，只敘事頗詳快懇切。

朱彝尊曰：此仄韻排律，鎔裁甚工。規格與寄三學士同，但彼一一實敍，此但織華縟。

顧嗣立曰：公詩句句有來歷，而能務去陳言者，全在於反用。如醉贈張祕書詩本用嵇紹鶴立雞羣語，偏云「張籍學古淡，軒鶴避雞羣」。送文暢詩本用老杜「每愁夜中自足蝎」句，偏云「照壁喜見蝎」。薦士詩本用漢書「强弩之末，力不能入魯縞」，偏云「强箭射魯縞」。嶺廟詩本用謝靈運「猿鳴誠知曙」句，偏云「猿鳴鐘動不知曙」。此詩結語本用向平婚嫁畢事，偏云「如今便可爾，何用畢婚嫁」。真令舊事翻新。解得此祕，則臭腐化爲神奇矣。

何焯曰：此篇全用對屬，與答張徹篇一例。

嚴虞惇曰：古詩句句對偶，疑自文選出。

程學恂曰：「猶嫌子夏儒，肯學樊遲稼」，此等語不疑於侈。若老杜許身稷、契亦然。「蹉跎顔遂低，摧折氣愈下」，此等語不嫌於卑。若老杜殘杯冷炙亦然。前云「肯學樊遲稼」，後云「閒愛老農愚」，語意似相矛盾，何耶？曰：此正可見古人用心處。如陶靖節多田家之作，而朱文公謂是欲有爲而不得者也。靖節於先師憂道不憂貧之旨，亦每及之，是豈真心作田舍翁者，田舍乃其寓爾。故凡讀古人田舍詩者，皆當作如是觀。然則公此詩中所言，可並行而不悖也。

君子法天運〔一〕

君子法天運〔二〕，四時可前知〔三〕。小人惟所遇〔四〕，寒暑不可期〔五〕。利害有常勢〔六〕，取捨無定姿〔七〕，焉能使我心，皎皎遠憂疑〔八〕。

〔一〕〔舉正引樊汝霖曰〕徐州作。　〔方世舉注〕此詩爲劉禹錫、柳宗元暱比伾、文而作。君子居易以俟命，四時可前知也。小人行險以徼幸，寒暑不可期也。利害判然，惟人自擇耳。彼二子者，慕熏灼之勢，而忘冰霜之懼，可憂哉，可疑哉！　〔補釋〕樊説恐無據，今從方説。

〔二〕〔補釋〕荀子：「君子大心，則天而道。」莊子：「天其運乎？地其處乎？」

〔三〕〔考異〕「可」，或作「每」。　〔補釋〕荀子：「君子者，慮之易知也。」

〔四〕〔補釋〕荀子：「君子役物，小人役於物。」

〔五〕〔補釋〕荀子：「小人也者，慮之難知也。」

〔六〕〔補釋〕荀子：「材愨者常安利，蕩悍者常危害。安利者常樂易，危害者常憂險。樂易者常壽長，憂險者常夭折。是安危利害之常體也。」

〔七〕〔補釋〕荀子：「其慮之不深，其擇之不謹，其定取舍楛僈，是其所以危也。」按：公此篇全用荀子義，注家不知，爲發其微於此。

〔八〕〔方世舉注〕屈原遠游：「精皎皎以往來。」

【集説】

王元啓曰：君子之有好惡，如天之有温涼舒肅，四時皆可前知。小人惟所遇爲轉移，窮冬可以摇扇，盛夏或至重裘，寒暑有不可期也。利害有常勢，謂惠迪從逆之吉凶，小人去順效逆，是謂取舍無定姿。結句非謂我亦不能無惑，正謂羣小恣行，國脈必受其傷，故不得不動其憂疑。貞元末小人用事，一時欲速僥倖之徒争附之。公自弱歲入京，當出門無所之之日，即知有天命之不吾欺，蓋其所見者卓矣。是豈羣小所得而亂之者哉？此詩亦爲伾、文羣黨而作。

程學恂曰：此與忽忽詩同感。

蔣抱玄曰：音節短而古。

晝月〔一〕

玉盌不磨著泥土，青天孔出白石補〔二〕。兔入臼藏蛙縮肚〔三〕，桂樹枯株女閉户〔四〕，陰爲陽羞固自古〔五〕。嗟汝下民或敢侮〔六〕，戲謿盜視汝目瞽〔七〕。

〔一〕此首見遺詩。〔王元啓曰〕此詩似爲順宗時伾、叔文弄權而作。當編置東方半明詩前。

〔二〕〔補釋〕淮南子：「於是女媧鍊五色石以補蒼天。」

〔三〕〔補釋〕太平御覽：「春秋元命苞曰：『月之爲言闕也，兩設以蟾蜍與兔者，陰陽雙居，明陽之制陰，陰之倚陽。』」楚辭天問：「夜光何德，死則又育？厥利維何，而顧兔在腹？」古樂府董逃行：「白兔長跪擣藥蝦蟇丸。」傅玄擬天問：「月中何有？白兔擣藥。」又歌辭：「兔擣藥月間安足道。」史記龜策傳：「日爲德而君于天下，月爲刑而相佐，見食於蝦蟇。」廣雅：「鼁，蝦蟆也。」

〔四〕廖本、王本作「枯」。祝本作「披」。〔補釋〕太平御覽：「虞喜安天論曰：『俗傳月中仙人桂樹，今視其初生，見仙人之足，漸已成形，桂樹後生焉。』」易：「闔户謂之坤，闢户謂之乾。」

〔五〕〔方世舉注〕謝莊月賦：「日以陽德，月以陰靈。」

〔六〕〔補釋〕詩：「今女下民，或敢侮余。」

〔七〕廖本、王本作「謿」。祝本作「嘲」。〔方成珪箋正〕集韻下平五爻：「嘲，陟交切。」説文：「謔也。或作謿。」

【集説】

蔣之翹曰：鄙俚幾不成句，其僞撰者尚剽竊月蝕詩意爲之。

何焯曰：觀此則知玉川月蝕體貌，蝕字處公皆删去，蓋不以爲難能也。

蔣抱玄曰：此疑有爲而作，亦燕歌行體。

醉後〔一〕

煌煌東方星〔二〕，奈此衆客醉〔三〕。初喧或忿争〔四〕，中静雜嘲戲〔五〕，淋漓身上衣〔六〕，顛倒筆下字〔七〕。人生如此少，酒賤且勤置〔八〕。

〔一〕〔祝本魏本廖本注〕一作「醉客」。〔魏本引洪興祖曰〕吾觀退之「煌煌東方星」，其順宗時作乎？東方，謂憲宗在儲宮也。〔魏本引樊汝霖曰〕按史，貞元二十一年正月，順宗即位。三月，立廣陵王純爲皇太子。八月，立爲皇帝，是爲憲宗。〔王元啓曰〕此詩舊注謂與東方半明同義。然彼詩自指憲宗在儲宮時，此詩極言醉中酣適之趣，衆客字蓋泛言之，恐不得竟指伾、叔文之黨。〔補釋〕比意顯然，舊説爲是。

〔二〕〔魏本引韓醇曰〕詩：「明星煌煌。」〔方世舉注〕詩大東：「東有啓明。」

〔三〕〔方世舉注〕屈原漁父篇：「衆人皆醉我獨醒。」〔蔣抱玄注〕衆客謂王叔文、王伾、韋執誼輩。醉者搗亂之義。

〔四〕〔舉正〕閣本作「忿争」。〔考異〕或作「紛争」，方作「争紛」。

〔五〕〔舉正〕蜀本作「雜」，李、謝校同。「雜以嘲戲」，選典論全語。〔考異〕「雜」，或作「惟」。祝本、魏本作「惟」。廖本、王本作「雜」。

〔六〕〔舉正〕蜀本作「淋漓」，李、謝校同。〔考異〕「漓」，或作「浪」。祝本、魏本作「浪」。廖本、王本作「漓」。

〔七〕〔蔣抱玄注〕詩：「顛之倒之。」按：此二語謂伾、文之黨，不日超遷，一切詔勅，皆出其手也。〔朱彝尊曰〕醉境宛然。

〔八〕〔何焯義門讀書記〕二句正言若反。

【集說】

蔣抱玄曰：醉字係寓意，寫來卻不露痕爪，蓋公至是又經一世故矣。

雜詩四首〔一〕

朝蠅不須驅，暮蚊不可拍；蠅蚊滿八區〔二〕，可盡與相格〔三〕？得時能幾時〔四〕，與汝恣啖咋〔五〕？涼風九月到〔六〕，掃不見縱跡。

〔一〕廖本、王本作「四首」。祝本、魏本作「三首」，「鵲鳴聲楂楂」以下，不別爲一首。〔舉正〕樊本作「四首」，以義考之，「鵲鳴聲楂楂」以下，當爲別篇。〔姚範曰〕既與樊本同作四首矣，何又考之云云耶？或樊汝霖以「鵲鳴」與前「朝蠅」同爲一首，注中「四」字訛耳。〔魏本引韓醇曰〕數詩皆諷也。朝蠅暮蚊，以譏小人；烏噪鵲鳴，以譏競進；鵠鶴則公自喻。截橑斲楹，棄驥鞭驢，則以見一時所用，賢否失當也。公時爲右庶子，而皇甫鎛、程异之徒乃用事，元和十一年也。故此詩及讀東方朔雜事、譴瘧鬼，皆指事託物而有作也。〔王元啓曰〕此詩似爲順宗時羣小依附叔文而作。蠅蚊雀鳩，皆指時欲速僥倖之徒，黃鵠忍飢，則公自謂。又考順宗實録，叔文與韋相同餐閣中，杜佑、高郢心知不可，畏不敢言；鄭珣瑜取馬歸卧不起。卒章「喑蟬」二語，蓋指佑、郢、珣瑜；蛙黽之鳴，則指當時内外怨毒遠近疑懼之人。

以此推之，疑貞元二十年公令陽山及竢命衡陽時作，因編次在後，故韓氏誤指爲元和中作。然詩所刺譏，與元和時事不類。

〔二〕〔徐震曰〕揚雄蜀都賦：「茂八區而菴藹焉。」又長楊賦：「洋溢八區。」又解嘲：「咸營于八區。」用「八區」始于雄也。

〔三〕〔方世舉注〕廣韻：「格，擊也，鬬也。」　〔朱彝尊曰〕此喻讒佞者，言不可盡去。

〔四〕〔魏本注〕（幾）「時」，一作「何」。

〔五〕〔魏本注〕「與」，一作「丐」。　〔方世舉注〕玉篇：「唊，食也。」又：「咋，聲大也。」　〔補釋〕唊咋，並列複詞，在此同義。「咋」借爲齰。説文齒部：「齰，齧也。」謂齧而食之。漢書東方朔傳：「猶孤豚之咋虎。」亦謂唊虎。淮南子修務訓：「齕咋足以噆肌碎骨。」亦借咋爲之。

〔六〕〔魏本引韓醇曰〕詩謂「北風其涼」，爾雅：「北風謂之涼風。」

【集説】

范晞文曰：老杜螢火詩：「幸因腐草出，敢近太陽飛。未足臨書卷，時能點客衣。隨風隔幔小，帶雨傍林微。十月清霜重，飄零何處歸？」韓退之云「朝蠅不須驅」云云，疾惡之意一也。然杜微婉而韓急迫，豈亦目擊伾、文輩專恣而惡之耶？

方世舉曰：蠅蚊自古以喻小人，此則指伾、文輩也。内而牛昭容、李忠言，外而韋執誼、二韓、劉、柳、陸質、呂温、李景儉、陳諫、房啓、凌準、程异等，莫非其黨。諸人汲汲如狂，所謂蠅蚊滿八區者也。然小人得志，其與能幾何？旋即貶斥，無能免者，固已早見其必然矣。

鵲鳴聲楂楂〔一〕，烏噪聲擭擭〔二〕，争鬭庭宇間〔三〕，持身博彈射〔四〕。黄鵠能忍飢〔五〕，兩翅久不擘〔六〕，蒼蒼雲海路，歲晚將無獲〔七〕。

〔一〕祝本、廖本、王本作「楂」。魏本作「揸」。

〔二〕〔方世舉注〕廣韻：「查，大口貌。」又：「擭，手取也。」查字本無木傍，係後人所加。又或作喳，亦俗字也。此種本無取義，特狀其聲耳。

〔三〕〔考異〕「間」，或作「聞」，非是。

〔四〕〔考異〕「持」，或作「將」。祝本、廖本、王本作「持」。魏本作「特」。〔朱彝尊曰〕此喻立黨者，言空相彈射。

〔五〕〔考異〕「能忍」，方作「忍長」，非是。祝本、魏本作「忍長」。廖本、王本作「能忍」。

〔六〕〔魏本引孫汝聽曰〕不擘，謂不飛也。〔方世舉注〕廣韻：「分，擘也。」

〔七〕〔舉正〕杭、蜀本作「晚歲」。祝本、魏本作「晚歲」。廖本、王本作「歲晚」。〔魏本引孫汝聽曰〕蠅蚊烏鵲以喻小人，黄鵠以喻君子。難進易退，故歲晚無獲也。

【集説】

方世舉曰：烏鵲争鬭，謂韋執誼本爲王叔文所引用，初不敢相負，既而迫公議，時有異同。

叔文大惡之，遂成仇怨。是自開嫌釁之端也。黄鵠蓋指賈耽，以先朝重望，稱疾歸第，猶冀其桑榆之收也。

陳沆曰：前四語猶前章之旨。末四語乃爲黄鵠冀幸之詞，將無獲者雖晚，而庶幾或可必獲也。

截橑爲欂櫨〔一〕，斲楹以爲椽〔二〕，束蒿以代之〔三〕，小大不相權〔四〕。雖無風雨災，得不覆且顛〔五〕？解轡棄騏驥，蹇驢鞭使前〔六〕，崑崙高萬里〔七〕，歲盡道苦邅〔八〕，停車卧輪下〔九〕，絶意於神仙。

〔一〕〔祝充注〕橑，説文：「椽也。」楚辭：「桂棟兮蘭橑。」〔顧嗣立注〕説文：「欂櫨，柱上枅也。」

〔二〕〔魏本引樊汝霖曰〕楹，柱也。椽，桷也。斲，蓋孟子所謂「匠人斲而小之」者也。

〔三〕〔舉正〕山谷本校「之」作「茨」。〔魏本注〕「蒿」，一作「茨」。

〔四〕〔魏本引孫汝聽曰〕橑大而欂櫨小，楹大而椽小，今截橑爲欂櫨，斲楹爲椽，失其宜矣。是猶君子而居下位也。楹橑既爲欂櫨爲椽，乃束蒿以代橑楹焉，是猶小人而居君子之位也。

〔徐震曰〕周禮考工記弓人：「角與幹權。」注：「權，平也。」平則相稱矣。

〔五〕〔朱彝尊曰〕比喻力小任重者，言恐顛覆。〔補釋〕義本於易林：「蒿蓬代柱，大屋顛仆。」

〔六〕〔魏本引韓醇曰〕楚辭：「驥垂兩耳，中坂蹉跎。蹇驢服駕，無日用多。」〔魏本引孫汝聽曰〕弔屈原賦曰：「騰駕罷牛，驂蹇驢兮。驥垂兩耳，服鹽車兮。」〔顧嗣立注〕北史：「陽休之曰：將涉千里，殺騏驥而策蹇驢。」

〔七〕〔方世舉注〕西山經：「崑崙之丘，是實惟帝之下都。」淮南地形訓：「崑崙虛，中有增城九重，其高萬一千里百一十四步二尺六寸。或上倍之，是謂涼風之山，登之而不死。或上倍之，是謂懸圃，登之乃靈。或上倍之，乃維上天，登之乃神，是謂太帝之居。」

〔八〕〔補釋〕楚辭離騷：「邅吾道夫崑崙兮。」王逸注：「邅，轉也。楚人名轉曰邅。」

〔九〕〔方世舉注〕詩東山：「敦彼獨宿，亦在車下。」

【集說】

方世舉曰：易繫辭曰：「德薄而位尊，知小而謀大，力小而任重，鮮不及矣。故曰：鼎折足，覆公餗，其形渥，凶。」言不勝其任也。執誼以輇材而竊高位，當平時且不可，況危疑之際，能無顛覆乎？然此乃用之者過也。世豈無騏驥，顧舍之而不用。君門萬里，日暮途遠，何由自致乎？

雀鳴朝營食，鳩鳴暮覓羣〔一〕。獨有知時鶴〔二〕，雖鳴不緣身〔三〕。喑蟬終不鳴〔四〕，有抱不列陳〔五〕。蛙黽鳴無謂〔六〕，閤閤祇亂人〔七〕。

〔一〕〔舉正〕山谷本、謝本所校同。〔考異〕「覓」，或作「求」。祝本、魏本作「求」。廖本、王本作「覓」。

〔二〕〔魏本引孫汝聽曰〕淮南子：「雞知將旦，鶴知夜半也。」

〔三〕〔魏本引韓醇曰〕抱朴子：「千歲之鶴，隨時而鳴。」

〔四〕〔舉正〕李本校作「瘖」。本草：「陶隱居曰：啞蟬不能鳴者，雌蟬也。」然三本皆同上。

〔五〕〔補釋〕後漢書杜密傳：「劉勝位爲大夫，見禮上賓，而知善不薦，聞惡無言，隱情惜己，自同寒蟬，此罪人也。」

〔六〕〔方世舉注〕説文：「鼃，黽也。」埤雅釋魚：「似蝦蟇而長踦，瞋目如怒，謂之鼃，蓋其聲哇淫，故曰蛙。」漢書王莽傳曰：「紫色蛙聲，餘分閏位。」字説云：「黽善怒，故音猛，而謂怒力爲黽。」〔補釋〕太平御覽：「墨子曰：『禽子問曰：多言有益乎？墨子曰：蝦蟆蛙黽，日夜而鳴，舌乾擗，然而人不聽之。今鶴雞時夜而鳴，天下振動。多言何益，唯其言之時也。』」

〔七〕〔朱彝尊曰〕此喻言詞煩雜者徒使人厭。

【集説】

方世舉曰：此評諸朝士或默或語，無救於事。唯韋皐箋表，爲知時而言也。鄭珣瑜以會食中書，叔文索飯與執誼同餐，因歎息去位，所争甚細。至高郢、杜佑，則心知不可而畏避不言，非鳴雀喑蟬乎？補闕張正買因論他事召見，其友王仲舒，劉伯芻等相與賀之，王、韋疑其論己，因坐朋讌聚游，皆致譴斥，非覓羣之鳩乎？羊士諤性本傾躁，以宣州巡官至京，公言朋黨之非，徒觸凶銛。至如中官劉光奇、俱文珍、薛盈珍、尚解玉等，同心怨猜，屢以啓上，則又勢逼而言，非出於公，皆無謂也。此四詩當與順宗實録參看。

黄鉞曰：與不得其平則鳴又一意。

陳沆曰：此喻四等人也。營食覓羣者，但知身謀之小人。有抱不陳者，畏禍自全之庸人。無謂祗亂人者，辯言亂政之小人。惟鳴不緣身則君子。

宿龍宫灘〔一〕

浩浩復湯湯，灘聲抑更揚〔二〕。奔流疑激電，驚浪似浮霜。夢覺燈生暈〔三〕，宵殘雨送涼。如何連曉語，祗是説家鄉〔四〕？

〔一〕〔沈欽韓注〕陽山縣志：「同官峽在縣西北七十里。峽水東流，注于湟水；又流過城南，爲陽溪水，又南十里，曰龍坂灘；又南十五里，爲龍宫灘。」〔方成珪昌黎先生詩文年譜〕是年夏秋離陽山後作，于「宵殘雨送涼」句見之。

〔二〕〔胡仔苕溪漁隱叢話引西清詩話〕非諳客裏夜卧，飽聞此聲，安能周旋妙處如此耶？

〔三〕〔魏本引孫汝聽曰〕暈，日月旁氣。燈暈亦然。

〔四〕〔舉正〕唐本、蔡、謝校作「一半是思鄉」。〔考異〕或作「秖是説家鄉」。祝本、魏本作「秖是説家鄉」。廖本、王本作「一半是思鄉」。〔楊萬里誠齋詩話〕吕居仁云：「如何今夜雨，秖是滴芭蕉？」用古人句律而不用其句意，以故爲新，奪胎换骨。〔朱彝尊曰〕幽意勝。

【集説】

何焯曰：下半首竟與上半首不照應，然以思鄉語，正謂意到而筆不到也。

蔣抱玄曰：寫灘固妙，宿字亦不抛荒。何義門謂上下兩半不相照應，真是目論。

郴州祈雨〔一〕

乞雨女郎魂〔二〕，炰羞潔且繁〔三〕。廟開鼯鼠叫〔四〕，神降越巫言〔五〕。旱氣期銷蕩，陰官想驂奔〔六〕。行看五馬入，蕭颯已隨軒〔七〕。

〔一〕〔方世舉注〕新唐書地理志：「郴州桂陽郡，屬江南道。」〔沈欽韓注〕李伯康爲郴州刺史，公時於郴州待命作。〔方成珪昌黎先生詩文年譜〕是年夏秋間作。

〔二〕〔王鳴盛曰〕南方淫祀，神像多作女形，故云女郎魂。

〔三〕〔魏本引孫汝聽曰〕炰，炙也。詩：「炰炙芬芳。」

〔四〕〔方世舉注〕爾雅釋鳥：「鼯鼠夷田。」注：「狀如小狐，似蝙蝠，肉翅，翅尾項脅毛紫赤色，背上蒼艾色，腹下黄，喙頷雞白，脚短爪長，尾三尺許，飛且乳，亦謂之飛生。聲如人呼。食火烟。能從高赴下，不能從下上高。」

〔五〕〔方世舉注〕左傳：「秋七月，有神降于莘。」〔顧嗣立注〕史記封禪書：「漢武帝令越巫立越祝祠。」〔方回曰〕三四高古。

〔六〕〔魏本引孫汝聽曰〕陰官，冥官。駿，疾也。書：「駿奔走，執豆籩。」〔補釋〕題爲祈雨，此句又與上旱氣相對，陰官似當作雨師水神之類解。〔紀昀曰〕六句對法活變，亦烘染有神。

〔七〕〔顧嗣立注〕潘子真詩話：「禮：天子六馬，左右驂。三公九卿駟馬，左驂。漢制九卿則二千石以右驂，太守駟馬而已。其加秩中二千石，乃右驂，故以五馬爲太守美稱。」遯齋閒覽：「漢時朝臣出使爲太守，增一馬，故爲五馬。」〔方世舉注〕謝承後漢書：「鄭弘爲淮陰太守，政不煩苛，行春大旱，隨車致雨。」又：「百里嵩，字景山，爲徐州刺史，境遭旱，嵩出巡處，甘雨輒澍。東海祝其、合鄉等二縣父老訴曰：人等是公百姓，獨不遷降？乃迴赴之，雨隨車而下。」

【集説】

紀昀曰：不見昌黎本領。大抵高才須一瀉千里，乃其所長，小詩多窘縮不盡意。

程學恂曰：公於此等，實不能工，索性還他不工，正見高處。

蔣抱玄曰：此詠刺史祈雨也，非公自祈之也。寫目前景物，無一語不親而切。

射訓狐〔一〕

有鳥夜飛名訓狐〔二〕，矜凶挾狡誇自呼〔三〕。乘時陰黑止我屋，聲勢慷慨非常麤。安然大喚誰畏忌〔四〕，造作百怪非無須。聚鬼徵妖自朋扇〔五〕，擺掉栱桷頹墍塗〔六〕。慈母抱兒怕入席〔七〕，那暇更護雞窠雛〔八〕。我念乾坤德泰大，卵此惡物常勤劬。縱之豈即遽有害，斗柄行拄西南隅〔九〕。誰謂停姦計尤劇〔一〇〕，意欲唐突羲和烏〔一一〕，侵更歷漏氣彌厲〔一二〕，何由僥倖休須臾〔一三〕，咨余往射豈得已，候女兩眼張睢盱〔一四〕，梟驚墮梁蛇走竇〔一五〕，一矢斬頸羣雛枯〔一六〕。

〔一〕〔魏本引集注〕此詩貞元中作。時德宗以強明自任，倚裴延齡、韋渠牟等商天下事，自謂明，而卒陷不明。士之浮躁甘進者，争出其門。詩意端有所諷也。梅聖俞集有擬韓吏部射訓狐詩，亦各有所寓意云爾。〔方世舉注〕新唐書五行志：「絳州翼城縣有鵂鶹鳥，羣飛集縣署，衆鳥噪而逐之。鵂鶹一名訓狐。」按：狐比伾、文。「聚鬼徵妖」，言其朋黨相扇，炰烋中國也。「縱之豈即遽有害」，言其本無能爲。「斗柄行拄西南隅」，即東方半明之意也。「意欲唐突羲和烏」，則誅之不可復緩，故欲往而射之。身在江湖，而乃心王室，見無禮於其君，去之義不容已也。〔補釋〕集注不如方説爲長。

〔二〕〔舉正〕蜀本「名」作「呼」。　〔方世舉注〕莊子秋水篇：「鴟鵂夜撮蚤，察毫末，晝出瞋目而不見丘山。」博物志：「鵂鶹，一名鵋鵂，晝目無所見，夜則目至明，人截爪甲棄路地，此鳥夜至人家，拾取爪視之，則知吉凶，輒便鳴，其家有殃。」　〔祝充注〕訓狐，聲也，因以名之。

〔黄鉞曰〕今盧、鳳間人呼爲恨虎，音之轉耳。

〔三〕〔補釋〕諸本「謗」作「誇」。俞樾謂「誇」當作「謗」。今據改。說見卷一汴州亂注。　〔方世舉注〕順宗實録：叔文自言讀書知理道，即誇自呼也。

〔四〕〔考異〕「喚」，或作「嗅」。　〔舉正〕閣本作「喚」，杭同。今訛自蜀本也。祝本、魏本作「嗅」。廖本、王本作「喚」。

〔五〕〔方世舉注〕廣雅釋詁：「扇，助也。」

〔六〕〔考異〕「桷」，方作「角」。祝本、魏本作「角」。廖本、王本作「桷」。　〔方世舉注〕爾雅釋宮：「臬大者謂之栱。」又：「桷謂之榱。」　〔祝充注〕塈，仰塗也。書：「惟其塗塈茨。」

〔七〕〔方世舉注〕曹植鷂雀賦：「欺恐舍長，令兒大怖。」

〔八〕〔方世舉注〕小爾雅廣獸：「鳥之所乳，謂之巢。雞雉所乳，謂之窠。」　〔朱彝尊曰〕前半述聲勢宛然，雖語涉粗厲，然恰得其似。

〔九〕〔補釋〕淮南子高誘注：「杓，北斗柄第七星。」韋應物詩：「天河横未落，斗柄當西南。」按：謂天將明也。

〔一〇〕〔補釋〕此句謂誰説彼將停止姦謀，相反姦計更加劇，即指下句所云。

〔一一〕〔方世舉注〕廣雅釋詁：「觸冒，搪揬也。」世説：「何乃刻畫無鹽，唐突西子。」〔王元啓曰〕是年四月，册廣陵王爲太子，天子皆喜，叔文獨有憂色。六月，韋皋、裴均、嚴綬表繼至，皆請皇太子監國，是爲東方半明之候。至七月，叔文以母喪去位，伾猶日詣中人請起叔文，是欲唐突羲和之烏也。至八月内禪，伾、叔文始俱貶。〔補釋〕此句愈蓋指伾、文諸人侵陵君上也。羲和烏，見苦寒及送惠師注。

〔一二〕祝本「氣」作「更」。諸本皆作「氣」。〔魏本引孫汝聽曰〕漏所以候夜，謂挈壺也。厲，猛惡也。

〔一三〕〔蔣抱玄注〕禮記：「小人行險以徼倖。」徼，與儌同。又：「不可須臾離也。」

〔一四〕睢盱，見縣齋有懷注。〔方世舉注〕説文：「睢，仰目也。」「盱，張目也。」

〔一五〕王本「驚」作「敬」，誤。〔祝本魏本廖本注〕「走」，一作「入」。〔方世舉注〕蛇虺陰物，穴處而懷毒螫，即謂其黨。〔補釋〕説文：「梟，不孝鳥也，故日至捕梟磔之。」

〔一六〕魏本作「矢」。祝本、廖本、王本作「夫」。〔舉正〕三館本作「一矢」。周禮庭氏：「掌射國中之大鳥。」易：「射雉一矢亡。」或曰：矢何以能斬頸也？鮑明遠詩：「黄間潛彀盧矢直，刎繡頸，碎錦翼。」詩人之語，顧隨所用耳。「一夫」義不可通。〔考異〕方説雖有理，然以詩考之，似只是公親往射而梟驚墮梁，故佐之者得以刀斬其頸耳。不必改字強説也。〔王元啓曰〕「一矢」，承上往射言之。「斬頸」，方引鮑照詩爲解，極當。考異「矢」作「夫」，謂公「親往射，而佐之者復以刀斬其頸」，添設旁義，語涉支離。且梟死而羣雛失怙，是雛枯由于一矢，不由于一夫。一夫之與羣雛，語對而義不相蒙，裁句亦嫌微拙。今仍從方本作「矢」。

〔方世舉注〕羣雛枯，言其黨與既散，身死而種類盡殲。時伾、文之氣焰方盛，必有謂其難去者，故遂決言之。是年伾、文之黨果敗。

【集説】

朱彝尊曰：以比意佳。

程學恂曰：「矜凶挾狡」、「聚鬼徵妖」，語皆獨造，不相沿襲，而無害爲無一字無來歷者。其義則本之古也。「誰謂停姦計尤劇」數語，寫小人病國，真是非常警動。此陳戒之旨也。

東方半明〔一〕

東方半明大星没〔二〕，獨有太白配殘月〔三〕。嗟爾殘月勿相疑，同光共影須臾期〔四〕。殘月暉暉〔五〕，太白睒睒〔六〕。雞三號〔七〕，更五點〔八〕。

〔一〕廖本、王本作「半」。祝本、魏本作「未」。〔魏本引韓醇曰〕此詩與「煌煌東方星」興寄頗同，蓋指順宗即位，不能親政，而憲宗在東宫之時也。時賈耽、鄭珣瑜二相，皆天下重望，王叔文用事，相繼引去。此詩所以喻「東方未明大星没」也。執誼、叔文初相汲引，此詩所以喻「獨有太白配殘月」也。順宗已厭機政，執誼、叔文尚以私意更相猜忌，此詩所以有「嗟爾殘月勿相疑，同光共影須臾期」也。及憲宗立而叔文、執誼竄，猶東方明而殘月太白滅，此詩所以喻「殘月暉暉，太白睒睒，雞三號，更五點」也。意微而顯，誠得詩人之旨。

〔二〕〔舉正〕閣本作「半」。洪慶善曰：舊本作「半明」。今蜀本題語亦作「半明」。既云「大星没」，則不應「未明」也。傳本多習於詩人成語，而不考其意義故也。〔蔣之翹注〕未明，亦將明時耳。如詩所謂昧旦，謂天欲旦而晦昧未辨之際也。況結云「雞三號，更五點」，則三號五點之前，東方能半明乎？從「未」字爲是。〔顧嗣立注引劉石齡曰〕詩：「東方未明。」〔王元啓曰〕六月癸丑，韋皐上表，請皇太子監國。已而裴均、嚴綬表繼至，悉與皐同時。羣邪蔽主，而皇太子已爲海内屬心，是爲東方半明之象。又叔文與王伾相依附，自叔文歸第，伾日詣中人請起叔文不得。七月戊寅，伾遂稱疾自免，公詩所謂「大星没」也。〔陳沆曰〕七月，順宗使太子監國，尚未傳位。大明未升，而震方業已主器，故曰「東方半明」也。〔俞樾曰〕考史記天官書：「心爲明堂，大星天王。」索隱曰：「鴻範五行傳曰：心之大星，天王也。前星太子，後星庶子。」公用大星事本此。朱子謂此詩之作，在順宗即位，不能親政，而憲宗在東宫之時。然則「東方半明大星没」，殆指德宗晏駕而言乎？

〔三〕〔魏本引韓醇曰〕太白，西方星，故云配月。又太白主大臣，其號爲上公，故公有取焉。〔王元啓曰〕時叔文之黨已漸去，惟執誼爲相如故，故獨以太白配殘月擬之。〔陳沆曰〕東有啓明，西有長庚。長庚即太白。時方七月，故指西方金星爲喻。羣奸氣燄已熸，惟叔文與執誼尚相表裏，其勢已孤立，故云「獨有太白配殘月」也。月謂叔文，太白爲執誼。

〔四〕〔王元啓曰〕順宗時，王叔文用事，首引韋執誼爲相，執誼初不敢負叔文，後迫公議，時有異同。及叔文母死，執誼益不用其語。叔文乃大怒，謀起復必先斬執誼，而盡誅不附己者。及太子監國，兩人先後誅逐。篇中殘月相疑二句，蓋指王之怨韋也。

〔五〕〔方世舉注〕虞騫視月詩：「暉暉光稍没。」

〔六〕〔舉正〕「睒」，當从目。今本多誤。〔考異〕「睒睒」，或作「晱晱」。〔祝充注〕睒，暫視貌，太玄經：「明復睒天，中獨爛也。」

〔七〕〔吴开曰〕蓋雞必三號而後天曉耳，故杜子美雞詩亦云：「紀德名標五，初鳴度必三。」〔方世舉注〕大戴禮四代篇：「東有開明，于時雞三號以興。」史記天官書：「雞三號卒明。」

〔八〕〔顧嗣立注〕杜佑通典：「一夜分五更者，以五夜更易爲名也。」顔之推曰：「五夜，謂甲乙丙丁戊也。」點者，以下漏滴水爲名，每一更又分爲五點也。〔朱彝尊曰〕只如此收，更不點出意，更妙。〔查慎行曰〕四句如漢、魏謡辭。〔陳沆曰〕末語危之快之，亦憫其愚也。

【集説】

朱彝尊曰：雖若枯淡，然含味卻濃腴，氣格極練。

唐宋詩醇曰：與鐘鳴漏盡意同。

陳沆曰：此與三星行皆出小雅大東之詩。

程學恂曰：此詩憂深思遠，比興超絶，真二雅也，即以格調論，亦曠絶古今。

卷 三

八月十五夜贈張功曹〔一〕

纖雲四卷天無河〔二〕，清風吹空月舒波〔三〕。沙平水息聲影絶〔四〕，一盃相屬君當歌〔五〕。君歌聲酸辭且苦，不能聽終淚如雨。洞庭連天九疑高〔六〕，蛟龍出没猩鼯號〔七〕。十生九死到官所〔八〕，幽居默默如藏逃。下牀畏蛇食畏藥〔九〕，海氣濕蟄熏腥臊〔一〇〕。昨者州前搥大鼓〔一一〕，嗣皇繼聖登夔皋〔一二〕。赦書一日行萬里〔一三〕，罪從大辟皆除死〔一四〕。遷者追迴流者還，滌瑕蕩垢朝清班〔一五〕。州家申名使家抑〔一六〕，坎軻祇得移荆蠻〔一七〕。判司卑官不堪説〔一八〕，未免捶楚塵埃間〔一九〕。同時輩流多上道〔二〇〕，天路幽險難追攀〔二一〕。君歌且休聽我歌〔二二〕，我歌今與君殊科〔二三〕。一年明月今宵多〔二四〕，人生由命非由他〔二五〕，有酒不飲奈明何〔二六〕！

〔一〕永貞元年乙酉。〔魏本引樊汝霖曰〕張功曹，署也。公與張以貞元二十一年二月二十四日赦自南方，俱徙掾江陵，至是俟命於郴而作是詩。公在江陵祭郴州李使君云：「輟行謀於俄頃，見秋月之三彀。逮天書之下降，猶低徊以宿留。」此其證也。詩怨而不亂，得小雅之風。〔鄭珍跋韓詩〕合公過衡嶽諸詩考之。合江亭云：「窮秋感平分，新月憐半破。」曰平分，則是秋中。曰半破，則已上弦。知公以八月初旬至衡州，與刺史鄒君盤桓，因賦合江亭詩。其過中秋，亦在衡州。八月十五夜贈張功曹言「沙平水息」，正是江景。繼乃登衡山，宿嶽廟，訪禹碑，所謂「委舟湘流，往觀南嶽」，必非一二日事，然亦去中秋不遠。宿嶽廟詩：「夜投佛寺上高閣，星月掩映雲朣朧。」是其時猶有月也。初八九尚在衡州，登岳又非一二日事，則中秋贈張功曹，必不在游衡山之後。某氏以其詩爲俟命於郴州作，方扶南沿之，編在郴州祈雨後，不知與公紀時不合也。衡州至潭州，下水船僅五六日，而公游岳在八月二十前後。至潭州泊船詩云：「夜寒眠未覺。」獨宿湘西寺云：「是時秋之殘。」又云：「山樓黑無月。」則已是九月二十後者。意公譴瘧鬼詩云「乘秋作寒熱」，必即在游岳後泊潭前。中間一二十日，以瘧疾淹留故也。九月下旬，公應發潭州，其至洞庭湖，已是十月。又在鹿角避風七日，及岳州當在初十前後。洞庭湖阻風云：「十月陰氣盛。」登岳陽樓云：「時當冬之孟。」可考也。〔補釋〕樊汝霖以此詩爲俟命郴州時作，實未嘗誤。公在郴「見秋月之三彀」，計當夏秋之間抵郴，九月初旬離郴，中秋正在郴州，安得謂此在衡州作？此詩有「移荆蠻」、「判司卑官」之語，是公與張署受命爲江陵掾在八月。而祭李郴州文云：「逮天書之下降，猶低徊以宿留。」則受命後又留至九月始行也。「窮秋感平分」二句，愚謂不當如鄭作八月解，當解作九月上弦方合。蓋窮秋爲九月，出鮑照詩。鄭誤解此句，以合江亭詩爲八月上旬作，衡嶽之游，遂亦提前一月，中間乃相差二十餘日矣。至「沙平水息」之景，何必定屬衡州。

〔二〕〔方世舉注〕謝莊月賦：「列宿掩縟，長河韜映。」

〔三〕〔魏本引孫汝聽曰〕舒，展也。波，月光。〔方世舉注〕漢郊祀歌：「月穆穆以金波。」虞羲詠秋月詩：「泛灔浮陰來，金波時不見。」

〔四〕〔舉正〕閣本、李、謝校作「平沙」。〔考異〕「沙平」，方作「平沙」，非是。〔朱彝尊曰〕寫景語浄。

〔五〕〔魏本引樊汝霖曰〕漢書灌夫傳：「夫迎田蚡過竇嬰，及飲酒酣，夫起舞屬蚡。」顔師古曰：「屬，付也。猶今之舞訖相勸也。」〔顧嗣立注〕魏武帝短歌行：「對酒當歌，人生幾何？」

〔高步瀛曰〕以上中秋夜飲。

〔六〕〔補釋〕以下十八句，皆代張署歌辭。洞庭、九疑，俱見卷二送惠師注。

〔七〕猩，見卷二劉生注。鼯，見卷二郴州祈雨注。

〔八〕〔魏本引孫汝聽曰〕官所，臨武。

〔九〕〔方世舉注〕南方多蛇，又多畜蠱，以毒藥殺人。

〔一〇〕〔舉正〕杭、蜀本作「温蟄」。〔考異〕「濕」，方作「温」，非是。〔祝本魏本注〕「熏」，一作「重」。〔聞人倓注〕洛陽伽藍記：「地多濕蟄，攢育蟲蟻。」〔補釋〕蟄亦濕義，字通作霴。集韻：「霴，小濕，陟立切。」〔吴闓生曰〕寫哀之詞，納入客語，運實於虚。

〔一一〕〔洪興祖韓子年譜〕是年八月，憲宗受禪，公兩遇赦矣。〔方崧卿年譜增考〕是年八月五日，憲宗即位。此十五日詩也，所謂「嗣皇繼聖登夔皋」及「州家申名使家抑」，只謂順宗赦也。别本「昨者」作「昨日」，然「使家抑」之言，恐不緣再赦也。〔陳景雲曰〕「昨者」宋本作「昨日」，則以下八句似謂是歲順宗内禪之赦，及細考之，非也。唐制，赦書日行五百里，計旬餘即可達郴州。功曹以是月十四日在郴聞赦，理或有之。但觀「州家申名使家抑」句，時使府駐潭州，自郴申潭，文移往復，其事豈一二日可了乎？則作「昨日」自誤也。〔補釋〕順宗即位在正月，大赦在二月，時尚未至郴，何得曰「昨者州前」？且順宗即位，韋、王用事，張署豈肯頌之爲夔、皋？方、陳之説非也。至「使家抑」之言，自不緣再赦，正因使家久抑，故至是始獲量移江陵耳。〔方世舉注〕新唐書百官志：「中尚署令，赦日擊掆鼓千聲，集百官父老囚徒。」

〔一二〕〔補釋〕書：「帝曰：夔，命汝典樂教胄子。」皋，見卷二縣齋有懷注。

〔一三〕〔方世舉注〕舊唐書順宗紀：「貞元二十一年正月丙申，順宗即位。二月甲子大赦。」此公所以離陽山而竢命於郴也。及八月，憲宗即位，改貞元二十一年爲永貞元年，自八月五日以前，天下死罪降從流，流以下遞減一等。詩所云「昨者赦書」正指此。〔補釋〕翟翬聲調譜拾遺載此詩，「萬」作「千」，但諸本韓集無作「千」者，不知翟何所據也。

〔一四〕〔舉正〕閣本、蜀本同作「除死」。荆公與謝本皆作「除徙」。下文已有「遷者追迴流者還」，則「除死」爲當。〔蔣抱玄注〕禮記：「其死罪則曰某之罪在大辟。」

〔一五〕〔舉正〕唐本、晁校作「朝清」。以文意考之，蓋言追還之人，皆得滌瑕垢而朝清班，惟己爲使家所抑，故只量移江陵也。白樂天詩有「早接清班登玉墀」，坡、谷詩皆嘗用「清班」字。〔考異〕「朝清」，或作「清朝」。祝本、魏本作「清朝」。廖本、王本作「朝清」。滌瑕蕩垢，見卷二縣齋有懷注。

〔一六〕〔魏本引孫汝聽曰〕使家謂湖南觀察使。〔沈欽韓注〕是時楊憑爲湖南觀察使。〔補釋〕楊憑爲柳宗元妻父，自必仰承伾、文一黨意旨，公與署之被抑，宜也。〔程學恂韓詩臆説〕州家、使家，皆當時方言。〔吴闓生曰〕一句中頓挫。

〔一七〕〔舉正〕閣本、蜀本「祇」多作「只」，他詩皆然。〔顧嗣立注〕楚辭：「年既已過太半兮，然輡軻而留滯。」注：「輡軻，不遇也。」〔魏本引孫汝聽曰〕荆蠻，江陵。〔方世舉注〕史記索隱曰：「荆者，楚之舊號。」以州而言之，地在楚、越之界，故稱荆蠻。

〔一八〕祝本、廖本、王本作「卑官」。魏本作「官卑」。〔王元啓曰〕公與張同遷江陵參軍，公法曹，張功曹。此句係張自指。〔姚範曰〕張署墓誌云：「逢恩俱徙掾江陵，半歲，邕管奏爲判官。」詩有判司卑官之云，正其時矣。〔補釋〕此時邕管尚未奏署爲判官，姚説非是。〔沈欽韓注〕通典：「唐制，在府爲曹，在州爲司。府曰功曹、倉曹，州曰司功、司倉。」案云「判官」者，判一司之事，而司録爲之長。會要六十九：「乾元二年勅：録事參軍，自今已後，宜升判司一秩。」

〔一九〕〔魏本引韓醇曰〕老杜送高書記詩：「脱身簿尉中，始與捶楚辭。借問今何官？觸熱向武威。」〔魏本引蔡夢弼曰〕唐制，參軍簿尉，有過即受笞杖之刑。猶今之胥吏也。故杜牧詩有云「參軍與簿尉，塵土驚劻勷，一語不中治，鞭笞身滿瘡」是也。〔蔣之翹注引黄震曰〕此唐之判司簿尉類然歟？然唐之待卑官雖嚴，而卑官之行法於人，猶得以申其嚴。如劉仁軌爲陳倉尉，榜殺中貴人折衝都尉魯寧是也。嗣後判司簿尉，以待新進士，而管庫監當不以辱之，視唐重矣。奈何朝廷視之雖重，世俗待之益卑，苦役苛責，甚於奴僕，官之辱，法之屈也。公此語實關世道。〔方世舉注〕漢書路温舒傳：「捶楚之下，何求而不得。」〔何焯義門讀書記〕隋文帝以所在屬官不敬憚其上，開皇十七年三月壬辰，詔諸司論屬官罪，有律輕情重者，聽於律外斟酌決杖。於是上下相驅，迭行捶楚。唐蓋沿隋俗也。〔沈欽韓注〕韓琬御史臺記：「蕭誠初拜員外，侍御史王旭曰：蕭子從容省闥。琬應聲答曰：蕭任司録，早已免杖，豈至今日，方省撻耶？」則州佐至司録方免杖。

〔二〇〕〔舉正〕李、謝本並校從「輩流」。〔蔣抱玄注〕晉書李密傳：「郡縣逼迫，催臣上道。」

〔二一〕〔吴闓生曰〕此轉尤勝。〔高步瀛曰〕以上代張署歌辭。貶謫之苦，判司之移，皆於張歌詞出之，所謂避實法也。

〔二二〕〔翟翬聲調譜拾遺〕即用起處原韻，歌字韻複。複韻古人多有之。

〔二三〕廖本、王本如此。祝本、魏本作「我今與君豈殊科」。〔考異〕杭本如此。言張之歌詞酸苦，而己直歸之於命。蓋反騷之意，而其詞氣抑揚頓挫，正一篇轉換用力處也。方從諸本「我」下去「歌」字，而「君」下著「豈」字，全失詩意，使一篇首尾不相運掉，無復精神，又不著杭本之異，蓋考之亦未詳耶。〔蔣抱玄注〕漢書公孫弘傳：「與内富厚而外爲詭服以釣虚譽者殊科。」〔高步瀛舉要〕説文曰：「科，程也。」廣雅釋言曰：「科，品也。」〔朱彝尊曰〕借張作賓主，又借歌分悲樂，總是抑人揚己。

〔二四〕廖本、王本如此。祝本、魏本「明月」作「月明」，「宵」作「霄」。

〔二五〕〔王元啓曰〕言不必歸怨使家。

〔二六〕〔蔣之翹注〕此用「明」字，似不成句，當作「月」。〔補釋〕「奈明何」，奈明宵何也。承上省「宵」字。今宵中秋，月色分外明，故上句云「多」，明宵，則滿月開始缺矣，故喚奈何也。蔣説非。〔顧嗣立注〕李太白詩：「對酒不肯飲，含情欲待誰。」

【集説】

汪琬曰：虚者實之，實者虚之，得反客爲主之法。觀起結自知。

查慎行曰：用意在起結，中間不過述遷謫量移之苦耳。

翁方綱曰：韓詩七古之最有停蓄頓折者。

翟翬曰：純用古調，無一聯是律者，轉韻亦極變化。

方東樹曰：一篇古文章法。前敍，中間以正意苦語重語作賓，避實法也。收應起，筆力轉換。

程學恂曰：此詩料峭悲涼，源出楚騷。入後换調，正所謂一唱三歎有遺音者矣。

蔣抱玄曰：用韻殊變化，首尾極輕清之致，是以圓巧勝者，集中亦不多見。

高步瀛曰：高朗雄秀，情韻兼美。

譴瘧鬼〔一〕

屑屑水帝魂〔二〕，謝謝無餘輝〔三〕。如何不肖子，尚奮瘧鬼威？乘秋作寒熱〔四〕，翁嫗所罵譏。求食歐泄間〔五〕，不知臭穢非。醫師加百毒〔六〕，薰灌無停機；灸師施艾炷〔七〕，酷若獵火圍；詛師毒口牙〔八〕，舌作霹靂飛；符師弄刀筆〔九〕，丹墨交橫揮〔一〇〕。咨汝之胄出〔一一〕，門户何巍巍？祖軒而父頊〔一二〕，未沫於前徽〔一三〕。不修其操行，賤薄似汝稀。豈不忝厥祖〔一四〕，靦然不知歸〔一五〕。湛湛江水清〔一六〕，歸居安汝妃〔一七〕。清波爲裳衣，白石爲門畿〔一八〕。呼吸明月光，手掉芙蓉旂〔一九〕。降集隨九歌〔二〇〕，飲芳而食菲〔二一〕。贈汝以好辭〔二二〕，咄汝去莫違〔二三〕。

〔一〕〔舉正〕元和十年任庶子日作。〔方世舉注〕韓醇謂此詩爲皇甫鎛、程异諸人而作，無所取義。按：此爲宰相李逢吉出爲劍南東川節度而作也。舊唐書逢吉本傳，爲貞觀中學士李立道之曾孫。新唐書宗室世系表，載其出姑臧房，爲興聖皇帝之後，蓋其人名家子也。郾城聯句有「天殃鬼行瘧」語，即此詩之緣起。〔王元啓曰〕此譏世家敗類之子，如宋時韓魏公之後有侂胄，朱文公之後有松壽是也。公所譏不知的指何人，然考通鑑，宰相李逢吉私人有八關十六子之目，而張又新實爲之首，當日裴度之逐，李紳之貶，又新皆有力焉。又新，故工部尚書薦之子。近解專譏逢吉。僕指趨炎附勢之徒，竊謂較合情理。又按和侯協律詠筍，亦刺八關十六子之徒，但彼詩泛指羣黨，此詩咨汝胄出以下，乃切指一人言之，故知爲張又新作。〔鄭珍跋韓詩〕此詩公實因病瘧而作，其時當在永貞元年八九月，公由郴至衡潭中間。觀納涼聯句公自敍云：「與子昔睽離，嗟予苦屯剥。炎湖渡氛氳，熱石行犖硞。痟飢夏尤甚，瘧渴秋更數。」皆明是實事。曰度炎湖、行熱石，則暑中行況也。公貶陽山，在貞元十九年十二月，度湖經嶺，皆極寒之時。而二十年在陽山，又無緣至湖嶺。惟二十一年由陽山俟命於郴，則越嶺有熱石之行，又由郴下潭州，自衡以下皆湖地，其時又正當夏秋，與度炎湖、行熱石合。而夏痟秋瘧，即敍在度炎湖、行熱石之下，又與此乘秋作寒熱合。知公偶爾病瘧，必在出郴口泊潭州中間，故病中作此消遣。其曰江水清，曰九歌，曰清波、白石、芙蓉旂，並就眼前景附合楚騷，以爲娱戲，非憑空擬撰也。韓醇謂此詩爲皇甫鎛、程异諸人作，誠無所取。方氏又以移之李逢吉，究是臆度。要之名門子孫，不修操行，以忝厥祖父者，比比而是。公自嬉罵瘧鬼，而使不肖子讀之，自知汗背，此即有關世道也，何必定指斥某人耶？至方氏以「天殃鬼行瘧」句爲此詩緣起，因編此系鄖城聯句後，則小兒之見矣。〔補釋〕鄭説得之。惟謂在出郴口泊潭州中間所作，則非是。公離郴已在九月初旬，不得曰炎湖矣。愚謂此湖字不必泥作湖地解。郴州有北湖，公於夏秋間到郴，炎湖指北湖而言。在郴三見月彀，中秋前已受江陵掾之命，而淹留至九月始離郴者，固由李使君相款之雅，或其間正因病瘧稽留之故耳。

〔二〕〔方世舉注〕史記封禪書：「屑屑如有聞。」淮南天文訓：「北方，水也，其帝顓頊。」〔補釋〕方言：「屑屑，不安也，秦晉謂之屑屑。」郭璞注：「往來之貌也。」

〔三〕〔方世舉注〕説文：「謝，辭去也。」重言之者，言其去之久遠也。

〔四〕〔方世舉注〕黄帝素問：「夏傷于暑，秋必痎瘧。」又：「夫瘧氣者，陰勝則寒，陽勝則熱。」

〔五〕〔舉正〕蜀本作「歐」。漢書嚴助傳：「夏時歐泄霍亂之病相屬。」字正作「歐」。〔考異〕「歐」，或作「嘔」。「泄」，或作「洩」。祝本、魏本作「嘔洩」。廖本、王本作「歐泄」。〔方世舉注〕左傳：「鬼猶求食，若敖氏之鬼，不其餒而！」

〔六〕祝本注曰：「醫」，一作「毉」。祝本、魏本注曰：「毒」，一作「藥」。〔魏本引孫汝聽曰〕百毒，謂百藥之有毒者。〔魏本引韓醇曰〕周禮醫師：「掌醫之政令，聚毒藥以供醫事。」

〔方世舉注〕新唐書百官志：「太醫署，令二人，掌醫療之法。其屬有四，一曰醫師，二曰針師，三曰按摩師，四曰咒禁師。」

〔七〕〔補釋〕素問：「其治宜灸焫。」注：「火艾燒灼，謂之灸焫。」〔方世舉注〕隋書麥鐵杖傳：「安能艾炷額，瓜蒂歕鼻？」

〔八〕〔魏本引孫汝聽曰〕詛師，巫覡也。〔方世舉注〕南史荀伯玉傳：「伯玉夢中自謂是咒師，凡六唾咒之，有六龍出兩腋下。」新唐書百官志：「咒禁博士，掌教咒禁，祓除爲厲者，齋戒以受焉。」

〔九〕〔方世舉注〕後漢書方術傳：「麴聖卿善爲丹書符劾，厭殺鬼神。」南史羊欣傳：「欣嘗手自書章，有病不服藥，飲符水而已。」〔顧嗣立注〕漢蕭何曹參傳贊：「皆起秦刀筆吏。」師古曰：「刀所以削書也。古者用簡牒，故吏皆以刀筆自隨也。」

〔一〇〕〔張鴻曰〕四師實寫譴字。

〔一一〕〔魏本引孫汝聽曰〕胄，世系也。

〔一二〕〔方世舉注〕史記五帝本紀：「帝顓頊高陽者，黄帝之孫，而昌意之子也。」

〔一三〕〔舉正〕杭本作「沬」。沬，已也。離騷經：「芬至今猶未沬。」又選劉孝標書：「悲其音徽未沫，其人已亡。」蜀本作「未法」，今作「昧」，皆非。〔魏本引孫汝聽曰〕前徽，謂前人之美也。

〔一四〕〔方世舉注〕書：「太甲忝厥祖。」

〔一五〕〔魏本引孫汝聽曰〕靦，面熱也。詩：「有靦面目。」

〔一六〕〔顧嗣立注〕楚辭宋玉招魂：「湛湛江水兮上有楓。」

〔一七〕〔魏本引孫汝聽曰〕妃，其妻也。

〔一八〕〔方世舉注〕詩：「薄送我畿。」注：「畿，門内也。」

〔一九〕〔方世舉注〕離騷只云「集芙蓉以爲裳」，九歌有云「蓀橈兮蘭旌」，王逸曰：「以蓀爲楫櫂，蘭爲旌旍。」芙蓉旍蓋仿而言之。

〔二〇〕〔方世舉注〕王逸楚辭序：「楚俗信鬼而好祠，必作歌樂鼓舞以樂諸神，屈原因爲作九歌之曲。」

〔二一〕〔魏本引韓醇曰〕屈原離騷云：「朝飲木蘭之墜露兮，夕餐秋菊之落英。」飲芳食菲取諸此。

〔二二〕〔方世舉注〕「好辭」字本解釋蔡邕「黄絹幼婦，外孫齏臼」，以爲絶妙好辭也。

〔二三〕祝本、魏本作「咄」。廖本、王本誤作「出」。魏本、廖本、王本作「違」，祝本誤作「遲」。〔魏懷忠注〕咄，呵也。

【集説】

朱彝尊曰：格調亦本楚騷來，筆非不蒼，但恨語味寡。

程學恂曰：大概是寫小人情狀，其爲皇甫鎛、程异、李逢吉亦難確指。讀此詩，見君子待小人之道。

湘中酬張十一功曹〔一〕

休垂絶徼千行淚〔二〕，共泛清湘一葉舟〔三〕。今日嶺猿兼越鳥，可憐同聽不知愁〔四〕。

〔一〕〔魏本引集注〕湘，水名。湘中即謂郴州。郴在江南西道，於古爲越地。公祭張十一文云：「予出嶺中，君竢州下。」州下即謂郴也。公時自連州來，張竢公于郴，與之共離郴也，故詩意及焉。〔何焯義門讀書記〕此召還志喜也。〔方成珪昌黎先生詩文年譜〕是年秋暮作。

〔二〕〔魏本廖本注〕「絶」，一作「越」。〔顧嗣立注〕顔師古漢書注：「徼，猶塞也。東北謂之塞，西南謂之徼。」

〔三〕〔補釋〕北堂書鈔：「湘州記云：繞川行舟，遥望若一樹葉。」清湘，見卷二送惠師注。

〔四〕〔蔣之翹曰〕此謂同聽不同情也。須如此結，首二句方振得起。〔汪琬曰〕今日同聽不知愁，則他日之愁可知矣。可憐二字，無限低徊。〔王鳴盛曰〕同聽不愁，以其將歸也。

【集説】

朱彝尊曰：退之胸襟闊，自别有一種興趣。此反用猿鳥意，亦唐人所未有。

郴口又贈二首〔一〕

山作劍攢江寫鏡〔二〕，扁舟斗轉疾於飛〔三〕。迴頭笑向張公子〔四〕，終日思歸此日歸。

〔一〕〔黄叔燦注〕郴口，在湖南郴州。水經注：「黄水又北流，注于耒水，謂之郴口。」〔方成珪昌黎先生詩文年譜〕與前詩同時作。

〔二〕廖本、王本作「寫」。祝本、魏本作「瀉」。〔魏懷忠注〕攢，聚也。

〔三〕〔魏本引孫汝聽曰〕斗轉，如星斗之轉。〔蔣抱玄注〕斗，與陡同。作斗柄解者非。

〔四〕〔魏懷忠注〕張署。〔魏本引樊汝霖曰〕張芸叟嘗謫于郴，及離郡，有詩略云：「歸舟已屬張公子，别酒空煩李使君。」正引用此意。張公子見公此作，李使君則見公祭郴州李使君文。

【集説】

朱彝尊曰：真味天然，非假雕飾。

雪颮霜翻看不分〔一〕，雷驚電激語難聞。沿涯宛轉到深處〔二〕，何限青天無片雲〔三〕。

〔一〕〔舉正〕杭、蜀本作「雪」。〔考異〕「雪」，或作「雲」。〔蔣抱玄注〕颮，讀如占，上聲。凡風之動物與物之受風搖曳者，皆謂之颮。

〔二〕〔舉正〕杭、蜀本作「涯」。〔考異〕「涯」，或作「崖」。祝本、廖本、王本作「涯」。魏本作「崖」。

〔三〕〔魏本注〕「青」，一作「清」。〔黄鉞注〕李白詩：「牛渚西江夜，青天無片雲。」

題木居士二首〔一〕

火透波穿不計春，根如頭面幹如身〔二〕。偶然題作木居士，便有無窮求福人〔三〕。

〔一〕〔魏本引樊汝霖曰〕張芸叟木居士詩序云：「耒陽縣北沿流二三十里鼈口寺，即退之所題木居士在焉。元豐初，縣令禱旱無雨，析而薪之。今所事者，乃寺僧刻而更爲之。予過而感焉」云云。〔補釋〕張邦基墨莊漫録、鄭景望蒙齋筆談記此事略同。〔方世舉注〕新唐書地理志：「衡州耒陽縣，屬江南西道。」〔陳景雲曰〕木居士廟在衡州屬邑，公自郴赴衡，嘗憩其地，故留題云爾。二詩蓋專指伾、文言之。〔王元啓曰〕是詩貞元二十一年作。玩「無窮求福」句，蓋譏當時欲速僥倖之徒，則此詩亦爲伾、叔文而作。

〔二〕〔方世舉注〕漢書五行志：「建平三年，遂陽鄉柱仆地，生支如人形，身青黄色，面白，頭有髭鬚。」南方草木狀：「五嶺之間多楓木，歲久則生瘤癭，一夕遇暴雷驟雨，其樹贅暗長三五尺，謂之楓人。越巫取之作術，有通神之驗。」

〔三〕〔蔣抱玄注〕詩：「豈弟君子，求福不回。」〔陳景雲曰〕柳子厚既坐伾、文黨譴逐，後與人書，追敍伾、文始末云：「素卑賤，暴起領事，射利求進者，填門排户。」誦公詩而論其世，正可引柳以注韓也。

【集説】黄徹曰：退之云：「偶然題作木居士，便有無窮求福人。」可謂切中時病。凡世之趨附權勢以圖身利者，豈問其人賢否果能爲國爲民哉？及其敗也，相推入禍門而已。聾俗無知，諂祭非鬼，無異也。

朱彝尊曰：醒快。

唐宋詩醇曰：遣破世情。

爲神詎比溝中斷〔一〕，遇賞還同爨下餘〔二〕。朽蠹不勝刀鋸力〔三〕，匠人雖巧欲何如〔四〕？

〔一〕「神」，祝本作「人」，非是。〔魏本引孫汝聽曰〕爲神，謂祀以爲神。莊子：「百年之木，破爲犧尊，青黄而文之。其斷在溝中。比犧尊於溝中之斷，則美惡有閒矣，其於失性一也。」

〔二〕〔魏本引孫汝聽曰〕賞，識也。後漢蔡邕在吴，吴人有燒桐以爨者，邕聞火烈之聲，知其良木。因請而裁爲琴，果有美音，而其尾猶焦，故人名爲焦尾琴云。〔朱彝尊曰〕二意尤妙，含味無窮。〔陳景雲曰〕二句申言伾、文寒微暴貴，出自糞土而驟升雲霄也。當二人勢盛時，其黨互相推奬，有伊、傅、管、葛之目。伊、傅殆指伾、文，而管、葛則劉、柳輩標榜之詞也。〔王鳴盛曰〕自寓。

〔三〕〔魏本引韓醇曰〕論語：「朽木不可雕也。」

〔四〕〔陳景雲曰〕二句殆深斥當時之大言夸飾，謂二人可伯仲伊、吕之流歟？伾、文既揃，後三十餘年，而夢得作子劉子自傳，猶盛稱其才，謂有遠祖景略風，是直取燼餘之木，復雕畫之也。

【集説】

蔣抱玄曰：造意玄眇，不特以音節勁爽見長。

題合江亭寄刺史鄒君〔一〕

紅亭枕湘江〔二〕，蒸水會其左〔三〕。瞰臨眇空闊，緑净不可唾〔四〕。維昔經營初，邦君實王佐〔五〕。翦林遷神祠，買地費家貨〔六〕。梁棟宏可愛〔七〕，結構麗匪過〔八〕。伊人去軒騰〔九〕，茲宇遂頽挫。老郎來何暮〔一〇〕？高唱久乃和〔一一〕。樹蘭盈九畹〔一二〕，栽竹逾萬个。長綆汲滄浪〔一三〕，幽蹊下坎坷〔一四〕。波濤夜俯聽，雲樹朝對卧〔一五〕。初如遺宦情〔一六〕，終乃最郡課〔一七〕。人生誠無幾〔一八〕，事往悲豈那〔一九〕。蕭條綿歲時，契闊繼庸懦〔二〇〕。勝事誰復論〔二一〕，醜聲日已播。中丞黜凶邪，天子閔窮餓。君侯至之初，閭里自相賀〔二二〕。淹滯樂閒曠〔二三〕，勤苦勸慵惰〔二四〕。爲余掃塵堦〔二五〕，命樂醉衆坐。窮秋感平分〔二六〕，新月憐半破〔二七〕。願書巖上石，勿使泥塵涴〔二八〕。

〔一〕祝本、魏本如此。廖本、王本作「合江亭」。〔舉正〕閣與杭、蜀本只出此三字。〔考異〕諸本作「題合江亭寄刺史鄒君」，方從閣、杭、蜀本，篇内三處注文，亦用蜀本。〔魏本引孫汝聽曰〕亭在衡州負郭，今之石鼓頭，即其地也。地形特異，巋然崛起於二水之間。旁有朱陵洞，亦謂之朱陵仙府，唐人題刻散滿巖上。時公自陽山量移江陵府法曹參軍，過衡山，有此詩。鄒君逸其名。〔岑仲勉唐集質疑〕元和姓纂鄒姓：「開元中有象先，……象先生儒立，衡州刺史。」據唐詩紀事二二，象先爲蕭穎士同年生，即開元二十三年進士，時代相當，此刺史應即儒立，鄒姓著者不多，況復同爲衡州刺史也。儒立，貞元四年賢良方正科及第，見會要七六；江州集四有送雲陽鄒儒立少府侍奉還京師詩，意貞元初作；十四年，官殿中侍御史，見會要六二；鄭准墓誌，十七年立，撰人結銜曰殿中侍御史武功縣令鄒儒立，見芒洛遺文續編補遺，四五年間，自京縣令擢升刺史，固常事也。〔陳景雲曰〕范石湖驂鸞録曰：「合江亭，今名緑浄閣，取韓詩緑浄不可唾句。」蓋石湖赴桂林時，過此而目覩其懸牓也。〔王元啓曰〕篇題宜從諸本，不著「題」、「寄」等字，則篇中「君侯」一語，突無來歷。此詩永貞元年，公受江陵法曹之命，自郴至衡作。詩云「窮秋感平分，新月憐半破」，知在九月既望生魄之後。〔補釋〕詩云「新月半破」，當指上弦而言，下弦不得云新月矣。舊唐書職官志：「上州刺史，從第三品。」

〔二〕〔舉正〕閣本、蜀本並同作「洪亭」。晁、謝皆校從上。〔考異〕「紅」，或作「江」。方作「洪」。今按：歐本作「紅」。鮑云：當作「紅」，其作「洪」者，聲存而字訛也。祝本、魏本作「江」。廖本、王本作「紅」。

〔三〕〔方世舉注〕漢書地理志：「長沙國承陽。」應劭曰：「承水之陽。」師古曰：「承水源出零陵永昌縣界，東流注湘。承，音蒸。」水經：「湘水出零陵始安縣陽海山，又東北過酃縣西，承水從東南來注之。」注：「承水出衡陽重安縣西邵陵縣界邪薑山。」〔補釋〕太平寰宇記卷一一五江南西道十三衡州衡陽縣云：「蒸水，源出縣西，水氣如蒸。水經云：『蒸水源出重安縣南，又東北至臨蒸入於湘，謂之蒸口也。』」

〔四〕〔方世舉注〕水經注：「清潭遠漲，緑波凝浄。」〔朱彝尊曰〕獨造語，語境俱佳。

〔五〕〔魏本引箋曰〕故相齊映所作。按：王本引作「洪曰」。〔陳景雲曰〕考異所謂「篇内三處注文」，定公自注之文。〔方世舉注〕舊唐書齊映傳：「貞元二年同平章事。三年貶夔州刺史，轉衡州。七年授御史中丞，改江西觀察使。」〔蔣抱玄注〕論語：「邦君之妻。」後漢書王元傳：「王生一日千里，王佐才也。」

〔六〕〔考異〕「費」，或作「匱」。

〔七〕〔舉正〕閣本、蜀本並同作「宏」。晁、謝皆校從上。〔考異〕「宏」，或作「横」。祝本作「横」。魏本、廖本、王本作「宏」。

〔八〕〔方世舉注〕王延壽魯靈光殿賦：「詳察其棟宇，觀其結構。」

〔九〕〔蔣抱玄注〕詩：「所謂伊人。」〔補釋〕詩鄭箋：「伊，當作繄。繄，猶是也。」

〔一〇〕〔方世舉注〕漢武故事：「顔駟漢文帝時爲郎，至武帝輦過郎署，見駟龐眉皓髮，上問曰：叟何時爲郎，何其老也？」〔顧嗣立注〕後漢書廉范傳：「廉叔度，來何暮？」

〔一一〕〔魏本引箋曰〕宇文炫又增其制。按：王本引作「洪曰」。〔陳景雲曰〕宇文炫官終刑部郎。德宗欲復用盧杞，炫時爲拾遺，與同官陳京等力争而止，風節偉矣。〔沈欽韓注〕宇文炫見袁高傳，其出守衡州無考。

〔一二〕〔顧嗣立注〕楚辭：「余既滋蘭之九畹兮，又樹蕙之百畝。」王逸曰：「十二畝爲畹。」

〔一三〕〔方世舉注〕莊子至樂篇：「綆短者不可以汲深。」廣韻：「綆，井索。」〔蔣之翹注〕此只泛言其水爲滄浪耳。〔補釋〕吕氏春秋畢沅注：「蒼狼，青色也。在竹曰蒼筤，在天曰倉浪，在水曰滄浪。」

〔一四〕〔方世舉注〕廣韻：「坎坷，不平也。」

〔一五〕〔朱彝尊曰〕寫景工。

〔一六〕〔補釋〕謝靈運擬魏太子鄴中集詩序：「徐幹少無宦情，有箕、潁之志。」

〔一七〕〔魏本引孫汝聽曰〕治行第一也。〔方世舉注〕漢書百官志注：「秋冬歲盡，丞尉以下詣郡課校其功。」盧諶詩：「倪寬以殿黜，終乃最衆賦。」〔何焯曰〕二句聯絡下意。

〔一八〕〔舉正〕三本同作「成」。荆公、謝氏諸校本多作「誠」。〔考異〕「誠」，方作「成」，非是。魏本作「成」，祝本、廖本、王本作「誠」。

〔一九〕〔舉正〕蜀作「奈」。〔考異〕「奈」，或作「那」。祝本、魏本作「那」。廖本、王本作「奈」。〔祝充注〕那，乃个切，語助。宋鮑照采菱歌：「秋心殊不那。」

〔二〇〕諸本作「懦」。祝本作「瑣」。〔魏本引唐庚曰〕「懦」，一作「瑣」，非。〔魏本引韓醇曰〕詩：「死生契闊。」注：「勤苦也。」

〔二一〕〔何焯曰〕斡題。

〔二二〕〔魏本引箋曰〕前刺史元澄無政，廉使楊中丞奏黜之，朝廷遂用鄒君。按：王本遺此條。〔魏本引孫汝聽曰〕楊謂御史中丞湖南觀察使楊憑也。

〔二三〕〔蔣抱玄注〕左傳：「詰姦慝，舉淹滯。」　〔何焯曰〕斡題。

〔二四〕〔何焯曰〕聯絡上意。

〔二五〕〔舉正〕閣本作「東階」。　〔考異〕「塵」，方作「東」，非是。

〔二六〕窮秋，見卷一鳴雁注。　〔李詳證選〕宋玉九辯：「皇天平分四時兮，竊獨悲此凛秋。」

〔朱彝尊曰〕善用楚辭。

〔二七〕〔魏本引孫汝聽曰〕謂月未圓也。　〔魏本引樊汝霖曰〕公永貞元年九月初，道衡之江陵故云耳。　〔程學恂曰〕押韻處生拗有奇趣，遂開蘇、黄次韻之派。

〔二八〕〔舉正〕閣本作「泥塵」。　〔考異〕「泥塵」，或作「塵泥」。祝本、魏本作「塵泥」。廖本、王本作「泥塵」。　〔方世舉注〕廣韻：「涴，泥着物也。亦作污。」

【集説】

顧嗣立曰：亦是順敘，然風致有餘。

謁衡嶽廟遂宿嶽寺題門樓〔一〕

五嶽祭秩皆三公〔二〕，四方環鎮嵩當中〔三〕。火維地荒足妖怪，天假神柄專其雄〔四〕。噴雲泄霧藏半腹〔五〕，雖有絶頂誰能窮〔六〕？我來正逢秋雨節〔七〕，陰氣晦昧無清風〔八〕。潛心默禱若有應，豈非正直能感通〔九〕。須臾靜掃衆峯出〔一○〕，仰見突兀撐青空〔一一〕，紫蓋連延接天柱，石廩騰擲堆祝融〔一二〕。森然魄動下馬拜，松柏一逕趨靈宮〔一三〕。粉牆丹柱動光彩，鬼物圖畫填青紅〔一四〕。升階傴僂薦脯酒〔一五〕，欲以菲薄明其衷〔一六〕。廟令老人識神意〔一七〕，睢盱偵伺能鞠躬〔一八〕。手持盃珓導我擲〔一九〕，云此最吉餘難同〔二○〕。竄逐蠻荒幸不死〔二一〕，衣食纔足甘長終〔二二〕。侯王將相望久絶〔二三〕，神縱欲福難爲功〔二四〕。夜投佛寺上高閣〔二五〕，星月掩映雲朣朧〔二六〕。猿鳴鐘動不知曙〔二七〕，杲杲寒日生於東〔二八〕。

〔一〕〔舉正〕杭、蜀同。謝校增「廟」字。〔考異〕或無「廟」字。〔魏本引樊汝霖曰〕唐衡山隸潭州，神龍五年來屬衡州，有南嶽衡山祠。蘇内翰登州觀海市詩云：「潮陽太守南遷歸，喜見石廩堆祝融。」過太行詩序云：「予南遷其必返乎！此退之登衡山之祥也。」又潮州廟記云：「公之精神，能開衡山之雲。」皆取此事。觀蘇公海市詩，則公此篇疑自潮州還作。然永貞元年公自陽山徙掾江陵，嘗有「委舟湘流，往觀南嶽」之語。詩當是此時作。時年三十八，故其辭豪以放。潮州還後，則節簡嚴重，無復此作矣。〔魏本引補注〕公前後兩謫南方，初自陽山北還過衡，在永貞元年八月，至潭適當殘秋。陪杜侍御游湘西寺詩云「是時秋向殘」是也。今云「我來正逢秋雨節」，故知此詩自陽山還時作。後自潮州移刺袁州，則元和十五年十月，蓋未嘗過衡。據袁州謝上表云：「去年正月貶授潮州刺史，其年十月，准例量移。」云云。即自潮徑當來袁，又未嘗過秋雨節時也。蘇公海巾詩中所云，觕言之耳。〔顧嗣立注〕爾雅：「江南衡。」郭璞曰：「衡山，南嶽。」地理志：「衡山在長沙湘南縣南。」元和郡國志：「衡嶽廟在衡山縣西三十里。」〔補釋〕補注言八月過衡，非是。鄭珍跋韓詩以此爲八月二十前後作，亦誤。公在衡州賦合江亭詩，有「窮秋感平分，新月憐半破」句，是九月上弦前後，尚在衡州。此詩有「夜投佛寺上高閣，星月掩映雲曈曨」句，苟非九月十一二日光景，即二十日左右光景也。

〔二〕〔舉正〕唐本、李、謝校作「皆三公」。〔考異〕「皆」，或作「比」，非是。〔魏本引孫汝聽曰〕禮記：天子祭天下名山大川。五嶽視三公秩次也。因其次第而祭之爾。〔顧嗣立注〕書：「柴望秩于山川。」注：「如其秩次望祭之。」〔沈欽韓注〕唐大詔令及會要四七：開元十三年，勅書節文封泰山神爲天齊王，禮秩加三公一等。禮儀志：「五嶽皆封。」此云「皆三公」，「皆」乃「加」之誤。〔補釋〕通典卷四六禮典吉禮六云：「大唐武德、貞觀之制，五嶽年別一祭，南嶽衡山於衡州南鎮。開元十三年，封南嶽神爲司天王。」太平寰宇記卷一一四江南西道潭州云：「嶽祠南嶽廟，歲以太牢祀之。」

〔三〕〔方世舉注〕史記封禪書：「昔三代之君，皆在河、洛之間，故嵩高爲中嶽。而四嶽各如其方。」水經：「嵩高爲中嶽，在潁川陽城縣西北。」〔方成珪箋正〕初學記、白帖引白虎通卷三上巡狩類云：「中央之嶽，獨加高字者何居？四方之中而高，故曰嵩高山。」

〔四〕〔補釋〕初學記：「徐靈期南嶽記及盛弘之荊州記云：『故南嶽衡山，朱陵之靈臺，太虛之寶洞，上承冥宿，銓德鈞物，故名衡山。下踞離宮，攝位火鄉，赤帝館其嶺，祝融託其陽，故號南嶽。』」〔方世舉注〕葛洪枕中書：「祝融氏爲赤帝，治衡霍山。」五嶽真形圖：「南嶽姓崇，名蝭。」河圖：「南嶽衡山君神姓丹名靈峙。」〔汪琬曰〕起勢雄傑。

〔五〕〔補釋〕左思魏都賦：「窮岫泄雲，日月恒翳。」李善注：「泄，猶出也。」

〔六〕〔高步瀛曰〕以上言衡嶽不易登覽。

〔七〕〔何焯義門讀書記〕頂上雲霧。

〔八〕〔舉正〕閣本作「晴風」。〔考異〕「清」，方作「晴」。今按：清風興，羣陰伏。無清風，則雨意未已也。「晴」字非是。

〔九〕〔舉正〕三本同作「豈即正直感能通」。〔考異〕若從方讀，則此句爲吃羌語矣。〔魏本引孫汝聽曰〕詩：「神之聽之，正直是與。」〔何焯義門讀書記〕正直謂嶽神。左傳：「神聰明正直而壹者也。」〔吳闓生曰〕此言神之正直，故能感通之也。

〔一〇〕〔方世舉注〕水經注：「衡山有三峯，自遠望之，蒼蒼隱天。故羅含云：望若陣雲，非清霽素朝，不見其峯。」

〔一一〕〔朱彝尊曰〕二語朗快。〔查慎行曰〕四句所謂「公之精誠，能開衡山之雲」也。

〔一二〕〔顧嗣立注〕長沙記：「衡山七十二峯，最大者五，芙蓉、紫蓋、石廩、天柱、祝融爲最高。」〔何焯義門讀書記〕頂上絶頂。〔朱彝尊曰〕此下須用虚景語點注，似更活。今卻用四峯排一聯，微覺板實。〔汪佑南曰〕竹垞批，余意不謂然。是登絶頂寫實景，妙用「衆峯出」領起。蓋上聯虚，此聯實，虚實相生。下接「森然魄動」句，復虚寫四峯之高峻，的是古詩神境。朗誦數過，但見其排盪，化堆垛爲烟雲，何板實之有。〔高步瀛曰〕以上因禱而開霽，故得仰觀衆峯。

〔一三〕〔舉正〕謝本作「松桂」。〔魏本引孫汝聽曰〕靈宫，嶽廟。〔何焯義門讀書記〕頂上窮字。

〔一四〕〔方世舉注〕列子黄帝篇：「隨烟上下，衆謂鬼物。」

〔一五〕〔方世舉注〕左傳：「正考父鼎銘云：一命而僂，再命而傴。」史記封禪書：「名山大川祠二，春以脯酒爲歲祠。」

〔一六〕〔魏本引孫汝聽曰〕菲薄，所祭之具。衷，誠也。〔方世舉注〕屈原遠游：「質菲薄而無因兮，焉託乘而上浮。」

〔一七〕〔舉正〕杭、蜀本作「令」。〔考異〕「令」，或作「内」。祝本、魏本作「内」。廖本、王本作「令」。〔王元啓曰〕作「内」非是。〔沈欽韓注〕六典：「五嶽四瀆廟令各一人，正九品上，掌祭祀及判祠事。」

〔一八〕〔聞人倓注〕後漢清河王傳：「使御者偵伺得失。」〔高步瀛曰〕莊子寓言篇成玄英疏曰：

「睢盱，躁急威權之貌也。」案：此喻嶽神之威。漢書馮奉世傳顏注曰：「鞠躬，謹敬貌。」案：「鞠躬」當讀爲鞠窮。

〔一九〕祝本「盃」作「杯」，誤。〔魏本注〕「珓」，一本作「敎」。〔舉正〕蜀本作「杯校」。廣韻出「杯珓」字，謂古者以玉爲之。朝野僉載亦作「杯角」，角與校義近。魏野有詠竹校子詩，只用「校」字。荆楚歲時記又作「教」字用。〔考異〕「珓」，方從唐本作「校」云云。今按：當從廣韻及衆本。〔方世舉注〕程大昌演繁露：「問卜于神，有器名盃珓，以兩蚌殼投空擲地，觀其俯仰，以斷休咎。後人或用竹，或用木斲如蛤形，而中分爲二，亦名盃珓。野廟之巫，未必力能用玉，當是擇蚌殼瑩白者爲之，因附玉爲名。凡今珠璣琲珕，字雖從玉，其質皆蚌屬也。其擲法則以半俯半仰者爲吉。」

〔二〇〕〔王若虛曰〕吉字不安，但言靈應之意可也。〔程學恂曰〕吉猶靈驗也。〔范晞文曰〕下三字似乎趁韻，而實有工於押韻者。

〔二一〕〔魏本引孫汝聽曰〕蠻荒，陽山。

〔二二〕〔方世舉注〕後漢書馬援傳：「援從弟少游曰：人生在世，但取衣食纔足。」史記扁鵲傳：「長終而不得返。」

〔二三〕〔顧嗣立注〕史記陳涉世家：「王侯將相寧有種乎？」

〔二四〕〔查慎行曰〕崛強猶昔。〔高步瀛曰〕以上拜祭，非祈福。

〔二五〕〔補釋〕點題中嶽寺。

〔二六〕廖本、王本作「瞳朧」。祝本作「瞳矓」。魏本作「曈曨」。〔舉正〕選秋興賦：「月曈朧而含光。」从日者非。〔考異〕字書二字从日，當更考之。〔王懋竑曰〕廣韻無「瞳」字，禮韻有之。曈，音童。朣同。〔方世舉注〕埤蒼：「朣朧，欲明也。」〔何焯義門讀書記〕顧陰晦。

〔二七〕〔顧嗣立注〕謝靈運詩：「猿鳴誠知曙，谷幽光未顯。」〔李詳證選〕此翻用謝詩。

〔二八〕〔魏本引孫汝聽曰〕詩：「杲杲出日。」杲杲，初日貌也。〔何焯義門讀書記〕反照陰氣。〔高步瀛曰〕以上佛寺投宿。

【集説】

黄震曰：惻怛之忱，正直之操，坡老所謂「公之精誠，能開衡山之雲」即此。

沈德潛唐詩別裁集曰：「横空盤硬語，妥帖力排奡」，公詩足當此語。

翁方綱七言詩平仄舉隅曰：此以對句第五字用平，是阮亭先生所講七言平韻到底之正調也。蓋七古之氣局，至韓蘇而極其致耳。少陵瘦馬行，平聲一韻到底，尚非極著意之作。此種句句三平正調之作，竟要算昌黎開之。

方東樹曰：此典重大題，首以議爲敍，中敍中夾寫，意境詞句俱奇創。以下收。凡分三段。

潘德輿曰：退之詩「我能屈曲自世間，安能隨汝巢神山」、「侯王將相望久絶，神縱欲福難爲功」，高心勁氣，千古無兩。詩者心聲，信不誣也。同時惟東野之古骨，可以相亞，故終身推許，不遺餘力。雖柳子厚之詩，尚不引爲知己，況樂天、夢得耶？

程學恂曰：七古中此爲第一。後來惟蘇子瞻解得此詩，所以能作海市詩。「潛心默禱若有應，豈非正直能感通。」曰「若有應」，則不必真有應也。我公至大至剛，浩然之氣，忽於游嬉中無心現露。「廟令老人識神意」數語，純是諧謔得妙。末云「侯王將相望久絶，神縱欲福難爲功」，我公富貴不能移、威武不能屈之節操，忽於嬉笑中無心現露。公志在傳道，上接孟子，即原道及此詩可證也。文與詩義自各別，故公於原道、原性諸作，皆正言之以垂教也。而於詩中多諧言之以寫情也。即如此詩，於陰雲暫開，則曰此獨非吾正直之所感乎？所感僅此，則平日之不能感者多矣。於廟祝妄禱，則曰我已無志，神安能福我乎？神且不能強我，則平日之不能轉移於人可明矣。然前則託之開雲，後則以謝廟祝，皆跌宕游戲之詞，非正言也。假如作言志詩，云我之正直，可感天地，世之動名，我所不屑，則膚闊而無味矣。讀韓詩與讀韓文迥別，試按之然否？

汪佑南曰：首六句從五嶽落到衡嶽，步驟從容，是典制題開場大局面，領起游意。「我來正逢」十二句，是登衡嶽至廟寫景。「升階傴僂」六句敍事。「竄逐蠻荒」四句寫懷。「夜投佛寺」四句結宿意。精警處在寫懷四句。明哲保身，是聖賢學問，隱然有敬鬼神而遠之意。廟令老人，目爲尋常游客，寧非淺視韓公。

岣嶁山〔一〕

岣嶁山尖神禹碑〔二〕，字青石赤形摹奇〔三〕。科斗拳身薤倒披〔四〕，鸞飄鳳泊拏虎螭〔五〕。事嚴跡祕鬼莫窺，道人獨上偶見之〔六〕，我來咨嗟涕漣洏〔七〕。千搜萬索何處有？森森緑樹猿猱悲〔八〕。

〔一〕〔魏本引孫汝聽曰〕山海經云：「衡山，一名岣嶁山。」與前詩同時作。〔魏本引補注〕東坡中隱堂詩云：「岣嶁何須到，韓公浪自悲。」謂此詩也。岣，音矩。嶁，音縷。〔考異〕岣嶁者，衡山南嶽別峯之名。然今衡山實無此碑。此詩所記，蓋當時傳聞之誤。故其卒章自爲疑詞，以見微意。劉禹錫寄呂衡州温亦云：「嘗聞祝融峯，上有神禹銘。古石琅玕姿，祕文螭虎形。」蓋亦得於傳聞也。〔補釋〕太平寰宇記卷一一五江南西道十三衡州衡陽縣云：「岣嶁山，在縣北五十二里。按湘水記云：『衡山南有岣嶁山，東西闊七十里，高一千五百尺。』」〔方世舉注〕丹鉛餘録云：古今文士稱述禹碑者不一，然劉禹錫蓋徒聞其名矣，未至其地也。韓退之至其地矣，未見其碑也。崔融所云，則似見之，蓋所謂螺書匾刻，非目覩之不能道耳。宋朱晦翁張南軒游南嶽尋訪不獲，其後晦翁作韓文考異，遂謂退之詩爲傳聞之誤，蓋以耳目所限爲斷也。王象之輿地紀勝云：「禹碑在岣嶁峯，又傳在衡山縣雲密峯，昔樵人曾見之，自後無有見者。宋嘉定中，蜀士因樵夫引至其所，以紙打其碑七十二字，刻於夔門觀中，後俱亡。」近張季文僉憲自長沙得之，云是宋嘉定中摹刻於嶽麓書院者。斯文顯晦，信有神物護持哉！碑凡七十七字。輿地紀勝云「七十二字」，誤也。〔姚範曰〕近世有禹碑刻于嶽麓書院，楊用修箋之於丹鉛録，馮氏詩紀亦載之。余謂此即用修輩僞撰，嘗據其文辨之。今志言宋嘉定中何賢良致于祝融峯下，樵子導之至碑所，手摸其文以歸，奉轉運曹彦約。時人未信，致遂刊之嶽麓書院，鄱陽張世南作記。按如志所云，亦宋人僞撰。〔葉昌熾曰〕「岣嶁山尖神禹碑，字青石赤形模奇。」郎瑛、楊用修諸家各有釋文。靈怪杳冥，難可傳信。不知韓詩又云：「千搜萬索何處有，森森緑樹猿猱悲。」是但憑道士所言，未嘗目睹。劉隨州詩，亦不過憑空想象之詞。夫南嶽道家所稱陽明朱虚洞天也，此碑雲雷詰屈，有似繆篆，亦如符籙，前人五嶽真形一説，庶幾近之。

〔二〕〔魏本引韓醇曰〕盛弘之荆州記曰：「南嶽周回數百里，昔禹登而祭之，因夢玄夷使者，遂獲金簡玉字之書。」徐靈期南嶽記曰：「夏禹導水通瀆，刻石書名山之高。南嶽文云：高四千一十丈。南嶽，即衡山也。」

〔三〕諸本作「摹」。游本作「模」。

〔四〕〔舉正〕蜀本作「薤倒披」。謝校同。衡陽舊刻亦然。「華蓮重葩而倒披」，魏都賦語。〔考異〕「倒」，或作「葉」。方從蜀本云云。今按：薤倒披者，古有倒薤書，見歐公集古録日，唐玄度十體書，方得之矣。祝本、魏本作「葉」。廖本、王本作「倒」。〔魏本引孫汝聽曰〕書序云：「魯共王得孔子所藏古文，皆科斗文字。」科斗，古篆也，以其頭麤尾細，類水蟲之科斗焉。王愔文字志曰：「倒薤，書名，小篆法也。垂枝濃直，若薤葉也。」〔沈曾植海日樓札叢〕公好古文奇字，宜有此意想。

〔五〕〔魏本引韓醇曰〕鸞鳳虎螭，皆以象其碑之摹刻如此。〔顧嗣立注引劉石齡曰〕杜子美贈汝陽王詩：「筆飛鸞聳立，章罷鳳騫騰。」又八分小篆歌：「蛟龍盤拏肉屈強。」書斷：「韋誕書如龍拏虎踞。」〔翁方綱曰〕竟似真見其字形者。

〔六〕道人，見卷一送僧澄觀注。

〔七〕〔顧嗣立注〕王仲宣詩：「涕淚漣洏。」

〔八〕〔考異〕「猱」，或作「啼」。〔魏本注〕「悲」，一作「啼」。〔蔣抱玄注〕潘岳懷舊賦：「柏森森以攢植。」〔蔣之翹曰〕結語淒清如畫。〔黄鉞注〕可知今岣嶁碑之僞。

【集説】

方東樹曰：先點次寫，似實卻虛。「事嚴」以下入議，似虛卻實。

程學恂曰：此與石鼓歌，皆見好古之誠意耳。究之亦無甚緊要。

别盈上人〔一〕

山僧愛山出無期〔二〕，俗士牽俗來何時〔三〕？祝融峯下一迴首〔四〕，即是此生長別離。

〔一〕〔魏本引韓醇曰〕盈，即誠盈也。居衡山中院，見柳集。公自陽山迴至衡、湘，與盈别去。〔王元啓曰〕據此，則此詩亦貞元二十一年謁衡嶽廟後所作。〔補釋〕柳宗元衡山中院大律師塔銘：「誡盈，蓋衡山中院大律師希操之弟子也。」摩訶般若波羅蜜經：「一心行阿耨菩提，心不散亂，是名上人。」吴曾能改齋漫録：「唐人多以僧爲上人。」

〔二〕〔蔣抱玄注〕庾信詩：「山僧或見尋。」〔方世舉注〕沈佺期詩：「支遁愛山情漫切。」

〔三〕〔蔣抱玄注〕蜀志諸葛亮傳注：「儒生俗士，豈識時務？」〔方世舉注〕孔稚圭北山移文：「請迴俗士駕，爲君謝逋客。」宋玉招魂：「牽於俗而蕪穢。」

〔四〕祝融峯，見謁衡嶽廟遂宿嶽寺題門樓注。

【集説】

朱彝尊曰：古質可喜。

程學恂曰：竟不似闢佛人語，此公之廣大也。

赴江陵途中寄贈王二十補闕李十一拾遺李二十六員外翰林三學士〔一〕

孤臣昔放逐〔二〕，血泣追愆尤〔三〕，汗漫不省識〔四〕，怳如乘桴浮〔五〕。或自疑上疏〔六〕，上疏豈其由〔七〕？是年京師旱〔八〕，田畝少所收〔九〕，上憐民無食，征賦半已休〔一〇〕。有司恤經費〔一一〕，未免煩徵求〔一二〕。富者既云急，貧者固已流〔一三〕。傳聞閭里間〔一四〕，赤子棄渠溝。持男易斗粟，掉臂莫肯酬〔一五〕。我時出衢路，餓者何其稠！親逢道邊死〔一六〕，佇立久咿嚘〔一七〕。歸舍不能食，有如魚中鉤〔一八〕。適會除御史，誠當得言秋，拜疏移閤門〔一九〕，爲忠寧自謀？上陳人疾苦〔二〇〕，無令絕其喉〔二一〕；下言畿甸內〔二二〕，根本理宜優。積雪驗豐熟，幸寬待蠶麰〔二三〕。天子惻然感，司空歎綢繆〔二四〕，謂言即施設〔二五〕，乃反遷炎州〔二六〕。同官盡才俊，偏善柳與劉〔二七〕。或慮語言泄，傳之落冤讎〔二八〕。二子不宜爾，將疑斷還不〔二九〕。中使臨門遣，頃刻不得留。病妹臥牀褥〔三〇〕，分知隔明幽，悲啼乞就別，百請不頷頭〔三一〕。弱妻抱稚子，出拜忘慚羞〔三二〕。僶俛不迴顧〔三三〕，行行詣連州〔三四〕。朝爲青雲士〔三五〕，暮作白首囚。商山季冬月〔三六〕，冰凍絶行輈〔三七〕。春風洞庭浪〔三八〕，出没驚孤舟〔三九〕。逾嶺到所任〔四〇〕，低顔奉君侯〔四一〕。酸寒何足道，隨事生瘡疣〔四二〕。遠地觸途異〔四三〕，吏民似猨猴，生獰多忿很〔四四〕，辭舌紛嘲啁〔四五〕。白日屋簷下，雙鳴鬭鵂鶹〔四六〕。有蛇類兩首〔四七〕，有蠱羣飛游〔四八〕。窮冬或摇扇，盛夏或重裘〔四九〕。颶起最可畏〔五〇〕，訇哮簸陵丘〔五一〕。雷霆助光怪，氣象難比侔〔五二〕。癘疫忽潛遘〔五三〕，十家無一瘳〔五四〕。猜嫌動置毒〔五五〕，對案輒懷愁〔五六〕。前日遇恩赦〔五七〕，私心喜還憂〔五八〕。果然又羈縶〔五九〕，不得歸鋤耰〔六〇〕。此府雄且大〔六一〕，騰凌盡戈矛〔六二〕。棲棲法曹掾〔六三〕，何處事卑陬〔六四〕？生平企仁義，所學皆孔周。早知大理官〔六五〕，不列三后儔〔六六〕，何況親犴獄〔六七〕，敲搒發姦偷〔六八〕。懸知失事勢〔六九〕，恐自罹罝罘〔七〇〕。湘水清且急，涼風日修修〔七一〕。胡爲首歸路〔七二〕，旅泊尚夷猶〔七三〕？昨者京使至〔七四〕，嗣皇傳冕旒〔七五〕，赫然下明詔，首罪誅共吺〔七六〕。復聞顛夭輩〔七七〕，峨冠進鴻疇〔七八〕。班行再肅穆〔七九〕，璜珮鳴琅璆〔八〇〕。佇繼貞觀烈〔八一〕，邊封脱兜鍪〔八二〕。三賢推侍從〔八三〕，卓犖傾枚鄒〔八四〕。高議參造化〔八五〕，清文焕皇猷〔八六〕。協心輔齊聖〔八七〕，致理如毛輶〔八八〕，小雅詠鳴鹿，食苹貴呦呦〔八九〕。遺風邈不嗣，豈憶嘗同裯〔九〇〕。失志早衰换，前期擬蜉蝣〔九一〕。自從齒牙缺，始慕舌爲柔〔九二〕。因疾鼻又塞〔九三〕，漸能等薰蕕〔九四〕。深思罷官去，畢命依松楸〔九五〕。空懷焉能果〔九六〕？但見歲已遒〔九七〕。殷湯閔禽獸，解網祝蛛蝥〔九八〕。雷煥掘寶劍，寃氛銷斗牛〔九九〕。茲道誠可尚，誰能借前籌〔一〇〇〕？殷勤謝吾友〔一〇一〕，明月非暗投〔一〇二〕。

〔一〕廖本、王本如此。祝本、魏本無「翰林」二字。〔舉正〕題以閣本、杭本爲正，餘同此。蜀本只無「翰林」字，上文皆同。三學士，王涯、李建、李程也。永貞元年秋作。〔考異〕或作「寄三學士」，題下注「王二十補闕、李十一拾遺、李二十六員外」。〔魏本引集注〕公自陽山令徙掾江陵而作。〔方世舉注〕舊唐書王涯傳：「涯，字廣津，太原人。貞元八年進士，藍田尉，召充翰林學士，拜右拾遺、左補闕。」李建傳：「建，字杓直，舉進士，選授祕書省校書郎，德宗聞其名，用爲右拾遺翰林學士。」李程傳：「程，字表臣，隴西人。進士擢第，貞元二十年爲監察御史，秋召充翰林學士，順宗即位，爲王叔文所排，罷學士，三遷爲員外郎。」〔章士釗曰〕李程於劉、柳均號交深，於韓亦厚。順宗即位，爲王叔文所排。韓在江陵與三學士詩，適逢此頃，寃氣未銷，前籌可借。故詩之長言憤激也如彼。永貞元年三月，宦官俱文珍等，陰謀設立太子，召翰林學士鄭絪、衛次公輩於金鑾殿議事，李程與焉。通鑑鄭重紀述，且著明程爲神符五世孫。胡注：「神符者，淮安王神通之弟。」是程宗室近支，謀以氣力與聞家國重事，而與王叔文派爲敵，形態甚顯。又金鑾殿之議，王涯亦在其列，韓退之江陵寄三學士詩，程與王涯之同被重視，其故了不外此。又曰：或曰退之作寄三學士詩，用意何在？詩不寄他人，而特選三學士以爲的標，意又何居？曰：此目的有二，一曰復仇，一曰扳援。由前之説，共兜已殛，八司馬已貶，劉、柳又斷其不爲讒人，以勢推之，京朝中委實無仇可復。篇末數語，湯牒憲宗，謂己在詔追起用之列；劍影自身，謂時際沈冤昭雪之期；借前籌以三賢擬留侯；非暗投則友朋之力可恃。蓋由後之説，昭昭然矣。退之躬膺患難，一切不求諸己，一面寄恨於踪影毫無之餘孽，一面引領於萍蓬偶合之同僚，「足乎己無待於外」之謂何？退之其將不識道之大原位於何所矣。據新書，李建原任左拾遺翰林學士。順宗立，李師古以兵侵曹州，建作詔諭還之，詞不假借，王叔文欲更之，建不可，左除太子詹事。舊書，貞元二十年，李程爲監察御史，其年充翰林學士。順宗即位，爲王叔文所排，罷學士。由是觀之，退之作詩時，二李官職已變更，詩題所署皆舊銜云。〔鄭珍跋韓詩〕詩蓋作於由衡至潭途中。詩云「湘水清且急」，則在湘江也。云「涼風日修修」，則八九月也。云「胡爲首歸路，旅泊尚夷猶」，觀嶽之後，泊潭之前，中間必以故稽留一二十日。此詩之作，即在其時。憲宗之立，伾、文之貶，在八月。京使至湘中，當在九月。此時公已聞詔，則詩作於九月無疑。宜編在潭州泊船詩前。方扶南編岳陽樓別竇司直後，誤矣。蓋阻風鹿角，地在潭州下流二百餘里，時已是十月，與「涼風」句不合。若過岳陽，則是大江，更不得云湘水也。〔補釋〕鄭以此爲觀嶽後泊潭前作，其説是矣。惟公登嶽詩有「星月掩映」之語，當是十二左右光景，游山不過四五日事。自衡之潭，下水船五六日可達矣。而公抵潭後題湘西寺詩，有「山樓黑無月」句，已是月杪光景，故知途中有旬日之淹滯，但不至稽留至二十日也。

〔二〕〔蔣抱玄注〕孟子：「獨孤臣孽子，其操心也危。」

〔三〕〔舉正〕三本同作「血泣」。〔考異〕「血泣」，或作「泣血」，或作「血泫」。祝本、魏本作「泣血」。廖本、王本作「血泣」。〔蔣抱玄注〕東京賦：「祇以昭其愆尤。」〔程學恂曰〕開口言追愆尤，而其下絕不愆尤，正如詩所謂「我罪伊何」也。

〔四〕〔魏本引祝充曰〕淮南子：「吾與汗漫期于九垓之外。」注：「汗漫，不可知之也。」

〔五〕〔魏本引孫汝聽曰〕論語：「乘桴浮于海。」說文曰：「桴，編木以渡。」

〔六〕〔考異〕「自疑」，或云此當作「疑自」，謂疑由上疏也，故下文云「上疏豈其由」。當乙。〔姚範曰〕作「自疑」爲是。言人自疑上疏之故，而上疏非放黜之由也。下敍上疏顛末，且爲天子大臣之所感歎，何爲而罪之乎？此蓋有奸讒排陷之者，故罹罪耳。

〔七〕〔洪興祖韓子年譜〕貞元十九年，自博士拜監察御史。是時有詔以旱饑蠲租之半，有司徵愈急。公與張署、李方叔上疏，言關中天下根本，民急如是，請寬民徭而免田租之弊。天子惻然。卒爲幸臣所讒，貶連州陽山令。幸臣，李實也。〔方崧卿年譜增考〕公陽山之貶，寄贈三學士詩敍述甚詳，而皇甫持正作公神道碑亦云：「因疏關中旱饑，專政者惡之。」則其非爲論宮市明矣。今公集有御史臺論天旱人饑狀，與詩正合。況皇甫持正從公游者，不應公嘗疏宮市而不及之也。然公寄三學士詩尚云：「或自疑上疏，上疏豈其由？」則是又未必皆上疏之罪也。又曰：「同官盡才俊，偏善柳與劉。或慮語言泄，傳之落冤讎。」又岳陽樓詩云：「前年出官由，此禍最無妄。姦猜畏彈射，斥逐恣欺誑。」是蓋爲王叔文、韋執誼等所排矣。德宗晚年，韋、王之黨已成。韋執誼以恩幸時時召見問外事。貞元十九年，補闕張正買疏諫他事，得召見，與正買相善者數人，皆往賀之。王叔文、韋執誼疑其言已朋黨事，誣以朋讌，盡譴斥之。意公之出，有類此也。故公寄三學士詩云：「前日遇恩赦，私心喜還憂。果然又羈縶，不得歸耡耰。」蓋是時叔文之黨尚熾也。又憶昨行云：「伾、文未揃崖州熾，雖得赦宥常愁猜。」是其爲王叔文等所排，豈不明甚。特無所歸咎，駕其罪於上疏耳。〔嚴虞惇曰〕其實公之得罪，爲李實所讒，非伾、叔文也。伾、叔文得政，不薦引公，而僅量移江陵，故公深恨之，痛加詆訾，并遷怒於劉、柳諸公耳。公之貶陽山以貞元十九年，而順宗即位，王伾、王叔文用事，在貞元二十一年，何以得貶陽山爲伾、叔文罪耶！〔姚範曰〕公疏爲李實而發，而讒者非必實也。〔程學恂曰〕公之被謫，因疏關中饑旱，而新舊二史皆誤以爲坐論宮市。愚謂此非誤也，饑旱之疏，上無以罪之，且不便明著詔令，而忌之者特以他事中之耳。〔補釋〕愈陽山之貶，皇甫湜所撰愈神道碑謂因疏論關中旱饑，新舊唐書愈本傳謂因疏論宮市，兩説不同。主張因論旱饑爲李實所讒而致貶者，有唐庚、馬永卿嬾真子録、洪邁容齋隨筆、林雲銘、嚴虞惇、章士釗柳文指要諸家之説；主張因王伾、王叔文、劉禹錫、柳宗元搆陷卜石者，有葛立方韻語陽秋、蔡啓蔡寬夫詩話、方世舉注、王元啓讀韓記疑諸家之說。持論大同小異。於韓詩「上疏豈其由」一語，頗少留意。方崧卿注意及此，而又藉此以坐實叔文之黨所陷。今掃除葛藤，引嚴虞惇、姚範、程學恂三説以明詩意。〔朱彝尊曰〕泛從緣由起。〔張鴻曰〕曲折而達。

〔八〕〔何焯曰〕追敍。

〔九〕〔補釋〕公御史臺上論天旱人饑狀：「今年已來，京畿諸縣，夏逢亢旱，秋又早霜，田種所收，十不存一。」

〔一〇〕〔舉正〕杭、蜀本作「征賦」。〔考異〕「征」，或作「兵」。祝本、魏本作「兵」。廖本、王本作「征」。

〔一一〕〔蔣抱玄注〕史記平準書：「不領於天子之經費。」

〔一二〕〔補釋〕順宗實録：「貶京兆尹李實爲通州長史。詔曰：『比年旱歉，先聖憂人，特詔逋租悉皆蠲免。而實敢肆誣罔，復令徵剥。又是時春夏旱，京畿乏食，實一不以介意，方務聚斂徵求，以給進奉。每奏對，輒曰：今年雖旱而穀甚好。由是租税皆不免，人窮至壞屋賣瓦木、貸麥苗以應官。』」

〔一三〕〔方世舉注〕詩召旻：「瘨我飢饉，民卒流亡。」

〔一四〕〔方世舉注〕周禮：「小宰之職，聽閭里以版圖。」

〔一五〕〔魏本引補注〕掉，振也，摇也。史記：「馮驩曰：朝趨市者，平旦側肩争門而入。日暮之後，掉臂而不顧，所期物忘其中。」〔補釋〕御史臺上論天旱人饑狀：「至聞有棄子逐妻以求口食，坼屋伐樹以納税錢，寒餒道塗，斃踣溝壑。」

〔一六〕祝本、魏本作「死者」。廖本、王本作「邊死」。〔舉正〕杭、蜀本同作「道死者」。閣本作「道邊死」，謝本從之。〔考異〕古人謂尸爲死。左傳：「生拘石乞而問白公之死。」漢書：「何處求子死。」且古語又有「直如弦，死道邊」之説。韓公蓋兼用之。此乃閣本之善，而方反不從，殊不可曉也。

〔一七〕〔考異〕「佇立」，或作「停馬」。〔方世舉注〕漢書東方朔傳：「咿嚘亞者，辭未定也。」

〔一八〕〔舉正〕蜀本作「出鉤」。選文賦：「若游魚銜鈎而出重淵之深。」語原此。〔考異〕「中」，或作「挂」。今按：韓公未必用選語，況其語乃魚出淵，非魚出鈎也。不若作「挂」爲近。然送劉師服詩有「魚中鈎」之語，則此「出」字，乃是「中」字之誤，而尚存其彷彿耳。今定作「中」。祝本、魏本作「掛」。廖本、王本作「中」。〔補釋〕大智度論：「著欲之人，如魚吞鈎。」〔何焯曰〕聞見作兩層寫。〔張鴻曰〕戛戛獨造，真陳言之務去也。

〔一九〕〔方世舉注〕説文：「閤，門旁户也。」新唐書百官志：「監察御史入自側門，非奏事不至殿庭。開元七年，詔隨仗入閤，彈奏先通狀中書門下，然後得奏。」〔沈欽韓注〕六典：「宣政殿之左曰東上閤，右曰西上閤。」事文類聚：「續通典：『天祐二年勑：東上西上閤門，制置各別。至于常事，則以東上居先。或大忌進名，遂用西閤爲便。』知常日章奏於東閤門進也。」

〔二〇〕〔王元啓曰〕人，讀作民。

〔二一〕〔舉正〕謝本一作「糇」。

〔二二〕〔舉正〕閣、蜀本作「下陳畿甸事」。〔考異〕「陳」，或作「言」。「内」，方作「事」。祝本、魏本作「言」，注曰：一作「令」。廖本、王本作「陳」。〔王元啓曰〕上云陳民疾苦，疾苦必有疾苦之狀，原狀「棄妻逐子」一節，及此詩「傳聞」以下等云是也。至於畿甸宜優，指原狀「腹心根本其百姓宜倍加憂恤」等語，特言其理如此。不當用「陳」字。

〔二三〕〔魏本引祝充曰〕麰，麥也。孟子：「麰麥播種而耰之。」〔補釋〕御史臺上論天旱人饑狀：「今瑞雪頻降，來年必豐。急之則得少而人傷，緩之則事存而利遠。伏乞特勅京兆府，應今年税錢及草粟等在百姓腹内徵未得者，並且停徵，容至來年蠶麥，庶得少有存立。」〔王元啓曰〕此則原狀「瑞雪頻降」及「容至來年蠶麥」等云是也。以上六句，檃括天旱人饑一狀，已無餘義。

〔二四〕〔馬永卿曰〕司空，謂杜佑也。宰相年表：「十九年二月，佑檢校司空。」

〔二五〕〔蔣抱玄注〕史記：「論其行事所施設者。」按：此猶言準如所擬辦理也。

〔二六〕〔舉正〕古本只作「州」。陳、謝皆校從上。〔考異〕「反」，或作「返」。「州」，本多作「洲」。祝本、魏本作「洲」。廖本、王本作「州」。〔魏本引唐庚曰〕遷炎洲，謂貶陽山也。

〔二七〕〔顧嗣立注〕叔文用事，引禹錫及宗元入禁中，與之圖議。喜怒淩人，道路以目。按：公本集永貞行亦云：「吾嘗同僚情可勝。」是時公與劉、柳同爲監察御史也。

〔二八〕〔徐震曰〕觀此二句，則退之上疏論旱，當爲密疏。

〔二九〕〔魏本引祝充曰〕不者，未定之辭。前漢書：「知捕兒不？」〔朱彝尊曰〕述上疏事。〔查慎行曰〕終是疑案。〔嚴虞惇曰〕公與劉、柳相厚善，伾、叔文當國，劉、柳皆進用，而公僅量移江陵，意深恨之。故於順宗實録深加詆訾。而永貞行及此詩，皆直訐而不諱。但因此并疑陽山之貶爲出劉、柳，則冤甚矣。〔王鳴盛蛾術編〕子厚答許孟容書：「與負罪者親善，奇其能，謂可共立仁義。」叔文母劉夫人墓銘：「叔文堅明直亮，獻可替否，利安之道，將施于人。」子厚心事光明如此，若云洩言冤讎，以賣其友，夢得亦不肯，況子厚耶？〔章士釗曰〕退之長子厚不過五歲，貞元八年，退之登進士第，九年，子厚繼登，兩人因緣舊誼，同角試場，才力相距不遠，馴至同官御史，勢不可能有何惡感存在。永貞變後，退之寄三學士詩：「同官盡才俊，偏善柳與劉。或慮語言洩，傳之落冤讎。二子不宜爾，將疑斷還不。」所謂「語言洩」者，乃根上文閤門拜疏，天子動容，司空綢繆，謂即施設而來，此示退之有因言得官之象，消息一漏，同官可能立啓猜讒，從而視同冤讎，肆力排擠。又或退之疏言災荒，爲李實所痛恨，而劉、柳曾爲實撰文，於實有連，因而退之疑此兩友漏言於實，以致實下毒手而已左官。惟柳與劉者，品高學懋，同以天下爲己任，益以情親，斷不至此，「將疑斷還不」，語意十分斬截，謂吾曾疑之，旋敢斷爲決無此理也。如實言之，伾、文初政，即追回被放諸名流，退之亦在列，此子厚暗相推挹於其間，不難想見。至退之之貶，及幸臣如李實者從而排擠，其時子厚之黨並未當路。曩疑韓詩「或慮語言洩」，不知是何種語言？查趙紹祖新舊唐書互證云：「疑劉、柳漏洩，當是與宗元、禹錫言王叔文之奸，而二子漏其語於叔文，遂爲其所中也。」釗案：陽山之貶，乃叔文出山一年以前事，叔文當時潛伏東宮，即其諫止太子言宮市事觀之，可見是一異常謹慎之人，即令不喜退之，亦何至出頭干預朝官之黜陟乎？此類猜測，終嫌不切實際。何況退之之黜由忤李實而起，別見證據確鑿乎。

〔三〇〕〔舉正〕三本同作「妹」。〔考異〕「妹」，或作「姝」。祝本、廖本、王本作「妹」。魏本作「姝」。

〔三一〕〔顧嗣立注〕左傳：「逆于門者，頷之而已。」

〔三二〕〔何焯曰〕老杜家數。〔張鴻曰〕描寫真確，無不盡之情。

〔三三〕〔方世舉注〕潘岳詩：「僶俛恭朝命，回心返初役。」

〔三四〕〔何焯曰〕陽山，屬連州。〔朱彝尊曰〕出京苦。

〔三五〕〔方世舉注〕史記范睢傳：「須賈曰：不意君能自致於青雲之上。」

〔三六〕〔方世舉注〕按：新唐書地理志：「商州上洛郡，屬關内道，蓋以商山得名也。」公謫陽山，由藍田入商洛也。

〔三七〕軥，見卷一鴛鸞贈歐陽詹注。

〔三八〕〔魏本引孫汝聽曰〕公祭張署文曰：「夜宿南山，同卧一席。」又：「洞庭漫汗，粘天無壁。」南山，即上言商山也。

〔三九〕〔朱彝尊曰〕途間苦。

〔四〇〕〔魏本引樊汝霖曰〕以二十春到陽山也。

〔四一〕〔魏本引孫汝聽曰〕君侯，謂連州刺史。

〔四二〕〔方世舉注〕張衡西京賦：「所好生毛羽，所惡成瘡痏。」廣韻：「疣，結病也。」

〔四三〕〔祝本魏本注〕「途」，一作「事」。

〔四四〕〔考異〕「多」，或作「知」。　祝本、魏本作「知」。　廖本、王本作「多」。〔補釋〕李賀詩：「教得生獰。」元稹詩：「生獰攝觥使。」東野征蜀聯句亦云：「生獰競掣跌。」當是唐人常言。

〔四五〕〔祝充注〕獰，惡也。很，戾也。

〔魏本引祝充曰〕啁噍，鳥聲。禮記：「小者至于燕雀，猶有啁噍之頃焉。」此云嘲啁，言不明也。　〔方世舉注〕説文：「嘲」通作「啁」，陟交切。嘲啁蓋狀鳥聲。送區册序所謂「小吏十餘家，皆鳥言夷面」者也。

〔四六〕鵂鶹，見卷二射訓狐注。

〔四七〕〔補釋〕爾雅：「中有枳首蛇焉。」郭璞注：「歧頭蛇也。或曰：今江東呼兩頭蛇爲越王約髮，亦名弩弦。」爾雅翼：「嶺表録異曰：兩頭蛇，嶺外多此類。時有如小指大者，長尺餘，腹下鱗紅，背錦文，一頭有口眼，一頭似蛇而無口眼。云兩頭俱能進退，謬也。南人見之爲常，其禍安在哉？」

〔四八〕廖本、王本作「蠱」。祝本、魏本作「蟲」。〔舉正〕杭、蜀同作「蠱」。鮑明遠詩：「吹蠱病行暉。」李善曰：「吹蠱，飛蠱也。」〔李詳證選〕鮑照樂府：「吹蠱病行暉。」善注：「顧野王輿地志：『江南數郡有畜蠱，主人行之以殺人。其家絶滅者，則飛游妄走，中之則死。』」詳案：舊注不采野王之説，則「飛游」兩字無着，故備引之。

〔四九〕〔方世舉注〕晉書周顗傳：「王敦素憚顗，每見顗面熱，雖復冬月扇面。」世説：「胡母彦國至湘州，坐正衙，摇扇視事。」按：嶺南氣候偏於熱，遇雨則涼。摇扇重裘，寒暑互異，記風土也。

〔五〇〕颶，見卷二縣齋有懷注。〔祝充注〕公此詩有是句。又縣齋有懷曰：「雷威固已加，颶勢仍相借。」瀧吏詩：「颶風有時作。」贈元十八詩：「峽山逢颶風。」皆言其可畏也。

〔五一〕〔方世舉注〕廣韻：「訇，大聲。」説文：「哮，豕驚聲。」

〔五二〕魏本、廖本、王本作「侔」。祝本作「牟」。

〔五三〕魏本、廖本、王本作「遘」。祝本作「溝」。〔方世舉注〕隋書地理志：「自嶺以南二十餘郡，大率土地下溼，皆多瘴癘，人尤夭折。」説文：「疫，民皆疾也。」

〔五四〕〔魏本引補注〕瘳，愈也。書：「厥疾弗瘳。」

〔五五〕〔蔣抱玄注〕魏志賈詡傳：「懼見猜嫌，闔門自守。」　〔補釋〕隋書地理志：「畜蠱行以殺人，因食入人腹内，食其五臟。」

〔五六〕〔方世舉注〕史記萬石君傳：「對案不食。」　〔朱彝尊曰〕惡地苦。

〔五七〕〔魏本引孫汝聽曰〕貞元二十一年正月乙巳，順宗即位。二月甲子，大赦天下。公量移江陵掾。　〔方成珪箋正〕是年正月無乙巳，當作丙申，月之二十六日也。公實録亦可證。

〔五八〕〔魏本引補注〕集又有詩云：「伾文未揃崖州熾，雖得赦宥常愁猜。」意與此類。

〔五九〕〔魏本引祝充曰〕縶，繫馬也。

〔六〇〕鋤耰，見卷二劉生注。　〔朱彝尊曰〕量移。　〔補釋〕憂耰同紐連用。

〔六一〕〔何焯曰〕入江陵。

〔六二〕〔方世舉注〕尉繚子：「人人無不騰陵張膽，絶乎疑慮。」

〔六三〕〔魏本引孫汝聽曰〕棲棲，猶言皇皇。　微生畝曰：丘何爲是栖栖者與？棲、栖同。　〔方世舉注〕新唐書百官志：「州司法參軍事二人。」

〔六四〕〔魏本引祝充曰〕卑，下也。　莊子：「子貢卑陬失色。」

〔六五〕〔方世舉注〕漢書東方朔傳：「臯陶爲大理。」

〔六六〕諸本作「三」。　祝本誤作「二」。　〔顧嗣立注〕後漢楊賜傳：「賜拜尚書令，數日出爲廷尉。」

自以代非法家，言曰：三后成功，惟殷于民，皋陶不與焉，蓋吝之也。」〔魏本引補注〕筆墨閒録曰：「此等語可謂怨誹而不亂矣。」〔蔣之翹注引黄震曰〕此語可警世俗。〔程學恂曰〕明理人亦作此糊塗語耶？然真悃正自可愛。此與答柳子厚書中語參看。

〔六七〕〔魏本引祝充曰〕犴，亦獄也。漢書音義曰：「鄉亭之獄曰犴。」楊子：「狴犴使人多禮乎？」〔魏本引孫汝聽曰〕詩：「宜岸宜獄。」犴，與岸同。

〔六八〕〔顧嗣立注〕漢書項籍傳：「執敲朴以鞭笞天下。」東方朔傳：「願令朔復射，朔不中，臣搒百。」師古曰：「搒，擊也。」〔查慎行曰〕四句用事得體。

〔六九〕〔祝本魏本注〕一云「事勢乖」。

〔七〇〕〔祝充注〕罝罘，兔網也。〔魏本引祝充曰〕禮記：「田獵罝罘，羅網畢翳。」〔朱彝尊曰〕理刑苦。

〔七一〕〔方成珪箋正〕樂府魏武帝塘上行：「邊地多悲風，樹木何修修？」晉樂所奏作「蕭蕭」。是古修與蕭音義皆通。

〔七二〕〔魏懷忠注〕首，向也。

〔七三〕〔魏本引韓醇曰〕楚辭：「君不行兮夷猶。」注：「猶豫也。」〔朱彝尊曰〕思歸。

〔七四〕〔考異〕「者」，或作「日」。祝本、魏本、王本皆作「使」。廖本、徐本、蔣本作「師」，誤。

〔七五〕〔魏本引孫汝聽曰〕貞元二十一年八月，順宗内禪，憲宗即位也。〔方成珪箋正〕憲宗於貞元二十一年八月丁酉朔受内禪，即改是年爲永貞元年。是永貞元年無七月，貞元二十一年無八月也。即位之日乙巳，係八月九日。〔蔣抱玄注〕世本：「黄帝作冕旒。」

〔七六〕〔舉正〕「吺」，或「兜」字，從蜀本。〔考異〕「吺」，或作「兜」。祝本、魏本作「兜」。廖本、王本作「吺」。〔魏本引孫汝聽曰〕八月壬寅，貶王伾開州司馬，王叔文渝州司馬。二人之罪，如共工、驩兜也。〔顧嗣立注〕書舜典：「流共工于幽州，放驩兜于崇山。」吺，見卷一遠游聯句注。〔王鳴盛蛾術編〕昌黎于俱文珍不知其將爲惡，而輕以文假借之。于叔文不知其忠于爲國，心疑讒譖而恨之。此不知人之故也。〔程學恂韓詩臆説〕公於伾、文之敗，皆痛快彰明言之，所謂雄直氣也。

〔七七〕〔魏本引韓醇曰〕謂當時杜黄裳、鄭餘慶之徒爲相，如太顛、閎夭爲周文王之佐也。〔方世舉注〕書君奭：「時則有若閎夭，有若泰顛。」

〔七八〕〔蔣抱玄注〕墨子：「高冠博帶，以治其國。」〔方世舉注〕按後漢書蔡邕傳，洪範作鴻範。則鴻疇蓋謂鴻範九疇也。

〔七九〕〔蔣抱玄注〕荀悦漢紀：「成禮而罷，莫不肅穆。」

〔八〇〕〔顧嗣立注引劉石齡曰〕三禮圖：「凡玉珮有雙璜，璜中横衝牙，以倉珠爲之。」〔魏本引孫汝聽曰〕書：「厥貢璆琳琅玕。」〔魏本引祝充曰〕爾雅：「西南之美者，有崑崙墟之璆琳琅玕焉。」注：「璆琳，美玉名。琅玕，狀似珠也。」

〔八一〕〔顧嗣立注〕唐書太宗紀：「貞觀元年正月乙酉改元。」

〔八二〕〔方世舉注〕揚雄長楊賦：「鞮鍪生蟣蝨。」善注：「説文曰：鞮鍪，首鎧也。」漢書刑法志：「冠胄帶劍。」師古曰：「胄，兜鍪也。」〔朱彝尊曰〕頌新政。

〔八三〕〔魏本引補注〕三賢，即涯、建、程也。

〔八四〕〔補釋〕左思詩：「卓犖觀羣書。」李善注：「猶超絶也。」〔魏本引祝充曰〕枚謂枚乘，鄒謂鄒陽。〔蔣抱玄注〕謝惠連雪賦：「召鄒生，延枚叟。」

〔八五〕〔舉正〕閣本、謝校作「造物」。〔考異〕「化」，方作「物」，非是。〔蔣抱玄注〕禮記：「唯天下至聖，爲能與天地參。」

〔八六〕〔蔣抱玄注〕忠經：「皇猷丕丕，行于四方。」

〔八七〕祝本、廖本、王本作「協」。魏本作「同」。〔方世舉注〕書畢命：「三后協心。」又冏命：「昔在文、武，聰明齊聖。」

〔八八〕〔魏本引孫汝聽曰〕理，治也。唐人避高宗諱，故治字皆作理。〔魏本引韓醇曰〕詩：「德輶如毛。」〔魏本引祝充曰〕爾雅云：「輶，輕也。」〔朱彝尊曰〕三學士。

〔八九〕〔魏本引孫汝聽曰〕詩：「呦呦鹿鳴，食野之苹。」〔俞樾曰〕小雅毛傳曰：「鹿得萍，呦呦然鳴而相呼，懇誠發乎中。」淮南子泰族篇曰：「鹿鳴興於獸，君子大之，取其見食而相呼也。」公時有望於王涯、李建、李程三君之引援，故爲三君陳此義也。

〔九〇〕〔舉正〕杭作「常」。蜀作「嘗」。選曹子建詩：「何必同衾幬，然後展殷勤。」李善引鄭氏詩箋曰：「幬，牀帳也。」幬與裯，古字通。〔考異〕「嘗」，或作「常」。「裯」，或作「儔」，或作「稠」。皆非是。祝本、魏本作「常」。廖本、王本作「嘗」。〔魏本引孫汝聽曰〕詩：「抱衾與裯。」注云：「裯，襌被也。」同裯者，取詩同袍之義。〔魏本引韓醇曰〕裯，被也。晉祖逖、劉琨共被同寢。〔魏本引樊汝霖曰〕公於三賢有同裯之舊，故望之以鹿鳴之風也。〔朱彝尊曰〕望援。〔何焯曰〕轉接自己無痕。

〔九一〕〔魏本引孫汝聽曰〕言前期不可知，有如蜉蝣，忽然死矣。〔顧嗣立注〕詩：「蜉蝣之羽。」埤雅：「蜉蝣朝生暮殞，有浮游之意，故曰蜉蝣也。」

〔九二〕〔魏本引集注〕淮南子曰：「老子學商容，見舌而知守柔。」注云：「商容吐舌示老子，老子知舌柔齒剛。」劉向説苑：「常樅有疾，老子往問焉。張其口而示老子曰：吾舌存乎？老子曰：然。吾齒存乎？老子曰：亡。子知之乎？老子曰：夫舌之存也，豈非以其柔乎？齒之亡也，豈非以其剛乎？曰：嘻！是已。」〔查慎行曰〕應前御史建言。

〔九三〕〔方世舉注〕釋名：「鼻塞曰齆，深久不通，遂至窒塞也。」

〔九四〕〔魏本引祝充曰〕薰，香草。蕕，臭草。左氏：「一薰一蕕，十年尚猶有臭。」〔魏本引孫汝聽曰〕喻不分善惡也。〔查慎行曰〕又深一層。〔朱彝尊曰〕意奇妙，然卻以無心得之。〔何焯曰〕雙關語。〔程學恂曰〕須知此皆託言。不然，公豈真敗節者。〔張鴻曰〕此二聯可窺造句之妙。

〔九五〕〔魏本引孫汝聽曰〕松楸，舊隴也。

〔九六〕〔方世舉注〕曹植與楊修書：「若吾志未果，吾道不行。」〔李詳證選〕謝靈運富春渚詩：「始果遠游諾。」善注：「果，猶遂也。」

〔九七〕〔方世舉注〕宋玉九辯：「歲忽忽而遒盡。」〔朱彝尊曰〕自述。

〔九八〕〔補釋〕吕氏春秋：「湯見祝網者，置四面，其祝曰：從天墜者，從地出者，從四方來者，皆離吾網。湯曰：嘻，盡之矣！非桀其孰爲此也？湯收其三面，置其一面，更教祝曰：昔蛛蝥作網罟，今之人學紓。欲左者左，欲右者右，欲高者高，欲下者下，吾取其犯命者。漢南之國聞之，曰：湯之德及禽獸矣。四十國歸之。」

〔九九〕〔舉正〕唐、閣本作「氛」。〔考異〕「氛」，或作「氣」。祝本、魏本作「氣」。廖本、王本作「氛」。〔魏本引唐庚曰〕晉書：「吴之未滅也，斗牛之間，常有紫氣。張華以雷焕爲豐城令，使尋之。焕至縣，掘獄屋基，入地四丈餘，得一石函，中有雙劍，並有題刻，一曰龍泉，一曰太阿。其夕斗牛間氣不復見。」

〔一〇〇〕〔方世舉注〕史記留侯世家：「臣請借前箸以籌之。」

〔一〇一〕〔舉正〕唐、閣本作「吾」。〔考異〕「吾」，或作「朋」。祝本、魏本作「友朋」。廖本、王本作「吾友」。

〔一〇二〕〔魏本引孫汝聽曰〕鄒陽書曰：「明月之珠，夜光之璧，以暗投人於道，衆莫不按劍相眄者，無因而至前也。」〔魏本引樊汝霖曰〕公意以湯譬憲宗，以劍譬己，以借前籌屬三賢者。明月之珠，非投暗矣。〔李詳證選〕郭璞游仙詩：「明月難闇投。」〔汪琬曰〕以寄贈收。

【集説】

黄震曰：赴江陵詩，敍次明密，是記事體。

蔣之翹曰：此詩詳切懇惻，其述饑荒離别二段，亦彷彿工部，較勝南山數籌。

朱彝尊曰：此卻近北征，其筆力馳騁，亦不相上下。但氣脈猶覺生硬，杜則渾然。

唐宋詩醇曰：此自陽山量移江陵，而寄王涯、李建、李程，意在牽復耳。有求於人，易涉貶屈，而齒缺鼻塞等語，借失志衰换寫，意似有懲創，然只以詼諧出之，固知倔強猶昔，不肯折卻腰骨也。意纏綿而詞悽婉，神味極似小雅。

程學恂曰：直從九歌九辯來。

張鴻曰：此詩直追少陵。玩其描寫，真有不可及處。梅宛陵極力摹仿，而無其雄傑。

潭州泊船呈諸公〔一〕

夜寒眠半覺，鼓笛鬧嘈嘈〔二〕。闇浪舂樓堞，驚風破竹篙。主人看使範〔三〕，客子讀離騷〔四〕。聞道松醪賤〔五〕，何須恡錯刀〔六〕。

〔一〕此首見遺詩。〔方世舉注〕舊唐書地理志：「潭州中都督府，隋長沙郡。武德四年，平蕭銑，置潭州總管府，管潭、衡、永、郴、連、南梁、南雲、南營八州。潭州領長沙、衡山、醴陵、湘鄉、益陽、新康六縣。天寶七年，改爲長沙郡。乾元元年，復爲潭州。」

〔二〕〔方世舉注〕王延壽魯靈光殿賦：「耳嘈嘈以失聽。」善注：「埤蒼曰：嘈嘈，聲衆也。」

〔三〕〔蔣之翹注〕使範未詳，或云：疑亦書名，如聘游記、遣使録之類也。不然，則謂主人仰客之模範耳。

〔四〕〔方世舉注〕史記范睢傳：「穰侯謂王稽曰：謁君得無與諸侯客子俱來乎？」世説：「王孝伯言：痛飲酒，熟讀離騷，便可稱名士。」

〔五〕〔蔣之翹注〕杜詩：「松醪酒熟旁看醉。」

〔六〕〔方世舉注〕漢書食貨志：「錯刀以黄金錯其文。曰一刀直五千。」〔徐震曰〕退之謂「何須恡錯刀」，猶云何須恡錢也。

【集説】

蔣抱玄曰：一氣直下，凌厲無前。

陪杜侍御游湘西兩寺獨宿有題一首因獻楊常侍〔一〕

長沙千里平〔二〕，勝地猶在險〔三〕。況當江闊處，斗起勢匪漸〔四〕。深林高玲瓏〔五〕，青山上琬琰〔六〕。路窮臺殿闢〔七〕，佛事煥且儼〔八〕。剖竹走泉源，開廊架崖广〔九〕。是時秋之殘〔一〇〕，暑氣尚未斂。羣行忘後先〔一一〕，朋息棄拘檢〔一二〕。客堂喜空涼〔一三〕，華榻有清簟〔一四〕。澗蔬煮蒿芹〔一五〕，水果剥菱芡〔一六〕。伊余夙所慕，陪賞亦云忝。幸逢車馬歸，獨宿門不掩〔一七〕。山樓黑無月，漁火燦星點。夜風一何喧，杉檜屢磨颭〔一八〕。猶疑在波濤，怵惕夢成魘〔一九〕。静思屈原沈〔二〇〕，遠憶賈誼貶〔二一〕。椒蘭争妬忌〔二二〕，絳灌共讒諂〔二三〕。誰令悲生腸〔二四〕？坐使淚盈臉。翻飛乏羽翼〔二五〕，指摘困瑕玷〔二六〕。珥貂藩維重〔二七〕，政化類分陝〔二八〕。禮賢道何優〔二九〕，奉己事苦儉〔三〇〕。大廈棟方隆，巨川檝行剡〔三一〕。經營誠少暇〔三二〕，游宴固已歉〔三三〕。旅程愧淹留〔三四〕，徂歲嗟荏苒〔三五〕，平生每多感〔三六〕，柔翰遇頻染〔三七〕。展轉嶺猿鳴，曙燈青睒睒〔三八〕。

〔一〕舉正本、考異本、王本如此。祝本、魏本無「兩」字，無「一首因」字。廖本無「一首」字。〔魏本注〕一作「因獻楊侍御」。〔舉正〕杭、蜀本皆作「兩寺」。少陵詩亦有岳麓道林二寺行。

今本「因」字併「一首」字删之，非也。楊常侍，楊憑也。時觀察湖南。〔考異〕諸本無「兩」字及「一首因」三字。〔魏本引樊汝霖曰〕寺在潭州。〔補釋〕祝穆方輿勝覽：「靈麓峯乃岳山七十二峯之數。自湘西古渡登岸，夾徑喬松，泉澗盤繞，諸峯疊秀，下瞰湘江。岳麓寺在山上，百餘級乃至。今名惠光寺。下有李邕麓山寺碑。道林寺在岳麓山下，距善化縣八里。寺有四絶堂，保大中馬氏建，謂沈傳師、裴休筆札，宋之問、杜甫篇章。治平間蔣穎叔作記，乃爲詮次，以沈書、歐書、杜詩、韓詩爲四絶。」〔方世舉注〕舊唐書楊憑傳：「憑，字虚受，弘農人。舉進士，累遷湖南、江西觀察使。入爲左散騎常侍、刑部侍郎、京兆尹。憑工文辭，少負氣節，與母弟凝、凌相友愛，皆有時名。」杜侍御無考。〔方成珪昌黎先生詩文年譜〕此自衡至潭九月作，詩有「是時秋之殘」句可證。

〔二〕〔魏本引孫汝聽曰〕長沙即潭州，在湘江之東。西岸小山，即道林、嶽麓諸寺。〔張洽考異附載〕洽嘗至長沙，登嶽麓寺，見相識云：「千」，當作「十」，蓋後人誤增「丿」也。州城方十里，坦然而平。湘西嶽麓寺，乃獨在高處，下視城中，故云「長沙十里平，勝地猶在險」。寺中道鄉亭觀之，信然。此朱先生及方氏所未及。漫誌於此，以備考訂。〔王元啓讀韓記疑引沈德毓曰〕「千里平」，即孟浩然詩所謂「掛席幾千里，名山都未逢」是也。公詩統舉大勢，無一語及于州城大小，改「千」作「十」，轉使語意索然。一説非是。

〔三〕〔汪琬曰〕從湘西説起。

〔四〕〔祝本魏本廖本注〕「匪」，一作「非」。〔補釋〕元和郡縣志：「岳麓山，在長沙縣西南，隔湘江水六里。」〔方世舉注〕史記封禪書：「成山斗入海。」索隱曰：「謂斗絶曲入海也。」水經注：「峻坂斗上斗下。」〔何焯曰〕峭句。

〔五〕〔方世舉注〕揚雄蜀都賦：「其中則有玉石嶜岑，丹青玲瓏。」

〔六〕〔舉正〕謝本校「上」作「生」，李本亦一作「生」。〔方世舉注〕書顧命：「琬琰在東序。」説文：「琰，石上起美色也。」〔補釋〕琬琰，取琬圭琰圭之義，以狀山之宛然隆起及剡上之形。説文段玉裁注曰：「先鄭云：『琬，圭無鋒芒。』後鄭云：『琬，猶圜也。』玉裁謂圜剡之故曰圭首宛。宛者，與丘上有丘爲宛丘同義。」又曰：「琰，許云：『起美色。』或當作圭，剡上起美飾者。考工記鄭注曰：『凡圭，琰上寸半，琰圭，琰半以上。』」〔何焯義門讀書記〕二句斗起。

〔七〕〔何焯曰〕入湘西寺。

〔八〕〔補釋〕論語何晏集解：「焕，明也。」詩：「碩大且儼。」説文：「儼，一曰好貌。」

〔九〕魏本、廖本、王本作「廊」。祝本作「廓」。〔方世舉注〕説文：「广，因厂爲屋，象對剌高屋之形。讀若儼然之儼。」

〔一〇〕〔舉正〕三本同作「之」。〔考異〕「之」，或作「初」。祝本、魏本作「初」。廖本、王本作「之」。

〔一一〕〔補釋〕孟子：「徐行後長者謂之弟。」〔何焯曰〕入陪游。

〔一二〕〔舉正〕唐本、謝校作「朋」。〔考異〕「朋」，或作「困」。祝本、魏本作「困」。廖本、王本作「朋」。

〔一三〕〔考異〕「空」，或作「風」。

〔一四〕〔顧嗣立注〕謝玄暉詩：「珍簟清夏室。」杜子美詩：「清簟疏簾看弈棋。」〔何焯曰〕先爲獨宿引線。

〔一五〕〔顧嗣立注〕左傳隱三年：「澗溪沼沚之毛。」詩：「食野之蒿。」注：「菣也，即青蒿。」又：「薄采其芹。」注：「水菜也。」杜子美詩：「香芹碧澗羹。」又：「飯煮青泥坊底芹。」

〔一六〕〔顧嗣立注〕江賦：「攢布水蓏。」東京賦：「供蝸蠯與菱芡。」善曰：「菱，芰也。芡，雞頭也。」

〔一七〕〔魏本引孫汝聽曰〕謂杜歸而己留也。〔何焯義門讀書記〕入獨宿。

〔一八〕〔舉正〕蜀本作「摩」。古磨、摩通。〔方世舉注〕爾雅釋木「柀檆」注：「似松，生江南，可以爲舡。」又：「檜，柏葉松身。」南方草木狀：「杉，一名柀檆。」玉篇：「槸，木相摩也。」說文：「颭，風吹浪動也。」〔查晚晴曰〕磨颭二字，極體物之妙。

〔一九〕〔祝本魏本注〕「夢」，一作「幾」。〔方世舉注〕說文：「魘，夢驚也。」〔何焯曰〕即生出下文，妙。〔查慎行曰〕六句寫獨宿景象，出鬼入神。

〔二〇〕見卷二湘中注。

〔二一〕〔方世舉注〕史記賈誼傳：「天子議以爲賈生任公卿之位。絳灌東陽侯之屬盡害之。乃以賈生爲長沙王太傅。」〔魏本引樊汝霖曰〕公自御史貶陽山，至是量移江陵掾，過長沙，故引此二人以自比。

〔二二〕〔魏本引樊汝霖曰〕屈原離騷經曰：「余以蘭爲可恃兮，羌無實而容長。椒專佞以慢慆兮，榝又欲充夫佩幃。」王逸注：「蘭，楚懷王弟司馬子蘭也。椒，楚大夫子椒也。」〔方世舉注〕屈原離騷：「覽椒蘭其若茲兮，又況揭車與江離。」

〔二三〕〔魏本引樊汝霖曰〕西漢賈誼傳：「絳灌乃毀誼曰：洛陽人年少初學，專欲擅權，紛亂諸事。」顔師古注：「絳，絳侯周勃。灌，灌嬰也。」

〔二四〕〔祝本魏本注〕「令」，一作「念」。

〔二五〕〔舉正〕謝本「乏」作「摧」。〔方世舉注〕曹植臨觀賦：「俯無鱗以游遁，仰無翼以翻飛。」

〔二六〕〔舉正〕閣本「困」作「因」。〔考異〕「困」，或作「因」，非是。〔魏本引祝充曰〕玷，玉瑕也。詩云：「白圭之玷。」〔何焯義門讀書記〕此四連係之夢魘，便可味。〔陳景雲曰〕公自陽山遇赦，僅量移江陵法曹，蓋本道廉使楊憑故抑之，贈張功曹詩所謂「州家申名使家抑，坎軻祇得移荆蠻」是也。時韋、王之勢方熾，憑之抑公，乃迎合權貴意耳。詩中椒、蘭、絳、灌，自斥韋、王，而指摘瑕玷，蓋謂使家之抑也。

〔二七〕〔顧嗣立注〕左太沖詠史詩：「七葉珥漢貂。」善曰：「珥，插也。」董巴輿服志：「侍中中常侍冠武弁，貂尾爲飾。」〔沈欽韓注〕六典：「貞觀中置散騎常侍二員，隸門下省。長慶二年，又置員外，隸中書省，始有左右之號，並金蟬珥貂。左散騎與侍中左貂，右散騎與中書令右貂，謂之八貂。」然觀察使例帶中丞常侍，則入三品乃後加也。〔方世舉注〕詩板：「价人維藩。」

〔二八〕祝本、魏本、王本作「化」。廖本作「作」。〔祝充注〕周之二伯分陝之地，即虢之上陽也。〔魏本引韓醇曰〕珥貂分陝，謂憑以常侍鎮長沙也。〔方世舉注〕公羊傳：「自陝而東者，周公主之。自陝而西者，召公主之。」何休學：「陝者，今弘農陝縣是也。」

〔二九〕〔何焯曰〕串自己。〔方世舉注〕舊書憑傳稱其「重交游，尚然諾，與穆質、許孟容、李鄘、王仲舒爲友，時稱楊穆許李之交。而性尚簡傲，不能接下」。然則禮賢亦未必然，大抵待韓則優。〔補釋〕待韓亦未必真優，不然公何以有「州家申名使家抑」之語耶？

〔三〇〕〔方世舉注〕左傳：「蔿呂臣實爲令尹，奉己而已。」按：史稱憑歷二鎮，尤事奢侈，後爲李夷簡所劾，以贓罪貶。公豈反言以諷之耶？抑交善蓋之也？

〔三一〕〔考異〕「行」，或作「初」。〔魏本引孫汝聽曰〕書：「若濟巨川，用汝作舟楫。」易繫辭：「剡木爲楫。」剡，削也。

〔三二〕〔蔣抱玄注〕詩：「經之營之。」

〔三三〕〔舉正〕歐本云：當作「慊」，歉俗字。後詩有「侯氏來何歉」同。按：古書歡欣之類，或從心，或從欠，多通用。〔何焯曰〕收游寺。

〔三四〕〔蔣抱玄注〕戰國策：「臣請避于趙，淹留以觀之。」

〔三五〕〔魏本引補注〕陸機行思賦：「年荏苒而歷兹。」〔方世舉注〕謝靈運傷己賦：「眺徂歲之驟經。」潘岳詩：「荏苒冬春謝，寒暑忽流易。」

〔三六〕〔何焯曰〕收屈、賈一段。

〔三七〕〔李詳證選〕左思詠史詩：「弱冠弄柔翰。」謝惠連秋懷詩：「朋來當染翰。」〔補釋〕苒、染同紐連用。

〔三八〕〔舉正〕「曙光青睒睒」，以杭本定。蜀本作「曙燈青餤餤」。〔考異〕曉光不青，作「燈」是也。廖本、王本作「睒睒」。祝本、魏本作「餤餤」。〔李詳證選〕謝靈運從斤竹澗越嶺西行詩：「猿鳴誠知曙。」睒睒，見卷二東方半明注。〔何焯曰〕仍以獨宿收。

【集說】

唐宋詩醇曰：從獨宿寫景生情，先以客堂華榻引起。猿鳴燈睒，仍就獨宿上結。章法一綫。

程學恂曰：此詩先敍寺，再敍陪游，再敍獨宿，後贊常侍之賢，惜未同游，而自明作詩之旨。此一定章法，唐人多有如此。妙在因獨宿而述所感，因夜風而疑波濤，因波濤而思屈、賈，因屈、賈而恨羣小之妬忌讒諂，不覺觸動自己平生遭遇，茫茫交集。其運思也如雲無定質，因風卷舒。毛詩三百篇都是如此，離騷廿五卷都是如此。

蔣抱玄曰：寫情景入細，句法亦峭仄，是集中刻露之作。

洞庭湖阻風贈張十一署〔一〕

十月陰氣盛，北風無時休〔二〕。蒼茫洞庭岸，與子維雙舟。霧雨晦爭泄〔三〕，波濤怒相投。犬雞斷四聽〔四〕，糧絕誰與謀〔五〕？相去不容步，險如礙山丘。清談可以飽〔六〕，夢想接無由〔七〕。男女喧左右，飢啼但啾啾〔八〕。非懷北歸興，何用勝羈愁〔九〕？雲外有白日，寒光自悠悠。能令暫開霽〔一〇〕，過是吾無求〔一一〕。

〔一〕〔魏本引樊汝霖曰〕永貞元年自陽山徙掾江陵，十月過洞庭湖作。或云赴陽山時作。公江陵途中詩，敍初赴陽山云「春風洞庭浪」，而此詩則首云「十月陰氣盛」，可知其非矣。〔王元啓曰〕此詩卒章明云「非懷北歸興，何用勝羈愁」，則其爲徙掾江陵時作，非南遷時作可知。〔洪興祖韓子年譜〕即祭文云「避風太湖，七日鹿角」者。〔補釋〕水經注：「湘水左逕鹿角山東。」公蓋阻風於洞庭湖南岸也。洞庭湖，見卷二送惠師注。

〔二〕〔顧嗣立注〕杜子美詩：「烈風無時休。」

〔三〕〔魏本引韓醇曰〕漢鄒陽傳：「浮雲出流，霧雨咸集。」楚辭：「霧雨淫淫。」

〔四〕〔考異〕「斷」，方從杭、蜀本作「絶」。今按：此句既有「絶」字，則下一句不應便複出。

〔五〕〔蔣抱玄注〕論語：「孔子在陳絶糧，從者病莫能興。」

〔六〕〔方世舉注〕詩苕華：「人可以食，鮮可以飽。」〔李詳證選〕應璩與曹長思書：「有似周黨之過閔子，樵蘇不爨，清談而已。」

〔七〕〔朱彝尊曰〕偶然境道來亦醒眼，興趣乃在近而不得相就上。〔張鴻曰〕造意可愛。

〔八〕〔祝充注〕啾啾，小兒聲也。

〔九〕〔舉正〕晁校「用」作「由」。李本一作「由」。〔方成珪箋正〕此詩第二字仄平平仄，循環相間，井然不亂，當作「用」爲協。況第六韻即是「由」字，不應複出也。

〔一〇〕〔蔣抱玄注〕南史宋文帝紀：「風轉而西南，景色開霽。」

〔一一〕祝本、廖本、王本作「無」。魏本作「何」。〔張鴻曰〕寄托悱惻。

【集説】

蔣抱玄曰：寫得不即不離，自具神妙。

岳陽樓別竇司直〔一〕

洞庭九州間，厥大誰與讓〔二〕？南匯羣崖水〔三〕，北注何奔放。瀦爲七百里〔四〕，吞納各殊狀〔五〕。自古澄不清〔六〕，環混無歸向，炎風日搜攪〔七〕，幽怪多冗長〔八〕。

軒然大波起，宇宙隘而妨〔九〕，巍峨拔嵩華〔一〇〕，騰踔較健壯〔一一〕。聲音一何宏，轟輵車萬兩〔一二〕，猶疑帝軒轅，張樂就空曠〔一三〕。蛟螭露筍簴〔一四〕，縞練吹組帳〔一五〕，鬼神非人世〔一六〕，節奏頗跌踼〔一七〕，陽施見誇麗，陰閉感悽愴〔一八〕。朝過宜春口〔一九〕，極北缺隄障〔二〇〕。夜纜巴陵洲〔二一〕，叢芮纔可傍〔二二〕。星河盡涵泳〔二三〕，俯仰迷下上。餘瀾怒不已，喧聒鳴甕盎〔二四〕。明登岳陽樓，輝煥朝日亮〔二五〕。飛廉戢其威〔二六〕，清晏息纖纊〔二七〕。泓澄湛凝緑〔二八〕，物影巧相況〔二九〕。江豚時出戲〔三〇〕，驚波忽蕩瀁〔三一〕。時當冬之孟〔三二〕，隙竅縮寒漲。前臨指近岸，側坐眇難望。滌濯神魂醒，幽懷舒以暢〔三三〕。主人孩童舊〔三四〕，握手乍忻悵〔三五〕。憐我竄逐歸，相見得無恙〔三六〕。開筵交履舄〔三七〕，爛漫倒家釀〔三八〕，盃行無留停〔三九〕，高柱送清唱〔四〇〕，中盤進橙栗，投擲傾脯醬〔四一〕。歡窮悲心生〔四二〕，婉孌不能忘〔四三〕。念昔始讀書〔四四〕，志欲干霸王，屠龍破千金〔四五〕，爲藝亦云亢〔四六〕。愛才不擇行〔四七〕，觸事得讒謗，前年出官由〔四八〕，此禍最無妄〔四九〕。公卿採虛名，擢拜識天仗〔五〇〕，姦猜畏彈射〔五一〕，斥逐恣欺誑〔五二〕。新恩移府庭〔五三〕，逼側廁諸將〔五四〕，于嗟苦駑緩〔五五〕，但懼失宜當〔五六〕。追思南渡時〔五七〕，魚腹甘所葬〔五八〕，嚴程迫風帆〔五九〕，劈箭入高浪〔六〇〕，顛沈在須臾，忠鯁誰復諒〔六一〕？生還真可喜，剋己自懲創〔六二〕。庶從今日後，粗識得與喪，事多改前好，趣有獲新尚。誓耕十畝田〔六三〕，不取萬乘相〔六四〕，細君知蠶織〔六五〕，稚子已能餉〔六六〕，行當掛其冠〔六七〕，生死君一訪〔六八〕。

〔一〕〔魏本引集注〕竇司直，名庠，字胄卿。韓皋出鎮武昌，辟爲幕府。陟大理司直，權領岳州刺史。公自陽山赴江陵掾，道出巴陵岳陽樓作。樓在州西門，下瞰洞庭。庠五昆弟，皆工詞章，有聯珠集。庠嘗和公此詩，劉禹錫亦有和篇。〔高步瀛曰〕竇庠，舊、新唐書皆附竇羣傳。唐六典卷十八曰：「大理寺司直六人，從六品上。」通典職官七曰：「司直掌承制出使推覆，若寺有疑獄則參議之。」

〔二〕〔魏本引孫汝聽曰〕言九州之間，洞庭最大，無可與讓。

〔三〕〔舉正〕「匯」字洪氏以唐本定。杭、蜀本皆作「維」。祝本、魏本作「維」。廖本、王本作「匯」。〔補釋〕水經注：「湘水左會清水口，資水也，世謂之益陽江。湘水左則沅水注之，謂之橫房口。右屬微水，即經所謂微水經下雋者也。西流注于江，謂之麋湖口。湘水左則澧水注之，世謂之武陵江。凡此四水，同注洞庭，北會大江，名之五渚。」

〔四〕〔魏本引祝充曰〕說文：「瀦，水所渟也。」周禮：「以瀦畜水。」注：「畜，流水之陂也。」〔補釋〕祝穆方輿勝覽：「洞庭湖在巴陵縣西，西吞赤沙，南連青草，橫亘七八百里。」

〔五〕〔方世舉注〕郭璞江賦：「并吞沅、澧，汲引沮、漳，呼吸萬里，吐納靈潮。」水經注：「吐納川流，以成巨沼。」〔蔣抱玄注〕左思蜀都賦注：「關山巨防，皆可吞納。」

〔六〕〔方世舉注〕後漢書黄憲傳：「郭林宗曰：叔度汪汪若千頃之陂，澄之不清，淆之不濁。」

〔七〕〔蔣抱玄注〕吕氏春秋：「東北曰炎風。」〔祝充注〕攪，亂也。詩：「祇攪我心。」

〔八〕〔方世舉注〕陸機文賦：「故無取乎冗長。」〔高步瀛曰〕廣韻四十一漾：「長，直亮切，多也。」〔何焯義門讀書記〕只賦其大，便是死句。借風形容，因爲比興。

〔九〕〔補釋〕文選善注：「軒，舉也。」諸本作「妨」。祝本作「防」。〔廖本王本注〕一作「放」。〔魏本引韓醇曰〕妨，礙。玉篇云：「害也。」

〔一〇〕〔祝本魏本注〕「拔」，一作「狀」。〔魏本引孫汝聽曰〕言波起高如嵩、華。嵩、華，見卷二送惠師注。

〔一一〕〔舉正〕蜀本作「踔」。謝校同。選吴都賦：「騰趠飛超。」〔考異〕「踔」，或作「躍」。祝本、魏本作「躍」。廖本、王本作「踔」。〔方世舉注〕漢書揚雄傳：「騰空虚，距連卷，踔夭矯，娭澗門。」師古曰：「踔，走也。」〔補釋〕木華海賦云：「峭拔傑而爲魁。」又云：「岑嶺奔騰而反覆，五嶽鼓舞以相磓。」公詩意所本。

〔一二〕〔舉正〕「輵」，丘葛切。輵輵，車聲也。揚雄羽獵賦所謂「皇車幽輵」是也。杭、蜀本皆作「轟渴」。盧仝月蝕詩亦有「推蕩轟渴」，不知唐人何以訛輵爲渴？潮本作「揭」，今本多作「磕」。「砰磅轟磕」，上林賦語。磕與輵音義一也。〔考異〕「輵」，諸本作「輵」，或作「揭」。祝本、魏本作「磕」。廖本、王本作「輵」。〔方世舉汗〕説文：「轟，羣車聲。」揚雄羽獵賦：

「皇車幽轄。」師古曰：「幽轄，車聲也。」〔王元啓曰〕羽獵賦「轄」字，顔音一轄反，與幽字爲雙聲。若音丘葛反，則當從上林賦「砰磅訇磕」之磕。盧詩杭、蜀本作「轟渴」，蓋音存而字訛爾。〔補釋〕轄，廣韻收入聲十二曷。是舉正音丘葛切本不誤。磕，廣韻去聲十四泰、入聲二十八盍兩收，音苦蓋、榼十兩切，無作丘葛切讀者，王説非也。

〔一三〕〔魏本引孫汝聽曰〕莊子：「黄帝張咸池之樂於洞庭之野。」

〔一四〕〔祝充注〕蛟，龍之屬也。螭，無角如龍。〔方世舉注〕周禮考工記梓人：「爲筍簴。」注：「樂器所懸，横曰筍，植曰簴。」記明堂位：「夏后氏之龍簨簴。」

〔一五〕〔舉正〕蜀本作「組」。李、謝校同。〔考異〕「組」，或作「祖」。鮑照詩：「組帳揚春風。」〔祝充注〕縞，素也，鮮色也。詩：「縞衣綦巾。」詩：「素絲組之。」注：「總以素絲而成組。」〔高步瀛曰〕嵇叔夜贈秀才入軍詩曰：「組帳高褰。」〔魏本引孫汝聽曰〕言軒轅張樂於此，大波之起，若筍簴組帳猶存也。

〔一六〕〔方世舉注〕莊子外物篇：「海水震蕩，聲侔鬼神。」

〔一七〕〔蔣抱玄注〕禮記：「文采節奏，聲之飾也。」〔祝充注〕趺踼，放蕩也。説文：「趺，一曰越也。」「踼，一曰搶也。」

〔一八〕〔舉正〕蜀本作「感」。晁、李校同。上四韻皆以軒轅張樂喻也。〔考異〕「感」，或作「咸」。祝本作「咸」。魏本、廖本、王本作「感」。〔方世舉注〕淮南天文訓：「吐氣者施，含氣者化，是故陽施陰化。」又原道訓：「與陰俱閉，與陽俱開。」〔李詳證選〕揚雄甘泉賦：「帥爾陰閉，霅然陽開。」〔何焯曰〕二句抵一篇江賦。〔沈德潛唐詩別裁集〕二句分上下景狀。

〔一九〕〔舉正〕閣本、李、謝校作「過」。〔考異〕「過」，或作「迴」。祝本作「迴」。魏本作「回」。廖本、王本作「過」。〔魏本引唐庚曰〕宜春郡，袁州。〔陳景雲曰〕公是時方自潭抵岳以趨荆南，不應過袁州之境。觀下「夜纜巴陵洲」句，則宜春口蓋在岳州之南，乃洞庭中小洲渚名也。〔查慎行曰〕宜春口恐非袁州，與岳陽相去尚遠，豈即今之渌口耶？〔王元啓曰〕沈德毓語余曰：潭即今之長沙府。岳州在長沙府之瀏陽縣北。瀏陽南爲醴陵縣，東與江西袁州接壤。宜春口蓋爲醴陵東達袁州之水口。愚謂公自潭北上，雖不必東至袁州，然欲抵岳州，則此口在所必經，故曰過口。陳謂洞庭中小洲渚，當改爲湖旁汊港之名，於義乃顯。〔沈欽韓注〕北夢瑣言：「湖南武穆王巡邊，迴舟至洞庭南宜春江口。」一統志：「宜春口在岳州府巴陵縣西北。」舊注非是。然以公詩及瑣言證之，當在西南，不得云西北。〔文廷式曰〕宋范致明岳陽風土記：「洞庭山之北，宜春水出焉。韓退之詩：『朝發宜春口。』即此地也。」〔補釋〕洞庭山在岳陽西南，宜春水出其北，則猶在岳陽之南也。可證沈説之無誤。查、王兩家均屬臆説。

〔二〇〕〔舉正〕三本同作「極地」。李、謝校皆校從「北」。〔考異〕「北」，方作「地」。祝本、廖本、王本作「北」。魏本作「地」。〔祝充注〕障，界也，隔也。管子：「築障塞。」

〔二一〕〔魏本引唐庚曰〕巴陵郡，岳州。纜，維舟也。〔方世舉注〕新唐書地理志：「岳州巴陵郡，本巴州。武德六年更名。有巴陵縣。有洞庭山，在洞庭湖中。屬江南西道。」

〔二二〕〔魏本引孫汝聽曰〕叢芮，岸上蘘茅，可維舟處。〔唐宋詩醇〕説文云：「芮芮，草生貌。又：水涯也。」詩：「芮鞫之即。」箋：「水内曰芮，水外曰鞫。」此云叢芮，謂洲渚之地，水草之間也。〔俞樾曰〕叢芮二字，未知何義，疑「蕞芮」之誤。文選西征賦：「營宇寺署，肆廛管庫，蕞芮於城隅者，百不處一。」注引字林曰：「蕞，聚貌也，音在外切。」説文曰：「芮，小貌，而鋭切。」韓子用蕞芮字，即本潘賦。

〔二三〕〔補釋〕張融海賦：「浪動而星河如覆。」〔方世舉注〕左思吴都賦：「涵泳乎其中。」

〔二四〕〔方世舉注〕郭璞江賦：「千類萬聲，自相喧聒。」廣雅釋器：「甈，瓶也。盎謂之盆。」〔何焯義門讀書記〕歸到風上。〔朱彝尊曰〕湖景。

〔二五〕〔方世舉注〕夏侯湛長夜謡：「望閶闔之昭晰兮，麗紫微之輝焕。」

〔二六〕〔魏本引樊汝霖曰〕離騷經：「後飛廉使奔屬。」王逸注：「風伯也。」戢，斂也。

〔二七〕〔舉正〕蜀本「息」作「自」。按海賦：「輕塵不飛，纖羅不動。」息字爲勝。〔方世舉注〕揚雄羽獵賦：「天清日晏。」師古曰：「晏，無雲也。」〔魏本引韓醇曰〕書：「厥篚纖纊。」纖纊，細綿也。〔何焯義門讀書記〕此連是詩中轉關，生出下半。

〔二八〕〔祝充注〕泓澄，水深清貌。

〔二九〕〔何焯曰〕寫景幽細。

〔三〇〕〔祝充注〕説文：「江豚一名鱄䱐，欲風則踊。」

〔三一〕〔舉正〕謝本「波」一作「没」。祝本、廖本、王本作「瀁」。魏本作「漾」。蕩瀁，見卷二詠雪贈張籍注。〔何焯義門讀書記〕風之餘。

〔三二〕〔祝本魏本注〕一作「孟冬月」。〔魏本引孫汝聽曰〕公永貞元年十月至岳州。

〔三三〕〔朱彝尊曰〕樓景。

〔三四〕祝本、魏本作「童孩」。廖本、王本作「孩童」。〔補釋〕公於竇庠兄弟爲舊交，其爲庠兄牟墓志云：「愈少公十九歲，以童子得見，始以師視公，而終以兄事焉。」〔朱彝尊曰〕入竇。

〔三五〕〔魏本引孫汝聽曰〕悲喜兼也。

〔三六〕〔魏本引補注〕風俗通曰：「恙，毒蟲也，喜傷人。古人草居露宿，故相勞問，必曰無恙。」〔方世舉注〕趙國策：「歲亦無恙耶？民亦無恙耶？王亦無恙耶？」〔高步瀛曰〕楚辭九辯曰：「還及君之無恙。」説文曰：「恙，憂也。」〔何焯義門讀書記〕伏後追思南渡一段，此下皆賦清宴之意。

〔三七〕〔魏本引韓醇曰〕史記滑稽傳：「履舄交錯，盃盤狼藉。」

〔三八〕〔魏本引韓醇曰〕世説：「劉惔曰：見何次道飲，令人欲傾家釀。」

〔三九〕〔舉正〕蜀本作「留停」，李、謝校同。〔考異〕或作「停留」。祝本、魏本作「停留」。廖本、王本作「留停」。〔魏本引韓醇曰〕選王仲宣公讌詩：「合坐同所樂，但愬盃行遲。」

〔四〇〕〔魏本引補注〕高柱，琴柱。按古今琴録曰：「凡歌曲終皆有送聲。」

〔四一〕〔方世舉注〕記内則：「脯羹，兔醢，魚膾，芥醬，麋腥，醢醬。」

〔四二〕〔方世舉注〕史記滑稽傳：「淳于髡曰：酒極則亂，樂極則悲。」〔何焯曰〕轉。

〔四三〕〔魏本引韓醇曰〕詩：「婉兮孌兮。」〔方世舉注〕陸機詩：「婉孌居人思。」善曰：「方言：惋，歡也。惋與婉同。説文曰：孌，慕也。」

〔四四〕〔朱彝尊曰〕自歎。

〔四五〕〔魏本引孫汝聽曰〕莊子：「朱泙漫學屠龍於支離益，單千金之家，三年技成而無所用其巧。」

〔四六〕莊子：「爲亢而已矣。」釋文引李頤云：「窮高曰亢。」〔何焯曰〕悲憤鬱勃，所謂茫茫交集。

〔四七〕〔王元啓曰〕自悔前此取友之濫。

〔四八〕〔舉正〕三本同作「由」。〔考異〕「由」，或作「日」。以「上疏豈其由」之語推之，作「由」者是。但恐此與彼語意不同，則只作「日」亦通。祝本、魏本作「日」。廖本、王本作「由」。

〔四九〕〔魏本引補注〕易曰：「無妄之災。」〔何焯義門讀書記〕不説人以無罪。

〔五〇〕〔魏本引孫汝聽曰〕天仗，天子仗衛也。〔陳景雲曰〕謂御史之擢也。唐制，三院御史有缺，悉由御史大夫及中丞薦授。貞元之季，御史臺久不除大夫，皆中丞專其事。公之入臺時，李汶爲中丞，蓋由汶薦也。時同官中名最著者，如柳宗元、劉禹錫、李程、張署等，俱汶所薦。故宗元祭汶文云：「慎擇寮吏，必薪之楚。」斯篤論矣。時公先貶官於外，故不預祭耳。惜史逸汶傳，而薦公事尤失傳。當以宗元祭文及新史王播傳參考，自可得之。

〔五一〕〔祝本魏本注〕「猜」，一作「猾」。〔方世舉注〕張衡西京賦：「彈射臧否。」〔王元啓曰〕此詩劉禹錫亦有和篇，各敍貶黜之由。然公能作「姦猜畏彈射」之語，禹錫則自云「衞足不如葵」，其辭慙矣。

〔五二〕〔補釋〕此即公祭張員外文所云「彼婉孌者，實憚吾曹，側肩帖耳，有舌如刀」也。〔朱彝尊曰〕此事屢敍述，要看改換法，虛實繁簡各有境。

〔五三〕〔舉正〕蜀本作「移」。〔考異〕「移」，或作「趨」。祝本、魏本作「趨」。廖本、王本作「移」。〔魏本引孫汝聽曰〕謂自陽山令量移江陵法曹參軍。〔李詳證選〕謝朓辭隨王牋：「榮立府庭，恩加顏色。」

〔五四〕〔魏本引補注〕子虛賦曰：「逼側泌瀄。」注云：「相迫也。」〔方世舉注〕潘岳秋興賦序：「攝官承乏，猥厠朝列。」〔高步瀛曰〕文選秋興賦注引蒼頡篇曰：「厠，次也，雜也。」

〔五五〕〔蔣抱玄注〕于，同吁。詩：「于嗟麟兮！」

〔五六〕〔陳景雲曰〕當，謂奏當也。奏當見漢書。師古注：「當謂處其罪。」時公量移江陵法曹，故云爾。言惟恐司刑而不得其平也。〔章士釗曰〕似「宜當」成爲當時文壇通用語言，宜當，同義字，作動詞用，義仍同。

〔五七〕〔嚴虞惇曰〕前半是寫岳陽樓之景，「追思南渡時」，是渡洞庭湖而南竄也。

〔五八〕〔魏本引韓醇曰〕史記：「屈原曰：寧赴常流而葬乎江魚腹中。」

〔五九〕〔蔣抱玄注〕劉希夷詩：「王事促嚴程。」〔何焯義門讀書記〕關合。

〔六〇〕〔祝充注〕劈，破也。〔黄鉞注〕赴江陵途中所謂「春風洞庭浪，出没驚孤舟」者是也。〔補釋〕即祭張員外文「追程盲進，颿船箭激」意。

〔六一〕〔祝充注〕骨鯁，蹇諤之臣。楚辭：「觀其骨鯁之所立。」〔蔣抱玄注〕北史庾質傳：「立言忠鯁。」〔補釋〕此翻用高適詩「忠信涉波濤」意。〔何焯曰〕回視向途，杳然有不測之險。打轉前半，方見寫景處非漫然鋪敍，此真匠手結構。

〔六二〕〔考異〕「剋」，或作「刻」。魏本作「刻」。祝本、廖本、王本作「剋」。〔祝充注〕書：「予創若時。」注：「懲也。」

〔六三〕〔魏本引韓醇曰〕莊子：「顔回曰：回有郭内之田十畝，足以爲絲麻，不願仕。」

〔六四〕〔補釋〕東方朔答客難：「蘇秦、張儀，一當萬乘之主，而身都卿相之位。」

〔六五〕〔方世舉注〕漢書東方朔傳：「歸遺細君。」師古曰：「細君，朔妻之名。一説：細，小也，朔自比于諸侯，謂其妻曰小君。」詩瞻卬：「婦無公事，休其蠶織。」

〔六六〕〔魏本引韓醇曰〕孫芸銘石庵：「稚子拾薪，老夫汲澗，細君緝紵。」

〔六七〕〔顧嗣立注〕後漢逢萌傳：「解冠挂東都城門，因遂潛藏。」南史：「陶弘景挂冠神武門，上表辭禄。」

〔六八〕〔方世舉注〕王僧孺詩：「儻有還書便，一言訪死生。」〔何焯曰〕結出竇司直，妙。

【集説】

強幼安唐子西文録曰：過岳陽樓，觀杜子美詩，不過四十字爾，氣象閎放，涵蓄深遠，殆與洞庭争雄，所謂富哉言乎者。太白、退之輩，率爲大篇，極其筆力，終不逮也。杜詩雖小而大，餘詩雖大而小。

俞瑒曰：此詩前半首寫景，後半首述事，卻用「追思南渡時」數語挽轉，真有千鈞之力。且有此一段，才見前此鋪張，非漫然也，可見公布局運筆之妙。

蔣之翹曰：前半寫景，猶卓犖有致。至「時當冬之孟」以下，便覺瑣屑甚矣。

何焯義門讀書記曰：「姦猜畏彈射」一連，退之出官，頗猜劉、柳泄其情於韋、王，乃此詩即以示劉，令其屬和，毋乃強直而疎淺乎？或者竇庠語次，深明劉、柳之不然，勸其因唱和以兩釋疑猜，而劉亦忍詬以自明也。

沈德潛唐詩别裁集曰：前兩段陽開陰闔，入竇司直後，見忠直被謗，而以追思南渡數語挽轉前半，筆力矯然。

唐宋詩醇曰：寫景兩段，陽開陰閉。范希文岳陽樓記似從此脱胎。程學恂曰：南山詩純用子虛、上林、三都、兩京、木海、郭江之法，鑄形鏤象，直若天成者。詠洞庭亦然。宇宙間既有此境，不可無此詩也。前半自賦寫，後半自敘事，兩兩相關照，而自成章法。此真古格，後人多不知之。

附和韓十八侍御登岳陽樓

竇庠

巨浸連空闊，危樓在杳冥。稍分巴子國，欲近老人星。昏旦呈新候，川原按舊經。地圖封七澤，天限鎖重扃。萬象皆歸掌，三光豈遁形？月車才碾浪，日御已翻溟。落照金成柱，餘霜翠擁屏。夜光疑漢曲，寒韻辨湘靈。山晚雲常碧，湖春草遍青。軒皇曾舉樂，范蠡幾揚舲？有客初留鷁，貪程尚數蓂。自當徐孺榻，不是謝公庭。雅論冰生水，雄材刃發硎。座中瓊玉潤，名下茝蘭馨。假守誠知拙，齋心匪暫寧。每慙公府粟，卻憶故山苓。苦調常三歎，知音願一聽。自悲由也瑟，敢墜孔悝銘。野杏初成雪，松醪正滿瓶。莫辭今日醉，長恨古人醒。

附　韓十八侍御見示岳陽樓別賓司直詩因令屬和重以自述故足成六十二韻〔一〕

劉禹錫

楚江何蒼然，曾瀾七百里。孤城寄遠目，一寫窮無已。蕩漾浮天蓋，回環宣地理。積漲在三秋，混成非一水。冬游見清淺，春望多洲沚。雲錦遠沙明，風煙青草靡。火星忽南見，月魄方東迤。雪波西山來，隱若長城起。獨專朝宗路，駛悍不可止。支川讓其威，蓄縮至南委。熊武走蠻落，瀟湘來奧鄙。炎蒸動泉源，積潦搜山趾。歸往無旦夕，包含通遠邇。行當白露時，眇視秋光裏。曙色未昭晰，露華遥斐亹。浩爾神骨清，如觀混元始。戕風忽震蕩，驚浪迷津涘。怒激鼓鏗訇，蹙成山巋峗。鵾鵬疑變化，罔象何恢詭。嘘吸寫樓臺，騰驤露鬐尾。景移羣動息，波静繁音弭。明月出中央，青天絶纖滓。素光淡無際，緑静平如砥。空影渡鵷鴻，秋聲思蘆葦。鮫人弄機杼，貝闕騈紅紫。珠蛤吐玲瓏，文鰩翔旖旎。水鄉吴蜀限，地勢東南庳。翼軫粲垂精，衡巫屹環峙。名雄七澤數，國辨三苗氏。唐羿斷修蛇，荆王殪青兕。秦狩跡猶在，虞巡路從此。軒后奏宫商，騷人詠蘭芷。茅嶺潛相應，橘洲傍可指。郭璞驗幽經，羅含著跡紀。觀津戚里族，按道侯家子。聯袂登高樓，臨軒笑相視。假守亦高卧，墨曹正垂耳。契闊話涼温，壺觴慰遷徙。地偏山水秀，客重杯盤侈。紅袖花欲然，銀燈晝相似。興酣更抵掌，樂極同啓齒。筆鋒不能休，藻思一何綺。伊余負微尚，夙昔慙知己。出入金馬門，交結青雲士。襲芳踐蘭室，學古游槐市。策慕宋前軍，文師漢中壘。陋容昧俯仰，孤志無依倚。衞足不如葵，漏川空歎蟻。幸逢萬物泰，獨處窮途否。鎩翮重疊傷，兢魂再三褫。蘧瑗亦屢化，左丘猶有恥。桃源訪仙官，薜服祠山鬼。故人南臺舊，一別如弦駛。今朝會荆蠻，斗酒相宴喜。爲余出新什，笑抃隨伸紙。曄若觀五色，歡然臻四美。委曲風濤事，分明窮達旨，洪韻發華鐘，淒音激清徵。羊濬要共和，江淹多雜擬。徒欲仰高山，焉能追逸軌。湘州路四達，巴陵城百雉。何必顔光禄，留詩張内史。

〔一〕〔沈欽韓注〕劉與公同御史，此時劉貶官過江陵爲相遇也。

晚泊江口〔一〕

郡城朝解纜〔二〕，江岸暮依村。二女竹上淚〔三〕，孤臣水底魂〔四〕。雙雙歸蟄燕〔五〕，一一叫羣猿。迴首那聞語〔六〕，空看別袖翻。

〔一〕〔沈欽韓注〕一統志：「荊江口，在岳州府巴陵縣北，洞庭水入江處也。亦名西江口，又名三江口。」　〔王元啓曰〕此詩貞元二十一年秋末自郴赴衡時作。郡城即指郴州。「迴首那聞語」，即前郴口詩「雷驚電激語難聞」也。結句則謂與李郴州相別。〔補釋〕水經注：「巴陵西對長洲，其洲南分湘浦，北屆大江，故曰三江，三水所會，亦或謂之三江口。」與沈注合。王説雖亦可通，然郴口乃在耒水，與詩中三四兩句境地不合。未若三江口爲湘水自湖入江之處，三四兩句尚相合也。末二句當指與竇司直相别，行舟已遠，故曰「迴首那聞語」，與郴口詩因灘水喧豗似雷驚電激而語難聞者，不能混爲一解。

〔二〕郡城，巴陵郡也。見前首注。〔方世舉注〕謝靈運詩：「解纜及流潮，懷舊不能發。」

〔三〕見卷一遠游聯句注。

〔四〕見卷二湘中注。

〔五〕〔蔣之翹注〕翹少讀此詩，深以退之用蟄燕爲疑。謂燕本飛鳥，不宜下蟲蛇字也。及從家大人游湘中，見飛燕累累，俱投土岸小穴。問居人言，知冬蟄事，方於此釋然。〔方世舉注〕爾雅翼：「燕之去也，或藏深山大空木中，無毛羽，或蟄藏坻岸中。」〔李黼平曰〕何法盛晉中興書：「中原喪亂，鄉人共推郗鑒爲主，與千餘家避難於魯國嶧山。山有重險，百姓飢饉，野無生草，掘野鼠蟄燕食之。」庾子山哀江南賦：「飢隨蟄燕，暗逐流螢。」蟄燕二字本此。

〔六〕〔舉正〕唐本作「聞」。〔考異〕「聞」，或作「能」。祝本、魏本作「能」。廖本、王本作「聞」。

【集説】

朱彝尊曰：格浄，氣味自不同。

蔣抱玄曰：此亦商聲。

龍移〔一〕

天昏地黑蛟龍移，雷驚電激雄雌隨〔二〕。清泉百丈化爲土〔三〕，魚鼈枯死吁可悲〔四〕！

〔一〕〔魏本引韓醇曰〕此詩謂南山湫也。湫初在平地，一日風雷移居山上。其山下湫，遂化爲土。長安人至今謂之乾湫。公題炭谷詩云：「厭處平地土，巢居插天山。」其此之意歟？〔方世舉注〕韓説非也。凡詩敍怪異事，旁帶以爲點染則有之，如杜湯東「青白二小蛇」，如白悟真寺「化作龍蜿蜒」，皆游戲及之，未嘗實賦。炭谷實賦，則必有詆斥之語，所以云「吁無吹毛刃，血此牛蹄殷」。蓋欲如荆佽蜚諸人斬蛟以絶語怪。焉得此篇信其事而實賦之？誠如韓説，則此詩了無意味矣。以愚推之，此是寓言，乃爲順宗傳位而作。「天昏地黑」謂永貞時朝事，「蛟龍移」謂内禪，「魚鼈枯死」謂伾、文以及黨人皆斥逐也。

〔二〕〔舉正〕蜀本、謝校作「激」。「雷奔電激」，班固西都賦語。古書如説文、答賓戲、郭璞江賦，皆用「激」字。〔考異〕「激」，或作「擊」。「雄雌」，或作「雌雄」。祝本、魏本作「擊」。廖本、王本作「激」。〔方世舉注〕左傳：「蔡墨曰：有夏孔甲，帝賜之乘龍，河漢各二，各有雌雄。」拾遺記：「虞舜時，南潯之國獻毛龍，一雌一雄。」

〔三〕〔方世舉注〕鮑照詩：「鑿井北陵隈，百丈不及泉。」

〔四〕〔方世舉注〕神仙傳：「宅旁有泉水，水自竭，中有一蛟枯死。」〔王元啓曰〕此爲劉、柳諸人發嘆。魚鼈即炭谷詩所謂「羣嬉傲妖頑」者是。枯死可悲，則永貞行所謂「吾嘗同僚情可勝」也。

【集説】

朱彝尊曰：直述事。

程學恂曰：畢竟不知此詩是何意思，不必强作解事。

永貞行〔一〕

君不見太皇諒陰未出令〔二〕，小人乘時偷國柄〔三〕。北軍百萬虎與貔〔四〕，天子自將非他師〔五〕，一朝奪印付私黨〔六〕，懍懍朝士何能爲〔七〕？狐鳴梟噪争署置〔八〕，睗睒跳踉相嫵媚〔九〕。夜作詔書朝拜官，超資越序曾無難〔一〇〕，公然白日受賄賂，火齊磊落堆金盤〔一一〕。元臣故老不敢語，晝卧涕泣何汍瀾〔一二〕！董賢三公誰復惜〔一三〕？侯景九錫行可歎〔一四〕。國家功高德且厚，天位未許庸夫干〔一五〕。嗣皇卓犖信英主〔一六〕，文如太宗武高祖。膺圖受禪登明堂〔一七〕，共流幽州鮌死羽〔一八〕。四門肅穆賢俊登〔一九〕，數君匪親豈其朋〔二〇〕。郎官清要爲世稱〔二一〕，荒郡迫野嗟可矜〔二二〕。湖波連天日相騰，蠻俗生梗瘴癘烝〔二三〕，江氛嶺祲昏若凝〔二四〕，一蛇兩頭見未曾〔二五〕？怪鳥鳴唤令人憎〔二六〕，蠱蟲羣飛夜撲燈〔二七〕，雄虺毒螫墮股肱〔二八〕，食中置藥肝心崩〔二九〕，左右使令詐難憑，慎勿浪信常兢兢〔三〇〕。吾嘗同僚情可勝〔三一〕？具書目見非妄徵〔三二〕，嗟爾既往宜爲懲〔三三〕。

〔一〕〔魏本引樊汝霖曰〕此詩或云自「四門肅穆賢俊登」下爲别篇，非是。

〔二〕祝本、魏本、王本作「諒」。廖本作「亮」。〔方世舉注〕新唐書順宗紀：「永貞元年八月庚子，自稱曰太上皇。」〔補釋〕書無逸：「作其即位，乃或亮陰，三年不言。」按：尚書大傳作「梁闇」，論語作「諒陰」，禮記喪服四制篇作「諒闇」，漢書五行志作「涼陰」。段玉裁説：諒、涼、亮、梁，古四字同音，不分平仄也。闇、陰，古二字同音，在侵韻，不分侵覃也。大傳曰：「高宗居倚廬，三年，不言，百官總己聽於冢宰，而莫之違。此之謂梁闇。」鄭注尚書無佚云：「諒闇，轉作梁闇，楣謂之梁，闇，廬也。小乙崩，武丁立，憂喪三年之禮，居倚廬柱楣，不言政事。」鄭用伏生義也。字當本作「梁闇」，餘皆叚借。

〔三〕〔顧嗣立注〕舊唐書順宗紀：「貞元二十一年正月癸巳，德宗崩。丙申即位，風病不能聽政，以王伾爲右散騎常侍，王叔文爲户部侍郎、度支鹽鐵轉運使，事無巨細，皆決於二人。」〔蔣抱玄注〕孟子：「雖有智慧，不如乘時。」管子：「大德不至仁，不可以授國柄。」

〔四〕〔方世舉注〕新唐書兵志：「天子禁軍者，南北衙兵也。南衙諸衛兵，北衙禁軍。上元中，以北衙軍使衛伯玉爲神策軍節度使，魚朝恩爲監軍使。朝恩以軍歸禁中，分爲左右廂，勢居北軍右，遂爲天子禁軍，非它軍比。自肅宗以後，北軍增置不一，京畿之西，多以神策鎮之，塞上往往稱神策行營，皆内統於中人矣。」〔祝充注〕貔，白狐也。書：「如虎如貔。」

〔五〕〔舉正〕杭本作「他時」。

〔六〕〔魏本引孫汝聽曰〕是歲五月，王叔文等以金吾大將軍范希朝爲左右神策京西諸城鎮行營節度使，以度支郎中韓泰爲其行軍司馬。叔文欲奪取宦官兵權以自固，藉希朝老將，使主其名，而實以泰專其事。人情不測其所爲，益疑懼。私黨即泰也。〔嚴虞惇曰〕私黨謂韓泰。唐季錮由宦官，而宦官之横，皆以專主兵柄之故。伾、叔文欲奪其權，未可盡非也。「天子自將非他師。」韓公亦是曲筆。〔王鳴盛蛾術編〕新唐書兵志：「叔文用事，欲取神策兵柄，乃用故將范希朝爲左右神策京西諸城鎮行營兵馬節度使，以奪宦者權而不克。」此以宦官典兵爲「天子自將」，且云「奪印付私黨」。新書希朝傳稱其「治軍整毅，當世比之趙充國」，歷敘其安民禦虜保塞之功，與舊書韓游瓌傳所云「大將范希朝善將兵，名聞軍中」者正合，豈可謂之私黨乎？唐天子被弒者自憲宗始，以後大權咸歸宦者。昌黎地下有靈，得無悔乎？〔補釋〕何焯義門讀書記、王元啓讀韓記疑所論與嚴説同。王鳴盛十七史商榷所論與蛾術編同。在此以前，范仲淹述夢詩序、王世貞讀書後卷三書王叔文傳後，俱已論伾、文奪宦官兵柄一事爲謀國之忠矣。

〔七〕〔方世舉注〕書泰誓：「百姓懍懍。」

〔八〕〔魏本引韓醇曰〕狐梟，楚辭皆以喻小人讒佞，公意亦然。〔顧嗣立注〕史記陳涉世家：「夜篝火狐鳴。」〔祝充注〕梟，説文：「不孝鳥也。」詩：「爲梟爲鴟。」注：「惡聲之鳥。」楚辭：「鴟梟羣而制之。」〔方世舉注〕董仲舒詣丞相公孫弘記室書：「留心署置，以明消滅邪枉之迹。」

〔九〕〔舉正〕閣本、李校作「睗睒」。睗睒，獸狂視貌。字見吴都賦。踉，音梁，乃莊子所謂「狸狌東西跳梁」是也。柳文多用「東西跳踉」字。跳，音條。〔考異〕「睗睒」，或作「睒閃」。〔祝本、魏本作「睒閃」。廖本、王本作「睗睒」。〔方世舉注〕説文：「睗，目疾視也。」「睒，暫視貌。」左思吴都賦：「忘其所以睗睒。」莊子逍遥游：「子獨不見夫狸狌乎？東西跳梁，不避高下。」晉書諸葛長民傳：「長民富貴之後，常眠中驚起跳踉，如與人相打。」司馬相如上林賦：「嫵媚纖弱。」埤蒼：「嫵媚，悦也。」廣雅釋詁：「嫵媚，好也。」〔顧嗣立注〕舊唐書王叔文傳：「叔文司兩司利柄，齒於外朝，愚智同曰：城狐山鬼，必夜號窟居以禍福人，人亦神而畏之，一旦晝出路馳，無能必矣。」

〔一〇〕〔方世舉注〕順宗實録：「叔文既得志，首用韋執誼爲相，其常所交結，相次拔擢，至一日除數人。」

〔一一〕〔魏本引韓醇曰〕選班固西都賦：「翡翠火齊，流耀含英。」〔祝充注〕火齊，珠也。一曰似雲母，重沓而開，色黄似金。選：「磊落漫衍乎其側。」注：「衆多貌。」〔顧嗣立注〕杜子美詩：「火齊堆金盤。」舊唐書：「伾與叔文及諸朋黨之門，車馬填湊，而伾門尤盛，珍玩賂遺，歲時不絶。室中爲大櫃，開一竅以藏金寶，其妻或寢卧其上。」〔章士釗曰〕此以退之自作之實録中所行善政推之，白日受賂，可認爲斷斷必無之事。如伾等器小官高，在應酬小節偶有不慎，事亦可能，然何至如退之詩句描寫之甚。觀子厚與饒州書，明斥國家弊政之大，莫如賄賂行而賦税亂，又何至剛親政權，躬自蹈之。

〔一二〕〔方世舉注〕順宗實録：「二月丁酉，吏部尚書平章事鄭珣瑜去位。其日，珣瑜方與諸相會食於中書，故事，百寮無敢謁見者。叔文欲與執誼計事，直省入白，執誼逡巡竟起迎叔文，就其閤語良久，宰相杜佑、高郢、珣瑜皆停箸以待。有報者云：叔文索飯，韋相已與之同餐閤中矣。佑、郢心知其不可，畏懼莫敢出言。珣瑜獨歎曰：吾豈可復居此位。顧左右取馬逕歸，遂不起。前是左僕射賈耽以疾歸第，未起，珣瑜又繼去。二相皆天下重望，相次歸卧。叔文等益無所顧忌，遠近大懼。」

〔一三〕〔舉正〕杭、蜀本作「三公」。〔考異〕「三」，或作「一」，非是。祝本作「一」。魏本、廖本、王本作「三」。〔魏本引蔡夢弼曰〕前漢董賢傳：「哀帝元壽元年，帝重賢，封賢爲高安侯。欲極其位，遂以賢爲大司馬衞將軍。是時賢年二十二，爲三公。」〔王鳴盛蛾術編〕董賢以男寵進，而以比叔文，可謂儗不於倫，亦太不爲順宗地。

〔一四〕〔魏本引蔡夢弼曰〕南史侯景傳：「梁武帝崩，景立簡文。後廢簡文，迎豫章王棟即皇帝位。太尉郭元建諫曰：主上仁明，何得廢之？大寶二年，景矯蕭棟詔，自加九錫，冕十有二旒，建天子旌旗，出警入蹕。」九錫：一曰車馬，二曰衣服，三曰樂則，四曰朱户，五曰納陛，六曰虎賁，七曰斧鉞，八曰弓矢，九曰秬鬯也。〔方成珪箋正〕蔡注九錫，本漢武紀「元朔元年迺加九錫」應劭注，與韓詩外傳、穀梁莊元年傳注，序次稍異，惟四曰樂則，乃穀梁注文，武紀及外傳皆作「樂器」。〔嚴虞惇曰〕伾、叔文不過弄權耳，豈可以侯景爲比。

〔一五〕〔方世舉注〕班彪王命論：「又況么䵷，不及數子，而欲闇奸天位者乎？」師古曰：「奸，音干。」〔方成珪箋正〕文選作「干」。一切經音義十三：「干，古文作奸，同。」〔王懋竑曰〕伾、叔文乘時竊柄，朋黨相煽，意在專權自恣，其奪取兵權，亦以固位，非有莽、操、懿、裕之志也。韓公此語，亦似太過。〔補釋〕何焯義門讀書記、陳景雲點勘、王鳴盛蛾術編、嚴虞惇、王元啓諸家所論與此同。〔查慎行曰〕二句筆力氣骨，極似少陵。

〔一六〕〔洪興祖韓子年譜〕謂憲宗也。

〔一七〕〔方世舉注〕洛陽伽藍記：「膺籙受圖，定鼎嵩、洛。」逸周書明堂解：「明堂者，明諸侯之尊卑也，故周公建焉。制禮作樂，頒度量，而天下大服。」

〔一八〕〔魏本引孫汝聽曰〕書：「流共工於幽州，殛鮌於羽山。」以喻伾、叔文也。〔顧嗣立注〕本集江陵途中寄三學士詩：「嗣皇傳冕旒，首罪誅共吺。」語與此同。

〔一九〕〔魏本引孫汝聽曰〕書：「賓于四門，四門穆穆。」四門者，四方之門。〔魏本引蔡夢弼曰〕謂是時用杜黄裳、鄭餘慶爲宰相也。〔補釋〕漢書元帝紀：「延登賢俊。」

〔二〇〕〔方世舉注〕順宗實録：「叔文密結韋執誼，并有當時名欲僥倖而速進者陸質、吕温、李景儉、韓曄、韓泰、陳諫、劉禹錫、柳宗元等十數人，定爲死交。」〔章士釗曰〕「數君」者，指劉、柳諸公也。此所用「匪親」字，殆與李白蜀道難篇中「所守或匪親，化爲狼與豺」同意。顧退之與子厚同時，在宦權萌蘗初成階段，不廑不主持正誼，同張撻伐，而反溝通權奄，竭盡諂諛，且指斥唐室百餘年唯一先識遠見捨身救國之王叔文爲共工爲驩兜爲鯀，以投畀豺虎有北然後快，何其政識之低下，而干進之可醜也！〔補釋〕章氏謂退之「溝通權奄」，乃文致之詞。退之在貞元十三年，有送俱文珍詩及序，乃奉董晉之命而作。其後退之仕途坎坷，並未得俱文珍任何奥援。元和五年，正當俱文珍等宦官勢盛之時，而退之上鄭尚書相公啓有「日與宦者爲敵，相伺候罪過，惡言詈辭，狼藉公牒」云云，可以證「溝通權奄」之絶無其事矣。

〔二一〕〔補釋〕通典：「郎官謂之尚書郎，漢置。」〔閻人俊注〕唐書李素立傳：「素立初擢監察御史，以親喪解官，起授七品清要。有司擬雍州司户參軍。帝曰：要而不清。復擬祕書郎，帝曰：清而不要。」

〔二二〕〔魏本引韓醇曰〕郎官荒郡，意指劉禹錫坐叔文黨貶連州也。公方量移江陵，而夢得出爲連州，邂逅荆蠻，故作是詩。觀終篇之意，可見其爲夢得作也。〔王元啓曰〕公岳陽樓詩，禹錫嘗有和篇，韓謂邂逅荆蠻，並非臆論。〔王鳴盛曰〕詩中明言數君，安得專指夢得一人。〔方世舉注〕舊唐書憲宗紀：「永貞元年九月，京西行營節度行軍司馬韓泰貶撫州刺史，司封郎中韓曄貶池州刺史，禮部員外郎柳宗元貶邵州刺史，屯田員外郎劉禹錫貶連州刺史，坐交王叔文也。十月，再貶韓泰虔州，陳諫台州，柳宗元永州，劉禹錫朗州，韓曄饒州，凌準連州，程异郴州，皆爲州司馬。」愚按：詩曰「數君」，蓋概言之。諸人皆自郎官遷謫，又皆竄南方，非獨禹錫也。然公於二韓輩未聞相好，終篇「同僚」一語，有以知其兼爲劉、柳而作，柳貶邵州，亦當過江陵也。

〔二三〕祝本、魏本作「蒸」。廖本、王本作「烝」。〔蔣抱玄注〕北史郭彦傳：「蠻左生梗，不營農業。」〔魏本引蔡夢弼曰〕瘴，音障，熱症也。癘，音例，疾疫也。選魏都賦：「封疆瘴癘。」

〔二四〕〔方世舉注〕按新唐書地理志，撫州、池州、邵州皆屬江南西道，惟連州屬嶺南道。〔祝充注〕周禮：「一曰祲。」注：「陰陽氣相侵。」左氏：「赤黑之祲，非祭祥也。」

〔二五〕一蛇兩頭，見赴江陵途中寄贈三學士注。〔黃徹曰〕莊子文多奇變，如「技經肯綮之未嘗」，乃未嘗經肯綮也。詩句中時有此法，昌黎「一蛇兩頭見未曾」、「拘官計日月，欲進不可又」、「君不強起時難更」。〔蔣抱玄注〕見未曾，謂見乎否也。

〔二六〕〔舉正〕閣校作「鳴喚」，本作「争鳴」。祝本、魏本作「争鳴」。廖本、王本作「鳴喚」。〔方世舉注〕爾雅釋鳥：「狂茅鴟。」注：「今鵂鶹也。」又：「怪鴟。」注：「即鴟鵂也，今江東通呼此屬爲怪鳥。」又：「鶭澤虞。」注：「常在澤中，見人輒鳴喚不去。」

〔二七〕蠱蟲羣飛，見赴江陵途中寄贈三學士注。〔祝充注〕撲，拂著也。書：「其猶可撲滅。」

〔二八〕〔魏本引集注〕楚辭：「雄虺九首。」〔祝充注〕螫，蟲行毒也。詩：「自求辛螫。」史記：「草無毒螫。」〔方世舉注〕爾雅釋魚：「蝮虺博三寸，首大如臂。」淮南説山訓：「貞蟲之動以毒螫。」漢書田儋傳：「蝮螫手則斬手，螫足則斬足。」爾雅翼：「蝮蛇之最毒者，著手斷手，著足斷足。不爾，合身糜潰。」

〔二九〕見八月十五夜贈張功曹及赴江陵途中寄贈三學士注。〔朱彝尊曰〕寫瘴鄉語工。

〔三〇〕〔方世舉注〕詩小旻：「戰戰兢兢。」

〔三一〕〔舉正〕李本從「嘗」。〔考異〕「嘗」，或作「常」，非是。祝本、魏本作「常」。廖本、王本作「嘗」。〔魏本引韓醇曰〕公嘗與夢得同爲御史。〔魏本引補注〕蔡寬夫詩話云：「子厚、禹錫於退之最厚善，然退之貶陽山，不能無疑。赴江陵途中寄三學士云『同官盡才俊，偏善柳與劉，或慮語言泄，傳之落仇讎』云云。及其爲永貞行，憤疾至云『數君匪親豈其朋』，又曰『吾嘗同僚情可勝』，則亦見其坦夷尚義，待朋友終始也。」〔嚴虞惇曰〕此韓公快意摹寫之語，坦夷尚義，豈其然乎？〔方世舉注〕詩板：「我雖異事，及爾同寮。」左傳：「荀伯曰：同官爲寮，吾嘗同寮，敢不盡心乎？」

〔三二〕〔魏本引韓醇曰〕公以言事先出爲連州陽山令，至是夢得爲連州刺史，故書所目見告之。〔顧嗣立注〕專指夢得，似未必然。

〔三三〕〔蔣抱玄注〕論語：「既往不咎。」〔魏懷忠注〕懲，戒也。〔何焯義門讀書記〕具書目見，亦有君來路吾歸路之意，非長者言也。末句言將來朝士咸宜以數子既往之事懲躁進也。

【集説】

王應麟曰：少陵善房次律，而悲陳陶一詩不爲之隱。昌黎善柳子厚，而永貞行一詩不爲之諱。公議之不可掩也如是。

李東陽曰：韓、蘇詩雖俱出入規格，而蘇尤甚。蓋韓得意時，自不失唐詩聲調，如永貞行固有杜意，而選者不之及，何也。楊士弘乃獨以韓與李、杜爲三大家，不敢選，豈亦有所見耶？

顧嗣立曰：此詩前半言小人放逐之爲快，後半言數君貶謫之可矜，蓋爲劉、柳諸公也。

陳祖范曰：予讀韓退之順宗實録及永貞行，觀劉、柳輩八司馬之冤，意退之之罪狀王、韋，實有私心，而其罪固不至此也。退之於伾、文、執誼有宿憾，於同官劉、柳有疑猜，進退禍福，彼此有不兩行之勢。而伾、文輩又連敗，於是奮其筆舌，詆斥無忌，雖其事之美者，反以爲惡，而劉、柳諸人朋邪比周之名成矣。史家以成敗論人，又有韓公之言爲質的，而不詳其言之過當，蓋有所自。予故表而出焉，非以劉、柳文章之士而回護之也。

唐宋詩醇曰：前幅天昏地暗，中間日出冰消，闊至後幅，又如淒風苦雨。文生於情，變幻如是。

袁枚隨筆曰：唐八司馬輔順宗，善政不可勝書，而史目爲姦邪，昌黎永貞行亦詆訶之。獨范文正作論深爲護惜，必有所見。

譚獻曰：十七史商榷於唐獨表王叔文之忠，非過論也。予素不喜退之永貞行，可謂辯言亂政。

程學恂曰：所敍蠻嶺之俗，與赴江陵途中詩似相同而不同者，此中有寄託在也。

木芙蓉〔一〕

新開寒露叢〔二〕，遠比水間紅〔三〕。豔色寧相妒，嘉名偶自同。採江官渡晚，搴木古祠空〔四〕。願得勤來看〔五〕，無令便逐風。

〔一〕〔舉正〕移江陵日道間作。〔魏本引孫汝聽曰〕水生者爲水芙蓉，木生者爲木芙蓉。爾雅曰：「菡萏，芙蓉也。」此所謂水芙蓉也。

〔二〕〔舉正〕蜀本作「寒路」。〔考異〕「露」，方作「路」，非是。

〔三〕〔舉正〕閣本作「水間」。〔考異〕「間」，或作「邊」，非是。祝本作「邊」。魏本、廖本、王本作「間」。〔魏本引孫汝聽曰〕水間紅，即菡萏。〔何焯義門讀書記〕第二以水破木，似太拘於法。

〔四〕〔舉正〕杭、蜀、三館本同作「採江秋節晚，搴木古辭空」。閣本作「秋江官渡晚，寒木古祠空」。洪本校從「採江官渡晚，搴木古祠空」。按：古詩有「涉江採芙蓉」，又屈原九歌：「搴芙蓉兮木末。」謂搴之非其地也。公此詩專以二花對喻，謂將採之江，則秋節已晚，將搴之木，則古辭所喻爲無益。蓋詩人強彼弱此意也。梅聖俞亦有木芙蓉詩，謂「事與離騷異，吾將搴以誇」。詩人多以意用事，舊本所無者，不可意定。〔考異〕方説非是。蓋此詩言荷花與木芙蓉生不同處，而色皆美，名又同，故以採江搴木二事相對言其生處。而九歌者祭神之辭，故曰古祠也。如此則此詩從頭至此六句，意皆聯屬。然嘉祐、杭本已如此，非洪意定也。祝本、魏本注曰：「搴」，或作「褰」，非。〔朱彝尊曰〕工而新。

〔五〕〔舉正〕杭、蜀本作「願得」。〔考異〕「願得」，或作「須勸」。祝本、魏本作「須勸」。廖本、王本作「願得」。

【集説】

程學恂韓詩臆説曰：確是公詩，然俗處亦不能爲諱。東坡集中有紅梅七律三首亦然。

蔣抱玄曰：剔清木字，不作一混同語，古人嚴於詠物蓋如此。

喜雪獻裴尚書〔一〕

宿雲寒不卷，春雪墮如簁〔二〕。騁巧先投隙，潛光半入池〔三〕。喜深將策試〔四〕，驚密仰簷窺。自下何曾汙〔五〕，增高未覺危〔六〕。比心明可燭，拂面愛還吹。妒舞時飄袖〔七〕，欺梅併壓枝〔八〕。地空迷界限，砌滿接高卑〔九〕。浩蕩乾坤合，霏微物象移〔一〇〕。爲祥矜大熟〔一一〕，布澤荷平施〔一二〕。已分年華晚，猶憐曙色隨。氣嚴當酒換〔一三〕，灑急聽窗知〔一四〕。照曜臨初日，玲瓏滴晚澌〔一五〕。聚庭看嶽聳，掃路見雲披。陣勢魚麗遠〔一六〕，書文鳥篆奇〔一七〕。縱歡羅豔黠〔一八〕，列賀擁熊螭〔一九〕。履弊行偏冷〔二〇〕，門扃臥更羸〔二一〕。悲嘶聞病馬〔二二〕，浪走信嬌兒。竈靜愁煙絶〔二三〕，絲繁念鬢衰。擬鹽吟舊句〔二四〕，授簡慕前規〔二五〕。捧贈同燕石〔二六〕，多慚失所宜。

〔一〕〔舉正〕三本皆無下四字，文苑有之。裴均時知江陵，末章義亦明。〔魏本引孫汝聽曰〕尚書名均，字君齊。貞元十九年五月自荆南行軍司馬爲本鎮節度使，以功加吏部尚書。公時爲其府法曹參軍，作此詩獻之。〔方成珪昌黎先生詩文年譜〕永貞元年十二月立春後作。

篇中有「已分年華晚」句，亦見歲暮之證也。明年作春雪間早梅詩云：「先期迎獻歲。」殆即謂此喜雪耳。

〔二〕〔舉正〕「篵」，文苑作「簁」，唐人通用。李嘉祐雪詩有「簁寒灑白亂冥濛」。〔方世舉注〕釋名：「纚，篵也，纚可以篵物也。」〔補釋〕説文：「簏，竹器也，可以取粗去細，从竹麗聲。」一切經音義六：「篵，古文簏、簛二形。」晉書音義下：「篵，與簁同。」

〔三〕〔舉正〕三本、文苑並同作「半」。〔考異〕「半」，或作「亂」。祝本、魏本作「亂」。廖本、王本作「半」。

〔四〕〔方世舉注〕説文：「策，馬箠也。」

〔五〕〔魏本引孫汝聽曰〕揚子：「自下者人高之。」

〔六〕〔舉正〕三本、文苑並同作「覺」。〔考異〕「覺」，或作「見」。祝本、魏本作「見」。廖本、王本作「覺」。〔魏本引孫汝聽曰〕子曰：「高而不危。」〔補釋〕見禮記。〔方世舉注〕記月令：「繼長增高，無有壞隳。」

〔七〕〔魏本引韓醇曰〕張衡舞賦：「裙似飛燕，袖如迴雪。」〔方世舉注〕曹植洛神賦：「飄飖兮若流風之舞迴雪。」

〔八〕〔魏本引韓醇曰〕陳子良春雪詩：「欲妒梅將柳，故落早春中。」

〔九〕〔朱彝尊曰〕拙句。退之狀物，每欲極似，以此反稍粘滯。

〔一〇〕〔何焯曰〕壯麗。

〔一一〕〔舉正〕文苑「爲」亦作「驗」。〔方世舉注〕詩信南山：「雨雪雰雰。」傳：「豐年之冬，必有積雪。」〔何焯曰〕喜意。

〔一二〕〔舉正〕三館本與文苑同上。以爲祥言之，布澤爲當。杭、蜀本並作「帀」。〔方世舉注〕易謙卦：「君子以裒多益寡，稱物平施。」〔朱彝尊曰〕平施字借得好。

〔一三〕〔舉正〕蜀本、李、謝校作「换」。文苑同。〔考異〕「换」，或作「暖」。祝本、魏本作「暖」。廖本、王本作「换」。〔何焯義門讀書記〕换字絶妙，略停盃，冷已不禁也。

〔一四〕〔李黼平曰〕與少陵「燭斜初近見，重聽竟無聞」，皆詠雪名句也。東坡「半夜寒聲落畫檐」，似從退之此聯脱胎，而各極神妙。

〔一五〕〔舉正〕文苑作「曉澌」。〔方世舉注〕風俗通：「積冰曰凌，冰流曰澌。」

〔一六〕〔魏本引孫汝聽曰〕桓五年左氏：「鄭人爲魚麗之陳。」魚麗者，如魚貫之狀。

〔一七〕〔魏本引孫汝聽曰〕書有八體，五曰蟲書，爲蟲鳥之形，施於幡信，謂之鳥篆。〔廖瑩中注〕索靖草書狀：「蒼頡既正書契，是爲科斗鳥篆。」〔顧嗣立注〕衛恒四體書勢：「黄帝之史，沮誦、蒼頡，眺彼鳥跡，始作書契。」

〔一八〕〔魏本引孫汝聽曰〕豔黠，美婦。

〔一九〕〔魏本引孫汝聽曰〕熊螭，將士。

〔二〇〕〔魏本引孫汝聽曰〕史記：「東郭先生久待公車，貧寒，衣履不完，行雪中，履有上無下，足盡踐地。」

〔二一〕〔顧嗣立注〕汝南先賢傳：「時大雪積地丈餘，洛陽令至袁安門，無有行路，謂安已死，令人除雪入户，見安僵卧。」〔朱彝尊曰〕數語亦工，但於喜意稍背。

〔二二〕〔舉正〕杭本、文苑同作「馬」。閣與蜀本作「病鳥」。

〔二三〕〔方世舉注〕陶潛詩：「窺竈不見烟。」

〔二四〕〔方世舉注〕世説：「謝太傅寒雪日内集，公曰：白雪紛紛何所似，兄子胡兒曰：撒鹽空中差可擬。」

〔二五〕〔李詳證選〕謝惠連雪賦：「梁王游于菟園，相如末至，居客之右。俄而急霰零，密雪下，授簡于司馬大夫曰：爲寡人賦之。」

〔二六〕「燕」，祝本作「然」，誤。〔補釋〕太平御覽：「闞子曰：『宋之愚人，得燕石于梧臺之東，歸而藏之，以爲天寶。周客聞而觀焉。主人端冕玄服以發寶，客見之，盧胡而笑曰：此燕石也，與瓦甓不異。主人大怒，藏之愈固。』」〔魏本引孫汝聽曰〕公言此者，以自喻其詩。

【集説】

方回曰：「宿雲寒不卷，春雪墮如簁」、「喜深將策試，驚密仰簷窺」、「妬舞時飄袖，欺梅併壓枝」、「氣嚴當酒换，灑急聽窗知」、「履弊行偏冷，門扃卧更羸」、「擬鹽吟舊句，授簡慕前規」，此簁字韻警句也。

紀昀曰：此非正聲，勿爲盛名所懾。

程學恂曰：白戰之令，雖出于歐，盛于蘇，不知公已先發之，詠雪諸詩可按也。

蔣抱玄曰：酷于描摹，轉致生動氣少，此乃咏物之通弊，不獨公爲然也。

卷四

春雪〔一〕

看雪乘清旦〔二〕，無人坐獨謡〔三〕。拂花輕尚起，落地暖初銷。已訝陵歌扇〔四〕，還來伴舞腰〔五〕。灑篁留半節〔六〕，著柳送長條〔七〕。入鏡鸞窺沼，行天馬度橋〔八〕。徧階憐可掬〔九〕，滿樹戲成摇。江浪迎濤日，風毛縱獵朝〔一〇〕。弄閒時細轉，争急忽驚飄。城險疑懸布〔一一〕，砧寒未擣綃〔一二〕。莫愁陰景促，夜色自相饒〔一三〕。

〔一〕元和元年丙戌。〔方成珪昌黎先生詩文年譜〕是年春作。

〔二〕〔舉正〕杭、蜀諸舊本同作「看」。〔考異〕「看」，或作「觀」。祝本、魏本作「觀」。廖本、王本作「看」。〔何焯義門讀書記〕發端深妙，非春雪不稱。

〔三〕〔考異〕「坐獨」，或作「獨坐」。〔方世舉注〕詩園有桃：「心之憂矣，我歌且謡。」爾雅釋樂：「徒歌謂之謡。」〔何焯曰〕二句領起通篇，俱以所見言。

〔四〕祝本、廖本、王本作「陵」。魏本作「凌」。〔魏本引韓醇曰〕晉中書令王珉好捉白團扇，其侍人謝芳歌之，因以爲名。班婕妤詠扇云「新製齊紈素，皎潔如霜雪」云云。又見陳子良詠雪云：「光暎粧樓月，花承歌扇風。」

〔五〕〔蔣抱玄注〕梁簡文帝詩：「流風拂舞腰。」〔朱彝尊曰〕歌舞聯稍率易。

〔六〕諸本作「密節」。〔考異〕「密」，或作「半」。〔王元啓曰〕當從或本作「半」。篁有節，經雪則爲之掩。雪所未到，及間有摧墮處，時留半節耳。若密節俱留，則是未雪矣。

〔七〕〔程學恂曰〕留字送字，絶妙。

〔八〕祝本、廖本、王本作「度」。魏本作「渡」。〔魏本引孫汝聽曰〕鸞窺沼則如入鏡，馬度橋則如行天。〔沈括曰〕杜子美詩：「紅稻啄餘鸚鵡粒，碧梧棲老鳳凰枝。」語反而意全。韓退之雪詩：「舞鏡鸞窺沼，行天馬度橋。」亦效此體，然稍牽強，不若前人之語渾成也。〔方回曰〕「行天馬度橋」一句絶唱。〔紀昀曰〕律體非韓公當行。「入鏡」一聯，向來推爲名句，然亦小有思致巧於粧點耳，非咏雪之絶唱也。〔程學恂曰〕狀景奇確。

〔九〕〔方世舉注〕左傳：「舟中之指可掬也。」

〔一〇〕〔魏本引孫汝聽曰〕江浪風毛，皆以喻雪。〔方世舉注〕班固西都賦：「風毛雨血，灑野蔽天。」〔朱彝尊曰〕以下不見春意。

〔一一〕〔顧嗣立注〕左傳襄公十年：「晉荀偃、士匄伐偪陽。主人懸布，堇父登之，及堞而絶之。」

〔二〕〔何焯義門讀書記〕「城險」一聯，語頗工，然不必春雪也。〔紀昀曰〕「砧寒」句滯。

〔三〕〔考異〕「色」，或作「月」。〔何焯義門讀書記〕「夜」、「旦」二字相對作關鎖。「色」字仍與「看」字呼應。〔張相曰〕饒，猶添也，連也，不足而求增益也。即今所云討饒頭之饒。韓愈春雪詩云云，意言夜間雪光，不啻爲陰景之饒頭也。

春雪〔一〕

片片驅鴻急，紛紛逐吹斜。到江還作水，著樹漸成花〔二〕。越喜飛排瘴，胡愁厚蓋砂。兼雲封洞口，助月照天涯。暝見迷巢鳥，朝逢失轍車。呈豐盡相賀，寧止力耕家〔三〕。

〔一〕此首見遺詩。祝本無。〔王本引考異〕方云：此詩得於文苑英華，其後即以正集中春雪詩首句云「新年都未有芳華」者系之，疑亦公作也。〔補釋〕舉正無此文。〔方成珪昌黎先生詩文年譜〕未詳何年作。以前詩類次之。

〔二〕〔蔣抱玄曰〕輕麗。

〔三〕〔蔣抱玄注〕楚辭：「寧誅鋤草茅以力耕乎？」

春雪間早梅〔一〕

梅將雪共春，彩豔不相因〔二〕。逐吹能爭密〔三〕，排枝巧妒新〔四〕。誰令香滿座，獨使淨無塵〔五〕。芳意饒呈瑞〔六〕，寒光助照人〔七〕。玲瓏開已徧，點綴坐來頻〔八〕。那是俱疑似，須知兩逼真〔九〕。熒煌初亂眼〔一〇〕，浩蕩忽迷神〔一一〕。未許瓊華比〔一二〕，從將玉樹親〔一三〕。先期迎獻歲〔一四〕，更伴占茲辰〔一五〕。願得長輝映，輕微敢自珍〔一六〕。

〔一〕〔考異〕「間」，或作「映」。〔王元啓曰〕讀此詩末二句，亦爲府主裴均而作，蓋元和元年春，公時在江陵幕。〔方成珪昌黎先生詩文年譜〕前喜雪詩，去年十二作。此云「先期迎獻歲，更伴占茲辰」，蓋謂去臘雪而今春又雪。

〔二〕〔方回曰〕彩言雪，豔言梅，本不相資，而成此美句。

〔三〕〔紀昀曰〕是韓本色，而非律詩當行。

〔四〕〔方世舉注〕梁簡文帝詩：「排枝度葉鳥爭歸。」

〔五〕〔何焯曰〕分。

〔六〕〔方回曰〕以言梅之芳，又饒以雪之祥瑞。〔紀昀曰〕太俗。

〔七〕〔方回曰〕以言雪之光，足助乎梅之映照，錯綜用工，亦云密矣。〔朱彝尊曰〕鑿空撰出，清意襲人，可謂寫生神手。

〔八〕〔方世舉注〕世說：「司馬太傅齋中夜坐，於時天月明淨，太傅歎以爲佳。謝景重答曰：意謂乃不如微雲點綴。」〔張相曰〕坐來，猶云移時也，少頃也。意言移時之間，頻頻點綴也。上句指梅，下句指雪。詩題之「間」字爲間雜義。

〔九〕〔方世舉注〕水經注：「山石似馬，望之逼真。」〔何焯曰〕合。

〔一〇〕〔紀昀曰〕熒煌二字，不似雪。〔方世舉注〕司馬相如上林賦：「芒芒恍惚。」郭璞曰：「言眼亂也。」

〔一一〕〔紀昀曰〕「浩蕩」二字，更不似雪。忽迷神三字，不雅。

〔一二〕魏本、廖本、王本作「華」。祝本作「花」。〔魏本引孫汝聽曰〕詩：「尚之以瓊華乎而。」〔方世舉注〕裴子野雪詩：「若贈離居者，折以代瑶華。」

〔一三〕〔舉正〕李校作「從將」。〔考異〕「從將」，或作「將從」。祝本、魏本作「將從」。廖本、王本作「從將」。〔魏本引孫汝聽曰〕揚雄甘泉賦：「翠玉樹之青蔥兮，壁馬犀之瞵目。」漢武帝故事曰：「上起神屋，前庭植玉樹，珊瑚爲枝，碧玉爲葉。」〔方世舉注〕張正見雪詩：「睢陽生玉樹。」

〔一四〕〔方世舉注〕宋玉招魂：「獻歲發春兮。」注：「獻歲，言歲始來進也。」〔紀昀曰〕指冬雪。

〔一五〕〔考異〕「辰」，或作「晨」。〔紀昀曰〕清出春雪。

〔一六〕〔舉正〕「微」，閣本作「嚴」。〔方世舉注〕董仲舒雨雹對：「寒月則雨凝於上，體尚輕微，而因風相襲，故成雪焉。」

【集説】

方回曰：汗血千里馬，必能折旋蟻封。昌黎，大才也，文與六經相表裏，史、漢並肩而驅者。其爲大篇詩，險韻長句，一筆百千字。而所賦一小着題詩，如雪如笋如牡丹櫻桃榴花蒲萄，一句一字不輕下。此題必當時有同賦者，束大才於小詩之間，惟五言律爲最難。昌黎此詩，賦至十韻，較元微之春雪映早梅多四韻。題既甚難，非少放春容不可也。

紀昀曰：昌黎古體，横絶一代。律詩則非所長，試帖刻畫，更非所長矣。此詩刻意歛才就法，反成淺俗，不爲佳作。

早春雪中聞鶯〔一〕

朝鶯雪裏新，雪樹眼前春。帶澀先迎氣〔二〕，侵寒已報人〔三〕。共矜初聽早，誰貴後聞頻。暫囀那成曲，孤鳴豈及辰。風霜徒自保，桃李詎相親。寄謝幽棲友〔四〕，辛勤不爲身〔五〕。

〔一〕〔祝本魏本引洪興祖曰〕北地春晚方聞鶯，此詩蓋南遷時作也。〔舉正〕三雪詩與此詩，皆元和改元江陵作。〔方世舉注〕詩體是排律，詩格是試帖，必應試之作也。〔王元啓曰〕此詩諸本編次入關詠馬之後，疑亦爲疏論柳澗而作。時公貶斥初復，當時必有賞其敢言者，故有「共矜初聽早」之句。結句則公自言發於公憤而言之，初不爲一身私計，至於澗實有罪，公卒以此貶官，則公意所不料也。〔補釋〕王説過鑿，方注亦固。兹從舉正。

〔二〕〔方世舉注〕江總詩：「新人未語言如澀。」

〔三〕〔何焯曰〕清切。

〔四〕〔何焯曰〕收轉報春意。

〔五〕〔方世舉注〕漢書揚雄傳：「動不爲身。」

【集説】

朱彝尊曰：稍遜前首。然句句是早聞，亦流快動人。

和歸工部送僧約〔一〕

早知皆是自拘因，不學因循到白頭〔二〕。汝既出家還擾擾〔三〕，何人更得死前休〔四〕？

〔一〕〔舉正〕工部，歸登也。約，荆州人，詳見劉夢得集。〔方成珪箋正〕舊史：歸登，字沖之，崇敬子。順宗初，以東朝舊恩，超拜給事中，遷工部侍郎，累遷工部尚書。與孟簡等受詔，同翻譯大乘本生心地觀經，蓋深於禪悦者。公詩揶揄僧約，亦隱以諷歸也。〔補釋〕劉禹錫贈别約師引云：「荆州人文約，市井生而雲鶴性，故去葷爲浮圖，生痞而證。入興南，抵六祖始生之墟，得遺教甚悉。今年訪余于連州，且曰：貧道昔浮湘川，會柳儀曹謫零陵，宅於佛寺，幸聯棟而居者有年。」云云。方崧卿韓文年表列此詩於元和元年春雪諸詩後，公贈詩後，約當即浮湘南游矣。

〔二〕〔方世舉注〕南史張融傳：「丈夫當删詩書、制禮樂，何至因循寄人籬下。」

〔三〕〔方世舉注〕莊子天道篇：「膠膠擾擾乎？」　〔方成珪箋正〕香祖筆記嘗載廣州僧大汕向吴園次綺自述酬應之苦，吴笑應之曰：汝既苦之，何不出了家。座客皆大噱。又引楊誠齋詩云：「袈裟未著言多事，著了袈裟事更多。」古今緇流，正如一丘之貉也。〔王鳴盛曰〕妙絶。偏出家人比在家人更忙，其所以忙者，無非爲名爲利而已。

〔四〕〔考異〕「得」，或作「向」。〔方世舉注〕荀子大略篇：「子貢曰：大哉死乎！君子息焉，小人休焉。」　〔查慎行曰〕王半山全用此句入律詩。

【集説】

朱彝尊曰：以豪氣驅遣，磊落痛快。

唐宋詩醇曰：振威一喝，三日耳聾。

程學恂曰：公豈從其教者，而所言乃如此，吾故謂公詩多非正言之也。

杏花

居鄰北郭古寺空〔一〕，杏花兩株能白紅〔二〕。曲江滿園不可到〔三〕，看此寧避雨與風〔四〕。二年流竄出嶺外〔五〕，所見草木多異同〔六〕。冬寒不嚴地恒泄〔七〕，陽氣發亂無全功〔八〕。浮花浪蕊鎮長有〔九〕，纔開還落瘴霧中。山榴躑躅少意思〔一〇〕，照耀黃紫徒爲叢。鷓鴣鉤輈猿叫歇〔一一〕，杳杳深谷攢青楓〔一二〕。豈如此樹一來翫，若在京國情何窮〔一三〕？今旦胡爲忽惆悵〔一四〕？萬片飄泊隨西東。明年更發應更好〔一五〕，道人莫忘鄰家翁〔一六〕。

〔一〕〔王元啓曰〕江陵有金鑾寺，退之題名在焉。居鄰古寺，意即此寺。

〔二〕〔方世舉注〕杏花初放，紅後漸白。〔張相曰〕能，甚辭。凡亦可作這樣或如許解而嫌其不得勁者屬此。能白紅，言何其紅白相間而熱鬧也。反襯古寺荒涼之意。

〔三〕〔顧嗣立注〕寰宇記：「曲江池，漢武帝所造，其水曲折，有似廣陵之江，故名。」康駢劇談録：「曲江，開元中疏鑿爲勝境。其南有紫雲樓、芙蓉苑，其西有杏園、慈恩寺，花卉環周，烟水明媚。」

〔四〕〔何焯曰〕波瀾感慨。

〔五〕〔魏本引樊汝霖曰〕公貞元十九年冬，出爲陽山，凡二年，至是始爲掾江陵。〔洪興祖韓子年譜〕二年謂甲申乙酉。

〔六〕〔朱彝尊曰〕借客形主。

〔七〕廖本、王本作「泄」。祝本、魏本作「洩」。〔魏本引孫汝聽曰〕嶺南無大寒，故地氣多洩。〔方世舉注〕鮑照詩：「江南多暖谷，雜樹茂寒峯。」記月令：「孟冬行春令，則凍閉不密，地氣上泄。」又：「地氣沮泄，是謂發天地之房。」

〔八〕〔舉正〕閣本作「全無功」，恐非。〔方世舉注〕列子天瑞篇：「天地無全功。」〔查慎行曰〕不到嶺南，不知此二句之妙。

〔九〕〔蔣抱玄注〕鎮，常之義，褚亮詩「莫言春稍晚，自有鎮花開」是也。〔補釋〕朱駿聲說文通訓定聲：「爾雅釋詁：『塵，久也。』今人謂時之久曰鎮日鎮年，以鎮爲之。」〔張相曰〕鎮，猶常也，長也，儘也。韓愈杏花詩云云，此與長字義同，而聯用爲重言。

〔一〇〕〔祝充注〕躑躅，花也。本草注：「其木高三四尺，花似山石榴。」〔姚範曰〕吳志：呂蒙稱陸遜意思深長。公答馮宿書：「辱示初筮賦，實有意思。」

〔一一〕〔朱翌曰〕退之杏花云：「鷓鴣鉤輈猿叫歇。」本草：「鷓鴣鳴云鉤輈格磔。」李羣玉云：「方穿詰曲崎嶇路，又聽鉤輈格磔聲。」林逋云：「草泥行郭索，雲木叫鉤輈。」當時人盛誦之。以今所聞之聲，不與四字合，若云行不得也哥哥。不知本草何故知謂此聲？段成式則云鳴云「向南不北逃」。〔方世舉注〕左思吴都賦：「鷓鴣南翥而中留。」善曰：「鷓鴣如雞，黑色。其鳴自呼：常南飛不北。豫章已南諸郡，處處有之。」

〔一二〕〔舉正〕蜀本作「杳杳」。謝校同。〔考異〕「杳杳」或作「杳靄」。祝本、魏本作「杳靄」。廖本、王本作「杳杳」。〔方世舉注〕南方草木狀：「五嶺之間多楓木。」〔補釋〕文選西都賦李善注：「蒼頡曰：攢，聚也。」

〔一三〕〔何焯義門讀書記〕應「曲江滿園不可到」。

〔一四〕〔考異〕「惆」，或作「怊」。後放此。

〔一五〕祝本、廖本、王本作「更發」。魏本作「花發」。

〔一六〕〔魏本引樊汝霖曰〕本年六月，公召拜國子博士。明年花發時，公爲博士於京矣。〔魏本引孫汝聽曰〕道人，謂寺僧。〔魏本引蔡夢弼曰〕翁，愈自稱也。〔何焯義門讀書記〕安知明年不仍在江陵，京國真不可到矣。落句正悲之至也。即從「飄泊」二字生下。淒絶語出以平淡。

【集説】

何焯義門讀書記曰：此篇真怨而不怒矣。

李黼平曰：凡十韻，只此句是寫杏花。著一能字，精神又注到曲江，與少陵「西蜀櫻桃也自紅」用意正同。此下縱筆説二年嶺外所見草木，如山榴、躑躅、青楓之類，然後束一筆云「豈如此樹一來翫，若在京國情何窮」，醒出詩之旨。一篇純是寫情，無半字半句粘着杏花，豈非奇作？少陵古柏行、海椶行及枏樹等篇，不必貼切，而自然各肖其身分，興寄有在故耳。凡大家皆然。

方東樹曰：起有筆勢。第三句折入。中間忽開。豈如句收轉，乃見筆力挽回，收本意。

汪佑南曰：公竄身嶺外，思歸京國，觸目浮花浪蕊，無非蠻鄉風景。至是始爲掾江陵，忽見杏花，借以寄慨。一縷清思，盤旋空際，不掇故實，而自然是杏花，意勝故也。收筆落到明年，正見歸期之難必。思而不怨，自歸學養。

李花贈張十一署〔一〕

江陵城西二月尾，花不見桃惟見李〔二〕。風揉雨練雪羞比〔三〕，波濤翻空杳無涘〔四〕。君知此處花何似〔五〕？白花倒燭天夜明〔六〕，羣雞驚鳴官吏起〔七〕。金烏海底初飛來〔八〕，朱輝散射青霞開〔九〕。迷魂亂眼看不得〔一〇〕，照耀萬樹繁如堆〔一一〕。念昔少年著游燕〔一二〕，對花豈省曾辭盃〔一三〕。自從流落憂感集〔一四〕，欲去未到先思迴〔一五〕，祇今四十已如此〔一六〕，後日更老誰論哉？力攜一罇獨就醉〔一七〕，不忍虚擲委黄埃〔一八〕。

〔一〕〔考異〕「李花」，或作「李有花」。

〔二〕〔陸游老學庵筆記〕楊廷秀在高安有小詩云：「近紅暮看失燕支，遠白霄明雪色奇。花不見桃惟見李，一生不曉退之詩。」予語之曰：此意古人已道，但不如公之詳耳。廷秀愕然問：古人誰曾道？予曰：荆公所謂「積李兮縞夜，崇桃兮炫晝」是也。廷秀大喜，曰：便當增入小序中。〔楊萬里江西道院集讀退之李花詩序〕桃李歲歲同時並開，而退之有「花不見桃惟見李」之句，殊不可解。因晚登碧落堂，望隔江桃李，桃皆暗而李獨明，乃悟其妙。蓋「炫晝縞夜」云。

〔三〕〔舉正〕閣本、蜀本並作「柔」。〔考異〕「揉」，或作「柔」，非是。〔補釋〕易説卦傳釋文：「宋衷云：使曲者直，直者曲爲揉。」〔沈欽韓注〕「練」當爲「湅」。考工記：「㡛氏湅絲。」〔何焯曰〕言其色。

〔四〕〔舉正〕閣本、李、謝校作「相翻」。〔考異〕「翻空」，方作「相翻」，非是。〔方世舉注〕詩葛藟：「在河之涘。」爾雅釋丘：「涘爲厓。」〔何焯曰〕言其盛。

〔五〕〔何焯義門讀書記〕插入張，復作體物語，勢有斷續，語有關鍵。

〔六〕〔馬位曰〕鄭谷「月黑見梨花」，佳句也。不及退之「白花倒燭天夜明」爲雄渾，讀之氣象自別。義山李花詩：「自明無月夜。」與退之未易軒輊。〔張鴻曰〕花中惟李夜中獨白，此詩寫李之白而明，造意奇。

〔七〕〔朱彝尊曰〕夜景。

〔八〕見卷二送惠師注。

〔九〕〔魏本引韓醇曰〕選恨賦：「鬱青霞之奇意。」

〔一〇〕〔舉正〕唐本、蔡、謝校作「迷魂亂眼」。晁本作「迷亂人眼」。蜀作「迷亂入眼」。〔考異〕「迷魂亂眼」，或作「迷亂入眼」，「入」又作「人」，皆非是。祝本、魏本作「迷亂入眼」。廖本、王本作「迷魂亂眼」。

〔一一〕〔朱彝尊曰〕朝景。〔何焯曰〕字字警絶。

〔一二〕〔張相曰〕著游燕，愛游燕也。

〔一三〕〔舉正〕唐本、閣、蔡、謝校作「省曾辭」。〔考異〕「省曾辭」，或作「曾辭酒」，非是。祝本、魏本作「曾辭酒」。廖本、王本作「省曾辭」。〔張相曰〕省，猶曾也。省曾二字聯用，重言而同義也。

〔一四〕〔方世舉注〕史記霍去病傳：「諸宿將常坐留落不遇。」索隱曰：「謂遲留零落也。」楊慎曰：「今作流落，非。」然阮瑀詩「流落恒苦心」，其來久矣。

〔一五〕〔補釋〕杜甫樂游園歌：「卻憶年年人醉時，只今未醉已先悲。」爲公用意所本。又公晚菊詩云：「少年飲酒時，踴躍見菊花。今來不復飲，每見恒咨嗟。」意亦同此。

〔一六〕〔洪興祖韓子年譜〕時年三十九。

〔一七〕〔舉正〕杭、蜀本作「獨」。〔考異〕「獨」，或作「共」，非是。〔何焯曰〕對君説，似收到李花。〔補釋〕按下寒食日出游詩，時張方病，故公獨就醉也。

〔一八〕〔舉正〕謝本「委」作「隨」。〔蔣抱玄注〕李白詩：「良辰與美景，兩地方虛擲。」〔方世舉注〕淮南墜形訓：「黄埃五百歲生黄澒。」謝尚詩：「青陽二三月，柳青桃復紅。車馬不相識，皆落黄埃中。」

【集説】

朱翌曰：退之於李花，賦之甚工。

李黼平曰：情動於中而形於言，古人即物流連，藉以發其情之不容已，未嘗拘拘於是物也。退之「江陵城西二月尾」一篇，起數韻狀李花之白，可謂工爲形似之言，而詩之佳處不在此。後段云：「念昔少年著游燕，對花豈省曾辭盃。自從流落憂感集，欲去未到先思迴。祗今四十已如此，後日更老誰論哉？力攜一樽獨就醉，不忍虛擲委黄埃。」百折千回，傳出不忍虛擲之意，而前之「迷魂亂眼看不得」者，亦不能不攜尊而就矣。此劉彦和所謂以情造文，非以文造情者也。

陳衍曰：芳原緑野，粧點春景者，莫如桃李花。荆公「崇桃兮炫晝，積李兮縞夜」二語，盡之矣。惟少陵詩喜説桃花，昌黎、荆公詩喜説李花，殆以桃花經日經雨，皆色褪不紅，一望成林時，不如李花之鮮白奪目，所以少陵之愛桃花，亦在「深紅間淺紅」時。余作法源寺丁香詩，所謂「昌黎半山總愛李，愛其縞色天不晡」也。

汪佑南曰：見李花繁盛，彌感身世之易衰。公與署同謫江陵，同悲流落，李花如此盛開，而不賞花飲酒，辜負春光，豈不可惜。惜李花，實自惜也。

蔣抱玄曰：此詩妙在借花寫人，始終却不明提，極匣劍帷燈之致。

寒食日出游夜歸張十一院長見示病中憶花九篇因此投贈〔一〕

李花初發君始病，我往看君花轉盛。走馬城西惆悵歸〔二〕，不忍千株雪相映。邇來又見桃與梨，交開紅白如爭競〔三〕。可憐物色阻攜手〔四〕，空展霜縑吟九詠〔五〕。紛紛落盡泥與塵，不共新粧比端正〔六〕。桐華最晚今已繇〔七〕，君不強起時難更〔八〕。關山遠別固其理〔九〕，寸步難見始知命〔一〇〕。憶昔與君同貶官〔一一〕，夜渡洞庭看斗柄〔一二〕。豈料生還得一處〔一三〕，引袖拭淚悲且慶。各言生死兩追隨〔一四〕，直置心親無貌敬〔一五〕。念君又署南荒吏〔一六〕，路指鬼門幽且敻〔一七〕。三公盡是知音人〔一八〕，曷不薦賢陛下聖〔一九〕？囊空甑倒誰救之〔二〇〕，我今一食日還併〔二一〕。自然憂氣損天和〔二二〕，安得康強保天性〔二三〕。斷鶴兩翅鳴何哀〔二四〕，縶驥四足氣空橫〔二五〕。今朝寒食行野外，緑楊匝岸蒲生迸〔二六〕。宋玉庭邊不見人〔二七〕，輕浪參差魚動鏡〔二八〕。自嗟孤賤足瑕疵〔二九〕，特見放縱荷寬政〔三〇〕。飲酒寧嫌醆底深〔三一〕，題詩尚倚筆鋒勁。明宵故欲相就醉〔三二〕，有月莫愁當火令〔三三〕。

〔一〕祝本、魏本題如此。廖本、王本題作「寒食日出游」。注云：「張十一院長見示病中憶花九篇，寒食日出游夜歸，因以投贈。」〔舉正〕題下注文，閣本、蜀本並同。李、謝皆校從閣本。〔魏懷忠注〕張十一即功曹署。〔補釋〕李肇唐國史補：「郎中員外御史遺補相呼爲院長。」公呼張十一爲院長者，仍其前御史之稱。宗懍荆楚歲時記：「冬至後一百五日，即有疾風甚雨，謂之寒食。禁火三日。」〔魏本引補注〕公與張同自御史貶官，又同爲江陵掾，公法曹參軍，張功曹參軍。元和元年時也。

〔二〕祝本、廖本、王本作「惆」。魏本作「怊」。〔魏本引孫汝聽曰〕即上言「江陵城西二月尾，花不見桃惟見李」者也。

〔三〕〔朱彝尊曰〕三次花開是節奏，蓋因其憶花意答之，所以有憶。

〔四〕〔張相曰〕可憐，猶云可惜也。言可惜有風景而不得攜手同遊也。劉勰文心雕龍物色篇：「物色之動，心亦摇焉。」〔方世舉注〕詩北風：「惠而好我，攜手同行。」

〔五〕〔魏本引祝充曰〕縑，絲繒也。古樂府：「新人工織縑，故人工織素。」〔查慎行曰〕九詠，即憶花九篇。

〔六〕〔顧嗣立注〕文選劉公幹詩：「冰霜正慘悽，終歲常端正。」

〔七〕〔魏本引孫汝聽曰〕禮記月令：「季春之月，桐始華。」

〔八〕〔魏本引孫汝聽曰〕更，再也。〔方世舉注〕史記白起傳：「武安君稱病，秦王聞之，強起武安君。」書牧誓：「時哉弗可失。」按：「君不強起時難更」及「拘官計日月，欲進不可又」，以虛字押韻，皆爲奇崛，要亦本於詩經「天命不又」、「矧敢多又」，非創也。

〔九〕〔何焯曰〕先著此句，生出「憶昔」三句之妙。

〔一〇〕〔補釋〕杜甫詩：「寸步曲江頭，難爲一相就。」

〔一一〕〔魏本引孫汝聽曰〕貶陽山時。

〔一二〕〔何焯曰〕淮南子：「夫乘舟而惑者，不知東西，見斗極則曉然悟矣。」宿曾江口結亦本此。

〔一三〕〔魏本引孫汝聽曰〕同在江陵。

〔一四〕〔舉正〕謝校作「生死」。〔考異〕「生死」，方作「死生」。

〔一五〕〔方世舉注〕記表記：「君子不以色親人。情疏而貌親，在小人則穿窬之盜也與？」〔查慎行曰〕寫交情乃爾真摯。

〔一六〕〔魏本引樊汝霖曰〕張在江陵未幾，邕管經略使路恕署爲判官。

〔一七〕〔顧嗣立注〕舊唐書地理志：「容州北流縣南三十里，有兩石相對，其間闊三十步，俗號鬼門關。諺曰：『鬼門關，十人九不還。』」〔祝充注〕夐，遠也。

〔一八〕〔方世舉注〕書周官：「立太師、太傅、太保，茲惟三公。」新唐書百官志：「太尉、司徒、司空，各一人，是爲三公。」〔補釋〕列子：「伯牙鼓琴，志在高山，鍾子期曰：峩峩然若泰山；志在流水，曰：洋洋然若江河。子期死，伯牙絶絃，以無知音者。」

〔一九〕〔廖瑩中注〕蔡邕獨斷云：「謂陛下者，羣臣不敢指斥天子，故呼在陛下者，因卑達尊之義也。」

〔二〇〕〔魏本引韓醇曰〕杜詩：「囊空恐羞澀，留得一錢看。」後漢書郭林宗傳：「孟敏客太原，荷甑墜地，不顧而去。」〔何焯義門讀書記〕句法奇健。

〔二一〕〔魏本引樊汝霖曰〕禮記儒行：「儒有并日而食。」

〔二二〕〔蔣抱玄注〕莊子：「正汝形，一汝視，天和將至。」

〔二三〕〔朱彝尊曰〕「三公」六句似可省。

〔二四〕〔方世舉注〕世説：「支公好鶴，有人遺其雙鶴，少時翅長欲飛，乃鎩其翮。鶴軒翥不復能飛，乃反顧翅，如有懊喪意。林曰：既有陵霄之姿，何肯爲人作耳目近玩。養令翮成，置使飛去。」

〔二五〕〔方世舉注〕淮南俶真訓：「身蹈於濁世之中，而責道之不行也，是猶兩絆騏驥而求其致千里也。」　〔祝充注〕横，不以理也。孟子：「其横逆猶是也。」〔何焯曰〕句法健。

〔二六〕〔考異〕「生」，或作「芽」。

〔二七〕〔顧嗣立注〕唐余知古渚宮故事：「庾信歸江陵，居宋玉故宅。宅在城北三里。故哀江南賦云『誅茅宋玉之宅，穿徑臨江之府』，老杜云『曾聞宋玉宅，每欲到荆州』是也。」

〔二八〕〔蔣抱玄注〕沈約郊居賦：「動紅荷于輕浪。」〔方世舉注〕潘岳詩：「游魚動圓波。」虞世南孔子廟堂碑：「皎潔璧池，圓流若鏡。」

〔二九〕〔聞人倓注〕左傳：「予取予求，不女瑕疵也。」

〔三〇〕〔魏本引孫汝聽曰〕言江陵尹之政。〔方世舉注〕左傳：「羇旅之臣，幸若獲宥，及于寬政。」

〔三一〕廖本、王本作「餞」。祝本、魏本作「戔」。〔方世舉注〕李膺罰爵典故：「桑乂在江總席上曰：雖深餞百罰，吾亦不辭也。」

〔三二〕〔舉正〕閣、蜀作「故」。〔考異〕「故」，或作「固」。祝本、魏本作「固」。廖本、王本作「故」。〔方世舉注〕李陵答蘇武書：「故欲如前書之言。」按古人多用故字，與固同義。

〔三三〕〔考異〕洪云：此時春末夏初，故云火令。方云：非也，此謂寒食禁火耳。火令字見周禮。魏武帝亦有寒食禁火令。但東坡嘗爲李公擇書此詩，作「燈火冷」，又不知其所據何本也？今按：方説是也。此言夜行有月，故不憂當寒食禁火之令耳。坡讀亦誤。〔何焯義門讀書記〕「燈火冷」亦禁火之意。兩本字不同，坡固未誤讀也。〔方成珪箋正〕按廣韻，令屬去聲四十五勁，冷屬上聲三十八梗，全詩韻皆去聲，不應於末韻忽然旁出。坡所讀究係誤本也。〔顧嗣立注〕周禮司烜：「仲春修火禁於國中。」注：「季春將出火也。」司爟：「掌行火之政令。」鄭玄注：「鄹子曰：春取榆柳之火，又時則施火令。」魏武帝明罰令云：「聞太原、上黨、西河、鴈門，冬至後百五日，皆絶火寒食。」

【集説】

朱彝尊曰：興致本花來，微加藻潤，營構猶有杜法。

黃鉞曰：此篇亦間有對句。

程學恂曰：押韻處別具錘鑪，歐、梅、坡、谷皆宗之。

感春四首〔一〕

我所思兮在何所？情多地遐兮徧處處〔二〕。東西南北皆欲往，千江隔兮萬山阻〔三〕。春風吹園雜花開，朝日照屋百鳥語〔四〕。三盃取醉不復論〔五〕，一生長恨奈何許〔六〕！

〔一〕〔魏本引韓醇曰〕元和元年春掾江陵時作。〔魏本引唐庚曰〕詩有云「千江隔兮萬山阻」，又云「我恨不如江頭人」，又云「兩鬢雪白趨埃塵」，此在江陵爲掾曹審矣。〔王元啓曰〕玩第二首「幸逢堯舜明四目」及「平明出門暮歸舍」句，似二年春爲國子博士在京師所作。蓋公既遭飛語，方求分司東出，故其辭多哀怨之音。臨邛韓氏感於前後篇題，槩指爲掾江陵時作，非是。〔補釋〕王説非是。「幸逢堯舜明四目」，頌聖之語，何必定在京師。「平明出門暮歸舍」句，正與「兩鬢雪白趨埃塵」句合，是爲掾江陵時情況，更不必指爲官國子博士時也。

〔二〕〔魏懷忠注〕上齒據切，下如字。

〔三〕祝本、魏本、廖本作「千江」。王本、朱本作「千山」。〔魏本引孫汝聽曰〕張衡四愁詩：「我所思兮在太山，欲往從之梁甫艱。」「我所思兮在桂林，欲往從之湘水深。」「我所思兮在漢陽，欲往從之隴坂長。」「我所思兮在雁門，欲往從之雪紛紛。」

〔四〕〔朱彝尊曰〕兩語工。

〔五〕〔顧嗣立注引劉石齡曰〕李太白詩：「三盃通大道。」杜子美詩：「乘舟取醉非難事。」

〔六〕〔舉正〕杭、蜀同作「奈」。古樂府：「奈何許！石闕生口中，銜碑不得語。」〔考異〕諸本「奈」作「春」。

【集説】

程學恂曰：第一首比興無端，雖出張衡，實已過之。

皇天平分成四時〔一〕，春氣漫誕最可悲〔二〕。雜花粧林草蓋地，白日座上傾天維〔三〕。蜂喧鳥咽留不得〔四〕，紅蕚萬片從風吹〔五〕。豈如秋霜雖慘冽〔六〕，摧落老物誰惜之〔七〕？爲此徑須沽酒飲，自外天地棄不疑〔八〕。近憐李杜無檢束，爛漫長醉多文辭〔九〕，屈原離騷二十五〔一〇〕。不肯餔啜糟與醨〔一一〕，惜哉此子巧言語，不到聖處寧非癡〔一二〕？幸逢堯舜明四目〔一三〕。條理品彙皆得宜〔一四〕。平明出門暮歸舍，酩酊馬上知爲誰〔一五〕？

〔一〕見卷二苦寒注。

〔二〕〔舉正〕閣、蜀作「氣」。〔考異〕「氣」，或作「風」，祝本、魏本作「風」，廖本、王本作「氣」。〔魏本引孫汝聽曰〕漫誕，飄蕩之貌。〔李詳證選〕此翻九辯「竊獨悲此凛秋」語。

〔三〕〔魏本引孫汝聽曰〕傾謂傾側，風動而然。〔魏本引韓醇曰〕西京賦：「振天維，衍地絡。」〔王伯大注〕一本注云：天維謂春光照灼，如帷帟之張舉也。〔方世舉注〕傅休奕詩：「輟耕綜時網，解褐傾天維。」〔朱彝尊曰〕意新語奇，則故爲生硬。

〔四〕〔魏本引孫汝聽曰〕留，謂留此花。

〔五〕〔顧嗣立注〕杜子美詩：「一片花飛減卻春，風飄萬點正愁人。」〔汪琬曰〕雜花生樹，羣鶯亂飛，未幾有花落之感，可悲在此鳥啼。

〔六〕〔舉正〕蜀作「慘」；以霜言之，「慘冽」爲勝。選西京賦：「冰霜慘冽。」〔考異〕「慘」，或作

「凛」。祝本、魏本作「凛」。廖本、王本作「慘」。〔方世舉注〕司馬相如美人賦：「流風慘冽，素雪飄零。」

〔七〕〔蔣之翹注引黃震曰〕感春謂春風漫誕之可悲，甚於秋霜摧落之不足惜。此意亦奇。〔方世舉注〕周禮春官籥章：「國祭蜡則歙豳頌，擊土鼓以息老物。」晉書宣穆張皇后傳：「宣帝常卧疾，后往省病，帝曰：老物可憎。后慙恚不食，諸子亦不食，帝驚謝。退而謂人曰：老物不足惜，慮困我好兒耳。」〔何焯曰〕翻案。〔張鴻曰〕意句均奇崛。

〔八〕〔蔣抱玄注〕阮籍大人先生傳：「今吾乃飄飄於天地之外。」〔補釋〕杜甫詩：「得錢即相覓，沽酒不復疑。」

〔九〕祝本作「爛熳」。魏本作「瀾漫」。廖本、王本作「爛漫」。〔補釋〕唐人詩用「憐」字常作「愛」、「喜」等義解，見張相詩詞曲語辭匯釋。此二句愛李、杜之長醉，正與下文惜屈原之不飲相對。〔顧嗣立注〕李太白詩：「處世若大夢，胡爲勞其生？所以終日醉，頹然卧前楹。」又：「一尊齊死生，醉後失天地。」杜子美詩：「誰能史拘束？爛醉是生涯。」

〔一〇〕〔魏本引樊汝霖曰〕前漢藝文志：「屈原賦二十五篇。」

〔一一〕〔方世舉注〕屈原漁父篇：「聖人不凝滯于物，而能與世推移。衆人皆醉，何不餔其糟而啜其釃？」

〔一二〕〔魏本引韓醇曰〕先儒云：公以原詞介於莊周、司馬遷之間，其感春詩云云，蓋與屈原之懲於諷諫，而傷其違聖之達節也。〔方世舉注〕清者爲聖，始於鄒陽酒賦，又見魏志徐邈傳，與此無涉。此只言不肯餔糟啜醨，非聖人推移之義耳。是用屈原本文。〔方成珪箋正〕魏略：「太祖禁酒，人竊飲之，故難言酒，以白酒爲賢人，清酒爲聖人。」又魏書徐邈傳：「酒清者爲聖人，濁者爲賢人。」此言屈原不肯餔糟歠醨，人皆醉而己獨醒，故曰不到聖處。蓋參用徐邈中聖人語，緊就飲酒言，而以詼諧出之，非真譏三閭也。〔程學恂曰〕此公自寫心事，借屈原以寄慨耳，非論屈原也。注言「非聖人推移之義」，迂闊無當。聖處確是指酒。李白詩「醉月頻中聖」，在唐時固多用之。觀此詩前言「徑須沽酒飲」、「長醉多文辭」，而末以「酩酊馬上」結之，知此皆以酒言。若拘定本文聖人能與世推移，則與前後都不關照，且如何加「寧非癡」三字。此固哉高叟不可與言詩也。

〔一三〕〔顧嗣立注〕書：「明四目。」〔程學恂曰〕所感如此，憂危甚矣。然偏説堯、舜明四目者，體應如此，言之者無罪也。

〔一四〕〔蔣抱玄注〕孟子：「始條理也，終條理也。」晉書孝友傳序：「資品彙以順名。」

〔一五〕〔舉正〕閣本、杭、蜀本皆作「誰爲」。謝從閣本。李從今文。按：公歸彭城詩有「遇酒即酩酊，公知我爲誰」，恐不當異義也。〔考異〕方氏此論最公，使它處皆如此，則無可議矣。〔許顗曰〕此七字用意哀怨，過於痛哭。

【集説】

方東樹曰：敍自己近事，卻借古人説以藏掩抑閟之，最是興會。

程學恂曰：第二首直用楚辭語，明其所感同也。滿懷鬱鬱，感時傷老，遂欲寄情于酒，而笑屈原之不飲，皆極無聊之詞，非平平論古。

朝騎一馬出，暝就一牀卧〔一〕。詩書漸欲抛，節行久已惰〔二〕。冠欹感髮禿，語誤悲齒墮〔三〕。孤負平生心〔四〕，已矣知何奈〔五〕！

〔一〕魏本、王本作「瞑」。祝本、廖本作「暝」。〔黄鉞注〕暝字从日。瞑字从目者，古眠字，與上句朝字不對，且與卧字觸。冥已从日，从日作暝，俗字也。

〔二〕〔考異〕「惰」，方作「破」，非是。廖本、王本作「久已惰」。魏本作「久矣破」。祝本作「久已破」，注：「久已」，一作「已久」。

〔三〕祝本、魏本、廖本作「悲」。王本作「驚」。〔補釋〕永貞元年五箴序云：「余生三十有八年，髮之短者日益白，齒之摇者日益落。」合此詩觀之，公未四十時，屢有此歎。

〔四〕〔舉正〕蜀本作「孤」。〔考異〕「孤」，或作「辜」。祝本、魏本作「辜」。廖本、王本作「孤」。

〔五〕〔考異〕諸本皆同，無可疑者。荆公本「奈」作「那」，李本「知」作「如」，亦無大異。獨方從閣本作「已知無可奈」，乃不成文理，故今定從諸本。〔蔣抱玄注〕「何奈」即「奈何」，想以用韻而顛倒之。公詩中見不一見。〔汪琬曰〕所感在此。

【集説】

朱彝尊曰：是側律，意態自妥順。

顧嗣立曰：後二首通與春無涉。

程學恂曰：第三首正是前首注脚，可知非從容適意語也。

我恨不如江頭人〔一〕，長網横江遮紫鱗〔二〕，獨宿荒陂射鳧雁〔三〕。賣納租賦官不嗔，歸來歡笑對妻子，衣食自給寧羞貧。今者無端讀書史，智慧只足勞精神〔四〕，畫蛇著足無處用〔五〕，兩鬢雪白趨埃塵，乾愁漫解坐自累〔六〕，與衆異趣誰相親？數盃澆腸雖暫醉〔七〕，皎皎萬慮醒還新。百年未滿不得死，且可勤買拋青春〔八〕。

〔一〕〔舉正〕以杭本定作「奈我」，閣本無上「奈」字。謝本删。蜀本作「我奈」。荆公只從監本作「我恨」。　〔考異〕杭、蜀本蓋因前篇之末有「奈」字而誤也。閣本亦少一字，皆非。今從監本。

〔二〕〔顧嗣立注〕蜀都賦：「鮮以紫鱗。」

〔三〕〔方世舉注〕詩雞鳴：「將翱將翔，弋鳧與雁。」

〔四〕〔考異〕閣本如此爲當。方乃不從而以「足」爲「是」，又不可曉也。　祝本、魏本作「祗是」。

廖本、王本作「只足」。〔蔣抱玄注〕孟子：「雖有智慧，不如乘時。」〔查慎行曰〕似怨矣，卻不怒。

〔五〕〔補釋〕戰國策：「楚有祠者，賜其舍人卮酒。舍人相謂曰：數人飲之不足，一人飲之有餘。請畫地爲蛇，先成者飲酒。一人蛇先成，引酒且飲之，乃左手持卮，右手畫蛇曰：吾能爲之足。未成，一人之蛇成，奪其卮曰：蛇固無足，子安能爲之足？遂行其酒。爲蛇足者，終亡其酒。」〔張相曰〕著，猶加也，添也。着足，添足也。

〔六〕〔錢大昕曰〕謂空愁而無益也。

〔七〕〔魏本引韓醇曰〕世說：「王忱曰：阮籍胸中磊塊，故須酒澆之。」〔汪琬曰〕以「暫醉」應前「長醉」、「取醉」語，更深入一層。妙。

〔八〕〔考異〕「買」，或作「置」。〔張相曰〕且可，且也。可爲助辭，與乍可、寧可、省可之可同。〔蘇軾仇池筆記〕國史補云：「酒有郢之富水，烏程之若下，滎陽之土窟春，富平之石凍春，劍南之燒春。」杜子美詩云：「聞道雲安麴米春。」裴鉶傳奇亦有「酒名松醪春」，乃知唐人名酒多以春。〔魏本引洪興祖曰〕東坡云：「拋青春必酒名。」予按此詩在江陵作，蓋江陵酒名也。

【集説】

方東樹曰：起故曲跌入，中入感字。

程學恂曰：末首鬱憤極矣，吐爲此吟，其音悲而遠。至「皎皎萬慮醒還新」，可以泣鬼神矣。

何焯義門讀書記曰：四愁、十八拍之間，而筆力逾健。

陳沆曰：秋懷詩當知其所懷何懷，感春詩當知其所感何感。第三章云「詩書漸欲拋，節行久已惰」，「孤負平生心，已矣知何奈」，則知前後三章所感，即文集五箴所謂「聰明不及於前時，聞道日負其初心」者也。又即楚辭所謂「汩予若將不及兮，恐年歲之不吾與」，「日月忽其不淹兮，春與秋其代序」，「老冉冉其將至兮，恐修名之不立」者也。「幸逢堯、舜明四目，條理品彙皆得宜」，此進不得有爲於時也。「今者無端讀書史，智慧祇足勞精神」，此退不能自進於道也。不然，首章「情多地遐徧處處」、「一生長恨奈何許」，果何所思何所恨耶？次章「春氣漫誕最可悲」、「白日座上傾天維」，果何所悲何所惜耶？末章「數盃澆腸雖暫醉，皎皎萬慮醒還新」，果何所慮耶？公與孟尚書書「僕且潛究其得失之故，獻之乎吾相，致之乎吾君，下猶取一障而乘之。若都不得，猶將耕於寬閒之野，釣乎寂寞之濱」是也。故君子功業欲其及時，行道悲其逝水。

憶昨行和張十一〔一〕

憶昨夾鐘之呂初吹灰〔二〕，上公禮罷元侯迴〔三〕。車載牲牢甕舁酒〔四〕，並召賓客延鄒枚〔五〕。腰金首翠光照耀〔六〕，絲竹迴發清以哀。青天白日花草麗，玉斝屢舉傾金罍〔七〕。張君名聲座所屬〔八〕，起舞先醉長松摧〔九〕。宿酲未解舊痁作〔一〇〕，深室静卧聞風雷〔一一〕。自期殞命在春序，屈指數日憐嬰孩〔一二〕。危辭苦語感我耳，淚落不揜何漼漼〔一三〕。念昔從君渡湘水〔一四〕，大帆夜劃窮高桅〔一五〕。陽山鳥路出臨武〔一六〕，驛馬拒地驅頻隤〔一七〕。踐蛇茹蠱不擇死〔一八〕，忽有飛詔從天來，伾文未揃崖州熾〔一九〕，雖得赦宥恒愁猜〔二〇〕。近者三姦悉破碎〔二一〕，羽窟無底幽黄能〔二二〕。眼中了了見鄉國〔二三〕，知有歸日眉方開〔二四〕。今君縱署天涯吏〔二五〕，投檄北去何難哉〔二六〕？无妄之憂勿藥喜〔二七〕，一善自足禳千災〔二八〕，頭輕目朗肌骨健，古劍新劚磨塵埃〔二九〕，殃銷禍散百福并，從此直至耈與鮐〔三〇〕。嵩山東頭伊洛岸〔三一〕，勝事不假須穿栽〔三二〕。君當先行我待滿〔三三〕，沮溺可繼窮年推〔三四〕。

〔一〕〔舉正〕杭、蜀本作「憶昨行一首和張十一」。元和元年江陵作。〔考異〕或作「和張十一憶昨行」。祝本、魏本作「和張十一憶昨行」。廖本、土本作「憶昨行和張十一」。

〔二〕〔魏本引韓醇曰〕月令：「仲春之月，律中夾鐘。」二月之吕也。〔魏本引孫汝聽曰〕此言元和元年春時也。〔方世舉注〕後漢書律曆志：「候氣之法，爲室三重，布緹縵。以木爲案，每律各一，内庳外高，從其方位，加律其上。以葭莩灰抑其内端，按曆而候之，氣至者灰去。」

〔三〕祝本作「杜公」。魏本作「社公」。廖本、王本作「上公」。〔舉正〕杭、蜀同作「社公」。柳子厚云：湖南人重社飲酒。洪本作「杜」字，訛也。〔洪興祖韓子年譜〕杜佑貞元十九年春自淮南節度入朝拜檢校司空也。〔方崧卿增考〕「杜公」，古本作「社公」。公時任江陵法曹，元侯謂帥裴均也。言裴均罷社而享客，故其下謂「車載牲牢甕舁酒，並召賓客延鄒枚」，其義甚明，洪誤矣。〔考異〕方説是也。但以「上」爲「社」則未然。左傳云：「五行之官封爲上公，祀爲貴神。」其土正曰后土，在家則祀中霤，在野則爲社。故杜注「用幣于社」云：「以請于上公。」則上公即社神也。況此句内又自以元侯爲對耶？〔方世舉注〕左傳：「肆夏，天子所以享元侯也。」

〔四〕〔魏本引孫汝聽曰〕牛羊豕曰牢。〔方世舉注〕説文：「舁，共舉也。」玉篇：「二人對舉也。」

〔五〕〔顧嗣立注〕謝惠連雪賦：「召鄒生，延枚叟。」〔朱彜尊曰〕就飲酒敍來，詩家趣味自合。

〔六〕〔顧嗣立注〕洛神賦：「帶金翠之首飾。」〔方世舉注〕舊唐書輿服志：「文武三品以上金玉帶，四品五品並金帶。」新唐書車服志：「遠游冠，三梁加金博山，附蟬首，施珠翠。」

〔七〕〔方世舉注〕詩行葦：「洗爵尊斝。」記明堂位：「殷以斝，周以爵。」禮：「玉斝不揮。」〔魏本引孫汝聽曰〕詩：「我姑酌彼金罍。」〔朱彜尊曰〕是有意避排縟，雖未精腴，卻亦不粗硬。

〔八〕〔魏本引孫汝聽曰〕屬，謂衆所屬目。

〔九〕〔顧嗣立注〕世説：「山公曰：嵇叔夜之爲人也，巖巖若孤松之獨立。其醉也，俄如玉山之將崩。」

〔一〇〕〔舉正〕閣本、蜀本同作「痁舊作」。晁、李本皆校作「舊痁作」。〔考異〕此句内上有「宿酲」字，則此當爲「舊痁」明矣。方誤。魏本、廖本、王本皆作「舊痁」。祝本「酲」作「醒」，「舊痁」作「痁舊」。〔顧嗣立注〕晉劉伶傳：「五斗解酲。」文選風賦：「愈病析酲。」注：「酲，酒病也。」左傳哀公二年：「痁作而伏。」杜預曰：「痁，瘧疾也。」

〔一一〕〔魏本引孫汝聽曰〕謂耳疾若有所聞也。

〔一二〕〔蔣抱玄注〕漢書陳湯傳：「詘指計其日，曰不出五日，當有吉語聞。」按：詘曰屈。〔方成珪箋正〕疑署甫舉一子。數讀上聲，説文支部：「數，計也。」所矩切。

〔一三〕〔顧嗣立注〕選陸士衡祭魏武帝文：「指季豹而漼焉。」注：「漼，涕泣垂貌。」

〔一四〕〔考異〕「湘」，或作「湖」。

〔一五〕〔汪佑南曰〕玉篇：「劃，以刀劃破物也。」唐韻、集韻：「裂也。」想當時渡湘水，順風揚帆，帆忽破裂，況在夜間，更不利于行。高桅雖在，駕駛技窮。驚怖之狀，如在目前。不用裂字而用劃字，造句精妙，非昌黎不辦。

〔一六〕〔魏本引樊汝霖曰〕公責連之陽山令，張爲郴之臨武。〔方世舉注〕南中八志：「鳥道四百里，以其險絶，獸猶無蹊，特上有飛鳥之道耳。」〔補釋〕太平寰宇記卷一一七江南西道十五郴州云：「臨武縣，漢舊縣也，屬桂陽郡，蓋因縣南武溪水爲名。」

〔一七〕〔舉正〕三館舊本「隤」作「槌」。博雅：「槌，擿也。」亦有義。〔考異〕方義暗僻不可曉。

此但言當謫官時，馳驛發遣，而山路險惡，故羸馬拒地不進，被驅而屢至傾隤耳。隤或取虺隤字，然其義但爲不能升高之病，又似未必然也。〔祝充注〕隤，馬病也。詩：「我馬虺隤。」〔朱翌曰〕蜀人謂立地爲拒地。立地者，不容少休之意。〔陳景雲曰〕蜀人方言，如土銼、岸溉之類，屢見杜詩，蓋少陵久寓蜀地，故旅中所咏，即用土人語耳。韓子陽山之行，路不由蜀，何故忽採方言入詩乎？漢書甘延壽傳「跋距」注云：「有人連坐，相把據地而相拔取之。」拒地之拒，殆與距同。夫人以手據地可曰距，則馬以足蹠地亦可言拒矣。韓子時從臨武踰嶺，南出經鳥道之險，驛馬力疲，足倦據地不前，策之而猶不能升，故曰「驅頻隤」。正取虺隤義也。

〔一八〕〔方世舉注〕海内西經：「開明西有鳳凰鸞鳥，皆戴蛇踐蛇。」茹蠱，見卷三赴江陵途中寄贈三學士注。

〔一九〕〔舉正〕謝本校從「翦」。說文：「揃，搣也。」〔方世舉注〕新、舊唐書王伾、王叔文、韋執誼傳，永貞元年八月，叔文貶渝州司户，明年誅之。伾貶開州司馬，死其所。十一月，執誼貶崖州司馬，以宰相杜黄裳之壻，故最後貶，是氣燄未衰也，亦死於貶所。史記索隱曰：「揃，謂被分剖也。」

〔二〇〕〔方世舉注〕易解卦：「君子以赦過宥罪。」

〔二一〕〔陳景雲曰〕三姦，斥伾、叔文、執誼。

〔二二〕〔祝充注〕能，奴來切，熊屬，足似鹿，又三足鼈也。〔魏本引洪興祖曰〕左傳云：「堯殛鯀于羽山，其神化爲黄熊。」國語作「黄能」。説者曰：能既熊屬，又爲鱉類，東海人祭禹廟，不用熊白及鱉爲饌。豈鯀化爲二物乎？

〔二三〕〔方世舉注〕羅含湘中記：「湘水至清，雖深五六丈，見底了了然。」神仙傳：「至其道徑，了了分明。」又：「涉正説秦始皇時事，了了似及見者。」

〔二四〕〔朱彝尊曰〕敍得婉曲有雅致，不惟遠勝永貞，亦勝八月十五夜。

〔二五〕〔舉正〕「縱」字從閣本定。蜀本「縱」作「從」。祝本、魏本作「從」。廖本、王本作「縱」。

〔二六〕〔祝充注〕檄，符檄。説文：「尺二書。」〔補釋〕投檄北去，乃勸張辭謝邕管之辟而北歸。

〔二七〕〔魏本引孫汝聽曰〕易：「无妄之疾，勿藥有喜。」

〔二八〕〔蔣抱玄注〕禮記：「得一善則拳拳服膺。」

〔二九〕〔聞人倓注〕説文：「斸，斫也。」

〔三〇〕〔舉正〕「耇」字從閣本定。杭本「耇」作「耆」。祝本、魏本作「耆」。廖本、王本作「耇」。〔魏本引樊汝霖曰〕詩行葦：「黄耇台背。」鄭氏箋云：「台之言鮐也。大老則背有鮐文。」〔何焯義門讀書記〕反對「數日」。

〔三一〕嵩山，見卷二送惠師注。〔方世舉注〕書禹貢：「伊、洛、瀍、澗，既入于河。」〔補釋〕新唐書地理志：「河南道：其大川伊、洛。」元和郡縣志：「河南道河南府，管河南縣，伊水在縣東南十八里。」

〔三二〕〔舉正〕「栽」字從閣本定。杭、蜀本皆作「栽」。祝本、魏本作「裁」。廖本、王本作「栽」。〔蔣抱玄注〕王維詩：「興來每獨往，勝事空自知。」〔方世舉注〕穿栽難解，大抵穿如穿渠，栽如栽花之類。

〔三三〕〔陳景雲曰〕公詩意方欲與張君結隱嵩、洛間，所謂君當先行者，即蒙上「投檄北去」言之耳。此與寒食出游詩皆敍張方有邕管之辟，並未及雍掾之除。蓋此時張之新命尚未下也。〔方世舉注〕任昉詩：「田荒我有役，秩滿余謝病。」

〔三四〕〔魏本廖本注〕「推」，或作「催」。〔祝充注〕沮、溺皆人名。論語：「長沮、桀溺耦而耕。」推，去也。詩：「則不可推。」〔魏本引韓醇曰〕推字取禮記三推九推之意。〔魏本引樊汝霖曰〕公家河南，而嵩山、伊水、洛水並隸河南。詩意欲與張耦耕於嵩山下也。〔朱彝尊曰〕敍得亦朗快。

【集説】

朱彝尊曰：風致不及寒食游，稍勝永貞。

程學恂曰：「飛詔從天來」以下數語，乃通首關鍵。蓋張之貶官，以羣姦故，故羣姦敗而疾自當愈也。至「无妄之憂」云云，竟同世俗慶祝諛詞矣，然細思之，郤先爲羣姦破碎而發，故不嫌恣意言之，使千古正人吐氣。讀此詩，須知全是傲岸滑稽，嘻笑怒罵。前言危疾可憂，非真憂也。

後言病愈可慶，非真慶也。總對三姦言耳。若認真作愁苦語吉祥語，則此詩俗澈骨矣。

汪佑南曰：此首通體不外哀樂二字。首段從公讌説到病，是樂而哀也。中段敍謫官就道，水陸艱難，落到歸日，是哀而樂也。末段首聯回應遷謫，了中段。以下祝其病愈，了首段。然後以耦耕作結，自有無窮樂事。不説破樂字，而樂在其中矣。

題張十一旅舍三詠〔一〕

〔一〕〔舉正〕元和元年五月江陵作。張時從辟邕管也。〔魏本引樊汝霖曰〕公自陽山與張十一徙掾江陵，道潭州而作。以其詠井云「賈誼宅中今始見」知之。〔方世舉注〕永貞元年夏，公與署竢命郴州，其過潭在八九月，非五月也。此詩大抵在江陵作。以署遷謫南方，而宅中亦有井，故比賈誼云爾。且在潭不過旅泊，安得種蒲萄耶？〔王元啓曰〕旅舍所有，不必皆由手種。但石榴、蒲萄，皆非十月過潭時所有，且首章明云五月，其爲元和元年江陵寓舍所詠無疑。樊説非是。〔王鳴盛曰〕此張署旅舍，必在郴州，蓋公于夏初已去陽山，到郴州，與署同客於郴，此詩五月作，故曰「五月榴花照眼明」，又曰「正是行人暍死時」。而蒲萄詩中之意，亦言蒲萄未熟也。〔補釋〕公於永貞元年六七月間到郴州，九月離郴，故祭李郴州文云「竢新命於衡陽，見秋月之三彀」也。五月公尚未到郴州，王鳴盛説非是。仍當以二方之説爲長。

榴花〔一〕

五月榴花照眼明，枝間時見子初成。可憐此地無車馬，顛倒青苔落絳英〔二〕。

〔一〕〔方世舉注〕西京雜記：「初修上林苑，羣臣遠方各獻名果異樹，有安石榴十株。」爾雅翼：「石榴，或云本生西域，張騫使外國得之。」

〔二〕〔舉正〕閣本作「細英」。〔張相曰〕言可惜無游人來賞，任其謝落也。

【集説】朱彝尊曰：兩詩意調俱新，俱偏鋒。

井

賈誼宅中今始見〔一〕，葛洪山下昔曾窺〔二〕。寒泉百尺空看影，正是行人渴死時〔三〕。

〔一〕〔魏本引孫汝聽曰〕括地志云：「賈誼宅在長沙縣南三十步。」湘水記云：「賈誼宅中有一井，誼所穿之，極小而深，上斂下大，其狀如壺。」〔魏本引樊汝霖曰〕水經注云：「長沙縣西陶侃廟，傳是賈誼宅。地中有一井，是誼所穿。」杜詩：「長懷賈傅井依然。」

〔二〕〔顧嗣立注〕晉書葛洪傳：「字稚川，止羅浮山煉丹。」羅浮山記：「葛稚川入羅浮鍊丹，弟子從之者五百餘人，置觀四所，今井存焉。」〔方世舉注〕水經云：「蘭風山，山有三嶺，下臨大川，丹陽葛洪遯世居之，基井存焉。」〔蔣之翹注〕葛洪丹井，所在有之。

〔三〕〔舉正〕諸本多作「暍」。祝本、魏本作「喝」。廖本、王本作「渴」。

蒲萄〔一〕

新莖未徧半猶枯，高架支離倒復扶〔二〕。若欲滿盤堆馬乳〔三〕，莫辭添竹引龍鬚〔四〕。

〔一〕〔方世舉注〕史記大宛傳：「左右以蒲萄爲酒，馬嗜苜蓿。漢使取其馬來，於是天子始種苜蓿、蒲萄。離宮別觀傍，蒲萄苜蓿極望。」

〔二〕〔舉正〕唐本謝校作「倒復扶」。〔考異〕「復」，或作「後」。祝本、魏本作「到後」。廖本、王本作「倒復」。〔方世舉注〕齊民要術：「蒲萄蔓延，性緣不能自舉，作架以成之，葉密陰厚，可以避熱。」

〔三〕〔考異〕「若」，或作「君」。〔魏本引韓醇曰〕蜀本圖經本草「蒲萄」注：「子有似馬乳者。」〔方世舉注〕太平御覽：「唐平高昌，得馬乳蒲萄造酒。」

〔四〕〔方世舉注〕蒲萄藤蔓頗似龍鬚。龍鬚，亦草名也。郭璞爾雅釋草注：「蕇纖細似龍鬚。」古今注：「孫興公曰：世稱黄帝騎龍上天，羣臣援龍鬚，鬚墜而生草，曰龍鬚。」〔補釋〕龍鬚，方注以爲龍鬚草。龍鬚草即本草經之石龍芻，生深山巖隙中，細直達數尺，蒙茸下垂，可取以織席。蒲萄莖與卷鬚並不與之相似，故詩中之龍鬚，逕作龍之鬚解可已。

【集説】

朱彝尊曰：此是常調耳。

方世舉曰：三詠雖寫物，頗有寄託。首章即潘岳賦河陽庭前安石榴之意，所謂「豈伊仄陋，用渝厥貞」者也。次章即史記屈原傳「井渫不食」之意，言可汲而不汲，未足以濟人也。末章以新莖半枯高架復扶喻謫而復起，若須大食其報，尚須加意栽培也。

贈鄭兵曹〔一〕

罇酒相逢十載前，君爲壯夫我少年〔二〕。罇酒相逢十載後，我爲壯夫君白首〔三〕。我材與世不相當，戢鱗委翅無復望〔四〕。當今賢俊皆周行〔五〕，君何爲乎亦遑遑〔六〕？杯行到君莫停手，破除萬事無過酒〔七〕。

〔一〕〔魏本引韓醇曰〕鄭，或以爲鄭通誠。張建封節度武寧時，通誠爲副使，公爲其軍從事。罇酒相從，在其時歟？〔魏本引樊汝霖曰〕白樂天哀二良云「祠部員外郎鄭通誠」，此云兵曹，所未詳也。〔王元啓曰〕通誠爲亂軍所殺，即在貞元十六年建封始卒之時，何緣十載後又有罇酒相逢之事？若以即今相聚爲十載後，則爾時通誠正爲副使，亦未見其遑遑而無所依也。此兵曹恐另有其人，必非通誠。又武寧軍係貞元二十一年順宗賜額。當建封時，止當云節度徐、泗、濠三州。〔沈欽韓注〕兵曹者，州之判司，與通誠官位懸絶。此詩當是在江陵作，鄭兵曹即鄭羣。〔補釋〕公朝散大夫尚書庫部郎中鄭君墓志銘：「君諱羣，字弘之，世爲滎陽人。以進士選吏部考功，所試判爲上等，授正字。自鄠縣尉拜監察御史，佐鄂岳使裴均之爲江陵，以殿中侍御史佐其軍。」舊唐書職官志：「中都督府兵曹參軍事一人，從七品上。」

〔二〕〔方世舉注〕曲禮：「三十曰壯。」〔補釋〕公撰鄭羣墓志，羣以長慶元年卒，春秋六十。其年公五十四歲，羣蓋長公六歲。本年同在江陵，羣四十五歲，公三十九歲。再溯十載以前，當爲貞元七、八年至十一年之間，羣年三十許，正爲壯夫，公則年在二十四至二十八之間，尚未滿三十，是少年也。樽酒相逢，殆同在京師應進士試乎？鄭羣贈簟詩稱羣爲故人，蓋二人爲舊交。

〔三〕〔補釋〕本年公三十九歲，未滿四十，尚是壯夫。鄭年四十五，亦未老，然白首云者，謂白髮耳。四十餘歲見二毛，固恒事也。〔朱彝尊曰〕起四句大快，不是韓退之，乃是張正言。

〔四〕〔方世舉注〕屈原九章：「魚戢鱗以自別兮，蛟龍隱其文章。」〔魏本引韓醇曰〕選與嵇茂齊書：「時不我與，垂翼遠逝。鋒鉅靡加，六翮摧屈。」戢，歛也。

〔五〕周行，見卷一歸彭城注。

〔六〕〔考異〕「亦」，或作「獨」。〔方世舉注〕列子楊朱篇：「遑遑爾競一時之虛譽，規死後之餘榮。」陶潛歸去來兮辭：「胡爲乎遑遑欲何之？」

〔七〕〔朱彝尊曰〕收有味。

【集説】

程學恂曰：此亦無甚深意，隨時倡酬之作也。

蔣抱玄曰：集中快調多似瀑布式，獨此如河流朝宗，千迴萬折。篇幅雖短，而意味無窮，至文也。

鄭羣贈簟〔一〕

蘄州簟竹天下知〔二〕，鄭君所寶尤瓌奇〔三〕。攜來當晝不得卧，一府傳看黄琉璃〔四〕。體堅色淨又藏節〔五〕，盡眼凝滑無瑕疵〔六〕。法曹貧賤衆所易〔七〕，腰腹空大何能爲〔八〕？自從五月困暑溼〔九〕，如坐深甑遭烝炊〔一〇〕。手磨袖拂心語口，慢膚多汗真相宜〔一一〕。日暮歸來獨惆悵〔一二〕，有賣直欲傾家資〔一三〕。誰謂故人知我意？卷送八尺含風漪〔一四〕。呼奴掃地鋪未了，光彩照耀驚童兒。青蠅側翅蚤蝨避〔一五〕，肅肅疑有青飈吹〔一六〕。倒身甘寢百疾愈，卻願天日恒炎曦〔一七〕。明珠青玉不足報〔一八〕，贈子相好無時衰〔一九〕。

〔一〕〔舉正〕元和元年五月江陵作。羣時以殿中侍御史佐裴均江陵。

〔二〕諸本皆作「笛竹」。〔舉正〕刊本一作「簟竹」。〔方世舉注〕新唐書地理志：「蘄州蘄春郡，屬淮南道。」唐六典：「蘄州土貢白紵簟。」按：「笛竹」，一作「簟竹」，此未知笛字來歷耳。揚雄方言：「宋、魏之間謂簟爲笙，或謂之籧笛。」籧，即古笛字也，作「笛」無可疑。初學記：「沈懷遠南越志云：『博羅縣東蒼州，足簟竹。銘曰：簟竹既大，薄且空中，節長一丈，其長如松。』」〔陳景雲曰〕「笛」，當作「簟」。蘄州貢簟，見唐史地理志，故曰天下知。〔王元啓曰〕「簟」，原作「笛」。或引白詩「笛竹出蘄春」爲證，謂作「簟」非是。余謂笛竹天生，簟由人力。白詩「霜刀劈翠筠」句，已爲笛字加一番斲削之功。又云「織成雙鎖簟」，明點一簟字，然後接下「寄與獨眠人」句爲順。若直云以笛竹寄獨眠人，笛與眠奚涉耶？此詩鄭君所寶及卷送、鋪地、倒身甘寢等云，皆切指簟竹言之，不應首句諱簟言笛，反使通體皆空無依傍也。今改從或本，非謂簟竹不可言笛，用字各有宜當耳。〔補釋〕一切經音義十六：「笛，古文篴同。」方注以籧爲古笛字，非是。

〔三〕〔蔣抱玄注〕吴都賦：「搜瓌奇。」

〔四〕魏本、廖本、王本作「琉」。祝本作「瑠」。〔方世舉注〕漢書西域傳：「罽賓國出流離。」師古曰：「魏略云：大秦國出赤白黑黄青緑縹紺紅紫十種流離。」此蓋自然之物，采澤光潤，踰于衆玉。北史大月氏國傳：「其國人商販京師，能鑄石爲五色琉璃，光色映徹，觀者莫不驚駭。」

〔五〕祝本、廖本、王本作「凈」。魏本作「潤」。〔方世舉注〕戴凱之竹譜：「篁任篙笛，體特堅圓，肌理匀凈，筠色潤貞。」又：「桃枝皮赤，可以爲席竹。節短者不兼寸，長者或踰尺。」南方草木狀：「簟竹葉疎而大，一節相去五六尺。」

〔六〕〔舉正〕閣、杭、李、謝校同作「盡眼」。〔考異〕「盡」，或作「滿」。祝本、魏本作「滿」。廖本、王本作「盡」。

〔七〕〔方世舉注〕公爲江陵法曹參軍，在永貞元年秋，至明年六月，召拜國子博士還朝。贈簟之時，去還朝不遠矣。〔顧嗣立注〕漢陸賈傳：「絳侯與我戲，易吾言。」師古曰：「謂輕易其言也。」

〔八〕〔魏本引樊汝霖曰〕唐孔戣私記云：「退之豐肥善睡，每來吾家，必命枕簟。」而沈存中筆談亦云：「世畫韓退之小面而美髯，著紗帽，此乃江南韓熙載爾。熙載謚文靖，江南人謂之韓文公，因此遂誤以爲退之。退之肥而少髯。」此詩有「腰腹空大」及「慢膚多汗」之語，二説信然。

〔九〕〔方世舉注〕淮南地形訓：「南方陽氣之所積，暑濕居之。」

〔一〇〕廖本作「烝」。祝本、魏本、王本作「蒸」。〔方世舉注〕淮南時則訓：「湛熺必潔。」注：「熺，烝炊也。」

〔一一〕〔王元啓曰〕楚辭天問：「平脅曼膚。」注云：「肥澤之貌。」此慢字恐即曼字之誤。〔吴闓生曰〕四句逆攝下文，摹寫生動。

〔一二〕〔魏本注〕「惆」，一作「怊」。〔吴闓生曰〕再展一句，乃筆力横勁處。

〔一三〕〔高步瀛曰〕以上言己極欲得此簟。〔吴闓生曰〕皆題前布局作勢之法。

〔一四〕〔方世舉注〕陰鏗詩：「夾篠澄深緑，含風作細漪。」

〔一五〕〔祝充注〕抱朴子曰：「蚤蝨攻君，卧不獲安。」〔方成珪箋正〕抱朴子論仙篇：「蚊噆膚則坐不得安，虱羣攻則卧不得寧。」注所引二語未見。

〔一六〕〔蔣抱玄注〕史記廉藺傳述贊：「清飆凛凛。」

〔一七〕〔補釋〕慧琳一切經音義：「曦，俗字也。字書正作羲。孔注尚書云：『羲和，日御也。』又山海經云：『天帝之妻羲和生十日也。』王逸注楚辭云：『羲，光明貌也。』説文『从兮義聲』

也。」〔查慎行曰〕奇想。〔顧嗣立曰〕此詩每用反襯意見奇。如「攜來當晝不得卧」、「卻願天日恒炎曦」等句也。賦物之妙，直從細瑣處體貼而出。〔沈德潛唐詩别裁集〕與「攜來當晝不得卧」，俱透過一層法。〔唐宋詩醇〕倢伃怨歌云：「常恐秋節至，涼風奪炎熱。」此云「卻願天日恒炎曦」，同一語妙。〔趙翼曰〕謂因竹簟可愛，轉願天不退暑而長卧此也。不免過火。然思力所至，寧過毋不及，所謂矢在弦上，不得不發也。〔程學恂曰〕韓派屏棄常熟，翻新見奇，往往有似過情語，然必過情乃發，得其情者也。如此詩之「卻願天日恒炎曦」是已。後來歐蘇以下多主此。

〔一八〕〔魏本引韓醇曰〕選張衡四愁詩：「美人贈我貂襜褕，何以報之明月珠。」「美人贈我錦繡段，何以報之青玉案。」

〔一九〕〔舉正〕閣本作「時無衰」。〔考異〕閣本無理之甚，不待潘詩而後知其非也。方本則是而説衍矣。〔蔣抱玄注〕詩：「式相好兮，無相尤兮。」選潘岳詩：「庶幾有時衰，莊缶猶可擊。」閣本恐非。

【集説】

朱彝尊曰：描寫物象工，寫意趣亦入妙。

方東樹曰：無甚意，只敘事耳，而句法老重。

程學恂曰：東坡蒲傳正簟詩，全從此出，然較寬而腴矣。

醉贈張祕書〔一〕

人皆勸我酒，我若耳不聞。今日到君家，呼酒持勸君。爲此座上客〔二〕，及余各能文。君詩多態度〔三〕，藹藹春空雲〔四〕。東野動驚俗，天葩吐奇芬〔五〕。張籍學古淡，軒鶴避雞羣〔六〕。阿買不識字〔七〕，頗知書八分〔八〕，詩成使之寫，亦足張吾軍〔九〕。所以欲得酒，爲文俟其醺，酒味既冷冽〔一〇〕，酒氣又氛氳〔一一〕，性情漸浩浩，諧笑方云云〔一二〕，此誠得酒意〔一三〕，餘外徒繽紛〔一四〕。長安衆富兒，盤饌羅羶葷，不解文字飲〔一五〕，惟能醉紅裙〔一六〕。雖得一餉樂，有如聚飛蚊〔一七〕。今我及數子，固無蕕與薰〔一八〕。險語破鬼膽，高詞媲皇墳〔一九〕。至寶不雕琢〔二〇〕，神功謝鋤耘〔二一〕。方今向泰平〔二二〕，元凱承華勛〔二三〕，吾徒幸無事，庶以窮朝曛〔二四〕。

〔一〕〔舉正〕元和初作。今本下或注「徹」字，杭、蜀本無之。徹，元和四年進士，此時獨未第。公五六年間皆在東都，此詩蓋在長安日作，非徹也。〔方世舉注〕徹當作署。署爲御史謫臨武，徙掾江陵。半歲，邕管奏爲判官，不行，拜京兆府司録。元和元年，還京。是年六月，公亦召還拜國子博士。故詩中同在長安。張署時官司録，詩題乃稱祕書，張初本校書郎也。唐人率重內職如是。〔王鳴盛蛾術編〕醉贈張祕書，署也，非徹也。詩云「方今向太平」，故知元和初。又云「長安衆富兒」云云，故知在長安作。

〔二〕〔舉正〕閣、蜀本作「座上士」。〔考異〕「客」，方作「士」，非是。

〔三〕〔蔣抱玄注〕列子：「作動態度。」

〔四〕〔方世舉注〕陶潛詩：「藹藹停雲。」〔葉夢得曰〕古今論詩者多矣，吾獨愛湯惠休稱謝靈運爲「初日芙蕖」，沈約稱王筠爲「彈丸脱手」兩語最當人意。韓退之贈張籍云：「君詩多態度，靄靄春空雲。」司空圖記戴叔倫語云：「詩人之詞，如藍田日暖，良玉生烟。」亦是形似之微妙者，但學者不能味其言耳。

〔五〕祝本「天」作「大」，誤。

〔六〕廖本、王本作「鶴」。祝本、魏本作「昂」。〔考異〕「鶴」，方及諸本皆作「昂」。今按：此言張籍學古淡而不騖於綺靡，如以乘軒之鶴而反避雞羣也。又作「軒鶴」，乃與「天葩」之句相偶。〔何焯義門讀書記〕「避」，當作「辟」，言軒鶴一至，雞羣辟易也。猶孟子「行辟人」之辟，與上「驚俗」語義相類也。〔顧嗣立曰〕以上四句兩相呼應。東野二句，即薦士詩所謂「敷柔肆紆徐」與「榮華肖天秀」也。張籍二句，即調張籍詩所謂「騰身跨汗漫，不著織女襄」是也。亡友犀月嘗謂東野、文昌兩君，所得極不相似，而同爲公所許，足見公之才大，可謂知言矣。〔程學恂曰〕貞曜詩須是公論定，次則李元賓耳。文昌詩須是公論定，次則白樂天耳。餘子多不能識之。東坡直是粗心亂道，而後人又啜其醉醨也。

〔七〕〔魏本引趙堯夫曰〕或問魯直：「阿買是退之何人？」答云：「退之姪。」必有所據而云。〔魏本引韓醇曰〕此必其子姪小字，如陶淵明家阿舒、阿宣之類耳。〔沈欽韓注〕金石萃編以阿買爲公子昶小名，亦非是。〔何文焕曰〕韓昌黎云：「凡爲文詞宜略識字。」又詩云：「阿買不識字，頗知書八分。」葛立方韻語陽秋云：「顏魯公有干禄字樣行世，恐學者不識字也。」按：識字亦大難，微特古文奇字，即如王、玉、剌、刺以及畫同而音義别者，非素講明，良多錯誤，豈若舉子業可率爾操觚。

〔八〕〔魏本引孫汝聽曰〕書苑云：「八分者，秦羽人上谷王次仲飾隸書爲之，鍾繇謂之章程書。」〔方成珪箋正〕周越書苑：「蔡文姬言割程隸八分取二分，割李篆二分取八分，於是爲八分書。」任玠五體書序亦云：「八分酌乎篆隸之間。」唐六典：「校書郎正字所掌字體有五：一、古文；二、大篆皆不用；三、小篆，印璽旗旛用之；四、八分，石經碑刻用之；五、隸書，典籍表奏公私文疏用之。」〔補釋〕阿買既能書八分，則公謂之不識字者，不識文字之形義耳，非如世俗之所謂不識字也。

〔九〕〔魏本引韓醇曰〕左傳：「楚鬭伯比曰：我張吾三軍而被吾甲兵，以武臨之。」〔李黼平曰〕左傳陸德明釋文云：「張，豬亮反。一如字。」然則平去兩通，後人用此句，轉不知有平音矣。

〔一〇〕〔考異〕「泠」，或作「冷」。祝本注曰：「泠」，一作「令」。〔祝充注〕冽，玉篇：「寒氣也。」

詩：「冽彼下泉。」注：「冽，寒也。」　〔補釋〕泠冽，雙聲謰語，與「氛氳」爲對。泠冽並當从水，謂酒味之清。說文：「冽，水清也。」與从仌之「冽」異。

〔一一〕〔舉正〕閣本作「氛氳」。氛氳，盛貌，字見選雪賦。蜀本「氣」作「煙」。〔考異〕「氛」，或作「氤」。祝本、魏本作「氤」。廖本、王本作「氛」。〔方世舉注〕鮑照詩：「好酒多芳氣。」水經注：「劉墮宿擅工釀，香醑之色，清白若滲漿，别調氛氳，不與他同。」

〔一二〕〔方成珪箋正〕莊子在宥篇：「萬物云云。」注：「盛貌。」

〔一三〕〔查慎行曰〕不知淵明亦曾得此意否？

〔一四〕〔方世舉注〕屈原離騷：「時繽紛以變易兮。」　〔何焯義門讀書記〕八句穿作一事。

〔一五〕〔張相曰〕解，猶會也，得也，能也。解與能爲對舉之互文。〔何焯義門讀書記〕詩瓠葉：「君子有酒。」箋云：「此君子謂庶人之有賢行者，其農功畢，乃爲酒漿以合朋友習禮講道藝也。」公詩文字飲本此。

〔一六〕〔陳師道曰〕退之詩云：「長安衆富兒，盤饌羅羶葷。不解文字飲，惟能醉紅裙。」然此老有二妓，號絳桃、柳枝，故張文昌云「爲出二侍女，合彈琵琶箏」也。〔陳善曰〕予觀退之，亦未是忘情者。又嘗有詩云：「銀燭未銷窗送曙，金釵半醉坐添香。」此豈空飲文字者耶？西清詩話云：「張耒文潛云：東坡嘗言退之詩『長安衆富兒，盤饌羅羶葷。不解文字飲，惟能醉紅裙』，疑若清苦自飾者。至云『豔姬踏筵舞，清眸射劍戟』，則知此老子箇中興復不淺。文潛戲答曰：愛文字飲者，與俗人沽酒同科。」〔王若虚曰〕紅裙之誚，亦曰唯知彼而不知此，蓋詞人一時之戲言，非遂以近婦人爲諱也。且詩詞豈當如是論，而遽以爲口實耶？抑前復有「盤饌羅羶葷」之句，以二子繩之，則又當不敢食肉矣。

〔一七〕〔朱翌曰〕楞嚴經云：「一切衆生，如一器中聚百蚊蚋，啾啾亂鳴，於方寸中鼓發狂鬧。」退之雖闢佛，然亦觀其書。〔何焯義門讀書記〕此耳不聞志也。

〔一八〕薰蕕，見卷二赴江陵道中寄三學士注。

〔一九〕〔舉正〕蜀本「媲」作「動」，從柳校也。〔祝充注〕媲，配也。爾雅：「妃，媲也。」注：「相偶媲也。」〔魏本引樊汝霖曰〕書序：「伏羲、神農、黄帝之書謂之三墳。」皇墳，三皇墳書也。〔查慎行曰〕又作東野語。〔李調元曰〕此是公自贊其詩，不可徒作贊他人詩看。然皆經籍光芒，故險而實平。

〔二〇〕〔考異〕「瑑」，或作「彖」。祝本作「瑑」。魏本、廖本、王本作「瑑」。

〔二一〕〔方世舉注〕南史謝惠連傳：「惠連年十歲能屬文，族兄靈運嘉賞之，嘗於永嘉西堂思詩，竟日不就，忽夢見惠連，即得『池塘生春草』，大以爲工。嘗云：此語有神功，非吾語也。」〔張相曰〕謝，猶辭也。由辭謝義引伸之，則爲不用義。〔黄震黄氏日抄〕此謂文字混然天成之妙也。公之自得如此。〔何焯義門讀書記〕四句對上文字。三君之爲文，上既言之。此四語乃終「及余各能文」之意。筆勢錯綜，不見其誇，然於公實不愧也。〔方東樹曰〕「險語破鬼膽，高詞媲皇墳」與「至寶不雕琢，神功謝鋤耘」，是兩境。上言艱窮怪變，下言平淡。此公自述兼此二能，不拘一律也。

〔二〕祝本、魏本、廖本作「泰」。王本、游本作「太」。

〔三〕〔魏本引孫汝聽曰〕文十二年左氏：「高陽氏有才子八人，謂之八愷。高辛氏有才子八人，謂之八元。」〔方世舉注〕新唐書宰相表：「元和元年，杜黃裳、鄭餘慶爲相。」書堯典：「曰若稽古帝堯，曰放勳。」舜典：「曰若稽古帝舜，曰重華。」梁簡文帝七勵：「道方華勛。」

〔四〕〔祝充注〕曛，日入也。〔方世舉注〕謝靈運詩：「朝游窮曛黑。」〔何焯義門讀書記〕對上飲字。〔補釋〕勛曛同紐連用。

【集說】

朱彝尊曰：只說文字飲，與杜簡薛華醉歌同，但少遜其超逸。

方東樹曰：句法精造，山谷所常橅。醉贈張祕書與贈無本，特地做成局陣，章法參差迷離，讀者往往忽之，不能覺也。然此等皆尚有迹可尋。

蔣抱玄曰：屏去險硬本能，純以和易出之。結末自感身世，有意在言外之妙。

答張徹〔一〕

辱贈不知報，我歌爾其聆。首敘始識面，次言後分形〔二〕，道途緜萬里，日月垂十齡〔三〕。浚郊避兵亂〔四〕，睢岸連門停〔五〕。肝膽一古劍〔六〕，波濤兩浮萍〔七〕。漬墨竄舊史〔八〕，磨丹注前經〔九〕，義苑手祕寶〔一〇〕，文堂耳驚霆。暄晨躡露舄〔一一〕，暑夕眠風櫺〔一二〕。結友子讓抗〔一三〕，請師我慙丁〔一四〕。初味猶噉蔗〔一五〕，遂通斯建瓴〔一六〕。搜奇日有富，嗜善心無寧。石梁平侹侹〔一七〕，沙水光泠泠〔一八〕。乘枯摘野豔〔一九〕，沈細抽潛腥〔二〇〕。游寺去陟巘〔二一〕，尋幽返穿汀〔二二〕。緣雲竹竦竦〔二三〕，失路麻冥冥〔二四〕。淫潦忽翻野〔二五〕，平蕪眇開溟〔二六〕。防泄塹夜塞，懼衝城晝扃〔二七〕。及去事戎轡〔二八〕，相逢宴軍伶〔二九〕。觥秋縱兀兀〔三〇〕，獵旦馳駉駉〔三一〕。從賦始分手〔三二〕，朝京忽同舲〔三三〕。急時促暗棹，戀月留虛亭。畢事驅傳馬〔三四〕，安居守窗螢〔三五〕。梅花灞水別〔三六〕，宮燭驪山醒〔三七〕。省選逮投足〔三八〕，鄉賓尚摧翎〔三九〕。塵袪又一摻〔四〇〕，淚眥還雙熒〔四一〕。洛邑得休告〔四二〕，華山窮絶陘〔四三〕。倚巖睨海浪，引袖拂天星。日駕此迴轄〔四四〕，金神所司刑〔四五〕。泉紳拖脩白〔四六〕，石劍攢高青〔四七〕。磴蘚澾拳跼〔四八〕，梯飇颭伶俜〔四九〕。悔狂已咋指〔五〇〕，垂誡仍鐫銘〔五一〕。峨豸忝備列〔五二〕，伏蒲愧分涇〔五三〕。微誠慕横草〔五四〕，瑣力摧撞莛〔五五〕。疊雪走商嶺，飛波航洞庭〔五六〕。下險疑墮井，守官類拘囹〔五七〕。荒餐茹獠蠱〔五八〕，幽夢感湘靈〔五九〕。刺史肅蓍蔡〔六〇〕，吏人沸蝗螟〔六一〕。點綴簿上字〔六二〕，趨蹌閣前鈴〔六三〕。賴其飽山水，得以娛瞻聽〔六四〕，紫樹雕斐亹〔六五〕，碧流滴瓏玲〔六六〕，映波鋪遠錦〔六七〕，插地列長屏〔六八〕，愁狖酸骨死〔六九〕，怪花醜魂馨〔七〇〕，潛苞絳實坼，幽乳翠毛零〔七一〕。赦行五百里〔七二〕，月變三十蓂〔七三〕，漸階羣振鷺〔七四〕，入學誨螟蛉〔七五〕，苹甘謝鳴鹿〔七六〕，罍滿慙罄缾〔七七〕。冏冏抱瑚璉〔七八〕，飛飛聯鶺鴒〔七九〕，魚鬣欲脱背〔八〇〕，虬光先照硎〔八一〕，豈獨出醜類，方當動朝廷。勤來得晤語〔八二〕，勿憚宿寒廳。

〔一〕〔魏本引韓醇曰〕張徹，公門下士，又公之從子壻。〔顧嗣立注〕公撰張徹墓志：徹舉進士，遷殿中侍御史，爲幽州節度判官，軍亂罵賊死。事具載唐書。〔方成珪昌黎先生詩文年譜〕此詩六月後官國博時作。

〔二〕〔方世舉注〕鮑照贈故人馬子喬詩：「烟雨交將夕，從此遂分形。」

〔三〕〔方世舉注〕記文王世子：「夢帝與吾九齡。」古者謂年爲齡。鮑照詩：「捨耨將十齡。」〔陳景雲曰〕公此詩發端云「首敍始識面」，而其下以浚郊避亂、睢岸連居爲識面之始，則知公與徹邂逅在貞元十五年己卯去汴居徐之日，至丙戌凡八年，故曰垂十齡也。〔汪琬曰〕總起，以下分應。〔朱彝尊曰〕故爲拙起。

〔四〕〔魏本引孫汝聽曰〕貞元十五年二月，汴州亂。〔方世舉注〕詩干旄：「在浚之郊。」新唐書地理志：「汴州陳留郡，武德四年，以鄭州之浚儀、開封，滑州之封丘置。」〔補釋〕劉禹錫汴州刺史廳壁記：「本朝以浚儀爲汴州刺史治所。」

〔五〕〔考異〕「停」，諸本作「庭」，閣本作「停」，而方從諸本。按：停，猶居也。上對亂字，宜用停字乃的。後又有洞庭字，或未必重押也。　祝本、魏本作「庭」。廖本、王本作「停」。〔魏本引孫汝聽曰〕是歲公至彭城，節度使張建封居之於睢水上。時徹亦來徐，與公連居。〔方世舉注〕洛陽伽藍記：「隔牆並門，連簷接響。」即詩所謂「連門停」也。公居睢上，蓋與徹比屋而居停也。　〔王元啓曰〕公避亂居睢，在貞元十五年二月之暮。「肝膽」以下，皆與徹始識面時事。

〔六〕〔方世舉注〕董仲舒士不遇賦：「苟肝膽之可同兮，奚鬚髮之足辨也？」

〔七〕〔魏本引韓醇曰〕劉伶曰：「俯視萬物，擾擾焉如江河之載浮萍。」　〔補釋〕韓醇所引爲劉伶酒德頌文。　〔何焯義門讀書記〕二句一鎖。

〔八〕〔方世舉注〕後漢書張衡傳：「河洛、六藝，篇録已定，無所容竄。」注：「謂不容妄有加增也。」〔魏本引韓醇曰〕張平子西京賦：「雅好博古，學乎舊史氏。」〔魏本引補注〕左氏：「仲尼因魯史策書成文，其餘皆即用舊史。」

〔九〕〔方世舉注〕吕氏春秋：「丹可磨而不奪其赤。」

〔一〇〕〔魏本引孫汝聽曰〕手，持也。　〔方世舉注〕後漢書班固傳：「御東序之祕寶。」注：「祕寶，謂河圖之屬。」

〔一一〕〔顧嗣立注〕左傳桓公二年：「帶裳幅舄。」杜預曰：「舄，複履。」

〔一二〕〔祝充注〕櫺，楯間也。郭璞游仙詩：「回風流曲櫺。」　〔顧嗣立注〕文選曹子建詩：「流猋激櫺軒。」說文：「櫺，窗間也。」　〔張鴻曰〕鍊句可師。

〔一三〕〔廖瑩中注〕晉陽秋曰：「陸抗、羊祜爲邊將，推僑札之好。抗嘗遺祜酒，祜亦饋抗藥，各推心服之。」　〔方成珪箋正〕史記陸賈傳：「與天子抗衡。」索隱引崔浩云：「抗，對也。」讓抗謂不敢與公爲對。

〔一四〕〔魏本引孫汝聽曰〕言不敢當師之名。　〔魏本引蔡夢弼曰〕左氏襄十四年：「尹公佗學射于庾公差，庾公差學射于公孫丁。二子追公，公孫丁御。尹公佗曰：「子爲師，我則遠矣。」」〔沈欽韓注〕丁乃丁寬，易祖師也，非公孫丁。　〔王元啓曰〕舊解晦拙難通。竊謂結友則子既遜不敢抗，請師則我又愧不敢當。宋書謝瞻傳稱「瞻文與仲叔琨族弟靈運相抗」，即此抗字。公贈張籍詩「零落甘所丁」，亦與此丁同義。抗，敵也。丁，當也。

〔一五〕〔方世舉注〕晉書顧愷之傳：「每食甘蔗，恒自尾至本，曰漸入佳境。」

〔一六〕〔魏本引韓醇曰〕漢高紀云：「譬猶居高屋之上建瓴水也。」　〔祝充注〕漢高紀注：「瓴，盛水瓶也。居高屋之上建瓴水，言其易也。」

〔一七〕〔方世舉注〕詩鴛鴦：「鴛鴦在梁。」箋：「梁，石絶水之梁。」說文：「侹，長貌。」廣雅釋詁：「侹，直也。」

〔一八〕〔顧嗣立注〕陸士衡招隱詩：「山溜河泠泠。」

〔一九〕〔補釋〕乘，登也。詩：「亟其乘屋。」　〔蔣之翹曰〕野豔字新。

〔二〇〕〔王元啓曰〕細謂緡。　〔蔣之翹曰〕二句工麗似選。

〔二一〕〔考異〕「陟」，或作「登」。　〔魏本引韓醇曰〕詩：「陟則在巘。」

〔二二〕諸本作「尋徑」。　〔考異〕「徑」，或作「巫」，非是。　〔方成珪箋正〕魏本云：「徑」，一作「幽」。當從之。蓋全詩每句第二字皆平仄仄平相間而用，不應此獨異例也。

〔二三〕〔方世舉曰〕鮑照詩：「瑟瑟涼海風，竦竦寒山木。」

〔二四〕〔補釋〕漢書王莽傳下：「江湖河澤麻沸。」顔師古注：「麻沸，言如亂麻而沸湧。」

〔二五〕〔方世舉注〕宋玉九辯：「淫潦何時而得乾？」按：貞元十五年，鄭滑大水。

〔二六〕〔補釋〕冥溟同紐連用。

〔二七〕〔魏本引孫汝聽曰〕自「肝膽一古劍」以下至此，皆言十五年睢岸連居，與徹相從之樂。　〔王元啓曰〕「淫潦」四句，紀述時事之辭。歸彭城篇云：「去歲東郡水，生民爲流屍。」齪齪篇云：「河堤決東郡，老弱隨驚湍。」意此時東郡河決，徐泗間亦被其災，故有防泄懼衝等語。舊注槩以相從樂事言之，殊謬。

〔二八〕〔魏本引孫汝聽曰〕公先居睢水，久之，建封以爲節度推官。

〔二九〕〔蔣之翹注〕軍伶，軍中樂。

〔三〇〕〔蔣抱玄注〕觥秋，謂會飲之時也。〔魏懷忠注〕兀兀，醉貌。

〔三一〕〔舉正〕鮑、謝校作「旦」。〔考異〕「旦」，方作「宴」。〔蔣抱玄注〕獵旦，謂行獵之日。〔祝充注〕駉，馬肥張貌。詩：「駉駉牡馬。」〔何焯曰〕生峭之極。

〔三二〕〔魏本引孫汝聽曰〕謂徹赴舉試也。〔方世舉注〕漢書鼂錯傳：「詔有司舉賢良文學士，錯在選中。對曰：今臣窋等乃以臣充賦。」如淳曰：「猶言備數也。」〔王元啓曰〕此爲後分形之始。

〔三三〕〔魏本引樊汝霖曰〕是年冬，公以徐州從事朝正於京師，又與徹同時行。〔祝充注〕舲，舟中有窗。楚辭：「乘舲船余上沅。」注：「舲，船上有窗牖。」

〔三四〕〔魏本引孫汝聽曰〕謂十六年春，公朝正事畢歸彭城也。〔方世舉注〕漢書賈誼傳：「乘傳而行郡國。」鹽鐵論：「乘傳詣公車。」師古曰：「傳者，若今之驛。」新唐書百官志：「主客郎中掌朝見之事。蕃州都督、刺史朝集日，視品級，乘傳者日四驛，乘驛者六驛。」

〔三五〕〔魏本引孫汝聽曰〕謂徹留京師也。〔方世舉注〕晉書車胤傳：「胤博學多通，家貧不常得油，夏月則練囊盛數十螢火以照書，以夜繼日焉。」

〔三六〕〔魏本引樊汝霖曰〕公歸徹留，故有此句。〔方世舉注〕三輔黃圖：「霸水出藍田谷，西北入渭。」水經注：「霸城西十里則霸水，西二十里則長安城。」〔補釋〕元和郡縣志：「關内道京兆府，管萬年縣，霸水在縣東二十里。」

〔三七〕〔魏本引補注〕筆墨閒録曰：「劉們云：此對極有風味。」〔方世舉注〕三輔黃圖：「阿房宮，閣道通驪山八十餘里。」史記周本紀索隱曰：「驪山，在雍州新豐縣南，故驪戎國也。」太平寰宇記：「驪山在昭應縣東南二里，即藍田山也。」

〔三八〕〔陳景雲曰〕以下四句又另敘十七年以後事。公赴省謁選者再，至十八年春始有四門博士之授，「省選逮投足」者謂此也。〔方世舉注〕陸機詩：「矩步豈逮人，投足事已爾。」

〔三九〕〔魏本引樊汝霖曰〕謂徹下第也。徹後元和四年始登第。〔沈欽韓注〕白氏長慶集有鄧魴張徹落第詩。〔蔣抱玄注〕鄉賓，猶言鄉貢也。唐書選舉志：「取士之法，由州縣薦舉不由國子者，謂之鄉貢。」

〔四〇〕〔祝充注〕摻，擥也。詩：「摻執子之袪兮。」

〔四一〕〔方世舉注〕説文：「眥，目匡也。」莊子人間世篇：「而目將熒之。」〔陳景雲曰〕公謁選入都，復與徹相聚。及公得官而徹方下第，且有遠適，故繼以「塵袪」、「淚眥」二語，皆惜別之詞。〔王元啓曰〕此徹下第東歸與公相別，與前灞水之別徹留公去者不同。蓋在十八年公爲博士之日，故下直接休告登華一事。

〔四二〕〔方世舉注〕漢書魏相傳：「休告從家還至府。」

〔四三〕〔魏本引韓醇曰〕爾雅：「山絶陘。」注：「連山中斷絶。」〔方世舉注〕十八年公爲四門博士，謁告歸洛，因游華山。〔何焯曰〕敘入登華一段助奇。

〔四四〕〔方世舉注〕劉孝威樂府：「魯日尚迴輪。」按：華山西嶽，言日至西而落也。

〔四五〕〔魏本引孫汝聽曰〕華山西岳，其神少昊，爲金神，西方主刑也。〔方世舉注〕廣雅釋天：「金神，謂之清明。」淮南時則訓：「西方之極，少皞蓐收之所司者萬二千里。其令曰：審用法，誅必辜。」注：「蓐收，金神，應金斷也。」

〔四六〕〔方世舉注〕水經注：「山上有飛泉，直至山下，望之若幅練在山矣。」按：泉紳即送惠師「懸瀑垂天紳」。

〔四七〕〔方世舉注〕石劍，即南山詩「參參削劍戟」也。

〔四八〕〔魏本引孫汝聽曰〕字林云：「澾，滑也。」〔魏本引韓醇曰〕楚辭：「拳跼顧而不行。」〔顧嗣立注〕王逸曰：「詰屈不行貌。」

〔四九〕〔祝充注〕飈，扶搖風也。楚辭：「忽飈騰兮浮雲。」伶俜，行不正。〔何焯曰〕奇險。

〔五〇〕祝本、魏本、廖本注曰：「狂」，一作「往」。〔顧嗣立注〕説文：「咋，齧也。」

〔五一〕〔補釋〕説苑：「孔子之周，觀于太廟。右陛之前，有金人焉。三緘其口而銘其背曰：『古之慎言人也，戒之哉！戒之哉！』」〔胡仔苕溪漁隱叢話後集〕歷代確論載沈顔登華旨曰：「嘗讀李肇國史補云：韓文公登華嶽之巔，顧視其險絶，恐慄，度不可下，乃發狂慟哭。而欲縋遺書爲訣。且譏好奇之過也如是。沈子曰：吁！是不諭文公之旨邪！夫仲尼之悲麟，悲不在麟也。墨翟之泣絲，泣不在絲也。且阮籍縱車于途，途窮輒慟，豈始慮不至邪？蓋假事諷時，致意如此耳。前賢後賢，道豈相遠。文公憤趣榮貪位者，若陟懸崖，險不能止，俾至身危蹐蹶，然後嘆不知税駕之所，焉可及矣。悲夫！文公之旨，微沈子，幾晦乎？」藝苑雌黄云：「謝無逸作讀李肇國史補一篇，謂肇之言爲不合於理。其論韓退之登華山窮絶處，下視不可返，則發狂慟哭，此尤不足信。雖婦人童子且知愛其身，不忍快一時之欲以傷其生，嗚呼！而謂退之賢者爲之邪？觀其貽書諫張僕射云：馳馬擊毬，猶恐顛頓而至於殞命。使退之妄人也，則爲此言而可。若誠賢者，則必能踐其言，其不肯窮筋力登高臨危，以取危墜之憂，亦明矣。豈肇傳之誤也，何其信退之之不篤也！予謂無逸此語，謂之愛退之可也，謂之熟退之之文則未也。登華之事，退之嘗載於其詩云：『洛邑得休告，華山窮絶陘。倚巖睨海浪，引袖拂天星，磴蘚澾拳跼，梯飈颭伶俜。悔狂已咋指，垂誡仍鐫銘。』觀此則發狂慟哭，不可謂之無也。肇書此於國史補，蓋實録耳。豈無逸未嘗見退之之詩乎？沈顔作聲書，其説亦與無逸相類，而東軒筆録嘗辨之矣，豈無逸亦未見之乎？予恐學者信無逸之言，遂以李肇爲妄，故復著此説。」

〔五二〕〔魏本引孫汝聽曰〕十九年，公爲御史。峨，高也。〔方世舉注〕後漢書輿服志：「法冠或謂之獬豸冠。獬豸，神羊，能别曲直，故以爲冠，執法近臣御史服之。」注：「異物志曰：『東北荒中，有獸名獬豸，一角，性忠，見人鬭則觸人不直者，聞人論則咋不正者，楚執法者所服也。今冠兩角，非豸也。』」

〔五三〕〔方世舉注〕漢書史丹傳：「丹直入卧内，頓首伏青蒲上。」應劭曰：「以青規地曰青蒲。」〔魏本引孫汝聽曰〕分涇，分别涇、渭以明清濁也。〔顧嗣立注〕詩谷風：「涇以渭濁，湜湜其沚。」

〔五四〕〔方世舉注〕漢書終軍傳：「無横草之功，得列宿衞。」師古曰：「言行草中，使草偃卧，故云横草也。」

〔五五〕〔考異〕諸本「莛」从艸。祝本、魏本作「莛」。廖本、王本作「筳」。〔魏懷忠注〕瑱，小也。撞莛，見卷一醉留東野注。

〔五六〕見卷三赴江陵途中寄贈三學士注。〔補釋〕莛、庭同紐連用。

〔五七〕〔考異〕「官」，或作「宫」。〔方世舉注〕釋名：「獄謂之囹圄。囹，領也。圄，御也。領録囚徒禁御之也。」

〔五八〕〔方世舉注〕北史蠻獠傳：「獠者南蠻之别種，自漢中達于邛笮，川洞之間，所在皆有。」蟲，見卷三赴江陵途中寄贈三學士注。

〔五九〕〔魏本引孫汝聽曰〕楚辭：「使湘靈鼓瑟兮，令海若舞馮夷。」湘靈，湘水之神。〔補釋〕囹、靈同紐連用。

〔六〇〕〔顧嗣立注〕選袁宏三國名臣贊：「思同蓍蔡，運用無方。」史記龜策傳：「蓍千歲則一本百莖，下有神龜守之，上有青雲覆之。」家語：「臧氏家有守龜焉，名曰蔡。」〔王元啓曰〕即寄三學士詩所謂「低顔奉君侯」者是也。〔方成珪箋正〕此言大吏尊嚴。

〔六一〕〔魏本引孫汝聽曰〕沸，言其多也。〔方世舉注〕爾雅釋蟲：「食苗心曰螟。」廣雅釋蟲：「螽，蝗也。」

〔六二〕〔沈欽韓注〕蜀志秦宓傳：「宓以簿擊頰。」注：「簿，手版也。」縣令詣刺史，當手版致敬。點綴其字，蓋備應對之詞，所謂笏記也。

〔六三〕〔蔣抱玄注〕詩：「巧趨蹌兮。」〔魏本引韓醇曰〕東漢周紆傳：「又問鈴下。」注：「漢官儀曰：鈴下待閤辟車，此皆以名自定者也。」〔祝充注〕羊祜出鎮南夏，鈴閤之下，侍衛不過十數人。〔補釋〕見晉書羊祜傳。

〔六四〕〔汪琬曰〕又插山水異境。

〔六五〕祝本、廖本、王本作「雕」。魏本作「雜」。〔李詳證選〕孫綽游天台山賦：「彤雲斐亹以翼櫺。」按：顔延年侍宴曲阿後湖詩：「雕雲麗璇蓋。」善注引天台山賦作「雕雲」。彤與雕同。

〔六六〕〔魏本引唐庚曰〕古本揚子法言云：「瓏璁其聲者，其質玉乎？」〔顧嗣立注〕漢揚雄傳甘泉賦：「和氏瓏玲。」孟康曰：「其聲玲瓏也。」詳孟生詩注。〔查慎行曰〕瓏玲字倒用，柳州記中亦然。

〔六七〕〔方世舉注〕班固西都賦：「若摛錦與布繡，燭燿乎其陂。」南史顔延之傳：「君詩若鋪錦列繡。」

〔六八〕〔魏本引孫汝聽曰〕言四面峯巒，如列長屏。

〔六九〕〔舉正〕「死」，荆公作「怨」。〔祝充注〕狖，似猿。

〔七〇〕魏本、廖本、王本作「魂」。祝本作「魄」。

〔七一〕〔考異〕「乳」，或作「孔」。〔補釋〕廣雅：「毛，草也。」

〔七二〕〔魏本引樊汝霖曰〕二十一年正月，順宗即位。二月大赦，公自陽山量移江陵法曹。見卷三八月十五夜贈張功曹注。

〔七三〕〔補釋〕白虎通義：「日歷得其分度，則蓂莢生於階間。蓂莢，樹名也。月一日生一莢，十五日畢。至十六日去莢，故莢階生似日月也。」東京賦薛綜注：「蓂莢，瑞應之草，堯時夾階生之。」〔方世舉注〕公於貞元十九年癸未十二月貶陽山令，歷二十年、二十一年，元和元年丙戌六月，自江陵召拜國子博士還朝，凡閲三十月矣。

〔七四〕〔陳景雲曰〕揚雄劇秦美新云：「振鷺之聲充庭，鴻鸞之黨漸階。」又韓詩振鷺篇：「于彼西雍。」薛君章句曰：「鷺，潔白之鳥。西雍，文王之雍。言文王之辟雍，學士皆潔白之人。」則「漸階」句語本揚子，而義取韓詩，蓋與下句並切太學言之也。

〔七五〕〔方世舉注〕詩小宛：「螟蛉有子，蜾蠃負之。」陸璣詩疏：「螟蛉，桑上小青蟲也。蜾蠃，土蜂也，似蜂而小腰，取桑蟲負之於木空中，七日而化爲其子。」法言：「螟蠕之子，殪而逢蜾蠃，祝之曰：類我類我，久則肖之矣。速哉，七十子之肖仲尼也。」

〔七六〕見卷三赴江陵途中寄贈三學士注。

〔七七〕〔魏本引孫汝聽曰〕詩：「瓶之罄兮，維罍之恥。」瓶小而盡，罍大而盈。罍恥者，刺不能使富分貧、衆卹寡也。〔王元啓曰〕罍滿，公自謂。罄缾，指張。〔方成珪箋正〕公詩意以國子生爲嘉賓，而自謙言如鹿鳴之禮賢。罍恥句謂己不能有以益之。皆承上「入學誨螟蛉」句而言。

〔七八〕〔魏本引祝充曰〕冏冏，窗牖開明貌。選江淹詩：「冏冏秋月明。」〔魏本引韓醇曰〕論語曰：「何器也？曰：瑚璉也。」〔魏本引孫汝聽曰〕瑚璉，宗廟之器，以喻徹。〔顧嗣立注引劉石齡曰〕禮：「夏后氏之四璉，殷之六瑚。」

〔七九〕〔魏本引孫汝聽曰〕詩：「鶺鴒在原，兄弟急難。」爾雅：「鶺鴒雝渠。」郭注：「雀屬也，飛則鳴，行則搖。」〔魏本引樊汝霖曰〕鶺鴒以況兄弟，張徹弟復亦舉進士，故云。〔補釋〕徹中進士在元和四年，元年或舉而未第。又徹爲張籍之從弟，見張司業集，此時籍亦在京師。

〔八〇〕〔方世舉注〕司馬相如上林賦：「揵鬐掉尾。」郭璞曰：「鰭，背上鬣也。」〔魏本引孫汝聽曰〕欲脱背，言將化爲龍也。

〔八一〕〔舉正〕唐本、洪、謝校作「虬光先照硎」。杭、蜀本皆作「虬精光照硎」。北齊楊愔尚幼，其從兄昱曰：此兒駒齒未落，已是我家龍。文義同此。廖本、王本作「光先」。祝本、魏本作「精光」，注引洪興祖曰：「精光」，本作「精先」。〔祝充注〕虬，無角龍也。硎，砥石也。莊子：「刀刃若新發于硎。」〔補釋〕虬光當指劍光言，方與照硎字相關。

〔八二〕〔方世舉注〕詩東門之池：「彼美淑姬，可與晤語。」

【集説】

蔣之翹曰：退之答張徹詩，綦組特工，雅縟非靡靡者比也。使運思更加精鑿，是可與潘、陸彷彿矣。

何焯義門讀書記曰：以強韻爲工。

查慎行曰：此詩與縣齋有懷同是俳體，而屬對更新奇。

顧嗣立曰：此詩通首用對句，而以生峭之筆行之，便與律詩大别。少陵橋陵詩便是此種。

方世舉曰：公敍事長篇如此日足可惜、縣齋有懷、赴江陵途中寄三學士及此篇，所敍之事，大約相同，而筆法變化。此與縣齋有懷皆用對句，尤遒勁。

唐宋詩醇曰：排律用拗體，亦是變格。調古而詞豔，不徒敍致之工。

黄鉞曰：此篇整齊嚴律，如紀律之師，望之如火如荼。

城南聯句與此篇體正相似，彼更加遒鍊耳。

會合聯句〔一〕

離别言無期，會合意彌重籍〔二〕。病添兒女戀，老喪丈夫勇愈。劍心知未死〔三〕，

詩思猶孤聳|郊〔四〕。愁去劇箭飛〔五〕，讙來若泉涌|徹〔六〕。析言多新貫〔七〕，攄抱無昔壅|籍〔八〕。念難須勤追，悔易勿輕踵|愈〔九〕。吟巴山犖嵒〔一〇〕，説楚波堆壟|郊〔一一〕。馬辭虎豹怒，舟出蛟鼉恐|徹〔一二〕。狂鯨時孤軒〔一三〕，幽狖雜百種|愈〔一四〕。瘴衣常腥膩，蠻器多疎冗|籍〔一五〕。剥苔弔斑林〔一六〕，角飯餌沈冢|愈〔一七〕。忽爾銜遠命〔一八〕，歸歟舞新寵|郊〔一九〕。鬼窟脱幽妖〔二〇〕，天居覲清栱|愈〔二一〕。京游步方振，謫夢意猶恟|籍〔二二〕。詩書誇舊知，酒食接新奉|愈〔二三〕。嘉言寫清越〔二四〕，痛病失肬腫|郊〔二五〕。夏陰偶高庇，宵魄接虚擁|愈〔二六〕。雪絃寂寂聽〔二七〕，茗盌纖纖捧|郊〔二八〕。馳輝燭浮螢〔二九〕，幽響泄潛蛩|愈〔三〇〕。詩老獨何心〔三一〕？江疾有餘瘇|郊〔三二〕。我家本瀍穀〔三三〕，有地介皋鞏〔三四〕。休跡憶沈冥〔三五〕，峨冠慙闒冗|愈〔三六〕。升朝高轡逸，振物羣聽悚〔三七〕。徒言濯幽泌〔三八〕，誰與薙荒茸|籍〔三九〕？朝紳鬱青緑〔四〇〕，馬飾曜珪珙〔四一〕。國讎未銷鑠〔四二〕，我志蕩邛隴|郊〔四三〕。君才誠倜儻〔四四〕，時論方洶溶〔四五〕。格言多彪蔚〔四六〕，懸解無梏拲〔四七〕。張生得淵源〔四八〕，寒色拔山冢〔四九〕。堅如撞羣金〔五〇〕，眇若抽獨蛹|愈〔五一〕。伊余何所擬？跛鼈詎能踊〔五二〕。塊然墮岳石〔五三〕，飄爾胥巢氄|郊〔五四〕。龍旆垂天衛〔五五〕，雲韶凝禁甬〔五六〕，君胡眠安然〔五七〕？朝鼓聲洶洶|愈〔五八〕。

〔一〕〔魏本引樊汝霖曰〕公召爲國子博士，與張籍、張徹、孟郊會京師，而有此詩。故郊有「京游步方振，謫夢意猶恟」等語，徹有「馬辭虎豹怒，舟出蛟鼉恐」之句，皆敍公南還意。而公詩則云「念難須勤追，悔易勿輕踵」，其義一也。〔魏本引韓醇曰〕黄魯直嘗云：退之會合聯句，四君子皆佳士，意氣相入，雜之成文。世之文章之士少聯句，蓋筆力不能相追，或成四公子綦耳。

〔二〕〔蔣抱玄曰〕曹植詩：「會合何時諧？」

〔三〕〔舉正〕三本同作「死」。〔考異〕死，或作謝。祝本、魏本作「謝」。廖本、王本作「死」。〔魏本引孫汝聽曰〕劍心，猛氣也。〔方世舉注〕孟郊詩有云：「壯士心是劍，爲君射斗牛。」與此同意。〔朱彝尊曰〕奇句。

〔四〕〔陳延傑注〕西征賦：「怪石孤聳。」

〔五〕〔魏本引孫汝聽曰〕劚，甚也。〔陳延傑注〕鮑照銘：「驚勢箭飛。」

〔六〕〔方世舉注〕劉孝儀詩：「談空匹泉涌。」〔陳延傑注〕陸雲賦：「雄聲泉涌。」

〔七〕〔舉正〕蜀本作「析」。〔考異〕「析」，或作「折」。〔方世舉注〕記王制：「析言破律。」此句蓋斷章取義，謂諸人各言其意，如分析而言耳。貫，事也。從論語「仍舊貫」化出。

〔八〕祝本「昔」作「音」，誤。〔顧嗣立注〕廣雅：「攄，舒也。」文選西都賦：「攄懷舊之蓄念。」〔陳延傑注〕以上敍會合之狀。

〔九〕〔朱彝尊曰〕道肝膽懇至。

〔一〇〕〔舉正〕蜀本作「嶨」，音學，山多大石也。〔考異〕「嶨」或作「嵤」。廖本、王本作「嶨」。祝本、魏本作「嵤」。〔祝本注〕一作「卓犖」。〔魏本注〕一作「卓嶨」。

〔一一〕〔方世舉注〕廣韻：「堆，聚土。壟，丘壠也。」按：楚波堆壟，猶云「屹起高峨岷」也。〔補釋〕以堆壟狀波，本於郭璞江賦「乍浥乍堆」、木華海賦「碨磊山壟」二語。

〔一二〕〔魏本引孫汝聽曰〕辭、出，皆言得脱也。

〔一三〕〔魏本引孫汝聽曰〕軒，起也。

〔一四〕狖，見答張徹注。

〔一五〕〔方世舉注〕記月令：「其器疏以達。」〔補釋〕説文：「穴，散也。」〔程學恂曰〕文昌句較本集似少變，然細味卻是一路，猶之本集祭韓吏部長篇，亦變體也。

〔一六〕祝本、魏本作「班」。廖本、王本作「斑」。〔魏泰臨漢隱居詩話〕竹有黑點，謂之斑竹，非也。湘中斑竹，方生時，每點上苔錢，封之甚固，土人斫竹浸水中，用草穰洗出苔錢，則紫暈斕斑可愛，此真斑竹也。韓愈曰「剥苔弔斑林」是也。〔胡仔曰〕斑竹惟清湘有之，鮮紫倒暈如血色，天生如此，即未嘗每點上有苔錢封之。余往來清湘屢矣，嘗親採此斑竹以爲拄杖，但向陽一面斑點多，極難得通轉斑點者。若廣右藤、梧之間，別有一種斑竹，極大，而斑色紫黑不甚佳，間有苔蘚封之，非盡有也。餘見卷一遠游聯句注。

〔一七〕〔魏本引孫汝聽曰〕角飯，角黍也。續齊諧記曰：「屈原五月五日投汨羅而死，楚人哀之，至此日以竹筒貯米投水祭之。」屈原沈于江中，故云沈塚。〔顧嗣立注〕風土記：「仲夏端五，以菰葉裹黏米爲角黍。」〔朱彝尊曰〕説景物工麗，造出「沈塚」二字奇。〔陳延傑注〕以上敍韓愈謫陽山征路苦況。

〔一八〕〔舉正〕閣本「爾」作「示」。〔考異〕「爾」，或作「示」，非是。〔蔣抱玄注〕左傳：「銜天子之命以監臨諸侯。」

〔一九〕〔舉正〕閣本「歟」作「還」。〔陳延傑注〕論語：「歸歟歸歟！」岑參詩：「舞袖垂新寵。」

〔二〇〕〔陳延傑注〕鬼窟，謂陽山也。

〔二一〕〔考異〕「栱」，或作「拱」。祝本、魏本作「拱」。廖本、王本作「栱」。〔方世舉注〕蔡邕述行賦：「皇家赫赫而天居。」〔陳延傑注〕清栱，殿拱也。〔補釋〕爾雅：「樴大者謂之栱。」

〔二二〕〔魏本引祝充曰〕恟，説文云：「恐也。」

〔二三〕〔魏本引孫汝聽曰〕新奉，謂初奉其酒食也。〔蔣抱玄注〕論語：「有酒食，先生饌，弟子服其勞。」是時公召入爲國子博士，故云云。

〔二四〕〔蔣抱玄注〕書：「嘉言孔彰。」〔魏本引孫汝聽曰〕禮記：「君子比德於玉，叩之，其聲清越以長。」蓋以嘉言比玉也。

〔二五〕〔方世舉注〕釋名：「肒，丘也，出皮上聚，高如地之有丘也。」「腫，鍾也，寒熱氣所鍾聚也。」

〔二六〕〔舉正〕蜀本作「魄」。〔考異〕「魄」，方作「魂」。今按：宵魄謂月，方本非是。祝本、魏本作「魂」。廖本、王本作「魄」。〔補釋〕書：「惟三月哉生魄。」陸德明釋文：「馬云：魄，朏也，謂月三日始生兆朏，名曰魄。」〔方世舉注〕虛擁，猶陸機詩所云「照之有餘輝，攬之不盈手」也。

〔二七〕〔魏本注〕「雪」，一作「雲」。〔王元啓曰〕雪紘，猶冰紘。〔陳延傑注〕抱朴子：「白雪之紘，非靈素不能徽也。」

〔二八〕〔方世舉注〕詩國風：「纖纖女手。」

〔二九〕〔陳延傑注〕謝朓詩：「馳暉不可接。」〔補釋〕此借以指螢。

〔三〇〕〔方世舉注〕江淹詩：「石室有幽響。」爾雅釋蟲：「蟋蟀，蛬。」

〔三一〕〔魏本引孫汝聽曰〕詩老，謂公也。〔方世舉注〕郊詩中屢用詩老字，如「惟應待詩老，日夕殷勤開」，又「詩老強相呼」是也。

〔三二〕〔祝充注〕尰，水尰。詩：「既微且尰。」〔方成珪箋正〕說文疒部：「脛氣足腫。本作瘇，从疒，童聲。籀文从尣。」按：小徐繫傳云：「濕地則生此疾。」此詩所謂江疾也。〔朱彝尊曰〕既云「失肬尰」，又云「有餘尰」，同出東野，胡乃爾？〔陳延傑注〕以上敍京游之樂宴。

〔三三〕〔方世舉注〕書禹貢：「導洛自熊耳，東北會于澗瀍。」水經：「瀍水出河南穀城縣北山，東入於洛。穀水出弘農黽池縣南穀陽谷，東南入於洛。」

〔三四〕〔補釋〕左傳：「介居二大國之間。」杜預注：「介，猶間也。」穀梁傳陸德明釋文：「介，音界，近也。」〔方世舉注〕史記秦本紀：「莊襄王元年，韓獻成皋、鞏。」正義曰：「括地志云：『洛州汜水縣，古之虢國，亦鄭之制邑。又名虎牢，漢之成皋。』鞏，今洛州鞏縣。」

〔三五〕〔魏本引韓醇曰〕揚子：「蜀莊沈冥。」〔補釋〕法言李軌注：「沈冥，猶玄寂，泯然無迹之貌。」

〔三六〕〔舉正〕唐本、蜀本皆注「愈」字。洪、樊本亦校從上。〔魏本引洪興祖曰〕此四句下今本注曰「郊」，唐本注曰「愈」。按：退之家在洛陽，則唐本爲是。〔魏本引樊汝霖曰〕公贈崔立之詩云：「舊籍在東都。」誌女挐墓云：「歸骨河陽韓氏墓。」則公河南人。故云「我家本瀍穀，有地介皋鞏」。今諸本作郊句，非是。祝本作「闒嗕」。魏本作「闒⿱穴辱」。廖本作「闒⿵冂辱」。王本、朱本作「闒⿰日辱」。」〔祝本注〕「闒」，或作「溻」。「嗕」，或作「傉」。〔魏本注〕「闒」，或作「傝」。「⿱穴辱」，或作「⿵冂辱」。〔魏本引祝充曰〕闒⿱穴辱，不肖也，劣也。楚辭：「雜斑駁與闒茸。」前漢司馬遷云：「在闒茸之中。」皆以⿱穴辱爲茸。按集韻：「茸，通作⿱穴辱。」〔王元啓曰〕下有「荒茸」字，則此又不宜複出，似應别書作「嗕」。漢書司馬遷傳注曰：「闒，下也。茸，細毛也。」近人章炳麟新方言曰：「闒爲小户，茸爲小草，故並舉以狀微賤也。」公以避複韻，故改從⿵冂辱，諸本之作嗕、⿱穴辱、⿵冂辱、⿰日辱、傉、⿵冂辱者，皆⿵冂辱形之訛耳。據宋本廣韻、元泰定本廣韻二腫云：「⿵冂辱，不肖也。一曰傝⿵冂辱，劣也。或作搨茸。又作⿺毛僉⿺毛甚。」則字書非不載也。

〔三七〕〔舉正〕別本一作「竦」。嵇康琴賦：「竦衆聽而駭神。」

〔三八〕〔祝本魏本廖本注〕「徒」，一作「待」。〔魏本引孫汝聽曰〕詩：「泌之洋洋，可以樂飢。」注：「泌，泉水也。」

〔三九〕〔舉正〕閣本「荒」作「芒」。此乃漢敍傳所謂「夷險芟荒」是也。「芒」字非。〔王懋竑曰〕廣韻有冗無茸。〔方世舉注〕記月令：「燒薙行水。」周禮秋官：「薙氏掌殺草。」説文：「茸，草茸茸貌。」〔陳延傑注〕詩意言愈當升朝振物，不宜高蹈也。

〔四〇〕〔魏本引孫汝聽曰〕紳，綬也。青緑謂青綬緑綬。〔方世舉注〕新唐書車服志：深緑爲六品之服，淺緑爲七品之服，深青爲八品之服，淺青爲九品之服。又職事官服緑青碧。公時爲國子博士，正五品，而猶服青緑，不可解。意者上可兼下，下不可兼上也。

〔四一〕〔方世舉注〕西京雜記：「武帝時身毒國獻連環羈，皆以白玉作之，瑪瑙石爲勒。自是長安始盛飾鞍馬，或一馬之飾直百金。」按：新唐書車服志：五品以上有珂傘。珂即馬飾也。時公始得有珂，故東野詩美之。説文：「古文圭从玉。珙，玉也。」

〔四二〕〔補釋〕枚乘七發：「雖有金石之堅，猶將銷鑠而挺解也。」

〔四三〕〔魏本引孫汝聽曰〕時劉闢亂蜀，王師出征，故云「蕩邛、隴」也。〔陳延傑注〕輿地廣記：「邛，唐劍南道。隴，唐關内道。」

〔四四〕〔方世舉注〕廣雅釋訓：「倜儻，卓異也。」

〔四五〕〔考異〕「洶」，或作「汹」，音凶。〔祝充注〕魏王粲浮淮賦：「滂沛洶溶。」後同。〔陳延傑注〕文心雕龍：「彪蔚以文其響。」

〔四六〕〔方世舉注〕説文：「彪，虎文。」易革卦：「君子豹變，其文蔚也。」

〔四七〕〔魏本引孫汝聽曰〕莊子：「古者謂是帝之懸解。」〔魏本引韓醇曰〕周禮：「上罪梏拲而桎。」注：「拲者，兩手共一木。桎梏者，兩手各一木。」又云：「在手曰梏，在足曰桎。」

〔四八〕〔朱彝尊曰〕張生應指文昌，何又獨遺給事中？〔方世舉注〕漢書董仲舒傳贊：「考其師友淵源所漸。」

〔四九〕〔方世舉注〕詩十月之交：「山冢崒崩。」釋名：「山頂曰冢。冢，腫也，言腫起也。」

〔五〇〕〔魏本引孫汝聽曰〕犨金，犨鍾也。

〔五一〕〔顧嗣立注〕説文：「蛹，繭蟲也，蠶化爲蛹，蛹化爲蛾。」〔方世舉注〕列子湯問篇：「詹何以獨繭絲爲綸。」

〔五二〕〔魏本引韓醇曰〕荀子：「蹞步不休，跛鼈千里。」踊，躍也。〔方世舉注〕莊忌哀時命：「駟跛鼈而上山兮，吾固知其不能陞。」〔補釋〕蛹踊同紐連用。

〔五三〕〔補釋〕列子黄帝篇：「壺子曰：向吾示之以地文。」張湛注：「向秀曰：塊然若土也。」

〔五四〕〔魏本引韓醇曰〕罥，網也。氄，鳥獸細毛也。書：「鳥獸氄毛。」〔陳延傑注〕此郊自嘆其無用也。〔補釋〕此聯用意本於莊子天下篇「不師知慮，不知前後，塊然而已矣。推而後行，曳而後往，若飄風之還，若羽之旋，若磨石之隧」。

〔五五〕〔補釋〕周禮：「交龍爲旂。」爾雅：「繼旐曰旆。」文選沈約鍾山詩李善注：「旆，旌旗之垂者。」　〔魏本引孫汝聽曰〕天衛，羽衛也。

〔五六〕〔方世舉注〕廣雅釋樂：「雲門籥韶。」周禮考工記梟氏：「爲鐘。舞上謂之甬。長甬則震。」廣韻：「甬，鐘柄也。」

〔五七〕〔舉正〕三本同作「胡」。　〔考異〕「胡」，或作「乎」，非是。　祝本、魏本作「乎」。　廖本、王本作「胡」。

〔五八〕〔方世舉注〕梁元帝詩：「金門練朝鼓。」揚雄羽獵賦：「洶洶旭旭。」善曰：「鼓動之聲也。」　〔陳延傑注〕以上各言爾志。

【集説】

洪邁容齋四筆曰：韓、孟、籍、徹會合聯句三十四韻，除「塚」、「蛹」二字，韻略不收，其餘皆不出二腫中。雄奇激越，如大川洪河，不見涯涘，非瑣瑣潢汙行潦之水所可同語也。其間或有纇句，然衆手立成，理如是也。

方世舉曰：「塚」、「蛹」二字，唐韻所收，此詩未嘗出韻，洪亦失考。此詩四人所作，二張固韓門弟子，鮮有敗句，亦奇觀也。

朱彝尊曰：此仍是各一聯或數聯，下語多新，句句醒眼，道昔離今合，昔謫今還，意宏肆，詞奇峭，雖略嫌生硬，然聯句正以此角采，正是合作。

納涼聯句〔一〕

遞嘯取遙風〔二〕，微微近秋朔郊〔三〕。金柔氣尚低〔四〕，火老候愈濁愈〔五〕。熙熙炎光流〔六〕，竦竦高雲擢郊〔七〕。閃紅驚蚴虬〔八〕，凝赤聳山岳愈〔九〕。目林恐焚燒〔一〇〕，耳井憶瀺灂〔一一〕。仰懼失交泰〔一二〕，非時結冰雹。化鄧渴且多，奔河誠已慤〔一三〕。暍道者誰子〔一四〕？叩商者何樂〔一五〕？洗矣得滂沱〔一六〕，感然鳴鸑鷟〔一七〕。嘉願苟未從〔一八〕，前心空緬邈〔一九〕。清砌千迴坐，冷環再三握。煩懷卻星星〔二〇〕，高意還卓卓郊〔二一〕。龍沈劇煮鱗〔二二〕，牛喘甚焚角〔二三〕。蟬煩鳴轉喝〔二四〕，烏噪飢不啄。晝蠅食案餘，宵蚋肌血渥〔二五〕。單絺厭已褫〔二六〕，長箑倦還捉〔二七〕。幸兹得佳朋，於此蔭華桷〔二八〕。青熒文簟施〔二九〕，淡澉甘瓜濯〔三〇〕。大壁曠凝浄〔三一〕，古畫奇駮犖〔三二〕。凄如狃寒門〔三三〕，皓若攢玉璞〔三四〕。掃寛延鮮飇〔三五〕，汲冷漬香穛〔三六〕。篚實摘林珍〔三七〕，盤肴饋禽鷇〔三八〕。空堂喜淹留，貧饌羞齷齪愈〔三九〕。殷勤相勸勉〔四〇〕，左右加礱斲〔四一〕。賈勇發霜硎〔四二〕，爭前曜冰槊〔四三〕。微然草根響〔四四〕，先被詩情覺〔四五〕。感衰悲舊改〔四六〕，工異逞新皃〔四七〕。誰言擯朋老〔四八〕？猶自將心學。危簷不敢憑，朽机懼傾撲〔四九〕。青雲路難近，黄鶴足仍鋜〔五〇〕。未能飲淵泉〔五一〕，立滯叫芳葯郊〔五二〕。與子昔暌離，嗟余苦屯剥〔五三〕。直道敗邪徑〔五四〕，拙謀傷巧諑〔五五〕。炎湖度氛氲〔五六〕，熱石行犖硞〔五七〕。痟飢夏尤甚〔五八〕，瘧渴秋更數〔五九〕。君顔不可覿，君手無由搦〔六〇〕。今來沐新恩，庶見返鴻朴〔六一〕。儒庠恣游息〔六二〕，聖籍飽商搉。危行無低回〔六三〕，正言免咿喔〔六四〕。車馬獲同驅，酒醪欣共敕〔六五〕。惟憂棄菅蒯〔六六〕，敢望侍帷幄〔六七〕。此志且何如？希君爲追琢愈〔六八〕。

〔一〕〔魏本引韓醇曰〕此篇叙久謫新召還爲學官，本末甚詳。〔方成珪昌黎先生詩文年譜〕是年閏六月作。「儒庠恣游息，聖籍飽商搉」，則官國博之明證也。

〔二〕〔廖瑩中注〕魏劉楨大暑賦：「披襟領而長嘯，冀微風之來思。」〔朱彝尊曰〕欲説熱卻從嘯取風起，固自奇。

〔三〕〔魏本引孫汝聽曰〕秋朔，七月旦。〔方世舉注〕蔣之翹云：「按此句意，聯句當在季夏。孫汝聽云：在七月則秋朔已過，不必微微近矣。」按：蔣之辯當矣，但公六月離江陵赴京，安得即與孟郊聯句，恐蔣無以辯也。考舊唐書憲宗紀，元年蓋閏六月，則此疑盡釋矣。〔補釋〕孫汝聽但釋「秋朔」爲七月旦，并未云聯句作於七月也。蔣駁失當。

〔四〕祝本、魏本、廖本作「尚」。王本作「相」。〔魏本引孫汝聽曰〕秋屬金，初秋，故金尚柔。〔方世舉注〕記月令：「某日立秋，盛德在金。」史記天官書：「察日行以處位太白，其庫近日曰柔，高遠日曰剛。」正義曰：「天官占云：太白者，西方金之精。」

〔五〕〔魏本引孫汝聽曰〕夏屬火。季夏，故火已老。〔方世舉注〕左傳：「譬如火焉。火中，寒暑乃退。」淮南墬形訓：「火老金生。」

〔六〕〔補釋〕爾雅：「熙，光也。」說文：「炎，火光上也。」

〔七〕諸本原注「愈」字。〔王元啓曰〕「竦竦高雲擢」下復注一「愈」字，當改作「郊」。「凝赤聳山嶽」下當添一「愈」字。〔補釋〕王改是也。如此則全詩四十二韻，孟一韻，韓一韻；孟又一韻，韓又一韻；孟八韻，韓十一韻；孟又八韻，韓又十一韻。甚爲勻稱。不特濁、擢二韻下之「愈」字免複也。茲據改。竦竦，見答張徹注。〔魏本引孫汝聽曰〕高雲，火雲也。〔方世舉注〕廣韻：「擢，拔也，抽也，出也。」

〔八〕〔考異〕「虬」，或作「虯」。〔魏本引孫汝聽曰〕閃紅，電光也。電光之閃，有若蚴虬。〔顧嗣立注〕楚辭惜誓篇：「蒼龍蚴虬于左驂。」

〔九〕〔補釋〕據王元啓說，增「愈」字。此句謂赤雲凝聚如聳山岳。此聯蓋分頂前一聯而來。

〔一〇〕〔魏本引孫汝聽曰〕目林，謂目望林木，恐其爲日所焚燒也。

〔一一〕〔魏本引孫汝聽曰〕耳井，聽井也。〔方世舉注〕公送陳秀才序，亦有「目其貌，耳其言」之句。上林賦：「臨坻注壑，瀺灂霣墜。」索隱曰：「説文：瀺灂，水之小聲也。」〔朱彝尊曰〕目林耳井，奇。形容熱處，有景有節奏。

〔一二〕〔魏本引孫汝聽曰〕易：「天地交泰。」失交泰，謂陰陽之失度也。

〔一三〕〔魏本引韓醇曰〕列子：「夸父逐日影于隅谷之際，渴欲得飲，赴飲河、渭，河、渭不足，將北走飲大澤，未至，道渴而死。棄其杖，尸膏血所浸，化爲鄧林。」〔顧嗣立注〕禮記禮器：「不然則已慤。」

〔一四〕〔祝充注〕暍，字林：「傷暑也。」〔顧嗣立注〕莊子則陽篇：「暍者反冬乎冷風。」帝王世紀：「武王自孟津還，及于周，見暍人，王自左擁而右扇之。」杜子美詩：「思霑道暍黄梅雨。」

〔一五〕〔方世舉注〕列子湯問篇：「鄭師文從師襄游，襄曰：子之琴何如？師文曰：請嘗試之。於是當春而叩商絃，以召南吕，涼風忽至，草木成實。」

〔一六〕〔舉正〕杭、蜀同作「洗」。古「洗」與「洒」通。史記：「觀范睢之見者，羣臣莫不洒然變色易容。」徐廣：「洒，先典切。」選夏侯常侍誄：「洗然變色。」實用史記語也。少陵詩有「洗然遇知己」。洗矣，猶洗然也。〔考異〕「洗」，或作「浩」。祝本、魏本作「浩」。廖本、王本作「洗」。〔顧嗣立注〕詩：「月離于畢，俾滂沱矣。」

〔一七〕〔魏本引孫汝聽曰〕言若得滂沱之雨，則瑞應當至，鸑鷟應鳴也。鸑鷟，鳳屬。國語：「周之興也，鸑鷟鳴于岐山。」〔方世舉注〕孫注雖語焉不詳，然亦暗合。據韓詩外傳：「天老對黃帝曰：鳳皇舉動八風，氣應時雨。」則感滂沱而鳴，其說實有所本。〔王元啓曰〕此與滂沱句俱承叩商言之，作虛擬之辭。

〔一八〕〔舉正〕閣本、蜀本皆作「喜願」。公後詩有「嘉願選中州」，此或字訛也。〔考異〕「嘉」，方作「佳」，祝本、魏本作「佳」。廖本、王本作「嘉」。

〔一九〕〔廖瑩中注〕潘岳寡婦賦曰：「緬邈兮長乖。」

〔二〇〕〔舉正〕蜀本作「醒醒」。劉夢得詩：「自羞不是高陽侶，一夜星星騎馬回。」唐人星醒通用。〔方成珪箋正〕「星星」，今劉集作「惺惺」。〔補釋〕「星星」，疑作「惺惺」爲長。二字可通用。劉禹錫詩「一夜星星騎馬回」，蘇軾詩正作「不肯惺惺騎馬回」。此謂煩懷因坐砌握環而得惺惺，詩意乃足。惺惺字，唐宋釋儒皆常用。

〔二一〕〔蔣抱玄注〕文心雕龍：「孔氏卓卓，信含異氣。」

〔二二〕〔考異〕「劇」，方作「極」。〔魏本引洪興祖曰〕用左氏醢龍事。

〔二三〕〔顧嗣立注〕世說：「滿奮曰：臣猶吴牛，見月而喘。」史記田單傳：「收城中得千餘牛，束兵刃于其角，而灌脂束葦于尾，燒其端。牛尾熱，怒而奔燕軍，所觸盡死。」

〔二四〕〔祝充注〕陳張正見秋蟬喝柳詩：「長楊流喝盡。」〔顧嗣立注〕選子虛賦：「聲流喝。」郭璞曰：「言悲嘶也。」

〔二五〕祝本作「蜹」。魏本、廖本、王本作「蚋」。〔補釋〕說文：「秦、晉謂之蜹，楚謂之蚊，从虫，芮聲。」

〔二六〕〔魏本引孫汝聽曰〕詩：「絺兮綌兮，凄其以風。」絺，葛也，精曰絺，粗曰葛。褫，撤衣也。易「或錫之鞶帶，終朝三褫之」是也。

〔二七〕〔考異〕「箑」，或作「篁」。〔方成珪箋正〕箑，方言作篁。廣韻：「箑與篁同。」〔補釋〕方言：「扇自關而東謂之箑。」廣雅：「捉，持也。」晉書樂志：「王珉好捉白團扇。」

〔二八〕〔方世舉注〕左傳：「秋丹桓公之楹，春刻其桷。」〔補釋〕説文：「桷，榱也，椽方曰桷。」

〔二九〕〔舉正〕蜀本作「青」。〔考異〕「青」，或作「清」。祝本、魏本作「清」。廖本、王本作「青」。班固西都賦：「琳珉青熒。」〔補釋〕藝文類聚：「東宫舊事曰：太子納妃，有鳥韜赤花雙文簟。」

〔三〇〕〔魏本引韓醇曰〕選：「淡瀲手足。」注：「澹瀲，猶洗滌也。」〔補釋〕枚乘七發句。〔顧嗣立注〕魏文帝與吴質書：「浮甘瓜于清泉。」

〔三一〕〔舉正〕蜀本用「壁」。李、謝校同。以曠言之，「壁」爲是。〔考異〕「壁」，或作「璧」。〔魏本引孫汝聽曰〕大壁，華屋中大壁也。

〔三二〕〔舉正〕「畫」，唐本作「書」。〔方世舉注〕司馬相如上林賦：「赤瑕駁犖，雜函其間。」郭璞曰：「駮犖，采點也。」

〔三三〕〔舉正〕杭本作「溯」。蜀本作「珝」。溯，今馮字，徒涉曰溯。史記武紀：「所謂寒門者，谷口也。」顔曰：「今治谷去甘泉八十里，盛夏凜然。」此納涼詩也，「淛」字自當。甘泉賦：「登椽欒而羾天門。」羾字音貢，至也。諸校本多用此定。柳文「羾」亦作「珝」。又淮南子：「北方北極之山曰寒門。」故離騷：「逴絶垠乎寒門。」若以羾言，則寒門當用此義，然前義爲優。〔考異〕方後説是。蓋谷口既非絶境，未爲極寒之地，又不言有水，則徒涉字亦無理，當改作「羾」。祝本作「淛」。魏本、廖本、王本作「羾」。〔補釋〕「逴絶垠乎寒門」，乃遠游篇中句。

〔三四〕〔方世舉注〕此不過極言其寒，不必實指其處。〔黄鉞注〕淒如一聯，似狀壁畫雪景。翫「皓若攢玉璞」句，言積雪在山，如攢玉璞，令人淒然如至寒門之山也。〔王元啓曰〕羾寒門，承上文簟甘瓜言之。攢玉璞，承上大壁古畫言之。又上云駮犖，下云玉璞，壁畫蓋係雪景。〔補釋〕黄解爲勝。

〔三五〕〔魏本引孫汝聽曰〕掃寬閒之處以延清風也。〔補釋〕江淹雜體詩許徵君詢自敍：「曲濡激鮮飈。」謝朓夏始和劉潺陵：「洞幌鮮飈入。」王勃梓州郪縣兜率寺浮圖碑：「陰室中開，鮮飈自激。」皆謂涼風也。蓋鮮飈即西飈，猶尚書大傳「鮮方」之爲西方，漢書王莽傳「鮮海」之爲西海也。詩題納涼，故取西風爲義。

〔三六〕〔方世舉注〕宋玉招魂：「稻粱穱麥。」注：「穱，擇也，擇麥中先熟者。」

〔三七〕〔補釋〕漢書地理志注：「篚，竹器，筐屬也。」周禮：「而樹之果蓏珍異之物。」注：「珍異，蒲萄枇杷之屬。」

〔三八〕〔考異〕觳，或作「殼」。　〔舉正〕諸本多誤。　〔補釋〕一切經音義引字書：「觳，卵也，外堅也。」

〔三九〕〔補釋〕文選吴都賦劉逵注：「齷齪，好苛局小之貌。」

〔四〇〕〔方世舉注〕李陵答蘇武書：「不入耳之歡，來相勸勉。」

〔四一〕〔舉正〕校舊本作「加」。　〔考異〕「加」，或作「皆」。　祝本、魏本作「皆」。　廖本、王本作「加」。　〔魏本引孫汝聽曰〕礱斲，謂磨礲也。　即下言賈勇事。　〔方世舉注〕晉語：「斲其首而礱之。」　〔朱彝尊曰〕驅暑借礱斲字，甚新。　正緣下有霜硎冰槊字道出。

〔四二〕魏本、廖本、王本作「硎」。　祝本作「鉶」。　〔魏本引孫汝聽曰〕左氏：「齊高固入晉師，桀石以投人，曰：欲勇者賈余餘勇。」賈，買也。　發硎，見答張徹注。

〔四三〕〔魏本引孫汝聽曰〕風俗通云：「矛長丈八者謂之槊。」發霜硎，曜冰槊，皆以禦熱。　〔方世舉注〕霜硎冰槊，非有其事，特賦詩相敵耳。　冰霜字用於納涼詩中，亦有意。

〔四四〕〔顧嗣立注〕杜子美詩：「草根吟不穩。」

〔四五〕〔朱彝尊曰〕詩情覺妙。　不露風字，只説草根響，正遥應首句。

〔四六〕〔魏本引孫汝聽曰〕舊改，謂容顔改前也。

〔四七〕廖本作「皃」。　祝本、魏本、王本作「貌」。　〔補釋〕杜甫詩：「畫工如山貌不同。」廣韻：「皃，皃人類狀。」

〔四八〕〔魏本引孫汝聽曰〕擯朋，謂擯棄于朋友，而又加之以老也。

〔四九〕〔舉正〕「机」，一作「瓦」，李、謝皆出。〔顧嗣立注〕左傳昭公五年：「設机而不倚。」

〔五〇〕〔魏本引韓醇曰〕鋌，玉篇云：「鎖足也。」

〔五一〕〔魏本引孫汝聽曰〕淵泉，深泉。

〔五二〕〔祝充注〕本草：「白芷楚人謂葯。」楚辭：「辛夷楣兮葯房。」〔補釋〕李匡乂資暇集：「今園庭中藥欄，欄即藥，藥即欄，猶言圍援。漢宣帝詔曰：『池籞未御幸者，假與貧民。』蘇林注曰：『以竹繩連綿爲禁籞，使人不得往來爾。』」按：公詩言芳葯，猶言花欄，方與鋌足立滯意貫，祝注恐非。〔王元啓曰〕飲淵泉，叫芳葯，但指黄鶴言之。立滯字雖蒙鋌足取義，然其語太生，又與上句未能不對，未詳其説。

〔五三〕〔魏本引孫汝聽曰〕睽、離、屯、剥，四卦名。睽、離，離别；屯、剥，險難也。

〔五四〕〔魏本引韓醇曰〕論語：「直道而事人，焉往而不三黜？」〔魏本引孫汝聽曰〕漢書五行志：「邪徑敗良田，讒口亂善人」。

〔五五〕〔魏本引韓醇曰〕楚辭：「謡諑謂余以善淫。」注：「諑，猶譖也。」方言：「諑，愬也，楚以南謂之諑。」〔方世舉注〕孫萬壽詩：「粤余非巧宦，少小拙謀身。」〔補釋〕謂貞元十九年官監察御史時，因被讒而有陽山之謫。

〔五六〕〔魏本引孫汝聽曰〕氛氲，湖上熱氣也。

〔五七〕犖硞，見卷二山石注。〔祝充注〕硞，説文：「石聲也。」

〔五八〕〔祝充注〕痟，渴病也。前漢：「司馬相如病痟。」然亦有食痟。

〔五九〕〔魏本引孫汝聽曰〕周禮：「春時有痟首疾，秋有瘧寒疾。」〔補釋〕史記游俠傳索隱：「數，頻也。」此句謂永貞元年在湘病瘧事，見卷三譴瘧鬼注。

〔六〇〕〔王鳴盛蛾術編〕説苑：「襄城君衣翠衣，帶玉劍，履縞舄，立于遊水之上。楚大夫莊辛過而説之，遂拜謁曰：臣願把君之手其可乎？襄城君忿而不言。莊辛曰：君獨不聞鄂君子晳感于越人之歌乎？襄城君乃奉手而進之。」詩似用此。〔補釋〕文選答賓戲李善注：「韋昭曰：搦，摩也。」

〔六一〕〔補釋〕文選王延壽魯靈光殿賦：「鴻荒朴略。」張載注：「鴻，大也。朴，質也。」李善注：「法言曰：鴻荒之世，聖人惡之。『尚書璇璣鈐曰：『帝嚳以上朴略，有象難傳。』」

〔六二〕〔魏本引韓醇曰〕禮學記：「君子之於學也，藏焉修焉，息焉游焉。」

〔六三〕〔魏本引補注〕語曰：「邦有道，危言危行。」危行，謂直道而行也。〔廖瑩中注〕楚辭九歌：「心低徊兮顧懷。」

〔六四〕〔魏本引孫汝聽曰〕楚辭屈原卜居曰：「將喔咿嚅唲以事婦人乎？」注：「強笑噱也。」

〔六五〕〔方世舉注〕西京雜記：「枚乘柳賦：空衙鮮而敊醪。」説文：「敊，吮也。」

〔六六〕〔魏本引韓醇曰〕成公九年左氏傳曰：「雖有絲麻，無棄菅蒯。」〔魏本引孫汝聽曰〕菅蒯，公以自喻。

〔六七〕〔魏本引樊汝霖曰〕前漢馮奉世傳：「馮參以嚴見憚，終不得親近侍帷幄。」

〔六八〕〔祝充注〕追，治玉也。詩：「追琢其章。」

【集説】

朱彝尊曰：是苦熱行意。著力雕鎪，儘有精巧語，總驅運有餘。

程學恂曰：此詩自起句下，每人或廣至數韻，或十餘韻，隨興所至，無復拘限，皆見古人真處。

同宿聯句〔一〕

自從别君來，遠出遭巧譖愈〔二〕。斑斑落春淚，浩浩浮秋浸郊〔三〕。毛奇覩象犀〔四〕，羽怪見鵬鴆愈〔五〕。朝行多危棧〔六〕，夜卧饒驚枕郊〔七〕。生榮今分踰〔八〕，死棄昔情任愈〔九〕。鴟行參綺陌〔一〇〕，雞唱聞清禁郊〔一一〕。山晴指高標〔一二〕，槐密鶩長蔭愈〔一三〕。直辭一以薦，巧舌千皆舚郊〔一四〕。匡鼎惟説詩〔一五〕，桓譚不讀讖愈〔一六〕。逸韻何嘈嗷〔一七〕？高名俟沽賃郊〔一八〕。紛葩歡屢填〔一九〕，曠朗憂早滲愈〔二〇〕。爲君開酒腸，顛倒舞相飲郊。曦光霽曙物〔二一〕，景曜鑠宵祲愈〔二二〕。儒門雖大啓，姦首不敢闖。義泉雖至近，盜索不敢沁〔二三〕。清琴試一揮，白鶴叫相喑〔二四〕。欲知心同樂，雙繭抽作紝郊〔二五〕。

〔一〕〔魏本引韓醇曰〕此詩召爲國子博士後與東野同宿而作，故敍南遷召還始末甚詳。〔方成珪昌黎先生詩文年譜〕詩有「槐密鶩長蔭」句，乃是年夏秋間作。

〔二〕〔魏本引孫汝聽曰〕遠出，謂得罪謫陽山令。〔魏本引孫汝聽曰〕斑斑，淚落貌。〔補釋〕王勃詩：「春淚倍成行。」〔朱彝尊曰〕奇。

〔三〕〔魏本引孫汝聽曰〕莊子：「大浸稽天而不溺。」〔方世舉注〕公徙江陵，過洞庭湘水，時當秋也。

〔四〕〔祝本魏本注〕「覩」，一作「觀」。〔魏本引孫汝聽曰〕毛蟲之奇則覩象犀。

〔五〕〔魏本引孫汝聽曰〕羽族之怪者，則見鵩鴆。〔方世舉注〕史記賈誼傳：「有鵩飛入舍。」鵩似鴞，不祥鳥也。屈原離騷：「吾令鴆爲媒兮，鴆告余以不好。」注：「鴆，運日也，毒可殺人。」〔朱彝尊曰〕象犀鵩鴆，對妙。

〔六〕〔舉正〕杭、蜀諸舊本並同作「桅」。〔考異〕「棧」，方作「桅」。本又作「軏」。今按：上言朝行，即桅字無理，當作「棧」。〔魏本引孫汝聽曰〕危棧，閣道。

〔七〕〔魏本引孫汝聽曰〕驚枕，怪惡夜鳴也。

〔八〕〔魏本引孫汝聽曰〕生榮，謂生還而榮已踰分矣。〔何焯曰〕先轉下。

〔九〕〔魏本引孫汝聽曰〕往者棄之於死，情未嘗不安。任，謂安也。〔補釋〕任不可訓安。漢書霍光傳注：「任，堪也。」詩意謂情亦堪也。〔方世舉注〕詩陟岵：「上慎旃哉！由來無死。」又：「上慎旃哉！由來無棄。」〔何焯曰〕次結上。〔朱彝尊曰〕倒應，轉有味。

〔一〇〕〔方世舉注〕北齊燕射歌辭：「懷黄綰白，鵷鷺成行。」〔蔣抱玄注〕三輔故事：「長安有八街九陌。」梁簡文帝詩：「三條綺陌平。」

〔一一〕〔魏本引孫汝聽曰〕雞唱，雞人之唱。周禮雞人：「大祭祀夜嘑旦以嘂百官。」清禁，謂省中也。

〔一二〕〔蔣抱玄注〕蜀都賦：「陽烏迴翼乎高標。」

〔一三〕祝本「鶩」作「騖」，誤。〔魏本引孫汝聽曰〕鶩，謂馳逐。

〔一四〕〔祝充注〕矜，巨禁切。廣韻：「牛舌下病。」

〔一五〕〔方世舉注〕漢書匡衡傳：「諸儒語曰：無説詩，匡鼎來。匡説詩，解人頤。」張晏曰：「匡衡少時字鼎，長乃易字稚圭。世所傳衡與貢禹書，上言衡敬報，下言匡鼎白，知是字也。」

〔一六〕〔方世舉注〕後漢書桓譚傳：「帝方信讖，多以決定嫌疑。譚上疏諫。其後有詔會議靈臺所處，帝謂譚曰：吾欲讖決之，何如？譚默然良久，曰：臣不讀讖。」

〔一七〕〔方世舉注〕中山王勝文木對：「嘈嗷嗚啼。」

〔一八〕〔魏本引孫汝聽曰〕論語：「有美玉於斯，求善價而沽諸？」〔方世舉注〕淮南俶真訓：「緣飾詩書，可買名譽於天下。」廣雅釋詁：「賃，借也。」〔朱彝尊曰〕俟沽從待賈來，賃字下得尤妙。

〔一九〕〔方世舉注〕裴秀詩：「紛葩相追。」

〔二〇〕〔舉正〕張協七命：「野曠朗而無塵。」潘岳寡婦賦：「愬空宇兮曠朗。」唐本作「朗」。今本多避之。〔考異〕「朗」，或作「亮」。祝本、魏本作「亮」。廖本、王本作「朗」。〔方世舉注〕廣雅釋詁：「滲，盡也。」

〔二一〕曦光，見鄭羣贈簟注。

〔二二〕〔補釋〕張衡西京賦：「流景曜之韡曄。」李善注：「景，光景也。」薛綜注：「曜，光也。」〔方世舉注〕周禮春官眡祲：「掌十煇之法，以觀妖祥。一曰祲。」鄭注：「祲謂陰陽氣相侵漸以成災也。」釋名：「祲，侵也，赤黑之氣相侵也。」

〔二三〕〔補釋〕舊唐書地理志：「置夷州于黔州都上縣，天寶元年，改爲義泉郡。」按：詩但虛用。〔魏本引孫汝聽曰〕不敢汲也。〔補釋〕説文：「索，草有莖葉可作繩索。」按：此指汲綆也。朱駿聲説文通訓定聲：「沁叚借爲浸。」〔程學恂曰〕必心知如此，氣感如此，乃可言同音之樂。東野詩中所謂「乃可論膠漆」，不虛也。

〔二四〕〔舉正〕蜀作「暗」。閣本「暗」作「音」。〔考異〕本或作「相叫吟」。吟去聲讀。趙德麟本同。〔方世舉注〕史記樂書：「師曠援琴而鼓之，一奏之，有玄鶴二八，集於廊門。再奏之，延頸而鳴，舒翼而舞。」〔補釋〕廣韻：「暗，聲也。」

〔二五〕〔魏本引孫汝聽曰〕言二人同心相樂，如雙繭作絍絲也。〔方世舉注〕釋名：「紬，抽也。抽引絲端出細緒也。」記内則：「織絍組紃。」〔補釋〕説文：「絍，機縷也。从系，壬聲。䋕，絍或从䋕。」〔朱彝尊曰〕新。

【集説】

朱彝尊曰：造句多陗。以篇短，更覺意緊切。

南山詩〔一〕

吾聞京城南，茲維羣山囿〔二〕。東西兩際海〔三〕，巨細難悉究。山經及地志〔四〕，茫昧非受授〔五〕。團辭試提挈〔六〕，挂一念萬漏〔七〕。欲休諒不能，粗敍所經覯〔八〕。嘗昇崇丘望〔九〕，戢戢見相湊〔一〇〕。晴明出棱角〔一一〕，縷脈碎分繡〔一二〕。蒸嵐相澒洞〔一三〕，表裏忽通透〔一四〕。無風自飄簸〔一五〕，融液煦柔茂。橫雲時平凝，點點露數岫〔一六〕。天空浮脩眉〔一七〕，濃緑畫新就。孤撐有巉絶〔一八〕，海浴褰鵬噣〔一九〕。春陽潛沮洳〔二〇〕，濯濯吐深秀〔二一〕。巖巒雖嵂崒〔二二〕，輭弱類含酎〔二三〕。夏炎百木盛，蔭鬱增埋覆〔二四〕。神靈日歊歔〔二五〕，雲氣爭結構〔二六〕。秋霜喜刻轢〔二七〕，磔卓立癯瘦〔二八〕。參差相疊重，剛耿陵宇宙〔二九〕。冬行雖幽墨〔三〇〕，冰雪工琢鏤〔三一〕。新曦照危峨〔三二〕，億丈恒高袤〔三三〕。明昏無停態，頃刻異狀候〔三四〕。西南雄太白〔三五〕，突起莫間簉〔三六〕。藩都配德運〔三七〕，分宅占丁戊〔三八〕。逍遥越坤位〔三九〕，詆訐陷乾竇〔四〇〕。空虚寒兢兢，風氣較搜漱〔四一〕。朱維方燒日，陰霰縱騰糅〔四二〕。昆明大池北〔四三〕，去覿偶晴晝。緜聯窮俯視〔四四〕，倒側困清漚〔四五〕。微瀾動水面〔四六〕，踊躍躁猱狖〔四七〕。驚呼惜破碎，仰喜呀不仆〔四八〕。前尋徑杜墅〔四九〕，坌蔽畢原陋〔五〇〕，崎嶇上軒昂，始得觀覽富〔五一〕。行行將遂窮〔五二〕，嶺陸煩互走〔五三〕。勃然思坼裂〔五四〕，擁掩難恕宥。巨靈與夸蛾〔五五〕，遠賈期必售〔五六〕。還疑造物意〔五七〕，固護蓄精祐〔五八〕。力雖能排斡〔五九〕，雷電怯呵詬〔六〇〕。攀緣脱手足〔六一〕，蹭蹬抵積甃〔六二〕。茫如試矯首〔六三〕，堛塞生怐愗〔六四〕。威容喪蕭爽〔六五〕，近新迷遠舊〔六六〕。拘官計日月，欲進不可又〔六七〕。因緣窺其湫〔六八〕，凝湛閟陰嘼〔六九〕。魚蝦可俯掇，神物安敢寇〔七〇〕。林柯有脱葉，欲墮鳥驚救〔七一〕。爭銜彎環飛〔七二〕，投棄急哺鷇〔七三〕。旋歸道迴睨〔七四〕，達枿壯復奏〔七五〕。吁嗟信奇怪，峙質能化貿〔七六〕。前年遭譴謫〔七七〕，探歷得邂逅〔七八〕。初從藍田入〔七九〕，顧眄勞頸脰〔八〇〕。時天晦大雪〔八一〕，淚目苦矇瞀〔八二〕。峻塗拖長冰，直上若懸溜〔八三〕。褰衣步推馬〔八四〕，顛蹶退且復〔八五〕。蒼黃忘遐睎〔八六〕，所矚纔左右〔八七〕。杉篁咤蒲蘇〔八八〕，杲耀攢介冑〔八九〕。專心憶平道，脱險逾避臭〔九〇〕。昨來逢清霽，宿願忻始副〔九一〕。崢嶸躋冢頂〔九二〕，倏閃雜鼯鼬〔九三〕。前低劃開闊〔九四〕，爛漫堆衆皺〔九五〕。或連若相從；或蹙若相鬭；或妥若弭伏〔九六〕；或竦若驚雊〔九七〕；或散若瓦解〔九八〕；或赴若輻輳〔九九〕；或翩若船遊〔一〇〇〕；或決若馬驟〔一〇一〕；或背若相惡；或向若相佑；或亂若抽筍；或嵲若炷灸〔一〇二〕；或錯若繪畫；或繚若篆籀〔一〇三〕；或羅若星離〔一〇四〕；或蓊若雲逗〔一〇五〕；或浮若波濤；或碎若鋤耨〔一〇六〕；或如賁育倫〔一〇七〕，賭勝勇前購〔一〇八〕，先強勢已出，後鈍嗔詎譳〔一〇九〕；或如帝王尊，叢集朝賤幼〔一一〇〕，雖親不褻狎，雖遠不悖謬〔一一一〕；或如臨食案，肴核紛飣餖〔一一二〕；又如遊九原〔一一三〕，墳墓包槨柩〔一一四〕；或纍若盆甖〔一一五〕；或揭若登豆〔一一六〕；或覆若曝鼈；或頹若寢獸〔一一七〕；或蜿若藏龍；或翼若搏鷲〔一一八〕；或齊若友朋；或隨若先後〔一一九〕；或迸若流落〔一二〇〕；或顧若宿留〔一二一〕；或戾若仇讎〔一二二〕；或密若婚媾〔一二三〕；或儼若峨冠；或翻若舞袖〔一二四〕；或屹若戰陣；或圍若蒐狩〔一二五〕；或靡然東注〔一二六〕；或偃然北首〔一二七〕；或如火熺焰〔一二八〕；或若氣饙餾〔一二九〕；或行而不輟；或遺而不收；或斜而不倚；或弛而不彀〔一三〇〕；或赤若禿鬜〔一三一〕；或燻若柴槱〔一三二〕；或如龜坼兆〔一三三〕；或若卦分繇〔一三四〕；或前橫若剝〔一三五〕；或後斷若姤〔一三六〕；延延離又屬〔一三七〕，夬夬叛還遘〔一三八〕；喁喁魚闖萍〔一三九〕，落落月經宿〔一四〇〕；誾誾樹牆垣〔一四一〕，巘巘架庫廄〔一四二〕；參參削劍戟〔一四三〕，煥煥銜瑩琇〔一四四〕；敷敷花披萼〔一四五〕，闟闟屋摧霤〔一四六〕；悠悠舒而安，兀兀狂以狃〔一四七〕；超超出猶奔〔一四八〕，蠢蠢駭不懋〔一四九〕。大哉立天地〔一五〇〕，經紀肖營腠〔一五一〕。厥初孰開張〔一五二〕？僶俛誰勸侑〔一五三〕？創茲朴而巧〔一五四〕，戮力忍勞疚〔一五五〕。得非施斧斤？無乃假詛呪〔一五六〕？鴻荒竟無傳〔一五七〕，功大莫酬僦〔一五八〕。嘗聞於祠官〔一五九〕，芬苾降歆齅〔一六〇〕。斐然作歌詩〔一六一〕，惟用贊報酭〔一六二〕。

〔一〕〔舉正〕宋本只作「南山一首」，無詩字。　〔補釋〕詩召南毛傳：「南山，周南山也。」又秦風毛傳：「終南，周之名山中南也。」初學記：「劉向五經要義曰：『終南山，長安南山也。一名太一。』潘岳關中記曰：『其山一名中南，言在天之中，居都之南，故曰中南。』」漢書地理志：「右扶風武功縣東有太一山，古文以爲終南。」張衡西京賦：「於前則終南、太一。」薛綜注：「終南、太一，二名也。」李善注：「終南，南山之總名。太一，一山之別號耳。」括地志：「終南山，一名中南山，一名太一山，一名南山，一名橘山，一名楚山，一名秦山，一名周南山，一名地肺山，在雍州萬年縣南五十里。」雍録：「終南山横亘關中南面，西起秦隴，東徹藍田，凡雍、岐、郿、鄠、長安、萬年，相去六百里，而連綿峙據其南者，皆此之一山也。」按：山既綿長若此，合之則一山，分之則有數名也，隨所在而異耳。〔魏本引樊汝霖曰〕凡百有二韻，元和初自江陵法曹召爲國子博士作。〔方世舉注〕詩中云「前年遭讒謫」，又云「昨來逢清霽」，則此詩作于陽山召還之後。〔方成珪昌黎先生詩文年譜〕詩云「昨來逢清霽」，謂六月召拜國子博士時，于「朱維方燒日」二語見之。〔徐震南山詩評釋〕自江陵召爲國子博士在六月，此詩當是到京後作，蓋作於秋初。「朱維方燒日」二語，乃言山之大耳，非言此次登山之時也，不得引以爲證。又案：公作此詩時，年三十有九。

〔二〕〔魏本引孫汝聽曰〕囿，園圃。言羣山聚此。〔王元啓曰〕囿者，禽獸草木所聚。終南爲羣山所聚，故亦目之爲囿。

〔三〕〔舉正〕史記春申君上秦昭王書：「王之地，一經兩海。」〔何焯曰〕胡三省云：東西爲經，兩海，東海、西海也。謂自東至西，一爲秦所有。〔徐震評釋〕史記張儀傳：「利盡西海，而天下不以爲貪。」索隱：「西海爲蜀川也。」漢書東方朔傳：「此所謂天下陸海之地。」顔注：「言關中山川物産饒富，是以謂之陸海也。」「東西兩際海」，謂南山東際有陸海，西際有西海也。西際實未極蜀川，詩賦語多誇侈，往往如此。〔補釋〕「東西兩際海」，猶司馬相如賦上林而曰「左蒼梧，右西極」也，不必鑿求。

〔四〕〔方世舉注〕漢書藝文志：「山海經十三篇。」隋書經籍志：「武帝時，計書既上太史，郡國地志，故亦在焉。班固因之作地理志。」

〔五〕〔方世舉注〕南史顧憲之傳：「雖復茫昧難徵，要若非妄。」〔補釋〕吕氏春秋：「黄帝曰：茫昧因天之威，與元同氣。」高誘注：「芒芒昧昧，廣大之貌。」〔徐震評釋〕「茫昧非受授」，意謂不能明晰，未可依據也。

〔六〕〔魏本引孫汝聽曰〕團，集也。〔方世舉注〕淮南俶真訓：「提挈天地而委萬物。」〔張相曰〕團，猶云估量也，猜度也。言將欲爲約估之辭而挈其大綱，則挂一而慮其漏萬也。

〔七〕〔舉正〕閣本作「一念挂萬漏」。〔考異〕「挂一念」，或作「一念挂」，非是。〔魏本引孫汝聽曰〕山經地志，既茫昧不詳，欲團集其辭而試挈提之，又恐挂一漏萬也。

〔八〕〔魏本引補注〕覯，見也。詩：「亦既覯止。」言姑敍其經行覯見者爾。〔徐震評釋〕以上言作詩之緣起。

〔九〕〔考異〕「嘗」，方作「常」。〔徐震評釋〕説文：「丘，土之高也，非人所爲也。」此句言昇高丘以望南山。〔朱彝尊曰〕泛就遠望説起。

〔一〇〕〔徐震評釋〕詩小雅無羊：「爾羊來思，其角濈濈。」毛傳：「聚其角而息，戢戢然。」釋文：「濈，亦作戢。」此句謂衆峯湊聚，戢戢然也。

〔一一〕〔魏本引補注〕公秋懷詩云：「南山見高棱。」〔補釋〕説文：「棱，柧也。从木，夌聲。」

〔一二〕〔徐震評釋〕此謂山脈縷縷，碎分如繡。〔朱彝尊曰〕錬語工妙。

〔一三〕〔舉正〕山谷本校作「鴻洞」。淮南子：「澒濛鴻洞。」許氏音貢同。選王褒簫賦、揚雄羽獵賦所用皆同。唐人始兼用之。少陵詩「鴻洞半炎方」，又「鴻洞不可掇」是也。前輩校字之密如此。〔祝充注〕杜詩曰：「風塵相澒洞。」〔魏本引孫汝聽曰〕蒸出爲嵐。嵐，山氣。澒洞，相渾合之狀。〔方世舉注〕賈誼旱雲賦：「運清濁之澒洞兮，正重沓而並起。」則西漢已有此語，非自唐人也。〔徐震評釋〕揚雄羽獵賦李善注：「鴻絧，相連貌。」鴻絧即鴻洞。

〔一四〕〔方世舉注〕左傳：「表裏山河。」

〔一五〕〔祝充注〕簸，揚米也。詩：「不可以簸揚。」〔方世舉注〕張衡西京賦：「蕩川瀆，簸林薄。」

〔一六〕〔徐震評釋〕爾雅釋山：「山有穴爲岫。」

〔一七〕〔舉正〕三本同作「空」。〔考異〕「空」，或作「宇」。祝本、魏本作「宇」。廖本、王本作「空」。〔魏本引韓醇曰〕選洛神賦：「脩眉聯蜷。」注：「脩，長也。」西京雜記：「文君佼好，眉色如望遠山。」

〔一八〕〔祝充注〕巉，峻貌。〔魏本引補注〕南史劉孝標廣絶交論：「太行孟門，豈云巉絶。」

〔一九〕〔徐震評釋〕潘岳射雉賦：「褰微罟以長眺。」徐爰注：「褰，開也。」説文：「噣，喙也。」廣韻：「噣，音晝。」此二句言山或桀起特立，拔地凌霄，或雙峯對峙，如鵬開喙。〔何焯曰〕刻畫奇秀。

〔二〇〕〔方世舉注〕詩七月：「春日載陽。」〔徐震評釋〕詩魏風：「彼汾沮洳。」毛傳：「沮洳，其漸洳者。」疏云：「沮洳，潤澤之處。」

〔二一〕〔舉正〕杭、蜀同作「吐深秀」。閣本只作「深吐秀」。荆公與李、謝諸校本多從杭本。祝本、魏本作「深吐」。廖本、王本作「吐深」。〔徐震評釋〕詩崧高：「鉤膺濯濯。」毛傳：「濯濯，光明貌。」

〔二二〕〔補釋〕司馬相如子虛賦：「其山則盤紆岪鬱，隆崇嵂崒。」

〔二三〕〔魏本引祝充曰〕禮記：「天子飲酎用禮樂。」注：「酎之言醇也，謂重釀之酒也。」輭與軟同，而兖切。酎，音宙。

〔二四〕〔魏本引孫汝聽曰〕言草木茂盛，埋覆衆山也。

〔二五〕〔祝充注〕歊，熱氣。説文：「歊歊，氣出貌。」

〔二六〕〔魏本引韓醇曰〕選左太沖招隱詩：「嵒穴無結構。」

〔二七〕〔舉正〕杭作「轢」。蜀作「鑠」。舊監本亦從「轢」。「刻轢宗室」，史記酷吏傳序語。祝本作「鑠」。魏本、廖本、王本作「轢」。〔徐震評釋〕漢書顔注云：「轢，謂陵踐也。」

〔二八〕〔祝充注〕磔，裂也。癯，瘠也。〔魏本引孫汝聽曰〕言草木皆落，山卓然獨立也。〔蔣抱玄注〕論語：「如有所立卓爾。」

〔二九〕〔徐震評釋〕剛有肅義。耿者，光也。光與清朗之義相因。剛耿云者，猶言清肅也。

〔三〇〕〔魏本注〕「墨」，俗本作「黑」。〔徐震詮訂〕楚辭懷沙：「孔静幽默。」史記「默」作「墨」。韓以「幽墨」爲「幽默」，依史記之文。

〔三一〕〔考異〕「雪」，或作「路」。

〔三二〕〔舉正〕閣本同上。蜀本「危」作「峞」。曦，見鄭羣贈簟注。

〔三三〕〔舉正〕恒，居鄧切。曾本作「亘」。〔方世舉注〕漢書西域傳：「廣袤三百里。」說文：「南北曰袤，東西曰廣。」

〔三四〕〔朱彝尊曰〕南山當咸京面前，日日望見，故備覩四時態狀。〔徐震評釋〕以上言瞻望所見也。中分兩層，自「嘗昇崇丘望」至「海浴褰鵬噣」爲一層，總述所見之大概。自「春陽潛沮洳」至「頃刻異狀候」，分述四時所見之不同。「明昏」二句，總括四時言之，作一收束。

〔三五〕〔補釋〕水經注：「太一山，亦曰太白山，在武功縣南，去長安二百里，不知其高幾何。俗云：武功太白，去天三百。」

〔三六〕〔魏本引祝充曰〕左氏：「僖子使助薳氏之簉。」注：「簉，副倅也。」〔魏本引補注〕嵇康曰：「承間簉乏。」〔徐震評釋〕嵇康語見琴賦。此二句言太白崛起于西南，旁無高山堪爲副貳。

〔三七〕〔魏本引孫汝聽曰〕言太白山爲帝都藩垣。唐土德，太白在西南坤位，故云配德運。

〔三八〕〔徐震評釋〕此句之義，由來注家皆曰「丁戊亦謂西南」。此言殊不分明。震謂丁爲南，戊乃中也。謂終南自太白山分來，據秦嶺之中，帝都之南，故曰「分宅占丁戊」耳。秦嶺西爲太白，中爲終南，東爲華山，韓公意謂太白乃秦嶺之首，故歌頌終南，不可遺之耳。

〔三九〕〔舉正〕閣本作「地位」。蜀本作「坤位」。晁、謝皆從「坤」。祝本、魏本作「地」。廖本、王本作「坤」。〔魏懷忠注〕逍遥，谷名。〔王元啓曰〕舊注：谷名。按：下與「詆訐」爲偶，不應解作谷名。〔方世舉注〕揚雄蜀都賦：「下按地紀，則坤宫奠位。」班固西都賦：「據坤靈之正位。」

〔四〇〕〔魏本引孫汝聽曰〕言太白非特占西南坤位而已，又侵及西北乾位，故曰陷乾竇。〔補釋〕「西北」，魏本誤作「東北」。〔方成珪箋正〕「東北」，當從王本作「西北」。乾，西北之卦也。見説卦。若東北，則艮位，非乾位矣。〔方世舉注〕蔣云：「逍遥、詆訐，或云谷名。」按：逍遥謂谷，誠爲有之，韋瓊之所居也。詆訐無此谷名。此四字不過形容越字陷字耳。墨子：「雖有詆訐之人，無所依矣。」詆訐，猶淩犯也。〔徐震評釋〕蔣之翹述魏注耳，其義當從方世舉説。〔姚範曰〕詆訐，同抵揭。

〔四一〕〔方世舉注〕陶潛詩：「山中曉霜露，風氣亦先寒。」〔徐震評釋〕廣雅釋詁一：「校，度也。」校即較也，引申校度之義，則爲争競。搜漱，皆取其聲。廣雅釋訓：「颼颼，風也。」搜湫，猶颼颼矣。

〔四二〕〔方世舉注〕釋名：「霰，冰雪相搏如星而散也。」〔補釋〕水經注：「杜彥達曰：太白山冬夏積雪，望之皓然。」〔徐震評釋〕朱維，南方也。陰，北方也。穀梁傳：「山南爲陽，水北爲陽。」此言山南日光正盛，山北飛霰交下矣。廣韻：「糅，雜也，女救切。」空虛二句，形太白之高，此二句形其大也。

〔四三〕〔魏本引孫汝聽曰〕昆明池在長安西南，周回四十里，漢武元狩二年作，以習水戰。〔朱彝尊曰〕大池，乃太液池，在建章宮北，去昆明不遠。〔徐震評釋〕朱說迂曲，孫說得之。

〔四四〕〔方世舉注〕廣雅釋詁：「緜聯，牽連也。」〔蔣抱玄注〕西京賦：「繞垣緜聯，四百餘里。」

〔四五〕〔徐震評釋〕言山影倒側映池水中，爲池所限，故曰困也。

〔四六〕〔方世舉注〕釋名：「風吹水波成文曰瀾。瀾，連也，波體轉流相及連也。」

〔四七〕〔考異〕「躁」，或作「蹂」。〔徐震評釋〕廣韻：「猱，猴也，奴刀切。」「狖，獸名，似猨，余救切。」

〔四八〕〔徐震評釋〕俯視水波動盪，山影若將破碎；仰視山形，乃喜其未傾也。

〔四九〕〔舉正〕杭本作「徑」，徑當如「夜徑澤中」之徑。〔考異〕「徑」，或作「經」。「杜」，或作「社」，非是。祝本、魏本作「經」。廖本、王本作「徑」。〔魏本引孫汝聽曰〕杜墅，即杜陵也。本周之杜伯國，在長安萬年縣東南。〔徐震評釋〕自昆明池東北行至杜墅，由此登山也。

〔五〇〕〔舉正〕杭、蜀本「坌」皆作「岔」，疑誤。〔方世舉注〕廣雅釋詁：「坌，塵也。蔽，隱也。」〔徐震評釋〕此二句謂已至杜墅，畢原爲塵坌所蔽，不可見矣。陋者言其卑小。

〔五一〕〔顧嗣立注〕史記注：「括地志：文王武王墓在雍州萬年縣西南二十八里畢原上。」

〔五二〕〔朱彝尊曰〕始抵南山。

〔五三〕〔魏本引補注〕謝惠連詩：「行行道轉遠。」又古詩：「行行重行行。」

〔五四〕〔徐震評釋〕楚辭九歎：「巡陸夷之曲衍兮。」王逸注：「大阜曰陸。」互者，漢書劉向傳：「宗族磐互。」注：「字或作牙。」謂若犬牙相交入之意也。走者，釋名曰：「走，奏也，促有所奏至也。」釋名：「煩，繁也。」行行二句，謂嶺陸繁然交會，若無路可由也。朱彝尊云：「將遂窮則尚未至頂。」朱以窮爲窮其巔，非是，二句自言山路將窮耳。

〔五四〕〔蔣抱玄注〕劉歆遂初賦：「地坼裂而憤急兮。」

〔五五〕〔舉正〕考列子當作「蛾」。〔考異〕「蛾」，或作「娥」。祝本、魏本作「娥」。廖本、王本作「蛾」。〔徐震評釋〕張衡西京賦曰：「巨靈贔屭，高掌遠蹠，以流河曲，厥迹猶存。」薛綜注：「古語云：此本一山，當河水過之而曲行，河之神以手擘開其上，足蹋離其下，中分爲二。」列子湯問篇：「北山愚公欲平太行、王屋二山，帝感其誠，命夸蛾氏二子負二山，一厝朔東，一厝雍南，自此冀之南漢之東無隴斷焉。」

〔五六〕〔舉正〕「賈」，閣本作「雇」。〔祝充注〕詩：「賈用不售。」〔李黼平曰〕此蓋言平日欲登此山，見嶺陸互走，思坼裂之也。得此數韻頓折極好，與少陵「吾欲鏟疊嶂」意同。「遠賈」句翻用世説「未聞巢、由買山而隱」語也。〔徐震評釋〕李説非也，謂平日欲登此山尤誤。此明謂當前所見，何云平日邪？〔程學恂曰〕有、售等韻，似乎強押。然中有妙趣，非習于游山者不知也。

〔五七〕〔蔣抱玄注〕莊子：「造物者將以予爲此區區也？」

〔五八〕〔補釋〕禮記：「毋固獲。」鄭玄注：「欲專之曰固，争取曰獲。」陸德明釋文：「獲，一音護。」馬融長笛賦：「或乃聊慮固護。」李善注：「精心專一之貌。」

〔五九〕〔方世舉注〕廣雅釋詁：「排，推也。」〔魏本引祝充曰〕斡，轉也。

〔六〇〕〔魏本引祝充曰〕詬，怒也，恥也，罵也。禮記：「以儒相詬病。」〔沈欽韓注〕雷電以上八句，言思破其擁掩，有巨靈之劈華，夸娥之移山大力，所必售也。然天欲固護之，人力雖勝，終怯雷電也。〔徐震評釋〕沈説非也，謂思破擁掩，則亦與李説同謂是想像之辭。不知此八句皆言山形，乃實境也。蓋當嶺陸互走，路若將窮矣，山忽開豁，若有勃然思坼裂之者，如巨靈、夸娥欲賈耀其威神也。山勢如此，疑將分矣，然天意又似不欲其離，所以開而復合也。「固護蓄精祐」，謂積集神力以固護之。「雷電怯呵詬」，謂巨靈、夸娥猶怯雷電之呵詬也。〔朱彝尊曰〕如此説大話，亦未見佳，以無所取義。若龜山蔽魯，便有味。〔徐震評釋〕「勃然思坼裂」一段，與「因緣窺其湫」一段相接，以形容險怪之狀，與摹寫幽靚之境，交映成趣。

朱氏以「勃然思圻裂」爲出於想像，不知韓公乃形容山勢開合之實景，宜乎不識其奇妙矣。

〔六一〕祝本「緣」作「轅」，誤。

〔六二〕〔顧嗣立注〕選海賦：「蹭蹬窮波。」〔徐震評釋〕蹭蹬，說文新附字云：「失道也。」甃，説文云：「井壁也。」廣韻：「音皺。」此以積甃形容深谷。此二句言山勢既開而復合，攀緣上登，手足欲脱，既不得上，乃失道而下，至于谷中。

〔六三〕〔魏本引補注〕茫如，即茫然也。〔方世舉注〕張衡思玄賦：「仰矯首以遥望兮，魂懒惘而無疇。」

〔六四〕〔魏本引祝充曰〕楚辭宋玉九辯云：「直怐愗而自苦。」〔補釋〕「塩塞」，亦作畐塞，唐人恒言。慧琳一切經音義卷七十五：「畐塞，被逼反。方言：畐，滿也。經文作逼，誤也。」畐亦作愊，謂氣憤滿鬱結也。「愗」，疑借作霿，集韻去聲五十候：「霿，㲉霿，鄙吝也。或作愗，莫候切。」與「怐愗」音義皆近。〔徐震評釋〕此二句言在深谷之中，茫然仰望，迫促欝塞，如在井中。

〔六五〕〔蔣抱玄注〕杜甫詩：「致身福地何蕭爽。」〔徐震評釋〕威容，猶儀容。言處偪塞之中，失蕭爽之儀容。

〔六六〕〔徐震評釋〕言近處覓得新路，迷失遠來之舊路。

〔六七〕〔徐震評釋〕言拘繫官守，不可曠日于游山，故雖在近處覓得新路，不可復進也。詩小雅賓之初筵：「矧敢多又。」箋云：「又，復也。」

〔六八〕〔蔣抱玄注〕史記田叔傳：「留求事爲小吏，未有因緣也。」〔魏本引韓醇曰〕南山有炭谷湫，公有題炭谷湫祠詩，即謂此湫也。

〔六九〕〔魏本引洪興祖曰〕罾，畜産也。公秋懷詩云：「其下澄湫水，有蛟寒可罾。」即此也。〔魏本引孫汝聽曰〕禮運：「龍以爲罾。」謂湫中蛟也。罾，音嗅。亦作「畜」，又一作「獸」。〔魏本引樊汝霖曰〕作「獸」者非是。〔徐震評釋〕此二句言山路既不可再進，因于便道往觀湛湫。

〔七〇〕〔徐震評釋〕鄭玄注舜典「寇賊姦宄」云：「强取爲寇。」此言湫水清澄，魚蝦可以俯拾，以其爲神物，故不敢取。

〔七一〕〔魏本引樊汝霖曰〕其湫如鏡面，葉落恐其污，即鳥銜去，蓋其神物之靈如此。〔方世舉注〕水經注：「燕京山之天池，在山原之上，方里餘。其水澄渟鏡浄而不流，若安定朝那之湫淵也。池中嘗無斥草，及其風籜有淪，輒有小鳥翠色，投淵銜出。」南山之湫，蓋亦若是乎？

〔七二〕〔顧嗣立注引劉石齡曰〕杜子美詩：「黑如灣澴底。」玉篇：「澴，聚流也。」〔方世舉注〕此説未當。灣環蓋狀鳥之迴翔，非指水也。

〔七三〕〔方世舉注〕爾雅釋鳥：「生哺鷇。」注：「鳥子須母食之。」漢書東方朔傳：「聲謷謷者，鳥哺鷇也。」韋昭曰：「凡鳥哺子而活者爲鷇，生而自啄曰雛。」〔徐震評釋〕言鳥投棄脱葉，急於哺其雛鷇。〔朱彝尊曰〕此境奇甚。〔何焯曰〕體物幽細至此。〔李黼平曰〕詩正敍神物之靈，與炭谷湫祠堂篇不同，彼別有所託詞。

〔七四〕〔魏本引祝充曰〕睨，視也。禮記：「睨而視之。」

〔七五〕〔舉正〕蜀本作「達」。詩：「苞有三蘖，莫遂其達。」枿，與蘖同。盧仝月蝕詩亦用「頭戴井冠高達枿」。〔考異〕「達」，或作「遠」。祝本、魏本作「遠」。廖本、王本作「達」。〔方世舉注〕達枿，高貌。〔徐震評釋〕此二句言于旋歸途中回視，則高峯巍然復在前也。達枿，蓋即嵽嵲之音轉。壯者，形其崇也。奏，説文云：「進。」引申其義，則爲前矣。

〔七六〕〔祝充注〕貿，易也。〔徐震評釋〕此二句之義，謂歸途不由舊徑，而依然覩見向所升陟之高陵，所以嗟歎稱奇，謂此不動之峙質，若能變化眩人也。以上敍初往陟覽，中間失途，未登其巔。此二十一韻，中分六層。「昆明大池北」至「仰喜呀不仆」，言登山之前，途中景物也。「前尋徑杜墅」至「始得觀覽富」，言自山麓上躋之所見也。「行行將遂窮」至「雷電怯呵詬」，言山中羣嶺轇轕，開而復合，極奇險也。「攀緣脱手足」至「欲進不可又」，言上躋既難，遂至失道，不獲更進也。「因緣窺其湫」至「投棄急哺鷇」，言便道視清湫之景物也。「旋歸道迴睨」至「峙質能化貿」，言歸途之所見也。

〔七七〕〔魏本引孫汝聽曰〕謂貞元十九年十二月，自監察御史謫連州陽山令。〔何焯曰〕此段一開，妙甚。

〔七八〕〔魏本引補注〕詩曰：「邂逅相遇。」

〔七九〕〔方世舉注〕漢書地理志：「京兆尹藍田縣。」〔朱彝尊曰〕前由西南入，此從東南入。

〔八〇〕〔方世舉注〕廣雅釋親：「頸脰，項也。」〔李詳證選〕謝靈運初發彊中作：「顧望脰未悁。」〔徐震評釋〕此四句，言在遷謫途中，便道往游。

〔八一〕〔魏本引唐庚曰〕公兩謫南方，皆由藍關，又皆遇冰雪。其謫陽山以十二月，江陵途中寄三學士詩云：「商山季冬月，冰凍絶行輈。」其謫潮州，雖以正月，然亦遇雪。藍田驛詩云「雪擁藍關馬不前」是也。

〔八二〕〔方世舉注〕釋名：「矇，有眸子而失明，矇矇無所分别也。」〔補釋〕「矇瞀」，並列複詞，在此同義。集韻：「瞀，目不明，亡遇切。」按：大雪降後，遍山皆白。反光强烈射目，使人淚下。

〔八三〕〔方世舉注〕爾雅釋水：「沃泉縣出。縣出，下出也。」注：「從上溜下。」登西北高山者，往往遇此境。

〔八四〕〔徐震評釋〕詩：「褰裳涉洧。」假褰爲攐。説文：「攐，摳衣也。」

〔八五〕〔魏本引祝充曰〕顛，仰倒也。蹶，失脚也。莊子：「爲顛爲蹶。」注：「顛倒、蹶敗也。」〔徐震評釋〕廣韻：「復，又也，返也，往來也，扶富切。」

〔八六〕〔徐震評釋〕蒼黄，遽迫之義也。杜甫送鄭虔詩曰：「倉皇已就長途往。」倉皇即蒼黄，音義並同。〔方世舉注〕廣雅釋詁：「睎，視也，望也。」

〔八七〕〔祝充注〕矚，視也。

〔八八〕〔方世舉注〕廣雅釋器：「蒲蘇，鈹也。」

〔八九〕〔方世舉注〕廣雅釋詁：「杲、耀，明也。」〔徐震評釋〕此言杉篁皆被冰雪，若刀劍之可咤，若甲胄之攢聚。

〔九〇〕〔舉正〕蜀作「逾」。杭作「邇」。〔考異〕作「邇」非是。〔魏本引補注〕吕氏春秋曰：「人有大臭者，其親戚兄弟皆無能與居者。」〔徐震評釋〕此二句言願速至平道，急求脱險也。以上敍二次往游，以遷謫道途所經，邂逅歷覽，天既大雪，不敢犯險登陟，遂急退還。

〔九一〕〔舉正〕杭作「所」。蜀作「始」。校本多從「始」。〔考異〕「始」，方作「所」，非是。自「前年遭譴謫」以後讀之可見。祝本、魏本作「所」。廖本、王本作「始」。

〔九二〕〔徐震評釋〕顔師古司馬相如大人賦注云：「峥嶸，深遠貌。」〔補釋〕爾雅釋山：「山頂冢。」

〔九三〕〔魏本引祝充曰〕爾雅云：「鼯鼠夷由。」注：「謂之飛生。」又曰：「鼬鼠。」注：「鼬似鼦，赤黄色，大尾，啖鼠。」

〔九四〕〔張相曰〕劃，猶忽也，突也。

〔九五〕祝本、魏本作「瀾」。廖本、王本作「爛」。〔補釋〕王延壽魯靈光殿賦：「流離爛漫。」李善注：「分散遠貌。」〔舉正〕「衆皺」，以蜀人韓仲韶本校。皺，石甃也。二韻皆取喻，謂高而羣峯飛馳如鼯鼬之奔，低而堆阜分布如衆皺之列，義爲近。〔考異〕此蜀本之誤，沈元用本亦然，皆非是。蓋此但言登山之時，叢薄蔽翳，方與蟲獸羣行，而忽至山頂，則豁然見前山之低，雖有高陵深谷，但如皺物微有蹙摺之文耳。此最爲善形容者。非登高山臨曠野，不知此語之爲工也。況此句「衆皺」爲下文諸「或」之綱領，而諸「或」乃「衆皺」之條目。其語意接連，文勢開闔，有不可以毫釐差者。若如方說，則不唯失其統紀，亂其行列，而鼯鼬動物，山體常静，絶無相似之理。石蕫之與堆阜，雖略相似，然自高頂下視，猶若成堆，則亦不爲甚小，而未足見南山之極高矣。其與下文諸「或」，疎密工拙，又有迥然不侔者。未論古人，但使今時舉子稍能布置者，已不爲此，又況韓子文氣筆力之盛，關鍵紀律之嚴乎？大抵今人於公之文，知其力去陳言之爲工，而不知其文從字順之爲貴，故其好怪失常，類多如此。今既定從諸本，而復備論其説，以曉觀者云。〔俞樾曰〕史記司馬相如子虚賦：「襞積褰縐，紆徐委曲，鬱橈谿谷。」注曰：「縐，裁也。」其縐中文理，茀鬱迟曲，有似於谿谷也。韓子用縐字本此，所謂杜詩韓筆無一字無來歷也。方氏從蜀本作「皺」，固失之，朱子極言方本之非，然亦未知「皺」字所出也。

〔九六〕〔徐震評釋〕爾雅釋詁：「妥，止也。」弭伏，猶低伏也。子虚賦：「楚王乃弭節徘徊。」注：「弭猶低也。」

〔九七〕〔補釋〕雊，雄雉鳴也。詩：「雉之朝雊，尚求其雌。」

〔九八〕〔徐震評釋〕漢書徐樂傳：「樂上書云：臣聞天下之患，在於土崩，不在瓦解。」

〔九九〕〔舉正〕杭、蜀同。李、謝校作「輪湊」。〔考異〕輪者轂輻之通名，其湊于轂者，輻而已。當作「輻」。祝本作「輻輳」。魏本、廖本、王本作「輻湊」。〔查慎行曰〕「湊」，當作「輳」。不然，與前「戢戢見相湊」重叶矣。〔王鳴盛蛾術編〕顧亭林論詩不忌重韻。愚謂蘇、李送別、廬江小吏，是或一道也。唐杜子美、李義山當律體盛行，而飲中八仙歌、行次西郊作尚用此體，即成疵病。昌黎南山一百二韻，前云「戢戢見相湊」，後云「或赴若輻湊」，偏考近日翻刻，魏仲舉五百家昌黎集注、宋版王伯大音釋、晦菴朱氏昌黎集考異及東雅堂徐氏刻昌黎集、顧氏嗣立、方氏世舉注本，皆同，似屬重韻。但廣韻去聲五十候有「湊」字，亦有「輳」字，注云：「輳，亦作湊。」集韻與廣韻同。廣韻本于唐韻，昌黎必從唐韻作「輻輳」，各本作「湊」，皆非也。説文車部無「輳」字，新附亦無。然詩家用字，豈能盡拘説文，唐韻已收之字，何不可用。若重韻，直不成詩矣。〔補釋〕王氏以重韻不成詩，其説太過。自三百篇而下，迄於漢、唐，重韻之作，不獨蘇、李送別諸詩，迮鶴壽已歷舉以駁之矣。然在昌黎詩中，其通押數韻者，如此日足可惜之類，即不避重韻。其押一韻到底之險窄韻者，因難見巧，例不重韻。此句自當從宋刻祝氏音義本作「輳」。「輳」字雖不收於説文，然早見於漢書叔孫通傳云：「四方輻輳。」注：「輳，聚也，言如車輻之聚於轂也。字或作湊。」

〔一〇〇〕〔考異〕「翩」，或作「泛」。

〔一〇一〕〔徐震評釋〕莊子齊物論：「麋鹿見之決驟。」崔譔注：「疾走不顧爲決。」説文云：「驟，馬疾步也。」

〔一〇二〕祝本、魏本作「炷」。廖本、王本作「注」。〔徐震評釋〕亂若抽筍，爲衆峯叢雜之狀。嶁若炷灸，則特出之狀也。又筍皆上削，灸則加艾而上抒，其形又正相反。凡二句相連，多以相對之形言之。

〔一〇三〕〔補釋〕許慎説文序：「宣王太史籀著大篆十五篇，與古文或異。又李斯作倉頡篇，中車府令趙高作爰歷篇，太史令胡毋敬作博學篇，皆取史籀大篆，或頗省改，所謂小篆者也。」

〔一〇四〕〔方世舉注〕郭璞江賦：「星離沙鏡。」〔補釋〕李善注：「星離，言衆多也。」傅玄擬楚篇曰：「光滅星離。」

〔一〇五〕〔補釋〕文選宋玉高唐賦李善注：「蓊然，聚貌。」〔方世舉注〕廣韻：「逗，遛。」又：「住也，止也。」〔張相曰〕逗，猶駐也，言如雲之駐也。

〔一〇六〕〔方世舉注〕燕國策：「竊釋鋤耨而干大王。」

〔一〇七〕〔方世舉注〕羽獵賦：「賁、育之倫，仗鏌鎁而羅者以萬計。」師古曰：「孟賁、夏育，皆古之力士也。」

〔一〇八〕〔徐震評釋〕漢書高帝紀：「乃多以金購豨將。」注：「購，設賞募也。」「賭勝勇前購」，謂競勝勇進，以赴賞募。

〔一〇九〕〔魏本引祝充曰〕玉篇：「詎譳，詀誽也。詀誽，言不正也。」〔徐震評釋〕詎譳，廣韻上音鬭，下音耨，云：「詎譳，不能言也。」此句謂後鈍見嗔，不能言也。

〔一一〇〕〔徐震評釋〕幼字不免湊韻，良以取譬帝王，祇當分別尊卑，無庸以長幼爲言也。

〔一一一〕〔晁説之曰〕韓文公詩號狀體，謂鋪敍而無含蓄也。若「雖近不褻狎，雖遠不悖謬」，該于理多矣。〔徐震評釋〕狀體之説，皮相之談耳。韓公用筆之妙，固非專事鋪敍也。〔程學恂曰〕中間形容比擬，窮神盡象，至矣。然其他似乎漢、唐人集中尚或見之，至「雖親不褻狎，雖遠不悖謬」，頓覺揚、馬、李、杜皆當閣筆瞠視。

〔一一二〕〔舉正〕謝校作「紛」。〔考異〕「紛」，或作「分」。祝本、魏本作「分」。廖本、王本作「紛」。〔魏本引祝充曰〕詩：「殽核維旅。」注：「殽，豆實也。核，加籩也。」飳，玉篇云：「貯食也。」〔補釋〕廣韻：「飣，貯食。飳，飣飳。」

〔一一三〕〔魏本引孫汝聽曰〕禮記：「趙文子與叔譽觀乎九原。」九原，晉卿大夫葬處。〔何焯曰〕又變。

〔一一四〕〔何焯曰〕中間著此四段，便覺參差變化。

〔一一五〕〔方世舉注〕爾雅釋山：「重甗隒。」注：「謂山形如累兩甗。」廣雅釋器：「盎謂之盆。」〔補釋〕揚雄方言：「自關而東趙、魏之郊，瓮或謂之甖。」

〔一一六〕〔舉正〕閣、蜀作「甑梪」。〔考異〕「甑梪」，或作「登豆」。祝本、魏本作「登豆」。廖本、王本作「甄桓」。〔補釋〕文選賈誼過秦論李善注：「埤蒼曰：揭，立舉也。」〔方世舉注〕詩生民：「卬盛于豆，于豆于登。」爾雅釋器：「木豆謂之豆，瓦豆謂之登。」〔徐震評釋〕二句言或如盆盎疊重，或如登豆分立。

〔一七〕魏本注曰：「頹」，一作「頑」。〔舉正〕蜀作「寢」。杭作「窮」。〔考異〕「寢」，或作「窮」，非是。又或作「偃」。

〔一八〕〔方世舉注〕水經注：「耆闍崛山，山是青石，頭似鷲鳥，阿育王使人鑿石，假安兩翼兩脚，鑿治其身，今見存，遠望是鷲鳥形，故曰靈鷲山也。」

〔一九〕〔舉正〕杭、蜀同謝校作「隨」。方言曰：「先後猶娣姒也。」釋名曰：「以來先後言也。」校本不詳先後之義，以「友朋」爲「隨迎」，復易「隨」爲「差」，誤甚矣。〔考異〕「友朋」，或作「迎隨」。「隨」，或作「差」。今按：史記「見神于先後宛若」，即謂娣姒也。祝本、魏本作「差」。廖本、王本作「隨」。〔魏本引補注〕先後，導從也。詩：「予曰有先後。」

〔二〇〕〔徐震評釋〕廣韻：「迸，散也，比諍切。」

〔二一〕〔補釋〕史記武帝紀：「遂至東萊宿留之。」索隱：「音秀溜，遲待之意。若依字讀，則言宿而留，亦是有所待，並通。」

〔二二〕〔方世舉注〕水經注：「山川暴戾。」

〔二三〕〔魏本引蔡夢弼曰〕左傳隱十一年：「如舊昏媾。」注：「婦之父曰昏，重昏曰媾。」

〔二四〕〔舉正〕謝本校「舞」作「舉」。

〔二五〕〔魏本引孫汝聽曰〕爾雅：「春獵爲蒐，夏爲苗，秋爲獮，冬爲狩。」

〔二六〕〔方世舉注〕三齊略記：「始皇作石橋欲過海，於時有神人能驅石下海，城陽一山，石盡起立，嶷嶷東傾，狀似相隨，又衆山之石皆傾注，今猶岌岌東趣。」

〔二七〕〔魏本引祝充曰〕首，嚮也。楚辭：「登崑崙而北首。」

〔二八〕〔舉正〕唐本、李、謝校作「焰」。閣本、蜀本皆同今文。〔考異〕「焰」，或作「煙」。祝本、魏本作「煙」。廖本、王本作「焰」。〔方成珪箋正〕舉正「焰」作「熇」，「熇」字較「焰」爲勝。〔補釋〕余所據四庫全書本舉正作「焰」不作「熇」，未知箋正所據者何本也。〔補釋〕海賦李善注：「熺，熾也。爁，與爓同。」一切經音義七引三蒼「爓」作「焰」。西都賦李善注：「字林曰：爓，火貌也。」

〔二九〕〔魏本引祝充曰〕饙餾，蒸飯。爾雅：「饙餾，稔也。」注：「餈飯爲饙。饙熟爲餾。」〔王元啓曰〕按：稔，熟也。餈，音修。孫炎曰：「蒸之曰饙，均之曰餾。」說文：「饙，一蒸米也。餾，飯氣流也。」〔徐震評釋〕此二句言山中雲霧上出之狀。〔補釋〕下句信如徐釋，上句則狀朱維燒日時，山光如火之象，不宜混爲一解。

〔三〇〕〔魏本引補注〕彀，張弓也。

〔三一〕〔徐震評釋〕赤者謂赤立無草木。〔魏本引祝充曰〕鬜，說文云：「鬢禿也。」

〔二二〕〔徐震評釋〕詩棫樸：「薪之槱之。」毛傳：「積也。」釋文云：「積木燒也。」

〔二三〕〔補釋〕詩小旻疏：「兆者，龜之亹坼。」

〔二四〕祝本、廖本、王本作「若」。魏本作「如」。〔徐震評釋〕左傳閔二年傳：「成風聞成季之繇。」杜注：「卦兆之占辭。」觀此句文義，則直以繇爲卦爻矣。

〔二五〕〔魏本引蔡夢弼曰〕易剥䷖，坤下艮上。

〔二六〕〔魏本引蔡夢弼曰〕姤䷫，巽下乾上。〔朱彝尊曰〕「或連若相從」以下，琢句雖工，然不甚切實，自覺味短，且翻更説得太板了。〔姚範曰〕華嚴法界品言三昧光明，多用或字文法。然韓公自本小雅，兼用説卦傳耳。陸魯望和皮襲美千言詩，多用誰字，文法同此。〔施補華曰〕南山詩五十餘或字，與送孟東野序二十餘鳴字一例，大開後人惡習，學詩學文者宜戒。〔陳衍石遺室詩話〕濤園説詩，時有悟入處。嘗云昌黎南山詩連用五十一或字，少陵北征已有「或紅如丹砂，或黑如點漆」之句。實則莫先於小雅北山「或燕燕居息，或盡瘁事國」十二句，連用十二或字。余謂北山將苦樂不均，兩兩比較，視南山專狀山之形態，有寬窄難易之不同。北山到底竟住，斬截可喜。南山則不免辭費，故中多複處。如「或戾若仇讎」，非即「或背若相惡」乎？「或密若婚媾」，非即「或向若相佑」乎？「或隨若先後」，非即「或連若相從」乎？其餘「或赴若輻輳」與「或行而不輟」，「或妥若弭伏」與「或頹若寢獸」，大同小異之處尚多。故昔人謂北征不可無，南山可以不作也。且其疊用若字如字或字，三百篇早有之矣。〔徐震評釋〕詩中連用五十一或字，雖云原本北山，觀其參差變化之處，似亦出於陸機文賦，試取文賦中「或仰逼於先條」至「或研之而後精」一段觀之，可見陰用文賦之迹。連用五十一或字，一氣鼓盪，勢極排奡。以既登絶頂，殫覩千山萬壑之變態，如此形容，以便總攝，用筆殊爲巧妙。且與上文自山下瞻望，及兩次登山之所見，寫法迥異，尤爲善于變化。惟「或戾若仇讎，或密若婚媾」，與「或背若相惡，或向若相佑」，詞意不免重複，斯爲小疵耳。

〔三七〕〔方世舉注〕廣雅釋訓：「延延，長也。」〔魏本引孫汝聽曰〕屬，續也。

〔三八〕〔方世舉注〕易夬卦：「君子夬夬。」又：「莧陸夬夬。」〔魏懷忠注〕遘，遇也。〔補釋〕姤媾同紐連用。

〔三九〕〔魏本引祝充曰〕喁喁，魚口也。吴越春秋云：「天下喁喁。」闖，馬出門貌。公羊：「開之則闖然。」注：「出頭貌。」〔徐震評釋〕喁喁，言衆山相齊。

〔四〇〕〔方世舉注〕説苑：「宿，日月五星之所宿也。」〔徐震評釋〕後漢書耿弇傳：「落落難合。」注：「落落，猶疏闊也。」此句言一大山在疏落之小山間。

〔四一〕〔王元啓曰〕誾誾恐取詩大雅「崇墉言言」之義。古字誾與言通。毛傳云：「言言，高大也。」〔方成珪箋正〕禮玉藻：「二爵而言言斯。」注：「言言與誾誾同。」

〔四二〕〔舉正〕𨏲，山形如甑也。姚令威云：恐當作「𨏲𨏲」，選魏都賦：「四門𨏲𨏲。」注：「高也。」〔補釋〕吕氏春秋高誘注：「詩曰：『庶姜𨏲𨏲。』高長貌。」説文：「𨏲，載高貌。从車，櫶省聲。」

〔一四三〕〔方世舉注〕後漢書張衡傳：「長余佩之參參。」注：「參參，長貌。」水經注：「立石嶄巖，亦如劍杪。」

〔一四四〕〔魏本引祝充曰〕詩：「充耳琇瑩。」注：「美石也。」

〔一四五〕〔補釋〕素問：「木敷者其葉發。」注：「敷，布也。」文選吴都賦劉逵注：「敷蘛，華開貌。」〔顧嗣立注〕鄭玄毛詩箋：「承華者，蕚也。」

〔一四六〕〔舉正〕晁本作「闒闒」。〔方世舉注〕廣韻：「闒，戟名。」無他義，故一本作「闒」。說文：「闒，樓上屋也。」於義差近。然按韓詩外傳：「巫馬期仰天而歎，闒然投鐮於地。」則闒字固形容之辭，字書略之也。記月令：「其祀中霤。」釋名：「中央曰中霤，室中霤下之處。」〔方成珪箋正〕管子小問篇：「闒然止。」注：「住立貌。」史記匈奴傳：「闒然更始。」注：「安定意。」公詩義當用此。「摧」疑「垂」字之譌。禮玉藻：「頤霤。」注：「頤，如屋霤之垂也。」作垂義爲勝，然無本可校，姑仍之。〔徐震評釋〕闒爲形容之辭，方世舉引韓詩外傳證之是也。方成珪說霤字之義引玉藻，亦是也。以外傳觀之，闒蓋狀下投之貌，則韓公云「闒闒屋摧霤」者，謂如屋簷摧壞，有下投之勢耳。方成珪欲改「摧」爲「垂」，非是。又方成珪所引玉藻注，乃疏文之誤。

〔一四七〕〔徐震評釋〕爾雅釋獸：「闕洩多狃。」釋文云：「厹，字林或作狃。」說文：「厹，獸足蹂地也。」兀兀，不安貌。此句之義，謂兀兀然狂若獸之走也。廣雅釋詁一：「蹂，疾也。」狃作凥解，與狂字義正合。

〔一四八〕〔補釋〕范晞文對牀夜話引此作「起起」。按：說文：「超，跳也。」若作「起起」，則用後漢書鄭玄傳，亦通。

〔一四九〕〔補釋〕左傳：「今王室實蠢蠢焉。」杜預注：「蠢蠢，動擾貌。」〔王元啓曰〕上云「蠢蠢」，則「駭」字恐係「駃」字誤文。懋，勉也。駃不懋者，不能勉強之意，對上「出猶奔」言之。〔徐震評釋〕王欲改「駭」爲「駃」，非也。廣雅釋言：「駭，起也。」此句之意，謂雖蠢蠢起動，而不肯勉力進趨，與己超超上出而猶速趨者，意正相對。〔范晞文曰〕連十四句，皆用雙字起，蓋亦古詩「青青河畔草，鬱鬱園中柳」之意。〔朱彝尊曰〕以韓公高才，到此亦乏出場。雖強爲馳騁，終見才竭。〔徐震評釋〕延延以下十四疊，正足見餘勇可賈，何云才竭邪？以上言第三次直躋冢頂，殫覩衆山之形態。

〔一五〇〕〔查慎行曰〕一句總承全局。

〔一五一〕〔魏本引孫汝聽曰〕肖，象也，謂象營衛腠理。〔方世舉注〕淮南原道訓：「經紀山川，蹈騰昆侖。」又精神訓：「經天營地，各有經紀。天有四時五行九解，人亦有四支五藏九竅。」黃帝素問：「炅則腠理開，營衛通。」

〔一五二〕〔徐震評釋〕開張，猶開闢也。

〔一五三〕〔魏本王本注〕「僶俛」，一作「俛仰」。〔補釋〕文選秋胡詩李善注：「僶俛，猶俯仰也。」詩楚茨毛傳：「侑，勸也。」按：此二句用意句法本於莊子天運篇：「孰主張是？孰維綱是？孰居無事推而行是？孰隆施是？孰居無事淫樂而勸是？」兼參楚辭天問。

〔一五四〕〔徐震評釋〕廣雅釋詁一：「朴，大也。」

〔一五五〕〔方世舉注〕書湯誥：「聿求元聖，與之戮力。」〔徐震評釋〕戮，勠之假借字。説文：「勠，并力也。」爾雅釋詁云：「疚，病也。」勞疚，猶云勞苦耳。

〔一五六〕〔徐震評釋〕二句謂成此山者爲用斧斤乎？爲藉詛咒乎？皆假設爲問之辭。〔補釋〕莊子天運篇：「意者其有機緘而不得已邪？意者其運轉而不能自止邪？」此陰法莊子而泯其迹。

〔一五七〕〔舉正〕閣本、謝校同作「竟無傳」。蜀本「無」作「誰」。〔考異〕「無」，又作「莫」。〔徐震評釋〕揚子法言問道篇：「鴻荒之世，聖人惡之。」此句猶天問「遂古之初，誰傳道之」之意。

〔一五八〕〔舉正〕閣本、謝校同作「莫」。〔考異〕「莫」，或作「豈」。〔方世舉注〕漢書食貨志：「或不償其僦費。」師古曰：「僦，顧也，言所輸貨物，不足償其顧庸之費也。」〔徐震評釋〕此言創造功大，莫能酬直。

〔一五九〕〔魏本引蔡夢弼曰〕史記高祖紀：「二年令祠官祀天地四方上帝山川，以時祠之。」封禪書：「高祖令長安置祠祝，而南山巫祠南山秦中。」

〔一六〇〕魏本作「齅」。祝本、廖本、王本作「嗅」。〔考異〕依字當作「齅」。〔方世舉注〕詩楚茨：

「苾芬孝祀。」詩生民：「上帝居歆。」注：「鬼神食氣曰歆。」〔方成珪箋正〕説文：「齅，鼻就臭也。」〔徐震評釋〕此二句言聞諸祠官，南山之神甚靈異，能降臨歆受禋祀也。

〔一六一〕〔蔣抱玄注〕論語：「斐然成章。」

〔一六二〕〔方世舉注〕廣韻：「酭，報也。」〔徐震評釋〕贊，佐也。報酭，謂報神之祭。以上爲頌南山之辭，即以作結。此七韻中凡分四層：「大哉」二句，總束上文敍述所見之山形。「厥初」八句，推求南山之起原。「嘗聞」二句，稱其靈異。「斐然」二句，明作詩之意。

【集説】

潛溪詩眼曰：孫莘老嘗謂老杜北征勝退之南山詩，王平甫以爲南山勝北征，終不能相服。山谷尚少，乃曰：若論工巧，則北征不及南山，若書一代之事，以與國風、雅、頌相爲表裏，則北征不可無，而南山雖不作未害也。二公之論遂定。

洪興祖曰：此詩似上林、子虛賦，才力小者，不可到也。

黄震黄氏日抄曰：南山詩險語叠出，合看其布置處。

蔣之翹曰：南山之不及北征，豈僅僅不表裏風、雅乎？其所言工巧，南山竟何如也？連用或字五十餘，既恐爲賦若文者，亦無此法。極其鋪張山形峻險，叠叠數百言，豈不能一兩語道盡？試問之，北征有此曼冗否？翹斷不能以阿私所好。

吴喬曰：詠懷、北征古無此體，後人亦不可作，讓子美一人爲之可也。退之南山詩，已是後生不遜。詩貴出於自心，咏懷、北征，出於自心者也；南山，欲敵子美而覓題以爲之者也。山谷之語，只見一邊。

朱彝尊曰：此詩雕鏤雖工，然有痕迹，且費排置。若北征則出之裕如，力量固勝。

顧嗣立曰：此等長篇，亦從騷賦化出。然卻與焦仲卿妻、杜陵北征諸長篇不同者，彼則寔敍事情，此則虛摹物狀。公以畫家之筆，寫得南山靈異縹緲，光怪陸離，中間連用五十一或字，復用十四叠字，正如駿馬下岡，手中脱轡。忽用「大哉立天地」數語作收，又如柝聲忽驚，萬籟皆寂。

方世舉曰：古人五言長篇，各得文之一體。焦仲卿妻詩傳體，杜北征序體，八哀狀體，白悟真寺記體，張籍祭退之誄體，退之南山賦體。賦本六義之一，而此則子虛、上林賦派。長短句任華寄李白、杜甫二篇書體，盧仝月蝕議體，退之寄崔立之亦書體，謝自然又論體。觸類而成，不得不然也。又按南山、北征，各爲巨製，題義不同，詩體自別，固不當並較優劣也。此篇乃登臨紀勝之作，窮極狀態，雄奇縱恣，爲詩家獨闢蠶叢。無公之才，則不能爲。有公之才，亦不敢復作。固不可無一，不可有二者也。近代有妄人，譏其曼冗，且謂連用或字爲非法，不知或字本小雅北山，連用叠字本屈原悲回風、古詩十九首，款啓寡聞，而輕有掎摭，多見其不知量也。

姚範曰：宋人評論，特就事義大小言之耳。愚謂但就詞氣論，北征之沈壯鬱勃，精采旁魄，蓋有百番誦之而味不窮者，非南山所並。南山僅形容瑰奇耳，通首觀之，詞意猶在可增減之中。杜公詩誦之古氣如在喉間。南山前作冒子，不好。

唐宋詩醇曰：入手虛冒開局。「嘗昇崇丘」以下，總敘南山大槩。「春陽」四段，敘四時變態。「太白」、「昆明」兩段，言南山方隅連亘之所自。「頃刻異狀候」以上，只是大略遠望，未嘗身歷。瞻太白，俯昆明，眺望乃有專注，而猶未登涉也。「徑杜墅」、「上軒昂」，志窮觀覽矣。蹭蹬不進，僅一窺龍湫止焉。遭貶由藍田行，則又跋涉艱危，無心觀覽也。層層頓挫，引滿不發，直至「昨來逢清霽」以下，乃舉憑高縱目所得景象，傾囊倒篋而出之。疊用或字，從北山詩化出，比物取象，盡態極妍，然後用「大哉」一段煞住。通篇氣脈逶迤，筆勢竦峭，蹊徑曲折，包孕宏深，非此手亦不足以稱題也。

趙翼曰：究之山谷所謂工巧，亦未必然。凡詩必須切定題位，方爲合作。此詩不過鋪排山勢，及景物之繁富，而以險韻出之，層疊不窮，覺其氣力雄厚耳。世間名山甚多，詩中所咏，何處不可移用，而必於南山耶？而謂之工巧耶？則與北征固不可同年語也。

方東樹曰：北征、南山，體格不侔。昔人評論以爲南山可不作者，滯論也。論詩文政不當如此比較。南山蓋以京都賦體而移之於詩也，北征是小雅、九章之比。讀北征、南山，可得滿象，並可悟元氣。

陳衍曰：昌黎南山詩，固未甚高妙。然論詩者必謂北征不可不作，南山可以不作，亦覺太過。北征雖憂念時事，説自己處居多。南山乃長安鎮山，自小雅「秩秩斯干，幽幽南山」後，無雄詞可誦者。必謂南山可不作，斯干詩不亦可不作耶？

程學恂曰：讀南山詩，當如觀清明上河圖，須以静心閒眼，逐一審諦之，方識其盡物類之妙。又如食五侯鯖，須逐一咀嚼之，方知其極百味之變。昔人云賦家之心，包羅天地者，於南山詩亦然。潛溪詩眼載山谷語，亦未盡確，然則北征可謂不工乎？要知北征、南山本不可並論：北征，詩之正也，南山乃開别派耳。公所謂與李、杜精誠交通，百怪入腸者，亦不在此等。

徐震評釋曰：以韻語刻畫山水，原於屈、宋。漢人作賦，鋪張雕繪，益臻繁縟。謝靈運乃變之以五言短篇，務爲清新精麗，遂能獨闢蹊徑，擅美千秋。昌黎南山，取杜陵五言大篇之體，攝漢賦鋪張雕繪之工，又變謝氏軌躅，亦能别開境界，前無古人。顧嗣立謂之光怪陸離，方世舉稱其雄奇縱恣，合斯二語，庶幾得之。自宋人以比北征，談者每就二篇較絜短長。予謂北征主於言情，南山重在體物，用意自異，取材不同，論其工力，並爲極詣，無庸辨其優劣也。

〔唐〕韓愈 著
錢仲聯 集釋

韓昌黎詩繫年集釋

中

上海古籍出版社

卷　五

豐陵行〔一〕

羽衛煌煌一百里〔二〕，曉出都門葬天子。羣官雜沓馳後先〔三〕，宫官穰穰來不已〔四〕。是時新秋七月初，金神按節炎氣除〔五〕，清風飄飄輕雨灑〔六〕，偃蹇旂旆卷以舒〔七〕。逾梁下坂笳鼓咽〔八〕，嵽嵲遂走玄宫閭〔九〕，哭聲訇天百鳥噪〔一〇〕，幽坎晝閉空靈輿〔一一〕。皇帝孝心深且遠，資送禮備無贏餘〔一二〕，設官置衛鎖嬪妓〔一三〕，供養朝夕象平居〔一四〕。臣聞神道尚清浄，三代舊制存諸書。墓藏廟祭不可亂〔一五〕，欲言非職知何如。

〔一〕元和元年丙戌七月後。〔魏本引樊汝霖曰〕順宗陵也。按長安志：順宗豐陵在富平縣東北三十五里甕金山。〔魏本引韓醇曰〕順宗以元和元年七月葬。公是年六月方自江陵召入爲博士，必當是時作。終篇言「三代舊制存諸書」，當時之禮，必有不合於古者，故云。

〔方世舉注〕順宗實録：「元和元年七月壬寅，葬豐陵，謚曰至德大聖大安孝皇帝，廟曰順宗。」

〔二〕〔舉正〕閣本作「三百里」，以長安志考之，非。〔顧嗣立注〕舊唐書職官志：「左右金吾衛，凡車駕出入，則率其屬以清遊隊，建白澤朱雀等旗隊先驅，如鹵簿之法。」〔方世舉注〕江淹詩：「羽衛藹流景。」善曰：「羽衛，負羽侍衛也。」〔補釋〕詩：「檀車煌煌。」毛傳：「煌煌，明也。」文選景福殿賦李善注：「煌煌，盛貌。」

〔三〕〔方世舉注〕後漢書張衡傳：「雜沓叢顇，颯以方驤。」

〔四〕〔魏本引孫汝聽曰〕宫官，宦侍也。〔魏本引祝充曰〕穰，衆也。詩：「降福穰穰。」

〔五〕金神，見卷四答張徹注。

〔六〕祝本「清」作「青」，誤。〔方世舉注〕國史補：「京輔故老言：每營山陵封，輒雨，至少霖淫亦十餘日矣。」〔方成珪箋正〕韓子十過章：「昔者黄帝合鬼神於泰山之上，風伯進埽，雨師灑道。」

〔七〕魏本、廖本、王本作「旂」。祝本作「旗」。〔方世舉注〕廣雅釋訓：「偃蹇，夭撟也。」

〔八〕〔舉正〕閣本、李、謝校作「笳鼓沸」。〔考異〕「咽」，方作「沸」。今按：作「咽」乃響，又見悲切之意也。〔聞人倓注〕説文：「梁，木橋也。」廣韻：「坂，坡坂也。」顔延之詩：「笳鼓震溟洲。」

〔九〕〔舉正〕三本、李、謝校同作「閭」。選注：「天子后妃所葬墓曰玄宫。」玄宫閭，玄宫前之寓閭也。選西京賦：「託喬基于山岡，直崪霓以高居。」崪嵲義原此也。〔考異〕「閭」，或作「虚」，非是。祝本、魏本作「虚」。廖本、王本作「閭」。〔補釋〕廣韻：「崪嵲，山高。」

〔朱彝尊曰〕淡淡語，卻有風致。

〔一〇〕〔魏本引韓醇曰〕魏陳琳武庫賦：「聲訇隱而動天。」

〔一一〕〔魏本引孫汝聽曰〕靈輿，梓宫。〔聞人倓注〕漢郊祀歌：「靈輿位，偃蹇驤。」

〔一二〕〔補釋〕廣雅釋詁：「贏，餘也。」

〔一三〕魏本、廖本、王本作「鎖」。祝本作「瑣」。〔魏本引孫汝聽曰〕唐制，諸陵皆置宫殿，列官曹，設嬪妓侍衛如平生。杜甫橋陵詩：「宫女晚知曙，祠臣朝見星。」即謂此也。

〔一四〕〔舉正〕蜀本作「供送」。〔陳寅恪元白詩箋證稿〕通鑑二四九唐紀宣宗紀大中十二年二月甲子條胡注略云：「宋白曰：凡諸帝升遐，宫人無子者悉遣詣山陵供奉朝夕，具盥櫛，治衾枕，事死如事生。」〔黄鉞注〕便是不合于古。

〔一五〕〔聞人倓注〕禮記：「葬也者，藏也者，欲人之弗得見也。」論衡：「古禮廟祭。」

【集説】

嚴虞惇曰：語殊不莊，何也？

程學恂曰：此詩甚佳，予乃嫌其質直言之，是議體，非詩體也。

雨中寄孟刑部幾道聯句〔一〕

秋潦淹轍跡〔二〕，高居限參拜愈〔三〕。耿耿蓄良思〔四〕，遥遥仰嘉話郊〔五〕。一晨長隔歲，百步遠殊界愈〔六〕。商聽饒清聳〔七〕，悶懷空抑噫郊〔八〕。美君知道腴〔九〕，逸步謝天械愈〔一〇〕。吟馨鑠紛雜〔一一〕，抱照瑩疑怪郊〔一二〕。撞宏聲不掉〔一三〕，輸邈瀾逾殺愈〔一四〕。簷瀉碎江喧〔一五〕，街流淺溪邁郊〔一六〕。念初相遭逢，幸免因媒介〔一七〕。祛煩類決癰〔一八〕，愜興劇爬疥〔一九〕。研文較幽玄〔二〇〕，呼博騁雄快〔二一〕。今君軺方馳〔二二〕，伊我羽已鎩〔二三〕。温存感深惠，琢切奉明誡愈〔二四〕。迨茲更凝情，暫阻若嬰瘵〔二五〕。欲知相從盡〔二六〕，靈珀拾纖芥〔二七〕；欲知相益多〔二八〕，神藥銷宿憊〔二九〕。德符仙山岸〔三〇〕，永立難欹壞；氣涵秋天河〔三一〕，有朗無驚湃郊〔三二〕。祥鳳遺蒿鷃〔三三〕，雲韶掩夷靺〔三四〕。爭名求鵠徒〔三五〕，騰口甚蟬喝〔三六〕。未來聲已赫，始鼓敵前敗〔三七〕。鬬場再鳴先〔三八〕，遐路一飛届〔三九〕。東野繼奇躅〔四〇〕，脩綸懸衆犗〔四一〕。穿空細丘垤〔四二〕，照日陋菅蒯愈〔四三〕。小生何足道〔四四〕，積慎如觸蠆〔四五〕。愔愔抱所諾〔四六〕，翼翼自申戒〔四七〕。聖書空勘讀〔四八〕，盜食敢求嘬〔四九〕。惟當騎欵段〔五〇〕，豈望覿珪玠〔五一〕。弱操愧筠杉，微芳比蕭薙〔五二〕。何以驗高明〔五三〕？柔中有剛夬郊〔五四〕。

〔一〕〔舉正〕元和改元作。〔魏懷忠注〕孟簡，字幾道，德州平昌人。以新舊傳考之，未嘗爲刑部，史豈逸之耶？新傳言其爲倉部員外，以不附王叔文徙他曹。或者他曹即刑部也。〔陳景雲曰〕舊史：簡自倉部員外郎遷司封郎中，新史所謂他曹，乃司封非刑部。蓋自户曹遷吏曹，故曰他曹也。又韓子誌李干墓文中稱簡爲工部尚書，簡歷此官，亦未見於史，蓋與不著其除刑部同，則史之所略多矣。〔方世舉注〕孟郊有寄從叔先輩簡詩，郊與簡同族也。〔王元啓曰〕此詩首二章繕寫錯亂，與炭谷湫詩正同，今爲考次如後。〔補釋〕王元啓所定次序，移「撞宏聲不掉」四句於「商聽饒清聳」句後，以無版本可據，今不從，而存其說於「抱照瑩疑怪」句下注。

〔二〕〔考異〕「淹」，或作「無」。〔補釋〕禮記：「水潦降。」陸德明釋文：「雨水謂之潦。」

〔三〕〔魏本引孫汝聽曰〕高居，避水高處。限，隔也。〔王元啓曰〕高居指孟刑部。因轍跡爲秋潦所淹，道路不通，故無由參拜高居。孫注謂避水高處，則似公自謂，其説非是。

〔四〕〔魏本引韓醇曰〕詩：「耿耿不寐。」

〔五〕〔朱彝尊曰〕起數語朗快。

〔六〕〔舉正〕杭作「遠」。舊本多同。〔考異〕「遠」，或作「還」。祝本、魏本作「還」。廖本、王本作「遠」。

〔七〕〔考異〕「商」，或作「高」，非是。　〔魏本引孫汝聽曰〕秋於五行爲商。商聽，謂聽秋聲也。

〔八〕〔舉正〕蜀作「悶」。李、謝校同。　〔考異〕「悶」，或作「閟」，非是。　祝本、魏本作「閟」。廖本、王本作「悶」。　〔祝充注〕噫，烏界切，説文：「飽食息也。」　〔方世舉注〕司馬相如長門賦：「心憑噫而不舒。」

〔九〕〔魏本引韓醇曰〕選班固答賓戲：「委命供己，味道之腴。」注：「腴，膏也。」　〔黄徹曰〕愈寄孟刑部聯句云：「美君味道腴。」或問道果有味乎？余曰：如介甫「午雞聲不到禪林，柏子烟中静擁衾」，「竹雞呼我出華胥，起滅篝燈擁燎鑪」，「各據槁梧同不寐，偶然聞雨落階除」，皆淡泊中味，非造此境，不能形容也。　〔補釋〕諸本皆作「知道腴」。疑宋時刊本中或有作「味」者，故黄氏云爾。

〔一〇〕〔魏本引孫汝聽曰〕逸步，高逸也。天械，爵位冠冕之屬。　〔方世舉注〕此二字用莊子「天刑之安可解」語意。　〔朱彝尊曰〕頌孟兩句佳，下稍艱澀。

〔一一〕〔魏本注〕「馨」，一作「聲」。

〔一二〕〔廖瑩中注〕江淹雜體詩：「開衷瑩所疑。」此詩首言秋潦，就雨中設想。「商聽」、「悶懷」以下，直接「撞宏」、「輪邈」二聯，語從其類。次章「美君」二字，乃就孟刑部着想。「吟馨」、「抱照」以下，接入「念初」云云，亦復一氣相貫。舊本錯亂無序。

〔一三〕〔魏本引孫汝聽曰〕撞宏，擊鐘也。宏，大也。不掉，不振也。

〔一四〕〔魏本引孫汝聽曰〕輸邈，謂輸瀉遠邈也。殺，猛疾也。言雨聲亂川漲如此也。

〔一五〕〔魏本引孫汝聽曰〕簷瀉，謂簷間雨瀉如碎江。

〔一六〕〔魏本引孫汝聽曰〕街流如淺溪之行。邁，行也。

〔一七〕〔廖瑩中注〕孔叢子：「士無介不見，女無媒不嫁。」〔朱彝尊曰〕韓追敘。

〔一八〕〔方世舉注〕莊子大宗師篇：「彼以生爲附贅懸疣，以死爲決疣潰癰。」

〔一九〕〔舉正〕閣本作「爮」。今字書，爮，匏也。爬無爮音。然文選「把搔無已」，把，蒲庖切，則知唐字今不出者多。〔祝充注〕爬，搔也，把字同。疥，瘡疥。周禮：「夏時有痒疥疾。」〔朱彝尊曰〕稍覺未雅。

〔二〇〕〔魏本引孫汝聽曰〕研，研窮，謂論文也。幽玄，幽深也。

〔二一〕〔魏本引孫汝聽曰〕博，博塞。騁，恣也。

〔二二〕〔舉正〕閣本、杭本「君」皆作「春」。〔祝本魏本注〕「方」，一作「車」。〔祝充注〕軺，説文：「小車也。」廣韻：「使車也。」史記：「乃乘軺車之洛陽。」

〔二三〕〔祝本魏本注〕「已」，一作「毛」。〔魏本引樊汝霖曰〕公陽山縣齋有懷云：「錣羽時方褚。」蓋謂貞元十九年冬自御史出爲陽山，至是召入故云。錣羽，見卷二縣齋有懷注。

〔二四〕〔舉正〕唐、蜀本、謝校作「誡」。説文曰：「誡，勑也。戒，警也。」此語當用「誡」字，後語「伸戒」則當用「戒」字。漢谷永傳：「猶嚴父之明誡。」後漢西域傳：「釁國滅土，經有明誡。」所用同也。〔考異〕「誡」，或作「戒」。按：謝本下文實作「申戒」。祝本、魏本作「戒」。廖本王本作「誡」。〔魏本引韓醇曰〕詩：「如切如磋，如琢如磨。」

〔二五〕〔祝充注〕瘵，病也。詩：「無自瘵焉。」〔朱彝尊曰〕東野追敍。

〔二六〕〔方成珪箋正〕相從盡，不可解。恐當從下句謝校作「相從益」。或以下「相益多」句重複爲疑，不知蟬聯而下，意義尤妙也。然無本可校，姑存其説于此。

〔二七〕〔舉正〕閣、蜀本作「拾」。〔考異〕「拾」，或作「捨」，非是。〔廖瑩中注〕吴書：「虞翻曰：虎珀不取腐芥。」〔方成珪箋正〕虎珀，今吴志作虎魄。音義同。

〔二八〕〔舉正〕謝校作「相從益」。

〔二九〕〔方世舉注〕古樂府董逃行：「服爾神藥，莫不歡喜。」〔祝充注〕憊，病也。易：「有疾憊也。」

〔三〇〕〔補釋〕「德符」二字，本莊子德充符篇來。

〔三一〕〔魏本引孫汝聽曰〕天河，天漢也。

〔三二〕〔魏本引孫汝聽曰〕朗，明。湃，澎湃。〔朱彝尊曰〕兩層扇對取喻，亦磊落有概。

〔三三〕〔蔣抱玄注〕淮南子：「祥鳳至，黄龍下。」〔方成珪箋正〕莊子逍遥遊：「斥鴳翺翔蓬蒿之間。」釋文：「鴳，於諫切。字亦作鷃。」

〔三四〕雲韶，見卷四會合聯句注。〔方世舉注〕記明堂位：「昧，東夷之樂也。」獨斷：「東方曰韎，南方曰任，西方曰株離，北方曰禁。」　〔朱彝尊曰〕又頌孟。

〔三五〕〔方世舉注〕秦國策：「臣聞争名者於朝，争利者於市。」記射義：「射者各射己之鵠。」

〔魏本引孫汝聽曰〕求鵠，如射之志鵠也。

〔三六〕〔魏本引韓醇曰〕易：「騰口説也。」蟬喝，見卷四納涼聯句注。　〔朱彝尊曰〕借他人相形。又斯時幾道已爲郎，何猶作科甲時較量耶？

〔三七〕〔魏本引孫汝聽曰〕左氏傳曰：「一鼓作氣，再而衰。」始鼓，初鼓也。前，先也。

〔三八〕〔魏本引孫汝聽曰〕襄二十一年左氏：「齊莊公朝，指殖綽、郭最曰：是寡人之雄也。州綽曰：君以爲雄，誰敢不雄？然臣不敏，平陰之役，先二子鳴。」杜預注云：「比於雞鬭，勝而先鳴。」今言再鳴先者，蓋取此事。　〔陳景雲曰〕再鳴者，謂幾道登第後又擢詞科也。　鄭羣墓銘中有「再鳴以文」句，與此語意正同。

〔三九〕〔舉正〕「遐」，杭本作「霞」。　〔蔣抱玄注〕史記：「不飛則已，一飛沖天。」　〔補釋〕詩鄭箋：「屆，至也。」

〔四〇〕〔魏本引孫汝聽曰〕繼奇躅，謂繼幾道之跡也。　〔祝充注〕躅，軌也。前漢：「伏周、孔之軌躅。」

〔四一〕〔魏本引樊汝霖曰〕莊子：「任公子爲大鈎巨緇，五十犗以爲餌，投竿東海，旦旦而釣。」犗，騬牛也。

〔四二〕〔王元啓曰〕「穿空」，係「牚空」之誤。牚，與撐同，支拄也。〔魏本引孫汝聽曰〕孟子：「太山之於丘垤。」垤，螘塚也。

〔四三〕菅蒯，見卷四納涼聯句注。〔魏本引孫汝聽曰〕丘垤菅蒯，公以自喻也。

〔四四〕〔魏本引孫汝聽曰〕小生，郊自謂也。

〔四五〕〔魏本引祝充曰〕詩：「卷髮如蠆。」注：蠆，蟲也。左氏：「蜂蠆有毒。」

〔四六〕〔魏本引祝充曰〕愔愔，安静貌。左氏曰：「祈招之愔愔。」

〔四七〕〔考異〕「申」，方作「伸」。「戒」，説見上。祝本、魏本作「伸誡」，廖本、王本作「申戒」。〔魏本引孫汝聽曰〕詩云：「唯此文王，小心翼翼。」恭敬貌也。

〔四八〕〔舉正〕杭、蜀同作「甚讀」。〔考異〕「勘」，方作「甚」。祝本、魏本作「甚」。廖本、王本作「勘」。〔補釋〕説文新附：「勘，校也，从力，甚聲。」按方世舉注謂以此句推之，是元年爲博士時作，殆不考此爲孟句，非韓句也。

〔四九〕〔魏本引韓醇曰〕列子：「爰旌目餓於道，狐父之盜，下壺餐而餔之。爰旌目既能視，曰：汝非盜耶?吾義不食子之食也。」禮記：「無嘬炙。」嘬，謂一舉盡臠。

〔五〇〕〔方世舉注〕後漢書馬援傳：「從弟少游曰：士生一世，但取衣食裁足，乘下澤車，御款段馬，鄉里稱善人足矣。」注：款，猶緩也，言形段遲緩也。

〔五一〕〔魏本引孫汝聽曰〕玠，大珪也。詩：「以其介圭，入覲于王。」介與玠通。〔顧嗣立注〕詩：

「錫爾玠珪。」爾雅：「珪大尺二寸，謂之玠。」

〔五二〕〔魏本引孫汝聽曰〕詩：「采蕭及菽。」蕭，蒿也。〔補釋〕山海經郭璞注：「韭薤皆山菜。」

〔五三〕〔方世舉注〕書洪範：「高明柔克。」

〔五四〕〔魏本引韓醇曰〕易：「夬，決也。剛決柔也。」〔魏本引孫汝聽曰〕夬卦，五陽而決一陰。

【集説】

朱彝尊曰：大約敍交情，借雨起興，詩亦跌蕩有姿態。但奇峭不若諸篇。

秋雨聯句〔一〕

萬木聲號呼〔二〕，百川氣交會郊〔三〕。庭翻樹離合〔四〕，牖變景明靄愈〔五〕。溼瀉殊未終〔六〕，飛浮亦云泰郊〔七〕。牽懷到空山，屬聽邇驚瀨愈〔八〕。簷垂白練直〔九〕，渠漲清湘大郊〔一〇〕。甘津澤祥禾〔一一〕，伏潤肥荒艾愈〔一二〕。主人吟有歡，客子歌無奈郊〔一三〕。侵陽日沈玄〔一四〕，剥節風搜兑愈〔一五〕。坱圠遊峽喧〔一六〕，颼飀卧江汰郊〔一七〕。微飄來枕前，高灑自天外愈。螢穴何迫迮〔一八〕？蟬枝埽鳴噦郊〔一九〕。援菊茂新芳〔二〇〕，徑蘭銷晚藹愈〔二一〕。地鏡時昏曉〔二二〕，池星競漂沛郊〔二三〕。讙呶尋一聲〔二四〕，灌注咽羣籟愈〔二五〕。儒宮烟火濕〔二六〕，市舍煎熬怵郊〔二七〕。卧冷空避門〔二八〕，衣寒屢循帶愈〔二九〕。水怒已倒流，陰繁恐凝害郊〔三〇〕。憂魚思舟楫〔三一〕，感禹勤畎澮愈〔三二〕。懷襄信可畏〔三三〕，疏決須有賴郊〔三四〕。筮命或馮蓍，卜晴將問蔡愈〔三五〕。庭商忽驚舞〔三六〕，墉禜亦親酹郊〔三七〕。氛醨稍疎映〔三八〕，雺亂還擁薈〔三九〕。陰旌時摎流〔四〇〕，帝鼓鎮訇磕〔四一〕。棗圃落青璣〔四二〕，瓜畦爛文貝〔四三〕。貧薪不燭竈〔四四〕，富粟空填廥愈〔四五〕。秦俗動言利〔四六〕，魯儒欲何丐〔四七〕？深路倒羸驂，弱途擁行馱〔四八〕。毛羽皆遭凍，離褷不能翽〔四九〕。翻浪洗虛空，傾濤敗藏蓋郊〔五〇〕。吾人猶在陳〔五一〕，僮僕誠自鄶〔五二〕。因思征蜀士，未免濕戎旆〔五三〕，安得發商飈〔五四〕？廓然吹宿靄，白日懸大野〔五五〕，幽泥化輕壒〔五六〕，戰場暫一乾，賊肉行可膾愈。搜心思有效，抽策期稱最〔五七〕。豈惟慮收穫，亦以救顛沛郊〔五八〕。禽情初嘯儔〔五九〕，礎色微收霈〔六〇〕。庶幾諧我願，遂止無已太愈〔六一〕。

〔一〕〔魏本引樊汝霖曰〕詩云「儒宮烟火濕」，此公爲學官在京師時也。又云「因思征蜀士」，蓋憲宗元和初命高崇文討劉闢時也。〔方成珪箋正〕按史，元和元年正月，詔崇文討闢，是詩有「剥節風搜兑」句，乃元年八月所作，至季秋則蜀平矣。

〔二〕〔方世舉注〕莊子齊物論：「大塊噫氣，其名爲風，作則萬竅怒號。」

〔三〕〔朱彝尊曰〕起壯甚。下五聯亦接得緊密。

〔四〕〔考異〕「離」，或作「雜」。〔補釋〕「雜合」，形容衆多歷亂之狀，亦作「合雜」，昌黎嘲鼾睡詩：「鴻蒙總合雜。」是其義。

〔五〕〔方世舉注〕鮑照詩：「江郊靄微明。」〔汪琬曰〕情景畫所不到。

〔六〕〔魏本引韓醇曰〕漻，水會也。説文：「小水入大水曰漻。」

〔七〕〔魏本引孫汝聽曰〕飛浮，雨勢。泰，甚也。〔廖瑩中注〕顔延年駕幸京口詩：「千翼泛飛浮。」

〔八〕〔補釋〕楚辭九歌：「石瀨兮淺淺。」王逸注：「瀨，湍也。」按：此二句，謂聞急雨之聲，如近在空山聽石上驚湍。孫汝聽謂「懷念空山，欲避水也」，非是。

〔九〕〔舉正〕蜀作「白練」。館本、謝本作「白龍」。〔祝本魏本注〕「練」，一作「繭」。

〔一〇〕〔魏本引孫汝聽曰〕渠水忽漲如瀟、湘之大也。

〔一一〕〔舉正〕閣、蜀本、李校作「祥木」。〔考異〕「禾」，方作「木」，非是。

〔一二〕〔舉正〕蜀本作「伏」。三館本同。祝本、魏本作「服」。廖本、王本作「伏」。〔方世舉注〕易説卦傳：「雨以潤之。」〔補釋〕爾雅釋草：「艾，冰臺。」

〔一三〕〔補釋〕主人謂公，客子郊自謂。

〔一四〕〔魏本引孫汝聽曰〕侵陽，謂侵害陽氣也。玄，幽也。

〔一五〕〔方世舉注〕易説卦傳：「兑爲澤，爲少女。」管輅別傳：「輅與倪清河相見，既刻雨期，言樹上已有少女微風，其應至矣。」〔王元啓曰〕兑，正西方之卦也。〔補釋〕吕氏春秋：「西方曰飂風。」高誘注：「兑氣所生。一曰閶闔風。」

〔一六〕〔魏本引祝充曰〕前漢賈誼鵩賦：「大鈞播物，坱圠無垠。」注：「其氣坱圠，非有限齊也。」

〔一七〕〔顧嗣立注〕選吴都賦：「颵瀏颼飀。」楚辭九章：「齊吴榜以擊汰。」王逸曰：「汰，水波也。」

〔朱彝尊曰〕游峽、卧江，字奇。

〔一八〕〔舉正〕蜀作「迮」，義訓迫，追急也。字見鴇羽詩箋。〔考異〕「迮」，或作「窄」。祝本、魏本作「窄」。廖本、王本作「迮」。〔魏本引韓醇曰〕「蛬」，蟋蟀也。〔方世舉注〕詩鴇羽鄭箋：「稹者，根相迫迮梱致也。」釋名：「笮，迮也，編竹相連。」迫，迮也。〔補釋〕「迮」與「窄」通。三國志蜀志張飛傳：「山道迮狹，前後不得相救。」迮狹，即窄狹，與迫迮義近。韓蓋用借字。

〔一九〕祝本、廖本、王本作「枝」。魏本作「林」。〔補釋〕文選東京賦薛綜注：「噦噦，和鳴聲。」

〔魏本引孫汝聽曰〕埽鳴噦，謂無聲也。

〔二〇〕〔舉正〕閣本作「楥」。〔考異〕「楥」，或作「園」。祝本、魏本作「園」。舉正本、考異本、廖本作「楥」。王本作「援」。〔李詳證選〕謝靈運有田南樹園激流植援詩，援即今之籬也。六朝人文多使此字。而今本皆誤作「楥」。〔補釋〕胡紹煐文選箋證曰：「善『援』字無注。銑曰：『引流水種木爲援，如牆院也。援，衛也。』姜氏皋曰：『晉書桑虞傳：園援多荆刺。梁書何允傳：即林成援。皆作援，不作楥。』按：釋名『垣，援也，人所依阻以爲援衞也。』劉以援釋垣，銑注以院解援，垣院義同。御覽四百七十二引幽明録：『散錢飛至觸籬援。』皆从手。至集韻、類篇誤从木傍作楥，云籬也。」據此，當從王本作「援」。王元啓讀韓記疑謂「从手作援者非是」，是以不誤爲誤也。

〔二一〕〔顧嗣立注〕楚辭宋玉招魂：「皋蘭被徑兮斯路漸。」〔祝充注〕玉篇：「馤，香也。」

〔二二〕〔魏本引孫汝聽曰〕地鏡，地之積水。〔方世舉注〕庾信詩：「地鏡階基遠，天牕影迹深。」

〔二三〕〔魏本引孫汝聽曰〕池星，池中苹藻之屬。漂沛，漂流也。

〔二四〕〔祝充注〕吺，喧也。詩：「載號載吺。」

〔二五〕〔方世舉注〕左思吴都賦：「灌注乎天下之半。」莊子齊物論：「汝聞人籟而未聞地籟，汝聞地籟而未聞天籟夫。」

〔二六〕〔蔣抱玄注〕儒宫，謂國子監。禮記：「儒有一畝之宫。」

〔二七〕〔方世舉注〕魏國策：「易牙乃煎熬燔炙，和調五味而進之。」張衡西京賦：「心奓體忲。」廣韻：「奓，忲也。」按：以市舍煎熬之奢，形儒宫煙火之冷，猶下文云「貧薪不燭竈，富粟空塡廥」也。

〔二八〕〔朱彝尊曰〕避門字新，蓋不敢當門卧也。

〔二九〕〔舉正〕蜀本、洪、謝校作「循」。漢李陵傳：「數數自循其刀環。」又：「自循其髮。」顔曰：

「循謂摩順也。」梁范静妻詩：「循帶易緩愁難卻，心之憂矣回銷鑠。」〔祝本魏本引洪興祖曰〕「循」，今本作「脩」，誤也。

〔三〇〕〔補釋〕凝，凝滯。害，妨礙。

〔三一〕〔舉正〕唐、杭、蜀本、李、謝校作「魚」。〔考異〕「魚」，或作「虞」，非是。祝本、魏本作「虞」。廖本、王本作「魚」。〔廖瑩中注〕憂魚乃左傳所謂「微禹吾其魚乎」是也。〔方世舉注〕書説命：「若濟巨川，用汝作舟檝。」

〔三二〕〔魏本引孫汝聽曰〕書：「禹濬畎澮距川。」孔安國云：「一畝之間，廣尺深尺曰畎。百畝之間，廣二尋深二仞曰澮。」

〔三三〕〔舉正〕蜀作「不思」。諸本皆作「可畏」。〔考異〕方作「不思」，非是。〔魏本引韓醇曰〕書：「湯湯洪水方割，蕩蕩懷山襄陵。」注云：「懷，包。襄，上也。」

〔三四〕〔考異〕疏決，謂禹決江疏河。「疏」，方作「踈」，蓋俗體也。祝本、魏本作「踈」。廖本、王本作「疏」。

〔三五〕〔舉正〕杭、蜀、三館本、謝校作「晴」。〔考異〕「晴」，或作「情」。祝本、魏本作「情」。廖本、王本作「晴」。〔補釋〕國語：「決之以卜筮。」韋昭注：「龜曰卜，蓍曰筮。」周禮鄭玄注：「問龜曰卜。」楚辭王逸注：「蔡，大龜也。」

〔三六〕〔顧嗣立注〕文選張景陽雜詩：「商羊舞野庭。」〔補釋〕論衡：「故天且雨，商羊起舞，使天雨也。商羊者，知雨之物也，天且雨，屈其一足起舞矣。」

〔三七〕〔方世舉注〕左傳：「子産曰：山川之神，則水旱癘疫之災於是乎禜之。」周禮春官：「太祝，掌六祈以同鬼神示。四曰禜。」三禮義宗：「禜，止雨之祭。每禜于城門，故蜡祭七曰水墉。」廣韻：「酹，以酒沃地也。」

〔三八〕〔舉正〕三館本、謝校作「氛」。〔考異〕「氛」，或作「氣」。祝本、魏本作「氣」。廖本、王本作「氛」。〔方世舉注〕釋名：「氛，粉也。潤氣著草木，因寒凍凝，色白若粉也。」説文：「醨，薄酒也。」按公誃風伯文：「雲屏屏兮，吹使醨之。」正與此同義。〔張相曰〕稍，猶已也，既也。此與還字相應，言已疎映也。

〔三九〕〔祝充注〕爾雅：「天氣下地不應曰雺。」注：「言蒙昧也。」詩：「薈兮蔚兮。」注：「雲興貌。」〔朱彝尊曰〕此下鋪敍雨景，更細巧。

〔四〇〕〔魏本引孫汝聽曰〕陰旌，亦謂雲氣如旌旗之狀。摎流，飄轉貌。〔祝充注〕前漢：「望崑崙以摎流。」注：「顔師古曰：摎流，猶周流也。」

〔四一〕〔魏本引孫汝聽曰〕帝鼓，天帝之鼓，謂雷霆也。訇磕，雷聲。鎮，見卷四杏花注。〔方世舉注〕司馬相如上林賦：「砰磅訇磕。」〔何焯義門讀書記〕四句餘勇。

〔四二〕〔魏本引孫汝聽曰〕棗未熟而落，如青璣也。璣，珠之不圓者。〔朱彝尊曰〕妙句。

〔四三〕〔魏本引孫汝聽曰〕瓜爛于畦，其色青黄，如文貝也。説文云：「貝，海中介蟲。」

〔四四〕〔方世舉注〕淮南齊俗訓：「貧人短褐不掩形，而煬竈口。」

〔四五〕〔方世舉注〕管子度地篇：「正權衡，實廥倉。」史記天官書：「胃爲天倉，其南衆星曰廥積。」

〔四六〕〔補釋〕淮南子：「秦國之俗，貪狼強力，寡義而趨利。」漢書賈誼傳：「上疏陳政事曰：秦人家富子壯則出分，家貧子壯則出贅，其慈子耆利，不同禽獸者亡幾耳。」

〔四七〕〔補釋〕史記孫叔通傳：「於是孫叔通使徵魯儒生三十餘人，魯有兩生不肯行。」

〔四八〕〔魏本引孫汝聽曰〕深路弱途，皆謂濘淖也。〔祝充注〕軑，音大，車轄也。楚辭：「齊玉軑而並馳。」梁簡文帝賽神詩：「玉軑朝行動。」

〔四九〕〔舉正〕「離」，今本从竹，非。古樂府：「竹竿何嫋嫋，魚尾何離簁。」字本見海賦，謂毛羽初生貌。祝本、魏本作「籬簁」。舉正本作「離簁」。考異本、廖本、王本作「離蓰」。〔方世舉注〕古樂府白頭吟：「竹竿何嫋嫋，魚尾何簁簁。」晉時樂曲作「離簁」。〔李詳證選〕木華海賦：「鳧雛離褷。」善注：「離褷，毛羽始生之貌。」簁與褷義同字異，舊注引古樂府「魚尾何離簁」，非是。〔補釋〕李説非是。褷、簁、蓰皆取其音，不取其義。海賦之「離簁」，即樂府之「離簁」也。樂府从竹不从艸，則自當依舉正本爲是。又引李善注，乃張銑注之誤。〔魏本引孫汝聽曰〕翽，謂飛聲也。詩：「翽翽其羽。」

〔五〇〕〔魏本引孫汝聽曰〕藏蓋，謂屋宇也。漢書「民無蓋藏」是也。〔方世舉注〕記月令：「命百官謹蓋藏。」

〔五一〕〔魏本引韓醇曰〕論語：「衛靈公問陳于孔子，明日遂行，在陳絶粮。」〔方世舉注〕盧照鄰秋霖賦：「借如尼父去魯，圍陳畏匡，將飢不爨，欲濟無梁。」〔補釋〕莊子：「孔子問子桑雽曰：吾再逐于魯，伐樹于宋，削迹于衛，窮于商、周，圍于陳、蔡之間。吾犯此數患，親交益疏，徒友益散，何與？」又：「孔子窮于陳、蔡之間，七日不火食。」〔何焯曰〕此蓋用莊子子桑事。安溪云：東野雖有捷疾響報之材，終不如退之愈出不窘也。

〔五二〕〔魏本引孫汝聽曰〕襄二十九年左氏：「吴季札來聘，請觀周樂，自鄶以下無譏焉。」杜預曰：「以其微也。」〔魏本引洪興祖曰〕言吾人猶絶粮，僮僕無足言者。〔洪邁容齋四筆〕韓公作詩，或用歇後語，如「僮僕誠自鄶」是已。

〔五三〕〔魏本引孫汝聽曰〕時蜀寇劉闢猶未授首。〔王元啓曰〕此轉不特文勢開拓，舉念不忘君國，讀之尤足使人神悚。〔程學恂曰〕此等處與杜同心，非僅效其語也。宋太祖解裘帽賜王全斌，蓋本諸此。〔補釋〕杜甫對雨詩云：「不愁巴道路，恐濕漢旌旗。」

〔五四〕〔補釋〕陸機演連珠：「商飇漂山。」

〔五五〕〔方世舉注〕爾雅釋地：「大野曰平。」

〔五六〕〔魏本引樊汝霖曰〕壒，塵也。

〔五七〕〔顧嗣立注〕漢書音義：「功上曰最，下曰殿。」

〔五八〕王本作「以」。祝本、魏本、廖本作「已」。當從「以」。〔查慎行曰〕沛韻重叶。

〔五九〕〔方世舉注〕曹植洛神賦：「命儔嘯侶。」〔李詳證選〕左思吴都賦：「鴻儔鶺侶。」

〔六〇〕〔祝充注〕礎，負楹石。淮南子：「山雲蒸，杜礎潤。」〔補釋〕華嚴經音義：「文字集略曰：霈，謂大雨也。」〔汪琬曰〕的是雨餘景物。

〔六一〕〔魏本引孫汝聽曰〕已太，太甚也。詩：「無已大康，職思其憂。」

【集説】

朱彝尊曰：摹寫雨勢正與前道熱同，亦可謂極狀境之妙。

城南聯句〔一〕

竹影金瑣碎郊〔二〕，泉音玉淙琤〔三〕。瑠璃翦木葉愈〔四〕，翡翠開園英〔五〕。流滑隨仄步郊，搜尋得深行。遥岑出寸碧愈〔六〕，遠目增雙明。乾穟紛拄地郊〔七〕，化蟲枯挶莖〔八〕。木腐或垂耳愈〔九〕，草珠競騈睛〔一〇〕。浮虚有新斸郊〔一一〕，摧扤饒孤撑〔一二〕。囚飛黏網動愈〔一三〕，盜啅接彈驚〔一四〕。脱實自開坼郊〔一五〕，牽柔誰繞縈〔一六〕？禮鼠拱而立愈〔一七〕，駭牛躅且鳴〔一八〕。蔬甲喜臨社郊〔一九〕，田毛樂寬征〔二〇〕。露螢不自暖愈，凍蝶尚思輕〔二一〕。宿羽有先曉郊〔二二〕，食鱗時半横〔二三〕。菱翻紫角利愈〔二四〕，荷折碧圓傾〔二五〕。楚膩鱣鮪亂郊〔二六〕，獠羞螺蠏并〔二七〕。桑蠖見虛指愈〔二八〕，穴貍聞鬬獰〔二九〕。逗翳翅相築郊〔三〇〕，擺幽尾交搒〔三一〕。蔓涎角出縮愈〔三二〕，樹啄頭敲鏗〔三三〕。修箭裹金餌郊〔三四〕，羣鮮沸池羹〔三五〕。岸殼坼玄兆愈〔三六〕，野䴵漸豐萌〔三七〕。窰烟羃疏島郊〔三八〕，沙篆印迴平〔三九〕。痒肌遭蚝刺愈〔四〇〕，啾耳聞雞生〔四一〕。奇慮恣迴轉郊，遐睎縱逢迎〔四二〕。巔林戢遠睫愈〔四三〕，縹氣夷空情〔四四〕。歸跡歸不得郊，捨心捨還爭。靈麻撮狗蝨愈〔四五〕，村稚啼禽猩〔四六〕。紅皺曬檐瓦郊〔四七〕，黄團繫門衡〔四八〕。得雋蠅虎健愈〔四九〕，相殘雀豹趟〔五〇〕。束枯樵指秃郊，刈熟擔肩頳。澀旋皮卷臠愈〔五一〕，苦開腹彭亨〔五二〕。機舂潺湲力郊〔五三〕，吹簸飄飖精〔五四〕。賽饌木盤簇愈〔五五〕，妖靸藤索絣〔五六〕。荒學五六卷郊〔五七〕，古藏四三塋〔五八〕。里儒拳足拜愈〔五九〕，土怪閃眸偵〔六〇〕。蹄道補復破郊〔六一〕，絲窠埽還成〔六二〕。暮堂蝙蝠沸愈〔六三〕，破竈伊威盈〔六四〕。追此訊前主郊〔六五〕，答云皆冢卿〔六六〕。敗壁剥寒月愈〔六七〕，折篁嘯遺笙〔六八〕。袿熏霏霏在郊〔六九〕，綦跡微微呈〔七〇〕。劍石猶竦檻愈〔七一〕，獸材尚拏楹〔七二〕。寶唾拾未盡郊，玉啼墮猶鎗〔七三〕。腮綃疑閟豔愈〔七四〕，粧燭已銷檠〔七五〕。緑髮抽珉甃郊〔七六〕，青膚聳瑤楨〔七七〕。白蛾飛舞地愈〔七八〕，幽蠹落書棚〔七九〕。惟昔集嘉詠郊〔八〇〕，吐芳類鳴嚶〔八一〕。窺奇摘海異愈，恣韻激天鯨〔八二〕。腸胃繞萬象郊〔八三〕，精神驅五兵〔八四〕。蜀雄李杜拔愈〔八五〕，嶽力雷車轟〔八六〕。大句斡玄造郊〔八七〕，高言軋霄崢〔八八〕。芒端轉寒燠愈〔八九〕，神助溢盃觥〔九〇〕。巨細各乘運郊〔九一〕，湍瀾亦騰聲〔九二〕。凌花咀粉蘂愈〔九三〕，削縷穿珠櫻〔九四〕。綺語洗晴雪郊〔九五〕，嬌辭哢雛鷃。酣歡雜弁珥愈〔九六〕，繁價流金瓊。菡萏寫江調郊〔九七〕，萎蕤綴藍瑛〔九八〕。庖霜膾玄鯽愈〔九九〕，淅玉炊香粳〔一〇〇〕。朝饌已百態郊，春醪又千名〔一〇一〕。哀匏蹙駛景愈〔一〇二〕，冽唱凝餘晶〔一〇三〕。解魄不自主郊〔一〇四〕，痺肌坐空瞠〔一〇五〕。扳援賤蹊絶愈〔一〇六〕，炫曜仙選更〔一〇七〕。叢巧競採笑郊〔一〇八〕，駢鮮互探嬰〔一〇九〕。桑變忽蕪蔓愈〔一一〇〕，樟裁浪登丁〔一一一〕。霞鬭詎能極郊〔一一二〕，風期誰復賡〔一一三〕？皋區扶帝壤愈〔一一四〕，瓌蘊郁天京〔一一五〕。祥色被文彦郊〔一一六〕，良才插杉檉〔一一七〕。隱伏饒氣象愈，興潛示堆坑。擘華露神物郊〔一一八〕，擁終儲地禎〔一一九〕。訏謨壯締始愈〔一二〇〕，輔弼登階清〔一二一〕。坌秀恣填塞郊〔一二二〕，呀靈滀渟澄〔一二三〕。益大聯漢魏愈〔一二四〕，肇初邁周嬴〔一二五〕。積照涵德鏡郊〔一二六〕，傳經儷金籝〔一二七〕。食家行鼎鼐愈〔一二八〕，寵族飫弓旌〔一二九〕。奕制盡從賜郊〔一三〇〕，殊私得逾程〔一三一〕。飛橋上架漢愈〔一三二〕，繚岸俯規瀛〔一三三〕。瀟碧遠輸委郊〔一三四〕，湖嵌費攜擎〔一三五〕。萄苜從大漠愈〔一三六〕，楓檣至南荆〔一三七〕。嘉植鮮危朽郊，膏理易滋榮〔一三八〕。懸長巧紐翠愈，象曲善攢珩〔一三九〕。魚口星浮没郊〔一四〇〕，馬毛錦斑騂〔一四一〕。五方亂風土愈〔一四二〕，百種分鉏耕〔一四三〕。葩蘖相妬出郊〔一四四〕，菲茸共舒晴〔一四五〕。類招臻倜詭愈〔一四六〕，翼萃伏衿纓〔一四七〕。危望跨飛動郊〔一四八〕，冥升躡登閎〔一四九〕。春游轢靃靡愈〔一五〇〕，彩伴颭嫈娙〔一五一〕。遺燦飄的皪郊〔一五二〕，淑顔洞精誠〔一五三〕。嬌應如在寤愈，頽意若含酲〔一五四〕。鵷毳翔衣帶郊〔一五五〕，鵝肪截佩璜〔一五六〕。文昇相照灼愈〔一五七〕，武勝屠攙搶〔一五八〕。割錦不酬價郊〔一五九〕，構雲有高營〔一六〇〕。通波牣鱗介愈〔一六一〕，疏畹富蕭蘅〔一六二〕。買養馴孔翠郊〔一六三〕，遠苞樹蕉栟〔一六四〕。鴻頭排刺芡愈〔一六五〕，鵠鶄攢瑰橙〔一六六〕。鶩廣雜良牧郊〔一六七〕，蒙休賴先盟〔一六八〕。罷旄奉環衛愈〔一六九〕，守封踐忠貞〔一七〇〕。戰服脱明介郊〔一七一〕，朝冠飄彩紘〔一七二〕。爵勳逮僮隸愈〔一七三〕，簪笏自懷繃〔一七四〕。乳下秀嶷嶷郊〔一七五〕，椒蕃泣喤喤〔一七六〕。貌鑑清溢匣愈〔一七七〕，眸光寒發硎〔一七八〕。館儒養經史郊，綴戚觴孫甥〔一七九〕。考鍾饋肴核愈〔一八〇〕，戛鼓侑牢牲〔一八一〕。飛膳自北下郊〔一八二〕，函珍極東烹〔一八三〕。如瓜煑大卵愈〔一八四〕，比線茹芳菁〔一八五〕。海嶽錯口腹郊〔一八六〕，燕趙錫媌娙〔一八七〕。一笑釋仇恨愈，百金交弟兄。貨至貊戎市郊〔一八八〕，呼傳鸚鴿令〔一八九〕。順居無鬼瞰愈〔一九〇〕，抑横免官評〔一九一〕。殺候肆陵翦郊〔一九二〕，籠原帀罝紘〔一九三〕。羽空顛雉鷃愈〔一九四〕，血路迸狐麞〔一九五〕。折足去踸踔郊〔一九六〕，蹙鬐怒髭鬤〔一九七〕。躍犬疾翥鳥愈〔一九八〕，呀鷹甚飢䖟〔一九九〕。算蹄記功賞郊〔二〇〇〕，裂脇擒樘振〔二〇一〕。猛斃牛馬樂愈〔二〇二〕，妖殘梟鵅惸〔二〇三〕。窟窮尚嗔視郊〔二〇四〕，箭出方驚抨〔二〇五〕。連箱載已實愈〔二〇六〕，礙轍棄仍嬴。喘覷鋒刃點郊，困衝株枿盲〔二〇七〕。掃淨豁曠曠愈〔二〇八〕，騁遥略苹苹〔二〇九〕。饞扠飽活臠郊〔二一〇〕，惡嚼噂腥鯖〔二一一〕。歲律及郊至愈〔二一二〕，古音命韶韺〔二一三〕。旗旆流日月郊〔二一四〕，帳廬扶棟甍〔二一五〕。磊落奠鴻璧愈〔二一六〕，參差席香藑〔二一七〕。玄祇祉兆姓郊〔二一八〕，黑秬饛豐盛〔二一九〕。慶流蠲瘥癘愈〔二二〇〕，威暢捐轒輣〔二二一〕。靈燔望高冋郊〔二二二〕，龍駕聞敲䫻〔二二三〕。是惟禮之盛愈，永用表其宏。德孕厚生植郊〔二二四〕，恩熙完刖剠〔二二五〕。宅土盡華族愈〔二二六〕，運田間強甿〔二二七〕。蔭庾森嶺檜郊〔二二八〕，啄場翽祥鶊〔二二九〕。畦肥翦韭薤愈〔二三〇〕，陶固收盆罌〔二三一〕。利養積餘健郊〔二三二〕，孝思事嚴祊〔二三三〕。掘雲破嵂崒愈〔二三四〕，採月漉坳泓〔二三五〕。寺砌上明鏡郊〔二三六〕，僧盂敲曉鉦〔二三七〕。泥像對騁怪愈〔二三八〕，鐵鐘孤舂鍠〔二三九〕。癭頸鬧鳩鴿郊〔二四〇〕，蜿垣亂蛷蠑〔二四一〕。葚黑老蠶蠋愈〔二四二〕，麥黄韻鸝鶊〔二四三〕。韶曙遲勝賞郊〔二四四〕，賢朋戒先庚〔二四五〕。馳門填偪仄愈〔二四六〕，競墅輾砯砰〔二四七〕。碎纈紅滿杏郊〔二四八〕，稠凝碧浮餳〔二四九〕。蹴繩覲娥婺愈〔二五〇〕，鬬草擷璣

埕〔二五一〕。粉汗澤廣額|郊〔二五二〕，金星墮連瓔〔二五三〕。鼻偷困淑郁|愈〔二五四〕，眼剽强盯䁪〔二五五〕。是節飽顔色|郊，茲疆稱都城〔二五六〕。書饒罄魚繭|愈〔二五七〕，紀盛播琴箏〔二五八〕。奚必事遠覿|郊，無端逐羈傖〔二五九〕。將身親魍魅|愈〔二六〇〕，浮跡侣鷗鶄〔二六一〕。腥味空奠屈|郊〔二六二〕，天年徒羨彭〔二六三〕。驚魂見蛇蚓|愈〔二六四〕，觸嗅值蝦蟛〔二六五〕。幸得履中氣|郊〔二六六〕，忝從拂天根〔二六七〕。歸私暫休暇|愈〔二六八〕，驅明出庠黌〔二六九〕。鮮意竦輕暢|郊〔二七〇〕，連輝照瓊瑩〔二七一〕。陶暄逐風乙|愈〔二七二〕，躍視舞晴蜻〔二七三〕。足勝自多詣|郊，心貪敵無勍〔二七四〕。始知樂名教|愈〔二七五〕，何用苦拘儜〔二七六〕。畢景任詩趣|郊〔二七七〕，焉能守䃂䃂|愈〔二七八〕？

〔一〕〔舉正〕蜀本作一百五十韻，今本因之。然此詩實多三韻，不可以爲據。|祝本、|魏本有「一百五十韻」五字。|廖本、|王本無。〔王元啓曰〕詳卒章「幸得履中氣，驅明出庠黌」等句，此詩元和元年秋公自江陵召還官國子博士日作。〔方成珪昌黎先生詩文年譜〕是年秋作。〔補釋〕方成珪以詩以詩中「乾⿰毛遂」、「化蟲」、「露螢」、「凍蝶」、「萎翻」、「荷折」等語見之。詩中有「露螢」、「凍蝶」、「萎翻」、「荷折」等語，斷爲秋天所作，然詩中亦有非秋季景物，如「萎蕤綴藍瑛」、「甚黑老蠶蠋，麥黄韻鸝鶊」、「碎纈紅滿杏」等，蓋詩有一千五六百字，二人競爲奇語，不免雜湊耳。

〔二〕〔舉正〕杭、蜀本作「瑣」。〔考異〕「瑣」，或作「鎖」，非是。|祝本、|魏本作「鏁」。|廖本、|王本

作「瑣」。〔道山清話〕劉貢父一日問蘇子瞻：「『老身倦馬河堤永，踏盡黄榆緑槐影』，非閣下之詩乎？」子瞻曰：「然。」貢父曰：「是日影耶？月影耶？」子瞻曰：「『竹影金鎖碎』，又何嘗説日月也。」二公大笑。

〔三〕祝本、廖本、王本作「音」。魏本作「聲」。〔魏本引韓醇曰〕陸士衡有詩云：「山溜何泠泠，飛泉漱鳴玉。」

〔四〕〔魏本引孫汝聽曰〕言木葉之碧，如翦瑠璃爲之。

〔五〕〔方世舉注〕司馬相如子虛賦：「錯翡翠之葳蕤。」張揖曰：「翡翠大小一如雀，雄赤曰翡，雌青曰翠。」爾雅釋草：「榮而不實者謂之英。」

〔六〕〔魏本引孫汝聽曰〕遥岑，遠山也。寸碧者，言遠望之，其碧纔寸許耳。

〔七〕〔舉正〕蜀本作「紛」。文録「紛」作「絲」。杭本作「紅」。祝本、魏本注曰：「紛」，一作「粉」。〔魏本引孫汝聽曰〕穟，與穗同。説文曰：「禾成秀，人所取者。」乾穟，滯穟也。紛拄地，言紛紛滿地也。〔王元啓曰〕曰乾曰紛，詩所謂「黄茂」是也。此指未斸之禾，故曰拄地。孫以滯穟滿地爲解，非是。

〔八〕〔魏本引孫汝聽曰〕化蟲，蟲之變化者，如蟬蟻之類。枯挶莖者，言化蟲已枯，尚挶持於草木之莖也。〔方世舉注〕化蟲如今蟷蠰，附木而枯，其子著枝上，至明年復化生。爾雅謂之蜱蛸，本草謂之螵蛸。化蟲當指此類。蟬蜕或能挶莖，蟻又穴居，想順及之耳。崔瑗草書勢：

「旁點邪附，如蜩螗揭枝。」

〔九〕〔魏本引韓醇曰〕言木腐栮生也。朝野僉載：「唐俚語云：秋雨甲子，木頭垂耳。」〔蔣抱玄注〕本草：「木耳生于朽木之上，無枝葉，乃温熱餘氣所生。」

〔一〇〕〔方世舉注〕古今注：「苦葴有實，正圓如珠，長安兒童謂爲洛神珠，一曰王母珠。」〔黄鉞增注證訛〕草珠競駢睛，如枸杞之類。〔補釋〕方、黄二解皆非是。苦葴子雖圓，然爲紅色，且外有苞包之。形如苦葴而小，爲苦蘵，子爲黄緑色，亦包於苞中不能見。枸杞是木而非草，其子生緑熟紅，并不圓。詳詩句中之草，其實應是圓黑而多數排列，如此似以龍葵爲最當，即俗名老鴉眼睛草也。烏蘞莓、川穀、黄精、薏苡之類，其實亦頗似睛，然終不及龍葵恰當。慧琳一切經音義：「睛，積盈反，假借字也。本無此字。案睛者，珠子也。纂韻云：『眼黑精也，古人呼爲眸子，俗謂之目瞳子，亦曰目瞳人也。』」

〔一一〕〔方世舉注〕釋名：「浮，孚也，孚甲在上稱也。」意所謂浮虚者，或指草木之新斵而浮動者與？〔王元啓曰〕「浮虚」句，疑指山木新爲斤斧所戕，故下有「摧扤饒孤撐」之句。或云：斵當作築。則與後文「搆雲有高營」句複。〔魏本引韓醇曰〕斵，斫也。

〔一二〕〔舉正〕扤，動也。字不當从木。古樂府：「不見山顛樹，摧扤下爲薪。」〔沈欽韓注〕「浮虚」一聯，承「木腐」、「草珠」二語。〔補釋〕注者多不得其的解，竊意不過謂掘出山藥鞭筍之類，而土呈浮虚情狀，斫去樹枝，樹幹成孤禿而已。

〔一三〕〔舉正〕「囙」，潮本作「蟲」。〔魏本引孫汝聽曰〕囙飛者，爲蛛網所囙，又欲飛去，故網動也。

〔一四〕〔舉正〕「盜」，潮本作「雀」。此詩一體六語，皆賦物而不言其名。〔魏本引孫汝聽曰〕啅，鳥食也。接彈驚者，言彈丸相接故驚也。〔方世舉注〕爾雅釋鳥：「桑鳸竊脂。」注：「俗謂之青雀，好盜脂膏。」杜甫詩：「啅雀驚枝墜。」

〔一五〕〔魏本引孫汝聽曰〕實，果也。

〔一六〕〔魏本引孫汝聽曰〕柔，蔓草。

〔一七〕〔王應麟曰〕出關尹子：「聖人師拱鼠制禮。」〔翁元圻曰〕閻按陳第季立曰：相鼠似鼠，頗大，能人立，見人則立，舉其前兩足，若拱揖然。曾于薊門山寺見之。僧曰：此相鼠也。及檢埤雅，已有載矣。蓋見人若拱，似有禮儀，詩所以起興也。元圻按：埤雅：今一種鼠，見人則交其前足而拱，謂之禮鼠。

〔一八〕〔舉正〕杭本作「騃」。蜀本作「駭」。騃，音俟。説文曰：「馬行仡仡也。」詩：「儦儦俟俟。」韓詩作「駓駓騃騃」。注：「趨曰駓，行曰騃。」故選西京賦用「羣獸駓騃」。此當從俟音，則於蠋且鳴義爲合也。〔考異〕方説騃躅二字，於牛義無取，疑當從蜀本作「駭」，而躅當作「觸」，乃於牛有意，又與上字相偶。然無所據，姑附于此。祝本、魏本作「騃」。廖本、王本作「駭」。

〔一九〕〔魏本引孫汝聽曰〕蔬甲，菜甲也。時乃八月，故云喜臨社。〔顧嗣立注〕易：「百果草木皆甲坼。」鄭玄曰：「呼皮曰甲。」

〔二〇〕〔魏本引孫汝聽曰〕田所生者謂之毛。周禮「宅不毛者有里布」是也。寬征，薄賦也。

〔二一〕〔魏本引孫汝聽曰〕蝶已凍矣，尚欲飛也。

〔二二〕〔魏本引孫汝聽曰〕宿羽，宿鳥也。先曉者，未曉而飛也。

〔二三〕〔魏本注〕「鱗」，一作「鮮」。〔魏本引孫汝聽曰〕食鱗，魚之食者，半橫水中。〔祝本引洪興祖曰〕或曰：此句及下句云「楚膩鱣鮪亂」、「羣鮮沸池羹」、「庖霜鱠玄鯽」、「魚口星浮沒」、「通波牣鱗介」，雖皆說魚，意不相犯。

〔二四〕〔舉正〕「翻」，蜀本作「繁」。

〔二五〕〔魏本引樊汝霖曰〕荆公又放此對作句云：「紫角遞出沒，碧筒時卷舒。」

〔二六〕〔魏本引孫汝聽曰〕水有鱣鮪，如楚人之食也。詩：「鱣鮪發發。」〔顧嗣立注〕爾雅翼：「鱣口在頷下，長鼻軟骨，淮水亦有之。鱣蓋鮪之類，鱣肉黄，鮪肉白，今江東呼鱣爲黄魚。」

〔二七〕〔魏本引祝充曰〕獠，西南夷別名。〔魏本引孫汝聽曰〕水有螺螄，若獠羞然。羞，食也。

〔二八〕〔顧嗣立注〕爾雅：「蠖，尺蠖。」爾雅翼釋蟲：「尺蠖，屈伸蟲也。如人以指度物，移後指就前指之狀，古所謂布指知尺者，故謂之尺蠖。」

〔二九〕〔魏本引孫汝聽曰〕貍鬭於穴中，其聲獰惡也。〔方世舉注〕爾雅釋獸：「貍子隸。」注：「今謂之貕貍。」

〔三〇〕〔魏本引孫汝聽曰〕逗，止也。逗翳者，言鳥止於林陰，翼翅相觸也。

〔三一〕〔魏本引孫汝聽曰〕謂擺于幽僻，如蛇之類。搒，擊也。〔王元啓曰〕擺幽指獸屬，孫謂蛇類，非是。

〔三二〕〔顧嗣立注〕爾雅翼：「蝸牛似蠃，頭有兩角，行則出，驚則縮，首尾藏于殼中。盛夏日中，懸樹葉上。涎沫既盡，隨即槁死。」

〔三三〕〔顧嗣立注〕爾雅翼：「啄木口如錐，長數寸，常啄枯木，取其蠹。頭上有紅毛如鶴頂。土人呼爲山啄木。」

〔三四〕廖本、王本作「褭」。祝本、魏本作「裊」。〔顧嗣立注〕爾雅：「東南之美者，有會稽之竹箭焉。」〔蔣之翹注〕修箭，釣竿也。

〔三五〕〔魏本引孫汝聽曰〕鮮，小魚也。羣魚在池，若沸羹然。

〔三六〕〔魏本引孫汝聽曰〕岸殼，言岸有蟲殼如坼。玄兆，兆象也。〔黄鉞注〕岸殼坼玄兆，當是取池中蚌蛤而棄其殼，如盃珓之兆也。

〔三七〕〔方世舉注〕詩思文：「貽我來牟。」廣雅釋草：「大麥，麰也。小麥，麳也。」〔王元啓曰〕按謝靈運詩：「野蕨漸紫苞。」漸字本此。

〔三八〕〔舉正〕「窰」字校舊本。〔考異〕「窰」，或作「瑶」。祝本、魏本作「瑶」。廖本、王本作

「窰」。〔蔣之翹注〕窰，燒瓦竈也。〔魏本引孫汝聽曰〕冪，覆也。

〔三九〕〔魏本引孫汝聽曰〕沙篆，鳥跡之在沙者如篆。〔方世舉注〕爾雅釋地：「大野曰平。」〔補釋〕王勃詩：「迴沙擁籀文。」公語本之。

〔四〇〕〔考異〕「⿸疒辛」，或作「瘁」。祝本、魏本作「瘁」。廖本、王本作「⿸疒幸」。〔補釋〕說文：「⿸疒辛，寒病也，从疒，辛聲。」按：廣雅作「⿸疒辛」。〔魏本引祝充曰〕蚝，玉篇：「毛蟲也。」

〔四一〕〔魏本引孫汝聽曰〕啾耳，言聒耳也。〔蔣之翹注〕言初生之雞，其聲啾啾然也。

〔四二〕〔顧嗣立注〕說文：「睎，望也。」

〔四三〕〔魏本引孫汝聽曰〕巔林，言山上有林木，故其先見也。戢，斂也。〔顧嗣立注〕釋名：「睫，插接也，插于眼眶而相接也。」〔王元啓曰〕戢，謂目光至此而斂，不能更及林外也。承上「遐睎」言之。孫注非。

〔四四〕〔補釋〕文選蜀都賦劉逵注：「翠微，山氣之輕縹也。」初學記引爾雅注：「一說山氣青縹色曰翠微。」爾雅釋言：「夷，悦也。」

〔四五〕〔魏本引洪興祖曰〕博雅云：「狗蝨，胡麻也。」〔魏本引孫汝聽曰〕霻麻，今胡麻，狀如狗蝨。本草云：「一名狗蝨。」

〔四六〕〔魏本引孫汝聽曰〕村野稚子，其聲如猩猩之啼。〔魏本引樊汝霖曰〕爾雅：「猩猩小而好啼。」注云：「人面豕身，能言語，聲似小兒啼。」此曰禽猩者，禮記所云「猩猩能言，不離禽獸」也。

〔四七〕〔舉正〕蜀作「檐」。　〔考異〕「檐」，或作「簷」。祝本、魏本作「簷」。廖本、王本作「檐」。

〔魏本引洪興祖曰〕紅皺，説者曰乾棗。　〔魏本引孫汝聽曰〕果實紅而皺者。〔補釋〕竊疑是指苦瓜。苦瓜長約二寸，鮮紅色，表面多痱磊，且常引蔓於檐際，似比紅棗之解更妥貼。

〔四八〕〔魏本引洪興祖曰〕黄團，瓜蔞也。一曰匏瓜。　〔魏本引樊汝霖曰〕或云栝樓。爾雅：「果蠃之實曰栝樓。」注云：「今齊人號曰天瓜。」　〔魏本引孫汝聽曰〕黄團，橘柚之物。衡，門上木。詩：「衡門之下，可以栖遲。」注：「衡門，横木爲門。」　〔補釋〕爾雅釋文引本草：「栝樓，一名黄瓜。」郝懿行義疏云：「其實黄色，大如拳。」　〔周紫芝曰〕黄團當是瓜蔞，紅皺當是棗。退之狀二物而不名，使人瞑目思之，如秋晚經行，身在村落間。杜少陵北征詩云：「或紅如丹砂，或黑如點漆。」此亦是説秋冬間籬落所見，然比退之，頗是省力。

〔四九〕〔魏本引孫汝聽曰〕左氏：「得雋曰克。」　〔方世舉注〕古今注：「蠅虎，蠅狐也。形似蜘蛛而色灰白，善捕蠅，一名蝠蝗，一名蠅豹。」

〔五〇〕〔魏本引孫汝聽曰〕雀豹，雀之鷙者。以其勇健，故云雀豹。　〔魏本引祝充曰〕趟，跳躍。見玉篇。趙趟，踉蹚也。　〔方世舉注〕孫説杜撰難信。篇中造語固有之，必上句亦造。未有蠅虎自然，對以矯強者。按：杜宇一名謝豹，春則飛鳴，秋則不見，大抵如燕子之入處窟穴。相殘者，謂方秋鷹擊而避之。故韻押趟。趟者，走之急也。後世又有如鷂而不猛鷙者曰雀松，或一物而古今異名，姑設兩疑以俟多識鳥獸之名者。〔補釋〕按：謝豹即杜鵑，杜鵑性怯，恒隱身叢薄中，春夏間偶聞其鳴，實難見其形，更絶未見其鬥，且秋深已南遷暖地，必非聯句中之雀豹也。

〔五一〕〔魏本引祝充曰〕旋，廣韻：「遶也。」卷臠，皮皺貌。莊子：「乃始臠卷傖囊。」注：「不舒放之容。」〔補釋〕注家於此句均不得其正解。竊以爲乃削柿皮以便製柿乾耳。柿秋深熟，唐時長安極多，近世仍爲柿餅之著名産地。

〔五二〕廖本、王本作「彭亨」。祝本、魏本作「膨脝」。〔舉正〕「苦開腹膨脝」，古字只作「彭亨」。毛公詩傳「炰烋猶彭亨」是也。〔祝充注〕孫伯野云：此兩句與上句語意相屬。澀旋，轉肩也。苦開，力苦作氣也。〔舉正〕一曰：苦開，破瓜瓠之苦者。澀旋，乃旋菓實也。方言謂鐫爲旋。蓋束枯以薪言也，刈熟以稻言也，澀旋乃果實也，苦開謂瓜瓠也。其義是。〔陳景雲曰〕易大有九四爻辭：「匪其彭。」干寶注：彭亨，驕滿貌。見經典釋文。〔補釋〕此句乃指剖葫蘆之類。

〔五三〕〔魏本引韓醇曰〕機舂，杵臼也。杜預作連機水碓，由此洛下穀米豐賤。〔魏本引祝充曰〕楚辭：「川谷徑復流潺湲。」〔方世舉注〕洛陽伽藍記：「礱磑舂簸，皆用水功。」

〔五四〕〔魏本引韓醇曰〕吹簸，蓋「簸之揚之，糠粃在前」之謂也。莊子云：「鼓筴播精。」精，米也。

〔五五〕舉正本「盤」作「槃」。祝本、魏本「簇」作「蔟」，注曰：「一本作『倚閣峯巒蔟』。」廖本、王本作

「簇」。〔魏本引孫汝聽曰〕賽饌,祭食。簇,聚也。〔補釋〕史記封禪書:「冬賽禱祠。」索隱:「賽,謂報神福也。」

〔五六〕舉正本、祝本作「鞁妖藤索併」。考異本、魏本、廖本、王本作「鞁妖藤索絣」。〔舉正〕三本同作「併」。今「併」字不入庚韻,故學者疑之。曾本作「妖鞁藤索絣」,李、謝本從之。〔考異〕「絣」,亦或作「拼」。今按:鞁,廣韻云:「蘇合切,小兒履也。」今猶以爲淺面疏屨之名,但用之於此句,似無意義,疑當作「扱」,楚洽切,收也,取也,獲也。「妖」謂狐狸之屬,能爲妖媚者也。「絣」當从系,獄中以繩索急縛罪人之名也。言捕取妖狐而以藤索縛之也。〔王元啓曰〕「妖鞁」,方作「鞁妖」。按:妖鞁謂鞋履怪異,如送文暢詩所謂「詭製怛巾襪」是也。村中祭賽之饌,競用木盤。農民妖異之鞋,多纏藤索,若今世織草爲履,即其遺制。解作捕取妖狐,殊無意義。〔補釋〕如考異說,不特需改字,且「扱」字是動詞,與上句亦對不過也。今從王說爲定。惟王謂「今世織草爲履,即其遺制」則非是。草履在唐時早有之矣。「絣」字,漢書揚雄傳注:「併也,襍也。」又朱彝尊評此二句云:「似詠墟墓間事,宜截屬下節。」亦非是。祠廟祭賽,村氓異鞁,與墟墓無關也。

〔五七〕〔蔣之翹注〕荒學,荒誕之學,如道釋二氏書也。〔方世舉注〕「里儒」句承荒學,「土怪」句承古藏,則荒學當爲荒村學舍,不應指二氏書。

〔五八〕〔舉正〕蜀本作「三四塋」。祝本作「三四」。魏本、廖本、王本作「四三」。〔方世舉注〕記檀弓：「葬也者，藏也。」〔魏本引孫汝聽曰〕塋，墓域也。〔魏本引韓醇曰〕公逸詩有飲城南道邊古墓上，即謂此類。

〔五九〕〔補釋〕莊子：「擎跽曲拳。」

〔六〇〕〔方世舉注〕魯語：「季桓子穿井獲如土缶，其中有羊焉。使問之仲尼。對曰：土之怪曰墳羊。」

〔六一〕〔魏本引補注〕孟子：「獸蹄鳥跡之道。」

〔六二〕〔魏本引孫汝聽曰〕絲窠，蛛網之類。

〔六三〕蝙蝠，見卷二山石注。

〔六四〕〔舉正〕蜀作「伊威」。陸釋文曰：「或旁加虫，後人增也。」〔考異〕或作「蛜蝛」。祝本、魏本作「蛜蝛」。廖本、王本作「伊威」。〔補釋〕詩東山：「伊威在室。」毛傳：「伊威，委黍也。」陸德明釋文：「委黍，鼠婦也。」

〔六五〕〔祝本魏本注〕「主」，一作「生」。

〔六六〕〔廖瑩中注〕左襄十四年：「先君有冢卿。」

〔六七〕〔魏本引孫汝聽曰〕月自敗壁而入，如剥破之狀。

〔六八〕〔魏本引孫汝聽曰〕風吹折竹，其聲如笙。

〔六九〕廖本、王本作「袿」。祝本、魏本作「桂」。〔魏本注〕「在」，一作「煙」。〔舉正〕袿，音圭，婦人上服也。古樂府所謂「衣上芳猶在，握裏書未滅」是也。李本以唐本定作「袿」，今本作「桂」，字小訛也。曾本「在」一作「炷」。〔考異〕作「桂」作「炷」皆非是。〔補釋〕「霏霏」本爲煙霧起貌，引申爲香氣鬱盛。謝朓詠落梅：「新葉初冉冉，初蕊新霏霏。」周弘正學中早起聽講詩：「初霧上霏霏。」韓蓋用此。

〔七〇〕〔舉正〕杭本「綦」作「基」。班倢伃賦：「俯視兮丹墀，思君兮履綦。」綦履，下飾也。杭本非。然二語實皆緣班賦以起義。閣本、曾本「呈」一作「星」。〔考異〕作「基」作「星」皆非是。

〔七一〕〔魏本引孫汝聽曰〕劍石者，石刻削如劍。竦，高貌。檻，欄檻，説文云：「櫳也。」

〔七二〕諸本作「挐」。〔祝本注〕「挐」，一作「拏」。〔方成珪箋正〕汲古閣説文：「拏，牽引也，从手，奴聲，女加切。挐，持也，从手，如聲，亦女加切。」段懋堂本校正曰：「挐，牽引也，从手，如聲，女居切。拏，持也，从手，奴聲，女加切。」如此分析，則兩字音義判然矣。〔魏本引孫汝聽曰〕獸材謂柱上刻爲獸形。楹，柱也。〔李詳證選〕王延壽魯靈光殿賦：「飛禽走獸，因木生姿，奔虎攫挐以梁倚。」

〔七三〕舉正作「玉題」。考異、祝、魏、廖、王諸本作「玉啼」。〔舉正〕三館舊本作「玉題」。選蜀都賦：「玉題相輝。」題，椽上飾也。故曰「墮猶鎗」。鎗，墮之聲也。本一作「琤」，然閣本、蜀本只作「鎗」。「寶唾」，陳齊之本一作「寶碣」。然諸本皆作「唾」。王子年拾遺記：「吴主每與潘夫人游昭宣之臺，酣醉，唾於玉壺，使侍婢瀉于臺下，約火齊指環，即挂石榴枝上，因其處起臺，名曰環榴臺。」公豈用此事耶？　〔考異〕或云：碣，柱礩也。與玉題意相類。洪云：此以咳唾喻珠璣，以啼泣喻玉筯也。「唾」，又作「硾」。「啼」，又作「揥」。今按上下文意，皆婦女事，洪説爲是。若作「題」，即上句當作「碣」字，然非文意。又礩乃柱礎，亦非可拾之物也。〔王元啓曰〕若依洪説作「玉啼」，則「墮」指隕涕。句末「鎗」字，不應作如此巨響。又上有「劍石」、「獸材」二語，則「寶硾」、「玉題」，義正相屬，不得以上下文意皆婦女事爲疑。今「硾」字從洪氏所載，或本既與「玉題」相類，又韻書但云「石貌」，不指定柱礎，更不必疑其難拾。「題」字則從方本。洪以啼泣喻玉筯，蓋曲説也。〔方成珪箋正〕當從陳、方本，此與上聯「劍石」、「獸材」正一類。朱子謂上下文意皆言婦女事，竊疑其説未當。〔補釋〕如王元啓、方成珪説，則二語鈍拙已甚，了無意味。愚謂仍當從諸本作「寶唾」、「玉啼」，特洪解未盡耳。詩意若曰：「見碎寶之委地，疑佳人咳唾之未盡，聞飾玉之墮空，恍佳人涕淚之如隕。」實與玉就實物説，緊承上聯。唾與啼出於想像，開出下聯。倘以寶玉爲形容唾淚解則非矣。

〔七四〕〔魏本引孫汝聽曰〕言隱綃巾尚疑閟藏佳人也。

〔七五〕〔魏本引孫汝聽曰〕檠，燭臺也。　〔程學恂曰〕數語寫來荒慘，不減蕪城賦。

〔七六〕魏本有「郊」字。廖本、王本無。　〔祝本注〕一有「郊」字。　〔魏本引韓醇曰〕緑髮，細草。〔魏本引孫汝聽曰〕緑髮，緑苔也。　抽珉甃，言生于珉甃之上也。甃，井甃。珉，石之次玉者。

珉甃，美言之也。〔方世舉注〕周處風土記：「石髮，水苔也。青緑色，生于石。」則緑髮不當是草。風俗通：「甃，聚磚修井也。」水經注：「疏圃中有古玉井，井悉以珉玉爲之。」

〔七七〕〔魏本引孫汝聽曰〕青膚，青皮也。聳，高也。瑶楨，美幹也。〔魏本引韓醇曰〕青膚，苔蘚。楨，説文：「剛木也。」〔方世舉注〕瑶楨，玉樹也。〔補釋〕青膚當如孫解，如解作苔蘚，與上句犯複。

〔七八〕〔魏本引孫汝聽曰〕蛾，飛蟲也。飛于向來歌舞之地也。

〔七九〕〔補釋〕穆天子傳：「蠹書於羽陵。」郭注：「暴書蠹蟲，因曰蠹書也。」〔方世舉注〕廣雅釋室：「棚，閣也。」

〔八〇〕〔魏本引孫汝聽曰〕言昔之人於此酬唱也。

〔八一〕〔魏本引孫汝聽曰〕吐芳謂吐出佳句。詩：「伐木丁丁，鳥鳴嚶嚶。」鳴嚶者，言如鳥聲相和也。〔方世舉注〕宋玉神女賦：「吐芬芳其若蘭。」詩伐木：「嚶其鳴矣，求其友聲。」

〔八二〕〔方世舉注〕班固東都賦：「發鯨魚，鏗華鐘。」爾雅翼：「蒲牢大聲如鐘，而性畏鯨魚，鯨魚躍，蒲牢輒鳴。故鑄鐘作蒲牢形，斲撞爲鯨形，天子出則擊之。」

〔八三〕〔方世舉注〕文心雕龍：「詩人感物，聯類不窮。流連萬象之際，沈吟視聽之區。」

〔八四〕〔方世舉注〕周禮夏官司右：「凡國之勇力之士，能用五兵者屬焉。」注：「司馬法曰：弓矢圍、殳矛守、戈戟助，凡五兵。」〔程學恂曰〕觀此知以文章名世，非公本志也。〔補釋〕

尋繹前後文意，此語仍就文章言，程説似錯會詩意。

〔八五〕〔魏本引韓醇曰〕李白有杜陵等詩，杜甫有贈韋贊善，皆城南詩也。〔方世舉注〕李白隱居岷山，杜甫流落劍南，故曰蜀雄。

〔八六〕〔張鴻曰〕李、杜雷車，非對而對。李、杜二姓，雷車二物，形容轟字之意，即形容李、杜之文字耳。

〔八七〕〔舉正〕杭本作「玄」。〔考異〕「玄」，或作「元」。祝本、魏本作「元」。廖本、王本作「玄」。〔補釋〕玄造，猶言造化。廣雅釋言：「玄，天也。」

〔八八〕〔祝本魏本注〕「崢」，一作「琤」者，非。〔方世舉注〕莊子天地篇：「高言不止於衆人之心。」〔魏本引孫汝聽曰〕霄崢，山之切雲者。軋，轢也。

〔八九〕〔魏本引孫汝聽曰〕芒端，筆端也。轉寒燠，言筆端有神，能變寒暑也。

〔九〇〕〔方世舉注〕鍾嶸詩品：「此語有神助。」

〔九一〕〔補釋〕諸本原注「愈」字。按此詩自首末二句外，中間人賦十字，此處若注「愈」字，則公竟連賦二十字矣。又稍下「珥」字下、「調」字下連注「郊」字，亦非。當於此句下及下文「雪」字下之「愈」字均改作「郊」，下文「蘂」字下及「珥」字下之「郊」字，均改作「愈」，方合。

〔九二〕〔考異〕「瀾」，或作「漳」。祝本、魏本作「漳」。廖本、王本作「瀾」。〔方世舉注〕言城南題詠甚多，自李、杜出，雖才之大小不同，亦各有佳句也。説文：「湍，疾瀨也。」「瀾，不流濁也。」

〔九三〕祝本、廖本、王本作「淩」。魏本作「菱」。句下諸本原注「郊」字。〔方世舉注〕魏文帝典論：「飢餐瓊蘂。」〔朱彝尊曰〕此下贊嘉味，卻微插入景物，如此風度乃饒，不然便恐涉枯寂。

〔九四〕〔方世舉注〕左思蜀都賦：「朱櫻春熟。」埤雅釋木：「南人語，其小者，謂之櫻珠。」

〔九五〕諸本原注「愈」字。〔補釋〕瑜伽師地論：「云何綺語？謂起綺語，欲樂起染汙心，若即於彼起不相應語方便，及於不相應語究竟中所有語業。」

〔九六〕〔舉正〕閣本作「酣勸雜弁珥」。蜀本亦作「雜」。李、謝本皆校一作「雜」。此乃淳于髡所謂「前有墮珥，後有遺簪」是也。〔考異〕「歡」，方作「勸」。「雜」，或作「新」。今按：方意「勸」爲勸酒之意，然此皆形容詩語之工，不當作「勸」。而作「歡」字，則對「價」字爲尤切。廖本、王本作「雜」。祝本、魏本作「新」。諸本句下原注「郊」字。

〔九七〕〔舉正〕唐本、謝校作「江」。選劉休玄詩：「悲發江南調。」又謝靈運詩：「采菱調易急，江南歌不緩。」李善皆引古江南詞「江南可採蓮」以釋之。蓋菡萏，荷花也。萎蕤，青花圓實，亦名玉竹。藍與江，皆以地言也。東野本集喜用「江調」字。〔考異〕「江」，或作「紅」。祝本、魏本作「紅」。廖本、王本作「江」。〔魏本引韓醇曰〕爾雅：「荷，芙蕖。其花菡萏，其實蓮。」

〔九八〕〔補釋〕萎蕤初夏開花，緑白色。〔魏本引孫汝聽曰〕藍瑛，謂藍田玉。

〔九九〕〔魏本引孫汝聽曰〕庖霜者，以鯽爲膾，其白如霜也。〔方世舉注〕張協七命：「命支離，飛霜鍔。紅肌綺散，素膚雪落。」本草：「鯽魚，一名鮒魚，色黑而體促，所在池澤皆有之。」

〔一〇〇〕諸本皆作「淅」。〔祝本魏本注〕一作「漸」。〔舉正〕「淅」字从折，之列切。魏文帝嘲王朗曰：不能效君昔在會稽折粇米。古字只用折。从析，星歷切，孟子所謂「接淅而行」是也。蓋「淅」諸本多作「淅」。〔陳景雲曰〕注説是。「折稌」見内則，尤古「淅」作「折」之明證。〔王元啓曰〕詩：「釋之叟叟。」傳云：「釋，淅米也。」孟子：「接淅而行。」字皆从析作淅。方本改「淅」爲「淅」，且謂古「淅」作「折」。愚按：廣韻淅字下雖亦有淅米之訓，然恐實係淅字之譌。方氏好奇，正使别有所據，總不如從孟子、毛傳音星歷反之現成而穩當也。〔方成珪箋正〕文帝當作武帝，見魏略。「折粇米」，今本仍作「析」。按：淅、淅二字，音義不同。説文：「淅，江水，从水，折聲。」「淅，汏米也，从水，析聲。」儀禮：「祝淅米于堂。」鄭玄注：「淅，汏也。」淮南子：「淅米而儲之。」高誘注：「淅，漬也。」俱作「淅」，不作「淅」。内則「折稌」，宋本、明嘉靖本禮記俱作「析稌」。阮元校勘記曰：閩、監、毛本「析」作「折」，石經同，岳本同，衛氏集説同，釋文同。段玉裁校本云：「折當析之誤。析，同淅，汏米也。陸云：之列反，非。」據此，則舉正與點勘之説皆誤。今定從「淅」。

〔一〇一〕〔魏本引孫汝聽曰〕詩：「爲此春酒。」後人因以春爲酒名，唐有抛青春之類是也。〔方世舉

注〕張衡南都賦：「酸甜滋味，百種千名。」

〔一〇二〕〔舉正〕唐、杭本、曾、李校作「蹙駛」。閣本、蜀本「駛」訛作「缺」。監本又倒其字爲「缺蹙景」，愈不通也。祝本、魏本作「缺蹙」。廖本、王本作「蹙駛」。〔魏本引孫汝聽曰〕哀匏，謂匏聲哀苦。匏，瓠也，以爲笙竽。

〔一〇三〕〔魏本引孫汝聽曰〕冽唱，清唱。凝，猶遏也。餘晶，日之光也。〔黄鉞注〕凝餘晶，當是凝白日之餘光。亦響遏浮雲之意，但不知所本耳。〔補釋〕此何必有所本。同時李賀李憑箜篌引亦有「空白凝雲頹不流」之句，用凝字，構思正同。

〔一〇四〕〔魏本引孫汝聽曰〕解魄，謂魂魄解散。

〔一〇五〕〔考異〕「瞠」，或作「蹚」。今按莊子：「瞠若乎其後。」瞠，丑庚切，直視也。〔方世舉注〕説文：「痺，濕病也。」嵇康與山巨源絶交書：「危坐一時，痺不能摇。」〔方成珪箋正〕詩意謂坐而直視諸伶奏技。

〔一〇六〕〔祝充注〕楚辭：「往者不可扳援。」注：「不可扳引而及也。」〔魏本引孫汝聽曰〕賤蹊絶，謂賤者不得扳援而至也。

〔一〇七〕〔蔣之翹注〕言神仙中人而復選擇更易，則其人美之至也。〔沈欽韓注〕選客如仙也，道家有選仙格。

〔一〇八〕〔舉正〕杭、蜀同作「藂」。唐人多書「叢」作「藂」，楚辭及舊本韓、柳集皆然。今本尚見一二。

〔方成珪箋正〕「蘩」，俗字。當作「叢」。廖本、王本作「蘩」，祝本、魏本作「叢」，又注曰：「採」，一作「取」。後漢書馮衍傳：「惡叢巧之亂世兮。」注：「叢，細也。」按：競採笑，謂競取其善笑者。

〔一〇九〕〔沈欽韓注〕騈鮮，與莊子大宗師「跰躃」義同。此言嬰兒窺客之狀也。〔補釋〕莊子：「跰躃而鑑於井。」陸德明釋文：「崔本作『邊鮮』。司馬云：病不能行，故跰躃也。」成玄英疏：「跰躃，曳疾貌。」六書故：「跰躃，行步攲危之貌。」

〔一一〇〕〔魏本引孫汝聽曰〕言桑樹變化，卻生蕪蔓也。〔王元啓曰〕變生蕪蔓，何必獨舉桑樹。恐此特借桑田變滄海之句而改用之。〔補釋〕以「蕪蔓」對「登丁」，蕪蔓乃形容之詞，非草名也。桑田變滄海，乃田變而非桑變，桑變，並非用桑田典。陶潛擬古第九首云：「種桑長江邊，三年望當採。枝條始欲茂，忽值山河改。柯葉自摧折，根株浮滄海。」韓義所自出也，第不是言改朝換代耳。

〔一一一〕〔魏本引孫汝聽曰〕樟，木名。樟裁者，言裁斲木，其聲登丁然。〔沈欽韓注〕桑變二句，言華屋變爲桑田，蓋棺空聞琢鐕也。盛衰倏忽如此。續漢禮儀志：「諸侯王公主貴人，皆樟棺。」〔補釋〕竊意乃斲樟木爲棺，非樟棺釘蓋也。詩：「築之登登。」又：「伐木丁丁。」毛傳：「登登，用力也。」「丁丁，伐木聲也。」富貴之家，以樟爲棺，亦復何益，故詩用「浪」字以致慨。浪，徒也。

〔一二〕〔祝本魏本注〕「極」，一作「拯」。

〔一三〕〔舉正〕蜀作「誰復」。〔考異〕或作「復誰」。祝本、魏本作「復誰」。廖本、王本作「誰復」。〔廖瑩中注〕晉習鑿齒傳：「風期俊邁。」風期，猶風標也。〔魏本引孫汝聽曰〕賡，續也。〔方成珪箋正〕此四句，言滄海桑田，忽焉變易，浪伐木以爲宫室臺榭，高興未極，而風流不可再矣。大有生存華屋，零落山丘之感。〔補釋〕箋正此解，與沈欽韓説異。〔王元啓曰〕「惟昔集佳咏」至「風期誰復賡」，當統爲一節。言昔人吟咏之工，并及酒食聲伎之美。「風期」句正與「惟昔」句俯仰相應。

〔一四〕〔顧嗣立注〕文選西京賦：「實惟地之奧區神皋。」

〔一五〕〔蔣抱玄注〕李白詩：「衣冠耀天京。」

〔一六〕〔補釋〕説文：「彦，美士有文人所言也。」

〔一七〕〔補釋〕爾雅：「檉，河柳。」郭注：「今河旁赤莖小楊。」

〔一八〕〔李詳證選〕張衡西京賦：「綴以二華，巨靈贔屓，高掌遠蹠，以流河曲，厥跡猶存。」互詳卷四南山詩注。〔王元啓曰〕神物即指華山。

〔一九〕〔魏本引韓醇曰〕終，終南山。〔魏本引孫汝聽曰〕儲，蓄也。禎，祥也。

〔二〇〕〔魏本引韓醇曰〕詩：「訏謨定命。」注：「訏，大也。」

〔二一〕〔魏本注〕「弼」，一作「拂」。〔蔣抱玄注〕漢書：「自古帝王之興，曷嘗不建輔弼之臣。」又東方朔傳注：「泰階者，天之三階也。上階爲天子，中階爲諸侯公卿大夫，下階爲士庶人。」

〔二二〕〔補釋〕文選薦禰衡表李善注：「岔，涌貌也。」

〔二三〕〔方世舉注〕班固西都賦：「呀周池而成淵。」善曰：「呀，大空貌。」〔沈欽韓注〕「岔秀」二句，言山川之靈秀。〔程學恂曰〕八句寫皇都雄概，全以神舉，覺班、左猶多詞費。

〔二四〕〔考異〕「聯」或作「連」。祝本、魏本作「連」，廖本、王本作「聯」。

〔二五〕〔祝充注〕史記：「昔周邑我先，秦嬴於後，卒獲爲諸侯。」〔沈欽韓注〕此下言城南韋、杜之族，始於周、秦，大於漢、魏。

〔二六〕〔沈欽韓注〕此句當亦韋、杜故事。

〔二七〕〔魏本引孫汝聽曰〕漢書：「韋賢父子皆以明經歷位宰相，故鄒、魯諺曰：遺子黃金滿籯，不如一經。」籯，竹器，受三四升者。

〔二八〕〔魏本引孫汝聽曰〕食家，謂食其家也。鼎鼐，貴者所用。詩：「鼐鼎及鼒。」〔補釋〕張衡西京賦：「擊鐘鼎食。」家語：「列鼎而食。」

〔二九〕〔方世舉注〕司馬遷報任安書：「以爲宗族交游光寵。」邯鄲淳鴻臚陳君碑：「四府並辟，弓旌交至。」

〔三〇〕〔考異〕「盡」，或作「書」。〔王元啓曰〕謂赫奕之制，悉由上賜，非他族所得槩用也。〔俞樾曰〕「奕」乃「异」字之誤。古或以异爲異。列子楊朱篇：「重囚纍梏，何以异哉？」張湛注曰：「昪，異也，古字。」昪制，猶言異數，此承上文「食家行鼎鼐，寵族飫弓旌」而言，謂非常之異制，皆由朝廷所賜也。下文云「殊私得逾程」，殊私、異制，文正相對，殊亦異也。因以「昪」爲「異」，又誤作「奕」，遂不可解矣。〔沈欽韓注〕此下言其第墅之盛，皆出君恩。

〔一一〕〔蔣抱玄注〕梁簡文帝啓：「特降殊私。」〔魏本引孫汝聽曰〕逾，過。程，法也。

〔一二〕〔方世舉注〕三輔黃圖：「始皇引渭水灌都，以象天漢。横橋南渡，以法牽牛。」〔補釋〕此特虛擬，非如三輔黃圖之實指也。

〔一三〕〔舉正〕唐、蜀本、謝校作「規」。規，度也。東方朔傳「規以爲苑」是也。〔考異〕「規」，或作「窺」。祝本、魏本作「窺」。廖本、王本作「規」。〔方世舉注〕班固西都賦：「繚以周牆，四百餘里。」〔補釋〕楚辭招魂：「倚沼畦瀛兮遥望博。」王逸注：「瀛，池中也。楚人名池澤中曰瀛。」

〔一四〕〔魏本引韓醇曰〕瀟碧，竹也。〔舉正〕一曰，瀟碧當是水。〔補釋〕下有輸委字，水義爲長。木華海賦：「於廓靈海，長爲委輸。」李善注：「禮記曰：『三王之祭川也，或源或委。』鄭玄曰：『委，流所聚。』淮南子曰：『河水九折注海而流不絶者，崑崙之輸也。』」此句承上聯漢、瀛二義來。

〔一五〕〔舉正〕杭、蜀本、洪、謝校作「湖嵌」。〔考異〕「湖」，本作「胡」。〔魏本引韓醇曰〕湖嵌，石也。〔補釋〕説文：「攜，提也。」廣雅：「擎，舉也。」此句承上聯橋、岸二義來。

〔一三六〕〔舉正〕唐本、謝校作「漠」。李陵書：「帥徒步之師，出大漠之外。」〔考異〕「苜」，或作「首」。「漠」，或作「漢」，非是。祝本、魏本作「漢」。廖本、王本作「漠」〔顧嗣立注〕漢西域傳：「李廣利伐大宛，采蒲萄苜蓿種，歸種于離宮館旁，極望焉。」

〔一三七〕〔考異〕「櫧」，或作「儲」。〔顧嗣立注〕選上林賦：「沙棠櫟櫧，華楓枰櫨。」郭璞曰：「櫧似采柔。」師古曰：「楓樹脂可爲香。」〔補釋〕周禮職方氏：「正南曰荆州。」

〔一三八〕〔舉正〕蜀本作「理」，此以嘉植言也。周禮：「其植物宜膏物。」鄭注曰：「膏物謂楊柳之屬，理致白如膏。」〔考異〕「理」，或作「埋」。魏本作「埋」。祝本、廖本、王本作「理」。〔方世舉注〕張衡歸田賦：「原隰鬱茂，百草滋榮。」

〔一三九〕〔舉正〕閣本「紐」作「細」，「善」作「蓋」，訛也。閣本此詩如以「盡從賜」爲「書從賜」，「掘雲」爲「掘靈」，比他詩其訛特甚。〔方世舉注〕此聯喻草樹之狀。翠，翠羽也。詩采芑：「有瑲蔥珩。」疏：「蒼玉之珩。」〔黄鉞注〕此聯不知所指。上句似狀垂柳。按下句似狀蒲萄，其藤蟠曲，果則如蒼玉之珩，攢聚在一處纍纍然。〔補釋〕從上文之「萄苜」、「楓櫧」、「嘉植」、「滋榮」等字，知所指者必是植物。黄鉞以前句爲垂柳，後句爲蒲萄。按：垂柳近是，然亦或指絲瓜。蒲萄盛夏熟，至深秋早已腐落，非是。詳思之，其枳椇乎？枳椇之實拳曲，蒼黄色，攢聚於一處，又成熟於秋，於「曲」、「攢珩」等字均無不合也。

〔一四〇〕〔魏本引孫汝聽曰〕星浮没，言魚吐沫，其狀如此。

〔四一〕〔魏本引孫汝聽曰〕騂，赤也。

〔四二〕〔魏本引韓醇曰〕禮記：「五方之民，各有性也。」

〔四三〕祝本、魏本作「鋤」。廖本、王本作「鉏」。

〔四四〕〔舉正〕閣、蜀同作「孽」。李本校從「蘖」。〔考異〕「蘖」，方作「孽」，非是。祝本、魏本作「孽」。廖本、王本作「蘖」。〔補釋〕説文：「葩，華也。」書盤庚：「若顛木之有由蘖。」陸德明釋文：「蘖，本又作枿。馬云：顛木而肄生曰枿。」漢書貨殖傳王先謙補注：「劉奉世曰：蘖讀如牙蘖之蘖，旁出嫩枝也。」

〔四五〕魏本、廖本作「晴」。祝本作「睛」。王本、游本作「情」。〔補釋〕文選吴都賦劉逵注：「菲菲，花美貌也」。説文：「茸，草茸茸貌。」

〔四六〕〔方世舉注〕楚國策：「以其類爲招。」〔祝充注〕相如封禪文云：「奇物譎詭，倜儻窮變。」〔方成珪箋正〕倜，漢書、文選皆作俶，與倜音義同。

〔四七〕〔方世舉注〕司馬相如長門賦：「翡翠脅翼而來萃兮，鸞鳳飛而北南。」枚乘七發：「鵷鶵鵁鶄，翠鬣紫纓。」善注：「纓，頸毛也。」〔補釋〕詩東山正義：「衿，謂纓也。」

〔四八〕〔魏本引孫汝聽曰〕危望，登高而望也。〔方世舉注〕文心雕龍：「延壽靈光，含飛動之勢。」

〔四九〕〔舉正〕「登閎」字見揚雄校獵賦。蜀本「登」作「豋」，竹盲切。豋宏，屋響也。〔方世舉注〕易升卦：「上六，冥升，利于不息之貞。」揚雄羽獵賦：「涉三皇之登閎。」韋昭曰：「登，高也。閎，大也。」　〔補釋〕廣韻：「⿱穴登宏，闊貌。」⿱穴登字从穴不从宀，方氏屋響之説，未詳何本。

〔一五〇〕〔顧嗣立注〕楚辭淮南小山招隱士：「蘋草靃靡。」王逸曰：「隨風披敷也。」　〔補釋〕説文：「轢，車所踐也。」

〔一五一〕〔祝充注〕廣韻：「嫈嫇，新婦貌。」　〔補釋〕文選西京賦薛綜注：「颯纚，長袖貌也。」玄應一切經音義：「嫈嫇，乙莖、莫莖反。字林：小心態也，亦細視也。」

〔一五二〕〔方世舉注〕司馬相如上林賦：「的皪江靡。」善曰：「説文云：玓瓅，明珠光也。玓瓅與的皪，音義同。」

〔一五三〕〔方世舉注〕文子：「精誠通于形，動氣通于天。」

〔一五四〕〔黄鉞注〕此聯幾于周昉畫太真矣。　〔程學恂曰〕飛卿、致堯摹寫不盡者，不謂于二公見之。大奇。

〔一五五〕〔魏本引孫汝聽曰〕鵷毳者，鴛鷺之羽，以飾其衣帶。毳，細毛也。　〔魏本引韓醇曰〕詩：「大車檻檻，毳衣如菼。」

〔一五六〕祝本、魏本作「珮」，廖本、王本作「佩」。　〔魏本引韓醇曰〕選魏文帝與鍾大理書：「玉白如截肪。」　〔魏本引孫汝聽曰〕玉書云：「白如截肪。」璜，半璧也。周禮「以玄璜禮北方」是也。

〔一五七〕〔魏本引孫汝聽曰〕文謂文士也。〔方世舉注〕鮑照詩：「尊賢永照灼，孤賤長隱淪。」

〔一五八〕〔祝充注〕欃搶，妖星名。爾雅：「彗星爲欃搶。」注：「亦謂之孛，言其形孛孛似掃彗。」

〔補釋〕爾雅：「欃槍字从木。」淮南子俶真訓、文選東京賦、吳都賦並从手。

〔一五九〕〔祝本魏本注〕一本無「郊」字。〔方世舉注〕吳志甘寧傳注：寧住止常以繒錦維舟，去或割棄，以示奢也。

〔一六〇〕〔方世舉注〕世説：「凌雲臺樓觀精巧，先稱平衆木輕重，然後造構，乃無錙銖相負。臺雖高峻，常隨風搖動，而終無傾倒之理。」

〔一六一〕〔舉正〕杭、蜀皆作「仞」。校本一作「牣」，非。相如賦：「充仞其中。」又：「虚宫館而勿仞。」仞，滿也。古字只作「仞」。〔考異〕「牣」，方作「仞」。今按：詩及孟子皆作「牣」，方説非是。〔魏本注〕「牣」，一作「認」。〔魏本引韓醇曰〕詩：「於牣魚躍。」

〔一六二〕〔魏本引孫汝聽曰〕三十畝爲畹。楚辭曰：「余既滋蘭之九畹兮。」〔顧嗣立注〕詩：「彼采蕭兮。」楚辭離騷經：「雜杜蘅與芳芷。」注：「杜蘅，似葵而香。」

〔一六三〕〔方世舉注〕左思蜀都賦：「孔翠羣翔。」

〔一六四〕〔魏本引孫汝聽曰〕苞，裹也。書曰「厥包橘柚錫貢」是也。樹，種也。蕉、栟，皆果名。廣志曰：「芭蕉一名芭苴，出交趾。椶一名栟櫚，其子可食。」〔顧嗣立注〕選南都賦：「楈枒栟櫚。」注：「栟櫚，椶也，皮可以爲索。」

〔一六五〕〔魏本引補注〕芡，説文云：「雞頭也。」方言曰：「南楚謂之雞頭，北燕謂之葰。青、徐、淮、泗之間謂之芡。」又云：「雞頭或謂之雁頭。」今公云鴻頭，鴻即雁也。

〔一六六〕〔舉正〕唐本作「鷇」。鷇，卵也。洪、謝皆從「鷇」。〔考異〕諸本「鷇」作「殼」。〔魏本引孫汝聽曰〕瑰橙，香橙也，其大如鵠鷇。〔方世舉注〕上林賦：「黄甘橙楱。」説文：「橙，橘屬。」

〔一六七〕魏本、廖本、王本作「鶩」。祝本作「鶩」。〔蔣抱玄注〕北史齊趙郡王琛傳：「稱爲良牧。」

〔一六八〕〔魏本引孫汝聽曰〕先盟，先世之盟。

〔一六九〕〔方世舉注〕奉環衛，罷節鎮而入宿衛也。〔王元啓曰〕謂先奉旄鉞出征，兵罷後又得歸奉環衛也。

〔一七〇〕〔魏本引孫汝聽曰〕守封，守其封疆。

〔一七一〕〔方世舉注〕記曲禮：「介者不拜。」疏：「介，甲鎧也。」

〔一七二〕〔祝充注〕紘，冠卷也。周禮：「玉笄朱紘。」注：「以朱組爲紘也。」〔顧嗣立注〕左傳桓公二年：「衡紞紘綖。」杜預曰：「紘，纓從下而上者。」

〔一七三〕〔魏本引韓醇曰〕公集中游城南詩有題于賓客，注：「蓋于頔爲太子賓客，亦居於此。」故此篇言及「動爵逮僮僕」等語，皆取諸此也。

〔一七四〕〔方世舉注〕梁簡文帝馬寶頌：「簪笏成行，貂纓在席。」蒼頡篇：「懷，抱也。」廣韻：「繃，束兒衣。」　〔顧嗣立注〕漢外戚傳：「衛青三子，在襁褓中皆爲列侯。」語意本此。　〔沈欽韓注〕此節語似指張茂宗、渾鐬輩也。

〔一七五〕〔魏本引孫汝聽曰〕詩：「克岐克嶷。」　〔補釋〕鄭箋：「其貌嶷嶷然有所識別也。」

〔一七六〕〔魏本引孫汝聽曰〕詩：「椒聊之實，蕃衍盈升。」椒蕃者，言子孫之多，如椒之蕃茂。　〔魏本引韓醇曰〕喤喤，小兒啼聲。　詩：「其泣喤喤。」

〔一七七〕〔魏本引孫汝聽曰〕貌鑑者，有光可以鑑也。

〔一七八〕〔方世舉注〕張敏頭責子羽文：「眸子摛光。」發硎，見卷四答張徹注。

〔一七九〕〔補釋〕此二句謂接待儒生於館，供給以典籍；聯絡親戚，與孫甥輩飲宴也。

〔一八〇〕〔方世舉注〕詩山樞：「子有鐘鼓，弗鼓弗考。」肴核，見卷四南山詩注。

〔一八一〕〔方世舉注〕書益稷：「戛擊鳴球。」周禮地官充人：「掌繫祭祀之牲牷，祀五帝，則繫於牢，芻之三月。」注：「牢，閑也。」　〔補釋〕周禮天官：「以樂侑食。」

〔一八二〕〔補釋〕飛膳，當指以飛禽烹調之殽膳。

〔一八三〕〔補釋〕函，通頷，下頷内肉。　詩孔疏：「口上曰𦜆，口下曰函。」

〔一八四〕〔方世舉注〕史記封禪書：「安期生食巨棗，大如瓜。」漢書西域傳：「條支國有大鳥，卵如甕。」

〔一八五〕〔顧嗣立注〕選南都賦：「春卵夏筍，秋韭冬菁。」廣韻：「韭，其華謂之菁。」

〔一八六〕〔魏本引孫汝聽曰〕書曰：「海物惟錯。」

〔一八七〕〔舉正〕蜀本作「娥娙」。〔顧嗣立注〕選古詩：「燕趙多佳人。」方言：「秦、晉之間，凡好而輕者謂之娥。自關而東河、濟之間謂之媌。」説文：「娙，長好也。」

〔一八八〕〔魏本引孫汝聽曰〕貊、戎，皆蠻夷名。周禮職方氏：「掌四夷九貊。」貊者，東夷之種，即九夷也。言貨自戎狄而至。〔魏本引洪興祖曰〕貊，北方國。戎，西夷。

〔一八九〕〔舉正〕三館本作「鸚」。戎、貊、鸚鵡、鸜鵒，四也。〔考異〕「鸚」，或作「鸜」，非是。祝本、魏本作「鸜」。廖本、王本作「鸚」。〔顧嗣立注〕爾雅翼：「荆楚之俗，鸜鵒子毛羽新成，取養之以教其語。」〔補釋〕説文：「鸚，鸚鵡，能言鳥也。」按謂令鸚鵒傳呼也。

〔一九〇〕〔李詳證選〕揚雄解嘲：「高明之家，鬼瞰其室。」

〔一九一〕〔魏本引孫汝聽曰〕官評，官謗也。〔程學恂曰〕二語寫盡豪横。

〔一九二〕祝本、魏本作「陵」。廖本、王本作「淩」。〔方世舉注〕記月令：「仲秋之月，殺氣浸盛。」

〔一九三〕祝本「原」作「言」，誤。〔方世舉注〕詩兔罝：「肅肅兔罝。」漢書揚雄傳：「遥噱乎紭中。」師古曰：「紭，古紘字。」

〔一九四〕〔魏本引孫汝聽曰〕羽空，謂禽鳥被箭，羽毛滿空。顛，墜也。雉鷃，鳥名。鷃即莊子所云斥鷃也。〔方世舉注〕禽經：「鷃雀啁啁。」張華注：「鷃，籬鷃也，雀屬。」

〔一九五〕〔魏本引孫汝聽曰〕血路，血盈路也。〔方世舉注〕潘岳射雉賦：「倒禽紛以迸落。」〔方成珪箋正〕爾雅釋獸：「麠，大麃，牛尾一角。」〔補釋〕說文麠下云：「麖，或从京。」

〔一九六〕〔魏本引孫汝聽曰〕莊子：「夔謂蚿曰：吾以一足跉踔而行。」跉踔，與踸踔同。〔魏本引韓醇曰〕莊子注：「踸踔，跳擲也。」

〔一九七〕〔魏本引孫汝聽曰〕鬐，鬣也。鬅鬤，鬐張貌。言魚中鉤，其怒如此。〔王元啓曰〕鬐謂獸之鬃鬣。此節言射獵之盛，不應此句獨指叉魚。汼非是。〔顧嗣立注〕說文：「鬅，鬃也。」楚辭大招：「被髮鬤只。」王逸曰：「鬤，亂貌。」〔王懋竑曰〕鬤，音獰。廣韻無此字，疑同鬡。

〔一九八〕〔魏本引韓醇曰〕翥，飛舉貌。〔魏本引孫汝聽曰〕疾翥鳥，謂疾于飛鳥也。

〔一九九〕〔補釋〕說文：「蝱，齧人飛蟲，从䖵，亡聲。」虻爲省字。

〔二〇〇〕〔魏本引樊汝霖曰〕上林賦云：「射麋脚麟。」顏師古云：「持引其脚，計其所獲也。」所謂算蹄者如此。

〔二〇一〕〔舉正〕蜀本作「裂腦擒盪振」。閣作「裂𦡀擒湯振」。𦡀，腦之或體也。振，揬也。盪振，踼揬之義也。監本作「摚振」，摚，距也，義亦通。而「擒」作「相」則非也。〔考異〕諸本「腦」作「𦡀」，「擒」作「相」，「摚」作「盪」，又作「湯」，方從蜀本。今按：「𦡀」，別本作「脇」，疑傳寫之誤。「盪」當作「摚」。祝本作「裂𦡀相摚振」，魏本作「裂眦相摚振」，俱注曰：「相摚」，一作「擒盪」。廖本、王本作「裂腦擒摚振」。〔王元啓曰〕作「脇」與下「擒」字相關，其作「𦡀」

者，即脇之誤文，方本作「腦」，非是。〔方世舉注〕廣韻：「摚，同撐，衺拄也。振，觸也。」按説文及廣韻，「摚」當作「樘」。

〔二〇二〕〔魏本引孫汝聽曰〕猛獟，謂猛獸獟也。

〔二〇三〕〔舉正〕杭、蜀同作「鵅」。鵅，音格，今鵂鶹也。〔考異〕「鵅」，或作「鴿」。今按：鵅，音柯額切，爾雅：「鵅，鵋鶀，今鵂鶹也。」其音各者烏鸔，水鳥也。〔方成珪箋正〕「鶀」，爾雅原文作「鶀」，音欺。廣韻始出鶀字。鵅無各音，各當作洛。〔魏本引孫汝聽曰〕妖殘，謂妖鳥殘滅，故梟鵅悍獨也。〔方世舉注〕爾雅釋鳥：「梟鴟。」注：「土梟。」

〔二〇四〕〔魏本引孫汝聽曰〕窟窮，窮其窟穴也。

〔二〇五〕〔顧嗣立注〕説文：「抨，彈也。」

〔二〇六〕〔魏本引孫汝聽曰〕連箱，連車也。

〔二〇七〕〔方世舉注〕此二句言田臘既倦，喘者因視刀刃而餘血點汙，困者偶觸株橜而目精矇眯也。

〔二〇八〕〔方世舉注〕史記日者傳：「天地曠曠，物之熙熙。」

〔二〇九〕〔李詳證選〕宋玉高唐賦：「馳苹苹。」善注：「説文曰：苹苹，草貌。」

〔二一〇〕〔方世舉注〕張衡西京賦：「扠簇之所攙捔。」

〔二一一〕〔祝充注〕噂，説文：「噍貌。」〔顧嗣立注〕西京雜記：「婁護傳食五侯，競致奇膳，合以爲鯖，世稱五侯鯖。」〔補釋〕北堂書鈔：「字林曰：鯖，雜肴也。」〔何焯曰〕句子太生割處，棘口不可學。〔程學恂曰〕言田獵，直用上林、子虛筆法。

〔二二〕〔魏本引孫汝聽曰〕律，十二月律，謂黄鍾大吕之屬。及郊至，十一月也。〔方世舉注〕三輔黄圖：「天郊在長安城南。」想至其處而遂詠郊祀之事也。〔王元啓曰〕郊祀必于城南，故于城南聯句及之。

〔二三〕〔魏本引孫汝聽曰〕樂緯云：「帝嚳樂曰六英，舜曰簫韶。」

〔二四〕〔方世舉注〕記郊特牲：「旂十有二旒。龍章而設日月，以象天也。」

〔二五〕〔舉正〕曾本作「莞」，字書不出。甍，屋檐也。見選「飛甍夾長道」注。〔方世舉注〕釋名：「棟，中也。居屋之中也。屋脊曰甍。甍，蒙也，在上覆蒙屋也。」

〔二六〕魏本、廖本、王本作「鴻」。祝本作「鳫」。〔魏本引孫汝聽曰〕鴻璧，大璧也。周禮「以蒼璧禮天」是也。

〔二七〕〔祝充注〕爾雅：「葍，藑茅。」注：「藑，葍一種，花有赤者爲藑。」楚辭：「索藑茅以莛尊。」注：「靈草也。」〔魏本引孫汝聽曰〕香藑，香茅。席，輔也。

〔二八〕〔魏本引孫汝聽曰〕玄祇，地示也。祉，福也。

〔二九〕〔祝充注〕秬，音巨，黑黍。詩：「有稻有秬。」一作「秠」，非。饛，音蒙，盛食滿貌。詩：「有饛簋飧。」

〔三〇〕〔祝充注〕瘥，病也。詩：「天方薦瘥。」

〔三一〕〔方世舉注〕史記秦始皇紀：「武威旁暢，振動四極。」曹植顓頊贊：「咸暢八極，靡不祇虔。」後漢書光武帝紀：「或爲地道，衝輣橦城。」注：「衝，橦車也。詩曰：臨衝閑閑。許慎曰：輣，樓車也。」説文：「橦，陷敶車也。」

〔三二〕〔魏本引孫汝聽曰〕靈燔，燔柴也。高冏，虚空也。〔補釋〕文選江淹雜體詩李善注：「蒼頡篇曰：冏，大明也，俱永切。」

〔三三〕〔舉正〕閣本、蜀本同。飇，暴風也。舊監本作「颸」，非。〔魏本引孫汝聽曰〕敲飇，駕相擊聲。

〔三四〕〔魏本引孫汝聽曰〕孕，育也。生植，動植。

〔三五〕〔魏本引孫汝聽曰〕熙，暢也，刖剠皆刑名，刖謂刖足，剠謂黥面。〔補釋〕完，謂完其形體，不加形戮也。漢書刑法志：「完者使守積。」顏師古注：「完，謂不虧其體，但居作也。」

〔三六〕〔程學恂曰〕言郊祀極典重。

〔三七〕〔方世舉注〕書禹貢：「是降丘宅土。」〔蔣抱玄注〕晉書王遐傳：「少以華族，仕至光禄勳。」

〔三八〕〔祝充注〕甿，説文：「田民也。」周禮：「以彊予任甿。」注：「變民言甿，異田外内也。甿猶懵；懵，無知貌。」又注：「彊予，謂民有餘力復予之田，若餘夫然。」

〔三九〕〔方世舉注〕詩楚茨：「我庾維億。」

〔二九〕廖本、王本作「翽」。祝本、魏本作「劌」。〔舉正〕鷦鵬，鳳也。諸本多訛作「鵬」。〔方世舉注〕詩小苑：「交交桑扈，率場啄粟。」又卷阿：「鳳皇于飛，翽翽其羽。」上林賦：「捎鳳皇，揜鷦鵬。」張揖曰：「焦明似鳳，西方之鳥也。」

〔三〇〕〔方世舉注〕説文：「田四十畝曰畦。」

〔三一〕〔方世舉注〕記月令：「仲冬之月，陶器必良。」

〔三二〕〔方世舉注〕儀禮特牲：「饋食祝東面，告利成。」注：「利猶養也，供養之禮成。」

〔三三〕〔魏本引孫汝聽曰〕詩：「永言孝思，孝思惟則。」又：「祝祭于祊。」〔顧嗣立注〕禮記禮器：「設祭于堂，爲祊乎外。」鄭氏云：「祊，明日繹祭也。廟門之傍，因名祊。」

〔三四〕〔考異〕「雲」，或作「靈」。崻嵲，見豐陵行注。

〔三五〕〔祝充注〕坳，地不平。莊子：「覆杯水于坳堂之上。」〔方世舉注〕記月令：「無漉陂池。」〔程學恂曰〕掘雲采月，乃游山以及寺。

〔三六〕〔魏本引孫汝聽曰〕砌，石也。石光明如鏡。

〔三七〕〔祝充注〕鉦，鐃也，似鈴。詩：「鉦人伐鼓。」〔魏本引孫汝聽曰〕僧盂如曉鉦也。

〔三八〕〔魏本引孫汝聽曰〕泥像，塑像也。騁怪，謂鬼神奇怪之狀。

〔三九〕〔方世舉注〕釋名：「舂，撞也。」〔補釋〕廣雅釋詁：「鍠，聲也。」

〔四〇〕〔魏本引樊汝霖曰〕瘿，頸病。鳩鴿頸羽如綉，乃其病耳。〔補釋〕樊以爲鳩鴿病瘿，實誤。

鳩與鴿是相似之鳥，鳴時頸常鼓起如癭，如此解則「鬩」字亦有着落。鬩，謂其鳴也。别有一種大頸鴿，其頸特大，乃近代外國輸入，恐非唐時所有。

〔三四一〕〔舉正〕杭作「垣」。〔祝本引洪興祖曰〕「垣」，今誤作「⿰虫亘」。謂蜿蜒於牆垣之間，雜蛷蠑也。蛷，多足蟲也。蠑，蜥蜴。

〔三四二〕〔方世舉注〕詩氓：「于嗟鳩兮，無食桑葚。」傅休奕桑葚賦：「翠朱三變，或玄或白。」爾雅釋蟲：「蚅，烏蠋。」注：「大蟲如指似蠶。」〔祝充注〕蠋，桑蟲。詩：「蜎蜎者蠋。」

〔三四三〕〔方世舉注〕爾雅釋鳥：「鵹黄楚雀，倉庚鵹黄也。」〔補釋〕鶊即倉庚。楚辭悼亂：「鶬鶊兮喈喈。」王逸注：「鶬鶊，鸝黄也。」

〔三四四〕〔舉正〕杭、蜀作「曙」。〔考異〕「曙」，或作「署」。〔祝本魏本注〕今本作「曙」爲「暑」，非是。〔魏本引孫汝聽曰〕韶，妍也。〔魏本引洪興祖曰〕曙，曉也。遲，待也。〔黄鉞注〕韶曙，疑即美景良辰之意。

〔三四五〕〔考異〕「朋」，方作「明」。祝本、魏本作「明」。廖本、王本作「朋」。〔魏本引韓醇曰〕易：「先庚三日，後庚三日。」注：「申命令謂之庚。」〔補釋〕此孔疏語，非注。朱駿聲説文通訓定聲：「庚爲託名幖識字，古以紀旬。」〔徐震曰〕此言三日前肅賓也。

〔三四六〕〔魏懷忠注〕偪仄字與逼側同。〔方世舉注〕張衡西京賦：「駢田偪側。」

〔三四七〕〔顧嗣立注〕選江賦：「砯厓鼓作。」善曰：「砯，水激巖之聲。」上林賦：「砰磅訇磕。」

〔二四八〕〔舉正〕三館舊本作「碎纈」。曾本亦作「碎」。唐小説：裴晉公午橋有文杏百株，立碎錦坊。少陵詩：「内蘂繁於纈。」杜牧之詩：「花塢團宮纈。」唐人多以纈喻。〔考異〕「碎纈」，或作「醉結」。方從閣本。或云當作「醉纈」，李長吉詩：「醉纈抛紅網。」祝本、魏本作「醉結」。廖本、王本作「碎纈」。〔蔣之翹注〕公送無本師詩，有「蟬翼碎錦纈」句，其爲「碎纈」無疑。

〔二四九〕〔顧嗣立注〕方言：「餳謂之餹。」説文：「餳，飴和饊者也。从食，昜聲。」

〔二五〇〕〔考異〕「蹴」，或作「蹵」。〔舉正〕曾本「覻」作「觀」。〔補釋〕廣雅：「蹵，蹋也。」文選羽獵賦李善注：「蹵、蹴古字通。」又注：「蹴與蹵同。」〔顧嗣立注〕蹵繩，謂鞦韆也。文選謝希逸宣貴妃誄：「望月方娥，瞻星比婺。」〔沈欽韓注〕此言女伴蹵繩之高，如娥婺下覻也。

〔二五一〕〔考異〕「擷」，或作「袺」。〔王本注〕監本「擷」，捋取也。潮本作「拮」。〔顧嗣立注〕荆楚歲時記：「五月五日，四人並蹋百草，今人又有鬭百草之戲。」説文：「璣，珠不員者。」〔方世舉注〕申培詩説：「芣苢，童兒鬭草，嬉戲歌謡之詞。」則鬭草其來甚古。〔祝充注〕珵，音呈，玉名。楚辭：「豈珵美之能當。」注：「美玉也。」

〔二五二〕〔方世舉注〕世説：「何平叔面至白，魏明帝疑其傅粉，正夏月，與熱湯餅，既噉，大汗出，以朱衣自拭，色轉皎然。」詩碩人：「螓首蛾眉。」疏：「螓如蟬而小，此蟲額廣而方。」〔蔣抱玄注〕盧思道採蓮曲：「妝消粉汗滋。」澤，潤也。

〔二五三〕〔魏本引孫汝聽曰〕金星，寶靨也。瓔，瓔珞，婦人項飾。〔顧嗣立注引吴兆宜曰〕顧野王詩：「妝罷金星出。」〔沈欽韓注〕「粉汗」二句，承「蹙繩」、「鬬草」言之。

〔二五四〕〔顧嗣立注〕文選上林賦：「酷烈淑郁。」

〔二五五〕〔顧嗣立注〕玉篇：「盯䁅，視貌。」〔黄鉞注〕鼻偷眼剽，造語奇極。

〔二五六〕〔蔣抱玄注〕兹疆，謂城南地界。

〔二五七〕〔魏本引韓醇曰〕魚繭，皆紙也。國史補云：「紙之好者，有魚子紙。」晉王羲之用蠶繭紙。〔王元啓曰〕謂欲書所有之饒，雖罄魚繭之紙，不足盡之。

〔二五八〕〔魏本引孫汝聽曰〕播琴箏，謂播之於樂府。

〔二五九〕〔魏本引孫汝聽曰〕謂謫陽山、江陵時也。〔方世舉注〕世説：「昨有一傖父來寄亭中。」〔補釋〕一切經音義引晉陽秋曰：「吴人謂中州人爲傖人。俗又總謂江、淮間雜楚爲傖人。」

〔二六〇〕〔魏本引孫汝聽曰〕宣三年左氏：「螭魅罔兩，莫能逢之。」

〔二六一〕〔魏本引孫汝聽曰〕鷗，鷗鳥。鶄，交鶄。二物皆水鳥，故云「浮跡侣鷗鶄」也。侣，徒侣也。〔祝充注〕爾雅：「鳽，鵁鶄。」注：「似鳧，脚高毛冠，江東人養之以壓水災。」

〔二六二〕〔補釋〕奠屈，見卷一遠游聯句注。

〔二六三〕〔舉正〕蜀本作「夭年」。祝本、魏本作「夭」。廖本王本作「天」。〔方世舉注〕莊子山木篇：「山木以不材終其天年。」〔蔣抱玄注〕莊子：「彭祖乃今以久特聞。」

〔二六四〕〔魏本引孫汝聽曰〕蛇蚓南方最多，故驚魂也。

〔二六五〕〔補釋〕説文：「蝦，蝦蟆也，从虫，叚聲。」爾雅：「蜎蠌，小者蟧。」郭璞注：「或曰即蟚蜎也，似蟹而小。」

〔二六六〕〔方世舉注〕左傳：「舉正于中。」注：「中氣：一年二十四節，一半爲節氣，一半爲中氣。」又：「劉康公曰：民受天地之中以生。」

〔二六七〕〔魏本引孫汝聽曰〕天棖，天門也。棖，門兩旁木。言自遷責得歸朝廷也。〔魏本引韓醇曰〕禮記：「士介拂棖。」〔程學恂曰〕或謂此聯句似三都、兩京，觀「腥味空奠屈」以下數語，知所感者深矣，豈徒事夸靡者哉！故詞雖奧衍，中有清絶。

〔二六八〕〔魏本引孫汝聽曰〕歸私，謂歸其私第。

〔二六九〕〔舉正〕蜀本作「驅呢」。樊本作「驅梶」，曰：「梶，女履切，止輪木也。」「時景」又校作「驅朋」。〔考異〕驅馳遲明而出太學也。蓋作此時，公方爲博士。祝本、魏本作「呢」。廖本、王本作「明」。〔補釋〕禮記鄭玄注：「庠序，亦學也。」後漢書儒林傳注：「黌，學也。」〔朱彝尊曰〕收轉游城南。

〔二七〇〕〔魏本引孫汝聽曰〕鮮，新也。

〔二七一〕〔魏本引孫汝聽曰〕猶言連璧也。瓊、瑩，皆玉名。詩：「尚之以瓊瑩乎而。」〔方世舉注〕世説：「潘安仁、夏侯湛并有美容，喜同行，時人謂之連璧。」

〔二七二〕〔考異〕「風乙」，或作「乙乙」，非是。〔魏本樊汝霖曰〕爾雅：「燕燕，鳦也。」許氏説文：「乙，玄鳥也。齊、魯謂之乙。或从鳥。」〔方成珪箋正〕説文繫傳乙字下云：「此與甲乙之乙相類，其形舉首下曲，與甲乙字少異。」

〔二七三〕〔考異〕「睛蜻」，或作「蜻蜻」，非是。〔王元啓曰〕上句「陶暄」乃指暄風，此句「躍」下一字當切晴日言之，「視」字恐誤，改作「煖」字何如？〔補釋〕吕氏春秋：「海上之人，有好蜻者。」高誘注：「蜻，蜻蜓，小蟲，細腰四翅，一名白宿。」

〔二七四〕〔方世舉注〕左傳：「今之勍者，皆吾敵也。」按：此二句收拾全篇，最爲著力。世説云：「許掾好游山水，而體便登陟。時人云：許非徒有勝情，實有濟勝之具。」茲游因足力不疲，故多所詣，又貪共吟詩，故不畏強敵也。

〔二七五〕〔魏本引孫汝聽曰〕晉書：「王澄、胡毋輔之等任放爲達，或至裸體。樂廣聞而笑曰：名教内自有樂地，何必乃爾。」

〔二七六〕〔徐震詮訂〕儜即泥之音轉。拘儜，猶言拘泥，爲協韻，故用儜字耳。廣韻：「儜，困也，弱也。」困義亦與泥近。

〔二七七〕〔李詳證選〕鮑照還都道中作：「畢景逐前儔。」

〔二六〕〔祝充注〕硻，未詳。恐當作硻，丘庚切。説文：「餘堅也。」或謂當作硜，論語：「硜硜然。」〔舉正〕字書無「硻」字。按：鹽鐵論：「器多堅硻。」又皇甫謐釋勸篇：「龍潛九淵，硻然執高。」何令升晉書音義曰：「硻，口莖切。」不知字書何以逸之也？〔補釋〕論語皇侃疏：「硜硜，堅正難移之貌也。」〔王元啓曰〕卒章敍兮貶謫初歸，追隨吟咏之樂。

【集説】

謝榛曰：輟耕録曰：「樊宗師絳守居園池記，艱深奇澀，人莫能誦。宋王晟、劉忱爲之注釋，趙仁舉爲之句讀，誠可怪也。韓退之作宗師墓誌銘曰：『文從字順各識職。』蓋譏之也。」退之城南聯句，意深語晦，相去幾何？

蔣之翹曰：城南聯句，蓋二公競自務爲奇語，故錯陳碎纈乃爾。然瑣瑣瑟瑟，靡非至寶，宇宙間亦何可無此一種文字耶？

朱彝尊曰：一味排空生造，不無牽強湊泊之失。然僻搜巧鍊，驚人句層出不竭，非學富五車，才幾八斗，安能幾此？此詩鋪敍結構，全模子虛、兩都等賦，當是商量定篇法，然後遞聯句耳。柏梁人各賦一句，道己事，姑無論。他聯句亦只人各一聯。若夫一人唱句，一人對句，更唱迭對者，則自韓、孟始。草木蟲魚鳥獸，雜見錯出，全無倫次，此與賦體稍異，卻正用此見奇。

方世舉曰：此詩凡一百五十韻，歷敍城南景物，巨細兼收，虛實互用。自古聯句之盛，無如此者。始從郊行敍起，若無意于游。既而欲歸不捨，則縱覽郊墟，信足所至，入故宅而詢其主人，吟其嘉詠，固昔時公卿之第，名賢游集之所也。今則破瓦頽垣，荒榛蔓草，零落如彼。望皇都而覽其山川，紀其民物，固九州之上腴，萬國之所輻湊也。其間高門鼎貴，富盛驕侈，烜赫如此。撫今追昔，映射有情。於是入林麓則思縱覽之娱，至郊壇則思嚴祀之盛，閭閻豐樂，僧舍幽奇，無不盡歷，兹游洵足述矣。更念陽春烟景，都人士女，聯袂嬉遨，尤有佳於此者。惜乎身逐羈傖，未覩其盛。然歸私休暇，得共今日之遊，耳目所經，皆供詩料，亦足以暢幽懷矣，何徒自苦爲哉？其舖敍之法，彷彿三都、兩京，而又絲聯繩牽，斷而不斷，如韓信將兵，多多益善，非其大才，安能如此。詩云：「腸胃繞萬象，精神驅五兵。」又送靈師云：「縱横雜謡俗，瑣屑咸羅穿。」可移評此詩也。又按：韓、孟才力不相上下，而詩趣各不同，觀其平生所作，皆與聯句小異。惟二人相合，乃争奇至此，則其交濟之美，有互相追逐者。王深父、黄山谷各左袒一家，未爲至論也。

嚴虞惇曰：詩中用獰、趟、絣、澄、娯、硎、娙、紭、虆、棖、颷、蠑、蟛、䵹凡十四韻，今韻不載。

趙翼曰：城南一首一千五六百字，自古聯句，未有如此之冗者。以「城南」爲題，景物繁富，本易填寫，則必逐段勾勒清楚，方醒眉目。乃游覽郊墟，憑弔園宅，侈都會之壯麗，寫人物之殷阜，入林麓而思游獵之娱，過郊壇而述禋祀之肅，層叠鋪敍，段落不分明，雖更增千百字，亦非難事，何必以多爲貴哉？近時朱竹垞、查初白有水碓及觀造竹紙聯句，層次清徹，而體物之工，抒詞之雅，絲絲入扣，幾無一字虚設，恐韓、孟復生，亦歎以爲不及也。

程學恂曰：二人聯句，較其自作，又各縱横怪變，相得之興，卻有此理。觀後鄺城聯句，李正封詩語雖亦老重，然與韓、孟家法迥別。可知韓門諸子，都是本色，無煩點竄。

短燈檠歌〔一〕

長檠八尺空自長，短檠二尺便且光〔二〕。黄簾緑幕朱户閉，風露氣入秋堂涼。裁衣寄遠淚眼暗〔三〕，搔頭頻挑移近牀〔四〕。太學儒生東魯客〔五〕，二十辭家來射策〔六〕。夜書細字綴語言〔七〕，兩目眵昏頭雪白〔八〕。此時提攜當案前〔九〕，看書到曉那能眠。一朝富貴還自恣，長檠高張照珠翠〔一〇〕。吁嗟世事無不然〔一一〕，牆角君看短檠棄〔一二〕。

〔一〕〔考異〕本或作「燈檠」。〔舉正〕姚令威曰：古詩「燈檠昏魚目」，讀檠爲去聲。集韻：「檠，渠映切，有足，所以几物。」又：「檠音平聲，榜也。」非燈檠字。韓詩「牆角君看短檠棄」，亦誤也。按：「燈檠昏魚目」，乃唐彦謙詩。李商隱詩亦有「九枝燈檠夜珠圓」。是唐人固以去聲讀也。然白樂天詩有「鐵檠移燈背」，自注曰：「檠，去聲讀。」則知唐人本二聲通用。古檠只用擎字，晉、宋諸人集尚可考。〔何焯曰〕韓公此句，何嘗不可作去聲讀。惟東坡「白頭還對短燈檠」句，乃平聲耳。放翁「二尺檠前正讀書」、「一生低首短檠前」，俱從坡公作平聲。〔姚範曰〕東坡讀檠爲平，亦未知韓公讀平讀去也。城南聯句：「粧燭已銷檠。」孟郊句亦作平音。〔方世舉注〕王筠有燈檠詩。庾信對燭賦：「還卻燈檠下燭盤。」又：「蓮帳寒檠窗拂曙。」皆宜作平聲讀，未可云誤也。此詩意在結句，所云東魯客，未知何人？因其爲太學儒生作，知爲官國子博士時。

〔二〕〔方世舉注〕張敞東宫舊事：「太子納妃，有銀塗二尺連盤燈。」〔黄徹曰〕杜夜宴左氏莊云：「檢書燒燭短。」燭正不宜觀書，檢閲時暫可也。退之「短檠二尺便且光」，可謂燈窗中人語。猶有未盡，燈不籠則損目，不宜勤且久。山谷「夜堂朱墨小燈籠」，可謂善矣，而處堂非夜久所宜。子瞻云：「推門入室書縱横，蠟紙燈籠晃雲母。」慣親燈火，儒生酸態盡矣。

〔三〕〔方世舉注〕謝惠連詩：「裁用笥中刀，縫爲萬里衣。」

〔四〕〔祝本魏本注〕「頻挑」，一作「挑燈」。〔魏本引樊汝霖曰〕公所以詠幽閨之思者如此。

〔五〕〔方世舉注〕西京雜記：「武帝過李夫人，就取玉簪搔頭，自此後宫人搔頭皆用玉。」

〔六〕〔補釋〕舊唐書職官志：「國子監有六學，二太學。」

〔七〕〔方世舉注〕漢書蕭望之傳：「望之以射策甲科爲郎。」師古曰：「射策者，謂爲問難疑義，書之於策，量其大小，署爲甲乙之科。」〔何焯曰〕應寄遠。

〔八〕〔方世舉注〕顔氏家訓養生篇：「庾肩吾年七十餘，目看細字。」〔補釋〕漢書劉向傳：「自孔子後，綴文之士衆矣。」

〔八〕〔方世舉注〕説文：「眵，目傷眥也。一曰瞢兜。」〔補釋〕慧琳一切經音義：「眵，叱之反。

韻詮云：目中眵也。集訓云：目汁凝結也。」〔何焯曰〕映眼暗。

〔九〕〔考異〕「攜」，方作「挈」。祝本、魏本作「挈」。廖本、王本作「攜」。〔何焯曰〕映近牀。

〔一〇〕〔舉正〕蜀本、曾校本作「珠」。〔考異〕「高張」，或作「焰高」。「珠」，或作「朱」。祝本、魏本作「朱」。廖本、王本作「珠」。

〔一一〕〔何焯曰〕推開妙。

〔一二〕〔魏本引樊汝霖曰〕蘇詩有云：「免使韓公悲世事，白頭還對短燈檠。」蘇時謫于黄，其姪安節下第遠來，故云。〔何焯曰〕一筆收轉。〔查慎行曰〕詞淺而喻深。

【集説】

黄震曰：此詩有感慨意。

朱彝尊曰：立意好，興趣亦不乏。第「裁衣」二句是女子事，於前後語意不倫，删之爲浄。

何焯曰：此詩骨節俱靈，字無虚設。首句以賓形主，卻是倒插法，「空自長」即反對「照珠翠」也。簾幕户堂，逐層襯入，「近牀」正爲結句「牆角」一喟。以「裁衣」襯起讀書，其間關照亦甚密。「照珠翠」句與「裁衣」、「看書」兩層對射，亦若長短檠之相待然。「吁嗟世事」一語，可慨者深矣！

唐宋詩醇曰：貧賤糟糠，諷喻深切。

汪佑南曰：首二句借賓定主，含下二段。「黄簾」四句寫短檠之便於裁衣。「太學」六句寫短檠之便於看書。「一朝」二句詞意緊鍊，迴映上二段。「吁嗟」句推廣言之，即小見大，包掃一切。

末句收到本題，懸厓勒馬，不再添一句。筆力高絶。讀此詩，覺世態炎涼，活現紙上。顧氏本批云：「裁衣二句是女子事，於前後語意不倫，删之爲浄。」鄙意删此二句，「太學」句接上「涼」字韻，少融洽，下「照珠翠」句亦竟無根。蓋富貴自恣，即看書之人，照珠翠即裁衣之人。韓詩用意極精細，血脈貫通，烏可妄删去哉？

薦士〔一〕

周詩三百篇〔二〕，雅麗理訓誥〔三〕。曾經聖人手〔四〕，議論安敢到。五言出漢時〔五〕，蘇李首更號〔六〕。東都漸瀰漫〔七〕，派别百川導〔八〕。建安能者七〔九〕，卓犖變風操〔一〇〕。逶迤抵晉宋〔一一〕，氣象日凋耗。中間數鮑謝〔一二〕，比近最清奥。齊梁及陳隋，衆作等蟬噪〔一三〕。搜春摘花卉，沿襲傷剽盜。國朝盛文章，子昂始高蹈〔一四〕。勃興得李杜〔一五〕，萬類困陵暴〔一六〕。後來相繼生，亦各臻閫隩〔一七〕。有窮者孟郊〔一八〕，受材實雄驁。冥觀洞古今，象外逐幽好〔一九〕。横空盤硬語〔二〇〕，妥帖力排奡〔二一〕。敷柔肆紆餘〔二二〕，奮猛卷海潦。榮華肖天秀，捷疾逾響報〔二三〕。行身踐規矩，甘辱恥媚竈〔二四〕。孟軻分邪正，眸子看瞭眊〔二五〕。杳然粹而精〔二六〕，可以鎮浮躁〔二七〕。酸寒溧陽尉〔二八〕，五十幾何耄〔二九〕？孜孜營甘旨〔三〇〕，辛苦久所冒。俗流知者誰？指注競嘲慠〔三一〕。聖皇索遺逸，髦士日登造〔三二〕。廟堂有賢相〔三三〕，愛遇均覆燾〔三四〕。況承歸與張〔三五〕，二公迭嗟悼〔三六〕。青冥送吹噓〔三七〕，強箭射魯縞〔三八〕。胡爲久無成？使以歸期告〔三九〕。霜風破佳菊，嘉節迫吹帽〔四〇〕。念將決焉去，感物增戀嫪〔四一〕。彼微水中荇〔四二〕，尚煩左右芼〔四三〕。魯侯國至小，廟鼎猶納郜〔四四〕。幸當擇珉玉〔四五〕，寧有棄珪瑁〔四六〕？悠悠我之思〔四七〕，擾擾風中纛〔四八〕。上言愧無路，日夜惟心禱〔四九〕。鶴翎不天生，變化在啄菢〔五〇〕。通波非難圖，尺地易可漕〔五一〕。善善不汲汲〔五二〕，後時徒悔懊〔五三〕。救死具八珍〔五四〕，不如一簞犒〔五五〕。微詩公勿誚〔五六〕，愷悌神所勞〔五七〕。

〔一〕〔魏懷忠注〕爲孟郊東野作，凡四十韻。〔魏本引唐庚曰〕據舊史稱，李翺分司洛中，薦郊於留守鄭餘慶。又據翺答公書云：「還示云，於賢者汲汲，惟公與不材耳。」又云：「如兄者頗亦好賢。」云云。則孜孜汲汲，無所愛惜。公此詩云「善善不汲汲，後時徒悔懊」，蓋述與翺書語，實助翺薦郊者也。〔魏本引韓醇曰〕東野貞元十一年進士，爲溧陽尉時，鄭餘慶尹河南，公作是詩薦之，鄭辟郊爲水陸運從事。此詩作於郊爲尉後辟從事前與。觀公銘郊墓，謂鄭公尹河南，既辟從事。後以節領興元，復奏爲參謀。皆此一詩之薦故也。〔王元啓曰〕郊登第，在貞元十二年間。四年選爲溧陽尉，當在十七年。去尉二年，河南尹鄭餘慶奏爲水陸運從事，餘慶以元和元年十一月尹河南。二年辟郊爲從事，則郊之去尉當在貞元二十一年。唐制，居官以四考爲滿。二十一年，正郊滿官罷任之時。舊注：「貞元十一年郊爲溧陽尉，鄭餘慶尹河南，公作詩薦之。」紀年皆舛。又餘慶以元和元年五月罷相爲太子賓客，九月改國子祭酒，篇中有霜風佳菊之句，當是餘慶初改祭酒時所薦。若在尹河南時，則此詩當作于二年九月，時公已于夏末出京。篇中所云，似公與郊同在京師，非分司東都時語。竊謂水陸從事之辟，雖由此詩之薦，作此詩時，自在餘慶未尹河南之前。舊注謂即在尹河南之日，其説非是。

〔方成珪箋正〕餘慶兩入相，先於貞元十四年七月壬申，以工部侍郎爲中書侍郎同平章事，次年九月丙戌，貶郴州司馬，時東野尚未尉溧陽也。後于永貞元年八月癸亥，以尚書左丞同平章事，次年爲元和元年，五月庚辰，罷爲太子賓客，九月丙午，遷國子祭酒。玩詩中「廟堂有賢相」句，是餘慶方當國時所薦，乃永貞元年九月初事，詩中「嘉節迫吹帽」句可證。東野以貞元十六年爲溧陽尉，年五十，故曰「五十幾何耄」。尉溧陽六年，爲永貞元年，故曰「辛苦久所冒」。是年去尉，故曰「念將決然去」。公時移掾江陵，寄此詩以薦。明年十一月庚戌，餘慶尹河南，又因李翺之薦，奏東野爲水陸運從事。大約公薦東野時，欲吹噓而未得其便也。永貞元年八月，順宗傳位憲宗，與詩中「聖皇索遺逸，髦士日登造」二語氣象亦合。

〔補釋〕王説是也。東野去溧陽尉，在永貞元年乙酉。孟集有乙酉歲舍弟扶侍歸義興莊居後獨止舍待替人一詩可證。但箋正即以此詩爲乙酉九月初作，則非是。爾時公正在赴潭州旅途中，未必已得東野去尉之訊。況公本人其時尚作「坎坷祇得移荆蠻」之感，何有餘力薦人。詩中「念將決焉去，感物增戀嫪」二語，正是二公在京相聚，東野久而無成，又將去京時口氣。蓋承上文「胡爲久無成，使以歸期告」二句來。若在乙酉，則初去尉職，何云「久無成」，二人吴、楚遥隔，何云「增戀嫪」乎？餘慶曾兩入相，今雖罷相，仍在朝廷，則賢相之稱，初無不可。箋正必欲指爲餘慶當國時，則乙酉八月爲丁酉朔，癸亥拜相，已是二十七日，詩有「嘉節迫吹帽」句，是作於重陽以前。公遠在湘江旅途，豈能於十日以内，便知京中消息乎？至「聖皇索遺逸」二語，於元年出之，氣象亦無不合，更不必確指爲上年矣。王説謂餘慶初改祭酒時所作，亦有小誤。元和元年九月爲辛卯朔，餘慶丙午遷國子祭酒，爲十六日，已在重陽後矣。此詩當是在餘慶爲太子賓客時上也。

〔二〕〔補釋〕論語：「詩三百。」

〔三〕〔舉正〕杭、蜀同。蔡、謝校作「雅麗」。〔考異〕「雅麗」，或作「麗雅」。「理」，或作「埋」。今按：二字皆未安，恐必有誤。祝本、魏本作「麗雅」。廖本、王本作「雅麗」。〔王元啓曰〕埋者包藏之意，與蘇詩「端莊雜流麗，剛健含婀娜」，句法正類。又公送區弘詩有「當今天子鋪德威」句，與此對照，其旨更明。凡顯施於外者則曰鋪，隱藏於内者則曰埋，此是韓公措字之法。後人少見多怪，改作「理」字，殊無意義。〔俞樾曰〕當作「雅理麗訓誥」。雅者，正也。麗與儷通。言周詩三百篇，皆合正理，而可與訓誥相儷偶也。舊本「雅麗」或作「麗雅」，則正以「雅理」二字連文，但「麗」字誤置「雅」字之上耳。「理」字或作「埋」，則形似之誤，不足論也。〔補釋〕王説未安，俞説較長。然即不移易亦可以解。淮南子時則訓高誘注：「理，通也。」又：「理，達也。」謂周詩雅麗。可通於訓詁也。

〔四〕〔補釋〕史記孔子世家：「古者詩三千餘篇，及至孔子，去其重，取可施於禮義三百五篇，孔子皆絃歌之，以求合韶武雅頌之音，禮樂自此可得而述。」

〔五〕〔補釋〕鍾嶸詩品：「逮漢李陵，始著五言之目矣。古詩眇邈，人世難詳，推其文體，固是炎漢之製，非衰周之倡也。」

〔六〕〔補釋〕文選李少卿與蘇武詩三首，蘇子卿詩四首。古文苑李陵録别詩八首，蘇武答李陵詩、别李陵詩各一首，俱五言。

〔七〕文選古詩十九首李善注：「詩云『驅車上東門』，又云『遊戲宛與洛』，此則辭兼東都。」

〔八〕〔魏本引韓醇曰〕吴都賦：「百川派别，歸海而會。」

〔九〕〔魏本引孫汝聽曰〕建安，漢獻帝年號。典論：「今之文人，魯國孔融、廣陵陳琳、山陽王粲、北海徐幹、陳留阮瑀、汝南應瑒、東平劉公幹，斯七子者，於學無所遺，於辭無所假。」

〔一〇〕卓犖，見卷三赴江陵途中寄贈三學士注。〔魏本引孫汝聽曰〕風謂風雅。操，琴操之類。

〔一一〕〔方世舉注〕文心雕龍：「晉世羣才，稍入輕綺，采縟于正始，力柔於建安，或析文以爲妙，或流靡以自妍，此其大略也。江左篇製，溺乎玄風，嗤笑殉務之志，崇盛無稽之談。宋初文詠，體有因革。老、莊告退，而山水方滋。儷采百字之偶，争價一句之奇，情必極貌以寫物，詞必窮力而追新，此近世之所競也。」〔高步瀛曰〕文選笙賦李善注曰：「逶迤，漸邪之貌。」詩品曰：「晉宋之際，殆無詩乎！義熙中，以謝益壽、殷仲文爲華綺之冠，殷不競矣。」〔補釋〕陳子昂與東方史虬修竹篇序云：「漢、魏風骨，晉、宋莫傳。齊、梁間詩，彩麗競繁，而興寄都絶。思古人常恐逶迤頹靡，風雅不作，以耿耿也。」盧藏用右拾遺陳子昂文集序云：「宋、齊之末，蓋顦顇矣。逶迤陵頹，流靡忘返。」論晉、宋、齊、梁詩用「逶迤」字，退之所本。

〔一二〕〔補釋〕鍾嶸詩品：「宋參軍鮑照，其源出於二張，善製形狀寫物之詞，得景陽之諔詭，含茂先之靡嫚，骨節強於謝混，驅邁疾於顏延，總四家而擅美，跨兩代而孤出。」又：「宋臨川太守謝靈運，其源出於陳思，雜有景陽之體，故尚巧似，而逸蕩過之。」〔顧嗣立注引劉石齡曰〕杜子美詩：「賦詩何必多，往往凌鮑謝。」〔沈德潛唐詩别裁集〕失卻陶公，性所不近也。〔程學恂曰〕取鮑、謝而遺淵明，亦偶即大概言之，非定論也。

〔一三〕〔方世舉注〕楊泉物理論：「虚無之談，尚其華藻。此猶春蛙秋蟬，聒耳而已。」〔何焯義門讀書記〕蟬噪，對三百篇言之也。

〔一四〕〔魏本引補注〕筆墨閒録曰：「薦士詩與送東野序，盛言子昂、李、杜，餘皆不在其列，唐詩由子昂始唱之也。」〔方世舉注〕新唐書陳子昂傳：「子昂，字伯玉，梓州射洪人。唐興，文章承徐、庾餘風，子昂始變雅正，爲海内文宗。」〔補釋〕「盜」、「蹈」同紐連用。

〔一五〕〔方世舉注〕新唐書杜甫傳：「昌黎韓愈於文章慎許可，至歌詩獨推李、杜。」

〔一六〕〔方世舉注〕爾雅釋言：「彊，暴也。」注：「彊梁陵暴。」史記仲尼弟子傳：「子路冠雄雞，佩豭豚，陵暴孔子。」

〔一七〕祝本、魏本作「隩」。廖本、王本作「奥」。〔舉正〕舊本同作「奥」，今本作「隩」，以重韻誤刊也。班固傳：「究先聖之壼奥。」作「隩」非義。〔補釋〕按：爾雅釋宫：「西南隅謂之奥。」釋文：「或作隩。」禮記仲尼燕居：「室無奥阼。」釋文：「本又作隩。」家語：「目巧之室，則有隩阼。」注：「室西南隅謂之隩。」古奥、隩二字蓋可通用。此處避重韻，自以作「隩」爲是。一切經音義引三蒼：「閫，謂門限也。」閫隩，猶深奥也。〔何焯曰〕以上詩之源流。

〔一八〕〔魏本引樊汝霖曰〕公平日以朋友處之，字而不名。獨此詩曰「有窮者孟郊」，蓋薦之於王公大人，不得不名也。〔何焯義門讀書記〕窮字貫注後半。〔高步瀛曰〕説文曰：「務，健也。」案：騖務字通。

〔一九〕〔蔣抱玄注〕孫綽游天台山賦：「渾萬象以冥觀。」又：「散以象外之説。」

〔二〇〕〔舉正〕「横空」，蜀作「縱横」。

〔二一〕〔顧嗣立注〕陸士衡文賦：「或妥帖而易施。」〔魏本引孫汝聽曰〕論語：「奡盪舟。」寒浞殺有窮后羿，因其室而生奡。奡多力，能陸地行舟，爲少康所殺。〔翁方綱石洲詩話〕奡字，五百家注本内引論語「奡盪舟」，甚是。宋末月泉吟社送詩賞小劄云：「語無排奡，體不效崑。」此可證也。舊以奡與傲同，作排奡兩字連説者，未然也。〔方世舉注〕諸葛亮梁甫吟：「力能排南山，文能絶地紀。」此句以力能排奡爲義。〔高步瀛曰〕奡，从夰聲。説文曰：「夰，放也。」段注曰：「放者，逐也。」〔胡仔曰〕荆公云：詩人各有所得，「清水出芙蓉，天然去雕飾」，此李白所得也。「或看翡翠蘭苕上，未掣鯨魚碧海中」，此老杜所得也。「横空盤硬語，妥帖力排奡」，此韓愈所得也。〔許顗曰〕韓退之云「横空盤硬語，妥帖力排奡」，蓋能殺縛事實，與意義合，最難能之。知其難則可與論詩矣。此所以稱孟東野也。〔唐宋詩醇〕十字中尤妙在妥帖二字。樊宗師文最奇崛，而退之以文從字順許之，其亦異乎世之所謂妥帖者矣。〔翁方綱石洲詩話〕諫果雖苦，味美於回。孟東野詩則苦澀而無回味，正是不鳴其善鳴者。不知韓何以獨稱之。且至謂「横空盤硬語，妥帖力排奡」，亦太不相類，此真不可解也。

〔二二〕〔方世舉注〕司馬相如上林賦：「紆餘逶迤。」

〔二三〕〔舉正〕閣本、曾、謝校作「逾」。〔考異〕「捷」，或作「健」。「逾」，或作「愈」。祝本作「疾愈」。魏本作「急愈」。廖本、王本作「疾逾」。〔方世舉注〕詩品：「張思光縱有乖文體，亦捷疾豐饒。」〔魏泰臨漢隱居詩話〕孟郊詩蹇澀窮僻，琢削不暇，真苦吟而成，觀其句法格力可見矣。其自謂「夜吟曉不休，苦吟神鬼愁。如何不自閒？心與身爲讎」，而退之薦其詩云「榮華肖天秀，捷疾愈響報」，何也？〔補釋〕東野與公聯句，妙語層出不窮。城南聯句長至一百五十餘韻，豈非捷疾響報之才？魏説非也。〔朱彝尊曰〕比東野數語，卻工。

〔程學恂曰〕「榮華肖天秀」二語，適奇適確。

〔二四〕〔魏本引孫汝聽曰〕論語：「與其媚於奥，寧媚於竈。」注：「奥，内也。」以喻近臣。竈以喻執政。

〔二五〕〔魏本引韓醇曰〕孟子：「胸中正則眸子瞭焉，胸中不正則眸子眊焉。」〔補釋〕孟子趙岐注：「瞭，明也。眊者，蒙蒙目不明之貌。」

〔二六〕〔舉正〕山谷本、謝本所校同作「清」。〔考異〕「清」，或作「精」。祝本、魏本作「精」。廖本、王本作「清」。

〔二七〕〔蔣抱玄注〕禮記正義序：「夫人上資六氣，下乘四序。精粹者雖復凝然不動，浮躁者實亦無所不爲。」〔程學恂曰〕「眸子看瞭眊」、「可以鎮浮躁」，不惟得貞曜品詣，並能寫出貞曜神骨。〔何焯曰〕以上論其人文，以下惜其遭遇。

〔二八〕〔方世舉注〕新唐書地理志：「昇州溧陽縣，屬江南道。」又孟郊傳：「郊爲溧陽尉，縣有投金瀨、平陵城，林薄蒙翳，下有積水。郊間往坐水旁，裴回賦詩，曹務多廢。令白府，以假尉代之，分其半俸。」〔高步瀛曰〕唐六典卷三十：「諸州上縣尉二人，從九品下。」

〔二九〕〔魏本引孫汝聽曰〕禮記：「八十九十曰耄。」〔沈德潛唐詩別裁集〕言去耄幾何？〔高步瀛曰〕詩抑毛傳曰：「耄，老也。」〔補釋〕東野於元和九年卒，年六十四。以此推之。

貞元十七年始尉溧陽時，年五十一。二十一年去尉時，年五十五。〔何焯義門讀書記〕此句貫注不汲汲而後時悔懊一連。

〔三〇〕〔蔣抱玄注〕書：「予思日孜孜。」〔魏本引韓醇曰〕禮記內則：「昧爽而朝，慈以旨甘。日入而夕，慈以旨甘。」

〔三一〕〔蔣抱玄注〕指注，謂指而注意之也。〔補釋〕禮記投壺鄭玄注：「敖，慢也。」左傳：「大夫敖。」釋文：「本亦作慠。」〔高步瀛曰〕本字作嫯。説文曰：「嫯，侮傷也。」以上言郊之文行。

〔三二〕〔方世舉注〕詩甫田：「烝我髦士。」又思齊：「譽髦斯士。」記王制：「命鄉論秀士，升之司徒，曰選士。司徒論選士之秀者而升之學，曰俊士。升於司徒者不征於鄉，升於學者不征於司徒，曰造士。大樂正論造士之秀者以告於王而升諸司馬，曰進士。」〔高步瀛曰〕詩甫田毛傳曰：「烝，進也。髦，俊也。」

〔三三〕〔祝本引洪興祖曰〕賢相謂鄭餘慶。

〔三四〕〔方世舉注〕廣韻：「燾，覆也，同幬。」〔蔣抱玄注〕禮記：「譬如天地之無不持載，無不覆幬。」

〔三五〕〔魏本引韓醇曰〕謂郊嘗爲歸登、張建封所知。〔方世舉注〕冠歸于張之上，必其名位在建封之前，疑是登父崇敬也。舊唐書德宗紀：「貞元十五年，特進兵部尚書歸崇敬卒。十六年，右僕射張建封卒。」追而溯之，稱曰二公，固其宜也。登雖嘗與韓、孟周旋，然按登傳，德宗時纔至兵部員外郎，充皇子侍讀，史館修撰，不應並稱二公，又在張上也。崇敬，字正禮，蘇州吴郡人。新舊史皆有傳。

〔三六〕〔蔣抱玄注〕潘岳誄：「聖主嗟悼。」

〔三七〕〔補釋〕楚辭九章：「據青冥而攄虹兮。」〔方世舉注〕後漢書鄭泰傳：「清言高論，噓枯吹生。」〔顧嗣立注〕杜子美詩：「揚雄更有河東賦，唯待吹噓送上天。」

〔三八〕〔方成珪箋正〕史記韓安國傳：「彊弩之極，矢不能穿魯縞。」〔高步瀛曰〕漢書韓安國傳顔注曰：「縞，素也。曲阜之地，俗善作之，尤爲輕細，故以取喻也。」

〔三九〕〔補釋〕謂東野自去溧陽尉來京師，久而無成，將東歸也。

〔四〇〕〔顧嗣立注〕晉孟嘉傳：「爲桓温參軍，九月九日宴龍山，寮佐畢集。有風至，吹嘉帽墮落，嘉不之覺。」

〔四一〕〔補釋〕一切經音義引聲類曰：「嫪，惜也，謂戀不能去也。」

〔四二〕〔蔣抱玄注〕謂彼等微物也。

〔四三〕〔魏本引祝充曰〕詩：「參差荇菜，左右芼之。」芼，擇也。〔何焯曰〕以下皆望鄭汲引之辭。〔沈德潛唐詩別裁集〕以下皆用比例。

〔四四〕〔魏本引祝充曰〕春秋桓二年：「取郜大鼎於宋。戊申納於太廟。」〔高步瀛曰〕左傳杜注曰：「部國所造也，濟陰城武縣東南有北部城。」案：在今山東城武縣。

〔四五〕〔張相曰〕幸，猶本也，正也。幸當，正當也。意言正當分玉石也。〔顧嗣立注引劉石齡曰〕禮：「君子貴玉而賤碈。」碈與珉同。李太白詩：「流俗多錯誤，豈知玉與珉。」

〔四六〕〔補釋〕説文：「圭，瑞玉也，上圜下方，从重土。珪，古文圭从玉。」又：「瑁，諸侯執圭朝天子，天子執玉以冒之，似犁冠。周禮曰：『天子執瑁四寸。』从玉冒，冒亦聲。」

〔四七〕〔補釋〕詩雄雉：「悠悠我思。」

〔四八〕〔顧嗣立注〕戰國策：「寡人心摇摇如懸旌而無所終薄。」文選張景陽詩：「羈旅無定心，翩翩如懸旌。」公詩意取此。〔補釋〕列子：「擾擾萬緒起矣。」漢書高帝紀注：「李斐曰：纛，毛羽幢也。」

〔四九〕〔祝充注〕文字音義：「求福曰禱。」

〔五〇〕〔沈欽韓注〕文選東征賦注：「尸子曰：卵生曰啄，胎生曰乳。」〔方世舉注〕方言：「北燕、朝鮮、洌水之間，謂伏雞曰菢。」廣韻：「菢，鳥伏卵也。」〔何焯義門讀書記〕二句謂東野之待薦。

〔五一〕〔祝充注〕漕，水運也。〔王元啓曰〕易，移易也。言但移尺寸之地，即可以達通波，所謂一舉手之勞耳。

〔五二〕〔方世舉注〕公羊傳：「君子之善善也長。」〔補釋〕國語：「郭公善善而不能用。」漢書揚雄傳：「不汲汲於富貴。」注：「汲汲，欲速之義，如井汲之爲也。」

〔五三〕〔何焯義門讀書記〕若必待已得者而後進郊，則恐後時矣。以此責望，亦詩人忠厚之至也。

〔五四〕〔魏本引韓醇曰〕周禮膳夫：「珍用八物。」又：「食醬掌八珍之齊。」〔補釋〕周禮鄭玄注：「珍謂淳熬、淳毋、炮豚、炮牂、擣珍、漬、熬、肝膋也。」

〔五五〕〔舉正〕閣本作「不」。〔考異〕「不」，或作「無」。〔補釋〕左傳：「宣子田於首山，舍于翳桑，見靈輒餓，問其病，曰：不食三日矣。食之，舍其半。問之，曰：宦三年矣，未知母之存否？今近焉，請以遺之。使盡之，而爲之簞食與肉，寘諸橐以與之。」杜預注：「簞，笥也。」公羊傳何休注：「犒，勞也。」〔何焯曰〕多用譬喻，極縱横歷落之致。

〔五六〕〔舉正〕杭、蜀本皆作「數詩」，未詳。〔魏本注〕「誚」，一作「笑」。

〔五七〕〔祝充注〕詩：「愷悌君子，神所勞矣。」〔高步瀛曰〕詩旱麓鄭箋曰：「勞，勞來，猶言佑助。」釋文曰：「勞，力報反。」又蓼蕭毛傳曰：「豈樂，弟易也。」釋文曰：「豈本亦作愷，弟本亦作悌。」

【集説】

范晞文曰：東坡讀東野詩乃云：「孤芳擢荒穢，苦語餘詩騷。水清石鑿鑿，湍急不受篙。初如食小魚，所得不償勞。又如煮彭蠘，竟日嚼空螯。要當鬬僧清，未足當韓豪。人生如朝露，日夜火消膏。何苦將兩耳，聽此寒蟲號。」退之進之如此，而東坡貶之若是，豈所見有不同耶？然東坡前四句，亦可謂巧於形似。

李光地榕村詩選曰：此薦孟郊之詩，而首段敘詩源委，極其簡盡。李太白便謂建安之詩「綺麗不足稱」，杜子美則自梁、陳以下無貶詞，故惟韓公之論最得其衷。雖然，陶靖節詩蟬脱污濁，六代孤唱，韓公略無及之，何也？此與論文不列董、賈者同病，猶未免於以辭爲主爾。

王懋竑曰：縞、嫪、禱、潦四字見廣韻，今韻缺。

朱彝尊曰：正是盤硬語耳，若妥帖則猶未盡。

查慎行曰：窮源溯流，歸重在一東野，推獎至矣，其如慰命何？所謂得一知己，死亦無恨者也。

查晚晴曰：此與微之銘少陵文同敘詩派源流，後人斷不可輕爲拾襲。

顧嗣立曰：公此詩歷敘詩學源流，自三百篇後，漢、魏止取蘇、李，建安七子，六朝止取鮑、謝，餘子一筆抹倒。眼明手辣，識力最高。唐初格律變于子昂，至李、杜二公而極，所謂「李杜文章在，光燄萬丈長」，知公平生最得力於此也。後以東野繼之，似猶未足當此。若公之才大而力雄，思沈而筆鋭，則庶乎可以配李、杜而無慙矣。

方世舉曰：昌黎之論詩，至李、杜而止，言外亦自任。李、杜論詩，卻有不同。杜有諸絶句，不廢六朝四傑。李古風開章，則專漢魏風騷。昌黎此詩與奪主李，故其自爲，恒有奇氣，欲令千載下凛凛如生，不肯奄奄如九泉下人。劉貢父議其本無所解，但以才高，此釋家見山是山，見水是水見地，未到見山不是山，見水不是水地位。仰面唾天，自污其面，甚爲貢父惜之。歐陽子以唐人多僻固狹陋，無復李、杜豪放之格，所以能好昌黎之不襲李、杜而深合李、杜者。王半山選唐百家詩後，又特尊李、杜、韓、白四家。白之與韓，迥乎不同，韓亦易白，往來者少。白寄韓詩，有「户大嫌甜酒，才高笑小詩」，頗得韓傲兀之情。然白實學杜甫鋪陳，時取李之俊逸。學韓者當以半山兼羅并收爲準。東坡比山谷詩美如江瑶柱，多食卻發頭風。韓固亦異味也。

唐宋詩醇曰：孟郊一詩流之幽逸者耳，殊未足踵武諸大家。而退之説士乃甘于肉，其自謂嗜善心無寧者此也。

夏敬觀説韓曰：世言韓退之「文起八代之衰」，賅詩言之也。唐詩承齊、梁、陳、隋之後，風氣萎靡不振。自陳子昂崛起復古，李、杜勃興，始開盛唐之風。然太白未嘗棄晉、宋、齊、梁，於謝宣城尤極推重。子美則不棄徐、庾，兼賅沈、宋。至退之，除鮑、謝外皆不齒及矣。退之薦士詩云云，雖爲薦孟郊作，其論詩之旨，悉具於是矣。又説孟曰：孟東野詩，當貞元、元和間，可謂有一無二者矣。此稱韓、孟，然退之詩與東野絶不相類，蓋皆各樹一幟，不爲風氣所囿，而能開刱成家，以左右風氣者也。退之在唐，雖未大行，至宋以後，則與杜子美分庭抗禮，學詩者非杜即韓。東野詩則至今無人能問津者。豈孟不及韓邪？抑知韓者不足以知孟耶？張戒歲寒堂詩話謂「退之於張籍、皇甫湜輩皆兒子蓄之，獨於東野極口推重，雖退之謙抑，亦不徒然」，此説甚是。

秋懷詩十一首〔一〕

牕前兩好樹，衆葉光薿薿〔二〕，秋風一披拂〔三〕，策策鳴不已〔四〕。微燈照空牀〔五〕，夜半偏入耳〔六〕。愁憂無端來〔七〕，感歎成坐起〔八〕。天明視顏色，與故不相似〔九〕。羲和驅日月〔一〇〕，疾急不可恃。浮生雖多塗〔一一〕，趨死惟一軌〔一二〕。胡爲浪自苦？得酒且歡喜〔一三〕。

〔一〕〔方世舉注〕自宋玉悲秋而有九辯，六朝因之有秋懷詩，皆以摇落自比也。〔舉正〕元和改元，任國子博士日作。〔陳景雲曰〕詩乃元和初自江陵掾召爲國子博士時作。行狀云：「時宰相有愛公者，將以文學職處公。有争先者，搆飛語。公恐及難，求分司東都。」是詩中有云「學堂日無事」，蓋方官國子也。又云「南山見高稜」，則猶未赴東都也。至「語穽」、「心兵」諸語，其在已聞飛語後歟？更以釋言篇參證，公元和元年六月進見相國鄭公，後數日即有爲讒於相國之座者，則是秋正公憂讒畏譏時也。〔方成珪昌黎先生詩文年譜〕桐葉乾，霜菊晚，是秋末所作。〔補釋〕此詩方世舉注繫元和七年公自員外郎下爲國子博士時。陳沆詩比興箋以爲官四門博士時作。玆從舉正及陳景雲説。

〔二〕〔魏本引祝充曰〕詩：「黍稷薿薿。」文選：「庭前有佳樹，緑葉發華滋。」〔補釋〕廣雅釋詁：「薿薿，茂也。」

〔三〕〔方世舉注〕莊子天運篇：「風起北方，一西一東。孰居無事，而披拂是？」

〔四〕〔補釋〕策策，狀落葉聲。白居易詩亦有「策策窗户前」句。〔朱彝尊曰〕起四語常意，却寫得流快。〔何焯曰〕接得妙。

〔五〕〔何焯曰〕逐層襯出。

〔六〕〔何焯曰〕頂策策。

〔七〕〔李詳證選〕魏文帝善哉行：「憂來無方。」

〔八〕〔補釋〕此四語即阮籍詠懷首章「夜中不能寐，起坐彈鳴琴」數語及古詩十九首「憂愁不能寐，攬衣起徘徊」上半章神理。

〔九〕〔何焯曰〕頂薿薿，妙。從秋聲入耳，寫得驚心動魄，然後轉出顔色凋瘁來。若於光薿薿下徑接凋瘁，便嚼蠟矣。

〔一〇〕〔考異〕「日月」，或作「白日」。〔魏本引韓醇曰〕當作「驅白日」。杜詩云：「羲和鞭白日。」〔王元啓曰〕羲和日御，不當驅月，月御則爲望舒。〔補釋〕山海經大荒南經郭璞注：「羲和，蓋天地始生主日月者也。故啓筮曰：空桑之蒼蒼，八極之既張，乃有夫羲和，是主日月，職出入，以爲晦明。」是羲和可兼日月言之，王説但知其一耳。

〔一一〕〔考異〕「雖」，或作「每」。祝本、魏本作「每」。廖本、王本作「雖」。〔方世舉注〕莊子刻意篇：「其生若浮，其死若休。」

〔一二〕〔查慎行曰〕見到語，不嫌入佛。

〔一三〕〔何焯曰〕結放開。

【集説】

曾季貍曰：陶淵明詩「白日淪西阿，素月出東嶺」一篇，説得秋意極妙。韓退之秋懷「窗前兩好樹，策策鳴不已」一篇亦好。雖不及淵明蕭散，然説得秋意出。予每至秋，喜誦此二詩及歐公秋聲賦。

何焯義門讀書記曰：「悲哉秋之爲氣也，草木摇落而變衰」，發端祖此。

陳沆曰：「霜風侵梧桐」、「卷卷落地葉」、「牕前兩好樹」三章，皆感落葉同時作。故「霜風侵梧桐」章聞而驚憂，「卷卷落地葉」章憂而就枕，此章則晨起念憂之傷人而自遣也。「浮生雖多塗，趨死惟一軌」，凡人極憂無益，每作此想。始知徒以不貲之軀，殉無涯之患也。

白露下百草〔一〕，蕭蘭共雕悴〔二〕。青青四牆下〔三〕，已復生滿地〔四〕。寒蟬暫寂寞〔五〕，蟋蟀鳴自恣〔六〕。運行無窮期〔七〕，稟受氣苦異〔八〕。適時各得所〔九〕，松柏不必貴〔一〇〕。

〔一〕〔魏本引樊汝霖曰〕宋玉九辯云：「皇天平分四時兮，竊獨悲此凛秋。白露既下百草兮，奄離披此梧楸。」

〔二〕〔舉正〕唐本、陳齊之校作「雕」。荀子：「勞苦雕萃。」〔考異〕「雕」，或作「憔」，或作「凋」。祝本、魏本作「憔」。廖本、王本作「雕」。〔李詳證選〕劉孝標廣絶交論：「蕭艾與芝蘭共盡。」

〔三〕〔補釋〕古詩十九首：「青青河畔草。」

〔四〕〔魏本引補注〕後山詩：「牆根霜下草，又作一番新。」意本於此。〔吴子良曰〕自離騷以草爲諷諭，詩人多效之者。退之秋懷云：「白露下百草，蕭蘭共憔悴。青青四牆下，已復生滿地。」意皆有所譏也。

〔五〕〔張相曰〕暫，猶初也，纔也，剛也。暫寂寞，猶云纔寂寞也。

〔六〕〔魏本引韓醇曰〕楚辭九辯：「蟬寂寞而無聲。」又云：「蟋蟀鳴此西堂。」皆宋玉悲秋之詞也。

〔七〕〔補釋〕易：「日月運行，一寒一暑。」

〔八〕〔補釋〕淮南子原道訓：「稟受無形。」高誘注：「稟，給也。」嵇康明膽論：「夫元氣陶鑠，衆生稟焉。」又養生論：「特受異氣，稟之自然。」

〔九〕〔補釋〕易：「各得其所。」

〔一〇〕〔何焯曰〕翻案感慨。〔查慎行曰〕二語却是未經人道。〔程學恂曰〕却如此説，妙。

【集説】

劉辰翁曰：怨甚。

朱彝尊曰：是比，若謂秋中生更勝彼後凋者。

何焯義門讀書記曰：牆草蟋蟀，得氣之偏者，言物亦各遭其時，非必以草木之榮悴生感也。

陳沆曰：蘭蟬告退，草蟲得時。憤語若寬，達觀實怨。

彼時何卒卒〔一〕？我志何曼曼〔二〕？犀首空好飲〔三〕，廉頗尚能飯〔四〕。學堂日無事〔五〕，驅馬適所願。茫茫出門路，欲去聊自勸〔六〕。歸還閲書史〔七〕，文字浩千萬。陳跡竟誰尋〔八〕？賤嗜非貴獻〔九〕。丈夫意有在〔一〇〕，女子乃多怨〔一一〕。

〔一〕〔方世舉注〕司馬遷報任安書：「卒卒無須臾之閒。」〔補釋〕漢書司馬遷傳注：「卒卒，促遽之意也。」

〔二〕〔補釋〕廣雅釋訓：「曼曼，長也。」〔何焯曰〕古詩：「人生不滿百，常懷千歲憂。」陶詩：「世短意常多。」起聯即此意。〔補釋〕莊子：「我生也有涯，而知也無涯。」班固幽通賦：「道修長而世短。」皆詩意所本。

〔三〕見卷四醉贈張祕書注。

〔四〕〔方世舉注〕史記廉頗傳：「趙王使使者視廉頗尚可用否。使者既見廉頗，頗爲之一飯斗米，肉十斤，被甲上馬，以示尚可用。趙使還報王曰：廉將軍雖老，尚善飯。」〔朱彝尊曰〕飲食字摘得好。〔王元啓曰〕此聯言已具可用之材，而坐廢於無用，故下直接云「學堂日無事」。

〔五〕〔補釋〕初學記：「魯城北有孔子學堂，見國都城記。」文廷式純常子枝語曰：「太平寰宇記卷十八稷門：劉向别録云：『齊有稷門，齊之城外有學堂，即齊宣王立學處也，故稱爲稷下之學。』此蓋學堂二字之始。」

〔六〕〔舉正〕杭、蜀作「勸」。〔考異〕「勸」，或作「歎」。祝本、魏本作「歎」。廖本、王本作「勸」。〔王元啓曰〕非意所欲，聊爾一行，故曰自勸。

〔七〕〔舉正〕「書史」，杭本作「簡書」。〔朱彝尊曰〕十一詩大指通在讀書。

〔八〕〔舉正〕蜀本作「誰」。〔考異〕「陳」，或作「塵」。「誰」，或作「難」。祝本、魏本作「塵」、作「難」。廖本、王本作「陳」、作「誰」。〔方世舉注〕莊子天運篇：「六經，先王之陳迹也。」

〔九〕〔魏本引韓醇曰〕負日之暄而欲獻君，食芹之美而欲進御，貴賤固有差矣。詩意大抵以其所嗜不以時偶焉。〔李詳證選〕舊注雖用列子，其實本之嵇康與山巨源絶交書：「野人有快炙背而美芹子者，欲獻之至尊，雖有區區之意，亦已疏矣。」此所云「賤嗜非貴獻」也。

〔一〇〕〔舉正〕蜀本作「有存」。〔考異〕「在」，方作「存」。

〔二〕〔蔣抱玄注〕論語：「唯女子與小人爲難養也。近之則不遜，遠之則怨。」〔何焯曰〕結高。志士悲秋，不同思女傷春。我特以時易失而志難行耳，豈歎老哉？〔程學恂曰〕一結感深興遠，令讀者無從覓其啣接之跡。要亦無難領取，上十二句皆含怨意也，故此句暗中作轉。

【集說】

劉辰翁曰：骯髒愈高。

嚴虞惇曰：詩意大抵以其所嗜不與時偶也。

陳沆曰：「秋夜不可晨」、「彼時何卒卒」二章，皆言志士之悲，異乎秋女之怨也。若曰：抑知我之所憾者，果安在乎？

秋氣日惻惻〔一〕，秋空日凌凌〔二〕。上無枝上蜩〔三〕，下無盤中蠅。豈不感時節，耳目去所憎〔四〕。清曉卷書坐，南山見高稜〔五〕。其下澄湫水〔六〕，有蛟寒可罾〔七〕。惜哉不得往，豈謂吾無能〔八〕。

〔一〕〔方世舉注〕潘岳寡婦賦：「情惻惻而彌甚。」

〔二〕〔補釋〕爾雅釋言：「凌，慄也。」〔劉辰翁曰〕惻惻凌凌，亦是自道。

〔三〕〔魏本引祝充曰〕蜩，大蟬也。詩：「五月鳴蜩。」

〔四〕〔舉正〕閣、蜀作「去」。晁、謝校同。〔考異〕「去」，或作「無」。祝本、魏本作「無」。廖本、王本作「去」。〔鍾惺唐詩歸〕孤衷峭性，觸境吐出。〔查慎行曰〕妙在隨事多有指斥。

〔五〕南山及棱字俱見卷四南山詩注。〔錢謙益題遵王秋懷詩後〕高寒悽警，與南山相栖泊，警絶于文字之外。〔何焯曰〕清神高韻，會心不遠。〔王元啓曰〕讀此二語，清寒瑩骨，肝膽爲醒。

〔六〕〔舉正〕蜀本「澄」作「通」，謝本一作「有」。〔考異〕「澄」，或作「古」，或作「石」。〔魏本引祝充曰〕即公南山詩「因緣窺其湫」，炭谷湫也。

〔七〕〔方世舉注〕蛟即南山詩所謂「凝湛閟陰罾」者也。〔祝充注〕罾，魚網也。

〔八〕〔譚元春曰〕直得妙。

【集説】

唐汝詢曰：此謂憲宗之世，朝政漸肅，宜討不廷，而已無權，故有是歎。然自任亦不淺。

何焯曰：從悲秋意又翻出一層。「泬寥兮天高而氣清，寂寥兮收潦而水清」，是首所祖。原本前哲，卻句句直書即目，所以爲至。不但去所憎，霏開水澄，尤秋之可喜也。末又因不得手攬蛟龍，觸動所懷，此固丈夫之猛志，奈何爲一博士束縛也！

唐宋詩醇曰：用意與同谷六歌略同。

陳沆曰：蜩蠅之去，可憎之小者也。寒蛟之罾，可圖之大者也。内而宦寺權奸，外而藩鎮叛臣，手無斧柯，掌乏利劍，其若之何！公南山詩云：「因緣窺其湫，凝湛閟陰嘼。」湫堂詩云：「吁無吹毛刃，血此牛蹄殷。」皆指此也。

程學恂曰：鬱懷直氣，真可與老杜感至誠者。

離離掛空悲〔一〕，慼慼抱虛警〔二〕。露泫秋樹高〔三〕，蟲弔寒夜永〔四〕。斂退就新懦，趨營悼前猛〔五〕。歸愚識夷塗〔六〕，汲古得脩綆〔七〕。名浮猶有恥〔八〕，味薄真自幸〔九〕。庶幾遺悔尤〔一〇〕，即此是幽屏〔一一〕。

〔一〕〔補釋〕楚辭九歎：「曾哀悽欷，心離離兮。」王逸注：「離離，剝裂貌。」

〔二〕〔補釋〕廣雅釋訓：「慼慼，憂也。」〔顧炎武曰〕是用陸士衡歎逝賦「節循虛而警立」。〔方世舉注〕此說未妥。循虛警立，言時節於空中警動而至，何可抱耶？大抵警猶驚也，乃感慼焉時懷怵惕耳。〔程學恂曰〕悲無所寄，故謂之空悲。警無所著，故謂之虛警。然實有所悲，實有所警也。〔何焯義門讀書記〕發端即虛喝下二句。

〔三〕〔舉正〕「泫」，杭本作「啼」，蜀本作「滴」。刊本一作「泣」。考之唐本，本「泫」字也。此因求避國諱，轉易轉訛。謝靈運詩：「花上露猶泫。」謝惠連詩：「泫泫露盈條。」王僧達詩：「秋還露泫柯。」古詩於露用泫字非一。〔考異〕檀弓：「孔子泫然流涕。」則泫爲流涕之貌，於下句「蟲弔」對偶尤切。祝本、魏本作「啼」。廖本、王本作「泫」。

〔四〕〔鍾惺曰〕弔字得秋夜之神。〔何焯曰〕字字生造，新警之極。〔施補華曰〕宛然晉、宋人語。

〔五〕〔葛立芳曰〕此陶淵明覺今是昨非之意，似有所悟也。然考他篇，有曰「低心逐時趨，苦勉祇能暫」，又曰「尚須勉其頑，王事有朝請」，則進退之事尚未決也。至第十篇云：「世累忽進慮，外憂遂侵誠」、「詰屈避語穽，冥茫觸心兵。敗虞千金棄，得比寸草榮」，其籌慮世故尤深。〔何焯義門讀書記〕悼前猛，應攬蛟龍。就新儒，仍歸於閱書史。

〔六〕〔舉正〕李本校作「歸儒」。然閣本舊本皆作「愚」。〔方世舉注〕陸雲詩：「假我夷塗，頓不忘軀。」〔高步瀛曰〕文選西京賦曰：「襄岸夷塗。」薛綜注曰：「夷，平也。」

〔七〕〔顧嗣立注〕莊子至樂篇：「綆短者不可以汲深。」注：「綆，汲索也。」〔朱彝尊曰〕如此琢句，是學謝。然意卻比謝精深。

〔八〕〔魏本引韓醇曰〕禮記：「先王恥名之浮於行也。」

〔九〕〔程學恂曰〕寫憂讒畏譏，曠疏無聊之況，可謂極致。

〔一〇〕〔補釋〕論語：「言寡尤，行寡悔。」

〔一一〕〔方世舉注〕舊注引左思吴都賦：「雜插幽屏。」李善注：「幽屏，生處也。」按：詩意豈可謂即此是生處耶？當用曹植出婦賦：「遂隳頹而失望，退幽屏於下庭。」蓋謂屏居耳。

【集説】

查慎行曰：獨抒懷抱，一字不猶人。朱子謂秋懷詩學文選體，淺之乎論昌黎矣。

陳沆曰：前此猛於趨營，則名常苦其不足；今此斂就新儒，則名尚耻其有餘。至是而始識夷塗矣，知不幸中之幸矣。文集五箴，克己懲創，即是時作耶？

今晨不成起，端坐盡日景。蟲鳴室幽幽〔一〕，月吐窗冏冏〔二〕。喪懷若迷方〔三〕，浮念劇含梗〔四〕。塵埃慵伺候，文字浪馳騁。尚須勉其頑，王事有朝請〔五〕。

〔一〕〔舉正〕閣本作「蟲鳴幽室中」。〔考異〕當作「室幽幽」，乃與下句相偶。〔補釋〕禮記禮運鄭玄注：「幽，闇也。」詩斯干：「幽幽南山。」毛傳：「幽幽，深遠也。」此與冏冏爲偶，蓋取闇義。

〔二〕祝本、廖本、王本作「吐」。魏本作「照」。〔方世舉注〕江淹詩：「冏冏秋月明，憑軒詠堯老。」〔高步瀛曰〕文選江文通雜體詩李善注引蒼頡篇曰：「冏，大明也。」〔胡仔苕溪漁隱叢話〕雪浪齋日記云：古人下連緜字，不虛發。如老杜「野日荒荒白，江流泯泯清」，退之云「月吐窗冏冏」，皆造微入妙。

〔三〕〔祝本魏本注〕「若」，一作「苦」。〔補釋〕左傳：「哀樂而樂哀，皆喪心也。」〔姚範曰〕陸氏釋文：「九家易，坤爲迷爲方。」鮑明遠詩：「迷方獨淪誤。」善注引莊子：「小惑易方。」文心雕龍哀弔：「迷方告控。」杜詩：「迷方著處家。」〔補釋〕姚氏引文不見於陸德明釋文。

周易集解引九家易曰：「坤爲牝爲迷。」不作「爲迷爲方」。姚氏豈因易說卦傳「坤也者地也」及淮南子「地道曰方」之義而牽合誤記歟？此詩迷方蓋用易坤卦「先迷失道」義，集解引何妥曰：「陰道惡先，故先致迷失。」史記游俠傳索隱引蘇林曰：「道，猶方也。」〔高步瀛曰〕列子周穆王篇曰：「秦人逢氏有子，有迷罔之疾，天地四方無不倒錯者。」按：高說亦通。

〔四〕〔補釋〕詩桑柔毛傳：「梗，病也。」

〔五〕〔補釋〕詩：「王事靡鹽。」史記魏其武安侯傳：「不得入朝請。」集解：「律曰：諸侯春朝天子曰朝，秋曰請。」〔李黼平曰〕史記吴王濞傳：「使人爲秋請。」索隱曰：「音淨。」今韻亦在去聲。昌黎於上聲用之，則上去可通押。前人謂朝請字東坡始押入上聲，非也。〔何焯義門讀書記〕「尚須勉其頑」二句，仍不能終于幽屏，與「離離掛空悲」首結句反對。〔吴闓生曰〕一折乃爾深鬱。

【集說】

陳沆曰：此自傷自反之詞，歎世情日益，道念日損也。

秋夜不可晨〔一〕，秋日苦易暗。我無汲汲志〔二〕，何以有此憾〔三〕？寒鷄空在棲，缺月煩屢瞰〔四〕。有琴具徽絃〔五〕，再鼓聽愈淡，古聲久埋滅，無由見真濫〔六〕。低心逐時趨〔七〕，苦勉祇能暫〔八〕。有如乘風船，一縱不可纜〔九〕。不如覷文字〔一〇〕，丹鉛事點勘〔一一〕。豈必求贏餘〔一二〕，所要石與甑〔一三〕。

〔一〕〔魏本引補注〕選陸士衡挽歌詩云：「大暮安可晨。」〔蔣之翹曰〕「不可晨」三字，峭刻之極。

〔二〕〔方世舉注〕陶潛詩：「汲汲魯中叟，彌縫使其淳。」

〔三〕〔鍾惺曰〕二語似自安，其實自悼。〔何焯義門讀書記〕二句正言若反。

〔四〕〔補釋〕廣雅釋詁：「瞰，視也。」〔譚元春曰〕煩字妙。〔朱彝尊曰〕點景好。

〔五〕〔魏本引韓醇曰〕晉陶潛傳：「畜素琴一張，徽弦不具。」〔補釋〕文選文賦李善注：「許慎淮南子注曰：鼓琴循弦謂之徽。」漢書揚雄傳注：「徽，琴徽也。」

〔六〕〔魏本引韓醇曰〕禮記：「古樂和正以廣，新樂姦聲以濫。」

〔七〕〔考異〕「低」，或作「吾」，蓋草書之誤，而失其半。

〔八〕〔鍾惺曰〕高人實歷之苦。

〔九〕纜，見卷三岳陽樓別竇司直注。

〔一〇〕〔補釋〕一切經音義：「通俗文曰：伏覗曰覷。」廣雅釋詁：「覷，視也。」

〔一一〕〔補釋〕文選吳都賦劉逵注：「丹，丹砂也。」〔魏本引韓醇曰〕選范始興立太宰碑表：「人蓄油素，家懷鉛筆。」注：「鉛，粉筆也，所以理書也。」〔補釋〕說文新附：「勘，校也，从力，甚聲。」

〔二〕〔方世舉注〕後漢書馬援傳：「致求贏餘，但自苦耳。」

〔三〕〔魏本引韓醇曰〕甔，通作儋。〔顧嗣立注〕漢蒯通傳：「守儋石之禄。」應劭曰：「齊人名小甖爲儋，受二斛。」晉灼曰：「石，斗石也。」揚雄傳：「家無儋石之儲。」

【集説】

李光地榕村詩選曰：首言其汲汲求志，而患日之不足也。又言淡古之音，世無知者。低心逐時，性所不堪。如乘風之船，不能自返，故惟有讀書以自樂。苟暫得甔石之儲，便浩浩乎無求矣。

何焯義門讀書記曰：史書之味無窮，朝請之求有限，何必以人之營營，易己之汲汲也？

程學恂曰：「秋夜不可晨」云云，黯然慨然，一肚皮不可時宜，鬱鬱吐不盡。結云：「不如覷文字，丹鉛事點勘。」都是無聊賴語，非本志在著述也。

卷卷落地葉〔一〕，隨風走前軒。嗚聲若有意，顛倒相追奔。空堂黄昏暮，我坐默不言。童子自外至，吹燈當我前〔二〕。問我我不應，饋我我不餐〔三〕。退坐西壁下〔四〕，讀詩盡數編〔五〕。作者非今士，相去時已千，其言有感觸，使我復悽酸。顧謂汝童子，置書且安眠，丈人屬有念〔六〕，事業無窮年〔七〕。

〔一〕〔蔣抱玄注〕卷卷，彎曲也，讀如拳。

〔二〕〔方世舉注〕吹有二意。淮南説山訓：「或吹火而然，或吹火而滅，所以吹者異也。」如王僧孺詩：「月出夜燈吹。」此吹滅也。拾遺記：「劉向校書天禄閣，夜有老人植青藜杖，登閣而進，見向暗中獨坐誦書，乃吹杖端烟燃。」開元天寶遺事：「蘇頲少好學，每患無燈燭，常於馬廐竈中旋吹火光，照書誦焉。」此吹然也；公詩正如此。〔鍾惺曰〕寫出幽涼難堪。

〔三〕魏本、廖本、王本作「餐」。祝本作「飧」。

〔四〕〔考異〕「坐」，或作「卧」。

〔五〕〔祝本魏本注〕「詩」，一作「書」。「編」，一作「篇」。

〔六〕諸本作「丈夫」。〔考異〕「夫」，或作「人」。今按：宋本亦作「人」。説者謂丈人者，尊長之稱，古樂府所謂「丈人且安坐」是也。此爲答童子而自稱，故其言如此。更詳之。〔方世舉注〕鮑照詩：「幽居屬有念，含意未連詞。」〔沈欽韓注〕後漢書吴漢傳：「屬者恐不與人。」注：「屬，猶近也。」魏志賈詡傳：「屬適有所思，故不即對耳。」〔姚範曰〕作「人」是也。霍光傳：「將軍之廣明，都郎屬耳。」屬，近也。言丈人方有念也。若丈夫之念，不必言其近矣。〔補釋〕左傳成二年：「屬當戎行。」昭四年：「屬有宗祧之事於武城。」漢書李尋傳：「屬者頗有變更。」諸屬字皆作此際解。

〔七〕〔吴闓生曰〕結語兀奡，韓公本色。

【集説】

劉辰翁曰：耿耿如在目前。荆公「拋書還少年」，不如此暢。

李光地榕村詩選曰：言誦古人詩，與古人相感，默然安寢，而志乎無窮之業。詩所謂「獨寐晤宿，永矢弗告」者歟？

何焯義門讀書記曰：「君不知兮可奈何！蓄怨兮積思，心煩憒兮忘食事，願一見兮道余意，君之心兮與余異。」詩意似本於此。我之所以誦詩讀書者，豈惟空言無施之爲哉？學古之文，期於行古之道。日月逾邁，事業之有無不可知。前日變衰者，今已摇落矣，安得不後顧無窮，愴然興懷也？

王懋竑曰：用先、元、寒三韻，奔字、言字元韻韻補無叶。

陳沆曰：此與「霜風侵梧桐」篇，俱以落葉起興，不言不應不餐，即「霜風侵梧桐」章所指之憂也。憂之無益，則置之而尋書。書復生感，又置之而就枕。然所感何事，終不能言也。

程學恂曰：此首在十一篇中，最爲顯暢。然情興感觸，亦正無端。

霜風侵梧桐，衆葉著樹乾〔一〕，空階一片下，琤若摧琅玕〔二〕。謂是夜氣滅〔三〕，望舒寘其團〔四〕。青冥無依倚〔五〕，飛轍危難安〔六〕。驚起出户視，倚楹久汍瀾〔七〕。憂愁費晷景〔八〕，日月如跳丸〔九〕。迷復不計遠〔一〇〕，爲君駐塵鞍〔一一〕。

〔一〕〔張相曰〕著樹，猶云生於樹上也。

〔二〕〔舉正〕「琤」，蜀本作「瑲」。琤字見城南聯句注。〔蔣抱玄注〕書：「厥貢惟球琳琅玕。」〔劉辰翁曰〕甚無緊要，造此奇崛。〔補釋〕乾玕同紐連用。

〔三〕〔蔣抱玄注〕孟子：「夜氣不足以存。」

〔四〕〔魏本引孫汝聽曰〕淮南子：「月御曰望舒。」〔魏本引韓醇曰〕離騷：「前望舒使先驅。」霣，墜也。公羊：「夜中星霣如雨。」〔魏本引補注〕聞葉聲琤然，誤謂望舒之霣其團也。〔朱彝尊曰〕桐葉落，常事耳，寫得如此奇峭，不知費多少營搆工夫？〔王元啓曰〕謂月西沉也。上云夜氣滅，下又承以飛輴跳丸之云，則昰因其没匿而嘆時運轉移之速，不吾待也。註謂「聞葉聲琤然，誤謂望舒之霣其團」，則是以琤然者爲月墜聲耶？愚亦甚矣！然上句「謂是」二字不可解，或云恐是「須臾」二字之訛，未知是否？〔補釋〕王説似固，未探韓公幽窈之思，舊解爲勝。

〔五〕青冥，見薦士注。〔何焯曰〕自解一筆。

〔六〕〔方世舉注〕梁簡文帝詠月詩：「飛輪了無轍。」〔何焯義門讀書記〕豈不高明，或以孤立難安，亦公自比也。驚心動魄之句。

〔七〕〔魏本引韓醇曰〕選歐陽堅石詩：「揮筆涕汍瀾。」注：流涕貌也。

〔八〕〔補釋〕張衡西京賦：「白日未及移其晷。」説文：「晷，日景也，从日，咎聲。」〔何焯曰〕

可痛。

〔九〕〔吴开曰〕元微之遣興云：「日月東西跳。」又云：「光陰本跳擲。」又答胡靈之詩序云：「日月跳擲，於今行二十年矣。」幾與退之「日月如跳丸」大同小異也。〔補釋〕慎子：「月如銀丸。」禮記月令正義：「京房云：先師以爲日似彈丸，或以爲月亦似彈丸。」

〔一〇〕〔舉正〕謝本「計」一作「許」。〔考異〕「計」，或作「記」。〔魏本引孫汝聽曰〕易：「不遠復，無祇悔。」又曰：「迷復，凶，有災眚。」言迷而能復，不計遠近也。

〔一一〕〔何焯義門讀書記〕「憂愁」句至末，言君自憂愁，日月自飛行不顧，晷景空費，迷復轉睒，望舒司御，從此果爲君駐鞍安驅乎？

【集説】

何焯義門讀書記曰：「白露既下百草兮，奄離披此梧楸。」王逸謂以茂美樹興於仁賢早遇霜露，故此篇復獨以梧桐起興也。下半篇亦從「仰明月而太息兮，步列星而極明」意變化而出。

唐宋詩醇曰：一葉之落，寫得如許奇峭。此等蹊徑，從何處開出？聯句云：「腸胃繞萬象。」可想見落筆時意思。

陳沆曰：聞落葉而誤疑望舒之隕團，因誤疑而憂及青冥之危轍，憂國恍惚，如夢如醉。汍瀾倚户，而冀迷復之不遠，念及時之尚可爲也。

程學恂曰：大臣憂國，心神恍惚，真騷、雅之嗣也。

暮暗來客去，羣囂各收聲〔一〕。悠悠偃宵寂，亹亹抱秋明〔二〕。世累忽進慮〔三〕，外憂遂侵誠。強懷張不滿，弱念缺已盈〔四〕。詰屈避語穽〔五〕，冥茫觸心兵〔六〕。敗虞千金棄〔七〕，得比寸草榮。知恥足爲勇〔八〕，晏然誰汝令〔九〕？

〔一〕〔魏本引孫汝聽曰〕羣囂，羣動也。

〔二〕〔方世舉注〕宋玉九辯：「時亹亹而過中兮，蹇淹留而無成。」〔補釋〕王逸注：「亹亹，進貌也。」〔程學恂曰〕宵寂秋明，已奇；偃宵寂，抱秋明，更奇。悠悠亹亹，更奇。必如此乃不可思議，必如此乃筆參造化。此等惟東野集中時一遇之，歐、梅、蘇、王皆不能道。

〔三〕〔考異〕「進」，或作「連」。

〔四〕〔舉正〕三本同作「已」。〔考異〕「已」，或作「易」。祝本、魏本作「易」。廖本、王本作「已」。〔程學恂曰〕二句所謂世累。

〔五〕〔方世舉注〕柏梁詩：「迫窘詰屈幾窮哉？」〔補釋〕一切經音義：「蒼頡篇曰：埳坑曰穽。」

〔六〕冥茫，見卷二詠雪贈張籍注。〔沈欽韓注〕韓詩外傳：「孔子曰：心欲兵，身惡勞。」呂覽蕩兵篇：「在心而未發，兵也。」〔查慎行曰〕語穽心兵，大似東野語。〔程學恂曰〕二句所謂外憂。

〔七〕〔魏本引蔡夢弼曰〕莊子：「林回棄千金之璧，負赤子而趨。或曰：爲其布與？赤子之布寡矣。爲其累與？赤子之累多矣。棄千金之璧，負赤子而趨，何也？林回曰：彼以利合，此以天屬也。夫以利合者，迫窮禍患害相棄也。以天屬者，迫窮禍患害相收也。」

〔八〕〔魏本引蔡夢弼曰〕禮記中庸篇：「知恥近乎勇。」

〔九〕〔王本注〕「誰」，一作「惟」。〔補釋〕漢書董仲舒傳：「晏然自以如日在天。」注：「晏然，自安息也。」

【集説】

劉辰翁曰：時時有自得語。

朱彝尊曰：此是退之苦心詩，純是煉意，故妙。

何焯義門讀書記曰：此又自堅其志，不欲有所依倚也。

陳沆曰：嚚收聲寂，喻放心之斂也。語穽，尤也。心兵，悔也。尤悔生於浮名，故失有丘山之隕，得無分寸之益。知名箴曰：「小人在辱，亦克知悔，及其既寧，終莫能戒。」

鮮鮮霜中菊〔一〕，既晚何用好。揚揚弄芳蝶〔二〕，爾生還不早〔三〕。運窮兩值遇，婉孌死相保〔四〕。西風蟄龍蛇〔五〕，衆木日凋槁。由來命分爾，泯滅豈足道〔六〕。

〔一〕〔補釋〕方言：「鮮，好也。」

〔二〕〔考異〕「揚揚」，或作「陽陽」。　〔補釋〕説文：「揚，飛舉也。」荀子：「揚揚如也。」楊倞注：「揚揚，得意之貌。」

〔三〕〔魏本引補注〕東坡詩云：「勿訝昌黎公，恨爾生不早。」謂此語也。

〔四〕〔魏本引祝充曰〕詩：「婉兮孌兮。」注：「婉，少貌。孌，好貌。」　〔葛立方曰〕似有不遇時之歎也。

〔五〕〔魏本引韓醇曰〕易：「龍蛇之蟄，以存身也。」　〔李詳證選〕張協雜詩：「龍蟄暄氣凝。」〔何焯義門讀書記〕蟄龍蛇，或自謂。一云：即賦衆木之凋，其枝干如龍蛇之蟄也。乃倒裝句法。　〔王元啓曰〕雖龍蛇亦爲伏蟄，其不當與時流競進可知，公所以急求分司東出也。

〔六〕〔何焯義門讀書記〕歸之於命，言盛衰不足道，及時進德修業，則有死而不亡者存矣。

【集説】

劉辰翁曰：甚悲惋自足，有守死不易之志。陳去非以爲躁，豈其然哉？

程學恂曰：此首或謂指妻子言，初從之，及後細味，亦不必然。

樊汝霖曰：秋懷詩十一首，文選詩體也。唐人最重文選學，公以六經之文爲諸儒唱，文選弗論也。獨於李邴墓誌之曰：「能暗記論語、尚書、毛詩、左氏、文選。」而公詩如「自許連城價」、「傍砌看紅藥」、「眼穿長訝雙魚斷」之句，皆取諸文選，故此詩往往有其體。

韓醇曰：此詩多自感，其趨尚不與世合，故有「避語穽」、「觸心兵」之句，又以霜菊自歎，可見一時直道之不容也。

黃震曰：寄興悠遠，多感歎自歛退之意。

劉辰翁曰：秋懷詩終是豪宕，非選體也。

蔣之翹曰：退之秋懷十一詩，語意耿切，有志復古，此晚唐人不能作也。

錢謙益秋懷唱和詩序曰：夫悲憂窮蹇，蛩吟而蟲弔者，今人之秋懷也。悠悠亹亹，畏天而悲人者，退之之秋懷也。求秋懷於退之，而退之之秋懷在焉。求退之於秋懷，而退之在焉。

朱彝尊曰：以精語運淡思，兼陶、謝兩公。

方世舉曰：昌黎短篇，以此十一首爲最。樊、劉二説皆有可取，蓋學選而自有本色者也。文選之學，終唐不廢，但名手皆有本色。如李如杜，多取材取法其中，而豪宕不踐其跡。韓何必不如是耶？薦士詩之所斥者，但謂齊、梁、陳、隋耳，非謂漢、魏、晉、宋之載在文選者也。吾家不蓄文選，只李德裕放言高論。而德裕會昌一品集之詩文具在也，其與文選何如耶？孟郊秋懷十六首，與此勍敵，且有過而無不及。

嚴虞惇曰：韓公詩號狀體，謂有鋪敍而無含蓄。如秋懷詩，豈得謂之狀體乎？

姚範曰：此詩清特峭露，自是盤硬舊格，非選體也。

唐宋詩醇曰：秋懷詩抑塞磊落，所謂「寒士失職而志不平」者。昔人謂東野詩讀之令人不歡，觀昌黎此等作，真乃異曲同工，固宜有臭味之合也。

方東樹曰：韓公亦是長篇易知，短篇用意深微，文法奇變，隱藏難識，尤莫如秋懷十一首矣。有怨意，有歛退自策厲意，而直書目前，即事指點，惝怳迷離，似莊似諷。朱子言孟子說義理精細明白，活潑潑地，可以狀此詩意境。謝惠連作，一往清綺，真味盎如，然猶未若韓公之奇恣，根本淵浩，無不包也。

陳沆曰：秋懷詩始於憂世，終於憂學，所異於秋士之悲者在此。世人但賞音節，莫討旨歸，故學韓學杜千百家，徒得其皮與其骨也。

夏敬觀説韓曰：秋懷詩十一首，可與阮步兵咏懷詩頡頏。荆公兩馬齒俱壯廿八篇效之，但氣味有時代之分別。合讀可悟學古之方，與夫變化之道。樊汝霖説秋懷詩十一首文選詩體也云云。予按此説非也。昭明文選，漢、魏、六朝之詩皆入選，退之秋懷效阮籍，文選亦不棄阮籍也。文選所取之詩，退之固亦有取之者，非二物也。

程學恂曰：秋懷詩當與東野所作同讀，然亦難以軒輊，蓋各有其至處。後來王龜齡所擬，便格平而味淺矣。讀秋懷詩，須於閒悶無聊時長諷百過，自見其言外之意無窮也。

游青龍寺贈崔大補闕〔一〕

秋灰初吹季月管〔二〕，日出卯南暉景短〔三〕。友生招我佛寺行〔四〕，正值萬株紅葉滿〔五〕。光華閃壁見神鬼〔六〕，赫赫炎官張火傘〔七〕。然雲燒樹大實騈〔八〕，金烏下啄赬虬卵〔九〕，魂翻眼倒忘處所〔一〇〕，赤氣沖融無間斷〔一一〕。有如流傳上古時，九輪照燭乾坤旱〔一二〕。二三道士席其間〔一三〕，靈液屢進頗黎盌〔一四〕。忽驚顏色變韶稚〔一五〕，卻信靈仙非怪誕。桃源迷路竟茫茫〔一六〕，棗下悲歌徒纂纂〔一七〕。前年嶺隅鄉思發〔一八〕，躑躅成山開不筭〔一九〕。去歲羈帆湘水明〔二〇〕，霜楓千里隨歸伴〔二一〕。猿呼鼯嘯鷓鴣啼〔二二〕，惻耳酸腸難濯澣〔二三〕。思君攜手安能得？今者相從敢辭懶〔二四〕。由來鈍騃寡參尋〔二五〕，況是儒官飽閒散〔二六〕。惟君與我同懷抱，鋤去陵谷置平坦〔二七〕。年少得途未要忙〔二八〕，時清諫疏尤宜罕〔二九〕。何人有酒身無事〔三〇〕？誰家多竹門可款〔三一〕？須知節候即風寒，幸及亭午猶妍暖〔三二〕。南山逼冬轉清瘦〔三三〕，刻劃圭角出崖窾〔三四〕。當憂復被冰雪埋，汲汲來窺誡遲緩〔三五〕。

〔一〕〔舉正〕閣、蜀本作「大」。〔考異〕諸本「大」作「羣」。祝本、魏本作「羣」。廖本作「大」。王本誤作「太」。〔補釋〕長安志：「南門之東青龍寺，本隋靈感寺，開皇二年立。文帝移都，徙掘城中陵墓。葬之郊野，因置此寺，故以靈感爲名。至武德四年廢。龍朔二年，城陽公主復奏立爲觀音寺，景雲二年，改爲青龍寺。」〔馬永卿曰〕青龍寺在長安城中。白樂天新昌新居詩云：「丹鳳樓當後，青龍寺在前。」以此可知。〔顧嗣立注〕舊唐書：「崔羣，字敦詩，清河武城人。登進士第，累遷右補闕。」〔方成珪昌黎先生詩文年譜〕元和元年九月作，以「日出卯南暉景短」句見之。

〔二〕吹灰，見卷四憶昨行注。〔補釋〕禮記月令：「李秋之月，律中無射。」

〔三〕〔顧嗣立注〕禮記月令：「季秋之月，日在房，昏虛中，旦柳中。」〔王元啓曰〕季秋之月，日在房。房居卯位之南，故云。〔方世舉注〕周禮地官司徒：「正日景以求地中，日南則景短。」後漢書律曆志：「夏至陰氣應，則樂均濁，景短。」按：詩語但言日短，非測景義。

〔四〕〔方世舉注〕詩伐木：「矧伊人矣，不求友生。」

〔五〕〔魏本引洪興祖曰〕謂柿也。〔朱彝尊曰〕要此句點明。

〔六〕〔舉正〕杭、蜀本作「壁」。〔考異〕「壁」，或作「璧」。

〔七〕〔補釋〕詩：「赫赫炎炎。」毛傳：「赫赫，旱氣也。」〔魏本引孫汝聽曰〕炎官，謂炎帝祝融之屬，主司南方者。〔方成珪箋正〕傘，古作繖。其作傘，始見于南史「王縉以笠傘覆面」及魏書裴延儁傳「山胡持白傘白旗」。

〔八〕祝本、魏本、廖本作「大」。王本作「火」。〔王元啓曰〕劍本、徽本俱作「火實」。或謂蘇詩有「炎雲駢火實」句，疑原本實屬火字。然彼詠荔枝，不可言大，此詠柿，作「大實」，乃與下句「虬卵」相稱，且與上下文「火傘」、「赬虬」不傷重複。〔補釋〕揚雄甘泉賦：「駢羅列布。」李善注：「駢，猶併也。」又：「駢交錯而蔓衍兮。」善注：「駢，列也。」

〔九〕金烏，見卷二送惠師注。〔方世舉注〕詩汝墳：「魴魚赬尾。」傳：「赬，赤也。」説文：「虯，龍子有角者。」〔魏本引韓醇曰〕上聯詠柿葉之紅，而光華之燦然；下聯詠柿實之赤，而日光之交映。火傘虯卵，皆狀其紅，而取喻之工如此。〔朱彝尊曰〕此可謂極其形容，然還是長吉等面貌。〔查慎行曰〕四句形容太狠。

〔一〇〕〔舉正〕唐、閣本作「倒」。〔考異〕「倒」，或作「暈」。祝本、魏本作「暈」。廖本、王本作「倒」。

〔一一〕〔方世舉注〕史記天官書：「嵩高三河之交，氣正赤。」〔顧嗣立注〕文選海賦：「沖融滉瀁。」杜子美詩：「動影裊窕沖融間。」〔張鴻曰〕寫紅柿，極造意之工。

〔一二〕〔方世舉注〕屈原天問：「羿焉彈日？烏焉解羽？」注：「淮南言：堯時十日並出，草木焦枯。堯命羿仰射十日，中其九，日中九烏皆死，墮其羽翼。」按：輪即日重光、月重輪比象之語。〔馬永卿曰〕僕舊讀此詩，以爲此言乃喻畫壁之狀。後見長安志云「青龍寺有柿萬株」，此蓋言柿熟之狀。火傘、赬虯卵、赤氣沖融、九龍照燭，皆其似也。長安諸寺多柿，故鄭虔知慈恩寺有柿葉數屋，取之學書。

〔一三〕〔補釋〕新序：「介之推曰：謁而得位，道士不居也。」王應麟困學紀聞：「蓋謂有道之士。」

〔一四〕〔魏本引洪興祖曰〕謂食柿也。〔顧嗣立注〕文選潘安仁笙賦：「浸潤靈液之滋。」韻會：「玻瓈，寶玉名。本草作頗黎，云西國寶。或云是水玉，千歲冰爲之。」説文：「盌，小盂也。」

〔一五〕〔舉正〕杭、蜀作「勿驚」。曾、謝作「忽」。杭本作「韶」。蜀本作「齠」。李、謝本只作「韶」。韶有美義，似不必易其字。〔考異〕「忽」，方作「勿」，非是。祝本、魏本作「勿」。廖本、王本作「忽」。〔魏本引洪興祖曰〕言爲紅赤所照耀也。〔方世舉注〕神仙傳：「八公詣淮南王門，皆鬚眉皓白。門吏白王。王使閽人難問之曰：我王欲求延年，今先生年已耆矣，似無駐衰之術。言未竟，八公皆變爲童子，年可十四五，角髻青絲，色如桃花。」

〔一六〕〔補釋〕陶潛桃花源記：「太守即遣人隨其往，尋向所誌，遂迷，不復得路。」

〔一七〕〔魏本引孫汝聽曰〕潘岳笙賦曰：「詠園桃之夭夭，歌棗下之纂纂。歌曰：棗下纂纂，朱實離離。宛其落矣，化爲枯枝。人生不能行樂，死何以虛謚爲？」李善注：「古咄唶歌：棗下何攢攢，榮華各有時。棗初欲赤時，人從四邊來。棗適今日賜，誰當仰視之？」〔朱彝尊曰〕此巧麗類初唐，但句法加蒼耳。

〔一八〕〔魏本引樊汝霖曰〕謂貞元二十年春在陽山。

〔一九〕躑躅，見卷二答張十一功曹注。〔何焯義門讀書記〕不算即無數之意。

〔二〇〕〔魏本引樊汝霖曰〕謂永貞元年自陽山移掾江陵，竢命于湘中。

〔二一〕〔朱彝尊曰〕四様紅樹，摘得妙，寄興亦好。〔何焯曰〕四襯皆取色。

〔二二〕〔祝本魏本注〕「呼」，一作「啼」者，非。〔舉正〕杭、蜀同作「齬嘯」。〔考異〕「嘯」，或作「笑」，非是。齬，見卷二郴州祈雨注。鷓鴣，見卷四杏花注。

〔二三〕〔舉正〕閣、蜀作「惻」。〔考異〕「惻」，或作「側」，非是。〔方世舉注〕水經注：「曉禽暮獸，寒鳴相和。羈宦游子，聆之者莫不傷思矣。」〔顧炎武曰〕是用詩柏舟「如匪澣衣」。

〔二四〕〔張鴻曰〕細筋入骨。

〔二五〕〔舉正〕三本同作「駃」。晁作「駭」。〔考異〕作「駭」非是。〔方世舉注〕漢書息夫躬傳：「内實駃，不曉政事。」〔補釋〕一切經音義：「蒼頡篇曰：駃，無知之貌。」

〔二六〕〔王鳴盛蛾術篇〕時爲國子博士，故云閒散。

〔二七〕〔張鴻曰〕所造意句，均去陳言。

〔二八〕〔陳景雲曰〕補闕十七登第，少公八歲。元和初列官諫署，年方踰壯，故有「年少得途」句。

〔二九〕〔黄徹曰〕岑參寄杜拾遺云：「聖朝無闕事，自覺諫書希。」退之贈崔補闕云：「年少得途未要忙，時清諫疏尤宜罕。」皆謬。承荀卿有聽從無諫諍之語，遂使阿諛奸佞，用以藉口。以是知凡造意立言，不可不預爲天下後世慮。〔朱彝尊曰〕逸趣飄然。〔何焯曰〕切補闕。〔蔣抱玄注〕語氣實有所諷，蓋公以諫請緩征而得罪也。

〔三〇〕見卷四醉贈張祕書注。

〔三一〕〔顧嗣立注〕晉王徽之傳：「吴中有一士大夫，家有好竹，欲觀之，便輿造竹下諷嘯。」南史袁粲傳：「爲丹陽尹，郡南一家有竹石，率爾步往，直造竹所，嘯咏自得。」吕氏春秋：「款門請謁。」高誘注：「款，叩也。」〔胡仔曰〕尤閒遠有味。〔朱彝尊曰〕下句輕圓，詩家妙境。

此處再得點一句紅葉應轉，更有味。

〔三二〕〔顧嗣立注〕文選孫興公天台山賦：「羲和亭午，游氣高褰。」梁元帝纂要：「日在午曰亭午。」〔何焯義門讀書記〕安溪謂韓子七言古詩，此篇第一。尤佳處則在此二句，真能隨遇而安也。

〔三三〕南山，見卷四南山詩注。

〔三四〕〔方世舉注〕鮑照飛白書勢銘：「圭角星芒。」〔祝充注〕竅，空也。莊子：「導大竅。」

〔三五〕汲汲，見薦士注。

【集説】

王懋竑曰：誕、坦、懶、散、傘，正韻俱改入産韻。

朱彝尊曰：此詩運意却細，又與他處粗硬者不同。

何焯義門讀書記曰：炎官張傘，金烏啄卵，宋人學奇者多矣，不能得到後半情味，則徒餘惡面目也。

黄鉞曰：公七言古詩間用對句，唯桃源圖及此篇、贈崔立之三篇而已。

沈曾植曰：從柿葉生出波瀾，烘染滿目，竟是陸渾山火縮本。吾嘗論詩人興象，與畫家景物感觸相通，密宗神祕於中唐，吴、盧畫皆依爲藍本。讀昌黎、昌谷詩，皆當以此意會之。顔、謝設色古雅，如顧、陸，蘇、陸設色，如與可、伯時，同一例也。

贈崔立之評事〔一〕

崔侯文章苦捷敏〔二〕，高浪駕天輸不盡〔三〕。曾從關外來上都〔四〕，隨身卷軸車連軫〔五〕。朝爲百賦猶鬱怒〔六〕，暮作千詩轉遒緊〔七〕。摇毫擲簡自不供，頃刻青紅浮海蜃〔八〕。才豪氣猛易語言，往往蛟螭雜螻蚓〔九〕。知音自古稱難遇〔一〇〕，世俗乍見那妨哂〔一一〕。勿嫌法官未登朝〔一二〕，猶勝赤尉長趨尹〔一三〕。時命雖乖心轉壯〔一四〕，技能虚富家逾窘〔一五〕。念昔塵埃兩相逢，争名齟齬持矛楯〔一六〕，子時專場誇觜距〔一七〕，余始張軍嚴韅靷〔一八〕。爾來但欲保封疆〔一九〕，莫學龐涓怯孫臏〔二〇〕。竄逐新歸厭聞鬧〔二一〕，齒髮早衰嗟可閔。頻蒙怨句刺棄遺〔二二〕，豈有閒官敢推引〔二三〕。深藏篋笥時一發〔二四〕，戢戢已多如束筍〔二五〕。可憐無益費精神〔二六〕，有似黄金擲虚牝〔二七〕。當今聖人求侍從〔二八〕，拔擢杞梓收楛箘〔二九〕。東馬嚴徐已奮飛〔三〇〕，枚皋即召窮且忍〔三一〕。復聞王師西討蜀〔三二〕，霜風冽冽摧朝菌〔三三〕。走章馳檄在得賢〔三四〕，燕雀紛拏要鷹隼〔三五〕。竊料二塗必處一，豈比恒人長蠢蠢〔三六〕。勸君韜養待徵招，不用雕琢愁肝腎〔三七〕。牆根菊花好沽酒，錢帛縱空衣可準〔三八〕。暉暉簷日暖且鮮，摵摵井梧踈更殞〔三九〕。高士例須憐麴蘖〔四〇〕，丈夫終莫生畦畛〔四一〕。能來取醉任喧呼〔四二〕，死後賢愚俱泯泯〔四三〕。

〔一〕〔魏本引韓醇曰〕立之，名斯立，博陵人。元和初爲大理評事，以言事黜官，爲藍田丞。見公藍田丞廳記。元和元年六月，公召拜國子博士，作此詩。詳味詩意，當是崔頻有詩，望公推引。〔陳景雲曰〕公答崔立之書首稱「斯立足下」，蓋字斯立而名立之也。〔方成珪昌黎先生詩文年譜〕是年九月作，以「牆根菊花好沽酒」句見之。

〔二〕〔張相曰〕苦，甚辭。〔魏本引韓醇曰〕老杜不見：「敏捷詩千首，飄零酒一盃。」

〔三〕〔魏本引孫汝聽曰〕駕，陵。輸，寫也。〔補釋〕郭璞詩：「高浪駕蓬萊。」

〔四〕〔舉正〕杭、蜀同作「關外」。「藉藉關外來」，選袁陽源詩語。〔考異〕「外」，或作「内」，非是。〔蔣抱玄注〕關外，謂函谷關以外之地。〔補釋〕舊唐書肅宗紀：「元年建卯月，以京兆府爲上都。」

〔五〕〔祝充注〕軫，車後木。〔魏本引孫汝聽曰〕連軫，言數車相接。〔聞人倓注〕任昉蕭公行狀：「所造箴銘，積成卷軸。」

〔六〕〔魏本引孫汝聽曰〕言猶有餘勇也。〔蔣抱玄注〕舞賦：「或有宛足鬱怒，盤桓不發。」

〔七〕〔方世舉注〕梁書武帝紀：「下筆成章，千賦百詩，直疏便就。」〔補釋〕楚辭招魂王逸注：「遒，亦迫也。」

〔八〕〔補釋〕史記天官書：「海旁蜃氣象樓臺。」

〔九〕〔魏本引補注〕言其小大不齊也。苕溪漁隱叢話云：「立之詩有不工處，故退之以此譏之。」

〔一〇〕見卷一知音者誠希注。

〔一一〕〔祝充注〕哂，笑也。〔查慎行曰〕先生極愛才，而不輕假借又如此。

〔一二〕〔魏本引孫汝聽曰〕法官，謂大理評事。

〔一三〕〔顧嗣立注〕元和郡縣志：「大唐縣有赤、畿、望、上、中、下六等之差。京師所治爲赤縣，京之旁邑爲畿縣。」〔陳景雲曰〕立之貞元中登第後，復中詞科，授校書郎，秩滿除畿尉。當時相傳畿尉有六道，入爲御史、評事、京尉者，有佛道仙道人道之分，見崔琬御史臺記。京尉即赤尉，謂長安、萬年二赤縣也。「勿嫌法官」二句，蓋言立之自畿尉召入，止遷評事，不得御史，但比赤尉，尚有仙凡之異耳。蓋除御史則登朝爲常參官矣。唐常參官一名登朝官。

〔一四〕〔方世舉注〕莊子繕性篇：「時命大謬也，當時命而大行乎天下，則反一無迹。不當時命而大窮乎天下，則深根寧極而待。」〔魏本引孫汝聽曰〕尹，謂京兆尹。

〔一五〕〔補釋〕詩毛傳：「窘，困也。」

〔一六〕〔補釋〕太玄經：「其志齟齬。」范望集解：「齟齬，相惡也。」穀梁傳疏：「莊子：楚人賣矛及楯者，見人來買矛，即謂之曰：此矛無何不徹。見人來買楯，則又謂之曰：此楯無何能徹者。買人曰：還得爾矛刺爾楯，若何？」

〔一七〕〔舉正〕蜀本作「擅場」，用東京賦語。然古鬪鷄詩多用「專場」字。〔魏本引樊汝霖曰〕選張衡東京賦：「秦政利觜長距，終得擅場。」注：「擅，專也。」

〔一八〕張軍，見卷四醉贈張祕書注。〔魏本引樊汝霖曰〕左傳僖二十八年：「晉、楚戰于城濮，晉車七百乘，韅靷鞅靽。」杜預注：「在背曰韅，在胸曰靷，在腹曰鞅，在後曰靽。言駕乘修備。」〔補釋〕楚辭九思：「嚴載駕兮出戲遊。」按：貞元二年，公至京師。三年，立之登第。八年，公登第。故詩語云云。

〔一九〕爾來，見卷二送靈師注。

〔二〇〕〔方世舉注〕史記孫子傳：「魏攻韓，韓告急于齊。齊使田忌將而往。龐涓去韓而歸，孫子謂田忌使齊軍入魏地減竈，涓大喜曰：吾固知齊軍怯入吾地。三日，士卒亡者過半矣。」

〔二一〕〔魏本引孫汝聽曰〕公時方自江陵法曹召爲國子博士。

〔二二〕〔魏本引孫汝聽曰〕詩：「將安將樂，棄予如遺。」

〔二三〕〔聞人倓注〕閒官，韓公微詞。推引，猶汲引之意。

〔二四〕「時一」，朱本誤作「一時」。〔方世舉注〕魏文帝詩：「緘藏篋笥裏，當復何時披？」〔李詳證選〕任昉出傳舍詩：「詠歌盈篋笥。」

〔二五〕戢戢，見卷四南山詩注。

〔二六〕〔魏本注〕「費」，一作「損」。〔補釋〕此語承上文，謂斯立頻以詩望公汲引之無益也，非泛謂文章之無益。後人多錯會詩意。揚雄解難：「亶費精神於此，而煩學者於彼。」〔查慎行曰〕以上是絶其覬望之私。

〔二七〕〔方世舉注〕淮南墜形訓：「丘陵爲牡，谿谷爲牝。」

〔二八〕〔魏本引樊汝霖曰〕聖人，謂憲宗也。

〔二九〕〔方世舉注〕左傳：「晉卿不如楚，其大夫則賢，如杞梓皮革，自楚往也。」書禹貢：「惟箘簵楛。」孔注：「箘簵，美竹，楛，中矢幹。」〔補釋〕漢書公孫弘傳：「卜式拔於芻牧，弘羊擢於賈豎。」又揚雄傳：「所薦無不拔擢。」

〔三〇〕〔方世舉注〕漢書嚴助傳：「嚴助、朱買臣、吾丘壽王、司馬相如、主父偃、徐樂、嚴安、東方朔、枚皐、膠倉、終軍、嚴葱奇等，並在左右。」

〔三一〕〔方世舉注〕漢書枚乘傳：「乘孽子皐，字少孺，年十七，上書梁共王，得召爲郎。見讒惡遇罪，亡至長安，上書北闕。上得之大喜，召入見待詔。」〔何焯義門讀書記〕獨以枚皐比崔，爲其敏捷也。

〔三二〕〔王元啓曰〕元和元年正月，遣高崇文伐蜀討劉闢，九月克成都，擒闢。是詩九月中闢未獻俘時作。

〔三三〕游本「菌」誤作「箘」。〔魏本引韓醇曰〕莊子：「朝菌不知晦朔。」洌洌，寒勁貌。〔祝充注〕朝菌，地蕈也。

〔三四〕〔方世舉注〕西京雜記：「枚皐文章敏疾，長卿制作淹遲。揚子雲曰：軍旅之際，戎馬之間，飛書馳檄用枚皐；廟廊之下，朝廷之中，高文典册用相如。」〔朱彝尊曰〕崔所長在能速，故首云「捷敏」。引枚皐亦是速意。細玩此詩，還是贊其入蜀。

〔三五〕祝本、王本作「拏」。魏本、廖本作「挐」。〔祝本魏本注〕「要」，一作「惡」。〔魏本引孫汝聽曰〕鷹隼鷙鳥，所以逐燕雀。〔魏本引祝充曰〕禮記：「鷹隼蚤鷙。」〔方世舉注〕王逸九思：「殽亂兮紛挐。」「挐」字見城南聯句注。

〔三六〕蠢蠢，見卷四南山詩注。〔查慎行曰〕以上慰其進取之徑。

〔三七〕〔李詳證選〕司馬遷報任安書：「雕琢曼辭以自飾。」〔何焯曰〕三語結住上文。

〔三八〕〔陳景雲曰〕唐百官月俸多給錢帛。縱空，謂官閒禄薄也。〔李詳證選〕任昉奏彈劉整文，述劉寅妻訴整「突進房中，屏風上取車帷准米去」。又云：「整便留自使婢姊及弟各准錢五千文。」此公準字所本。準，猶今當質也。

〔三九〕〔胡仔曰〕摵，音縮，又音慼，並到也。又音索，乃殞落貌。文選盧子諒詩：「摵摵芳葉零。」潘岳秋興賦：「庭樹摵以灑落。」〔李詳證選〕潘岳秋興賦善注：「摵，枝空之貌。」其字當从木，不从扌。然古多易混。〔方世舉注〕庾肩吾詩：「井梧生未合。」〔朱彝尊曰〕「日」、「梧」是比。

〔四〇〕〔顧嗣立注〕晉孔羣傳：「嘗與親舊書云：今年田得七百石秫米，不足了麴糵事。」〔何焯曰〕好句。

〔四一〕〔祝本魏本注〕「生」，一作「老」。〔方世舉注〕莊子人間世篇：「彼且爲無町畦，亦與之爲無町畦。」又齊物論：「爲是而有畛也，請言其畛。有分有辨，有競有爭。」説文：「田五十畝曰畦。」「畛，井田間陌也。」〔查慎行曰〕以上泯其同異之見。

〔四二〕〔方世舉注〕南史張鏡傳：「少與顔延之鄰居，顔談義飲酒，喧呼不絶，鏡静默無言。後與客談，延之取胡牀坐聽，客曰：彼有人焉。由是不復酣呼。」

〔四三〕〔補釋〕蒿里古辭：「蒿里誰家地？聚斂魂魄無賢愚。」〔祝充注〕泯，盡也，滅也。書：「泯泯棼棼。」

【集説】

葛立方曰：退之贈崔立之前後各一篇，皆譏其詩文易得。前詩曰：「才豪氣猛易語言，往往蛟螭雜螻蚓。」後詩曰：「文如翻水成，初不用意爲。」二詩皆數十韻，豈非欲衒博于易語之人乎？前詩曰：「深藏篋笥時一發，戢戢已多如束筍。」後詩曰：「每旬遺我書，竟歲無差池。」有以知崔於韓情義之篤如此也。

洪邁容齋續筆曰：崔立之在唐不登顯仕，他亦無傳，而韓文公推奬之備至。登科記：立之以貞元三年第進士，七年中宏詞科。觀韓公所言，崔作詩之多可知矣，而無一篇傳於今。豈非螻蚓之雜，惟敏速而不能工耶？

何焯曰：多用喻語，乃押險韻之一法。

朱彝尊曰：長篇不換韻，氣一直下，以有藻潤，故不迫促。又洗鍊得浄，有遒緊味，故足諷詠。

張鴻曰：此酷摹工部作也。

程學恂曰：立之跅弛之才，故多與爲滑稽之言，然亦未始非所以勵之也。

送區弘南歸〔一〕

穆昔南征軍不歸，蟲沙猿鶴伏以飛〔二〕。洶洶洞庭莽翠微〔三〕，九疑鑱天荒是非〔四〕。

野有象犀水貝璣〔五〕，分散百寶人士稀〔六〕。我遷於南日周圍〔七〕，來見者衆莫依稀，爰有區子熒熒暉〔八〕，觀以彝訓或從違〔九〕。我念前人譬葑菲〔一〇〕，落以斧引以纆徽〔一一〕。

雖有不逮驅騑騑〔一二〕，或採于薄漁于磯〔一三〕，服役不辱言不譏〔一四〕。從我荆州來京畿〔一五〕，離其母妻絶因依〔一六〕。

嗟我道不能自肥〔一七〕，子雖勤苦終何希〔一八〕？王都觀闕雙巍巍〔一九〕，騰蹋衆駿事鞍鞿〔二〇〕，佩服上色紫與緋〔二一〕，獨子之節可嗟唏〔二二〕。

母附書至妻寄衣，開書拆衣淚痕晞〔二三〕。雖不敕還情庶幾〔二四〕，朝暮盤羞惻庭闈〔二五〕。

幽房無人感伊威〔二六〕，人生此難餘可祈〔二七〕。

子去矣時若發機〔二八〕！蜃沈海底氣昇霏〔二九〕，彩雉野伏朝扇翬〔三〇〕。

處子窈窕王所妃〔三一〕，苟有令德隱不腓〔三二〕。

況今天子鋪德威〔三三〕，蔽能者誅薦受禨〔三四〕。出送撫背我涕揮〔三五〕，行行正直慎脂韋〔三六〕。業成志樹來頎頎〔三七〕，我當爲子言天扉〔三八〕。

〔一〕〔舉正〕閣本作「區弘南征詩」。區，烏侯切。唐韻：「區治子之後，今郴州有此姓。」弘豈郴人耶？漢王莽傳有中郎區博。元和元年秋冬任博士日作。〔考異〕「區」，或作「歐」。「歸」，或作「征」。〔魏本引樊汝霖曰〕公自陽山從江陵，尋召拜國子博士，區生實從之。至是南歸，公作詩送之。〔葛立方曰〕張籍送區弘詩云：「韓公國大賢，道德赫已聞。昨出爲陽山，爾區來趨奔。韓官遷法曹，子隨至荆門。韓入爲博士，崎嶇從羈輪。」觀其游從之久，疑得於韓者深也。然考其文章議論之際，乃不得預籍、湜之列，何邪？韓集有送區弘南歸詩云：「我遷於南日周圍，來見者衆莫依稀。爰有區子熒熒暉，觀以彝訓或從違。我念前人譬葑菲，落以斧引以纆徽，雖有不逮驅騑騑。」觀此數語，則韓雖以師道自任，而區受道之質，蓋有所未至也。其後又勉之以「行行正直勿脂韋，業成志立來頎頎」，其誨之者至矣。集中又有送區册序，韓文辨證云：「册即弘也。」未知孰據爾。

〔二〕〔考異〕抱朴子云：「周穆王南征，三軍之衆，一朝盡化，君子爲猨爲鶴，小人爲蟲爲沙。」造化權輿作周昭王南征。皆未詳本何據也。〔方成珪箋正〕抱朴子釋滯篇：「三軍之衆，一朝盡化，君子爲鶴，小人爲沙。」注所引未見。〔補釋〕考異引抱朴子，與太平御覽所引同。敦煌莫高窟藏唐寫本修文殿御覽殘卷引紀年曰：「穆王南征，君子爲鶴，小人爲飛鴞。」此抱朴之所本也。〔高步瀛曰〕詩江有汜鄭箋曰：「以，猶與也。」

〔三〕〔舉正〕閣本、謝校作「洶洶洞庭莽翠微」。選石闕銘：「旁映重疊，上連翠微。」翠微，山氣也。〔考異〕或作「江洶洞庭宿莽微」。廖本、王本與閣本同。祝本、魏本與或本同。洞庭，見卷二送惠師注。

〔四〕〔舉正〕謝氏以唐本定。九疑言鑱天，洪濤言舂天，皆奇語也。〔考異〕「鑱」，或作「巉」。祝本、魏本作「巉」。廖本、王本作「鑱」。九疑，見卷二送惠師注。〔補釋〕說文：「鑱，鋭也。」一切經音義：「鑱，以錐刺物者也。」〔王元啓曰〕荒是非，即指穆昔南征一事，謂蟲沙猿鶴等云，爲是爲非，莫可考實也。〔朱彝尊曰〕莽翠微、荒是非，皆是奇語。

〔五〕〔方世舉注〕漢書地理志：「粵地近海，多犀象毒冒珠璣銀銅果布之湊。」爾雅釋魚：「貝居陸。」說文：「璣，珠不圜也。」

〔六〕〔舉正〕唐本、閣本同作「士」。杭、蜀本「士」作「事」，非。祝本、魏本作「事」。廖本、王本作「士」。〔魏本引孫汝聽曰〕言山川之美，散爲百寶，獨人物稀少也。〔方世舉注〕公送廖道士序：「水土之所生，神氣之所感，白金，水銀，丹砂，石英，鍾乳，橘柚之包，竹箭之美，千尋之名材，不能獨當也。意必有魁奇忠信才德之民生其間，而吾又未見也。」柳宗元送廖有方序亦云：「交州其產多奇怪，而罕鍾於人。」與此同意。〔何焯曰〕起得奇。〔唐宋詩醇〕道盡西南邊徼地脈風氣，柳州所謂「少人而多石」也。〔翁方綱曰〕發端特出奇彩。

〔程學恂曰〕一起寫出荒遠。〔高步瀛曰〕以上言南荒少士。

〔七〕〔魏本引孫汝聽曰〕貞元十九年冬，公謫陽山。明年冬，弘來，故云日周圍。〔高步瀛曰〕謂日行黃道已周一匝也。

〔八〕〔舉正〕杭本作「子區」。〔考異〕「區子」，方作「子區」。〔方世舉注〕釋名：「熒熒，照明貌也。」

〔九〕〔魏本引孫汝聽曰〕書：「是彝是訓。」彝，常也。觀，示也。示以彝訓，或從或不從，故曰或從違。〔何焯義門讀書記〕伏後業字。

〔一〇〕〔魏本引樊汝霖曰〕詩：「采葑采菲，無以下體。」興不可棄也。〔魏本引孫汝聽曰〕言此者，以譬弘雖未盡善，不可遂棄之也。〔高步瀛舉要〕左傳僖三十三年臼季引此詩而說之曰：「君取節焉可也。」〔查慎行曰〕「葑菲」菲字，敷尾切，當作上聲。先生詩叶作平聲，借用芳菲之菲。一時偶失考據，不足徵也。

〔一一〕〔舉正〕唐本、閣本、杭本並同。蜀本訛。〔考異〕「引以」，或作「斤引」。洪本「纆」作「墨」。方從唐、閣、杭本。廖本、王本作「落以斧引以纆徽」。祝本、魏本作「落以斧斤引纆徽」，注曰：「纆」，一作「墨」，一作「以」。〔考異〕此言纆徽，謂木工所用之繩墨也。然周易作徽纆，乃爲黑索所以拘罪人者，恐公所用別有據也。〔王元啓曰〕史賈誼傳：「禍之與福，何異糾纆。」索隱注引韋昭曰：「纆，徽也。」此公纆徽二字所本。又揚雄酒箴：「不得左右，牽于纆徽。」師古曰：「井索也。」井索可言纆徽，更無疑于木工所用之繩墨矣。恐不得以周易拘係罪人墨索爲疑。〔俞樾曰〕以徽纆爲黑索，虞翻説也。劉表云：「三股爲徽，二股爲纆，皆索名。」則非謂黑索矣。莊子駢拇篇曰：「附離不以膠漆，約束不以纆索。」則凡約束者皆用之，非獨拘繫罪人之用。又朱子以爲木工所用之繩墨，則亦非也。此承上句「我念前人譬葑菲」而言，落乃「我落其實」之落，斧乃「墓門有棘，斧以斯之」之斧，蓋薪采之事，而非工匠之事也。引以纆徽，即綢繆束薪之義。詩綢繆篇正義曰：「言薪在田野之中，必纏綿束之，乃得成爲家用。」韓子詩意亦然，謂既落之以斧，而又引之以纆徽也。此詩但譬區子之材如葑菲然，尚有可采，故不忍棄耳，未及斲之而成器也，何取於繩墨乎？〔考異引張耒曰〕古人作七言詩，其句脈多上四字而以下三字成之。退之乃變句脈以上三下四，如「落以斧引以纆徽」、「雖欲悔舌不可捫」是也。〔何焯義門讀書記〕漢鐃歌上邪篇云：「山無陵江水爲竭。」又汝南童謡云：「飯我豆食羹芋魁。」其句脈皆上三字略斷。韓子必有本也。

〔一二〕〔蔣抱玄注〕論語：「恥躬之不逮。」〔魏本引韓醇曰〕詩：「四牡騑騑。」注：「行不止之貌。」〔何焯義門讀書記〕伏後勤字。

〔一三〕〔方世舉注〕屈原九章：「露申辛夷，死林薄兮。」注：「草木交錯曰薄。」〔祝充注〕磯，磧也。

〔一四〕〔蔣抱玄注〕論語：「有事，弟子服其勞。」〔何焯義門讀書記〕伏後苦字。

〔一五〕〔補釋〕舊唐書地理志："「荆州江陵府。」〔魏本引孫汝聽曰〕元和元年六月，公自江陵召爲國子博士，弘與公俱至京師。

〔一六〕〔補釋〕吕氏春秋高誘注："「因，依也。」

〔一七〕〔舉正〕唐本、閣本、杭本並同。〔考異〕「道不」，或作「不道」，非是。祝本、魏本作「不道」。廖本、王本作「道不」。〔補釋〕韓非子："「子夏見曾子，曾子曰：何肥也？對曰：戰勝故肥也。曾子曰：何謂也？子夏曰：吾入見先王之義則榮之，出見富貴之樂又榮之，兩者戰於胸中，未知勝負，故臞。今先王之義勝，故肥。」按："「先王之義」，史記樂書作「夫子之道」，淮南子精神訓作「先王之道」。

〔一八〕〔補釋〕後漢書黨錮傳注："「希，望也。」又盧植傳注："「希，求也。」〔高步瀛曰〕以上從來京師。

〔一九〕〔方世舉注〕爾雅釋宫："「觀謂之闕。」注："「宫門雙闕。」古今注："「闕，觀也。古每門樹兩觀于其前，所以標表宫門也。」

〔二〇〕魏本、廖本、王本作「蹋」。祝本作「踏」。〔補釋〕楚辭離騷王逸注："「韁在口曰鞿。」

〔二一〕〔方世舉注〕新唐書輿服志："「文武三品以上服紫，四品服深緋，五品服淺緋。」

〔二二〕〔魏本引孫汝聽曰〕嗟唏，嘆息也。〔何焯曰〕頓挫。

〔二三〕〔舉正〕唐本、閣本同作「開書拆衣痕淚晞」，蜀本亦作「痕淚」。〔考異〕「開書拆衣」，或作

「開緘發封」；「淚痕」，方作「痕淚」，非是。祝本、魏本作「開緘發封」。廖本、王本作「開書拆衣」。〔魏懷忠注〕晞，乾也。

〔二四〕〔何焯義門讀書記〕三百篇語妙。〔唐宋詩醇〕語意深婉，游子讀此，可以聽于無聲矣。

〔二五〕〔魏本引孫汝聽曰〕惻庭闈，言其母想弘也。〔顧嗣立注〕文選束廣微補亡詩：「眷戀庭闈，心不遑安。」又：「聲爾夕膳，絜爾晨羞。」

〔二六〕祝本、魏本作「蛜蝛」。廖本、王本作「伊威」。〔方東樹曰〕幽房即幽闈。〔魏本引祝充曰〕詩：「伊威在室。」陸德明云：「或傍加虫者，後人增耳。」鄭氏箋云：「家無人，惻然令人感傷。」〔高步瀛曰〕陸璣詩疏曰：「伊威，一名委黍，一名鼠婦，在壁根下甕底土中生，似白魚者也。」

〔二七〕〔補釋〕詩毛傳：「祈，求也。」

〔二八〕〔舉正〕唐本、閣本、杭本並同。〔考異〕「矣」，或作「吴」。方從閣、杭、蜀本如此，是也。其句法見上張文潛説。祝本、魏本作「吴」。廖本、王本作「矣」。〔補釋〕淮南子原道訓：「其用之也若發機。」高誘注：「機弩機關，言其疾也。」〔高步瀛曰〕以上南歸。

〔二九〕見贈崔立之評事注。

〔三〇〕〔考異〕「扇」，或作「羽」，非是。蓋宫扇以雉尾爲之，翬，文采貌。此言雉伏于野。而其羽可用爲朝廷之儀，與上下二句爲一類也。〔方世舉注〕爾雅釋鳥：「雉素質，五采皆備成章曰翬。」〔高步瀛曰〕新唐書儀衛志曰：「唐制：人君舉動必以扇，大駕鹵簿有雉尾障扇、雉尾扇、方雉尾扇、花蓋小雉尾扇。」

〔三一〕〔方世舉注〕古來以守不字隱居不嫁喻處士者多矣，至公答楊子書則曰「崔大敦詩以足下爲處子之秀」，是竟稱處士爲處子矣。此詩尚是喻意。〔補釋〕莊子陸德明釋文：「處子，在室女也。」詩關雎：「窈窕淑女，君子好逑。」鄭玄箋：「窈窕，幽閒也。言后妃有關雎之德，是幽閒貞專之善女，宜爲君子之好匹。」左傳：「嘉耦曰妃。」爾雅：「妃，匹也。」〔何焯曰〕得此襯染，方不單薄。〔程學恂曰〕三句比而興也。

〔三二〕〔蔣抱玄注〕詩：「憲憲令德。」〔魏本引孫汝聽曰〕詩：「百卉具腓。」腓，病也。言苟有令德，雖在隱約，不以爲病。

〔三三〕〔舉正〕杭本作「輔德威」，豈言輔德以威也。〔考異〕「鋪」，或作「輔」，非是。〔方世舉注〕廣雅釋詁：「鋪，陳也，布也。」書呂刑：「德威惟畏。」〔查慎行曰〕威字兩叶，意義各別，各家往往如此。

〔三四〕〔魏本引補注〕漢書：「進賢受上賞，蔽賢蒙顯戮。」此用其意。〔補釋〕匡謬正俗：「機，謂福祥也。」

〔三五〕〔方世舉注〕吴志呂蒙傳：「蒙爲魯肅畫五策，肅越席就之，拊其背曰：呂子明，我不如卿才略，乃至于此。結友而別。」〔聞人倓注〕高適詩：「撫背念離別。」

〔三六〕〔蔣抱玄注〕論語：「子路，行行如也。」詩：「正直是與。」〔魏本引韓醇曰〕楚詞：「如脂如韋以潔楹乎？」注：「脂韋柔弱貌也。」〔何焯義門讀書記〕伏下志字。正道正直，即上彝訓歸宿也。

〔三七〕〔祝充注〕詩：「碩人其頎。」〔補釋〕毛傳：「頎，長貌。」鄭玄箋：「儀表長麗俊好，頎頎然。」

〔三八〕〔魏本引孫汝聽曰〕天扉，天門。〔補釋〕曹毗詩：「豁焉天扉開。」爾雅：「闔謂之扉。」〔高步瀛曰〕以上勸勉。

【集説】

鍾惺曰：深文祕義，似讖似隱。

朱彝尊曰：全以氣力驅使，微襲古詞歌意，總是變體。

李光地榕村詩選曰：惓惓訓勗，歸于正直？可詠可感。

何焯義門讀書記曰：愔愔藹藹，所謂伯牙之琴絃乎？氣味出于平子思玄賦。中邊皆甜。

高步瀛曰：字字精卓研鍊而不傷氣，讀之但覺真味醰醰，紬繹不盡。

送文暢師北游〔一〕

昔在四門館〔二〕，晨有僧來謁〔三〕。自言本吴人，少小學城闕〔四〕。已窮佛根源，粗識事輗軏〔五〕。攣拘屈吾真〔六〕，戒轄思遠發〔七〕。薦紳秉筆徒〔八〕，聲譽耀前閥〔九〕。從求送行詩〔一〇〕，屢造忍顛蹶〔一一〕。今成十餘卷，浩汗羅斧鉞〔一二〕。先生閟窮巷〔一三〕，未得窮剞劂〔一四〕。又聞識大道〔一五〕，何路補剠刖〔一六〕？出其囊中文，滿聽實清越〔一七〕。謂僧當少安，草序頗排訐〔一八〕。上論古之初〔一九〕，所以施賞罰。下開迷惑胷，庨豁劚株橜〔二〇〕。僧時不聽瑩〔二一〕，若飲水救暍〔二二〕。風塵一出門，時日多如髮〔二三〕。三年竄荒嶺〔二四〕，守縣坐深樾〔二五〕。徵租聚異物〔二六〕，詭製怛巾韈〔二七〕。幽窮共誰語〔二八〕？思想甚含噦〔二九〕。昨來得京官〔三〇〕，照壁喜見蠍〔三一〕。況逢舊親識〔三二〕，無不比鶼蟨〔三三〕。長安多門户，弔慶少休歇〔三四〕。而能勤來過，重惠安可揭〔三五〕。當今聖政初〔三六〕，恩澤完⿰犭戚狘〔三七〕。胡爲不自暇，飄戾逐鶻鷹〔三八〕？僕射領北門〔三九〕，威德壓胡羯〔四〇〕。相公鎮幽都〔四一〕，竹帛爛勳伐〔四二〕。酒場舞閨姝〔四三〕，獵騎圍邊月〔四四〕。開張篋中寶〔四五〕，自可得津筏〔四六〕。從兹富裘馬〔四七〕，寧復茹藜蕨〔四八〕。余期報恩後〔四九〕，謝病老耕垡〔五〇〕。庇身指蓬茅，逞志縱獫猲〔五一〕。僧還相訪來〔五二〕，山藥煮可掘〔五三〕。

〔一〕〔補釋〕柳宗元集有送文暢上人登五臺遂游河朔序，貞元十八年所作也。公集有送浮屠文暢師序，則貞元十九年春作，送文暢作東南之行也。此詩方崧卿韓文年表繫元和元年，時公官國子博士，詩有「僕射領北門」句。考河東節度使嚴綬於是年蜀平後加檢校尚書左僕射，是此詩已作於秋末冬初，文暢蓋第二度北游矣。

〔二〕〔洪興祖韓子年譜〕謂貞元十九年爲四門博士時。〔魏本引孫汝聽曰〕後魏太和中，立學於四門，因以爲名。隋始隸國子。〔顧嗣立注〕舊唐書職官志：「國子監有六學：一國子學，二太學，三四門，四律學，五書學，六算學。四門博士三人。」〔補釋〕徐松唐兩京城坊考卷二：「朱雀坊東第二街，街東從北第一務本坊，半以西國子監，領國子監、太學、四門、律、書、算六學。」

〔三〕〔魏本引補注〕聞見録云：「歐陽公於詩主退之，不主子美，劉仲原父每不然之。公曰：子美『老夫清晨梳白頭，玄都道士來相訪』，有俗氣，退之決不道也。仲原父曰：亦退之『昔在四門館，晨有僧來謁』之句之類耳。公賞其辯。」〔姚範曰〕余謂句法疎鹵，大家固有無害，不得云俗氣也。韓公較之乃常言耳。

〔四〕〔方世舉注〕詩小序：「子衿，刺學校廢也。」其卒章曰：「挑兮達兮，在城闕兮。」〔魏本引樊汝霖曰〕公嘗有送文暢師序，此詩亦多師序意。「少小學城闕」，則序所謂「喜爲文章」也。〔陳景雲曰〕少小句蓋言此僧少嘗爲士耳。〔李黼平曰〕昌黎時爲國子博士，此「城闕」二字，謂京都也。杜詩：「城闕秋生畫角哀。」自注云：「南京同兩都得稱城闕。」詩蓋兼用此，非特用鄭風而已。〔補釋〕李説非是。柳宗元送文暢上人登五臺遂游河朔序云「方今有釋文暢者，道源生知，善根宿植，深嗜法語，忘甘露之味，服道江表，蓋三十年。謂王城雄都，宜有大士，遂躡虛而西，驅錫逾紀」云云。是文暢少小時服道江表，未嘗學於京都也。

〔五〕〔祝充注〕論語：「大車無輗，小車無軏。」注：「輗者，轅端横木以縛軛。軏者，轅端上曲鉤衡。」

〔六〕〔舉正〕唐本、閣本、曾、蔡校並同作「真」。〔考異〕「真」，或作「身」。祝本、魏本作「身」。廖本、王本作「真」。〔魏本引韓醇曰〕漢鄒陽上書：「能越攣拘之語。」潘安仁西征賦：「陋吾人之拘攣。」猶拘束也。〔補釋〕漢書楊王孫傳：「以返吾真。」淮南子高誘注：「真，身也。」

〔七〕〔魏本引樊汝霖曰〕序所謂周游天下也。〔方世舉注〕詩泉水：「載脂載舝，還車言邁。」注：「舝，車軸頭金也。」舝與轄同。

〔八〕〔方世舉注〕史記五帝本紀贊：「薦紳先生難言之。」〔補釋〕集解：「徐廣曰：薦紳，即縉紳也，古字假借。」又封禪書：「搢紳者不道。」集解：「李奇曰：搢，插也。插笏於紳。紳，大帶。」索隱：「姚氏云：搢當作縉。鄭衆注周禮云：『搢讀曰薦，謂垂之於紳帶之間。』案：鄭意以搢爲薦，則薦亦是進，進而置於紳帶之間，故史記亦多作薦字也。」新唐書百官志：「起居舍人分侍左右，秉筆隨宰相入殿。」

〔九〕祝本、廖本、王本作「耀」。魏本作「輝」。〔顧嗣立注〕後漢書：「聲容輝于門閾。」史記功臣

表：「功有五品，明其等曰閥。」

〔一〇〕〔舉正〕「求」字，謝氏以唐本定。杭、蜀本「求」皆作「來」，字小訛也。此蓋言文暢求送行之詩於一時諸公，不憚屢造，義爲是。　廖本、王本作「求」。　祝本、魏本作「來」，注曰：一作「從行送吾詩」。　〔魏本引樊汝霖曰〕序所謂「凡有行，必請於縉紳先生，以求詠歌其所志」也。　〔沈欽韓注〕全唐詩送文暢篇什，有權德輿、白居易、吕温、張祜。

〔一一〕〔方世舉注〕齊國策：「顛蹶之請，望拜之謁，雖得則薄矣。」

〔一二〕〔魏本引樊汝霖曰〕序所謂「得所序詩累百餘篇」也。　〔祝充注〕鉞，説文：「大斧也。」

〔一三〕〔方世舉注〕先生，文暢稱公。　秦國策：「窮巷掘門桑户棬樞之士。」

〔一四〕祝本「剞」作「攲」，誤。　〔考異〕或云「剞」作「剖」，字見傅毅琴賦。當考。　〔王元啓曰〕傅毅琴賦載古文苑第二十一卷，其語云：「命離婁使布繩，施公輸之剞劂。」其字並不作「剖」，或説誤也。　〔魏懷忠注〕剞劂，曲刀也。　淮南子曰：「鏤之以剞劂。」　〔補釋〕淮南子高誘注：「剞，巧工鉤刀也。　剧者，規度刺畫墨邊箋也，所以刻鏤之具也。」甘泉賦應劭注：「剞，曲刀也。　劂，曲鑿也。」二注皆謂剞劂是二。　陶方琦淮南許注異同詁云：「文選魏都賦注引許注：『剞劂，曲刀也。』説文：『剞剧，曲刀也。』與淮南注正同。　淮南『劂』應作『剧』。」韓集送文暢師北游詩注：「剞剧，曲刀也。」即本許注。　王逸注哀時命：「剞劂，刻鏤刀也。」亦以剞劂爲一物。　廣雅：「剞劂，刀也。」

〔一五〕〔蔣抱玄注〕論語：「文武之道，未墜於地，在人，賢者識其大者。」

〔一六〕〔魏本注〕「剠」，一作「黥。」〔祝充注〕剠，與「黥」同，墨刑也。書：「爰始淫爲劓刵椓黥。」〔魏本引韓醇曰〕莊子「庸詎知造物者不息我剠而補我劓？」〔方成珪箋正〕自第三句「自言本吴人」直貫至此句，皆述文暢語。剠刖乃代文暢作謙詞，冀公以大道補之也。

〔一七〕清越，見卷四會合聯句注。〔李詳證選〕顔延年和謝監靈運詩：「清越奪琳珪。」

〔一八〕〔方世舉注〕謂前送文暢序，深詆浮屠，又譏縉紳先生「無以聖人之道告之」，所謂排訐也。〔補釋〕漢書顔師古注：「相斥曰訐。」

〔一九〕〔補釋〕楚辭天問：「遂古之初。」

〔二〇〕祝本、魏本作「庨」。舉正、考異、廖本、王本皆作「窙」。〔舉正〕何遜詩：「窙豁下嵓岸。」窙，音哮，氣上烝也。校本一用西京賦刊作「庨豁」，恐非。〔考異〕一本作「庨豁」，注云：「開達貌。」西京賦李善無注，而篇韻以爲宫殿貌。祝氏音義作「窙豁」，開達貌。潘岳登虎牢賦：「幽谷豁以窙寥。」今亦未詳孰是？〔魏本引孫汝聽曰〕西京賦：「睽罛庨豁。」〔姚範曰〕「睽罛庨豁」薛綜注：「形貌。」則善亦從之。〔補釋〕説文：「斸，斫也，从斤，屬聲。」釋名：「斸，誅也，主以誅鉏根株也。」莊子：「吾處身也，若厥株拘。」陸德明釋文：「厥，本或作橛。李云：厥豎也。」爾雅郝懿行義疏：「橛是豎木。」説文：「株，木根也。」按：詩意謂開曉以大道，使其胸中豁然，病根畢拔也。〔查慎行曰〕此六句先生括前送文暢序中大意。

〔二一〕〔補釋〕莊子：「是黃帝之所聽熒也。」陸德明釋文：「熒，本亦作瑩，於迥反。向、司馬云：聽熒，疑惑也。」

〔二二〕〔舉正〕唐本、曾、謝校作「暍」。公詩用今韻者，未嘗逾韻。此詩三十二韻不應獨旁取此一韻，義亦可考。〔考異〕「暍」，或作「渴」。祝本、魏本作「渴」。廖本、王本作「暍」。〔方成珪箋正〕此詩全用十月韻，不參通轉，故方校云然。〔王元啓曰〕「暍」字今韻入月，「渴」字入曷，誠爲逾韻。然二韻本可通用，況作「救暍」則當用涼風或揮扇等字，今云「飲水」，則是救渴可知。〔補釋〕説文：「暍，傷暑也。」淮南子説林訓：「救暍而飲之寒。」公詩正用淮南，王説非是。

〔二三〕〔張鴻曰〕韓之造句，其獨到皆如此。

〔二四〕〔洪興祖韓子年譜〕杏花詩云：「二年流竄出嶺外。」二年謂甲申、乙酉。送文暢詩云：「三年竄荒嶺。」通癸未歲也。

〔二五〕〔魏本引韓醇曰〕此言其出爲陽山令。〔祝充注〕楚謂兩木交陰之下曰樾。淮南子：「武王蔭暍人於樾下。」

〔二六〕〔舉正〕李本乙作「物異」。〔考異〕「異物」，或作「物異」，非是。

〔二七〕〔舉正〕閣本、蜀本皆作「製」。怛，驚怛也。曾、謝本皆從古本，定作「怛」。〔考異〕「製」，或作「制」。「怛」，或作「恒」。　祝本、魏本作「制恒」。廖本、王本作「製怛」。〔方世舉注〕鮑照登大雷岸與妹書：「繁化殊育，詭質怪章。」束皙近游賦：「衣裳之製，名號詭異。設繫襦以禦冬，資汗衫以當暑。」按：詩：「中心怛兮。」説文：「怛，得案切，憯也。」廣韻：「當割切，悲慘也。」莊子「毋怛化」又有驚懼之意。世説：「庾亮大兒有雅重之質，温太真嘗隱幔怛之。」是則與此詩用字正同。又按：隋書地理志：「長沙郡雜有夷蜒，其男子但著白布褌，更無巾袴。其女子青布衫斑布裙，通無鞋屩。桂陽、熙平皆同。」陽山隋時屬熙平。則其巾韈之製，固宜有可駭者矣。與詩語合。

〔二八〕〔考異〕「共」，或作「與」。　〔方世舉注〕司馬遷報任安書：「是以獨鬱悒而誰與語。」

〔二九〕〔祝充注〕禮記：「不敢噦噫嚏咳。」　〔方世舉注〕説文：「噦，氣啎也。」

〔三〇〕〔魏本引孫汝聽曰〕元和元年六月，自江陵召還爲國子博士。

〔三一〕〔補釋〕諸本皆作「蝎」。按：此詩全用十月韻，廣韻蝎在十二曷韻，注：「爾雅：蝤蠐蝎。」又：「蝎，桑蟲。」其在十月韻者爲蠍，注：「螫人蟲。」今據改。莊子天運篇陸德明釋文：「通俗文云：長尾爲蠆，短尾爲蠍。」　〔洪興祖韓子年譜〕「照壁喜見蝎」，甚言北歸之樂也。　〔祝充注〕酉陽雜俎：「江南舊無蝎。」杜詩：「每愁夜中自足蝎。」　〔何焯曰〕曲曲襯出。

〔三二〕〔舉正〕蜀本、謝校作「親識」。　〔考異〕「親識」，或作「識知」，「親」或作「相」。　祝本、魏本作「相識」。廖本、王本作「親識」。

〔三三〕〔方世舉注〕爾雅釋地：「南方有比翼鳥焉，不比不飛，其名謂之鶼鶼。」注：「似鳧青色，一目一翼，相得乃飛。」又：「西方有比肩獸焉，與邛邛岠虛比，爲邛邛岠虛嚙甘草，即有難，邛邛岠虛負而走，其名謂之蟨。」注：「呂氏春秋曰：『北方有獸，其名爲蟨，鼠前而兔後，趨則頓，走則顛。』然則邛邛岠虛，亦宜鼠後而兔前，前高不得取甘草，故須蟨食之。」〔何焯曰〕襯。

〔三四〕〔方世舉注〕燕國策：「齊王按戈而郤曰：此一何慶弔相隨之速也？」〔何焯曰〕無一順筆。

〔三五〕〔舉正〕謝本作「惠重」。魏毌丘儉詩：「憂責重山嶽，誰能爲我擔。」疑用此義。〔魏本引孫汝聽曰〕揭，舉也。

〔三六〕〔魏本引韓醇曰〕謂憲宗初即位也。

〔三七〕〔舉正〕唐本作「完」。公聯句亦有「恩熙完刖剠」。〔考異〕「完」，或作「寬」。祝本、魏本作「寬」。廖本、王本作「完」。〔魏本引孫汝聽曰〕禮記：「鳳以爲畜，故鳥不獝。麟以爲畜，故獸不狘。」〔方世舉注〕廣韻：「狨，飛貌，走貌。」

〔三八〕〔補釋〕後漢書張衡傳：「緘汩颸戾沛以罔象兮。」李賢注：「并疾貌也。」颸，猶「飄」也。〔何焯曰〕轉出北游。

〔三九〕〔洪興祖韓子年譜〕謂田季安。〔陳景雲曰〕謂河東帥嚴綬也。唐以太原爲北門，屢見於史。田季安時鎮魏博，不當言北門。至宋都大梁，始以魏地爲北門，如寇萊公鎮魏，自言北門鎖鑰非準不可是也。洪説失之。又唐河東帥府兼統藩部，觀公作鄭儋墓誌可見，故繼以「威德壓胡羯」之句。〔沈欽韓注〕魏博非京師北門，又界内無胡羯。權德輿集馬燧行狀：「皇帝以太原王業所起，國之北門。」唐以太原爲北京，故稱北門。嚴綬傳：「貞元十七年，代鄭儋爲河東節度使。元和元年，蜀、夏平，加檢校尚書左僕射。」蓋文暢游代之五臺，代在河東節度管内，僕射是嚴綬也。

〔四〇〕〔祝充注〕羯，胡種。〔補釋〕韻會：「羯，地名，上黨武鄉羯室，晉匈奴别部入居之，後因號爲羯。」

〔四一〕〔洪興祖韓子年譜〕謂劉濟。〔王元啓曰〕公送李端公序稱濟爲天子之宰。蓋濟以節度兼平章事，故此詩又稱相公。〔方世舉注〕書堯典：「宅朔方曰幽都。」

〔四二〕〔方世舉注〕史記高祖功臣侯年表：「以德立宗廟定社稷曰勳，明其等曰伐。」

〔四三〕〔祝充注〕姝，美好也。詩：「彼姝者子。」

〔四四〕〔何焯曰〕麗句。

〔四五〕〔魏本引孫汝聽曰〕謂送行詩。

〔四六〕〔補釋〕説文：「津，水渡也。」方言：「簰謂之筏。」

〔四七〕〔魏本引韓醇曰〕論語：「乘肥馬，衣輕裘。」

〔四八〕〔補釋〕史記太史公自序：「藜藿之羹。」正義：「藜似藿而表赤。」齊民要術：「詩義疏曰：蕨，山菜也。」　〔何焯義門讀書記〕數語鄙甚，恐反爲聰明識道理者所笑也。　〔補釋〕柳宗元送文暢上人登五臺遂游河朔序云：「上人之往焉，將統合儒釋，宣滌疑滯，然後蔑衣裓之贈，委財施之會，不顧矣。」勉中亦含諷意。公詩特率直言之耳。

〔四九〕〔何焯曰〕完竄嶺一段案。

〔五〇〕〔蔣抱玄注〕戰國策：「乃謝病歸相印，謂辭以疾也。」　〔祝充注〕垡與墢同，耕起土也。國語：「王耕一墢。」

〔五一〕〔方世舉注〕詩駟驖：「載獫歇獢。」傳：「田犬也。」爾雅釋獸：「長喙獫，短喙猲獢。」

〔五二〕〔張相曰〕還，猶云如其也。還相訪，猶云如其相訪也。　〔魏本引孫汝聽曰〕河北歸時。

〔何焯曰〕與「晨有僧來謁」、「而能勤來過」一處應。

〔五三〕〔方世舉注〕北山經：「景山其草多藷萸。」注：「根似羊蹄，可食。」爾雅翼：「藷藇味甘温。唐代宗諱豫，故呼藷藥。今人呼爲山藥，一名山芋。秦、楚名玉延，鄭、越名土藷。人多掘食之以充糧。」

【集説】

朱彝尊曰：一味逞粗硬，然氣力亦足驅使。

李光地榕村詩選曰：先敍文暢求言，而當日作序極陳古義以破其惑，即今集中送文暢序是也。中言被貶陽山，自幸還見親識，而僧之往來尤密。後乃勸其逃墨來歸，以詩文爲緣，足以自致，且與爲異日相從之約。

俞瑒曰：公諸長篇用險韻，都不傍借，正所謂因難見巧，不獨贈張十八一首也，但江字韻爲尤窄耳。

王懋竑曰：送文暢用月韻，喝、樾、噦、狘今韻闕，皆見廣韻。

何焯義門讀書記曰：未免以好用險韻，減其自然之美。

唐宋詩醇曰：就北道主人作歆動語，純是聲色貸利事。昌黎胸次何等，乃作此腐鼠之嚇耶？緣其惡異學甚於鄙俗情也。

程學恂曰：諸贈僧詩，於澄觀取其經營之才，於惠師取其好游，於靈師取其能文，於文暢取其多得搢紳先生歌詠，皆非以僧取之也。

鬭雞聯句〔一〕

大雞昂然來，小雞竦而待愈〔二〕。崢嶸顛盛氣〔三〕，洗刷凝鮮彩郊〔四〕。高行若矜豪〔五〕，側睨如伺殆愈〔六〕。精光目相射〔七〕，劍戟心獨在郊〔八〕。既取冠爲胄〔九〕，復以距爲鐓〔一〇〕。天時得清寒，地利挾爽塏愈〔一一〕。磔毛各嘹痒〔一二〕，怒癭争碨磊〔一三〕。

俄膺忽爾低〔一四〕，植立瞥而改郊〔一五〕。腷膊戰聲喧〔一六〕，繽翻落羽皠〔一七〕。中休事未決，小挫勢益倍愈。妒腸務生敵〔一八〕，賊性專相醢〔一九〕。裂血失鳴聲，啄殷甚飢餒郊〔二〇〕。對起何急驚〔二一〕？隨旋誠巧紿〔二二〕。毒手飽李陽〔二三〕，神槌困朱亥愈〔二四〕。惻心我以仁〔二五〕，碎首爾何罪〔二六〕？獨勝事有然，旁驚汗流浼郊〔二七〕。知雄欣動顏〔二八〕，怯負愁看賄〔二九〕。爭觀雲填道〔三〇〕，助叫波翻海愈〔三一〕。事爪深難解〔三二〕，嗔睛時未怠〔三三〕。一醒然〔三四〕，再接再礪乃郊〔三五〕。頭垂碎丹砂〔三六〕，翼搨拖錦綵〔三七〕。連軒尚賈餘〔三八〕，清厲比歸凱愈〔三九〕。選俊感收毛〔四〇〕，受恩慙始隗〔四一〕。英心甘鬭死，義肉恥庖宰〔四二〕。君看鬬雞篇〔四三〕，短韻有可採郊〔四四〕。

〔一〕〔方世舉注〕鬭鷄見於左傳，其來已久。戰國時齊俗鬭鷄走犬。漢太上皇、魯共王皆好之。至建安諸子，形于篇詠。唐世明皇好之，故杜甫有「鬭鷄初賜錦」之句。俗尚相沿，盛行此戲。詩家賦詠亦多。然摹寫精工，無逾斯作矣。觀「天時得清寒」句，亦似秋冬之交所作。

〔二〕〔朱彝尊曰〕昂、竦二字，已盡大概。

〔三〕〔補釋〕文選舞鶴賦李善注：「廣雅曰：峥嶸，高貌。」　〔魏本引孫汝聽曰〕禮記玉藻曰：「盛氣顛實揚休。」注云：「顛讀爲闐，揚讀爲陽。盛身中之氣，使之闐滿，如陽氣之休物也。」　〔方世舉注〕莊子達生篇：「紀渻子爲王養鬭鷄，十日而問鷄已乎？曰：未也，猶虛憍而恃氣。十日又問，曰：未也，猶疾視而盛氣。」

〔四〕〔方世舉注〕左思吴都賦：「理翮整翰，刷盪漪瀾。」

〔五〕〔何焯義門讀書記〕頂上昂字。

〔六〕〔何焯義門讀書記〕頂上竦字。

〔七〕〔何焯義門讀書記〕欲鬬之神。

〔八〕〔朱彝尊曰〕曲描細寫，不惟得其形，兼得其神。

〔九〕〔魏本引孫汝聽曰〕鷄有冠，如人戴胄。説文云：「胄，兜鍪。」

〔一〇〕〔考異〕「鐓」，或作「錣」。漢書：「鉤戟長錣。」今按：錣，廣韻：「所拜切。」於四聲不協。然鐓乃刃下之平底者，與距不相似，亦未詳其説也。〔顧嗣立注〕左傳昭公二十五年：「季郈之鷄鬬，季氏介其鷄，郈氏爲之金距。」〔魏本引孫汝聽曰〕鐓，鏊柄下鐏，禮記「進矛戟者前其鐓」是也。〔王元啓曰〕比距於鐓，取其卓立不仆而已。朱子説似太拘。〔補釋〕「鐓」，當作「鏊」。説文金部：「鏊，一曰千斤椎。」比距於椎，言用力也。徐鍇説文繫傳作「鐓」，其形體與韓合。〔朱彝尊曰〕此下乃接鬬形狀，備曲折變態。

〔一一〕〔祝本魏本注〕「挾」，一作「狹」，一作「扶」。〔魏本引孫汝聽曰〕孟子：「天時不如地利，地利不如人和。」言天時則得清寒，地利則挾爽塏也。昭三年左氏：「齊景公欲更晏子之宅，曰：子之宅近市，湫隘囂塵，請更諸爽塏者。」〔何焯曰〕領入妙。

〔一二〕〔舉正〕杭本作「痒」。痒，所錦切，寒病也。義訓寒，謂之痒瘮。皮日休太湖詩：「枕下聞澎湃，肌上生痒瘮。」又香奩集有「噤痒餘寒酒半醒」。閣本「痒」作「瘴」，蜀本作「痒」，皆誤也。〔考異〕「痒」，或作「瘁」。〔方世舉注〕廣雅釋詁：「磔，張也。」〔張相曰〕噤痒，發噤之義。此言毛羽豎起如發噤也。

〔一三〕〔補釋〕說文：「瘿，頸瘤也。」〔方世舉注〕木華海賦：「碨磊山壟。」

〔一四〕〔方世舉注〕揚雄羽獵賦：「俄軒冕。」師古曰：「俄俄，陳舉之貌。」韋昭曰：「卬也。」按：此處俄字亦當作卬字解，方與植立相對，而又與忽爾低相應也。

〔一五〕〔何焯義門讀書記〕四句是兩鷄空鬬未相搏時，俗所謂打掽脚。

〔一六〕〔魏本引韓醇曰〕古詩：「腷腷膊膊鷄初鳴。」

〔一七〕〔方世舉注〕王粲詩：「百鳥何繽翻。」〔祝充注〕皠，廣韻：「霜雪白狀。」

〔一八〕〔舉正〕蜀、三館本同作「妬腹」。〔考異〕「敵」，或作「欺」。〔魏本注〕「敵」，一作「敲」。〔魏本引孫汝聽曰〕務生敵，謂常有敵人之心也。〔方世舉注〕王褒鬬鷄詩：「妒敵金芒起。」

〔一九〕〔蔣抱玄注〕肉羹曰臛，謂自相殘殺也。

〔二〇〕股，見卷二題炭谷湫祠堂注。〔何焯義門讀書記〕頂冠來。

〔二一〕〔方世舉注〕荀悦申鑒：「孺子驅雞者，急則驚，緩則滯。」

〔二二〕〔魏本引孫汝聽曰〕隨旋，謂隨其旋轉。給，詐也。〔祝充注〕給，欺也。穀梁：「惡公子之給。」列子：「予昔給若。」〔朱彝尊曰〕中休小挫，對起隨旋，鬭中皆有節度，非身至雞場，不知其妙。〔何焯義門讀書記〕巧給，俗所謂游鬬。寫鬬凡三層，看他用筆變化處。寫鬬之妙，全在將鬬處寫得飛動。

〔二三〕〔方世舉注〕晉書石勒傳：「初，勒與李陽鄰居，歲嘗争麻地，迭相毆擊。至是引陽臂曰：孤往日厭卿老拳，卿亦飽孤毒手。」

〔二四〕〔舉正〕謝本云：貞元本「毒手」作「尊拳」，尊拳，劉伶語也。邵公濟云：「神槌」，善本作「袖槌」。袖四十斤鐵槌，於史記本文爲合。然晉祖納曰：假有神錐，必有神槌。神槌尊拳，豈皆借用字耶？諸聯句多元和初年作。謝只當云唐本可也。〔考異〕「槌」，或作「椎」，或作「鎚」。今按：毒手是李陽本事中語，而神槌字則朱亥事中無之，故邵欲改神作袖，以從本事。然又屬對不親切，故方又欲從謝本，借劉伶之尊拳以附李陽，借祖納之神槌以附朱亥，則兩句皆爲兼用兩事而不偏枯耳。然亦未敢遽改也。今以其説未明，復爲詳説如此，以俟考焉。〔朱彝尊曰〕作「袖椎」是，即對稍不工，何害？〔馬位曰〕聞見後録：「神槌困朱亥，古本云袖槌，用史記朱亥袖四十斤鐵槌，槌殺晉鄙事也。」余謂不必如此附會。此詩原作對偶語，上句「毒手飽李陽」，毒字虛用，故以神字對。若用袖字，則毒字亦豈誤耶？蓋二字相類，或古本「神」字缺其垂脚，故疑「袖」字而爲是説也。〔何焯義門讀書記〕二句頂距來。

尤多奇。

〔二五〕〔蔣抱玄注〕孟子：「惻隱之心，仁也。」

〔二六〕〔蔣抱玄注〕漢書杜鄴傳：「禽息憂國，碎首不恨。」〔朱彝尊曰〕此下乃酣戰後歎息，造語

〔二七〕〔補釋〕説文：「浼，汙也。」〔何焯義門讀書記〕四句韓孟徒一面。

〔二八〕〔魏本引孫汝聽曰〕老子：「知其雄，守其雌。」雄者謂勝也。

〔二九〕〔祝本魏本注〕「看」，一作「肩」。〔魏本引孫汝聽曰〕負，敗也。賄，謂其所博之財也。

〔何焯義門讀書記〕二句鬬雞主一面。

〔三〇〕〔方世舉注〕邯鄲淳曹娥碑：「觀者填道，雲集路衢。」

〔三一〕〔何焯義門讀書記〕二句衆人在場一面。〔汪琬曰〕縱宕有勢。

〔三二〕〔舉正〕唐本作「事」，三館本作「傳」，李本校同。樊本作「剚」。傳，側吏切。漢蒯通傳：「事刃於公之腹。」李奇曰：「東方人以物插地中爲事，字本作傳。」周官考工記曰：「菑蚤不齵，則輪雖敝不匡。」菑，剚也。蚤，爪也，古字通。公全用此二字。鄭注亦曰：「泰山平原人所樹立物爲菑。」此字蓋漢書作「事」，史記作「傳」。管子：「傳戟十萬。」又：「春有以剚耜。」剚、事、傳、菑，古音義同。閣、杭、蜀本皆作「争」，其譌久矣。祝本、魏本作「争」。廖本、王本作「事」。〔何焯義門讀書記〕頂距來。

〔三三〕〔補釋〕劉楨鬬雞詩：「瞋目含火光。」

〔三四〕〔魏本引樊汝霖曰〕鬭雞今以水噴之，神氣始醒。

〔三五〕〔舉正〕閣本作「再勵乃鍛乃」。〔考異〕或作「再礪乃鍛乃」。「礪」，又或作「勵」，皆非是。〔祝本魏本注〕一作「再礪再鍛乃」。〔魏本引樊汝霖曰〕再接，所謂接戰也。莊子曰：「是自其所以乃。」公用乃字出此。〔魏本引孫汝聽曰〕書：「礪乃鋒刃。」〔沈欽韓注〕大宗師：「是自其所以乃。」郭注：「正自是其所宜也。」音義：「乃，崔本作惡。」與詩義不同。此直斷粊誓文句耳。文苑英華王起諫鼓賦：「志惟礪乃，仁則依於。」唐人押韻多如此。〔徐震曰〕樊引莊子是也。乃猶爾也。莊子之「是其所以乃」，乃之義亦當解作爾，郭注非也。上句言一噴一醒然，此句言再接再礪乃，兩句相對，皆此擬形容之詞，故曰然曰乃。乃與然，其義正同。若沈説則礪乃本于粊誓，醒然又何所本乎？故知此句與王起之用礪乃、依於，其義各别，不當以彼例此。〔補釋〕徐説是也。乃字統上四字，與上句爲偶。章炳麟莊子解故云：「乃以雙聲借爲然，猶言如此。」〔施補華曰〕虛字強押，不可輕學，學之往往不穩。〔何焯曰〕第三層虛寫。

〔三六〕〔蔣抱玄注〕雞有冠，紅如丹砂。今爲敵雞所啄而裂血，故曰碎。〔何焯義門讀書記〕頂冠來。

〔三七〕〔舉正〕蜀作「搨」，字當从手。選陳琳檄：「垂頭搨翼，莫所憑恃。」五臣注：「搨，斂也，土獵切。」少陵詩：「林下有搨翼。」柳子厚文：「疊足搨翼。」義同上。此當以摧搨爲義。古搶通作搨。玉篇：「搨，搚也，他蠟切。」〔考異〕「搨」，或作「榻」。〔顧嗣立注〕選射雉賦云：「霍若碎錦。」〔何焯義門讀書記〕負一面。

〔三八〕〔方世舉注〕鮑照舞鶴賦：「始連軒以鳳蹌。」〔黃鉞注〕連軒當是鼓翼。賈餘，見卷四南山詩注。

〔三九〕〔方世舉注〕漢書王莽傳：「清厲而哀。」周禮春官大司樂：「王師大獻，則令奏愷樂。」〔黃鉞注〕清厲當是高唱。〔蔣抱玄注〕兩雞相鬭，勝者必鳴，故云。〔何焯義門讀書記〕勝一面。〔補釋〕曹植鬭雞詩後段云：「觜落輕毛散，嚴距往往傷。長鳴入青雲，扇翼獨翱翔。」退之此四句，全本其意，而變其辭。

〔四〇〕〔方世舉注〕史記平原君傳：「趙使平原君合從于楚，門下有毛遂者，前自贊于平原君，平原君竟與毛遂偕，定從而歸。」

〔四一〕〔顧嗣立注〕戰國策：「郭隗謂燕昭王曰：王誠欲致士，先從隗始。隗且見事，況賢于隗者乎？」

〔四二〕魏本、廖本、王本作「恥」。祝本作「取」。〔朱彝尊曰〕亦奇語。

〔四三〕〔方世舉注〕曹植有鬭雞篇。〔補釋〕劉楨、應瑒俱有鬭雞詩，見藝文類聚。

〔四四〕〔舉正〕蜀本、李校作「有」。〔考異〕「有」，或作「亦」，或作「言」，皆非是。祝本、魏本作「亦」。廖本、王本作「有」。〔朱彝尊曰〕結太聊日。

【集説】

韓醇曰：詞意雄渾，極其情態。間以人才爲喻。兩皆傑作，真歐陽文忠所謂「韓孟於文詞，兩雄力相當」者也。

朱彝尊曰：詠物小題，題外不增一字。而豪快動人，古今罕埒。起一段精神踴躍，使讀者即如赴雞場親觀角伎，陡爾醒眼。

陳沆曰：刺當時朋黨恩怨爭勢死利之徒，爲權門之鷹犬，快報復于睚眦者。

征蜀聯句〔一〕

日王忿違慠〔二〕，有命事誅拔〔三〕。蜀險豁關防〔四〕，秦師縱横猾愈〔五〕。風旗帀地揚〔六〕，雷鼓轟天殺〔七〕。竹兵彼皴脆〔八〕，鐵刃我鎗𪘁郊〔九〕。刑神咤犛旄〔一〇〕，陰燄颭犀札〔一一〕。翻霓紛偃蹇〔一二〕，塞野澒坱圠愈〔一三〕。生獰競掣跌〔一四〕，癡突争填軋〔一五〕。渴鬬信㕏呶〔一六〕，噉姦何噢嗗郊〔一七〕。更呼相簸蕩〔一八〕，交斫雙缺齾〔一九〕。火發激鋩腥〔二〇〕，血漂騰足滑愈〔二一〕。飛猱無整陣〔二二〕，翩鶻有邪戛〔二三〕。江倒沸鯨鯢〔二四〕，山搖潰貙猰郊〔二五〕。中離分二三，外變迷七八〔二六〕。逆頸盡徽索〔二七〕，仇頭恣髡鬝〔二八〕。

怒鬉猶鬇鬡〔二九〕，斷臂仍敤敁愈〔三〇〕。石潛設奇伏〔三一〕，穴覰騁精察〔三二〕。中矢類妖猭〔三三〕，跳鋒狀驚豽〔三四〕。踣翻聚林嶺〔三五〕，斗起成埃圿郊〔三六〕。旆亡多空杠〔三七〕，軸折鮮聯轄〔三八〕。剟膚浹瘡痍〔三九〕，敗面碎剠刮〔四〇〕。渾奔肆狂勷〔四一〕，捷竄脱趫黠〔四二〕。巖鉤踔狙猿〔四三〕，水漉雜鱣螖〔四四〕。投奅鬧碚礕〔四五〕，填隍傶傄偺愈〔四六〕。強睛死不閉，獷眼困逾眲〔四七〕。爇堞熇歊熺〔四八〕，抉門呀拗閫〔四九〕。天刀封未坼〔五〇〕，酋膽懾前揠〔五一〕。跧梁排郁縮〔五二〕，闖竇揳窋窡〔五三〕。迫脅聞雜驅，咿呦叫冤鶻郊〔五四〕。窮區指清夷〔五五〕，兇部坐雕鎩〔五六〕。邛文裁斐亹〔五七〕，巴豔收婠妠〔五八〕。椎肥牛呼牟〔五九〕，載實駝鳴圙〔六〇〕。聖靈閔頑嚚〔六一〕，燾養均草蔡〔六二〕。下書遏雄虓〔六三〕，解罪弔攣瞎愈〔六四〕。戰血時銷洗〔六五〕，劍霜夜清刮〔六六〕。漢棧罷囂闐〔六七〕，獠江息澎汃〔六八〕。戍寒絶朝乘〔六九〕，刀暗歇宵詧〔七〇〕。始去杏飛蜂，及歸柳嘶蚻〔七一〕。廟獻繁馘級〔七二〕，樂聲洞椌楬郊〔七三〕。臺圖焕丹玄〔七四〕，郊告儼匏稭〔七五〕。念齒慰黴黧〔七六〕，視傷悼瘢痆〔七七〕。休輸任訛寢〔七八〕，報力厚麩秳〔七九〕。公歡鐘晨撞〔八〇〕，室宴絲曉扴〔八一〕。盃盂酬酒醪，箱篋饋巾帓〔八二〕。小臣昧戎經〔八三〕，維用贊勳劼愈〔八四〕。

〔一〕〔魏本引樊汝霖曰〕憲宗紀：「永貞元年八月，劍南西川節度使韋皋卒，行軍司馬劉闢自稱留後。元和元年正月，長城使高崇文爲左神策行營節度使討闢。九月，崇文克成都，擒闢以獻。此征蜀聯句所由作也。〔魏本引韓醇曰〕篇末獻馘郊告等語，與元和聖德詩所敘，言異而意同，其相先後作歟？〔方成珪昌黎先生詩文年譜〕元和元年十月作。

〔二〕〔舉正〕李本校「日」作「曰」。然唐本、閣本皆作「日」。此語左傳、漢、史屢見，入詩則自庾信始也，「日余濫推轂，民願始天從」是也。王本、考異本誤作「至」。〔顧嗣立注〕杜預曰：「日，往日也。」〔補釋〕逸周書：「左右臣妾乃違。」孔晁注：「違，戾也。」國語：「小國敖。」韋昭注：「傲，慢也。」敖、傲、慠同，見本卷薦士注。

〔三〕〔魏本引孫汝聽曰〕誅拔即謂遣崇文之師。〔補釋〕呂氏春秋高誘注：「覆取之曰拔。」

〔四〕〔魏本引孫汝聽曰〕豁，開也。蜀險豁關防者，言關防皆失其險也。〔方世舉注〕秦國策：「今夫蜀，險僻之國也。」水經注：「峽左有城，蓋古關防也。」

〔五〕〔魏本引孫汝聽曰〕秦師，王旅，謂關中之兵也。崇文將步騎五千，皆長安禁旅，故云秦師。橫猾，縱橫桀猾也。

〔六〕〔補釋〕史記高祖本紀：「圍宛城三匝。」帀，即匝字。

〔七〕〔方世舉注〕揚雄甘泉賦：「登長平兮雷鼓磕，天聲起兮勇士厲。」

〔八〕〔魏本引孫汝聽曰〕蜀人以竹爲弓矢，故曰竹兵。皴脆，不牢貌。〔方世舉注〕戴凱之竹譜：「筋竹長三丈許，至堅利，南土以爲矛。其筍未成時，堪爲弩弦。」說文：「皴，皮細起也。」又：「脆，小耎易斷也。」

〔九〕〔舉正〕杭作「力」。蜀作「刀」。孟詩於鍊詩最不苟。〔考異〕「刃」，方作「力」。〔補釋〕廣雅釋詁：「鎗，聲也。」〔祝充注〕鹹，初八切。玉篇：「利齒也。」〔王元啓曰〕此詩孟郊警句甚多，獨此二語近陋。

〔一〇〕〔顧嗣立注〕國語：「虢公夢有神人立于西阿，覺，召史嚚占之。對曰：蓐收也，天之刑神也。」蔡邕獨斷：「纛以氂牛尾爲之，如斗，或在騑頭，或在衡。」

〔一一〕〔補釋〕説文：「燚，火行微燚燚也。」〔顧嗣立注〕國語：「夫差衣水犀之甲者三千人。」

〔一二〕〔顧注引劉石齡曰〕左傳成公十六年：「蹲甲而射之，徹七札焉。」〔許顗曰〕刑神二句，盡彫刻之工，而語仍壯。

〔一三〕〔魏本引孫汝聽曰〕翻霓，謂旌旗動如虹霓也。〔方世舉注〕傅毅東巡頌：「升九龍之華旗，建埽霓之旌旄。」偃蹇，見本卷豐陵行注。

〔一三〕〔舉正〕唐、閣本、李、謝校作「澒」。〔考異〕「澒」，或作「傾」。廖本、王本作「澒」。祝本、魏本作「傾」。〔魏本注〕「澒」，一作「鴻」。〔補釋〕文選洞簫賦李善注：「鴻洞，相連貌。」集韻：「鴻，通作澒。」坱圠，見本卷秋雨聯句注。

〔一四〕〔王元啓曰〕李賀猛虎行：「乳孫哺子，教得生獰。」公寄三學士詩亦云：「生獰多忿狠。」生亦獰也。〔魏本引孫汝聽曰〕掣，謂牽掣。跌，謂跌墮也。

〔一五〕〔王元啓曰〕癡突，謂赴敵不顧死，如狂夫之前突也。〔魏本引孫汝聽曰〕軋，轢也。

〔一六〕〔魏本引孫汝聽曰〕渴鬬，謂渴于戰鬬，言其勇也。〔魏本引韓醇曰〕㕁，擊也。呶，喧呶也。

〔一七〕〔魏本引孫汝聽曰〕姦，賊黨。〔魏本引祝充曰〕喟，飲聲。〔補釋〕「噢」，當借爲懊，廣韻入聲一屋：「懊，貪也，於六切。」噢喟，謂貪於飲啖。

〔一八〕〔補釋〕張衡西京賦：「蕩川瀆，簸林薄。」薛綜注：「簸，揚也。」李周翰注：「蕩簸，謂搖動。」

〔一九〕〔祝充注〕説文：「齾，缺齒也。」

〔二〇〕〔王元啓曰〕火發，即指血漂。謂血之噴發如火，故曰激鉎腥。

〔二一〕〔舉正〕蜀作「漂」。〔考異〕「漂」，或作「飄」。祝本、魏本作「飄」。廖本、王本作「漂」。〔方世舉注〕書武成：「血流漂杵。」曹植七啓：「足不及騰。」

〔二二〕〔魏本引孫汝聽曰〕猱以喻軍士。〔王元啓曰〕與下有邪戞爲一類，皆指我軍言之。無整陣者，謂龍虎鳥蛇，其變不一。敵不能測。

〔二三〕〔魏本引孫汝聽曰〕邪戞，邪擊也。鶻亦以喻軍士。〔蔣之翹注〕此二句言我師之神變。

〔二四〕〔補釋〕左傳：「古者明王伐不敬，取其鯨鯢而封之。」杜預注：「鯨鯢，大魚名，以喻不義之人吞食小國。」

〔二五〕〔祝充注〕㺐猰，二獸名。㺐，與貙同。爾雅：「貙獌似狸。」猰，與猰同。爾雅：「猰貐類。」貙虎爪食人迅走。〔王元啓曰〕此二句乃指敵軍之奔潰。語極豪横，讀之快足人意。

〔二六〕〔魏本引孫汝聽曰〕言蜀師敗，其或分爲二三，或散爲七八，不可禁也。

〔二七〕〔魏本引孫汝聽曰〕逆頸，逆人之頸。〔廖瑩中注〕揚雄解嘲：「免于徽索。」徽索，見本卷送區弘南歸注。

〔二八〕〔方世舉注〕史記信陵君傳：「公子使其客斬其仇頭，敬進如姬。」説文：「髡，鬄髮也。」「鬝，鬢禿也。」

〔二九〕〔祝充注〕髼鬡，玉篇：「髮亂。」

〔三〇〕〔舉正〕唐作「敤」。敤，苦果切，擊也。字書無瓢字。〔考異〕「瓢」，方作「瓢」。今按：諸公所校本，瓢皆音蒲八切，瓡格八切，與髼鬡皆疊韻。祝本、廖本、王本作「瓢瓡」。魏本作「瓢黏」。〔王元啓曰〕字書敤字無蒲八一音，疊韻之説恐未確。鄙意二字皆當从攴作「敤敁」。敤音顆，又音課，擊也，見博雅。敁音劼，玉篇亦訓擊，于斷臂義爲近。〔補釋〕胡文英吴下方言考卷十一：「案瓢瓡二字俱从爪，舊从瓜，誤也。瓢，指大動也；瓡，爪微動也。吴諺謂廣攎爲瓢，重搔爲瓡，音裸揠。」此蓋俗體字，細審文義，从爪之説可從。今據正。

〔三一〕〔魏本引韓醇曰〕兵法有奇道伏道。

〔三二〕〔考異〕「精」，或作「幽」。〔蔣之翹注〕二句言我師察賊之動静，如下文云云。

〔三三〕⿰犭參，見卷二劉生注。

〔三四〕〔舉正〕「豽」，蜀音女滑切，字當作「豽」，猴屬。閣本今本多作「⿰犭内」，從簡也。祝本注曰

「跳」，一作「飛」。〔魏本注〕「跳」，一作「⿰足飛」。魏本、廖本、王本作「狀」。祝本作「伏」。豽，祝本、魏本作「⿰犭内」。廖本、王本作「豽」。〔方世舉注〕爾雅釋獸：「貀無前足。」注：「晉太康七年，召陵扶夷縣檻得一獸，似狗豹文，有角兩脚，即此種類也。成説貀似虎而黑，無前兩足。」〔方成珪箋正〕豽，爾雅作「貀」。廣韻始收「豽」字。今本作「⿰犭内」，尤非。〔王元啓曰〕此首聯句，孟氏特多快意語。

〔三五〕〔魏本引孫汝聽曰〕聚於林嶺之中，蹴蹋欲翻也。

〔三六〕斗起，見卷三陪杜侍御游湘西兩寺注。〔祝充注〕圿，音戞。玉篇：「垢，圿也。」

〔三七〕〔補釋〕左傳：「城濮之戰，晉中軍風于澤，亡大旆之左旃。」杜預注：「大旆，旗名。繫旐曰旆。」空杠，見卷一病中贈張十八注。

〔三八〕〔顧嗣立注〕漢景十三王傳：「上徵榮。榮行，祖於江陵北門。既上車，軸折車廢。」轄，見本卷送文暢師北游注。

〔三九〕〔魏本引孫汝聽曰〕剟，刺也。浹，滿也。〔廖瑩中注〕史記張敖傳：「貫高刺剟身無可擊者。」

〔四〇〕剠，見本卷送文暢師北游注。〔魏本引韓醇曰〕刮，剥也。

〔四一〕〔舉正〕「狂」字當作「⿰犭匡」，音匡。本亦作「劻」。劻勷，遽也，故跙躟爲行遽，⿱髟匡鬤爲髮亂，皆以匡音爲正。〔考異〕本或作「狂攘」。楚辭作「⿰彳匡攘。」

〔四二〕〔舉正〕唐本、謝校作「捷」。〔考異〕「捷」，或作「健」。祝本、魏本作「健」。廖本、王本作「捷」。〔方世舉注〕張衡西京賦：「輕鋭僄狡趫捷之徒。」説文：「趫，善緣木走。」〔補釋〕廣雅釋詁：「黠，慧也。」

〔四三〕〔考異〕鉤字當讀如鉤致之鉤。〔魏本引祝充曰〕踔，廣韻云：「猿跳。」〔方世舉注〕莊子應帝王篇：「猨狙之便。」

〔四四〕〔舉正〕晁、李本皆作「罷」。罷，小網也。漉，見本卷城南聯句注。〔魏本引孫汝聽曰〕蜀兵敗，皆投于山嵒水石之間，故或鉤之於嵒，則踔狙猿；漉之於水，則雜鱣蛸也。〔方世舉注〕爾雅釋魚「鱣」注：「鱣，大魚。」又：「蛸蠌小者蟧。」注：「螺屬。」

〔四五〕〔祝充注〕峁，與礉同。廣韻：「軍戰石也。」碚礰，玉篇：「石聲也。」〔方成珪箋正〕峁，廣韻、集韻只訓大，無與礉同及軍戰石之説。〔補釋〕史記建元以來侯者年表索隱引張揖曰：「峁，空也。」説文：「峁，窖也，从穴，卯聲。」漢書衛青傳注：「窌峁亦同字。」此詩峁字當作山巖間空穴解，謂敗竄之蜀兵争投山崖而死，因其人多聲喧，故曰鬧碚礰也。〔方世舉注〕元包經：「屵碚礰。」注：「山崩聲。」

〔四六〕〔舉正〕樊本作「隍」，義爲是。「僫」，蜀本烏皆切。字當作「崴」。「僫」字不見字書。埤蒼：「崴㠐，不平也。」吴都賦：「隱賑崴㠐。」五臣曰：「排積也。」於填隍之義亦合。〔考異〕「隍」，或作「湟」。今按：隍、湟通用。易：「城復于隍。」一作湟。廖本、王本作「隍」。祝本、魏本作「湟」。注曰：「傶」，一作「傶」。〔方世舉注〕古今注：「隍者，城池之無水者也。」〔祝充注〕⿰亻密，莫八切。偺，呼八切。玉篇：「健也。」〔陳景雲曰〕蓋言填隍士之奮力。〔補釋〕王元啓説與陳説同，皆非是。填隍，指敗寇之填隍而死者。⿰亻密偺訓健，引申作悍不憚死之意解，下聯即頂此而來。

〔四七〕〔補釋〕後漢書段熲傳注：「獷，惡貌也。」〔祝充注〕⿰目必，莫八切。玉篇：「惡視也。」

〔四八〕〔補釋〕文選海賦李善注：「熺，熾也。」

〔四九〕〔魏本引孫汝聽曰〕抉，挑也。左氏傳「縣門發，聊人紇抉之以出門者」是也。〔顧嗣立注〕説文：「⿵門曷，門聲。」

〔五〇〕〔魏本引孫汝聽曰〕天刀，天子所封之劍。

〔五一〕〔顧嗣立注〕方言：「東齊海岱之間，謂拔爲揠。」〔方世舉注〕言早已喪膽也。

〔五二〕〔舉正〕蜀本作「排」。校本多同。杭本作「非」，恐誤。〔魏本引孫汝聽曰〕跧梁，謂跧伏於梁上。郁縮，恐懼斂縮貌。〔王元啓曰〕跧梁者非一人，故曰排。排，推也，擠也，擊也。

〔五三〕⿵門曷，見卷四南山詩注。〔祝充注〕窋，竹律切。窡，丁滑切，又丁刮切。説文：「窋，物在穴中。」「窡，穴中見也。」〔王元啓曰〕揳，舊注云：「不方正也。」按：不方正之揳，字書音屑，謂之攕揳，與此義別。後漢申屠剛傳：「尚書近臣至，乃搥揳牽曳于前。」揳，與擊通，此當從搥揳之義。窋窡，⿵門曷竇之狀，與上郁縮與跧梁之狀同義。排之揳之，言搜逐無遺也。

〔五四〕〔舉正〕蜀本作「寃𧿹」，五刮切。𧿹與跀同。樊本只作「跀」。今𧿹字不入刮音，非。廖本、王本作「𧿹」。祝本、魏本作「䠞」。注曰：「一作瓬。」〔王懋竑曰〕注以𧿹不入刮音爲非，則本無𧿹字也。樊本只作「跀」，是當有跀字。今廣韻五刮切有刖無跀，則亦與唐韻異矣。〔魏本引孫汝聽曰〕呷呦，哭聲。〔祝充注〕䠞，五滑切，屈也。〔王元啓曰〕俘獲之囚，但聞馘耳，不聞刖足。作刖似未穩。連上冤字爲義，恐當從魏本作「䠞」訓屈爲長。諸本作「𧿹」，蓋因聲近而訛。〔補釋〕王說是也。方成珪箋正與王說同。

〔五五〕〔魏本引孫汝聽曰〕窮區，窮困之區域，以謂賊境也。〔蔣抱玄注〕指清夷，猶言指日清平也。〔補釋〕傅咸詩：「王度日清夷。」

〔五六〕〔魏本引孫汝聽曰〕兇部，兇賊之部。〔補釋〕諸葛亮後出師表：「使孫策坐大。」鮑照蕪城賦：「孤蓬自振，驚沙坐飛。」李善注：「無故而飛曰坐。」國語韋昭注：「雕，傷也。」文選蜀都賦李善注：「許慎曰：鎩，殘也。」

〔五七〕〔方世舉注〕書禹貢：「厥篚織文。」華陽國志：「成都錦江，織錦濯其中則鮮明。」故唐六典劍南道上貢羅綾錦紬。皆所謂邛文也。〔補釋〕史記西南夷傳：「自滇以北君長以什數，邛都最大。」斐亹，見卷四答張徹注。

〔五八〕〔魏本引孫汝聽曰〕巴豔，蜀之美女。〔方世舉注〕左思蜀都賦：「巴姬彈絃。」善注：「左傳：楚共王有巴姬。」〔補釋〕太平御覽引通俗文曰：「容美曰媢，烏活反。」說文：「媢，體德好也，从女，官聲，讀若楚郤宛。」廣韻：「㚷，女刮切。婠㚷，小兒肥貌。」此處蓋兼用肥美之意。

〔五九〕〔方世舉注〕後漢書吳漢傳：「椎牛饗士。」説文：「牟，牛鳴也。」

〔六〇〕〔補釋〕文選吳都賦劉逵注：「鄭氏曰：軍實所獲也。」〔祝充注〕圝，廣韻：「駱駝鳴。」〔魏本引補注〕筆墨閒録云：「荆公云：橐垂鈴棧駝鳴圝，節擁棠郊虎視眈。用此事也。」

〔六一〕〔魏本引孫汝聽曰〕書曰：「瞽子，父頑母嚚。」〔魏本引韓醇曰〕僖公二十四年左氏：「心不則德義之經爲頑，口不道忠信之言爲嚚。」

〔六二〕〔方世舉注〕梁簡文帝南郊頌：「等乾覆之燾養，合坤載之靈長。」〔祝充注〕蔡，玉篇：「草有毒，用殺魚。」〔俞樾曰〕毒草亦多矣，何獨舉一「蔡」而言之？即云以協韻也，然上句「頑嚚」二字平列，「草蔡」則不平列矣。何妨更舉一毒草以儷之，而必云「草蔡」乎？今按：説文丯部：「丯，艸蔡也，象艸生之散亂也。」是古有艸蔡之語。草蔡，即艸蔡也。唐人猶知用古語，宋以後無知者矣。

〔六三〕〔魏本引孫汝聽曰〕下書，降詔也。遏，止也。雄虓，將帥。虓，虎聲。遏雄虓，無令多殺也。〔王懋竑曰〕虓，音哮，廣韻作虓。〔方世舉注〕詩常武：「闞如虓虎。」班固答賓戲：「七雄虓闞，分裂諸夏。」

〔六四〕〔方世舉注〕攣，拘攣；又手病攣曲也。釋名：「瞎，迄也，膚幕迄迫也。」廣韻：「瞎，一目盲。」此言閔無告之窮民也。

〔六五〕祝本、魏本作「血」。廖本、王本作「恤」。

〔六六〕〔魏本引孫汝聽曰〕劍霜，言劍刃白如霜也。〔補釋〕禮記明堂位鄭玄注：「刮，刮摩也。」

〔六七〕〔魏本引孫汝聽曰〕漢棧，漢中棧道也。往時用兵，喧囂闐塞，今則罷也。〔補釋〕戰國策：「秦棧道千里，通於蜀。」漢書張良傳注：「棧道，閣道也。」左傳：「在陳而囂。」杜預注：「囂，喧嘩也。」爾雅：「振旅闐闐。」郭璞注：「闐闐，羣行聲。」孫解闐塞，非是。

〔六八〕〔魏本引孫汝聽曰〕獠江，蜀江。〔補釋〕廣韻：「獠，西南夷名，獠同。」澎，擊水勢。〔方世舉注〕張衡南都賦：「砏汃輣軋。」埤蒼：「汃，大聲也。」

〔六九〕〔舉正〕乘，猶乘塞乘障之乘。乘，守也。閣本作「來」，非。〔魏本注〕「戍」，一作「戎」。〔補釋〕北史齊神武紀：「請于險要修立城戍。」又齊武成帝紀：「築戍於軹關。」史記黥布傳：「守徼乘塞。」索隱：「乘者，登也。」

〔七〇〕〔舉正〕刁，刁斗也，晝炊夜擊。諸本多誤。此二語古本綴于「息澎汃」之下，今從之。蓋此詩自「旆亡多空杠」以下，每人皆用五韻，不應東野於此闕一韻也。義亦可考。〔考異〕刀斗之刀與刀劍之刀，古書蓋一字，但以音別之耳。祝本、廖本、王本作「刀」，此二句接「澎汃」下。魏本作「刁」，此二句在「報力厚麩秙」句之下。〔方成珪箋正〕刀字舉正改爲刁。按：漢書李廣傳：「不擊刀斗以自衛。」方言十三注：「刁斗，謂小鈴也。」又莊子齊物論：「而獨不見之調調乎？之刀刀乎？」後漢書宦者傳序：「豎刀亂齊。」讀皆若貂，而字正作「刀」。方氏改作「刁」，謂諸本多誤，是以不狂者爲狂也。朱子考異已辨之矣。〔查慎行曰〕晉，與察同，似重叶。

〔七一〕諸本作「蚻」。宋本爾雅、廣韻皆作「蚻」。〔補釋〕爾雅釋蟲：「蚻，蜻蜻。」郭璞注：「如蟬而小。方言云：『有文者謂之蠽。』夏小正曰：『鳴蚻虎懸。』」邢昺疏：「某氏解此云鳴蚻蚻者也。」〔洪興祖韓子年譜〕伐劉闢在今春，平蜀在今秋，故征蜀聯句曰：「始去杏飛蜂，及來柳嘶蚻。」〔范晞文曰〕詩云：「昔我往矣，楊柳依依。今我來思，雨雪霏霏。」東坡謂韓退之「始去杏飛蜂，及歸柳嘶蚻」，與詩意同。

〔七二〕〔顧嗣立注〕詩：「在泮獻馘。」鄭氏云：「馘，所格者之耳。」漢衛青傳：「三千一十七級。」師古曰：「本以斬敵一首拜爵一級，故謂一首爲一級，因復名生獲一人爲一級也。」

〔七三〕〔祝充注〕椌，苦江切。楬，枯轄切。柷，敔也。禮記：「聖人作爲鞉鼓椌楬壎篪。」

〔七四〕〔顧嗣立注〕范曄後漢書二十八將論：「顯宗追感前世功臣，并圖畫二十八將于南宮雲臺。」〔魏本引孫汝聽曰〕焕，明。玄，黑也。

〔七五〕〔方世舉注〕記郊特牲：「郊之祭也，迎長日之至也。器用陶匏，以象天地之性也。莞簟之安而蒲越稾鞂之尚，明之也。」漢書郊祀志：「席用苴稭。」說文：「稭，禾稾去其皮，祭天以爲席。與鞂同。」〔補釋〕爾雅釋詁：「儼，敬也。」漢書郊祀志注：「如淳曰：稭，讀如戛。」

〔七六〕〔魏本引孫汝聽曰〕齒，歲也。黴黧，面黑也。念其歲老有黴黧者，則慰安之。〔方世舉注〕王褒九懷：「蒶蘊兮黴黧。」注：「面垢黑也。」〔祝充注〕黴黧，上音眉，下音梨。

〔七七〕〔補釋〕漢書朱博傳：「視其面果有瘢。」注：「瘢，創痕也。」〔祝充注〕疤，女黠切，廣韻：「瘡痛。」

〔七八〕〔魏本引孫汝聽曰〕休，罷。輸，轉輸也。詩：「或降于阿，或飲于池，或寢或訛。」訛，動也。言轉輸已罷，歸馬放牛，任其訛寢而已。

〔七九〕〔舉正〕唐本、謝校作「秳」。「秳」，户括切。説文曰：「舂粟不潰也。」諸本多作「鞂」，鞂與稭一物也，不當再出。〔考異〕「秳」，或作「鞂」，一作「秼」。祝本、魏本作「鞂」。廖本、王本作「秳」。〔查慎行曰〕「秳」字廣韻不收，或當作「秸」。〔補釋〕此詩押十四黠十五鎋韻，秳字收十三末，不同用，故查説云然。但「秸」字仍即是稭，則查説亦未安。此處「秳」字不從本義爲説，古音與䆅音近，故借爲䆅字。説文禾部：「䆅，糠也。」朱駿聲説文通訓定聲「裹米之皮曰䆅，既脱於米曰糠。」慧琳一切經音義引蒼頡篇：「䆅，粗糠也。」此詩麩秳連言，正取糠覈之義。〔魏本引樊汝霖曰〕麩，説文云：「小麥屑皮也。」

〔八〇〕〔魏本引孫汝聽曰〕公歡，公宴也。

〔八一〕〔舉正〕蜀作「宴」。李、謝校同。〔考異〕「宴」，或作「晏」。祝本作「晏」。魏本、廖本、王本作「宴」。〔魏本引孫汝聽曰〕絲，琴瑟。〔祝允注〕扴，音戛。説文：「刮也。」

〔八二〕〔祝充注〕帓，莫轄切，玉篇：「帓巾。」

〔八三〕〔魏本引孫汝聽曰〕小臣，公自謂。戎經，兵略也。〔方世舉注〕左傳：「兼弱攻昧，武之善經也。」

〔八四〕〔魏本引孫汝聽曰〕勳，功也。劼，勤也。〔祝充注〕劼，恪八切。書：「女劼毖商獻臣。」

【集説】

朱彝尊曰：只形容破賊聲勢，語多瑰奇。亦多用險怪字，微似賦體。

查慎行曰：黠、鎋兩韻通用。

嚴虞惇曰：詩中用齾、𧦝、偺、䀣、闒、跀、汃、疤、秳凡九韻，今韻不載。

有所思聯句〔一〕

相思繞我心，日夕千萬重。年光坐晼晚〔二〕，春淚銷顏容郊〔三〕。臺鏡晦舊暉，庭草滋新茸〔四〕。望夫山上石〔五〕，別劍水中龍愈〔六〕。

〔一〕〔王本考異〕此下三聯句，方云：見孟東野集。〔補釋〕韓、孟聯句見韓正集者不入孟集，見孟集者韓正集亦未收。其載於韓正集者，體格純是韓，見孟集者，體格亦純是孟，所未解也。此三首載遺文，不詳年月。然韓、孟聯句，在是年者多，姑以類附之。〔方世舉注〕有所思本樂府舊題，古辭長短句，自六朝以來大抵五言八句，此用其體。

〔二〕〔方世舉注〕宋玉九辯：「白日晼晚其將入兮。」

〔三〕春淚，見卷四同宿聯句注。

〔四〕〔方世舉注〕劉鑠擬古詩：「堂上流塵生，庭中綠草滋。淚容不可飾，幽鏡難復治。」又江淹擬張司空離情詩云：「蘭逕少行迹，玉臺生網絲。庭樹發紅彩，閨草含碧滋。」此以一聯櫽括其四句之意。〔補釋〕説文：「茸，草茸茸貌。」

〔五〕東野集及秀野堂、雅雨堂兩詩注本俱作「夫」。廖本、王本、蔣本俱作「天」。〔方世舉注〕水經注：漳水歷望夫山，山之南有石人竚於山上，狀有懷於雲表，因以名焉。

〔六〕東野集注曰：「水」，一作「池」。〔方世舉注〕鮑照詩：「雙劍將離別，先在匣中鳴。」水中龍，見卷二利劍注。〔蔣之翹曰〕末二句自是退之本色句法。

【集説】

范晞文曰：聯句或二人三人，隨其數之多寡，不拘也。其法則不同，有跨句者，謂連作第二第三句，城南等作是也。有一人一聯者，會合、遣興等作是也。有一人四句者，有所思等作是也。

遣興聯句

我心隨月光，寫君庭中央郊〔一〕。月光有時晦〔二〕，我心安所忘愈〔三〕。常恐金石契，斷爲相思腸郊〔四〕。平生無百歲，岐路有四方愈。四方各異俗，適意非所將郊〔五〕。鴛蹄顧挫秣〔六〕，逸翮遺稻粱愈〔七〕。時危抱獨沈，道泰懷同翔郊〔八〕。獨居久寂默，相顧聊慨慷愈。慨慷丈夫志〔九〕，可以耀鋒鋩郊。蘧寧知卷舒〔一〇〕，孔顏識行藏愈〔一一〕。朗鑒諒不遠〔一二〕，佩蘭永芬芳郊〔一三〕。苟無夫子聽，誰使知音揚愈〔一四〕？

〔一〕〔陳延傑注〕李白詩：「我寄愁心與明月，隨風直到夜郎西。」此本之。〔補釋〕詩：「既見君子，我心寫兮。」毛傳：「輸寫其心也。」按：説文：「寫，置物也。」徐灝箋：「古謂置物於屋下曰寫，蓋從他處傳置於此室也。」又按：禮記曲禮：「器之溉者不寫，其餘皆寫。」正義：「寫，謂倒傳之也。」蓋寫有去此注彼之義。於此見東野用字之工。

〔二〕〔補釋〕釋名：「晦，月盡之名也。晦，灰也，火死爲灰，月光盡似之也。」

〔三〕〔補釋〕詩：「中心藏之，何日忘之。」〔范晞文曰〕詞貫意串，如同一喙，不然則真四公子綦耳。

〔四〕〔陳延傑注〕阮籍詩：「如何金石交，一旦更離傷？」

〔五〕東野集作「意」。廖本、王本作「異」。〔陳延傑注〕晉書文士傳：「張翰在洛，見秋風起，思吴中蓴鱸，乃嘆曰：人生貴適意爾。」〔補釋〕非所將，承上句言。詩毛傳：「將，願也。」

〔六〕〔方世舉注〕詩鴛鴦：「乘馬在廄，摧之秣之。」

〔七〕〔方世舉注〕郭璞詩：「逸翮思拂霄，迅足羨遠游。」〔陳延傑注〕言有適意者，不要名爵。鮑照舞鶴賦：「空穢君之園池，徒慚君之稻粱。」

〔八〕〔陳延傑注〕抱朴子：「躁静異尚，翔沈舛情。」

〔九〕〔方世舉注〕曹植詩：「丈夫志四海。」〔補釋〕月光，四方，慨慷，皆轆轤而下。

〔一〇〕〔蔣抱玄注〕袁宏三國名臣序贊：「故蘧寧以之卷舒，柳下以之三黜。」〔陳延傑注〕論語：「子曰：寧武子邦有道則知，邦無道則愚。其知可及也，其愚不可及也。」又：「君子哉蘧伯玉，邦有道則仕，邦無道則可卷而懷之。」

〔一一〕〔方世舉注〕潘岳西征賦：「孔隨時以行藏，蘧與國而舒卷。」〔蔣抱玄注〕論語：「子謂顔淵曰：用之則行，舍之則藏，惟我與爾有是夫。」

〔一二〕〔蔣抱玄注〕陸機君子行：「朗鑒豈遠假。」〔陳延傑注〕詩大雅：「殷鑒不遠。」

〔一三〕〔方世舉注〕屈原離騷：「紉秋蘭以爲佩。」

〔一四〕知音，見卷一知音者誠希注。

【集説】

蔣之翹曰：全詩有古致。

蔣抱玄曰：兩人對口，如一鼻孔出氣，故能以跌宕見長，足證韓、孟兩人意氣相合。

贈劍客李園聯句

天地有靈術，得之者唯君郊。築爐地區外〔一〕，積火燒氛氳愈〔二〕。照海鑠幽怪〔三〕，滿空歊異氛郊〔四〕。山磨電奕奕〔五〕，水淬龍蝹蝹愈〔六〕。太一裝以寶〔七〕，列仙篆其文郊。可用懾百神〔八〕，豈唯壯三軍愈〔九〕。有時幽匣吟〔一〇〕，忽似深潭聞郊〔一一〕。風胡久已死〔一二〕，此劍將誰分愈〔一三〕？行當獻天子〔一四〕，然後致殊勳郊。豈如豐城下，空有斗間雲愈〔一五〕。

〔一〕〔方世舉注〕潘尼武軍賦：「煉質于昆吾之竈，定形于薛燭之爐。」抱朴子：「五月丙午日，下銅于神爐中，以桂薪燒之。劍成，帶之入水，則蛟龍不敢近人。」〔蔣抱玄注〕蔡邕太傅胡公碑：「亘地區，充天宇。」

〔二〕〔方世舉注〕李嶠寶劍篇：「五彩餤起光氛氳。」

〔三〕〔蔣抱玄注〕拾遺記：「越王勾踐鑄八劍，五曰驚鯢，以之沈海，鯨鯢深入。」〔補釋〕楚辭王逸注：「鑠，銷也。」

〔四〕〔補釋〕説文：「歊，歊歊，氣上出皃。」〔陳延傑注〕言劍氣也。

〔五〕〔方世舉注〕張協七命：「光如散電。」傅休奕詩：「奕奕金華輝。」

〔六〕〔補釋〕文選王褒聖主得賢臣頌：「清水淬其鋒。」劉良注：「淬謂燒刃令熱，漬於水中也。」〔蔣抱玄注〕漢書武帝記「龍淵宮」注：「在西平界，其水可用淬刀劍，特堅利，古龍淵之劍，取于此水。」〔方世舉注〕張協泰阿劍銘：「淬以清波，礪以越砥。」張衡西京賦：「海鱗變而成龍，狀蜿蜿以蝹蝹。」〔陳延傑注〕此又寫劍光。

〔七〕〔方世舉注〕越絶書：「越王有寶劍五，召薛燭而示之。燭曰：當造此劍之時，赤堇之山破而出錫，若耶之溪涸而出銅，雨師掃灑，雷公擊橐，蛟龍捧爐，天帝裝炭，太乙下觀，天精下之。」曹植七啓：「步光之劍，華藻繁縟。綴以驪龍之珠，錯以荆山之玉。」

〔八〕〔方世舉注〕吴越春秋：「干將作劍，百神臨觀。」

〔九〕〔方世舉注〕越絶書：「楚王引太阿之劍，登城而麾之，三軍破敗。」

〔一〇〕〔方世舉注〕拾遺記：「顓頊有曳影之劍，未用之時，常於匣内如龍虎之吟。」

〔一一〕〔陳延傑注〕言劍鳴幽匣，如龍吟于深潭也。

〔一二〕〔方世舉注〕吴越春秋：「楚昭王得吴王湛盧之劍，召風胡子而問之。風胡子曰：昔越王允常使歐冶子造劍五枚，今歐冶死，吴雖傾城量金，珠玉盈河，猶不能得此寶。」

〔一三〕〔補釋〕説文：「分，别也。」

〔一四〕〔陳延傑注〕言欲薦劍客。〔補釋〕即杜甫蕃劍詩「持汝奉明王」意。

〔一五〕見卷三赴江陵途中寄贈三學士注。

【集說】

蔣抱玄曰：寫劍字特細切。

喜侯喜至贈張籍張徹〔一〕

昔我在南時〔二〕，數君長在念〔三〕。搖搖不可止〔四〕，諷咏日喁噞〔五〕。如以膏濯衣，每漬垢逾染〔六〕。又如心中疾，箴石非所砭〔七〕。常思得游處〔八〕，至死無倦厭〔九〕。地遐物奇怪〔一〇〕，水鏡涵石劍〔一一〕。荒花窮漫亂，幽獸工騰閃〔一二〕。礙目不忍窺〔一三〕，忽忽坐昏墊〔一四〕。逢神多所祝，豈忘靈即驗。依依夢歸路〔一五〕，歷歷想行店〔一六〕。今者誠自幸，所懷無一欠。孟生去雖索〔一七〕，侯氏來還歉〔一八〕。欹眠聽新詩〔一九〕，屋角月豔豔〔二〇〕。雜作承間騁〔二一〕，交驚舌㸦䃴〔二二〕。繽紛指瑕疵〔二三〕，拒捍阻城塹〔二四〕。以余經摧挫，固請發鉛槧〔二五〕。居然妄推讓〔二六〕，見謂爇天燄〔二七〕。比疎語徒妍〔二八〕，悚息不敢占〔二九〕。呼奴具盤飧〔三〇〕，飣餖魚菜贍〔三一〕。人生但如此，朱紫安足僭〔三二〕。

〔一〕〔方世舉注〕會合聯句乃初至京師與孟郊、張籍、張徹相遇而作。至是而孟郊已去，而侯喜始來，蓋其至最晚，詩中語甚明也。

〔二〕〔魏本引孫汝聽曰〕謂謫陽山時也。

〔三〕〔方世舉注〕釋名：「念，黏也，意相親愛，心黏著不能忘也。」

〔四〕〔方世舉注〕楚國策：「心摇摇如懸旌而無所終薄。」

〔五〕〔方世舉注〕淮南主術訓：「水濁則魚噞。」注：「魚短氣出口於水。」喘息之喻也。左思吴都賦：「噞喁沈浮。」善曰：「噞喁，魚在水中羣出動口貌。」

〔六〕〔方世舉注〕柏舟詩云：「心之憂矣，如匪澣衣。」言煩冤憒眊，如衣不濯之衣也。今膏非濯衣之物，而以濯衣，則非但不澣，而反增垢矣。比風人更深一層。

〔七〕〔方世舉注〕史記扁鵲傳：「疾之居腠理也，湯熨之所及也。在血脈，鍼石之所及也。」南史王僧孺傳：「侍郎金元起欲注素問，訪以砭石。僧孺荅曰：古人當以石爲鍼。說文有此砭字。許慎云：以石刺病也。東山經：高氏之山多鍼石。郭璞云：可以爲砭鍼。左傳：美疢不如惡石。服子慎云：石，砭石也。季世無復佳石，故以鐵代之耳。」〔補釋〕一切經音義引字詁曰：「鍼，又針、箴二形，今作鍼，同。支淫反。」

〔八〕〔王元啓〕處，讀上聲，謂得與諸君游處也。作去聲讀者非是。

〔九〕〔考異〕「無」，或作「不」。〔何焯義門讀書記〕直貫注結句。

〔一〇〕〔何焯曰〕接得變化。此處若接今者云云，便直。

〔一一〕〔何焯義門讀書記〕此謂山水清峭可喜。〔姚範曰〕此以鏡狀水，以劍狀石。〔王元啓曰〕鏡劍字當句作對，皆形容假借之辭。

〔一二〕〔祝充注〕閃，舒贍切。説文：「窺頭門中也。」〔補釋〕禮記禮運正義：「閃是忽有忽無，故字从門中人也。」

〔一三〕祝本、魏本、廖本作「目」。王本、朱本作「日」，誤。

〔一四〕〔祝充注〕書：「下民昏墊。」〔補釋〕僞古文尚書益稷正義：「墊是下濕之名。鄭云：昏，没也。墊，陷也。」

〔一五〕〔蔣抱玄注〕陶潛詩：「行行循歸路。」

〔一六〕〔方世舉注〕廣韻：「店，舍。」

〔一七〕〔魏本引樊汝霖曰〕東野其年十一月從河南尹鄭餘慶奏爲水陸運從事。〔方世舉注〕記檀弓：「吾離羣而索居，亦已久矣。」注：「索，猶散也。」

〔一八〕〔舉正〕當作「慊」。〔補釋〕戰國策高誘注：「嗛，快也。」荀子楊倞注：「嗛與歉同。」

〔一九〕〔考異〕「眠」，或作「枕」。

〔二〇〕〔考異〕「月」，或作「日」。〔蔣之翹注〕老杜有「涼月白紛紛」，與退之「屋角月豔豔」俱寫得穠致，字法亦奇。〔何焯曰〕佳句，可方老杜夜闌月落一聯。

〔二一〕〔考異〕「雜」，方作「新」。按：上句已云「聽新詩」，不應此句便重出「新」字，當作「雜作承間騁」，蓋謂間出他文也。　祝本、魏本作「新」，廖本、王本作「雜」。　祝本、魏本、廖本作「騁」，王本、朱本作「聘」。〔方世舉注〕屈原九章：「願承間而自察兮。」〔姚範曰〕「承間簉乏」，見琴賦。

〔二二〕〔舉正〕杭、蜀本皆作「文驚舌牙䑽」，由「㸦」字訛也。〔考異〕「交」，或作「文」。「㸦」，或作「牙」。皆誤。「㸦」，俗「互」字也。　祝本、魏本作「互」。　廖本、王本作「㸦」。　游本作「牙」。〔補釋〕廣韻：「䑽，舌出貌。」

〔二三〕瑕疵，見卷四寒食日出游夜歸注。

〔二四〕〔舉正〕閣本作「城阻」。〔考異〕方作「城阻」，非是。〔補釋〕漢書董仲舒傳注：「扞，距也。」史記游俠傳索隱：「扞，即捍也。」又高祖紀：「使高壘深塹，勿與戰。」廣韻：「壍，遶城水也。塹同。」

〔二五〕〔魏本引韓醇曰〕王充論衡：「斷木爲槧。」西京雜記：「揚子雲好事，常懷鉛提槧，從諸計吏訪殊方絶域之語。」鉛，墨。槧，牘也。鉛，見秋懷詩注。〔補釋〕按：「塹」、「槧」同紐連用。

〔二六〕〔方世舉注〕詩生民：「居然生子。」

〔二七〕〔舉正〕三館本作「爇黔焰」。　山谷本從「黔」。〔考異〕「天」，或作「黔」，非是。〔方世舉注〕釋名：「熱，爇也，如火所燒爇也。」按：猶所云「李杜文章在，光燄萬丈長」也。

〔二八〕〔沈欽韓注〕漢書匈奴傳：「遺單于比疏一。」按：即枇梳也。此言詩篇櫛比之工耳。

〔二九〕〔蔣抱玄注〕漢書敍傳：「吏民悚息。」〔方世舉注〕言語雖美，而儗不於倫，非己所敢當也。

〔三〇〕〔考異〕「飧」，或作「餐」。祝本、魏本、游本作「餐」。廖本、王本作「飧」。〔顧嗣立注〕左傳僖公二十三年：「乃饋盤飧，寘璧焉。」

〔三一〕飣餖，見卷四南山詩注。〔補釋〕文選西征賦李善注：「字書曰：贍，足也。」

〔三二〕〔補釋〕韋絢劉賓客嘉話録：「貞觀中，始令三品以上服紫，四品五品以朱。」〔方世舉注〕廣雅釋詁：「僭，擬也。」〔何焯義門讀書記〕收得不費力，虛含有味。

【集説】

汪琬曰：後半頗澀。

贈崔立之〔一〕

昔者十日雨，子桑苦寒飢〔二〕。哀歌坐空屋〔三〕，不怨但自悲。其友名子輿，忽然憂且思。褰裳觸泥水，裹飯往食之。入門相對語，天命良不疑〔四〕。好事漆園吏〔五〕，書之存雄辭。千年事已遠，二子情可推〔六〕。我讀此篇日，正當雨雪時。吾身固已困，吾友復何爲？薄粥不足裹，深泥諒難馳〔七〕。曾無子輿事，空賦子桑詩〔八〕。

〔一〕此首見外集。〔魏本引樊汝霖曰〕公詩有贈崔立之評事，有雪後寄崔二十六丞公，而此篇又見于外集。世傳公逸詩，又有酬藍田崔丞詠雪之作，今亦附別集。公于立之，可謂厚矣。〔王元啓曰〕或疑正集有「藍田十月雪塞關」一詩，此作蓋與同時。然彼詩公居京師，崔官藍田，疑爲元和七年公自職方卜遷時作。此詩元和初，崔居評事，與公同寓京師日作。正集牆根菊花一詩，九月中作。此詩窮冬雨雪時作。蓋崔與公皆爲閒官，正當貧乏時也。〔補釋〕公藍田縣丞廳壁記，崔於元和初以大理評事黜官。又寄崔二十六立之云：「又作朝士貶，得非命所施？客居京城中，十日營一炊。」正與此詩情事相合，其爲元和元年作無疑也。

〔二〕廖本、王本如此。祝本作「子來寒且飢」。魏本作「子來寒且饑」。〔舉正〕文苑作「苦寒飢」。考莊子，實作「子桑」。

〔三〕〔舉正〕文苑作「屋」。祝本、魏本作「房」。廖本、王本作「屋」。

〔四〕〔補釋〕莊子大宗師：「子輿與子桑友，而霖雨十日，子輿曰：『子桑殆病矣？』裹飯而往食之。至子桑之門，則若歌若哭，鼓琴曰：『父邪母邪？天乎人乎？』有不任其聲而趨舉其詩焉。子輿入曰：『子之歌詩，何故若是？』曰：『吾思乎使我至此極者而弗得也。父母豈欲吾貧哉？天無私覆，地無私載，天地豈私貧我哉？求其爲之者而不得也，然而至此極者，命也夫！』」

〔五〕〔蔣抱玄注〕孟子：「好事者爲之也。」　〔方世舉注〕史記莊子傳：「莊子，名周，嘗爲蒙漆園吏。」正義曰：「括地志云：漆園故城在曹州冤句縣北，古屬蒙縣。」

〔六〕〔蔣抱玄曰〕捷轉。

〔七〕〔方世舉注〕周禮考工記：「雖有深泥，亦弗之溓也。」

〔八〕〔舉正〕文苑篇末出此一聯，今本皆脱。祝本、魏本無此聯，廖本、王本有。

【集説】

方世舉曰：此詩不足爲法。凡引古過演，文且不可，而況於詩。焉有寥寥小篇，演之大半者？演則精神不振，演則氣勢不緊。其下又並無精神，並無氣勢，惟落落漠漠，就繳六語以了之，此豈起衰八代者之合作乎？一時敗筆，人所時有，但學者不可樂其易爲而效之。

陳沆曰：此篇全用莊子，實則少陵茅屋秋風篇「安得萬間廣廈」之思也。二公之志，皆不惜己身之困，而憾天下士之不盡用于朝廷。故云「吾身固已困，吾友復何爲」也。「薄粥不足裹」，言己力不逮。「深泥諒難馳」，言時會未可。「曾無子輿事，空賦子桑詩」，愧無薦賢之權，徒有好賢之思也。緇衣之詩曰：「適子之館兮，還予授子之粲兮。」

蔣抱玄曰：古今對勘，毫不漏縫，妙在中間引渡得清。

卷　六

元和聖德詩〔一〕并序

臣愈頓首再拜言〔二〕：臣見皇帝陛下即位已來〔三〕，誅流姦臣〔四〕，朝廷清明，無有欺蔽〔五〕。外斬楊惠琳、劉闢以收夏、蜀〔六〕，東定青、徐積年之叛〔七〕，海内怖駭，不敢違越。郊天告廟，神靈歡喜，風雨晦明〔八〕，無不從順〔九〕。太平之期，適當今日。臣蒙被恩澤，日與羣臣序立紫宸殿下〔一〇〕，親望穆穆之光〔一一〕。而其職業〔一二〕，又在以經籍教導國子，誠宜率先作歌詩以稱道盛德，不可以辭語淺薄，不足以自效爲解〔一三〕。輒依古作四言元和聖德詩一篇，凡千有二十四字，指事實録，具載明天子文武神聖，以警動百姓耳目〔一四〕，傳示無極。其詩曰〔一五〕：

皇帝即阼〔一六〕，物無違拒，曰暘而暘，曰雨而雨〔一七〕。維是元年，有盜在夏，欲覆其州，以踵近武〔一八〕。皇帝曰嘻！豈不在我？負鄙爲艱〔一九〕，縱則不可。出師征之，其衆十旅〔二〇〕，軍其城下，告以福禍。腹敗枝披〔二一〕，不敢保聚〔二二〕，擲首陴外，降旛夜豎〔二三〕。疆外之險，莫過蜀土〔二四〕。韋皋去鎮，劉闢守後〔二五〕。血人于牙〔二六〕，不肯吐口〔二七〕。開庫啗士〔二八〕，曰隨所取〔二九〕，汝張汝弓，汝鼓汝鼓〔三〇〕，汝爲表書，求我帥汝〔三一〕。事始上聞，在列咸怒。皇帝曰然，嗟遠士女〔三二〕，苟附而安，則且付與〔三三〕。讀命於庭〔三四〕，出節少府〔三五〕，朝發京師，夕至其部。闢喜謂黨：汝振而伍，蜀可全有，此不當受〔三六〕。萬牛臠炙〔三七〕，萬罋行酒，以錦纏股，以紅帕首〔三八〕。有恇其兇〔三九〕，有餌其誘〔四〇〕，其出穰穰〔四一〕，隊以萬數〔四二〕。遂劫東川，遂據城阻〔四三〕。皇帝曰嗟！其又可許！爰命崇文，分卒禁禦〔四四〕，有安其驅，無暴我野。日行三十〔四五〕，徐壁其右〔四六〕。闢黨聚謀，鹿頭是守〔四七〕。崇文奉詔，進退規矩〔四八〕，戰不貪殺，擒不濫數〔四九〕。四方節度，整兵頓馬，上章請討〔五〇〕，俟命起坐〔五一〕。皇帝曰嘻〔五二〕！無汝煩苦；荆并洎梁〔五三〕，在國門户，出師三千，各選爾醜〔五四〕。四軍齊作〔五五〕，殷其如阜〔五六〕，或拔其角〔五七〕，或脱其距〔五八〕，長驅洋洋〔五九〕，無有齟齬〔六〇〕。八月壬午，闢棄城走，載妻與妾，包裹稚乳。是日崇文〔六一〕，入處其宇。分散逐捕，搜原剔藪〔六二〕。闢窮見窘，無地自處，俯視大江，不見洲渚，遂自顛倒，若杵投臼〔六三〕。取之江中〔六四〕，枷脰械手〔六五〕。婦女纍纍〔六六〕，啼哭拜叩。來獻闕下，以告廟社〔六七〕。周示城市〔六八〕，咸使觀覩。解脱攣索〔六九〕，夾以砧斧〔七〇〕。婉婉弱子〔七一〕，赤立傴僂〔七二〕，牽頭曳足，先斷腰膂。次及其徒，體駭撐拄〔七三〕。末乃取闞，駭汗如寫〔七四〕，揮刀紛紜，争刌膾脯〔七五〕。優賞將吏〔七六〕，枋珪綴組〔七七〕，帛堆其家，粟塞其庾〔七八〕。哀憐陣殁，廩給孤寡〔七九〕，贈官封墓，周帀宏溥〔八〇〕。經戰伐地，寬免租賦〔八一〕。施令酬功〔八二〕，急疾如火〔八三〕。天地中間，莫不順序。魏幽恒青〔八四〕，東盡海浦，南至徐蔡〔八五〕，區外雜虜〔八六〕，怛威赧德〔八七〕，踧踖蹈舞〔八八〕，掉棄兵革，私習簋簠〔八九〕，來請來覲〔九〇〕，十百其耦〔九一〕。皇帝曰吁！伯父叔舅〔九二〕，各安爾位，訓厥甿畮〔九三〕。正月元日〔九四〕，初見宗祖，躬執百禮〔九五〕，登降拜俯〔九六〕。薦于新宮〔九七〕，視瞻梁梠〔九八〕，慼見容色〔九九〕，淚落入俎，侍祠之臣，助我惻楚〔一〇〇〕。乃以上辛〔一〇一〕，於郊用牡〔一〇二〕。除于國南〔一〇三〕，鱗笱毛簴〔一〇四〕。廬幕周施〔一〇五〕，開揭磊砢〔一〇六〕。獸盾騰拏〔一〇七〕，圓壇帖妥〔一〇八〕。天兵四羅〔一〇九〕，旂常婀娜〔一一〇〕。駕龍十二〔一一一〕，魚魚雅雅〔一一二〕。宵昇于丘〔一一三〕，奠璧獻斝〔一一四〕。衆樂驚作〔一一五〕，轟豗融冶〔一一六〕。紫燄嘘呵〔一一七〕，高靈下墮〔一一八〕。羣星從坐〔一一九〕，錯落侈哆〔一二〇〕。日君月妃〔一二一〕，焕赫媟姬〔一二二〕。濆鬼濛鴻〔一二三〕，嶽祇嶪峩〔一二四〕。飫羶燎薌〔一二五〕，産祥降嘏〔一二六〕。鳳凰應奏，舒翼自拊〔一二七〕。赤麟黄龍〔一二八〕，逶陀結糾〔一二九〕。卿士庶人，黄童白叟，踊躍歡呀〔一三〇〕，失喜噎歐〔一三一〕。乾清坤夷，境落褰舉〔一三二〕。帝車迴來，日正當午〔一三三〕，幸丹鳳門〔一三四〕，大赦天下〔一三五〕。滌濯剗磢〔一三六〕，磨滅瑕垢〔一三七〕。續功臣嗣，拔賢任耇〔一三八〕。孩養無告〔一三九〕，仁滂施厚〔一四〇〕。皇帝神聖，通達今古〔一四一〕。聽聰視明〔一四二〕，一似堯禹〔一四三〕。生知法式〔一四四〕，動得理所。天錫皇帝，爲天下主。并包畜養〔一四五〕，無異細鉅。億載萬年〔一四六〕，敢有違者？皇帝儉勤，盥濯陶瓦〔一四七〕。斥遣浮華，好此綈紵〔一四八〕。敕戒四方，侈則有咎〔一四九〕。天錫皇帝，多麥與黍。無召水旱，耗于雀鼠〔一五〇〕。億載萬年，有富無窶〔一五一〕。皇帝正直，别白善否〔一五二〕。擅命而狂〔一五三〕，既翦既去。盡逐羣姦，靡有遺侣〔一五四〕。天錫皇帝，厖臣碩輔〔一五五〕，博問遐觀，以置左右〔一五六〕。億載萬年，無敢余侮〔一五七〕。皇帝大孝，慈祥悌友。怡怡愉愉〔一五八〕，奉太皇后〔一五九〕。浹于族親〔一六〇〕，濡及九有〔一六一〕。天錫皇帝，與天齊壽〔一六二〕。登兹太平〔一六三〕，無怠永久。億載萬年，爲父爲母〔一六四〕。博士臣愈，職是訓詁〔一六五〕。作爲歌詩，以配吉甫〔一六六〕。

〔一〕元和二年丁亥。〔方世舉注〕新唐書憲宗紀：「憲宗，順宗長子也。永貞元年八月，即皇帝位。元和元年正月改元。」〔王元啓曰〕此詩元和二年正月公爲國子博士時作。公以是年夏末赴東都，春初猶在京師，故云「日與羣臣序立紫宸殿陛下」。

〔二〕〔考異〕此下或有「曰」字。〔舉正〕李、謝從唐本删。文苑此序入表類，其去「曰」字宜矣。祝本、魏本有「曰」字。廖本、王本無。

〔三〕廖本、王本作「已」。祝本、魏本、游本作「以」。

〔四〕〔顧嗣立注〕舊唐書順宗紀：「壬寅，貶右散騎常侍王伾爲開州司馬，前户部侍郎、度支鹽鐵轉運使王叔文爲渝州司户。」憲宗紀：「八月即位，九月，貶韓泰等爲諸州刺史。十一月，貶中書侍郎、平章事韋執誼爲崖州司馬。」

〔五〕〔何焯曰〕從内説來。

〔六〕〔方世舉注〕憲宗紀：「永貞元年八月癸丑，劍南西川節度使韋皋薨，劉闢據蜀邀節鉞。十一月，夏綏銀節度留後楊惠琳反。元和元年三月辛巳，夏州兵馬使張承金斬惠琳。十月戊子，斬劉闢。」

〔七〕〔方世舉注〕舊唐書李師道傳：「師道初遣叛官孔目相繼奏事，杜黄裳欲乘其未定分削之，憲宗以蜀川方擾，不能加兵。元和元年，命建王審遥領節度，授師道充淄青節度留後。」又張建封傳：「建封卒，徐軍乞授其子愔旄節，朝廷不得已授之。元和元年，愔被疾請代，徵爲兵部尚書，以王紹代之。」

〔八〕〔舉正〕閣本作「晦明」。〔考異〕或作「明晦」。祝本、魏本作「明晦」。廖本、王本作「晦明」。

〔九〕〔方成珪箋正〕舊史憲宗紀：「元和二年春正月己丑朔，上親獻太清宮、太廟。辛卯，祀昊天上帝於郊丘。」「先是，將及大禮，陰晦浹辰，宰臣請改日，上曰：『郊廟事重，齋戒有日，不可遽更。』享獻之辰，景物晴霽，人情欣悦。」據此，則「郊天告廟」四語，乃實録也。

〔一〇〕廖本、王本「殿」字下有「陛」字。祝本、魏本無。〔舉正〕閣本、文苑同有。宋、鮑本校增。〔朱彝尊曰〕無「陛」字是。「陛下」字恐亦宜避忌。〔顧嗣立注〕唐六典：「紫宸殿，即内朝正殿也。」雍録：「含元之北爲宣政，宣政之北爲紫宸。」

〔一一〕〔魏本引孫汝聽曰〕禮記：「天子穆穆，諸侯皇皇。」穆穆，威儀多貌。

〔一二〕〔舉正〕三本、苑、粹皆同作「而」。〔考異〕「而」，或作「況」。祝本、魏本作「況」。廖本、王本作「而」。

〔一三〕〔舉正〕閣本、杭本作「解」。蜀本作「懈」，誤也。自左傳「請以曹爲解」，遷、固相承，用之非一。〔魏本引洪興祖辨證〕或以「解」爲「辭」，流俗妄改。〔蔣抱玄注〕漢書蘇武傳：「今得殺身自效。」

〔一四〕〔舉正〕文苑作「警」。杭、蜀本作「驚」。洪曰：「驚」，流俗妄改也。史記：「尊寵樂毅以警動燕、齊。」義當用此。

〔一五〕〔魏本引補注〕筆墨閒録云：「此序乃同馬遷之文，非相如之文也。」〔朱彝尊曰〕序無文章，止直敍，然卻亦腴峭有法。

〔一六〕〔舉正〕晁本校作「阼」。史記文紀有「皇帝即阼」一全語，實用「阼」字。〔考異〕或作「祚」。今按：阼謂東階也。作「祚」非是。祝本、魏本作「祚」。廖本、王本作「阼」。〔方世舉注〕史記孝文紀正義曰：「阼，主人階也。」

〔一七〕〔魏本引蔡夢弼曰〕尚書洪範篇：「八庶徵：曰雨，曰暘，曰肅時雨若，曰乂時暘若。」

〔一八〕〔魏本注〕趙本「近」作「其」。〔魏本引韓醇曰〕先是德宗建中間，李希烈、朱泚等反。至是楊惠琳、劉闢繼踵而起焉。〔顧嗣立注〕舊唐書：「夏州節度韓全義入朝，其甥楊惠琳知留後，據城叛。」〔方世舉注〕司馬相如封禪文：「率邇者踵武。」〔李詳證選〕離騷經：「及前王之踵武。」

〔一九〕〔魏本引孫汝聽曰〕負恃邊鄙也。〔補釋〕國語韋昭注：「鄙，邊邑也。」

〔二〇〕〔舉正〕謝本校「十」作「千」。按：此專紀楊惠琳之亂也。惠琳之亂，嚴綬在河東，表請討之。詔與天德軍合擊，未嘗他出師也。十旅爲正。〔考異〕周禮：「五人爲伍，五伍爲兩，四兩爲卒，五卒爲旅。」則一旅五百人，而十旅五千人也。方説得之。亦見以順討逆，師不在衆之意。

〔二一〕〔補釋〕逸周書孔晁注：「四枝，手足。」左傳杜預注：「披，析也。」〔朱彝尊曰〕只就質語加錘錬，錬到文處。是文選句。

〔二二〕〔方世舉注〕左傳：「我敝邑用不敢保聚。」

〔二三〕〔補釋〕説文：「陴，城上女牆俾倪也。」〔魏本引孫汝聽曰〕謂承金斬惠琳也。豎，立也。〔何焯曰〕平夏。

〔二四〕〔沈德潛唐詩別裁集〕入本事。

〔二五〕〔方世舉注〕新唐書劉闢傳：「闢佐韋皐府，累遷御史中丞、度支副使。皐卒，闢主後務。」

〔二六〕〔魏本引洪興祖辨證〕或以「人」爲「入」，流俗妄改。

〔二七〕〔方世舉注〕舊唐書劉闢傳：「初闢嘗病，見諸問疾者來，皆以手據地，倒行入闢口，闢因磔裂食之。」〔王元啓曰〕此泛言闢之狠惡，若專指問疾一事，則爲記事不提其要矣。

〔二八〕〔祝充注〕説文：「啗，食也。」史記：「往説秦將，啗以利。」

〔二九〕〔舉正〕「曰」，唐、閣本作「日」。〔考異〕「曰」，方作「日」。今按：此乃述其誘啗士卒之詞，方本非是。

〔三〇〕〔舉正〕上「鼓」字閣本作「鼓」，杭、蜀本作「伐」，文録作「桴」，荆公本作「擊」。祝本、魏本上「鼓」字作「伐」，廖本、王本作「鼓」。

〔三一〕〔方世舉注〕新唐書闢傳：「闢諷諸將徼旄節。」

〔三二〕〔蔣抱玄注〕詩：「士女如雲。」

〔三三〕〔方世舉注〕闞傳：「憲宗以給事中召之，不奉詔。時帝新即位，欲静鎮四方，即拜檢校工部尚書、劍南西川節度使。」

〔三四〕〔考異〕「讀」，或作「續」，非是。〔方世舉注〕新唐書百官志：「册命大臣，則使中書舍人持節讀册命。」

〔三五〕〔方世舉注〕新唐書百官志：「符寶郎掌國之符節，凡命將遣使，皆請旌節。旌以顓賞，節以專殺。」後漢書百官志：「符節令一人，凡遣使掌授節，屬少府。」

〔三六〕〔考異〕「不當」，或作「當不」，非是。〔方世舉注〕闞傳：「闞意帝可動，益驁蹇，吐不臣語，求統三川。」

〔三七〕廖本、王本作「炙」。舉正、考異、祝本、魏本作「夤」。〔舉正〕蜀本與文粹「夤」作「肉」。祝本「牛」誤作「年」。〔祝充注〕臠，肉臠也。莊子：「不敢食一臠。」夤，與炙同。廣韻引周書：「黄帝始燔肉爲炙。」禮記：「毋嘬炙。」

〔三八〕〔舉正〕「帕」，荆公本音麥，潮本亦出此音。郭璞方言注曰：「絡頭，帕頭也，音貊。」今多讀作莫轄切。公送李益、鄭權序，皆用此語。或作「帓」字，蓋二音通讀。〔考異〕集韻：「帕，莫白切。」無莫轄音。「帓，莫葛切，帶也。」方説誤。〔祝充注〕廣韻：「帕，額首飾也。」二儀實録曰：「禹會塗山之夕，大風雷震，有甲步卒千餘人，其不被甲者，以紅綃帕抹其額。自此遂爲軍容之服。」〔俞琰曰〕韓退之元和聖德詩云：「以紅帕首。」蓋以紅綃轉其頭，即今之抹額也。

〔三九〕〔舉正〕蜀本、鮑校本同作「其胷」。　〔考異〕非是。　〔祝充注〕恇，怯也。

〔四〇〕〔考異〕此二句蓋言有畏其暴者，有貪其利者，故從之者衆耳，非本心樂從也。　〔魏本引補注〕黃石公記曰：「芳餌之下，必有懸魚。重賞之下，必有死夫。」詩意取此。　〔朱彝尊曰〕此等偶句，三百篇亦有之。但如此排來，則全覺是選體。

〔四一〕〔祝充注〕詩：「降福穰穰。」注：「衆也。」

〔四二〕〔祝充注〕數，計也。周禮：「各數其閭之衆寡。」

〔四三〕〔方世舉注〕闢傳：「闢欲以所善盧文若節度東川，即以兵取梓州。」

〔四四〕〔方世舉注〕舊唐書闢傳：「憲宗難於用兵，宰相杜黃裳奏：神策軍使高崇文驍果可任。令崇文、李元奕等將神策行營兵相續進發，仍許其自新。」

〔四五〕〔方世舉注〕詩六月：「我服既成，于三十日。」漢書賈捐之傳：「吉行日五十里，師行日三十里。」

〔四六〕〔舉正〕三本同作「壁」。　〔考異〕「壁」，或作「辟」。　祝本、魏本作「辟」。　廖本、王本作「壁」。張衡思玄賦原注：「壁，營壁也。」

〔四七〕〔方世舉注〕新唐書高崇文傳：「鹿頭山南距成都百五十里，扼二州之要，闢城之，旁連八屯，以拒東兵。」

〔四八〕〔考異〕「規」，或作「合」。〔方世舉注〕淮南修務訓：「戰進如激矢，解如風雨，員之中規，方之中矩。」

〔四九〕〔舉正〕杭本作「藍縷」，三館本、文粹並同。姚令威曰：唐令狐本作「襤褸」，蜀本始作「濫數」。校本多從之。〔考異〕「藍縷」無理，「濫數」蓋用左傳「數俘」之語，蜀本得之，他本皆誤。〔方世舉注〕襄公二十五年：「子美數俘而出。」

〔五〇〕〔舉正〕閣本、李、謝校作「請」。〔考異〕「請」，或作「乞」。祝本、魏本作「乞」。廖本、王本作「請」。

〔五一〕〔方世舉注〕記郊特牲：「君親誓社，以習軍旅，左之右之，坐之起之。」

〔五二〕〔舉正〕杭作「嘉」。蜀作「嘻」。李、謝校從「嘻」。公上文已有「曰嘻」字，不當重出也。〔考異〕方作「嘉」，非是。祝本、魏本作「嘉」。廖本、王本作「嘻」。

〔五三〕〔魏本引孫汝聽曰〕荊謂荊南節度使裴均，并謂河東節度使嚴綬，梁謂山南西道節度使嚴礪也。

〔五四〕〔方世舉注〕左傳：「將其類醜。」

〔五五〕〔魏本引孫汝聽曰〕四軍，即謂荊、并、梁及崇文之師也。

〔五六〕〔祝本魏本注〕「殷其」，一作「其殷」，趙作「殷殷」。〔方世舉注〕殷，狀軍聲之盛也，即詩「殷其靁」之義，謂軍聲如雷如霆也。上林賦：「車騎雷起，殷天動地。」吴都賦：「殷動宇宙，胡可勝原。」皆可證。詩天保：「如山如阜。」按：雖用天保詩語，然意實本於常武詩「如山之苞」。〔王元啓曰〕殷，衆也。詩鄭風：「殷其盈。」周禮：「殷見殷頫。」傳注並同此解。此承四軍齊作言之，解作衆義，接下如阜喻，意尤親。或引「殷其雷」、「殷天動地」、「殷動宇宙」等字爲證，指爲軍聲之盛。既指軍聲，何獨取阜字之無聲者爲喻？近人好奇炫博，不顧文義之安，往往類此。〔方成珪箋正〕殷，殷盛貌。史記蘇秦傳：「鞫鞫殷殷，若有三軍之衆。」義當用此。

〔五七〕〔舉正〕文粹「拔」作「披」。

〔五八〕〔方世舉注〕左傳：「譬如捕鹿，晉人角之，諸戎掎之。」正義曰：「角之，謂執其角也。掎之，謂戾其足也。」〔祝充注〕距，雞距。史記：「投石拔距。」〔補釋〕角距字，公於曹成王碑亦用之，所謂「北向落其角距」也。

〔五九〕〔補釋〕詩碩人毛傳：「洋洋，盛大也。」又閟宮毛傳：「洋洋，衆多也。」

〔六〇〕〔方世舉注〕新唐書高崇文傳：「崇文始破賊二萬於城下，明日戰萬勝堆，堆直鹿頭左，使驍將高霞寓鼓之，募死士奪而有之。凡八戰皆捷。仇良輔舉鹿頭城降，遂趣成都。」齟齬，見卷五贈崔立之評事注。

〔六一〕〔考異〕「日」，或作「曰」。〔魏本引孫汝聽曰〕壬午，八月二十二日。

〔六二〕〔李詳證選〕張衡西京賦：「乾池滌藪。」

〔六三〕〔文廷式曰〕「遂自顛倒，若杵投臼」，形容近于兒戲。

〔六四〕〔方世舉注〕闢傳：「闢從數十騎走至羊灌，自投水，不能死，騎將酈定進擒之。」

〔六五〕〔祝充注〕脰，項也。周禮：「大體短脰。」〔方世舉注〕闢傳：「檻車送闢京師，尚冀不死。將至都，神策以兵迎之，係其首，曳而入。驚曰：何至是耶？」

〔六六〕〔祝充注〕纍，索也。禮記：「纍纍乎端如貫珠。」

〔六七〕〔方世舉注〕左傳：「帥師者受命于廟，受脤于社。」

〔六八〕〔方世舉注〕記王制：「刑人于市，與衆棄之。」闢傳：「帝御興安樓，受俘獻廟社，徇於市，斬于城西南獨柳樹下。」

〔六九〕〔祝充注〕孿，繫也。易：「有孚孿如。」

〔七〇〕〔舉正〕「砧」，當作「枯」，與「椹」同。戰國策「范雎曰：臣之胷不足以當椹質，要不足以待斧鉞」是也。

〔七一〕〔補釋〕詩候人毛傳：「婉，少貌。」

〔七二〕〔祝充注〕傴僂，曲躬貌。

〔七三〕〔方世舉注〕闢傳：「子超郎等九人，與部將崔綱，以次誅。與盧文若皆夷族。」〔祝充注〕古樂府：「死人骸骨相撐拄。」〔方成珪箋正〕說文：「樘，衺拄也。」徐鉉等曰：「今俗別作『撐』，非是。字當从木，不从手。」

〔七四〕〔舉正〕三本同。寫，音湑，法蓼蕭詩用韻也。〔考異〕「寫」或作「雨」，非是。廖本、王本作「寫」。祝本、魏本作「雨」，注曰：一作「瀉」。

〔七五〕〔舉正〕唐本、范、謝校作「刌」。〔考異〕「争」，或作「猶」；「刌」，或作「切」，皆非是。儀禮有「刌肺」。祝本、魏本作「切」。祝本注曰：一作「剌」。廖本、王本作「刌」。〔方世舉注〕儀禮特牲饋食：「刌肺三。」注：「今文刌爲切。」莊子盜跖篇：「膾人肝而餔之。」漢書東方朔傳：「生肉爲膾，乾肉爲脯。」〔蘇轍欒城第三集詩病五事〕此李斯頌秦所不忍言，而退之自謂無愧於雅、頌，何其陋也！〔廖瑩中注引張栻曰〕退之筆力高，得斬截處即斬截。他豈不知此，所以爲此言者，必有説。蓋欲使藩鎮聞之，畏罪懼禍，不敢叛耳。〔魏本引樊汝霖曰〕公時年四十，不可謂少。大抵德不足則夸，憲宗功烈固偉，比文、武則有間矣。王荆公嘗論詩曰：周頌之詞約，約所以爲嚴，德盛故也。魯頌之詞侈，侈所以爲夸，德不足故也。是詩也，其亦魯頌之謂歟？〔方世舉曰〕蘇、張二説皆有理，張更得成春秋而亂臣賊子懼之義。甘誓言不共命者則孥戮之，而况亂臣耶？言雖過之，亦昭法鑒。〔趙翼曰〕蘇、張二説皆非也。才人難得此等題以發抒筆力，既已遇之，肯不盡力摹寫，以暢其才思耶？此詩正爲此數語而作也。〔李黼平曰〕皇矣言「執訊連連，攸馘安安」，泮水言「在泮獻馘，在泮獻囚」，昌黎特從而敷衍之，以警示藩鎮。子由議之，非也。〔文廷式曰〕夫藩鎮之禍，與唐相弊矣，豈退之極寫慘毒之刑所能懾乎？〔程學恂曰〕此一段乃紀實之詞，無庸諱之。誠不必如子由所譏，然如南軒之説，又恐近於宰我之言周社也。

〔七六〕〔方世舉注〕舊唐書高崇文傳：「制授崇文檢校司空、劍南西川節度觀察等使，改封南平郡王，實封三百户。詔刻石紀功於鹿頭山下。」

〔七七〕諸本作「扶珪」。〔方成珪箋正〕「扶」，文粹作「枎」。按：集韻入聲二十三錫：「枎與析同。」漢書揚雄傳：「析人之珪。」公當用此。〔方世舉注〕南史張充傳：「彯纓天閣，既謝廊廟之華；綴組雲臺，終愧衣冠之秀。」按：如酈定進以擒劉闢功封王，亦膺珪組也。

〔七八〕〔舉正〕三本同作「倉庾」。〔考異〕「其」，方作「倉」，非是。以上句偶之可見。

〔七九〕〔方世舉注〕新唐書憲宗紀：「元年十月，葬陣亡者，廩其家五歲。」

〔八〇〕廖本、王本作「帀」。祝本、魏本作「匝」。〔祝充注〕匝，遍也。選：「屯衛周帀。」

〔八一〕〔方世舉注〕憲宗紀：「元年十月甲子，減劍南東西川、山南西道今歲賦。」

〔八二〕〔方成珪箋正〕賜文武官階勳爵，乃元和二年正月辛卯事，見新史憲紀。

〔八三〕〔李詳證選〕李密陳情表：「急於星火。」〔何焯曰〕平蜀。

〔八四〕〔舉正〕杭、蜀諸舊本並同作「幽恒青魏」。〔考異〕或作「魏幽恒青」。祝本、魏本作「魏幽恒青」。廖本、王本作「幽恒青魏」。〔王元啓曰〕孫、蔡、魏本皆如此。其序自西而北而東。接下「海浦」及「南至」句爲順。方作「幽恒青魏」，其言錯雜無序，非是。

〔八五〕〔魏本引孫汝聽曰〕魏謂魏博節度，幽謂幽州盧龍節度，恒謂成德軍節度，青謂淄青平盧節度，徐謂武寧軍節度，蔡謂彰義軍節度。〔魏本引蔡夢弼曰〕魏則田季安，幽則劉濟，恒則王士真，青則李師道，徐則張愔，蔡則吴少誠，皆一時藩鎮之國也。

〔八六〕〔魏本引孫汝聽曰〕區外，方外也。雜虜，夷狄也。

〔八七〕〔舉正〕唐本、閣本、蜀本皆作「赧怛」字，得之。文録公上尊號表有「怛威愧德」，與此同。上下文義，亦可考也。〔考異〕諸本作「烜威赫德」。「赧」，或作「服」。方以文録定「烜」作「怛」，以唐、閣、蜀本定「赫」作「赧」。廖本、王本從舉正。祝本、魏本作「烜威赫德」。〔祝本注〕趙云：「怛威服德。」〔魏本注〕趙作「怛威赧德」。

〔八八〕〔方世舉注〕廣雅釋訓：「蹴踖，畏敬也。」

〔八九〕〔方世舉注〕禮記：「簠簋俎豆，制度文章，禮之器也。」〔何焯義門讀書記〕二句鎖上起下。〔王元啓曰〕怛威故蹴踖而棄兵革，赧德故蹈舞而習簋簠。

〔九〇〕請，見卷五秋懷詩注。〔方世舉注〕周禮大宗伯：「秋見曰覲。」

〔九一〕〔祝本魏本注〕「耦」，趙作「數」。〔魏本引韓醇曰〕詩：「十千維耦。」〔何焯曰〕定青、徐。

〔九二〕〔方世舉注〕儀禮覲禮：「同姓大國則曰伯父，其異姓則曰伯舅。同姓小邦則曰叔父，其異姓小邦則曰叔舅。」〔王元啓曰〕此指九州之牧言之。據禮記，當稱叔父叔舅。「伯」字誤。

〔九三〕〔舉正〕閣本「甿」作「田」。〔祝充注〕晦，與畝同。周禮：「不易之地，家百晦。」

〔九四〕〔方世舉注〕書舜典：「正月元日，舜格于文祖。」

〔九五〕〔方世舉注〕詩賓筵：「烝衎烈祖，以洽百禮。」

〔九六〕〔蔣抱玄注〕新序：「登降揖讓，進退閑習。」潘尼釋奠頌序：「我后乃躬拜俯之勤，資在三之義。」

〔九七〕〔舉正〕閣本、李、謝校作「于」。〔考異〕「于」，或作「饗」；「新」，或作「閟」，非是。祝本、魏本作「饗」。〔魏本注〕一作「饗于閟宮」。廖本、王本作「薦于新宮」。〔魏本引孫汝聽曰〕新宮，順宗室。

〔九八〕〔顧嗣立注〕釋名：「梠，或謂之櫋，緜連榱頭使齊平也。」

〔九九〕〔補釋〕廣雅：「慼，悲也。」

〔一〇〇〕〔李黼平曰〕史記外戚世家：「助皇后悲哀。」是此「助」字所本。〔何焯曰〕告廟。

〔一〇一〕〔魏本引補注〕哀二年穀梁傳曰：「郊自正月至于三月，郊之時也。我以十二月下辛卜正月上辛。如不從，則以正月下辛卜二月上辛。如不從，則以二月下辛卜三月上辛。如不從，則不郊矣。」禮記郊特牲：「郊之用辛也。」注云：「用辛日者，凡爲人君，當齋戒自新耳。」

〔一〇二〕〔魏本引孫汝聽曰〕是月辛卯，有事于南郊。牡，牛也。

〔一〇三〕〔方世舉注〕左傳：「郊人助祝史除于國北。」記郊特牲：「兆于南郊，就陽位也。埽地而祭，于其質也。」

〔一〇四〕〔祝充注〕笱簴，所以掛鐘磬也。横曰笱，飾以鱗屬。植曰簴，飾以赢屬。

〔一〇五〕〔方世舉注〕周禮天官幕人：「掌帷幕幄帟綬之事，凡祭祀共其帷幕幄帟綬。」又掌次：「掌王次之法，以待張事王，大旅上帝則張氈案，設皇邸，朝日祀五帝，則張大次小次，設重帟重案，凡祭祀張其旅幕。」〔李詳證選〕左思吴都賦：「峭格周施。」

〔一〇六〕〔祝充注〕説文：「揭，高舉也。」詩：「西柄之揭。」〔方世舉注〕司馬相如上林賦：「水玉磊砢。」郭璞曰：「磊砢，魁礨貌也。」

〔一〇七〕祝本作「拏」。魏本、廖本、王本作「挐」。〔方世舉注〕獸盾，虎盾也，唐諱虎爲獸。拏字見卷五城南聯句注。

〔一〇八〕〔方世舉注〕廣雅釋天：「圜邱，太壇祭天也。」後漢書祭祀志：「建武二年，初制郊兆，采元始中故事，爲圓壇八陛，中又爲重壇，天地位其上，其外壇上爲五帝位，其外爲壝，重營皆紫，以象紫宫。」帖妥，見卷五薦士注。

〔一〇九〕〔魏本引韓醇曰〕長楊賦：「天兵四臨。」

〔一一〇〕〔擧正〕閣本、舊本作「旂」。〔考異〕「旂」，或作「旗」。祝本、魏本作「旗」。廖本、王本作「旂」。〔補釋〕常，旗也。周禮春官司常：「王建太常，諸侯建旂。」鄭玄注：「王畫日月，象天明也。」

〔一一一〕〔方世舉注〕周禮夏官校人：「掌王馬之政，天子十有二閑。」又庾人：「掌十有二閑之政教。」

馬八尺以上爲龍。」

〔二二〕〔許顗曰〕韓退之元和聖德詩云：「駕龍十二，魚魚雅雅。」其深於詩者耶！〔魏本引韓醇曰〕「雅雅」字見晉書劉惔傳「洛中雅雅有三嘏」。「魚魚」字未詳，要亦車駕整肅之意。〔楊慎升庵詩話〕古樂府朱鷺曲：「朱鷺，魚以烏，鷺何食？食茄下。」烏古與雅同，叶音作雅音。古字烏也雅也，本一字也。雅與下相叶，始得其音。魚以雅者，言朱鷺之威儀，魚魚雅雅也。韓文元和聖德詩「魚魚雅雅」之語本此。〔方世舉注〕魚有貫，雅有陣，言扈從之象也。〔李黼平曰〕國語：「暇豫之吾吾，不如烏烏。」韋昭注：「吾猶魚也。」此「魚魚」所本。又說文：「烏，雅也。」烏雅本同，亦因有「洛中雅雅」之句，故合而用之耳。〔俞樾曰〕楚辭九辯：「通飛廉之衙衙。」洪興祖補注云：「衙衙，行貌。集韻：音魚。」然則韓文之「魚魚」，即楚辭之衙衙也。

〔二三〕〔舉正〕閣本、舊本並同作「昇」。楚辭「升」皆作「昇」。它准此。〔考異〕「昇」，或作「升」。〔魏本引韓醇曰〕圜丘也。

〔二四〕奠璧，見卷五城南聯句注。〔魏本引孫汝聽曰〕禮記：「夏后氏以琖，殷以斝，周以爵。」

〔二五〕〔方世舉注〕周禮春官大司樂：「凡樂圜鍾爲宫，黄鍾爲角，大簇爲徵，姑洗爲羽。靁鼓靁鼗，孤竹之管，雲和之琴瑟，雲門之舞，冬日至，於地上之圜丘奏之。若樂六變，則天神皆降，可得而禮也。」

〔一六〕〔祝充注〕轟，羣車聲。陘，相擊聲。〔蔣之翘注〕融洽，和洽也。

〔一七〕〔舉正〕閣、杭本作「紫」。〔考異〕「紫」，或作「柴」。祝本、魏本作「柴」。廖本、王本作「紫」。〔方世舉注〕盧思道駕出圜丘詩：「風中揚紫烟，壇上埋蒼玉。」〔魏本引韓醇曰〕噓呵，火氣。

〔一八〕〔方世舉注〕高靈，指昊天上帝也。

〔一九〕〔方世舉注〕新唐書禮樂志：「五星、十二辰、河漢及内官五十有五，於第二等十有二陛之間。二十八宿及中官一百五十有九於第三等。外官一百有五於内壝之内，衆星三百六十於内壝之外，各依方次。」

〔二〇〕〔魏懷忠注〕錯落，縱横分布貌。〔魏本引韓醇曰〕西都賦：「隋侯明月，錯落其間。」〔顧嗣立注〕詩：「哆兮侈兮，成是南箕。」鄭氏曰：「箕星踵狹而舌廣。」孔氏云：「哆，大貌。侈者，因物而大之名。」

〔二一〕〔魏本引韓醇曰〕禮記：「天子之與后，猶日之與月。」〔魏本引補注〕前漢李尋傳：「日者衆陽之宗，煇光所燭，萬物同晷，人君之表也。」唐楊烱渾天儀賦：「月也者，羣陰之紀，上天之使，異姓之王，后妃之事。」〔方世舉注〕記禮器：「大明生于東，月生于西，此陰陽之分，夫婦之位也。」

〔二二〕〔魏本引孫汝聽曰〕焕赫謂日君，婐姬謂月妃。〔補釋〕論語何晏集解：「焕，明也。」詩毛傳：「赫，顯也。」説文：「婐，妸也。一曰女侍曰婐，讀若騧，或若委。从女，果聲。」又：「妸，婐妸也，一曰弱也，从女，戹聲。」太平御覽：「通俗文：肥骨柔弱曰婐婐。」廣雅釋詁：「妸，好也。」

〔一三〕〔方世舉注〕記王制：「天子祭天下名山大川，五嶽視三公，四瀆視諸侯。」〔方成珪箋正〕江文通丹砂可學賦：「貫濛鴻而上厲。」〔補釋〕濛鴻，即鴻濛。淮南子道應訓：「東開鴻濛之光。」漢書揚雄傳：「鴻濛沆茫。」注：「鴻濛，廣大貌。」

〔一四〕〔李詳證選〕顏延年侍游曲阿後湖詩：「山祇蹕嶠路。」〔方世舉注〕後漢書班固傳：「增槃業峩。」

〔一五〕〔舉正〕三本同作「飫沃羶薌」。〔考異〕「沃羶」，或作「羶燎」。今按：飫沃之義未詳。或云當作「飫厭」，亦未有所據也。祝本、魏本作「羶燎」，注曰：「薌」，亦作「香」。廖本、王本作「飫沃」。〔祝充注〕禮記：「既奠，然後焫蕭合羶薌。」〔補釋〕禮記：「黍曰薌合，粱曰薌萁。」

〔一六〕〔魏本引孫汝聽曰〕嘏，福也。詩：「天錫公純嘏。」

〔一七〕〔魏本引孫汝聽曰〕書：「簫韶九成，鳳凰來儀。」應奏，應樂章而至也。舒，展也。拊，擊也。〔魏本引蔡夢弼曰〕帝王世紀：「帝嚳擊磬，鳳凰聞聲，舒翼而舞。」

〔一八〕〔舉正〕荆公校作「麟」。〔考異〕「麟」，或作「鱗」。祝本、魏本作「鱗」。廖本、王本作「麟」。

〔方世舉注〕班固兩都賦序：「白麟、赤鴈、芝房、寶鼎之歌，薦于宗廟。神爵、五鳳、甘露、黄龍之瑞，以爲年紀。」

〔一九〕〔舉正〕蜀本「逶」作「頹」。文粹同。〔補釋〕一切經音義引詩「逶逶佗佗」傳：「逶佗者，行可委曲迹也，亦自得之貌。」按：逶陀狀麟，結糾狀龍。

〔二〇〕〔祝充注〕呀，張口貌。

〔二一〕〔舉正〕「嘔」，今俗字。蜀作「歐」。祝本、魏本作「嘔」。廖本、王本作「歐」。〔魏本引祝充曰〕噎，食塞也。〔補釋〕説文：「歐，吐也，从欠，區聲。」

〔二二〕〔考異〕「褰」，或作「騫」。〔李詳證選〕沈約齊安陸昭王碑文：「傾巢舉落，望德如歸。」〔何焯曰〕郊天。〔朱彝尊曰〕此段全是本楚茨化來，追琢可謂極工，所恨者未渾然。若南海碑則渾然矣。秦少游謂此係少作，未敢謂然。然南海後此十年，要見亦是年力。

〔二三〕〔舉正〕校本一作「日始東吐」。學者皆以爲當午無迴車之理，然諸本皆同，姑從上。〔王元啓曰〕方蓋疑郊祀回車，不應至午也。愚謂此指幸門下赦言之，不必以郊回太晏爲疑。

〔二四〕〔補釋〕唐六典：「大明宮南面五門，正南曰丹鳳門。」

〔二五〕〔祝充注〕下，音户。詩：「宗室牖下。」後協韻同。

〔二六〕〔祝本魏本注〕「剗」，一作「刺」。〔魏本注〕「硤」，一作「挾」。〔魏本引韓醇曰〕剗，削也，平也。詩：「勿剗勿收。」〔陳景雲曰〕詩「勿翦」，韓詩作「勿剗」，見經典釋文，此注所本。

〔方成珪箋正〕山海經：「錢來之山，其下多洗石。」郭注：「澡洗可以磢體，去垢圿。」〔李詳證選〕郭璞江賦：「飛滂相磢。」

〔三七〕見卷二縣齋有懷注。〔何焯曰〕大赦。

〔三八〕〔魏本引補注〕耇，謂老成舊德之人。書曰：「今沖子嗣，則無遺壽耇。」

〔三九〕〔蔣抱玄注〕孟子：「天下之窮民而無告者。」

〔四〇〕〔補釋〕説文：「滂，沛也。」

〔四一〕〔舉正〕杭本作「先古」。蜀本作「今古」，文粹同。文録作「通今達古」，而易下語爲「眎聽聰明」，蓋公初成進本也。晚年實從今本。祝本、魏本作「先」。廖本、王本作「今」。

〔四二〕〔魏本引補注〕書：「視遠惟明，聽德惟聰。」

〔四三〕〔魏本引洪興祖曰〕蓋取禮記「一似重有憂者」。魯直云：退之文，老杜詩，無一字無來處。後人讀書少，故謂韓、杜自作此語耳。〔方成珪箋正〕今檀弓作「壹」，古通用。〔補釋〕荀子修身篇：「以修身自名，則配堯、禹。」又王霸篇：「若是則一天下，名配堯、禹。」

〔四四〕〔補釋〕論語：「生而知之者上也。」管子：「人主立其度量，陳其分職，明其法式。」

〔四五〕〔方世舉注〕司馬相如難蜀父老：「馳騖乎兼容并包，而勤思乎參天貳地。」

〔四六〕〔補釋〕國語韋昭注：「十萬曰億，古數也。今人乃以萬萬爲億。」

〔四七〕〔魏本引孫汝聽曰〕盥濯以陶瓦之器，言其儉也。

〔四八〕〔方世舉注〕漢書賈誼傳：「帝之身自衣皁綈。」釋名：「綈，似蛦蟲之色，綠而澤也。」

〔四九〕〔方世舉注〕新唐書高崇文傳：「崇文恃功而侈，舉蜀帑藏百工之巧者皆自隨。」詩云「皇帝儉勤」至「侈則有咎」六語，似爲崇文而發也。

〔五〇〕〔考異〕「耗于」，或作「無耗」。〔方世舉注〕南史張率傳：「率在新安，遣家僮載米三千石還宅，及至，遂耗大半。率問其故，答曰：雀鼠耗。率笑而言曰：壯哉雀鼠也！」

〔五一〕〔舉正〕閣本、李、謝校作「富有無窶」。杭本作「富有貧窶」。蜀本作「有富無窶」。要當以閣本爲正。〔考異〕方作「富有無窶」，或作「富有貧窶」，或作「無有貧窶」，皆非是。〔魏本引韓醇曰〕詩：「終窶且貧。」窶亦貧也。

〔五二〕〔蔣抱玄注〕漢書董仲舒傳：「辭不別白，旨不分明。」〔補釋〕否，惡也。莊子：「不擇善否。」

〔五三〕〔補釋〕詩狡童序：「權臣擅命也。」陸德明釋文：「擅，專也。」

〔五四〕〔蔣抱玄注〕詩：「靡有孑遺。」

〔五五〕〔方世舉注〕爾雅釋詁：「厖，大也。」〔補釋〕詩毛傳：「碩人，大德也。」

〔五六〕〔方世舉注〕書說命：「爰立作相，王置諸其左右。」

〔五七〕〔舉正〕閣本作「有侮」。〔考異〕「余」，方作「有」，非是。〔方世舉注〕詩鴟鴞：「今此下民，孰敢侮予？」

〔一五八〕〔蔣抱玄注〕論語：「兄弟怡怡。」又：「愉愉如也。」

〔一五九〕〔方世舉注〕新唐書憲宗紀：「憲宗母曰莊憲皇太后王氏，元和元年五月，尊母爲皇太后。」

〔一六〇〕〔補釋〕顔延之詩：「温渥浹輿隸。」説文新附：「浹，洽也，徹也。」〔方世舉注〕書堯典：「克明俊德，以親九族。」

〔一六一〕〔祝本注〕趙作「左右」，非，上已有「左右」字。〔方世舉注〕詩玄鳥：「奄有九有。」〔補釋〕詩毛傳：「濡，漬也。」九有，九州也。詩箋：「古帝天也，天帝命有威德者成湯，使之長有邦域，爲政於天下，方命其君謂徧告諸侯也。湯有是德，故覆有九州爲之王也。」

〔一六二〕〔李詳證選〕九章涉江：「與天地兮比壽。」

〔一六三〕〔補釋〕漢書食貨志：「進業曰登，再登曰平，三登曰太平。」白虎通：「天下太平，乃更制作焉。」

〔一六四〕〔方世舉注〕書泰誓：「亶聰明作元后，元后作民父母。」〔朱彝尊曰〕禄位名壽，分四大節。皇帝字作綱。全是祖瑯琊刻銘，下字亦多效李。

〔一六五〕〔魏本引孫汝聽曰〕職，主也。爾雅有釋詁、釋訓。「釋詁」者，釋古今之異辭。「釋訓」者，辨物之形貌。訓詁即歌詩也。〔徐震曰〕謂訓詁即詩歌，非也。時愈爲博士，以訓説典籍爲職。此句之意，即序所謂職業又在以經籍教導國子也。

〔一六六〕〔顧嗣立注〕毛詩序云：「嵩高、烝民、韓奕、江漢，皆尹吉甫美宣王也。」詩烝民：「吉甫作頌，穆如清風。」

【集説】

穆修曰：韓元和聖德詩、平淮西碑，柳雅章之類，皆辭嚴義偉，制作如經，能崒然聳唐德于盛漢之表。

陳師道曰：少游謂元和聖德詩于韓文爲下，與淮西碑如出兩手，蓋其少作也。

樊汝霖曰：憲宗平夏、平江東、平澤潞、平蔡、平淄青，而平蜀、平蔡之功，尤卓卓在人耳目者，以公此詩及平淮西碑，學者争誦之習且熟故也。

蔣之翹曰：退之元和聖德詩，列銘頌體中，文尚質實可觀。若論四言詩，則韋、曹諸人，已失前規，三唐間安復論此。

朱彝尊曰：若規模雅頌，其實全仿李丞相，或又落文選。起處猶近雅，微有一二不似。大約中間凡典雅處似毛詩，質峭處似秦碑，華潤處似文選，然通首純是質峭調。

查慎行曰：通章以皇帝二字作主，即蕩八章冠以「文王曰咨」章法也，特變雅爲頌耳。

姚範曰：元和聖德詩，八語、九麌、十姥、三十三哿、三十四果、三十五馬、四十四有，凡所用皆上聲。若據協韻，何無一韻濫入三聲耶？

沈德潛説詩晬語曰：昌黎豪傑自命，欲以學問才力跨越李、杜而上，然恢張處多，變化處多，力有餘而巧不足也。獨四言大篇，如元和聖德、平淮西碑之類，義山所謂句奇語重，點竄塗改者，雖司馬長卿亦當斂手。

唐宋詩醇曰：誅闢一段，借以悚動藩鎮，前人論之詳矣。至幽、恒、青、魏一段，寫諸道震懾，而朝廷慰安鎮撫，得體有威，尤是最著意處。

李黼平讀杜韓筆記曰：元和聖德詩，語、麌、哿、馬、有五韻通押，即平韻之魚、虞、歌、麻、尤也。

龐大堃古音輯略曰：安溪李氏榕村韻書云：「韓退之元和聖德詩以歌、麻通魚、虞，微爲吴音所混。」又云：「蕭、肴、豪、尤皆收合口音。」又云：「魚、虞正收合口音，其于蕭、肴、豪、尤，亦猶支、微、齊之于佳、灰也。韓退之元和聖德詩，魚、虞、尤三韻通，甚合樂府收聲之法。」愚按：古韻後五部皆第一部之所生，故云佳、灰與支、微、齊同收聲，蕭、肴、豪、尤與魚、虞同收聲。元和聖德詩用歌、麻、魚、虞、尤上聲，自是昌黎之誤，而李氏以爲魚、虞、尤三韻通，甚合樂府收聲之法，不知蕭、肴、豪、尤之不通魚、虞，猶魚、虞之不通歌、麻也。

程學恂曰：後石介作慶曆聖德詩，即本此。此詩雖頌武功，而其意則在憲宗初政，貶斥伾、文、執誼等，故序中即從誅流姦臣説起。而詩中於別白善否一段，尤切切言之。可知主意所在，非只臚成功告廟之詞也。

章士釗曰：山薑云「元和聖德倣淮雅二章」，此抽象言之則可，徵之於實，顯有未合。尋韓、柳同時，文章工力悉敵，凡所爲文，相互覽觀，乃至倣傚，俱有可能。獨退之元和聖德詩，言成都擒劉闢事，是元和二年所作，而子厚平淮夷雅，則與退之平淮西碑同一時作，事在元和十二年，視劉闢授首遲十年矣。退之不可能在十年前豫見子厚腹藁，蓄意摹倣，山蕫阿其所好，未免失言。昌黎之元和聖德，亦長篇之偉觀。一代四言有此，未覺風雅墜緒。

記夢〔一〕

夜夢神官與我言〔二〕，羅縷道妙角與根〔三〕。挈攜陬維口瀾翻〔四〕，百二十刻須臾間〔五〕。我聽其言未云足，捨我先度横山腹〔六〕。我徒三人共追之，一人前度安不危。我亦平行蹋䑣𩧯〔七〕，神完骨蹻脚不掉〔八〕。側身上視溪谷盲〔九〕，杖撞玉版聲彭䡙〔一〇〕。神官見我開顔笑，前對一人壯非少。石壇坡陀可坐卧〔一一〕，我手承頦肘拄座〔一二〕。隆樓傑閣磊嵬高〔一三〕，天風飄飄吹我過。壯非少者哦七言〔一四〕，六字常語一字難〔一五〕。我以指撮白玉丹〔一六〕，行且咀噍行詰盤〔一七〕。口前截斷第二句〔一八〕，綽虐顧我顔不歡〔一九〕。乃知仙人未賢聖，護短憑愚邀我敬〔二〇〕。我能屈曲自世間〔二一〕，安能從女巢神山〔二二〕。

〔一〕〔魏本引韓醇曰〕此詩蓋有託諷，意公忤執政，左遷爲右庶子時作。酬盧公荷花詩末云：「豈如散仙鞭笞鸞鳳終日相追陪。」而此詩末亦云：「我寧屈曲自世間，安能隨汝巢神山。」皆有不能俯仰隨人之意，可知其爲左遷之時也。〔方世舉注〕此詩謂不服神仙，僅得形貌。即謂因忤執政降右庶子有所託諷而作，亦於詩意遼隔。大抵爲鄭絪耳。公自江陵歸，見相國鄭絪，絪與之坐語，索其詩書，將以文學職處之。有争先讒愈於絪，又讒之於翰林舍人李吉甫、裴垍，或以告公。公曰：愈非病風而妄駡，不當如讒者之言。因作釋言以自解。終恐及難，遂求分司東都。詩中神官與言，謂鄭絪也。三人共追，謂争先者也。護短憑愚，謂其信讒。「安能從女巢神山」，言不媚絪以求文學之職也。詩意顯然，而悠謬其辭，亦憂讒畏譏之心耳。〔王元啓曰〕此詩特偶爾敍述夢境，並無託諷。或謂降官庶子日作，已與詩意不符。近更逐句附會，指爲元和初作，神官謂宰相鄭絪云云，如此則但直斥神官可矣，又别設一壯非少者，于當時之人何指耶？近解穿鑿難通，往往類此。〔陳沆曰〕刺權貴好阿諛，惡鯁直也。或謂譏神仙者，僅見其表，未見其裏。案行狀云：元和二年，公權知國子博士，宰相有愛公文者，將以文學職處公，會有搆公飛語者，公恐及難，遂求分司東都。又元和十一年知制誥，以忤執政，降爲太子右庶子。其此兩時所作歟？〔補釋〕元和二年作爲近，特不必如方注之穿鑿比附耳。

〔二〕〔方世舉注〕黄庭内景經：「清静神見與我言。」

〔三〕〔聞人倓注〕魏文帝詩：「羅縷豈闕辭。」〔黄鉞注〕羅縷即覼縷。〔馬永卿曰〕此乃言二十八宿之分野也。爾雅曰：「壽星，角亢也。」注云：「數起角亢，列宿之長。」又曰：「天根，氐也。」注云：「下繫于氐，若木之有根。」　〔舉正〕國語：「辰角見而雨畢，天根見而水涸。」注：「辰角，大辰蒼龍之角。天根，亢氐之間。」是所謂角與根，以星紀言也。

〔四〕〔馬永卿曰〕爾雅：「娵訾之口，營室，東壁也。」注云：「營室，東壁星，四方似口，故以名之。」　〔考異〕上句言角根，即辰卯二位，二十八宿所起也。此句言陬維，通謂寅申巳亥之四隅也。挈此四隅，則周乎十二辰二十八宿之位矣。淮南子天文訓云：「西南爲背陽之維，東南爲常羊之維，西北爲蹏通之維，東北爲報德之維。」又地形訓云：「河水出崑崙東北陬，赤水出其東南陬，洋水出其西北陬。」亦邊隅之名也。

〔五〕〔馬永卿曰〕百二十刻者，蓋渾天儀之法。二十八宿從右逆行，經十二辰之舍次，每辰十二刻，故云百二十刻。　〔舉正〕董彦遠云：世間只百刻，百二十刻，以星紀言也。　〔考異〕星紀之説，未詳其旨。但漢哀帝嘗用夏賀良説，漏刻以百二十爲度矣。　〔趙與時曰〕余謂董説固妄，夏賀良之説，行之不兩月而改，且衰世不典之事，韓公必不引用。按：古之漏刻，晝有朝禺中晡，夕夜有甲乙丙丁戊。至梁武帝天監六年，始以晝夜百刻布之十二辰，每時得八刻，仍有餘分。故今世歷家百刻，舉成數爾，實九十六刻也。每時餘分别爲初，初正初刻，一日合二十有四，每刻居六分刻之二，總而計之，爲四刻，始合百刻之數。刻雖有大小，其名則百有二十。韓詩恐只取此，正不須求之遠也。　〔顧嗣立注〕漢哀帝紀：「詔曰：漏刻以百二十爲度。」師古曰：「舊漏晝夜共百刻，今增其二十，此本齊人甘忠可所造，今賀良等重言，遂施行之。」〔顧注引金居敬曰〕上三句意皆本參同契。角根陬維，謂青龍處房六，白虎在昴七，朱雀在張二，皆朝于玄武，虛危之位也。迎一陽之氣以進火，妙用始于虛危。在一日言，正當子半，故曰須臾間。又曰：「百二十刻須臾間。」如參同契以十二卦十二律配十二時，陽火陰符之候，然一日之間有之，一刻之間亦有之也。公蓋深得金丹之旨，乃倔強世間耶？〔嚴虞惇曰〕此寓言也，而必以深得金丹之旨誣之，我決其必墮拔舌地獄。況其末章，詞嚴義正，與聖人乘桴浮海之義相合。金丹之説，何自來耶？〔方世舉注〕金丹之旨不可曉，意亦非公平日所講究者。詩意不過言捷疾爾。〔王元啓曰〕上文並不言漏刻，當從董彦遠説，以星刻言。蓋星分十二宮，每宮各分十刻，則成百二十刻矣。如此作解，乃與上角根陬維等一意相承。

〔六〕祝本、廖本、王本作「先」。魏本作「去」。

〔七〕〔方世舉注〕玉篇：「𩫕𧇊，不安也。」〔姚範曰〕𧇊，廣韻、集韻丘召切，今闡微器要切。𧇊，舊並牛召切，今義照切。

〔八〕〔魏本引集注〕列子：「醉者之墜車，雖疾不死，其神全。」蹻，舉足高貌。詩：「小子蹻蹻。」掉，驚掉也。〔補釋〕「蹻」，訓舉足高，與骨義無涉，當是壯健之義。廣雅釋詁：「蹻，健也。」韓當本此。又「掉」爲戰掉，唐時有此俗語。説文繫傳卷十七「顫」字下注：「俗言顫掉不正。」顫掉與戰掉義同，今語謂之發抖。

〔九〕〔補釋〕呂氏春秋：「天大風晦盲。」高誘注：「盲，瞑也。」又：「有晝盲。」高注：「盲，冥也。」

〔一〇〕祝本、魏本作「觥」。廖本、王本作「⿰舟光」。〔方世舉注〕漢書晁錯傳：「刻于玉版，藏于金匱。」蓋方策之版。此詩玉版，即門以兩版之版，猶云玉門也。〔魏懷忠注〕彭觥，撞玉版聲。〔嚴虞惇曰〕⿰舟光，字書無此字，是觥字之譌耳。按字典引此詩入「觥」字，注云：「玉鐘聲。」〔姚範曰〕觥無從舟者，然諸本並從舟，未詳。說文本作「觵」，兕牛角可以飲者也。其狀觵觵，故謂之觵。〔補釋〕說文：「彭，鼓聲也。」國語韋昭注：「觥，大也。」此以疊韻字狀打門大聲。

〔一一〕〔舉正〕坡陀，與送惠師詩陂陀字同，語見楚辭招魂。然唐人通用坡陀字，少陵詩「坡陀因厚地」、「坡陀金蝦蟆」是也。又郭璞子虛賦注：「陂陀，音婆駞。」故蜀本只作「婆陀」字。坡陀，見卷二送惠師注。

〔一二〕〔方世舉注〕漢書東方朔傳：「臣觀其舌齒牙，樹頰頦。」廣韻：「頦，頤下。」釋名：「肘，注也，可隱注也。」按：以一手支頤，一手拄地而坐，慠慢箕踞之狀，猶莊子漁父篇云「孔子休坐乎杏壇之上，絃歌鼓琴，漁父左手據膝，右手持頤以聽」也。

〔一三〕〔補釋〕戰國策高誘注：「隆，高也。」漢書高帝紀注：「傑，言桀然獨出也。」文選古詩十九首李善注：「字林曰：磊磊，衆石也。」說文：「嵬，高不平也。」

〔一四〕〔鍾惺曰〕壯非少者四字，極是述夢口語。

〔一五〕〔魏本引樊汝霖曰〕魯直云：只前句中「哦」字，便是所難。此乃爲詩之法也。〔方成珪箋正〕難，謂艱澀也。山谷所云，殊失詩意。〔王應麟曰〕文心雕龍謂「善爲文者，富于萬篇，貧于一字」。

〔一六〕〔方世舉注〕西山經：「有玉膏。」注：「河圖玉版曰：少石山上有白玉膏，一服即仙矣。」

〔一七〕〔舉正〕杭本作「噍」，字見大人賦，與「嚼」音義通。〔考異〕「噍」，或作「嚼」。祝本、魏本作「嚼」。廖本、王本作「噍」。〔魏本注〕「詰」，一作「誥」，又作「結」。〔顧嗣立注〕漢司馬相如傳大人賦云：「咀噍芝英兮嘰瓊華。」〔魏本引孫汝聽曰〕行且咀嚼，謂咀嚼玉丹。行詰盤，謂詰盤詩句也。詰盤，反覆也。

〔一八〕〔魏本引孫汝聽曰〕此謂仙人以己詰盤之故，遂不復吟第二句也。〔方東樹曰〕古人文法之妙，一言以蔽之曰：語不接而意接，血脈貫續，詞語高簡。俗人接則平順騃蹇，不接則直是不通。韓公曰：「口前截斷第二句。」太白云：「雲臺閣道連窈冥。」須於此會之。

〔一九〕〔補釋〕「綽虐」一詞，各家多無説。二字爲疊韻謰語，當爲形容詞無疑，蓋是形容面部表情者。〔朱彝尊曰〕自「我聽其言」至「顔不歡」，敘得都有風致，好筆力。

〔二〇〕〔魏本引孫汝聽曰〕仙人以公詰盤之故，顔遂不歡，故云護短憑愚也。〔鍾惺曰〕罵世人冥悍好諛人入骨。

〔二一〕〔考異〕諸本「能」多作「寧」，方從閣、杭、蜀本。今按：此言我若能屈曲從人，則自居世間徇流俗矣，安能從女居山間，而又不免於屈曲乎？猶柳下惠所云「枉道而事人，何必去父母之邦」云爾。方本爲是。祝本、魏本作「寧」。廖本、王本作「能」。

〔三〕祝本、廖本、王本作「從」。魏本作「隨」。〔舉正〕唐本作「山」，荆公、洪、謝本所校同。史記：「海上有三神山。」杭、蜀本作「仙」，非。〔魏本引樊汝霖曰〕蘇内翰嘗曰：太白詩云「遺我鳥跡書，讀之了不閑」，太白尚氣，乃自招不識字。不如退之倔強云「我寧屈曲自世間，安能隨汝巢神山」。又嘗曰：退之有言，「我寧屈曲自世間」云云。退之性氣，雖出世間人亦不能容也。〔朱彝尊曰〕收局仍是闢仙意。〔劉熙載曰〕太白詩多有羨於神仙者，或以喻超世之志，或以喻死而不亡，俱不可知。若昌黎云「安能從汝巢神山」，此固鄙夷不屑之意，然亦何必非寓言耶？〔程學恂曰〕只有結出本意。前言神仙處，都是寓言。

【集説】

汪琬曰：意當時有權貴不學，自詡能詩，欲得公之稱譽者，故作此以託諷歟？

姚範曰：以崚嶒健倔之筆敍狀情事，亦詩家所未有也。

唐宋詩醇曰：只是寓言，勿真謂與鬼爭義。

方東樹曰：詩文第一筆力要強，韓公筆力，無非崚嶒健倔。學者姑即此一篇求之，如真有解悟，定自得力。此詩頗難解，不得其真詮，則引人入蓊薆假象。無論議論之惝怳，句法之老，只看得斷續章法，乃一大宗門。解此自無平敍順接令人易畫之病。「壯非少」下插四句，乃接「一字難」，下又插二句乃接。此杜公託勢不常之法，體態不拘。

三星行〔一〕

我生之辰〔二〕，月宿南斗〔三〕。牛奮其角〔四〕，箕張其口〔五〕。牛不見服箱〔六〕，斗不挹酒漿〔七〕。箕獨有神靈，無時停簸揚〔八〕。無善名已聞〔九〕，無惡聲已讙〔一〇〕。名聲相乘除〔一一〕，得少失有餘〔一二〕。三星各在天〔一三〕，什伍東西陳〔一四〕。嗟汝牛與斗，汝獨不能神！

〔一〕〔魏懷忠注〕三星：斗、牛、箕。〔魏本引洪興祖曰〕三星行、剥啄行，皆元和初遇讒求分司時作。

〔二〕〔舉正〕閣本作「我生之三辰」。今本無「三」字。李、謝校增。三辰，謂斗、牛與箕也。世嘗以五星法准之。蓋公以丑爲身宫，而太陰宿于斗牛分，箕與斗牛相比，故曰「牛奮其角，箕張其口」。〔洪興祖韓子年譜〕代宗大曆三年戊申，退之生。見李漢昌黎集序，是歲代宗之六年也。〔陳沆曰〕詩小弁篇：「天之生我，我辰安在？」鄭箋謂「六物之吉凶也」。孔疏引傳：「晉侯謂伯瑕曰：何謂六物？對曰：歲時日月星辰是也。」服虔以爲「歲星之辰，左行於地，十二歲而一周，合以四時、十日、十二月、二十八宿、十二辰，是爲六物」。此後世星命之術所自始。〔文廷式曰〕梅定九曆學答問云：以星推命，不知始于何時。呂才闢禄命，只及干支。韓潮州始有「我生之辰，月宿南斗」之説。由是徵之，亦在九執以後耳。算命理學，以星度爲言者，皆本於西域穆尼閣天步真原之説，與張果星宗同出一源。白羊金牛等十二宫名義，原出大集日藏經。王應麟云：「以十一星行曆推人命貴賤，始於唐貞元初都利術士李彌乾聿斯經，本梵書。」

〔三〕〔方世舉注〕星經：「南斗六星，宰相爵禄之位。」

〔四〕〔方世舉注〕史記天官書：「牽牛爲犧牲。」漢書翟方進傳：「狼奮角。」張晏曰：「奮角者，有芒角也。」

〔五〕〔方世舉注〕詩：「哆兮侈兮，成是南箕。」史記天官書：「箕爲敖客，曰口舌。」索隱曰：「敖，調弄也。箕以簸揚調弄爲象。」詩緯云：「箕爲天口，主出氣。」是箕有舌，象讒言。〔王元啓曰〕謂二星分夾南斗兩旁，月宿南斗，未見必遭口語。因逼近箕星，故簸揚不定耳。

〔六〕〔魏本引孫汝聽曰〕詩：「睆彼牽牛，不以服箱。」言有牛之名而無其實，不可以服箱。服，載也。

〔七〕〔魏本引孫汝聽曰〕詩：「維北有斗，不可以挹酒漿。」言亦有斗名而無其實，不可以挹酒也。挹，注也。皆以自喻。

〔八〕〔魏本引孫汝聽曰〕書：「星有好風，星有好雨。」孔安國云：「箕星會風，畢星好雨。」又詩：

「維南有箕，不可以簸揚。」無時停簸揚者，言牛斗皆不可用，惟箕獨能簸揚，所謂有神靈也。

〔九〕廖本、王本作「已」。祝本、魏本作「以」。

〔一〇〕〔舉正〕唐本、閣本並同。蔡、鮑、李、謝本校從上。讙，諠譁也。如漢書「諸將盡讙」之讙。此詩叶「餘」於「除」，叶「讙」於「聞」。今本易「讙」爲「攘」，以求叶「揚」韻，非也。〔考異〕諸本「已」並作「以」。方從唐、閣本。祝本、魏本作「以攘」。廖本、王本作「已讙」。〔汪琬曰〕文、寒韻古通。

〔一一〕〔祝充注〕歷家有增減率，遲速積故有乘除之法。

〔一二〕祝本、魏本、廖本作「少失」。王本、游本作「失少」。〔魏本引樊汝霖曰〕公被讒出爲陽山，至是召還，又有謗之者，故云「名聲相乘除，得少失有餘」。

〔一三〕〔魏本引韓醇曰〕詩：「三星在天。」

〔一四〕〔魏本引孫汝聽曰〕什伍，猶縱横也。南斗六星，牽牛六星，箕四星。〔方世舉注〕古樂府豔歌何嘗行：「什什伍伍，羅列成行。」

【集説】

蘇軾東坡志林曰：韓退之詩：「我生之辰，月宿南斗。」乃知退之以磨蝎爲身宮，僕以磨蝎爲命宮，平生多得謗譽，殆同病也。

蔡啓曰：退之三星行，與古詩「南箕北有斗，牽牛不負軛，良無磐石固，虚名復何益」之意頗近。大抵古今興比所在，適有感發者，不必盡相迴避，要各有所主耳。

葛立方曰：以五星法準之，知退之以磨蠍爲身宮。太陰在磨蠍者，主得謗譽。東坡嘗援退之三星行之句，以謂僕以磨蠍爲命，殆與退之同病。然觀東坡謝生日啓云：「攝提正於孟陬，已先初度；月宿直于南斗，更借虛名。」則知東坡亦磨蠍爲身宮。而乃云「磨蠍爲命」，豈非身與命同宮乎？尋常算五星者，以爲命宮災福不及身宮之重，東坡以身命同宮，故謗譽尤重於退之。職鑾坡而代言，犯鯨波而遠謫，退之之榮悴，未至如是也。

俞瑒曰：奇趣卻從大東之詩來，變化自妙，用韻凡五轉，似古歌謡。

朱彝尊曰：總本詩南箕北斗演來，大約近戲。

程學恂曰：此詩比興之妙，不可言喻，傷絶諧絶，真風真雅。末段責牛斗處無聊，妙甚。若認作望其服箱挹酒漿，真癡人說夢矣。

剥啄行〔一〕

剥剥啄啄，有客至門。我不出應，客去而嗔。從者語我：子胡爲然？我不厭客，困于語言〔二〕。欲不出納，以堙其源〔三〕。空堂幽幽〔四〕，有秸有莞〔五〕。門以兩版〔六〕，叢書於間〔七〕。窅窅深塹〔八〕，其墉甚完〔九〕，彼寧可隳〔一〇〕，此不可干〔一一〕。從者語我：嗟子誠難！子雖云爾，其口益蕃〔一二〕。我爲子謀，有萬其全。凡今之人，急名與官。子不引去，與爲波瀾〔一三〕。雖不開口〔一四〕，雖不開關〔一五〕，變化咀嚼〔一六〕，有鬼有神〔一七〕，今去不勇，其如後艱〔一八〕。我謝再拜，汝無復云，往追不及〔一九〕，來不有年〔二〇〕。

〔一〕〔魏懷忠注〕剥啄，叩門聲。　〔蔣抱玄注〕高適詩：「豈有白衣來剥啄。」

〔二〕〔舉正〕閣本此下衍「我嗟子誠」四字，蓋下語誤入。唐本、杭、蜀本皆無之。呂、蔡諸本並删去。獨姚令威謂此詩當有十解，蓋「我嗟子誠」以下脱一語。恐未必然也。　〔考異〕諸本此下有「我嗟子誠」一語，閣本同。方從唐、杭、蜀本删。祝本、魏本有「我嗟子誠」句。廖本、王本無。　〔王元啓曰〕此句非謂倦于應對，謂公素困讒言，故欲絶去交往，以杜其謗耳。又按：「語」字誤，當改作「謗言」，于義尤顯。

〔三〕〔方世舉注〕書洪範：「我聞在昔，鯀堙洪水。」　〔補釋〕廣雅：「堙，塞也。」　〔鍾惺曰〕苦心。

〔四〕幽幽，見卷五秋懷詩注。

〔五〕〔顧嗣立注引劉石齡曰〕禮記郊特牲：「莞簟之安，而蒲越稾鞂之尚。」鞂、秸同。　〔方世舉注〕爾雅釋草：「莞，苻蘺，其上蒚。」注：「今西方人呼蒲爲莞蒲，蒲中莖爲蒚，用之爲席。」

〔六〕祝本、魏本、廖本作「版」。王本、游本作「板」。〔魏本引孫汝聽曰〕以兩版爲門，言常閉而不開。

〔七〕〔魏懷忠注〕叢，聚也。

〔八〕〔祝充注〕窅窅，深貌。

〔九〕〔舉正〕杭作「容」。蜀作「墉」。〔考異〕「墉」，或作「容」，非是。〔補釋〕爾雅：「牆謂之墉。」荀子楊倞注：「完，堅也。」

〔一〇〕祝本、魏本注曰：「隳」，一作「隨」。〔魏本引孫汝聽曰〕彼謂塹與墉。隳，毀也。

〔一一〕〔魏本引孫汝聽曰〕此謂堂也。〔鍾惺曰〕嚴甚，然亦無賴。

〔一二〕〔舉正〕唐本、蔡、謝校作「其口益蓄」。蜀本作「其口實蓄」。〔考異〕或作「其益實蓄」。祝本、魏本作「其益實蓄」。廖本、王本作「其口益蓄」。〔補釋〕文選西京賦薛綜注：「蓄，多也。」

〔一三〕〔舉正〕閣本作「以」。杭、蜀作「與」。韓文「與」多作「以」，他文見者非一。詩：「之子歸，不我以。」注：「以，猶與也。」〔考異〕「與」，方作「以」。今按：陸宣公奏議亦然，如云「未審云云以否」之類是也。然當作「與」爲正。〔王元啓曰〕波瀾字蓋用此爲戒耳。不引去，則必至與爲波瀾。解者乃謂勸公隨俗波靡，則與詩意大背矣。〔鍾惺曰〕四字奇妙。〔朱彝尊曰〕此尤其源。

〔一四〕〔方世舉注〕史記信陵君傳：「公子誠一開口請如姬。」

〔一五〕〔方世舉注〕離騷：「吾令帝閽開關兮。」

〔一六〕〔方世舉注〕釋名：「咀，藉也，以藉齒牙也。」「嚼，削也，稍削也。」

〔一七〕〔顧嗣立注引劉石齡曰〕左傳昭公十六年：「讒人交鬭其間，鬼神而助之。」〔王元啓曰〕此謂讒者鬼蜮之謀，行狀所謂「搆公語以飛之」是也。

〔一八〕〔方世舉注〕詩：「無有後艱。」

〔一九〕〔蔣抱玄注〕孟子：「往者不可追。」

〔二〇〕〔舉正〕三本同。〔考異〕諸本作「來可待焉」。方從閣、杭、蜀本。祝本作「來可待焉」。魏本、廖本、王本作「來不有年」。

【集說】

樊汝霖曰：公被讒出爲陽山，至是召還，又有謗之者。故三星行云：「名聲相乘除，得少失有餘。」剥啄行云：「我不厭客，困于語言。欲不出納，以堙其源。」各有所激云爾。歐陽文忠擬剥啄行寄趙少師云：「剥剥復啄啄，柴門驚鳥雀。故人千里駕，信士百金諾。」云云。公遠讒避謗，欲謝客以堙其源，故深其塹，堅其墉，要爲不可干者。而歐陽則歸老故鄉，欣然喜客之至，是以其辭不同如此。

鍾惺曰：與程曉嘲熱客，皆實歷苦境，不得已而寫出，非一意絶俗嘲世之言。而此詩末一段，真有以自處，曉詩未暇及此。

朱彝尊曰：鍛語極古，然不似詩，只類箴銘。

方世舉曰：此客即釋言所云以讒告公者也。告者即讒者之黨，所以怵公使去耳。公淡然以應，則客怫然以慍矣。託從者之言，所以決其請去之志也。

查慎行曰：真、文、元、寒、删、先六韻通用。

王懋竑曰：依韻補俱叶先韻，言、源二字缺。

王元啓曰：此詩大有厭世混濁之意，蓋在元和二年既遭飛語之後，故卒章托爲從者之語，促公引身遠去。意謂世人惟名與官是急，若不離去名官，日與若輩波瀾相逐，則雖緘口杜門，彼之疑鬼疑神者，造語萬端，終不可止。「今去不勇」二句，又促使速去也。是年夏，自國子博士分司東出，是即公之勇于去也。

陳沆曰：救寒莫如重裘，止謗莫如自修，即嘲鼾睡詩所謂「何能堙其源，惟有土一畚」也。

嘲鼾睡二首〔一〕

澹師晝睡時，聲氣一何猥〔二〕。頑飈吹肥脂，坑谷相嵬磊〔三〕。雄哮乍咽絶〔四〕，每發壯益倍。有如阿鼻尸，長喚忍衆罪〔五〕。馬牛驚不食〔六〕，百鬼聚相待〔七〕。木枕十字裂，鏡面生疿瘤〔八〕。鐵佛聞皺眉，石人戰摇腿〔九〕。孰云天地仁〔一〇〕？吾欲責真宰〔一一〕。幽尋虱搜耳〔一二〕，猛作濤翻海。太陽不忍明，飛御皆惰怠〔一三〕。乍如彭與黥〔一四〕，呼冤受菹醢〔一五〕。又如圈中虎，號瘡兼吼餒。雖令伶倫吹〔一六〕，苦韻難可改〔一七〕。雖令巫咸招，魂爽難復在〔一八〕。何山有靈藥〔一九〕？療此顛與採〔二〇〕。

〔一〕〔祝本王本引洪興祖曰〕李希聲家有退之遺詩數十篇，希聲云：皆非也，獨嘲鼾睡二篇似之。〔補釋〕公送諸葛覺往隨州讀書詩韓醇注：「諸葛覺，或云即澹師，公逸詩有澹師鼾睡二首，爲此人作。」貫休集作諸葛珏，其懷珏詩云：「出山因覓孟，踏雪去尋韓。」注云：「遇孟郊、韓愈於洛下。」又注：「諸葛曾爲僧，名澹然。」題「珏」字下注：「一作覺。」貫休時代在後，此他人詩誤入貫休集者。據洪興祖韓子年譜云：「元和二年丁亥，分教東都生。」而孟東野則於此時爲河南尹鄭餘慶賓佐，皆在洛陽。澹師訪二公，疑在此時。説文：「鼾，卧息也，从鼻，干聲。讀若汗。」

〔二〕〔補釋〕説文：「猥，犬吠聲，从犬，畏聲。」

〔三〕〔蔣抱玄注〕坑，本作阬。史記貨殖傳：「犯晨夜，冒霜雪，馳阬谷。」嵬磊，見本卷記夢注。

〔四〕〔補釋〕説文：「哮，豕驚聲也，从口，孝聲。」一切經音義：「通俗文曰：虎聲謂之哮唬。」

〔五〕〔補釋〕佛説觀佛三昧海經云：「何名阿鼻地獄？阿言無，鼻言遮；阿言無，鼻言救；阿言無聞，鼻言無動；阿言極熱，鼻言極惱；阿言不閑，鼻言不住，不閑不住，名阿鼻地獄；阿言大火，鼻言猛熱，猛火入心，名阿鼻地獄。阿鼻地獄縱廣正等八千由旬。具五逆者，其人受罪，足滿五劫。」

〔六〕〔補釋〕大智度論：「見合會大地獄中，惡羅刹獄卒，作種種形，牛馬豬羊麞鹿狐鳥，作此種種諸鳥獸頭，而來吞噉齩齧齰掣罪人。」

〔七〕〔補釋〕山海經：「東北有門，名曰鬼門，萬鬼所聚也。」

〔八〕〔方成珪箋正〕廣韻：「痱瘟，皮外小起。」

〔九〕〔補釋〕史記魏其武安傳：「且帝寧能爲石人耶？」

〔一〇〕〔蔣抱玄注〕大戴禮：「天作仁。」又墨子：「禽子問天孰與地仁？墨子曰：翟以地爲仁。」

〔一一〕〔補釋〕老子：「天地不仁，以萬物爲芻狗。」

〔一二〕〔補釋〕莊子：「若有真宰，而特不得其眹。」杜甫詩：「吾將罪真宰。」

〔一三〕〔補釋〕莊子：「濡需者，豕蝨是也。擇疏鬣自以爲廣宮大囿，奎蹄曲隈，乳間股脚，自以爲安室利處。」

〔一四〕祝本「黥」誤作「鯨」。

〔一三〕廖本作「惰」。祝本、王本作「墮」。日御，見卷二苦寒注。

〔一五〕〔補釋〕史記彭越傳：「梁王怒其太僕，欲斬之。太僕亡走漢，告梁王與扈輒謀反。於是上使捕梁王，囚之，赦以爲庶人，傳處蜀青衣。呂后白上曰：彭王壯士，今徙之蜀，此自遺患，不如遂誅之。遂夷越宗族。」又黥布傳：「布發兵反，與上兵遇蘄西，會甄遂大戰。布軍敗走，番陽人殺布兹鄉民田舍。遂滅黥布。」〔蔣抱玄注〕李陵答蘇武書：「韓彭葅醢。」

〔一六〕〔補釋〕呂氏春秋：「昔黄帝令伶倫作爲律。」

〔一七〕〔蔣抱玄注〕嵇康琴賦：「改韻易調，奇音乃發。」

〔一八〕〔補釋〕楚辭招魂：「帝告巫陽曰：有人在下，我欲輔之；魂魄離散，汝筮予之。巫陽對曰：掌夢上帝，其命難從。若必筮予之，恐後謝之不能復用。」説文：「古者巫咸初作巫。」左傳：「心之精爽，是謂魂魄。」

〔一九〕〔蔣抱玄注〕十洲記：「長洲一名青丘，仙草靈藥，甘液玉英，靡所不有。」

〔二〇〕王本此二句屬下首，非是。

澮公坐卧時，長睡無不穩〔一〕。吾嘗聞其聲，深慮五藏損〔二〕。黄河弄濆瀑〔三〕，梗澀連拙鯀〔四〕。南帝初奮槌，鑿竅洩混沌〔五〕。迥然忽長引〔六〕，萬丈不可忖〔七〕。謂言絶於斯，繼出方衮衮〔八〕。幽幽寸喉中〔九〕，草木森苯蓴〔一〇〕。盜賊雖狡獪，亡魂敢窺閫〔一一〕。鴻蒙總合雜〔一二〕，詭譎騁戾狠〔一三〕。乍如鬭呶呶〔一四〕，忽若怨懇懇〔一五〕。

賦形苦不同，無路尋根本。何能堙其源〔一六〕？惟有土一畚〔一七〕。

〔一〕〔蔣抱玄注〕杜甫詩：「我兄睡穩方舒膝。」

〔二〕〔補釋〕韓詩外傳：「精藏於腎，神藏於心，魂藏於肝，魄藏於肺，志藏於脾：此謂五藏。」

〔三〕〔補釋〕一切經音義引蒼頡篇曰：「水濆起曰瀑。」

〔四〕〔蔣抱玄注〕晉書王承傳：「道路梗澀。」〔補釋〕史記夏本紀：「禹之父曰鯀。當帝堯之時，洪水滔天，堯聽四嶽，用鯀治水，九年而水不息，功用不成。」

〔五〕王本作「鑿」。祝本、廖本、蔣本作「一」。〔補釋〕莊子：「南海之帝爲儵，北海之帝爲忽，中央之帝爲渾沌。儵與忽時相遇於渾沌之地，渾沌待之甚善。儵與忽謀報渾沌之德，曰：人皆有七竅以視聽食息，此獨無有，嘗試鑿之。日鑿一竅，七日而渾沌死。」

〔六〕〔補釋〕詩毛傳：「引，長也。」成公綏嘯賦：「嘈長引而憀亮。」

〔七〕〔補釋〕華嚴經音義引珠叢曰：「忖，測度也。」

〔八〕〔補釋〕晉書王戎傳：「裴頠論前言往行，袞袞可聽。」

〔九〕幽幽，見卷五秋懷詩注。

〔一〇〕〔王元啓曰〕芊蕁，草叢生貌。張衡南都賦：「森蕁蕁而刺天。」西京賦：「芊蕁蓬茸，彌皋被岡。」公語本此。

〔一一〕〔補釋〕一切經音義引三蒼曰：「閾，謂門限也。」

〔一二〕〔蔣抱玄注〕莊子：「雲將東游，適遭鴻蒙。」郭象曰：「鴻蒙，自然元氣也。」〔補釋〕合雜爲衆盛之稱。唐人詩文多用之。伍子胥變文：「征馬合合雜雜。」亦謂征馬衆多也。亦作「合遝」。文選洞簫賦：「鶖合遝以詭譎。」李善注：「合遝，盛多貌。」合雜、合遝，皆疊韻謰語。

〔一三〕〔補釋〕王褒洞簫賦：「鶖合遝以詭譎。」李善注：「詭譎，猶奇怪也。」國語韋昭注：「狠，很戾不從人。」

〔一四〕〔補釋〕詩：「載號載呶。」毛傳：「號呶，號乎讙呶也。」

〔一五〕〔補釋〕漢書司馬遷傳：「意氣懃懃懇懇。」廣雅：「懇懇，誠也。」又：「懇，力也。」

〔一六〕〔補釋〕廣雅：「堙，塞也。」

〔一七〕祝本、廖本、王本作「畚」。蔣本作「畚」。〔補釋〕左傳杜預注：「畚，盛土器。」

【集說】

周紫芝曰：世所傳退之遺文，其中載嘲鼾睡二詩，語極怪譎。退之平日未嘗用佛家語作詩，今云「有如阿鼻尸，長喚忍衆罪」，其非退之作決矣。又如「鐵佛聞皺眉，石人戰搖腿」之句，大似鄙陋，退之何嘗作是語。小兒輩亂真如此者甚衆，烏可不辨。

葛立方曰：歸叟詩話載鼾睡一篇，以爲韓退之遺文。其實非也。所謂「有如阿鼻尸，長喚忍衆罪」、「鐵佛聞皺眉，石人戰搖腿」等句，皆不成語，而厚誣退之，不亦冤乎？歐陽永叔有謝人送枕簟詩，因及喜睡，其曰「少壯喘息人莫聽，中年鼻鼾尤惡聲；癡兒掩耳謂雷作，竈婢驚窺疑釜鳴」，與前詩不侔矣。

何孟春曰：退之嘲鼾睡二詩，竹坡周少隱謂其怪譎無意義，非退之作。春以爲不然。此張籍之所謂駁雜者，退之特用爲戲耳。

何焯義門讀書記曰：此篇多用佛經，因其浮屠而戲之。

方世舉曰：嘲鼾睡二詩，周紫芝以用佛語辨之，是則拘墟之見。朱子詩中有晨起讀佛經五古，未嘗去之。不從其道而偶舉其事文，于義無失。況嘲僧用之，即其所知以爲言，有何不可。專指鄙俚，則近似之。然鄙俚中文詞博奧，筆力峭折，未必非昌黎游戲所及。昌黎外誰能之耶？李漢不編，亦方隅之耳目。後人非之，則爲聾瞶。余今辨其所辨，以爲奇奇怪怪，不主故常者存一疑案。

陳沆曰：嘲鼾一篇，語皆託諷，極狀悠謬無根之口，等諸寐寱囈語之聲。無可尋求，何從計校？但過諧近俳。

方成珪箋正曰：公詩從不用佛經語，全集可以覆驗。此篇中「有如阿鼻尸，長喚忍衆罪」一連，及下「鐵佛聞皺眉」句，可決其必非公作。何義門謂「用佛經者，因其浮屠而戲之」，其然豈其然乎？

蔣抱玄曰：雖非完全排硬格，而造語之奇，嵌字之險，確爲韓公一家法。借佛語以謔釋子，正是本地風光，亦爲文情所必要。說者僉以公素不語佛，指爲贋作，毋亦高叟之爲詩矣。文士論古可笑類如是。

酬裴十六功曹巡府驛途中見寄〔一〕

相公罷論道〔二〕，聿至活東人〔三〕。御史坐言事，作吏府中塵〔四〕。遂令河南治〔五〕，今古無儔倫。四海日富庶〔六〕，道途隘蹄輪〔七〕，府西三百里，候館同魚鱗〔八〕。相公謂御史：勞子去自巡〔九〕。是時山水秋，光景何鮮新〔一〇〕，哀鴻鳴清耳〔一一〕，宿霧褰高旻〔一二〕。遺我行旅詩，軒軒有風神〔一三〕，譬如黄金盤，照耀荆璞真〔一四〕。我來亦已幸，事賢友其仁〔一五〕。持竿洛水側〔一六〕，孤坐屢窮辰〔一七〕，多才自勞苦〔一八〕，無用祇因循〔一九〕。辭免期匪遠〔二〇〕，行行及山春〔二一〕。

〔一〕〔舉正〕裴十六，度也。二年秋作。〔考異〕或無「塗」字。舊云裴諗，非。〔魏本引韓醇曰〕度時爲河南府功曹。公時分司東都作。〔方世舉注〕舊唐書裴度傳：「度，字中立，河東聞喜人。擢第，授河陰尉，遷監察御史。密疏論權倖，語切忤旨，出爲河南府功曹。」功曹，見卷二答張十一功曹注。

〔二〕〔方世舉注〕新唐書宰相表：「元和元年十一月，鄭餘慶罷爲河南尹。」書周官：「立太師太傅太保，兹惟三公，論道經邦。」相公，見卷一此日足可惜注。

〔三〕〔舉正〕杭、蜀作「聿來」。〔考異〕「至」，方作「來」。「活」或作「治」，非是。〔方世舉注〕

詩：「我征聿至。」〔顧嗣立注引劉石齡曰〕杜子美北征詩：「于今國猶活。」詩：「東人之子。」〔蔣抱玄注〕唐以河南洛陽爲東都，故謂洛人曰東人。

〔四〕見題注。

〔五〕〔方世舉注〕新唐書地理志：「河南府河南郡，本名州，開元元年爲府，屬河南道。」

〔六〕〔魏本引孫汝聽曰〕論語：「子適衞，冉有僕。子曰：庶矣哉！冉有曰：既庶矣，又何加焉？曰：富之。」

〔七〕〔魏本引孫汝聽曰〕蹄輪，車馬也。

〔八〕〔方世舉注〕周禮地官遺人：「凡國野之道，十里有廬，廬有飲食。三十里有宿，宿有路室，路室有委。五十里有市，市有候館，候館有積。凡委積之事，巡而比之，以時頒之。」漢書劉向傳：「魚鱗左右。」師古曰：「言在帝之左右，相次若魚鱗也。」

〔九〕〔沈欽韓注〕左降官例稱前資，府州館驛判官録事通掌之。其時裴度必常擬録事也。

〔一〇〕〔顧嗣立注〕杜子美詩：「高秋爽氣相鮮新。」

〔一一〕哀鴻，見卷一鳴雁注。

〔一二〕〔舉正〕杭、蜀作「褰」。〔考異〕「褰」，或作「浥」，非是。〔黄鉞注〕水經注：「烟褰霧斂。」褰字本之。〔補釋〕文選射雉賦徐爰注：「褰，開也。」旻，見卷二送惠師注。

〔一三〕〔方世舉注〕淮南道應訓：「軒軒然方迎風而舞。」世説：「林公道王長史，歛衿作一來，何其軒軒詔舉？」

〔一四〕〔顧嗣立注〕傅長虞玉賦：「潛光荆野，抱璞未理。」〔方成珪箋正〕「真」，疑當作「珍」。

〔一五〕〔魏本引韓醇曰〕論語：「事其大夫之賢者，友其士之仁者。」〔魏本引孫汝聽曰〕事賢謂餘慶，友仁爲度。

〔一六〕洛水，見卷二贈侯喜注。

〔一七〕〔魏本引孫汝聽曰〕窮辰，盡日。

〔一八〕〔舉正〕杭、蜀本只作「自勞苦」。〔考異〕方作「苦勞」。今按語勢，當作「勞苦」。大抵公詩多自胷襟流出，未必故用古人語也。祝本、魏本作「苦勞」。廖本、王本作「勞苦」。〔魏本引孫汝聽曰〕多才，謂度也。

〔一九〕〔魏本引孫汝聽曰〕無用，自謂也。

〔二〇〕〔魏本引孫汝聽曰〕言欲自免去。

〔二一〕〔何焯曰〕與秋應。

【集説】

朱彝尊曰：亦近古淡，然未工。

程學恂曰：公於晉公，實有知己之分，非同泛然也。故此等詩，雖無甚深意而必存。

蔣抱玄曰：讀之似嫌率易，然實爲集中别開生面之作。

孟東野失子〔一〕并序

東野連産三子，不數日輒失之。幾老，念無後以悲〔二〕。其友人昌黎韓愈，懼其傷也，推天假其命以喻之。

失子將何尤？吾將上尤天〔三〕。女實主下人，與奪一何偏〔四〕？彼於女何有，乃令蕃且延〔五〕？此獨何罪辜，生死旬日間？上呼無時聞，滴地淚到泉。地祇爲之悲〔六〕，瑟縮久不安〔七〕。乃呼大靈龜〔八〕，騎雲款天門〔九〕，問天主下人，薄厚胡不均〔一〇〕？天曰天地人，由來不相關。吾懸日與月，吾繫星與辰，日月相噬齧〔一一〕，星辰踣而顛〔一二〕，吾不女之罪，知非女由緣〔一三〕。且物各有分，孰能使之然？有子與無子，禍福未可原。魚子滿母腹〔一四〕，一一欲誰憐？細腰不自乳，舉族長孤鰥〔一五〕。鴟梟啄母腦，母死子始翻〔一六〕。蝮蛇生子時〔一七〕，坼裂腸與肝〔一八〕。好子雖云好，未還恩與勤〔一九〕。惡子不可説，鴟梟蝮蛇然。有子且勿喜，無子固勿歎。上聖不待教，賢聞語而遷，下愚聞語惑〔二〇〕，雖教無由悛〔二一〕。大靈頓頭受，即日以命還。地祇謂大靈：女往告其人〔二二〕。東野夜得夢〔二三〕，有夫玄衣巾〔二四〕，闖然入其户，三稱天之言。再拜謝玄夫〔二五〕，收悲以歡忻。

〔一〕元和三年戊子。〔魏本引唐庚曰〕東野爲鄭餘慶留府賓佐，在元和二三年，此詩當是時作也。據郊集有哀幼子及杏殤詩，其詞甚悲。〔補釋〕東野集杏殤詩有云：「驚霜莫翦春，翦春無光輝。」「應是一線淚，入此春木心。」「誰謂生人家，春色不入門？」「冽冽霜殺春，哭此不成春。」悼幼子詩云：「負我十年恩，欠爾千行淚，洒之北原上，不待秋風至。」是東野失子，當在春初。

〔二〕〔補釋〕東野杏殤詩云：「哀哀孤老人，戚戚無子家。」又云：「此誠天不知，翦棄我子孫。」又云：「失芳蝶既狂，失子老亦孱。且無生生力，自有死死顏。」又云：「病叟無子孫，獨立猶束柴。」

〔三〕〔補釋〕論語：「不怨天，不尤人。」皇侃疏：「尤，責也。」

〔四〕〔舉正〕蜀本「何」作「以」，非。「奪彼與此，一何偏也？」莊子語。〔方成珪箋正〕莊子列御寇篇原文，「一何」作「何其」。

〔五〕〔舉正〕「蕃」，蜀本作「繁」。

〔六〕〔方世舉注〕周禮春官大司樂：「樂八變則地示皆出。」示，古祇字。

〔七〕〔蔣抱玄注〕呂氏春秋：「筋骨瑟縮不達。」

〔八〕〔魏本引孫汝聽曰〕地祇呼也。〔顧嗣立注〕爾雅：「一曰靈龜。」邢昺曰：「雒書：靈龜者，玄文五色，神靈之精也。」〔補釋〕爾雅：「龜俯者靈。」郝懿行義疏：「俯者，天龜也。」又：「靈龜者，劉逵蜀都賦注引譙周異物志曰：『涪陵多大龜，其甲可以卜，其緣中叉似瑇瑁，俗名曰靈。』說苑辨物篇云：『靈龜文五色，似玉似金。』類聚引吴謝承表云：『伏覩靈龜，出於會稽章安。臣聞靈龜告符，五色粲彰，則金則玉，背陰向陽。』」〔唐宋詩醇曰〕龜筴傳祝詞云：「假之玉靈夫子而上行於天，下行於淵。」詩以大靈發端，本此。

〔九〕〔補釋〕史記商君傳：「款關請見。」集解：「韋昭曰：款，叩也。」東野杏殤詩云：「靈鳳不銜訴，誰爲扣天關？」公本之而推申其義。

〔一〇〕〔朱彝尊曰〕但直說，頗亦朴古，然猶是詩變格。

〔一一〕〔魏本引孫汝聽曰〕噬齧，薄蝕也。〔方世舉注〕廣雅釋詁：「噬，食也。」釋名：「齧，齾也。」

〔一二〕〔魏本引孫汝聽曰〕謂霣星也。〔方世舉注〕說文：「踣，僵也。」

〔一三〕〔舉正〕杭作「因」。蜀作「緣」。此詩如「因」與「鰥」，今本皆以韻不叶，妄刊也。〔考異〕作「緣」亦通，未必誤改也。祝本、魏本作「緣」。廖本、王本作「因」。〔王元啓曰〕由緣，叶上顛韻，極渾脱自然。方以欲從古韻之故，改「緣」作「因」，反使語咽不響。〔何焯曰〕波瀾妙。

〔一四〕〔考異〕「腹」，或作「肚」。

〔一五〕〔舉正〕閣作「鰥」，山谷、李、謝校同。〔考異〕「鰥」，或作「懸」。祝本、魏本作「懸」。廖本、王本作「鰥」。〔魏本引韓醇曰〕博物志：「細腰無雌雄之類，取桑蟲或阜螽子抱而成己子。」〔魏本引孫汝聽曰〕詩所謂「螟蛉有子，果蠃負之」者也。〔顧嗣立注〕爾雅：「果蠃蒲盧。」郭璞曰：「即細腰蠭也。」

〔一六〕〔舉正〕杭、蜀作「翻」。〔考異〕「翻」，或作「蕃」。祝本、魏本作「蕃」。廖本、王本作「翻」。〔補釋〕爾雅釋鳥：「梟，鴟。」漢書郊祀志注：「孟康曰：梟，鳥名，食母。」説文新附：「翻，飛也。」

〔一七〕〔魏本注〕「蝮」，一作「虺」。

〔一八〕〔方世舉注〕爾雅翼：「蝮，蛇之最毒者。衆蛇之中，此獨胎産，在母胎時，其毒氣發作，母腹裂乃生。」〔朱彝尊曰〕四喻奇詭。

〔一九〕〔方世舉注〕詩鴟鴞：「恩斯勤斯，鬻子之閔斯。」

〔二〇〕〔補釋〕論語：「唯上知與下愚不移。」

〔二一〕〔方世舉注〕書泰誓：「惟受罔有悛心。」

〔二二〕〔魏本引孫汝聽曰〕人，謂失子之人也。

〔二三〕〔汪琬曰〕奇想。

〔二四〕〔魏本引韓醇曰〕崔豹古今注曰：「龜，一名玄衣督郵。」〔魏本引補注〕邵氏聞見録云：

「史記：江使神龜使於河，漁者得之。龜來見夢於宋元王。元王夢見一丈夫延頸而長頭，衣玄繡之衣，而乘輜車。出龜策列傳。退之詩實用此事。」

〔二五〕〔魏本引孫汝聽曰〕以其巾衣玄，故曰玄夫。

【集說】

樊汝霖曰：石君美有子，年少而失。魯直嘗書此詩遺之曰：「時以觀覽，可用亂思而紓哀，究觀物理，其實如此。」

俞瑒曰：用韻本主先字，兼入真、文、元、寒、删諸韻，是古韻也。與此日足可惜一首同法。

何焯曰：先生早年詩好爲鐫鑱以出怪巧，元和後多歸于古樸，所謂「姦窮變怪得，往往造平淡」，又所云「不用意而功益奇老」。如此等詩，愈樸淡，愈奇古。

程學恂曰：此詩意旨與列子力命篇略同，而語較奇警。

莎栅聯句〔一〕

冰溪時咽絕，風櫪方軒舉。愈〔二〕。此處不斷腸，定知無斷處。郊〔三〕。

〔一〕〔舉正〕元和二三年間東都作。〔魏本引韓醇曰〕河南志：「莎栅谷水，在永寧縣西三十里，出莎嶺，東流入昌谷。」莎栅蓋在東都也。公與東野各一聯，遂及斷腸之意，必二公有所深感，不得而詳矣。〔補釋〕此當是東野失子時所爲，故有斷腸之語。

〔二〕〔魏本引孫汝聽曰〕櫪，水名。亦作櫟。

〔三〕〔補釋〕樂府隴頭歌：「隴頭流水，鳴聲幽咽。遥望秦川，肝腸斷絶。」此聯句所本。

【集説】

朱彝尊曰：好絶句，前二句是比。

贈唐衢〔一〕

虎有爪兮牛有角，虎可搏兮牛可觸。奈何君獨抱奇材，手把鉏犁餓空谷〔二〕。當今天子急賢良，匭函朝出開明光〔三〕。胡不上書自薦達，坐令四海如虞唐〔四〕？

〔一〕〔祝充注〕衢從退之游，舊史附公傳末，新史削之，世稱唐衢善哭者是也。〔方世舉注〕國史補：「唐衢，周鄭客也。有文學，老而無成。唯善哭，每一發聲，音調哀切，聞者泣下。嘗游太原，遇享軍，酒酣乃哭，滿座不樂，主人爲之罷宴。」舊唐書唐衢傳：「衢應進士，久而不第。能爲歌詩，意多感發。見人文章有所傷歎者，讀訖必哭，涕泗不能已。故世謂唐衢善哭。左拾遺白居易遺之詩曰：『賈誼哭時事，阮籍哭路岐，唐生今亦哭，異代同其悲。唐生者何人？五十寒且饑。不悲口無食，不悲身無衣。所悲忠與義，悲甚則哭之。太尉擊賊日，尚書叱盜時。大夫死凶寇，諫議謫蠻夷。每見如此事，聲發涕輒隨。我亦君之徒，鬱鬱何所爲？不能發聲哭，轉作樂府辭。』其爲名流稱重若此，竟不登一命而卒。」按：詩云「當今天子急賢良」，宜在元和三年春，御宣政殿試制科舉人賢良方正對策之時，故系之東都諸作間。

〔王元啓曰〕衢文僅存陽武復縣記一篇，見集古録。歐陽公謂其氣格不俗，亦足佳也。

〔二〕〔方世舉注〕詩白駒：「皎皎白駒，在彼空谷。」〔方世舉注〕老子貴生章：「兕無所投其角，虎無所措其爪。」

〔三〕〔方世舉注〕新唐書百官志：「武后垂拱二年，有魚保宗者，上書請置匭以受四方之書。乃鑄銅匭四，塗以方色，列于朝堂。青匭曰延恩，在東，告養人勸農之事者投之。丹匭曰招諫，在南，論時政得失者投之。白匭曰申冤，在西，陳屈抑者投之。黑匭曰通元，在北，告天文祕謀者投之。其後同爲一匭。」〔顧嗣立注〕三秦記：「未央宮漸臺西有桂宮，中有明光殿。」

〔四〕〔魏本引蔡夢弼曰〕虞、唐，國號也。堯居於唐，舜封於虞，故堯、舜號唐、虞氏。〔沈德潛唐詩別裁集〕賢哲心事，光明磊落，公所以三上宰相書也。

【集説】

程學恂曰：樂天遺唐衢詩，全賦其哭。此獨不及其哭，但稱其才之奇而已。須知哭處正是奇材無所發洩處也。

祖席〔一〕

〔一〕〔舉正〕舊注云：「以王涯徙袁州刺史而作。」按舊紀：涯刺袁州，元和三年四月也。公時在東都，故曰「祖席洛橋邊」。〔魏本引樊汝霖曰〕世傳此二詩公爲王涯作。涯，字廣津，元和初，其甥皇甫湜對策忤宰相，涯因是貶虢州司馬，徙爲袁州。詩云宜春，即爲袁州也。〔王元啓曰〕涯貶虢州，在初夏，徙袁當在深秋，故有菊鮮木落等句。方氏直以貶虢爲徙袁之日，似與詩旨不符。此非史謬，方誤耳。〔方成珪箋正〕舊史憲宗紀：元和三年四月，涯以甥皇甫湜對策忤宰相，貶虢州司馬。不載其徙袁州刺史事。傳亦略之。新史本傳則紀其自虢刺袁。〔方世舉注〕公與涯同年進士，虢州又近東都，故有祖席之作。〔顧嗣立注〕漢疏廣傳：「設祖道供帳東都門外。」景十三王傳：「祖於江陵北門。」師古曰：「祖者，送行之祭，因饗飲也。昔黄帝之子纍祖，好遠游，而死于道，故後人以爲行神也。」

前字〔一〕

祖席洛橋邊〔二〕，親交共黯然〔三〕。野晴山簇簇〔四〕，霜曉菊鮮鮮〔五〕。書寄相思處，盃銜欲別前。淮陽知不薄〔六〕，終願早迴船。

〔一〕廖本、王本如此。祝本、魏本作「得前字」，旁注于祖席題下。〔考異〕或二題，「前」字「秋」字上皆有「得」字。

〔二〕〔魏本引孫汝聽曰〕公時分司東都，故云「洛橋邊」也。〔補釋〕王勃春思賦云：「向夕天津洛橋暮。」孟東野集洛橋晚望詩云：「天津橋下冰初結。」是唐人所云洛橋，即指天津橋也。元和郡縣志：「河南道河南府，管河南縣。天津橋在縣北四里，隋煬帝大業元年初造此橋，以架洛水，用大纜維舟，皆以鐵鎖鉤連之。貞觀十四年，更令石工累方石爲脚。爾雅：斗牛之間，爲天漢之津，故取名焉。」

〔三〕〔魏本引孫汝聽曰〕江淹別賦：「黯然銷魂者，唯別而已矣。」

〔四〕魏本、廖本、王本作「簇簇」。祝本作「蔟蔟」。

〔五〕〔何焯曰〕新句。

〔六〕廖本、王本作「陽」。祝本、魏本作「南」。〔舉正〕洪云：「『淮南』當作『淮陽』，用汲黯事。以後詩有『淮南』字，隨筆以誤也。〔方世舉注〕史記汲黯傳：「召拜黯爲淮陽太守，黯伏謝不受印。上曰：君薄淮陽耶？吾今召君矣。」

【集説】

朱彝尊曰：唐人別詩甚多。此詩敍景述情，猶覺稍出新意。其架構之妙，亦只在幾希間。

蔣抱玄曰：情緒纏綿，集中僅作。

秋字〔一〕

淮南悲木落〔二〕，而我亦傷秋〔三〕。況與故人別，那堪羈宦愁〔四〕。榮華今異路，風雨苦同憂〔五〕。莫以宜春遠〔六〕，江山多勝游〔七〕。

〔一〕廖本、王本如此。祝本、魏本題作「又」。旁注云：「得秋字。」〔魏本注〕一云「傷秋」。

〔二〕〔方世舉注〕淮南説山訓：「桑葉落而長年悲。」庾信枯樹賦引之，作「木葉落」。

〔三〕〔舉正〕唐本、謝校作「而」。〔考異〕「而」，或作「今」。祝本、魏本作「今」。廖本、王本作「而」。

〔四〕〔魏本引韓醇曰〕選陸士衡赴洛詩：「羈旅遠游宦。」〔蔣抱玄曰〕流水對，極輕利。

〔五〕〔方世舉注〕詩：「風雨如晦。」小序：「思君子也。」〔方成珪箋正〕「苦」，當作「昔」。

〔六〕〔補釋〕楊樹達詞詮：「以，謂也，以爲也。」新唐書地理志：「袁州宜春郡，屬江南西道。」

〔何焯曰〕又一轉折。

〔七〕〔魏本引樊汝霖曰〕此詩公自題其後云：「兩詩何處好？就中何處佳？何處惡？」〔舉正〕此詩前後注文，舊本無之。蜀本亦然。

【集説】

李光地榕村詩選曰：二詩爲公得意之作，聲韻在辭句之外。

何焯云：清空一氣如話，絶有少陵風格。

程學恂曰：中唐以後，得律格者，端推張、賈。而公以才大不肯置意，故小律多不能工。然張、賈擅長處，公亦未嘗不知。此祖席二詩，似擬體格而爲之者，然終不肖也。如前字「淮陽知不薄」，便非張、賈語。秋字詩似有格，而實滑率。時俗所謂章法一氣者，從此誤入。

陸渾山火一首和皇甫湜用其韻〔一〕

皇甫補官古賁渾〔二〕，時當玄冬澤乾源〔三〕。山狂谷很相吐吞〔四〕，風怒不休何軒軒〔五〕，擺磨出火以自燔〔六〕。有聲夜中驚莫原〔七〕，天跳地踔顛乾坤〔八〕。赫赫上照窮崖垠〔九〕，截然高周燒四垣。神焦鬼爛無逃門〔一〇〕，三光弛隳不復暾〔一一〕。虎熊麋豬逮猴猿〔一二〕，水龍鼉龜魚與黿〔一三〕，鴉鴟鵰鷹雉鵠鵾〔一四〕，燖炰煨爊孰飛奔〔一五〕。祝融告休酌卑尊〔一六〕，錯陳齊玫闢華園〔一七〕，芙蓉披猖塞鮮繁〔一八〕。千鍾萬鼓咽耳喧，攢雜啾嚄沸篪塤〔一九〕。彤幢絳旃紫纛幡〔二〇〕，炎官熱屬朱冠褌〔二一〕，髹其肉皮通髀臀〔二二〕，頹胸垤腹車掀轅〔二三〕，緹顔韎股豹兩鞬〔二四〕，霞車虹靷日轂轓〔二五〕，丹蕤縓蓋緋繙帑〔二六〕。紅帷赤幕羅脤膰〔二七〕，衁池波風肉陵屯〔二八〕，谽呀鉅壑頗黎盆〔二九〕，豆登五山瀛四罇〔三〇〕。熙熙釂醻笑語言〔三一〕，雷公擘山海水翻〔三二〕，齒牙嚼齧舌齶反〔三三〕，電光䃴磹赬目暖〔三四〕。頊冥收威避玄根〔三五〕，斥棄輿馬背厥孫〔三六〕，縮身潛喘拳肩跟〔三七〕，君臣相憐加愛恩〔三八〕。命黑螭偵焚其元〔三九〕，天關悠悠不可援〔四〇〕，夢通上帝血面論〔四一〕，側身欲進叱於閽〔四二〕。帝賜九河湔涕痕〔四三〕，又詔巫陽反其魂〔四四〕，徐命之前問何冤。火行於冬古所存〔四五〕，我如禁之絶其飧〔四六〕，女丁婦壬傳世婚〔四七〕，一朝結讎奈後昆〔四八〕。時行當反慎藏蹲〔四九〕，視桃著花可小騫〔五〇〕，月及申酉利復怨〔五一〕，助汝五龍從九鯤〔五二〕，溺厥邑囚之崑崙〔五三〕。皇甫作詩止睡昏，辭誇出真遂上焚〔五四〕。要余和增怪又煩，雖欲悔舌不可捫〔五五〕。

〔一〕舉正、考異題如此。廖本、王本無「一首」二字。祝本、魏本題作「和皇甫湜陸渾山火用其韻」。〔考異〕諸本作「次韻和皇甫湜陸渾山火」。方從閣、杭、蜀本。〔方世舉注〕春秋：「楚子伐陸渾之戎。」杜預曰：「在伊川。」水經：「洛水東北過陸渾縣南注，其山介立豐上，單秀孤峙，故世謂之方山。」即陸渾山也。新唐書地理志：「河南府陸渾，畿縣。」又：「伊闕，畿縣。有陸渾山，一名方山，屬河南道。」〔補釋〕新唐書皇甫湜傳：「湜，字持正，睦州新安人。擢進士第，爲陸渾尉。仕至工部郎中。」〔魏本引樊汝霖曰〕今以牛僧孺、李宗閔傳考之，元和初，與牛、李同舉賢良，對策忤宰相，牛調伊闕尉，李洛陽尉，則知湜爲陸渾尉，亦其時也。按：唐登科記，湜中賢良，蓋元和二年也。〔魏本引韓醇曰〕此詩分司東都冬所作。〔沈欽韓注〕册府元龜：「元和三年，詔舉賢良方正，有皇甫湜對策，其言激切。牛僧孺、李宗閔亦苦諫時政。爲貴幸泣訴于帝。帝不得已，出考官楊於陵、韋貫之於外。」案：牛僧孺補伊闕尉，湜補陸渾尉。制科登用，較元年之元稹、獨孤郁等，大相懸絶。皇甫之作，蓋其寓意也。火以喻權倖勢方薰灼，炎官熱屬則指附和之人。牛、李等以直言被黜，猶黑螭之遭焚。終以申雪幽枉，屬望九重。其詞詭怪，其旨深淳矣。〔陳沆曰〕是詩自來説者莫得其解，第謂其詞奇奥詰屈而已。考集中奇作，無過此篇與石鼎、月蝕者。昌黎言必由衷，何苦爲此等不情無謂之詞，以自耗其精思乎？月蝕之爲刺詩，見於新書列傳，故後人尚知欣索。此篇自項冥收威以下，寃煩幽憤，幾於屈原之天問。第以此詩爲好怪者，何異以天問爲好怪耶？以史證之，蓋哀魏博節度使田弘正爲王庭湊所殺，朝廷不能討賊雪仇而作也。史言田弘正以六州之地來歸，又助討吴元濟、王承宗，誅李師道，屢立大功，忠節爲諸鎮冠。會王承宗死，朝廷復成德軍，詔徙田弘正鎮之。兵馬使王庭湊陰激牙兵譟于府署，殺弘正及僚佐將吏並家屬三百餘人。自稱留後。詔魏博、横海、河東、義武諸軍討之。以弘正子布爲魏博節度使，令復父仇。既而諸軍統領不一，監軍掣肘，度支不繼，踰年無功。由是再失河朔，迄於唐亡，不能復取。此事蓋昌黎所深痛，而又不忍顯言以傷國體，長驕鎮，故借詞以寄其哀。首二段言變起不測，被禍之酷。次三段言賊黨得志，凶燄氣勢之盛也。項冥以下，言田弘正忠魂冤抑，雖自訴于帝，而卒不能爲雪，僅以姑息了事也。女丁婦壬云云，喻河北諸鎮，互相樹援，世相傳襲，挾制朝命，其來已久也。皇甫尉陸渾在元和之初，此詩追和，在長慶之初，非一時所作。亦猶石鼎託于彌明聯句，月蝕託于效玉川體，皆廋詞寄託，以避誹謗。故末云「雖欲悔舌不可捫。」〔補釋〕按：沈説是也。陳説雖巧於比附，然長慶初去湜尉陸渾之年，相隔遼遠，追和之説，殊無所據。且如元和四五年間，王承宗叛，神策將酈定進死事，朝廷命吐突承璀進討不利，終以姑息了事，亦可以比附此詩，然終不如沈説之爲安也。〔魏本引樊汝霖曰〕公集有和湜陸渾山火及書公安園池詩，今考持正集，二詩皆亡，其他詩亦未嘗有一傳世者。偶然逸耶？抑皆不足以傳世也？劉貢父云：持正不能詩，掎摭糞壤間。公所以譏之，其或然歟？〔葉夢得曰〕人之才力，信自有限。李翺、皇甫湜，皆韓退之高弟，而二人獨不傳其詩。不應散亡無一篇存者，計是豈非其所長，故不多作耳。然二人以非所工而不作，愈於不能而強爲之，亦可謂善用其短矣。〔周必大曰〕余嘗得湜永州祁陽元次山唐亭詩碑，題云：侍御史内供奉皇甫湜。〔陸游跋皇甫先生文集〕右一詩在浯溪中興頌傍石間。持正集中無詩，詩見於世者，此一篇耳。然自是傑作。近時有容齋隨筆亦載此詩，乃云風格殊無可采。人之所見，恐不應如此。或是傳寫誤爾。〔再跋皇甫先生文集後〕司空表聖論詩有曰：「愚嘗覽韓吏部詩，其驅駕氣勢，掀雷決電，撐抉於天地之垠，物狀其變，不得鼓舞而徇其呼吸也。其次皇甫祠部文集外所作，亦爲遒逸，非無意於深密，蓋或未遑爾。」據此則持正自有詩集孤行，故文集中無詩，非不作也。表聖直以持正詩配退之，可謂知之。然猶云未遑深密，非篤論也。〔補釋〕全唐詩湜詩存題浯溪石、石佛谷、出世篇三首。〔劉攽曰〕唐詩賡和，有次韻，先後無易。有依韻，同在一韻。有用韻，用彼韻不必次，吏部和皇甫陸渾山火是也。今人多不曉。〔魏本引洪興祖曰〕或曰：湜此詩已不傳於世，不知貢父何所據而言之？

〔二〕〔舉正〕杭、蜀同作「賁」。賁，音陸，字本公羊。〔考異〕「賁」，或作「陸」。方從杭、蜀本。祝本、魏本作「陸」。廖本、王本作「賁」。〔姚範曰〕公羊宣三年經文：「楚子伐賁渾戎。」陸氏釋文：「賁，舊音六，或音奔。」〔朱彝尊曰〕首點地。

〔三〕〔舉正〕唐本作「玄」。〔考異〕「玄」，或作「大」。祝本、魏本作「大」。廖本、王本作「玄」。〔補釋〕揚雄羽獵賦：「於是玄冬季月。」李善注：「北方水色黑，故曰玄冬。」〔朱彝尊曰〕次點時。〔何焯曰〕先伏水衰。〔方成珪箋正〕首二語爲提綱。

〔四〕祝本、魏本、廖本作「很」。王本作「狠」。〔補釋〕説文：「很，不聽從也。一曰：行難也。一曰：盭也。从彳，艮聲。」廣韻：「很，俗作狠。」〔朱彝尊曰〕次點山。

〔五〕〔顧嗣立注〕春秋元命苞：「陰陽怒而爲風。」軒軒，見酬裴十六功曹巡府西驛塗中見寄注。

〔六〕〔補釋〕擺，與捭同。説文手部：「捭，兩手擊也，北買切。」玉篇：「擺，同捭。」與詩義正合。〔方世舉注〕易家人卦：「風自火出。」

〔七〕〔方世舉注〕左思吴都賦：「殷動宇宙，胡可勝原。」
〔八〕〔顧嗣立注〕羽獵賦：「踔夭蹻。」善曰：「踔，踰也。」
〔九〕〔顧嗣立注〕文選東都賦：「北動幽崖，南燿朱垠。」
〔一〇〕〔方世舉注〕鹽鐵論：「若救爛撲焦。」〔補釋〕漢書霍光傳：「焦頭爛額爲上客。」
〔一一〕〔舉正〕閣、杭同作「復」。蜀作「暇」。祝本、魏本作「暇」。廖本、王本作「復」。〔補釋〕淮南子：「若上亂三光之明。」白虎通：「天有三光：日、月、星。」國語韋昭注：「弛，毁也。」吕氏春秋高誘注：「隳，壞也。」〔祝充注〕暾，日出貌。楚辭：「暾將出兮東方。」〔陳沆曰〕以上敍火勢之盛也。
〔一二〕〔方世舉注〕爾雅釋獸：「麋，牡麔。豕子豬。」
〔一三〕〔方世舉注〕續博物志：「鼉長一丈，一名土龍。」埤雅釋魚：「黿，大鱉也。」
〔一四〕〔舉正〕閣本、李、謝校作「鷹雉」。〔考異〕「鷹雉」，或作「鴈鷹」。祝本、魏本作「鴈鷹」。廖本、王本作「鷹雉」。〔方世舉注〕爾雅釋鳥：「鸒斯，鵯鶋。」注：「鵶烏也。」又：「鴟鴞鸋鴂。」注：「鴟類。」又：「鷹，鶆鳩。」廣雅釋鳥：「鷻鸅鷙鷲，鵰也。」説文：「鵠，黄鵠也。」爾雅翼：「鵾雞似鶴，黄白色，長頷赤喙。」〔方成珪箋正〕爾雅釋畜：「雞三尺爲鶤。」玉篇下：「鵾似雞而大。」集韻：「公渾切。鶤、鵾同。」〔王元啓曰〕虎熊等走屬，鵶鴟等飛屬，皆陸産，理應類敍。龍鼉等鱗介之屬，與虎鵶類敍不倫，故須别提水字。據法，鵶鴟七字，當著水龍之上。〔補釋〕走屬陸，鱗介屬水，飛屬空，三句分敘，並無不倫。句法變化不雷同，故中句著水字耳。〔何孟春曰〕漢柏梁臺詩：「柤梨橘栗桃李梅。」韓退之陸渾山火詩：「鵶鴟鵰鷹雉鵠鵾。」陳後山二蘇公詩：「桂椒柟櫨楓柞樟。」七物爲句，亦偶用耳。或謂詩多用實字爲美，誤矣。〔翁方綱曰〕漁洋云：韓、蘇七言詩，學急就篇句法，如「鵶鴟鵰鷹雉鵠鵾」、「騅駓駰駱驪騮騵」等句。近又得五言數語，韓詩：「蚌螺魚鼈蟲。」盧仝詩：「鰻鱣鮎鯉鱔。」云云。然此種句法，間作七言可耳，五言即非所宜，解人當自知之。

〔一五〕〔考異〕熝，於刀切，埋物灰中令熟也。方作「爊」，非是。祝本、魏本作「爊熟」。廖本、王本作「熝孰」。〔祝充注〕燖，湯中爚肉。儀禮：「唯燖者有膚。」炰，合毛炙肉。詩：「毛炰胾羹。」〔顧嗣立注〕說文：「煨，盆中火也。」〔蔣之翹曰〕虎熊麋豬四句，其法本之招魂，漢柏梁亦嘗效之。〔朱彝尊曰〕旁及物類。〔陳沆曰〕四句敘被焚之象也。〔方成珪箋正〕自「山狂谷很」至「孰飛奔」，言風助火勢，延燒之盛。

〔一六〕〔補釋〕禮記月令：「孟夏之月，其神祝融。」鄭玄注：「祝融，顓頊氏之子，曰黎，爲火官。」〔王伯大注〕火行於冬，猶祝融告休而歸也。〔方世舉注〕卑尊即孟子所謂長幼卑尊。此形容火德之屬，而用飲至之事文也。

〔一七〕〔舉正〕閣本、李、謝校作「玫闢」。杭、蜀皆誤。〔考異〕「玫」，或作「收」，非是。「闢」，或作「闡」。祝本、魏本作「闡」。廖本、王本作「闢」。〔顧嗣立注〕文選子虛賦：「其石則赤玉玫瑰。」晉灼曰：「玫瑰，火齊珠也。」師古曰：「今南方之出火珠也。」

〔一八〕〔魏本引孫汝聽曰〕披猖，紛亂貌。　披猖字，見卷一此日足可惜注。　〔方世舉注〕言火色如花之鮮豔繁華，充塞其中也。　〔朱彝尊曰〕花卉。

〔一九〕〔舉正〕蜀本「沸」作「咈」。　〔考異〕作「咈」非是。　〔祝充注〕廣韻：「啾唧，小聲。」「嘍嘖，大唤。」　〔顧嗣立注〕郭璞爾雅注：「塤，燒土爲之。篪，以竹爲之。」　〔朱彝尊曰〕音樂。

〔二〇〕〔舉正〕閣、蜀作「旛」。　〔考異〕「旛」，或作「番」。　祝本作「番」。魏本、廖本、王本作「旛」。　〔方世舉注〕釋名：「幢，童也，其貌童童也。」周禮春官司常：「掌九旗之物，通帛爲旜。」釋名：「絳，工也，染之以得色爲工也。」又：「紫，疵也，非正色，五色之疵瑕以惑人者也。」張衡東京賦：「方釳左纛。」薛綜注：「左纛，以氂牛尾大如斗，置騑馬頭上，以亂馬目，不令相見也。」釋名：「旛，幡也，其貌幡幡也。」按：薛注纛，但一説也，本蔡邕獨斷。又軍中大旗名。此言旗也。

〔二一〕〔蔣抱玄注〕炎官即火官。熱屬，謂炎官之僚屬。　〔補釋〕釋名：「褌，貫也，貫兩脚上繫要中也。」

〔二二〕廖本、王本作「胜」。祝本、魏本作「骿」。　〔舉正〕祝季賓謂「胜」當作「骿」。按：胜从月从骨一也。昭烈帝髀中肉消，亦通用。　〔祝充注〕髹漆赤多黑少。臀，底也。周禮：「臀一寸。」　〔補釋〕史記貨殖傳正義：「顔云：以漆漆物謂之髹。」廣韻：「髀，髀股。骿同。」

〔二三〕〔舉正〕唐本、范、謝校作「掀轅」。〔考異〕或作「轅掀」。祝本、魏本作「轅掀」。廖本、王本作「掀轅」。〔補釋〕頹，下也。頹胸狀氣之頹下。垤，螘封也，有墳起之義。垤腹狀腹之隆起。〔祝充注〕掀，手舉物也。左氏：「乃掀公以出于淖。」

〔二四〕〔顧嗣立注〕左傳成公十六年：「有韎韋之跗。」注：「杜預曰：韎，赤色。」文選西京賦：「緹衣韎韐。」善曰：「武士之服。字林：緹，帛丹黄色。」魏志：「董卓有武力，雙帶兩鞬，左右馳射。」方言：「盛弓謂之鞬。」文選鮑明遠擬古詩：「氈帶佩雙鞬。」〔魏本引孫汝聽曰〕豹兩鞬者，以豹皮爲之。

〔二五〕〔舉正〕唐本、范、謝校作「虹」。閣本已誤。〔考異〕「虹」，或作「紅」，非是。祝本、魏本作「紅」。廖本、王本作「虹」。〔顧嗣立注〕詩：「陰靷鋈續。」毛氏曰：「靷所以引也。」正義曰：「以皮爲之。」列子：「日初出，大如車輪。」漢景帝紀：「令長吏二千石朱兩轓。」如淳曰：「小車兩屏也。」師古曰：「車之蔽也。」

〔二六〕〔祝充注〕縓，絳色。爾雅：「一染謂之縓。」繙，廣韻：「風吹旗。」帣，説文：「幡也。」〔方世舉注〕左思吴都賦：「羽旄揚蕤。」按：蓋，車蓋也。説文：「緋，帛赤色也。」〔王元啓曰〕帣與蕤蓋同類，被風吹亂，故曰繙帣。繙，亂也。〔朱彝尊曰〕儀仗。〔陳沆曰〕敍火神侍從車蓋之盛也。

〔二七〕〔魏本引韓醇曰〕周禮：「以脤膰之禮，親兄弟之國。」膰，祭肉也。

〔二八〕〔祝充注〕衁，血也。左氏：「士刲羊，亦無衁也。」〔舉正〕杭本作「淩」。蜀作「陵」。洪曰：陵屯，字見莊子，當從「陵」。樊澤之曰：「衁若池，波若風，肉若陵屯。」按：此詩自「祝融告休」之下，皆託喻於祝融之會其屬。當告休之時，合尊卑而更酌，喧鐘鼓，盛旃幢，炎官熱屬之徒，皆頳胸垤腹，緹顔韎股，以肅其前。霞車綵蓋，言車輿之設也。紅帷赤幕，言賑膰之羅也。衁如池，肉如陵，以巨壑爲頫黎盆，五岳爲豆，四瀛爲罇，醻酬喧雜，雷震亦助威焉。此其義也。衁與肉只當以二義言之，衁如池而波風，肉若陵之屯聚，樊説贅也。〔考異〕列子：「生於陵屯。」注：「謂高處。」莊子音義云：「阜也。」洪説得之。樊説衁池肉陵屯，方説波風，皆得之。而樊説波如風，方説肉如陵之屯聚，則誤矣。合二説而言之曰：如衁池之波風，肉之陵屯，乃爲善耳。〔王元啓曰〕衁肉承上賑膰言之，下文以壑爲盆，以山爲豆，以海爲罇，又承此句衁肉言之。方云「衁如池而波風，肉如陵之屯聚」，其説是也。考異謂「如衁池之波風，肉之陵屯」，則似指火之勢焰，恐非語意。〔顧嗣立注〕公此句似從左傳「有酒如澠，有肉如陵」二句脱化出來。

〔二九〕〔舉正〕唐作「谽」。谽呀，大貌。字見相如上林賦。少陵詩亦有「餘光散谽呀」。〔考異〕「谽」，或作「豁」。祝本、魏本作「豁」。廖本、王本作「谽」。〔方成珪箋正〕史記司馬相如上林賦：「谽呀豁閜。」郭璞注：「皆山谷之形容也。」頫黎，見卷五游青龍寺贈崔大補闕注。

〔三〇〕豆登，見卷四南山詩注。〔補釋〕史記孟子荀卿傳：「乃有大瀛海環其外。」〔魏本引孫汝聽曰〕豆登五山者，以五嶽爲豆登。瀛四罇者，以四海爲酒罇也。〔朱彝尊曰〕酒肉。

〔三一〕〔蔣抱玄注〕老子：「衆人熙熙，如享大牢。」〔祝充注〕釂，飲也。禮記：「長者舉未釂，少者不敢飲。」醻與酬同，主人進客。〔王元啓曰〕釂酬謂飲畢而導賓也。

〔三二〕〔顧嗣立注引劉石齡曰〕王充論衡：「圖畫之工，圖雷之狀如連鼓，又圖一人若力士，謂之雷公。使左手引連鼓，右手椎之。」抱朴子：「雷神曰雷公。」〔方世舉注〕屈原遠游：「前雨師使徑侍兮，右雷公以爲衞。」擘山，見卷四南山詩注。

〔三三〕祝本、魏本作「齶」。廖本、王本作「腭」。〔祝充注〕齶，音咢，一作腭，口中齗也。反，音翻，義與上聲同。〔舉正〕祝季賓云：「腭，恐作咢。」按：腭，齒齗也。集韻作「𦢊」。咢，咢之隸文也。義通。〔方世舉注〕玉篇有齶字，無腭字，説文俱無。廣韻：「咢，口中齗咢。出字統。與齶同。」亦無腭字。

〔三四〕〔補釋〕十洲記：「獸䑛地良久，忽叫如天大雷霹靂，又兩目如䃸磹之交光，光朗衝天。」慧琳一切經音義：「今吴名雹爲䃸磹，音息念、大念反。」〔方世舉注〕説文：「赬，赤色。」〔顧嗣立注〕廣韻：「暖，大目也。」〔朱彝尊曰〕飲噉。〔陳沆曰〕敍火神飲宴之盛也。以上敍祝融火神已畢，以下敍頊冥水神之哀告。

〔三五〕〔方世舉注〕記月令：「季冬之月，其帝顓頊，其神玄冥。」〔沈欽韓注〕列子天瑞篇：「玄牝之門，是爲天地之根。」晉書摯虞傳：「經赤霄兮臨玄根。」文選盧諶贈劉琨詩：「處其玄根。」　〔補釋〕天瑞篇語，先見於老子，又見文子。　〔王元啓曰〕或謂水陰根，陽火也。愚按：如或言，則下文「背厥孫」于文爲複沓，于義爲反戾矣。此但言項冥畏怯，自離其本根耳。蓋水屬玄，冬爲水舍，是即玄根也。

〔三六〕〔魏本引洪興祖曰〕水生木，木生火。水之於火，猶祖視孫也。

〔三七〕〔祝充注〕跟，説文：「足踵也。」

〔三八〕〔魏本引樊汝霖曰〕君謂顓頊，黑精之君。臣謂玄冥，水官之臣。　〔朱彝尊曰〕嗤項、冥。

〔三九〕〔方世舉注〕説文：「偵，問也。」廣韻：「偵，候。」左傳：「狄人歸其元。」元，首也。　〔方成珪箋正〕言火盛則水無權而反受其尅也。

〔四〇〕〔補釋〕揚雄長楊賦：「運天關。」呂氏春秋高誘注：「援，攀也。」

〔四一〕〔魏本引樊汝霖曰〕詩意謂火既用事，則項冥當縮身潛喘，而君臣乃命黑螭問其事於祝融，而火焚其首，黑螭所以血面而論於帝也。　〔朱彝尊曰〕訴天帝。

〔四二〕〔補釋〕楚辭離騷：「吾令帝閽開關兮。」　禮記：「閽者，守門之賤者也。」　〔趙執信聲調譜曰〕律句。

〔四三〕〔舉正〕杭、蜀作「涕」。　〔考異〕「涕」，或作「淚」。祝本、魏本作「淚」。廖本、王本作「涕」。九河，見卷一雜詩注。　〔祝充注〕澮，手澣之也。　〔趙執信曰〕拗律句。

〔四四〕見嘲鼾睡注。〔李詳證選〕招魂王逸注：「天帝閔屈原魂魄離散，使巫陽求索，得而與之，使反其身。」

〔四五〕〔魏本注〕一作「自古存」。

〔四六〕廖本、王本作「飧」。祝本、魏本作「餐」。〔王元啓曰〕飧，音孫，詩：「有饛簋飧。」傳訓熟食。餐，吞也。韻既不諧，又謂絶其食則可，絶其吞則不可，義亦不安。

〔四七〕〔舉正〕閣本、蜀本作「女」，杭本作「夫」。荆公、李、謝皆從杭本。董彦遠曰：「當作女丁夫壬。」引東山少連曰：「玄冥之子曰壬夫，娶祝融氏之女曰丁芊，俱學水仙，是爲温泉之神。」洪曰：「丁，火也。壬，水也。火，女也。水，男也。丁爲婦于壬，故曰女丁婦壬。一作『夫丁婦壬』，亦通。夫丁，壬也，言壬爲丁夫。婦壬，丁也，言丁爲壬婦。」〔考異〕丁爲陽中之陰，壬爲陰中之陽，故言女之丁者，爲婦于壬，以見水火之相配。今術家亦言丁與壬合。洪氏二説皆是。〔朱翌曰〕左氏：「火，水之妃。」妃，音配。以丁之女，爲壬之婦也。〔鄭珍跋韓詩〕「女丁婦壬傳世婚」，注家皆不得所出。余讀蕭吉五行大義論五行相雜第二段引五行書云：「甲以女弟乙嫁庚爲妻，丙以女弟丁嫁壬爲妻，戊以女弟己嫁甲爲妻，庚以女弟辛嫁丙爲妻，壬以女弟癸嫁戊爲妻。甲丙戊庚壬爲男，剛強，故自有德不雜。乙丁己辛癸爲女，柔弱，不自專，從夫，故有雜義。」論合條云：「丙陽丁陰，壬陽癸陰，丁爲壬妻，故壬與丁合。」引季氏陰陽説曰：「火七畏壬六，故以妹丁妻壬。」此公詩所本。〔補釋〕雲笈七籤引老子中經曰：「五行之道，常以所勝好者爲妻。假令今日甲乙木，木勝土，則甲以己爲妻。故言甲己乙庚丙辛丁壬戊癸，此皆夫妻合會之日也。」又引谷神妙氣訣曰：「夫五行更爲夫妻者何？皆有威制，故土欲東游，木往刻之，故戊嫁己爲甲妻。木欲西游，金往伐之。故甲嫁乙爲庚妻。金欲南游，火往殺之，故庚嫁辛爲丙妻。火欲北游，水灌而滅之，故丙嫁丁爲壬妻。水欲南游，土往竭之，故壬嫁癸爲戊妻矣。」

〔四八〕〔蔣抱玄注〕書：「垂裕後昆。」

〔四九〕〔補釋〕左傳杜預注：「蹲，聚也。」〔趙執信曰〕律句。

〔五〇〕廖本作「鶱」。祝本、魏本、王本、游本作「騫」。〔王元啓曰〕騫，音愆，訓虧少。今以上文藏蹲二字推之，義當作「鶱」。鶱，騰舉也，字从鳥，音虛言反。其音愆者，从馬，自入先韻。〔方成珪箋正〕謂桃始華時，水可稍得勢也。若作騫，則不但意義乖違，即韻亦不叶矣。

〔五一〕〔顧嗣立注〕禮記月令：「仲春之月，始雨水，桃始華。」漢書：「杜欽説王鳳曰：來春桃花水盛，必羨溢。」水衡記：「黄河水十二月各有名，二月三月名曰桃花水。」

〔五二〕〔魏本引孫汝聽曰〕申七月，酉八月，此玄冥復怨之時。〔魏本引韓醇曰〕水生於申，火死於酉。〔魏本引洪興祖曰〕謂七八月多水潦也。〔祝充注〕怨，音冤，讎也。〔方成珪箋正〕利復怨，謂利于復讎也。

〔五三〕〔沈欽韓注〕文選注：「二十一遁甲開山圖榮氏解曰：五龍昆弟五人，皆人面而龍身。」列子湯問篇，巨鰲十五，其六已爲龍伯國人所釣，故稱九鯤。　〔補釋〕莊子：「北冥有魚，其名爲鯤，鯤之大，不知其幾千里也。」

〔五三〕〔考異〕「之」，或作「出」。　〔顧嗣立注〕水經：「崑崙墟在西北，去嵩高五萬里，河水出其東北陬。」　〔翁方綱聲調譜評〕七言古詩多以上四下三爲句法，而此首卻有上三下四者凡二句，「溺厥邑囚之崑崙」、「雖欲悔舌不可捫」是也。　此則七言句法之變。　〔方成珪箋正〕自「天關悠悠」至「囚之崑崙」，乃暢發相生相剋之義。

〔五四〕〔王元啓曰〕「焚」字不韻。　公此詩無一語借用他韻，不宜獨溢此字，其誤無疑。

〔五五〕〔祝本魏本注〕「悔」，一作「晦」。　〔魏本引孫汝聽曰〕詩：「莫捫朕舌。」　〔朱彝尊曰〕作詩。　〔方成珪箋正〕篇尾四語，點醒題中和字意。

【集説】

樊汝霖曰：　從公學文者多矣，惟李習之得公之正，持正得公之奇。　持正嘗語人曰：　書之文不奇，易可謂奇矣，豈礙理傷聖乎？如「龍戰于野，其血玄黃」、「見豕負塗，載鬼一車」、「突如其來如」、「焚如死如棄如」，何等語也。　公此詩「黑螭」、「五龍」、「九鯤」等語，其與易「龍戰于野」何異？大抵持正文尚奇怪，公之此詩，亦以效其體也。

吳可曰：　葉集之云：　韓退之陸渾山火詩，浣花決不能作。　東坡蓋公堂記，退之做不到。　碩儒巨公，各有造極處，不可比量高下。

瞿佑曰：昌黎陸渾山火詩，造語險怪，初讀殆不可曉。及觀韓氏全解，謂此詩始言火勢之盛，次言祝融之御火，其下則水火相尅相濟之説也。題云和皇甫湜韻，湜與李翺皆從公學文，翺得公之正，湜得公之奇，此篇蓋戲效其體而過之遠甚。東坡有雲龍山火詩，亦步驟此體，然用意措辭，皆不逮也。

劉石齡曰：公詩根柢，全在經傳。如易説卦：「離爲火」，「其于人也，爲大腹」。故于炎官熱屬，以頳胸垤腹擬諸其形容，非臆説也。又「彤幢」、「紫纛」、「日轂」、「霞車」、「虹靷」、「豹」、「韃」、「電光」、「頳目」等字，亦從「爲日，爲電」、「爲甲冑，爲戈兵」句化出，造語極奇，必有依據，以理考索，無不可解者。世儒於此篇每以怪異目之，且以不可解置之。吁！此亦未深求其故耳，豈真不可解哉？

王懋竑曰：垠、怨二字，廣韻在元韻，今韻删去。

朱彝尊曰：鑿空硬造，語法本騷，然止是競奇，無甚風致。

趙執信曰：古詩平韻句法，盡於此中。柏梁句句用韻，雜律句其中，猶不用韻之句偶入律調，以下句救之也。此篇各種句法俱備，然中有數句雖是古體，止可用於柏梁，至於尋常古詩，斷不可用，轉韻尤不可用，用之則失調矣。當細辨之。如仄仄平平平平平，仄仄仄平平平平是也。又如平平平平仄平平，當酌用之，轉韻中不宜，以其乖於音節耳。

唐宋詩醇曰：只是詠野燒耳，寫得如此天動地岐，憑空結撰，心花怒生。

黄鉞曰：此詩似急就篇，又似黄庭經。

沈曾植曰：作一幀西藏曼荼羅畫觀。

程學恂曰：青龍寺詩是小奇觀，陸渾山火詩是大奇觀。張籍責公好與人爲駁雜無實之談，公曰：吾以爲戲耳，何害于道哉？按張所言，乃謂使人陳之于前而公樂聞之，非公之議論文章也。吾謂即公之文章中，或亦不盡免，此即陸渾山火等篇，非駁雜無實之談哉？然苟通達其旨，則雖變而不離於常也。「山狂谷很」、「天跳地踔」、「神焦鬼爛」等語，皆公生闢獨造，前無所假。此詩極意侈張，滿眼采繢，然其意旨卻自清絶，無些子糢糊。其視後之以塗飾爲工者，真如土與泥矣。按：此詩言水火之相尅相濟處，亦以諧俳出之，若拘定是真實説話，則水訴于帝，帝不能決，但以結婚爲之調解，豈天上亦有此和事天子乎？至謂火行于冬，本無不合，又何以待其勢衰然後縱之復仇，豈明正討罪之義乎？孔明乘其昏弱規取劉璋，世儒猶以爲譏，而謂天帝爲之乎？執此以讀公詩，不殊高叟之論小弁矣。

寄皇甫湜〔一〕

敲門驚晝睡，問報睦州吏〔二〕，手把一封書，上有皇甫字〔三〕。坼書放牀頭〔四〕，涕與淚垂四〔五〕。昏昏還就枕，惘惘夢相值〔六〕。悲哉無奇術，安得生兩翅〔七〕？

〔一〕〔補釋〕此詩未詳年月。方世舉編於元和八年，亦無確據。姑附繫於此。

〔二〕〔考異〕「睦」，或作「乃」。〔魏本引孫汝聽曰〕湜，字持正，睦州新安人，詩故云「睦州吏」。〔補釋〕此以睦州稱皇甫，吏，謂其所遣之吏也。元和郡縣志：「江南道睦州新安，上，西北至上都三千七百十五里。管縣六。」

〔三〕〔何孟春曰〕韓昌黎詩：「敲門驚晝睡，問報睦州吏，手把一封書，上有皇甫字。」盧玉川詩曰：「日高丈五睡正濃，將軍叩門驚周公。口傳諫議送書信，白絹斜封三道印。」句法意匠如此，豈真相襲者哉？

〔四〕廖本作「拆」。祝本、魏本、王本作「拆」。

〔五〕〔舉正〕唐本、范、謝校作「四」。董令升編嚴陵集亦定作「四」。公此詩全體用俚語，洪慶善雖嘗疑之，而不知以字考也。垂四，以涕與淚分言之，與石鼓歌所謂「對此涕淚雙滂沱」，其義一也。〔考異〕「四」，或作「泗」。祝本、魏本作「泗」。廖本、王本作「四」。

〔六〕〔祝充注〕惘惘，失志。

〔七〕〔魏本引韓醇曰〕北齊邢子才游仙詩：「安得金仙術，兩腋生羽翼？」

【集説】

朱彝尊曰：只賦離情悲切，未道所以。

崔十六少府攝伊陽以詩及書見投因酬三十韻〔一〕

崔君初來時，相識頗未慣，但聞赤縣尉〔二〕，不比博士慢〔三〕。賃屋得連牆〔四〕，往來忻莫問。我時亦新居，觸事苦難辦。蔬飧要同喫〔五〕，破襖請來綻〔六〕。謂言安堵後〔七〕，貸借更何患！不知孤遺多，舉族仰薄宦〔八〕。有時未朝餐，得米日已晏，隔牆聞讙呼，衆口極鵝雁〔九〕。前計頓乖張〔一〇〕，居然見真贗〔一一〕。嬌兒好眉眼，袴脚凍兩骭〔一二〕。捧書隨諸兄，累累兩角丱〔一三〕。冬惟茹寒齏〔一四〕，秋始識瓜瓣〔一五〕。問之不言飢，飫若厭芻豢〔一六〕。才名三十年〔一七〕，久合居給諫〔一八〕。白頭趨走裏，閉口絶謗訕。府公舊同袍〔一九〕，拔擢宰山澗〔二〇〕。寄詩雜詼俳〔二一〕，有類説鵬鷃〔二二〕，上言酒味酸〔二三〕，冬衣竟未擐〔二四〕；下言人吏稀，惟足彪與虥〔二五〕；又言致豬鹿，此語乃善幻〔二六〕。三年國子師〔二七〕，腸肚習藜莧〔二八〕。况住洛之涯，魴鱒可罩汕〔二九〕。肯效屠門嚼〔三〇〕，久嫌弋者篡〔三一〕。謀拙日焦拳〔三二〕，活計似鋤鏟〔三三〕。男寒澀詩書〔三四〕，妻瘦臢腰襻〔三五〕。爲官不事職，厥罪在欺謾〔三六〕。行當自劾去〔三七〕，漁釣老葭薍〔三八〕。歲窮寒氣驕，冰雪滑磴棧。音問難屢通，何由覯清盼〔三九〕？

〔一一〕〔考異〕「酬」下或無「三十韻」字，而有「之」字。〔洪興祖韓子年譜〕唐本注云：「元和三年。」〔魏本引集注〕崔攝伊陽，乃洛之屬邑也。觀詩意，初與崔相識於赤縣尉時，乃元和元年，公自江陵入爲國子博士日也。又云「府公舊同袍，拔擢宰山澗」，乃留守鄭餘慶擢崔攝伊陽令也。又云「三年國子師，況住洛之涯」，則以國子博士分司也。又云「冬衣竟未擐，歲窮寒氣驕」，則是元和三年冬作也。〔陳景雲曰〕詩意言己新居洛下，而崔以赤尉繼至，遂與鄰居。則公與崔相識在元和二年分教東都後，非自江陵召入時也。河南、洛陽二赤縣，皆在東都郭下。崔之攝伊陽，蓋以赤尉權䙫令也。〔鄭珍曰〕此崔十六，非崔立之也。自東雅堂本某氏注贈崔評事詩云「立之初攝伊陽尉」，始誤認此與立之爲一人。方扶南不悟其非，又據此詩謂立之攝伊陽在爲評事後，而於「西城員外丞」首詳立之仕履，直云「評事謫官攝伊陽尉」，迷謬已甚。公寄立之詩，「藍田十月」首，「西城員外」首，並稱崔二十六，此稱崔十六，行先不同，其爲兩人已明。又詩云「三年國子師」，此自是元和三年之作。考公年十九到京師，當貞元二年。其四年，立之登第。八年，公登第。公贈崔評事云：「憶昔塵埃兩相逢，争名齟齬持矛盾。予時專場誇觜距，予始張軍嚴韅靷。」則知公與立之在貞元初年交好久矣。而此詩前半所敘，乃是公於元和二年以分司居東都，因崔十六賃屋連牆，相識始慣。初尚安排借貸，久之乃覺真窮，明是新交情事。若公於立之，相知至此已二十年，與詩皆不合矣。某氏一誤，扶南再誤，不可不正。〔補釋〕東雅堂本廖注之誤，蓋本於五百家注引孫汝聽全解。周煇清波雜志：「古治百里之邑，令拊其俗，尉督其姦，故令曰明府，尉曰少府。」〔方世舉注〕新唐書地理志：「河南府伊陽，畿，先天元年析陸渾置，屬河南道。」

〔二〕赤縣尉，見卷五贈崔立之評事注。

〔三〕〔沈欽韓注〕白居易集三十三卷詩：「官從分緊慢。」

〔四〕〔舉正〕唐本、蔡校作「得」。〔考異〕「得」，或作「住」。祝本、魏本作「住」。廖本、王本作「得」。〔方世舉注〕列子仲尼篇：「與南郭子連牆二十年，不相謁請。」

〔五〕〔舉正〕蜀作「飧」。此詩用蔬飧朝餐字多相亂，他詩亦然。說文曰：「飧，謂哺時食。」「餐，吞也。」飧，或作飱。餐，或作湌。故字多相混。漢高后紀：「賜餐錢。」王莽傳：「設飧粥。」顏曰：「古餐湌一字也。」又曰：「飧，古湌字。」而皆以千安切讀之，則恐非。詩：「不素飧兮。」鄭曰：「飧讀如魚飧之飧。」音孫爲正。〔考異〕諸本「飧」多作「餐」。方從蜀本。今按：「飧」，或當作「餐」。詩：「還予授子之粲兮。」傳云：「粲，餐也。」史記：「餐未及下咽，酒未及濡脣。」漢書：「令其裨將傳餐。」則餐字亦有義。公祭鄭夫人云：「念寒而衣，念飢而餐。」同以衣對餐也。魏本、廖本、王本作「飱」。祝本作「餐」。〔魏本注〕「要」，一作「邀」。〔補釋〕荀子楊倞注：「要，邀也。」

〔六〕〔祝充注〕古樂府：「新衣誰當補，故衣誰當綻？」〔方世舉注〕說文：「襖，裘屬。」記內則：「衣裳綻裂，紉箴請補綴。」〔朱彝尊曰〕寫情真率。

〔七〕〔方世舉注〕漢書高帝紀：「吏民皆按堵如故。」應劭曰：「按，按次第。堵，牆堵也。」師古曰：「言不遷動也。」　〔補釋〕方注非其朔。史記田單傳：「願無虜掠吾族家妻妾，令安堵。」

〔八〕〔蔣抱玄注〕南史陶潛傳：「弱年薄宦，不絜去就之迹。」

〔九〕〔方世舉注〕鵝雁之聲極讙，衆口交謫似之。　〔朱彝尊曰〕備極情態。

〔一〇〕〔王元啓曰〕前計謂貸借。

〔一一〕居然，見卷五喜侯喜至贈張籍張徹注。　〔祝充注〕贗，僞物也，字亦作雁。韓非子説林：「齊伐魯，索讒鼎，魯以其雁往。齊人曰：雁也。魯人曰：真也。」　〔補釋〕宋乾道本、明趙用賢本韓非子作「雁」。明韓子迂評本、凌瀛初本作「贗」。雁贗同紐連用。

〔一二〕〔方世舉注〕釋名：「袴，跨也，兩股各跨別也。」　〔顧嗣立注〕甯戚飯牛歌：「短布單衣適至骭。」郭璞爾雅注：「骭，脚脛也。」杜子美詩：「平生所嬌兒，顔色白勝雪，見耶背面啼，垢膩脚不襪。」

〔一三〕〔舉正〕閣本、李、謝校作「兩角丱」。杭、蜀本作「角兩丱」。　〔考異〕「兩角」，或作「角尚」。祝本、魏本作「角尚」。廖本、王本作「兩角」。　〔魏本引孫汝聽曰〕丱，束髮貌。詩：「總角丱兮。」

〔一四〕〔方世舉注〕周禮天官醢人注：「細切爲齏。」釋名：「齏，濟也，與諸味相濟成也。」「菹，阻也，生釀之，又使阻於寒温之間，不得爛也。」

〔一五〕〔張相曰〕始，猶衹也，僅也。始與惟互文，始識，衹識也。〔顧嗣立注〕爾雅：「瓠犀瓣。」説文：「瓣，瓜中實也。」文選謝惠連祭古冢文：「水中梅李核，瓜瓣皆浮出。」

〔一六〕〔魏本引孫汝聽曰〕芻豢，美食。孟子：「理義之悦我心，猶芻豢之悦我口。」〔朱彝尊曰〕稱兒賢覺繁。

〔一七〕〔顧嗣立注〕杜子美詩：「才名四十年。」

〔一八〕〔方世舉注〕新唐書百官志：「起居郎一人，從六品上。貞觀初，以給事中諫議大夫兼知起居注。」

〔一九〕〔方世舉注〕南史陸慧曉傳：「慧曉爲司徒右長史，謝朏爲左長史。府公竟陵王子良謂王融曰：我府前世誰比？融曰：明公二上佐，天下英奇，古來少見其比。」〔魏懷忠注〕府公，河南尹。見題注。〔魏本引孫汝聽曰〕詩：「與子同袍。」

〔二〇〕拔擢，見卷五贈崔立之評事注。

〔二一〕〔方世舉注〕漢書枚皋傳：「皋不通經術，詼笑類俳倡。」〔黄徹曰〕子建稱孔北海文章多雜以嘲戲，子美亦戲效俳諧體，退之亦云「寄詩雜詼俳」。大抵才力豪邁有餘而用之不盡，自然如此。

〔二二〕〔補釋〕莊子：「窮髮之北，有鳥焉，其名爲鵬，背若泰山，翼若垂天之雲，摶扶摇羊角而上者九萬里，絶雲氣，負青天，然後圖南，且適南溟也。斥鴳笑之曰：彼且奚適也？我騰躍而上，不過數仞，而下翱翔蓬蒿之間，此亦飛之至也，而彼且奚適也？」陸德明釋文：「鴳，於諫反。字亦作鷃。」司馬云：「鴳，鴳雀也。」〔程學恂曰〕讀公詩者，亦當作如是觀，方有入處。

〔二三〕〔方世舉注〕韓非外儲説：「酒酸而不售。」

〔二四〕〔舉正〕杭作「衣」。蜀作「裘」。祝本、魏本作「裘」。廖本、王本作「衣」。〔祝充注〕擐，貫也。左氏：「躬擐甲胄。」

〔二五〕〔方世舉注〕説文：「彪，虎文也。」爾雅釋獸：「虎竊毛謂之虦貓。」注：「竊，淺也。」按：説文、玉篇皆以彪爲虎文，不云獸名。考新唐書張旭傳：「北平多虎，裴旻善射，一日得虎三十一，休山下，有老父曰：此彪也。稍北有真虎，使將軍遇之，且敗。旻不信，怒馬趨之，有虎出叢薄中，小而猛，據地大吼。旻馬辟易，弓矢皆墜。」則彪乃大於虎而力稍弱也。

〔二六〕〔舉正〕閣作「是幻」。〔考異〕「善」，方作「是」。今按：漢書西域傳有「善眩」之語，顔注云：「眩，讀與幻同。眩，相詐惑也。即今吞刀吐火植瓜種樹屠人截馬之術。」韓公蓋用此語，方從閣本，誤矣。〔沈欽韓注〕元結集化虎論：「都昌縣大夫張粲君英將之官，與其友賈德方、元次山別，且曰：吾邑多山澤，可致麞鹿，爲二賢羞賓客，何如？及到官，書與二友曰：待我化行旬月，使虎爲鹿，豹爲麕，梟爲鷓鴣，蝦蟇爲兔，將以豐江外庖廚，豈獨與德方、次山也。」案：公承此論，故云善幻。〔王元啓曰〕致豬鹿者，述來書之言，云以此物見餉。

然公自謂有藜莧可飽，兼有魴鱒佐膳，殊不羨肉味之美，則崔書雖至，物竟不達，故云此語是幻。即東坡所謂「豈意青州六從事，化爲烏有一先生」之意。「是」字不當作「善」。〔補釋〕善幻猶云善戲，不必如王説作「是」。〔朱彝尊曰〕述來詩意，卻有風致。

〔二七〕〔洪興祖韓子年譜〕公自元年爲博士，至今三年。行狀云「權知三年，改真博士」也。

〔二八〕〔舉正〕杭、蜀作「習」。〔考異〕「習」，或作「集」，非是。祝本、魏本作「集」。廖本、王本作「習」。〔顧嗣立注〕陸璣毛詩疏：「萊即藜也，莖葉皆似王芻，兗州人蒸以爲茹，謂之萊蒸。」本草：「莧一名莫實，生淮陽川澤及田中，葉如藍。」

〔二九〕〔魏本引韓醇曰〕詩：「九罭之魚鱒魴。」〔祝充注〕爾雅：「罺謂之汕，篧謂之罩。」〔魏本引孫汝聽曰〕詩：「南有嘉魚，蒸然罩罩，烝然汕汕。」毛注：「罩罩，篧，取魚之器。汕汕，樔，今之撩罟也。」

〔三〇〕〔魏本引孫汝聽曰〕桓譚新論曰：「人聞長安樂，則出門西向而笑。知肉味美，則對屠門而大嚼。」又曹子建書曰：「過屠門而大嚼，雖不得肉，貴且快意。」

〔三一〕〔舉正〕唐、杭本、洪、謝校作「篡」。語見揚子。篡，取也。古本揚子作「篡」。今本作「慕」，亦訛。〔考異〕「篡」，或作「纂」，非是。魏本作「纂」。祝本、廖本、王本作「篡」。〔補釋〕揚子法言：「鴻飛冥冥，弋人何慕焉？」音義：「後漢書逸民傳序引揚子作弋者何篡」。宋衷注云：「篡，取也。鴻高飛冥冥薄天，雖有弋人執矰繳，何所施巧而取焉？今篡或爲慕，誤也。」

〔三二〕〔沈欽韓注〕「拳」，當爲「卷」，言如草木之葉，日焦卷也。

〔三三〕諸本作「剗」。〔舉正〕舊本一作「鏟」。鏟，削平也。選海賦：「鏟臨崖之阜陸。」公詩用今韻者，未嘗踰韻，剗屬上聲，疑當以「鏟」爲正。

〔三四〕〔蔣抱玄注〕謂無力買書也。

〔三五〕〔舉正〕唐、閣本、蔡、謝校作「妻」。〔考異〕「妻」，或作「女」。祝本、魏本作「女」。廖本、王本作「妻」。〔祝充注〕襻，衣繫也。〔方世舉注〕新唐書車服志：「五品以上，母妻服紫衣腰襻。」〔何焯曰〕漢書師古注：「編諸，若今之織成，以爲腰襻及領緣者也。」與前衆口嬌兒相對。此詩處處以飢寒相映發。

〔三六〕〔舉正〕蜀作「謾」，字見貢禹傳。漢書如「面謾」，皆音慢。〔考異〕「謾」，或作「慢」。祝本作「慢」。魏本、廖本、王本作「謾」。〔顧嗣立注〕漢宣帝紀：「務爲欺謾，以避其課。」師古曰：「謾，音慢。」貢禹傳：欺謾而善書者尊于朝。」

〔三七〕〔顧嗣立注〕漢張寶傳：「張忠辟爲屬，欲令授子經，寶自劾去。」〔程學恂曰〕若真正言之，則欺謾當自懲滌，豈容一去塞責耶？

〔三八〕〔魏本引樊汝霖曰〕爾雅：「葭蘆菼薍。」注云：「葭蘆，葦也。菼薍似葦而小，實中。」〔方成珪箋正〕陸璣詩疏：「薍或謂之荻，至秋堅成，則謂之萑。」

〔三九〕〔舉正〕蜀作「盼」。李太白詩：「君子枉清盼。」詩：「美目盼兮。」以目美言也。左顧右眄，以眄視言也。「盻」本作「盼」，「眄」通作「盻」，今四字多不分，當以蜀本爲正。〔考異〕盼，匹莧切，目黑白分也。眄，莫見切，从省作盻。眄睞，顧視也。盻，五禮切，見孟子，恨視也。此詩當作「眄」，然作「盼」亦通，猶言青眼也。祝本、魏本作「眄」。廖本、王本作「盼」。〔方成珪箋正〕考異謂當作「眄」，亦非。公詩用三十諫、三十一襉兩韻，無旁出者。眄韻在三十二霰，不應突然闌入。此與上「剗」作「鏟」，均當從舉正之説爲當也。〔何焯曰〕收轉寄書及相識段。

【集説】

王懋竑曰：骭、謾、篡，廣韻俱有，今韻書缺。

朱彝尊曰：凡詩須開闔錯綜，斯意態飛動，有風人之致。昌黎詩每多板敍，奇古有餘，興趣不長。

查慎行曰：掇拾瑣細，具見真情。初讀似平淡，愈讀愈有味，累幅連行，不覺其冗。使元、白爲之，未免涉淺易矣。

送李翺〔一〕

廣州萬里途〔二〕，山重江逶迤〔三〕。行行何時到，誰能定歸期？揖我出門去，顏色異恒時。雖云有追送〔四〕，足跡絶自兹。人生一世間，不自張與施〔五〕。譬如浮江木，縱横豈自知。寧懷别後苦，勿作别後思。

〔一〕元和四年己丑。〔魏本引孫汝聽曰〕翱，字習之，隴西人。貞元十六年，娶公兄弇之女。元和三年四月乙亥，户部侍郎楊於陵出爲廣州刺史嶺南節度使，表翱佐其府。〔顧嗣立注〕唐書：「翱中進士第，元和初爲國子博士、史館修撰。歷官山南東道節度使，卒。始從昌黎韓愈爲文章，辭致渾厚，見推當時，故有司亦謚曰文。」〔方世舉注〕李翱來南録：「元和三年十月，翱既受嶺南尚書公之命，四年正月己丑，自旌善第以妻子上船於漕。乙未去東都，韓退之、石濬川假舟送予。明日及故洛東，弔孟東野，遂以東野行。濬川自漕口先歸。詰朝登上方，南望嵩山，題名姓紀别。韓、孟别予西歸。」此蓋别時所作。〔王元啓曰〕張籍與李浙東書云：「閣下從事李翱。」考舊史憲紀，李遜觀察浙東，在元和五年。據此則翱赴廣幕不久，復依遜於汴。

〔二〕〔方世舉注〕新唐書地理志：「廣州南海郡，中都督府，屬嶺南道。」〔補釋〕元和郡縣志：「嶺南道廣州南海都督府，西北至上都，取郴州路，四千二百一十里。取虔州、大庾嶺路，五千二百一十里。管南海，縣上郭下。」

〔三〕〔補釋〕説文：「逶，逶迤，衺去之貌。」王粲登樓賦：「路逶迤而修迥兮。」李善注：「逶迤，長貌也。」

〔四〕〔舉正〕詩有客：「薄言追之。」鄭箋曰：「追，送也。」世説多見。閣本作「迎送」，非。

〔五〕祝本、魏本、廖本、王本作「施」。方世舉本作「弛」。〔王懋竑曰〕「施」，當作「弛」，音同釋文。君子不弛其親。弛，孔以支反。一音敕紙反。今本作「施」，則施、弛通用也。韻會：「施，音弛，通作弛。」亦施、弛通用。〔方世舉注〕記雜記：「張而不弛，文、武弗能也。弛而不張，文、武弗爲也。一張一弛，文、武之道也。」

【集説】

朱彝尊曰：酷效李都尉，亦仿佛近之。

程學恂曰：短韻深情。

和虞部盧四汀酬翰林錢七徽赤藤杖歌〔一〕

赤藤爲杖世未窺，臺郎始攜自滇池〔二〕。滇王掃宮避使者〔三〕，跪進再拜語嗢咿〔四〕。繩橋拄過免傾墮〔五〕，性命造次蒙扶持〔六〕。途經百國皆莫識，君臣聚觀逐旌麾〔七〕。共傳滇神出水獻〔八〕，赤龍拔鬚血淋漓〔九〕；又云羲和操火鞭〔一〇〕，暝到西極睡所遺〔一一〕。幾重包裹自題署，不以珍怪誇荒夷〔一二〕。歸來捧贈同舍子，浮光照手欲把疑〔一三〕。空堂晝眠倚牖户，飛電著壁搜蛟螭〔一四〕。南宮清深禁闈密〔一五〕，唱和有類吹塤篪〔一六〕。妍辭麗句不可繼〔一七〕，見寄聊且慰分司〔一八〕。

〔一〕〔考異〕諸本無「四」「七」字。方從閣、蜀本，仍側注二名。廖本、王本從方本。祝本、魏本二名作大字。祝本無「四」「七」兩字。〔魏本引韓醇曰〕舊題云「元和四年分司東都官員外郎作」。據此，詩落句可見。〔魏本引集注〕盧四名汀，字雲夫，貞元元年進士，新、舊書無傳。歷虞部司門庫部郎曹，遷中書舍人，爲給事中，其後莫知所終矣。〔方世舉注〕舊唐書錢徽傳：「徽，字蔚章，吴郡人。父起，大曆中與韓翃、李端輩號十才子。徽，貞元初進士擢第，從事戎幕。元和初入朝，三遷祠部員外郎，召充翰林學士，後終吏部尚書。」〔王鳴盛曰〕稱虞部者，工部尚書之屬。〔補釋〕新唐書百官志：「翰林者，待詔之所也。玄宗初置翰林待詔，既而又選文學之士號翰林供奉，開元又改翰林供奉爲學士。」〔聞人倓注〕赤藤出南詔。白樂天詩：「南詔紅藤杖。」

〔二〕〔俞汝昌注〕孔融薦禰衡表：「擢拜臺郎。」〔魏本引孫汝聽曰〕臺郎，尚書郎也。〔方世舉注〕史記西南夷傳：「莊蹻至滇池，地方三百里。」常璩南中志：「滇池縣，故滇國也。有澤水周迴二百里，所出深廣，下流淺狹如倒流，故曰滇池。」

〔三〕〔舉正〕閣作「避」。蜀作「迎」，晁、謝本皆從「迎」。荆公又作「邀」。避，當如避舍避道之「避」，閣本爲正。〔考異〕上言掃宮，則當爲避舍之「避」。祝本、魏本作「邀」。廖本、王本作「避」。〔方世舉注〕史記西南夷傳：「滇王與漢使者言曰：漢孰與我大？」

〔四〕〔祝充注〕嗢，説文：「咽也。」咿，字林：「内悲也。」〔魏本引孫汝聽曰〕嗢咿，夷語也。

〔五〕〔顧嗣立注〕梁益記：「笮橋連竹索爲之，亦名繩橋。」

〔六〕〔補釋〕造次，猶魯莽、輕率也。

〔七〕〔補釋〕穀梁傳范甯集解：「麾，旌幡也。」

〔八〕〔方世舉注〕南中志：「滇池水神祠祀。」

〔九〕〔方世舉注〕淮南墬形訓：「赤金千歲生赤龍，赤龍入藏生赤泉。」〔施山曰〕誦此亦可愈瘧，不必子章髑髏也。

〔一〇〕羲和，見卷二苦寒注。〔顧嗣立注〕杜子美詩：「羲和鞭白日。」李太白詩：「羲和無停鞭。」

〔一一〕廖本、王本作「暝」。祝本、魏本、游本作「瞑」，非是。〔補釋〕莊子：「日出東方而入於西極。」〔何焯曰〕此種設造，韓公本色。〔沈德潛唐詩别裁集〕此種奇傑，昌黎獨造。

〔一二〕〔何焯曰〕二句結上起下，有力。〔義門讀書記〕二句似與途經百國二句微礙。

〔一三〕〔舉正〕蜀本作「照把欲手疑」。檀弓：「子手弓而可。」列子：「手劍以屠黑卵。」史記：「楚莊王手旗。」手義同此。諸本多誤。〔考異〕「照手欲把」，諸本同。方獨從蜀本作「照把欲手」。今按：方説手義固爲有據，然諸本云「照手欲把」，則是未把之時，光已照手，故欲把而疑之也。今云「照把」，則是已把之矣，又欲手之，而復疑之，何耶？況公之詩，衝口而出，自然奇偉，豈必崎嶇偪仄，假此一字而後爲工乎？大抵方意專主奇澀，故其所取多類此。

〔一四〕〔祝本魏本廖本注〕「雹」，一作「雷」。〔魏本引孫汝聽曰〕以杖倚户，飛雹誤以爲蛟螭而搜索之，言其色赤也。〔顧嗣立注〕劉敬叔異苑：「陶侃嘗捕魚，得一織梭，還挂著壁。有頃雷雨，梭變成赤龍，從屋而躍。」亦見晉書陶侃傳。後漢費長房傳：「長房辭老翁歸，翁與以竹杖曰：騎此任所之，則自至矣。既至，可以杖投葛陂中也。長房乘杖，須臾歸家，即以杖投陂，顧視則龍也。」公蓋暗使此二事。〔王元啓曰〕飛雹謂赤光閃爍，從牖户間倒映壁上，若攫蛟螭。孫注以蛟螭喻杖，則似真有飛雹來搜矣。

〔一五〕〔舉正〕閣本「密」作「客」。蜀本「闈」作「圍」。洪、謝皆從「圍」。按：此南宫，指盧也。禁闈，指錢也，白樂天詩有「遽列諫垣升禁闈」。洪引「繚繞宫牆圍禁林」以釋之，非也。〔考異〕閣本「密」作「客」，亦非是。〔陳景雲曰〕尚書諸曹，唐代統稱南宫，猶云南省。〔王元啓曰〕公論孔戣致仕狀謂「臣與戣同在南省」。時公爲吏部，戣爲左丞，皆尚書屬。張水部祭公詩，亦自稱南宫郎，可知南省南宫，尚書諸曹皆可並稱。蓋唐制門下省在左，中書省在右，尚書省在南，稱南宫、南省、南曹，所以别于東西二掖。〔蔣抱玄注〕南宫本南方列宿，漢時以象尚書省，故稱尚書省爲南宫。唐時尚書省在大明宫之南，本稱南省。唐時翰林掌機密，禁令甚嚴，故曰禁闈。

〔一六〕〔魏本引孫汝聽曰〕詩：「伯氏吹塤，仲氏吹篪。」

〔一七〕〔蔣抱玄注〕杜甫詩：「清辭麗句必爲鄰。」

〔一八〕〔魏懷忠注〕公時分司東都。

【集説】

陳善曰：此歌雖窮極物理，然恐非退之極致者。歐公遂每每效其體，作凌溪大石云：「山經地誌不可究，遂令異説爭紛紜。皆云女媧初鍛煉，融結一氣凝精純。仰觀蒼蒼補其缺，染此紺碧瑩且温。或疑古者燧人氏，鑽以出火爲炮燔。苟非聖人親手跡，不爾孔穴誰雕剜？又云漢使把漢節，西北萬里窮崑崙。行經于闐得寶玉，流入中國隨河源。沙磨水激自穿穴，所以鐫鑿無瑕痕。」觀其立意，故欲追倣韓作，然頗覺煩冗，不及韓歌爲渾成爾。

朱彝尊曰：與鄭簟同調，但彼就眼前景説得親切，所以有味，此只逞誕，所以味短。

方東樹曰：只造語奇一法，敍寫各止數語，筆力天縱。

送侯參謀赴河中幕〔一〕

憶昔初及第〔二〕，各以少年稱〔三〕。君頤始生鬚〔四〕，我齒清如冰。爾時心氣壯，百事謂己能〔五〕。一别詎幾何〔六〕？忽如隔晨興〔七〕。我齒豁可鄙，君顔老可憎。相逢風塵中，相視迭嗟矜。幸同學省官〔八〕，末路再得朋。東司絶教授〔九〕，游宴以爲恒。秋漁蔭密樹，夜博然明燈。雪逕抵樵叟〔一〇〕，風廊折談僧〔一一〕。陸渾桃花間〔一二〕，有湯沸如烝〔一三〕。三月崧少步〔一四〕，躑躅紅千層〔一五〕。洲沙厭晚坐〔一六〕，嶺壁窮晨昇〔一七〕。沈冥不計日〔一八〕，爲樂不可勝。遷滿一已異〔一九〕，乖離坐難憑〔二〇〕。行行事結束，人馬何蹻騰〔二一〕。感激生膽勇，從軍豈嘗曾。洸洸司徒公〔二二〕，天子爪與肱〔二三〕。提師十萬餘，四海欽風棱〔二四〕。河北兵未進〔二五〕，蔡州帥新薨〔二六〕。曷不請掃除，活彼黎與蒸〔二七〕。鄙夫誠怯弱〔二八〕，受恩愧徒弘。猶思脱儒冠，棄死取先登〔二九〕。又欲面言事，上書求詔徵〔三〇〕。侵官固非是〔三一〕，妄作譴可懲。惟當待責免，耕斸歸溝塍〔三二〕。今君得所附〔三三〕，勢若脱韝鷹〔三四〕。檄筆無與讓，幕謀職其膺〔三五〕。收績開史牒〔三六〕，翰飛逐溟鵬〔三七〕。男兒貴立事〔三八〕，流景不可乘〔三九〕。歲老陰沴作〔四〇〕，雲頽雪翻崩。别袖拂洛水〔四一〕，征車轉崤陵〔四二〕。勤勤酒不進〔四三〕，勉勉恨已仍〔四四〕。送君出門歸，愁腸若牽繩。默坐念語笑，癡如遇寒蠅〔四五〕。策馬誰可適？晤言誰爲應〔四六〕？席塵惜不掃〔四七〕，殘罇對空凝〔四八〕。信知後會時，日月屢環絙〔四九〕。生期理行役〔五〇〕，歡緒絶難承。寄書惟在頻，無恡簡與繒〔五一〕。

〔一〕〔舉正〕侯繼時從王鍔辟。此詩與赤藤杖歌皆四年作。〔方世舉注〕新唐書地理志：「河中府河東郡，赤。本蒲州上輔。開元八年，置中都爲府，是年罷都復爲州。乾元三年復爲府。

屬河東道。」舊唐書憲宗紀：「元和三年九月，以淮南節度使王鍔檢校司徒、河南尹、河中晉絳慈隰節度使。」〔魏本引韓醇曰〕侯參謀，繼也。繼與公同舉貞元八年進士。元和四年，又同官學省。公博士，繼助教。〔陳景雲曰〕公以國子博士分司東都，至是已三載。詩云「幸同學省官」，又云「東司絶教授」，蓋與侯並爲分司官也。已而公除都官郎分司如前，而侯則往應河中之辟。〔王元啓曰〕詩有「河北」「蔡帥」及「歲老」等句，蓋四年十二月作。

〔二〕〔蔣抱玄注〕漢代取士，其射策而中者曰高第。及第之名始於唐。唐書選舉志以文理粗進爲上上、上中、上下、中上凡四等，爲及第。

〔三〕〔蔣抱玄注〕侯繼於貞元八年與公同登進士第，時公年二十四歲，故曰少年。

〔四〕魏本、廖本、王本作「鬒」。祝本作「鬢」，非是。〔方世舉注〕釋名：「頤下曰鬒。鬒，秀也，物成乃秀，人成而鬒生也，亦取須體幹長而後生也。」

〔五〕〔考異〕方云：用中庸「人一能之己百之」之語。别本作「已」者非。祝本、魏本作「已」。廖本、王本作「已」。

〔六〕〔舉正〕謝本作「遽」。李本亦一作「遽」。詎，字林曰：「未知詞也。」選潘岳悼亡詩：「爾祭詎幾時？」只用「詎」字。〔考異〕「詎」，或作「距」。祝本作「距」。魏本、廖本、王本作「詎」。

〔七〕〔魏本注〕「晨」，一作「朝」。

〔八〕〔王元啓曰〕時公先于六月自博士改都官員外郎。此云同官學省，蓋追敍之辭。

〔九〕〔顧嗣立注〕公新唐書本傳：「元和初，權知國子博士，分司東都，三歲爲真。」〔沈欽韓注〕摭言：「元和二年十二月勅，東都國子監，量置學生一百員。」蓋公於元和二年分教東都生，在是勅之前。其補學生，亦非一時所能集，故云絶教授也。

〔一〇〕〔舉正〕杭、蜀並作「抵」。杭本作「講叟」。蜀本作「樵叟」。晁、謝從蜀本。〔考異〕「抵」，或作「詆」，「樵」；或作「講」，皆非是。此但言偶逢之耳。

〔一一〕〔程學恂曰〕於此等處見公錬句之法。

〔一二〕陸渾，見陸渾山火一首和皇甫湜注。

〔一三〕祝本、廖本、王本作「烝」。魏本作「蒸」。〔補釋〕説文：「烝，火氣上行也，从火，丞聲。」下文尚有「活彼黎與蒸」韻，則此句自當作「烝」。〔方世舉注〕水經注：「陸渾縣西有伏流，北與温泉水合。」

〔一四〕祝本、廖本、王本作「崧」。魏本作「嵩」。〔王元啓曰〕崧，高也。此指嵩山、少室，不當作「崧」。〔方成珪箋正〕劉熙釋名：嵩字或爲崧，則二字通用，由來久矣。〔補釋〕釋文：「崧即嵩也，俱是高大之貌。」説文新附：「嵩，中岳嵩高山也。从山从高，亦从松。」此二字通用之證。〔方世舉注〕水經注：「爾雅：山大而高曰崧。合而言之爲崧高，分而名之爲二室，西南爲少室，東北爲太室。」公外集嵩山天封宫題名云：「元和四年三月二十六日，與著作佐郎樊宗師、處士盧仝自洛中至少室，謁李徵君渤。明日遂與李、盧、道士韋濛、僧榮並少室而東，抵衆寺，上太室中峯，宿封禪壇下石室。遂自龍泉寺釣潭水，遇雷。明日觀啓母石，入此觀，乃歸。閏月三日，國子博士韓愈題。」〔補釋〕此題名無侯繼名，則公與繼游，乃又一役也。

〔一五〕躑躅，見卷二答張十一功曹注。

〔一六〕〔舉正〕閣、蜀作「洲沙」。〔考異〕「洲沙」，或作「沙洲」。祝本、魏本作「沙洲」。廖本、王本作「洲沙」。

〔一七〕〔考異〕「晨」，或作「朝」。

〔一八〕沈冥，見卷四會合聯句注。

〔一九〕〔舉正〕閣本作「畢」。蜀本作「異」。〔考異〕「異」，方作「畢」，非是。〔王元啓曰〕謂公遷都官，侯赴河中幕。

〔二〇〕〔何焯曰〕轉。〔朱彝尊曰〕起一段硬排。

〔二一〕〔祝充注〕蹻，訖略切。詩：「其馬蹻蹻。」〔姚範曰〕蹻，去遥切，公正讀平音耳。〔方成珪箋正〕魯頌泮水毛傳「蹻蹻」訓彊盛。大雅崧高「四牡蹻蹻」訓壯貌。〔何焯曰〕赴河中。〔朱彝尊曰〕以下敍事雖蒼古，然終覺板實。

〔二二〕〔魏本引孫汝聽曰〕詩：「武夫洸洸。」司徒公，王鍔也。〔顧嗣立注〕爾雅：「洸洸，武也。」司徒公，見題注。〔補釋〕舊唐書職官志：「太尉、司徒、司空，各一員，謂之三公，並正一品。」

〔二三〕祝本、廖本、王本作「爪」。魏本作「股」。〔顧嗣立注〕詩祈父：「予王之爪牙。」書：「臣作朕股肱耳目。」〔顧注引劉石齡曰〕左傳成公十二年：「以爲己腹心股肱爪牙。」

〔二四〕〔補釋〕諸本作「稜」。按廣韻「稜」俗字，當作「棱」。〔顧嗣立注〕漢李廣傳：「威稜憺乎都國。」李奇曰：「神靈之威曰稜。」

〔二五〕〔舉正〕杭、蜀同作「未」。時討王承宗，而吐突承璀督師逗留不進。〔考異〕「未」或作「始」者非。祝本、魏本作「始」。廖本、王本作「未」。〔方世舉注〕新唐書憲宗紀：「元和四年十月，成德軍節度使王承宗反。左神策軍護軍中尉吐突承璀爲鎮州行營兵馬招討處置使以討之。」

〔二六〕〔方世舉注〕新唐書憲宗紀：「十一月，彰義軍節度使吴少誠卒。其弟少陽自稱留後。」

〔二七〕祝本、魏本作「蒸」。廖本、王本作「烝」。〔顧嗣立注〕文選封禪文：「覺悟黎蒸。」

〔二八〕〔蔣抱玄注〕論語：「鄙夫可與事君也與哉？」

〔二九〕〔顧嗣立注〕左傳隱公十一年：「潁考叔取鄭伯之旗蝥弧以先登。」〔查慎行曰〕他時以掌書記與平蔡功，不食此言矣。〔程學恂曰〕此正公心事，故言之真切如此。

〔三〇〕〔祝本魏本注〕「書」，一作「言」。

〔三一〕〔魏本引孫汝聽曰〕左氏：「侵官，冒也。」

〔三二〕〔魏本引韓醇曰〕班固西都賦：「溝塍刻鏤。」〔方世舉注〕周禮地官遂人：「十夫有溝。」説文：「塍，稻中畦也。」〔何焯曰〕插入自己一段，便覺波瀾跌宕。

〔三三〕〔舉正〕唐、閣本、蔡、謝校作「得所附」。〔考異〕或作「行得所」，非是。祝本、魏本作「行得所」。廖本、王本作「得所附」。

〔三四〕〔魏本引孫汝聽曰〕韝，臂捍，以皮爲之，所以臂鷹。〔魏本引韓醇曰〕選鮑明遠詩：「昔如韝上鷹。」〔顧嗣立注〕東觀漢記：「桓虞謂趙勤曰：善吏如良鷹矣，下韝即中。」

〔三五〕〔舉正〕謝校作「職」。〔考異〕「職」，或作「識」，非是。祝本、魏本作「識」。廖本、王本作「職」。〔補釋〕詩閟宫毛傳：「膺，當也。」

〔三六〕祝本、魏本、王本作「開」。廖本作「閒」。

〔三七〕〔祝充注〕詩：「翰飛戾天。」溟鵬，見卷一北極一首贈李觀注。

〔三八〕〔方世舉注〕書立政：「繼自今，我其立政立事。」〔徐震曰〕文選丘遲與陳伯之書：「立功立事。」李善注引延篤與張奐書曰：「烈士殉名，立功立事。」

〔三九〕〔魏本引孫汝聽曰〕景，日月也。流景，言如水流，以況其速。

〔四〇〕〔祝充注〕莊子：「陰陽之氣有沴。」〔顧嗣立注〕文選雪賦：「袤丈則表沴于陰德。」

〔四一〕游本「洛」作「洺」，誤。

〔四二〕〔魏本引孫汝聽曰〕僖三十二年左氏：「崤有二陵焉，其南陵夏后皋之墓，其北陵文王之所以避風雨也。」

〔四三〕〔方世舉注〕司馬遷報任安書：「意氣勤勤懇懇。」

〔四四〕〔方世舉注〕詩棫樸：「勉勉我王。」　〔朱彝尊曰〕敍別稍有姿態。

〔四五〕〔顧嗣立注〕朝野僉載：「蘇味道才高識廣，王方慶質卑辭鈍，俱爲鳳閣舍人。張元一曰：蘇九月得霜鷹，王十月被凍蠅。」

〔四六〕〔祝充注〕選：「唔言莫余應。」

〔四七〕〔舉正〕唐本、蔡、謝校作「掃」。　〔考異〕「掃」，或作「拂」。　祝本、魏本作「拂」。廖本、王本作「掃」。

〔四八〕〔舉正〕唐本、蔡、謝校作「對」。蜀本亦作「對」。　〔考異〕「對」，或作「醑」，非是。　祝本、魏本作「醑」。廖本、王本作「對」。

〔四九〕〔顧嗣立注〕楚辭九歌：「絙瑟兮交鼓。」王逸曰：「絙，急張弦也。」詩：「如月之恒。」陸德明經典釋文：「恒，亦作緪，同弦也。」

〔五〇〕〔蔣抱玄注〕詩：「予子行役。」

〔五一〕〔方世舉注〕說文：「簡，牒也。」「繒，帛也。」

【集說】

朱彝尊曰：間有佳句，大約粗硬。

李黼平曰：少陵送武威、漢中、河西、同谷諸判官詩，寫軍旅倥偬，朝廷需賢，各極淋漓感喟之致。後來作者，殊難着手。退之送侯參謀赴河中幕云：「行行事結束，人馬何蹻騰，感激生膽勇，從軍豈嘗曾。洸洸司徒公，天子爪與肱，提師十萬餘，四海欽風稜。河北兵未進，蔡州帥新薨，曷不請掃除，活彼黎與蒸。」此聲韻殆欲與少陵爭勝矣。

蔣抱玄曰：能於粗硬之中，作清妍之態，旨趣與喜侯喜至一首相似。

卷七

東都遇春〔一〕

少年氣真狂〔二〕，有意與春競。行逢二三月，九州花相映。川原曉服鮮，桃李晨糚靚〔三〕。荒乘不知疲，醉死豈辭病〔四〕。飲噉惟所便〔五〕，文章倚豪横〔六〕。爾來曾幾時，白髮忽滿鏡。舊游喜乖張，新輩足嘲評〔七〕。心腸一變化〔八〕，羞見時節盛。得閒無所作，貴欲辭視聽。深居疑避仇，默卧如當暝〔九〕。朝曦入牖來〔一〇〕，鳥喚昏不醒〔一一〕。爲生鄙計算，鹽米告屢罄〔一二〕，坐疲都忘起，冠側懶復正〔一三〕。幸蒙東都官，獲離機與穽〔一四〕。乖慵遭傲僻〔一五〕，漸染生弊性〔一六〕。既去焉能追，有來猶莫聘〔一七〕。有船魏王池〔一八〕，往往縱孤泳〔一九〕。水容與天色，此處皆緑浄〔二〇〕。岸樹共紛披，渚牙相緯經〔二一〕。懷歸苦不果，即事取幽迸〔二二〕。貪求匪名利，所得亦已併〔二三〕。悠悠度朝昏，落落捐季孟〔二四〕。羣公一何賢，上戴天子聖〔二五〕。謀謨收禹績〔二六〕，四面出雄勁。轉輸非不勤，稽逋有軍令〔二七〕。在庭百執事〔二八〕，奉職各祗敬〔二九〕。我獨胡爲哉〔三〇〕？坐與億兆慶〔三一〕。譬如籠中鳥，仰給活性命。爲詩告友生〔三二〕，負愧終究竟。

〔一〕元和五年庚寅。〔魏本引韓醇曰〕元和五年春作。〔王元啓曰〕篇中有「幸蒙東都官，獲離機與穽」之語，似是初赴東都時作。其曰遇春，蓋三年之春。〔補釋〕王説非是。此詩篇末有云：「謀謨收禹績，四面出雄勁。轉輸非不勤，稽逋有軍令。」蓋謂元和四年冬成德軍節度使王承宗反，朝命恒州四面藩鎮各進兵招討，以左神策軍護軍中尉吐突承璀爲鎮州行營兵馬招討處置使，諸鎮遷延不進，師久無功，故詩語云然，自是五年春作。若在三年春，則時方無事，西蜀劉闢之亂，早於元年秋討平，詩語將無所指矣。「獲離機穽」句，乃追敍之筆，無庸泥煞爲初赴東都時作也。東都，見卷一贈河陽李大夫注。

〔二〕〔舉正〕閣本、范、謝校作「直狂」。〔考異〕「真」，方作「直」。

〔三〕〔舉正〕杭、蜀同作「靚」。郭璞曰：「靚糚，粉白黛黑也。」選曲水序有「靚裝藻野，袨服縟川」，上下語皆用此也。〔考異〕「靚」，或作「艷」。祝本、魏本作「艷」。廖本、王本作「靚」。

〔補釋〕靚糚刻飾，上林賦語。

〔四〕〔朱彝尊曰〕雖亦生割，然玩之有味，不爲生硬。

〔五〕〔考異〕「噉」，或作「啜」。廣韻：「噉，噉食。」

〔六〕〔何焯曰〕昔之遇春若彼。

〔七〕〔祝充注〕評，音病，評量。廣韻：「平言也。」

〔八〕〔舉正〕「腸」，閣作「腹」。

〔九〕魏本、王本作「暝」。祝本、廖本作「瞑」，誤。

〔一〇〕〔顧嗣立注〕杜子美詩：「朝光入户牖。」

〔一一〕祝本、廖本、王本作「烏」。魏本作「鳥」。

〔一二〕〔舉正〕校本一作「屢告罄」。〔補釋〕詩毛傳：「罄，盡也。」

〔一三〕〔何焯曰〕今之遇春若此。

〔一四〕〔魏本引樊汝霖曰〕李習之狀公行云：「自江陵掾入爲國子博士，宰相有愛公文者，將以文學職處公，有争先者譖公，公恐及難，遂求分司東都。」此公所以有「獲離機穽」之語。〔補釋〕後漢書文苑趙壹傳：「機穽在下。」

〔一五〕〔方世舉注〕記樂記：「齊音敖辟喬志。」

〔一六〕祝本、魏本、廖本作「弊」。王本作「避」，誤。〔補釋〕楚辭七諫：「日漸染而不知兮。」馮衍顯志賦：「知漸染之易性兮。」

〔一七〕〔方世舉注〕詩采薇：「靡使歸聘。」〔朱彝尊曰〕「東都」數語，頗拙滯。

〔一八〕〔魏本引洪興祖曰〕河南志云：「洛水經尚善、旌蓋二坊之北，南溢爲池，深處至數頃，水鳥洋泳，荷芰翻覆，爲都城之勝。貞觀中，以賜魏王泰，故號魏王池。」〔方成珪箋正〕洪注：

「蓋」當作「善」。

〔一九〕〔舉正〕「縱」，蜀本作「從」，謝校同。　〔考異〕「縱」，方作「從」，或作「泛」。

〔二〇〕〔考異〕「此」，或作「比」。　緑浄，見卷三題合江亭注。

〔二一〕〔方世舉注〕杜甫詩：「渚蒲牙白水荇青。」釋名：「布列衆縷爲經，以緯横成之。」　〔何焯曰〕略點春景。

〔二二〕〔考異〕「取」，或作「最」。　〔補釋〕禮記大學陸德明釋文：皇云：「迸，猶屏也。」

〔二三〕〔舉正〕唐本、蔡、謝校作「已」。　〔考異〕「已」，或作「以」。　祝本、魏本作「以」。　廖本、王本作「已」。

〔二四〕〔舉正〕杭、蜀同作「落落」。　陸機歎逝賦：「親落落而日希。」曾本作「落魄」，恐非。　〔魏本引孫汝聽曰〕論語：「齊景公待孔子曰：若季氏則吾不能，以季孟之間待之。」季氏爲魯上卿，孟氏下卿。　〔朱彝尊曰〕此段卻寫得有姿態，且轉折亦多。

〔二五〕〔何焯曰〕推開。

〔二六〕〔考異〕「績」，或作「蹟」。　祝本、廖本、王本作「績」，魏本作「跡」。　〔補釋〕僞古文尚書大禹謨傳：「謨，謀也。」　〔方世舉注〕左傳：「復禹之績，祀夏配天。」　〔何焯義門讀書記〕商頌：「天命多辟，設于禹之績，歲事來辟，勿予禍適，稼穡匪懈。」公詩用此爾。　鄭箋謂時楚不修諸侯之職，此所用告曉楚之義也。　禹平水土，弼成五服，而諸侯之國定，是以云然。

〔二七〕事見題注。〔方世舉注〕廣雅釋詁：「逋，遲也。」〔朱彝尊曰〕以下涉粗硬。

〔二八〕〔方世舉注〕書盤庚：「百執事之人。」

〔二九〕〔方世舉注〕書皐陶謨：「日嚴祇敬六德。」

〔三〇〕祝本、廖本、王本作「胡」。魏本作「何」。

〔三一〕〔補釋〕僞古文尚書泰誓：「受有億兆夷人。」

〔三二〕友生，見卷五游青龍寺贈崔大補闕注。

【集說】

朱彝尊曰：興致頗豪，但覺未渾然耳。

感春五首〔一〕

辛夷高花最先開〔二〕，青天露坐始此迴〔三〕。已呼孺人戞鳴瑟〔四〕，更遣稚子傳清盃〔五〕。選壯軍興不爲用〔六〕，坐狂朝論無由陪〔七〕。如今到死得閒處〔八〕，還有詩賦歌康哉〔九〕！

〔一〕〔魏本引韓醇曰〕元和五年春分司東都作。〔王元啓曰〕公以元和五年由都官郎拜河南令，是詩未爲河南令作，觀元稹乞花詩祇稱韓員外家可知。

〔二〕〔考異〕「高花」，或作「花高」。〔舉正〕唐本、謝校作「高花」。以末章「辛夷花房忽全開」言之，則高花爲是。何遜詩有「巖樹落高花」，曾子宣詩亦有「辛夷吐高花，衞公曾手植」，前輩皆見舊本也。祝本、魏本作「花高」。廖本、王本作「高花」。〔魏本引洪興祖曰〕辛夷高數丈，江南地煖，正月開，北地寒，二月開。初發如筆，北人呼爲木筆。其花最早，南人呼爲迎春。〔胡仔曰〕余觀木筆迎春，自是兩種。木筆色紫，迎春色白。木筆叢生，二月方開。迎春樹高，立春已開，然則辛夷乃此花耳。

〔三〕〔蔣抱玄注〕後漢書周舉傳：「天子親自露坐德陽殿東廂請雨。」〔方世舉注〕漢古八變歌：「故鄉不可見，長望始此迴。」

〔四〕〔魏本引孫汝聽曰〕禮記：「大夫妻曰孺人。」又書：「戛擊鳴球。」〔補釋〕陸德明經典釋文：「戛，馬云：櫟也。」〔方世舉注〕江淹四時賦：「軫琴情動，戛瑟涕落。」

〔五〕祝本、廖本、王本作「清」。魏本作「青」，誤。〔魏本引韓醇曰〕選恨賦：「左對孺人，右顧稚子。」杜詩：「傳盃不放盃。」〔何焯曰〕寫出閒景與。

〔六〕〔方成珪箋正〕憲宗元和四年，成德王承宗反，五年春尚未平，詩意指此。

〔七〕〔魏本引樊汝霖曰〕公年踰強仕，投閒分司，故有此言。〔補釋〕王勃平臺祕略論：「用公直而掌朝論。」

〔八〕〔王元啓曰〕此句兼承上二句言之。

〔九〕〔魏本引孫汝聽曰〕書：「臯陶歌曰：元首明哉！股肱良哉！庶事康哉！」

【集説】

程學恂曰：前半妙，寫得極樂，正坐實閒字。

洛陽東風幾時來？川波岸柳春全迴〔一〕。宫門一鎖不復啓〔二〕，雖有九陌無塵埃〔三〕。策馬上橋朝日出〔四〕，樓闕赤白正崔嵬。孤吟屢闋莫與和〔五〕，寸恨至短誰能裁〔六〕？

〔一〕〔汪琬曰〕起飄忽。

〔二〕〔魏本引韓醇曰〕唐都長安，以洛陽爲東都，故有「宫門一鎖」之句，若有感云。〔顧嗣立注〕杜子美詩：「江頭宫殿鎖千門，細柳新蒲爲誰緑？」〔方世舉注〕新唐書地理志：東都，隋置。貞觀六年，號洛陽宫。皇城象南宫垣，名曰太微城。宫城在皇城北，曰紫微城，武后號太初宫。上陽宫在禁苑之東，上元中置，高宗之季，常居以聽政。自天寶以後，不幸東都。白香山、杜牧之、李義山皆有詩言其冷落。

〔三〕〔魏本引孫汝聽曰〕九陌，九逵也。宫門不啓，故九陌無往來之塵埃也。〔方世舉注〕按三輔黄圖，長安八街九陌，想東都亦仿其制也。

〔四〕〔魏本引孫汝聽曰〕洛陽有天津橋。

〔五〕〔補釋〕吕氏春秋：「投足以歌八闋。」高誘注：「闋，終。」

〔六〕〔朱彝尊曰〕結苦湊泊作對，亦小有致。

【集説】

張鴻曰：故宫禾黍之哀也。

程學恂曰：總是投閒置散之感。

春田可耕時已催，王師北討何當迴〔一〕？放車載草農事濟〔二〕。戰馬苦飢誰念哉〔三〕？蔡州納節舊將死〔四〕，起居諫議聯翩來〔五〕。朝廷未省有遺策，肯不垂意缾與罍〔六〕。

〔一〕見東都遇春題注。

〔二〕〔舉正〕閣本、蜀、謝校作「車」。〔考異〕「車」，或作「軍」，非是。祝本、魏本作「軍」。廖本、王本作「車」。〔方世舉注〕新唐書房式傳：「式遷陝虢觀察使，改河南尹。會討王承宗，鎮州索餉車四十乘，民不能具。式建言歲凶人勞，不任調發。」又御史元微之亦言賊未擒而河南民先困。詔可，都鄙安之。公詩蓋指此事。

〔三〕〔方世舉注〕念農事之濟，而復念戰卒之飢。〔蔣抱玄注〕詩意似譏憲宗懈于用兵也。

〔四〕〔方世舉注〕舊唐書吴少誠傳：「少誠，幽州人。朝廷授以申光蔡等州節度。貞元十五年，擅出兵圍許州，下詔削奪官爵，分遣十六道兵馬進討，王師累挫。少誠尋引兵退歸蔡州，遂下詔洗雪，復其官爵。元和四年十一月卒。」

〔五〕〔陳景雲曰〕裴度爲河南功曹，西川節度使武元衡奏辟掌書記，尋自蜀召爲起居舍人。〔魏本引孫汝聽曰〕孟簡、孔戣皆爲諫議大夫。聯翩，相繼也。

〔六〕〔魏本引孫汝聽曰〕詩：「缾之罄矣，惟罍之恥。」缾小而罍大，公以自喻也。〔王元啓曰〕缾必有資於罍，缾罄則罍恥之。公意望當路諸公傾罍以濟缾也。孫注泛云公以自喻，語猶未析。

【集説】

程學恂韓詩臆説曰：蔡州之功，裴晉公主之，而佐其謀者，公也。此詩已爲平蔡張本。

前隨杜尹拜表迴〔一〕，笑言溢口何歡咍〔二〕。孔丞别我適臨汝〔三〕，風骨峭峻遺塵埃〔四〕，音容不接祇隔夜〔五〕，凶訃詎可相尋來〔六〕。天公高居鬼神惡，欲保性命誠難哉〔七〕！

〔一〕〔朱翌曰〕杜尹，兼也。兼尹河南，退之爲都官員外郎。祠濟瀆題名，退之所書，兼列銜其前。〔方世舉注〕舊唐書杜兼傳：「兼，京兆人。元和初，拜河南尹。」

〔二〕〔顧嗣立注〕楚辭九章：「又衆兆之所咍。」王逸曰：「咍，笑也。楚人謂相啁笑曰咍。」

〔三〕〔魏懷忠注〕孔丞，謂孔戡也。〔補釋〕新唐書地理志：「汝州臨汝郡，本伊州襄城郡。」

〔四〕〔舉正〕范、謝校同作「峭峻」。字見馮衍顯志賦。〔考異〕「峭峻」，或作「峭峭」。祝本、魏本作「峭峭」。廖本、王本作「峭峻」。

〔五〕〔蔣抱玄注〕謝靈運詩：「歡愛隔音容。」

〔六〕〔洪興祖韓子年譜〕杜兼爲河南尹，四年十一月暴薨。孔戡爲衛尉丞，分司東都。五年正月，將浴臨汝之湯泉，壬子，至其縣食，遂卒。見二人墓誌。〔蔣抱玄注〕相尋，猶言相繼也。梁書劉孝綽傳：「殿下隆情白屋，存問相尋。」〔補釋〕左傳杜預注：「尋，重也。」

〔七〕〔朱彝尊曰〕結太俚。

【集説】

程學恂曰：傷人命之不可常，因感時事之不可失。若第作哀孔詩，則不必在感春中。

辛夷花房忽全開，將衰正盛須頻來〔一〕。清晨輝輝燭霞日，薄暮耿耿和煙埃〔二〕。朝明夕暗已足歎，況乃滿地成摧頹。迎繁送謝別有意〔三〕，誰肯留念少環迴〔四〕？

〔一〕〔舉正〕蜀本作「頻頻來」。〔考異〕「須頻」，或作「頻頻」，非是。〔何焯義門讀書記〕將衰正盛，名理，亦筆語俱妙。

〔二〕〔何焯曰〕警句。

〔三〕〔程學恂曰〕云「別有意」者，正是所感。五首皆同。恐人認作爲惜花起見，故與點明。

〔四〕〔魏本引韓醇曰〕此篇言辛夷花之盛如此。元微之有問韓員外辛夷花云：「韓員外家好辛夷，開時乞取兩三枝。折枝爲贈君莫惜，縱君不折風亦吹。」豈此耶？〔補釋〕元微之於元和四年爲監察御史分司東都，五年三月西歸，見微之集元和五年余官不了罰俸西歸三月六日至陝府詩自述。

【集説】

汪琬曰：以辛夷起，以辛夷結，中間歷敍所感，夷猶駘宕。與前四首神理自別。

同竇牟韋執中尋劉尊師不遇〔一〕

秦客何年駐？仙源此地深〔二〕。還隨躡鳧騎〔三〕，來訪馭風襟〔四〕。院閉青霞入〔五〕，松高老鶴尋〔六〕。猶疑隱形坐〔七〕，敢起竊桃心〔八〕。

〔一〕此首見遺詩。〔王本引考異〕方云：此詩得於五竇聯珠集。公時任都官員外郎，同洛陽令竇公、河南令韋執中以訪之，元和五年也。詩以同尋師爲韻，人各一首。洪氏年譜亦見。〔王鳴盛曰〕容齋四筆云：「唐五竇聯珠集載竇牟爲東都判官，陪韓院長、韋河南同尋劉師不遇，分韻賦詩。都官員外郎韓愈得尋字云云。今諸本韓集皆不載。近者莆田方崧卿考證，訪曠甚至，猶取聯珠中竇庠酬退之登岳陽樓一篇，顧獨遺此，何也？」然則此首非方崧卿所取，何以有「方云」耶？〔補釋〕四庫全書本舉正、宋刻單行本考異，俱不收此詩。〔洪興祖韓子年譜〕公時集中不載是詩。以同尋師爲韻，亦古人分韻之例也。竇牟墓誌云：「元和五年，真拜尚書虞部郎中，轉洛陽令。」祭文云：「分宰河、洛，愧立並躬。」尋劉尊師時，竇爲洛陽令，公爲郎官，其後乃分宰河、洛也。〔王元啓曰〕注家每以公五年所作詩文，概指爲令河南所作。獨韓醇謂五年冬始改河南令。讀此，知是年春夏之交令河南者爲韋執中。又考薛戎誌，先公令河南者，尚有薛戎一人。韓説必有依據，蓋可信也。〔全唐詩小傳〕竇牟，字貽周，舉貞元進士第，歷佐從事，後爲留守判官檢校尚書都官郎中，出爲澤州刺史，改國子司業卒。有集十卷。今存詩二十一首。韋執中，京兆人，河南縣令，歷泉州刺史。詩一首。

〔二〕〔補釋〕陶潛桃花源記：「自云：先世避秦時亂，率妻子邑人，來此絶境，不復出也，遂與外人間隔。」〔何焯義門讀書記〕發端得尋字神味。

〔三〕〔補釋〕風俗通義：「俗説孝明帝時，尚書郎河東王喬遷爲葉令。喬有神術，每月朔常詣臺朝，帝怪其數而無車騎，密令太史候望。言其臨至時，常有雙鳧從南飛來。因伏伺見鳧舉羅，但得一雙舄耳。使尚方識視，四年中所賜尚書官屬履也。」

〔四〕〔顧嗣立注〕莊子逍遥游篇：「列子御風而行，泠然善也。」〔何焯義門讀書記〕但用「馭風」二字，即已暗藏不遇矣。筆墨之妙至此。〔紀昀曰〕趁韻。

〔五〕〔補釋〕文選恨賦李善注：「曹毗臨園賦曰：青霞曳於前阿。」

〔六〕〔何焯義門讀書記〕二句含下隱形，又不寂寞。〔蔣抱玄曰〕清逸。

〔七〕廖本、王本作「隱」。朱本作「影」，非是。〔方世舉注〕神仙傳：「李仲甫能步訣隱形，初隱百日，一年復見形，後遂長隱。」

〔八〕〔魏本讀東方朔雜事注引樊汝霖曰〕漢武帝内傳：「帝好長生。七夕，西王母降其宮。有頃，索桃七枚，以四枚與帝，自食三枚，曰：此桃三千年一實。時東方朔從殿東廂朱鳥牖中窺母，母謂帝曰：此窺牖兒，曾三來偷吾此桃。」〔何焯義門讀書記〕結不遇，變化。桃字又與仙源暗應。〔紀昀曰〕末二句尤鄙猥。

【集説】

蔣之翹曰：此詩爲退之所作，似確有證。但氣格與正集諸詩絶不相肖。

何焯義門讀書記曰：竇詩止三四佳，不及公遠甚。韋甚凡鄙。公此詩直當與沈、宋抗行也。

紀昀曰：通體平平，此蓋酬應之作，棄不存稿者。

王元啓曰：首敍劉師住處，頷聯言隨二令尋師，腹聯言不遇，落句乃從不遇生波。

附　**陪韓院長韋河南同尋劉尊師不遇得同字**

竇　牟

仙客誠難訪，吾人豈易同。獨游應駐景，相顧且吟風。藥畹瓊枝秀，齋軒粉壁空。不題三五字，何以達壺公？

附　**陪韓退之竇貽周同尋劉尊師不遇得師字**

韋執中

早尚逍遥境，常懷汗漫期。星郎同訪道，羽客杳何之？物外求仙侣，人間失我師。不知柯爛者，何處看圍碁？

送鄭十校理并序〔一〕

祕書，御府也。天子猶以爲外且遠，不得朝夕視，始更聚書集賢殿，别置校讎官，曰學士，曰校理，常以寵丞相爲大學士。其他學士，皆達官也。校理則用天下之名而能文學者。苟在選，不計其秩次，惟所用之。由是集賢之書盛積，盡祕書所有，不能處其半。書日益多，官日益重。四年，鄭生涵始以長安尉選授校理。人皆曰：是宰相子，能恭儉守教訓，好古義，施於文詞者。如是而在選，公卿大夫家選之子弟其勸耳矣。愈爲博士也，始事相公于祭酒。分教東都生也，事相公于東大學。今爲郎于都官也，又事相公居守。三爲屬吏，經時五年，觀道德于前後，聽教誨于左右，可謂親薰而炙之矣。其高大遠密者，不敢隱度論也。其勤己而務博施，以己之有，欲人之能，不知古君子何如耳？今生始進仕，獲重語于天下，而慊慊若不足，真能守其家法矣。其在門下者，可進賀也。求告來寧，朝夕侍側。東都士大夫，不得見其面，於其行日，分司郎吏與留守之從事，竊載酒肴席定鼎門外，盛賓客以餞之。既醉，各爲詩五韻，且屬愈爲序。

相公倦台鼎〔二〕，分正新邑洛〔三〕。才子富文華，校讎天禄閣〔四〕。壽觴嘉節過〔五〕，歸騎春衫薄〔六〕。鳥哢正交加〔七〕，楊花共紛泊〔八〕。交親誰不羨〔九〕，去去翔寥廓〔一〇〕。

〔一〕洛字 〔舉正〕閣本、蜀本皆作「鄭十」。〔考異〕注「洛」上或有「得」字。祝本、魏本作「鄭涵」，有「得」字。廖本、王本作「鄭十」，無「得」字。〔顧嗣立注〕舊唐書鄭餘慶傳：「子瀚，本名涵，以文宗藩邸時名同，改名瀚。貞元十年舉進士，以父謫官，累年不仕。自祕書省校書郎遷洛陽尉，充集賢院修撰，改長安尉，集賢校理。」〔岑仲勉唐人行第録〕鄭十澣，原名涵，餘慶子，舊一五八、新一六五有傳。昌黎集二一送鄭十校理序，注文誤澣爲瀚。〔方世舉注〕公爲都官，元和四年六月。詩中言爲春景，蓋五年作。

〔二〕相公，見卷一此日足可惜注。〔蔣抱玄注〕後漢書陳球傳：「公出自宗室，位登台鼎。」〔補釋〕台鼎，古人往往用以稱三公或宰相，言其官位重要。

〔三〕〔舉正〕閣作「正」。〔考異〕「正」，或作「政」。祝本、魏本作「政」。廖本、王本作「正」。〔洪興祖韓子年譜〕唐書宰相表：「永貞元年八月，尚書左丞鄭餘慶同平章事。元和元年十一月，罷爲河南尹。」本傳云：「憲宗立，拜平章事。未幾，罷爲太子賓客，改國子祭酒。累遷吏部尚書。」舊史云：「元年五月，爲太子賓客。九月，爲國子祭酒。十一月，爲河南尹。」河南志云：「二年三月，加兼知東都國子監事。」舊史又云：「三年六月，爲東都留守。十月，爲吏部尚書。」表不載其爲賓客、祭酒，傳不載其爲河南尹、東都留守，皆闕文也。〔魏本引孫汝聽曰〕書：「分正東郊成周。」〔方世舉注〕書多士：「周公初于新邑洛，用告商王士。」

〔四〕〔補釋〕文選魏都賦李善注：「風俗通曰：劉向別録：讎校，一人讀書，校其上下，得謬誤爲校。一人持本，一人讀書，若怨家相對，爲讎。」〔方世舉注〕三輔黃圖：「天祿閣，藏典籍之所。」

〔五〕〔蔣抱玄注〕潘岳閒居賦：「壽觴舉，慈顔和。」

〔六〕〔祝本魏本注〕「衫」，一作「袍」。〔舉正〕杭作「春和」。蜀作「春衫」。此記時之語也。鄭以春半來歸春暮還，作「衫」非。〔補釋〕「春和薄」，不成語。作「衫」爲是。

〔七〕〔補釋〕左思蜀都賦：「呀吭清渠。」廣韻：「呀，郭云，鳥吟。」

〔八〕〔蔣抱玄注〕蜀都賦：「羽族紛泊。」

〔九〕〔舉正〕蜀作「親交」。〔考異〕或作「交親」。祝本、魏本作「交親」。廖本、王本作「親交」。祝本注曰：一作「親友」。〔何焯義門讀書記〕作「交親」爲是，指分司吏與留守從事也。

〔一〇〕去去，見卷一送僧澄觀注。〔方世舉注〕漢書司馬相如傳：「猶焦明已翔乎寥廓。」

【集説】

蔣抱玄曰：温柔敦厚，得詩之教。

送石處士赴河陽幕〔一〕

長把種樹書〔二〕，人云避世士。忽騎將軍馬，自號報恩子〔三〕。風雲入壯懷〔四〕，泉石別幽耳〔五〕。鉅鹿師欲老〔六〕，常山險猶恃〔七〕。豈惟彼相憂，固是吾徒恥。去去事方急〔八〕，酒行可以起〔九〕。

〔一〕〔考異〕或注：「得起字。」　〔顧嗣立注〕公撰石洪墓志：「洪，字濬川。能力學行，不仕而退處東都洛上十餘年。河陽節度烏重胤以幣走廬下，爲佐河陽軍。元和六年，詔徵拜京兆昭應尉、集賢校理。明年六月卒。」舊唐書：「元和五年四月，以烏重胤爲懷州刺史、河陽三城懷州節度使。」按：公集送石處士序「河陽軍節度烏公爲節度之三月，求士于從事之賢者」云云，意與此詩略同。其曰「東都人士各爲歌詩六韻」，即此也。　〔方崧卿年譜增考〕公烏氏廟碑云：「元和五年四月，中貴人誘盧從史縛之。壬辰，詔用烏公爲河陽節度使。」以許孟容神道碑考之，壬辰，四月二十三日也。蓋辟石洪在六月，故曰「鎮河陽之三月」。河陽，見卷一贈河陽李大夫注。

〔二〕〔顧嗣立注〕史記秦始皇紀：「所不去者，醫藥卜筮種樹之書。」

〔三〕〔俞汝昌注〕説苑：「惟賢者爲能報恩。」

〔四〕〔考異〕「雲入」，或作「雷開」。　〔補釋〕楊炯王子安集序：「風雲入思。」

〔五〕〔蔣之翹曰〕二語逼真選詩之工者。　〔馬位曰〕二句包括北山移文一篇。　〔程學恂曰〕前六句褒中不無嘲意。

〔六〕〔補釋〕左傳：「且楚師老矣。」又：「老師費財。」杜預注：「師久爲老。」

〔七〕〔方世舉注〕新唐書地理志：「邢州鉅鹿郡，鎮州常山郡，皆屬河北道。」　〔陳景雲曰〕公送石處士序云：「方今寇聚於恒，師環其疆。」恒州，成德軍治所也。時方討成德師王承宗，中尉吐突承璀統行營兵駐邢，軍久無功，故有「鉅鹿師欲老」二句。邢州，唐亦稱鉅鹿郡，屬昭義軍。先是，承璀兵深入成德境，爲承宗所挫，故退屯于邢。〔洪興祖韓子年譜〕四年冬，討王承宗。五年七月赦之。石生赴河陽時，兵猶在河北。〔方崧卿年譜增考〕此時未赦承宗，故曰「恒山險猶恃」也。〔王元啓曰〕常山，反將王承宗所據之地。

〔八〕去去，見卷一送僧澄觀注。

〔九〕〔朱彝尊曰〕末二句則責備。〔王元啓曰〕結語幾有滅此朝食之意。時尚未奉洗雪承宗之詔，故其言如此。

【集説】

葛立方曰：烏重胤之節度河陽也，求賢者以爲之屬，乃得石洪處士爲參謀。韓退之送之序，又爲詩曰：「長把種樹書，人云避世士。忽騎將軍馬，自號報恩子。」蓋吏非吏，隱非隱，故於洪有譏焉。後有寄盧仝詩云：「水北山人得名聲，去年去作幕下士。」其意與前詩同。昔人有門一杜其可開之語，宜乎韓子以洪與温造同科，而獨尊盧仝也。

朱彝尊曰：即以口頭説話作詩，唐人亦少此體。

李黼平曰：六韻耳，而處士之賢，時事之亟，行者送者激昂慷慨之氣，畢露于六韻中，亦奇。

張鴻曰：有諷意，合之送序，公意可知。

新竹〔一〕

筍添南堦竹，日日成清閟〔二〕。縹節已儲霜〔三〕，黄苞猶掙翠〔四〕。出欄抽五六，當户羅三四。高標陵秋嚴，貞色奪春媚。稀生巧補林，併出疑争地〔五〕。縱横乍依行，爛漫忽無次〔六〕。風枝未飄吹，露粉先涵淚〔七〕。何人可攜翫？清景空瞪視〔八〕。

〔一〕〔魏本引韓醇曰〕此詩同下晚菊詩，意皆在陽山作。此詩落句云「何人可攜翫」，晚菊云「此時無與語」，皆窮山不自聊之意。〔王元啓曰〕公在陽山，從游士頗不乏。惟在徐時，所親無一人在者。所謂「何人可攜玩」，及下篇「此時無與語」，殆皆在徐獨游時作。〔方成珪昌黎先生詩文年譜〕公東都遇春詩有「少年氣真狂」及「爾來曾幾時，白髮忽滿鏡」之句，與晚菊詩前四語意象相類。感春詩云「坐狂朝論無由陪」，即晚菊詩所謂棄置也。其云孤吟莫和，正新竹詩「何人可攜翫」及晚菊詩「此詩無與語」之意。蓋公在東都歲月較久，故不能無鬱鬱居此之感也。但不定其何年所作。〔補釋〕公在徐幕年僅三十二，與晚菊詩首四句意象不類，方説爲近，姑從東都遇春、感春詩繫本年。

〔二〕〔方世舉注〕此用閟宫「有侐之閟」注：「清閟也。」〔何焯義門讀書記〕清閟閣本此。

〔三〕〔舉正〕「儲霜」，袁本作「除霜」。〔方世舉注〕廣雅釋器：「縹，青也。」

〔四〕〔魏本引孫汝聽曰〕苞，籜也。〔方世舉注〕左思吴都賦：「苞筍抽節，往往縈結。緑葉翠莖，冒霜停雪。」〔何焯義門讀書記〕筍添。

〔五〕〔考異〕「疑争」，或作「全遮」。

〔六〕爛漫，見卷二山石、卷四南山詩注。〔方世舉注〕左傳：「及鄢，亂次以濟，遂無次。」〔黄鉞注〕四語寫盡新竹。

〔七〕〔考異〕「露」，或作「霧」。〔方世舉注〕王維詩：「緑竹含新粉。」今沾露珠於上，如涵淚也。淚字於竹尤切。

〔八〕〔顧嗣立注〕曹子建公讌詩：「明月澄清景。」魯靈光殿賦：「齊首目以瞪眄。」埤蒼：「瞪，直視也。」

【集説】

朱彝尊曰：是側排律。

何焯義門讀書記曰：小詩自佳。

晚菊

少年飲酒時，踊躍見菊花；今來不復飲，每見恒咨嗟〔一〕。佇立摘滿手〔二〕，行行把歸家。此時無與語〔三〕，棄置奈悲何〔四〕！

〔一〕〔補釋〕公在江陵時所作李花贈張十一署云：「念昔少年著游燕，對花豈省曾辭盃；自從流落憂感集，欲去未到先思迴。」與此意同。

〔二〕〔方世舉注〕詩燕燕箋：「佇立，久立也。」

〔三〕〔方世舉注〕司馬遷報任安書：「獨悒鬱而誰與語？」

〔四〕〔舉正〕杭、蜀本作「悲奈何」。〔考異〕「奈悲」，方作「悲奈」。〔顧嗣立注〕劉越石扶風歌：「棄置勿重陳。」

【集説】

朱彝尊曰：興趣近淵明，但氣脈太今。

送湖南李正字歸〔一〕

長沙入楚深〔二〕，洞庭值秋晚〔三〕。人隨鴻雁少〔四〕，江共蒹葭遠〔五〕。歷歷余所經〔六〕，悠悠子當返。孤游懷耿介〔七〕，旅宿夢婉娩〔八〕。風土稍殊昔，魚蝦日異飯〔九〕。親交俱在此〔一〇〕，誰與同息偃〔一一〕？

〔一〕〔舉正〕閣、蜀本作「送湖南李正字歸」。〔考異〕或作「送李正字歸湖南」，或作「李判官」。祝本、魏本作「送李正字歸湖南」。廖本、王本作「送湖南李正字歸」。〔洪興祖韓子年譜〕元和五年送李判官正字礎歸湖南序。礎，貞元十九年進士，仁鈞之子也。序云：「貞元中，愈從太傅隴西公平汴州，李生之尊父以侍御史管汴之鹽鐵。公薨，軍亂，軍司馬從事皆死，侍御亦被讒爲民日南。其後五年，愈又貶陽山令。今愈以都官郎守東都省，侍御自衡州刺史爲親王府長史，亦留此掌其府事。李生自湖南從事請告來覲。於時太傅府之士，惟愈與河南司録周君巢獨存，其外則李氏父子。離十三年，幸而集處。」按：汴州亂在貞元十五年。其後五年，當貞元癸未，公貶陽山也。侍御之遷日南，在董晉死後。自貞元己卯至今十二年，而云十三年，豈退之與礎别在戊寅歲乎？〔方成珪昌黎先生詩文年譜〕是年秋暮作，以篇中「洞庭值秋晚」句見之。〔補釋〕舊唐書地理志：「湖南觀察使，治潭州。」新唐書百官志：「校書郎十人，正字四人，掌讎校典籍，刊正文章。」

〔二〕長沙，見卷三潭州泊船呈諸公注。

〔三〕洞庭，見卷二送惠師注。

〔四〕〔方世舉注〕埤雅：「今衡山之旁有峯曰回雁，蓋南地極燠，故雁望衡山而止。」

〔五〕〔魏本引韓醇曰〕杜詩：「蒹葭離披去，天水相與永。」〔蔣之翹曰〕澹然之景，悠然之懷，非一時湊泊所能得。

〔六〕〔魏本引樊汝霖曰〕公貞元十九年出爲陽山令，已而徙掾江陵，入爲國子博士，湖南之地，蓋嘗經行矣。

〔七〕〔李詳證選〕謝靈運過始寧墅詩：「束髮懷耿介。」〔徐震曰〕若援用最古者，當引屈子離騷「彼堯、舜之耿介」，若以句法論，當引謝句。

〔八〕〔方世舉注〕記內則：「婉娩聽從。」注：「婉謂言語也。娩之言媚也，謂容貌也。」廣韻：「婉娩，媚也。」按：禮記婉娩本言女子，而此詩及贈元十八詩往往用之，亦猶婉孌本訓少好也，陸機詩云「婉孌居人思」，「婉孌崐山雲」，亦然。〔王懋竑曰〕娩，音晚，又音免。此阮韻，音晚。今本阮韻缺。

〔九〕〔朱彝尊曰〕前十句預道途中情景。

〔一〇〕〔方世舉注〕序云：「於時太傅府之士，惟愈與河南司録周君巢獨存，其外則李氏父子，相與爲四人。往時侍御有無皆盡於親友，今又不忍其三族之寒飢，聚而館之，疏遠畢至。」是其親交俱在河南也。

〔一一〕〔朱彝尊曰〕末二句別意。

【集説】

顧嗣立曰：音調輕圓，絶類謝玄暉，似即暗擬新亭渚一首。

何焯義門讀書記曰：字字妙。

沈德潛唐詩別裁集曰：昌黎五言，難得此清遠之格。

唐宋詩醇曰：風神緜邈，絶似韋、柳，是昌黎集中變調，唯南溪三首近之。

黄鉞曰：此篇亦具選體。

程學恂曰：韓集中如此等小詩，都有深味，不可忽。

月蝕詩效玉川子作〔一〕

元和庚寅斗插子〔二〕，月十四日三更中〔三〕。森森萬木夜僵立〔四〕，寒氣屭屓頑無風〔五〕。月形如白盤〔六〕，完完上天東〔七〕。忽然有物來噉之〔八〕，不知是何蟲〔九〕？如何至神物〔一〇〕，遭此狼狽凶〔一一〕？星如撥沙出〔一二〕，攢集争強雄〔一三〕。油燈不照席〔一四〕，是夕吐燄如長虹〔一五〕。玉川子涕泗，下中庭獨行〔一六〕。念此日月者，爲天之眼睛〔一七〕。此猶不自保，吾道何由行〔一八〕？嘗聞古老言，疑是蝦蟇精〔一九〕。徑圓千里納女腹〔二〇〕，何處養女百醜形？杷沙脚手鈍〔二一〕，誰使女解緣青冥〔二二〕？黄帝有四目〔二三〕，帝舜重其明〔二四〕。今天祇兩目，何故許食使偏盲〔二五〕？堯呼大水浸十日〔二六〕，不惜萬國赤子魚頭生〔二七〕。女於此時若食日，雖食八九無饞名〔二八〕。赤龍黑烏燒口熱〔二九〕，翎鬣倒側相搪撐〔三〇〕。婪酣大肚遭一飽〔三一〕，飢腸徹死無由鳴〔三二〕。後時食月罪當死〔三三〕，天羅磕帀何處逃女刑〔三四〕？玉川子立於庭而言曰：地行賤臣仝〔三五〕，再拜敢告上天公〔三六〕。臣有一寸刃，可刳凶蟇腸。無梯可上天〔三七〕，天階无由有臣蹤〔三八〕。寄牋東南風，天門西北祈風通〔三九〕。丁寧附耳莫漏泄〔四〇〕，薄命正值飛廉慵〔四一〕。東方青色龍〔四二〕，牙角何呀呀〔四三〕？從官百餘座〔四四〕，嚼啜煩官家〔四五〕。月蝕女不知，安用爲龍窟天河〔四六〕？赤鳥司南方〔四七〕，尾禿翅觰沙〔四八〕。月蝕於女頭，女口開呀呀〔四九〕。蝦蟇掠女兩吻過〔五〇〕，忍學省事不以女觜啄蝦蟇〔五一〕？於菟蹲於西〔五二〕，旗旄衞毿毸〔五三〕。既從白帝祠〔五四〕，又食於蜡禮有加〔五五〕。忍令月被惡物食，枉於女口插齒牙〔五六〕？烏龜怯姦怕寒，縮頸以殼自遮〔五七〕。終令夸蛾抉女出〔五八〕，卜師燒錐鑽灼滿板如星羅〔五九〕。此外內外官〔六〇〕，瑣細不足科〔六一〕。臣請悉掃除，慎勿許語令啾譁。併光全耀歸我月〔六二〕，盲眼鏡淨無纖瑕〔六三〕。弊蛙拘送主府官〔六四〕，帝箸下腹嘗其皤〔六五〕。依前使兔操杵臼〔六六〕，玉階桂樹閒婆娑〔六七〕。恒娥還宮室〔六八〕，太陽有室家〔六九〕。天雖高，耳屬地〔七〇〕。感臣赤心〔七一〕，使臣知意〔七二〕。雖無明言〔七三〕，潛喻厥旨〔七四〕。有氣有形〔七五〕，皆吾赤子。雖忿大傷〔七六〕，忍殺孩稚？還女月明，安行于次〔七七〕。盡釋衆罪，以蛙磔死〔七八〕。

〔一〕〔舉正〕李本删「詩」字，然三本並存之。洪慶善曰：或謂館中本作「删玉川子作」，汪内翰彦章本作「删」。元和五年，歲在庚寅。〔方世舉注〕新唐書盧仝傳：「仝居東都，愈爲河南令，愛其詩，厚禮之。仝自號玉川子，嘗爲月蝕詩以譏切元和逆黨，愈稱其工。」〔魏本引孫汝聽曰〕仝作月蝕詩示公，公稱其工。然以其恢詭，故頗加檃括，而作此篇。史謂仝詩以譏切元和逆黨。按：仝詩作於元和五年，而宦官陳洪志之亂，乃在於十五年，安得預知而刺之？蓋唐史誤也。〔洪邁容齋續筆〕盧仝月蝕詩，唐史以爲譏切元和逆黨。考韓文公效仝所作，云元和庚寅歲十一月。是年爲元和五年，去憲宗遇害，時尚十載。仝云「歲星主福德，官爵奉董秦」，說者謂董秦即李忠臣，嘗爲將相而臣朱泚，至於亡身，故仝鄙之。東坡以爲當秦之鎮淮西日，代宗避吐蕃之難出狩，追諸道兵，莫有至者。秦方在鞠場，趣命治行，諸將請擇日，秦曰：父母有急難，欲擇日乎？即倍道以進。雖末節不終，似非無功而食禄者。近世有嚴有翼者，著藝苑雌黄，謂「坡之言非也。秦守節不終，受泚僞官，爲賊居守，何功之足云。詩譏刺當時，故言及此。坡乃謂非無功而食禄，謬矣」。有翼之論，一何輕發，至詆坡公爲非爲謬哉？予按是時秦之死二十七年矣，何爲而追刺之？使仝欲譏逆黨，則應首及禄山與泚矣。竊意元和之世，吐突承璀用事，仝以媵倖擅位，故用董賢、秦宫輩喻之，本無預李忠臣事也。記前人似亦有此說，而不能省憶其詳。〔方崧卿年譜增考〕江子我云：「元和五年時，杜佑、裴垍、李藩、權德輿爲平章事，其他在朝，類多賢俊。獨假宦官權太盛，又往往出於閩嶺。玉川詩云：『才從海窟來，便解緣青冥。』蓋專譏刺宦官也。」按：玉川此詩，固不爲無意。史臣只合以譏刺宦官者言之，必預指之爲元和逆黨，所以不免後世之譏。〔舉正〕盧詩新史以爲譏元和逆黨，然稽之歲月，不合。蓋元和初宦官已横恣，故盧詩謂「才從海窟來，便解緣青冥」，而此云「忍殺孩稚」，似皆有謂也。〔何焯義門讀書記〕方説未爲不然。是年吐突承璀討成德軍，無功而還，憲宗不加誅竄，此詩蓋嫉宦官之蔽明耳。〔方世舉注〕崧卿之駁新書，誤認元和逆黨四字爲庚子陳弘志弑逆之黨。而不考庚寅王承宗叛逆之黨，故未知新書之是，是并朱文公亦未及詳考也。韓詩删盧原本甚多，以致其旨隱約。按盧詩：「恒州陣斬酈定進。」酈定進者，討王承宗之神策將。承宗拒命，帝遣中人吐突承璀將左右神策帥討之。承璀無威略，師不振。神策將酈定進及戰北馳而僨，趙人害之。是則承宗抗師殺將，逆莫大矣。史書酈定進死在元和五年，韓詩「元和庚寅」，盧詩「新天子即位五年」，時事正合。是詩自爲承宗叛逆而發。新書以爲譏元和逆黨，特渾其詞耳，未爲失也。盧詩又云：「歲星主福德，官爵奉董秦。」舊説董秦即李忠臣。洪容齋以爲是時秦死二十七年，何爲而追刺之，當是用董賢、秦宮嬖倖擅位，以喻吐突承璀。以愚觀之，舊説是而洪説非。董秦者，史思明將，歸正封王，賜名李忠臣，後復附朱泚爲逆。時承宗上書謝罪，上遂下詔浣雪，盡以故地畀之，罷諸道兵。是則今日之承宗，與昔日之董秦，朝廷處分，正自相同。董秦可以復叛，安知承宗不然？反側之臣，明有前鑒，故以董秦比之。左右參考，是詩確爲承宗作。借端於月蝕者，日君象，月臣象。酈定進以天子近臣而爲叛逆所殺，猶月被蝕也。又天官家言，日爲德，月爲刑。月被蝕，是刑政不修也。至東西南北龍虎鳥龜諸天星，無不仿大東之詩刺及者，指征討諸鎮也。當時命恒州四面藩鎮各進兵招討，軍久無功。白居易上言，以爲「劉濟引全軍攻圍樂壽，久不能下。師道、李安元不可保，察其情狀，似相計會，各收一縣，遂不進軍」，此明證也。盧詩凡一千六百餘字，昌黎芟汰其半，而于酈定進、董秦諸語明涉事跡者，又皆削去，詩語較爲渾然。而考核事實，盧詩爲據。〔沈欽韓注〕詩爲吐突承璀而作也。以寺貂之漏師，兆豎牛之亂室，履霜戒於堅冰，有識者爲之危心矣。曰：何以示意於月蝕也？蓋月者陰德，又主兵事。今使宦者爲統帥，舉朝争之，曾不少動，非所謂月蝕修刑矣。〔王元啓曰〕考容齋續筆以盧詩董秦爲董賢、秦宫，指嬖倖擅位，以喻吐突承璀，對下「黔婁覆尸無衣巾」讀之，其解良是。舊説指李忠臣，非也。〔程學恂曰〕看「此猶不自保」句，似此詩指天子近臣爲叛逆所殺，亦近有理。前云「日月爲天之眼睛，此猶不自保，吾道何由行」，後云「還汝月明，安行于次」等語，知所謂指憲宗遇害者非也。玉川本旨，畢竟不知所在。諸説皆有難安。若認定作酈定進、王承宗，亦不似。〔補釋〕諸説皆有所見。此詩爲恒州兵事而發，蓋無疑義。譏刺之處，談言微中，當渾括其大體，若枝節求之，轉有難安。取象於月蝕者，觀象玩占曰：「月蝕而赤，有反臣。月初生蝕，將敗於野。月春蝕東方，夏蝕南方，秋蝕西方，冬蝕北方，皆爲其方兵起。」則方、沈說爲得之。

〔二〕〔方世舉注〕淮南時則訓：「仲冬之月，招搖指子。」注：「招搖，北斗第七星。」

〔三〕〔舉正〕杭、蜀同。李、謝校作「十四日」。〔考異〕「四」，或作「五」。〔魏本引孫汝聽曰〕元和五年十一月十四日也。

〔四〕〔考異〕「森森」，方作「臨臨」，殊無義理。按：盧詩乃作「森森」。自「森」轉而爲「林」，自「林」轉而爲「臨」也。　祝本、魏本作「臨臨」，廖本、王本作「森森」。〔方世舉注〕漢書五行志：「哀帝建平三年，零陵有樹僵地。三月樹卒自立故處。」

〔五〕祝本作「奰眉」。魏本作「贔屭」。舉正、考異、廖本、王本作「屓奰」。〔舉正〕盧詩曰「贔屓」，公易「贔屓」爲「屓奰」。公詩多不用盧詩全語。閣本、蜀本作「屓奰」，吕校同。贔屓，用力貌。屓奰，壯大貌。詩傳：「不醉而怒謂之奰。」其義尤長。〔考異〕「屓奰」，諸本作「贔屓」，或作「屓贔」。今按：諸本不同，未知孰是，姑兩存之。〔王元啓讀韓記疑〕方喜倒字，故誤從或本。至以「贔」爲「奰」，則恐二字本自相通。又以用力、壯大爲分，亦恐未然。如西京賦「巨靈贔屭」，杜詩「韓蔡同贔屭」，亦皆兼壯大之意也。〔補釋〕段玉裁曰：「西京賦、吴都賦皆用奰眉字，作力之貌也。奰，俗譌贔；眉，俗譌屓，又譌屭。學者罕知其本矣。」今考文選兩賦，皆作「贔屓」，不作「奰眉」。詩大雅蕩：「内奰于中國。」正義曰：「西京賦云：『巨靈奰屭，以流河曲。』奰者，怒而目作氣之貌。」依說文當作「奰」，云「壯大也，从三大三目」。㚇从一大，省耳。眉，説文云：「卧息也。」段云：「眉之本義爲卧息，鼻部所謂鼾也。用力者必鼓其息，故引伸之，爲作力之貌。」茲定從祝本，依段説正字。

〔六〕〔魏本引韓醇曰〕李白詩：「少時不識月，呼作白玉盤。」

〔七〕〔舉正〕杭本作「完完」。荆公本、范本所校並同。公他詩亦有訛「完」爲「皃」者。〔考異〕諸本作「貌貌」，或作「皃皃」。洪本亦云：古書「完」多誤作「皃」，此又轉寫爲「貌」耳。祝本、魏本作「貌貌」。廖本、王本作「完完」。〔補釋〕詩燕燕序：「生子名完。」釋文：「完，本作皃。」穀梁傳：「殺其君完。」釋文：「完，本作皃。」〔何焯義門讀書記〕黄庭經、孔子廟堂碑「完」皆作「皃」。此下體貌蝕字，似應稍存盧語一二聯。

〔八〕噉，見東都遇春注。

〔九〕〔何焯曰〕虚一筆。

〔一〇〕〔蔣抱玄注〕易：「非天下之至神，孰能與於此？」

〔一一〕〔補釋〕西征賦李善注：「文字集略曰：狼狽，猶狼跋也。」詩豳風：「狼跋其胡，載疐其尾。」毛傳：「跋，躐。疐，跲也。老狼有胡，進則躐其胡，退則跲其尾。進退有難，然而不失其猛。」説文：「䟺，步行獵跋也。」䟺即跋字，亦通作狽，蓋動詞也。祝注引神異經，顧注引酉陽雜俎，以狼狽爲兩物者，恐非雅詁。

〔一二〕〔舉正〕側手擊爲「撥」。蜀本作「撥」，謝校同。盧詩作「撒」，今本從之，非也。〔考異〕「撒沙」，諸本同。方作「撥」，今按：側手擊沙，於義不通。公於盧語固有損益，然改此字，卻無文理，當只作撒。祝本、魏本作「撥」。廖本、王本作「撒」。〔補釋〕撥爲粲之借字，說文米部：「粲，䆃粲散之也。」亦省作殺。齊民要術凡言殺米者，皆粲米也。作「撒」，蓋後起俗字。

〔一三〕〔程學恂曰〕原句「星如撒沙出，爭頭事光大」，更覺狀得極致。〔高步瀛曰〕伏下。

〔一四〕〔方世舉注〕古樂府讀曲歌：「燃燈不下炷，有油那得明。」〔高步瀛曰〕反跌一句。

〔一五〕〔舉正〕閣本作「長如虹」，恐非。此盧語也。〔祝充注〕燄，火光也。爾雅：「螮蝀，虹也。」

〔吳闓生曰〕寫小人得志，令人氣索。

〔一六〕〔考異〕「獨」下或有「自」字。〔蔣抱玄注〕詩：「涕泗滂沱。」

〔一七〕〔補釋〕文選陸機演連珠李善注：「任子云：日月，天之眼目，而人不知德。」眼睛，見卷五城南聯句注。

〔一八〕〔高步瀛曰〕以上月蝕時形狀。

〔一九〕見卷二畫月注。〔何焯曰〕方入。

〔二〇〕〔廖瑩中注〕白虎通曰：「日月徑千里。」〔方世舉注〕徐整長曆：「月徑千里，周圍三千里。」

〔二一〕〔考異〕「杷」，或作「爬」，音義同。祝本、魏本作「爬」。廖本作「杷」。王本、游本作「把」。

〔補釋〕釋名：「引手卻曰杷。」漢書貢禹傳：「捽屮杷土，手足胼胝。」注：「杷，手掊之也。」按：公詩正用此。杷沙，猶言杷土。連下句意言之，謂行地猶鈍，況登天乎？語乃一貫。魏懷忠注：爬沙，行貌。是以二字平列，作形容詞解，非是。

〔二二〕青冥，見卷五薦士注。

〔二三〕〔舉正〕杭本作「黄」。蜀本作「皇」。四目事見帝王世紀，謂黄帝用力牧、常先等分掌四方，各如己親，故號黄帝四目。杭本爲正。一曰：李賢後漢注：漢人書「黄」多作「皇」，皇字亦通。洪慶善以皇帝爲堯則誤也。祝本作「皇」。魏本、廖本、王本作「黄」。〔方世舉注〕黄帝四目，蓋如虞書舜典所云「明四目，達四聰」也。

〔二四〕〔方世舉注〕淮南修務訓：「舜二瞳子，是謂重明。」

〔二五〕〔方世舉注〕吕覽明理篇：「其日有薄蝕，有偏盲。」

〔二六〕〔補釋〕書堯典：「湯湯洪水方割，蕩蕩懷山襄陵，浩浩滔天。」十日，見卷五游青龍寺贈崔大補闕注。

〔二七〕〔補釋〕書康誥：「若保赤子。」〔方世舉注〕李膺益州記云：「邛都縣有一老姥，每食，輒有小蛇頭上戴角在牀間。姥憐之，飴之，後長丈餘，吸殺縣令駿馬。令掘地求蛇，無所見，遷怒殺姥。此後雷風四十五日，百姓相見，咸驚語：汝頭那忽戴魚？是夜俱陷爲河。」

〔二八〕諸本作「嚵」。〔考異〕「嚵」，或作「饞」。〔補釋〕説文：「嚵，小啐也。一曰：喙也。」

又：「啐，小飲也。」廣雅：「啐，嘗也。」廣韻：「饞不廉。」嚵字於義無取，當從或本作「饞」。

〔舉正〕李本校作「名」，義爲是。

〔二九〕魏本作「烏」。祝本、廖本、王本作「鳥」。〔考異〕黑鳥未詳。或謂日中三足烏也。〔王元啓曰〕或謂日中三足烏，其説是也。刊本誤「烏」作「鳥」，非是。日烏，見卷二苦寒注。〔方世舉注〕赤龍，日馭也。九歌東君章：「駕龍輈兮乘雷。」

〔三〇〕〔魏本引祝充曰〕搪，搪突也。撐，撐拄也。〔補釋〕搪突之義亦不憭。方言十三：「搪，張也。」郭璞注：「謂彀張也。」與撐拄義正近。

〔三一〕〔祝充注〕楚辭：「衆皆競進以貪婪兮。」注：「愛財曰貪，愛食曰婪。」

〔三二〕〔吴闓生曰〕趣語。

〔三三〕〔王元啓曰〕後時謂不于堯時食日，偏于此時食月，是謂不及時。

〔三四〕〔考異〕「磕帀」，或作「匼匝」。「磕」，或作「匌」，或作「匼」。或無「女」字。〔舉正〕蜀本作「女」字。魏本、王本作「刑」。祝本、廖本作「形」。宋書樂志：「天羅解貫。」説文：「磕，石聲匌帀也。」於義當從或本作「匌」。但唐初閻立本巫山高詩，已有「君不見巫山磕匝翠屏開」句。則借磕爲匌，公亦有所本。〔何焯義門讀書記〕「堯呼大水浸十日」以下，日月二字，較盧詩脱卸清。〔高步瀛曰〕以上正蝕月之罪。

〔三五〕〔舉正〕唐本、范、謝校作「仝」。汪本曰：「仝」字當句斷，亦與盧詩合。〔考異〕「仝」，或作

「今」。祝本作「今」。魏本、廖本、王本作「仝」。

〔三六〕〔舉正〕李、謝本皆乙作「天上公」。〔補釋〕初學記：劉謐之與天公牋。又喬道元與天公牋。

〔三七〕〔補釋〕楚辭九思：「緣天梯兮北上。」

〔三八〕〔補釋〕楚辭九思：「攀天階以下視。」

〔三九〕魏本、廖本、王本作「祈」。祝本作「期」。〔補釋〕楚辭九歌：「廣開兮天門。」〔方世舉注〕易說卦：「乾，西北之卦也。」

〔四〇〕〔顧嗣立注〕漢谷永傳：「以丁寧陛下。」師古曰：「謂再三告示也。」〔方世舉注〕漢書韓信傳：「張良、陳平躡漢王足，因附耳語。」〔何焯義門讀書記〕附耳，星名。〔補釋〕史記天官書：「附耳搖動，有讒亂臣在側。」漏洩，見卷三赴江陵途中寄贈三學士注。

〔四一〕〔魏本引孫汝聽曰〕呂氏春秋云：「風師曰飛廉。」漢書音義云：「飛廉神禽，能致風氣，身似鹿，頭如雀，有角，而蛇尾，文如豹文。」〔吴闓生曰〕感慨無窮。

〔四二〕〔方世舉注〕淮南天文訓：「東方，木也，其獸蒼龍。南方，火也，其獸朱鳥。西方，金也，其獸白虎。北方，水也，其獸玄武。」〔補釋〕史記天官書：「東宮蒼龍。」〔吴闓生曰〕以下牋。

〔四三〕〔方世舉注〕薛綜麒麟頌：「德以衛身，不布牙角。」〔補釋〕史記天官書：「左角李，右角將。」呀呀，見下「女口開呀呀」注。

〔四四〕〔考異〕此下或有「從應」二字，荆公删去。〔方世舉注〕楊惲報孫會宗書：「總領從官，與聞政事。」〔補釋〕史記天官書索隱：「官者，星官也。星座有尊卑，若人之官曹列位，故曰天官。」

〔四五〕〔方世舉注〕説文：「嚼，齧也。啜，嘗也。」容齋四筆：「漢蓋寬饒奏封事，引韓氏易傳，言五帝官天下，三王家天下。或云：自後稱天子爲官家，蓋出於此。」〔補釋〕晉書五行志：「義熙初，童謡曰：官家養蘆化成荻。」

〔四六〕〔魏本引孫汝聽曰〕天河即天漢。窟，穴也，謂穴居天河之中。〔補釋〕詩：「維天有漢。」毛傳：「漢，天河也。有光而無所明。」

〔四七〕〔補釋〕史記天官書：「南宮朱鳥。」

〔四八〕〔舉正〕觰，陟加切，角上張也。字亦作「觰」。東坡詩所謂「觰沙鬢髮絲穿杼。」閣本、蜀本皆作「觧」，字小訛也。〔方世舉注〕説文：「觰，拏獸也。一曰：下大者也。」廣韻：「觰，角上廣也。」〔補釋〕詩閟宮毛傳：「犧尊，有沙飾也。」正義：「鄭司農云：犧尊，飾以翡翠。此傳言犧尊者，沙羽飾，與司農飾以翡翠意同。則皆讀爲娑，傳言沙即娑之字也。」禮記禮器正義：「鄭云：畫尊作鳳羽婆娑然，故謂娑尊也。」按：此公詩沙字之所本。

〔四九〕〔舉正〕李、謝本皆校作「齖齖」。然閣本、蜀本只作「呀」。牙角之呀，實用牙音。廣韻：「吧呀，小兒忿争貌。」呀呷之呀，實陟加切。唐韻：「啥呀，張口貌。」音義皆異。祝季賓亦以此考。緣集韻不收牙字一音，故學者疑之。齖齵，齒不正也，亦與開口義不合。〔考異〕今詳或改此字，亦避重韻而誤也。

〔五〇〕〔補釋〕説文：「吻，口邊也。」按：此即盧仝詩「月食鳥宮十二度」之意，謂食柳也。爾雅釋天：「咮謂之柳。」漢書天文志：「柳爲鳥喙。」蓋柳爲朱鳥七宿之第三宿，正在南方鶉火之次。

〔五一〕〔蔣抱玄注〕管子：「其人輕直，省事少食。」

〔五二〕〔補釋〕史記天官書：「西宫咸池，參爲白虎。」〔魏本引孫汝聽曰〕左氏：「楚人謂虎於菟。」

〔五三〕〔補釋〕史記天官書：「其西有句曲九星，三處羅，一曰天旗。」又：「昴曰旄頭，胡星也。」〔祝充注〕廣韻：「毵，長毛貌。」「毶，毛衣也。」

〔五四〕〔方世舉注〕史記封禪書：「秦居西垂，作西畤，祠白帝。」漢書郊祀志：「宣帝時南郡獲白虎，獻其皮牙爪，上爲立祠。」按唐六典，立秋之日，祀白帝。其西方三辰七宿從祀。

〔五五〕魏本作「蜡」。祝本、廖本、王本作「䄍」。〔方世舉注〕記郊特牲：「天子大蜡八。」蜡也者，歲十二月，合聚萬物而索饗之也。迎虎，爲其食田豕也。」左傳：「晉侯見鄭伯，有加禮。」

〔五六〕〔方世舉注〕漢書東方朔傳：「臣觀其插齒牙，樹頰胲。」

〔五七〕〔補釋〕史記天官書：「北宮玄武。」按禮記曲禮：「前朱雀而後玄武。」正義：「玄武，龜也。龜有甲，能禦侮用也。」楚辭九懷：「玄武步兮水母。」王逸注：「天龜水神侍送余也。」此以玄武爲龜。洪興祖遠游補注：「説者曰：玄武謂龜蛇。位在北方，故曰玄；身有鱗甲，故曰武。」後漢書王梁傳注：「玄武，北方之神，龜蛇合體。」此二物合一之説也。公詩但舉龜，蓋用前説。

〔五八〕〔考異〕「蛾」，或作「娥」。方從列子校。「抉」，方作「扶」，非是。祝本、魏本作「娥」。廖本、王本作「蛾」。夸蛾，見卷四南山詩注。

〔五九〕〔魏本引孫汝聽曰〕周禮有「卜師掌開龜之四兆」、「華氏掌共焦契以待卜事」，注：「焦如樵薪之樵，謂所爇灼龜之木。契謂契龜之鑿。」即公所謂錐也。板，龜甲也。〔魏本引韓醇曰〕莊子：「神龜智能七十二鑽而無遺筴，不能避刳腸之患。」〔顧嗣立注引劉石齡曰〕史記龜策傳：「灼龜觀兆，變化無窮。」文選西都賦：「星羅雲布。」

〔六〇〕〔魏本引孫汝聽曰〕漢天文志：「經星常宿中外官，凡百一十八名，積數七百八十三星。」

〔六一〕〔補釋〕釋名：「科，課也，課其不如法者罪責之也。」〔何焯曰〕二句括多少。〔義門讀書記〕此處極裁翦省浄。但列經星不及五緯者，五緯非月所行也。

〔六二〕〔舉正〕閣本「全」作「金」，誤。

〔六三〕〔舉正〕杭本作「霞」。〔考異〕「瑕」，或作「霞」，非是。〔王懋竑曰〕瑕，叶何。按：河、羅、科、皤、娑皆歌戈韻，亦可叶麻韻，然韻書無叶。

〔六四〕〔考異〕「弊」，或作「斃」。今按：弊蛙，猶卓茂言弊人也。不然，則當改從「斃」字。蓋此時蛙雖未斃，而其罪已當死矣。〔方世舉注〕後漢書卓茂傳：「人常有言，部亭長受其米肉遺者。茂曰：遺之而受，何故言邪？汝爲弊人矣。」蓋言其無人道也。按後漢書百官志：「少府卿掌中服御諸物衣服寶貨珍膳之屬，其屬有太官令，掌御飲食。」主府官當謂此也。〔蔣抱玄注〕弊者，敗類之義。

〔六五〕〔考異〕「皤」，或作「蹯」。皤，腹下白處也。蹯，足蹠也。當作「皤」。

〔六六〕見卷二畫月注。

〔六七〕桂樹，見卷二畫月注。〔方世舉注〕爾雅釋木注：「枝葉婆娑。」

〔六八〕〔舉正〕唐本、范、謝校作「宮堂」。〔考異〕「室」，方作「堂」。恒娥，見卷二詠雪贈張籍注。

〔六九〕〔顧嗣立注〕禮記禮器：「大明生于東，月生于西，此陰陽之分，夫婦之位也。」〔何焯曰〕盧詩歷數衆星，但倚豪横，卻未收到蟇月。看此段語法度森嚴處。〔高步瀛曰〕以上請斃蛙還月。

〔七〇〕〔方世舉注〕蜀志秦宓傳：「張温曰：天有耳乎？宓曰：天高處而聽卑。詩云：鶴鳴于九皋，聲聞于天。若其無耳，何以聽之？」〔高步瀛曰〕吕氏春秋制樂篇：「子韋曰：天之處高而聽卑。」〔補釋〕詩小弁：「耳屬于垣。」

〔七一〕〔蔣抱玄注〕後漢光武紀：「蕭王推赤心置人腹中。」

〔七二〕〔考異〕「臣知」，方作「知臣」。今按：下文云「雖無明言，潛喻厥旨」，則此句乃謂天感悟臣心，使臣默知天意耳。諸本多作「使知臣意」，非是。其下所云「有氣有形」以下，即天意也。祝本、魏本作「知臣」。廖本、王本作「臣知」。

〔七三〕〔舉正〕閣本、謝校作「明」。〔考異〕「明」，或作「口」。祝本、魏本作「口」。廖本、王本作「明」。

〔七四〕〔查慎行曰〕聊以自快。

〔七五〕〔補釋〕論衡：「人稟氣於天，氣成而形立。」

〔七六〕〔舉正〕閣本作「夭傷」。蜀本作「大傷」。荆公本從「太」，古太、大一也。大傷，指言傷于月也。今只從蜀本。祝本、魏本作「夭」。廖本、王本作「大」。

〔七七〕〔補釋〕史記天官書：「月行中道，安寧和平。」漢書天文志：「月有九行者，黑道二，出黄道北。赤道二，出黄道南。白道二，出黄道西。青道二，出黄道東。立春春分，月東從青道。立秋秋分，西從白道。立冬冬至，北從黑道。立夏夏至，南從赤道。然用之一決房中道，青赤出陽道，白黑出陰道。」禮記月令：「日窮于次。」鄭玄注：「次，舍也。」

〔七八〕〔補釋〕説文：「磔，辜也。」史記李斯傳索隱：「磔謂裂其肢體而殺之。」〔何焯曰〕結嚴密。〔高步瀛曰〕以上帝許所請，還月蟞蛙。

【集説】

陳齊之曰：退之效玉川子月蝕詩，乃删盧仝冗語耳，非效玉川也。韓雖法度森嚴，便無盧仝豪放之氣。

王觀國曰：韓退之月蝕詩一篇，大半用玉川子句。或者謂玉川子月蝕詩豪怪奇挺，退之深所嘆伏，故所作盡摘玉川子佳句而補成之。某竊以爲不然。退之月蝕詩，題曰「效玉川子作」，而詩中有以玉川子爲言者：「玉川子涕泗，下中庭獨行。」又曰：「玉川子立于庭而言曰：地行賤臣仝，再拜敢告上天公。」然則退之幾於代玉川子作也。玉川子詩雖豪放，然太險怪，而不循詩家法度。退之乃摘其句而約之以禮，故退之詩中兩言玉川子，其意若曰：玉川子月蝕詩，如此足矣。故退之詩題曰「效玉川子作」，此退之之深意也。不然，退之豈不能自爲月蝕詩，而必用玉川子句而後成詩耶？以謂退之自爲月蝕詩，則詩中用玉川子涕泗告天公，又非其類矣。

李東陽曰：李長吉詩有奇句，盧仝詩有怪句，好處自别。若劉叉冰柱、雪車詩，殆不成語，不足言奇怪也。如韓退之效玉川子之作，斵去疵類，摘其精華，亦何嘗不奇不怪，而無一字一句不佳者，乃爲難耳。

朱彝尊曰：警世駭俗，大勢亦本天問、招魂等脱胎來。學力才氣，自不易及。然但可偶一爲之，不可有二。今云「效」，則二矣。還從館本作「删」爲是。

何焯曰：前半删仝冗語，入後乃韓公自運，非止法嚴，更以理勝也。又按盧詩過於流宕，但亦有删節太多，近于暗者。

方世舉曰：宋人詩話往往好左右袒，而不知其失言。學林新録于此詩言盧險怪而不循詩家法度，退之乃摘其句而約之以禮。是則腐談。題不曰「删」而曰「效」，韓之重盧甚矣，何必以尺蠖之見繩墨蛟龍哉？

翁方綱石洲詩話曰：韓公效玉川月蝕之作，删之也。對讀之，最見古人心手相調之理。然玉川原作，雄快不可逾矣。

王元啓曰：盧詩恃其絶足，恣意奔放。必如公作，乃可云範我馳驅。論者猥欲伸盧抑韓，未免取舍兩乖。盧詩云：「官爵奉董秦。」又云：「恒州陣斬酈定進。」愚謂月蝕詩刺時之作，祇應借蝦蟆寄諷，不宜徑述時事，致失比興之體。韓詩「此外内外官，瑣細不足科」，不特將五曜三台二十八宿及蚩尤旬始以下妖異諸星，概行抹摋，如董秦、定進，並無一語及之，尤見筆削謹嚴，不愧卓然典則之文。評者猶以乏盧仝豪放之氣少公，豈非瞽説。

附月蝕詩

盧仝

新天子即位五年，歲次庚寅，斗柄插子，律調黄鍾。森森萬木夜殭立，寒氣贔屓頑無風。爛銀盤從海底出，出來照我草屋東。天色紺滑凝不流，冰光交貫寒曈曨。初疑白蓮花，浮出龍王宫。八月十五夜，比並不可雙。此時怪事發，有物吞食來輪中〔一〕。輪如壯士斧斫壞，桂似雪山風拉摧。百鍊鏡，照見膽，平地埋寒灰。火龍珠，飛出腦，卻入蚌蛤胎。摧環〔二〕破璧眼看盡，當天一搭如煤炲。磨蹤滅跡須臾間，便以萬古不可開。不料至神物，有此大狼狽。星如撒沙出，爭頭事光大。奴婢炷燈看〔三〕，揜熒如玳瑁。今夜吐燄長如虹〔四〕，孔隙千道射戶外。玉川子，涕泗下，中庭獨自行。念此日月者，太陰太陽精。皇天要識物，日月乃化生。走天汲汲勞四體，與天作眼行光明。此眼不自保，天公行道何由行？吾見陰陽家有說，望日蝕月月光滅，朔月掩日日光缺。兩眼不相攻，此說吾不容。又孔子師老子云：五色令人目盲。吾恐天似人，好色則〔五〕喪明。幸且非春時，萬物不嬌榮。青山破瓦色，淥水冰崢嶸。花枯無女豔，鳥死沈歌聲。頑冬何所好？偏使一目盲。又〔六〕聞古老說，蝕月蝦蟇精。徑圓千里入汝〔七〕腹，如此癡騃阿誰生〔八〕？可從海窟來，便解緣青冥。恐是眶睫間，揞〔九〕寒所化成。黃帝有二目，帝舜重瞳明。二帝懸四目，四海生光輝。吾不遇二帝，滉瀁不可知。何故瞳子上，坐使〔一〇〕蟲豸欺？長嗟白兔擣靈藥，恰是有意防姦非。藥成滿臼不中度，委任白兔夫何爲？憶昔堯爲天，十日燒九州。金爍水銀流，玉燭〔一一〕丹砂燋。六合烘爲窰〔一二〕，堯心增百憂。天〔一三〕見堯心憂，勃然發怒決洪流，立擬沃殺九日妖。天高日走沃不及，但見萬國赤子戢戢生魚頭。此時九御導九日，争持節幡揮幢旄。駕車六九五十四頭蛟螭虯，掣電九火輈。汝若蝕開齟齬〔一四〕輪，銜轡執索相爬鉤，推蕩轟㵣〔一五〕入汝喉。紅鱗燄鳥燒口快，翎鬣倒側聲醆鄒。撑腸拄肚礧礧如山丘，自可飽死更不偷。不獨填飢坑，亦解堯心憂。恨汝時當食，埋〔一六〕頭擨腦不肯食，不當食，張唇哆嘴食不休。食天之眼養逆命，安得上〔一七〕帝請汝劉？嗚呼！人養虎，被虎齧。天媚蟇，被蟇瞎。乃知恩非類，一一自作孽。吾見患眼人，必索良工訣〔一八〕。想天不異人，愛眼固應一。安得常娥氏，來習扁鵲術？手操舂喉戈，去此睛上物。初既〔一九〕猶朦朧，既久如〔二〇〕抹漆。但恐功業成，便此不吐出。玉川子又涕泗下，心禱再拜額搨沙土中。地上蟣虱臣仝，告訴天皇。臣心有鐵一寸，可刳妖蟇癡腸。皇〔二一〕天不爲臣立梯磴，臣血肉身無由飛上天，揚天光。封詞付與小心風，越排閶闔入紫宫。密邇玉几前，劈拆奏上臣仝頑愚胸。敢死横干天，代天謀其長〔二二〕。東方蒼龍，角插戟，尾捭風。當心開明堂，統領三百六十鱗蟲，坐理〔二三〕東方宫。月蝕不救援，安用東方龍？南方火鳥赤潑血，項長尾短飛跋刺，頭戴弁〔二四〕冠高達枿。月蝕鳥宫十二度，鳥爲居停主人不覺察。貪向何人家？行赤口毒舌。毒蟲頭上喫卻月，不啄殺。虚眨鬼眼赤〔二五〕突窩，鳥罪不可雪。西方攫虎立踦踦，斧爲牙，鑿爲齒。偷犧牲，食封豕。大蟇一齰，固當軟美。見似不見，是何道理？爪牙根天不念天，天若准擬錯准擬。北方寒龜被蛇縛，藏頭入殼如入獄，蛇筋束緊束破殼。寒龜夏鱉一種味，且當以其肉充臛〔二六〕。死殼没信處〔二七〕，唯堪支牀腳，不中〔二八〕鑽灼與天〔二九〕卜。歲星主福德，官爵奉董秦，忍使黔婁生，覆尸無衣巾？天失眼不弔，歲星胡其仁？熒惑矍鑠翁，執法大不中。月明無罪過，不糾蝕月蟲。年年十月朝太微，支盧讁罰何災凶？土星與土性相背，反養福德生禍害。到人頭上死破敗，今夜月蝕安可會？太白真將軍，怒激鋒鋩生。恒州陣斬酈定進，項骨脆甚春蔓菁。天唯兩眼失一眼，將軍何處行天兵？辰星任廷尉，天律自主持。人命在盆底，固應樂見天盲時。天若不肯信，試喚皋陶鬼一問。如今宜，〔三〇〕三台文章〔三一〕宮，作上天紀綱，環天二十八宿。磊落〔三二〕尚書郎，整頓排班行。劍握他人將，一四太陽側，一四天市〔三三〕旁。操斧代大匠，兩手不怕傷。弧矢引滿反射人，天狼呀啄明煌煌。癡牛與騃女，不肯勤農桑。徒勞含淫思，旦夕遥相望。蚩尤簸旗弄旬朔，始鎚天鼓鳴瑲琅。枉矢龍蛇行，眉目森森張。天狗下舐地，血流何滂滂？譎險萬萬黨，搆架何可當？眯目讋成就，害我光明王。請留北斗一星〔三四〕相北極，指揮〔三五〕萬國懸中央。此外盡拂〔三六〕除，沙〔三七〕磧如山岡，贖我父母光。當時恒星没，殞〔三八〕雨如拌〔三九〕漿。似天會事發，叱喝誅姦狂〔四〇〕。何故中道廢，自遺今日殃？善善又惡惡，郭公所以亡。願天神聖心，無信他人忠。玉川子詞訖，風色緊格格。近月黑暗邊，有似動劍戟。須臾癡蟇精，兩吻自決坼。初露半箇璧，漸吐滿輪魄。衆星盡原赦，一蟇獨誅磔。腹肚忽脱落，依舊挂穹碧。光采未蘇來，慘淡一片白。奈何萬里光，受此吞吐厄。再得見天眼，感荷天地力。或問玉川子：孔子修春秋，二百四十年，月蝕盡不收。今子咄咄詞，頗〔四一〕合孔意不？玉川子笑答：或請聽逗遛。孔子父母魯，諱魯不諱周。書外書大惡，故月蝕不見收。余命唐天，口食唐土，唐禮過三，唐樂過五。小猶不説，大不可數。災沴無有小大瘉，安〔四二〕引衰周，研覈〔四三〕可否？日分晝，月分夜，辨寒暑。一主刑，一主德，政乃舉。孰謂人面上，一目偏可去？願天完兩目，照下萬方土。更不瞽，萬萬古。

〔一〕一本無輪中二字。
〔二〕一作摧輪。
〔三〕一作暗燈。
〔四〕一作如長。
〔五〕一作即。
〔六〕一作傳。

〔七〕一作如。

〔八〕駃，一作骸；阿誰，一作何從。

〔九〕一作揜。

〔一〇〕一作受。

〔一一〕一作熠。

〔一二〕一作窯。

〔一三〕一作帝。

〔一四〕一作齱齵。

〔一五〕一作訇。

〔一六〕一作藏。

〔一七〕一作天。

〔一八〕一作抉。

〔一九〕一作其初。

〔二〇〕一作似。

〔二一〕一作上。

〔二二〕一作敢死横干天甚長。

〔二三〕一作治。
〔二四〕一作丹。
〔二五〕一作明。
〔二六〕一作臛。
〔二七〕一作且當臛其肉，底板没信處。
〔二八〕一作堪。
〔二九〕一本有下字。
〔三〇〕宜，一作日；如今宜，一作而今。
〔三一〕一作昌。
〔三二〕一作磊。
〔三三〕一作帝。
〔三四〕一本無一星。
〔三五〕一作麾。
〔三六〕一作掃。
〔三七〕一作堆。
〔三八〕一作星。

〔三九〕一作迸。
〔四〇〕一作強。
〔四一〕一作固。
〔四二〕一本有得。
〔四三〕一本有其。

燕河南府秀才〔一〕

吾皇紹祖烈〔二〕，天下再太平。詔下諸郡國，歲貢鄉曲英〔三〕。元和五年冬，房公尹東京〔四〕。功曹上言公〔五〕，是月當登名〔六〕。乃選二十縣，試官得鴻生〔七〕。羣儒負己材，相賀簡擇精。怒起簸羽翮〔八〕，引吭吐鏗轟〔九〕。此都自周公〔一〇〕，文物繼名聲〔一一〕。自非絶殊尤〔一二〕，難使耳目驚〔一三〕。今者遭震薄〔一四〕，不能出聲鳴。鄙夫忝縣尹〔一五〕，愧慄難爲情。惟求文章寫，不敢妒與争。還家敕妻兒，具此煎炰烹〔一六〕。柿紅蒲萄紫，肴果相扶檠〔一七〕。芳茶出蜀門〔一八〕，好酒濃且清。何能充歡燕？庶以露厥誠。昨聞詔書下〔一九〕，權公作邦楨〔二〇〕。文人得其職〔二一〕，文道當大行。陰風攪短日〔二二〕，冷雨澀不晴〔二三〕。勉哉戒徒馭，家國遲子榮〔二四〕。

〔一〕注「得生字」。〔方世舉注〕新唐書地理志：「河南府河南郡，本洛州，開元元年爲府。領縣二十。」按新唐書選舉志：唐制，取士之科，多因隋舊。然其大要有三：由學館者曰生徒，由州縣者曰鄉貢，皆升于有司而進退之。其科之目，有秀才，有明經，有俊士，有進士，有明法，有明孝，有明算，此歲舉之常選也。每歲仲冬，州縣館監舉其成者，選之尚書省。而選舉不繇館學者，謂之鄉貢，皆懷牒自列于州縣。試已，長史以鄉飲酒禮令屬僚設賓主，陳俎豆，備管絃，牲用少牢，歌鹿鳴之詩，因與耆艾序長少焉。既至省，由户部集閲，而關於考功員外郎試之。凡秀才試方略策五道，以文理麤通爲上上、上中、上下、中上凡四等，爲及第云。其教人取士，著於令者，大略如此。河南府秀才，蓋由州縣升者，所謂鄉貢也。時元和五年仲冬，公爲河南令，而舉燕禮，故作此詩。

〔二〕〔蔣抱玄注〕馬融廣成頌：「允迪在昔，紹烈陶唐。」

〔三〕〔程學恂曰〕起得鄭重得體。

〔四〕〔方世舉注〕舊唐書憲宗紀：「元和四年十一月，河南尹杜兼卒。十二月，以陝虢觀察使房式爲河南尹。」

〔五〕〔魏本引孫汝聽曰〕功曹參軍，掌官吏考課、祭祀、禎祥、道佛、學校、表疏、醫藥之事。

〔六〕〔舉正〕閣本、監本皆作「是日」。蜀本作「功曹上其言，是月當登名」。晁、李本用此。蓋「日」字必誤，然易上語則非也。今校從三館本。祝本、魏本作「日」。廖本、王本作「月」。

〔七〕〔顧嗣立注〕選羽獵賦：「於兹乎鴻生鉅儒。」

〔八〕〔補釋〕莊子：「怒而飛，其翼若垂天之雲。」廣雅：「怒，勉也。」

〔九〕〔顧嗣立注〕選舞鶴賦：「引圓吭之纖婉。」爾雅：「吭，鳥嚨。」〔方世舉注〕廣韻：「鏗鏘，金石聲。鏗鎗，鐘鼓聲相雜也。轟，羣車聲。」〔朱彝尊曰〕簸羽引吭，故爲顛倒，不作對，此昌黎獨法。

〔一〇〕〔方世舉注〕史記魯世家：「周公營成周雒邑，遂國之。」

〔一一〕魏本作「物」。祝本、廖本、王本作「章」。〔王元啓曰〕此句指周公時，且泛言之。下句説到現今考試，乃及文章。如此方有次序。今從建本作「物」。〔補釋〕左傳：「文物以紀之，聲明以發之。」〔程學恂曰〕二語勉諸生，有深意，非第切河南也。

〔一二〕〔李詳證選〕司馬相如封禪文：「未有殊尤絶跡，可考于今者也。」

〔一三〕〔何焯義門讀書記〕安得此才。〔查慎行曰〕大議論。

〔一四〕〔補釋〕詩毛傳：「震，雷也。」易：「雷風相薄。」

〔一五〕〔顧嗣立注〕公新唐書本傳，改都官員外郎，即拜河南令。

〔一六〕〔朱彝尊曰〕疊煎、炰、烹三字，非昌黎無此句法。〔補釋〕潘岳悼亡詩：「周遑忡驚惕。」公句法所本。

〔一七〕諸本皆作「槷」。〔舉正〕「槷」，李本校作「擎」。然閣本、蜀本同上。〔王元啓曰〕擎字从手，與上扶字爲類。若从木作檠，義訓架，類篇云：「有足所以几物。」前漢地理志師古注：「籩豆，今之檠也。」係實字，與上相字不相承。方本作「檠」，非是。〔方成珪箋正〕檠，渠京切，説文：「榜也。」廣韻：「所以正弓。」淮南子修務訓「弓必待檠而後能調」，亦是此義。今上既用「相扶」字，則當從李校作「擎」。又玉篇上収部：「弊，舉也。」作「弊」亦通。弊即擎之或體。

〔一八〕魏本、廖本、王本作「荼」。祝本作「茶」。〔舉正〕潮本與三館作「荼」。他本多作「茶」。爾雅曰：「檟，苦荼。」郭璞注：「木小似梔子，早取者爲荼，晚取者爲茗。」是茶古字作荼也。廣韻：「荼，宅加反，俗作茶。」大抵荼與茶，古音相近，如今言搽與塗，亦通用也。若以字論之，則荼字爲正。今人别茶於荼，非也。〔考異〕荼與茶，今人語不相近。而方云相近者，莆田語音然也。雖出俚俗，亦由音本相近，故與古暗合耳。今建人謂口爲苦，走爲祖，亦此類。方言多如此云。〔補釋〕郝懿行爾雅義疏：「今茶字古作荼。至唐陸羽著茶經，始減一畫作茶。今則知茶不復知荼矣。」〔蔣之翹注〕茶之嫩者，雀舌、烏嘴、麥顆，皆出蜀中，張孟陽登成都城樓詩「芳茶冠六州」是也。今蜀瀘州尚出茶，食之可療風疾。雅州亦出蒙頂茶。圖經云：受陽氣全者故香。唐李德裕入蜀得蒙餅，沃于湯餅上，移時化盡。公云芳茶，恐即此。

〔一九〕〔舉正〕閣、蜀本作「來」。

〔二〇〕祝本、魏本、廖本作「楨」。王本作「禎」。〔王元啓曰〕楨，幹也，字从木。劍本作「禎」，訓祥，非是。〔方世舉注〕新唐書憲宗紀：「五年九月丙寅，太常卿權德輿爲禮部尚書同中書門下平章事。」〔顧嗣立注〕詩：「維周之楨。」〔魏本引補注〕杜春陵行云：「結也實國楨。」

〔二一〕〔舉正〕杭、蜀同作「文人」。祝本、廖本、王本作「文」。魏本作「丈」。俱注曰：一作「大」。

〔二二〕祝本、魏本、廖本作「風」。王本作「氣」。〔王元啓曰〕作「氣」非是。〔魏本引韓醇曰〕老杜北征詩：「陰風西北來。」攬，見卷三岳陽樓別竇司直注。〔補釋〕禮記月令：「仲冬之月，日短至。」

〔二三〕〔何焯義門讀書記〕曲折頓挫。

〔二四〕遲，見卷一岐山下注。

【集説】

朱彝尊曰：既生造，亦復聊且，想出一時戲筆。

程學恂曰：語語端嚴，字字真樸，不膚闊，不客氣。

學諸進士作精衛銜石填海〔一〕

鳥有償冤者〔二〕，終年抱寸誠。口銜山石細，心望海波平。渺渺功難見，區區命已輕。人皆譏造次〔三〕，我獨賞專精〔四〕。豈計休無日，惟應盡此生。何慙刺客傳〔五〕，不著報讎名。

〔一〕〔補釋〕顧炎武日知録：「進士乃諸科目中之一科，而傳中有言舉進士者，有言舉進士不第者。但云舉進士，則第不第未可知之辭，不若今人已登科而後謂之進士也。」又：「唐人未第稱進士，已及第則稱前進士。」〔方世舉注〕北山經：「發鳩之山，有鳥焉，其狀如烏，文首白喙赤足，名曰精衞，其鳴自詨。是炎帝之少女，名曰女娃，游于東海，溺而不返，故爲精衞。常銜西山之木石，以堙于東海。」按：詩類載此題爲省試詩，蓋河南試士，而公爲河南令主燕禮時效之也。

〔二〕〔方世舉注〕崔融嵩山碑：「精衞銜木而償冤。」

〔三〕造次，見卷六赤藤杖歌注。

〔四〕〔方世舉注〕淮南覽冥訓：「專精厲意，上通九天。」〔何焯曰〕二句少味。

〔五〕〔方世舉注〕太史公自序：「曹子匕首，魯獲其田，齊明其信；豫讓義不爲二心。作刺客列傳。」

【集説】

朱彝尊曰：不拘拘貼事，只以空語挑意，最有味。

程學恂曰：此亦公所謂可無學而能者。然是寫意，不與工帖括者相角勝也。

招揚之罘一首〔一〕

柏生兩石間，萬歲終不大；野馬不識人，難以駕車蓋〔二〕。柏移就平地，馬羈入廐中〔三〕，馬思自由悲，柏有傷根容〔四〕。傷根柏不死，千丈日以至〔五〕；馬悲罷還樂，振迅矜鞍轡〔六〕。之罘南山來，文字得我驚。館置使讀書，日有求歸聲。我令之罘歸，失得柏與馬〔七〕。之罘別我去，計出柏馬下。我自之罘歸，入門思而悲。之罘別我去，能不思我爲〔八〕？灑掃縣中居〔九〕，引水經竹間。囂譁所不及，何異山中閒〔一〇〕？前陳百家書，食有肉與魚〔一一〕。先王遺文章，綴緝實在余〔一二〕。禮稱獨學陋〔一三〕，易貴不遠復〔一四〕。作詩招之罘，晨夕抱飢渴〔一五〕。

〔一〕〔舉正〕閣本作「之杲」，字訛也。〔祝本注〕「之罘」，一作「果之」。〔魏本注〕一作「录之」。〔王本注〕一作「之果」。廖本有「一首」二字。祝、魏、王本無。〔祝充注〕諱行録云：「之罘」，行第八，元和十一年進士。」〔魏本引韓醇曰〕公爲河南令，之罘自山中來，從公問學。公惜其歸，以詩招之。

〔二〕〔方世舉注〕釋名：「車蓋在上，蓋覆人也。」

〔三〕〔魏本引樊汝霖曰〕時之罘猶未第，故公以詩招之，有柏馬之喻。而後之工畫者，遂作爲柏石圖，陳季常家藏之。蘇内翰爲之銘云：「柏生兩石間，天命本如此。」又云：「韓子俯仰人，但愛平地美。」又云：「君看此槎牙，豈有可移理。」〔方世舉注〕蘇非駁韓，別有寄託耳。〔程學恂曰〕生石間，不識人，喻不學也。就平地，入廐中，喻學也。

〔四〕〔方世舉注〕漢古詩：「采葵莫傷根，傷根葵不生。」

〔五〕〔考異〕「千」，或作「百」。〔舉正〕閣作「已」。蜀作「以」。杭本作「不難至」。荆公、山谷皆從杭本。祝本、魏本作「已」。廖本、王本作「以」。

〔六〕〔舉正〕三本同作「迅」。字見毛氏七月詩傳。鮑照鶴賦亦見。〔考異〕「迅」，或作「頓」。祝本、魏本作「頓」。廖本、王本作「迅」。〔顧嗣立注〕選鮑明遠舞鶴賦：「振迅騰摧。」〔何焯義門讀書記〕十二句即董子「常玉不瑑，不成文章；君子不學，不成其德」指趣。

〔七〕〔舉正〕閣本作「失待」，言失其所以待柏馬者。杭作「實待」。蜀作「實失」。〔考異〕三本皆無理。惟嘉祐杭本作「失得」，似頗有理，而舉正不收。蓋其意曰：失得之計，觀于柏馬可見云爾。祝本、魏本作「實待」。廖本、王本作「失得」。

〔八〕〔何焯曰〕古淡味長。

〔九〕〔魏本引孫汝聽曰〕縣，河南縣。

〔一〇〕〔何焯義門讀書記〕不應計出柏馬之下，或者思山中閒曠耳。復以此解而招之，其用心也苦矣。

〔一一〕〔魏本引韓醇曰〕史記：「馮驩彈其劍而歌曰：長鋏歸來乎，食無魚！孟嘗君遷之幸舍，食有魚矣。」

〔一二〕〔方世舉注〕任昉王文憲集序：「綴緝遺文，永貽世範。」

〔一三〕〔魏本引孫汝聽曰〕禮記：「獨學而無友，則孤陋而寡聞。」

〔一四〕〔魏本引孫汝聽曰〕易：「不遠復，無祇悔。」

〔一五〕〔何焯曰〕渴與復叶。如詩：「播厥百穀，實函斯活。」〔補釋〕詩：「載飢載渴。」孔叢子：「子思對曰：君若飢渴待賢。」文選責躬詩李善注：「張奐與許季師書曰：飢渴之念，豈當有忘？」

【集說】

黃徹曰：沈約命王筠作郊居十詠，書於壁，不加篇題。約云：「此詩指物程形，無假題署。」老杜贈李潮八分歌云：「吾甥李潮下筆親，開元以來數八分，潮也奄有二子成三人。況潮小篆逼秦相。巴東逢李潮，潮乎潮乎奈汝何？」退之招揚之罘云：「之罘南山來，文字得我驚。我令之罘歸，失得柏與馬。之罘别我去，計出柏馬下。我自之罘歸，入門思而悲。之罘别我去，能不思我爲。作詩招之罘，晨夕抱飢渴。」嘗戲謂此二詩真不須題署也。

朱彝尊曰：淺語古調。

辛卯年雪〔一〕

元和六年春，寒氣不肯歸〔二〕。河南二月末，雪花一尺圍〔三〕。崩騰相排拶〔四〕，龍鳳交橫飛。波濤何飄揚，天風吹旛旂。白帝盛羽衛〔五〕，鬖髿振裳衣〔六〕。白霓先啓塗〔七〕，從以萬玉妃〔八〕。翕翕陵厚載〔九〕，譁譁弃陰機〔一〇〕。生平未曾見，何暇議是非？或云豐年祥〔一一〕，飽食可庶幾。善禱吾所慕〔一二〕，誰言寸誠微〔一三〕？

〔一〕元和六年辛卯。〔魏本引韓醇曰〕公作之年月見於詩矣，時爲河南令。

〔二〕〔方成珪箋正〕不肯二字峭雋。陶飲酒詩：「晨雞不肯鳴。」擬古詩：「日月不肯遲。」杜陪王使君晦日泛江黄家亭子詩：「江平不肯流。」客夜詩：「秋天不肯明。」乃公所本也。

〔三〕〔洪興祖韓子年譜〕即樂天詩云「元和歲在卯，六年春二月，月晦寒食天，天陰夜飛雪」者。然退之以爲豐年之祥，而樂天云「信美非時節」。蓋雪在臘中則爲瑞，入春則多爲災沴故耳。〔補釋〕樂天詩有上林、曲江語，蓋在長安作。長安、洛陽同時下雪，寒重雪大可知。〔方世舉注〕顧嗣立曰：左傳：「凡平地尺爲大雪。」按：此云「雪花一尺圍」，蓋言雪片之大，非謂所積者之厚也。一尺亦極言之耳。

〔四〕〔補釋〕謝靈運詩：「崩騰永嘉末。」呂延濟注：「崩騰，破壞貌。」〔祝充注〕拶，姊末切，玉篇：「逼樛也。」

〔五〕白帝，見月蝕詩注。

〔六〕〔考異〕「髟」，或作「毿」。　〔顧嗣立注〕選江賦：「緑苔鬖髿乎研上。」通俗文：「髪亂曰鬖髿。」

〔七〕〔方成珪箋正〕楚辭九辯：「驂白霓之習習兮。」

〔八〕〔顧嗣立注〕靈寶赤書經：「太真命筆，玉妃拂筵。」　〔朱彝尊曰〕仍是陸渾山火、苦寒一派語法。

〔九〕〔顧嗣立注〕詩小旻：「翕翕訿訿。」　〔徐震曰〕易曰：「坤厚載物。」

〔一〇〕〔程學恂曰〕二語窮神盡相，與岳陽樓「陽施」、「陰閉」等，皆乾坤有數之句。

〔一一〕〔魏本引孫汝聽曰〕詩傳：「豐年之冬，必有積雪。」

〔一二〕〔魏本引孫汝聽曰〕禮記：「晉獻文子成室，張老曰：歌於斯，哭於斯。君子謂之善頌善禱。」

〔一三〕〔蔣之翹曰〕結得有感慨。

【集説】

蔣之翹曰：古麗，特工爲形似之言。

朱彝尊曰：佳處亦在生硬。

汪師韓曰：自謝惠連作雪賦，後來詠雪者多騁姸詞。獨韓文公不然，其集中辛卯年雪一詩有云：「翕翕陵厚載，譁譁弄陰機。生平未曾見，何暇議是非？」詠雪贈張籍一章有云：「松篁遭挫抑，糞壤獲饒培。隔絶門庭遽，擠排陛級纔。豈堪裨嶽鎮，強欲效鹽梅。」「日輪埋欲側，坤軸壓將頹。」「魚龍冷蟄苦，虎豹餓號哀。」所以譏貶者甚至。又酬崔立之詠雪一章有云：「泯泯都無地，茫茫豈是天？崩奔驚亂射，揮霍訝相纏。不覺侵堂陛，方應折屋椽。」亦含諷刺，豈直爲翻案變調耶？嘗考雪之詠于三百篇者凡六，若采薇，遣戍役也，曰「今我來思，雨雪霏霏」。出車，勞還率也，曰「今我來思，雨雪載塗」。俱不過紀時語耳。信南山一詩，刺幽王不能修成王之業，而因追思成王之時，曰「上天同雲，雨雪雰雰」，言豐年之冬，必有積雪，以明其澤之普遍焉。此猶於比興之義無與也。其他若邶之北風，刺虐也，曰「北風其涼，雨雪其雱」，則以喻政教之酷暴矣。頍弁，諸公刺幽王也，曰「如彼雨雪，先集維霰」，則以比政教之暴虐，自微而甚矣。角弓，父兄刺幽王也，曰「雨雪瀌瀌，見晛曰消」，則又以雪比小人多，而以日能消雪，喻王之誅小人矣。其後張衡四愁詩，效屈原以美人爲君子，以珍寶爲仁義，以水深雪雰爲小人。韓公之放才歌謠，正是詩騷苦語。

李黼平曰：侔色揣稱，發雪賦之所未發，可謂奇特。其用意乃在「翕翕陵厚載，譁譁弄陰機」四韻，起句「寒氣不肯歸」，已伏脈矣。退之奇崛處易學，此等處難及也。

程學恂曰：公諸匠物詩，每以神而不以象，多有歐、蘇不能到處。

李花二首〔一〕

平旦入西園〔二〕，梨花數株若矜夸〔三〕。旁有一株李，顔色慘慘似含嗟〔四〕。問之不肯道所以〔五〕，獨繞百市至日斜〔六〕。忽憶前時經此樹，正見芳意初萌牙〔七〕。奈何趁酒不省録〔八〕，不見玉枝攢霜葩〔九〕。泫然爲汝下雨淚〔一〇〕，無由反旆羲和車〔一一〕。東風來吹不解顔〔一二〕，蒼茫夜氣生相遮〔一三〕。冰盤夏薦碧實脆〔一四〕，斥去不御慚其花〔一五〕。

〔一〕〔考異〕諸本作「一首」。〔舉正〕此二詩也。自「當春天地爭奢華」以下分焉。前乃株李，後篇乃醉于羣李之下，意義甚明。編者誤合而一之。祝本、魏本作一首，無「二首」二字。廖本、王本作二首。〔魏本引樊汝霖曰〕公元和初在江陵，有李花贈張十一，又有寒食日夜歸酬張十一李花之什，所謂「不忍千株雪相映」是也。至是元和六年，爲縣河南而作。〔李黼平曰〕李花二首，非一時作。前首河南縣官園花，後首玉川家花也。

〔二〕〔蔣抱玄注〕平旦，猶言平明也。

〔三〕〔補釋〕史記劉敬叔孫通傳：「此宜夸矜。」集解：「韋昭曰：夸，張也。」

〔四〕〔蔣抱玄注〕詩：「我心慘慘。」

〔五〕〔魏本引韓醇曰〕此暗使「桃李不言，下自成蹊」事，見漢書李廣傳贊。老杜哀王孫詩：「問之不肯道姓名。」

〔六〕〔顧嗣立注〕文選魏武帝短歌行：「繞樹三帀，何枝可依。」

〔七〕〔舉正〕蜀本作「牙」。今本「牙」多作「芽」。漢傳如「朱草萌牙」、「事有萌牙」，無用「芽」字者。祝本、魏本作「芽」。廖本、王本作「牙」。

〔八〕〔沈欽韓注〕漢書膠西于王傳：「遂爲無訾省。」蘇林云：「爲無所省録也。」

〔九〕〔舉正〕蜀本、曾、謝校作「枝」。〔考異〕「枝」，或作「杖」。攢，見卷四杏花注。

〔一〇〕泫然，見卷五秋懷詩注。

〔一一〕〔方世舉注〕左傳：「令尹南轅反旆。」羲和，見卷二苦寒注。

〔一二〕祝本、魏本、廖本作「解」。王本、朱本、游本作「改」，非是。〔方世舉注〕列子黃帝篇：「列子師老商氏，五年之後，夫子始一解顔而笑。」

〔一三〕〔張相曰〕生，甚辭，猶偏也。生相遮，猶云偏相遮。

〔一四〕〔顧嗣立注〕文選謝玄暉詩：「夏李沈朱實。」

〔一五〕〔舉正〕張衡思玄賦：「斥西施而不御。」語原此也。唐本「斥去」作「片雲」，雖令狐氏本亦不免有誤也。〔考異〕「斥去」，或作「片雲」，或作「雲去」，或作「斥逐」，皆誤。祝本注曰：一作「逐去」。〔朱彝尊曰〕語法生而不硬，有一種清味。〔程學恂曰〕結語拙致可喜。

【集説】

李黼平曰：于草木偶不省録，自慚無地。花如解語，亦當謂可以不恨。

陳沆曰：楚辭「惟草木之零落兮，恐美人之遲暮」，言賢者當及其盛年而用之也。梨花若矜夸，謂物之得時者。李色慘慘似含嗟，謂物已過時者。忽憶前時經此樹云云，謂吾不能早知子，至今而晚知之，則已負其芳華之年也。夏薦碧實，慚不忍御，所謂臣壯不如人，今老復何能爲，此用人者之所當愧也。負其春華用其秋實且不可，況并秋實而負之哉！

當春天地爭奢華，洛陽園苑尤紛拏〔一〕。誰將平地萬堆雪〔二〕，翦刻作此連天花？日光赤色照未好，明月暫入都交加。夜領張徹投盧仝〔三〕，乘雲共至玉皇家〔四〕。長姬香御四羅列〔五〕，縞裙練帨無等差〔六〕。静濯明糚有所奉，顧我未肯置齒牙〔七〕。清寒瑩骨肝膽醒〔八〕，一生思慮無由邪〔九〕。

〔一〕〔舉正〕蜀本作「挐」。董彦遠曰：挐，从如，今人从奴。唐韻以挐爲或體，非也。考相如子虛賦、王逸九思，紛挐字只从如。〔考異〕説文：「拏，从奴，牽引也。挐从如，持也。」古書作拏，蓋通用。魏本作「拏」。祝本、廖本、王本作「挐」。〔補釋〕紛拏之拏，當从奴。見卷五城南聯句注。

〔二〕〔舉正〕謝本作「將」。洪亦一作「將」。然杭、蜀本皆作「堆」。〔考異〕「將」，方作「堆」。祝本、魏本作「堆」。廖本、王本作「將」。

〔三〕張徹，見卷四答張徹注。盧仝，見月蝕詩注。

〔四〕〔補釋〕莊子：「乘彼白雲，至于帝鄉。」

〔五〕〔沈欽韓注〕漢舊儀：「女御長如侍中。」元后傳：「皇后有長御。」

〔六〕〔魏本引祝充曰〕詩：「縞衣綦巾。」注：「縞衣，白色。帨，佩巾。」詩：「無感我帨兮。」

〔方世舉注〕説文：「練，湅繒也。」

〔七〕〔顧嗣立注〕宋書：「孔時嘗令孔闓草讓表，謝朓謂時曰：此子聲名未立，應共獎成，無惜齒牙餘論。」

〔八〕廖本、王本作「醒」。祝本、魏本作「腥」，非是。

〔九〕〔補釋〕論語：「詩三百，一言以蔽之，曰思無邪。」〔朱彝尊曰〕賞花乃作禮法語，然卻是詩家風韻。

【集説】

樊汝霖曰：此詩自「夜領張徹投盧仝」而下，其所以狀李花之妙者至矣。蘇内翰梅詩舉此云：「縞裙練帨玉川家，肝膽清新冷不邪。穠奇争春猶辦此，更教踏雪看梅花。」亦一奇也。

陳沆曰：此章自言其志。奢華紛拏，世之所競，君子不必避而去之。但愈置之紛華之中，而愈增其皜白之志，瑩其清寒之骨，醒其肝膽思慮而無由邪。則道眼視之，無往非道也。「芳與澤其雜糅兮，惟昭質其猶未虧。」不然，出見紛華而悦，入見道德而悦，何年是戰勝之日哉？此等詠花詩，肅肅穆穆，如對越在天，駿奔走在廟。離騷而下，無敢跂其彷彿。與感春詩皆昌黎最高之境。世人學韓，曾夢見此境否耶？

程學恂曰：此首中間似有意學玉川，語皆游戲耳。而公一生浩氣大節，不覺流露。

朱彝尊曰：此二詩乃絶有風致，又與他詩迥別。只就一時所見光景寫入骨髓，無所因襲，亦不强置，鑿空撰出，真趣宛然，後鮮能繼者。

汪佑南曰：朱竹垞批：「第一首細玩似是比意，第不知何比。」誠哉比意之不易指明也。予意確有比意。前首説李花不開，形容人之失意。後首説李花盛開，形容人之得意。似均指姓李者借題發揮。按韓文年表，此詩作於元和六年。又考通鑑：是年正月，以李吉甫同平章事。二月，李藩罷爲太子詹事。前首指藩，後首指吉甫。元和四年，裴垍薦藩有宰相器，擢藩爲相，知無不言，上甚重之。前首「忽憶前時經此樹，正見芳意初萌牙」，藩之入相有爲時也。「無由返旆羲和車」及「蒼茫夜氣生相遮」，是藩之罷相，由吉甫譖之。冰盤薦實，斥去不御，公之深惡吉甫也。次首發端數句，言李花盛開，正比吉甫之聲勢赫然。況史載吉甫善逢迎上意，及專爲悦媚，故有「長姬香御四羅列」數語。下接「顧我未肯置齒牙」云云，韓公鄙夷其人，而不肯交接，比意顯然。妙在始終不説破，令人尋味無窮也。

寄盧仝〔一〕

玉川先生洛城裏，破屋數間而已矣。一奴長鬚不裹頭〔二〕，一婢赤脚老無齒。辛勤奉養十餘人，上有慈親下妻子。先生結髮憎俗徒〔三〕，閉門不出動一紀〔四〕。至令隣僧乞米送〔五〕，僕忝縣尹能不恥〔六〕？俸錢供給公私餘，時致薄少助祭祀〔七〕。勸參留守謁大尹〔八〕，言語纔及輒掩耳。水北山人得名聲，去年去作幕下士〔九〕。水南山人又繼往，鞍馬僕從塞閭里〔一〇〕。少室山人索價高〔一一〕，兩以諫官徵不起〔一二〕。彼皆刺口論世事，有力未免遭驅使。先生事業不可量，惟用法律自繩己〔一三〕。春秋三傳束高閣〔一四〕，獨抱遺經究終始〔一五〕。往年弄筆嘲同異〔一六〕，怪辭驚衆謗不已〔一七〕。近來自說尋坦塗，猶上虛空跨緑駬〔一八〕。去歲生兒名添丁〔一九〕，要令與國充耘耔〔二〇〕。國家丁口連四海〔二一〕，豈無農夫親耒耜？先生抱才終大用，宰相未許終不仕。假如不在陳力列〔二二〕，立言垂範亦足恃〔二三〕。苗裔當蒙十世宥〔二四〕，豈謂貽厥無基阯〔二五〕？故知忠孝本天性，潔身亂倫安足擬〔二六〕？昨晚長鬚來下狀：隔牆惡少惡難似〔二七〕，每騎屋山下窺闞〔二八〕，渾舍驚怕走折趾〔二九〕。憑依婚媾欺官吏〔三〇〕，不信令行能禁止〔三一〕？先生受屈未曾語，忽來此告良有以〔三二〕。嗟我身爲赤縣令〔三三〕，操權不用欲何俟？立召賊曹呼五百〔三四〕，盡取鼠輩尸諸市〔三五〕。先生又遺長鬚來，如此處置非所喜，況又時當長養節〔三六〕，都邑未可猛政理〔三七〕。先生固是余所畏，度量不敢窺涯涘〔三八〕。放縱是誰之過歟〔三九〕？效尤戮僕愧前史〔四〇〕。買羊沽酒謝不敏〔四一〕，偶逢明月曜桃李〔四二〕。先生有意許降臨，更遣長鬚致雙鯉〔四三〕。

〔一〕〔魏本引韓醇曰〕元和六年春公爲河南令作。

〔二〕〔方世舉注〕黄香責髯奴辭：「我觀人鬚，長而復黑。豈若子髯，既亂且赭。」北史：「蕭詧惡見人髮白，擔輿者冬月必須裹頭。」

〔三〕〔方世舉注〕漢書儒林傳：「梁丘賀薦施讐結髮事師。」師古曰：「言始勝冠。」

〔四〕〔顧嗣立注〕國語：「蓄力一紀。」韋昭曰：「十二年歲星一周爲一紀。」

〔五〕〔舉正〕閣、杭同作「令」。蜀作「今」。〔考異〕作「今」非是。祝本、魏本作「今」。廖本、王本作「令」。〔朱彝尊曰〕如此貧窘，惡少復何窺闞耶？

〔六〕〔廖本王本注〕「尹」，一作「令」。〔程學恂曰〕自責妙，正以歎其賢也。

〔七〕〔方世舉注〕諸葛亮與吴王書：「所遺白旄薄少，重見辭謝，益以增慙。」

〔八〕〔方世舉注〕韓愈外集河南府同官記：「留守之官，居禁省中。歲時出旌旗，序留司文武百官于宮城門外而衙之。」〔魏本引樊汝霖曰〕洛城有東都留守，有河南尹。公送温造序曰：「自居守、河南尹及百司之執事。」誌盧登封墓曰：「爲書告留守與河南尹。」是時鄭餘慶留守東都，李素以少尹行大尹事。〔沈欽韓注〕洪譜：「公爲河南縣令，時河南尹爲房式。」〔補釋〕公爲河南令，始元和五年冬，時河南尹爲房式。十二月，式去爲宣州觀察使，見公集房式墓誌。又李素墓誌銘樊汝霖注曰：「六年三月，以河南尹郗士美爲昭義軍節度使，以素爲少尹，行大尹事。」則在式後素前爲河南尹者，尚有士美。

〔九〕〔舉正〕水北，謂石洪也。見本卷送石處士赴河陽幕注。

〔一〇〕〔舉正〕閣本作「僕夫」。水南，温造也。〔方世舉注〕公送温處士赴河陽軍序：「洛之北涯曰石生，其南涯曰温生。大夫烏公鎮河陽之三月，以石生爲才，羅而致之幕下。未數月，以温生爲才，又羅而致之幕下。」新唐書温造傳：「造，字簡輿。不喜爲吏，隱東都，烏重胤奏置幕府。」〔洪興祖韓子年譜〕公有送石洪、温造序。唐本云：「送石在五年，送温在今年。」〔方崧卿年譜增考〕辟石洪在六月，公寄盧仝詩，蓋今年之春，其曰「水南山人又繼往」只去年事也。以送温序未數月之言考之，恐不應在今年也。或辟命在去冬而春首行，然實無所考也。

〔一一〕〔舉正〕少室，李渤也。〔方世舉注〕新唐書李渤傳：「渤，字濬之。與仲兄涉偕隱盧山，久之，更徙少室。元和初，户部侍郎李巽、諫議大夫韋況交章薦之。詔以右拾遺召。於是河南少尹杜兼遣吏持詔、幣即山敦促。渤上書謝，不拜。洛陽令韓愈遺書云云。渤心善其言，始出家東都，每朝廷有闕政，輒附章列上。」按：洛陽令當作河南令，新史誤。鮑照詩：「聲名振朝邑，高價服卿材。」

〔一二〕〔方世舉注〕新唐書憲宗紀：元和元年，以左拾遺徵，不至。至是又以右拾遺召。〔劉攽曰〕王向子直謂韓與處士作牙人，商度物價也。〔魏泰臨漢隱居詩話〕李固謂處士純盜虛名，韓愈雖與石洪、温造、李渤游，而多侮薄之。

〔一三〕〔查慎行曰〕借彼形此，極有身分。

〔一四〕〔舉正〕杭、蜀本同作「五傳」。閣本作「左傳」。祝本、魏本作「五」。考異、廖本、王本作「三」。〔魏泰臨漢隱居詩話〕班固云：春秋五傳，謂左丘明、公羊高、穀梁赤、鄒氏、夾氏。又云：鄒氏無書，夾氏未有書。而韓愈贈盧仝詩曰：「春秋五傳束高閣，獨抱遺經究終始。」不知此二傳果何等書也？〔考異〕鄒、夾春秋，世已無傳，而當世見行三傳。作「五」、「左」，皆非也。〔方世舉注〕晉書庾翼傳：「杜乂、殷浩，並才名冠世，翼弗之重，語人曰：此輩宜束之高閣，俟天下太平，然後議其任耳。」〔姚範曰〕韓退之答殷侍御書：「況今公羊學幾絕，何氏注外，不見他書。」按陸氏釋文云：「二傳近代無講者，恐其學遂絕，故爲音以示將來。」

〔一五〕〔舉正〕蜀本、謝校同作「獨把」。〔考異〕「抱」，方作「把」，非是。〔方世舉注〕許彥周詩話：「玉川子春秋傳，僕家舊有之，今亡矣。辭簡而遠，得聖人之意爲多。後世有深於經而見盧傳者，當知退之之不妄許人也。」〔陳景雲曰〕晁氏讀書志：「唐盧仝春秋摘微四卷，祖無擇得之於金陵，崇文總目所不載。」「獨抱遺經」句，殆指是書言之，惜其不傳也。〔朱彝尊曰〕唐啖、趙春秋，惟據經盡駁三傳，蓋于時有此一種學問，玉川想亦宗此學。

〔一六〕〔顧嗣立注〕仝與馬異結交詩：「昨日同不同，異自異，是謂大同而小異。今日同自同，異不異，是謂同不往兮異不至。」

〔一七〕〔祝本魏本廖本注〕「怪」，一作「謗」。「謗」，一作「怪」。

〔一八〕〔舉正〕蜀本「虛空」作「青雲」。「緑駬」，今本字皆兩从馬。按：穆天子傳、荀、列子、史、漢，皆作「緑耳」，郭璞注穆傳，謂「猶魏時鮮卑獻黄耳馬」，是以耳色言也，字不必从馬。李太白亦嘗用緑耳字。此詩豈以重韻妄刊耶？祝本、魏本作「騄」。廖本、王本作「緑」。〔補釋〕穆天子傳：「天子之駿，赤驥、盜驪、白義、喻輪、山子、渠黄、華騮、緑耳。」

〔一九〕〔魏本引孫汝聽曰〕仝有添丁詩。〔補釋〕辛文房唐才子傳：「王涯秉政，甘露之禍起。仝偶與諸客會食涯書館中，因留宿。吏卒掩捕，仝曰：我盧山人也，於衆無怨，何罪之有？吏曰：既云山人，來宰相宅，容非罪乎？蒼茫不能自理，竟及于難。仝老無髮，刑人于腦後加釘。先是，生子名添丁，人以爲讖云。」

〔二〇〕魏本作「要」。祝本、廖本、王本作「意」。〔祝充注〕詩：「或耘或耔。」

〔二一〕〔方世舉注〕新唐書食貨志：「唐制，凡民始生爲黄，四歲爲小，十六爲中，二十一爲丁，六十爲老。授田之制，丁及男年十八以上者人一頃，其八十畝爲口分，二十畝爲永業。」

〔二二〕〔魏本引韓醇曰〕論語：「陳力就列。」

〔二三〕〔方世舉注〕左傳：「太上有立德，其次有立功，其次有立言。」

〔二四〕〔魏本引孫汝聽曰〕襄二十一年左氏：「謀而鮮過，惠訓不倦者，叔向有焉，社稷之固也，猶將十世宥之。」

〔二五〕〔舉正〕「阯」字見漢疏廣傳。校三館本。〔考異〕「阯」，或作「址」。祝本、魏本作「址」。廖本、王本作「阯」。〔魏本引韓醇曰〕詩：「貽厥孫謀。」〔胡仔苕溪漁隱叢話後集〕藝苑雌黄云：「昔人文章中，多以兄弟爲友于，以日月爲居諸，以黎民爲周餘，以子姓爲詒厥，以新婚爲燕爾，類皆不成文理。雖杜子美、韓退之亦有此病，豈非徇俗之過邪？子美云：『山鳥山花吾友于。』又云：『友于皆挺拔。』退之云：『豈謂詒厥無基址。』又云：『爲爾惜居諸。』」〔洪邁容齋四筆〕杜、韓二公作詩，或用歇後語。如「悽其望呂葛」、「山鳥山花吾友于」、「友于皆挺拔」、「再接再礪乃」、「僮僕誠自鄶」、「爲爾惜居諸」、「誰謂貽厥無基阯」之類是已。〔朱翌曰〕洪駒父詩話：「退之云：『誰謂貽厥無基阯』，是歇後語。晉五行志：『何曾曰：國家無貽厥之謀。』以此知退之用字亦必有本也。」〔方世舉注〕漢書疏廣傳：「子孫幾及君時，頗立産業基阯。」顔氏家訓：「子孫自是天地間一蒼生耳，而乃愛護遺其基阯。」

〔二六〕〔魏本引孫汝聽曰〕論語：「欲潔其身，而亂大倫。」〔朱彝尊曰〕此段稍繁。

〔二七〕〔魏本引韓醇曰〕荀子：「無廉恥而嗜乎飲食，則可謂惡少者矣。」

〔二八〕〔王元啓曰〕「屋山」，一作「屋上」，非是。〔舉正〕閣、蜀作「闚」。〔考異〕「闞」，或作「瞰」。祝本、魏本作「瞰」。廖本、王本作「闞」。〔方世舉注〕史記魏世家：「范痤因上屋騎危。」〔魏本引孫汝聽曰〕屋山，屋危也。〔補釋〕説文：「闞，望也。」

〔二九〕〔沈欽韓注〕五燈會元：「丹霞禪師上堂：阿你渾家，各有一坐具也。」按：渾舍，猶言全家。〔姚範曰〕戎昱苦哉行：「身爲最小女，偏得渾家憐。」〔方東樹曰〕李商隱蟬詩：「我亦舉家清。」東坡詩：「酒肉淋漓渾舍喜。」小説記宋人稱妻曰渾家，本此。〔補釋〕此處作全家解，與稱妻爲渾家之義異。

〔三〇〕〔魏本引孫汝聽曰〕易：「婚媾有言。」〔朱彝尊曰〕寫狀態好。

〔三一〕〔方世舉注〕淮南主術訓：「令行禁止，豈是爲哉？」

〔三二〕〔方世舉注〕魏文帝與吴質書：「古人思秉燭夜游，良有以也。」

〔三三〕〔方世舉注〕新唐書地理志：「河南府河南縣，赤，屬河南道。」

〔三四〕祝本、魏本作「五百」。廖本、王本作「伍伯」。〔考異〕「伍伯」，方作「五百」。今按：伍伯，見古今注，什伍之長也。作「五百」，非。〔魏本引孫汝聽曰〕漢郡國有賊曹，主盜賊事。張敞爲京兆尹，有賊曹掾絮舜，是其職也。晉輿服志曰：「車前五百者卿，行旅從五百人爲一旅。漢氏一統，故去其人，留其名。」則視崔豹、韋昭、孔氏義似勝。公語必由古，知作「五百」之本是也。

〔三五〕〔蔣抱玄注〕魏志華佗傳：「不憂天下當無此鼠輩耶？」論語：「吾力猶能尸諸市朝。」〔顧嗣立注引劉石齡曰〕左傳襄公二十八年：「尸崔杼于市。」〔程學恂曰〕語雜詼諧，極寫好賢之誠耳。若認真看，則惡少窺屋，罪不至死，枉法徇友，豈是公道。

〔三六〕〔方世舉注〕記月令：「仲春之月，桃始華，命有司省囹圄，去桎梏，毋肆掠，止獄訟。」〔補釋〕管子注：「言春德喜悦長贏，爲發生之節。」

〔三七〕〔補釋〕左傳：「鄭子產有疾，謂子大叔曰：我死，子必爲政。唯有德者能以寬服民，其次莫如猛。」

〔三八〕〔補釋〕莊子：「今爾出於涯涘，觀於大海。」

〔三九〕〔補釋〕論語：「是誰之過與？」

〔四〇〕〔魏本引孫汝聽曰〕襄三年左氏：「晉侯之弟楊干亂行于曲梁，魏絳戮其僕。」〔補釋〕「尤而效之」語，左傳屢見。〔王元啓讀韓記疑引沈德毓曰〕用魏絳事，與絳言「不能教訓，至于用鉞」語意相類。言惡少無狀，實由平日放縱所致，故效尤古人戮僕，作此處置。〔補釋〕盧仝治春秋者，故前云「春秋三傳束高閣，獨抱遺經究終始」，而此處又以「都邑未可猛政理」駁斥左傳所述子產語。以「效尤戮僕」答盧仝，仍是用左傳語，皆非泛用。

〔四一〕〔方世舉注〕後漢書鄭均傳：「常以八月長吏存問賜羊酒，顯茲異行。」左傳：「使士文伯謝不敏焉。」

〔四二〕〔祝充注〕即李花詩云：「日光赤色照未好，明月暫入都交加。夜領張徹投盧仝，乘雲共至玉皇家。」

〔四三〕〔魏本引孫汝聽曰〕古樂府云：「客從遠方來，遺我雙鯉魚。呼兒烹鯉魚，中有尺素書。」〔何焯義門讀書記〕以致書反應下狀。

【集說】朱彝尊曰：是昌黎自家體，但稍有襯潤及轉折，遂覺不甚直致。

何焯曰：拙朴有味，質而不俚，此種最是難到。

唐宋詩醇曰：玉川垂老，尚依時宰，致罹甘露之難，其人固非高隱，退之何以傾倒乃爾？觀詩中所敍，特與鄰人搆訟，而以情面聽其起滅耳。卻寫得壁立千仞，有執鞭忻慕之意。乃知唐時處士，類能作聲價如此。

誰氏子〔一〕

非癡非狂誰氏子？去入王屋稱道士〔二〕。白頭老母遮門啼，挽斷衫袖留不止。

翠眉新婦年二十〔三〕，載送還家哭穿市。或云欲學吹鳳笙〔四〕，所慕靈妃媲蕭史〔五〕。又云時俗輕尋常，力行險怪取貴仕〔六〕。神仙雖然有傳説〔七〕，知者盡知其妄矣〔八〕。聖君賢相安可欺，乾死窮山竟何俟〔九〕？嗚呼余心誠豈弟〔一〇〕，願往教誨究終始〔一一〕。罰一勸百政之經〔一二〕，不從而誅未晚耳。誰其友親能哀憐，寫吾此詩持送似〔一三〕？

〔一〕〔方世舉注〕莊子外物篇：「不知其誰氏之子？」按：公集河南少尹李素墓誌：「素拜河南少尹，行大尹事。呂氏子炅，棄其妻，著道士衣冠，謝母曰：當學仙王屋山。去數月復出，間詣公。公立之府門外，使吏卒脱道士冠，給冠帶，送付其母。」詩有「願往教誨」、「不從而誅」之語，蓋炅始入山時作。既知其姓名而題曰「誰氏子」者，猶詩「何人斯」，賤而惡之，著其無母之罪也。

〔二〕〔方世舉注〕書禹貢：「底柱析城至于王屋。」〔補釋〕太平御覽引太霄經：「人行大道，謂之道士。」又云：「從道爲事，故稱也。」

〔三〕〔方世舉注〕宋玉登徒子好色賦：「眉如翠羽。」

〔四〕〔舉正〕杭、蜀作「鳳皇」。〔考異〕「笙」，方作「皇」，非是。

〔五〕〔魏本引孫汝聽曰〕列仙傳：「秦穆公時，有蕭史善吹簫，公女弄玉好之，公以妻焉。遂教弄玉作鳳鳴。居數年，吹鳳凰聲，鳳來止其屋。公爲作鳳臺。夫妻止其上，一旦皆隨鳳凰飛去。」媲，配也。〔顧嗣立注〕文選郭景純游仙詩：「靈妃顧我笑。」

〔六〕〔方世舉注〕終南仕宦捷徑，昔人所譏，然往往有售其術者。況憲宗晚喜方士，此時諒有其漸。吕炅入山，旋出詣尹，其意居然可知。詩云「時俗輕尋常」，蓋誅心之論，而亦可以慨世矣。左傳：「有大功而無貴仕。」〔朱彝尊曰〕此意卻奇。

〔七〕〔方世舉注〕傳説即如列仙傳之類，漢書藝文志「諸子傳説，皆充祕府」是也。蔣之翹注，乃作「傅説」，殊失詩意。

〔八〕〔方世舉注〕二句破學吹鳳笙之妄。

〔九〕〔補釋〕乾死，無故而枉死。〔方世舉注〕二句警力行險怪之非。

〔一〇〕祝本、魏本作「愷悌」。廖本、王本作「豈弟」。〔蔣抱玄注〕詩：「豈弟君子。」〔補釋〕豈弟，同愷悌，和易近人。

〔一一〕〔舉正〕蜀本作「悔」，今監本同。荆公、謝本皆作「誨」。〔考異〕「誨」，方作「悔」。今按：作「悔」非是。

〔一二〕〔魏本引韓醇曰〕中説：「杜如晦問政。子曰：賞一以勸百，罰一以懲衆。」

〔一三〕〔考異〕「似」，一作「以」，非是。〔沈欽韓注〕似，猶云彼。〔方成珪箋正〕集韻：「似，奉也。」〔張相曰〕似，猶與也，向也，用於動詞之後，特於動作影響及他處時用之。持送似，即持送與也。〔王懋竑曰〕士、市、仕、俟、似，俱紙韻上聲。正韻俱增去聲。

【集説】

程學恂曰：此作一段告條可耳，若以詩體言，則傷直致。正與謝自然等篇一類。

河南令舍池臺〔一〕

灌池纔盈五六丈，築臺不過七八尺〔二〕。欲將層級壓籬落〔三〕，未許波瀾量斗碩〔四〕。規摹雖巧何足誇，景趣不遠真可惜〔五〕。長令人吏遠趨走〔六〕，已有蛙黽助狼籍〔七〕。

〔一〕〔魏本引樊汝霖曰〕元和六年公爲令時作。〔王元啓曰〕詩有蛙黽狼藉一語，恐係六年春夏所作。五年春夏，公尚未爲河南令也。

〔二〕〔考異〕「七八」，或作「六七」。〔補釋〕句法本杜詩：「秋水纔深四五尺，野航恰受兩三人。」

〔三〕〔魏懷忠注〕言所築臺。

〔四〕〔黄鉞注〕斗碩，即斗石。顧亭林金石文字記云：「余所見宋元碑，升作陞，斗作㪷，石作碩。水經注：有五㪷米道。」又云：「長湖南有覆㪷山。」又舊唐書字多作㪷碩。〔魏懷忠注〕言所灌池。〔朱彝尊曰〕率意寫景，亦有天趣。

〔五〕〔考異〕「景」，或作「指」。

〔六〕〔方世舉注〕南史庾於陵傳：「爲人吏所稱。」〔蔣抱玄注〕戰國策：「不佞寢疾，不能趨走。」爾雅：「門外謂之趨，中庭謂之走。」

〔七〕〔舉正〕藉，从艸。説文曰：「草不編，狼藉。」今本亦从竹。漢陸賈傳：「名聲籍甚。」孟康曰：「狼藉甚盛。」蓋古字如藉田之類，皆只作耤字。而从竹从艸，則沿義以生。此當以「藉」爲正。祝本、魏本、游本作「籍」。廖本、王本作「藉」。蛙黽，見卷二雜詩注。

【集説】

蔣抱玄曰：此首似仄韻拗律，意境頗類淺率。

池上絮〔一〕

池上無風有落暉，楊花晴後自飛飛〔二〕。爲將纖質淩清鏡，濕卻無窮不得歸。

〔一〕此首見遺詩。不詳年月，類繫於此。

〔二〕廖本作「晴」。王本作「暗」。

【集説】

蔣抱玄曰：寫目前景物自切。

石鼓歌〔一〕

張生手持石鼓文〔二〕，勸我試作石鼓歌〔三〕。少陵無人謫仙死〔四〕，才薄將奈石鼓何〔五〕！周綱陵遲四海沸〔六〕，宣王憤起揮天戈〔七〕。大開明堂受朝賀〔八〕，諸侯劍珮鳴相磨〔九〕。蒐于岐陽騁雄俊〔一〇〕，萬里禽獸皆遮羅〔一一〕。鐫功勒成告萬世〔一二〕，鑿石作鼓隳嵯峨〔一三〕。從臣才藝咸第一，揀選撰刻留山阿〔一四〕。雨淋日炙野火燎，鬼物守護煩撝呵〔一五〕。公從何處得紙本〔一六〕，毫髮盡備無差訛〔一七〕。辭嚴義密讀難曉〔一八〕，字體不類隸與科〔一九〕。年深豈免有缺畫〔二〇〕，快劍斫斷生蛟鼉〔二一〕。鸞翱鳳翥衆仙下〔二二〕，珊瑚碧樹交枝柯〔二三〕。金繩鐵索鎖紐壯，古鼎躍水龍騰梭〔二四〕。陋儒編詩不收入〔二五〕，二雅褊迫無委蛇〔二六〕。孔子西行不到秦〔二七〕，掎摭星宿遺羲娥〔二八〕。嗟余好古生苦晚〔二九〕，對此涕淚雙滂沱〔三〇〕。憶昔初蒙博士徵〔三一〕，其年始改稱元和〔三二〕。故人從軍在右輔〔三三〕，爲我量度掘臼科〔三四〕。濯冠沐浴告祭酒〔三五〕，如此至寶存豈多？氈苞席裹可立致〔三六〕，十鼓祇載數駱駝〔三七〕。薦諸太廟比郜鼎〔三八〕，光價豈止百倍過？聖恩若許留太學〔三九〕，諸生講解得切磋。觀經鴻都尚填咽〔四〇〕，坐見舉國來奔波〔四一〕。剜苔剔蘚露節角〔四二〕，安置妥帖平不頗〔四三〕。大廈深簷與蓋覆〔四四〕，經歷久遠期無佗〔四五〕。中朝大官老於事〔四六〕，詎肯感激徒媕婀〔四七〕。牧童敲火牛礪角〔四八〕，誰復著手爲摩挲〔四九〕？日銷月鑠就埋没〔五〇〕，六年西顧空吟哦〔五一〕。羲之俗書趁姿媚〔五二〕，數紙尚可博白鵝〔五三〕。繼周八代爭戰罷〔五四〕，無人收拾理則那〔五五〕。方今太平日無事，柄任儒術崇丘軻〔五六〕。安能以此上論列？願借辯口如懸河〔五七〕。石鼓之歌止於此〔五八〕，嗚呼吾意其蹉跎〔五九〕！

〔一〕〔魏本引樊汝霖曰〕歐陽文忠集古録云：「石鼓文在岐陽，初不見稱于前世，至唐人始盛稱之。而韋應物以爲周文王之鼓，至宣王刻詩爾。韓退之直以爲宣王之鼓。在今鳳翔孔子廟。鼓有十，先時散棄于野，鄭餘慶始置于廟，而亡其一。皇祐四年，向傳師求于民間得之，十鼓乃足。其文可見者四百六十五，磨滅不可識者過半。然其可疑者三四。退之好古不妄者，余姑取以爲信耳。至于字畫，亦非史籀不能作也。」文忠所跋如此。此歌元和六年作。〔方世舉注〕元和郡縣志：「石鼓文在天興縣南二十里許。石形似鼓，其數有十，蓋紀周宣王畋獵之事，其文即史籀之迹。貞觀中，吏部侍郎蘇勗紀其事，云虞、褚、歐陽共稱古妙。」雖歲久譌闕，然遺迹尚有可觀。而歷代紀地理志者不存紀録，尤可歎惜。〔方成珪昌黎先生詩文年譜〕詩中敍初徵博士，在元和元年，以不能遂其留太學之志，而云「六年西顧空吟哦」，則正六年未還職方時作也。

〔二〕〔魏本引孫汝聽曰〕即張籍。〔補釋〕張籍時不在東都，此張生或是張徹，本年李花詩有「夜領張徹投盧仝」句可證。〔趙執信曰〕起句不押韻。〔翁方綱七言詩平仄舉隅〕須此「文」字平聲撐空而起，所以三句「石」字皆仄。

〔三〕〔朱彝尊曰〕作歌起。

〔四〕〔補釋〕杜甫詩：「少陵野老吞聲哭。」錢謙益注：「雍録：『少陵原在長安縣南四十里，宣帝陵在杜陵縣，許后葬杜陵南園。師古曰：即今謂小陵者也。去杜陵十八里。他書皆作少陵，杜甫家焉。故自稱杜陵老，亦曰少陵也。』」李白對酒憶賀監詩序：「太子賓客賀公於長安紫極宫，一見余，呼余爲謫仙人。」

〔五〕〔朱彝尊曰〕起四句似杜。〔查慎行曰〕謙退處自占地步。〔吴闓生曰〕以上虚冒點題。

〔六〕〔方世舉注〕鄭康成詩譜序：「後王稍更陵遲，厲也，幽也，政教尤衰，周室大壞。」〔吴闓生曰〕跌下句。

〔七〕〔補釋〕詩序：「六月，宣王北伐也。采芑，宣王南征也。」

〔八〕〔補釋〕禮記明堂位正義：「今戴禮説盛德記曰：明堂者，自古有之，所以朝諸侯。」

〔九〕〔祝本魏本注〕「珮」，一作「佩」。

〔一〇〕〔祝充曰〕今岐山縣，舊曰岐陽。〔葛立方曰〕左傳云：「周成王蒐于岐陽。」而韓退之石鼓歌則曰宣王，所謂「宣王憤起揮天戈」，「蒐于岐陽騁雄俊」是也。韋應物石鼓歌則曰文王，所謂「周文大獵岐之陽，刻石表功何煒煌」是也。唐蘇氏載記云：「石鼓文謂周宣王獵碣，共十鼓。」東坡石鼓詩亦云：「憶昔周宣歌鴻雁，方召聯翩賜圭卣。」不知韋詩云周文，安據乎？歐陽永叔云：前世所傳古遠奇怪之事，類多虛誕而難信。況傳記不載，不知韋、蘇二君，何據而此說也？〔補釋〕詩車攻序：「宣王會諸侯於東都，因田獵而選車徒。」其起句「我車既攻，我馬既同」，與石鼓起句相同，公遂斷爲周宣王。然周宣蒐于岐陽，古書無明文。即小雅吉日之詩，亦祇可知爲西都之狩而已。自唐迄今，聚訟紛紜，考釋何啻百家。沈梧彙輯定本，仍囿舊說，指爲周宣。蔣元慶撰石鼓發微，始申鄭樵之說，考明字體，參稽經史，而斷爲秦昭王之世所造，在周赧王十九年之後，二十七年之前，其說精覈。

〔一一〕〔考異〕「萬」，或作「百」。〔聞人倓注〕玉篇：「遮，要也，攔也。」

〔一二〕〔舉正〕閣本「成」作「盛」，訛也。「封岱勒成」，東都賦語。

〔一三〕〔方世舉注〕張衡西京賦：「嵯峨嶕嶢。」按：隤嵯峨，謂隤壞高山也。

〔一四〕〔考異〕「揀」，或作「簡」。「撰」，或作「譔」。祝本、魏本作「譔」。廖本、王本作「撰」。〔補釋〕詩：「菁菁者莪，在彼中阿。」阿，大丘陵也。

〔一五〕〔舉正〕杭、蜀同作「呵」。柳文「魑魅撝呵」，亦只用「呵」。〔考異〕「呵」，或作「訶」。祝本、魏本作「訶」，廖本、王本作「呵」。〔方世舉注〕說文：「撝，手指也。」〔補釋〕漢書食貨志注：「呵，責怒也。」〔吳闓生曰〕以上敍作鼓源始。

〔一六〕〔舉正〕蜀本作「何士」。〔考異〕「處」，方作「士」。〔何焯曰〕方入張生所示石鼓文。

〔一七〕〔補釋〕論衡：「無細大毫髮之虧。」〔翁方綱曰〕此拓在銷爍之前，可惜爾時無能作釋文者。

〔一八〕〔何焯義門讀書記〕文章只一句點過，專論字體，得之。〔趙執信曰〕拗律句。

〔一九〕〔考異〕諸本皆同。方從蜀、粹作「蝌」。今按：蝌乃科之俗體，後人以重韻而誤改耳。方知韓公不避重韻，乃疑於此，何耶？〔魏本引孫汝聽曰〕説文云：「自秦書有八體，八曰隸書，始皇時程邈所定，施于公府也。」〔顧嗣立注〕水經注：「古文出于黃帝之世，蒼頡本鳥蹟爲字。秦用篆書，焚燒先典，古文絶矣。魯共王得孔子宅書，不知有古文，謂之科斗書。」〔翁方綱七言詩平仄舉隅〕此句五六上去互扭，是篇中小作推宕。

〔二〇〕〔舉正〕杭、蜀作「畫」。閣本作「劃」。祝本、魏本作「劃」。廖本、王本作「畫」。〔翁方綱曰〕既云毫髮盡備，而又云有缺畫，則可見韓公於篆學，或尚未詳審，而深期于講解切磋也。〔蔣元慶曰〕各説以馬定國斷爲宇文周最謬，宇文周聯接隋、唐，石鼓唐代初顯，韋蘇州先作歌，韓昌黎繼之。韋、韓已有缺訛缺畫之語，可悟毀壞必遼遠不知何年。

〔二一〕〔祝充注〕禮記：「伐蛟取鼉。」〔魏本引韓醇曰〕此下皆狀石鼓文如此。杜子美李潮八分小篆歌所謂「況潮小篆逼秦相，快劍長戟森相向。八分一字值千金，蛟龍盤拏肉屈強」者也。

〔何焯義門讀書記〕横插此二句，勢不直。

〔二二〕〔魏本引孫汝聽曰〕仙人將下，故鸞翱鳳翥以爲先導也。〔方成珪箋正〕張衡西京賦：「鳳騫翥于甍標。」〔趙執信曰〕拗律句。

〔二三〕〔舉正〕此語見選西都賦。閣本作「幽碧」，非。〔魏本引孫汝聽曰〕班固西都賦：「珊瑚碧樹，周阿而生。」〔顧嗣立注〕晉石崇傳：「武帝賜（崇）〔愷〕珊瑚樹，高三尺許，枝柯扶疎。」

〔二四〕〔舉正〕文粹作「騰龍梭」。〔方世舉注〕史記封禪書：「宋太丘社亡，而鼎没于泗水彭城下。」水經注：「周顯王四十二年，九鼎淪没泗淵。秦始皇時而鼎見于斯水。始皇自以德合三代，大憙，使數千人没水系而行之，未出，龍齒齧斷其系。」龍騰梭，見卷六赤藤杖歌注。

〔二五〕〔廖本王本注〕「收」，一作「得」。〔補釋〕荀子：「不免爲陋儒而已。」史記孔子世家：「古者詩三千餘篇，及至孔子，去其重，取可施於禮義三百五篇。」

〔二六〕〔考異〕「蛇」，或作「佗」。〔補釋〕詩序：「雅者，正也，言王政之所由廢興也。政有小大，故有小雅焉，有大雅焉。」廣雅釋詁：「褊，陋也。」〔祝充曰〕詩：「委蛇委蛇。」注：「行可從迹也。」毛詩叶韻補：「音蛇，唐何切，行貌。」揚雄反離騷：「駕八龍之委蛇。」今協歌字韻，當從補音。〔李黼平曰〕蛇字本有駞音。詩羔羊，委蛇與紽爲韻。君子偕老章作「委委佗佗」，與河、何爲韻。今韻四支蛇字注曰：「弋支切。」後漢書作「委佗」，又作「委它」，韓詩外傳作「褘隋」，並字異而義同。又歌、麻二韻，按：今五歌有「迱」而無「蛇」，「迱」字注曰：「通作佗，亦作蛇。」是今五歌之「迱」即「蛇」字也。

〔二七〕〔趙執信曰〕平律句。〔翁方綱七言詩平仄舉隅〕此句末字用平聲峙起，此是中間頓宕，全以撑拄爲能。〔施山曰〕七古押平韻到底者，單句末一字不宜用平聲。若長篇氣機與音節湊泊處，偶見一二，尚無妨礙。如杜冬狩行「東西南北百里間，況今攝行大將權」，韓石鼓歌「孔子西行不到秦」、「憶昔初蒙博士徵」之類是也。

〔二八〕〔考異〕「摭」，或作「拾」。〔祝充注〕説文：「掎，偏引也。」摭，拾也。羲，娥，謂日月，見卷二苦寒詠雪贈張籍注。〔魏本引韓醇曰〕詩意謂石鼓文不編于詩，而二雅不載，孔子删詩，小者具述，而此文獨遺焉，是猶掎摭星宿而遺日月也。〔王應麟曰〕致堂曰：韓退之賦石鼓曰「孔子西行不到秦」，故不見録。孔子編詩，豈必身歷而後及哉？信斯言也，車鄰、駟驖，胡爲而收之也？〔李黼平讀杜韓筆記〕少時讀此，便知陋儒是指毛公諸儒。所以不編入者，以孔子昔日所未見，遂至「掎摭星宿遺羲娥」耳。詩意甚明。後見黄東發引放翁言云云，是黄、陸二公竟以陋儒指孔子也，殊失詩意。果如所言，陋儒謂孔子，又何必云「西行不到秦」，爲孔子辯明不編入之故也？按：詩言「揀選撰刻留山阿」，明未立于樂府，東遷後地入于秦，至漢興，諸經立博士，齊、魯、韓、毛四家治詩，不能援書獻泰誓、禮獻考工、樂獻大司樂之例，以石鼓詩編入，是其因仍固陋處。亦以孔子當日身未到秦，未經聖人考定，是致見遺。掎摭句仍就陋儒説，初無譏貶孔子意。〔蔣兀慶曰〕韓疑編詩何不收入，徒認車工馬同爲周宣王詩所囿。今證明石鼓爲秦昭王物，造鼓距孔子殁已一百九十餘年，孔子何從寓目？〔程學恂曰〕此等只是滑稽，切莫認真看。與「周公不爲公」同。〔吴闓生曰〕以上贊歎紙本。

〔二九〕〔魏本引樊汝霖曰〕蘇内翰鳳翔八觀詩，其一曰石鼓云：「韓公好古生已遲，我今況又百年後。」則此歌所謂「好古生苦晚」也。

〔三〇〕〔何焯曰〕二句結上生下，有神力。

〔三一〕〔趙執信曰〕平律句。

〔三二〕〔魏本引孫汝聽曰〕元和元年，公自江陵召爲國子博士。

〔三三〕〔補釋〕太平御覽引三輔黄圖：「太初元年，以渭城以西屬右扶風，長安以東屬京兆尹，長陵以北左屬左馮翊，以輔京師，謂之三輔。」〔魏本引孫汝聽曰〕右輔謂右扶風，即鳳翔府也。公故人爲鳳翔節度府從事，故云從軍在右輔。

〔三四〕〔翁方綱曰〕臼科，謂妥置石鼓處。

〔三五〕〔方世舉注〕記禮器：「澣衣濯冠以朝。」〔魏本引孫汝聽曰〕唐制，國子有祭酒一人，從三品。時公爲博士，故告之也。〔補釋〕舊唐書憲宗紀及鄭餘慶傳：元和元年五月，餘慶罷相爲太子賓客。九月，改爲國子祭酒。

〔三六〕〔方世舉注〕魏志鄧艾傳：「陰平道山高谷深，至爲艱險。艾以氈自裹，推轉而下。」

〔三七〕〔考異〕「駱」，或作「馲」。依字當作「槖」。〔魏本引孫汝聽曰〕駱駝，巨獸也。外國圖云：「大秦國人，人長一丈五尺，好騎駱駝。」駱駝，即漢書匈奴傳注云：「槖駝，言能負槖囊而駝物也。」

〔三八〕見卷五薦士注。

〔三九〕〔何焯義門讀書記〕元人録公此詩，乃置石鼓于太學。然公之在唐嘗爲祭酒，竟不暇自實斯言，何獨切責于中朝大官哉？

〔四〇〕廖本、王本作「鴻」。祝本、魏本作「洪」。〔顧嗣立注〕後漢靈帝紀：「光和元年二月，始置鴻都門學生。」注：「鴻都，門名也。」〔補釋〕後漢書蔡邕傳：「熹平四年，與堂谿典、楊賜、馬日磾、張馴、韓説、單颺等奏求正定六經文字，靈帝許之。邕乃自書丹於碑，使工鐫刻，立於太學門外。於是後儒晚學，咸取正焉。及碑始立，其觀視及摹寫者，車乘日千餘兩，填塞街陌。」按：熹平石經立於太學門外，非鴻都門，公誤合爲一。猶上文「蒐于岐陽」句，誤以成王事爲宣王也。

〔四一〕〔張相曰〕坐，將然辭，猶寖也，旋也，行也。坐見，猶云行見也。

〔四二〕〔方世舉注〕説文：「剜，削也。」「剔，解骨也。」

〔四三〕妥帖，見卷五薦士注。〔祝充注〕頗，不平也。書：「惟逸惟頗。」楚辭：「循繩墨而不頗。」

〔四四〕〔趙執信曰〕律句少拗。

〔四五〕廖本、王本作「佗」。祝本、魏本作「他」。〔朱彝尊曰〕退之有此段意思，故爾詳述，然亦繁而不厭。

〔四六〕〔舉正〕荆公本作「大夫」，考之杭、蜀，非也。〔方世舉注〕漢書龔勝傳：「下將軍中朝者議。」後漢書黄瓊傳：「桓帝使中朝二千石以上會議其理。」左思魏都賦：「中朝有赩。」善曰：「漢氏大司馬侍中散騎諸吏爲中朝。丞相六百石以下爲外朝。」按：此中朝非漢制，但言中朝。

〔四七〕〔祝充注〕媕娿，廣韻：「不決也。」〔方世舉注〕説文：「娿，陰娿也。」〔陳景雲曰〕歌中敍元和初爲博士，嘗告祭酒以石鼓所在，勸其移置太學，惜未之從，故有中朝大官二句。歐陽集古録云：「石鼓在今鳳翔孔子廟。先時散棄于野，鄭餘慶始置于廟。」按餘慶帥鳳翔在元和九年，乃韓子作詩後事。竊因歐公之言詳考之，知韓公前此所告之祭酒即餘慶也。公爲博士之歲，餘慶以故相爲祭酒，故曰中朝大官。餘慶爲祭酒三月，旋拜尹洛之命，意其蒞官日淺，故公所請未及施行耶？至遷鎮鳳翔，即有移置孔廟事，蓋理公前語也。然則石鼓之得久存于世，不至銷蝕埋没如公詩所歎者，固出自鄭相收拾之力，而亦公在太學有以啓之耳。先儒作石鼓考者，如王厚之、鄭漁仲諸公，皆援據該博，而初不言鳳翔移置事自公發其端，故表而出之。

〔四八〕〔方世舉注〕潘岳詩：「欻如敲石火。」〔翁方綱七言詩平仄舉隅〕此句乃雙層之句，在韓公最爲宛轉矣。所以下句僅换第五字，亦與篇中諸句之换仄者不同。

〔四九〕〔補釋〕一切經音義引聲類曰：「摩挲，猶捫摸也。」〔吴闓生曰〕有嘅言之。

〔五〇〕〔趙執信曰〕拗律句。

〔五一〕〔顧嗣立注〕毛詩大雅云：「乃眷西顧。」

〔五二〕〔補釋〕晉書王羲之傳：「尤善隸書，爲古今之冠。」〔魏本引補注〕王得臣麈史云：「王右軍書多不講偏旁。」此退之所謂「羲之俗書趁姿媚」者也。〔陸游老學庵筆記〕胡基仲嘗言：退之石鼓歌：「羲之俗書趁姿媚。」狂肆甚矣。予對曰：此詩至云「陋儒編詩不收入，二雅編迫無委蛇」，其言羲之俗書，未可駭也。〔沈德潛唐詩別裁集〕隸書風俗通行，別于古篆，故云俗書，無貶右軍意。〔王鳴盛曰〕石鼓歌：「羲之俗書趁姿媚。」題張十八所居云：「端來問奇字，爲我講聲形。」阿買能書八分，而目爲不識字；羲之千古書聖，而直斥爲俗書，可云卓見矣。羲之十七帖，如縣字作懸，麪字作麵，著字作着，疏字作疎，采字作採；蘭亭敍莫字作暮，領字作嶺，幾爲不講偏旁固宜。但昌黎名取俗字，或以己孤不更名。至于平生文章義論，于許氏説文，從無一言援引推重，何也？〔方成珪箋正〕俗書對古書而言，乃時俗之俗，非俚俗之俗也。麈史之説非是。

〔五三〕〔方世舉注〕晉書王羲之傳：「性愛鵝。山陰有一道士，養好鵝。羲之往觀焉，意甚悦，固求市之。道士云：爲寫道德經，當舉羣相贈耳。羲之欣然，寫畢，籠鵝而歸。」〔胡仔苕溪漁隱叢話引蔡寬夫詩話〕觀此語便知退之非留意於書者。今洛中尚有石刻題名，信不甚工。

〔五四〕〔魏本引樊汝霖曰〕自周而下，不啻八代。論其正統，又頗多説。今以石鼓所在言之，其秦、漢、魏、晉、元魏、齊、周、隋八代歟？

〔五五〕〔魏本引韓醇曰〕左氏宣二年：「犀兕尚多，棄甲則那！」〔補釋〕左傳杜預注：「那，猶何也。」〔翁方綱曰〕收拾二字，合上講解切磋義俱在其中。韓公之願力，深且切矣。

〔五六〕〔舉正〕杭、蜀、文粹、謝校同作「任」。〔考異〕「任」，或作「用」。祝本、魏本作「用」。廖本、王本作「任」。

〔五七〕〔方世舉注〕世説：「王長史問孫興公，郭子玄定何如？孫曰：吐章陳文，如懸河瀉水，注而不竭。」

〔五八〕〔趙執信曰〕拗律句。

〔五九〕〔朱彝尊曰〕作歌收，歎意不遂。〔吴闓生曰〕收句幽咽蒼涼不盡。〔高步瀛曰〕以上建議收拾。

【集説】

馬永卿曰：退之石鼓歌云：「鐫功勒石告萬世，鑿石作鼓隳嵯峨。從臣才藝咸第一，揀選撰刻留山阿。」或云：此乃退之自況也。淮西之碑，君相獨委退之，故於此見意。此意非也。元和元年，退之自江陵法曹徵爲博士，時有故人在右輔，上言祭酒，乞奏朝廷，以十槖駝載十石鼓安大學，其事不從。後六年，退之爲東都分司郎官，及爲河南令，始爲此詩。歌中備載明甚。後元和十三年春，退之始被命爲淮西碑，前歌乃其讖也。又云：「日消月鑠就埋没。」而淮西碑亦竟磨滅，恐亦讖也。

胡應麟詩藪曰：退之桃源、石鼓，模杜陵而失之淺。

蔣之翹曰：退之石鼓歌，頗工於形似之語。韋蘇州、蘇眉山皆有作，不及也。

朱彝尊曰：大約以蒼勁勝，力量自有餘。然氣一直下，微嫌乏藻潤轉折之妙。

恒山曰：池北偶談云：「筆墨閒録云：『退之石鼓歌，全學子美李潮八分小篆歌。』此論非是。杜此歌尚有敗筆，韓石鼓詩雄奇怪偉，不啻倍蓰過之，豈可謂後人不及前人也。」

沈德潛唐詩别裁集曰：典重和平，與題相稱。一韻到底，每易平衍，雖意議層出，終之濤瀾漭漫之觀。讀此知少陵哀王孫、瘦馬行等篇，真不可及。

唐宋詩醇曰：典重瑰奇，良足鑄之金而磨之石。後半旁皇珍惜，更見懷古情深。

翁方綱石洲詩話曰：漁洋論詩，以格調撑架爲主，所以獨喜昌黎石鼓歌也。石鼓歌固卓然大篇，然較之李潮八分小篆歌，則杜有停蓄抽放，而韓稍直下矣。但謂昌黎石鼓歌學杜，則亦不然，韓此篇又自有妙處。

方東樹曰：詩文以瓌怪瑋麗爲奇，然非粗獷傖俗，客氣矜張，餖飣句字，而氣骨輕浮者可貌襲也。如韓、蘇石鼓，自然奇偉。而吴淵穎觀秦丞相斯嶧山刻石墨本碑，則爲有意搜用字料，而傖俗餖飣，氣骨輕浮。至錢牧翁西嶽華山碑益爲無取。東坡石鼓，飛動奇縱，有不可一世之概，故自佳。然似有意使才，又貪使事，不及韓氣體肅穆沈重。劉海峯謂蘇勝韓，非篤論也。以余較之，坡石鼓不如韓，韓石鼓又不如杜李潮八分小篆歌文法縱横，高古奇妙。要之此三詩，更古今天壤，如華嶽三峯矣。

吴闓生曰：句奇語重，能字字頓挫出筋節，最是此篇勝處。

程學恂曰：國初以來諸公爲七言古者，多橅此篇。其實此殊無甚深意，非韓詩之至者，特取其體勢宏敞，音韻鏗訇耳。

汪佑南曰：如許長篇，不明章法，妙處殊難領會。全詩應分四段。首段敍石鼓來歷，次段寫石鼓正面，三段從空中著筆作波瀾，四段以感慨結。妙處全在三段凌空議論，無此即嫌平直。古詩章法通古文，觀此益信。「快劍斫斷生蛟鼉」以下五句，雄渾光怪，句奇語重，鎮得住紙，此之謂大手筆。

峽石西泉〔一〕

居然鱗介不能容〔二〕，石眼環環水一鍾〔三〕。聞説旱時求得雨，衹疑科斗是蛟龍〔四〕。

〔一〕〔廖本王本注〕「西」，一作「寒」。〔舉正〕此詩與詠馬詩，皆當爲元和改元西歸日作。〔方世舉注〕峽石本縣名，屬河南道陝州。縣有峽石塢，因名。〔沈欽韓注〕明一統志：蝦蟇泉在陝州城西門外。水自石眼流出，内生科斗，禱雨即應，韓愈詩云云。〔方成珪昌黎先生詩文年譜〕公元和十二年有次硤石詩，題注：「硤」，一本作「峽」。然此詩語意，當有風刺，必非從晉公平蔡時作。以泉在河南陝州西門外，姑附于公爲河南令之時。〔補釋〕公在河南令任時，無因至陝州。舉正謂元和改元西歸日，似指元和元年自江陵入爲博士時，則道不經陝州，亦非也。此當是元和六年秋，自河南令入爲職方員外郎，道經陝州時所作。

〔二〕居然，見卷五喜侯喜至贈張籍張徹注。〔魏本引韓醇曰〕周禮：「川澤宜鱗物，墳衍宜介物。」

〔三〕環環，見卷二題炭谷湫祠堂注。

〔四〕〔方世舉注〕爾雅釋魚：「科斗活東。」注：「蝦蟇子。」

入關詠馬〔一〕

歲老豈能充上駟，力微當自慎前程。不知何故翻驤首〔二〕，牽過關門妄一鳴〔三〕？

〔一〕〔陳景雲曰〕舊注：「元和元年夏自江陵召拜國子博士入藍關作。」誤。方氏舉正，亦以此詩爲元和改元西歸日作，亦誤也。公元和中自河南令入爲職方員外郎，因前過華州時，見華陰令柳澗事，上疏論之，坐是下遷博士。公詩疑緣此而作。華州乃入潼關孔道也。公先以言事遠謫，迴翔久之，方有省郎之召，乃復以抗直左官，宜不能無慨於中，故以馬之一鳴輒斥自比耶？若從江陵還朝時，公年未踰強仕，不應有歲晚力微之慨矣。唐人詩文中，凡止稱關者，皆謂潼關。至藍田、武關，則必繫關名以别之。即公集中亦然，可參考也。〔王元啓曰〕公過華州因論柳澗事，自職方下遷博士，時在元和七年，公年四十有五矣。此詩歲老力微二語，自下遷後追感此事而作。一鳴即斥，借立仗之馬自嘲也。〔補釋〕公左遷在七年二月，去自洛入關時，已閱七八月矣。即有左遷之感，亦何必以入關詠馬爲題也。此祇是六年秋自河南令入爲職方員外郎過關時所作。首句即壯不如人老無能爲之意。公居洛四載，至是方内召，故有「慎前程」之言。鑒於陽山之覆轍，故有「妄一鳴」之戒也。

〔二〕〔補釋〕曹植詩：「六龍仰天驤。」

〔三〕〔舉正〕蜀本、晁、洪校作「妄」。樊曰：「歲老力微，不應鳴也。」〔考異〕「妄」，或作「忘」。祝本、魏本作「忘」。廖本、王本作「妄」。〔補釋〕新唐書李林甫傳：「補闕杜璡再上書言政事，斥爲下邽令。因以語動其餘曰：『明主在上，羣臣將順不暇，亦何所論？君等獨不見立仗馬乎，終日無聲而飫三品芻豆，一鳴則黜之矣，後雖欲不鳴，得乎？』」

【集説】王鳴盛曰：觀此作，似有鑒於陽山之覆轍，欲以緘默取容矣。乃其後諫迎佛骨，面折王廷湊，強項自如，不少貶也。君子哉！

酬司門盧四兄雲夫院長望秋作〔一〕

長安雨洗新秋出，極目寒鏡開塵函〔二〕。終南曉望蹋龍尾〔三〕，倚天更覺青巉巉〔四〕。自知短淺無所補〔五〕，從事久此穿朝衫〔六〕。歸來得便即游覽，暫似壯馬脱重銜〔七〕。曲江荷花蓋十里〔八〕，江湖生目思莫緘〔九〕。樂游下矚無遠近〔一〇〕，綠槐萍合不可芟〔一一〕。白首寓居誰借問〔一二〕？平地寸步扃雲巖〔一三〕。雲夫吾兄有狂氣〔一四〕，嗜好與俗殊酸鹹〔一五〕。日來省我不肯去〔一六〕，論詩説賦相諵諵〔一七〕。望秋一章已驚絶，猶言低抑避謗讒〔一八〕。若使乘酣騁雄怪，造化何以當鐫劖〔一九〕？嗟我小生值強伴〔二〇〕，怯膽變勇神明鑒。馳坑跨谷終未悔〔二一〕，爲利而止真貪饞〔二二〕。高揖羣公謝名譽，遠追甫白感至誠〔二三〕。樓頭完月不共宿〔二四〕，其奈就缺行攕攕〔二五〕。

〔一〕〔魏本引集注〕盧四，名汀，公詩有和虞部盧四汀酬翰林錢七徽赤藤杖歌，又有和盧郎中寄示送盤谷子詩，又有和庫部盧四兄元日朝回，又有早赴行香贈盧李二中舍，又有酬盧給事曲江荷花行。雲夫，貞元元年進士，新舊史無傳。以此數詩考之，歷虞部司門、庫部郎曹，遷中書舍人，爲給事中，其後莫知所終矣。此詩元和六年秋所作，時公自河南令入爲職方員外郎。〔方世舉注〕新唐書百官志：「司門郎中員外郎各一人，掌門關出入之籍，及闌遺之物。」院長，見卷四寒食日出游注。〔王鳴盛曰〕稱司門者，刑部尚書之屬。稱盧司門爲院長者，公於元和六年以尚書職方員外郎還京。

〔二〕〔魏本引韓醇曰〕杜甫月詩：「塵匣元開鏡。」〔朱彝尊曰〕起二句寫景佳。

〔三〕終南，見卷四南山詩注。〔廖瑩中注〕賈公談録：「唐龍尾道在含元殿側。」白樂天詩云：「步登龍尾道，卻望終南山。」〔補釋〕太平御覽西京記曰：「西京大明正中含元殿，左右龍尾道。」宋敏求長安志：「鐘樓鼓樓殿左右，有砌道盤上，謂之龍尾道。」李上交近事會元：「含元殿側有龍尾道，自平階至地，凡詰曲七轉。由丹鳳門北望，宛如龍尾下垂於地焉。」

〔四〕〔方世舉注〕宋玉大言賦：「長劍耿耿倚天外。」〔祝充注〕巉巉，高也。〔方東樹曰〕四句以寫爲點。

〔五〕〔朱彝尊曰〕此下仍是粗硬調。〔方東樹曰〕此下再追敍事。

〔六〕〔補釋〕詩：「朝夕從事。」

〔七〕〔魏本引韓醇曰〕杜詩：「將軍昔着從事衫，鐵馬馳突重兩銜。」

〔八〕曲江，見卷四杏花注。〔顧嗣立注引劉石齡曰〕康駢劇談録：「曲江池入夏則菰蒲蔥翠，碧波紅蕖，湛然可愛。」〔補釋〕歐陽詹曲江池記：「東西三里而遥，南北三里而近。」程大昌雍録載曲江「漢時周六里，唐時周七里」。

〔九〕〔舉正〕三本同作「目思」，謂江湖生於目前，情思不可得而緘藏也。〔考異〕「目思」，或作「思自」，或作「思目」，非是。廖本、王本作「目思」。祝本、魏本作「思自」。魏本注：作「生目思自緘。」游本作「自思」。

〔一〇〕〔補釋〕蔡夢弼杜工部草堂詩箋卷六：「西京雜記：『朱雀街東第五街，皇城之東第三街，昇道坊龍華尼寺南，有流水屈曲，謂之曲江。此地在秦爲宜春苑，在漢爲樂遊園。』」又卷七：「按西京雜記：『宣帝神爵二年，起樂遊苑。』關中記：『宣帝立廟曲江之北，因苑爲名，名曰樂遊廟，即今昇道坊内餘地是也。此地在秦爲宜春苑，在漢爲樂遊苑。』」宋敏求長安志：「萬年縣樂遊廟，在縣南八里，亦曰樂遊原。」

〔一一〕〔張鴻曰〕槐陰之密，以浮萍之合形容之，獨造可喜。然其筋脈則在下矚二字。古人造意造句之妙如此。

〔一二〕〔王元啓曰〕公年未四十，鬢髮已蒼。遷職方時，年已四十有四，故云白首。

〔一三〕〔舉正〕三本同作「扃」。北山移文：「扃岫幌，掩雲關。」〔考異〕「扃」，或作「局」。祝本、魏本作「屈」。廖本、王本作「扃」。寸步，見卷四寒食日出游注。

〔一四〕〔姚範曰〕「吾兄」，一本作「老兄」。
〔一五〕〔蔣抱玄注〕莊子：「行殊乎俗。」戰國策：「夕調乎酸鹹。」
〔一六〕〔魏懷忠注〕日謂逐日。〔聞人倓注〕說文：「省，視也。」
〔一七〕〔方成珪箋正〕諵，說文作「䛁」，云：「䛁䛁，多語也。」
〔一八〕〔考異〕「抑」，或作「佪」。
〔一九〕造化，見卷二題炭谷湫祠堂注。〔補釋〕說文：「鐫，穿木鐫也。一曰：琢石也。」又：「劖，斷也。一曰：剽也，刲也。」〔程學恂曰〕乃是加倍寫法。
〔二〇〕〔顧嗣立注〕漢張禹傳：「新學小生。」
〔二一〕〔魏本引孫汝聽曰〕言願游此山也。
〔二二〕〔魏本引孫汝聽曰〕言拘于利禄而不游此山，是爲貪饞之人矣。〔祝充注〕饞，廣韻：「不廉也。」
〔二三〕〔魏本引唐庚曰〕謂李、杜。〔魏本引孫汝聽曰〕諴，誠也。書：「至諴感神。」
〔二四〕〔舉正〕杭本作「完月」。山谷、李、謝本校同。今本作「見月」，字小訛也。蜀作「皎月」，非。〔考異〕月蝕詩有「完完上天東」之句，言月圓也，此亦同意。以下句「就缺」推之可見。祝本作「皎」。魏本作「見」。廖本、王本作「完」。
〔二五〕〔舉正〕杭、蜀同作「攕攕」。蜀本音所咸切，則知蓋非「纖」字也。詩：「摻摻女手。」說文與石經皆作「攕攕」。東坡詩亦嘗用「左右玉攕攕」。公詩用今韻者，未嘗踰韻，此當以攕爲正。〔考異〕或作「纖纖」。祝本、魏本作「纖纖」。廖本、王本作「攕攕」。〔方世舉注〕後世作「纖纖」。鮑照詩：「始見西南樓，纖纖如玉鉤。」劉孝綽詩：「秋月始纖纖。」蓋古今遞變也。説文：「攕，好手貌。」廣韻：「攕、摻同。」詩毛傳：「摻摻，猶纖纖也。」〔朱彝尊曰〕月圓缺是常景，此用意卻新。

【集説】

方東樹曰：讀韓公與山谷詩，如制毒龍，斂其爪牙，横於盂鉢中，抑遏閟藏，不使外露，而時不可掩。以視浮淺一味囂張，如小兒傅粉，搔首弄姿，不可奈矣。觀韓「長安雨洗」一首可見。

蔣抱玄曰：此詩藻潤特工，字裏行間，躍躍有粗硬氣。「妥帖力排奡」，於斯益信。

盧郎中雲夫寄示送盤谷子詩兩章歌以和之〔一〕

昔尋李愿向盤谷〔二〕，正見高崖巨壁爭開張〔三〕。是時新晴天井溢〔四〕，誰把長劍倚太行〔五〕？衝風吹破落天外〔六〕，飛雨白日灑洛陽〔七〕。東蹈燕川食曠野〔八〕，有饋木蕨芽滿筐〔九〕。馬頭溪深不可厲〔一〇〕，借車載過水入箱〔一一〕。平沙綠浪榜方口〔一二〕，鴈鴨飛起穿垂楊〔一三〕。窮探極覽頗恣横，物外日月本不忙〔一四〕。歸來辛苦欲誰爲？坐令再往之計墮眇芒〔一五〕。閉門長安三日雪，推書撲筆歌慨慷〔一六〕。旁無壯士遺屬和，遠憶盧老詩顛狂〔一七〕。開緘忽覩送歸作〔一八〕，字向紙上皆軒昂〔一九〕。又知李侯竟不顧，方冬獨入崔嵬藏〔二〇〕。我今進退幾時決〔二一〕？十年蠢蠢隨朝行〔二二〕。家請官供不報答〔二三〕，何異雀鼠偷太倉〔二四〕。行抽手版付丞相〔二五〕，不待彈劾還耕桑〔二六〕。

〔一〕〔舉正〕三本同作「兩」。〔考異〕「兩」，或作「二」。廖本、王本作「兩章」。祝本、魏本作「二章」。祝本注曰：一無此二字。〔魏本引孫汝聽曰〕盤谷在孟州濟源縣太行山之南，李愿居之，因號盤谷子。〔文集送李愿歸盤谷序〕太行之陽有盤谷，盤谷之間，泉甘而土肥，草木叢茂，居民鮮少。或曰：謂其環兩山之間，故曰盤。或曰：是谷也，宅幽而勢阻，隱者之所盤旋。友人李愿居之。〔補釋〕宋刻魏本文集此序後附刻高從跋盤谷序後曰：「隴西李愿，隱者也。不干譽以求達，每韜光而自晦。跡寄人世，心游太清，樂仁智於山水之間，信古今一時也。昌黎韓愈，知名之士，高愿之賢，故敍而送之。于□縣大夫博陵崔俠（集古録作浹）披其文，稽其實，是用命功勒石于谷之西偏，以旌不朽云。唐貞元辛□歲建丑月渤海高從。」歐陽修集古録跋尾曰：「盤谷在孟州濟源縣，貞元中縣令石刻於其側。令姓崔，其名浹，今已磨滅。其後書云：『昌黎韓愈，知名士也。』當時退之官尚未顯，其道未爲當時所宗師，故但云知名士也。然當時送愿者不爲少，而獨刻此序，蓋其文章已重於時也。」於此可知，高從之跋，爲退之作文時之石刻，其言自爲實録，章士釗柳文指要力辨此李愿即西平王李晟之子，雖文累千言，要爲辭費。〔困學紀聞翁元圻注〕閻若璩按：「昌黎年譜：貞元十七年辛巳，在京師，有送李愿歸盤谷序。舊唐書李愿傳：父晟，立大勳，即拜太子賓客上柱國，爲興元元年甲子。此豈終身官不挂朝籍者。新唐書李晟傳：貞元七年以臨洮未復，請附貫萬年，詔可。是愿又當爲長安人，於盤谷不得曰歸。蓋送者乃别一人耳。」何焯云：「按元和御覽詩中有李愿二首，疑即其人。」〔陳景雲曰〕同時有兩李愿，一隱盤谷，一爲西平王晟子。南宋慶元中建安魏本序後附刊高從一記，以證所送之非西平子。按高跋即汪季路與朱子書中所稱「家藏盤谷碑本有後語」是也。然但以韓序及和盧郎中送盤谷子歲月考之，則兩李愿事跡自明。序作于貞元十七年，西平子時爲宿衛將。至和盧詩，則元和七年也，西平子方官節度使。皆見唐史。無栖隱事。〔王鳴盛曰〕詩云：「十年蠢蠢隨朝行。」蓋自江陵還朝數之，則此詩元和十年作。〔王元啓曰〕先是公佐汴、徐，僅爲陪貳。自貞元十八年得官博士後，始爲王官。至元和六年爲職方郎，凡十年矣。前和望秋詩，六年秋作。此詩即是年冬作。韓醇注謂十九年爲御史，始登朝，至元和七年爲十年。必以登朝官爲朝行，則七年自職方復爲博士，又非朝行矣。〔補釋〕記疑之説是也。張籍祭退之詩云：「特狀爲博士，始獲升朝行。」亦以官博士爲朝行。

〔一一〕〔王鳴盛曰〕公于貞元十六年去徐居洛，十八年亦嘗游焉，然皆暫居。惟元和二年，以博士分司東都，此下四五年皆在洛。此云「昔尋李愿向盤谷」，下云「窮探極覽頗恣横，物外日月本不忙」，必是追敘彼時之事。〔補釋〕縣先屬洛州，故公居洛時就近往游。

〔三〕〔顧嗣立注〕李白上雲樂：「紫微天關自開張。」

〔四〕〔方世舉注〕水經注：「白水東南流歷天井關。故劉歆遂初賦曰：『馳太行之嶮峻，入天井之高關。』白水又東，天井溪水會焉。水出天井關北，流注白水，世謂之北流泉。」新唐書地理志：「澤州晉城縣有天井關，一名太行關。」

〔五〕〔魏本引孫汝聽曰〕水自天井關傾寫而下，如長劍之倚山。〔補釋〕漢書地理志：「河内郡壄王，太行山在西北。」

〔六〕〔舉正〕范、李本皆校「破」作「波」，然閣本、蜀本只同上。〔考異〕作「波」非是。〔魏本引孫汝聽曰〕楚辭：「衝風至兮水揚波。」衝風，飄風也。吹破，謂吹此長劍之水。〔顧嗣立注引劉石齡曰〕李太白望廬山瀑布詩：「飛流直下三千尺，疑是銀河落九天。」又：「挂流三百丈，噴薄數十里。初驚河漢落，半灑雲天裏。」

〔七〕〔蔣之翹注〕詩言大風吹水，漂散作雨，而灑洛陽也。〔朱彝尊曰〕寫景工。〔何焯曰〕奇偉。〔查慎行曰〕詩境亦復開張。

〔八〕〔考異〕方口、燕川二處，皆盤谷近旁之小地名。

〔九〕〔方世舉注〕詩草蟲：「陟彼南山，言采其蕨。」按爾雅翼云：「野人今歲焚山，則來歲蕨菜繁生。其舊生蕨之處，蕨葉老硬敷披，謂之蕨基。本草稱爲木蕨，或以此耶？」〔高步瀛曰〕齊民要術卷九引詩義疏曰：「蕨，山菜也。初生似蒜，莖紫黑色，二月中高八九寸，先有葉，瀹爲茹，滑美如葵。」

〔一〇〕〔沈欽韓注〕名勝志：「馬頭溪在濟源縣治南五里。西有千功偃，六十餘泉，俱入此溪。故韓愈詩云云。」〔魏本引孫汝聽曰〕詩：「深則厲，淺則揭。」〔補釋〕毛傳：「以衣涉水爲厲，謂由帶以上也。」

〔一一〕〔補釋〕詩毛傳：「箱，大車之箱也。」

〔一二〕〔顧嗣立注〕楚辭屈原九章：「齊吴榜以擊汰。」王逸曰：「榜，進船也。」〔方世舉注〕水經注：「沁水南逕石門，晉安平獻王孚興河内水利，因太行以西，王屋以東衆谷走水，小石漂迸，木門朽敗，於去堰五里以外，取方石爲門，用代木枋。故石門舊有枋口之稱。」又云：「于沁水縣西北，自方口東南流，奉溝水右出焉。」又按新唐書地理志：「孟州濟源縣有坊口堰。」則方口、盤谷，同在濟源矣。方口，見卷九盆池詩注。

〔一三〕〔魏本注〕「鳫鴨」，一作「鶩鳫」，一作「燕鳫」。〔汪琬曰〕敍得參差入妙。〔吴闓生曰〕設景閑雅。

〔一四〕〔方世舉注〕張衡歸田賦：「苟縱心于物外，安知榮辱之所如。」〔吴汝綸曰〕以上敍昔至盤谷訪李愿事。

〔一五〕〔考異〕或作「渺茫」。〔方成珪箋正〕詩意謂不再往也。〔朱彝尊曰〕兩九字句，正見坐令若相應，然佳處不在此。〔吴闓生曰〕再繳回一筆，以取姿態。

〔一六〕〔考異〕「推」，或作「堆」。〔祝充注〕撲，擲也。蜀志：「未嘗不撲之於地。」

〔一七〕〔何焯曰〕過接妙。〔吴闓生曰〕逆折，爲下句作勢。

〔一八〕〔蔣抱玄注〕李白詩：「况有錦字書，開緘使人嗟。」

〔一九〕〔洪亮吉曰〕李青蓮之詩，佳處在不著紙。杜浣花之詩，佳處在力透紙背。韓昌黎之詩，佳處在「字向紙上皆軒昂」。

〔二〇〕〔魏本引孫汝聽曰〕詩：「陟彼崔嵬。」〔何焯曰〕題面只此了之，奇絶高絶。〔吴汝綸曰〕以上敍盧寄示詩篇，知李已入山矣。

〔二一〕〔朱彝尊曰〕要此句應，轉落乃有情。〔何焯曰〕收入自己，結上兩段。

〔二二〕十年，詳題注。蠢蠢，見卷四南山詩注。〔沈欽韓注〕會要二十五：「儀制令：諸在京文武官職事九品以上，朔、望日朝。其文武官五品以上，及監察御史、員外郎、太常博士，每日朝參。文武官五品以上，仍每月五日、十一日、二十一日、二十五日參。三品以上，九日、十九日、二十九日又參。其弘文館、崇文館、國子監學生，每季參。若雨霑失容及泥潦，並停。」

〔二三〕〔沈欽韓注〕家請謂職田月俸，官供謂餐錢役食。

〔二四〕王本作「何」。祝本、魏本、廖本作「無」。〔方成珪箋正〕作「何」語勢尤健。雀鼠，見卷六元和聖德詩注。〔補釋〕莊子：「不似稊米之在太倉乎？」〔何焯曰〕進。

〔二五〕〔顧嗣立注〕隋禮儀志：「百官朝服公服，皆執手版。」唐輿服雜事：「古者貴賤皆執笏，書君上政令，有事搢之于腰帶中。後代惟八座尚書執笏，以筆綴手版頭，紫囊裹之。餘但執手版，不執筆，示非記事官也。〔補釋〕漢書百官公卿表：「相國、丞相，皆秦官。金印紫綬。掌丞天子，助理萬機。秦有左右。高帝即位，置一丞相。」

〔二六〕〔舉正〕蜀本作「歸耕桑」。〔考異〕「還」，方作「歸」。〔顧嗣立注曰〕後漢列傳四十三序：「閔仲叔世稱節士，應侯霸之辟。霸不及政事，遂投劾而去。」注：「按罪曰劾。自投其劾狀而去也。」〔何焯曰〕退。〔朱彝尊曰〕詩言志，如此收束亦得。〔吴汝綸曰〕以上敍己將歸耕。

【集説】

胡仔曰：東坡云：退之尋常詩自謂不逮李、杜，至于「昔尋李愿向盤谷」一篇，獨不減子美。

方東樹曰：此非坡語，妄人譌託耳。

朱彝尊曰：平穩中加意淬鍊。又曰：别是一鍊法，全不落尋常畦逕，亦是難及。大抵鍊意爲多，若此首即謂鍊景亦得。

何焯義門讀書記曰：此詩頗似太白。全就自家出處作感慨，正爾味長。

姚範曰：此詩風格高朗，然坡云似杜，亦所未解。

唐宋詩醇曰：「字向紙上皆軒昂」：正是此篇評語。高詠數番，令人增長意氣。

高步瀛曰：奇思壯采，以閒逸出之。或云似杜，或云似李，仍非杜非李，而爲韓公之詩也。

送無本師歸范陽〔一〕

無本於爲文，身大不及膽〔二〕。吾嘗示之難，勇往無不敢〔三〕。蛟龍弄角牙，造次欲手攬〔四〕。衆鬼囚大幽〔五〕，下覻襲玄窞〔六〕。天陽熙四海〔七〕，注視首不鎮〔八〕。鯨鵬相摩窣〔九〕，兩擧快一噉〔一〇〕。夫豈能必然，固已謝黯黮〔一一〕。狂詞肆滂葩〔一二〕，低昂見舒慘〔一三〕，姦窮怪變得，往往造平淡〔一四〕。風蟬碎錦纈〔一五〕，緑池披菡萏〔一六〕。芝英擢荒蓁〔一七〕，孤翮起連菼〔一八〕。家住幽都遠〔一九〕，未識氣先感。來尋吾何能，無殊嗜昌歜〔二〇〕。始見洛陽春〔二一〕，桃枝綴紅糝〔二二〕。遂來長安里，時卦轉習坎〔二三〕。老懶無鬬心，久不事鉛槧〔二四〕。欲以金帛酬，擧室常顑頷〔二五〕。念當委我去，雪霜刻以憯〔二六〕。獰飇攪空衢〔二七〕，天地與頓撼〔二八〕。勉率吐歌詩，尉女別後覽〔二九〕。

〔一〕〔魏本引集注〕劉公嘉話云：「賈島初赴擧京師，一日於馬上得句云：『鳥宿池中樹，僧敲月下門。』初欲作推字，鍊之未定，不覺衝尹。時韓吏部權京尹，左右擁至前。島具告所以。韓立馬良久，曰：『作敲字佳矣。』遂與爲布衣交。有詩曰：『孟郊死葬北邙山，日月風雲頓覺閒。天恐文章還斷絶，再生賈島在人間。』後以不第，乃爲僧，號無本。」又玄集及鑑戒録亦具此事及詩。新史云：「島，字浪仙，范陽人。初爲浮屠，名無本。來東都，愈教其爲文。遂去浮屠，舉進士。當其苦吟，及值公卿大夫，不知覺也。一日見京兆尹跨驢，尹詰責之，久乃得釋。」傳所言跨驢事，而不言京尹其誰，然其意與摭言合。而嘉話等集所云公與島詩，東坡云：世俗無知者所託，非退之語。洪氏亦云：按送無本時，退之爲河南令，不應至是方相知。又島初爲浮屠，後乃舉進士，此云後改名無本，乃傳者之誤也。樊氏又云：按此詩元和六年冬作，而是年秋東野亦有詩與無本云：「長安秋聲乾，木葉相號悲」云云。東野尚無恙，何以云死葬北邙山？即若以爲公爲京尹始識島故云，則公爲尹在長慶三年，而是年何以有此作也？〔補釋〕按：集注所引劉公嘉話之文，今存顧氏文房小説，各本劉賓客嘉話録俱佚，惟苕溪漁隱叢話卷十九載緗素雜記亦引嘉話此文，文字略同，而無愈所爲絶句。〔沈欽韓注〕野客叢書：「新書謂島先爲浮屠，後舉進士，遺史謂後因不第，乃爲僧，摭言謂吟落葉句衝京尹劉栖楚，遺史謂得僧敲句犯京尹韓退之節。新書謂文宗時坐飛謗貶長江簿，遺史謂奪詩卷忤宣宗，除長江簿，摭言又謂肆慢武宗。紛紛之論，不同如是。今集中載大中八年制，若是則島出仕于宣宗之時矣。考蘇絳所撰墓表，則曰：『會昌癸亥歲，終于普州司倉官舍。』島既死于武宗之世，宣宗墨制，疑後人所擬，以附會遺史之説；不然則太和誤爲大中，亦未可知也。」欽韓考賈長江集，有寄孟協律、投張太祝、哭孟、寄韓潮州愈，則元和中相識已久。島之返初服應舉，蓋韓公獎厲所致。遺史之妄，不待言矣。摭言：韋莊奏不第舉人，島與李賀、方干並列，是島終不第也。北夢瑣言：宣宗時島與平曾相次謫授長江尉，則大中八年之制非妄。其爲長江尉，有寄令狐綯相公賜衣詩。綯傳：大中四年命相，十三年罷相鎮河中，則當懿宗嗣位矣。諸書謂文宗、武宗者皆傳誤。墓誌云「島没於會昌中」，亦未可信也。〔鄭珍曰〕劉公嘉話記島以鍊推敲字，誤衝京尹事，洪、樊諸子已辨其烏有。而摭言載島因索句唐突劉栖楚被繫，迹頗相似。新唐書遽信，采以入傳。以余考之，亦謬談也。島集有寄栖楚詩云：「友生去更遠，來書絶如焚。」通篇詞意並見島與栖楚爲同輩舊交，何得有繫島事。新書殆失之不考。又以島集與此送無本師參證，島於韓門，亦可略見始末，益見嘉話之非。島攜新文見張籍韓愈途中成詩云：「袖有新詩文，欲見張韓老。青竹未生翼，一步萬里道。仰望青冥天，雲雪壓我腦。失卻終南山，惆悵滿懷抱。」此知島由幽都攜所業來謁公，先至長安見張籍，而後赴洛，故題與詩皆敍張先韓，而詩尚作於見張之先也。雪失終南，知見張在元和五年冬。至六年春走洛見公，遂從公游，故公送無本詩云：「始見洛陽春，桃枝綴紅糝。」則新史謂禁僧不出，爲詩自傷之云，亦不足信。是年秋，公遷職方，島或隨公入京。及十一月告歸范陽，公作此詩送之。是後至長慶四年，公告病居城南莊，島復來見公，有黄子陂上韓吏部詩云：「石樓云一別，二十二三春。相逐升堂者，幾爲埋骨人？」蓋從元和七年計至長慶四年，爲十三年也。公莊在黄子陂岸曲，張籍祭公詩所稱「地曠氣色清」者。籍詩敍池上侍公事云：「偶有賈秀才，來兹亦同并。」即是指島。公泛南溪，島亦陪侍，有和韓吏部泛南溪詩。不久公卒，則島必見公屬纊。此島於韓門始末可考者。〔補釋〕賈長江集黄子陂詩云：「二十二三春。」全唐詩亦作「二十二」。若以作於長慶四年逆數之，則韓賈分別，當在貞元十八年。自貞元十九年至長慶四年爲二十二年也。鄭説以十三年計，不明其所以。十七年三月，公自長安歸洛，旋即還京。則島自范陽到京謁公不遇，隨即來洛相見，按之情事亦合。惟貞元十七年，公僅三十四歲，而詩有「老懶無鬬心」之句，終滋疑義。或賈集「二十」兩字，爲「一十」之訛乎？今存此疑，而乃從集注及鄭説繫元和六年冬。新唐書地理志：「范陽郡大都督府，本涿郡，天寶元年，更名薊州漁陽郡。」

〔二〕〔唐宋詩醇〕妙于翻用。

〔三〕〔程學恂曰〕一起真是異樣識力，所以有此異樣筆力。後人即執此詩以讀無本之詩，亦未必解其所謂，以爲誠然。此無本師三年得句不免泣下也。

〔四〕造次，見卷六赤藤杖歌注。〔方世舉注〕釋名：「攬，歛也，歛置手中也。」陸機詩：「攬之不盈手。」

〔五〕〔蔣抱玄注〕揚子法言：「窺之無間，大幽之門。」

〔六〕〔補釋〕淮南子高誘注：「襲，入。」覰，同覷。〔魏本引孫汝聽曰〕玄，黑也。易：「入于坎窞。」説文：「窞，坎中小坎也。」

〔七〕〔蔣抱玄注〕禮記：「喪國之社屋之，不受天陽也。」　〔補釋〕爾雅釋詁：「熙，光也。」

〔八〕〔舉正〕三本同作「頷」。李本校作「顉」。説文：「顉，低頭也。」列子：「巧夫顉其頤。」字作「顉」。左傳：「逆于門者，頷之而已。」字作「頷」。義通。　〔考異〕説文「顉」，五感切，引衛獻公顉之而已爲證，則與「頷」字自不同也。然左傳今本只作「頷」，未詳其説。或疑下有「顑頷」字，此不當重押，則作「顉」爲是。然顑頷字見楚辭。顑，虎感、古湛二切；頷，户感、魚檢二切。食不飽，面黄貌。則亦與不頷義不同也。　祝本、魏本作「頷」。廖本、王本作「顉」。　〔補釋〕左傳：「頷之而已。」釋文云：「本又作顉，五感反，摇頭也。」説文引作「顉」。　玉篇引杜氏注亦作「顉」。　王念孫云：作「顉」者正字，作「頷」者譌字也。

〔九〕〔方世舉注〕司馬相如子虛賦：「嫈姍勃窣，上乎金隄。」説文：「窣，从穴中卒出。」按曹植詩云：「飛飛摩蒼天。」摩指鵬，穴中卒出者指鯨。

〔一〇〕嗷，見東都遇春注。　〔朱彝尊曰〕此原有意爲奇怪，亦真奇快。　〔汪琬曰〕蛟龍四聯，即下所云姦窮變怪。

〔一一〕〔方世舉注〕莊子齊物論：「則人固受其黮黯。」注：「暗昧不明也。」　〔查慎行曰〕十二句蟬聯一氣，只是贊其膽大耳。　取象之奇，押韻之確，自當隻立千載。

〔一二〕〔方世舉注〕滂沛紛葩也。

〔一三〕〔方世舉注〕張衡西京賦：「夫人在陽時則舒，在陰時則慘。」

〔一四〕〔朱彝尊曰〕由奇怪入平淡，是詩家次第。第不知公此詩奇怪耶？平淡耶？〔何焯曰〕精語，坡公所謂絢爛之極，歸於平淡。

〔一五〕祝本、魏本作「風蟬」。廖本、王本作「蜂蟬」。〔舉正〕唐本、蔡校作「蜂蟬」。蜀本作「蟬翼」。謝本亦作「風蟬」。〔考異〕方從唐本。今按：此與下句不對，未詳其説。〔王元啓曰〕蟬翼紋如錦纈，遭風則碎，彌覺采色之離披，故云。此詩自鯨鵬以上，皆狀其姦怪。此下四語，則言其平淡。「風蟬」舊作「蜂蟬」，恐未是。〔俞樾曰〕下句云「緑池披菡萏」，此句疑本作「絳潬碎錦纈」。公贈張籍詩云：「中流上灘潬。」集解引郭璞曰：「江東呼水中沙堆爲潬。」是公詩有用潬字者。此云絳潬，正與緑波相對，而與碎錦纈之義亦相聯貫。「絳」與「蜂」，「潬」與「蟬」，均形近而誤耳。〔補釋〕衹作「風蟬」亦通，可不必改字也。〔顧嗣立注〕説文：「纈，結也，繫綵繒爲文也。」

〔一六〕廖本、王本作「披」。祝本、魏本作「坯」。〔舉正〕閣本、謝校作「緑池坏菡萏。」蜀本作「坯」。柳本作「披」。荆公本又作「低」。鮑照嘗評顔延年詩如鋪錦列繡，雕繢滿眼，謝靈運詩如初發芙蓉，自然可愛。説者謂公二語用此二義也。〔考異〕「披」，用荆公本定。或作「坯」，或作「低」，方從閣本作「坏」，皆非是。唯披、坏聲相近耳。菡萏，見卷五城南聯句注。〔方世舉注〕言賈或「雕鐫出小詩」，或「天然去雕飾」也。

〔一七〕〔考異〕「蓁」，方作「榛」。

〔一八〕〔魏本引孫汝聽曰〕爾雅：「菼，薍。」郭璞注云：「似葦而小。」連菼，叢葦也。〔方世舉注〕二句亦狀其詩，言於荒榛連菼一望平蕪中，亦時有矯矯者也。

〔一九〕〔方世舉注〕書：「分命和叔，宅朔方曰幽都。」新唐書地理志：「幽都，本薊縣地，隋置遼西郡。」

〔二〇〕〔魏本引孫汝聽曰〕吕氏春秋：「文王嗜昌蒲葅，孔子聞而食之。」昌蒲葅，昌蒲也。左傳所謂「享有昌歜」者也。

〔二一〕〔魏本引樊汝霖曰〕元和六年春，公爲河南令，始識島洛陽。

〔二二〕〔方世舉注〕糝字見内則。杜甫詩：「糝徑楊花鋪白氈。」

〔二三〕〔魏本引樊汝霖曰〕公是年秋遷職方員外郎。遂來長安里，與之别十一月矣。坎，十一月卦也。〔方世舉注〕易坎卦：「習坎有孚。」按京房易傳云：「龍德十一月在子，在坎卦。」又云：「立夏四月節在申，坎卦。六四，立冬同用。」今詩云：「時卦轉習坎」，自是秋轉爲冬也。

〔二四〕〔魏本引孫汝聽曰〕言久不爲文章也。鉛槧，見卷五喜侯喜至贈張籍張徹注。

〔二五〕祝本「顑」作「頗」，誤。〔魏本引孫汝聽曰〕言欲酬無本金帛，則我舉室常飢貧也。〔魏本引樊汝霖曰〕離騷經：「長顑頷亦何傷。」王逸注：「不飽貌。」〔補釋〕説文：「顑，飯不飽，面黄起行也。从頁，咸聲。讀若戇。」「頷，面黄也。从頁，含聲。」

〔二六〕〔祝充注〕懵，痛也。

〔二七〕廖本、王本作「攬」。祝本、魏本作「摺」。〔方成珪箋正〕説文：「摺，敗也。」廣韻：「疊也。」與獰飈義不貫。王本「摺」作「擢」，説文訓引，廣韻訓抽訓出，稍爲近之。然終不若「攬」字之融洽。故諸本定作「攬」。〔補釋〕元刻王本不作「擢」，方所據者，明翻王本耳。「攬」字見卷三岳陽樓别竇司直注。

〔二八〕〔魏本引孫汝聽曰〕頓撼，摇撼也。言獰飈之起，天地亦且摇動也。〔魏本引孫汝聽曰〕獰飈，狂風也。空衢，天衢也。

〔二九〕〔祝本魏本注〕「尉」，一作「慰」。〔補釋〕漢書胡建傳注：「尉者，自上安之也。」〔何焯義門讀書記〕結語恰好，便有味。

【集説】

葛立方曰：賈島攜新文詣韓愈云：「青竹未生翼，一步萬里道。安得西北風，身願變蓬草。」可見急於求師。愈贈詩云：「家往幽都遠，未識氣先感。來尋吾何能，無殊嗜昌歜。」可見謙於授業，此皆島未儒服之時也。

俞瑒曰：凡昌黎先生論文諸作，極有關係。其中次第，俱從親身歷過，故能言其甘苦親切乃爾。如此詩云：「無本於爲文，身大不及膽。吾嘗示之難，勇往無不敢。」作詩入手須要膽力，全在勇往上見其造詣之高。又云：「姦窮變怪得，往往造平淡。」平淡得於能變之後，所謂漸近自然也。此境夫豈易到。公之指點來學者，深矣微矣。

朱彝尊曰：閬仙詩雖尚奇怪，然稍落苦僻一路，於此詩贊語，似尚未能稱。

唐宋詩醇曰：獎賞之中，諷喻深遠，正不獨爲浪仙説法也。

程學恂曰：自蘇子瞻有郊寒島瘦之謔，嚴滄浪有蟲吟草間之誚，世上寡識之流，遂奉爲典要，幾薄二子不值一錢，宜乎風雅之衰，靡靡日下也。試看韓、歐集中推崇二子者如何？豈其識見反出蘇、嚴下耶？再子瞻詆樂天爲俗，而其一生學問專學一樂天，此等處須是善會，黄泥搏成人，多是被古人瞞了。

送陸暢歸江南〔一〕

舉舉江南子〔二〕，名以能詩聞。一來取高第〔三〕，官佐東宫軍〔四〕。迎婦丞相府〔五〕，誇映秀士羣〔六〕。鸞鳴桂樹間〔七〕，觀者何繽紛。人事喜顛倒，旦夕異所云〔八〕。蕭蕭青雲幹〔九〕，遂逐荆棘焚〔一〇〕。歲晚鴻雁過〔一一〕，鄉思見新文。踐此秦關雪，家彼吴洲雲〔一二〕。悲啼上車女〔一三〕，骨肉不可分〔一四〕。感槩都門别，丈夫酒方醺。我實門下士〔一五〕，力薄蚋與蚊〔一六〕。受恩不即報〔一七〕，永負湘中墳〔一八〕。

〔一〕〔方世舉注〕新唐書韋臯傳：「臯侈横，朝廷欲追繩其咎。而不與臯者，詆臯所進兵，皆鏤定秦字。有陸暢者上言：臣向在蜀，知定秦者，匠名也。繇是議息。暢，字達夫，臯雅所厚禮。

始天寶時，李白爲蜀道難篇以斥嚴武，暢更爲蜀道易以美皋焉。」〔陳景雲曰〕暢長慶初入江西廉使王仲舒幕府，至太和末，以前鳳翔少尹預誅鄭注。事見唐史。〔補釋〕公撰董溪墓誌銘及唐詩紀事、全唐詩話，皆以暢爲吴郡人。孟東野集有送陸暢歸湖州因憑題故人皎然塔陸羽墳一詩，則暢爲湖州人。湖州，唐屬江南道，東漢時屬吴郡。〔王元啓曰〕暢娶董溪之女，溪于元和六年五月賜死湘中。七年遇赦，始以喪歸。此詩卒章有「悲啼上車女」及「永負湘中墳」等句，蓋去董溪凶問至京未久，公自河南召還初官職方時作。〔方成珪昌黎先生詩文年譜〕詩有踐秦關雪句，蓋作于是冬也。

〔二〕〔舉正〕唐人以舉止端麗爲「舉舉」。孟東野詩有「茗椀華舉舉」，北里志有「名娼鄭舉舉」。〔方成珪箋正〕字典心部：「⿱與心，音與。」引説文云：「趨步⿱與心⿱與心也，从心，與聲。」韓詩「⿱與心⿱與心江南子」，俗本譌作「舉舉」。按：此論前人所未發。⿱與心，又音余，廣韻：「恭敬。」集韻：「行步安舒也。」字又作懙，同。漢書敘傳下：「長倩懙懙。」蘇林訓同集韻。

〔三〕〔魏本引韓醇曰〕暢元和元年登進士第。

〔四〕〔補釋〕詩毛傳：「東宮，齊太子也。」正義：「太子居東宮，因以東宮表太子。」〔方世舉注〕新唐書百官志太子左右率府率各一人，副率各二人，録事參軍事、倉曹參軍事、兵曹參軍事、胄曹參軍事、騎曹參軍事各一人。詩云「官佐東宮軍」，蓋參軍之屬也。〔沈欽韓注〕此蓋暢登第後，自校書郎選率府參軍也。

〔五〕〔方世舉注〕公撰董溪墓志：「溪，字惟深，丞相隴西公第二子，長女嫁吴郡陸暢。」古今詩話：「陸暢娶董溪女，每旦婢進澡豆，暢輒沃水服之。或曰：『君爲貴門女壻，幾多樂事？』暢曰：『貴門苦禮法，婢子食辣麵，殆不可過。』」

〔六〕〔魏本引韓醇曰〕禮記王制：「命鄉論秀士，升之司徒，曰選士。」

〔七〕〔舉正〕杭、蜀作「鸞鳴」。〔考異〕或作「鳴鑾」。祝本、魏本作「鳴鸞」。廖本、王本作「鸞鳴」。〔補釋〕廣雅：「鸞鳥，鳳皇屬也。」左傳：「鳳皇于飛，和鳴鏘鏘。」葉夢得避暑録話：「世以登科爲折桂。此謂郤詵對策，自謂桂林一枝也。自唐以來用之。」

〔八〕〔方世舉注〕新唐書董晉傳：「晉子溪，擢明經，三遷萬年令。討王承宗也，擢度支郎中，爲東道行營糧料使。坐盜軍貲，流封州，至長沙，賜死。」

〔九〕〔補釋〕司馬相如子虛賦：「上干青雲。」

〔一〇〕祝本、魏本作「逐逐」。廖本、王本作「遂逐」。〔魏本引韓醇曰〕暢歸江南，必有其故，所不可得而詳矣。

〔一一〕〔補釋〕禮記月令：「季冬之月，鴈北鄉。」

〔一二〕〔朱彝尊曰〕此二句佳。

〔一三〕〔魏本引韓醇曰〕禮記：「出御婦車。」

〔一四〕〔蔣抱玄注〕吕氏春秋：「父母之於子也，子之於父母也，一體而兩分，此之謂骨肉之親。」

〔補釋〕上言「踐此秦關雪」，下言「感槩都門别」，張籍送陸暢詩亦云：「共踏長安街裏塵，吴州獨作未歸身。」送别在長安甚明。

〔一五〕〔方世舉注〕新唐書韓愈傳：「董晉爲宣武節度使，表署觀察推官。」

〔一六〕〔補釋〕説文：「秦晉謂之蜹，楚謂之蚊。」

〔一七〕〔舉正〕唐、杭、蜀同作「不即」。〔考異〕「不即」，或作「即不」。祝本作「即不」。魏本、廖本、王本作「不即」。

〔一八〕〔方世舉注〕董溪墓志：「溪除名徙封州，元和六年五月，死湘中。明年立皇太子，有赦令許歸葬，其子居中始奉喪歸。」〔程學恂曰〕數語送暢也，卻感在溪。并非感溪也，感晉也。古人取興如此，所以詩無泛作。

【集説】

朱彝尊曰：未見手段。

蔣抱玄曰：公爲此詩，實含有無限傷感。竹垞謂爲未見手段，亦第就詩言之耳。

贈張籍〔一〕

吾老著讀書〔二〕，餘事不挂眼。有兒雖甚憐，教示不免簡。君來好呼出〔三〕，踉蹡越門限〔四〕。懼其無所知，見則先愧赧〔五〕。昨因有緣事〔六〕，上馬插手版〔七〕。留君住廳食〔八〕，使立侍盤醆〔九〕。薄暮歸見君，迎我笑而莞〔一〇〕，指渠相賀言：此是萬金産。吾愛其風骨，粹美無可揀〔一一〕。試將詩義授，如以肉貫弗〔一二〕。開袪露毫末〔一三〕，自得高蹇嵼〔一四〕。我身蹈丘軻〔一五〕，爵位不早綰〔一六〕。固宜長有人，文章紹編剗〔一七〕。感荷君子德〔一八〕，怳若乘朽棧〔一九〕。召令吐所記，解摘了瑟僩〔二〇〕。顧視窗壁間，親戚競覘讚〔二一〕。喜氣排寒冬，逼耳鳴睍睆〔二二〕。如今更誰恨？便可耕灞滻〔二三〕。

〔一〕〔沈欽韓注〕孟東野集喜符郎詩有天縱云：「念符不由級，屹得文章階。」案孟縣志：「韓昶自爲墓誌云：幼而就學，性寡言笑，不爲兒戲，不能記書。至年長不能通詩，得三五百字，爲同學所笑。至六七歲，未解把筆，書字即是。性好文字，出言成文，不同他人所爲。張籍奇之，爲授詩。年十餘歲，日通一卷。籍大奇之，試授諸章，皆不之及。能以所聞曲問其義，籍往往不能答。未通兩三卷，便自爲詩。」此昶自譽，若涉夸誕。然證諸此詩及孟詩，情事悉合。

〔補釋〕昶自爲墓誌云：「生徐之符離。時爲貞元十五年。」至元和六年，昶十三歲矣。誌所云「籍奇之，爲授詩。年十餘歲，日通一卷」，此詩所云「試將詩義授，如以肉貫弗」者，當在此時。詩有灞、滻字，知作於長安。有寒冬字，知作於歲暮。考公於元和元年夏自江陵召還，其冬在京，而昶時僅八歲，與誌稱「十餘歲日通一卷」者不合。元和二年至五年之冬，則公又在東都矣。故今定爲六年冬作也。

〔二〕〔舉正〕杭、蜀本作「著讀書」。此如「高士著幽禪」、「少年著游宴」之著。〔考異〕諸本「著」作「嗜」。祝本、魏本作「嗜」。廖本、王本作「著」。〔朱彝尊曰〕嗜字明妥。〔何焯義門讀書記〕東方朔客難：「著于竹帛，脣齒腐落，服膺而不失。」此著字所本也。〔張相曰〕著讀書，愛讀書也。

〔三〕〔魏本引韓醇曰〕張籍後有祭公詩云：「坐令其子拜，常呼幼時名。」與詩意合。

〔四〕〔曾季貍曰〕踉蹡二字出古樂府。梁簡文詩：「毛嬙貌本絶，踉蹡入氈幃。」〔補釋〕射雉賦徐爰注：「踉蹡，乍行乍止，不迅疾之貌也。」李善注：「踉蹡，欲行也。廣韻曰：蹡，走也。」〔爾雅釋宫：「柣謂之閾。」郭璞注：「閾，門限。」邢昺疏：「柣者，孫炎云：門限也。經傳諸注，皆以閾爲門限，謂門下横木，爲内外之限也。」

〔五〕諸本作「赦」。按「赦」俗字，當作「赧」。〔補釋〕方言：「赧，愧也，秦、晉之間，凡愧而見上謂之赧。」

〔六〕〔沈欽韓注〕緣事，謂官府相緣之事。

〔七〕手版，見本卷盧郎中雲夫寄示送盤谷子詩兩章歌以和之注。

〔八〕〔方成珪箋正〕「廳」，王本作「聽」爲古，加广作「廳」，自六朝始也。〔補釋〕元刻王本作「廳」。方所據者，明翻王本也。

〔九〕祝本、魏本作「醆」。廖本、王本作「餞」。〔補釋〕說文：「醆，爵也。」〔朱彝尊曰〕就陪飯說來，有情致。

〔一〇〕〔魏本引祝充曰〕論語：「夫子莞爾而笑。」

〔一一〕〔補釋〕廣雅：「揀，擇也。」

〔一二〕〔補釋〕一切經音義：字苑曰：「丳，初眼反，謂以籤貫肉炙之者也。」〔王元啓曰〕以詩義授兒，等之肉貫丳者，言有頃即熟，見兒之慧也。〔朱彝尊曰〕正以質意佳，然卻未嘗不鍊。

〔一三〕〔魏本引孫汝聽曰〕袪，衣袪。開袪，猶開懷也。〔王元啓曰〕「袪」，恐當作胠篋之「胠」，胠亦開也。其字从月不从衣。舊本作「袪」，訓衣袂，非是。〔補釋〕孫訓袪爲衣袂，固未得詩義。王欲改「袪」爲「胠」，亦非是。胠字本訓爲腋下，見說文。其訓開，爲假借義。說文：「袪，衣袂也。」廣雅：「袪，開也。」漢書兒寬傳注：「李奇曰：袪，開散。」則袪字亦可訓開，二者同爲假借，不必改「袪」爲「胠」也。〔顧嗣立注〕老子：「合抱之木，生于毫末。」

〔一四〕〔考異〕「蹇」或作「巉」。祝本、魏本作「巉」。廖本、王本作「蹇」。廖本注曰：「嵼」，或作「產」。〔祝充注〕選：「連岡巖以巉嵼。」〔廖瑩中注〕屈原九章：「思蹇產而不釋。」王逸曰：「蹇產，詰屈也。」〔方成珪箋正〕東方朔七諫哀命篇：「望高山之蹇產。」張衡西京賦：「珍臺蹇產以極壯。」曹植妾薄命篇：「釣臺蹇產清虛。」俱與巉嵼義同。言高而復屈曲也。

〔一五〕〔補釋〕此籍稱愈之詞，「我身」疑當作「君身」。

〔一六〕〔補釋〕史記貨殖傳索隱：「綰者，綰統其要津。」〔何焯義門讀書記〕安溪云：蹈道何以便須早綰爵位？此等與病中贈張籍末數行，皆可謂直而無禮也。

〔一七〕〔方世舉注〕廣韻：「剗，削也。」編剗，編緝刪削也。〔補釋〕以上十一句皆張籍之辭。

〔一八〕〔蔣抱玄注〕北史陽平王傳：「吴人感荷。」

〔一九〕〔廖本王本注〕「朽」，一作「杇」。〔王元啓曰〕棧，車也。周禮：「士乘棧車。」書：「予臨兆民，凜乎若朽索之馭六馬。」乘朽棧者，驚恐之意，慮其不副所言，如朽車之立敗也。故必召令吐所記，至解摘之後，然後瑟僩乃了。此句正是未了瑟僩之時。舊注預照下文喜氣，釋爲驚喜之貌，意雖密，辭則疏矣。

〔二〇〕〔魏本引孫汝聽曰〕詩：「瑟兮僩兮。」注：「矜莊寬大也。」〔補釋〕解摘者，謂摘取數語，問之而能解也。〔胡仔苕溪漁隱叢話引蔡寬夫詩話〕舊説退之子不惠，讀金根車，改爲金銀。然退之贈張籍詩所謂「召令吐所記，解摘了瑟僩」，則不識字也。不知詩之所稱，乃此子乎？〔補釋〕退之子除昶外，尚有一子名佶，見祭侯主簿文。説部所載金根車事，皆謂昶。

〔二一〕〔朱彝尊曰〕下句險而凈。

〔二二〕〔方世舉注〕説文：「覘，窺也。」春秋傳曰：「公使覘之信。」矕，目矕矕也。

〔二三〕〔祝充注〕詩：「晛睆黄鳥。」注云：「好貌。」〔補釋〕陳奂詩毛氏傳疏：「好，謂聲音之好。」

〔一三〕〔魏本引孫汝聽曰〕灞、滻，長安二水名。司馬相如上林賦曰：「終始灞、嶐，出入涇、渭。」詩意謂有子如此，便可謀歸耕也。〔補釋〕三輔黃圖：「霸水出藍田谷，西北入渭。滻水亦出藍田谷，北至霸陵入霸。」據麟德元年何剛墓志，灞、滻之間，有三輔勝地之稱。長安城東郊，灞、滻之間，實際是在皇族與權要官僚意圖下布置成之游覽區，故昌黎欲退耕於此，而不言歸耕河南河陽舊籍也。

【集説】

朱彝尊曰：只是喜子聰明，卻借張籍説。

程學恂曰：此詩於極真處見與籍知交之厚，故題曰贈籍也。若認作譽兒常情，則此詩可不作。

蔣抱玄曰：意調純以質峭勝，末段用險韻，不愧聖手。

雙鳥詩〔一〕

雙鳥海外來，飛飛到中州〔二〕。一鳥落城市，一鳥集巖幽〔三〕。不得相伴鳴，爾來三千秋〔四〕。兩鳥各閉口，萬象銜口頭〔五〕。春風卷地起，百鳥皆飄浮。兩鳥忽相逢，百日鳴不休。有耳聒皆聾〔六〕，有舌反自羞。百舌舊饒聲〔七〕，從此恒低頭〔八〕。得病不呻喚，泯默至死休〔九〕。雷公告天公〔一〇〕，百物須膏油〔一一〕。自從兩鳥鳴，聒亂雷聲收〔一二〕。鬼神怕嘲詠，造化皆停留〔一三〕。草木有微情，挑抉示九州〔一四〕。蟲鼠誠微物，不堪苦誅求〔一五〕。不停兩鳥鳴，百物皆生愁；不停兩鳥鳴，自此無春秋；不停兩鳥鳴，日月難旋輈〔一六〕；不停兩鳥鳴，大法失九疇〔一七〕。周公不爲公，孔丘不爲丘〔一八〕。天公怪兩鳥，各捉一處囚〔一九〕。百蟲與百鳥〔二〇〕，然後鳴啾啾〔二一〕。兩鳥既別處，閉聲省愆尤〔二二〕。朝食千頭龍〔二三〕，暮食千頭牛；朝飲河生塵，暮飲海絶流〔二四〕。還當三千秋，更起鳴相酬。

〔一〕廖本、王本有「詩」字。祝本、魏本無。〔吕大防韓吏部文公集年譜〕元和六年辛卯拜職方員外郎，有雙鳥詩。〔方成珪昌黎先生詩文年譜〕據吕汲公年譜，附之是年。吕意以公賦雙鳥，謂己與東野也。

〔二〕〔舉正〕唐本、閣本、李、謝校同作「雙鳥海外飛，飛來到中州」。此乃少陵詩所謂「故人南郡去，去索作碑錢」是也。於義爲勝。〔考異〕「來，飛飛」，方作「飛，飛來」。魏本作「飛，飛來」。祝本、廖本、王本作「來，飛飛」。〔補釋〕史記天官書：「戊、己，中州，河、濟也。」

〔三〕〔考異〕「集」，或作「巢」。

〔四〕爾來，見卷二送靈師注。

〔五〕〔補釋〕文選游天台山賦李善注：「孝經鉤命決曰：地以舒形，萬象咸載。」

〔六〕〔方世舉注〕王逸九思：「鴝鵒鳴兮聒余。」注：「多聲亂耳爲聒。」

〔七〕〔方世舉注〕記月令：「反舌無聲。」注：「反舌，百舌鳥。」淮南説山訓：「人有多言者，猶百舌之聲。」

〔八〕〔舉正〕蜀本「恒」作「且」。〔考異〕作「且」非是。

〔九〕〔祝本魏本注〕「默」，一作「然」。〔補釋〕詩毛傳：「泯，滅也。」

〔一〇〕雷公，見卷六陸渾山火注。天公，見月蝕詩注。

〔一一〕〔補釋〕淨住子：「譬如燈炷，唯賴膏油。」

〔一二〕〔舉正〕唐本、謝校作「自從兩鳥鳴，聒雷聲伏收」。公詩自有此一體。閣本作「自從兩鳥聒，雷聲三伏收」。柳本作「聒亂雷光收」，蜀本從之。今本皆作「雷聲收」，轉易轉訛也。〔考異〕「聒亂雷聲收」，諸本同。蜀本、閣本皆誤。方獨從唐本作「聒雷聲伏收」，則不成文理矣。

〔一三〕〔舉正〕三本、荆公校同作「造作」。〔考異〕「化」，方作「作」。造化，見卷二題炭谷湫祠堂注。

〔一四〕〔方世舉注〕説文：「挑，撓也。」「抉，挑也。」九州，見卷一雜詩注。

〔一五〕〔方世舉注〕左傳：「誅求無時。」

〔一六〕軥，見卷一駑驥贈歐陽詹注。

〔一七〕〔方世舉注〕書洪範：「天乃錫禹洪範九疇，彝倫攸敘。」〔補釋〕書洪範傳：「洪，大也。

範，法也。言天地之大法。」

〔一八〕〔補釋〕丘，古有高大之義。孫子作戰：「丘牛大車。」李筌曰：「丘，大也。」又莊子則陽：「何謂丘里之言？」丘里者，合十姓百名而以爲風俗也。」是亦大言之義。

〔一九〕魏本、廖本、王本作「捉」。祝本作「把」。

〔二〇〕〔舉正〕三本同作「七鳥」。柳、謝、荆公諸本皆作「七」。七鳥謂月令七十二候之鳥也。蘇耆閒譚録亦見。〔考異〕「百蟲與百鳥」，諸本同。方從閣、杭、蜀本作「七鳥」云云。今按：百蟲即上文之蟲鼠，百鳥即上文所言皆飄浮者耳，與七十二候初不相關也。且使果爲七十二候之鳥，而但云七鳥，則詞既有所不備，又鳥既爲七，而蟲獨爲百，於例亦有所不通。今細考之，豈以草書百字有似於七而致誤耶？初不必過爲鑿説也。

〔二一〕〔顧嗣立注〕郭璞三蒼解詁：「啾啾，衆聲也。」樂府隴西行：「鳳皇鳴啾啾。」

〔二二〕愆尤，見卷三赴江陵途中寄贈三學士注。

〔二三〕〔沈欽韓注〕觀佛三昧經：「金翅鳥王於閻浮提，日食一龍及五百小龍。」海龍王經：「龍王白佛言：如此海中無數種龍，有四金翅常來食之。」

〔二四〕〔方世舉注〕列子湯問篇：「夸父渴，欲得飲，赴飲河、渭，不足。」神仙傳麻姑傳：「向到蓬萊又水淺于往日，豈將復爲陵陸乎？王遠歎曰：聖人皆言海中行復揚塵也。」

【集説】

柳開韓文公雙鳥詩解曰：高公子奇曰：「雙鳥者，當其韓之前後，斯執政人也。一以之仕，一以之隱，本異末同，故曰：『落城市』、『集巖幽』，殊以别也。下之言，蓋以其辯姦，詭比，將壞其時也，未知斯孰耳？」予解曰：「不然。大凡韓之爲心，憂夫道也。履行非孔氏者爲夷矣。忿其正日削，邪日寖，斯以力欲排之。位復不得極其世，權復不得動其俗，唱先于天下，天下從之者寡，背之者多，故垂言以刺之耳。」公曰：「何謂也？」予曰：「作害于民者，莫大于釋老。釋老俱夷而教殊，故曰雙鳥矣。其所從來，俱不在于中國，故曰『海外來』也。後漸而至，故曰『飛飛到中州』也。聃之昔在中國也，不以左道于民矣。暨西入于夷，因化胡以成其教，故欺之以神仙之事，用革其心，而後教乃東來，與昔之書果異耳。是非中國之興也，故韓俱云若是矣。夫釋之爲教也，務當民俗奉之，架宫崇宇，必處都邑，故曰『一鳥落城市』也。老之爲教也，務當自親其身，收視反聽，棲息山林，以求不死，故曰『一鳥集巖幽』也，謂其『不得相伴鳴』也，以其二教之雖來，而未甚明于世，各泯然矣。言『三千秋』者，以其時久而極言之也。既未得明其教，其言亦未能大盡於物，故曰各閉其口而銜乎萬象也。後之正道漸衰，澆妄之風漸盛，故比之春風焉，謂其卷地而起，以其舉世悉如之也。『百鳥皆飄浮』者，衆邪以興也。釋老乃得競出而扇于民，久益張矣。故曰『兩鳥忽相逢，百日鳴不休』也。有耳者聒皆聾，有舌者反自羞，謂其能恢誕而繁極，他莫及也。百舌謂百子也，從來多善于著書以亂夫子之道，故曰『舊饒聲』，從此低頭，不能出其上也。其間有忿而殊其衆者，能大其休聲以愬于上，故曰『雷公告天公』，以假爲喻也。『百物須膏油』者，使世將復其不敗于生矣。故託言云，自從其兩鳥鳴而雷光聒亦收矣。蓋謂其帝王之道不能光行于天下也。自此亂而其時無春秋矣，日月亦莫紀其序矣，大法亦失其九疇矣，周、孔之道亦絶滅矣，故曰『周公不爲公，孔丘不爲丘』也。其末句云『還當三千秋，更起鳴相酬』者，謂其後必不能終如此矣。復有其甚惑者，久而見興也，不限其時而云久也，故以三千爲言焉。斯惟韓之在釋老罪，非其他也。」葉夢得石林詩話、筆墨閒録皆主佛老之説，與柳解同。

張表臣曰：退之雙鳥詩，或云謂佛老，或云謂李、杜。東坡李太白贊云：「天人幾何同一漚，謫仙非謫乃其游。揮斥八極隘九州，化爲兩鳥鳴相酬，一鳴一止三千秋，開元有道爲少留，縻之不得矧肯求？」乃知爲李、杜也。

葛立方曰：韓退之雙鳥詩，多不能曉。或者謂其詩有「不停兩鳥鳴，百物皆生愁；不停兩鳥鳴，大法失九疇，周公不爲公，孔丘不爲丘」之句，遂謂排釋老而作。其實非也。前云「一鳥落城市，一鳥巢巖幽」，後云「天公怪兩鳥，各捉一處囚」，則豈謂釋老耶？余嘗觀東坡作李白畫像詩云：「天人幾何同一漚，謫仙非謫乃其游，揮斥八極隘九州，化爲二鳥鳴相酬，一鳴一息三千秋，縻之不得矧肯求？」則知所謂雙鳥者，退之與孟郊輩爾，所謂「不停兩鳥鳴」等語，乃「雷公告天公」之言，甚其詞以讚二鳥爾。「落城市」，退之自謂，「落巖幽」，謂孟郊輩也。「各捉一處囚」，非囚禁之囚，止言韓、孟各居天一方爾。末云「還當三千秋，更起鳴相酬」，謂賢者不當終否，當有行其言者。

朱彝尊曰：兩鳥雖未定所指，謂爲釋老猶近之。若謂李、杜及己與孟，斷然非也。何者？詆斥意多，贊許意少。

何焯義門讀書記曰：柳説迂鑿，葛説近之。三千謂夏秋冬三時也。紛紛致疑，總不曉詞人夸飾之體耳。

方世舉曰：所謂「各捉一處囚」者，謂孟爲從事，己爲分司，孟已去職，己將還京也。按：詩有「兩鳥既別處」句，則是公已別孟入京，爲職方員外郎時矣。

翁方綱石洲詩話曰：文公雙鳥詩，即杜詩「春來花鳥莫深愁」、公詩「萬類困陵暴」之意而翻出之，其爲己與孟郊無疑。劉文成二鬼詩出此。

陳沆曰：此篇或因蘇子瞻贊太白像有云：「化爲兩鳥鳴相酬，一鳴一止三千秋。」遂以此詩爲李、杜作，則何爲有一落城市一集巖幽之別乎？或又因來從海外到中州語，遂謂此詩指釋老，然老不從海外，又皆不落城市，且無所謂嘲咏造化抉摘草木之説，且不應有「還當三千秋，更起鳴相酬」之語也。惟謂公自謂與孟郊者近之。「落城市」者，己也，「集巖幽」者，孟也。公送孟東野序云：「物不得其平則鳴。以鳥鳴春，以雷鳴夏，以蟲鳴秋，以風鳴冬。伊尹鳴殷，周公鳴周，孔子鳴春秋。唐之興，陳子昂鳴之。其窮而在下者，孟郊東野以其詩鳴。」此詩全用其意。「自從兩鳥鳴」及「不停兩鳥鳴」二段是也。公又有詩云：「我願化爲雲，東野化爲龍，四方上下逐東野。」云云，亦同此旨。皆所謂怪怪奇奇者也。

徐震曰：末二句云：「還當三千秋，更起鳴相酬。」尤似爲己及孟郊設喻也。

卷八

贈劉師服〔一〕

羨君齒牙牢且潔，大肉硬餅如刀截。我今呀豁落者多〔二〕，所存十餘皆兀臲〔三〕。匙抄爛飯穩送之〔四〕，合口軟嚼如牛呞〔五〕。妻兒恐我生悵望，盤中不飣栗與梨〔六〕。祇今年纔四十五，後日懸知漸莽鹵〔七〕。朱顏皓頸訝莫親，此外諸餘誰更數〔八〕？憶昔太公仕進初，口含兩齒無贏餘〔九〕。虞翻十三比豈少〔一〇〕，遂自惋恨形於書〔一一〕。丈夫命存百無害，誰能檢點形骸外〔一二〕？巨緡東釣儻可期，與子共飽鯨魚膾〔一三〕。

〔一〕元和七年壬辰。〔考異〕「服」或作「命」。〔魏本引樊汝霖曰〕詩曰「只今年纔四十五」，元和七年作也。

〔二〕〔顧嗣立注〕文選上林賦：「谽呀豁閜。」

〔三〕魏本、廖本、王本作「兀臲」。祝本作「屼臲」，注曰：或作「仡臲」。〔魏本廖本注〕又作「杌陧」。〔補釋〕易困卦：「困于葛藟，于臲卼」。孔穎達正義：「臲卼，動摇不安之貌。」

〔四〕〔顧嗣立注〕杜子美寄姪佐詩：「老人他日愛，正想滑流匙。」又宴渼陂詩：「飯抄雲子白。」

〔五〕魏本、廖本、王本作「呞」。祝本作「呴」，游本作「飼」，非是。〔補釋〕爾雅釋獸：「牛曰齝。」郭璞注：「食之已久，復出嚼之。」詩無羊陸德明釋文：「呞，本作齝，亦作齝。」

〔六〕飣，見卷四南山詩注。〔顧嗣立注〕陶淵明責子詩：「通子垂九齡，但覓梨與栗。」

〔七〕〔舉正〕杭作「鹵莽」。蜀作「莽鹵」。鹵莽本莊子，然唐人多倒用之。柳子厚「沈昏莽鹵」，又「食貧甘莽鹵」，白樂天「養生仍莽鹵」，又「始覺琵琶絃莽鹵」，所用同也。

〔八〕〔張相曰〕諸餘，猶云一切或種種也。

〔九〕〔魏本引樊汝霖曰〕荀子：「文王舉太公於州人而用之，夫人行年七十有二，𪘏然而齒墜矣。」〔王元啓曰〕樊引荀子，但云齒墜，並無兩齒之語。又韓詩外傳亦載此事，「𪘏」作「齳」，說文云：「無齒也。」〔補釋〕今本荀子「𪘏」作「齫」。

〔一〇〕〔舉正〕蜀本作「比」。杭本作「皆」。〔考異〕「比」，或作「此」。

〔一一〕〔舉正〕太公兩齒，虞翻十三，語當相沿以生也。太公事見古本荀子。虞翻吳志只載其上書，謂「臣年耳順，髮白齒落」。豈在當時，惋恨之書猶有可考也？〔魏本引孫汝聽曰〕吳書：「虞翻字仲翔，年十二，客有候其兄者，不過翻，翻追與書曰：『僕聞虎魄不取腐芥，磁石不受曲鍼，過而不存，不亦宜乎？』客得書奇之。由是見稱。」〔王元啓讀韓記疑引沈德毓曰〕

此詩自首至此，皆論齒牙。竊意虞翻十三，亦指所存餘齒。謂太公僅存兩齒，虞翻尚餘十三，比諸太公，豈獨見少，遂爾上書惋恨乎？〔補釋〕沈説是，特十三之數，已無書可徵耳。孫説則必非也。

〔二〕〔魏本引韓醇曰〕莊子：「申徒嘉謂子産曰：今子與我游於形骸之内，而子索我於形骸之外，不亦過乎？」

〔三〕〔魏本引孫汝聽曰〕莊子：「任公子爲大鉤巨緇，五十犗以爲餌，蹲乎會稽，投竿東海。已而大魚食之。自淛河以東，蒼梧以北，莫不厭若魚者。」〔魏本引補注〕東坡云：「嘗譏韓子隘且陋，一飽鯨魚何足膾？」〔洪興祖韓子年譜〕舊史云：「十二年，駙馬都尉于季友居喪，與進士劉師服夜飲，師服流連州。」公亦以十四年貶潮陽，與東坡遂從此而入海之讖同也。

【集説】

黄震曰：此可與齒落詩參看。

朱彝尊曰：亦涉漫興。

程學恂曰：自「憶昔」下作轉開語，言不必以形骸拘也。

和崔舍人詠月二十韻〔一〕

三秋端正月〔二〕，今夜出東溟〔三〕。對日猶分勢〔四〕，騰天漸吐靈〔五〕。未高烝遠氣，半上霽孤形〔六〕。赫奕當躔次〔七〕，虛徐度杳冥〔八〕。長河晴散霧，列宿曙分螢〔九〕。浩蕩英華溢〔一〇〕，蕭疎物象泠〔一一〕。池邊臨倒照〔一二〕，簷際送橫經。花樹參差見，皐禽斷續聆〔一三〕。牖光窺寂寞〔一四〕，砧影伴娉婷〔一五〕。幽坐看侵户，閒吟愛滿庭〔一六〕。輝斜通壁練〔一七〕，彩碎射沙星〔一八〕。清潔雲間路，空涼水上亭〔一九〕。浄堪分顧兔〔二〇〕，細得數飄萍〔二一〕。山翠相凝緑，林煙共冪青。過隅驚桂側〔二二〕，當午覺輪停〔二三〕。屬思摛霞錦〔二四〕，追歡罄縹缾〔二五〕。郡樓何處望〔二六〕？隴笛此時聽〔二七〕。右掖連台座〔二八〕，重門限禁扃〔二九〕。風臺觀滉瀁〔三〇〕，冰砌步青熒〔三一〕。獨有虞庠客〔三二〕，無由拾落蓂〔三三〕。

〔一〕〔舉正〕閣本無此篇。崔羣，見卷五游青龍寺贈崔大補闕注。〔顧嗣立注〕舊唐書崔羣傳：「元和初，召爲翰林學士，歷中書舍人。」〔魏本引樊汝霖曰〕韋絢劉公嘉話載夢得語云：「韓十八愈謂李二十六程曰：崔大羣往還二十餘年，不曾説著文章。」然公集有與崔羣書、贈崔大補闕詩，至是又有和篇，未嘗不説及文章也。嘉話非誤耶？〔魏本引韓醇曰〕公時以職方員外郎下遷國子博士，故其落句云：「獨有虞庠客，無由拾落蓂。」意謂職在虞庠，去堯階遠矣。〔補釋〕舊唐書職官志：「中書舍人六員，正五品上。」

〔二〕〔補釋〕初學記引梁元帝纂要曰：「秋曰三秋九秋。」〔魏本引孫汝聽曰〕端正月，謂中秋月。

〔三〕〔方世舉注〕顔延之詩：「日觀臨東溟。」

〔四〕〔方世舉注〕釋名：「月在東，日在西，遥相望也。」

〔五〕〔蔣抱玄注〕皇甫謐説勸：「地以含通吐靈。」

〔六〕〔汪琬曰〕看他次第。

〔七〕〔蔣抱玄注〕何晏景福殿賦：「赫奕章灼，若日月之麗天也。」蔡邕獨斷：「日月躔次千里。」〔方世舉注〕吕氏春秋：「月躔二十八宿。」〔補釋〕文選月賦李善注：「漢書音義：『韋昭曰：躔，處也，亦次也。方言：日運爲躔。躔，歷行也。』」

〔八〕〔方世舉注〕詩北風：「其虚其徐。」

〔九〕〔方世舉注〕謝莊月賦：「列宿掩縟，長河韜映。」

〔一〇〕〔蔣抱玄注〕禮記：「和順積中，而英華發外。」

〔一一〕祝本、魏本作「蕭」。廖本、王本作「瀟」。〔舉正〕「泠」，晁、李皆校從「零」。〔何焯曰〕承上起下。

〔一二〕〔何焯曰〕此下以物象言之。

〔一三〕〔魏本引孫汝聽曰〕詩：「鶴鳴于九皋。」〔顧嗣立注〕文選月賦：「聆臯禽之夕聞。」

〔一四〕〔方世舉注〕陸機詩：「明月入我牖。」

〔一五〕〔補釋〕玉臺新詠近代西曲歌：「娉婷無種跡。」杜甫秦州見敕目詩：「不嫁惜娉婷。」韓詩本此。婷由亭亭生義。

〔一六〕〔補釋〕婷庭連用，似同紐。但廣韻不收婷字。

〔一七〕〔方世舉注〕梁簡文帝序愁賦：「看斜輝之度寮。」沈約詩：「秋月明如練。」

〔一八〕〔方世舉注〕詩意謂壁流光而似練，沙散彩而如星也。琢句精工，能狀難狀之景。

〔一九〕〔黄鉞注〕十字無月而有月，具有畫境。

〔二〇〕顧兔，見卷二畫月注。

〔二一〕〔何焯曰〕分頂。

〔二二〕桂，見卷二畫月注。

〔二三〕〔何焯曰〕咏月已足。

〔二四〕〔何焯曰〕詩。

〔二五〕〔魏本引孫汝聽曰〕縹，青白色。〔俞樾曰〕此但言酒缾而已，何問其色乎？縹疑醥字之誤。文選蜀都賦：「觴以清醥。」玉篇酉部：「醥醥，酒清也。」廣韻三十小：「縹，青黄色。醥，清酒。」二字並敷沼切，音近形似而誤。醥缾猶言酒缾，變酒言醥，古人修詞之法也。〔何焯曰〕酒。

〔二六〕〔魏本引孫汝聽曰〕謝朓有宣城郡樓中望月詩。

〔二七〕〔蔣之翹注〕笛曲有關山月，故云。　〔何焯曰〕四語襯起下。

〔二八〕〔方世舉注〕應劭漢官儀：「中書爲右曹，又稱西掖。」洛陽故宫銘：「洛陽宫有東掖門、西掖門。」漢書注：「掖門在兩旁，若人之臂掖。」　〔王元啓曰〕故事，門下省居左，中書省居右，故謂中書爲右曹，又稱西掖。台座謂宰相所居之政事堂。先是政事堂設門下省，其後裴炎自侍中遷中書令，乃徙政事堂于中書省，故台座與西掖相連。

〔二九〕〔陳景雲曰〕崔時以翰林學士兼舍人，方供奉禁闈，故有「重門」句。然舍人内直，亦在禁中，公掌制日，嘗有「仙郎宿禁中」語。

〔三〇〕〔祝本注〕「滉」，一作「晃」。　〔魏本王本注〕「滉」，一作「洸」。　〔方世舉注〕曹植節游賦：「望洪池之滉瀁」。

〔三一〕〔方世舉注〕説文：「砌，階甃也。」青熒，見卷四納涼聯句注。　〔何焯曰〕崔舍人。

〔三二〕〔魏本引孫汝聽曰〕公爲國子博士，故云虞庠客也。　〔方世舉注〕記王制：「周人養國老于東膠，養庶老于虞庠。」虞庠在國之西郊。

〔三三〕〔補釋〕文選東京賦李善注：「田俅子曰：堯爲天子，蓂莢生于庭，爲帝成曆。」互詳卷四答張徹注。　〔何焯曰〕收到自己。

【集説】

朱彝尊曰：著意雕刻，稍有痕跡，且語多拙滯，不爲佳。

石鼎聯句詩〔一〕

元和七年十二月四日，衡山道士軒轅彌明自衡下來。舊與劉師服進士衡、湘中相識，將過太白，知師服在京，夜抵其居宿。有校書郎侯喜，新有能詩聲，夜與劉説詩。彌明在其側，貌極醜，白鬚黑面，長頸而高結，喉中又作楚語。喜視之若無人。彌明忽軒衣張眉，指鑪中石鼎謂喜曰：「子云能詩，能與我賦此乎？」劉往見衡、湘間人説云年九十餘矣，解捕逐鬼神，拘囚蛟螭虎豹，不知其實能否也？見其老，貌頗敬之，不知其有文也。聞此説，大喜，即援筆題其首兩句。次傳於喜，喜踊躍，即綴其下云云。道士啞然笑曰：「子詩如是而已乎？」即袖手竦肩，倚其北墻坐，謂劉曰：「吾不解世俗書，子爲我書。」因高吟曰：「龍頭縮菌蠢，豕腹漲彭亨。」初不似經意，詩旨有似譏喜。二子相顧慙駭，欲以多窮之，即又爲而傳之喜。喜思益苦，務欲壓道士，每營度欲出口吻，聲鳴益悲，操筆欲書，將下復止，竟亦不能奇也。畢即傳道士，道士高踞大唱曰：「劉把筆，吾詩云云。」其不用意而功益奇，不可附説，語皆侵劉、侯。喜益忌之。劉與侯皆已賦十餘韻，彌明應之如響，皆穎脱含譏諷。夜盡三更，二子思竭不能續，因起謝曰：「尊師非世人也，某伏矣，願爲弟子，不敢更論詩。」道士奮髯曰：

「不然，章不可以不成也。」又謂劉曰：「把筆，吾與汝就之。」即又唱出四十字，爲八句。書訖，使讀。讀畢，謂二子曰：「章不已就乎？」二子齊應曰：「就矣。」道士曰：「此皆不足與語，此寧爲文邪？吾就子所能而作耳，非吾之所學于師而能者也。吾所能者，子皆不足以聞也，獨文乎哉？吾語亦不當聞也，吾閉口矣。」二子大懼，皆起立牀下拜曰：「不敢他有問也，願聞一言而已。先生稱吾不解人間書，敢問解何書？請聞此而已。」道士寂然，若無聞也。累問不應。二子不自得，即退就坐。道士倚墻，鼻息如雷鳴。二子怛然失色，不敢喘。斯須，曙鼓鼕鼕，二子亦困，遂坐睡。及覺，日已上。驚顧覓道士，不見，即問童奴。奴曰：「天且明，道士起出門，若將便旋然。奴怪久不返，即出到門，覓無有也。」二子驚惋自責，若有失者。間遂詣余言，余不能識其何道士也。嘗聞有隱君子彌明，豈其人邪？韓愈序。

巧匠斲山骨〔二〕，刳中事煎烹師服〔三〕。直柄未當權〔四〕，塞口且吞聲喜。龍頭縮菌蠢〔五〕，豕腹漲彭亨彌明〔六〕。外苞乾蘚文，中有暗浪驚師服。在冷足自安〔七〕，遭焚意彌貞喜。謬當鼎鼐間〔八〕，妄使水火爭彌明〔九〕。大似烈士膽，圓如戰馬纓師服〔一〇〕。上比香爐尖，下與鏡面平喜。秋瓜未落蒂，凍芋強抽萌彌明〔一一〕。一塊元氣閉〔一二〕，細泉幽竇傾師服。不值輸寫處〔一三〕，焉知懷抱清喜〔一四〕？方當洪鑪然〔一五〕。益見小器盈彌明〔一六〕。睆睆無刃迹〔一七〕，團團類天成師服〔一八〕。遥疑龜負圖〔一九〕，出曝曉正晴喜。旁有雙耳穿〔二〇〕，上爲孤髻撐彌明〔二一〕。或訝短尾銚〔二二〕，又似無足鐺師服〔二三〕。可惜寒食毬〔二四〕，擲此傍路坑喜〔二五〕。何當出灰灺〔二六〕？無計離缾罌彌明〔二七〕。陋質荷斟酌〔二八〕，狹中愧提擎師服〔二九〕。豈能煮仙藥〔三〇〕，但未污羊羹喜〔三一〕。形模婦女笑〔三二〕，度量兒童輕彌明。徒示堅重性〔三三〕，不過升合盛師服〔三四〕。傍似廢轂仰〔三五〕，側見折軸橫喜〔三六〕。時於蚯蚓竅，微作蒼蠅鳴彌明〔三七〕。忽罹翻溢愆〔三八〕，實負任使誠師服。常居顧眄地〔三九〕，敢有漏洩情喜〔四〇〕？寧依暖熱弊，不與寒涼并彌明。區區徒自效〔四一〕，瑣瑣不足呈喜〔四二〕。迴旋但兀兀，開闔惟鏗鏗師服〔四三〕。全勝瑚璉貴〔四四〕，空有口傳名。豈比俎豆古〔四五〕，不爲手所振〔四六〕。磨礱去圭角〔四七〕，浸潤著光精〔四八〕。願君莫嘲誚，此物方施行〔四九〕。

〔一〕〔擧正〕杭、蜀皆出此題，今潮本尚然。閣本無此篇。洪慶善曰：張文潛校本與諸本特異。張本蓋原於蔡文忠也。然增損太多，不知得於何本。今姑以杭、蜀本爲正。〔洪興祖韓子年譜〕元和七年十二月，有石鼎聯句詩。或云：「皆退之所作，如毛穎傳，以文滑稽耳。軒轅寓公姓，彌明寓公名，侯喜、師服皆其弟子也。」余曰：不然。公與諸公嘲戲，見于詩者多矣。皇甫湜不能詩，則曰「掎摭糞壤間」，孟郊思苦，則曰「腸肚鎮煎熠」，樊宗師語澀，則曰「辭慳義卓闊」，止於是矣。不應譏誚輕薄如是之甚也。且序云：「衡山道士軒轅彌明，貌極醜，白鬚黑面，長頸而高結，喉中又作楚語，年九十餘。」此豈亦退之自謂耶？予同年李道立云：嘗見唐人所作賈島碣云：「石鼎聯句所稱軒轅彌明，即君也。」島，范陽人。彌明，衡山人。島本浮屠，而彌明道士。附會之妄，無可信者。獨仙傳拾遺有彌明傳，雖祖述退之之語，亦必有其人矣。〔考異〕此詩句法全類韓公，而或者所謂寓公姓名者，蓋軒轅反切近韓字，彌字之義又與愈字相類，即張籍所譏與人爲無實駁雜之説者也。故竊意或者之言近是。洪氏所疑容貌聲音之陋，乃故爲幻語以資笑謔，又以亂其事實，使讀者不之覺耳。若列仙傳則又好事者因此事而附著之，尤不足以爲據也。〔焦竑曰〕退之石鼎聯句詩，有道士軒轅彌明，其語往往高古出羣，或者謂即退之所撰，特駕言于彌明耳。今按：張南軒淳熙間守静江，奏疏有曰：「臣所領州，有唐帝祠，去城二十里而近。其山曰堯山，高廣爲一境之望。祠雖不詳所始，然有唐衡岳道士彌明詩刻。」據此則石鼎聯句者，可謂無其人邪？〔沈欽韓注〕全唐詩：「桂州堯廟有開元二年彌明謁堯廟詩，自宋鐫石。」按：軒轅彌明實出子虚，安得復有題詩？蓋宣宗時羅浮山隱士軒轅集，訛以彌明當之耳。〔王元啓曰〕公祭侯喜文有「我或爲文，筆俾子持」之語，知篇中所謂「子爲我書」及「把筆來，我與汝就之」云云，皆實事也。彌明爲公自謂，益無疑矣。然篇中不言侯校書把筆，偏托之劉進士，則亦朱子所謂故亂其事實者也。〔黄鉞注〕公病贈張十八詩「連日挾所有，形軀頓胮肛。將歸乃徐謂，子言得無哤？迴軍與角逐，斫樹收窮龐」云云，與公詩意正同，又何疑？〔何焯義門讀書記〕王肅易賁六五注云：「失位無應，隱處丘園。蓋蒙闇之人，道德彌明，必有束帛之聘也。」文中謂隱君子彌明本此。

〔二〕〔蔣抱玄注〕史記屈原傳：「巧匠不斲兮。」〔方世舉注〕博物志：「地以名山爲輔佐，石爲之骨。」

〔三〕〔補釋〕易鼎卦：「以木巽火，亨飪也。」王弼注：「亨飪，鼎之用也。」又注：「鼎之爲義，虚中以待物者也。」

〔四〕〔祝本魏本注〕「當權」，一作「嘗卷」。

〔五〕〔顧嗣立注〕文選南都賦：「芝房菌蠢生其隈。」

〔六〕〔祝本魏本注〕「漲」，一作「脹」。彭亨，見卷五城南聯句注。

〔七〕〔考異〕方從杭、蜀、文粹作「安自足」，既無文理，對偶又差。方本誤改多類此。

〔八〕〔魏本引孫汝聽曰〕鼐，鼎之絶大者。詩：「鼎鼐及鼒。」〔補釋〕李鼎祚周易集解：「九家易曰，鼎者，三足一體，猶三公承天子也。三公謂調陰陽，鼎謂調五味。」

〔九〕〔方世舉注〕周禮天官亨人：「掌共鼎鑊，以給水火之齊。」淮南説林訓：「水火相争，⿰鼎昔在其間。」注：「鼒，小鼎。鼒受水而火炊之。」

〔一〇〕〔方世舉注〕左傳：「鞶厲游纓。」注：「纓當馬膺前，如索帬。」

〔一一〕〔沈欽韓注〕鼎蓋如瓜蔕，鼎耳如芋萌。

〔一二〕諸本作「閉」。擧正從杭、蜀、文粹作「開」。〔方世舉注〕説苑舟之僑曰：「爲一人施一人，猶爲一塊土下雨也。」

〔一三〕祝本「輸」作「書」，非是。輸寫，見卷五遣興聯句注。

〔一四〕祝本、廖本、王本作「清」。魏本作「情」。

〔一五〕〔方世舉注〕魏志陳琳傳：「鼓洪鑪以燎毛髮。」

〔一六〕〔蔣抱玄注〕後漢書馬援傳：「朱勃小器速成，智盡此耳。」

〔一七〕〔魏本注〕「睆睆」，一作「晛晛」，蔡作「宛宛」。〔王本注〕潮本作「皖皖」。〔方成珪箋正〕禮檀弓：「華而睆。」疏云：「刮削木之節目，使其睆睆然好也。」

〔一八〕〔補釋〕班婕妤怨歌行：「團團似明月。」

〔一九〕〔補釋〕開元占經：「尚書中候曰：黄帝東巡至洛，龜書成赤文緑字以授軒轅。」稽瑞：「熊氏瑞應圖曰：『蒼頡與黄帝南巡狩，登南墟之山，臨乎玄扈、洛汭，靈龜負圖，丹甲青文以授之。頡因作書。』」

〔二〇〕〔擧正〕杭、蜀、文粹作「雙」。〔考異〕「雙」，或作「隻」。祝本作「隻」。魏本、廖本、王本作「雙」。

〔二一〕〔舉正〕從杭、蜀、文粹增「彌明」。廖本、王本無。祝本、魏本作「師服」，注曰：「洪曰：一作『彌明』。」〔考異〕諸本此下無「彌明」字。今按：此似二子譏道士之詞，恐實非彌明語。〔王元啓曰〕愚謂彌明本屬子虛，衡山道士之云，乃詩成作序，故爲此荒渺之辭耳。朱子知序文故亂其事實，欲使讀者不覺，而復有此疑，殆不可解。

〔二二〕〔方世舉注〕方言：「盌謂之盂，或謂之銚。」說文：「銚，温器也。」

〔二三〕〔宋刊小字浙本注〕「似」，蔡作「驚」。〔方世舉注〕廣韻：「鎗，楚庚切，鼎類。一作鐺，俗字也。」邵長蘅韻略：「鐺，釜屬，有耳三足。温酒器也。」古樂府三洲歌：「湘東醽醁酒，廣州龍頭鐺。」

〔二四〕〔方世舉注〕荆楚歲時記：「寒食爲打毬之戲。」新唐書百官志：「中尚署令寒食獻毬。」

〔二五〕廖本、王本作「傍」。祝本、魏本作「旁」。祝、魏及小字浙本注「旁」，王作「過」。

〔二六〕〔魏本注〕蔡本「炧」字當作「時」字。〔魏本引祝充曰〕說文：「炧，燭燼也。」

〔二七〕〔補釋〕廣雅：「罌，瓶也。」

〔二八〕〔蔣抱玄注〕曹植賦：「以才薄之陋質。」國語：「而後王斟酌焉。」注：「斟，取也。酌，行也。」

〔二九〕〔補釋〕廣雅：「擎，舉也。」

〔三〇〕〔蔣抱玄注〕史記秦始皇紀：「剛戾自用，未可爲求仙藥。」

〔三一〕〔方世舉注〕中山國策：「羊羹不遍，司馬子期怒。」

〔三二〕〔方世舉注〕王褒詩：「夫聳好形模。」

〔三三〕〔考異〕「示」，方作「爾」。祝本作「爾」。魏本、廖本、王本作「示」。魏本及小字浙本注：「重」，一作「貞」。

〔三四〕〔考異〕「過」，方作「合」。「合」，或作「斗」。「盛」，或作「成」。祝本、魏本作「不合升合成」。廖本、王本作「不過升合盛」。〔蔣抱玄注〕漢書律曆志：「十龠爲合，十合爲升。」

〔三五〕〔舉正〕杭、蜀、文粹作「仍似」。〔考異〕「傍」，方作「仍」。

〔三六〕〔蔣抱玄注〕戰國策：「羣輕折軸。」

〔三七〕〔補釋〕詩：「蒼蠅之聲。」

〔三八〕諸本作「以茲」。〔考異〕「以茲」，或作「忽罹」。〔王元啓曰〕石鼎非鎮常翻溢之物，當從或本作「忽罹」，且與下聯「常居」字對屬尤親。〔祝本注〕「愆」，一作「歷」。〔魏本注〕「愆」，一作「瀝」。

〔三九〕祝本、廖本、王本作「常」。魏本作「當」。

〔四〇〕〔沈欽韓注〕六典：「中書舍人職，其禁有四：一曰漏泄。」玩此四句，則作詩有旨明矣。

〔四一〕〔蔣抱玄注〕左傳：「是區區者，而不予畀。」

〔四二〕〔舉正〕從杭、蜀、文粹增「喜」。〔考異〕諸本此下無「喜」字。廖本、王本有。祝本、魏本無，注曰：洪曰：一本注云「喜」。〔蔣抱玄注〕詩：「瑣瑣姻婭。」〔補釋〕晉書習鑿齒傳：「璅璅常流，碌碌凡士，焉足以感其方寸哉！」璅璅，亦作瑣瑣。

〔四三〕〔蔣抱玄注〕老子：「天門開闔，能無雌乎？」後漢書儒林傳：「説經鏗鏗楊子行。」

〔四四〕〔宋刊小字浙本注〕「勝」，舊本作「服」。魏本作「服」。祝本、廖本、王本作「勝」。〔方成珪箋正〕「勝」字疑。蓋以上皆譏諷語，不應此句，忽加獎借。魏本作「服」亦無理，殆因「無」而譌爲「服」，因「服」而改爲「勝」耳。或疑「遜」字之譌，亦通。〔補釋〕禮記明堂位：「夏后氏之四璉，殷之六瑚。」鄭玄注：「皆黍稷器。」

〔四五〕〔補釋〕論語何晏集解：「孔曰：俎豆，禮器。」

〔四六〕諸本作「撜」。〔祝充注〕「撜」與「拯」同。當作「揨」，音撜。〔舉正〕撜，除庚切。博雅曰：「揬也。」祝季賓以義不類，曰字當作「揨」。然淮南子「子路撜溺而受牛謝」注：「撜，舉也。」平上聲通。〔考異〕洪本一作「掁」。〔方世舉注〕説文：「撜，即拯字也，無平聲。」洪本作「掁」，謝惠連祭古冢文：「以物掁撥之。」善曰：「南人以物觸物爲掁。」今按廣韻十六蒸雖收「抍」字，而十二庚不收「撜」字，只有「掁」。此詩未嘗出韻，宜作「掁」爲是。〔沈欽韓注〕廣韻：「敹，揬也。」集韻：「敹，或從『掁』從『撜』。」一切經音義云：「字統：掁，觸也。」〔王元啓曰〕「撜」與「掁」通，觸也，撞也。此句當作「掁」解，不當引淮南子「撜溺」之語。〔方成珪箋正〕說文：「抍，上舉也，蒸上聲，或从登。」徐鉉曰：「今俗別作拯，非是。」集韻十二庚收撜字，非唐韻之舊，當從洪本作「振」。

〔四七〕〔蔣抱玄注〕漢書枚乘傳：「磨礱砥礪。」〔陳景雲曰〕禮記儒行篇：「毀方而瓦合。」鄭注：「去己之大圭角，與衆人小合。」磨礱句本此。

〔四八〕諸本作「精」。唐文粹作「明」。〔蔣抱玄注〕論語：「浸潤之譖。」〔方成珪箋正〕著，當如字讀。〔方世舉注〕邯鄲淳魏受命述：「天地交和，日月光精。」

〔四九〕四韻並彌明所作。〔舉正〕注從杭、蜀、文粹增。魏本無「彌明」字。〔方世舉注〕蔡邕獨斷：「古語曰：在車則下，惟北時施行。」後漢書馬防傳：「至冬始施行。」

【集說】

李重華曰：石鼎聯句，應是昌黎一人所搆。向見吳中聯句長篇，俱竹垞老人製成，因而分屬諸子者。必欲衆人合作，斷不能章法渾成，首尾一線矣。

方世舉曰：此借石鼎以喻折足覆餗之義，刺時相也。篇中點睛是鼎鼐水火四字。序言元和七年，時李吉甫同平章事。史稱吉甫與李絳數争論於上前，故曰：「謬當鼎鼐間，安使水火争。」上每直絳，吉甫至中書，長吁而已，故曰：「直柄未當權，塞口且吞聲。」吉甫又與樞密使梁守謙相結，故曰：「一塊元氣閉，細泉幽竇傾。」吉甫自爲相，專修舊怨，故曰：「方當洪鑪然，益見小器盈。」又時勸上爲樂，李絳争之，上直絳而薄吉甫。又勸上峻刑，會上以于頔亦勸峻刑，指爲姦臣，吉甫失色，故曰：「以兹翻溢愆，實負任使誠。」吉甫惡兵部尚書裴垍，以爲太子賓客，欲自托于吐突承璀，以元義方素媚承璀，擢爲京兆尹，故曰：「寧依暖熱弊，不與寒涼并。」所奏請者，不過減削官俸，擇人尚主，故曰：「區區徒自效，瑣瑣不足呈。」篇中言言合於吉甫，的爲李吉甫作。

陸以湉曰：韓昌黎石鼎聯句詩，苕溪漁隱謂有彌明其人。恐仙傳拾遺亦無足據。且彌明之詩既若是之奇特，則生平所必多，何不聞有他作傳于世間，而唐人詩文中更未嘗有稱其人者耶？獨斥時相之説，似爲得之。當公奏討淮西之事，執政不喜，及爲潮州刺史，憲宗將復用之，又爲宰相所沮，詆爲狂疏。方是時，李逢吉、皇甫鎛、程异之徒，以褊小之才，膺鼎鼐之任，罔克同心輔治，而惟以媢忌爲事，公於是託爲此詩以譏之。其云：「謬當鼎鼐間，妄使水火争。」「方當洪爐然，羞見小器盈。」「願君莫嘲誚，此物方施行。」語意顯然可見。特恐爲人所訾，故託之彌明以傳。其所爲序，皆假設之辭，非果有其人也。

陳沆曰：此篇自宋洪興祖以來，聚訟射覆，訖無定論。紛紛捫燭扣槃，總爲昌黎原序之所蔽，侯、劉聯句之所迷。英雄欺人，千載目睫。今試去其原序并其聯句，專取韓詩讀之，則一望瞭然矣。夫鼎象三公，玉鉉金質，今而石之，刺何待問。然則刺何人乎？曰：昌黎恐過激賈禍，故原序務爲廋遁，則其所謂元和七年十二月，亦不足據也。元和七年，宰相爲李吉甫，雖好修舊怨，希旨樹黨，不及李绛之忠鯁，然才略明練，尚有裨益，不致如所詆之甚。即詩以考之，其元和十三年憲宗以皇甫鎛、程异同平章事時所作乎？史言淮西既平，上浸驕侈，鎛、异掌度支，數進羡餘，由是有寵。又厚結吐突承璀，遂拜相。制下，朝野驚愕，市井負販皆嗤之。裴度、崔羣極言其不可。度恥與小人同列，力辭位求退，上不許。二人自知不爲衆所與，鎛益爲巧諂以自固。异月餘不敢知印秉筆云云。以史證詩，則篇中所刺，字字無虚設矣。章末瑚璉俎豆，以比裴度、李絳之流，磨礱浸潤，謂憲宗欲拂拭而用之也。「願君莫嘲誚，此物方施行」，乃結明本意也。意者侯、劉二人，先有石鼎詩，公乃取其未用之韻，别成此章，謬託聯句，與相錯雜，以自掩其迹耶？其後憲宗得公潮州謝表，欲復召用，卒以鎛阻撓，僅得量移。況方在朝時，得不韜其詞乎？巷伯投畀之詩，淳于隱語之諫，千秋昧昧，悲夫！

蔣抱玄曰：雕鏤太苦，轉乏生動之致。惟造句摘字屬彌明者，酷類韓公家法。

寄崔二十六立之〔一〕

西城員外丞〔二〕，心跡兩屈奇〔三〕。往歲戰詞賦〔四〕，不將勢力隨〔五〕。下驢入省門〔六〕，左右驚紛披〔七〕。傲兀坐試席〔八〕，深叢見孤羆〔九〕。文如翻水成，初不用意爲。四座各低面〔一〇〕，不敢捩眼窺〔一一〕。升階揖侍郎〔一二〕，歸舍日未欹。佳句喧衆口，考官敢瑕疵〔一三〕？連年收科第〔一四〕，若摘頷底髭〔一五〕。迴首卿相位，通途無佗岐〔一六〕。豈論校書郎〔一七〕，袍笏光參差〔一八〕。童稚見稱説，祝身得如斯。儕輩妒且熱，喘如竹筒吹〔一九〕。老婦願嫁女，約不論財貲〔二〇〕。老翁不量分，累月笞其兒〔二一〕。攬攬争附託〔二二〕，無人角雄雌。由來人間事，翻覆不可知〔二三〕。安有巢中鷇〔二四〕，插翅飛天陲〔二五〕？駒麛著爪牙〔二六〕，猛虎借與皮〔二七〕。汝頭有韁繫〔二八〕，汝脚有索縻，陷身泥溝間，誰復稟指撝〔二九〕？不脱吏部選〔三〇〕，可見偶與奇〔三一〕。又作朝士貶〔三二〕，得非命所施〔三三〕？客居京城中，十日營一炊〔三四〕。逼迫走巴蠻〔三五〕，恩愛座上離〔三六〕。昨來漢水頭〔三七〕，始得完孤羈〔三八〕。桁掛新衣裳〔三九〕，盎棄食殘糜。苟無飢寒苦，那用分高卑〔四〇〕？憐我還好古〔四一〕，宦途同險巇〔四二〕。每旬遺我書，竟歲無差池。新篇奚其思？風幡肆逶迤〔四三〕；又論諸毛功〔四四〕，劈水看蛟螭〔四五〕，雷電生睒睗〔四六〕，角鬣相撐披〔四七〕。屬我感窮景〔四八〕，抱華不能摛〔四九〕。倡來和相報〔五〇〕，愧歎俾我疵〔五一〕。又寄百尺綵，緋紅相盛衰〔五二〕。巧能喻其誠〔五三〕，深淺抽肝脾〔五四〕。開展放我側，方餐涕垂匙。朋交日凋謝，存者逐利移〔五五〕。子寧獨迷誤〔五六〕？綴綴意益彌〔五七〕。舉頭庭樹豁〔五八〕，狂飆卷寒曦。迢遞山水隔，何由應塤篪〔五九〕？别來就十年，君馬記騧驪〔六〇〕。長女當及事〔六一〕，誰助出帨縭〔六二〕？諸男皆秀朗〔六三〕，幾能守家規。文字鋭氣在，輝輝見旌麾〔六四〕。摧腸與慼容〔六五〕，能復持酒巵〔六六〕？我雖未耋老〔六七〕，髮禿骨力羸。所餘十九齒，飄飖盡浮危。玄花著兩眼〔六八〕，視物隔褷褵〔六九〕。燕席謝不詣，游鞍懸莫騎，敦敦凭書案〔七〇〕，譬彼鳥黏䵒〔七一〕。且吾聞之師〔七二〕，不以物自隳〔七三〕。孤豚眠糞壤〔七四〕，不慕太廟犧〔七五〕。君看一時人〔七六〕，幾輩先騰馳？過半黑頭死〔七七〕，陰蟲食枯骴〔七八〕，歡華不滿眼〔七九〕，咎責塞兩儀〔八〇〕。觀名計之利〔八一〕，詎足相陪裨〔八二〕？仁者恥貪冒〔八三〕，受禄量所宜。無能食國惠，豈異哀癃罷〔八四〕。久欲辭謝去，休令衆睢睢〔八五〕，況又嬰疹疾〔八六〕，寧保軀不貲〔八七〕。不能前死罷〔八八〕，内實慚神祇〔八九〕。舊籍在東都〔九〇〕，茅屋枳棘籬〔九一〕。還歸非無指〔九二〕，灞渭揚春澌〔九三〕。生兮耕吾疆，死也埋吾陂〔九四〕。文書自傳道，不仗史筆垂〔九五〕。夫子固吾黨，新恩釋銜羈〔九六〕。去來伊洛上〔九七〕，相待安罛箄〔九八〕。我有雙飲醆〔九九〕，其銀得朱提〔一〇〇〕。黄金塗物象，雕鐫妙工倕〔一〇一〕。乃令千里鯨〔一〇二〕，么麽微螽斯〔一〇三〕。猶能爭明月，擺掉出渺瀰〔一〇四〕。野草花葉細，不辨贅莠蓷〔一〇五〕，緜緜相糾結，狀似環城陴〔一〇六〕。四隅芙蓉樹〔一〇七〕，擢豔皆猗猗〔一〇八〕。鯨以興君身〔一〇九〕，失所逢百罹〔一一〇〕。月以喻夫道，僶俛勵莫虧〔一一一〕。草木明覆載〔一一二〕，妍醜齊榮萎〔一一三〕。願君恒御之，行止雜燧觿〔一一四〕。異日期對舉，當如合分支〔一一五〕。

〔一〕〔魏本引韓醇曰〕公嘗爲立之作藍田縣丞壁記，元和十年也。記所載立之戰藝出人及言事黜官，皆與詩意合。又有贈立之詩，乃在元和元年，而此云「別來就十年」，蓋自元年後方相別，至是作詩爲寄，亦當在元和十年也。〔王元啓曰〕公元和十年嘗爲立之作藍田丞廳壁記，注家遂以此詩及雪後一詩皆爲十年作。雪後一詩非十年作，其説具見本篇。至此詩復有「宦途同險巇」句，當在職方下遷之後，未改比部以前。若十年則現掌帝制，不應尚作此語。且公更欲以來春歸籍，至有文書傳道等云，皆非得意之語，當係七年冬作。韓醇以「崔侯文章苦捷敏」一詩繫元年作，此詩有「別來就十年」句，謂當在十年。不知就十年者，約略之辭，不必定足十年也。〔補釋〕沈欽韓注，謂立之爲西城員外丞在藍田丞之前。考公於元和十年爲立之作藍田縣丞廳壁記，而八年冬已有酬藍田崔丞立之詠雪見寄詩，則立之爲西城丞，當更在八年冬以前。此詩首稱立之爲西城員外丞，明非作於藍田丞時也。又詩有「我雖未耋老，髮禿骨力羸。所餘十九齒，飄颻盡浮危」等語，與七年贈劉師服詩「我今呀豁落者多，所存十餘皆兀䶉」者合。記疑謂七年冬作，是也。

〔二〕〔魏本引孫汝聽曰〕西城，謂藍田。〔陳景云曰〕西城，謂寓都城西耳，詩中明言客居京城也。藍田在都城東南，不當言西。雪後寄崔丞詩云：「藍田十月雪塞關，我興南望愁羣山。」尤可證也。注非。〔王元啓曰〕「客居」二句，乃追敍前事。至既丞藍田後，官守有職，豈得復居京城，果居京城，則公爲博士，正可朝夕相從，何得有「別來就十年」及此下種種問詢之辭？又員外丞蓋即員外司馬、員外尉之類，非謂以員外郎爲丞也。崔先以大理評事斥官，非由員外郎貶，或以詩有「新恩」句，意爲新授員外，非是。〔沈欽韓注〕藍田在京城南，不得云西城。地理志金州有西城縣，附郭。唐別駕司馬，有員外置，同正。季少良傳：「殿中侍史楊護貶連州縣丞，員外置。」金石萃編：天寶元年兗公碑末，兩尉之下，復有守尉員外置，同正員許瑾。是丞尉皆有員外置矣。公作藍田丞廳壁記中云：「斯立以大理評事黜官，再轉而爲丞茲邑。」是則作西城丞正在作藍田丞前，黜官後初轉耳。舊注謂西城即藍田，非是。

〔三〕〔舉正〕閣本作「屈奇」。淮南子：「聖人無屈奇之服。」高誘曰：「屈，短。奇，長也。言服之不中。」漢廣川王傳、揚雄傳，選西征賦，皆只用「屈奇」字。杭、蜀本作「崛奇」。〔考異〕「屈」，或作「掘」，或作「崛」，或作「倔」。今按漢書注：「屈，奇異也。其勿反。」祝本、魏本作「倔」。廖本、王本作「屈」。〔李詳證選〕謝靈運齋中讀書詩：「心跡雙寂寞。」〔程學恂曰〕屈奇二字，是立之真贊，即此一篇骨子。

〔四〕〔方世舉注〕藍田縣丞廳壁記：「貞元初，挾其能戰藝京師，再進再屈千人。」

〔五〕〔何焯義門讀書記〕暗伏巢中轂。

〔六〕〔廖瑩中注〕唐進士皆騎驢。少陵詩有「騎驢三十載，旅食京華春」，公與孟東野詩亦曰：「騎驢到京國，欲和薰風琴。」

〔七〕〔舉正〕三本同作「紛披」，字見選簫賦。〔考異〕「紛」，或作「分」。祝本、魏本作「分」。廖本、王本作「紛」。　〔補釋〕紛披字雖本洞簫賦，此處則用宋書謝靈運傳「紛披風什」意。

〔八〕〔補釋〕傲兀，即兀傲，言其文詞雄奇。　梅曾亮耻躬堂文集序：「先生之詩，兀傲有似山谷者。」

〔九〕〔方世舉注〕爾雅釋獸：「羆如熊，黄白文。」　〔黄徹曰〕可謂善言場屋事。若平日所養不厚，誠難傲兀也。

〔一〇〕〔祝本魏本王本注〕「面」，一作「回」。

〔一一〕〔祝充注〕捩，玉篇：「拗捩也。」　〔方成珪箋正〕不敢捩眼窺，則不敢正目視可知，是加一倍寫法。

〔一二〕〔魏本引孫汝聽曰〕侍郎謂知舉者。

〔一三〕〔舉正〕蜀本作「瑕玼」，以重韻避也。

〔一四〕〔沈欽韓注〕登科記：「貞元四年，侍郎劉太真知舉，放進士三十六人，崔立之中第。七年，崔立之中宏詞科。」按：進士登榜謂之及第，宏詞中選，謂之登科。

〔一五〕〔補釋〕釋名：「頤或曰頷，車頷含也，口含物之車也。」　〔方世舉注〕釋名：「口上曰髭，頤下曰鬚，在頰耳旁曰髯。」則頷底不應曰髭。蓋語用摘髭，言易也。

〔一六〕〔考異〕「途」，或作「逵」，或作「達」。　〔補釋〕「佗」，同「他」。　〔何焯義門讀書記〕呼不脱吏部選。

〔一七〕〔魏本引孫汝聽曰〕立之登第後，除秘書省校書郎。〔沈欽韓注〕六典：「秘書省校書郎，正九品上。」按：唐爲進士釋褐之官。會要七十六：「元和八年，吏部奏：應開元禮及學究一經登科人等舊例，據等第高下，量人才授官。近日緣校書正字等名望稍優，但霑科第，皆求注擬，堅待員闕，或至踰年。」則初時注官，不盡補校書郎也。

〔一八〕笏，見卷七盧郎中雲夫寄示送盤谷子詩兩章歌以和之注。〔何焯曰〕點法凌駕。

〔一九〕〔何焯曰〕累句。

〔二〇〕〔舉正〕唐本、蔡校作「約不論財貲」。杭、蜀本皆作「財資」。公此詩用二「疵」字，二「斯」字，不獨此也。「約不」，杭、蜀本並同。〔考異〕「約不」，或作「不約」。祝本作「資」。魏本、廖本、王本作「貲」。〔方世舉注〕顏氏家訓：「近世嫁娶，遂有賣女納財，買婦輸絹，責多還少，市井無異。」

〔二一〕〔顧嗣立曰〕語調亦本古歌詞，但置此處，頗覺無甚深味。〔何焯曰〕四段波瀾，極力鋪張，與下反對。文法亦自漢魏出。〔張鴻曰〕此處皆從古樂府出。如木蘭、羅敷諸詩，其排比處皆有音律。公務去陳言，而實則皆有所本，不可不知。

〔二二〕〔舉正〕謝本作「擾擾」。

〔二三〕〔何焯曰〕轉。

〔二四〕〔方世舉注〕列子湯問篇：「黑卵負其才力，視來丹猶雛鷇也。」〔補釋〕爾雅釋鳥：「生哺轂。」方言：「爵子及雞雛，皆謂之轂。」

〔二五〕〔祝充注〕陲，邊也。

〔二六〕〔方世舉注〕説文：「馬二歲曰駒。」爾雅釋獸：「鹿，其子麛。」

〔二七〕〔何焯曰〕反襯相形，更曲折。

〔二八〕〔祝充注〕韁，馬組也。

〔二九〕〔補釋〕説文：「以見指撝。」易謙卦釋文：「撝，義與麾同。」

〔三〇〕〔沈欽韓注〕吏部選始於孟冬，終於季春。五代會要二十三有云「出選門」者，所謂脱吏部選也。玉海：「唐選院故事，歲揭板南院爲選式，選者自通一辭，不如式，輒不得調。有十年不官者。」其難如此。唐世系表及碑誌中，敍其人資級，但稱吏部常選，殆是勳蔭，及此色人法應得官，而未經三銓進甲者也。雖明經進士出身，亦同此稱。三銓謂凡選始集而試，觀其書判；已試而銓，察其身言；銓而注，詢其利便而擬其官。其官已注而唱示之，以類相從，攢之爲甲，故謂之甲。案崔立之登宏詞科，便合超資授官。然中葉所重藩府辟薦，崔既無舉，又經貶黜，故不脱吏部常調也。如昌黎雖試宏詞不中，經辟汴、徐二府還朝，及補博士，選授御史，是其證矣。

〔三一〕〔廖瑩中注〕古人以遇合爲耦，不遇爲奇。偶與耦通，用霍去病傳：「諸將常留落不耦。」李廣傳：「衛青陰受上指，以爲李廣數奇。」顔曰：「言廣命隻，不耦合也。」

〔三二〕〔何焯曰〕評事黜官。

〔三三〕祝本、魏本、王本作「施」。廖本、蔣本、徐本作「旅」。

〔三四〕見卷二縣齋有懷注。

〔三五〕祝本、魏本、廖本作「蠻」。王本、游本作「巒」。

〔三六〕〔顧嗣立注〕文選蘇子卿古詩：「結髮爲夫妻，恩愛兩不疑。」

〔三七〕〔沈欽韓注〕詳詩意，崔初貶巴、閬間官，後移在西城縣，故上云逼迫走巴、蠻，此云昨來漢水頭。寰宇記：「水經云：漢水經月川口，又東經西城故城南。其故城即漢之西城。今益州西北四里，漢江之北，西城山之東，魏興郡故城是也。」

〔三八〕〔方世舉注〕謝莊月賦：「羈孤遞進。」

〔三九〕〔魏本引韓醇曰〕桁，衣椸也。〔顧嗣立注〕古樂府：「還視桁上無懸衣。」

〔四〇〕〔何焯曰〕點敍剪裁，亦凌駕法。〔義門讀書記〕九辯：「願自往而徑游兮，路壅絶而不通。欲循途而平驅兮，又未知其所從。然中路而迷惑兮，自壓按而學誦。性愚陋以褊淺兮，信未達乎從容。」自「由來人間事」至「那用分高卑」，意本於此，而碩大寬平過之。

〔四一〕〔何焯曰〕接無痕。〔義門讀書記〕好古二字，文書傳道之源。

〔四二〕〔何焯曰〕紐合一筆。

〔四三〕〔考異〕「幡」，或作「旙」。〔方世舉注〕風幡，以喻崔詩之逶迤，猶曰風旗、風中纛耳。北堂書鈔載風俗通云：「趙祐酒後見一人，乘竹馬持風幡云，我行雲使者。」〔高步瀛曰〕離騷曰：「載雲旗之委蛇。」王逸注曰：「又載雲旗委蛇而長也。」舊校曰：「一作逶迤。」

〔四四〕〔何焯義門讀書記〕蜀志張裕傳：「諸毛遶涿居。」〔考異〕論諸毛功，必是爲毛穎傳而發。〔李光地榕村詩選〕崔詩蓋及筆墨之事耳。〔方成珪箋正〕毛穎傳乃公文，論諸毛功，詩意指崔所作，不得牽混爲一。〔程學恂曰〕論諸毛功，當是論作文字也。朱子謂專爲毛穎傳而發，尚不甚安。

〔四五〕〔舉正〕蜀作「擘水」。然李、謝諸校本多作「劈」。

〔四六〕〔考異〕「睒睗」二字，或从日。睒睗，見卷三永貞行注。

〔四七〕〔舉正〕唐本、謝校作「披」。今本作「枝」，以重韻避也。祝本、魏本作「枝」。廖本、王本作「披」。

〔四八〕屬，見卷五秋懷詩注。〔補釋〕禮記：「季冬之月，日窮于次。」

〔四九〕〔舉正〕杭本作「抱華不能摛」。班固答賓戲：「摛藻如春華。」公寄崔詩，正當冬月，故曰感窮景，於春華爲有義，摛韻實由抱華而生也。蜀本作「把筆不能摛」，今本復作「能不摛」，其訛益甚。況諸毛功乃謂筆也。上隱其詞，而此直言之，亦非類。祝本、魏本作「把筆能不摛」。廖本、王本作「抱華不能摛」。

〔五〇〕祝本、魏本作「唱」。廖本、王本作「倡」。

〔五一〕〔何焯曰〕率句。

〔五二〕〔補釋〕説文新附：「緋，帛赤色也。」

〔五三〕廖本、王本作「巧」。祝本、魏本作「功」。〔舉正〕唐、蜀本、謝校同作「巧」。列子：「矜巧能，修名譽。」巧能，以百尺綵而言也。閣本作「功」。〔考異〕言崔遺我書並新篇綵帛，巧於能達其意，猶言工於某事云爾，非以巧能爲二字相連如列子之意也。方説誤矣。〔方世舉注〕巧能喻其誠，或者崔詩亦就緋紅之盛衰，工於託興，故於飲餞細細模擬，以酬其意耳。〔何焯義門讀書記〕正與鯨以興君身八句相對。

〔五四〕〔廖瑩中注〕鮑明遠詩：「肝心盡崩抽。」

〔五五〕〔方世舉注〕公與崔羣書云：「自少至今，從事於往還朋友，日月不爲不久。所與交往者千百人，或以事同，或以藝取，或慕其一善，或以其久故，或初不甚相知，而與之已密，其後無大惡，因不復決捨，或其人雖不皆入於善，而於己已厚，雖欲悔之不可。凡諸淺者固不足論，深者止於如此。」然則其中固有逐利移者矣。〔何焯義門讀書記〕此二句即爲「幾輩先騰馳」起本。

〔五六〕〔方世舉注〕鮑照詩：「南國有儒生，迷方獨淪誤。」

〔五七〕〔沈欽韓注〕荀子非十二子篇：「綴綴然是子弟之容。」注：「綴綴然，不乖離之貌。」

〔五八〕〔舉正〕杭、蜀作「頭」。〔考異〕「頭」，或作「頸」。祝本、魏本作「頸」。廖本、王本作「頭」。

〔五九〕塤篪，見卷六赤藤杖歌注。〔何焯曰〕對下相待伊、洛意。頓挫鬱勃，文勢瀠洄，長篇正須有此。

〔六〇〕〔魏本引孫汝聽曰〕詩：「騧驪是驂。」注云：「黄馬黑喙曰騧。」説文云：「驪，馬深黑色。」〔沈欽韓注〕言及易馬也。

〔六一〕〔沈欽韓注〕「事」，當爲「字」。

〔六二〕〔顧嗣立注〕儀禮士昏禮：「母施衿結帨。」詩豳風：「親結其縭，九十其儀。」毛氏云：「縭，婦人之褘也。」

〔六三〕〔蔣抱玄注〕陸機漢高祖功臣頌：「袁生秀朗，沈心善照。」

〔六四〕〔何焯義門讀書記〕二句迴顧戰藝。

〔六五〕〔舉正〕杭、蜀本皆作「慼居」，「居」字由「容」而訛也。公元和聖德詩「慼見容色」，乃此義也。校本如荆公、洪、謝本皆作「慼眉」，未免意定也。「慼」，一作「蹙」，亦通，舜見瞽叟，其容有蹙。祝本、魏本作「蹙眉」，注云：「洪曰：一作『戚居』，非是。」廖本、王本作「慼容」。

〔六六〕〔何焯義門讀書記〕二句即爲後贈餞以益其誠引脈，亦且含思其盛見其衰意。

〔六七〕〔魏本引孫汝聽曰〕僖九年左氏：「以伯舅耋老，無下拜。」耋謂年七十也。〔王元啓曰〕元和七年，公年四十五歲。

〔六八〕〔張相曰〕著，猶發也，生也。此用着花義引伸之，言兩眼發花，視物不明也。

〔六九〕〔舉正〕離褷，毛羽初生貌。字本海賦。然離字書無从衣者，惟唐王維鸕鷀堰詩有「獨立何襹褷，銜魚古查立」。不知集韻何以不收入？「離褷」，嵇康琴賦作「離纚」，古樂府作「離簁」，陸羽茶經作「籭簁」，義皆通。古連綿字或可顛倒用，不然褷字自入韻，豈傳者誤倒之耶？姚令威云：唐令狐本作「視物劇隔簁」，不知謝本何以不出？〔考異〕今按所見謝本，實校作「劇隔褷」，下注「澄」字，然義亦未通。恐當作「視劇隔褷襹」，「物」字乃「劇」字之訛，而又重出，遂去「襹」字以就五言耳。然亦無據。不如且從方説，徐更參考。〔何焯義門讀書記〕「我雖未耋老」以下數句，皆從盛衰意生出。借崔襯出自己，上下聯絡有情。

〔七〇〕廖本、王本作「敦敦」。祝本、魏本作「孜孜」。〔舉正〕閣本作「敦敦」。荆公、范、謝校同。敦，都回切。詩：「敦彼獨宿。」鄭箋曰：「敦敦然獨宿于車下。」行葦詩注亦見。「敦」訛爲「孜」，自蜀本也。〔祝充注〕凭，廣韻：「依几也。」

〔七一〕廖本、王本作「黏」。祝本、魏本作「粘」。〔顧嗣立注〕六書故：「黐，黏之甚者。苦木皮擣取膠液，可黏羽物，今人謂之黐。」〔補釋〕敦煌唐寫本波斯教殘經：「其五類魔，黏五明身，如蠅著蜜，如鳥被黐，如魚吞鈎。」〔何焯義門讀書記〕四句極自狀其衰，卻又已爲傳道起本。〔高步瀛曰〕以上敍與崔交誼之厚。

〔七二〕〔吴闓生曰〕横亘而來，據一篇之勝。

〔七三〕〔祝本魏本廖本注〕「自」，一作「相」。

〔七四〕〔舉正〕晁本作「服」。〔考異〕「眠」，方作「服」，或作「伏」。祝本、魏本作「服」。廖本、王本作「眠」。

〔七五〕〔魏本引孫汝聽曰〕莊子：「或聘于莊子，莊子應其使曰：子見夫犧牛乎？衣以文繡，食以芻叔，及其牽而入於太廟，雖欲爲孤犢，其可得乎？」

〔七六〕〔何焯曰〕攙入更妙。

〔七七〕〔補釋〕世説新語：「諸葛道明初過江左，自名道明，名亞王、庾之下。先爲臨沂令，丞相謂曰：明府當爲黑頭公。」北堂書鈔：「晉中興書云：王珣弱冠，與謝玄俱辟大司馬桓公掾。温語人曰：謝掾年三十，必擁旄杖節，王掾當作黑頭公，皆未易才也。」

〔七八〕〔方世舉注〕記月令：「掩骼埋胔。」説文：「殘骨曰骴。骴，或从肉。」

〔七九〕〔舉正〕閣本作「權華」。

〔八〇〕〔補釋〕易繫辭：「易有太極，是生兩儀。」文選李善注：「王肅曰：兩儀，天地也。」〔魏泰臨漢隱居詩話〕詩惡蹈襲古人之意，亦有襲而愈工，若出於己者，蓋思之愈精，則造語愈深也。魏人章疏云：「福不盈眥，禍將溢世。」韓愈則曰「歡華不滿眼，咎責塞兩儀」，蓋愈工於前也。〔陳景雲曰〕「福不盈眥，禍溢于世」，此班固賓戲之文，又魏人章疏所本。道輔語猶未詳也。〔查慎行曰〕罵倒一世。〔程學恂曰〕説得竦然，真覺死有餘恨。熱場中讀此數語，能無冰冷雪淡？

〔八一〕〔考異〕「利」，或作「實」。今按：此句難曉。竊意計猶校也，言觀其所得之虚名，而校之以實利，不足相補也。〔何焯義門讀書記〕莊子盜跖篇「子張問于滿苟得曰：觀之名，計之利，而義真」是也。

〔八二〕〔補釋〕廣雅釋詁：「陪，益也。」國語韋昭注：「裨，補也。」〔何焯義門讀書記〕「且吾聞之師」以下，則擺掉而出於盛衰之外，觀名以計，則向之逐利者固未必利，何摧戚之有哉？從吾所好而已。此段議論，承上嶮巇衰謝，起下歸隱，用意深長。

〔八三〕〔蔣抱玄注〕左傳：「縉雲氏有不才子，貪于飲食，冒于貨財。」

〔八四〕〔顧嗣立注〕史記平原君傳：「臣不幸有罷癃之疾。」〔高步瀛曰〕史記平原君傳集解引徐廣曰：「癃，音隆；癃，病也。」索隱曰：「罷，音皮；癃，背疾也。言腰曲而背隆高也。」案：罷，疲之通借字。

〔八五〕〔廖瑩中注〕説文：「睢，仰目也。」漢五行志：「萬衆睢睢，驚怪連日。」

〔八六〕〔舉正〕唐本、范、謝校作「又」。〔考異〕「又」，或作「自」。祝本、魏本作「自」。廖本、王本作「又」。〔顧嗣立注〕選思玄賦：「思百憂以自疹。」善曰：「疹，疾也。」劉公幹詩：「余嬰沈痼疾。」

〔八七〕〔顧嗣立注〕漢蓋寬饒傳：「王生謂寬饒曰：用不訾之軀。」師古曰：「訾與貲同。不貲者，言無貲量可以比之，貴重之極也。」

〔八八〕〔補釋〕論語皇侃疏：「罷，猶罷息也。」

〔八九〕〔補釋〕禮記：「故君子内省不疚。」吕氏春秋：「天地之神祇。」高誘注：「天曰神，地曰祇。」

〔九〇〕〔魏本引樊汝霖曰〕公舊家河南，後居長安。〔洪興祖韓子年譜〕它詩言伊、洛、嵩、潁者甚衆，蓋公屋廬墳墓，在東都河陽。

〔九一〕〔方世舉注〕潘岳閒居賦：「長楊映水，芳枳樹籬。」

〔九二〕〔王元啓曰〕指，猶期也。下句言需冰泮而歸，即是指冰泮爲期也。

〔九三〕廖本、王本作「澌」。祝本、魏本、游本作「澌」。〔舉正〕流冰爲澌。作「澌」者非。灞水，見卷四答張徹注。〔補釋〕三輔黄圖：「渭水出隴西首陽縣鳥鼠同穴山，東北至華陰入河。」〔高步瀛曰〕元和郡縣志曰：「關内道京兆府萬年縣：渭水在縣北五十里，灞水在縣東二十里。」

〔九四〕祝本、廖本、王本作「也」。魏本作「兮」。

〔九五〕〔舉正〕唐本作「不」。〔考異〕「不」，或作「奚」。祝本、魏本作「奚」。廖本、王本作「不」。〔李詳證選〕魏文帝典論論文：「古之作者，寄聲於翰墨，見意於篇籍，不假良史之辭，不託飛馳之勢，而聲名自傳於後。」〔何孟春曰〕杜子美詩：「文章一小技，於道未爲尊。」甫之所謂文章，只是就詩言耳。韓退之詩：「文章自傳道，奚仗史筆垂？」韓退之所謂文，乃因學文而見道，所見雖粗，而大綱則正矣。後世之士，詩要學杜，文要學韓，而未有能決然並之者。彼烏知子美之所不自滿，與退之所以自勵者耶？〔查慎行曰〕言有大而非夸，先生之謂歟？〔陳衍石遺室詩話〕是丈夫語，足見此老倔強處。夫一部廿四史中，人不知凡幾，其雖有名而不稱者衆矣。人至專靠史傳中傳名，恐多不在知名之列。否則雖史傳無名，而可傳者自在也。〔程學恂曰〕自負得真確，語亦倚天拔地。

〔九六〕〔何焯曰〕打轉前半。

〔九七〕伊、洛，見卷四憶昨行和張十一注。

〔九八〕〔魏本引韓醇曰〕爾雅：「魚罟謂之罛。」〔補釋〕方言：「篆小者，秦晉之間謂之箄。」郭璞注：「今江南亦名籠爲箄。」〔何焯曰〕結得住。

〔九九〕祝本、魏本作「醆」。廖本、王本作「醆」。〔補釋〕說文：「醆，爵也。」

〔一〇〇〕〔朱翌曰〕漢地理志：「朱提出銀。」師古云：「提，音匙。」漢食貨志師古注：「朱，音殊。提，音上支反。」蜀李嚴傳：「嚴子豐爲朱提太守。」注云：「蘇林漢書音義云：朱，音銖。提，音如。蜀人謂匕曰提。」從師古音，則「提」字可入支字韻押。

〔一〇一〕〔祝充注〕倕，廣韻：「黄帝時巧人。」〔高步瀛曰〕莊子胠篋篇釋文曰：「倕，音垂，堯時巧者也。」案：字亦作垂，禮記明堂位：「垂之和鍾。」鄭注曰：「垂，堯時之共工也。」書顧命僞孔傳曰：「垂，舜共工。」

〔一〇二〕〔方世舉注〕古今注：「鯨魚者，海魚也。大者長千里，眼爲明月珠。」

〔一〇三〕〔魏本引孫汝聽曰〕言工人之巧，能使千里鯨魚，小如螽斯也。〔顧嗣立注〕選王命論：「么麽不及數子。」通俗文：「不長曰么，細小曰麽。」詩：「螽斯羽。」毛氏曰：「蚣蝑也。」陸璣疏：「蝗類，長而青，以股鳴。」〔查慎行曰〕斯字重叶，而義不同。

〔一〇四〕〔顧嗣立注〕選海賦：「渺瀰湠漫。」善曰：「曠遠之貌。」

〔一〇五〕〔朱翌曰〕用楚辭「薋菉施以盈室兮，判獨離而不服」。歎立之不用於世，不爲人所知。〔魏本引樊汝霖曰〕離騷經王逸注：「薋，音咨，蒺藜也。菉，音緑，王芻也。葹，音施，枲耳。三者皆惡草，以喻讒佞盈側。」

〔一〇六〕〔方世舉注〕刻草於飲醆之上，如環城陴而生也。〔高步瀛曰〕説文曰：「陴，城上女牆，俾倪也。」

〔一〇七〕見卷三木芙蓉注。

〔一〇八〕〔蔣抱玄注〕詩：「菉竹猗猗。」〔何焯曰〕刻畫精妙。摹寫瑣細，亦自樂府來。古樂府時於渾樸中特見精麗。

〔一〇九〕廖本、王本作「君身」。祝本、魏本作「居狀」。〔舉正〕唐本、范、謝校作「鯨以興君身」。興，比興也。君，指崔立之而言也。荆公本亦作「鯨以狀君身」。蜀本作「興居狀」，字小訛也。崔立之才豪氣猛，易於語言，故公此詩凡八十一韻，未免以效其體也。細考此詩，蓋崔以綵與筆寄公，而公以雙飲醆之一報之。長鯨明月野草芙蓉，皆盃刻之像也，而因以取喻。讀者不詳考之，而轉易其字，比諸篇特甚，故索言之。〔考異〕「興居身」，或作「興居狀」，或作「狀興居」，皆非是。荆公本作「狀君身」，近之。方從唐本作「興君身」，乃得其正。〔方世舉注〕西京雜記：「公孫弘爲賢良，國人鄒長倩贈以生芻一束，素絲一襚，撲滿一枚，書題遺之曰：『生芻之賤也，不能脱落君子，故贈君生芻一束。五絲爲䌰，倍緵爲襚，此自少之多，自微至著也，士之立功勳，效名節，亦復如之，故贈君素絲一襚。撲滿者，以土爲器，以蓄錢，滿則撲之，積而不散，可不誡歟？故贈君撲滿一枚。』」此詩比體，昉自長倩。

〔二〇〕〔補釋〕李陵詩：「風波一失所。」〔魏本引孫汝聽曰〕詩：「逢此百罹。」百憂也。〔查慎行曰〕詩「百罹」入歌韻，廣韻收入支韻離紐下，今從之。

〔二一〕〔舉正〕蜀本「莫」作「其」。〔補釋〕陸機文賦李善注：「毛詩曰：僶俛求之。」〔高步瀛曰〕僶俛，同黽勉。詩邶谷風釋文曰：「黽，本亦作僶，莫尹反。黽勉，猶勉勉也。」

〔二二〕〔蔣抱玄注〕禮記：「天之所覆，地之所載。」

〔二三〕〔舉正〕李、謝校同作「醜」。閣本、蜀本只作「臭」。祝本、魏本作「臭」。廖本、王本作「醜」。〔何焯義門讀書記〕數句將前半命與道意收攝，照應不遺。

〔二四〕〔舉正〕唐、蜀本、李、謝校作「親」。杭作「新」。荆公本作「雜」。〔考異〕「雜」，方作「親」，或作「新」，皆非是。但洪本云：「澄」作「雜」。燧鑴，見内則，言當常御此醆，雜於所佩燧鑴之間也。此乃得之。祝本、魏本作「新」。廖本、王本作「雜」。〔方世舉注〕記内則：「左佩小觿金燧，右佩木觿木燧。」〔高步瀛曰〕禮記内則鄭注云：「小觿，解小結也，觿貌如錐，以象骨爲之。金燧可取火於日。」

〔一五〕〔考異〕通鑑：「元魏熙平元年，立法，在軍有功者，行臺給券，當中竪裂，一支給勳人，一支送門下，以防僞巧。」今人亦謂析産符契爲分支帳，即此義也。公以雙醆之一贈崔，故末句如此。〔沈欽韓注〕分支見魏書盧同傳。後漢張衡傳注：「質劑猶今分支契。」〔何焯義門讀書記〕結句只從酒醆直收，使人不能尋其起伏之迹。

【集説】

李光地榕村詩選曰：前叙崔之登第謫官，中道與崔唱酬之事，而因訊其安候。後乃自述其志，而欲與崔偕隱。末方及其所以報崔之詒者，與前巧諭其誠相應。

朱彝尊曰：叙崔如小傳，自叙如尺牘，局面亦開闊。第以夸多角勝則可，頗乏驚人處。

何焯義門讀書記曰：詩騷之裔。

唐宋詩醇曰：雜沓䙰縷，似破碎而實渾成。其詞意懇款，下筆不能自休，可想見交誼之厚。

程學恂曰：立之學雖不醇，然亦嶔奇磊落之士，又與公同所感，故公實深契之。其中若贈綵緋，酬銀醆，皆常瑣事也。女助帨縭，男守家規，皆常瑣情也。正欲使千載下見之，知與崔親切如此，慨然增友誼之重，則常瑣處皆不朽也。後人非公之交，無公之感，泛然投贈，動摭常瑣情事，堆填滿紙，但覺人爲時人，語爲時語而已，其朽也可立而待也。如此而猶曰吾宗老杜也，吾法昌黎也，不值識者一唾矣！杜詩如北征中嬌兒勝雪，垢膩不韈，小女補綴，顛倒紫鳳，粉黛衾裯，學母畫眉，問事挽鬚等，常瑣極矣，然前則云「恐君有遺失」，「臣甫憤所切」，結則云「煌煌太宗業，樹立甚宏達」，可知憂國忠忱，與室家恩愛，都是一樣真摯，一腔熱血流出，所以能上追風雅。試看七月、東山詩中，何嘗不曲盡俗情，餘可類推也。

吴闓生曰：長篇氣勢渾灝流轉，而時有螭龍光怪出没其間，最是韓公勝境。

奉和武相公鎮蜀時詠使宅韋太尉所養孔雀〔一〕

穆穆鸞鳳友〔二〕，何年來止茲？飄零失故態，隔絶抱長思〔三〕。翠角高獨聳，金華焕相差〔四〕。坐蒙恩顧重，畢命守堦墀〔五〕。

〔一〕元和八年癸巳。〔舉正〕杭、蜀本皆有「奉」字。〔考異〕諸本無「奉」字。祝本無「奉」字。魏本、廖本、王本有。〔方世舉注〕新唐書武元衡傳：「元衡，字伯蒼，元和二年拜門下侍郎同中書門下平章事，爲劍南西川節度使。八年召還秉政。」韋皐傳：「皐，字城武，貞元初，爲劍南西川節度使。順宗立，詔檢校太尉，治蜀二十一年。」爾雅翼：「孔雀，南人收其雛養之，使極馴擾，寘山間，以物絆足，旁施羅網，伺野孔雀至，則倒網掩之。」〔廖瑩中注〕

元衡以八年三月召還秉政，其詩鎮蜀時作，公詩則召還後追和也。

〔二〕〔蔣抱玄曰〕詩：「穆穆厥聲。」　〔方世舉注〕爾雅翼：「孔雀生南海，蓋鸞鳳之亞。」

〔三〕〔魏本引孫汝聽曰〕謂隔絶故山也。

〔四〕〔魏本引孫汝聽曰〕鍾會孔雀賦云「戴翠髦以表弁」，即此云「翠角」也。下云「垂緣蕤之森纚。五色點注，華羽參差。鱗交綺錯，文采陸離」，即此云「金華煥相差」也。　〔方世舉注〕曹植鶡賦：「戴毛角之雙立。」埤雅：「博物志云：孔雀尾多變色，或紅或黃，喻如雲霞。尾有金翠，五年而後成。始生三年，金翠尚小，初春乃生，三四月後復凋，與花萼俱衰榮。」

〔五〕〔魏本引孫汝聽曰〕恩顧，謂爲太尉恩顧，故畢命守此堦墀而不去也。　〔補釋〕曹植求自試表：「量能而受爵者，畢命之臣也。」鮑照野鵝賦：「苟全軀而畢命，庶魂報以自申。」

【集説】

朱彝尊曰：以比意佳。

程學恂曰：前六尚常語耳，結二句便佳。

和武相公早春聞鶯〔一〕

早晚飛來入錦城〔二〕，誰人教解百般鳴？春風紅樹驚眠處，似妒歌童作豔聲。

〔一〕〔魏本引樊汝霖曰〕此篇與所和孔雀，皆元衡拜相後，追和其鎮蜀時作。

〔二〕〔顧嗣立注〕益州記：「錦城在益州南，笮橋東流江南岸，昔蜀時故錦官也。今號錦城，墉尚在。」

【集説】

程學恂曰：稺俗不成語，然不妨存之者，如大海之有泥滓也。讀杜詩亦然。

蔣抱玄曰：直寫而已，無甚風致。

大安池〔一〕

〔一〕闕。舉正、祝本、魏本作「大」。考異、廖本、王本作「太」。舉正、考異、廖、王本題下注「闕」字，別出游太平公主山莊一題，蓋從唐本也。祝本、魏本即以「公主當年」一詩爲咏大安池，無別出一題，從閣本也。〔魏本引韓醇曰〕唐長安有大安宮，有大安亭，而大安池未嘗載見。豈安樂公主所鑿定昆池耶？安樂公主，中宗女。景龍中，請昆明爲私沼，中宗不予。主怒，自鑿定昆池，延袤數里。詩所謂「當年欲占春」者，以此耳。〔陳景雲曰〕舊注疑太安池即安樂公主定昆池，其説近之。下「公主當年」一絶，即咏太安池耳。游太平公主山莊一題，諸本無之爲是。唐本太安池下注「闕」字，殆偶逸是詩也。據雍録，定昆池在長安西南十五里，故有「臺榭壓城闉」句。又朝野僉載言，定昆池方四十九里，直抵南山，尤可作第二聯注。或疑游太平公主山莊一題，當繫是詩後，下注「闕」字，亦可通。〔何焯義門讀書記〕太安池是郭曖家，羊士諤有詩。〔沈欽韓注〕羊士諤集有游郭駙馬大安山池詩，公所賦蓋同羊題，簡札脱爛耳。舊注臆以爲定昆池者，妄也。〔王元啓曰〕據何焯考，則代宗女昇平公主山莊，非太平、安樂二主之莊。竊疑方本别出之題，乃太安池下注語，「昇平」字誤作「太平」耳。又按：昇平主嫁郭氏者，殁謚昭懿，孟簡有昭懿公主碑文，皇甫鏄書，見歐陽集古録。

〔補釋〕「公主當年」一絶，全首未及池景，「花多少」句，不必定是池花，自是游太平山莊之作。又大安池在長安城南部大安、大通兩坊之間，引永安渠水爲池。徐松唐兩京城坊考卷四云：「次南大安坊（張穆校補：坊南街抵京城之南面）、大安亭（張穆校補：吕温有春日游郭駙馬大安亭子詩。按汾陽王園在大通坊，兩坊相連，故園地得至大安。詩有「借賞彩船輕」之句，蓋引永安渠水爲池）。」又云：「永安渠，隋開皇三年開，亦謂之交渠，引交水西北流，入京城之南。經太安坊之西街，又北流經大通、敦義、永安、延福、崇賢、延康六坊之西，又北流入芳林園，又北流入苑，又北注于渭。」大安池非「直到南山」者。韓、陳二説以定昆池爲大安池固非是，記疑欲改「太平」爲「昇平」，混兩題爲一，亦非也。又此及下三題，不詳年月，兹仍李漢原編次，繫和武相公早春聞鶯後。

游太平公主山莊〔一〕

公主當年欲占春〔二〕，故將臺榭壓城闉〔三〕。欲知前面花多少〔四〕，直到南山不屬人〔五〕。

〔一〕〔舉正〕唐本前詩闕，別出此題。晁本、李、謝本所校並同。然閣本已訛矣。〔考異〕諸本無此題。方從唐本。〔方世舉注〕新唐書公主傳：「太平公主，則天皇后所生。初尚薛紹，更嫁武攸暨。先天二年，謀廢太子，事敗，亡入南山，三日乃出，賜死於第。主作觀池樂游原，以爲盛集。既敗，賜寧、申、岐、薛四王，都人歲祓禊其地。」〔方成珪箋正〕長安志十一：「終南山在京兆萬年縣南五十里。樂游原在縣南八里。」據此則山莊之延袤可見矣。〔補釋〕新唐書公主傳稱主作觀池樂遊原，據徐松唐兩京城坊考卷三云：「次南昇平坊，東北隅漢樂游廟。」張穆校補云：「漢宣帝所立，因樂遊苑爲名，在高原上，餘阯尚存。長安中，太平公主於原上置亭遊賞。（按：此本於太平寰宇記）此樂遊原在長安城内。元李好文城南名勝古蹟圖，在今小雁塔南列有樂遊原，疑韓公所詠太平公主之莊，是在城南之樂遊原。

〔二〕〔祝本注〕「當年」，一作「年當」。〔魏本注〕「當年」，一作「年常」。

〔三〕〔舉正〕閣、蜀本作「押」。〔考異〕「押」，或作「壓」。祝本、魏本作「壓」。廖本、王本作

「押」。〔王元啓曰〕此即和席八詩「柳色壓城匀」，連昌宫詩「高甍巨棟壓山原」之壓，作「押」非是。〔補釋〕説文：「闉，城内重門也。」

〔四〕〔舉正〕唐本、謝校作「少」。〔魏本引補注〕「少」字一本作「處」。筆墨閒録云：「令狐澄本作『多少』字，勝『處』字十倍矣。」

〔五〕〔補釋〕新唐書卷八三諸公主傳載太平公主田園遍近甸，皆上腴，故此云「直到南山不屬人」。沈佺期詩：「主第山門起灞川。」灞川出藍田南山，可爲太平公主山莊直到南山之證。〔何焯義門讀書記〕末句透占字。〔補釋〕不屬人指當年言，感慨已在言外。

晚春

誰收春色將歸去〔一〕？慢緑妖紅半不存〔二〕。榆莢祇能隨柳絮〔三〕，等閒撩亂走空園〔四〕。

〔一〕〔舉正〕蜀本作「將歸去」。〔考異〕「將歸」，方作「歸將」，非是。祝本作「歸將」。魏本、廖本、王本作「將歸」。〔補釋〕荀子楊倞注：「將，持也。」

〔二〕〔考異〕「慢」，或作「漫」。〔魏本注〕「妖」，一作「夭」。〔補釋〕作「妖」是。元稹詩亦云：「桃花徒照地，應被笑妖紅。」

〔三〕〔補釋〕爾雅：「榆，白枌。」郭璞注：「枌榆先生葉，卻著莢，皮白色。」

〔四〕〔蔣抱玄注〕等閒，猶言一般也。作不經意解者誤。

【集説】

張鴻曰：有寄諷意。

送進士劉師服東歸〔一〕

猛虎落檻穽〔二〕，坐食如孤豘〔三〕。丈夫在富貴，豈必守一門〔四〕？公心有勇氣，公口有直言，奈何任埋没，不自求騰軒。僕本亦進士，頗嘗究根源。由來骨鯁材〔五〕，喜被軟弱吞，低頭受侮笑〔六〕，隱忍硉兀冤〔七〕。泥雨城東路，夏槐作雲屯〔八〕。還家雖闕短〔九〕，指日親晨飧〔一〇〕。攜持令名歸〔一一〕，自足貽家尊〔一二〕。時節不可翫〔一三〕，親交可攀援。勉來取金紫〔一四〕，勿久休中園〔一五〕。

〔一〕〔方崧卿年譜增考〕師服以七年來京師，十二月有石鼎聯句，而二送詩則皆來年夏也。故曰「夏槐作雲屯」，又曰「夏半陰氣始」也。〔王元啓曰〕劉下第東歸，故二詩皆有勉其再來之語。

〔二〕〔廖本王本注〕「落」，一作「知」。〔魏本引孫汝聽曰〕司馬遷與任安書曰：「猛虎在深山，百獸震恐，及在檻穽之中，摇尾而求食。」

〔三〕〔舉正〕閣本、李校作「坐食如孤豘」。荆公與樊本「如」皆作「茹」，蓋不悟「食」字之訛也。〔考異〕「食」，或作「貪」。荆公本「如」作「茹」。「豘」，或作「豚」，方從閣本云云。今按：方説是也。然則「坐」當作「求」矣，但本皆作「坐」，故未敢改耳。祝本作「貪如」。魏本作「貪茹」。廖本、王本作「食如」。〔蔣之翹注〕「坐」字亦通，語雖用史，而亦稍變其意。坐食言不外求而止食有限之食也。〔方世舉注〕漢書東方朔傳：「孤豚之咋虎，至則靡耳。」〔補釋〕晉書音義：「豘，亦豚字。」

〔四〕〔蔣之翹曰〕語亦慷慨悲婉。

〔五〕〔方世舉注〕史記陳平世家：「項王骨鯁之臣，亞父、鍾離昧之屬。」

〔六〕〔舉正〕閣本、李、謝校作「侮笑」。〔考異〕方作「笑侮」。

〔七〕〔考異〕「硉兀」，或作「硉矹」。〔補釋〕戴侗六書故：「硉兀，不平也。」按：硉兀，爲危石不穩，此取引申義，謂含冤不平。

〔八〕〔方世舉注〕謝靈運詩：「巖高白雲屯。」

〔九〕〔考異〕或作「短闕」。〔王元啓曰〕闕短，猶空乏，言無可以奉親者。

〔一〇〕〔王元啓曰〕飧有二義，一訓哺食，一訓熟食。此云晨飧，當以熟食爲義。

〔一〕〔廖瑩中注〕左氏：「令名載而行之。」

〔二〕〔方世舉注〕晉書王獻之傳：「謝安問曰：君書何如君家尊？」〔黄徹曰〕蘇州送黎尉云：「祇應傳善政，朝夕慰高堂。」誠儒者迂闊之辭。然貪饕苟得污累其親，孰若清白之爲愈？〔方世舉曰〕昌黎訓子姪詩，多涉於名利，宋人議之可也。此詩「擕持令名歸」，自是粹然醇儒之言，砮溪迂之，何耶？〔查慎行曰〕愛人以德，其味深長。〔陳景雲曰〕師服歸後，復入京師。元和十二年，駙馬都尉于季友坐居喪宴飲得罪，師服以與同飲，笞四十，流連州。貽持令名二句，惜其不能誦之終身，乃至犯刑而辱親也。

〔三〕〔補釋〕左傳：「翫歲而愒日。」杜預注：「翫愒皆貪也。」

〔四〕魏本、廖本、王本作「來」。祝本作「求」。〔補釋〕史記蔡澤傳：「懷黄金之印，結紫綬於腰。」

〔五〕〔蔣抱玄注〕石崇思歸嘆：「澤雉游鳧兮戲中園。」

【集説】

朱彝尊曰：立意猶好，恨鍊法未盡。

送劉師服〔一〕

夏半陰氣始〔二〕，淅然雲景秋〔三〕。蟬聲入客耳〔四〕，驚起不可留。草草具盤饌〔五〕，不待酒獻酬〔六〕。士生爲名累，有似魚中鉤。齎財入市賣，貴者恒難售。豈不畏顚頷〔七〕，爲功忌中休。勉哉耘其業〔八〕，以待歲晚收。

〔一〕〔魏本引樊汝霖曰〕石鼎聯句：「元和七年十二月，道士軒轅彌明自衡山來。舊與劉師服進士衡湘中相識，將過太白，知師服在京，夜抵其居宿。」則此詩與前送進士劉師服東歸，其八年夏作歟？前詩云「夏槐作雲屯」，此云「夏半陰氣始」，以是知之。前云「勉來取金紫」，此云「勉哉耘其業」，則師服其年下第而歸，公所以勉之者如此。然考登科記，無有劉師服者，其姓名唯見公集。又有劉師命，疑其爲兄弟云。

〔二〕〔魏本引孫汝聽曰〕夏至一陰生，故云陰氣始也。

〔三〕〔舉正〕蜀作「晢然」。晢，之世切，明也。高唐賦：「晰兮若姣姬，揚袂鄣日，而望所思。」晰與晢同，故今本訛作「淅」，以此也。〔考異〕「淅」，或作「晰」，亦作「晢」，方作「晢」。今按：淅爲淅瀝淒涼之義，晢爲明義。此詩上云「陰氣始」，下云「雲景秋」，則與晢義不相應，而宜爲淅瀝之意矣。蓋由「淅」而誤爲「晰」，又因「晰」而轉爲「晢」也。

〔四〕〔魏本引孫汝聽曰〕客謂師服。

〔五〕〔方世舉注〕范雲詩：「恨不具雞黍，得與故人揮。懷情徒草草，淚下空霏霏。」

〔六〕〔舉正〕曾本作「待」。李、謝本皆一作「待」。〔考異〕「待」，方作「持」。祝本、魏本作「持」。廖本、王本作「待」。〔蔣抱玄注〕詩箋：「始主人酌賓爲獻；賓既酌主人，主人又自飲酌賓曰疇。」亦作酬，義同。〔朱彝尊曰〕起六句興趣甚逸。

〔七〕〔舉正〕蜀作「畏顛頟」。李、謝本皆一作「畏」。〔考異〕或作「久憔悴」。祝本、魏本作「久憔悴」。廖本、王本作「畏顛頟」。

〔八〕〔方世舉注〕記禮運：「修禮以耕之，陳義以種之，講學以耨之。」所謂耘其業也。

【集說】

劉辰翁曰：清空一氣如話。

朱彝尊曰：是古調，以質意勝。又曰：每兩句一意，更無閒語。

奉和虢州劉給事使君三堂新題二十一詠〔一〕并序

虢州刺史宅連水池竹林，往往爲亭臺島渚，目其處爲三堂。劉兄何谿汶竹莊詩話作「君」。自給事中出刺此州，在任逾歲，職修人治，州中稱無事。頗復增飾，從子弟而游其間；又作二十一詩以詠其事，流行京師，文士爭和之。余與劉善，故亦同作。

新亭

湖上新亭好，公來日出初。水文浮枕簟〔二〕，瓦影蔭龜魚〔三〕。

〔一〕〔舉正〕杭、蜀本題同。〔考異〕或無「奉新題」三字。祝本、魏本無「奉」字。廖本、王本有。〔顧嗣立注〕舊唐書：「劉伯芻，字素芝，洺州廣平人。登進士第，累遷考功郎中、集賢院學士，轉給事中。出爲虢州刺史。」呂温虢州三堂記：「開元初，天子思二南之風，並選宗英，共持理柄。虢大而近，匪親不居。時惟五王出入相授，承平易理，逸政多暇，考卜惟勝，作爲三堂。三者，明臣子在三之節。堂者，勵宗室京構之義。」〔舉正〕劉伯芻以元和八年出知虢州，白樂天集有制詞可考。〔沈欽韓注〕册府元龜四十八：「元和七年六月癸丑，以給事中劉伯芻爲虢州刺史，以疾求出故也。」〔補釋〕序言在任逾歲，依舉正説，則詩爲元和九年作。依册府元龜則當爲八年作。兹從後説。元和郡縣志：「河南道虢州弘農，望。西北至上都四百三十里。」舊唐書職官志：「給事中四員，正五品上。」

〔二〕廖本、王本作「文」。祝本、魏本作「紋」。

〔三〕〔方世舉注〕周禮天官鼈人：「春獻鼈蜃，秋獻龜魚。」

流水

汩汩幾時休〔一〕？從春復到秋。只言池未滿〔二〕，池滿強交流。

〔一〕〔魏本引孫汝聽曰〕説文：「汩，水流也。」

〔二〕〔舉正〕閣、蜀作「只」。〔考異〕「只」，或作「秖」。祝本、魏本作「秖」。廖本、王本作「只」。

竹洞

竹洞何年有？公初斫竹開。洞門無鎖鑰，俗客不曾來〔一〕。

〔一〕〔蔣抱玄注〕杜甫詩：「休怪兒童延俗客。」

月臺

南館城陰闊〔一〕，東湖水氣多〔二〕。直須臺上看，始奈月明何〔三〕。

〔一〕〔方世舉注〕魏文帝與吳質書：「馳騁北場，旅食南館。」

〔二〕〔方世舉注〕水經注：「東湖西浦，淵潭相接，水至清深。」

〔三〕〔張相曰〕奈何，猶云對付也，處分也，與通常作無辨法解者異。始奈月明何，言始能對付月明也。換言之，即始能看月而不爲城陰水氣所阻礙也。

渚亭

自有人知處，那無步往蹤？莫教安四壁〔一〕，面面看芙蓉。

〔一〕〔方世舉注〕史記司馬相如傳：「家徒四壁立。」

【集説】

朱彝尊曰：有天然趣。

竹溪〔一〕

藹藹溪流慢〔二〕，梢梢岸篠長〔三〕。穿沙碧簳浄〔四〕，落水紫苞香〔五〕。

〔一〕〔魏本注〕唐本作「溪前亭」。

〔二〕〔考異〕「慢」，或作「漫」。祝本、魏本作「漫」。廖本、王本作「慢」。

〔三〕〔舉正〕「篠」，閣本作「竹」。〔方世舉注〕爾雅釋木：「梢梢櫂。」注：「謂木無枝柯，梢梢長而殺者。」〔補釋〕説文：「筱，箭屬，小竹也。」

〔四〕〔補釋〕文選南都賦李善注：「簳，小竹也。」

〔五〕〔方世舉注〕左思吴都賦：「苞筍抽節。」謝靈運詩：「初篁苞緑籜。」又：「野蕨漸紫苞。」〔廖瑩中注〕少陵竹詩有「雨洗娟娟浄，風吹細細香」，前輩嘗云：竹未嘗有香，而少陵以香言之。豈知公亦有「落水紫苞香」之語乎？〔方成珪箋正〕晉江逌竹賦已有「振葳蕤，扇芬芳」之語，但未明見香字耳。〔朱彝尊曰〕工句。

北湖

聞説游湖棹，尋常到此迴〔一〕。應留醒心處，準擬醉時來〔二〕。

〔一〕祝本、魏本、王本作「常」。廖本、徐本、蔣本作「當」。

〔二〕〔舉正〕閣本「准」作「唯」。〔考異〕「準」，或作「准」，俗字。

花島

蜂蝶去紛紛，香風隔岸聞。欲知花島處，水上覓紅雲〔一〕。

〔一〕〔朱彝尊曰〕是遠望景。

柳溪

柳樹誰人種？行行夾岸高。莫將條繫纜，著處有蟬號。

西山

新月迎宵挂，晴雲到晚留。爲遮西望眼，終是懶回頭〔一〕。

〔一〕〔何焯義門讀書記〕下二句的是虢州詩。

竹逕

無塵從不掃，有鳥莫令彈〔一〕。若要添風月，應除數百竿〔二〕。

〔一〕〔方世舉注〕掃、彈二字，皆從竹説。言竹之低垂者，不必有塵而待其掃除，竹之高挺者，不必有鳥而從其彈擊。皆狀竹茂密，以啓下義也。

〔二〕〔程學恂曰〕用意與老杜「斫卻月中桂，清光應更多」略同。然彼警此平；彼新此熟；彼高興，此掃興；彼曲折，此直致。慧心人參看，當自知之。〔補釋〕兼用杜詩「惡竹應須斬萬竿」意。

荷池

風雨秋池上，高荷蓋水繁。未諳鳴摵摵〔一〕，那似卷翻翻〔二〕？

〔一〕摵摵，見卷五贈崔立之評事注。

〔二〕〔方世舉注〕詩瓠葉：「幡幡瓠葉。」

稻畦

罫布畦堪數〔一〕，枝分水莫尋〔二〕。魚肥知已秀，鶴没覺初深。

〔一〕廖本、王本作「罫」。祝本、魏本作「卦」。〔舉正〕蜀作「罫」。罫，博局上方目也。字見選博奕論。山谷詩亦有「稻田棊局方」。〔考異〕「罫」，或作「卦」。「布」或作「圃」。方云云。今按：博局當云棋局。〔方成珪箋正〕選韋昭博奕論：「所務不過方罫之間。」善注：「桓譚新論：俗有圍棊，下者守邊隅，趨作罫目，生于小地。」

〔二〕〔方世舉注〕水經注：「江汜枝分，東入大江。」

【集説】

何焯義門讀書記曰：是園亭中稻畦。

柳巷

柳巷還飛絮，春餘幾許時？吏人休報事，公作送春詩。

【集説】

黄叔燦曰：傷春心事，黯然入妙。下二句并覺風韻入俗。

花源〔一〕

源上花初發〔二〕，公應日日來。丁寧紅與紫〔三〕，慎莫一時開〔四〕。

〔一〕〔考異〕「源」，或作「原」。祝本、魏本作「原」。廖本、王本作「源」。

〔二〕魏本、廖本、王本作「源」。祝本作「原」。

〔三〕丁寧，見卷七月蝕詩注。

〔四〕〔舉正〕三本同作「莫」。〔考異〕「莫」，或作「勿」。祝本、魏本作「勿」。廖本、王本作「莫」。

北樓

郡樓乘曉上，盡日不能迴。晚色將秋至，長風送月來。

鏡潭

非鑄復非鎔，泓澄忽此逢。魚鰕不用避，只是照蛟龍〔一〕。

〔一〕廖本、王本作「只」。祝本、魏本作「秖」。

【集説】

程學恂曰：中惟鏡潭一首，非公莫能爲也。

孤嶼

朝游孤嶼南〔一〕，暮戲孤嶼北〔二〕。所以孤嶼鳥，與公盡相識〔三〕。

〔一〕〔魏本引祝充曰〕嶼，水中洲也。

〔二〕〔補釋〕句法本古詩「魚戲蓮葉南，魚戲蓮葉北」。

〔三〕何谿汶竹莊詩話「公」作「君」。

【集説】

蔣之翹曰：此詩出崔灝長干行「家臨九江水，來去九江側。同是長干人，生小不相識」。意致皆已近古，但崔詩只寫相問語，而其情自見。韓詩則自下注脚，大近認真。

方橋

非閣復非船，可居兼可過。君欲問方橋，方橋如此作〔一〕。

〔一〕〔舉正〕唐人詩多用作爲佐音。白樂天詩：「不知楊九逢寒食，作底歡娛過此辰？」皮日休六言詩：「會把酒船隈荻，共君作箇生涯。」皆自注曰：「作，音佐。」〔考異〕廣韻：「作，造也，將祚切。」而荀子「肉腐出蟲，魚枯生蠹。貪利忘身，禍裁乃作」，及廉范五袴之謠，皆已爲此音矣。然讀如佐者，又將祚切之訛。而世俗所用从人从故，而切爲將祚者，又字之俗體也。〔黄鉞注〕甕牖閒評云：「作字與過字同押，音做明矣。」〔方成珪箋正〕廣韻三十八箇原有則箇切一音，則音佐亦非訛也。

【集説】

朱彝尊曰：刱調似古樂府。

梯橋

乍似上青冥〔一〕，初疑躡菡萏〔二〕。自無飛仙骨〔三〕，欲度何由敢？

〔一〕青冥，見卷五薦士注。

〔二〕〔何焯義門讀書記〕菡萏，似指蓮華峯。〔方成珪箋正〕非也。此詩上句上青冥，言飄飄如騰空。而橋下植荷花，梯橋有級中虛，故疑躡菡萏耳。

〔三〕〔補釋〕十洲記：「惟飛仙能到其處耳。」杜甫詩：「自是君身有仙骨。」

月池

寒池月下明，新月池邊曲。若不妒清妍〔一〕，卻成相映燭。

〔一〕祝本作「研」，誤。

【集説】

何谿汶曰：筆墨閒録云：「三堂二十一詠取韻精切，非復縱肆而作，隨其題觀之，其工可知也。」

蔣之翹曰：王元美嘗云：絶句固自難，五言尤難。離首即尾，離尾即首，而要腹亦自不可少。妙在愈小而大，愈促而婉。得此法者，僅太白一人。王摩詰亦具體而微。此退之三堂二十一詠，蓋亦步武摩詰輞川雜詩而未逮者，已不免落宋人口吻矣。

朱彝尊曰：首首出新意，與王、裴輞川諸絶頗相似，音調卻不及彼之高雅。

查慎行曰：二十一章校王、裴輞川唱和，古澹遠。方世舉曰：唐人五絶分派，王、李正宗之外，杜甫一派，錢起一派，裴、王一派，李賀一派，昌黎一派。昌黎派遂爲東坡所宗，而陸放翁承之。程學恂曰：五絶王、李之外，端推裴、王，老杜已非擅長。至昌黎諸作，多率意爲之，實不足以見公本領。即求其好處，亦只平實説去，不矜張作意。後來文湖州與蘇潁濱唱和詩，似祖此種。

酬藍田崔丞立之詠雪見寄〔一〕

京城數尺雪，寒氣倍常年。泯泯都無地〔二〕，茫茫豈是天？崩奔驚亂射，揮霍訝相纏〔三〕。不覺侵堂陛〔四〕，方應折屋椽。出門愁落道〔五〕，上馬恐平韉〔六〕。朝鼓矜凌起〔七〕，山齋酩酊眠。吾方嗟此役，君乃詠其妍。水玉清顔隔〔八〕，波濤盛句傳〔九〕。朝飧思共飯〔一〇〕，夜宿憶同氈。舉目無非白，雄文乃獨玄〔一一〕。

〔一〕此首見遺詩。〔方世舉注〕舊唐書憲宗紀：「元和八年冬十月丙申，以大雪放朝，人有凍踣者，雀鼠多死。」蓋非常之雪，史册所紀。今此詩云：「京城數尺雪，寒氣倍常年。」後詩云：「藍田十月雪塞關。」既是大雪，時候又同，宜爲八年之作。但公爲藍田縣丞廳壁記在十年爲考功郎中知制誥時，而記云：「博陵崔斯立種學積文，元和初以前大理評事言得失黜官，再轉而爲丞茲邑。始至喟曰：官無卑，顧材不足塞職。既噤不得施用，又喟曰：余不負丞，而丞負余。」則作記本不在到官之始，或八年崔已爲藍田丞，未可知也。

〔二〕泯泯，見卷五贈崔立之評事注。

〔三〕〔蔣抱玄注〕張衡西京賦：「跳丸劍之揮霍。」〔補釋〕文選文賦李善注：「揮霍，疾貌。」

〔四〕〔補釋〕蔡邕獨斷：「陛，階也，所由升堂也。」

〔五〕〔方世舉注〕落道，失道也。

〔六〕〔方世舉注〕杜甫詩：「雪没錦鞍韉。」

〔七〕〔補釋〕文選思玄賦舊注：「矜，寒貌。」爾雅釋言：「凌，慄也。」

〔八〕〔方世舉注〕喻其顏之清，猶趙國策云「先生之玉貌」也。陸雲詩：「彷彿佳人，清顏如玉。」

〔九〕〔方世舉注〕即前贈崔詩所云「高浪駕天輸不盡」也。

〔一〇〕朝飧，見送進士劉師服東歸注。

〔一一〕〔方世舉注〕漢書揚雄傳：「雄方草太玄，人有嘲雄以玄之尚白。雄解之，號曰解嘲，云：僕誠不能與此數子者並，故默然獨守吾太玄。」〔蔣之翹曰〕一結大近稚氣。〔蔣抱玄曰〕結意造意與張打油相似，而雋雅十倍。

【集說】

蔣之翹曰：此作淺鄙，殊不類其言。

雪後寄崔二十六丞公〔一〕

藍田十月雪塞關〔二〕，我興南望愁羣山。攢天嵬嵬凍相映〔三〕，君乃寄命於其間〔四〕。秩卑俸薄食口衆〔五〕，豈有酒食開容顔？殿前羣公賜食罷，驊騮蹋路驕且閑〔六〕。稱多量少鑒裁密〔七〕，豈念幽桂遺榛菅〔八〕？幾欲犯嚴出薦口〔九〕，氣象硉兀未可攀〔一〇〕。歸來殞涕揜關卧〔一一〕，心之紛亂誰能刪〔一二〕？詩翁憔悴斸荒棘〔一三〕，清玉刻佩聯玦環〔一四〕。腦脂遮眼卧壯士〔一五〕，大弨挂壁無由彎〔一六〕。乾坤惠施萬物遂〔一七〕，獨於數子懷偏慳〔一八〕。朝欷暮唶不可解〔一九〕，我心安得如石頑〔二〇〕？

〔一〕斯立〔舉正〕元和八年冬作。〔沈欽韓注〕唐時呼丞爲丞公，猶漢時呼丞爲丞卿，桓帝時童謡「梁下有懸鼓，我欲擊之丞卿怒」，左延年秦女休行「丞卿羅東向坐」是也。丞公亦作贊公，又案劉禹錫集有酬國子博士崔立見寄詩，則崔自藍田丞復升於朝也。〔王元啓曰〕「詩翁憔悴斸荒棘」舊注：「時元和十年十月，孟郊已死。」愚謂斸荒棘猶言畊草萊，特悲其不遇而已。觀下「清玉刻佩」句，正謂其工於爲詩，豈復死者所能？又郊死時，張籍眼疾已愈，見公贈籍詩。又籍自爲詩有云：「三年病眼今年校。」此云「腦脂遮眼」，正籍初患眼疾之時，可以決其爲七年所作。蓋與西城員外詩，同在職方下遷之後。〔補釋〕七年冬，崔尚爲西城丞，未到藍田，王説非是。至九年冬，則孟郊已死。詩既作於郊未死前，必爲八年冬矣。十月大雪，正與舊史憲宗紀合。

〔二〕〔方世舉注〕新唐書地理志：「藍田，畿縣，有藍田關，故嶢關。有庫谷，谷有關。」

〔三〕〔舉正〕蜀作「嵬嵬」。〔考異〕「嵬嵬」，諸本作「崔嵬」。祝本作「崔嵬」。魏本、廖本、王本作「嵬嵬」。攢，見卷四杏花注。〔方世舉注〕廣雅釋訓：「嵬嵬，高也。」

〔四〕〔唐宋詩醇〕起調激越，極似同谷歌。

〔五〕〔方世舉注〕新唐書百官志：「畿縣丞一人，正八品下。」按唐六典，縣丞俸六十七石。

〔六〕〔顧嗣立注〕穆天子傳：「左服驊騮而右騄駬。」郭璞曰：「驊騮色如華而赤。」〔方世舉注〕詩碩人：「四牡有驕。」又駟驖：「四馬既閑。」

〔七〕〔聞人倓注〕晉書：「庾亮稱羲之清貴有鑒裁。」〔趙執信曰〕拗律句。

〔八〕〔考異〕「榛」，或作「蓁」。祝本作「蓁」。魏本、廖本、王本作「榛」。〔補釋〕楚辭招隱士：「桂樹叢生兮山之幽。」淮南子高誘注：「藂木曰榛。」説文：「菅，茅也。」

〔九〕〔方世舉注〕犯嚴，猶云干冒尊嚴也。〔趙執信曰〕第四字平，近律而拗。

〔一〇〕〔考異〕「兀」，或作「矹」。硉兀，見送進士劉師服東歸注。〔方世舉注〕此云羣公之崖岸，未可與言也。〔葛立方曰〕韓退之於崔立之厚矣，立之所望於退之者宜如何？然集中所答三詩，皆未有慰薦之意，何邪？其曰「幾欲犯嚴出薦口，氣象硉兀未可攀」，又云「東馬嚴徐已奮飛，枚臯即召窮且忍」，知識當要路，正賴汲引，隱情惜己，殆同寒蟬，古人之所惡也。〔何文焕曰〕夫韓公豈不敢犯嚴薦人者，想是人或性行不諧於世故爾。葛公遂斥其隱情惜己，殆同寒蟬，過矣。〔趙執信曰〕六仄。

〔一一〕〔趙執信曰〕拗律句。

〔一二〕〔朱彝尊曰〕鍛語之妙，幾入神。〔趙執信曰〕六平。

〔一三〕〔祝本引洪興祖曰〕謂孟郊也。〔方世舉注〕孟郊寒溪詩云：「洛陽岸邊道，孟氏莊前溪。岸童斸棘勞，語言多悲淒。」又云：「幽幽棘針村，凍死難耕犂。」然則斸荒棘乃孟郊之實事也。〔趙執信曰〕拗律句。

〔一四〕魏本、廖本、王本作「佩」。祝本作「珮」。〔祝充注〕玦，古穴切，如環而有缺。環，音還，肉倍好曰環。〔王本引孫汝聽曰〕三者喻孟郊詩之工也。

〔一五〕〔祝本引洪興祖曰〕謂張籍也。〔葛立方曰〕杜牧之乞湖啓云：「弟顗久病眼，醫者石公集云：是狀也，腦積毒熱，脂融流下，蓋塞瞳子，名爲内障。」則籍之所苦，乃内障也。

〔一六〕〔舉正〕三本同作「擐壁」。擐，貫也，言貫於壁而不用也。〔考異〕「挂」，方作「擐」。或作「擐臂」。〔邵長蘅曰〕弨，弓也。〔方世舉注〕此謂籍病目不能入官，猶良弓而無由用也。

〔一七〕〔補釋〕周禮：「施其惠。」呂氏春秋：「行其德而萬物得遂長焉。」高誘注：「遂，成也。」

〔一八〕〔聞人倓注〕廣韻：「慳，悋也。」

〔一九〕〔補釋〕説文：「欷，歔也。」後漢書光武帝紀注：「唶，歎也，音子夜反。」

〔二〇〕〔補釋〕詩：「我心匪石。」

【集説】

朱彝尊曰：蒼勁有餘，但乏婉潤之致，然卻鍊得入細。大約亦本杜詩來，第中間著力不得處稍遜杜。可見詩與文固是天分就兩派。

趙執信曰：押韻强穩，開宋人法門。

翁方綱聲調譜評曰：韓詩如此者甚多，宋人自學此耳，豈必云開其門乎？

方東樹曰：正起耳，而筆勢雄邁，中復感歎，乃所以爲寄也。

讀東方朔雜事〔一〕

嚴嚴王母宮〔二〕，下維萬仙家〔三〕。噫欠爲飄風〔四〕，濯手大雨沱〔五〕。方朔乃豎子〔六〕，驕不加禁訶〔七〕，偷入雷電室，輷輘掉狂車〔八〕。王母聞以笑，衛官助呀呀〔九〕。不知萬萬人〔一〇〕，生身埋泥沙〔一一〕，簸頓五山踣〔一二〕，流漂八維蹉〔一三〕。曰吾兒可憎〔一四〕，奈此狡獪何？方朔聞不喜，褫身絡蛟蛇〔一五〕，瞻相北斗柄〔一六〕，兩手自相挼〔一七〕。羣仙急乃言，百犯庸不科〔一八〕？向觀睥睨處〔一九〕，事在不可赦〔二〇〕，欲不布露言，外口實諠譁〔二一〕。王母不得已，顏嚬口齎嗟〔二二〕。頷頭可其奏〔二三〕，送以紫玉珂〔二四〕。方朔不懲創〔二五〕，挾恩更矜誇。詆欺劉天子〔二六〕，正晝溺殿衙〔二七〕。一旦不辭訣〔二八〕，攝身凌蒼霞〔二九〕。

〔一〕〔魏本引韓醇曰〕公時爲右庶子，而皇甫鎛、程异之徒乃用事，元和十一年也。雜詩及讀東方朔雜事、謳瘧鬼，皆指事託物而有作也。〔魏本引洪興祖曰〕退之不喜神仙，此詩譏弄權挾恩者耳。〔顧嗣立注引俞瑒曰〕此詩興祖以爲譏弄權者，觀結語云云，殊不然也。意亦指文人播弄造化，如雙鳥詩云爾。不然何獨取方朔而擬之權倖邪？〔朱彝尊曰〕刺天后時事。〔方世舉注〕刺張宿也。舊書本傳：「宿，布衣諸生也。憲宗爲廣陵王時，即出入邸第。及在東宮，宿時入謁。監撫之際，驟承顧擢，授左拾遺，以舊恩數召對禁中。機事不密，貶郴州郴縣丞。十餘年徵入，歷贊善大夫、左補闕、比部員外郎。李逢吉言其狡譎，上欲以爲諫議大夫，逢吉奏其細人不足污賢者位。崔羣、王涯亦奏其不可。上不悦，乃用權知諫議大夫。俄而內使宣授。」詩云「嚴嚴王母宮」，指宮禁也。「驕不加禁訶」，憲宗念舊恩也。「偷入雷電室」，數入禁中也。「輷輘掉狂車」，機事不密也。「羣仙急乃言」六語，謂憲宗不悦諸人之奏，乃先用權知諫議大夫也。「方朔不懲創」至「正晝溺殿衙」四語，即論奏所云污賢者位也。此皆一時事迹之明著者也。至於中間「瞻相北斗柄，兩手自相捼」，乃誅心之論，謂時雖未有其事，而心目中則瞻相國柄也。傳又云：「十三年正月，充淄青宣慰使，至東都，暴病卒。」故結句云「一旦不辭訣，攝身淩蒼霞」。正謂其暴死也。顧注有以結語不似諷刺，至疑通篇非譏弄權者，獨不見謝自然詩，寫其死者，亦曰「須臾自輕舉，飄若風中煙」，豈亦予之之詞耶？〔王元啓曰〕考宿本傳，方説良是。但其依比事實，頗多牽強繆戾之失。按新史，宿自布衣授左拾遺，交通權倖，四方賂遺滿門，詩言「絡蛟蛇」，即謂其交通權倖。「瞻相北斗柄」，謂盜弄國柄，史言宿以舊恩數召對禁中，機事不能慎密是也。宿漏禁中語坐貶，當時必有論奏之人，公所謂「羣仙急乃言」也。方世舉以宿召還後憲宗欲用爲諫議大夫，李逢吉、崔羣、王涯等皆謂不可當之，非是。宿出爲郴縣丞，雖以罪貶，仍得懷印曳紱爲吏，故云「送以紫玉珂」。方以憲宗不悦李逢吉諸人之奏，先用權知諫議大夫，爲「王母不得已」四句作注，愚謂逢吉奏請，上不悦，卒使中人宣授，是未嘗可其奏也，與詩旨戾矣。「方朔不懲創」至「正晝溺殿衙」四句，見宿貶謫後驕恣如故。「攝身淩蒼霞」者，謂仍入王母之宫，得與羣仙爲伍耳。宿貶郴縣丞十餘年，尋復徵入，歷贊善大夫、左補闕、比部員外郎，此詩自郴初召還朝時作。論搆局則迴應前文，兜裹最密。論命意則慮小人進用，善類被傷，語亦特有關係。方以宿元和十三年奉命宣慰淄青道卒當之，是敍其死也。死一小人，何足累我筆墨。且使此詩通體渙散無收，亦非文法，此則方氏之謬也。〔陳沆曰〕此爲憲宗用中官吐突承璀而作也。承璀討王承宗，喪師失將，故有「不知萬萬人，生身埋泥沙」之語。元和八年，李絳極言承璀專横，憲宗初怒，既而從之，出承璀爲淮南監軍，謂李絳曰：此家奴耳，向以其驅使之久，故假以恩私云云，故有「王母不得已，顏嚬口齎唶，頷頭可其奏」之語。章末特故幻詞以掩其譏刺之迹耳。俞瑒乃謂公不當取方朔而擬之權倖，當是指文人播弄造化者云云，固哉高叟之言詩乎！詩云「驕不加禁訶」，又云「挾恩更矜夸」，豈非刺詩明證。況此乃全取小説游戲成文，蓋毛穎傳之流，故題曰雜事，曾於方朔何傷？〔補釋〕以「不知萬萬人，生身埋泥沙」及「頷頭可其奏」諸語尋之，陳説較核，兹據以繫年。〔魏本引樊汝霖曰〕漢武帝内傳：「帝好長生，七夕，西王母降其宫。有頃，索桃七枚，以四枚與帝，自食三枚，曰：此桃三千年一實。時東方朔從殿東廂朱鳥牖中窺母，母謂帝曰：此窺牖兒嘗三來偷吾此桃，昔爲太山上仙官，令到方丈，擅弄雷電，激波揚風，風雨失時，陰陽錯遷，致令蛟鯨陸行，崩山壞境，海水暴竭，黄馬宿淵，於是九源丈人乃言於太上，遂謫人間。其後朔一旦乘雲龍飛去，不知所在。」〔方世舉注〕「太山上仙官」云云，今漢武内傳中竟無此語，想東方朔雜事别有其書，即班固爲朔傳贊所云「後世好事者，取奇言怪語附著之朔」，不足多辨也。

〔一一〕〔舉正〕古巖通作嚴，音同。詩「維石巖巖」，陸曰「本亦作嚴」是也。此云「下維萬仙家」，似當以巖巖爲義。〔補釋〕山海經大荒西經：「西海之南，流沙之濱，赤水之後，黑水之前，有大山，名曰昆侖之丘。有人，戴勝，虎齒，有豹尾，穴處，名曰西王母。」郭璞注：「河圖玉版亦曰：『西王母居昆侖之山。』西山經曰：『西王母居玉山。』穆天子傳曰：『乃紀名迹于弇山之石，曰西王母之山也。』然則西王母雖以昆侖爲宮，亦自有離宮別窟游息之處，不專住一山也。」

〔三〕〔魏本引孫汝聽曰〕言仙家環繞其宮也。〔補釋〕十洲記：「積石圃南頭，是西王母居。真宮仙靈之所宗，天人濟濟，不可具記。」又：「生洲上有仙家數萬。」

〔四〕〔舉正〕聚氣爲噫，張口爲欠。說文曰：「欠，張口氣牾也。」宋孟顗以亢聲大欠，被劾。蜀本作「欠」，校本多同。舊本一作「噫喑」，噫喑，警神聲也，見鄭氏禮注。噫當於其切，恐非。〔考異〕「欠」或作「吹」。〔魏本引孫汝聽曰〕莊子：「大塊噫氣，其名爲風。」〔魏本引韓醇曰〕飄風，旋風也。詩：「其爲飄風。」爾雅：「回風爲飄。」

〔五〕〔魏本引孫汝聽曰〕沱，大雨貌。詩：「月離于畢，俾滂沱矣。」言仙人噫欠則爲飄風，濯手則爲大雨，謂其衆多也。

〔六〕〔方世舉注〕史記平原君傳：「白起小豎子耳。」

〔七〕祝本、廖本、王本作「加」。魏本作「自」。〔方世舉注〕說文：「訶，大言而怒也。」

〔八〕〔舉正〕唐本作「輷」，舊監本同。字見王褒簫賦。又晉李顒雷賦：「鼓訇輘之逸韻。」蜀本作「較」，非。〔考異〕「輘」，或作「較」。〔補釋〕王褒洞簫賦：「故其武聲則若雷霆輘輷，佚豫以沸慣。」李善注：「輘輷，大聲也。」廣雅釋詁：「掉，動也。」淮南子原道訓：「雷以爲車輪。」

〔九〕〔魏本引孫汝聽曰〕衛官，王母侍衛之人。〔補釋〕說文新附：「呀，張口貌。」

〔一〇〕〔魏本注〕一作「萬古人」。

〔一一〕〔方世舉注〕郭璞江賦：「或汎瀲於潮波，或渾淪乎泥沙。」〔黄鉞注〕小人獻媚弄權，不顧殃民，往往如此。

〔一二〕祝本「頓」作「願」，誤。〔方世舉注〕列子湯問篇：「渤海之東，其中有五山也。一曰岱輿，二曰員嶠，三曰方壺，四曰瀛洲，五曰蓬萊。」

〔一三〕〔舉正〕蜀本、謝校同作「流漂八維蹉」。〔考異〕「流漂」，或作「漂流」。「維」，或作「紘」。祝本、魏本作「飄流八紘蹉」。廖本、王本作「流漂八維蹉」。〔補釋〕淮南子墬形訓：「八殥之外，而有八紘，亦方千里。自東北方曰和丘，曰荒土；東方曰棘林，曰桑野；東南方曰大窮，曰衆女；南方曰都廣，曰反户；西南方曰焦僥，曰炎土；西方曰金丘，曰沃野；西北方曰一目，曰沙所；北方曰積冰，曰委羽。」高誘注：「紘，維也，維落天地而爲之表，故曰紘也。」又原道訓注：「八紘，天之八維也。」廣雅：「蹉，跌也。」

〔一四〕〔方世舉注〕漢書金日磾傳：「日磾子或自後擁上項，日磾見而目之。上謂日磾：何怒吾兒爲？」

〔一五〕〔方世舉注〕褫身，猶脱身也。易訟卦：「或錫之鞶帶，終朝三褫之。」按揚雄蜀都賦：「其深則有水豹蛟蛇。」張衡西京賦：「鷩蝄蜽，憚蛟蛇。」蛟蛇二字連用本此。絡謂以蛟蛇自纏。

〔一六〕〔王元啓曰〕相字平聲讀，説文：「省視也。」白居易寄元稹詩：「百吏瞻相面，千夫捧擁身。」　〔沈德毓曰〕蓋本雅詩「民人所瞻」、「考慎其相」而兼用之。〔方世舉注〕星經：「北斗星謂之七政，爲人君號令之主。出號施令，布政天中，臨制四方。」又：「三公三星，在斗柄東，和陰陽，齊七政。」按：瞻相北斗柄，言其覬覦大用也。

〔一七〕諸本作「挼」。按：當作「捼」。〔方世舉注〕說文：「捼，推也，从手，委聲。一曰：兩手相切摩也。」徐鉉曰：「今俗作挼，非是。」〔補釋〕陸德明經典釋文：「捼，音奴禾反。」

〔一八〕〔魏本引孫汝聽曰〕庸不科者，謂方朔所犯多矣，安可不科其罪也？

〔一九〕〔魏本引孫汝聽曰〕即謂瞻相北斗也。〔方成珪箋正〕莊子山木篇：「雖羿逢蒙不能眄睨也。」「眄」，或作「睥」。李云：「邪視也。」

〔二〇〕〔祝充注〕赦，音奢。與去聲同。玉篇：「放也，置也。」

〔二一〕〔舉正〕閣、蜀本作「欲不布露言，外口實喧譁」。〔考異〕或作「欲不布露之，言外口實譁」。「言」，或作「宮」。祝本作「欲不布露之，言外口實譁」。魏本、廖本、王本從閣、蜀本。

〔二二〕〔舉正〕蜀本作「齎」。舊監本同。荆公從「咨」。易：「齎咨涕洟。」二字義通也。〔考異〕「齎」，或作「咨」。「嗟」，或作「咨」。祝本作「咨嗟」。魏本、廖本、王本作「齎嗟」。〔補釋〕陸德明經典釋文：「嚬，嚬眉也。馬云：憂頻也。齎，徐將池反，王肅將啼反。齎咨，嗟歎之辭也。鄭同馬云：悲聲，怨聲。」

〔二三〕諸本作「頷」。按當作「顉」，見卷七送無本師歸范陽注。〔方世舉注〕史記汲黯傳：「避帷中可其奏。」

〔二四〕〔魏本引韓醇曰〕梁簡文帝詩：「桃花紫玉珂。」〔補釋〕初學記：「通俗文曰：勒飾曰珂。」

〔二五〕〔補釋〕詩周頌正義：「我其懲創於往時。」

〔二六〕〔方世舉注〕漢書東方朔傳：「郭舍人恚曰：朔擅詆欺天子從官。」蜀志秦宓傳：「天子姓劉，是以知之。」

〔二七〕〔方世舉注〕漢書東方朔傳：「朔嘗醉入殿中，小遺殿上。劾不敬，有詔免爲庶人。」

〔二八〕〔魏本注〕「一旦」，或作「一且」，或作「且一」。〔方世舉注〕列仙傳：「陶安公騎赤龍上南山，城邑數萬人送之，皆辭訣。」

〔二九〕魏本、廖本、王本作「凌」。祝本作「陵」。〔考異〕「凌」，或作「入」。〔魏本引樊汝霖曰〕朔本傳不書所終，而内傳云：「一旦乘雲龍飛去。」又晉夏侯湛爲朔畫像贊，亦有乘雲登仙之語，「攝身凌蒼霞」，殆謂此也。

【集説】

顧嗣立曰：公詩皆本經史，而此作獨專取内傳，亦偶然戲筆。

程學恂曰：此詩本事點染，以刺當時權倖，且諷時君之縱容，以釀爲禍害也。「驕不加禁訶」五字，乃一篇之旨。「不知萬萬人，生身埋泥沙」數語，見嬖倖恃恩無賴，流毒生民，其害可勝言哉！「王母不得已」云云，曲盡昏庸姑息情態。前云入雷室弄雷車，後云乘雲飛去，仍是就本事衍敍以迷離之耳。不必句句黏煞。

桃源圖〔一〕

神仙有無何眇芒〔二〕，桃源之説誠荒唐〔三〕。流水盤迴山百轉〔四〕，生綃數幅垂中堂〔五〕。武陵太守好事者〔六〕，題封遠寄南宫下〔七〕。南宫先生忻得之〔八〕，波濤入筆驅文辭〔九〕。文工畫妙各臻極，異境怳惚移於斯。架巖鑿谷開宫室，接屋連墻千萬日。嬴顛劉蹶了不聞〔一〇〕，地坼天分非所恤〔一一〕。種桃處處惟開花，川原近遠烝紅霞〔一二〕。初來猶自念鄉邑，歲久此地還成家。漁舟之子來何所？物色相猜更問語〔一三〕。大蛇中斷喪前王〔一四〕，羣馬南渡開新主〔一五〕。聽終辭絶共悽然〔一六〕，自説經今六百年。當時萬事皆眼見，不知幾許猶流傳〔一七〕。争持酒食來相饋〔一八〕，禮數不同罇俎異〔一九〕。月明伴宿玉堂空〔二〇〕，骨冷魂清無夢寐〔二一〕。夜半金雞啁哳鳴〔二二〕，火輪飛出客心驚〔二三〕。人間有累不可住，依然離別難爲情。船開棹進一迴顧，萬里蒼蒼烟水暮。世俗寧知僞與真，至今傳者武陵人〔二四〕。

〔一〕〔方世舉注〕陶潛桃花源記：「晉太元中，武陵人捕魚，緣溪行，忘路之遠近。忽逢桃花林，夾岸數百步，芳草鮮美，落英繽紛。前行，便得一山。山有小口，便捨船，從口入。土地平曠，屋舍儼然，往來種作，悉如外人，黄髮垂髫，並怡然自樂。見漁人，大驚，問所從來，具答之。要還家，設酒殺雞作食。村中咸來問訊，自云：先世避秦來此，乃不知漢，無論魏、晉。停數日，辭去，詣太守，説如此。即遣人隨其往，遂迷，不復得路。」〔沈欽韓注〕全唐文董侹閻貞範先生碑言：「閻寀上言，乞以皇帝降誕之辰，度爲武陵桃源觀道士。」會要五十載其事在貞元七年四月。此詩蓋爲其事而作，故首用神仙荒唐之説破之。〔補釋〕詩云「武陵太守好事者，題封遠寄南宮下」，太守，竇常也。常以元和七年冬出守武陵，見劉禹錫武陵北亭記，時去貞元七年已二十餘載矣，此詩未必追刺前事也。考常守武陵時，禹錫方爲武陵司馬，劉集有游桃源詩一百韻，中述神仙事云「羽人顧我笑，勸我税歸軛，因話近世仙，聳然心神惕。乃言瞿氏子，骨狀非凡格，往事黄先生，羣兒多侮劇。謷然不屑意，元氣貯胸鬲，往往游不歸，洞中觀博奕，言高未易信，猶復加訶責。一旦前致辭，自云仙期迫，言師有道骨，前事常被謫，如今三山上，名字在真籍，悠然謝主人，後歲當來覿。言畢依庭樹，如烟去無迹。觀者皆失次，驚追紛絡繹。日暮山逕窮，松風自蕭槭。適逢修蛇見，瞋目光激射，如嚴三清居，不使恣搜索，唯餘步江勢，八趾在沙礫。至今東北隅，表以壇上石」云云。此詩首破神仙荒唐之説者，疑因此而發也。今以繫諸八年末。

〔二〕〔考異〕「眇芒」，或作「渺芒」。祝本、魏本作「渺芒」。廖本、王本作「眇芒」。〔何焯義門讀書記〕眇芒，言其細已甚也。若作渺芒，與荒唐意複。

〔三〕〔魏本引洪興祖曰〕淵明故桃源事，初無神仙之説。梁任安貧爲武陵記，亦祖述其語耳。淵明云：「先世避秦時亂。」而安貧云：「曩以避秦之亂，邑人相率攜妻孥隱此，厥後絶不外通，何人世之多遷貿也！」後人不深考，因謂秦人至晉猶不死，遂以爲地仙。〔吴子良曰〕淵明桃花源記，初無仙語，蓋緣詩中有「奇蹤隱五百，一朝敞神界」之句，後人不審，遂多以爲仙。如韓退之詩云：「神仙有無何渺茫，桃源之説尤荒唐。」劉禹錫云：「仙家一出尋無蹤，至今流水山重重。」王維云：「初因避地去人間，及至成仙遂不還。」又云：「重來徧是桃花水，不卜仙源何處尋。」皆求之過也。〔補釋〕按康駢劇談録云：「淵明所記桃花源，今鼎州桃花觀即是其處。自晉、宋來，由此上昇者六人。」雲笈七籤引司馬紫微天地宫府圖云：「第三十五桃源山洞，周迴七十里，名曰白馬玄光天。在玄洲武陵縣，屬謝真人治之。」公詩所破，乃此類神仙誕説，及夢得所詠近事耳。故下文述避秦人語，有「自説經今六百年，當時萬事皆眼見」之言，不云先世，一似長生不死者然，以見其荒唐不可信也。

〔四〕〔補釋〕陶集李公焕注引桃源經曰：「桃源山在縣南一十里，西北乃沅水，曲流而南，有障山東帶鈔鑼溪，周回三十有二里，所謂桃花源也。」

〔五〕〔補釋〕一切經音義引通俗文曰：「生絲繒曰綃。」

〔六〕〔方世舉注〕新唐書地理志：「朗州武陵郡，屬山南東道。」　〔陳景雲曰〕武陵太守，當是竇常。常兄弟五人，並以詩擅名，有聯珠集行世。元和十年，常爲朗州刺史。朗州，唐武陵郡。韓有岳陽樓別竇司直庠詩及竇司業牟墓誌，二人皆常之弟。常之刺朗，亦見牟誌。

〔七〕〔方世舉注〕晉書顧愷之傳：「愷之見題封如初，但失其畫。」　南宮，見卷六赤藤杖歌注。

〔八〕〔陳景雲曰〕南宮先生疑是盧虞部汀。韓、盧倡和甚多，詩見本集。臨邛韓本題下注：「必與一郎官賡和。」廖本改郎官爲禮部郎，非也。尚書諸曹，唐代統稱南宮，蓋猶云南省，不專指禮部。如和虞部赤藤杖詩，稱虞部爲南宮，即其證也。　〔補釋〕公元和四年和盧赤藤杖歌稱盧爲虞部，工部尚書之屬。六年和盧望秋作稱司門，刑部尚書之屬。十年和盧元日朝迴稱庫部，兵部尚書之屬，皆可稱南宮。公爲此詩時，盧當在司門或庫部任。若十年以後，公早赴街西行香贈盧詩稱中舍人，酬盧曲江荷花詩稱給事，皆不屬南宮矣。

〔九〕〔方世舉注〕江總詩：「飛文綺縠采，落紙波濤流。」

〔一〇〕〔魏本引孫汝聽曰〕嬴顛劉蹶，謂秦漢之亡。

〔一一〕魏本、廖本、王本作「坼」。祝本作「拆」。　〔魏本引孫汝聽曰〕地坼天分，謂晉、魏之亂。〔方世舉注〕史記天官書：「天開縣物，地動坼絕。」

〔一二〕〔舉正〕「近遠」，蜀作「遠近」。廖本作「烝」。祝本、魏本、王本、游本作「蒸」。　〔顧嗣立注〕

河圖：「昆侖山有五色水，赤水之氣，上烝爲霞。」蜀都賦：「舒丹氣以爲霞。」

〔一三〕〔顧嗣立注〕後漢嚴光傳：「令以物色訪之。」〔蔣抱玄注〕桃花源記：「村中聞有此人，咸來問訊。」

〔一四〕〔顧嗣立注〕漢書高帝紀：「夜經澤中，前有大蛇當道，乃拔劍斬之，蛇分爲兩，道開。後人來至蛇所，見一老嫗曰：吾子，白帝子也，化爲蛇，當道，今者赤帝子斬之。」

〔一五〕〔顧嗣立注〕晉元帝紀：「太安之際童謡云：『五馬浮渡江，一馬化爲龍。』帝與西陽、汝南、南頓、彭城五王獲濟，帝竟登大位焉。」

〔一六〕〔蔣抱玄注〕桃花源記：「此人一一爲具言，所聞皆嘆惋。」

〔一七〕〔張相曰〕許，估計數量之辭。凡云幾許，猶云多少也。

〔一八〕〔蔣抱玄注〕桃花源記：「餘人各復延至其家，皆出酒食。」

〔一九〕〔俞汝昌注〕陶潛桃花源詩：「俎豆猶古法。」

〔二〇〕〔顧嗣立注〕楚辭：「紫貝闕兮玉堂。」〔李詳證選〕左思吴都賦：「玉堂對霤。」劉逵注：「玉堂，仙人居也。」

〔二一〕〔程學恂曰〕七字甚妙，須知此境惟桃源中有之，則凡得此境者，到處皆桃源也。

〔二二〕〔方世舉注〕神異經：「扶桑山有玉雞，玉雞鳴則金雞鳴，金雞鳴則石雞鳴，石雞鳴則天下之雞皆鳴。」宋玉九辯：「鵾雞啁哳而悲鳴。」

〔二三〕〔方世舉注〕列子湯問篇：「日初出，大如車輪。」

〔二四〕〔何焯義門讀書記〕「武陵人」三字，并太守皆收在內。

【集説】

俞瑒曰：公七言古詩，少用對句。此篇諸對，亦甚奇偉。

何焯曰：觀起結，命意自見。中間鋪張處皆虚矣。章法最妙。

王士禛池北偶談曰：唐、宋以來，作桃源行最傳者，王摩詰、韓退之、王介甫三篇。觀退之、介甫二詩，筆力意思甚可喜。及讀摩詰詩，多少自在！二公便如努力挽強，不免面赤耳熱，此盛唐所以高不可及。

查慎行曰：通暢流麗，較勝右丞。

金德瑛曰：凡古人與後人共賦一題者，最可觀其用意關鍵。如桃源陶公五言，爾雅從容，草榮木衰八句，略加形容便足。摩詰不得不變七言，然猶皆用本色語，不露斧鑿痕也。昌黎則加以雄健壯麗，猶一一依故事鋪陳也。至後來王荆公則單刀直入，不復層次敍述，此承前人之後，故以變化争勝，使拘拘陳迹，則古有名篇，後可擱筆，何庸多贅？詩格固爾，用意亦然。前人皆於實境點染。昌黎云「當時萬事皆眼見，不知幾許猶流傳」，則從情景虚中摹擬矣。荆公云「雖有父子無君臣」，「天下紛紛經幾秦」，皆前所未道。大抵後人須精刻過前人，然後可以争勝。試取古人同題者參觀，無不皆然。苟無新意，不必重作。世有議後人之透露，不如前人之含蓄者，此執一而不知變也。

黄鉞曰：右丞作後，乃爲絶唱。

方東樹曰：自李、杜外，自成一大宗，後來人無不被其淩罩。此其所獨開，格意句創造己出，安可不知？歐、王章法本此，山谷句法本此。此與魯公書法同爲空前絶後，後來豈容易及？先敍畫作案，次敍本事，中夾寫一二，收入議，作歸宿。抵一篇游記。凡一題數首，觀各人命意歸宿，下筆章法。輞川只敍本事，層層逐敍夾寫。此只是衍題。介甫純以議論驚空而行，絶不寫。

飲城南道邊古墓上逢中丞過贈禮部衛員外少室張道士〔一〕

偶上城南土骨堆〔二〕，共傾春酒兩三盃〔三〕。爲逢桃樹相料理〔四〕，不覺中丞喝道來〔五〕。

〔一〕元和九年甲午。此首見遺詩。〔王伯大注〕中丞，謂裴度也。〔陳景雲曰〕題中既不著中丞之姓，又無佗事可證，何由知其爲晉公？〔王元啓曰〕公有送張道士序云：「嵩南隱者。」少室正在嵩南，張道士意即是人。〔補釋〕送張道士序云：「九年，聞朝廷將治東方諸侯貢賦之不如法者，三獻書不報，長揖而去。」詩有「霜天熟柿栗，收入不可遲」句。同時白居易亦有送張山人歸嵩陽詩云：「黄雲慘慘天微雪，夜扣柴門與我别。」是張之歸，蓋在九年冬；若至十年冬，則白已貶江州矣。考舊唐書憲宗紀：「九年十一月戊戌，以裴度爲御史中丞。」此詩有春酒桃樹語，時在春季，度尚未爲中丞，當别是一人。又白送張詩有「答云前年偶下山，四十餘月客長安」之語，逆數張於元和六年已到京，則此詩繫諸七年八年春亦可。玆姑與送張道士詩同繫於九年。〔方世舉注〕衛員外未審何人。考公所相與者爲衛中行，集中有衛府君墓志云：「元和十年，其弟中行爲尚書兵部郎。」則九年爲禮部員外，十年轉兵部郎中，官階可推。〔補釋〕舊唐書職官志：「御史臺中丞二員，正四品下。」員外，見卷二李員外寄紙筆注。道士，見卷七誰氏子注。

〔二〕〔方世舉注〕記檀弓：「延陵季子曰：骨肉復歸於土。」今古墓惟土與骨而已矣，故曰土骨堆。

〔三〕祝本作「兩三」。廖本、王本作「三五」。〔補釋〕詩：「爲此春酒。」

〔四〕〔方世舉注〕世説：「王子猷作桓車騎參軍，桓謂王曰：卿在府久，比當相料理。」按齊民要術：「先耕作壠，然後散榆莢，榆生與草俱長，未須料理。明年放火燒之，又明年斸去惡者。」料理桃樹，當亦此類。

〔五〕〔方世舉注〕喝道自古有之，即孟子所謂「行辟人」也。古今注云：「兩漢京兆、河南尹及執金吾司隸校尉，皆使人導引傳呼，使行者止，坐者起。」即喝道也。

【集説】

蔣抱玄曰：敍事明晳。

江漢一首答孟郊〔一〕

江漢雖云廣〔二〕，乘舟渡無艱〔三〕。流沙信難行〔四〕，馬足常往還〔五〕。淒風結衝波〔六〕，狐裘能御寒〔七〕。終宵處幽室，華燭光爛爛〔八〕。苟能行忠信〔九〕，可以居夷蠻〔一〇〕。嗟余與夫子，此義每所敦〔一一〕。何爲復見贈？繾綣在不諼〔一二〕。

〔一〕祝本、魏本、王本有「一首」二字。廖本無。〔魏本引唐庚曰〕孟郊集有贈韓郎中二首，其一云：「何以結交契？贈君高山石。何以保貞堅？贈君青松色。貧交過此外，無可相彩飾。聞君首鼠詩，吟之淚空滴。」又一云：「碩鼠既穿墉，又囓機上絲。穿墉有餘土，囓絲無餘衣。朝吟枯桑柘，暮泣穿杼機。豈是無巧妙，絲斷將何施？衆人尚肥華，志士多飢羸。願君保此節，天意當察微。」唐人諸詩，和意不和韻，此篇豈公所答者耶？〔王元啓曰〕此詩「行忠信」以下，正答來詩山石青松保節之意。〔方世舉注〕孟詩題稱韓郎中，蓋於比部時也。十月轉考功郎中，則郊已没矣。公與郊唱和之詩止於此。

〔二〕〔方世舉注〕詩漢廣：「漢之廣矣，不可泳思。江之永矣，不可方思。」

〔三〕〔舉正〕山谷本校「艱」作「難」。〔魏本引韓醇曰〕詩：「誰謂河廣？一葦杭之。」

〔四〕〔方世舉注〕書禹貢：「導弱水至于合黎，餘波入于流沙。」

〔五〕〔蔣抱玄注〕東京賦：「馬足未極。」

〔六〕〔蔣抱玄注〕吕氏春秋：「西南曰淒風。」〔方世舉注〕陸機詩：「寒冰結衝波。」

〔七〕〔魏本引補注〕吕氏春秋：「衞靈公鑿池苑，春曰：『天寒恐傷民。』公曰：『寒哉？』春曰：『君衣狐裘，坐熊席，四陬有火，是以不寒。』」

〔八〕〔舉正〕閣本作「炎炎」。杭、蜀本皆作「爛爛」。楚辭「爛」字亦叶平聲用。九章曰「曾枝剡棘，圓實摶兮。青黄雜揉，文竟爛兮」是也。〔魏本引補注〕禮記：「譬猶終夜有求於幽室之中，非燭何見？」

〔九〕〔舉正〕陳齊之校「行」作「存」。

〔一〇〕〔魏本引孫汝聽曰〕江漢、流沙、衝波、幽室，四者皆以喻忠信則無往而不可也。孔子曰：「言忠信，行篤敬，雖蠻貊之邦行矣。」〔李詳證選〕歐陽建臨終詩：「子欲居九蠻。」此居蠻字所本。

〔一一〕〔李詳證選〕曹植贈徐幹詩：「親交義在敦。」

〔一二〕〔魏本引祝充曰〕詩：「以謹繾綣。」左氏：「繾綣從公。」注：「不離散也。」諼，忘也。詩：「永矢弗諼。」〔補釋〕詩毛傳：「繾綣，反覆也。」〔程學恂曰〕非疑其言，正是心受。

【集説】

王懋竑曰：寒、删、元通用。敦、諼元韻，韻補無叶。

李光地榕村詩選曰：言修德可以涉險困，而欲共勉之。

朱彝尊曰：四排一律，總是難處，尚可爲意。調法本左太沖「四賢豈不偉」來。

何焯義門讀書記曰：發端疊下四喻，極繾綣之致。詩亦突過黄初。

查慎行曰：古情古義，真覺纏綿。

山南鄭相公樊員外酬答爲詩其末咸有見及語樊封以示愈依賦十四韻以獻〔一〕

梁維西南屏〔二〕，山厲水刻屈〔三〕。稟生肖勦剛〔四〕，難諧在民物〔五〕。滎公鼎軸老〔六〕，烹斡力健倔〔七〕。帝咨女予往〔八〕，牙纛前坌坲〔九〕。威風挾惠氣，蓋壤兩劘拂〔一〇〕。茫漫筆墨間〔一一〕，指畫變恍欻〔一二〕。誠既富而美，章彙霍炳蔚〔一三〕。日延講大訓〔一四〕，龜判錯袞黻〔一五〕。樊子坐賓署，演孔刮老佛〔一六〕。金舂撼玉應〔一七〕，厥臭劇蕙鬱〔一八〕。遺我一言重，跽受惕齋慄〔一九〕。詞慳義卓闊〔二〇〕，呀豁疾掊掘〔二一〕。如新去耵聹〔二二〕，雷霆逼颶䬏〔二三〕。綴此豈爲訓〔二四〕，俚言紹莊屈〔二五〕。

〔一〕魏本「相公」下有「與」字。祝本、廖本、王本無。〔舉正〕鄭餘慶、樊宗師也。〔方世舉注〕

舊唐書憲宗紀：「九年三月，以太子少傅鄭餘慶爲山南西道節度使。」新唐書樊宗師傳：「宗師，字紹述，始爲國子主簿，歷絳州刺史，進諫議大夫，未拜卒。韓愈稱宗師議論平正有經據，嘗薦其材云。」公集薦樊宗師狀：攝山南西道節度副使前檢校水部員外郎樊宗師。

〔二〕〔考異〕「維」，或作「惟」。祝本作「惟」。魏本、廖本、王本作「維」。〔方世舉注〕新唐書地理志：「興元府漢中郡，本梁州漢川郡。天寶元年更郡名，興元元年爲府，山南西道采訪使，治梁州。」〔魏本引孫汝聽曰〕屏，蔽也。詩：「大邦維屏。」

〔三〕〔祝本魏本注〕「屈」，一作「窟」。〔魏本引孫汝聽曰〕厲，峭拔也。刻屈，謂刻削屈曲也。〔補釋〕厲，巁之借字。説文：「巁，巍高也，讀若厲。」

〔四〕〔舉正〕三本同作「勦剛」。荆公、山谷本皆校「勦」作「勁」，非。〔祝充注〕勦，輕捷也。吴録：「聞卿能坐躍，勦捷不常。」〔補釋〕勦剛，並列複詞，在此義近。慧琳一切經音義卷五十六：「勦，捷健也。謂勁速勦健也。中國多言勦。勦，音姜權反。」

〔五〕〔魏本引孫汝聽曰〕人性勦剛，難諧和也。

〔六〕〔舉正〕餘慶封滎陽郡公，作「榮」者非。祝本、魏本作「榮」。廖本、王本作「滎」。〔方世舉注〕按新唐書餘慶傳：「爲山南節度，後入拜太子少師，遷尚書左僕射，拜鳳翔節度，復爲太子少師，封滎陽郡公。」則此時尚未封也。殆以餘慶本鄭州滎陽人，故稱之耶。又按新書餘慶傳，貞元十四年，拜中書侍郎同中書門下平章事，坐事貶郴州司馬。憲宗立，復拜同中書門下平章事，故曰鼎軸老。

〔七〕〔考異〕「斡」，或作「鮮」，非是。〔顧嗣立注〕烹字頂上鼎字，斡字頂上軸字來。〔嚴虞惇曰〕烹，取老子「治大國若烹小鮮」之義。斡謂斡旋，猶宰制也。

〔八〕〔魏本廖本注〕「予」，一作「俞」。〔魏本引孫汝聽曰〕帝咨者，謂帝咨詢于人，而得餘慶也。女予往者，言女爲予往也，取書云「帝曰俞，女往哉」之義。

〔九〕〔舉正〕唐本、李、謝校作「坲」。坲埻，塵起貌。字見楚辭九嘆。〔考異〕「坲」，或作「拂」。〔補釋〕張衡東京賦：「牙旗繽紛。」薛綜注：「兵書曰：牙旗者，將軍之旌，謂古者天子出，建大牙旗，竿上以象牙飾之，故云牙旗。」纛，見卷五薦士注。後漢書東夷傳注：「坋，塵也。」楚辭九嘆：「埃坲坲兮。」王逸注：「坲坲，塵埃貌。」

〔一〇〕〔舉正〕「劘」，音摩。相如子虛賦：「下摩蘭蕙，上拂羽蓋。」文選作「靡」。賈山傳贊「自下劘上」，序傳只作「摩」。古摩、靡通用。揚子：「劘虎牙。」莊子：「喜則交頸相靡。」漢衡山王贊：「臣下漸靡使然。」今集韻「摩」下不出「靡」字，非也。〔考異〕「拂」，諸本作「刜」。〔蔣抱玄注〕淮南子：「以天爲蓋。」〔魏本引孫汝聽曰〕言滎公之治梁，威風惠氣，二者相須劘拂于天壤之間。〔方世舉注〕劘拂正用子虛賦。又魏文帝詩：「卑枝拂羽蓋，修枝摩蒼天。」

〔一一〕諸本「筆墨」作「華黑」。〔舉正〕「華陽黑水惟梁州」，謂山南所領也。唐本、蜀本皆作「華黑」惟謝本尚作「筆墨」，校本之亂真多矣。〔王元啓曰〕此説鄙意獨不謂然。是詩因鄭、樊唱和而作，非專頌鄭公德政。篇首借端引入，威風惠氣二語，業已結盡，此下正當接入賓主唱和之事。且云摩拂及于蓋壤，則華陽、黑水有不足言者矣。況不言筆墨，則下文富美炳蔚二語，空無所指，反爲突出無端。竊謂此二字正通體樞紐轉軸處，專用筆墨指揮，已足使風氣立變，見其威惠所敷，一皆文教所被也。指畫句迴應前文，不傷重複，而且有間見層出之奇。引入富美二句，節拍尤緊，改作「華黑」，即首尾渙散，不相統攝矣。今輒定從或本。

〔一二〕〔魏本引孫汝聽曰〕言滎公梁治，指畫之間，便能變化如鬼神。怳欻，言甚也。〔顧嗣立注〕文選思玄賦：「欻神化而蟬蜕。」善曰：「欻，輕舉貌。」

〔一三〕〔魏本引韓醇曰〕易：「大人虎變，其文炳也；君子豹變，其文蔚也。」〔魏本引孫汝聽曰〕章彙，文采也。〔祝充注〕蔚，音鬱。

〔一四〕〔方世舉注〕書顧命：「大訓弘璧。」按新唐書餘慶傳：「餘慶在興元創學廬，其子澣爲山南西道節度使，嗣完之，養生徒，風化大行。」則知日延講人訓，當時有是事也。

〔一五〕〔方世舉注〕公羊傳：「寶者何？璋判白龜青純。」詩九罭：「袞衣繡裳。」又終南：「黻衣繡裳。」孫曰：「龜判言其所執，袞黻言其服，講大訓者之錯雜如此。」按璋判可執，詩棫樸「奉璋峨峨」是也。執玉龜襲，雖見于玉藻，然大抵是卜時執之，講大訓無所事此。新唐書車服志：「天授二年，改佩魚爲龜。」賀知章以金龜換酒。然則判言所執，龜言所佩，袞黻言所服耳。

〔一六〕〔舉正〕唐本、李、謝校作「刮」，字見劇秦文。〔考異〕「刮」，或作「亂」。祝本作「亂」。魏本、廖本、王本作「刮」。〔補釋〕後漢書樊英傳注：春秋緯演孔圖。〔顧嗣立注〕選劇秦美新文：「刮語燒書。」

〔一七〕〔王本引孫汝聽曰〕金玉相應，以況樊、鄭唱酬之作也。

〔一八〕〔顧嗣立注〕爾雅翼：「鬱，鬱金也。其根芳香而色黃。」

〔一九〕〔祝充注〕跽，長跪也。莊子：「擎跽曲拳。」〔廖瑩中注〕書：「夔夔齋慄。」

〔二〇〕〔王本引孫汝聽曰〕言辭約而義富。

〔二一〕祝本作「疾」。魏本、廖本、王本作「疚」。〔舉正〕唐本作「疚」。謝本一作「疚」。疚，勞也，義爲長。〔考異〕「疚」，或作「疾」。〔王本引孫汝聽曰〕呀豁，隙竅也。因其隙竅，疾加掊掘。掊掘者，討究也。〔祝充注〕掊，擊也。掘，掘地也。莊子：「掊斗折衡。」易：「掘地爲臼。」〔王元啓曰〕「呀豁」句上承卓闊，下開雷霆颶風之喻，當從諸本及孫注作「疾掊掘」。蓋呀豁謂隙竅處，掊掘者，爬羅剔抉之謂。呀豁疾掊掘，猶言無義不搜，東坡所謂水銀傾地，百穴千竅無所不入是也。司空圖稱公詩「物狀其變，不得不鼓舞而徇其呼吸」，亦同此意。蓋就作詩者言。方本改「疾」爲「疚」，訓以勞義，此爲曲說。但孫訓掊掘爲討究，亦似就讀詩者言，其解猶混。

〔二二〕〔舉正〕杭本作「新去」。蜀作「初去」。耵聹，耳垢也，从目非。祝本、廖本、王本作「耵聹」。魏本作「盯聹」。

〔二三〕〔舉正〕唐本作「颶」。閣本、蜀本皆作「颸」，字書不載。〔考異〕「颶」，或作「飀」。魏本作「颶」。祝本作「颸」。廖本、王本作「颶」。〔方世舉注〕説文：「颶，大風也。」〔王本引孫汝聽曰〕言讀此詩，如新去耳中垢，卻聞雷霆颶颶，言驚恐不定也。

〔二四〕〔考異〕「此」，或作「作」。祝本作「作」。魏本、廖本、王本作「此」。

〔二五〕〔王本引孫汝聽曰〕言我綴此答詩，豈以爲訓乎？俚下之言，聊以紹莊周、屈原而已。〔方世舉注〕莊、屈分指鄭、樊，言以俚言繼和兩奇才也。

【集説】

樊汝霖曰：李肇國史補曰：「元和以後爲文，奇詭則學於韓愈，苦澀則學於樊宗師。」公此詩及紹述墓銘，語奇而澀，皆所以效其體也。

王懋竑曰：通首物韻，慄颶二字質韻。古質、物通，或當有叶音也。

朱彝尊曰：艱澀，無甚意味。

程學恂曰：公稱紹述之著作爲最富，而其詩之傳於世者寥寥。畢竟詰屈聱牙，有意逞奇，非取安也。此詩即全橅其格，辭誠慳而義則常也，殊不見精奥處。

送張道士〔一〕并序

張道士，嵩高之隱者，通古今學，有文武長材，寄跡老子法中爲道士，以養其親。九年，聞朝廷將治東方諸侯貢賦之不如法者，三獻書不報，長揖而去。京師士大夫多爲詩以贈，而屬愈爲序。

大匠無棄材，尋尺各有施〔二〕，況當營都邑，杞梓用不疑〔三〕。張侯嵩南來〔四〕，面有熊豹姿〔五〕。開口論利害，劍鋒白差差〔六〕。恨無一尺捶〔七〕，爲國笞羌夷。詣闕三上書：臣非黄冠師，臣有膽與氣，不忍死茅茨〔八〕，又不媚笑語，不能伴兒嬉。乃着道士服，衆人莫臣知。臣有平賊策，狂童不難治〔九〕，其言簡且要，陛下幸聽之。天空日月高，下照理不遺。或是章奏繁〔一〇〕，裁擇未及斯〔一一〕。寧當不俟報，歸袖風披披〔一二〕？答我事不爾〔一三〕，吾親屬吾思〔一四〕，昨宵夢倚門〔一五〕，手取連環持〔一六〕，今日有書至，又言歸何時。霜天熟柿栗〔一七〕，收拾不可遲。嶺北梁可構〔一八〕，寒魚下清伊〔一九〕。既非公家用〔二〇〕，且復還其私。從容進退間，無一不合宜〔二一〕。時有利不利〔二二〕，雖賢欲奚爲？但當勵前操，富貴非公誰？

〔一〕〔魏本引樊汝霖曰〕公逸詩有飲城南道邊古墓上逢中丞過贈兵部衛員外少室張道士，豈此道士耶？〔沈欽韓注〕白氏長慶集有送張山人歸嵩陽詩。見飲城南道邊古墓上注。

〔二〕〔補釋〕國語韋昭注：「八尺爲尋。」

〔三〕〔補釋〕國語：「晉卿不若楚，其大夫則賢，其大夫皆卿材也。若杞梓皮革焉，楚實遺之。」韋昭注：「杞梓，良材也。」

〔四〕〔舉正〕閣本、謝校作「南」。祝本、魏本、廖本作「高」。王本作「山」。〔王元啓曰〕公逸詩有贈少室張道士絶句一首，意即此人。少室在嵩西南，故曰嵩南隱者，一作嵩陽亦通。考異因詩有「清伊」字，又疑張係嵩北人，改「南」爲「高」，恐其未是。〔補釋〕證以長慶集題作歸嵩陽，王説是也。

〔五〕〔方世舉注〕左傳：「是子也，熊虎之狀。」

〔六〕〔舉正〕蜀本作「白」。杭本作「自」。〔考異〕作「自」非是。

〔七〕〔考異〕「捶」，方作「箠」。祝本作「箠」。魏本、廖本、王本作「捶」。〔方成珪箋正〕莊子天下篇：「一尺之棰。」注：「音章蘂切。」司馬云：「捶，杖也。」魏本亦作「棰」。然説文手部捶下云：「以杖擊也。」木部無棰字。則作捶爲正。

〔八〕〔黄徹曰〕昌黎贈張道士云：「詣闕三上書，臣非黄冠師，臣有膽與氣，不忍死茅茨。」韋應物送李山人云：「聖朝多遺逸，披膽謁至尊，豈是貿榮寵，誓將救元元。」聖俞贈師魯云：「臣豈爲身謀，而邀陛下睠。」皆急於得君，非爲利禄計也。
〔九〕〔方世舉注〕指吴元濟也。
〔一〇〕〔方世舉注〕蔡邕獨斷：「凡羣臣上書於天子有四名，一曰章，二曰奏，三曰表，四曰駁議。」
〔一一〕〔考異〕「斯」，方從閣、杭作「期」，非是。祝本作「期」。魏本、廖本、王本作「斯」。
〔一二〕〔方世舉注〕屈原九歌：「雲衣兮披披。」
〔一三〕〔方世舉注〕世説：「謝公曰：外人論殊不爾。」
〔一四〕屬，見卷五秋懷詩注。
〔一五〕〔魏本引樊汝霖曰〕戰國策：「王孫賈母曰：汝朝出而晚來，則吾倚門而望。汝暮出而不還，則吾依閭而望。」
〔一六〕〔魏本引孫汝聽曰〕持連環，以示還意。
〔一七〕〔王元啓曰〕序與詩皆閏八月後九十月間所作，故有熟柿栗之語。
〔一八〕祝本作「構」。魏本、廖本、王本作「搆」。
〔一九〕祝本、廖本、王本作「伊」。魏本作「漪」。〔舉正〕杭、蜀同作「伊」。〔考異〕「伊」，或作「漪」。今按：伊水在嵩北，若前作「嵩南」，即此處不可作「伊」，若彼作「嵩高」，則此乃可作「伊」耳。「漪」字雖可通用，然本不从水，只是語助詞。如書「斷斷猗」，大學作「兮」，莊子「猶爲人猗」，亦是此類。故説文水部無之。但因伐檀漣漪淪漪，故俗遂加水用之，而韓公亦有「含風漪」之句，則此作「漪」亦未可知。今上文既作「嵩高」，則此且作「伊」亦無害。若有他證，見得上文果當作「南」，則此卻當改爲「漪」矣。〔王元啓曰〕此詩上句明言嶺北，自指伊水言之。張雖居嵩南，構梁不妨嵩北。此蒙上構梁爲文，不必以嵩南二字爲疑。

〔二〇〕〔方世舉注〕左傳：「公家之利，知無不爲，忠也。」

〔二一〕祝本、魏本、廖本作「宜」。王本作「疑」，非是。

〔二二〕〔方世舉注〕史記管仲傳：「吾嘗爲鮑叔謀事，而更窮困，鮑叔不以我爲愚，知時有利不利也。」

【集説】

蔣抱玄曰：硬而不生，雄而不率，爲公詩最熨貼者。

答道士寄樹雞〔一〕

軟濕青黃狀可猜〔二〕，欲烹還喚木盤迴。煩君自入華陽洞〔三〕，直割乖龍左耳來〔四〕。

〔一〕〔魏本引祝充曰〕樹雞，木耳之大者。〔補釋〕方世舉注以爲即前詩之張道士，並無確據。姑類繫於此。樹雞，松樹楓樹上之大菌。

〔二〕〔方世舉注〕齊民要術：「木耳，菹取棗桑榆柳樹邊生猶輭濕者，煮五沸，去腥汁。」

〔三〕〔補釋〕真誥：「大天之内，有地中之洞天三十六所，其第八是句曲之洞，周迴一百五十里，名曰金壇華陽之天。」

〔四〕〔魏本引樊汝霖曰〕乖龍左耳，取譬也。〔曾季貍曰〕割龍耳事兩出。柳子厚龍城録載：「茅山處士吴綽，因採藥於華陽洞，見小兒手把大珠三顆，戲於松下，綽見之，因詢誰氏子？兒奔忙入洞中，綽恐爲虎所害，遂連呼相從入。得不二十步？見兒化龍形，一手握三珠，填左耳中。綽以藥斧斸之，落左耳，而失珠所在。」又馮贄雲仙散録載：「崔奉國家一種李，肉厚而無核。識者曰：天罰乖龍，必割其耳，血墮地，生此李。」未知退之所用果何事？然龍城録載割華陽洞龍左耳事，而雲仙散録乃有乖龍割耳之説，二書各有可取也。〔陳景雲曰〕龍城、雲仙二録，新、舊史藝文志皆無之。洪容齋力斥龍城録爲妄書，而云或以爲劉無言所著。至朱子語類及張邦基墨莊漫録中，則謂二録皆王銍性之僞撰。按：無言名壽，湖州人，元祐三年進士，有文譽，東坡嘗和其詩。銍亦北宋末名士，陸放翁深推其記問該洽，而生平好撰僞書欺世，識者嗤之。則洪、張二説，似朱、張尤爲得實矣。容齋又嘗言孔傳續白氏六帖採摭唐事殊有功，而悉載雲仙録諸事，自穢其書。按：孔帖兼載二録，而容齋獨舉雲仙，蓋偶遺其一。要之此二録皆底下惡書也。注家不辨而俱引之，殆亦穢韓子之詩矣。〔補釋〕報恩經：「善友太子入海，乞得龍王左耳中如意摩尼寶珠。」疑爲公此句字面之所本。

廣宣上人頻見過〔一〕

三百六旬長擾擾，不衝風雨即塵埃〔二〕。久慙朝士無裨補〔三〕，空愧高僧數往來。學道窮年何所得？吟詩竟日未能迴。天寒古寺游人少，紅葉窗前有幾堆〔四〕？

【集說】

朱彝尊曰：豪氣駭人。

〔一〕〔魏本引集注〕廣宣，蜀僧，有詩名。元和中住長安安國寺，白樂天所云「廣宣上人，詔許居安國寺紅樓院，以詩供奉」是也。宣有詩號紅樓集。唐藝文志又有宣與令狐楚唱和一卷。劉夢得集中亦有因呈廣宣上人二詩。其在中都，與公數往來，無足怪也。〔方世舉注〕國史補：「韋相貫之爲尚書右丞入內，僧廣宣贊門曰：竊聞閣下不久拜相。貫之叱曰：安得此不軌之言。命紙草奏，僧恐懼走出。」則廣宣乃奔走於公卿之門者，題曰頻見過，甚厭之也。此詩未能定其年月，但貫之爲尚書右丞入相事在九年，而公在朝已久，是年十月，以考功郎中掌制誥。廣宣以詩爲名，意實在於趨炎，則奔走長安街時時見過，或即在此時也。

〔二〕〔舉正〕文苑作「三十六旬」。〔顧嗣立注〕書：「朞三百有六旬。」

〔三〕〔考異〕「慙」，方作「爲」。祝本魏本作「爲」。廖本、王本作「慙」。

〔四〕〔紀昀曰〕末二句是譏其終日不歸。

【集說】

方回曰：老杜詩無誰敢議，「穿花蛺蝶深深見，點水蜻蜓欵欵飛」，程夫子以爲不然。自齊、梁、陳、隋以來，專於風花雪月草木禽魚組織繪畫，無一句雅淡，至唐猶未盡革。而晚唐詩料於琴棋僧鶴茶酒竹石等物，無一篇不犯。昌黎大手筆也，此詩中四句，卻只如此枯槁平易，不用事，不狀景，不泥物，是可以非詩訾之乎？此體惟後山有之，惟趙昌父有之，學者不可不知也。

何焯義門讀書記曰：窮年擾擾，竟未立功立事，稍偷閒暇，又費之一談一詠，能不增葉落長年之悲乎？此詩即公所謂聰明日減於前日，道德有負於初心者。結句妙借廣宣點出，更不說盡。

王元啓曰：首四句自慙無補，後四句即用自慙意規諷廣宣。結語所云，正見其可以閉門學道也。

章士釗曰：夫韓之於佛也，自始直捷厭儒而易其趨，此觀廣宣上人頻見過詩，「久慚朝士無裨補，空愧高僧數往來。學道窮年何所事？吟詩竟日未能迴」，治儒自懺，侃侃而談，可以概見，於是此新興息壤，非從入中國六百年之佛法而末由得也。

酬王二十舍人雪中見寄〔一〕

三日柴門擁不開，階平庭滿白皚皚〔二〕。今朝蹋作瓊瑤跡〔三〕，爲有詩從鳳沼來〔四〕。

〔一〕〔魏本引樊汝霖曰〕王二十舍人，王涯也，公赴江陵途中寄王二十補闕即其人。涯，公之同年友，至是爲中書舍人，以詩來寄。或云王仲舒，非也。仲舒召爲中書舍人時，公正在袁州，未幾即觀察江西，公尚在袁，爲作新修滕王閣記，則此非仲舒明矣。〔陳景雲曰〕韓子赴江陵途中有寄贈王二十補闕詩，即涯也。又有次石頭驛寄王十中丞詩，則仲舒也，二王姓同行異，即見本集。至王播呼涯爲二十兄，又別見唐史。〔方成珪箋正〕舊史王涯傳：「涯於元和九年八月拜中書舍人，十年即轉工部侍郎。」此詩九年冬作。

〔二〕〔舉正〕蜀本、謝校作「平庭」。〔考異〕「平庭」，或作「庭平」。祝本、魏本作「庭平」。廖本、王本作「平庭」。〔方世舉注〕劉歆遂初賦：「漂積雪之皚皚。」

〔三〕〔魏本引孫汝聽曰〕瓊瑤，美玉也。

〔四〕〔舉正〕樊、謝校作「從」。〔考異〕「從」，或作「仙」。祝本作「仙」。魏本、廖本、王本作「從」。〔魏本注〕「沼」，一作「侶」，非。〔方世舉注〕晉書荀勗傳「勗久在中書，及守尚書令，或有賀之者，曰：奪我鳳凰池，諸君賀我耶？〔魏本引韓醇曰〕王時爲中書，故云。〔胡仔曰〕今「從」字改作「仙」字，則失詩題見寄之意也。

【集説】

程學恂曰：此卻是唐格。

奉酬振武胡十二丈大夫〔一〕

傾朝共羨寵光頻〔二〕，半歲遷騰作虎臣〔三〕。戎旆暫停辭社樹〔四〕，里門先下敬鄉人〔五〕。横飛玉盞家山曉〔六〕，遠蹀金珂塞草春〔七〕。自笑平生誇膽氣，不離文字鬢毛新〔八〕。

〔一〕〔考異〕諸本無「奉」字。祝本、魏本無「奉」字。廖本、王本有。〔魏本注〕一本題中無「丈」字。〔魏本引樊汝霖曰〕胡十二，胡証也。〔方世舉注〕舊唐書憲宗紀：「九年十一月，以御史中丞胡証爲單于大都護、振武靈勝等節度使。」新唐書胡証傳：「証，字啓中，河東人。舉進士，累遷諫議大夫。元和九年，党項擾邊，証以儒而勇，選拜振武軍節度使。」又地理志：「鄯州下都督府，鄯城西南有天威軍，軍故石堡城，開元十七年置，初曰振武軍，屬隴右道。」〔沈欽韓注〕元和郡縣志：「東受降城，今爲振武節度使理所。」一統志：「東受降城，在歸化城西，黄河東岸，大同府西北五百里。」〔方成珪昌黎先生詩文年譜〕胡証以是年十一月爲振武軍節度使，詩當於其時作。篇中「塞草春」，指抵所治後言之也。

〔二〕〔蔣抱玄注〕左傳：「宴語之不懷，寵光之不宣。」〔方世舉注〕詩蓼蕭：「爲龍爲光。」傳：「龍，寵也。」

〔三〕〔魏本引孫汝聽曰〕詩：「矯矯虎臣。」

〔四〕〔舉正〕閣本、李校作「戎旆暫停辭社樹」。趙璘因話録曰：「胡証建節赴振武，過河中時，趙宗儒爲帥，証持刺稱百姓入謁，獻詩曰：『詩書入京國，旌節過鄉關。』」若用今語，亦與敬鄉人之義不合。閣本多出於公晚歲所定。〔考異〕諸本作「弩矢前驅煩縣令」。方從閣本云云。今按：方意甚善，但其言閣本爲晚年所定者爲無據耳。祝本、魏本作「弩矢前驅煩縣令」。廖本、王本作「戎旆暫停辭社樹」。〔朱彝尊曰〕暫停二字，妙於謙退處見尊崇。

〔五〕〔方世舉注〕史記萬石君傳：「萬石君徙居陵里，子慶醉歸，入門外不下車。奮讓之曰：內史貴人，入閭里，里中長老皆走匿，而内史坐車中自如，固當。後慶及諸子弟入里門，趨至家。」後漢書張湛傳：「湛告歸平陵，望寺門而步。主簿進曰：明府位尊德重，不宜自輕。湛曰：父母之國，所宜盡禮，何謂輕哉？」〔蔣抱玄注〕孟子：「斯須之敬在鄉人。」

〔六〕〔方世舉注〕記明堂位：「爵用玉盞。」

〔七〕魏本、廖本，王本作「珂」。祝本作「呵」，誤。〔魏本引孫汝聽曰〕躞蹀，行貌，謂行春也。

〔方世舉注〕徐陵詩：「聞珂知馬蹀。」西京雜記：「武帝時長安盛飾鞍馬，以南海白蜃爲珂，紫金爲革，以飾其上。」新唐書車服志：「三品以上珂九子，四品七子，五品六品以下去珂。」

〔朱彝尊曰〕工麗。

〔八〕〔方世舉注〕新唐書証傳：「証旅力絶人，曾脱晉公裴度于厄，時人稱其俠。今以儒而勇，受任節鉞。」而公亦自負膽氣，乃老於文字之職，故結句云云。〔朱彝尊曰〕文人不甘無武每如此。〔程學恂曰〕觀此可知潮州表中語，非公本志也。

【集説】

朱彝尊曰：壯偉有勁氣。

何焯曰：通首一氣流轉，最可法。

程學恂曰：雖亦尋常酬應之作，然中有自見處，言外無限感慨。

韓昌黎詩繫年集釋

〔唐〕韓愈 著

錢仲聯 集釋

下

上海古籍出版社

卷九

奉和庫部盧四兄曹長元日朝迴〔一〕

天仗宵嚴建羽旄〔二〕，春雲送色曉雞號〔三〕。金爐香動螭頭暗〔四〕，玉佩聲來雉尾高〔五〕。戎服上趨承北極〔六〕，儒冠列侍映東曹〔七〕。太平時節難身遇〔八〕，郎署何須歎二毛〔九〕。

〔一〕元和十年乙未。〔舉正〕蜀本與文苑有「奉」字，當爲元和十年作。祝本、魏本無「奉」字。廖本、王本有。〔魏懷忠注〕盧四名汀，字雲夫，公時爲考功郎中作。〔魏本引洪興祖曰〕國史補云：「兩省相呼爲閤老，尚書丞郎相呼爲曹長，郎中員外御史遺補相呼爲院長，上可兼下，下不可兼上，唯御史相呼爲端公。」然退之呼盧庫部爲曹長，張功曹爲院長，則上下亦通稱也。〔方世舉注〕新唐書百官志：「庫部郎中員外郎各一人，掌戎器鹵簿儀仗。」

〔二〕〔舉正〕文苑「建」作「樹」。〔方世舉注〕新唐書儀衛志：「凡朝會之仗，三衛番上，分爲五仗。一曰供奉仗，二曰親仗，三曰勳仗，四曰翊仗，五曰散手仗。每朝，内外隊仗立於階下。元日大朝會，則供奉仗散手仗立於殿上。朝罷，皇帝步入東序門，然後放仗。」班固兩都賦：「周以鉤陳之位，衛以嚴更之署。」善曰：「薛綜西京賦注：嚴更，督行夜鼓也。」儀衛志：「天子將出，前發七刻擊一鼓，爲一嚴。前五刻擊二鼓，爲再嚴。前二刻擊三鼓，爲三嚴。諸衛以次入陳殿庭。」〔顧嗣立注〕詩：「建彼旄矣。」

〔三〕〔程學恂曰〕「號」字色相不配。

〔四〕〔方世舉注〕儀衛志：「朝日殿上設熏爐香。」案國史補：「兩省謔起居郎爲螭頭，以其立近石螭也。」新唐書百官志：「起居郎舍人夾香案分立殿下，直第二螭首，和墨濡筆，皆即坳處，時號螭頭。」雍録：「殿前螭頭，蓋玉堦扶欄上壓頂横石，刻爲螭頭之狀也。以横石突兀不雅馴，故刻螭以文之。」〔朱彝尊曰〕朝廷貴明光，暗字不宜用。

〔五〕〔方世舉注〕古今注：「雉尾扇起於殷高宗時，緝雉羽爲扇翣，以障翳塵也。」儀衛志：「人君舉動必以扇，雉尾障扇四，小團雉尾扇四，方雉尾扇十二。」

〔六〕〔何焯義門讀書記〕唐書禮樂志：「元正朝賀，上公一人詣西階席，脱舄解劍，升當御座前，北面跪賀，乃降階詣席，佩劍納舄，復位。」非戎服也。豈艱難以後，遂與開元禮制殊乎？然則結句乃言當以太平未復爲歎，若一身之向老，何足計也。〔方成珪箋正〕儀衛志：「皇帝步出西序門，索扇，扇合。皇帝陞御座，扇開。左右留扇各三。左右金吾將軍一人奏左右内外平安，所謂戎服上趨也。」

〔七〕〔蔣抱玄注〕史記酈食其傳：「諸客冠儒冠來者，輒解其冠。」後漢書百官志：「東曹主二千石長吏遷除及軍吏。」〔方世舉注〕儀衛志：「入宣政門，文班自東門而入，武班自西門而入。宰相兩省官對班於香案前，百官班於殿庭。」

〔八〕〔舉正〕閣本、李校作「難身」。〔考異〕「難身」，或作「身難」。祝本、魏本作「身難」。廖本、王本作「難身」。

〔九〕〔魏本引孫汝聽曰〕漢武故事曰：「武帝輦過郎署，見顏駟尨眉皓髮，曰：叟何時爲郎？何其老！答曰：臣文帝時爲郎，文帝好文而臣好武。至景帝好美，而臣貌醜。陛下即位，好少，而臣老。是以三世不遇，故老於郎署。上感其言，以爲會稽都尉。」左氏：「不禽二毛。」二毛，黑白相半。〔魏本引樊汝霖曰〕潘安仁秋興賦序：「余春秋三十有二，始見二毛。以太尉掾兼虎賁中郎將，寓直於散騎之省。」

【集説】

蔣之翹曰：詩故雍容雅麗，其可以杜、韓並稱者，庶幾此作。

朱彝尊曰：蒼古宏壯，彷彿子美、摩詰，微欠渾化耳。

吴吴山曰：題是朝迴，而詩但言早朝，無迴字意，又止有春雲二字，不切元日，並奉和意亦未見。若盛唐人爲之，必不如是矣。

黄叔燦曰：建羽旄，言兵衛之嚴。春雲送色，言天欲漸明。蓋從宵分説到早朝，以及武臣之設衛，文職之分曹，末言如此太平景象，人所難遇，身爲郎署，不必以二毛爲歎矣。美之亦羡之矣。

程學恂曰：作此等詩，須讓他賈舍人、王右丞也。

寒食直歸遇雨〔一〕

寒食時看度，春游事已違。風光連日直，陰雨半朝歸〔二〕。不見紅毬上〔三〕，那論綵索飛〔四〕。惟將新賜火〔五〕，向曙著朝衣〔六〕。

〔一〕〔魏本引唐本箋〕元和十年，公時以考功郎中知制誥。「歸」作「宿」。

〔二〕〔舉正〕三館本作「半晴歸」。〔方世舉注〕新唐書儀衛志：泥雨則延三刻傳點。故至半朝而始歸也。〔朱彝尊曰〕半朝新。

〔三〕〔沈欽韓注〕寒食會毬，德宗以來故事也。〔蔣抱玄注〕紅毬，謂日也。舊注多作蹴踘解，實誤。〔補釋〕紅毬與下句綵索爲類，蔣説非是。

〔四〕〔魏本引孫汝聽曰〕古今藝術圖曰：「北方山戎，寒食日用鞦韆爲戲，以習輕趫者。」綵索即謂此鞦韆之戲也。

〔五〕〔顧嗣立注〕唐會要：「清明取榆柳之火以賜近臣，順陽氣。」亦見歲時記。

〔六〕〔蔣之翹曰〕禁火意用事亦脱。

【集説】

何焯義門讀書記曰：唯内直者知此詩之悲，然第四亦非有所望也。

送李六協律歸荆南〔一〕

早日羈游所〔二〕，春風送客歸。柳花還漠漠，江燕正飛飛。歌舞知誰在？賓僚逐使非〔三〕。宋亭池水緑〔四〕，莫忘蹋芳菲。

〔一〕〔舉正〕舊本皆不著其人，今注「翱」字者非。當爲元和十年作。祝本題下注「翱」字，魏本、廖本、王本無。〔陳景雲曰〕宋諸本題下皆注「翱」字，殆因韓子代張籍上李浙東書中有「李協律翱」故耳。然翱之行七，非六也。即見本集與楊子書。〔沈欽韓注〕此乃李礎。〔岑仲勉唐人行第録〕協律乃初入仕途者之官階。〔王元啓曰〕歸荆南，謂還歸使府，與公歸彭城，李正字歸湖南同義。〔方世舉注〕新唐書地理志：「江陵府，本荆州南郡，屬山南道。」

〔二〕〔魏本引孫汝聽曰〕公嘗量移爲江陵法曹參軍，故此詩首言羈游處云。

〔三〕〔魏本引孫汝聽曰〕賓僚謂故時同僚，使謂荆南節度。〔王元啓曰〕此聯承首句早日羈游言之。公在江陵時，裴均爲府主，今節使既易，同幕俱更，故有此句。

〔四〕〔魏本引韓醇曰〕杜子美詩：「曾聞宋玉宅，每欲到荆州。」荆州，即江陵也。公往在江陵，寒食出游，有「宋玉庭邊不見人」之句。

【集説】

朱彝尊曰：前四句興趣飄然，俱根羈游來，還字正字甚有味。頸聯草率，亦不宜道及歌舞。

何焯義門讀書記曰：淡而有味。

程學恂曰：此亦尋常泛應之作，不似與習之語。

題百葉桃花〔一〕

百葉雙桃晚更紅〔二〕，窺窗映竹見玲瓏〔三〕。應知侍史歸天上〔四〕，故伴仙郎宿禁中〔五〕。

〔一〕〔舉正〕當爲元和十年作。〔何焯義門讀書記〕張裕江南雜題亦有「紅鮮百葉桃」之句。

〔二〕魏本、王本作「葉」。祝本作「花」，非是。〔何焯義門讀書記〕首句「晚」字，即呼起下連。

〔三〕〔舉正〕閣本作「歸窗」。蜀本作「臨窗」。〔考異〕「窺」，從嘉祐杭本。祝本、魏本作「臨」。

廖本、王本作「窺」。〔何焯義門讀書記〕第二愈淡愈豔，透出晚更紅。

〔四〕〔魏本引集注〕應劭漢官儀曰：「尚書入直臺廨中，給侍史一人，女侍史二人，皆選端正者侍內，從至止車門還。女侍史潔被服，執香爐，燒熏以從入臺中，給使護衣服也。」天上謂內庭，公以考功郎中知制誥寓直禁掖，故云。

〔五〕〔方世舉注〕白帖：「諸曹郎稱爲仙郎。」蔡邕獨斷：「禁中者，門户有禁，非侍御者不得入，故曰禁中。」

【集説】

程學恂曰：公於此等，亦自風情不減。故如「朱顔皓齒訝莫親」、「金釵半醉座添春」，皆不足爲公迴護。

春雪〔一〕

新年都未有芳華〔二〕，二月初驚見草芽。白雪却嫌春色晚，故穿庭樹作飛花〔三〕。

〔一〕〔舉正〕當爲元和十年作。〔方成珪昌黎先生詩文年譜〕此詩未詳何年，以篇次百葉桃花之後，戲題牡丹之前，當是一時作。

〔二〕魏本、廖本、王本作「年」。祝本作「來」。

〔三〕〔方世舉注〕裴子野詠雪詩：「落樹似飛花。」

【集説】

朱彝尊曰：常套語，然調卻流快。

戲題牡丹〔一〕

幸自同開俱隱約〔二〕，何須相倚鬬輕盈。陵晨併作新妝面〔三〕，對客偏含不語情〔四〕。雙燕無機還拂掠，游蜂多思正經營〔五〕。長年是事皆抛盡〔六〕，今日欄邊暫眼明〔七〕。

〔一〕〔舉正〕當爲元和十年作。〔魏本引樊汝霖曰〕段成式酉陽雜俎云：「前史無説牡丹者，惟謝康樂集言竹間水際多牡丹。成式檢隋朝種植法，初不説牡丹，則知隋朝花藥中所無也。開元末，裴士淹奉使回至汾州，得白牡丹一窠，植於長安私第。至德中，馬僕射領太原，又得紅紫二色者移於城中。元和初猶少，今與戎葵角多少矣。」〔方世舉注〕國史補：「京城貴游尚牡丹，三十餘年矣。每春暮車馬若狂，一本有直數萬者。」李綽尚書故實：「世言牡丹花近有，蓋以國朝文士集中無牡丹歌詩。張公嘗言：見楊子華有畫牡丹。子華，北齊人，則知牡丹花亦已久矣。」按題曰「戲題」，詩語又若含諷，不知所謂「同開俱隱約」、「相倚鬬輕盈」者，果何所指也？舊編在桃花、芍藥二首之間，因仍之。

〔二〕〔補釋〕隱約，猶依稀。何遜詩：「帝城猶隱約，家園無處所。」

〔三〕廖本、王本作「陵」。祝本、魏本作「凌」。〔黄鉞注〕「陵晨」，今皆作「凌晨」，非。夌、陵、凌、淩，字各有屬，今人多混。

〔四〕〔朱彝尊曰〕中唐佳調。羅隱詩似由此描出。此不語蓋用桃李不言意，大勝羅。

〔五〕〔舉正〕閣本、李校作「近經營」。〔考異〕「正」，方作「近」。〔何焯義門讀書記〕襯出結局。

〔六〕〔張相曰〕是事，猶云事事或凡事也。

〔七〕〔張相曰〕暫，猶且也。〔何焯義門讀書記〕結句非牡丹不稱。飛卿「希逸近來成懶病，不能容易向春風」，巧於偷意者也。

【集説】

蔣之翹曰：如此題特難。詩雖不甚工，卻亦大雅。李獻吉謂詠物詩愈工愈下，則是作正宜爾爾。

黄叔燦曰：起二句似有比意。陵晨一聯寫牡丹，風致極妙。雙燕一聯似指人之争來賞玩説。公七言長句，難得如此風情。

張鴻曰：昌黎以不著色爲體格，此等詩皆其獨到處也。然其於空際烹鍊，别具工力，如樂天之老嫗都解，其功夫尤爲人所不知，非真如今人之白話詩也。

汪佑南曰：唐人詠牡丹夥矣，即如才調集中薛能、温飛卿、李山甫、唐彦謙、羅隱、羅鄴，均有此詩。盡態極妍，總不如昌黎一首。前六句輕清流麗，無意求工。結聯云：「長年是事都拋盡，今日欄邊暫眼明。」不泥煞牡丹，非此不足以當之，此詩家上乘也。

盆池五首〔一〕

老翁真箇似童兒，汲水埋盆作小池〔二〕。一夜青蛙鳴到曉，恰如方口釣魚時〔三〕。

〔一〕〔舉正〕當爲元和十年作。

〔二〕魏本、廖本、王本作「水」。祝本作「井」。

〔三〕〔舉正〕「方口」，一作「枋口」。方口，見卷七盧郎中雲夫寄示送盤谷子詩兩章歌以和之注。

【集説】

劉攽曰：韓吏部古詩高卓，至律詩雖稱善，要有不工者。而好韓之人，句句稱述，未可謂然也。韓云：「老翁真箇似童兒，汲水埋盆作小池。」其諧戲語耳。

洪興祖曰：或云盆池詩有天工，如「拍岸才添水數瓶」、「一夜青蛙鳴到曉」，非意到不能作也。

朱彝尊曰：俚語俚調，直寫胸臆，頗似少陵漫興、尋花諸絶。

方世舉曰：劉與或兩説，一言正，一言變也。大曆以上皆正宗，元和以下多變調。然變不自元和，杜工部早已開之，至韓、孟好異專宗，如北調曲子，拗峭中見姿制，亦避熟取生之趣也。元、白、劉中山、杜牧之輩，不得其拗峭，而惟取其姿制，又成一格。

嚴虞惇曰：此等語杜詩中最多，何不工之有。

莫道盆池作不成，藕梢初種已齊生。從今有雨君須記〔一〕，來聽蕭蕭打葉聲。

〔一〕〔舉正〕「有雨」，閣本作「雨灑」。

【集説】

朱彝尊曰：鹵鹵莽莽，亦有風致，然濃腴尚不及杜。

汪佑南曰：此首詠種藕，不曰看荷而曰聽雨，蓋荷葉齊放，亭亭浄植，雨來作清脆之聲，勝於芭蕉。可見昌黎别有天趣。

瓦沼晨朝水自清，小蟲無數不知名。忽然分散無蹤影〔一〕，惟有魚兒作隊行〔二〕。

〔一〕祝本、廖本、王本作「分」。魏本作「飛」。

〔二〕〔舉正〕閣、蜀本作「爲有」。〔考異〕「惟」，方作「爲」。

【集説】

朱彝尊曰：此調法卻新。此詩體物入微。

泥盆淺小詎成池，夜半青蛙聖得知〔一〕。一聽暗來將伴侶，不煩鳴唤鬭雄雌〔二〕。

〔一〕〔舉正〕閣本作「聽」。蜀本作「聖」。李、謝皆校從「聖」。山谷詩有「已被游蜂聖得知」，是山谷亦以「聖」字爲優。〔王若虚曰〕言初不成池，而蛙已知之，速如聖耳。〔方世舉注〕説文：「聖，通也。」按：「聖得」難解，或唐方言，大抵如杜「遮莫」、白「格是」之類頗多。新書中又有實録人語，不能改文者，皆方言也。揚雄方言一書甚有功，惜後世無爲之者，遂致世説新語中多不可曉，而梁人劉峻之善注者，亦惟有置之不論矣。〔方成珪箋正〕「聖」作「聽」，意味索然。且上句不言聲音，聽字亦突出無根也。〔補釋〕藝文類聚引風俗通曰：「聖者，聲也，通也，言其聞聲知情，通於天地，條暢萬物也。」公詩正用此。

〔二〕〔魏本引孫汝聽曰〕言不煩雌雄鳴唤相和也。

池光天影共青青，拍岸纔添水數缾。且待夜深明月去〔一〕，試看涵泳幾多星〔二〕。

〔一〕〔舉正〕杭、蜀本作「明」。〔考異〕「明」，或作「乘」。祝本、魏本作「乘」。廖本、王本作「明」。

〔二〕涵泳，見卷三岳陽樓别竇司直注。　〔魏本引樊汝霖曰〕此聯妙語也。蘇内翰有涵星研，取此意云。

【集説】

黄鉞曰：諧語爲戲，不獨退之，少陵亦間有之。至或所賞「拍岸纔添水數缾」、「一夜青蛙鳴到曉」，以爲有天工，殊未道着。「且待夜深明月去，試看涵泳幾多星」，小中見大，有於人何所不容景象，説詩者卻未拈出。

程學恂曰：韓律詩誠多不工，然此五首卻有致。貢父以老翁童兒句少之，鄙矣。若獨取「拍岸」、「青蛙」二句，亦無解處。予謂「忽然分散無蹤影，惟有魚兒作隊行」、「且待夜深明月去，試看涵泳幾多星」，乃好句也。

芍藥〔一〕

浩態狂香昔未逢〔二〕，紅燈爍爍緑盤龍〔三〕。覺來獨對情驚恐〔四〕，身在仙宫第幾重？

〔一〕〔舉正〕當爲元和十年作。　〔魏本引樊汝霖曰〕謝朓直中書省云：「紅藥當階翻。」公嘗和席八舍人云：「傍砌看紅藥。」全是知制誥，直禁中，故亦有此。芍藥，見卷一芍藥歌注。

〔二〕〔程學恂〕浩態狂香四字，生造得妙。

〔三〕〔魏本引孫汝聽曰〕紅燈爍爍，以喻其花，緑盤龍以喻其葉。〔方世舉注〕西京雜記：「董偃設紫瑠璃帳火齊屏風，列靈麻之燭，以紫玉爲盤如屈龍，皆用雜寶飾之。」

〔四〕〔舉正〕唐本、蔡校作「情」。〔考異〕「情」，或作「忽」。祝本、魏本作「忽」。廖本、王本作「情」。

【集説】

蔣之翹曰：詩無足取，但狂香二字特奇。

蔣抱玄曰：此詩地位雖稱，而風致欠妍。

送李尚書赴襄陽八韻〔一〕

帝憂南國切〔二〕，改命付忠良〔三〕。壤畫星摇動〔四〕，旗分獸簸揚〔五〕。五營衣轉肅〔六〕，千里地還方〔七〕。控帶荆門遠〔八〕，飄浮漢水長〔九〕。賜書寛屬郡〔一〇〕，戰馬隔鄰疆〔一一〕。縱獵雷霆迅，觀棋玉石忙〔一二〕。風流峴首客〔一三〕，花豔大堤倡〔一四〕。富貴由身致〔一五〕，誰教不自強〔一六〕？

〔一〕得長字。〔顧嗣立注〕舊唐書憲宗紀：「元和十年十月，始析山南東道爲兩節度使，以户部侍郎李遜爲襄州刺史，充襄復郢均房節度使；以右羽林將軍高霞寓爲唐州刺史，充唐隨鄧節度使。」李遜本傳：「遜，字友道，登進士第，累遷户部侍郎。元和十年，拜襄州刺史，充山南東道節度觀察等使。」〔魏本引孫汝聽曰〕遜赴襄陽，廷臣送者三十餘人，分韻賦詩。太常卿許孟容爲之序。〔魏本引韓醇曰〕按遜本傳，遷户部侍郎，爲山南東道節度使。又按襄州石本題名，銜云檢校工部尚書李遜，時遜蓋自尚書而出，史略之。〔方成珪箋正〕工部尚書乃節使加銜，所謂檢校也。遜實自工侍出，非自工尚出。檢校之銜不備書，亦史傳之常例，非略之也。舊傳，遜後於元和十四年以國子祭酒拜許州刺史，而新傳云檢校禮部尚書，可證矣。

〔二〕〔蔣抱玄注〕詩：「滔滔江漢，南國之紀。」

〔三〕〔魏本引孫汝聽曰〕先是山南東道節度使嚴綬討吴元濟無功，罷爲太子少保，乃以遜爲節度，故云。

〔四〕〔魏本引孫汝聽曰〕壤畫，謂分畫其土壤爲兩節度也。九州之地，皆有分星。因壤畫，故分星摇動也。〔顧嗣立注〕杜子美詩：「三峽星河影動摇。」

〔五〕〔魏本引孫汝聽曰〕分，賜也。旗分，謂分賜之以旌旗。〔方世舉注〕新唐書百官志：「旗畫蹲獸立禽。」

〔六〕〔魏本引韓醇曰〕五營，謂遜所部五州。〔王元啓曰〕韓説是。此詩但就赴襄陽言之，與禁旅無涉。

〔七〕〔魏本引韓醇曰〕孟子：「海内之地，方千里者九。」

〔八〕〔蔣抱玄注〕晉書張華傳：「善政者必審官方控帶之宜。」〔方世舉注〕水經：「江水又東歷荆門。」注：「荆門上合下開，楚之西塞也。」

〔九〕〔顧嗣立注〕杜預曰：「漢水出武都，至江夏南入江。」

〔一〇〕〔考異〕「郡」，或作「部」。

〔一一〕〔方世舉注〕謂淮、蔡。

〔一二〕〔方世舉注〕蜀志費禕傳：「魏軍次於興勢，禕往禦之。光禄大夫來敏求共圍棋。於時嚴駕，禕留意對戲。敏曰：君必能辦賊。」西山經：「長留之山，是多文玉石。」又中山經：「休與之山，其上有石焉，名曰帝臺之棋。」

〔一三〕〔顧嗣立注〕晉羊祜傳：「祜樂山水，每風景，必造峴山，置酒言詠。顧謂鄒湛曰：自有宇宙，便有此山。由來賢達勝士，登此遠望，如我與卿者多矣，皆湮滅無聞，使人悲傷。」〔魏本引樊汝霖曰〕峴首客，謂湛也。

〔一四〕〔顧嗣立注〕古今樂録：「襄陽樂者，宋隨王誕之所作也。誕爲襄陽郡，夜聞諸女歌謡，因而作之。其曲云：朝發襄陽城，暮至大堤宿。大堤諸女兒，花豔驚郎目。」

〔一五〕〔補釋〕杜甫詩：「富貴應須致身早。」

〔一六〕〔蔣抱玄注〕易：「君子以自強不息。」

【集説】

朱彝尊曰：只是尋常應酬詩。

何焯義門讀書記曰：後半與「改命付忠良」一聯無照應。

示兒〔一〕

始我來京師，止攜一束書。辛勤三十年，以有此屋廬〔二〕。此屋豈爲華〔三〕，於我自有餘。中堂高且新，四時登牢蔬〔四〕。前榮饌賓親〔五〕，冠婚之所於〔六〕。庭内無所有，高樹八九株。有藤婁絡之〔七〕，春華夏陰敷。東堂坐見山，雲風相吹嘘。松果連南亭，外有瓜芋區〔八〕。西偏屋不多，槐榆翳空虚。山鳥旦夕鳴，有類澗谷居〔九〕。主婦治北堂〔一〇〕，膳服適戚疎，恩封高平君〔一一〕，子孫從朝裾〔一二〕。開門問誰來，無非卿大夫〔一三〕。不知官高卑〔一四〕，玉帶懸金魚〔一五〕。問客之所爲，峩冠講唐虞〔一六〕。酒食罷無爲，棊槊以相娱〔一七〕。凡此座中人，十九持鈞樞〔一八〕。又問誰與頻，莫與張樊如〔一九〕，來過亦無事，考評道精麤。躚躚媚學子〔二〇〕，牆屏日有徒〔二一〕，以能問不能〔二二〕，其蔽豈可祛〔二三〕。嗟我不修飾〔二四〕，事與庸人俱〔二五〕，安能坐如此，比肩於朝儒〔二六〕。詩以示兒曹，其無迷厥初〔二七〕。

〔一〕〔舉正〕示兒、庭楸二詩，元和十三年。〔魏本引樊汝霖曰〕公自貞元二年始來京師，至元和十一年三十年矣。公時爲中書舍人。十二年十二月爲刑部侍郎，此詩爲刑部時作，而言三十年者，舉其凡也。〔王鳴盛曰〕新唐書百官志：「刑部侍郎一人，正四品。」車服志：「三品，金玉帶銙十三。景雲中，詔衣紫者魚袋以金飾之。」詩云「玉帶懸金魚」，想必是爲侍郎時作。〔王元啓曰〕詩言「辛勤三十年，以有此屋廬」，公自貞元二年丙寅入京，至元和十一年丙申爲中書舍人，適三十年。此詩欲令兒輩無忘往日辛勤，必係初得此屋時作。樊謂十二年爲刑部侍郎日作，恐係妄說。〔方成珪昌黎先生詩文年譜〕十年冬作。公自貞元二年入京，至是適三十年，故曰「辛勤三十年，以有此屋廬」也。〔補釋〕元和十一年、十二年、十三年諸說，皆逾三十年之數。「玉帶懸金魚」句，指來客言，王鳴盛說亦非是。茲從方譜。

〔二〕〔魏本引樊汝霖曰〕公第在長安靖安里。〔補釋〕徐松唐兩京城坊考卷二曰：「朱雀門東第二街，街東……次南靖安坊，……尚書吏部侍郎韓愈宅。」〔沈欽韓注〕王建集上韓愈侍郎云：「清俸探將還酒債，黃金旋得起書樓。」則辛勤所有，非虛也。〔何焯曰〕自然古峭。

〔三〕〔舉正〕吕本作「豈爲華」，其義是。〔考異〕「爲」，方作「無」，非是。祝本、魏本作「無」。廖本、王本作「爲」。

〔四〕〔舉正〕蜀本作「祭牢蔬」，蓋中堂以供時祀，而前榮以饌賓親，義爲是。今本多作「登」，字小訛也。〔考異〕公作袁氏先廟碑，有「親登邊鉶」之語，與「登牢蔬」語意正同，不必須作「祭」字，乃爲時祀也。〔魏本引孫汝聽曰〕牢蔬所以享祖考。

〔五〕〔胡仔苕溪漁隱叢話引藝苑雌黄〕筆談言「士人文章中多言前榮，屋翼謂之榮，東西注屋則有之，未知前榮安在」。予嘗觀韓退之示兒詩「前榮饌賓親，冠婚之所於」，果如存中之説，則退之亦誤矣。又考王元長曲水詩序云：「負朝陽而抗殿，跨靈沼而浮榮。」五臣注則以榮爲屋檐。檐，一名樀，一名宇，即屋之四垂也。又謂之楣，又謂之梠。集韻云：「屋梠之兩頭起者爲榮。其爲之翼，則言櫩宇之翼張如翬斯飛耳。」故禮記言「洗當東榮」，又「升自東榮，降自西北榮」。上林賦云：「偓、佺之徒，暴於南榮。」則所謂榮者，東西南北皆有之矣。故李華含元殿賦又有「風交四榮」之説。由是而言，則沈氏筆談，未爲確論。〔魏本引孫汝聽曰〕前榮者，揚雄甘泉賦云「列宿施於上榮」是也。〔姚範曰〕喪大記：降自西北榮。此諸侯之禮，蓋有四榮。疑所云四阿，亦可云四榮。蓋以注水言之，則曰霤。以爲檐宇之飾像鳥之翬言之，則曰榮。而主兩下之屋，則但有東西榮。其南北之檐，則與榮異制矣。公所云前榮者，或堂之前别有堂，而借榮名之，不則堂棟之前，亦汎名之曰榮。

〔六〕〔舉正〕杭本作「依於」。閣與蜀本只同上。〔考異〕「所」，或作「依」；「於」，或作「依」，皆非是。祝本、魏本作「所依於」。廖本、王本作「之所於」。〔補釋〕於，唐人習用語，謂款待也。

〔七〕〔舉正〕閣、蜀同作「婁」。婁，音縷。莊子：「有卷婁者。」注：「卷婁，猶拘攣也。」〔考異〕「婁」，或作「縷」。祝本、魏本作「縷」。廖本、王本作「婁」。〔黄鉞注〕五楸應在庭樹八九株内，若城南十六首，楸樹凡三篇，亦有纏繞長藤之語，當是公城南别墅之楸，非靖安里第之楸矣。

〔八〕〔方世舉注〕左思蜀都賦：「瓜疇芋區。」

〔九〕〔舉正〕蜀本作「磵」。「磵」，當作「澗」。郭璞江賦：「幽澗積阻。」李善曰：「山夾水曰澗。」澗與澗同。今集韻不收，失也。

〔一〇〕〔方世舉注〕儀禮特牲：「饋食，宗婦北堂東面北上，主婦及内賓宗婦亦旅西面。」〔朱彝尊曰〕隨便插入景，有天然之趣。

〔一一〕〔顧嗣立注〕皇甫湜撰公墓志：「公夫人高平郡君范陽盧氏。」

〔一二〕〔考異〕「裾」，或作「車」。〔朱彝尊曰〕布置乃絶似兩都賦。〔何焯曰〕敍次錯綜變化。

〔一三〕〔考異〕「無非」，方作「非無」，非是。祝本作「非無」。魏本、廖本、王本作「無非」。

〔一四〕魏本、廖本、王本作「卑」。祝本作「早」，非是。

〔一五〕〔方世舉注〕新唐書車服志：「高宗給五品以上隨身魚銀袋，以防召命之詐，出内必合之。三品以上金飾袋，天授二年，改佩魚爲龜。中宗初，罷龜袋，復給以魚。郡王嗣王亦佩金魚袋。景龍中，令特進佩魚。散官佩魚，自此始也。景雲中，詔衣紫者魚袋以金飾之，衣緋者以銀飾之。開元後，百官賞緋紫必兼魚袋，謂之章服。」當時服朱紫佩魚者衆矣。

〔一六〕〔舉正〕蜀本作「衺」。〔考異〕「衺」，或作「巍」。祝本、魏本作「巍」。廖本、王本作「衺」。

〔一七〕祝本、魏本作「碁」。廖本、王本作「棊」。〔魏本引洪興祖曰〕碁，弈也。栔，博也。〔魏本引孫汝聽曰〕碁栔，相娛之具。

〔一八〕〔魏本引韓醇曰〕時裴度、王涯、崔羣，皆公故人，爲宰輔，故云。

〔一九〕〔舉正〕李、謝校同作「莫與」。蜀本作「莫若」。曾作「莫先」。〔魏本引孫汝聽曰〕張籍、樊宗師，公尤與親善。〔王元啓讀韓記疑〕二人雖不持鈞樞，然嘗從公考道。

〔二〇〕〔魏本引祝充曰〕躧躧，旋行貌。媚，好也。

〔二一〕〔魏本引樊汝霖曰〕舊史云「公頗能誘厲後進，館之者十六七」，即此可見。屏，門牆也。

〔二二〕〔蔣抱玄注〕論語：「以能問於不能。」

〔二三〕〔魏本引祝充曰〕祛，攘卻也。〔方世舉注〕豈可祛，言豈不可祛也。

〔二四〕〔考異〕「嗟我」，或作「我如」。今按：作「我如」，即與下文「安能如此」及卒章「無迷厥初」者相應。但作「嗟我」，則語勢差健，而義亦自通。蓋我不修飾者非謙詞，乃謂向使我不修飾，則不能居此爵位居室交游之盛耳。然則「我如」者，乃「嗟我」之注脚，故今雖只從方本，而

「我如」二字，亦讀者所當知也。

〔二五〕〔舉正〕蜀本作「傭人」。謝校同。

〔二六〕〔方世舉注〕齊國策：「千里而一士，是比肩而立。」

〔二七〕〔方世舉注〕書蔡仲之命：「慎厥初，惟厥終。」

【集説】

胡仔曰：東坡云：退之示兒云云，所示皆利禄事也。

朱熹曰：此篇所誇，感二鳥、符讀書之成效極致，而上宰相書所謂行道憂世者，則已不復言矣。其本心何如哉？

王應麟曰：王逢原詩：「退之昔裁詩，頗以豪横恃。暮年意氣得，金玉多自慰。買居紀廂榮，顧影樂冠佩。喜將閭巷好，持與妻子議。彼哉何足道，進退茲焉系？安知九列榮，顧自德所累。」謂南内朝賀歸及示兒詩也。

鄧肅跋陳了翁書邵堯夫誡子文曰：昔韓愈氏示兒古風，用玉帶金魚之説以激之，愛子之情則至矣，而導子之志則陋也。方以陳邵過庭之訓，毋乃相萬乎？

瞿佑曰：朱子所以責備者如是，乃向上第一等議論。俯而就之，使爲子弟者讀此，亦能感發志意，知所羡慕趨向，而有以成立，不陷於卑污苟賤，而玷辱其門户矣。韓公之子昶，登長慶四年第，昶生綰、衮，綰咸通四年、衮七年進士。其所成立如是，亦可謂有成效矣。詩可以興，此詩有焉。

朱彝尊曰：率意自述，語語皆實，亦淋漓可喜，只是偶然作耳。

何焯曰：亦隨其子之高下而語之耳，王、朱之論，吾所不取，須觀公鎮州事。又義門讀書記曰：「峨冠講唐虞」、「考評道精粗」，則猶行道憂世之謂也，姑以其外焉者誘進小兒曹耳。

全祖望曰：昌黎固不以此貶其大概，然此等責備之語，亦不可不存，何氏只知偏袒韓公耳。

趙翼曰：示兒詩自言辛勤三十年始有此屋，而備述屋宇之塏爽，妻受誥封，所往還無非公卿大夫，以誘其勤學。此已屬小見。符讀書城南一首，亦以兩家生子，提孩時朝夕相同，無甚差等；及長而一龍一猪，或爲公相，勢位赫奕，或爲馬卒，日受鞭笞，皆由學與不學之故。此亦徒以利禄誘子，宜宋人之議其後也。不知舍利禄而專言品行，此宋以後道學諸儒之論，宋以前固無此説也。觀顔氏家訓、柳氏家訓，亦何嘗不以榮辱爲勸誡耶？

王元啓曰：考異云：「上宰相書所謂行道憂世者，此詩則已不復言矣，其本心何如哉？」愚謂「峨冠講唐虞」及「考評道精麤」等句，皆行道憂世之心所寓也。至於歌詩，特等戲劇，聊取諷口悦耳而已，具行道憂世之心者，不必時形齒頰也。如以辭而已矣。則如持籌鑽核之徒，但使口不言利，即當以廉士推之乎？以此論人，徒使巧於言者務爲矯辭欺世，而坦衷之士，反至無地自容。人言宋儒刻於論人，愚觀朱子貶斥前輩龜山楊氏之語，往往執辭以害意，其論韓子亦然。

鄭珍曰：東坡論此詩所示皆利禄事，淺視詩旨也。讀開門一段，是所指爲利禄者，深玩之，詩言身爲卿相，持國鈞軸，而與同官往來，止以酒食相徵逐，博槊相娱樂，所爲何如乎？則玉其帶，金其魚，峨其冠者，皆行尸走肉耳。其所講之唐虞，亦止口中仁義，即公所云「周行俊異，未去皮毛」者也。酒食聯下接云：「凡此座中人，十九持鈞樞。」鄭重作一指點，語似熱眼，齒實冷極，重言其官職，正輕哂其所爲，所謂贊揚甚於怒駡也。不然，上言「無非卿大夫」足矣，又著此二語，津津不置，不重復無謂耶？觀又問四句，言過從講道者，唯有張、樊，則自兩人而外，皆無一可與言者。愈見上文所云，并非豔於利禄，誇誘符郎也。坡公特未細思耳。

程學恂曰：教幼子止用淺説，即如古人肆雅加冠，亦不過期以服官尊貴而已，何嘗如熙寧、元豐諸大儒，必開以性命之學，始爲善教哉？此只作一通家常話看，絶不有意自見，而自有以見其爲公處。「不知官高卑，玉帶懸金魚」云云，豈真稱羡語。少陵七歌云：「長安卿相多少年，富貴應須致身早。」當與此參看。「又問誰與頻，莫與張樊如」，謂張籍、樊宗師也。若但以利禄期之，則無事專及二人矣。東坡語亦不得執煞看。

人日城南登高〔一〕

初正候纔兆〔二〕，涉七氣已弄〔三〕。靄靄野浮陽〔四〕，暉暉水披凍〔五〕。聖朝身不廢，佳節古所用〔六〕。親交既許來，子姪亦可從〔七〕。盤蔬冬春雜〔八〕，罇酒清濁戀池共〔九〕。令徵前事爲〔一〇〕，觴詠新詩送〔一一〕。扶杖陵圮阯〔一二〕，刺船犯枯葑〔一三〕。幽羣鴨迴〔一四〕，釋嶠孤雲縱〔一五〕。人生本坦蕩〔一六〕，誰使妄倥傯〔一七〕？直指桃李闌〔一八〕，尋寧止重〔一九〕？

〔一〕元和十一年丙申。〔魏本引孫汝聽曰〕東方朔占書：「歲正月一日占雞，二日占狗，三日占猪，四日占羊，五日占牛，六日占馬，七日占人。」〔魏本引韓醇曰〕城南，公別墅所在，以故親交子姪來爲人日之集也。〔方世舉注〕荆楚歲時記：「正月七日爲人日，以七種菜爲羹，鏤金箔爲人，戴之頭髩，登高賦詩。」〔方成珪箋正〕太平御覽卷三十：魏東平王是日登壽張安仁山銘曰：「正月七日，厥日惟人。策我良駟，陟彼安仁。」晉桓温參軍張望亦有正月七日登高詩。〔王元啓曰〕此詩長慶末年作，於「聖朝身不廢」、「人生本坦蕩」二句見之。〔方成珪昌黎先生詩文年譜〕元和十一年有符讀書城南詩，此篇云「子姝亦可從」，當繫是年。〔補釋〕「聖朝」二句，不足爲長慶末年作之徵。兹從方譜。

〔二〕〔補釋〕白虎通義：「尚書大傳曰：夏以孟春月爲正。」素問：「五日謂之候，三候謂之氣。」孟子趙岐注：「兆，始也。」

〔三〕〔魏本引孫汝聽曰〕七謂七日。

〔四〕〔蔣抱玄注〕靄靄，盛貌。陶潛詩：「靄靄停雲。」

〔五〕〔蔣抱玄注〕江總詩：「二月春暉暉。」〔程學恂曰〕「靄靄野浮陽，暉暉水披凍」，乃參奪造化語。〔補釋〕淮南子高誘注：「披，解也。」

〔六〕〔鄭珍曰〕或問此詩中「佳節占所用」，古用人日登高，注家未詳，於何徵之？曰：晉桓温參軍張望有正月七日登高詩，李充有人日登安仁峯銘。壽陽記：「宋王正月七日登望仙樓會羣臣，父老集城下，皆令飲一爵。」北齊楊休元有人日登高侍宴詩，喬偘亦有人日登高詩。景龍文館記：「中宗景龍三年正月七日，上御清暉閣登高遇雪，令學士賦詩，李文、李嶠、劉憲、趙彦昭、宗楚客、蘇頲六人皆有作。」是知人日登高，自晉至唐，皆爲故事，故公詩云然。

〔七〕〔考異〕「姝」，或作「姪」。祝本、魏本作「姪」。廖本、王本作「姝」。

〔八〕〔方世舉注〕荆楚歲時記：「舊以正旦至七日諱食雞，故歲首唯食新菜。」

〔九〕〔方世舉注〕鄒陽酒賦：「清者爲酒，濁者爲醴。」

〔一〇〕〔劉攽曰〕唐人飲酒，以令爲罰，韓吏部詩云：「令徵前事爲。」白傅詩云：「醉翻襴衫抛小令。」今人以絲管歌謳爲令者，即白傅所謂。大都欲以酒勸，故始言送，而繼承者辭之，摇首挼舞之屬，皆卻之也。至八遍而窮，斯可受矣。其舉故事物色，則韓詩所謂耳。〔魏本引韓醇曰〕徵，舉也。〔廖瑩中注〕東漢賈景伯有酒令九篇，今不傳。〔方世舉注〕國史補：「古之飲酒，有杯盤狼藉，揚觶絶纓之説，甚則甚矣，然未有言其法者。國朝麟德中，壁州刺史鄧宏慶始創平索看精四字令，至李梢雲而大備。大抵有律令，有頭盤，有抛打，蓋工於舉場。而盛於使幕也。」按：宋趙與時賓退録載唐酒令甚多。

〔一一〕〔方世舉注〕王羲之蘭亭序：「一觴一詠，亦足以暢敍幽情。」

〔一二〕〔考異〕「阯」，或作「址」。祝本、魏本作「址」。廖本、王本作「阯」。〔方世舉注〕説文：「圮，毁也。址，基也。」

〔一三〕〔魏本引韓醇曰〕莊子：「漁父言：吾去子矣。乃刺船而去。」〔祝充注〕葑，菰根也。江東有葑田。〔蔣之翹注〕葑，詩韻方用切，讀爲去聲，云菰根也。又詩谷風：「采葑采菲。」葑，音封。爾雅音捧，云蔓青也。翹按：其字本同，但異物，故異音耳。楊慎云：菰葑根相結而生，歲久浮於水上，根最繁而善糾結，以土泥著上，刈去其蔓，枯時以火燎，便可耕種。〔方世舉注〕淮南天文訓：「大旱苽封熯。」注：「苽，蔣草也。生水上相連，名曰封，旱燥故熯也。」

〔一四〕祝本「池」作「地」，非是。

〔一五〕〔祝充注〕嶠，山鋭而高。〔朱彝尊曰〕瑣事淺景，一一可喜。〔王元啓曰〕以縱字寫釋嶠之雲，非親歷其境不知此語之工。

〔一六〕〔魏本引韓醇曰〕論語：「君子坦蕩蕩。」

〔一七〕〔祝充注〕楚辭：「愁倥傯于山陸。」注：「猶困苦也。」〔補釋〕廣韻：「倥，倥傯，事多。康董切。」又：「傯，作孔切。」孔稚珪北山移文：「牒訴倥傯裝其懷。」韓蓋兼用事多義。

〔一八〕魏本、廖本、王本作「闌」。祝本作「蘭」。

〔一九〕〔考異〕「幽尋」，或作「尋幽」。祝本、魏本作「尋幽」。廖本、王本作「幽尋」。魏本注：一作「屢游寧止重」。〔補釋〕史記李斯傳索隱：「重者，再也。」

【集説】

蔣之翹曰：詩極清健朴野，退之能自去本色，故佳。

朱彝尊曰：絶似摩詰，但筆比摩詰較重耳。

程學恂曰：押韻處陡健快妙，後惟子瞻得之。魯直以下，終是勉強處多。

和席八十二韻〔一〕

絳闕銀河曙〔二〕，東風右掖春〔三〕。官隨名共美〔四〕，花與思俱新〔五〕。綺陌朝游間〔六〕，綾衾夜直頻〔七〕。横門開日月〔八〕，高閣切星辰〔九〕。庭變寒前草，天銷霽後塵。溝聲通苑急，柳色壓城匀。綸綍謀猷盛〔一〇〕，丹青步武親〔一一〕。芳菲含斧藻〔一二〕，光景暢形神。傍砌看紅藥〔一三〕，巡池詠白蘋〔一四〕。多情懷酒伴〔一五〕，餘事作詩人〔一六〕。倚玉難藏拙〔一七〕，吹竽久混真〔一八〕。坐慙空自老〔一九〕，江海未還身。

〔一〕〔舉正〕席夔行第八，以元微之集考之，夔死於元和十二年。此詩先一年。〔魏本引樊汝霖曰〕諱行録：「席夔行八，貞元十年進士。」劉公嘉話云：「韓十八初貶，席十八舍人爲詞。」嘉話以席八爲席十八，唯元微之和樂天詩有云：「尋傷掌誥殂。」其下箋云：「去年聞席八殁。」而范攄雲溪友議記劉夢得語云：「與吕化光論制誥，而鄙席舍人夔。」是以知席八爲夔也明矣。公以元和十一年與之同掌誥，故有倚市吹竽之句。十二年，夔卒。〔方世舉注〕席八見長慶集中，此詩未定爲何年所作。然以落句觀之，蓋元和十五年春在袁州遥和之詩也。曰江海，則宜在南方，而陽山時不得云老。曰未還身，則自在量移之後。而在潮州未嘗遇春，且曰「吹竽久混真」，蓋指十一年爲中書舍人時，則其爲袁州時無疑矣。席八是時想亦以中書舍人知制誥，舊與之周旋，因其詩來而和之。〔王元啓曰〕劉禹錫嘉話：公貶潮州謫辭，即夔所作。似夔十四年首春猶存。沈德毓曰：元微之和白樂天東南行詩，元和十三年作，中有「尋傷掌誥殂」句，注云：「去年聞席八殁。」知樊説不謬，劉説殆非事實。〔鄭珍曰〕詩中云「綸綍謀猷盛」、「傍砌看紅藥」，席八之爲中書舍人知制誥無疑。云「倚玉難藏拙，吹竽久混真」，明是與席八同知制誥語。末韻蓋言此身老而無用，理合退休，與席久混，惟有自慙。「江海未還身」，猶云未還江海之身，對朝廷言，江海江湖山林一也，不必定在大江大海。此詩應編次人日登高後。扶南誤解末句，遂多生穿鑿。編年既誤，明白之詩反晦矣。

〔二〕〔方世舉注〕傅休奕北都賦：「巍巍絳闕。」　〔補釋〕絳闕，皇宫前的門闕。

〔三〕〔魏本引韓醇曰〕應劭漢官儀：「中書爲右曹，稱西掖。」　〔魏本引孫汝聽曰〕正門之兩旁曰掖。　〔沈欽韓注〕唐以門下省爲左掖，中書省爲右掖。

〔四〕〔方世舉注〕虞廷有夔、龍。後世往往以美在朝之官。席八名與之同，而又在中書，故云。

〔五〕〔方世舉注〕班固答賓戲：「摛藻如春華。」今當新年花發之時，而覽席贈篇，其詩思與花俱新也。

〔六〕〔方世舉注〕即紫陌也。　〔蔣抱玄注〕梁簡文帝詩：「萬邑王畿輔，三條綺陌平。」又三輔遺事：「長安城八街九陌。」　〔王元啓曰〕言雖常直禁廷，間亦出游綺陌。間讀如物相間之間，對下頻字言之，言不數也。

〔七〕〔魏本引孫汝聽曰〕漢官典職儀曰：「尚書郎入直，供青綾白綾被。」直，宿直也。　〔方成珪箋正〕青綾，當作青縑。

〔八〕〔方世舉注〕三輔黄圖：「長安北出西頭第一門曰横門。」漢書：「虒上小女陳持弓走入光門。」即此門也。

〔九〕〔魏懷忠注〕切，近也。

〔一〇〕〔舉正〕李本校「謀」作「謨」，然閣本只作「謀」。考之周書，作「謀」爲是。但謨古字作謩，李涪刊誤曰：舊作「嘉謨」，今作「嘉謀」，是沈浮二音通也。故揚子只曰「謨合皋陶謂之嘉」。

校本蓋當不妄也。〔魏本引孫汝聽曰〕禮記：「王言如綸，其出如綍。」綸，絲綸。綍，大索。〔補釋〕王鳴盛十七史商榷：「唐世制誥詔命，中書舍人爲之，謂之内制；其百官告詞，則學士爲之，謂之外制。」

〔一一〕〔方世舉注〕張衡西京賦：「青瑣丹墀。」善曰：「以青畫户邊鏤中，以丹漆地。」夔掌綸誥，翺翔禁中，故曰「丹青步武親」也。〔沈欽韓注〕鹽鐵論相刺篇：「公卿者，神化之丹青。」翰林志：「翰林學士凡内宴，坐次宰相，居一品班之上。」案席夔爲中書舍人。杜甫紫宸殿退朝口號云：「宫中每出歸東省，會送夔龍集鳳池。」蓋兩省官屬，例送宰相至政事堂，而舍人之官，尤爲職親地近也。

〔一二〕〔魏本引孫汝聽曰〕揚子：「吾未見斧藻其德若斧藻其楶者。」斧藻，文飾也。

〔一三〕〔魏本引樊汝霖曰〕謝朓中書省詩云：「紅藥當階翻。」紅藥，芍藥也。席八爲舍人，故公有此句。

〔一四〕〔魏本引孫汝聽曰〕柳惲爲吴興太守，有江南曲云：「汀洲採白蘋，日落江南春。」〔胡仔苕溪漁隱叢話引蔡寬夫詩話〕於前後詩意無相干，且趁蘋字韻而已。〔何焯曰〕紅藥句指席，白蘋句自謂，是承上起下。

〔一五〕〔考異〕「懷」，或作「怯」。〔方世舉注〕此句謂平日同游宴也。

〔一六〕〔方世舉注〕杜甫詩：「文章一小技，於道未爲尊。」即此餘事之謂也。〔何焯義門讀書記〕

班固賓戲：「著作者，前烈之餘事也。」〔歐陽修六一詩話〕退之筆力，無施不可，而嘗以詩爲文章末事。故其詩曰「多情懷酒伴，餘事作詩人」也。然其資談笑，助諧謔，敍人情，狀物態，一寓於詩，而曲盡其妙。〔何孟春曰〕或謂其以酒伴對詩人，是輕詩人也。春曰：士夫家酒伴，非詩人固不可。

〔一七〕〔舉正〕蜀本作「玉」。〔考異〕「玉」，或作「市」。祝本、魏本作「市」。廖本、王本作「玉」。〔陳景雲曰〕公時與夔同掌外制，故有「倚玉」一聯，或作「市」，誤也。〔王元啓曰〕蓋公自比蒹葭，下句吹竽，又以南郭先生自喻。〔方世舉注〕世説：「魏明帝使后弟毛曾與夏侯太初共坐，時人謂蒹葭倚玉樹。」〔蔣抱玄注〕劉餗暇記：「徐陵聘齊，魏收録其文遺陵，陵過江沈之曰：吾爲魏公藏拙。」

〔一八〕〔方世舉注〕韓非内儲説：「齊宣王使人吹竽，必三百人，南郭處士請爲王吹竽。宣王死，湣王好一一聽之，處士逃。」

〔一九〕〔張相曰〕坐，甚辭，猶深也，殊也。

【集説】

朱彝尊曰：起二韻括大意，四韻敍景，又四韻贊席，末二韻道和意，格最平穩。

汪琬曰：通體秀色可餐。

游城南十六首〔一〕

〔一〕〔舉正〕十六詩非一日作，編者類而次之。于賓客，于頔也。頔死於元和十三年。贈張十八詩作於孟郊死後。蓋皆元和十年以後作也。〔方世舉注〕此詩無年月可考，今以于賓客、張助教兩詩參考，當在元和十年。九年則孟郊未死，不應有孟生題竹之句。十一年則頔已爲户部尚書，不應稱賓客。至頔没已後，則孟生宿草，而張籍病愈久矣。〔王元啓讀韓記疑引沈德鯨曰〕白集，元和十年春有贈籍詩，是秋又有與元九書，皆稱籍爲大祝，是十年春籍實未遷助教。又頔改官户部雖在十年冬，至十三年致仕，仍復賜銜賓客。樊因詩有馬蹄無入朱門一語，云作此詩時頔已死，則亦未敢必其爲十年春作也。世舉説皆未足憑。如沈説，十年春籍尚未爲助教，而十一年公有晚寄張十八助教周郎博士詩，則十一年籍已爲助教矣。茲姑以贈張十八詩爲繫年之準。至題于賓客莊，自是作於賓客殁後，今亦不復析出。

賽神〔一〕

白布長衫紫領巾，差科未動是閒人〔二〕。麥苗含穟桑生葚〔三〕，共向田頭樂社神〔四〕。

〔一〕〔方世舉注〕史記封禪書：「冬賽禱祠。」索隱曰：「謂報神福也。」〔嚴虞惇曰〕「賽」字本作「塞」，漢書郊祀志「冬塞禱祀，廣陵厲王殺牛禱塞」是也。今通作「塞」。〔補釋〕鄭珍説文新附考：自漢以前，例作塞字，祀神字从貝，於義爲遠，蓋出六朝俗制。

〔二〕〔方世舉注〕差科，賦役之總名也。〔補釋〕科差，猶言科役。顏師古匡謬正俗卷七：「今官曹文書科發士馬謂之爲差。今云差科，亦言揀擇取應行役者爾。」

〔三〕祝本、魏本、王本作「葚」。廖本作「椹」。〔魏本引孫汝聽曰〕穟，秀也，與穗同。葚，桑實。詩：「食我桑黮，懷我好音。」黮，即葚也。〔方世舉注〕齊民要術：「三月冬穀或盡，椹麥未熟，蠶農尚閑。」

〔四〕〔方世舉注〕東觀漢記：「王丹每歲農時，輒載酒肴，便於田頭大樹下飲食勸勉之。」見後漢書王丹傳注。記月令：「仲春之月，擇元日，命民社。」又郊特牲：「社所以神，地之道也。」

【集説】

朱彝尊曰：得村野意。

題于賓客莊〔一〕

榆莢車前蓋地皮〔二〕，薔薇蘸水筍穿籬〔三〕。馬蹄無入朱門跡，縱使春歸可得知〔四〕？

〔一〕〔補釋〕徐松唐兩京城坊考卷二曰：「萬年縣所領朱雀門街之東，……次南安仁坊，……太子賓客燕國公于頔宅。」〔方世舉注〕舊唐書憲宗紀：「元和八年二月，宰相于頔貶恩王傅。九月，以爲太子賓客。十年十月，以太子賓客于頔爲户部尚書。」又于頔傳：「頔，字允元。貞元十四年，爲山南東道節度。憲宗即位，歸朝入覲，册拜司空平章事。貶恩王傅，改授太子賓客。十三年，表求致仕，宰臣擬授太子少保，御筆改爲賓客。其年八月卒。」〔魏本引樊汝霖曰〕公作此詩時，頔死矣，故其落句云云。〔方成珪箋正〕此詩寫景荒涼，當是十三年後作。

〔二〕〔顧嗣立注〕爾雅釋木：「榆，白枌。」郭璞曰：「枌榆先生葉，卻著莢，皮色白。」釋草：「苹，馬舃車前。」郭璞曰：「今車前草大葉長穗，好生道邊，江東呼爲蝦蟇衣。」〔補釋〕地皮，俚語，本於釋典，俱舍論云：「由漸耽味，地味便隱，從斯復有地皮餅生。」盧仝詩亦有「疑我捲地皮」句。

〔三〕〔魏本引孫汝聽曰〕薔薇，花名。蘸水，謂垂在水中。

〔四〕〔蔣抱玄曰〕結句淡遠。

【集説】

方世舉曰：文集中有上于襄陽書，即頔也。頔以豪奢敗，此詩傷之。

晚春

草樹知春不久歸〔一〕，百般紅紫鬬芳菲。楊花榆莢無才思，惟解漫天作雪飛〔二〕。

〔一〕〔祝本魏本王本注〕「草樹」，一本作「草木」。

〔二〕〔朱彜尊曰〕此意作何解？然情景却是如此。

落花

已分將身著地飛，那羞踐蹋損光輝。無端又被春風誤，吹落西家不得歸〔一〕。

〔一〕〔方世舉注〕淮南齊俗訓：「猶室宅之居也，東家謂之西家，西家謂之東家，不能定其處。」鮑照詩：「中庭五株桃，一株先作花。陽春妖冶二三月，從風簸蕩落西家。」〔補釋〕公於十一年因言淮西事爲執政所不喜，俄有不悅公者，摭其舊事，五月由中書舍人降爲太子右庶子，詩意似有感於此。當作於五月後，或十二年春，兹不復析出。

【集説】

朱彜尊曰：婉曲有致，純是比意。

汪琬曰：公自江陵還，兩爲博士，才高數黜，以詩寄托悽惋。

楸樹二首

幾歲生成爲大樹，一朝纏繞困長藤。誰人與脱青羅帔〔一〕？看吐高花萬萬層〔二〕。

〔一〕〔方世舉注〕青羅帔，狀藤也，比象創語。

〔二〕〔補釋〕昌黎集中有詠楸數首。楸花黄緑色，極細小。花時幾不可覺。與楸相似之梓，花大，黄白色，有紫色紋，與韓詩之「青幢紫蓋立童童，細雨浮烟作綵籠」、「看吐高花萬萬層」頗相稱，是韓所謂楸實是梓耳。

【集説】

朱彝尊曰：用意亦佳，但遺句稍費力。

幸自枝條能樹立〔一〕，何煩蘿蔓作交加〔二〕。傍人不解尋根本〔三〕，卻道新花勝舊花。

〔一〕〔祝本魏本注〕「幸自」，一作「白幸」。〔張相曰〕幸自，本自也。

〔二〕〔舉正〕蜀本、謝校作「可煩」。〔考異〕「可」，或「何」。祝本、魏本作「何」。廖本、王本作「可」。〔魏本引孫汝聽曰〕蘿，女蘿。蔓，草名。詩：「蔦與女蘿。」爾雅云：「一名兔絲。」

〔三〕〔考異〕「傍」，或作「游」。

【集説】

朱彝尊曰：比前首稍醒快。

風折花枝

浮豔侵天難就看，清香撲地只遥聞〔一〕。春風也是多情思，故揀繁枝折贈君〔二〕。

〔一〕〔舉正〕唐、閣本作「只」。〔考異〕「只」，或作「可」。祝本、魏本作「可」。廖本、王本作「只」。

〔二〕〔魏本注〕「故」字一本作「將」。〔考異〕「揀」，或作「折」。〔舉正〕李本校「折」作「將」。

【集説】

朱彝尊曰：出意新。上二句喚下意亦佳。

贈同游〔一〕

喚起窗全曙，催歸日未西〔二〕。無心花裏鳥，更與盡情啼〔三〕。

〔一〕〔舉正〕杭、蜀本皆闕此篇，唐令狐本次於風折花枝之後，樊、謝本皆添入。廖本、王本次在此。祝本、魏本附十六章之末。〔祝本注〕諸本此篇亡其辭，外集有之。

〔二〕〔胡仔苕溪漁隱叢話〕冷齋夜話云：山谷曰：「吾兒時每哦此詩，而了不解其意。自謫峽川，吾年五十八矣。時春晚，憶此詩，方悟之。喚起、催歸，二鳥名，若虚設，故人不覺耳。古人於小詩用意精深如此，況其大者乎？催歸，子規鳥也。喚起，聲如絡絲，圓轉清亮，偏於春曉鳴，亦謂之春喚。」復齋漫録云：「予嘗讀唐顧渚茶山記曰：顧渚山中有鳥如鸜鵒而色蒼，每至正月二月作聲，曰春起也。至三月四月曰春去也。採花人呼爲喚春鳥。」然則喚起之名，唐人已説矣，豫章不舉以爲證，何耶？

〔三〕〔黄叔燦曰〕有流連不舍之意。

【集説】

蔣之翹曰：此詩題贈同游，喚起催歸，俱就同游者説，蓋言晏出早歸，游不幾時。而枝頭小鳥本無心出游者，尚欲留連盡情，我與若正未可歸也。大意不過爾爾。宋人強入二鳥名，而下又云「花裏鳥」，遂使韓詩幾不成理，可恨。

朱彝尊曰：暗藏二鳥名在内，只若泛説唤催者。然下句乃透出鳥字相應，甚有興味。此體前後罕有，果是精深。

程學恂曰：黄説非也。以二禽名隱約爲詩，乃山谷派，退之斷不如此。亦猶以拋青春爲酒名，乃似東坡詩，非退之詩矣。是必山谷聞有唤起鳥名，遂以催歸爲子規，復齋又從而附和之，皆無當也。且使即用此二禽名，亦不見用意精深處。坡、谷游戲，往往有此狡獪。後來學詩者。或且奉爲蓍蔡，飣餖小巧，多入纖俗，受誤實坐此。故不得不爲辨之。

贈張十八助教〔一〕

喜君眸子重清朗〔二〕，攜手城南歷舊游〔三〕。忽見孟生題竹處〔四〕，相看淚落不能收。

〔一〕〔方世舉注〕張洎編次張司業集序云：「貞元十五年，丞相渤海公下及第，歷官太祝、秘書郎、國子博士、水部員外郎、國子司業。」不言其爲助教。新唐書籍傳亦然。惟舊唐書張籍傳云：「補調太常寺太祝，轉國子助教。」在爲秘書之前，蓋病後居此官也。唐六典：「國子監助教二人，從六品上，掌佐博士，分經以教授焉。」

〔二〕〔方世舉注〕宋玉神女賦：「眸子炯其精朗兮。」按：籍之患眼久矣，與李浙東書，當在元和六年間，時其盲未甚。至孟郊詩有「西明寺後窮瞎張太祝」之句，則其盲殆甚矣。籍又自有詩云：「三年患眼今年校，免與風光便隔生。昨日韓家後園裏，看花猶似未分明。」則時方漸愈，至此乃重清朗矣。

〔三〕〔魏本引孫汝聽曰〕公與孟郊嘗游此，有城南聯句在集中。至是郊死矣，郊以元和九年八月卒。

〔四〕〔方世舉注〕郊集有游城南韓氏莊云：「初疑瀟湘水，鎖在朱門中。時見水底月，動摇池上風。清氣潤竹木，白光連虚空。浪簇霄漢羽，岸芳金碧叢。何言數畝間，環泛路不窮？願逐神仙侣，飄然汗漫通。」又陪侍御游城南山墅云：「夜坐擁腫亭，晝登崔巍岑。日窺萬峯首，月見雙泉心。松氣清耳目，竹氛碧衣襟。佇想琅玕字，數聽枯槁吟。」此詩題竹處二詩可證。

【集説】

朱彝尊曰：真情直吐。前二句何等樂，後二句何等痛！

程學恂曰：悲孟也，而題曰贈張，此唐人體例如此，可以類推。

題韋氏莊〔一〕

昔者誰能比？今來事不同。寂寥青草曲，散漫白榆風。架倒藤全落，籬崩竹半空。寧須惆悵立〔二〕？翻覆本無窮。

〔一〕〔顧嗣立注〕雍録：「呂圖，韋曲在明德門外，韋后家在此。蓋皇子陂之西，所謂城南韋、杜。鄭樵通志：「韋曲在樊川，唐韋安石之别業。」」〔魏本引樊汝霖曰〕城南韋曲，在唐最盛，名與杜陵相埒。當時語曰：「城南韋杜，去天尺五。」杜子美贈韋贊善詩所謂「時論同歸尺五天」是也。時莊已衰矣，故公所題詩語如此。

〔二〕〔魏本注〕「須」，一作「知」。「惆」，一作「怊」。

【集説】

程學恂曰：都是閒跡，與城南聯句詩中所感，正是一般意興。

晚雨

廉纖晚雨不能晴〔一〕，池岸草間蚯蚓鳴。投竿跨馬蹋歸路，纔到城門打鼓聲〔二〕。

〔一〕〔考異〕方從蜀本作「晚雨廉纖」，於律不諧，當從諸本。〔何焯義門讀書記〕首句當從蜀本，第二句亦不諧也。〔補釋〕廉纖，叠韻謰語，微雨淹久貌。亦作霡霂。説文「霡，久雨也。力鹽切。」又：「霂，微雨也。子廉切。」段玉裁注：「今人謂小雨曰廉纖，即霂也。」〔吴可曰〕師川云：作詩要當無首無尾。山谷亦云。子蒼不然此説。東湖云：「春燈無復上，暮雨不能晴。」昌黎云：「廉纖晚雨不能晴。」子蒼云：「暮不如晚。」

〔二〕〔祝本魏本注〕「門」，一作「聞」。〔方世舉注〕水經注：「置大鼓於其上，晨昏伐以千椎，爲城里諸門啓閉之候，謂之戒晨鼓也。」晉書鄧攸傳：「紞如打五鼓，鷄鳴天欲曙。」唐六典：「城門郎晨昏擊鼓。」此詩昏鼓也。

出城

暫出城門蹋青草〔一〕，遠於林下見春山。應須韋杜家家到，秖有今朝一日閒〔二〕。

〔一〕〔張相曰〕暫，猶偶也。

〔二〕祝本、廖本作「秖」。魏本作「只」。王本作「祇」。〔沈欽韓注〕六典：「假寧之節，寒食通清明四日。」此詩云「踏青草」，則是清明，應得四日。蓋最後一日始出城，故云「只有今朝一日閒」也。

【集説】

朱彝尊曰：有脱灑趣。後兩句亦是逆調，「一日閒」是詩骨。

把酒

擾擾馳名者，誰能一日閒？我來無伴侣〔一〕，把酒對南山〔二〕。

〔一〕〔方世舉注〕前詩云「贈同游」，此又云「無伴侶」，前謂閒人，此謂不閒者也。

〔二〕〔舉正〕蜀本作「對」。李本刊「對」作「謝」。

【集説】

朱彝尊曰：後兩句正是閒。

何焯義門讀書記曰：他人未嘗不閒，公意中自無對耳。

嘲少年

直把春償酒，都將命乞花〔一〕。秖知閒信馬〔二〕，不覺誤隨車。

〔一〕〔魏懷忠注〕乞，與人物也。

〔二〕祝本、魏本、廖本作「秖」。工本作「祇」。〔蔣抱玄注〕信者，放任之義，如信口信手之類，謂任馬之所之，不加以控勒也。

【集説】

朱彝尊曰：曲盡少年情，大有腴味。

張鴻曰：高格古意。

程學恂曰：寫出游俠。

楸樹

青幢紫蓋立童童〔一〕，細雨浮煙作綵籠。不得畫師來貌取〔二〕，定知難見一生中。

〔一〕〔魏本引孫汝聽曰〕蜀志先主傳：「舍東南角籬上有桑樹，童童如小車蓋。」童童，茂盛貌。

〔二〕〔舉正〕此猶少陵詩所謂「貌得山僧及童子」之貌。李、謝本皆從「貌」。〔考異〕「貌」，或作邈。今按：貌，音邈。祝本、魏本作「邈」。廖本、王本作「貌」。

【集説】

朱彝尊曰：前兩句描寫曲至，即畫師貌取何能過。不得難見，轉意亦新，畫取則常套耳。

程學恂曰：後公庭植五楸及此所説，知公性愛此樹也。

遣興〔一〕

斷送一生惟有酒，尋思百計不如閒。莫憂世事兼身事，須著人間比夢間〔二〕。

〔一〕〔舉正〕閣本、蜀本皆作「遠興」。祝本、魏本作「遠興」。廖本、王本作「遣興」。

〔二〕〔張相曰〕着，猶將也，把也，用也。〔補釋〕「著」，「着」之本字。

【集説】

朱彝尊曰：是閲世語。理雖未然，而道來意快，遂爲口實。

黄叔燦曰：禪悟後語。乃知公之闢佛，只是爲朝廷大局起見，正本塞流，維持風教，惟恐陷溺者多。

程學恂曰：「莫憂世事兼身事，須著人間比夢間」，是極無聊賴語。按：此等情懷意興，即與老杜曲江諸篇一般，特讓其筆妙耳。

感春三首〔一〕

偶坐藤樹下，暮春下旬間。藤陰已可庇，落蘂還漫漫〔二〕。亹亹新葉大〔三〕，瓏瓏晚花乾〔四〕。青天高寥寥，兩蝶飛翻翻〔五〕。時節適當爾，懷悲自無端。

〔一〕〔魏本引韓醇曰〕詩作於元和十一年三月，爲中書舍人時也。〔王鳴盛曰〕亦未有切據。詩云老大，元和十一年四十九歲，亦可云老。〔王元啓曰〕韓説良是。然是時公方嚮用，而三詩所言，拂鬱如是者，公先以論淮西事失宰相意，議者又追論公在江陵時爲裴均所厚，謗議紛然，五月即降官庶子。是詩正謗議囂暴時作，故其詞旨愀惻，與秋懷詩相類，蓋皆憂讒畏譏之詩也。

〔二〕〔魏本引祝充曰〕虆，藤花也。漫漫，多貌。

〔三〕〔補釋〕亹亹，與娓娓同義，美盛貌。廣韻：「亹，美也。無匪切。」

〔四〕〔魏本引孫汝聽曰〕瓏瓏，花落聲。〔黄鉞曰〕秋懷詩：「霜風侵梧桐，衆葉著樹乾。空階一片下，琤若摧琅玕。」此又云：「瓏瓏晚花乾。」是花是葉，移易不得。〔李黼平曰〕注家以瓏瓏作花落聲，恐誤。按今韻注云：「説文：瓏，禱旱玉，龍文。一曰風聲，一曰明貌。」詩言花乾，則瓏瓏是風聲。

〔五〕〔舉正〕閣本作「翻翻」，蜀、李、謝校同。荆公本作「翩翩」。〔考異〕「翻翻」，或作「翩翩」。祝本、魏本作「翩翩」。廖本、王本作「翻翻」。〔補釋〕左思詩：「寥寥空宇中。」李善注：「廣雅曰：寥，深也。」楚辭九章：「漂翻翻其上下兮。」廣雅：「翻翻，飛也。」

黄黄蕪菁花〔一〕，桃李事已退。狂風簸枯榆〔二〕，狼藉九衢内〔三〕。春序一如此，汝顔安足賴〔四〕？誰能駕飛車〔五〕，相從觀海外？

〔一〕〔蔣抱玄注〕詩：「狐裘黄黄。」〔魏本引孫汝聽曰〕方言云：「豐蕘，蕪菁也。陳、楚謂之蘴，齊、魯謂之蕘，關西謂之蕪菁，趙、魏之間謂之大芥。」蕪菁，即蔓菁也。

〔二〕祝本、廖本、王本作「狂」。魏本作「強」。榆，見題于賓客莊注。

〔三〕〔補釋〕天問王逸注：「九交道曰衢。」

〔四〕〔考異〕「汝」，或作「去」。　〔魏本注〕一作「春序一如顔，去去安足賴」。

〔五〕〔魏本引韓醇曰〕山海經：「奇肱之國，其爲人一臂。」注云：「其人善機巧，以取百獸禽，能作飛車，從風遠行。湯時得之於豫州界中。」

晨游百花林，朱朱兼白白。柳枝弱而細，懸樹垂百尺〔一〕。左右同來人，金紫貴顯劇〔二〕。嬌童爲我歌，哀響跨箏笛〔三〕。豔姬蹋筵舞，清眸刺劍戟〔四〕。心懷平生友，莫一在燕席。死者長眇茫〔五〕，生者困乖隔〔六〕。少年真可喜，老大百無益。

〔一〕〔舉正〕謝校作「樹」。　〔考異〕「樹」，或作「對」。　祝本、魏本作「對」。廖本、王本作「樹」。

〔二〕〔舉正〕三本、曾、謝校同作「劇」。　〔考異〕「劇」，或作「極」。　祝本、魏本作「極」。廖本、王本作「劇」。　〔補釋〕史記蔡澤傳：「懷黄金之印，結紫綬於要。」

〔三〕〔舉正〕三本、曾、謝校同作「跨」。　〔考異〕「跨」，或作「誇」，非是。　祝本、魏本作「誇」。廖本、王本作「跨」。　〔補釋〕跨，越過也。

〔四〕〔魏本引孫汝聽曰〕言眸子清朗，如劍戟之刺，甚稱其俊快也。　〔魏本引補注〕張文潛云：東坡言退之詩「不解文字飲，惟能醉紅裙」，疑若清苦自飾者。至云「豔姬蹋筵舞，清眸刺劍戟」，則知此老於箇中興復不淺。

〔五〕祝本、魏本作「茫」。廖本、王本作「芒」。〔方成珪箋正〕「眇芒」，當作「渺茫」。〔程學恂曰〕死者指東野。

〔六〕〔舉正〕蜀本作「生者」。謝作「生存」。魏本、廖本、王本作「生者」。祝本作「生在」。〔蔣抱玄注〕潘岳祭新婦文：「雖則乖隔，哀亦時敍。」〔程學恂曰〕生者謂湜、籍輩。時籍亦在都，則當指翺與徹也。

【集説】

朱彝尊曰：言外别有一種閒寂味，然亦若有意故爲枯淡之調。

程學恂曰：讀第三首，公之富貴不能淫，久要不忘，於此等處可見。看他將同來金紫嬌童豔姬，只一例看。

和侯協律詠笋〔一〕

竹亭人不到，新笋滿前軒。乍出真堪賞，初多未覺煩〔二〕。成行齊婢僕，環立比兒孫〔三〕。驗長常攜尺，愁乾屢側盆。對吟忘膳飲，偶坐變朝昏。滯雨膏腴濕〔四〕，驕陽氣候温。得時方張王〔五〕，挾勢欲騰騫〔六〕。見角牛羊没，看皮虎豹存〔七〕。攢生猶有隙，散布忽無根。詎可持籌算〔八〕？誰能以理言〔九〕？縱横公占地，羅列暗連根。狂劇時穿壁，羣強幾觸藩〔一〇〕。深潛如避逐〔一一〕，遠去若追奔。始訝妨人路〔一二〕，還驚入藥園〔一三〕。萌牙防寖大〔一四〕，覆載莫偏恩〔一五〕。已復侵危砌，非徒出短垣。身寧虞瓦礫，計擬掩蘭蓀〔一六〕。且歎高無數，庸知上幾番〔一七〕？短長終不校〔一八〕，先後竟誰論？外恨苞藏密〔一九〕，中仍節目繁〔二〇〕。暫須迴步履，要取助盤飧〔二一〕。穰穰疑翻地〔二二〕，森森競塞門。戈矛頭戢戢〔二三〕，蛇虺首掀掀〔二四〕。婦懦咨料揀〔二五〕，兒癡謁盡髡。侯生來慰我〔二六〕，詩句讀驚魂。屬和才將竭〔二七〕，呻吟至日暾〔二八〕。

〔一〕〔魏本引樊汝霖曰〕侯協律，喜也。或云：公意專以譏時相，自「得時方張王」至「蛇虺首欣欣」，大抵言其挾勢植黨，苞藏姦慝之狀。如此豈李逢吉之謂耶？是時裴度欲討蔡，逢吉引其黨令狐楚、蕭俛等沮之。公亦坐忤宰相意，自中書舍人降右庶子。〔王元啓曰〕本傳云：「會有人詆愈在江陵時」云云。按公在江陵，越今十載有餘，何以向日寂然，今忽作詆謗？此必李逢吉惡公論淮西事異己，遣其黨八關十六子之徒，廣播流言，以摇上聽，得因是擠諸散地耳。竊疑和侯協律詠笋詩，即是年春作，蓋其時謗語早已囂暴矣。自「得時方張王」以下，疑刺八關十六子之徒，爲公廣播流言者。〔方世舉注〕此與李紳争臺參罷官時作。貞元十八年，權德輿知貢舉，公薦士於陸祠部，稱李紳文行出羣，則紳早年本受知於公，故曰「乍出真堪賞」也。「得時方張王」以下，謂其初爲御史中丞，已咄咄逼人也。「縱横公占地」，謂其肆行；「羅列暗連根」，謂其樹黨也。「身寧虞瓦礫」，謂墮逢吉之術而不知；「計擬撩蘭蓀」，謂遂欲駕乎公之上也。「短長終不較，先後竟誰論」，謂朝廷不論屈直而兩罷之也。翫「侯生來慰我」句，可知是慰失官，不然詠笋無所謂慰。〔補釋〕樊、王説與方説皆通。兹姑從樊、王繫本年。

〔二〕〔舉正〕閣本作「繁」，然公律詩不重用韻。

〔三〕〔方世舉注〕杜甫詩：「諸峯羅列似兒孫。」

〔四〕〔補釋〕蜀都賦劉逵注：「膏腴，土地肥沃也。」

〔五〕〔舉正〕張王，莊子所謂「王長其間」是也。並去聲讀。公與劉夢得蒲萄詩，皆用張王字。

〔魏本引祝充曰〕張王，興盛貌。左氏：「隋張，必棄小國。」太玄經：「用事者王。」

〔六〕〔方世舉注〕容齋五筆：「騫、鶱二字，音義訓釋不同，以字書正之。騫，去乾切，注云：馬腹縶，又虧也。今列于禮部韻略下平聲二仙中。鶱，虚言切，注云：飛貌。今列于上平聲二十二元中。文人相承，以鶱騰之鶱爲軒昂掀舉之義，非也。其字之下从馬，馬豈能掀舉哉？其下从鳥，則于掀飛之訓爲得。東坡、山谷亦皆押鶱字入元字。唯韓公和侯協律詠笋詩『得時方張王，挾勢欲騰鶱』，乃爲得之。此固小學瑣瑣，尤可以見公之不苟于下筆也。」

〔七〕〔黄鉞注〕見角十字，雖徐、黄設色，不過如是。

〔八〕〔蔣抱玄注〕七發：「孔、老覽觀，孟子持籌而算之。」

〔九〕〔祝充注〕「以」，一作「無」者，非。

〔一〇〕〔汪琬曰〕淮南子：「以黨羣，以羣强。」案：狂劇，羣强，皆雙聲。〔魏本引孫汝聽曰〕易大壯：「羝羊觸藩。」藩，籬也。

〔一一〕〔舉正〕閣本作「避世」。

〔一二〕〔方世舉注〕列女傳：「樊姬曰：虞丘相楚十餘年，蔽君而妨賢路。」

〔一三〕〔方世舉注〕藥園，芍藥圃也。

〔一四〕〔舉正〕蜀本作「牙」。〔考異〕「牙」，或作「芽」。魏本作「芽」。祝本、廖本、王本作「牙」。

〔蔣抱玄注〕寖，漸也。

〔一五〕〔蔣抱玄注〕禮記：「譬如天地之無不持載，無不覆幬。」

〔一六〕〔顧嗣立注〕沈休文詩：「今守馥蘭蓀。」王逸楚辭注：「蓀，香草名也。」

〔一七〕〔沈欽韓注〕杜集：「會須上番看成竹。」〔方成珪箋正〕廣韻：「番，孚萬切，音販。」上番，謂逐節而長也。此作平聲用，義同。〔王應奎曰〕古人詩中用番字，往往平仄互見。

〔一八〕〔蔣抱玄注〕論語：「犯而不校。」校與較同。

〔一九〕〔魏本引孫汝聽曰〕苞藏，韡也。〔方世舉注〕宋書顔竣傳：「庾徽之奏曰：懷挾姦數，苞藏隱匿。」

〔二〇〕〔顧嗣立注引吴兆宜曰〕禮記：「先其易者，後其節目。」

〔二一〕〔舉正〕蜀本、謝校作「飧」。「盤飧寘璧」，左氏語。陸音孫。〔考異〕「飧」，或作「餐」。祝本、魏本作「餐」。廖本、王本作「飧」。

〔二二〕〔蔣抱玄注〕穰穰，多也。史記：「穰穰滿家。」

〔二三〕戢戢，見卷四南山詩注。

〔二四〕〔蔣抱玄注〕詩經：「維虺維蛇。」掀掀，高舉貌。

〔二五〕〔舉正〕閣本、李、謝校作「料」。料，音聊，量也。張湛列子序：「且將料簡世所希有者。」〔考異〕「料」，或作「聊」。祝本、魏本作「聊」。廖本、王本作「料」。

〔二六〕〔舉正〕蜀作「我」。〔考異〕「我」，或作「意」。祝本、魏本作「意」。廖本、王本作「我」。

〔二七〕屬和，見卷七盧郎中雲夫寄示送盤谷子詩兩章歌以和之注。

〔二八〕〔舉正〕蜀作「日」。楚辭九歎：「日暾暾其西舍。」亦可以日入言也。〔考異〕「日」，或作「欲」。祝本、魏本作「欲」。廖本、王本作「日」。

【集説】

朱彝尊曰：此是譏時相門下人，細味自見。描寫情狀，儘有深致，但稍費力，不若詠雪之馳騁自如。

何焯義門讀書記曰：諷刺苦于太露，亦不自然。

程學恂曰：此詩中含譏諷無疑。注謂爲短李而作，核其情事，亦甚比肖，其或然耶？

張鴻曰：此詩盡以白描出之，然鍊意用字，陳言務去，此公詩之所以獨成一格也。

題張十八所居〔一〕

君居泥溝上，溝濁萍青青〔二〕。蛙讙橋未掃〔三〕，蟬嘒門長扃〔四〕。名秩後千品〔五〕，詩文齊六經。端來問奇字〔六〕，爲我講聲形〔七〕。

〔一〕〔廖瑩中注〕張籍居長安西街，孟東野詩所謂「西明寺後窮瞎張太祝」也。〔黄鉞注〕香山寄張十八詩：「同病者張生，貧僻住延康。庸中每相憶，此意未能忘。迢迢青槐街，相去八九坊。」即此居耶？〔補釋〕徐松唐兩京城坊考卷二：「朱雀門東第二街，街東……次南靖安坊，水部郎中張籍宅。」張穆校補：「籍先居延康里，見白居易詩，後寓居寺中，又移居靖安也。」又卷四：「次南延康坊，西南隅西明寺，水部郎中張籍宅。」（張穆校補：「本隋尚書令越國公楊素宅，顯慶元年立寺。白居易酬張十八訪宿見贈詩：『遠從延康里，來訪曲江濱。』」）按張籍酬愈此詩，有「西街幽僻處」句，玫韋述兩京新記，延康坊屬皇城西之十三坊之一，故言西街。知二公作詩時，籍尚居延康坊。〔方世舉注〕張籍答詩，可以知此詩爲庶子時作。〔王元啓曰〕籍有疇韓庶子詩，正答此詩之意。公詩又有蛙讙蟬嘒之句，知爲十一年五月以後之作。

〔二〕〔考異〕諸本上句作「濁溝」，下句作「泥濁」。　祝本作「泥濁」，魏本、廖本、王本作「溝濁」。

〔三〕〔舉正〕「讙」，蜀作「喧」，義通。

〔四〕〔蔣抱玄注〕詩經：「鳴蜩嘒嘒。」　〔朱彝尊曰〕蛙蟬是村居音樂，本「蟬噪林逾静」二句换骨來，添作兩層。

〔五〕〔方世舉注〕楚語：「觀射父曰：百姓千品，萬官億醜。」韋昭曰：「一官之職，其寮屬有十品，百官故有千品也。」

〔六〕〔蔣抱玄注〕端來，猶言定來也。端者有着落之義，如無端、端的是。〔魏本引孫汝聽曰〕漢書注云：「奇字，古文之異者。王莽使甄豐刊定六體，一曰古文，二曰奇字，三曰篆書，四曰隸書，五曰繆書，六曰蟲書。」〔魏本引樊汝霖曰〕公詩落句用「奇字」，籍詩落句用寂寞，皆揚子雲事，唐人酬答，和意而已。

〔七〕〔補釋〕説文解字敍：「保氏教國子，先以六書：一曰指事；指事者，視而可識，察而見意，上、下是也。二曰象形；象形者，畫成其物，隨體詰詘，日、月是也。三曰形聲；形聲者，以事爲名，取譬相成，江、河是也。四曰會意；會意者，比類合誼，以見指撝，武、信是也。五曰轉注；轉注者，建類一首，同意相受，考、老是也。六曰假借；假借者，本無其字，依聲托事，令、長是也。」

【集説】

李光地榕村詩選曰：晚寄張十八助教周郎博士、過張十八所居二詩，在古與律之間，悠然絶調。

黄叔燦曰：上半首總言張所居之貧，應門無使，卻掃無人，惟有蛙讙蟬嘒而已。下半言其官雖卑，而詩文卻可重，故特來如揚雄之問字耳。蓋字之形聲，六經爲難也，公故特舉言之。

程學恂曰：此詩不如張作之工。然文昌之詩，至爲淺淡，以楊升庵所詆爲俗語十字者，公乃媲之于六經，似此識力，豈千年前俊所有？李元賓稱東野詩高處在古無上，退之稱張籍詩文齊六經，皆非過量之褒，只是見得真切。

蔣抱玄曰：公詩工于凝鍊，寫十八地位，尤不溢一絲。然吾以爲不若文昌之幽閒有真味也。

附　酬韓庶子

張　籍

西街幽僻處，正與懶相宜。尋寺獨行遠，借書常送遲。家貧無易事，身病是閒時。寂寞誰相問？只應君自知。

調張籍〔一〕

李杜文章在，光焰萬丈長〔二〕。不知羣兒愚，那用故謗傷〔三〕？蚍蜉撼大樹〔四〕，可笑不自量。伊我生其後〔五〕，舉頸遥相望。夜夢多見之，晝思反微茫。徒觀斧鑿痕，不矚治水航〔六〕。想當施手時，巨刃磨天揚。垠崖劃崩豁〔七〕，乾坤擺雷硠〔八〕。惟此兩夫子，家居率荒涼。帝欲長吟哦，故遣起且僵。翦翎送籠中〔九〕，使看百鳥翔〔一〇〕。平生千萬篇，金薤垂琳琅〔一一〕。仙官勑六丁〔一二〕，雷電下取將〔一三〕。流落人間者〔一四〕，太山一豪芒〔一五〕。我願生兩翅〔一六〕，捕逐出八荒〔一七〕。精神忽交通，百怪入我腸〔一八〕。刺手拔鯨牙〔一九〕，舉瓢酌天漿〔二〇〕。騰身跨汗漫〔二一〕，不著織女襄〔二二〕。顧語地上友，經營無太忙〔二三〕。乞君飛霞珮〔二四〕，與我高頡頏〔二五〕。

〔一〕〔方世舉注〕此詩極稱李、杜，蓋公素所推服者，而其言則有爲而發。舊唐書白居易傳：元和十年，居易貶江州司馬。時元微之在通州，嘗與元書，因論作文之大旨云：「詩之豪者，世稱李、杜，李之作才矣奇矣，索其風雅比興，十無一焉。杜詩最多，可傳者千餘首，盡工盡善，又過於李。然撮其新安、石壕諸章，亦不過三四十。杜尚如此，况不迨杜者乎？」是李、杜交譏也。元於元和八年作杜工部墓誌銘云：「詩人已來，未有如子美者。時山東李白，亦以奇文取稱，時人謂之李、杜。余觀其樂府歌詩，誠亦差肩於子美矣，至若鋪陳終始，排比聲韻，大或千言，次猶數百，詞氣奮邁，而風調清深，屬對律切，而脱棄凡近，則李尚不能歷其藩籬，况壼奥乎？」其尊杜而貶李，亦已甚矣。時其論新出，愈蓋聞而深怪之，故爲此詩，因元、白之謗傷，而欲與籍參逐翺翺。要之籍豈能頡頏于公耶？此所以爲調也。〔補釋〕籍雖隸韓門，然其樂府詩體近元、白而不近韓，故白亟稱之。元、白持論，當爲籍所可，故昌黎爲此詩以啓發之歟？

〔二〕〔舉正〕諸本作「黮」，非。祝本、魏本作「黮」。〔王本引集注〕退之有取於李、杜，如薦士、聯句、留東野、望秋、石鼓等詩，每致意焉。然未若此詩之專美也。

〔三〕〔魏泰臨漢隱居詩話〕元稹作李、杜優劣論，先杜而後李，韓退之不以爲然，詩曰「李杜文章在，光焰萬丈長。不知羣兒愚，那用故謗傷？蚍蜉撼大樹，可笑不自量」，爲微之發也。〔周紫芝曰〕元微之作李、杜優劣論，謂太白不能窺杜甫之藩籬，況堂奥乎？唐人未嘗有此論，而稹始爲之。至退之云：「李杜文章在，光焰萬丈長。不知羣兒愚，那用故謗傷？」則不復爲優劣矣。洪慶善作韓文辨證，著魏道輔之言，謂退之此詩，爲微之作也。微之雖不當自作優劣，然指稹爲愚兒，豈退之之意乎？〔方成珪箋正〕鮑以文云：此是工部墓誌，非論也。愚按：微之墓志亦是文家借賓定主常法耳，況並未謗傷供奉也。謂此詩爲微之發，當不其然。

〔四〕〔顧嗣立注〕爾雅：「蚍蜉，大蟻。」郭璞曰：「俗呼馬蚍蜉。」

〔五〕〔蔣抱玄注〕伊，發語辭。詩經：「伊余來塈。」

〔六〕〔沈欽韓注〕寰宇記：「郡國志云：杭州餘杭縣，夏禹東去，捨舟船登陸於此。」按：以禹治水爲況，謙未能窮源竟委也。

〔七〕〔舉正〕杭作「根崖」。蜀作「垠崖」。吕、謝從「根」。〔考異〕「垠」，方作「根」。

〔八〕祝本、廖本、王本作「擺」。魏本作「罷」。〔補釋〕左思吴都賦：「菈擸雷硍，崩巒弛岑。」李善注：「菈擸雷硍，崩弛之聲。」吕延濟注：「雷硍，山崩聲也。」〔朱彝尊曰〕運思好，若造語則全是有意爲高秀。〔汪琬曰〕學古當如此。〔施補華曰〕奇傑之語，戛戛獨造。

〔九〕〔魏本引韓醇曰〕禰衡鸚鵡賦：「閑以雕籠，剪其翅羽。」〔方成珪箋正〕「閑」，選作「閉」。

〔一〇〕〔高步瀛曰〕此寫運窮，語極沈痛。

〔一一〕〔魏本引韓醇曰〕金薤，書也。古有薤葉書。詳見岣嶁山詩注。琳琅，石也。言李、杜文章，播於金石云爾。〔魏本引祝充曰〕書：「厥貢惟球琳琅玕。」注：「球琳，皆玉名。琅玕，石而似珠。」

〔一二〕〔補釋〕後漢書梁節王傳：「從官卞忌，自言能使六丁。」注：「六丁謂六甲中丁神也。若甲子旬中則丁卯爲神，甲寅旬中則丁巳爲神之類也。」黄庭内景經：「神華執巾六丁謁。」梁丘子注：「六丁者，謂六丁陰神玉女也。老君六甲符圖云：『丁卯神司馬卿，玉女足日之。丁丑神趙子玉，玉女順氣。丁亥神張文通，玉女曹漂之。丁酉神臧文公，玉女得喜。丁未神石叔通，玉女寄防。丁巳神崔巨卿，玉女開心之。言服鍊飛根，存漱五牙之道，成則役使六丁之神也。』」

〔一三〕〔魏本引補注〕異人記云：「上元中，台州道士王遠知善易，知人死生禍福，作易總十五卷。一日，雷雨雲霧中一老人語遠知曰：所泄者書何在？上帝命吾攝六丁雷電追取。遠知惶懼據地。旁有六人，青衣，已捧書立矣。老人責曰：上方禁文，自有飛天保衛，金科秘藏玄都，汝何者，輒藏緗帙？遠知曰：青丘元老傳授也。」

〔一四〕〔舉正〕蜀本作「留落」。〔方世舉注〕流落人間，蓋言流傳散布于世者也。

〔一五〕〔舉正〕李本校「毫」作「豪」。按莊子「秋豪之末」，孟子「一豪挫于人」，班固答賓戲「銳思豪芒之内」，皆作「豪」字。然楚辭「秋毫微而見容」，王逸曰「銳毛爲毫」，是「毫」字自通。〔考異〕「豪」，方作「毫」。今按：「毫」，俗字，當作「豪」爲正。〔方世舉注〕詩意言李、杜之文，今雖盛傳於世，然不過存什一于千百耳。世人方且不見其全文，又安敢輕議乎？

〔一六〕〔舉正〕唐本、蔡、謝校作「願生兩翅翎」。〔考異〕方作「願生兩翅翎」。

〔一七〕〔蔣抱玄注〕史記秦始皇紀：「并吞八荒之心。」〔高步瀛曰〕漢書陳勝項籍傳注曰：「八荒，八方荒遠之地也。」

〔一八〕〔朱彝尊曰〕出語奇特。

〔一九〕〔姚範曰〕「刺」，疑「剌」，盧達切，戾也。蓋如捩手耳。〔陳景雲曰〕「剌手」，當與送窮文「捩手覆羹」同義。〔方成珪箋正〕剌，臨漢隱居詩話作「引」。按剌當作剌，剌手，猶反手轉手。說文：「剌，戾也。」盧達切。从束。與从朿音次者不同。

〔二○〕〔魏本引魏道輔曰〕高至于酌天漿，幽至于拔鯨牙，其思賾深遠如此。詎止于曹、劉、沈、宋之間耶？〔方世舉注〕鯨牙無所考，天漿豈即中山經所謂「帝臺之漿」耶？酌天漿以喻高潔，拔鯨牙以喻沈雄。〔何焯曰〕此公自得處，所謂「不名一體，怪怪奇奇」。

〔二一〕〔方世舉注〕淮南道應訓：「盧敖游乎北海，至于蒙穀之上，見一士焉，敖與之語，若士齤然而笑曰：『嘻，子中州之民，寧肯而遠至此？吾與汗漫期于九垓之外，吾不可以久駐。』舉臂而竦身，遂入雲中。」

〔二二〕〔舉正〕唐本作「襄」。詩：「跂彼織女，終日七襄。」襄，駕也。三本皆訛作「相」。祝本作「相」。魏本、廖本、王本作「襄」。

〔二三〕〔蔣抱玄注〕詩大雅：「經之營之。」〔魏本注〕一作「箱」。

〔二四〕〔魏本引祝充曰〕乞，與人物也。〔吴闓生曰〕無太忙者，無乃太忙也。後漢：「乞楊生師。」音氣。〔方成珪箋正〕見後漢儒林楊政傳。

〔二五〕〔魏本引韓醇曰〕詩：「頡之頏之。」飛而上曰頡，下曰頏。〔高步瀛曰〕結出調意。

【集説】

陸象山語録曰：有客論詩。先生誦昌黎調張籍一篇，云讀書不到此，不必言詩。

胡仔苕溪漁隱叢話引雪浪齋日記曰：退之參李、杜，透機關，於調張籍詩見之。自「我願生兩翅，捕逐出八荒」以下，至「乞君飛霞佩，與我高頡頏」，此領會語也。從退之言詩者多，而獨許籍者，以有見處可以傳衣耳。

朱彝尊曰：議論詩，是又别一調，以蒼老勝。他人無此膽。

唐宋詩醇曰：此示籍以詩派正宗，言己所手追心慕，惟有李、杜，雖不可幾及，亦必升天入地以求之。籍有志於此，當相與爲後先也。所以推崇李、杜者至矣。

吳闓生曰：雄奇岸偉，亦有光焰萬丈之觀。

程學恂曰：此詩李、杜並重，然其意旨，卻著李一邊多，細玩當自知之。見得確，故信得真，語語著實，非第好爲炎炎也。調意於末四句見之。當時論詩意見，或有不合處，故公借此點化他。

奉酬盧給事雲夫四兄曲江荷花行見寄并呈上錢七兄閣老張十八助教〔一〕

曲江千頃秋波淨〔二〕，平鋪紅雲蓋明鏡〔三〕。大明宫中給事歸〔四〕，走馬來看立不正〔五〕。遺我明珠九十六〔六〕，寒光映骨睡驪目〔七〕。我今官閒得婆娑〔八〕，問言何處芙蓉多？撐舟昆明度雲錦〔九〕，脚敲兩舷叫吴歌〔一〇〕。太白山高三百里〔一一〕，負雪崔嵬插花裏〔一二〕。玉山前卻不復來〔一三〕，曲江汀瀅水平盃〔一四〕。我時相思不覺一迴首〔一五〕，天門九扇相當開〔一六〕。上界真人足官府，豈如散仙鞭笞鸞鳳終日相追陪〔一七〕。

〔一〕〔魏本引孫汝聽曰〕盧四，名汀，字雲夫。錢七，名徽，字蔚章。張十八，即籍也。給事，見卷八和虢州劉給事使君三堂注。〔方世舉注〕雍録：「開元二十年築夾城，自大明宮以達曲江芙蓉園。」劉餗小説：「園本古曲江，隋文帝惡其名曲，改名芙蓉，爲其水盛而芙蓉富也。」〔補釋〕李肇國史補：「兩省相呼爲閣老。」新唐書百官志：「中書舍人以久次者一人爲閣老，判雜事。」助教，見本卷游城南十六首注。〔沈欽韓注〕公爲右庶子時作。〔方成珪昌黎先生詩文年譜〕詩有「我今官閑得婆娑」句，知爲是年五月後所作。

〔二〕〔舉正〕蜀本作「秋波浄」。〔考異〕「秋波」，方作「波秋」。

〔三〕〔舉正〕唐本作「雲」。山谷、范、謝本校同。紅雲、明鏡，皆喻也。公三堂詩有「欲知花島處，水上覓紅雲」，與此同義。蜀本作「紅蕖」，誤。祝本、魏本作「蕖」。廖本、王本作「雲」。

〔四〕〔方世舉注〕新唐書地理志：「龍朔後皇帝嘗居大明宮，宮在禁苑東南，曰東内，本永安宮，貞觀八年置。九年曰大明宮，以備太上皇清暑。高宗厭西内湫濕，龍朔三年，始大興葺，曰蓬萊宮。咸亨元年曰含元宮。長安元年復曰大明宮。在關内道。」

〔五〕〔何焯義門讀書記〕與婆娑反。

〔六〕〔魏本引孫汝聽曰〕汀詩九十六字。

〔七〕〔舉正〕杭、蜀同作「離目」。光映骨而睡離目，言讀盧詩之快也。〔考異〕「驪」，方從杭、蜀本作「離」云云。今按：諸本蓋用莊子「取驪龍之珠者，必遭其睡」之語。以目言之，則又不止其頷下之珠矣。方説不成文理，況上文初無欲睡之意耶？〔陳景龍曰〕東坡謝賜御書詩云：「袖有驪珠三十四。」蓋化公此詩二語爲一也。證以坡詩，方説之誤益明。〔方世舉注〕目字屬睡不屬珠。

〔八〕〔魏本引樊汝霖曰〕公時自中書舍人降太子右庶子。婆娑，優閒之貌。〔方世舉注〕公以五月左降，蓋未幾即觀荷也。〔汪琬曰〕對給事。

〔九〕〔方世舉注〕漢書武帝紀：「元狩三年，穿昆明池。」臣瓚曰：「在長安西南，周回四十里。」按杜甫秋興詩「昆明池水漢時功」一首云：「露冷蓮房墜粉紅。」則知此處固多荷花也。〔葛立方曰〕本華海賦云：「雲錦散文於沙汭之際。」故江淹擬謝靈運詩，有「赤玉隱瑶溪，雲錦被沙汭」之句，言沙石五色，如雲錦被於岸耳。世見韓退之曲江荷花行云「撑舟昆明度雲錦」，遂謂以雲錦二字狀荷花，其實非也。度雲錦，謂舟行于五色沙石之際，豈謂荷花哉？〔方世舉注〕披吟詩意，竟當喻花。言舟入芙蓉深處，雲錦爛然，徘徊四顧，山川映發，不覺狂歌叫絶也。

〔一〇〕〔魏本引補注〕選：「詠蓮而叩舷。」舷，船邊也。〔何焯曰〕開出波瀾，翻客爲主。此與盤谷篇同一機緘，而結構大别。〔汪琬曰〕對走馬。

〔一一〕〔舉正〕閣本、李、謝校作「三百」。蜀作「三十」。祝本、魏本作「十」。廖本、王本作「百」。

太白山，見卷四南山詩注。

〔一二〕〔魏本引孫汝聽曰〕此謂太白影見曲江荷花裏也。「雪」，一作「雲」。〔蔣之翹注〕一統志：「太白山，關中諸山莫高於此，積雪六月不消。」〔方世舉注〕此乃影見昆明池中，孫誤也。〔翁方綱曰〕作水景，偏説山。作夏景，偏説雪。此大手筆，古今寡二。

〔一三〕〔王本注〕「前卻」，一作「一前一卻」。〔方世舉注〕郭緣生述征記：「藍田山，山形如覆車之象。亦名玉山。」〔魏本引任□曰〕前卻字出處本蔡邕傳云：「螳螂一前一卻。」至郭景純江賦始合用之，而云「巨石硉矹以前卻」。〔朱彝尊曰〕前卻奇。

〔一四〕〔舉正〕杭本「水」下有「不」字。諸本多無「不」字。〔考異〕「水」下方有「不」字，非是。〔補釋〕抱朴子：「不測之淵，起於汀瀅。」慧琳一切經音義「汀瀅」下云：「上音聽，平聲。下音縈迴反，去聲。並小水貌。」揚子雲甘泉賦作「瀅」。傳作「汀縈」二字，誤也。〔朱彝尊曰〕水平盃，字拙。〔汪琬曰〕打轉曲江。〔查慎行曰〕四句中有收有放。〔何焯曰〕揭過曲江，卻説昆明，妙矣。又從昆明挽合曲江，尤妙。恰好接相思回首也。

〔一五〕〔魏本引孫汝聽曰〕思雲夫也。

〔一六〕〔魏本引孫汝聽曰〕謂君門九重也。言雲夫給事宮中，如在天上耳。〔汪琬曰〕打轉大明宮。

〔一七〕〔舉正〕曾本「仙」下有「無」字，分兩句讀。〔考異〕又本或無「鸞鳳」二字，皆非是。〔顧嗣立注〕顧況集五源訣云：「番陽仙人王遥琴子高，言下界功滿，方超上界。上界多官府，不如地仙快活。」〔方世舉注〕神仙傳：「白石先生者，中黄丈人弟子也。不肯修昇天之道，彭祖問之。答曰：天上復能樂比人間乎？但莫使老死耳。天上多至尊，相奉事，更苦於人間。故人呼爲隱遁仙人，以其不汲汲于昇天爲仙官，亦猶不求聞達者也。」〔魏本引孫汝聽曰〕上界真人，謂仙人也。仙人猶有官府之事，不如雲夫爲地上散仙，終日嬉游也。〔王元啓曰〕愚謂此承前文「我今官閒」言之，上界真人，正指雲夫，下文散仙，乃公自謂。給事要職，故以上界真人相目。公時降官庶子，故自命爲散仙。孫注謬。〔洪興祖韓子年譜〕錢徽元和初爲翰林學士，九年爲中書舍人，十一年罷爲右庶子。詩云「豈如散仙鞭笞鸞鳳終日相追陪」，時公與徽同爲庶子也。〔補釋〕題稱錢爲閣老，則爲此詩時，錢尚未罷爲庶子。如洪説，則是仍同官中書舍人時之稱也。〔方世舉注〕上界真人比雲夫，亦兼比錢徽，散仙乃公自比，亦兼比張籍。言雲夫給事宫中，走馬看花，未極其趣。不如我等閒官，縱游無禁也。錢知制誥，亦有拘限。張爲助教，庶幾能從我游乎？此并呈二子之意也。是詩首六句敍盧曲江之游，并贊其詩。自「我今官閒得婆娑」以下，乃自敍昆明之游，以傲其所不足。孫蓋以通首皆言曲江荷花，故有此誤耳。〔汪琬曰〕上句收盧給事，下句收官閒。

【集説】

何焯義門讀書記曰：風韻佳。

翁方綱曰：此結與記夢結句，皆有不能隨人俯仰之義。

唐宋詩醇曰：紅雲明鏡中，特有雪山倒影，便寫得異樣精采。結似灑脱，正恐不能忘情。

李黼平曰：此篇于荷花不着意，而重在曲江之游。「走馬來看立不正」一句，開出後半文字。「我今官閑得婆娑」，言非宫中給事之比。「撑舟昆明度雲錦」，以昆明壓倒曲江，公游昆明，盧游曲江也。「我時相思不覺一回首，天門九扇相當開。上界真人足官府，豈如散仙鞭笞鸞鳳終日相追陪。」上界真人喻雲夫給事宫中，多官府之事，故走馬看荷，且立不正，如此其忙也。散仙公自喻，昆明之游，鞭笞鸞鳳，非走馬可比，官閑故也。注家以上界真人猶有官府之事，不如雲夫作地上散仙，終日嬉游，殊失詩意。題是曲江荷花，從題直起。中間芙蓉雲錦及「太白山高三百里，負雪崔嵬插花裏」，略作映帶，最超。

方東樹曰：從原人起，而以寫爲敍，中插入己夾寫。此敍體而無一筆呆平，夾寫議也。

奉和錢七兄曹長盆池所植〔一〕

翻翻江浦荷〔二〕，而今生在此〔三〕。擢擢菰葉長〔四〕，芳根復誰徙？露涵兩鮮翠〔五〕，風蕩相磨倚〔六〕。但取主人知，誰言盆盎是〔七〕？

〔一〕〔舉正〕錢徽也。唐本具錢詩于前。〔王元啓曰〕公時與錢同官，故稱爲曹長。此詩亦十一年降官以後作。

〔二〕翻翻，見本卷感春注。

〔三〕〔舉正〕閣本、李、謝校作「生兮」。〔考異〕「兮生」，方作「生兮」，非是。

〔四〕〔方世舉注〕爾雅釋木：「梢梢擢」。注：「謂木無枝柯，梢擢長而殺者。」〔魏本引祝充曰〕說文：「菰，雕胡也。」楚辭：「設菰粱。」

〔五〕祝本、廖本、王本作「涵」。魏本作「濡」。游本誤作「涵」。

〔六〕〔魏本引孫汝聽曰〕兩、相，謂荷與菰也。

〔七〕〔考異〕「詎」，或作「詎」。〔方世舉注〕淮南兵略訓：「使陶人化而爲埴，則不能成盆盎。」

〔補釋〕通首是比，時公與錢俱自中書舍人降官太子右庶子也。

【集說】

方世舉曰：言本種盆荷，而菰根適隨之以來，容色相鮮，枝葉披拂，有相得益彰之美。雖爲耳目近玩，勝於零落江皐也。

蔣抱玄曰：無甚風致，不如錢詩可讀。

附　小庭水植率爾成詩

錢　徽

泓然一缶水，下與坳堂接。青菰八九枝，圓荷四五葉。動摇香風至，顧盼野心愜。行可採芙蓉，長江詎云涉。

庭楸〔一〕

庭楸止五株〔二〕，共生十步間〔三〕。各有藤繞之，上各相鈎纏〔四〕。下葉各垂地，樹顛各雲連〔五〕。朝日出其東，我常坐西偏〔六〕；夕日在其西，我常坐東邊〔七〕。當晝日在上，我在中央間〔八〕，仰視何青青，上不見纖穿；朝暮無日時，我且八九旋，濯濯晨露香〔九〕，明珠何聯聯〔一〇〕。夜月來照之，蒨蒨自生烟〔一一〕。我已自頑鈍〔一二〕，重遭五楸牽。客來尚不見，肯到權門前〔一三〕？權門衆所趨，有客動百千，九牛亡一毛，未在多少間〔一四〕。往既無可顧〔一五〕，不往自可憐。

〔一〕〔魏本引韓醇曰〕詩意與前示兒詩所云「庭内何所有？高樹八九株」者相應。又次其後，蓋同時作。〔魏本引樊汝霖曰〕此詩長慶四年告病於其居之所爲也。〔舉正〕元和十三年。〔王元啓曰〕示兒詩爲中書舍人時作，此詩降官庶子日作，於卒章「客來尚不見」等句知之。若中書舍人、刑部侍郎皆要職，不但非杜門謝客時，亦何能任公不到權門？〔方成珪箋正〕此詩當是元和十一年五月降太子右庶子後作。酬盧雲夫曲江荷花行所謂「官閒得婆娑」

也。結以不往權門自憐，意尤可見矣。

〔二〕〔舉正〕蜀本作「楸」，謝校同，以題語考之，是。〔方世舉注〕爾雅釋木：「槐，小葉曰榎，大而皵楸。」注：「槐當爲楸。楸細葉者爲榎。老乃皮麤皵者爲楸。」雜五行書：「舍西種楸梓各五根，子孫孝順，口舌消滅也。」〔考異〕「楸」，或作「樹」。

〔三〕〔方世舉注〕齊民要術：「種楸梓法，宜割地一方種之，兩步一樹。此樹須大，不得概栽。」按今五株，宜十步也。

〔四〕魏本、祝本、廖本作「鈎聯」。王本、游本作「鈎連」。〔舉正〕此詩用二「連」字，三「間」字，曾本刊「鉤聯」作「鈎纏」，「中央間」作「中央焉」，以求避重韻，而非也。〔王元啓曰〕「鈎纏」，方作「鈎連」。愚按上句「繞」字是繞于本樹，下句「纏」字是纏及他樹。別本纏字正有義，不得斥爲誤改。公詩雖不忌重韻，然亦何苦兩聯逼迫相承，絶無避讓之方，必至重出乎？今輒定從別本。至下文改「間」爲「焉」，以避重複，則誠如方氏所譏。

〔五〕〔何焯曰〕筆勢參差入妙。

〔六〕〔舉正〕蜀本作「西邊」。

〔七〕〔舉正〕蜀本作「東偏」。

〔八〕祝本作「在中央焉」。魏本作「坐中央焉」。廖本、王本作「在中央間」。〔舉正〕杭、蜀同作「間」。〔陳善曰〕文章以氣韻爲主，氣韻不足，雖有辭藻，要非佳作也。韓退之詩，世謂押韻之文耳，然自有一種風韻。如庭楸詩：「朝日在其東，我常在西偏；夕日在其西，我常在東邊；當晝日在上，我坐中央焉。」不知者便謂無工夫，蓋是未窺古人妙處耳。

〔九〕〔補釋〕詩毛傳：「濯濯，光明也。」

〔一〇〕〔蔣抱玄注〕江淹别賦：「秋露如珠。」

〔一一〕〔魏本引祝充曰〕晉湛方生稻苗讚：「蒨蒨嘉苗。」〔補釋〕束晳補亡詩：「蒨蒨士子。」李善注：「蒨蒨，鮮明貌。」〔朱彝尊曰〕東西中日夕等分敍，亦古樂府餘調，然略覺瑣繁。〔何焯曰〕愈朴愈妙，絶似古樂府，秀絶。〔唐宋詩醇〕歷敍東西朝暮，繁而不殺，彌有古意。

〔一二〕廖本、王本作「鈍」。祝本、魏本作「惰」。〔考異〕「鈍」，或作「滯」。

〔一三〕〔方世舉注〕後漢書黄瓊傳論：「權門貴仕，請謁繁興。」〔魏本引樊汝霖曰〕舊史云：「公少與孟郊、張籍友善，而觀諸權門豪士，如僕隸焉，瞪然不顧。」即此詩所謂也。〔程學恂曰〕説不到權門，卻以客來不見陪出，妙。

〔一四〕〔方世舉注〕新序：「晉平公曰：吾門下食客三千餘人，可謂不好士乎？固桑對曰：今夫鴻鵠，高飛冲天，其所恃者六翮耳。夫腹下之毳，背上之毛，增去一把，飛不爲高下，不知君之食客，六翮耶，將腹背之毳也。」此詩雖用「九牛亡一毛」語，然兼取此意。

〔一五〕〔舉正〕閣作「可領」。〔考異〕「顧」，方作「領」，或作「得」，皆非是。

【集説】

陳沆詩比興箋曰：此賦而兼比也。雖借庭楸以起興，實則以朝日、晝日、夕日，喻世態之炎熱。樹蔭不見纖穿，喻先王之道可以庇身而樂志也。故下言「權門衆所趨」，以見炙手可熱之狀。「我已自頑鈍，重遭五楸牽」，則所謂「古道自愚蠢，古言自包纏」也。

早赴街西行香贈盧李二中舍人〔一〕

天街東西異〔二〕，祇命遂成游〔三〕。月明御溝曉〔四〕，蟬吟堤樹秋〔五〕。老僧情不薄，僻寺境還幽。寂寥二三子〔六〕，歸騎得相收〔七〕。

〔一〕〔祝本注〕「赴」，一作「起」。　無「人」字。　〔顧嗣立注〕隋三禮圖：「長安領街西五十四坊及西市，多王公貴戚之家。」　〔王鳴盛曰〕此言街東西寺觀之盛也。昌黎又有題張十八所居詩云：「君居泥溝上，溝濁泮青青。」東野堂韓集某氏注云：「張籍居長安西街，孟東野所謂西明寺後窮瞎張太祝也。」張籍酬昌黎詩云：「西街幽僻處，正與嬾相宜。」此知羈孤者參錯其間，非盡烜赫者也。〔方世舉注〕程大昌演繁露：「國忌行香，起於後魏、江左齊梁間。何尚之設八關齋，集朝士自行香。東魏静帝嘗設法會，乘輦行香。凡云行香者，步進前而周匝道場，仍自炷香爲禮也。」按唐六典：「凡國忌行香，京文武五品以上，與清官七品以上。」　〔舉正〕盧汀、李逢吉。　〔王鳴盛曰〕李逢吉元和九年改中書舍人，至十一年二月，同平章事。〔沈欽韓注〕中書舍人無稱中舍人者。唐六典有太子中舍人，正五品以上，雖系高班，只是冗員，故詩云「寂寥二三子」也，非盧汀、李逢吉矣。〔補釋〕當是公降官太子右庶子時作。

〔二〕〔方世舉注〕天街乃長安街，即公詩所謂「天街小雨潤如酥」者也。東西異者，即華山女詩所謂「街東街西」也。舊注引史記天官書「畢昴間爲天街」，是天街二字所由來，不是此處事實。〔補釋〕唐時長安城朱雀門大街，亦名天門街，簡稱天街，蓋與宮城之南門承天門有關。

〔三〕〔王本引孫汝聽曰〕祇命，謂承詔也。

〔四〕〔舉正〕杭本、謝校同。蜀本作「溝水曉」。祝本作「溝水」。魏本、廖本、王本作「御溝」。

〔五〕〔蔣之翹曰〕三四語極淒麗，曉行景色如畫。〔朱彝尊曰〕頷聯有沖淡趣。〔何焯義門讀書記〕次聯似柳惲、何遜語。

〔六〕〔考異〕「寥」，或作「寞」。祝本作「寞」。魏本、廖本、王本作「寥」。

〔七〕〔蔣抱玄注〕收，聚也。

聽穎師彈琴〔一〕

昵昵兒女語〔二〕，恩怨相爾汝〔三〕。劃然變軒昂〔四〕，勇士赴敵場〔五〕。浮雲柳絮無根蔕〔六〕，天地闊遠隨飛揚。喧啾百鳥羣，忽見孤鳳凰。躋攀分寸不可上，失勢一落千丈強〔七〕。嗟余有兩耳，未省聽絲篁〔八〕。自聞穎師彈，起坐在一旁〔九〕。推手遽止之，濕衣淚滂滂〔一〇〕。穎乎爾誠能〔一一〕，無以冰炭置我腸〔一二〕。

〔一〕祝本、魏本作「穎」。廖本、王本作「穎」。〔考異〕穎師若是道士，則穎字是姓，當从水。是僧，則穎字是名，當从禾。〔方世舉注〕李賀亦有聽穎師彈琴歌云：「竺僧前立當吾門，梵宮真相眉稜尊。古琴大軫長八尺，嶧陽老樹非桐孫。涼館聞絃驚病客，藥囊暫別龍鬚席。請歌直請卿相歌，奉禮官卑復何益。」則穎師是僧明甚。蓋以琴干長安諸公而求詩也。賀官終奉禮，歿於元和十一年，作詩時蓋已病，而公亦當被讒左降。

〔二〕〔考異〕「昵昵」，或作「妮妮」，或作「呢呢」。〔補釋〕釋名：「昵，近也。」〔王懋竑曰〕昵，同暱，無他音。疑當作呢，音尼。或作妮，亦音尼。妮字廣韻不載。

〔三〕〔補釋〕世説新語排調：「晉武帝問孫皓：聞南人好作爾汝歌，頗能爲不？」爾汝歌爲古代江南一帶民間流行之情歌，歌詞每句用爾或汝，以示彼此親暱關係，此取其義。

〔四〕〔魏本引孫汝聽曰〕劃截之聲激烈也。

〔五〕〔蔣之翹注〕只起四語耳，忽而弱骨柔情，銷魂欲絶，忽而舞爪張牙，可駭可愕。其變態百出如此。〔吴闓生曰〕無端而來，無端而止，章法奇詭極矣。

〔六〕〔方世舉注〕陶潛詩：「人生無根蔕，飄如陌上塵。」

〔七〕〔廖瑩中注〕古木蘭詩：「賜物百千強。」少陵詩：「四松初栽時，大抵三尺強。」筭家以有餘爲強。〔陳善曰〕予因學琴而得爲文之法，文章之妙處在能掩抑頓挫，令人讀之亹亹不倦。韓退之聽穎師彈琴詩曰「昵昵兒女語」云云，此頓挫法也。〔查慎行曰〕一連十句，每兩句各自一意，是贊彈琴手，不是贊琴。琴之妙固不待贊也。所以下文直接云「自聞穎師彈」。〔唐宋詩醇〕躋攀二語，千古詩文妙訣。〔吴闓生曰〕極頓挫抑揚之致，蓋即以自喻其文章之妙也。

〔八〕〔蔣抱玄注〕文心雕龍：「志盛絲篁，氣變金石。」

〔九〕〔舉正〕閣本、宋、謝校作「旁」。杭、蜀作「牀」。〔考異〕「旁」，或作「傍」。廖本、王本作「旁」。祝本、魏本作「牀」。

〔一〇〕〔補釋〕廣雅：「滂滂，流也。」

〔一一〕〔舉正〕杭作「穎乎」，蜀作「穎師」。魏本注：一本又作「穎乎穎乎爾誠能」。〔吴闓生曰〕再頓一筆。

〔一二〕〔廖瑩中注〕郭象莊子注：「喜懼戰于胸中，固已結冰炭于五藏矣。」〔高步瀛曰〕楚辭七諫自悲曰：「冰炭不可以相並兮。」〔魏本引韓醇曰〕當時琴操必有感于公者，故聽終而悲焉。

【集説】

胡仔曰：古今聽琴阮琵琶箏瑟諸詩，皆欲寫其音聲節奏，類以景物故實狀之，大率一律，初無中的句，互可移用，是豈真知音者，但其造語藻麗爲可喜耳。永叔、子瞻謂退之聽琴詩乃是聽琵琶詩。西清詩話云：「三吳僧義海，以琴名世。六一居士嘗問東坡：琴詩孰優？東坡答以退之聽穎師琴。公曰：此祇是聽琵琶耳。或以問海，海曰：歐陽公一代英偉，然斯語誤矣。『昵昵兒女語，恩怨相爾汝』，言輕柔細屑，真情出見也。『劃然變軒昂，勇士赴敵場』，精神餘溢，竦觀聽也。『浮雲柳絮無根蒂，天地闊遠隨飛揚』，縱橫變態，浩乎不失自然也。『喧啾百鳥羣，忽見孤鳳凰』，又見穎孤絶不同流俗下俚聲也。『躋攀分寸不可上，失勢一落千丈強』，起伏抑揚，不主故常也。皆指下絲聲妙處，惟琴爲然。琵琶格上聲，烏能爾耶？退之深得其趣，未易譏評也。」苕溪漁隱曰：東坡嘗因章質夫家善琵琶者乞歌詞，亦取退之聽穎師琴詩稍加檃括，使就聲律，爲水調歌頭以遺之，其自序云：「歐公謂退之此詩最奇麗，然非聽琴，乃聽琵琶耳，余深然之。」觀此，則二公皆以此詩爲聽琵琶矣。今西清詩話所載義海辨證此詩，復曲折能道其趣，爲是真聽琴詩。世有深于琴者，必能辨之矣。

許顗曰：韓退之聽穎師彈琴詩云「浮雲柳絮無根蒂，天地闊遠隨飛揚」，此泛聲也，謂輕非絲，重非木也。「喧啾百鳥羣，忽見孤鳳凰」，泛聲中寄指聲也。「躋攀分寸不可上」，吟繹聲也。「失勢一落千丈強」，順下聲也。僕不曉琴，聞之善琴者云，此數聲最難工。自文忠公與東坡論此詩作聽琵琶詩之後，後生隨例云云。柳下惠則可，我則不可，故特論之。少爲退之雪冤。

朱彝尊曰：寫琴聲之妙入髓，又一一皆實境。繁休伯稱車子，柳子厚誌筝師，皆不能及，可謂古今絕唱。六一善琴，乃指爲琵琶，竊所未解。純是佳唐詩，亦何讓杜。

何焯曰：六一居士以爲此袛是琵琶云云，按：必非歐公語。又吴僧義海并洪慶善云云。洪注引或語，與彦周詩話同。按義海之云，固爲膚受，洪氏所載，則此數聲者，凡琴工皆能，昌黎何至聞所不聞哉？「失勢一落千丈強」，與琴聲尤不肖，真妄論也。己卯十一月，留清苑行臺，聽李世得彈琴，出此詩共評，記所得於世得者如此。余不知琴，請世得爲余作此數聲，求以詩意，乃深信或者之妄，唐賢詩不易讀也。後又與世得讀馮定遠贈單曾傳詩，有「他人一半是箏聲」句，世得云：「此老亦不知琴法，從册子得此語耳。琴中固備有箏琶之聲，但不流宕，非古樂真可誣也。」并記之。

方世舉曰：嵇康琴賦中已具此數聲，其曰「或怨嫭而躊躕」，非「昵昵兒女語」乎？「時劫掎以慷慨」，非「勇士赴敵場」乎？「忽飄颻以輕邁，若衆葩敷榮曜春風」，非「浮雲柳絮無根蒂」乎？「嚶若離鵾鳴清池，翼若游鴻翔曾崖，又若鸞鳳和鳴戲雲中」，非「喧啾百鳥羣，忽見孤鳳皇」乎？「參禪繁促，復疊攢仄，拊嗟累讚，間不容息」，非「躋攀分寸不可上」乎？「或乘險投會，邀隙趨危，或摟搶擽捋，縹繚潎冽」，非「失勢一落千丈強」乎？公非襲琴賦，而會心於琴理則有合也。國史補云：「于頔司空嘗令客彈琴，其嫂知音，聽於簾下曰：三分中一分箏聲，二分琵琶聲，絕無琴韻。」則琴聲誠或有似琵琶者，但不可以論此詩。

薛雪曰：穎師彈琴，是一曲泛音起者，昌黎摹寫入神，乃以昵昵二語爲似琵琶聲，則「攀躋分寸不可上，失勢一落千丈強」，除卻吟猱綽注，更無可以形容，琵琶中亦有此邪？

王文誥曰：永叔詆爲琵琶，許彦周所辨，槩屬浮響，義海尤爲悠謬，此琴工之言，不足折永叔也。韓詩「昵昵兒女」四句，皆琴之變聲，猶荆、高變徵爲羽，既而極羽之致則怒，使韓聽關睢伐檀之詩，即無此等語矣。「攀躋分寸不可上，失勢一落千丈強」，謂左手搏拊也，其指約在五六徽位，搏拊入急，若不可上下者然。忽又直注十徽之下。此聲由急響而注于微末，故云「失勢一落千丈」，既落不可便已，即又過絃而振起，故又云「強」也。琴横前而有薦，皆平其徽爲過指地，是以左指得以作勢，越數徽而下注也。琵琶倚于懷抱，用左執以按字，逐字各因界以成聲，既非徽之可過，而欲攀躋分寸，失勢一落，皆非其所能爲。且不可横而薦之，取間隙于左手。苟暇爲此，而琵琶仆矣，何有於聲乎？永叔不知樂有正變，亦不察琵琶所以爲用，忽於游心金石之時，過爲訾韓之論，學勤而不繇統，豈俗習之移人哉？

程學恂曰：永叔所謂似琵琶者，亦只起四句近之耳，餘自迥絶也。坡嘗追憶歐公語，更作聽賢師琴詩，恨歐公不及見之，所謂「大絃春温和且平，牛鳴盎中雉登木」是也。予謂此誠不疑於琵琶矣，然亦了無琴味，試再讀退之詩如何？彦周所稱，即今世之琴耳，不知唐時所用，即同此否？若是師襄夫子所鼓，必不涉恩怨兒女也，此又不可不知。

章士釗曰：宋人俞德鄰，著佩韋齋輯聞四卷，有論琴一則曰：「韓退之聽穎師琴詩，極摹寫形容之妙，疑專於譽穎者。然於篇末曰：『推手遽止之，溼衣淚滂滂。穎乎爾誠能，無以冰炭置我腸。』其不足於潁多矣。太學聽琴序則曰：『有一儒生，抱琴而來，歷階而升，坐於尊俎之間，鼓有虞氏之南風，賡之以文王、宣父之操，優游怡愉，廣厚高明，追三代之遺音，想舞雩之詠歎。及暮而退，皆充然若有所得也。』何嘗有推手遽止之意。合詩與序以觀，其去取固較然，抑又知琴者本以陶寫性情，而冰炭我腸，使淚滂滂而衣溼，殆非琴之正也。」退之潁師琴詩，東坡嘗譏其所形容，爲琵琶而非琴，可見退之並不知音。夫不知音而必強以知音鳴者，以樂爲六藝之一，儒者不容諉爲不知，以自安謭陋也。德鄰謬以退之詩與序相較，殆更説不上知音，所謂自鄶以下也已。

酬馬侍郎寄酒〔一〕

一壺情所寄，四句意能多。秋到無詩酒，其如月色何！

〔一〕〔魏本引孫汝聽曰〕馬侍郎，名總，字會元，扶風人。〔魏本引樊汝霖曰〕以子厚曹溪大鑒碑考之，總以元和八年廉問嶺南，十年冬尚留鎮。其召入爲刑部侍郎，則十一年也。明年兼御史大夫，副裴度宣慰淮西。〔沈欽韓注〕白氏集久不見韓侍郎戲題四韻云：「户大嫌甜酒，才高笑小詩。」則公之豪於飲可知也。

【集説】

蔣抱玄曰：淡而雅。

符讀書城南〔一〕

木之就規矩，在梓匠輪輿〔二〕。人之能爲人，由腹有詩書〔三〕。詩書勤乃有，不勤腹空虛。欲知學之力，賢愚同一初〔四〕，由其不能學，所入遂異閭。兩家各生子，提孩巧相如〔五〕，少長聚嬉戲，不殊同隊魚〔六〕。年至十二三，頭角稍相疎。二十漸乖張〔七〕，清溝映汙渠。三十骨骼成〔八〕，乃一龍一猪〔九〕，飛黄騰踏去〔一〇〕，不能顧蟾蜍。一爲馬前卒，鞭背坐蟲蛆〔一一〕。一爲公與相，潭潭府中居〔一二〕。問之何因爾〔一三〕，學與不學歟！金璧雖重寶，費用難貯儲；學問藏之身，身在則有餘〔一四〕。君子與小人，不繫父母且〔一五〕。不見公與相，起身自犂鉏〔一六〕。不見三公後，寒飢出無驢〔一七〕。文章豈不貴，經訓乃菑畬〔一八〕。潢潦無根源〔一九〕，朝滿夕已除〔二〇〕。人不通古今〔二一〕，馬牛而襟裾〔二二〕。行身陷不義，況望多名譽〔二三〕。時秋積雨霽〔二四〕，新涼入郊墟〔二五〕。燈火稍可親，簡編可卷舒。豈不旦夕念〔二六〕，爲爾惜居諸〔二七〕。恩義有相奪〔二八〕，作詩勸躊躇〔二九〕。

〔一〕〔魏本引樊汝霖曰〕符，公之子。城南，公別墅所在。孟東野詩有喜符郎詩有天縱，有游城南韓氏莊之作。張籍詩有「子符奉其言」，有「養疾城南莊」之語。按公墓誌及登科記，公子曰昶，登進士第，在長慶四年。此云符，則疑爲昶之小字也。元和十一年秋作。〔方世舉注〕祭十二郎文云：「汝之子始十歲，吾之子始五歲。」計貞元十九年至元和十一年，符年十八矣。〔沈欽韓注〕韓昶自爲墓誌云：「生徐之符離，小名曰符。取京兆韋放女。有男五人：曰緯，復州參軍；次曰綰；曰緄；曰綺；曰紈，舉進士。」張舜民畫墁録：「長安啓夏門裏東南亭子，今楊六郎園，即退之所謂符讀書城南處也。」〔補釋〕唐長安近郊之樊川，爲莊園所集中之勝地。退之在樊川有莊園，城南莊至宋代猶在，宋人張禮游城南記云：「韓店即韓昌黎城南雜題及送子符讀書之地，今爲里人楊氏所有，鑿洞架閣，引泉爲池。」〔方成珪昌黎先生詩文年譜〕詩有「時秋積雨霽，新涼入郊墟」之句，乃是年七月作。

〔二〕〔魏本引韓醇曰〕孟子盡心：「梓匠輪輿，能與人規矩，不能使人巧。」〔補釋〕孟子趙岐注：「梓匠，木工也。輪人、輿人，作車者也。」

〔三〕〔何焯義門讀書記〕詩書乃文章根本，人之所以不陷於不義者，莫不由之也。

〔四〕〔舉正〕閣本作「一同初」。〔考異〕「同一」，或作「一同」，非是。

〔五〕〔考異〕「提」，或作「啼」，非是。「巧」，或作「兩」。〔蔣抱玄注〕孟子：「孩提之童。」

〔六〕〔方世舉注〕曹植詩：「昔爲同池魚，今爲商與參。」

〔七〕〔蔣抱玄注〕梁武帝孝思賦：「與二氣而乖張。」

〔八〕〔祝充注〕説文曰：「禽獸骨曰骼。」此云骨骼，爲一龍一猪而言也。

〔九〕〔方世舉注〕世説：「孫綽作列仙商丘子贊曰：『所牧何物？殆非真猪。儻遇風雲，爲我龍攄。』王藍田語人云：『見孫家兒作文，道何物真猪也。』」

〔一〇〕〔魏本引孫汝聽曰〕淮南子：「黄帝時飛黄服皁。」飛黄，神馬也。

〔一一〕〔舉正〕「鞭背」，閣本作「背上」。　〔考異〕「鞭背」，或作「背上」，非是。　〔祝充注〕蛆，七余切，蟲在肉中。　後漢志：「乃體生蟲蛆。」　〔方世舉注〕後漢書薊子訓傳：「道過滎陽，止主人舍，所駕之驢，忽然卒僵，蛆蟲流出。」

〔一二〕〔何焯義門讀書記〕漢書陳勝傳：「沈沈者。」沈，音長含反，與潭潭義同，宫室深邃貌也。

〔一三〕〔舉正〕杭、蜀作「爾」。　〔考異〕「爾」，或作「耳」。

〔一四〕〔考異〕「則」，或作「即」。　〔何焯義門讀書記〕此即暗用黄金滿籯，不如一經之意。

〔一五〕〔魏本引韓醇曰〕詩巧言：「悠悠昊天，曰父母且。」且，語助也。

〔一六〕〔舉正〕閣本作「不見公與汝，幸免自犂鋤」。　〔考異〕閣本之謬，有如此者。　它可盡信邪？　〔何焯義門讀書記〕閣本語自佳，但與上「不繫父母」之義不屬。

〔一七〕〔魏本引樊汝霖曰〕荀子：「雖王公大夫之子孫也，不能屬於禮義，則歸之庶人。　雖庶人之子孫也，積文學，正身行，能屬於禮義，則歸之卿相士大夫。」

〔一八〕〔祝充注〕易：「不菑畬。」爾雅：「田一歲曰菑，二歲曰畬。」　〔魏本引孫汝聽曰〕菑畬，耕也。言文章當以經訓爲本。〔魏本引補注〕呂原明雜記云：「杜子美詩云：『文章一小技，于道未爲尊。』文章者，載道之器，安得謂之小技，顧所用如何耳。韓退之詩曰：『文章豈不貴，經訓乃菑畬。』此說有可取焉。」

〔一九〕〔祝充注〕左氏：「潢汙行潦之水。」

〔二〇〕〔魏本引韓醇曰〕孟子曰：「苟惟無本，七八月之間雨集，溝澮皆盈，其涸也，可立而待也。」

〔二一〕〔考異〕或作「今古」。

〔二二〕〔魏本引樊汝霖曰〕孟子：「飽食煖衣，逸居無教，則近於禽獸。」前漢：「韓生曰：人謂楚人沐猴而冠。」公此聯義則孟子，句法則韓生也。〔何焯義門讀書記〕「人不通古今」二句，應「人之能爲人。」腹既空虛，則所有者襟裾而已。

〔二三〕〔何焯義門讀書記〕身不陷于不義，身不離于令名，皆孝經語。唐人重進士而薄明經，所學者詩賦文章，獨韓氏爲此學爾。曰通古今則讀書并該史學及當代六典、開元禮之屬。行身一連，已略及躬行矣。

〔二四〕〔舉正〕閣本、李、謝校作「積雨闐」。〔考異〕「霽」，方作「闐」。

〔二五〕〔祝充注〕說文：「墟，大丘也。」左氏：「有莘之墟。」禮記：「墟墓之間。」

〔二六〕〔何焯義門讀書記〕下文恩字。

〔二七〕〔魏本引孫汝聽曰〕居諸，謂日月。詩：「日居月諸。」〔王若虛曰〕退之詩云：「豈不旦夕念，爲爾惜居諸。」居諸，語辭耳，遂爲日月之名，既已無謂，而樂天復云：「廢興相催逼，日月互居諸。」「恩光未報答，日月空居諸。」老杜又有「童丱聯居諸」之句，何也？〔何焯義門讀書記〕下文義字。

〔二八〕〔魏本引孫汝聽曰〕恩以愛之，義以教之。兩者不並立，故曰相奪也。

〔二九〕〔何焯義門讀書記〕躊躇，不前也。應前「詩書勤乃有」。

【集説】

陸象山語録曰：韓退之不合初頭俗了，如符讀書城南、三上宰相書是矣。

陸唐老曰：退之不絶吟六藝之文，不停披百家之編，招諸生立館舍，勉勵其行業之未至，而深戒其責望於有司，此豈有利心于吾道者。佛骨一疏，議論奮激，曾不以去就禍福回其操。原道一書，累千百言，攘斥異端。退之所學所行，亦無愧矣。惟符讀書城南一詩，乃微見其有戾于向之所得者。駭目潭潭之居，掩鼻蟲蛆之背，切切然餌其幼子以富貴利達之美，此豈故韓愈哉？

黄震黄氏日鈔曰：亦人情誘小兒讀書之常，愈於後世之僞飾者。

蔣之翹曰：此詩實可作村塾訓言。

李光地榕村詩選曰：此詩勉符爲學，後則由文章而歸之於窮經觀史，脩飭行義也。

方婺如曰：禮學記云：「宵雅肄三，官其始也。」鄭注：「爲始學者習之，所以勸之以官。」此正韓子符讀書城南之義。

鄭珍曰：陸唐老謂退之切切然餌其幼子以富貴利達之美，若有戾于向之所得者，非也。讀書通古今，行身戒不義，學行並進，文質相宜，達則富貴若固有，窮亦名譽不去身，爲聖爲賢，止是如此。論古今通理，有「潭潭府中趨」之俗子，必無「鞭背生蟲蛆」之哲人，子孫苟賢，藏身有術，即不爲卿相，亦免人僕人奴。必欲餓不任聲，寒而見肘，是其時命所極，決非父母之心。若伏獵侍郎，弄麞宰相，固韓公所不屑計較，於符豈有慮焉？如唐老者，吾知其必教子孫作木石矣。

程學恂曰：謂此是塾訓體，不是詩體，卻是。看他說公說相，到底卻歸到行義上，是豈僅以富貴利達餌其子者乎？唐老殆讀之未竟也。

大行皇太后挽歌詞三首〔一〕

一紀尊名正〔二〕，三時孝養榮〔三〕。高居朝聖主〔四〕，厚德載羣生〔五〕。武帳虛中禁〔六〕，玄堂掩太平〔七〕。秋天笳鼓歇，松柏遍山鳴〔八〕。

〔一〕〔舉正〕此憲宗母莊憲皇后也。后以元和十一年八月葬。樊云：諸本脱「太」字，非。〔方世舉注〕風俗通：「新崩未有謚號，故總其名曰大行也。」漢書霍光傳：「行璽大行前。」韋昭曰：「大行，不反之詞也。」新唐書憲宗紀：「十一年三月庚午，皇太后崩。八月庚申，葬于豐陵。」又后妃紀：「順宗莊憲皇后王氏，琅琊人。祖難得，有功名於世。以良家選入宮爲才人，生憲宗。順宗即位，將立后，會病楝而止。憲宗内禪，尊爲太上皇后。元和元年，乃上尊號曰皇太后。后謹畏，深抑外家，訓屬内職，有古后妃風。十一年崩，年五十四。」〔補釋〕世説新語劉峻注：「譙子法訓云：『有喪而歌者，或曰：彼爲樂喪也，有不可乎？譙子曰：書云：四海遏密八音。何樂喪之有？曰：今喪有挽歌者，何以哉？譙子曰：周聞之，蓋高帝召齊田横至于尸鄉亭，自刎奉首，從者挽至於宮，不敢哭而不勝哀，故爲歌以寄哀音。彼則一時之爲也。鄰有喪，舂不相引，挽人銜枚，孰樂喪者邪？』按莊子曰：『紼謳所生，必於斥苦。』司馬彪注曰：『紼，引柩索也。斥，疏緩也。苦，用力也。引紼所以有謳歌者，爲人有用力不齊，故促急之也。』春秋左氏傳曰：『魯哀公會吴伐齊，其將公孫夏命歌虞殯。』杜預曰：『虞殯，送葬歌，示必死也。』史記絳侯世家曰：『周勃以吹簫樂喪。』然則挽歌之來久矣，非始起於田横也。然譙氏引禮之文，頗有明據，非固陋者所能詳。聞疑以傳疑，以俟通博。」

〔二〕〔魏本引樊汝霖曰〕順宗在東宮，册王氏爲良娣。及即位，將立爲后，會病楝而止。憲宗永貞元年八月受禪，立爲太上皇后。元和元年五月，尊爲皇太后。十一年三月崩。永貞元年，歲在丁酉，至是丙申，十二年矣，故云「一紀尊名正」也。

〔三〕〔魏本引孫汝聽曰〕禮記：「文王之爲世子，朝于王季日三。」鷄鳴日中及暮，此謂三時也。

〔四〕〔蔣抱玄注〕指憲宗。

〔五〕〔魏本引孫汝聽曰〕易：「坤厚載物。」羣生，物也。〔朱彜尊曰〕引經據禮，舉其大者爲頌，最得體。

〔六〕〔考異〕「虚」，或作「空」。〔廖瑩中注〕漢霍光傳：「太后被珠襦，盛服坐武帳中。」〔蔣抱玄注〕中禁，即禁中。沈佺期詩：「中禁動光輝。」

〔七〕〔魏本引韓醇曰〕齊謝朓敬皇后哀册文曰：「翠帟舒皐，玄堂啓扉。」玄堂，山陵。

〔八〕〔蔣之翹曰〕結淒冷。

威儀備吉凶〔一〕，文物雜軍容〔二〕。配地行新祭〔三〕，因山託故封〔四〕。鳳飛終不返〔五〕，劍化會相從〔六〕。無復臨長樂〔七〕，空聞報曉鐘〔八〕。

〔一〕〔蔣抱玄注〕禮記：「禮儀三百，威儀三千。」〔沈欽韓注〕通典：「元陵儀注，有吉凶二駕，有押吉凶鹵簿官」。

〔二〕〔蔣抱玄注〕左傳：「文物以紀之。」禮記：「軍容不入國。」

〔三〕〔方世舉注〕漢書郊祀志：「先祖配天，先妣配地。」

〔四〕〔方世舉注〕漢書文帝紀：「霸陵山川因其故，無有所改。」應劭曰：「因山爲藏，不復起墳。」〔王元啓曰〕莊憲合葬豐陵，故曰故封。〔朱彜尊曰〕摘字新。

〔五〕〔魏本引孫汝聽曰〕列仙傳：「蕭史教秦穆公女弄玉吹蕭作鳳聲，鳳凰來止其屋，一旦皆隨鳳凰飛去。」

〔六〕〔顧嗣立注〕晉張華傳：「雷焕得豐城雙劍，送一與華，留一自佩，曰：靈異之物，終當化去。華得劍，寶愛之，曰：天生神物，終當合耳。華誅，失劍所在。焕卒，子華持劍，行經延平津，劍忽于腰間躍出墮水，使人没水求之，但見兩龍各長數丈，蟠縈有文章，没者懼而反。于是失劍。」　〔沈欽韓注〕雲笈七籤魏夫人傳：「凡住世八十三年，以晉成帝咸和九年，太乙元仙遺飈車來迎，夫人乃託劍化形而去。」舊注所云，至爲淺陋。　〔魏本引補注〕王介甫曰：「此非君臣所宜，言近於黷也。」　〔魏本引樊汝霖曰〕莊憲後順宗崩，公故云。謂近乎黷，非也。　〔鄭珍曰〕后與順宗同葬豐陵，順宗元和元年葬，先于后十一年，故詩云「因山託故封」。「鳳飛終不返」句，即承「故封」，接下「劍化會相從」句，言今日祔葬之得禮。王介甫不瞭詩意，譏劍化句爲黷，失旨已甚。　〔朱彝尊曰〕圓和有態，正得詩人風韻。

〔七〕〔方世舉注〕漢書叔孫通傳：「惠帝爲東朝長樂宫。」師古曰：「朝太后于長樂宫。」

〔八〕〔舉正〕閣本作「報曉鐘」，以臨長樂言之，「報曉」爲是。　〔考異〕「報曉」，或作「曉暮」。祝本、魏本作「曉暮」。廖本、王本作「報曉」。　〔顧嗣立注引吴兆宜曰〕三輔黄圖：「鐘室在長樂中。」

追攀萬國來〔一〕，警衛百神陪。畫翣登秋殿〔二〕，容衣入夜臺〔三〕。雲隨仙馭遠〔四〕，風助聖情哀〔五〕。只有朝陵日，粧奩一暫開〔六〕。

〔一〕〔方世舉注〕何承天樂府：「上陵者相追攀。」

〔二〕〔魏本引韓醇曰〕世本云：「周制，以王后夫人車服輦車有翣。即集雉羽爲扇，以障風塵也。」〔魏本引孫汝聽曰〕禮喪大記：「黼翣二，黻翣二，畫翣二。」注云：「漢制，以木爲筐，廣三尺，高二尺四寸，方兩角高，衣以白布。」

〔三〕〔沈欽韓注〕續漢禮儀志：「容根車游載容衣。」按説文：「褮，鬼衣也。」榮乃褮之借，鬼爲魂之誤。周官司服注：「今坐上魂衣，與容衣同。」〔蔣之翹注〕阮瑀詩：「冥冥九泉室，漫漫長夜臺。」

〔四〕〔蔣抱玄注〕唐太宗詩：「仙馭隨輪轉。」

〔五〕〔舉正〕閣本作「風動」。〔考異〕「助」，方作「動」，非是。

〔六〕〔方世舉注〕後漢書陰皇后紀：「明帝謁原陵，從席前伏御牀，視太后鏡奩中物，感動悲涕，令易脂澤裝具。左右皆泣，莫能仰視焉。」注：「奩，鏡匣也。」

【集説】

朱彝尊曰：典雅有風致。

梁國惠康公主挽歌二首〔一〕

定謚芳聲遠，移封大國新〔二〕。巽宮尊長女〔三〕，台室屬良人〔四〕。河漢重泉夜〔五〕，梧桐半樹春〔六〕。龍轜非厭翟〔七〕，還輾禁城塵。

〔一〕〔舉正〕樊校作「梁」。考之史，當作「梁」。〔考異〕「梁」，或作「涼」。今按：本或有「詞」字。羊士諤集有梁國惠康公主挽歌詞二首，注云：「時詔令百官進詩。」〔方世舉注〕新唐書公主傳：「梁惠康公主始封普寧，帝特愛之，下嫁于季友。元和中，徙永昌。薨，詔追封及謚。」舊唐書于頔傳：「憲宗即位，頔以第四子季友求尚主，憲宗以長女永昌公主降焉。元和二年十二月也。」頔自襄陽入覲，册拜司空平章，故云台室。至八年正月，頔貶恩王傅，季友以誑罔公主，藏隱内人，削奪所任官。是公主猶未薨也。〔補釋〕詩爲元和八年後作，其年月不可考，類繫於此。

〔二〕〔陳景雲曰〕公主始封普寧，元和中徙永昌，及薨，追封梁國，自郡封進國封，故云爾。

〔三〕〔方世舉注〕易説卦：「巽一索而得女。」故謂長女。

〔四〕〔補釋〕良人，指丈夫也。孟子：「齊人有一妻一妾而處室者，其良人出，則必饜酒肉而後反。」

〔五〕〔方世舉注〕河漢，用織女渡河會牽牛事。公主既没，河漢爲重泉矣。

〔六〕〔魏本引孫汝聽曰〕梧桐半生半死。半樹春者，以言公主死，獨季友存爾。〔方世舉注〕梧桐用弄玉乘鳳凰棲梧桐事。季友猶在，梧桐但半樹矣。

〔七〕〔廖瑩中注〕選潘岳寡婦賦：「龍轜儼其星駕兮。」注：「喪車也。」〔方世舉注〕周禮春官巾車：「掌王后之五路，厭翟，勒面繢總。」注：「雉羽飾車，次其羽使迫也。」新唐書輿服志：「厭翟車，赤質紫油纁，朱裏通幰，紅錦絡帶及帷。公主乘厭翟。」〔陳景雲曰〕周王姬下嫁，車服下王后一等，乘厭翟車，見詩鄭箋。歷代因之，唐制亦爾，觀新史趙國公主傳可見。

秦地吹簫女〔一〕，湘波鼓瑟妃〔二〕。佩蘭初應夢〔三〕，奔月竟淪輝〔四〕。夫族迎魂去，宫官會葬歸〔五〕。從今沁園草〔六〕，無復更芳菲〔七〕。

〔一〕見本卷大行皇太后挽歌詞注。

〔二〕見卷一遠游聯句注。

〔三〕〔魏本引韓醇曰〕左傳：「鄭文公有妾曰燕姞，夢天使與己蘭，曰：以是爲而子。既而文公見之，與之蘭而御之。生穆公，名曰蘭。」

〔四〕〔考異〕「竟」，或作「競」，非是。奔月，見卷七月蝕詩注。〔何焯義門讀書記〕觀三四，公主似以乳子死。

〔五〕〔蔣抱玄注〕左傳隱元年：「改葬惠公，衛侯來會葬。」

〔六〕〔顧嗣立注〕後漢竇憲傳：「奪沁水公主園田。」注：「沁水公主，明帝女。」

〔七〕〔朱彝尊曰〕兩結俱脱灑有致。

晚寄張十八助教周郎博士〔一〕

日薄風景曠〔二〕，出歸偃前簷〔三〕。晴雲如擘絮，新月似磨鎌〔四〕。田野興偶動，衣冠情久厭。吾生可攜手〔五〕，歎息歲將淹〔六〕。

〔一〕〔舉正〕張籍、周況也。況，公姪婿也。蜀本無「郎」字。元和十年作。〔顧嗣立注〕舊唐書張籍傳：「調補太常寺太祝，轉國子助教。」按公集周況妻韓氏墓志云：「四門博士周況妻韓氏，禮部郎中雲卿之孫，開封尉俞之女。」蓋公之從壻也。〔沈欽韓注〕魏、晉以來，呼門壻爲郎。北史楊愔傳：「尚神武女。太皇太后問楊郎何在？」通鑑：涇原節度使田希鑒妻李氏，以叔父事李晟，晟謂之田郎。宣宗呼駙馬都尉鄭顥爲鄭郎。況妻，公堂姪女也。〔王元啓曰〕公以元和十一年正月遷中書舍人，是年爲周況妻作誌，云「況官四門博士」，知此詩爲中書舍人時作。〔補釋〕詩有「歲將淹」語，是十一年冬所作，公時已爲太子右庶子矣。

〔二〕魏本、廖本、王本作「薄」。祝本作「落」。〔舉正〕杭本作「薄」，校本亦出。薄，迫也。國語：「今會日薄矣，恐事之不集。」〔考異〕「薄」，或作「落」。今詳語勢，但如白樂天所謂「旌旗無光日色薄」耳，方説非是。〔方世舉注〕薄作迫解，説亦可通，但當引李密陳情表「日薄西山」，不當引國語。國語「會日薄矣」，乃言日期已近，與此無涉。一本作「日落」，落字正與「日薄西山」意合，即題中晚字之義。

〔三〕〔蔣抱玄注〕偃，息也。詩經：「或偃息在床。」

〔四〕〔程學恂曰〕句俚甚矣，然不可謂之俗。〔張鴻曰〕獨創新喻，公之擅場。

〔五〕〔蔣抱玄注〕詩經：「攜手同行。」

〔六〕〔舉正〕「淹」，當作「殗」。殗，殘也，没也。淹延之義不可通。今人書歿作没，書殂作徂，多互用。李白詩「東谿卜築歲將淹」，又「遠行歲已淹」，字皆訛。〔考異〕古字通用者多，不知方何以知此獨不可通用也？

【集説】

朱彝尊曰：昌黎詩大抵意真，又不掇湊，所以境自别。

病鴟〔一〕

屋東惡水溝〔二〕，有鴟墮鳴悲〔三〕。有泥揜兩翅〔四〕，拍拍不得離〔五〕。羣童叫相召，瓦礫爭先之〔六〕。計校生平事，殺卻理亦宜〔七〕。奪攘不愧恥，飽滿盤天嬉。晴日占光景，高風送追隨〔八〕。遂淩紫鳳羣〔九〕，肯顧鴻鵠卑〔一〇〕？今者運命窮〔一一〕，遭逢巧丸兒，中汝要害處〔一二〕，汝能不得施。於吾乃何有，不忍乘其危〔一三〕。丐汝將死命〔一四〕，浴以清水池。朝餐輟魚肉，暝宿防狐狸。自知無以致，蒙德久猶疑〔一五〕。飽入深竹叢，飢來傍階基。亮無責報心〔一六〕，固以聽所爲〔一七〕。昨日有氣力，飛跳弄藩籬〔一八〕。今晨忽徑去〔一九〕，曾不報我知。僥倖非汝福，天衢汝休窺〔二〇〕。京城事彈射，豎子豈易欺〔二一〕。勿諱泥坑辱，泥坑乃良規〔二二〕。

〔一〕〔舉正〕元和十一二年間作。〔魏本引唐庚曰〕説文：「鴟，鳶也。鳥之貪惡者，其性好攫而善飛。」公意蓋有所譏也。〔魏本引韓醇曰〕必有人焉，如鴟鳥之惡，忽墮水溝，公既救其死命，復作詩諷之云耳。〔方成珪箋正〕説文：「鴟，鵄也。」唐氏所引未見。〔方世舉注〕此詩所指，蓋亦非無名位者。大抵始遭困辱，公實拯之，而其後負恩不顧也。〔王元啓曰〕此詩似爲劉叉而發。叉素無行，游公門，至攫其囊金而去。公詩雖意不爲此，然泥坑之戒，實叉所當深佩也。叉事見李商隱所述齊魯二生文，言：「叉大軀有聲力，常出入市井，殺牛擊犬豕，羅網鳥雀。亦時或因酒殺人，變姓名遯去，會赦得出。」公詩奪攘數語，與商隱所言悉合。又玩丐汝死命等云，意叉罹網時，公實有活命之恩，後乃竊金而去也。其曰「此諛墓所得，不若與劉君爲壽」，蓋故爲妄語以自揜其奪攘之醜，亦退後之狂言也。

〔二〕〔魏本引孫汝聽曰〕惡水，濁水也。左氏傳：「有汾澮以流其惡。」

〔三〕〔方世舉注〕楚國策：「更羸引弓虛發而下鳥。魏王曰：然則射可至此乎？更羸曰：此孽也。其飛徐而鳴悲。飛徐者，故瘡痛也。鳴悲者，久失羣也。」

〔四〕〔考異〕「揜」，或作「淹」，又作「渰」。魏本作「淹」。祝本、廖本、王本作「揜」。〔王元啓曰〕渰，漬也。作「渰」與下「不得離」句呼應尤親。〔補釋〕作揜，與泥字較切。

〔五〕〔魏本引孫汝聽曰〕拍拍，欲飛貌。

〔六〕〔祝充注〕釋名：「小石曰礫。」楚辭：「瓦礫進寶兮，捐棄隨和。」

〔七〕〔張相曰〕卻，語助辭，用於動辭之後。韓愈病鴟詩云云。殺卻，猶云殺掉也。

〔八〕〔舉正〕「送追隨」，杭、蜀、文苑同。〔考異〕或作「悠追飛」。〔王元啓曰〕「悠」字與上「占」字爲偶，皆指鴟言。曰「送」，則此句獨指風言，與上句不倫，「隨」字語更落空，不若作「飛」爲穩。〔補釋〕通首押支韻，不應獨闌入微韻。王說非是。

〔九〕〔舉正〕閣本、文粹、李、謝校同作「遂凌紫鳳羣」。〔考異〕「遂」，或作「擬」。「紫」，或作「鸞」。祝本、魏本作「擬」作「鸞」。廖本、王本作「遂」作「紫」。〔方世舉注〕師曠禽經：「紫鳳謂之鷟。」

〔一〇〕〔舉正〕閣本、文粹、李、謝校同作「鴻雁」。〔考異〕「鴻鵠」，方作「鵠雁」。今按：「紫」、

「鴻」是假對。〔魏本引孫汝聽曰〕自「奪攘不愧恥」以下，皆前所云「計校生平事」者也。此以譏小人之得位淩侮君子者。

〔一一〕祝、魏、廖、王諸本皆作「運命」。朱本作「命運」。

〔一二〕〔顧嗣立注引吴兆宜曰〕後漢書來歙傳：「歙自書表曰：臣夜人定後，爲何人所賊傷，中臣要害。」

〔一三〕〔查慎行曰〕世人乘危下石者，皆羣童類耳。

〔一四〕〔舉正〕「丐兄弟死命」，漢寇恂傳語。文録、文苑作「丐」。謝校同。閣本、杭本作「與」。蜀本作「救」。祝本、魏本作「救」。廖本、王本作「丐」。

〔一五〕〔鍾惺曰〕罵得毒。

〔一六〕〔考異〕「亮」，或作「諒」。祝本、魏本作「諒」。廖本、王本作「亮」。

〔一七〕〔譚元春曰〕語有身分，有原委。

〔一八〕〔方世舉注〕宋玉對楚王問：「夫藩籬之鷃，豈能與之料天地之高哉？」

〔一九〕〔考異〕「徑」，或作「勁」。

〔二〇〕〔魏本引孫汝聽曰〕天衢，天路也，以喻高顯之位。

〔二一〕〔魏本注〕「豈」，一作「不」。

〔二二〕〔舉正〕「良規」，唐本、文苑同。蜀本作「汝規」。三國志多用「良規」字。〔考異〕「良」，或作「汝」，非是。〔鍾惺曰〕待負心人，復作厚道丁寧語，只是自處甚高。〔黄鉞注〕結語忠厚之至。

【集説】

鍾惺曰：與樂天大觜鳥同一痛快盡情，而規調稍嚴。然讀朱穆與劉伯宗絶交詩，此二君不得不有世代升降之分矣。

朱彝尊曰：必有所指，不知爲誰，大約受恩而背去者耳。

顧嗣立曰：此詩每虚頓一二語，用深一步法。如「計校生平事，殺却理亦宜」、「亮無責報心，固以聽所爲」是也。通首是比，分明爲負心人寫照，與老杜義鶻行正是相反。

何焯義門讀書記曰：朱公叔與劉伯宗絶交作詩曰：「北山有鴟，不潔其翼。飛不定向，寢不定息。饑則木攬，飽則泥伏。饕餮貪汙，臭腐是食。填腸滿嗉，嗜慾無極。長鳴呼鳳，謂鳳無德。鳳之所趣，與子異域。永從此決，各自努力。」公此詩所刺，則又加以負恩反覆者也。

陳沆曰：此君子待小人之道，始以寬厚，終以忠告也。寧人負我，毋我負人。與少陵義鶻行正相反。皆淵源樂府而不及者，則氣格古近間辨之矣。又有初南食貽元協律云：「惟蛇舊所識，實憚口眼獰。開籠聽其去，鬱屈尚不平。賣爾非我罪，不屠豈非情。不祈靈蛇報，幸無嫌怨并。」又和柳州食蝦蟇詩諷刺並同。

嘲魯連子〔一〕

魯連細而黠〔二〕，有似黄鷂子〔三〕。田巴兀老蒼〔四〕，憐汝矜爪觜〔五〕。開端要驚人〔六〕，雄跨吾厭矣〔七〕。高拱禪鴻聲，苦躐一盃水〔八〕。獨稱唐虞賢，顧未知之耳〔九〕。

〔一〕〔魏本引樊汝霖曰〕魯連，齊人。太史公曰：「魯連其指意雖不合大義，然余多其在布衣之位，蕩然不詘于諸侯，談説干當世，折卿相之權。」公乃云爾，何哉？抑豈有所諷也？〔方世舉注〕史記魯仲連傳：「魯仲連者，齊人也。好奇偉俶儻之畫策。」按：讀東方朔雜事、嘲魯連子非譏弄舌之人，皆有所爲而作。此詩譏争名相軋者，而云「雄跨吾厭矣，高拱禪鴻聲」，有不屑與争之意，大抵爲京兆尹與李紳争臺參時作。香山詩中稱紳爲短李，此詩「細而」注又作「兒」，亦與短李合。考漢人史游急就章有細兒事。〔王元啓曰〕此詩爲後進争名者發，于卒章「唐虞」二句見之。近解以細兒爲短李，謂與李紳争臺參時作。争臺參事與唐虞何涉？其解尤爲荒謬。〔沈欽韓注〕此詩之指，蓋其時輕薄少年，恃口舌以屈名賢，借魯連難田巴事以見意也。〔程學恂曰〕此詩朱子未定所指，予亦謂當闕之。若謂是李紳之事，公負氣人，恐亦未肯以田巴自擬。〔補釋〕大抵亦嘲劉叉之流耳。無年可繫，類附於此。

〔二〕〔考異〕「而」，方作「兒」。〔方成珪箋正〕今本舉正未見。祝本、魏本作「兒」。廖本、王本作「而」。〔王元啓曰〕或云：細兒猶言小兒，字見史游急就章，蓋本魯連子年十三之語而云。愚按：考異本單舉一細字，似亦該得小兒之意。〔補釋〕細，猶細人，言其藐小和見識短淺。

〔三〕〔方世舉注〕古樂府企由谷歌：「郎非黄鷂子，那得雲中雀。」

〔四〕魏本、廖本、王本作「兀」。祝本作「元」。〔方世舉注〕魯連子：「齊之辯士田巴辯于徂丘，議于稷下，一日而服十人。有徐劫者，其弟子也，魯連謂劫曰：臣願得當田子，使之必不復談，可乎？徐劫言之巴。魯連得見，曰：今楚軍南陽，趙伐高唐，燕人十萬在聊，國亡在旦夕。先生將奈何？田巴曰：無奈何。魯連曰：危不能爲安，亡不能爲存，無貴士矣。如先生之言，有似梟鳴出聲，人皆惡之，願先生弗復談也。田巴曰：謹受教。于是杜口爲業，終身不談也。」

〔五〕祝、魏、廖、王本作「觜」。游本作「嘴」。

〔六〕〔王伯大注〕魯連。〔顧嗣立注〕史記滑稽傳：「此鳥不鳴則已，一鳴驚人。」

〔七〕〔王伯大注〕田巴。一切經音義引字林：「跨，踞也。」

〔八〕〔考異〕「輟」，或作「啜」。〔方世舉注〕言淡而無味，輟之不足惜也。「輟」字爲切，不當作「啜」。

〔九〕〔顧嗣立注〕細玩唐、虞二字，似頂禪字來。謂田巴禪名與魯連，禪位同。〔王元啓曰〕連之賢唐、虞者，賢其讓也。今巴拱手而禪鴻名于連，連猶哆陳唐、虞以肆辨，是受其讓而不知也。真道堯、舜于戴晉人之前者矣。抑所謂得腐鼠而嚇鵷雛者歟？注家皆莫得其要領。

【集説】

朱彝尊曰：託喻微婉，此必得其所諷，玩來乃有味。若只據語句間評量，尚未見工。

沈曾植海日樓札叢曰：與呂豎山人書合參。

卷　十

閒遊二首〔一〕

雨後來更好，繞池徧青青〔二〕。柳花閒度竹，菱葉故穿萍〔三〕。獨坐殊未厭，孤斟詎能醒？持竿至日暮，幽詠欲誰聽？

〔一〕元和十二年丁酉。〔方世舉注〕二詩一云「雨後來更好」，一云「再到遂經旬」，蓋尚有前遊，而其時不可考矣。按「子雲祇自守」語，似是爲右庶子時。〔鄭珍曰〕二首殆前後兩遊之作，編者類之。柳花句是春暮景，次首竹長遮鄰，謂筍放梢，則是夏初景。且同時作兩律，亦決無止向萍竹寫狀之理。可見春晚初釣此池作一詩，經旬再遊，作後一詩也。長慶集十一卷，有陪韓侍郎遊鄭家池吟詩小飲五言一篇，公必有作，今不傳。此閒遊二首及獨釣四首，皆是孤遊，其地未知即鄭家池否？

〔二〕〔朱彝尊曰〕突然起，奇。青青定是草，不點出，更妙。

〔三〕〔魏本注〕「菱」字一作「茨」。〔舉正〕杭、蜀、李、謝校同作「故」。〔考異〕「故」，或作「亂」。祝本、魏本作「亂」。廖本、王本作「故」。〔朱彝尊曰〕柳度竹，菱穿萍，新。

【集説】

朱彝尊曰：風致最勝。

黄叔燦曰：幽情幽意，自遣自酌，但覺其趣，不見其苦。

茲遊苦不數〔一〕，再到遂經旬〔二〕，萍蓋汙池浄，藤籠老樹新。林烏鳴訝客〔三〕，岸竹長遮鄰〔四〕，子雲祇自守〔五〕，奚事九衢塵〔六〕？

〔一〕〔蔣抱玄注〕不數，俗言無幾回也。

〔二〕〔考異〕「到」，或作「至」。「經」，或作「兼」。

〔三〕〔舉正〕閣、蜀作「烏」。〔考異〕「烏」，或作「鷺」。祝本、魏本作「鷺」。廖本、王本作「烏」。

〔四〕〔方世舉注〕杜甫重遊何將軍山林詩云：「犬迎曾宿客，鴉護落巢兒。」言相熟也。此云「林烏鳴訝客，岸竹長遮鄰」，言遊之不數也。各有意致。〔朱彝尊曰〕中四句俱是再到意，語亦工。

〔五〕〔方世舉注〕漢書揚雄傳：「有以自守，泊如也。」

〔六〕〔魏本引韓醇曰〕三輔舊事：「長安城中，八街九陌。」　〔補釋〕楚辭天問：「靡萍九衢。」王逸章句：「九交道曰衢。」

【集説】

黄叔燦曰：通首言其地遠絶囂，來不經句。中四句形其地之幽僻，於此如子雲之自守足矣，奚必再到九衢之陌乎？

贈刑部馬侍郎〔一〕

紅旗照海壓南荒〔二〕，徵入中臺作侍郎〔三〕。暫從相公平小寇，便歸天闕致時康。

〔一〕〔魏本引韓醇曰〕總本傳，元和四年爲安南都護，八年徙桂管觀察使，入爲刑部侍郎。十二年，裴晉公平蔡，奏總爲副使。故及之。〔方成珪昌黎先生詩文年譜〕是年七月作。

〔二〕〔沈欽韓注〕文苑英華馬公家廟碑云：「以國子祭酒觀察於桂，以御史大夫帥於百越，拜尚書刑部侍郎。」新、舊書俱失載其節度南海耳。

〔三〕〔舉正〕三本同作中臺。　〔魏本引韓醇曰〕漢官，尚書爲中臺，御史爲憲臺，謁者爲外臺。「中臺」，一作「臺中」，非也。　〔方世舉注〕唐六典：後漢尚書稱臺，魏、晉以來爲省。龍朔二年，改爲「中臺」。

【集説】

蔣抱玄曰：應時得體。

過鴻溝〔一〕

龍疲虎困割川原，億萬蒼生性命存。誰勸君王回馬首〔二〕，真成一擲賭乾坤〔三〕？

〔一〕〔廖瑩中注〕公從裴晉公平蔡，元和十二年八月入汴過鴻溝作也。〔方世舉注〕史記高祖紀：「項羽與漢王約，中分天下，割鴻溝而西者爲漢，鴻溝而東者爲楚。」應劭曰：鴻溝，滎陽東南二十里。

〔二〕〔王元啓曰〕公言淮西破賊可立待，所未可知者，在陛下斷與不斷耳。故此詩特以回馬首爲戒，以示此行決進無退之義。當日楚、漢相距滎陽，彼此不越尺寸地，自受平國君之説，項羽解而東歸，遂爲漢兵追敗。元和中議者皆言宜罷度以安反側，此真勸回馬皆之論也。〔方成珪箋正〕漢書高帝紀：四年九月，漢王欲西歸，以張良、陳平諫，五年冬十月，復追項羽至陽夏南，遂滅楚。詩所謂勸回馬首者，正指良、平之言。時平淮之功，裴晉國實贊之，公亦與有謀焉。蓋借以美裴，且自喻也。

〔三〕〔何焯曰〕李太白詩：「天地賭一擲，未能忘戰争。」

【集説】

朱彝尊曰：亦是大論，然未入雅。

方世舉曰：此詩雖詠楚、漢事，實爲伐蔡之舉，時宰有諫阻者，幾敗公事也。視爲詠古則非。

程學恂曰：淮蔡一隅耳，那得便云一擲賭乾坤，畢竟是詠古也。

蔣抱玄曰：能將力主討蔡隱衷曲曲道出，是借古規今，絶妙文字。

送張侍郎〔一〕

司徒東鎮馳書謁〔二〕，丞相西來走馬迎〔三〕。兩府元臣今轉密〔四〕，一方逋寇不難平〔五〕。

〔一〕〔舉正〕張賈時自兵侍出守華州，閣本作「侍御」，非。〔沈欽韓注〕後詩稱張賈爲閣老使君，則侍郎非賈也。此蓋張正甫。摭言：張正甫爲河南尹，裴度銜命伐淮西，置宴府西亭云云。新、舊書：正甫自户部郎中改河南尹。郎中、侍郎，未知孰誤？〔王元啓曰〕送者送張西迎丞相也。〔補釋〕張東謁韓弘於汴，聞丞相西來，又歸洛往迎，公在汴送之。

〔二〕〔方世舉注〕新唐書憲宗紀：「元和十年正月，宣武軍節度使韓弘爲司徒。九月，韓弘爲淮西行營兵馬都統。」

〔三〕〔方世舉注〕新唐書裴度傳：「度請身督戰，即拜門下侍郎平章事、彰武軍節度使、淮西宣慰、招討處置使，度以韓弘領都統，乃上還招討以避，然實行都統事。」〔王元啓曰〕馳書走馬，皆就張侍郎言之。

〔四〕〔魏本引孫汝聽曰〕元，大也。兩府，即謂弘、度。

〔五〕〔補釋〕逋，亡也。左傳哀十六年：「逋竄于晉。」

【集說】

朱彝尊曰：此下諸絶，皆在裴公幕府一時感事而作。雖未盡工，然能道得出。想見彼時光景，宛然賊破在旦夕意。讀之使人意快，亦自磊落有概。

程學恂曰：將相和則士豫附，此詩本此意。

奉和裴相公東征途經女几山下作〔一〕

旗穿曉日雲霞雜〔二〕，山倚秋空劍戟明〔三〕。敢請相公平賊後，暫攜諸吏上峥嶸〔四〕。

〔一〕〔舉正〕蜀本有「奉」字。〔考異〕或無「奉」字。祝本魏本無「奉」字。廖本、王本有。〔胡仔苕溪漁隱叢話引蔡寬夫詩話〕退之和裴晉公征淮西時過女几山詩云云，而晉公之詩無見。惟白樂天集載其一聯云：「待平賊壘報天子，莫指仙山示老夫。」方時意氣自信不疑如此，豈容令狐楚輩沮撓乎？晉公文字不傳，晚年與劉、白放浪緑野橋，多爲唱和，間見人文集，語多質直渾厚，計應似其爲人。如「灰心緣忍事，霜鬢爲論兵」之句，可謂深婉。李文定公迪中書，嘗諷誦此二句，親書于壁。〔方世舉注〕中山經：「荆山東北百五十里曰驕山，又東北百二十里曰女几之山。」水經注：「渠谷水出宜陽縣南女几山，東北流逕雲中隖，岧遰層峻，流煙半垂，纓帶山阜。」新唐書地理志：「河南府福昌縣，本宜陽，有女几山。」

〔二〕〔舉正〕閣本作「紅霞集」。〔考異〕方「雲」作「紅」，「雜」作「集」。今按對偶及文勢，當從諸本。

〔三〕〔魏本引洪興祖曰〕一士人云：以我之旗，況彼雲霞，以彼之山，況我劍戟，詩家謂之迴鸞舞鳳格。〔朱彝尊曰〕句法新，亦鍛得工。〔何焯曰〕壯麗精工。〔張鴻曰〕以下三字形容上四字，其鍛煉可法。

〔四〕〔張相曰〕暫，猶一也。〔王元啓曰〕落句正所以答晉公詩意。〔程學恂曰〕同心破賊，故爾十分高興。

晚秋郾城夜會聯句〔一〕

從軍古云樂〔二〕，談笑青油幕〔三〕。燈明夜觀碁，月暗秋城柝正封上中丞〔四〕。羈客方寂歷〔五〕，驚烏時落泊〔六〕。語闌壯氣衰〔七〕，酒醒寒砧作愈奉院長〔八〕。遇主貴陳力〔九〕，夷凶匪兼弱〔一〇〕。百牢犒輿師〔一一〕，千户購首惡正封〔一二〕。平生恥論兵，末暮不輕諾〔一三〕。徒然感恩義〔一四〕，誰復論勳爵愈〔一五〕？多士被沾污〔一六〕，小夷施毒蠚〔一七〕。何當鑄劍戟〔一八〕，相與歸臺閣正封〔一九〕？室婦歎鳴鸛〔二〇〕，家人祝喜鵲〔二一〕。終朝考蓍龜〔二二〕，何日親烝礿愈〔二三〕？問使斷津梁〔二四〕，潛軍索林薄〔二五〕。紅塵羽書靖〔二六〕，大水沙囊涸正封〔二七〕。銘山子所工〔二八〕，插羽余何怍〔二九〕？未足煩刀俎〔三〇〕，祇應輸管鑰愈〔三一〕。雨矢逐天狼〔三二〕，電矛驅海若〔三三〕。靈誅固無蹤〔三四〕，力戰誰敢卻正封？峨峨雲梯翔〔三五〕，赫赫火箭著〔三六〕。連空隳雉堞〔三七〕，照夜焚城郭愈〔三八〕。軍門宣一令〔三九〕，廟算建三略〔四〇〕。雷鼓揭千槍〔四一〕，浮橋交萬笮正封〔四二〕。蹂野馬雲騰〔四三〕，映原旗火鑠〔四四〕。疲氓墜將拯，殘虜狂可縛愈。摧鋒若貙兕〔四五〕，超乘如猱玃〔四六〕。逢掖服翻慙〔四七〕，漫胡纓可愕正封〔四八〕。星殞聞雊雉〔四九〕，師興隨唳鶴〔五〇〕。虎豹貪犬羊，鷹鸇憎鳥雀愈〔五一〕。燒陂除積聚〔五二〕，灌壘失依託〔五三〕。憑軾諭昏迷〔五四〕，執殳征暴虐正封〔五五〕。倉空戰卒饑，月黑探兵錯〔五六〕。兇徒更蹈藉〔五七〕，逆族相啗嚼愈〔五八〕。舳艫亘淮泗〔五九〕，旆旌連夏鄂〔六〇〕。大野縱氐羌〔六一〕，長河浴騧駱正封〔六二〕。東西競角逐〔六三〕，遠近施矰繳〔六四〕。人怨童聚謡，天殃鬼行瘧愈。漢刑支郡黜〔六五〕，周制閒田削〔六六〕。侯社退無功〔六七〕，鬼薪懲不恪正封〔六八〕。余雖司斧鑕〔六九〕，情本尚丘壑。且待獻俘囚〔七〇〕，終當返耕穫愈〔七一〕。藁街陳鈇鉞〔七二〕，桃塞興錢鎛〔七三〕。地理畫封疆，天文掃寥廓正封〔七四〕。天子憫瘡痍，將軍禁鹵掠〔七五〕。策勳封龍頟〔七六〕，歸獸獲麟脚愈〔七七〕。詰誅敬王怒〔七八〕，給復哀人瘼〔七九〕。澤髮解兜牟〔八〇〕，酡顔傾鑿落正封〔八一〕。安存惟恐晚〔八二〕，洗雪不論昨〔八三〕。暮鳥已安巢，春蠶看滿箔愈〔八四〕。聲明動朝闕〔八五〕，光寵耀京洛。旁午降絲綸〔八六〕，中堅擁鼓鐸正封〔八七〕。密坐列珠翠〔八八〕，高門塗粉雘〔八九〕。跋朝賀書飛〔九〇〕，塞路歸鞍躍愈。魏闕横雲漢〔九一〕，秦關束巖崿〔九二〕。拜迎羅櫜鞬〔九三〕，問遺結囊橐正封〔九四〕。江淮永清宴〔九五〕，宇宙重開拓。是日號昇平〔九六〕，此年名作噩愈〔九七〕。洪赦方下究〔九八〕，武飈亦旁魄〔九九〕。南據定蠻陬〔一〇〇〕，北攫空朔漠正封〔一〇一〕。儒生愜教化〔一〇二〕，武士猛刺斫〔一〇三〕。吾相兩優游〔一〇四〕，他人雙落莫愈〔一〇五〕。印從負鼎佩〔一〇六〕，門爲登壇蟄〔一〇七〕。再入更顯嚴〔一〇八〕，九遷彌謇諤正封〔一〇九〕。賓筵盡狐趙〔一一〇〕，導騎多衛霍〔一一一〕。國史擅芬芳〔一一二〕，宮娃分綽約愈〔一一三〕。丹掖列鵷鷺〔一一四〕，洪鑪衣狐貉〔一一五〕。摛文揮月毫〔一一六〕，講劍淬霜鍔正封〔一一七〕。命衣備藻火〔一一八〕，賜樂兼拊搏〔一一九〕。兩廂鋪氍毹〔一二〇〕，五鼎調勺藥愈〔一二一〕。帶垂蒼玉佩〔一二二〕，轡蹙黃金絡〔一二三〕。誘接諭登龍〔一二四〕，趨馳狀傾藿正封〔一二五〕。青娥翳長袖〔一二六〕，紅頰吹鳴籥〔一二七〕。儻不忍辛勤，何由恣歡謔愈？惟當早貴富，豈得暫寂寞。但擲雇笑金〔一二八〕，仍祈却老藥正封〔一二九〕。殁廟配罇斝〔一三〇〕，生堂合馨鑮〔一三一〕。安行庇松篁〔一三二〕，高卧枕莞蒻愈〔一三三〕。洗沐恣蘭芷〔一三四〕，割烹厭脾臄〔一三五〕。喜顏非忸怩〔一三六〕，達志無隕穫正封〔一三七〕。詠諧酒席展，慷慨戎裝著〔一三八〕。斬馬祭旄纛〔一三九〕，炰羔禮芒屩愈〔一四〇〕。山多離隱豹〔一四一〕，野有求伸蠖〔一四二〕。推選閱羣材，薦延搜一鶚正封〔一四三〕。左右供諂譽，親交獻諛噱〔一四四〕。名聲載揄揚〔一四五〕，權勢實熏灼愈〔一四六〕。道舊生感激〔一四七〕，當歌發酬酢〔一四八〕。羣孫輕綺紈〔一四九〕，下客豐醴酪正封〔一五〇〕。窮天貢賝異〔一五一〕，市海賜酺醵〔一五二〕。作樂鼓還搥〔一五三〕，從禽弓始彍愈〔一五四〕。取歡移日飲〔一五五〕，求勝通霄博。五白氣争呼〔一五六〕，六奇心運度正封〔一五七〕。恩澤誠布濩〔一五八〕，囂頑已簫勺〔一五九〕。告成上云亭〔一六〇〕，考古垂矩矱五〔一六一〕。前堂清夜吹，東第良晨酌〔一六二〕。池蓮拆秋房〔一六三〕，院竹飄夏籜正封〔一六四〕。雪下收新狩，朝恒岱〔一六五〕，三畋宿楊柞〔一六六〕。農書乍討論〔一六七〕，馬法長懸格愈〔一六八〕。帝載彌天息〔一六九〕，陽生過京索〔一七〇〕。爾牛時寢訛〔一七一〕，我僕或歌咢正封〔一七二〕。地〔一七三〕，臣辭劣螢爝〔一七四〕。爲詩安能詳，庶用存糟粕愈〔一七五〕。

愈

〔一〕廖本、王本題如此。祝本、魏本題作「晚秋郾城夜會李正封聯句上王中丞盧院長」。〔洪興祖韓子年譜〕舊本「從軍古云樂」四句下注云：「正封上中丞」。退之時兼御史中丞也。「羈客方寂歷」下四句注云：「愈奉院長。」院長即正封也。其稱王、盧繆矣。〔舉正〕杭、蜀本題只此。元和十二年從征蔡作。〔方世舉注〕舊唐書憲宗紀：「元和十二年七月丙辰，制以裴度守門下侍郎同平章事，充淮西宣慰處置使，太子右庶子韓愈兼御史中丞，充行軍司馬，以司勳員外郎李正封兼侍御史，爲判官書記，從度出征。詔以郾城爲行蔡州治所。八月甲申，裴度至郾城。」新唐書地理志：「許州潁川郡郾城，屬河南道。」〔王本引集注〕其詩與正封作於郾城，蓋九月間蔡未平時也。詩凡百韻。東野死後，公所與聯句者，惟此可見耳。〔顧嗣立注引劉石齡曰〕題是郾城晚秋，而中間所敍，多平賊歸朝策勳賜酺等事。末又云「雪下收新息，陽生過京索」，或此詩之始在郾城，而詩之成在公歸朝之後，未可知也。如云作于未平蔡之時，則豈如酉陽雜俎所載，太白聞禄山反，作胡無人詩云：「太白入月敵可摧。」禄山死時，果見太白入月，而公此詩「雪下」之語，遂爲入蔡之先兆耶？〔嚴虞惇曰〕明是鄜城夜會聯句，何得云作于歸朝之後乎？「雪下收新息」，偶然約略之詞。蓋時已及秋，計破賊當在冬月耳，無足異也。〔方世舉注〕鄜城聯句，待歸朝而成，決無此理。吉凶先見，多有偶中者，況此時元濟有必敗之勢耶？此詩前半實寫，後半虚寫。自且待獻囚以下，皆未然之事，詩後長箋甚詳。

〔二〕〔魏本引樊汝霖曰〕王仲宣詩：「從軍有苦樂，但問所從誰？」

〔三〕〔方成珪箋正〕沈約宋書劉穆之傳：「穆之孫瑀與顔峻書曰：朱修之三世叛兵，一旦居青油幕下，作謝宣明面見向。」〔朱彝尊曰〕指事起。

〔四〕〔考異〕方從古本如此。諸本無「上中丞」三字。〔魏本引孫汝聽曰〕柝者，擊木以警衆。易曰「重門擊柝，以待暴客」是也。此二句即上言從軍之樂也。〔岑仲勉唐人行第録〕新唐書世系表：「隴西李氏丹陽房，正封，字中護，監察御史。」蓋新表所據，乃姓纂元和七年正封之現官。唐詩紀事四不知底藴，遂謂正封終監察御史，蓋由新表未提出本據，後之史家都誤認爲各姓譜牒，相率沿用，遂致貽累千年而莫知是正也。

〔五〕〔補釋〕江淹詩：「寂歷百草晦。」李善注：「寂歷，彫疎貌。」

〔六〕〔補釋〕北史盧思道傳：「因而落泊不調。」

〔七〕〔朱彝尊曰〕從軍須言益壯，何遽言衰？

〔八〕〔考異〕方從古本如此。諸本無「奉院長」三字。〔顧嗣立曰〕語佳。

〔九〕〔魏本引韓醇曰〕論語：「陳力就列。」謂陳其才力也。

〔一〇〕〔魏本引孫汝聽曰〕夷，平也。書：「兼弱攻昧。」兼，包也。

〔一一〕〔魏本引孫汝聽曰〕左傳哀七年：「公會吴于鄫，吴來徵百牢。」牢，牛羊。犒，餉也。成二年：「韓厥謂齊侯：無令輿師陷入君地。」輿師，衆卒也。〔方成珪箋正〕「陷入」，當作「淹於」。

〔一二〕〔魏本引孫汝聽曰〕千户，謂千户侯也。以財求物曰購。首惡，元惡。〔廖瑩中注〕穀梁子曰：「諸侯不首惡。」

〔一三〕〔舉正〕顔延年詩：「幼壯困孤介，末暮謝幽貞。」今本小訛。〔考異〕「末」，或作「未」。祝本作「未」。魏本、廖本、王本作「末」。〔魏本引孫汝聽曰〕末暮，晚年。輕諾，輕許。老子曰：「輕諾必寡信。」

〔一四〕〔魏本引孫汝聽曰〕感恩義，謂爲度所辟也。

〔一五〕〔魏本引孫汝聽曰〕勳，謂官，如柱國、輕車都尉之類是也。隋、唐以爲勳。

〔一六〕廖本、王本作「沾」。祝本、魏本作「霑」。〔方世舉注〕書：「則惟爾多士多遜。」按：元濟之黨，如丁士良、陳光洽、吴秀琳、李祐、董重質、董昌齡、鄧懷金等，皆可用之材，故曰多士被沾污也。

〔一七〕〔方世舉注〕漢書刑法志：「百姓新免毒蠚。」按：殺武元衡，傷裴度，皆毒蠚之尤大者，百姓更不必言。

〔一八〕〔舉正〕杭、蜀作「劍戟」。〔考異〕或作「鉅鈈」。祝本、魏本作「鉅鈈」。廖本、王本作「劍戟」。〔方世舉注〕家語：「顔回曰：回願明王聖主輔相之，鑄劍戟以爲農器，放牛馬於淵藪。」

〔一九〕〔蔣抱玄注〕後漢書仲長統傳：「雖置三公，事歸臺閣。」注：「臺閣，尚書省也。」〔朱彝尊曰〕兩人作一意敍。

〔二〇〕〔魏本引樊汝霖曰〕詩：「鸛鳴于垤，婦歎于室。」〔魏本引孫汝聽曰〕鸛，水鳥，將陰雨則長鳴而喜。行役者于陰雨尤苦，婦念之則歎于室也。

〔二一〕〔魏本引韓醇曰〕西京雜紀：「乾鵲噪而行人至。」〔魏本引孫汝聽曰〕祝喜鵲者，望其來歸也。

〔二二〕〔蔣抱玄注〕詩：「曾不終朝。」〔魏本引孫汝聽曰〕考著龜者，以卜歸期也。〔方世舉注〕詩：「卜著偕止，會言近止，征夫邇止。」

〔二三〕〔魏本引孫汝聽曰〕此二句亦室婦家人望夫之意。〔顧嗣立注〕周禮大宗伯：「以祠春享，以禴夏享，以嘗秋享，以烝冬享。」禮記王制：「天子諸侯宗廟之祭，春曰礿，夏曰禘，秋曰嘗，冬曰烝。」〔朱彝尊曰〕以上自敍，首從軍，次仗義，次賊情，次歸思。分四節意。

〔二四〕〔舉正〕「閒使」，本作「問使」，非。漢書蒯通、張騫傳，閒使屢見。〔顧嗣立注〕漢蒯通傳：「漢獨發閒使下齊。」師古曰：「閒使，謂使人伺閒隙而單行。」

〔二五〕〔廖瑩中注〕左傳曰：「鄭人侵衛，潛軍軍其後。」曹子建七啓：「搜林索險，探薄窮阻。」索林薄句意本此。〔魏本引補注〕西京賦：「爾乃蕩川瀆，簸林薄。」

〔二六〕〔魏本引孫汝聽曰〕紅塵羽書靖者，謂羽書稀少，紅塵不起也。〔顧嗣立注〕李陵詩：「紅塵塞天地。」魏武奏事，有急以雞羽插木檄，謂之羽檄。説文：「檄以木簡爲書，長尺二寸。」

〔二七〕〔方世舉注〕史記淮陰侯傳：「龍且與信夾濰水陣。信乃夜令人爲萬餘囊，滿盛沙，壅水上流。引軍半渡擊龍且，佯不勝還去，且遂追信渡水。信使人決壅囊，水大至，即急擊殺龍且。」〔許顗曰〕聯句之盛，退之、東野、李正封也。正封善押韻，如押「大水沙囊涸」等，皆不可及。〔查慎行曰〕院長用筆典贍切確，正復不減中丞。

〔二八〕〔方世舉注〕後漢書竇憲傳：「憲大破匈奴，登燕然山刻石勒功，命班固作銘。」

〔二九〕〔廖瑩中注〕李太白詩：「插羽破天驕。」

〔三〇〕〔顧嗣立注〕史記項羽本紀：「樊噲曰：人方爲刀俎，我爲魚肉。」

〔三一〕〔魏本引樊汝霖曰〕國語：「越王句踐使大夫種行成于吴曰：請委管籥屬國家，以身隨之。」〔魏本引孫汝聽曰〕言賊不足以煩刀俎誅夷，但當輸送其管籥而已。輸，送也。

〔三二〕〔魏本引韓醇曰〕漢李廣：「廣爲圓陣外向，矢下如雨。」楚辭：「舉長矢兮射天狼。」〔方世舉注〕新序：「塵氣沖天，矢下如雨。」史記天官書：「西宫有大星曰狼，狼角變色，多盜賊。」

〔三三〕〔舉正〕「矛」，閣本作「刀」。〔魏本引孫汝聽曰〕電矛者，謂矛戟如電。〔顧嗣立注〕楚辭遠游：「令海若舞馮夷。」王逸曰：「海若，海神名也。」

〔三四〕〔廖瑩中注〕選陳琳檄云：「江湖可以逃靈誅。」

〔三五〕〔顧嗣立注〕墨子：「公輸爲雲梯垂成，大山四起，所謂善攻具也。」

〔三六〕〔方世舉注〕魏略：「諸葛亮攻郝昭於陳倉，以雲梯、衝車臨城中。昭以火箭射之，雲梯盡然。」〔查慎行曰〕此「著」字與俗「着」字同義。

〔三七〕〔魏本引孫汝聽曰〕隱元年左傳：「都城不過百雉。」注云：「方丈曰堵，三堵曰雉。」一雉一牆，長三丈，高一丈也。堞，城上女牆。隳，壞也。〔魏本引韓醇曰〕選蕪城賦：「板築雉堞之殷。」

〔三八〕〔魏本引洪興祖曰〕此四句舊注曰「愈」，今本脱之。〔王元啓曰〕讀前數行，正封努力致師，公卻如不欲戰。至雲梯、火箭以下，乃始一鼓作氣，豈兵家所謂以下駟敵彼上駟，而後乃以上駟敵彼中駟，中駟敵彼下駟乎？

〔三九〕〔顧嗣立注〕漢周亞夫傳：「軍門都尉曰：軍中聞將軍之令，不聞天子之詔。」

〔四〇〕〔方世舉注〕孫子始計篇：「夫未戰而廟算勝者，得算多也。」〔魏本引孫汝聽曰〕兵法有黄石公三略。三略者，謂上中下三略也。〔魏本引韓醇曰〕選三國名臣序贊：「三略既陳，霸業已基。」注：「先主與龐統謀襲劉璋，統言上中下三計，先主用之，果執二將，定成都。」

〔四一〕〔考異〕「槍」，或作「鎗」。〔舉正〕蜀作「槍」。蒼頡篇曰「刈木兩頭鋭者」是也。「槍」字爲正。〔王元啓曰〕「槍」，當作「枪」。作「槍」，與鼓義無涉。

〔四二〕〔考異〕「筰」，或作「莋」。〔舉正〕「筰」，當从竹，音昨。説文曰：「筊也，西南夷以竹索爲橋，尋以渡水是也。」少陵詩有「連筰動嫋娜」，字亦作「筰」。〔方成珪箋正〕「筰」，説文作「笮」。〔方世舉注〕後漢書岑彭傳：「公孫述横江水起浮橋鬭樓，立攢柱，絶水道，以拒漢兵。」〔顧嗣立注〕元和郡縣志：「冀州衡山縣有笮橋，以竹蔑爲索，架北江水。」

〔四三〕〔魏本引孫汝聽曰〕蹂，踐也。雲騰者，言馬奔驟如雲飛騰也。〔方世舉注〕後漢書劉表傳贊：「雲騰冀馬。」

〔四四〕〔舉正〕校本一曰「字當作爍」。魏本作「爍」。祝本、廖本、王本作「鑠」。〔魏本引孫汝聽曰〕原，亦野也。旗火爍者，言旌旗飄揚如火閃爍也。〔方世舉注〕吴語：「左軍皆赤常赤旟丹甲朱羽之矰，望之如火。」劉孝儀詩：「曉陣爍郊原。」

〔四五〕〔姚範曰〕史、漢及六朝詩文，俱作推鋒。〔方世舉注〕爾雅釋獸：「貙似貍，兕似牛。」

〔四六〕〔魏本引韓醇曰〕左氏：「秦師過周北門，超乘者三百乘。」〔方世舉注〕詩：「無教猱升木。」爾雅釋獸：「玃父善顧。」

〔四七〕〔魏本引孫汝聽曰〕禮記：「孔子曰：丘居魯，衣逢掖之衣。」逢，大也。逢掖，儒者之服。

〔四八〕〔考異〕「漫」，或作「曼」。〔魏本引祝充曰〕莊子：「漫胡之纓。」〔魏本引韓醇曰〕魏都賦：「三屬之甲，漫胡之纓。」注：「武士纓名也。」〔李詳證選〕張協雜詩：「捨我衡門衣，更被漫胡纓。」公詩用此意，非專隸莊子説劍篇也。〔朱彝尊曰〕以上討賊中有文諭、力戰、攻城、渡水四種意。忽插逢掖二語，似覺不倫。

〔四九〕〔顧嗣立注〕史記封禪書：「秦文公獲若石，于陳倉北阪城祠之。其神夜光輝若流星，從東南來集於祠城，則若雄雞，其聲殷云，野雞夜雊。以一牢祠，命曰陳寶。」〔方世舉注〕雊雉字本商書。按新唐書天文志：「元和六年三月，日晡，天陰寒，有流星大如一斛器，墜于兖、鄆間，聲震數百里，野雞皆雊。占者曰：不及十年，其野主殺而地分。十二年九月己亥，甲夜，有流星起中天，首如甕，尾如二百斛船，長十餘丈，聲如羣鴨飛，明若火炬，過月下西流，須臾，有聲礱礱，墜地有大聲，如壞屋者三，在陳、蔡間。」按十二年九月，正當聯句之時，蓋紀其實也。十月遂擒元濟。至十四年滅李師道，則兖、鄆之應也。

〔五〇〕〔顧嗣立注〕晉書載記：「苻堅聞風聲鶴唳，皆謂晉師之至。」

〔五一〕〔舉正〕閣作「憎」。蜀本作「讋」，三館本從之。祝本、魏本作「讋」，注曰：一作「逐」。廖本、王本作「憎」。〔魏本引韓醇曰〕左氏：「如鷹鸇之逐鳥雀。」〔王元啓曰〕貪、憎二字特佳。

〔五二〕〔方世舉注〕孫子火攻篇：「一曰火人，二曰火積。」注：「燒其蓄積。」

〔五三〕〔考異〕「失」，或作「去」。〔方世舉注〕趙國策：「三國之兵乘晉陽，決晉水而灌之，城中巢居而處，懸釜而炊。」

〔五四〕〔顧嗣立注〕漢酈食其傳：「憑軾下齊七十餘城。」師古曰：「言但安坐乘車而游説，不用兵衆。」〔方世舉注〕書：「蠢兹有苗，昏迷不共。」

〔五五〕〔魏本引孫汝聽曰〕詩：「伯也執殳，爲王前驅。」殳，兵器，長丈二而無刃。〔廖瑩中注〕正封詩頗緝類事實，然亦有取用未精處。執殳乃衛人刺行役過時而不反，不知正封何以用此。〔補釋〕此用執殳，不過用其詞語，何必定用衛風原意。前人活用故實者亦多矣，廖説不免於固。

〔五六〕〔舉正〕蜀本、謝校作「黑」。〔考異〕「黑」，或作「暗」。〔蔣抱玄注〕探兵，間諜也，猶今之軍事偵探。

〔五七〕〔方世舉注〕北史裴延儁傳：「賊復鳩集，兇徒轉盛。」司馬相如上林賦：「步騎之所蹂若，人臣之所蹈藉。」

〔五八〕〔方世舉注〕逆族即逆黨。時李愬得賊將輒不殺，更與之謀，因獻滅蔡之策，故曰相啗嚼也。

〔五九〕〔顧嗣立注〕漢武帝紀：「舳艫千里。」李斐曰：「舳，船後持柂處也。艫，船前頭刺櫂處也。」〔方世舉注〕舊唐書憲宗紀：「十一年十二月，初置淮潁水運使，運揚子院米，自淮陰泝流至壽州，入潁口，至于項城，又泝流入溵河，輸于郾城，得米五十萬石，茭一千五百萬束，省汴運七萬六千貫。」舳艫貫淮泗，謂此事也。

〔六〇〕〔方世舉注〕詩：「悠悠旆旌。」新唐書地理志：「鄂州江夏郡，屬江南道。」〔沈欽韓注〕李道古爲岳鄂觀察使。

〔六一〕〔方世舉注〕詩：「自彼氐羌，莫敢不來享，莫敢不來王。」按新唐書吴元濟傳：「帝命詔起沙陀梟騎濟師。」蓋謂此也。

〔六二〕〔魏本引孫汝聽曰〕騮駱，馬名。　詩：「有駵有駱。」　〔顧嗣立注〕説文：「赤馬黑鬣尾曰騮，馬白色黑鬣尾曰駱。」

〔六三〕〔魏本引孫汝聽曰〕角者，與之相角，左氏「晉人角之，戎人掎之」是也。

〔六四〕〔顧嗣立注〕漢張良傳：「雖有矰繳，尚安所施？」師古曰：「繳，弋射也，其矢爲矰。」

〔六五〕〔顧嗣立注〕漢晁錯傳：「請諸侯之罪過，削其支郡。」師古曰：「支郡，在國之四邊者也。」

〔六六〕〔顧嗣立注〕禮記王制：「諸侯之有功者，取于閒田以禄之。其有削地者，歸之閒田。」

〔六七〕〔魏本引孫汝聽曰〕諸侯自爲立社曰侯社。　侯社，謂諸侯之社也。　〔魏本引樊汝霖曰〕孟子：「諸侯危社稷則變置。」

〔六八〕〔方世舉注〕漢書惠帝紀：「皆耐爲鬼薪白粲。」應劭曰：「取薪給宗廟爲鬼薪。」按：淮、蔡用兵時，嚴綬經年無功，罷爲太子少保。　李遜應接不至，貶爲恩王傅。　高霞寓敗于鐵城，貶歸州刺史。袁滋懦不能軍，貶撫州刺史。漢刑四句，蓋指其事也。〔魏本引韓醇曰〕晉書傳玄傳：「退虛鄙以懲不恪。」〔沈欽韓注〕謂貶令狐通、高霞寓、袁滋、嚴綬等，事在元和十年十一年，俱見通鑑。〔朱彝尊曰〕以上破賊中有破陣、陷壘、倒戈、夾攻、削地五種意。

〔六九〕〔魏本引孫汝聽曰〕公爲行軍司馬，主刑罰，故云司斧鑕。鑕，亦斧類。〔方世舉注〕公羊傳：「執斧鑕從君東西南北。」

〔七〇〕〔魏本引韓醇曰〕左傳：「獻俘授馘。」詩：「在泮獻囚。」

〔七一〕〔魏本引孫汝聽曰〕易：「不耕穫，不菑畬。」穫，刈也。〔朱彝尊曰〕插入此，尤不倫。

〔七二〕〔魏本引樊汝霖曰〕陳湯傳：「斬郅支首及名王以下，宜縣頭藁街蠻夷邸間。」〔祝充注〕鈇鉞，刀斧也。禮記：「不怒而民威于鈇鉞。」

〔七三〕〔魏本引樊汝霖曰〕書武成：「放牛于桃林之野。」桃塞謂此。詩：「痔乃錢鎛。」注：「錢，銚；鎛，鎒也。」〔方世舉注〕張衡西京賦：「左有崤函重險、桃林之塞。」括地志：「今陝州桃林縣以西至潼關，皆是桃林塞。」

〔七四〕〔蔣抱玄注〕易：「觀乎天文以察時變。」史記司馬相如傳：「上寥廓而無天。」

〔七五〕〔魏本引韓醇曰〕後漢：「馮異謂父城長曰：諸將多暴橫，獨劉將軍所到不虜掠。」劉將軍，世祖也。世祖爲破虜大將軍，賊數挑戰，堅營自守。有出鹵掠者，輒擊取之。〔顧嗣立注〕漢高帝紀：「所過無得鹵掠。」應劭曰：「鹵與虜同。」

〔七六〕〔方世舉注〕左傳：「飲至舍爵策勳焉，禮也。」〔舉正〕龍頷，平原縣名，漢韓説所封，劉氏音頷，崔浩音洛。〔方成珪箋正〕史記建元以來侯者年表：「元朔五年四月丁未，封韓説爲龍頟侯。」漢書衛青傳同。師古曰：「頟字或作額。」

〔七七〕廖本、王本作「獲」。祝本、魏本作「獵」。〔舉正〕「歸騎獵麟脚」，蜀本一作「歸獵獲麟脚」，山谷本從之。謝本一作「歸獸」。史記子虚賦：「射麋脚麟。」韋昭曰：「持引其脚也。」家語謂魯西狩子鉏商獲麟，折其前足，載以歸。豈用此耶？此詩用魏闕、秦闕、龍頟、麟脚，皆借對也。〔考異〕歸獸用書序語，對策勳爲切，但當解作狩義耳。〔方世舉注〕書序：「武王伐殷，往伐歸獸，識其政事。作武成。」按：書序歸獸，大抵即歸馬放牛之義。左思魏都賦：「喪亂既弭而能宴，武人歸獸而去戰。」亦用書序，而與此詩更切。

〔七八〕〔廖瑩中注〕月令：「詰誅暴慢。」〔魏本引孫汝聽曰〕詩：「王赫斯怒，爰整其旅。」

〔七九〕〔顧嗣立注〕漢高帝紀：「非七大夫以下，皆復其身。」應劭曰：「不輸户賦也。」〔祝充注〕瘼，病也。詩：「亂離瘼矣。」〔方世舉注〕新唐書憲宗紀：「十一年七月，免淮西鄰賊州夏税。」「及十二年十月，元濟擒後，「給復淮西二年，免旁州來歲夏税」。蓋事之必然者，可逆料也。

〔八〇〕〔考異〕「牟」，或作「鍪」。〔舉正〕蜀作「牟」，古通用。「牟」字見陶侃答温嶠書。祝本、魏本作「鍪」。廖本、王本作「牟」。〔方世舉注〕釋名：「香澤者，人髮恒枯悴，以此濡澤之也。」　〔魏本引孫汝聽曰〕兵罷因解兜鍪，故澤髮。兜鍪，胄也。

〔八一〕〔祝充注〕酡，面赭。楚辭：「美人既醉朱顏酡。」鑿落，飲器也。樂天詩曰：「銀含鑿落盞，金屑琵琶槽。」

〔八二〕〔舉正〕「安存」，三本同。〔考異〕「安存」，或作「存安」。祝本、魏本作「存安」。廖本、王本作「安存」。〔廖瑩中注〕後漢馬融贊：「生原故安存之念深。」〔方成珪箋正〕「念」，當作「慮」。

〔八三〕〔廖瑩中注〕後漢段熲傳：「洗雪百年之逋負。」〔方世舉注〕蔡平後，帝使梁守謙悉誅賊將。裴度騰奏申解，全宥者甚衆。蓋洗雪之議，已早定也。

〔八四〕〔方世舉注〕陶潛詩：「春蠶收長絲。」按：箔，説文本薄，蓋豳風「八月萑葦」，正所以爲曲薄，故字从艸也。方言：「薄，宋、魏、陳、楚、江、淮之間謂苗。」又：「槌，謂之植。」郭璞注：「絲蠶薄柱也。」齊民要術：「三月清明節，令蠶妾具槌持箔籠。」廣韻：「箔，簾箔也。簿，蠶具也。」總之古字只作薄，以後則薄箔亦通用耳。王肅妻謝氏詩：「本爲薄上蠶，今作機上絲。」

〔八五〕〔蔣抱玄注〕左傳桓二年：「文物以紀之，聲明以發之。」

〔八六〕〔顧嗣立注〕漢霍光傳：「昌邑王受璽以來二十七日，使者旁午。」師古曰：「一縱一横爲旁午。」　〔魏本引韓醇曰〕絲綸，詔令也。禮記：「王言如絲，其出如綸。」

〔八七〕〔顧嗣立注〕後漢光武紀：「衝其中堅。」注：「凡軍事中軍將最尊，居中，以堅鋭自輔，故曰中堅也。」　〔方世舉注〕吴語：「王乃秉枹，親就鳴鐘鼓、丁寧、錞于振鐸。」傅休奕詩：「鳴鐲振鼓鐸，旌旗像虹蜺。」

〔八八〕〔徐震曰〕傅毅舞賦：「鄭衛之樂，所以娱密坐，接歡欣也。」　珠翠，見卷五短燈檠歌注。

〔八九〕〔方世舉注〕史記鄒奭傳：「爲開第康莊之衢，高門大屋尊寵之。」　〔魏本引孫汝聽曰〕書：「惟其塗丹雘。」雘，赤也。

〔九〇〕〔魏本引孫汝聽曰〕跋朝，猶言舉朝也。　〔補釋〕跋，唐人俗語，同拔。爾雅釋詁：「拔，盡也。」郝懿行義疏：「陳根悉拔，故爲盡。」

〔九一〕〔魏本引韓醇曰〕周禮：「乃縣治象之法于象魏。」鄭司農云：「象魏，闕也。」　〔顧嗣立注〕莊子讓王篇：「心存乎魏闕之下。」詩：「倬彼雲漢。」

〔九二〕〔方世舉注〕雍録：「古嘗立關塞者凡三所，由長安東一百八十里出華州華陰縣外，則唐潼關也。由潼關東二百里至陝州靈寶縣，則秦函谷關也。自靈寶縣三百餘里至河南府新安縣，則漢函谷關也。」郭璞江賦：「碕嶺爲之嵒崿。」

〔九三〕〔魏本引孫汝聽曰〕左傳：「晉重耳曰：右屬櫜鞬。」

〔九四〕〔顧嗣立注〕漢婁敬傳：「以歲時數問遺。」師古曰：「謂餉饋也。」　〔魏本引孫汝聽曰〕詩：「于橐于囊。」橐，囊之無底者。

〔九五〕〔蔣抱玄注〕三國魏志鍾會傳：「拓平西夏，方隅清宴。」

〔九六〕〔方世舉注〕張衡東京賦：「治致升平之德。」善曰：「升平謂國太平也。」

〔九七〕〔魏本引孫汝聽曰〕爾雅：「太歲在酉曰作噩。」元和十二年，歲在丁酉。〔方世舉注〕淮南天文訓：「作鄂之歲，歲有大兵。」

〔九八〕〔考異〕「究」，或作「救」。〔舉正〕蜀、范、李校作「究」。鶡冠子：「上情不下究。」淮南子：「號令能下究。」漢燕王旦傳：「主恩不及下究。」作「究」爲是。祝本、魏本作「救」。廖本、王本作「究」。

〔九九〕〔方世舉注〕漢書司馬相如傳：「協氣橫流，武節猋逝。」〔顧嗣立注〕漢司馬相如傳：「旁魄四塞。」師古曰：「旁魄，廣被也。」

〔一〇〇〕〔廖瑩中注〕魏都賦：「蠻陬夷落，譯道而通。」

〔一〇一〕〔廖瑩中注〕班孟堅敍傳：「龍荒朔幕，莫不來庭。」漢書「漠」皆作「幕」。〔朱彝尊曰〕以上論功，中有錫封、哀瘼、賀捷、行赦、耀武五種意。

〔一〇二〕〔考異〕「愜」，方作「怯」。祝本、魏本作「怯」。廖本、王本作「愜」。〔補釋〕作「怯」係誤文。「愜」亦作「悏」，字借爲「浹」。廣韻：「浹，洽也。子協切。」詩謂和洽教化。

〔一〇三〕〔方世舉注〕晉書楊駿傳：「駿遺孫登布被，登截被于門，大呼曰：斫斫刺刺。」北史安德王延宗傳：「齊人後斫刺死者三千餘人。」

〔一〇四〕〔方世舉注〕相謂裴度，然曰兩優游，兼指韓弘而言也。裴、韓和衷，公所説也，故詩中猶致意焉。舊唐書弘傳：「累授檢校左右僕射、司空。憲宗即位，加同平章事。」〔方成珪箋正〕唐書宰相表：「元和十二年七月，裴度守門下侍郎同平章事，户部侍郎崔羣爲中書侍郎同中書門下平章事。」故曰：「吾相兩優游。」〔補釋〕箋正説爲長。

〔一〇五〕〔方成珪箋正〕前年八月，韋貫之與度争論上前，罷知政事。是年九月，李逢吉先免相，出領劍南。所謂「他人雙落莫」者，殆指此也。〔補釋〕通鑑唐文宗太和九年：「王涯待之，殊落莫。」胡三省注：「落，冷落；莫，薄也。落莫，唐人常語。」

〔一〇六〕〔魏本引孫汝聽曰〕史記：「伊尹欲干湯而無由，乃爲有莘氏媵臣負鼎俎，以滋味説湯。」

〔一〇七〕〔方世舉注〕淮南兵略訓：「凡國有難，君自宫召將詔之。將軍受命，鑿凶門而出。」〔顧嗣立注〕漢高帝紀：「漢王齋戒設壇場，拜韓信爲大將軍。」

〔一〇八〕〔舉正〕閣作「顯」，字本吕氏春秋。〔考異〕「顯」，或作「深」。祝本、魏本作「深」。廖本、王本作「顯」。〔方世舉注〕莊子庚桑楚篇：「貴富顯嚴名利，六者勃志也。」

〔一〇九〕〔顧嗣立注〕文選任彦昇爲范尚書表：「千秋之一日九遷。」善曰：「東觀漢記馬援與楊廣書曰：『車丞相高祖園寢郎，一月九遷丞相者，知武帝恨誅衛太子，上書訟之。』然日當爲月字之誤也。」〔魏本引孫汝聽曰〕謇諤，謂鯁直也。易曰「王臣謇謇」是也。

〔一一〇〕祝本、魏本、王本作「狐」。廖本作「狐」。〔顧嗣立注〕左傳昭公二十三年：「晉公子重耳奔狄，從者狐偃、趙衰。」
〔二一〕〔魏本引韓醇曰〕衛、霍，謂衛青、霍去病也。
〔二二〕〔魏本引孫汝聽曰〕擅芬芳，謂專有美名于國史也。
〔二三〕〔舉正〕蜀、李、謝校作「宮」。〔考異〕「宮」，或作「官」，非是。〔方世舉注〕方言：「娃，美也。吴、楚、衡、淮之間曰娃，故吴有館娃之宫。」〔魏本引集注〕宫娃，宫女也。分，賜也。綽約，柔弱貌。莊子：「肌膚若冰雪，綽約若處子。」
〔二四〕〔魏本引孫汝聽曰〕丹掖，謂以丹而塗門也。正門之旁小門，號爲掖門。〔魏本引韓醇曰〕古詩：「厠跡鴛鷺行。」
〔二五〕魏本、王本作「狐狢」。祝本作「狐貉」。廖本作「貀貉」。〔顧嗣立注〕杜子美詩：「蕩滌無洪鑪。」〔魏本引孫汝聽曰〕論語：「狐狢之厚以居。」以其皮爲衣也。
〔二六〕〔魏本引孫汝聽曰〕摛，舒也。月毫，月中兔毫也。
〔二七〕淬，見卷五贈劍客李園聯句注。〔方世舉注〕張協七命：「霜鍔水凝，冰刃露結。」
〔二八〕〔方世舉注〕周禮春官典命：「上公九命，其車旗衣服禮儀，皆以九爲節。」書：「宗彝，藻火粉米黼黻絺繡，以五采彰施于五色作服。」按新唐書車服志：「一品青衣纁裳九章，龍山華蟲火宗彝在衣，藻粉米黼黻在裳。二品七章，華蟲火宗彝在衣，藻粉米黼黻在裳。三品五章，宗彝藻粉米在衣，黼黻在裳。自四品以下，不用藻米矣。」

〔一九〕〔顧嗣立注〕左傳襄公十一年：「晉悼公賜魏絳女樂二八。」〔方世舉注〕記王制：「天子賜諸侯樂，則以柷將之。賜伯子男樂，則以鼗將之。」書：「搏拊琴瑟以詠。」

〔二〇〕〔顧嗣立注〕史記索隱曰：「正寢之東西堂，皆號曰廂，言似廂篋之形也。」風俗通：「織毛褥謂之氍毹。」三輔黃圖：「武常建温室殿，規地以罽賓氍毹。」

〔二一〕廖本、王本作「勺」。祝本、魏本作「芍」。〔魏本引孫汝聽曰〕主父偃曰：生不五鼎食，死即五鼎烹。五鼎者，謂列五鼎而食。〔舉正〕勺藥，五味之和也。子虚賦作「勺藥」。文選四見，皆音酌略。姚令威曰：後語有「難祈卻老藥」，此當異讀。〔方世舉注〕癸辛雜識：「韓昌黎詩：『兩廂鋪氍毹，五鼎調勺藥。』上林賦注云：『勺藥根主和五藏，辟毒氣。』故合之於蘭桂五味，以助諸食，因呼五味之和爲勺藥。南都賦曰：『歸鴈鳴鵽，香稻鮮魚，以爲勺藥。』文穎、伏儼等解，不過稱其美，本草亦只言辟邪氣而已。獨韋昭曰：『今人食馬肝者，合勺藥而煮之。』馬肝至毒，或誤食之至死。則制食之毒者，宜莫良于勺藥，故獨得藥之名耳。張景陽七命乃音酌略，廣韻亦有二音。」

〔二二〕〔方世舉注〕記玉藻：「大夫佩水蒼玉而純組綬。」唐六典：「凡百僚佩，五品以上水蒼玉。」

〔二三〕〔方世舉注〕古樂府相逢行：「黃金絡馬頭，觀者盈道傍。」

〔二四〕諸本皆作「謂登龍」。〔考異〕「謂」，或作「諭」。〔方成珪箋正〕「謂」，當作「諭」。諭猶譬也。古諭字訓譬者，如前漢賈誼傳「誼追傷屈原，因以自諭」是也。玉篇、廣韻始出喻之字。

〔顧嗣立注〕後漢李膺傳：「士有被其容接者，名爲登龍門。」

〔二五〕〔魏本引樊汝霖曰〕淮南子：「葵藿傾心向日。」〔方世舉注〕曹植求通親親表：「若葵藿之傾葉，太陽雖不爲之迴照，然終向之者，誠也。」

〔二六〕〔魏本引韓醇曰〕青娥，言眉也。宋南平王白紵舞曲：「佳人舉袖曜青娥。」翳，蔽也。〔廖瑩中注〕江淹神女賦：「青娥蓋䰀。」〔李詳證選〕司馬相如長門賦：「揄長袂以自翳。」〔方世舉注〕宋玉神女賦：「奮長袖以正衽兮，立躑躅而不安。」

〔二七〕〔廖瑩中注〕李太白昭君詞：「昭君拂玉鞍，上馬啼紅頰。」〔方世舉注〕周禮春官籥師：「掌教舞羽歈籥。」〔魏本引孫汝聽曰〕籥，樂器。郭璞云：「籥如笛，三孔而短小。」

〔二八〕〔廖瑩中注〕鮑明遠白紵曲：「千金雇笑買芳年。」

〔二九〕〔方世舉注〕史記封禪書：「李少君以祠竈却老方見上。少君者，故深澤侯舍人，主方，能使物卻老。」〔黄鉞注〕甕牖閒評云：「『五鼎調勺藥』、『仍祈卻老藥』，前藥字，蓋本子虛賦，勺音酌，藥音略。後藥字乃如退之所用。一字其實是二字。」〔李黼平曰〕「五鼎調勺藥」之藥，與「仍祈卻老藥」，字同而音義別，自可兩押。

〔三〇〕〔魏本引樊汝霖曰〕殁廟，謂配食廟庭。〔方世舉注〕孔叢子：「書盤庚曰：『兹予大享于先王，爾祖其從與享之。』季桓子問曰：何謂也？孔子曰，古之王者，臣有大功，死則必祀之于廟，所以殊有績，勸忠勤也。」

〔二一〕〔蔣抱玄注〕生堂，謂生者會飲之堂。〔祝充注〕爾雅：「大磬謂之馨，大鍾謂之鏞。」注：「亦名鏄。」

〔二二〕〔蔣抱玄注〕詩：「爾之安行，亦不遑舍。」

〔二三〕〔舉正〕蜀作「莞」，李、謝校同。〔考異〕「莞」，或作「菅」。〔蔣抱玄注〕晉書謝安傳：「累違朝旨，高卧東山。」〔顧嗣立注引吳兆宜曰〕張平子同聲歌：「思爲菅蒻席，在下蔽匡牀。」

〔二四〕〔魏本引孫汝聽曰〕楚辭：「浴蘭湯兮沐芳。」

〔二五〕〔祝充注〕詩：「嘉肴脾臄。」〔方成珪箋正〕説文三篇：「谷，口上阿也。从口，上象其理。或作𠹌。臄，或从肉、从豦作臄。」

〔二六〕〔魏本引孫汝聽曰〕孟子：「鬱陶思君爾忸怩。」忸怩，愧貌。〔魏本引韓醇曰〕書：「顏厚有忸怩。」

〔二七〕〔舉正〕杭、蜀本同作「隕」，考儒行爲是。〔考異〕「隕」，或作「殞」。祝本作「殞」。魏本、廖本、王本作「隕」。〔蔣抱玄注〕禮記：「達其志，通其欲。」〔顧嗣立注〕禮記儒行：「儒有不隕穫于貧賤。」鄭氏曰：「隕穫，困迫失志之貌。」〔查慎行曰〕穫字重叶。

〔二八〕〔查慎行曰〕此著字叶酌。

〔二九〕〔魏本引孫汝聽曰〕旄纛者，以旄牛尾大如斗，繫馬軛上，謂之旄纛，師行則用之。

〔一四〇〕〔方世舉注〕史記虞卿傳：「躡蹻擔簦，説趙孝成王。」徐廣曰：「蹻，草履。」

〔一四一〕〔方世舉注〕列女傳：「陶荅子妻曰，南山有玄豹，霧雨七日而不下食。」按：離隱豹，喻處士將出也。

〔一四二〕〔魏本引孫汝聽曰〕易：「尺蠖之屈，以求伸也。」蠖，蟲名。

〔一四三〕〔蔣抱玄注〕漢書陳湯傳：「又無武帝薦延梟俊禽敵之臣。」〔魏本引韓醇曰〕後漢孔融薦禰衡有曰：「鷙鳥累百，不如一鶚。」此舉鄒陽上書之言也。

〔一四四〕祝本、魏本、王本作「諛」。廖本、徐本、葛本作「謏」。〔陳景雲曰〕謏，廣韻：「蘇奏切，怒言也。」與下「噱」字義相反，不應連用。宋、杭、蜀本皆作「諛」，又與上句「諂」字意複，亦恐非是。疑「廋」字之訛。廋辭見國語。又唐書李藩傳：「王仲舒與同舍郎置酒邀賓，爲俳説廋語相狎獻。」廋噱者，殆亦同此耳。〔補釋〕「謏噱」，與「諂譽」爲對，疑當爲「諛」之誤字。從祝本、魏本、王本爲是。二句意相足，非重複。〔蔣抱玄注〕漢書翟方進傳：「親交賂遺以求薦舉。」〔祝充注〕噱，笑不止。説文：「大笑也。」

〔一四五〕〔顧嗣立注〕文選班孟堅兩都賦序：「雍容揄揚。」善曰：「揄，引也。揚，舉也。」

〔一四六〕〔考異〕「熏」，或作「薰」。〔舉正〕唐本、李、謝校作「熏」。漢谷永傳、潘岳西征賦皆用，無從「薰」者。祝本、魏本作「薰」。廖本、王本作「熏」。〔顧嗣立注〕漢谷永傳：「許、班之貴，熏灼四方。」選西征賦：「當音、鳳、恭、顯之任勢也，乃熏灼四方。」

〔一四七〕〔顧嗣立注〕漢高帝紀：「道舊故爲笑樂。」〔蔣抱玄注〕蒼頡篇：「主答客曰酬，客報主人曰酢。」

〔一四八〕〔顧嗣立注〕選魏武帝短歌行：「對酒當歌。」

〔一四九〕〔顧嗣立注〕漢班固敍傳：「出與王、許子弟爲羣，在于綺襦紈袴之間，非其好也。」師古曰：「紈，素也。綺，今細綾也。」

〔一五〇〕〔方世舉注〕南史謝靈運傳：「何長瑜當今仲宣，而飴以下客之食。」記禮運：「以爲醴酪。」

〔一五一〕〔蔣抱玄注〕鮑照淩烟樓銘：「重樹窮天。」〔魏本引韓醇曰〕賝，寶也。詩：「憬彼淮夷，來獻其賝。」〔祝充注〕賝，與琛同。

〔一五二〕〔方世舉注〕漢書文帝紀：「初即位，賜酺五日。」服虔曰：「酺，音蒲。」文穎曰：「音步。漢律，三人以上無故羣飲，罰金四兩。今詔横賜得令會聚飲食五日也。」師古曰：「酺之爲言布也。王德布于天下而合聚飲食爲酺，服音是也。」記禮器、周禮「其猶醵與」注：「合錢飲酒爲醵。」史記貨殖傳：「進醵飲食。」説文：「醵，會歙酒也。」

〔一五三〕魏本、廖本、王本作「搥」。祝本作「槌」。〔蔣抱玄注〕易：「先王以作樂崇德。」〔方世舉注〕世説：「王大將軍自言知打鼓吹，於坐振袖而起，揚搥奮擊，音節諧捷。」

〔一五四〕〔祝本魏本注〕「從」，一作「縱」。〔祝充注〕彍，音霍，又廓、郭二音。説文：「弩滿也。」淮南子：「疾如彍弩。」〔方世舉注〕易屯卦：「即鹿無虞，以從禽也。」孫子兵勢篇：「勢如彍弩。」

〔一五五〕〔廖瑩中注〕漢夏侯嬰傳：「與高祖語，未嘗不移日。」

〔一五六〕〔顧嗣立注〕楚辭宋玉招魂：「成梟而牟，呼五白些。」 詳見卷二送靈師注。

〔一五七〕〔顧嗣立注〕漢陳平傳：「凡六出奇計。」〔補釋〕蕭統文選序：「曲逆之吐六奇。」

〔一五八〕〔顧嗣立注〕選上林賦：「布濩閎澤。」郭璞曰：「布濩，猶布露也。」

〔一五九〕〔考異〕諸本「簫」作「蕭」。〔舉正〕簫勺，字見漢房中歌。晉灼曰：簫，舜樂。勺，周樂。言以樂征伐也。 劉夢得山南節度廳記：「簫勺之音，洽于巴漢。」亦用簫字。 嚚頑，見卷五征蜀聯句注。〔顧嗣立注〕漢禮樂志：「房中歌：簫勺羣慝。」

〔一六〇〕〔方世舉注〕書：「大告武成。」 史記封禪書：「昔無懷氏封泰山，禪云云。黃帝封泰山，禪亭亭。」

〔一六一〕〔顧嗣立注〕楚辭離騷經：「求矩矱之所同。」

〔一六二〕〔祝本魏本注〕「第」，一作「序」。〔方世舉注〕司馬相如諭巴蜀檄：「居列東第。」魏文帝詩：「良辰啓初節，高會構歡娛。」

〔一六三〕〔顧嗣立注〕杜子美詩：「露冷蓮房墜粉紅。」

〔一六四〕〔顧嗣立注〕謝靈運詩：「初篁苞綠籜。」善曰：「籜，竹皮也。」〔朱彝尊曰〕以上頌師中有還朝、開筵、禮士、賜酺、告成五種意。

〔一六五〕〔魏本引孫汝聽曰〕書「五載一巡狩」者，謂五年一巡狩。恒，北岳。岱，東岳。〔顧嗣立注〕書：「歲二月東巡守至于岱宗。」又：「十有一月朔，巡守至于北嶽。」〔陳景雲曰〕五岳獨言朝恒、岱者，因二岳在恒、鄆二州境，時王承宗、李師道皆未納土故也。

〔一六六〕〔方世舉注〕記王制：「天子諸侯無事則歲三田，一爲乾豆，二爲賓客，三爲充君之庖。」三輔黄圖：「長楊宫，在今盩厔縣東南三十里，宫中有垂楊數畝。五柞宫，在扶風盩厔，宫中有五柞樹，因以爲名。」

〔一六七〕〔方世舉注〕新唐書李泌傳：「中和節，百家進農書，以示務本。」又柳宗元集有進農書表。

〔一六八〕〔考異〕「懸」，或作「廢」。〔舉正〕唐作「懸」。蜀同「格」，音閣。廢格沮事，漢義縱傳語。然古本實作「懸格」。廖本、王本作「懸格」。祝本、魏本作「廢格」。注：「格」，一作「恪」。

〔一六九〕〔方世舉注〕揚雄劇秦美新：「方甫刑，匡馬法。」善曰：「馬法，司馬穰苴之法也。」陸賈新語：「師旅不設刑格法懸。」〔朱彝尊曰〕總收大意。

〔一六九〕〔舉正〕蜀作「牧新息」。〔考異〕祝、魏、廖、王本俱作「收」。〔方世舉注〕漢書地理志：「汝南郡新息。」孟康曰：故息國，其後徙東，故加新息云。新唐書地理志：「蔡州汝南郡新息，上縣，屬河南道。」

〔一七〇〕〔魏本引孫汝聽曰〕陽生謂冬至。〔王伯大注〕陽生，十月也。〔方世舉注〕二説皆通，然十月謂之陽月，純陰無陽也。今云陽生，則冬至之説爲長。況此乃逆料之詞，則雪下可以收新息，陽生可以過京、索，從晚秋後遞推之耳。其後十月壬申，李愬因天大雪，夜半取蔡州，至十一月班師，其言蓋不爽也。漢書高帝紀：「與楚戰滎陽南京、索間，破之。」應劭曰：京，縣名。今有大索、小索亭。〔舉正〕索，漢、史諸音皆山客切，惟文選功臣贊有桑各一音。

〔一七一〕〔魏本引韓醇曰〕詩：「爾牛來思，或寢或訛。」訛，動也。

〔一七二〕〔祝本魏本引洪興祖曰〕新息以下四句，舊注曰「正封」。今本亡之。〔魏本引孫汝聽曰〕詩：「或歌或咢。」比于琴瑟曰歌，徒擊鼓曰咢。

〔一七三〕〔魏本引孫汝聽曰〕帝載，帝功也。書「熙帝之載」是也。〔方世舉注〕易擊辭：「易與天地準，故能彌綸天地之道。」

〔一七四〕〔舉正〕唐、杭、蜀本、曾、謝校作「劣」。〔祝本引洪興祖曰〕今本誤作「劣」。〔顧嗣立注〕文選曹子建求自試表：「螢燭末光，增輝日月。」〔蔣抱玄注〕莊子：「日月出矣，而爝火不息。」

〔一七五〕〔舉正〕杭作「等糟粕」。〔魏本引韓醇曰〕莊子：「桓公讀書于堂上，輪扁斲輪于堂下，曰：君之所讀，古人之糟粕已。」〔朱彝尊曰〕作詩結，此是效周雅。〔程學恂曰〕前鬭雞篇，東野結云：「短韻有可采。」此詩公結云：「庶用存糟粕。」意可知矣。

【集說】

蔣之翹曰：激昂慷慨，有中夜起舞之意。正封亦頗揣摩，其典雅處自是敵手。

俞瑒曰：昌黎與東野聯句，多以奇峻争高，而此篇獨典贍和平，誠各因人而應之也。亦可見公才大之處矣。

朱彝尊曰：鋪張宏麗，鍊句亦精巧，才力自是有餘。但以係兩人作，篇法微有參錯爾。

方世舉曰：此詩分兩截看，開手八句是引子，自「夷凶非兼弱」領前半截，是實寫，有事可據。如「百牢犒輿師，千户購首惡」，謂上命梁守謙宣慰諸軍，授空名告身五百通，及金帛以勸死事也。「平生恥論兵，末暮不輕諾」，即公上言淮蔡破敗，可立而待也。「多士被沾污，小夷施毒蠚」，謂李師道上表請赦吴元濟，王承宗遣將奏事爲元濟游説，又遣盗焚獻陵，殺武相，焚襄州軍儲，斷建陵門戟諸事也。「間使斷津梁，潛軍索林薄」，謂是時官軍與淮西兵夾溵水而陣，東都留後吕元膺捕獲山棚賊衆，及中岳僧圓净，諸爲師道謀逆救蔡者也。「紅塵羽書靖，大水沙囊涸」，謂官軍與淮西兵夾溵水相顧望，陳許兵馬使王沛先引兵五千渡溵水，於是河陽、宣武、河東、魏博等軍相繼皆度，進逼郾城也。「未足煩刀俎，只應輸管鑰」，即公條陳用兵所言「蔡州士卒，皆國家百姓，若勢窮不能爲惡者，不須過有殺戮」也。「燒陂除積聚，灌壘失依託」，謂李光顔、烏重胤敗淮西兵于小溵水，高霞寓敗淮西兵于朗山，焚一栅也。「兇徒更蹈藉，逆族相啗嚼」，謂賊黨丁士良、陳光洽、吴秀琳、李佑降于李愬，董昌齡、鄧懷金降于光顔，即爲官軍畫策討賊者也。「軸轤亘淮泗，旆旌連夏鄂」，謂宣武等十六道之軍實軍容也。「漢刑支郡黜，周制閒田削」，謂高霞寓敗于鐵城，李遜應接不至，上貶霞寓歸州刺史，左遷遜恩王傅；嚴綬經年無功，以爲太子太保；袁滋去斥堠，止兵馬，貶爲撫州刺史也。以上是實寫，皆未平淮蔡之事。其下「且待獻俘囚」，領後半截，是虛寫。皆懸擬殲賊、奏凱、振旅、飲至諸事。其曰「雪下收新息，陽生過京索」，乃謂賊勢日促，行且就擒，官軍成功，計日可待。此夸張其詞，以壯軍聲耳。淮、蔡之平，事在十月。此詩題曰晚秋，灼然可知。宋人説韓詩，多有不當。惟魏仲舉以此爲未平時作，甚是。顧嗣立注本以爲多序歸朝策勳賜酺等事，或爲歸朝後作，是則詩在十月，題不當曰晚秋，又在京師，尤不當曰郾城矣。此未詳後半領語「且待」二字文義也。

郾城晚飲奉贈副使馬侍郎及馮李二員外〔一〕

城上赤雲呈勝氣〔二〕，眉間黄色見歸期〔三〕。幕中無事惟須飲〔四〕，即是連鑣向闕時〔五〕。

〔一〕〔舉正〕題校閣本。馮宿時以都官、李宗閔時以禮部並從征，蜀本有「奉」字。〔考異〕或無「奉」字。又作「馮宿李宗閔」。祝本、魏本無「奉」字「及」字，「馮」下有「宿」字，「李」下有「宗閔」字。〔王元啓曰〕初謂李員外當指正封，宿與公同年進士，正封則公與聯句於郾城者。後次神龜，又嘗招此二人同宿，蓋二人情好較密。宗閔雖同幕，與公殊趣，頗疑方説非是。後得建本，題中明著宿、宗閔二名，乃知方説固有本也。〔方世舉注〕新唐書馮宿傳：「宿字拱之，婺州東陽人。貞元中進士第，爲太常博士，再遷都官員外郎。裴度節度彰義軍，表爲判官。淮西平，除比部郎中。長慶時進知制誥，終東川節度使。」李宗閔傳：「宗閔，字損之，鄭王元懿四世孫。擢進士，從藩府辟署，入授監察御史，禮部員外郎。裴度伐蔡，引爲彰義觀察判官。蔡平，遷駕部郎中，知制誥。」〔方成珪昌黎先生詩文年譜〕是年十月未平淮西時作。

〔二〕〔方世舉注〕新唐書吴武陵傳：「吴元濟未破數月，武陵自硤石望東南，氣如旗鼓矛楯，皆顛倒横斜。少選，黄白氣出西北，盤蜿相交。武陵告韓愈曰：今西北王師所在，氣黄白，喜象也。不閲六十日，賊必亡。」

〔三〕〔顧嗣立注〕玉管照神書：「黄色喜徵。」相書，喜色紅黄。〔補釋〕太平御覽：「相書占氣雜要曰：黄氣如帶當額横，卿之相也。有卒喜，皆發于色，額上面中年上，是其候也。黄色最佳。」〔程學珣曰〕得興在起二句。

〔四〕無事飲，見卷四醉贈張秘書注。

〔五〕〔魏本引韓醇曰〕説文云：「鑣，馬銜也。」

【集説】

蔣抱玄曰：從征諸詩皆不離平賊二字，獨此用暗寫，而語氣尤斷。

酬别留後侍郎〔一〕

爲文無出相如右〔二〕，謀帥難居郤縠先〔三〕。歸去雪銷溱洧動〔四〕，西來旌旆拂晴天〔五〕。

〔一〕〔考異〕或無「酬」字。〔舉正〕唐本、謝校增「酬」字。蔡平，命馬總爲留後。祝本、魏本無「酬」字。魏本「侍郎」上有「馬」字。〔顧嗣立注〕舊唐書裴度傳：「度自蔡州入朝，留副使馬總爲彰義軍留後。」〔方成珪昌黎先生詩文年譜〕是年十一月作。公從晉公自蔡入朝，十一月二十八日也。

〔二〕〔方世舉注〕新唐書馬總傳：「總篤學，雖吏事倥偬，書不去前，論著頗多。」

〔三〕〔魏本引孫汝聽曰〕僖二十七年左氏：「晉文公作三軍，謀元帥。趙衰曰：郤縠可，臣亟聞其言矣，説禮樂而敦詩書。」

〔四〕〔方世舉注〕李愬以雪夜入蔡州，時方冬多雪，故宿神龜詩云「啄雪寒鴉趁始飛」，次硤石詩又曰「數日方離雪」。詩：「溱與洧，方渙渙兮。」〔顧嗣立注〕毛萇毛詩傳：「溱、洧，鄭兩水名。」

〔五〕〔魏本引孫汝聽曰〕言總行亦召歸，故云其西來。

【集説】

蔣抱玄曰：前聯工，後聯未能道出所以。

同李二十八夜次襄城〔一〕

周楚仍連接〔二〕，川原乍屈盤。雲垂天不暖，塵漲雪猶乾。印綬歸台室〔三〕，旌旗別將壇〔四〕。欲知迎候盛，騎火萬星攢〔五〕。

〔一〕〔魏本引孫汝聽曰〕李二十八名正封。次，舍也。〔方世舉注〕新唐書地理志：「汝州臨汝郡襄城縣，武德元年以縣置汝州，貞觀元年，州廢。屬河南道。」〔沈欽韓注〕方輿紀要：「襄城縣在汝州西南九十里。」〔方成珪昌黎先生詩文年譜〕是年十二月作。

〔二〕〔方世舉注〕按河南本周地，而襄城則近楚。漢書地理志：襄城屬潁川郡，有西不羹，蓋即春秋時楚靈王所城也。

〔三〕〔魏本引樊汝霖曰〕謂裴度復入爲宰相。

〔四〕〔魏本引樊汝霖曰〕謂馬總留蔡爲留後。〔王元啓曰〕此句亦指晉公，猶言戢戈櫜矢云爾。樊謂指馬總留蔡，與下迎候句意脈不貫。

〔五〕〔方世舉注〕後漢書廉范傳：「會日暮，令軍士各交縛兩炬，三頭爇火，營中星列。」

【集説】

蔣抱玄曰：寫地寫人，賦景賦物，面面俱到。

同李二十八員外從裴相公野宿西界〔一〕

四面星辰著地明，散燒烟火宿天兵〔二〕。不關破賊須歸奏，自趁新年賀太平。

〔一〕〔魏本引樊汝霖曰〕公與李正封從晉公十一月二十八日自蔡入朝，十二月十六日至自蔡，則知殘年過襄城矣。落句可見。

〔二〕〔補釋〕天兵，王師也。

【集説】

程學恂曰：數詩皆可作凱歌。

蔣抱玄曰：此特別饒意境，不以敍事見長。

過襄城

郾城辭罷過襄城，潁水嵩山刮眼明〔一〕。已去蔡州三百里，家山不用遠來迎。

〔一〕〔魏本引孫汝聽曰〕潁水、嵩山皆在洛陽界。〔王元啓曰〕襄城屬汝州，過襄城則入洛陽界，故有潁水、嵩山之句。〔方世舉注〕江表傳：「吕蒙曰：士别三日，即更刮目相待。」

【集説】

朱彝尊曰：用俚語道來好，甚得情。

蔣抱玄曰：快事快調，此公一生最得意時。

宿神龜招李二十八馮十七〔一〕

荒山野水照斜暉，啄雪寒鴉趁始飛〔二〕。夜宿驛亭愁不睡，幸來相就蓋征衣〔三〕。

〔一〕〔考異〕「龜」下或有「驛」字。〔魏本引樊汝霖曰〕汝州有神龜驛臺，按九域志，開皇初建。李謂正封，馮謂宿也。一本「馮十七」作「馮八」。

〔二〕〔方世舉注〕説文：「趁，𧾷亶也。」杜甫詩：「溪喧獺趁魚。」

〔三〕〔蔣抱玄曰〕寫出招字。

【集説】

蔣抱玄曰：寫當日情景頗切。

次硤石〔一〕

數日方離雪，今朝又出山。試憑高處望，隱約見潼關〔二〕。

〔一〕〔考異〕諸本「硤」作「峽」。〔舉正〕杭、蜀、文苑同作「硤」，今陝縣也。地理志可考。祝本、魏本作「峽」。廖本、王本作「硤」。〔方成珪箋正〕唐地理志：「硤石縣屬河南道陝州陝郡。」硤，新史作峽。〔方世舉注〕水經注：「穀水出崤東馬頭山。西接崤黽，又東逕於雍谷溪，回岫縈紆，石路阻峽，故亦有硤石之稱矣。」新唐書地理志：「陝州陝郡，大都督府，本弘農郡，領縣六。硤石上，本崤，武德元年置。貞觀十四年，移治陝石塢，因更名。有底柱山，山有三門，河所經，太宗勒銘。屬河南道。」

〔二〕〔魏本引韓醇曰〕峽石去潼關爲近，故可隱約見之。〔方世舉注〕水經注：「河在關内，南流潼激關山，因謂之潼關。北流逕潼谷水，或説因水以名地也。」杜佑通典：「潼關本名衝關，言河流所衝也。」雍録：「潼關在華州華陰縣東北三十九里。」新唐書地理志：「虢州弘農郡閿鄉縣，有潼關。屬河南道。」

【集説】

蔣抱玄曰：直述亦有委曲。

和李司勳過連昌宮〔一〕

夾道疎槐出老根，高甍巨桷壓山原〔二〕。宮前遺老來相問：今是開元幾葉孫？

〔一〕〔考異〕或作「李二十八司勳」，無「過」字。〔舉正〕唐本、謝校作「和李二十八司勳過連昌宮」。李本亦出「過」字。祝本作「和李司勳連昌宮」。魏本作「和李二十八司勳連昌宮」。廖本、王本作「和李司勳過連昌宮」。〔魏本引樊汝霖曰〕李正封也。公從晉公平淮西回，過壽安而作。〔方世舉注〕新唐書地理志：「河南府壽安縣，西二十九里，有連昌宮，顯慶三年置。」〔沈欽韓注〕方輿紀要：「連昌宮在河南府宜陽縣壽安廢縣西二十九里。」

〔二〕〔蔣抱玄注〕景德殿賦：「高甍崔嵬。」

【集説】

朱彝尊曰：「白頭宮女在，閒坐説玄宗」，昔人已謂妙矣，此乃因今帝致問，尤有婉致。

查慎行曰：含味自深。

黄叔燦曰：質直如話，讀之白爾黯然。

陳景雲曰：遺老即謂開元遺老，時上距開元六十年，當日遺民，宜尚有存者。如元微之連昌宮詞，亦借宮邊老人立言是也。詩意蓋謂昔年父老幸值元和中興，皆欣欣復見太平之盛。惟安樂而思終始，克紹開元之治，免蹈天寶之覆轍耳。宮雖置於顯慶，而開、寶間車駕幸東都，屢駐此宮，故公詩云爾。

陳寅恪元白詩箋證稿曰：連昌宮詞既爲依題懸擬之作，然則作於何時何地乎？考元氏長慶集一二見人詠韓舍人新律詩因有戲贈略云：「喜聞韓古調，兼愛近詩篇。」「好去老通川。」原注云：「自謂。」是微之在通州司馬任内曾有機緣得見韓退之詩之證也。又考韓昌黎文集十和李司勳過連昌宮七絶云云，此爲退之和李正封之詩，李氏原作，今不可得見。退之作詩之時，爲元和十二年冬淮西適平之後。頗疑李氏原詩或韓公和作，遠道流傳，至次年即十三年春間遂爲微之所見，因依題懸擬，亦賦一篇。其時微之尚在通州司馬任内，未出山南西道之境。觀其託諸宮邊遺老問對之言，以抒開元、元和今昔盛衰之感，與退之絶句用意遣詞尤相符會。否則微之既在通州司馬任内，其居距連昌宮絶遠，若非見他人作品，有所暗示，決無無端忽以連昌宮爲題，而賦此長詩之理也。李正封之作其藝術高下未審如何。若微之此篇之波瀾壯闊，決非昌黎短句所可並論，又不待言也。

桃林夜賀晉公〔一〕

西來騎火照山紅，夜宿桃林臘月中〔二〕。手把命珪兼相印〔三〕，一時重疊賞元功〔四〕。

〔一〕〔魏本引樊汝霖曰〕桃林，書武成所謂放牛於桃林之野。舊爲陝州縣名，天寶初改爲靈寶縣。〔魏本引孫汝聽曰〕元和十二年十二月，以彰義軍節度、淮西宣慰處置使、門下侍郎、平章事裴度守本官，贈上柱國、晉國公，食邑三千户。〔魏本引韓醇曰〕除命在十二月壬戌，其年十二月丙辰朔，則壬戌其月七日也。度以其月十六日，方至自蔡，則前所除命，蓋在公未入朝之前，故公此詩夜賀晉公於桃林也。〔方世舉注〕新唐書地理志：「陝州靈寶縣，本桃林。屬河南道。」〔陳景雲曰〕桃林在潼關東，詩蓋作於次潼關前。上都統詩中「冠蓋相望」句，即謂在桃林遇銜詔西來者。

〔二〕〔方世舉注〕廣雅釋天：「臘，索也。夏曰清祀，殷曰嘉平，周曰大蜡，秦曰臘。」

〔三〕〔方世舉注〕周禮春官大宗伯：「以九儀之命，正邦國之位：壹命受職，再命受服，三命受位，四命受器，五命賜則，六命賜官，七命賜國，八命作牧，九命作伯。以玉作六瑞，以等邦國：王執鎮圭，公執桓圭，侯執信圭，伯執躬圭，子執穀璧，男執蒲璧。」漢書百官公卿表：「相國丞相，金印紫綬。」

〔四〕〔方世舉注〕後漢書馮衍傳：「將定國家之大業，成天地之元功也。」

【集説】

葛立方曰：元和中，討蔡數不利，羣臣爭請罷兵。錢徽、蕭俛力請于前，逢吉、王涯力請于後。惟裴度以一病在腹心，不時去，且爲大患。又自請以身督戰，誓不與賊俱存。王建所謂「桐柏水西賊星落，梟雛夜飛林木惡。相國刻日波濤清，當朝自請東西征」是也。憲宗御通化門，臨遣，賜度通天玉帶，發神策騎三百爲衛。王建詩所謂「同時賜馬並賜衣，御樓看帶弓刀發。馬前猛士三百人，金書左右紅旗新」是也。未幾，李愬夜入懸瓠城，縛吴元濟。度遣馬總先入蔡，明日統洄曲降卒萬人徐進撫定。則韓愈平淮西碑言之詳矣。桃林夜捷，愈賀度詩云：「手把命珪兼相印，一時重疊賞元功。」度自蔡入覲，途中重拜台司，愈作詩云：「鵷鷺欲歸仙仗裏，熊羆還入禁營中。」觀度雋功如此，憲宗倘能始終用之，諸藩當股栗不暇，而敢桀驁乎？乃信用程异、皇甫鎛之徒，乘釁鐫詆，使度卒不能安于相位。故度嘗有詩云：「有意效承平，無功答聖明。灰心緣忍事，霜髩爲論兵。道直身還在，恩深命轉輕。鹽梅非擬議，葵藿是平生。白日長懸照，蒼蠅慢發聲。嵩陽舊田里，終使謝歸耕。」觀此則已無經世之意也。

程學珣曰：與潼關詩同法。觀此則平淮西碑自是鐵案，何以尚聽李愬之爭？

蔣抱玄曰：直敘法。

次潼關先寄張十二閣老使君〔一〕

荆山已去華山來〔二〕，日出潼關四扇開〔三〕。刺史莫辭迎候遠〔四〕，相公親破蔡州迴〔五〕。

〔一〕〔舉正〕張賈。　〔魏本引補注〕國史補云：「兩省相呼爲閣老。」　〔沈欽韓注〕百官志：「中書舍人以久次者一人爲閣老，判雜事。」

〔二〕〔方世舉注〕新唐書地理志：「虢州湖城縣，有覆釜山，一名荆山。」　〔魏本引孫汝聽曰〕華山，太華也，在華陰縣東。

〔三〕〔舉正〕杭、蜀同樊、李校。　〔考異〕「出」，或作「照」。「扇」，或作「面」。　祝本、魏本作「照」作「面」。　廖本、王本作「出」作「扇」。

〔四〕〔方成珪箋正〕元和郡縣志：湖城縣東北至虢州七十里。荆山在縣南，虢州西北至潼關一百三十里，自關至華州一百二十里。故曰迎候遠也。

〔五〕〔舉正〕杭作「親」，蜀作「新」。祝本引李公彦曰：當作「親」。　〔胡仔苕溪漁隱叢話引漫叟詩話〕詩中有一字，人以私意竄易，遂失古人一篇之意。若「相公親破蔡州迴」，今「親」字改作「新」字是也。

【集説】

汪琬曰：氣度自別。

查慎行曰：氣象開闊，所謂卷波瀾入小詩者。

查晚晴曰：闊壯處真應酬之祖。

沈德潛曰：没石飲羽之技，不必以尋常絶句法求之。

施補華曰：七絶切忌用剛筆，剛則不韻。退之「荆山已去華山來」一絶，是剛筆之最佳者。然退之亦不能爲第二首，他人亦不能效退之再作一首。可見此非善道。

程學恂曰：寫歌舞入關，不着一字，盡於言外傳之，所以爲妙。

蔣抱玄曰：言爲心聲，故從容若此。

次潼關上都統相公〔一〕

暫辭堂印執兵權〔二〕，盡管諸公破賊年。冠蓋相望催入相〔三〕，待將功德格皇天〔四〕。

〔一〕〔舉正〕三館本闕。〔考異〕「關」下或有「頭」字。〔陳景雲曰〕淮西之平，裴度以宰相督戰，李商隱韓碑詩所謂「腰懸相印作都統」是也。舊注以韓弘當之，誤。〔沈欽韓注〕此詩爲裴晉公作。本傳云：度名雖宣慰使，其實行元帥事。故詩稱爲都統。李涪刊誤：「李愬以裴度宰相專征，不異都統之重，故具戎服以申拜敬。舊注以爲韓弘，非。」宋除文臣爲宣撫制置等使，其部下都統制亦單稱都統，而都統之號卑矣。

〔二〕〔方世舉注〕新唐書百官志：「初，三省長官議事于門下省之政事堂。其後裴炎徙政事堂于中書省。張説爲相，又改政事堂爲中書門下。」程异傳：「异爲宰相，自以非人望，久不敢當印秉筆。」是宰相之印爲堂印也。〔何焯曰〕「暫辭堂印」句，則都統即謂晉公。

〔三〕〔蔣抱玄注〕史記平準書：「使者分部護之，冠蓋相望。」

〔四〕〔方世舉注〕書：「佑我烈祖，格于皇天。」〔程學詢曰〕此格字即格君心之非之格字，言破賊後尚有許多事須匡正，非僅爲頌詞也。

晉公破賊回重拜台司以詩示幕中賓客愈奉和〔一〕

南伐旋師太華東〔二〕，天書夜到册元功〔三〕。將軍舊壓三司貴〔四〕，相國新兼五等崇〔五〕。鵷鷺欲歸仙仗裏〔六〕，熊羆還入禁營中〔七〕。長慙典午非材職〔八〕，得就閒官即至公〔九〕。

〔一〕廖本、王本題如此。祝本、魏本作「晉公自蔡州入覲塗中重拜台司以詩示幕中賓客愈因和之」。〔舉正〕閣本作「破賊回」作「奉和」。蜀本上文作「晉公自蔡州入覲塗中重拜」，下同。〔考異〕或作「晉公自蔡州入覲塗中重拜云云愈因和之」。〔方世舉注〕舊唐書裴度傳：「八月三日，度赴淮西。二十七日至郾城，巡撫諸軍，宣達上旨，士皆賈勇出戰，皆捷。十月十一日，唐鄧節度使李愬襲破懸瓠城，擒吴元濟。十一月二十八日，度自蔡州入朝。十二月，詔加度金紫光禄大夫、弘文館大學士，賜勳上柱國，封晉國公，食邑三千户，復知政事。」

〔二〕〔魏本引樊汝霖曰〕桃林在太華之東，謂桃林也。

〔三〕見本卷桃林夜賀晉公注。

〔四〕〔魏本引孫汝聽曰〕將軍，謂淮西宣慰使。三司，所謂三公也。〔方世舉注〕漢書百官公卿表：「以司馬主天，司徒主人，司空主土，爲三公。司馬初名太尉，武帝元狩四年，初置大司馬，冠以將軍之號，位在司徒上。」後漢書百官志云：「以衛青數征伐有功，以爲大將軍，置大司馬官號以尊寵之。其後霍光、王鳳等皆然。」是大將軍之貴壓三司也。至車騎將軍，則儀同三司，此始自鄧騭。見騭傳。

〔五〕〔方世舉注〕周禮春官典命：「掌諸臣五等之命。」史記高祖功臣侯年表：「古者人臣功有五品，以德立宗廟立社稷曰勳，以言曰勞，用力曰功，明其等曰伐，積日曰閱。」按五等之爵，公侯伯子男。度以宰相封晉國公，爵最崇也。

〔六〕〔方世舉注〕梁簡文帝南郊頌：「塵清世晏，蒼兕無所用其武功；運謐時雍，鵷鷺咸並修其文德。」按此指諸文臣爲幕職者仍歸班列也。

〔七〕〔魏本引韓醇曰〕書：「夫子尚桓桓，如虎如貔，如熊如羆。」〔方世舉注〕舊唐書裴度傳：「詔以神策軍三百騎衛從。」今還入禁營也。

〔八〕〔舉正〕李校作「職」。〔考異〕「職」，或作「識」。祝本、魏本作「識」。廖本、王本作「職」。〔魏本引孫汝聽曰〕典，司；午，馬也。公爲行軍司馬，故云典午。〔廖瑩中注〕白樂天自江州司馬還朝再出，亦曰：「昔徵從典午。」〔方世舉注〕蜀志譙周傳：「周書版示文立曰：典午忽兮，月西没兮。」典午者，謂司馬也。按庾信哀江南賦：「居笠轂而掌兵，出蘭池而典午。」蓋自敍其爲東宫領直節度兵馬之事。韓、白皆祖此也。

〔九〕〔方世舉注〕拜台司即十二月壬戌之命，越十四日丙子，公之除書始下，故此詩有「得就閒官」之語。

【集説】

葉夢得曰：七言難於氣象雄渾，句中有力，而紆徐不失言外之意。自老杜「錦江春色來天地，玉壘浮雲變古今」與「五更鼓角聲悲壯，三峽星河影動摇」等句之後，常恨無復繼者。韓退之筆力最爲傑出，然每苦意與語俱盡。和裴晉公破蔡州回詩，所謂「將軍舊壓三司貴，相國新兼五等崇」，非不壯也，然意亦盡于此矣。不若劉禹錫賀晉公留守東都云「天子旌旗分一半，八方風雨會中州」，語遠而體大也。

朱彝尊曰：莊雅有體，頷聯敍官精妥。

何焯義門讀書記曰：後四句只直敍幕中賓客，「即至公」三字，便已帶轉晉公相業。上下俱有關鎖，筆力最高。

方世舉曰：此詩氣度高華，情事詳盡，雜之盛唐，無復可辨。石林詩話乃猶有所不足，非公論也。

唐宋詩醇曰：嚴重蒼渾，直逼杜陵。

黄鉞曰：隨晉公伐蔡諸詩，雄秀稱題。

送李員外院長分司東都〔一〕

去年秋露下，羈旅逐東征〔二〕。今歲春光動，驅馳別上京〔三〕。飲中相顧色，送後獨歸情。兩地無千里〔四〕，因風數寄聲〔五〕。

〔一〕元和十三年戊戌。〔魏本引樊汝霖曰〕從裴相出征凡三員外，李正封、馮宿、李宗閔。及還，宿遷比部郎中，宗閔遷駕部郎中知制誥，獨正封至是猶曰李員外，正封無傳，不能詳也。〔陳景雲曰〕韓子從晉公還都後，擢刑部侍郎，敘平蔡功也。同時幕僚如馮宿、李宗閔皆遷官，獨正封不得例遷，且反奉分司之命，是必有扼其進者。故腹聯云爾。正封後歷中書舍人，有詩名，牡丹一篇尤爲時傳誦，見松窗雜録。〔王元啓曰〕公贈宗閔詩，有「下視衆烏，有口莫開，性氣縱乖，親故不保」等語，竊疑正封分司東出，陳氏所謂扼其進者，宗閔殆有力焉。又按此詩疑十三年作，當編次晉公破賊回之後。〔沈欽韓注〕陸宣公集：東都留守，判東都尚書省事，其百司分屬東省，謂之分司。〔方成珪昌黎先生詩文年譜〕十三年正月作，以「今歲春光動」句見之。

〔二〕〔魏本引祝充曰〕羈旅，旅寓也。周禮：「以甸聚待羈旅。」〔魏本引孫汝聽曰〕謂十二年八月征吳元濟時。

〔三〕〔魏本引孫汝聽曰〕謂十三年春，李分司東都。上京，京師也。〔蔣之翹注〕此隔句對也。古詩：「昨夜越溪難，含悲赴上蘭。今朝踰嶺易，抱笑入長安。」退之特效其體。〔方世舉注〕元和尚此格，元、白比比有之。然不足學，氣促而力薄也。潘尼詩：「乃漸上京。」〔何焯曰〕格別，太白集中有之。

〔四〕〔方世舉注〕後漢書郡國志：「京尹長安，高帝所都，雒陽西九百五十里。」舊唐書地理志：「京兆府去東京八百里。」「河南府在西京之東八百五十里。」里數雖不同，總不及千里也。

〔五〕〔方世舉注〕李陵答蘇武書：「時因北風，復惠好音。」

【集説】

朱彝尊曰：甚流快可喜。

讀皇甫湜公安園池詩書其後二首〔一〕

晉人目二子，其猶吹一吷〔二〕。區區自其下〔三〕，顧肯挂牙舌？春秋書王法〔四〕，不誅其人身〔五〕。爾雅注蟲魚〔六〕，定非磊落人〔七〕。湜也困公安，不自閒其閒。窮年枉智思〔八〕，掎摭糞壤間〔九〕。糞壤多污穢，豈有臧不臧〔一○〕？誠不如兩忘〔一一〕，但以一槩量〔一二〕。

〔一〕王本、朱本有「二首」二字。祝本、魏本、廖本無。〔舉正〕胡元任云：「我有一池水」已下，當爲别篇。恐或然也。〔胡仔苕溪漁隱叢話引三山老人語録〕讀皇甫湜公安園池詩作詩題其後，其中有數句不可曉，蓋本脱誤也。嘗得一善本，乃二詩，仍多八字。〔王元啓曰〕胡説是。前詩每四句爲一章，章各二韻，篇末獨用六韻爲一章，章法不稱甚矣。分而爲二，即前後各得其所。〔舉正〕元和十三年作。湜十二年從李愬于襄陽。〔魏本引韓醇曰〕湜嘗爲陸渾尉，仕至工部郎中，分司東都，留守裴度辟爲判官。此詩當在陸渾尉後、爲郎中前作。〔王元啓曰〕司空圖論文人之詩，自公而外，其次皇甫祠部，亦爲遒逸。以祠部相稱，則湜官不終于工部。〔方世舉注〕新唐書地理志：「江陵府江陵郡公安縣，屬山南東道。」

〔二〕〔魏本引樊汝霖曰〕莊子：「惠子曰：吹劍首者，吷而已矣。堯、舜，人之所譽也，道堯、舜於戴晉人之前，譬猶一吷也。」〔顧嗣立注〕陸德明曰：戴晉人，梁國賢者。司馬彪曰：「吷然如風過。」

〔三〕〔魏本引樊汝霖曰〕謂自堯、舜而下者。

〔四〕〔蔣抱玄注〕史記儒林傳：「故因史記作春秋，以當王法，其辭微而指。」

〔五〕〔何焯義門讀書記〕「春秋書王法」二句，安溪先生取爲讀春秋法。先生云：「春秋如書弒君者，有稱國稱人者矣。而不虞亂臣賊子之逭于討。蓋柄國權奸，必不以實赴告，而有所委罪，春秋欲書，則非仍舊闕疑之義，欲從赴告，則其漏大惡也深矣。故寧不誅其身而存其法。如今律嚴殺人，未得真犯而立虛案，猶足令抵扞者終身亡魄也。此類是春秋大義，忽自韓公發之。殷員外及啖氏三家，豈得以其專門驕公哉？又按孔叢載孔子之言曰：古之聽訟者，惡其意不惡其人。所謂不誅其人身者，似本此意。」如先生說，則與下二句尤貫穿爾。

〔六〕〔方世舉注〕爾雅有釋蟲、釋魚。郭璞爾雅序：「爾雅者，所以通訓詁之指歸，可以博物不惑，多識于鳥獸草木之名。」

〔七〕〔蔣抱玄注〕文心雕龍：「磊落以使才。」

〔八〕〔方世舉注〕荀子解蔽篇：「知物之理，没世窮年，不能徧也。」爾雅釋訓：「條條秩秩，智也。」注：「皆智思深長。」後漢書東平王蒼傳：「少好經書，雅有智思。」

〔九〕〔祝充注〕劉貢父云：「掎摭糞壤，譏之也。蓋持正不以詩名。」〔方世舉注〕曹植與楊修書：「劉季緒才不能逮于作者，而好詆訶文章，掎摭利病。」屈原離騷：「蘇糞壤而充幃兮，謂申椒其不芳。」

〔一〇〕以上六句，祝本、魏本如此。考異單行本、王本、廖本皆作「湜也困公安不自閒窮年枉智思掎摭糞壤汙穢豈有臧」，「閒」字下無「其間」字，「糞壤」下無「間糞壤多」字，「臧」字下無「不臧」字，云古本只如此。舉正據閣、杭本「閒」下增「其閒」二字，「臧」下增「不臧」二字，「壤」下削「間糞」二字。〔舉正〕蜀本增作「糞壤多污穢豈必有否臧」，上下文皆如舊。謝本以「窮年」爲「至閒」，餘亦同。不知謝校果唐本否也？校本一云：近本增足八字，語淺俗，非韓文。按公和湜陸渾山火詩，奇澀甚矣，近本不知所校之自，未敢以爲正，姑存古本以竢識者參攷。〔考異〕此詩多不曉，當闕。或云：世有石本，與今本同，知舊本脱誤明矣。謂有所增八字也。然諸公校本皆不言，不知果然否也？〔祝本魏本引洪興祖曰〕此數句今本脱「其閒間糞壤多不臧」八字。〔王元啓曰〕魏本載洪慶善之言云云，則洪本有此八字可知。魏本雖從洪本增入，然亦不言石本有無，則或説似未足憑。〔何焯義門讀書記〕增八字出塵史，謝説是。〔補釋〕考異以無八字者爲古本，洪氏則以爲今本。今從洪、祝、魏本，取便屬讀無滯。陳沆詩比興箋改「糞壤多汙穢，豈有臧不臧」二句爲「掎摭糞壤間，汙穢豈有臧」，自注云：「今以意正，蓋此篇皆兩韻一轉也。」〔魏本引韓醇曰〕詩：「謀臧不從，不臧覆用。」

〔一一〕〔魏本引韓醇曰〕莊子：「與其譽堯而非桀也，不如兩忘而化於道。」

〔一二〕〔方世舉注〕屈原懷沙：「同糅玉石兮，一槩而相量。」

【集説】

陳沆曰：皇甫湜公安園池詩今不存，諒必刻畫蟲魚，以刺小人，詞瑣義碎，刺刺不休，故公詩規之。言君子學務其大，則不屑其細，苟誠知道，則衡盱古今，況自鄶以下么麽，又曷足譏乎？孔子春秋褒貶，非以誅其本人一身，蓋借以明王法于萬世，而豈蟲魚瑣屑之比哉？銖銖而稱之，至石必差，寸寸而度之，至丈必謬。度石量徑而寡失，「誠不如兩忘，但以一概量」之謂也。

我有一池水，蒲葦生其間。蟲魚沸相嚼〔一〕。日夜不得閒。我初往觀之，其後益不觀。觀之亂我意，不如不觀完〔二〕。用將濟諸人，捨得業孔顔〔三〕。百年能幾時，君子不可閒〔四〕。

〔一〕〔方世舉注〕詩蕩：「如蜩如螗，如沸如羹。」

〔二〕〔方世舉注〕秦國策：「此臣所謂危，不如伐蜀之完也。」

〔三〕〔補釋〕公答李翊書云：「用則施諸人，舍則傳諸其徒，垂諸文而爲後世法。」與此意同。〔葉夢得曰〕李翺、皇甫湜不傳其詩，非其所長，故不多作耳。退之集中有題湜公安園池詩後云：「爾雅注蟲魚，定非磊落人。」又有「用將施諸人，捨得業孔顔」，意若譏其徒爲無益，而勸之使不作者。

〔四〕〔魏本引補注〕公雙鳥詩押二州字、二秋字、二頭字，此日足可惜押二光字，書皇甫湜公安園池詩押二閒字，和盧郎中送盤谷子押二行字，故孔毅夫詩話云：「退之好押狹韻累句以示工，而不知重疊用韻之爲病。」然苕溪漁隱則曰：「退之好重疊用韻以盡己意，不恤其爲病也。」〔王元啓曰〕讀第二詩結語，知公一生所汲汲者，蓋在乎此。其他道不足以濟時，業不足以濟孔、顔者，皆不掛牙舌，直斥爲閒過百年者也。

【集説】

陳沆曰：此章乃進之於道也。荀子云：「其爲人也多暇日者，其出人不遠矣。」公贈崔立之詩云：「可憐無益費精神，有似黄金擲虚牝。」合而論之，則臧、穀亡羊，皆無當孔、顔之用舍。

李光地榕村詩選曰：此詩相傳有缺字，又或作兩首。今尋其文義，似可讀，且破分之則首尾不具。愛其義奥辭古，故合令完成。其用韻重疊，則那頌之體也。湜蓋爲摭拾獵涉之學者，故公以此規之。爾雅蟲魚，非磊落人所宜措心，故後喻言己之不觀。蟲魚亦是指書史叢雜，非真語池水也。先嘲湜之不自閒，而後又言君子不可閒，蓋湜之掎摭汙穢，爲枉用其智思，而用行捨藏之業，則不可一日而不汲汲，此其首尾相應處也。

鄭珍曰：余玩此詩，大意謂人生百年内，當留心於大者遠者，孔、顔事業，終身爲之不盡，區區園池中景物，自然不及關懷。正猶晉人且一映堯、舜，春秋且不誅其人，況肯以蟲魚花鳥累其筆墨乎？皇甫之園池詩，何異掎摭糞壤，用心既誤，臧否更不必論也。公蓋勉之及時進業，無復流連光景，費無益之心思耳。劉貢父、葉石林謂譏持正不能詩，勸使不作，並是臆談。持正詩今存三篇，題浯溪石、石佛谷、出世篇，何嘗非詩人吐屬，特全集失傳耳。

程學恂曰：持正以不合於時人，發而爲詩。昌黎言此輩如蟲魚糞壤，何足以較而勞我心志，千載之業，固將有在。勉而進之，則眼前勃谿，不值一唾矣。

獨釣四首〔一〕

侯家林館勝〔二〕，偶入得垂竿。曲樹行藤角〔三〕，平池散芡盤〔四〕。羽沈知食駃〔五〕，緡細覺牽難〔六〕。聊取夸兒女〔七〕，榆條繫從鞍。

〔一〕〔舉正〕杭、蜀作「釣」。〔考異〕「釣」，或作「酌」。〔魏本引樊汝霖曰〕二章云「坐厭親刑柄」，爲刑部侍郎時作。〔工元啓曰〕公于元和十二年臘月自蔡還朝，以功遷刑部侍郎。十四年正月，貶刺潮州。此詩有「厭親刑柄」。及「秋晨」、「秋半」等語，知爲十三年作。〔方成珪昌黎先生詩文年譜〕第四詩有「秋半百物變」句，知爲是年八月作。

〔二〕〔魏本引孫汝聽曰〕侯家，謂公侯之家也。〔蔣之翹注〕侯家，疑即侯喜也。〔方世舉注〕按侯家自是常語，即如韋氏莊、太平公主莊等，皆可謂之侯家也。蔣之翹乃云「侯家，疑即侯喜」，不應于侯喜無片語及之。後二首所嗟所期，皆不似相遲主人之語也。

〔三〕〔方世舉注〕行猶引也。藤角即藤子，猶云槐角皂角也。廣雅釋草：「豆角謂之莢。」

〔四〕〔方世舉注〕散者，言四散敷布也。芡葉似荷而大，其形如盤，故謂之芡盤。〔朱彝尊曰〕

工巧。

〔五〕〔舉正〕杭、蜀作「駛」。〔考異〕「駛」，或作「快」，或作「駃」。祝本、魏本作「快」。廖本、王本作「駛」。〔補釋〕從「駃」爲是。唐律釋文：「遲駃，音訣，速也。」〔方世舉注〕釣絲繫之以羽，以驗魚之吞鉤。

〔六〕〔補釋〕説文：「緡，釣魚繫也，从系，昬聲。」〔方世舉注〕六韜：「食餌牽緡。」〔朱彝尊曰〕羽沈緡細，穩切。

〔七〕魏本、廖本、王本作「夸」。祝本作「誇」。

一徑向池斜，池塘野草花。雨多添柳耳，水長減蒲芽。坐厭親刑柄〔一〕，偷來傍釣車。太平公事少，吏隱詎相賒〔二〕？

〔一〕〔舉正〕杭、蜀同作「厭坐」。厭與偷爲一義，坐親刑柄，來弄釣車爲一義。韓詩多此體。〔考異〕方作「厭坐」云云。今按：「坐厭」與「偷來」爲對，亦自親切。又況「坐厭」乃常用之語。韋蘇州云：「坐厭淮南守。」此類極多。方從誤本，更爲曲説，不知語意之拙澀也。〔張相曰〕坐，猶正也，適也。親刑柄，見題注。

〔二〕〔魏本引韓醇曰〕選王康琚反招隱詩：「小隱隱林藪，大隱隱朝市。伯夷竄首陽，老聃伏柱史。」皆言吏隱也。詎，豈也。賒，放也。〔顧嗣立注〕杜子美詩：「肯信吾兼吏隱名？」

獨往南塘上，秋晨景氣醒〔一〕。露排四岸草〔二〕，風約半池萍〔三〕。鳥下見人寂，魚來聞餌馨〔四〕。所嗟無可召，不得倒吾缾。

〔一〕〔補釋〕文選王融三月三日曲水詩序李善注：「景，日也。」

〔二〕〔翟翬曰〕三字宜平而仄，同杜詩「世人共鹵莽」句。

〔三〕〔魏懷忠注〕約，偃也。〔蔣之翹注〕下約字極新。〔王元啓曰〕約取束縛之義，不止訓偃。唐人句云：「風約溪聲静又迴。」與此約字同義。〔徐震曰〕說文：「約，纏束也。」引申之，則有聚合之義。此句言風吹聚半池萍也。〔宋無名氏道山清話〕館中一日會茶，有一新進曰：「退之詩太孟浪。」時貢父偶在座，厲聲問曰：「風約半池萍，誰詩也？」其人無語。

〔四〕〔何焯曰〕魚鳥一聯，極似老杜。入微。

秋半百物變〔一〕，溪魚去不來〔二〕。風能坼芡觜，露亦染梨顋〔三〕。遠岫重疊出〔四〕，寒花散亂開〔五〕。所期終莫至，日暮與誰迴〔六〕？

〔一〕翟翬聲調譜拾遺作「百物晦」，注云：「四仄。」

〔二〕〔翟翬曰〕不救上句。

〔三〕〔舉正〕廣信晁氏舊藏印本作「風稜」、「露液」，一云山谷所定。〔朱彝尊曰〕景句俱工。〔何焯曰〕新。

〔四〕聲調譜拾遺作「重疊見」，注云：「拗句。」

〔五〕〔翟翬曰〕不救上句。

〔六〕〔何焯曰〕結獨字。

【集説】

朱彝尊曰：四首多新致。

何焯曰：四首俱有幽致。

方世舉曰：四詩之中，纖小字太多，一首藤角芡盤，二首柳耳蒲芽，四首茨菁梨顋，小家伎倆耳，不可法。

程學恂曰：此見幽興耳，詩則不佳。

卷十一

元日酬蔡州馬十二尚書去年蔡州元日見寄之什〔一〕

元日新詩已去年，蔡州遥寄荷相憐。今朝縱有誰人領？自是三峯不敢眠〔二〕。

〔一〕元和十四年己亥。〔魏本引孫汝聽曰〕元和十二年十二月，以蔡州留後馬總檢校工部尚書、蔡州刺史，充彰義軍節度使。十三年元日，有詩寄公。五月，以總爲許州刺史、忠武軍節度使、陳許溵蔡觀察等使。十四年元旦，公以此詩酬之。〔陳景雲曰〕蔡州疑當作華州。舊史憲宗紀：「十三年十一月，以華州刺史令狐楚充河陽節度使。十四年三月，以華州刺史馬總充鄆、濮、曹等州觀察使。」則總之除華州，當即在十三年冬，紀偶略之。而本傳云「十四年自忠武改華州」，「四」字蓋「三」字之誤耳。十四年元日，總正在華州，公於都下酬其去年元日在蔡所寄詩，故中有三峯之語。〔王元啓曰〕此詩元和十四年元旦作。時馬已改授華州，前此十三年元日，則馬在蔡州，有詩寄公。題中酬下「蔡」字，當改作「華」，若果應作

「蔡」，則下句止合云「去年元日見寄」，不當複出「蔡州」取厭矣。

〔二〕廖本、王本作「峰」。祝本、魏本作「冬」。〔舉正〕唐本作「三峯」。諸本皆作「三冬」。三峯在華岳，唐人守華州者皆謂之三峯守，蓋公西歸日經從之路。馬詩必有所序述，今不可得而詳。以意竄字，非也。〔考異〕此詩并題，皆不言經由華州所作，方説既無所據，又三峯不敢眠，亦無文理。今當闕之，以俟知者。〔方世舉注〕舊唐書馬總傳：「吴元濟誅，度留總蔡州，知彰義軍留後，尋檢校工部尚書、蔡州刺史，充淮西節度使。總以申、光、蔡等州久陷賊寇，人不知法，威刑勸導，咸令率化。十三年，轉許州刺史、忠武軍節度使，改華州刺史、潼關防禦、鎮國軍等使。」則去年在蔡，而今年已在華矣。蔡乃宿叛之邦，代領者不知爲誰？總憂國奉公，或不敢安眠也。亦以答其相憐之意。未知是否？〔王元啓曰〕愚讀鄆州溪堂詩序，知總實嘗爲華州，且在十四年以前，傳謂十四年除華州，方氏但云西歸經從之路，考異又斥方説爲無據，其説皆非。又蔡爲宿叛之邦，史言獷戾有夷貊風，總磨治洗汰，其俗一變。是總之治蔡，一如後日治鄆，實有憊心疲精之瘁。今雖代領有人，推總憂國之心，尚恐不能釋然於去任之後，故結句有不敢眠之語。〔方成珪箋正〕方鎮表：馬總遷忠武軍，廢淮西節度。總尋遷潼關，李光顔復爲忠武節度，增領蔡州。所謂誰人領者，指淮西節度廢後言之。且以見獷戾之邦，威懷非易，總在華州，當亦不能不分憂舊理也。〔補釋〕三峰爲華州之代稱，古人常以州郡名代稱其牧守，則此三峰即是謂華州刺史。

【集説】

蔣抱玄曰：無甚風致。

華山女〔一〕

街東街西講佛經〔二〕，撞鐘吹螺鬧宮庭〔三〕。廣張罪福資誘脅〔四〕，聽衆狎恰排浮萍〔五〕。黄衣道士亦講説〔六〕，座下寥落如明星〔七〕。華山女兒家奉道，欲驅異教歸仙靈。洗粧拭面著冠帔〔八〕，白咽紅頰長眉青〔九〕。遂來昇座演真訣〔一〇〕，觀門不許人開扃〔一一〕。不知誰人暗相報，訇然振動如雷霆〔一二〕。掃除衆寺人跡絶〔一三〕，驊騮塞路連輜軿〔一四〕。觀中人滿坐觀外，後至無地無由聽。抽釵脱釧解環佩〔一五〕，堆金疊玉光青熒〔一六〕。天門貴人傳詔召〔一七〕，六宫願識師顔形〔一八〕。玉皇頷首許歸去〔一九〕，乘龍駕鶴來青冥〔二〇〕。豪家少年豈知道，來繞百匝脚不停。雲窗霧閣事慌惚〔二一〕，重重翠幔深金屏。仙梯難攀俗緣重，浪憑青鳥通丁寧〔二二〕。

〔一〕〔舉正〕當爲元和十一、二年間作。〔補釋〕方説無的據。詩中所云「撞鐘吹螺鬧宮庭」者，正十四年正月憲宗迎佛骨時事。諫佛骨表云：「今聞陛下令羣僧迎佛骨於鳳翔，御樓以觀，舁入大内。」舊史云：「是年正月丁亥，上令中使押宫人持香花迎佛骨，留禁中三日。」與詩語合。兹繫本年。

〔二〕〔方世舉注〕魏書釋老志：「劉歆著七略，班固志藝文，釋氏之學，所未曾紀。哀帝元壽元年，博士弟子秦景憲受大月氏王使伊存口授浮屠經，中土聞之，未之信了也。後漢明帝遣郎中蔡愔、博士弟子秦景等使於天竺，寫浮屠遺範。愔仍與沙門攝摩騰、竺法蘭東還洛陽，得佛經四十二章。」隋書經籍志：「佛經者，西域天竺迦維衛國浄飯王太子釋迦牟尼所説。」

〔三〕〔方世舉注〕法顯佛國記：「那竭國有精舍，每日出，則登高樓，擊大鼓，吹螺敲銅鈸。」

〔四〕〔舉正〕李本校「資」作「恣」。然閣本、蜀本只同上。〔補釋〕佛説無量壽經：「然猶信罪福，修習善本，願生其國。」

〔五〕〔舉正〕狎恰，唐人語也。白樂天櫻桃詩：「洽恰舉頭千萬顆。」一作「恰」，似非。〔補釋〕「狎恰」，爲密集義。

〔六〕〔方世舉注〕唐六典：「凡道士女道士衣服，皆以木蘭青碧皂荆黄緇之色。」

〔七〕〔何焯曰〕襯入。

〔八〕〔方世舉注〕劉熙釋名：「帔，披也，披之肩背，不及下也。」

〔九〕〔補釋〕漢書揚雄傳顔師古注：「咽，頸也，音一千反。」

〔一〇〕廖本、王本作「昇」。祝本、魏本作「陞」。〔方世舉注〕梁書武帝紀：「高祖升法座，爲四部衆説大涅槃經義。」北史劉焯傳：「每昇座，論難鋒起，皆不能屈。」隋書經籍志：「陶弘景撰登真隱訣，以證古有神仙之事。」〔王元啓曰〕朱子所謂假仙靈惑衆。

〔一一〕〔補釋〕康駢劇談録：「至于佛宇道觀，游覽者罕不經歷。」莊子胠篋：「將爲胠篋探囊發匱之盜而爲守備，則必攝緘縢，固扃鐍。」〔何焯曰〕反跌妙。

〔一二〕〔方世舉注〕張衡東京賦：「旁震八鄙，砰磕隱訇。」

〔一三〕〔何焯曰〕應聽衆狎恰。

〔一四〕〔方世舉注〕穆天子傳：「天子命駕八駿之乘，右服驊騮而左緑耳。」〔顧嗣立注〕後漢袁紹傳：「輜軿紫轂，填接街陌。」説文：「軿，車前衣，車後爲輜。」〔朱彝尊曰〕閉門人愈來，亦是奇境。

〔一五〕〔方世舉注〕釋寶月詩：「拔儂頭上釵。」梁簡文帝詩：「開函脱寶釧。」南史扶南國傳：「簡文帝設無礙大會，王后妃主百姓富室所捨金銀環釧等珠寶充積。」列女傳：「衛姬脱簪珥，解環佩。」

〔一六〕〔舉正〕「青」，從閣本，字本西都賦。公聯句亦用「青熒」字。〔考異〕諸本「青」作「晶」。祝本、魏本作「晶」。廖本、王本作「青」。青熒，見卷四納涼聯句注。

〔一七〕〔魏本引孫汝聽曰〕天門謂宮掖，貴人謂黄門也。〔方世舉注〕屈原九歌：「廣開兮天門。」

〔一八〕〔魏本引孫汝聽曰〕禮記：「天子后立六宮。」注：「天子六寢六宮在後。」〔王元啓曰〕朱子所謂使失行婦人入禁。

〔一九〕〔補釋〕雲笈七籤：「三代天尊者，過去元始天尊，見在太上玉皇天尊，未來金闕玉晨天尊。」〔方世舉注〕左傳：「逆於門者，頷之而已。」

〔二〇〕〔方世舉注〕莊子逍遥遊：「藐姑射之山，有神人居焉。乘雲氣，馭飛龍。」屈原九章：「攄青冥而攄虹。」〔補釋〕江淹別賦：「駕鶴上漢。」〔沈德潛唐詩別裁集〕此與迎佛骨同見人主之不察也。

〔二一〕〔王元啓曰〕以下皆褻慢語。

〔二二〕〔舉正〕唐、杭本作「三鳥」。三鳥，王母使也。見山海經。楚辭九歎、選江文通雜詩，皆用三鳥字。洪慶善楚辭補注，亦引公此語爲證，則知舊本固同也。〔考異〕陶詩云「三青鳥」，則青字亦未爲無據也。〔魏本引樊汝霖曰〕漢武帝故事：「七月七日，上於承華殿齋。正中，忽有一青鳥從西方來集。上問東方朔，朔曰：此西王母欲來。有頃，王母至，有三青鳥如烏，夾侍王母旁。」〔方世舉注〕西山經：「三危之山，三青鳥居之。」郭璞曰：「三青鳥主爲西王母取食者。」丁寧，見卷七月蝕詩效玉川子作注。〔葛立方曰〕此言不知爲何人發。〔朱彝尊曰〕女道士乃作柔情語，然風致全在此。〔查慎行曰〕二句與杜老麗人行結處意同，而此更校含吐蘊藉。

【集説】

許顗曰：退之見神仙亦不伏，云：「我能屈曲自世間，安能從汝巢神山。」賦謝自然詩曰：

「童騃無所識。」作誰氏子詩曰：「不從而誅未晚耳。」惟華山女詩頗假借，不知何以得此？

朱熹曰：或怪公排斥佛老不遺餘力，而於華山女獨假借如此，非也。此正譏其衒姿色，假仙靈以惑衆。又譏時君不察，使失行婦人得入宮禁耳。觀其卒章，豪家少年，雲窗霧閣，翠幔金屏，青鳥丁寧等語，褻慢甚矣，豈真以神仙處之哉？

沈德潛唐詩别裁集曰：謝自然詩顯斥之，華山女詩微刺之，總見神仙之説之惑人也。

程學恂曰：此便勝謝自然篇，其中風刺都在隱約。結處不關仙教之失，而云登仙之難，正是妙於諷興。

左遷至藍關示姪孫湘〔一〕

一封朝奏九重天〔二〕，夕貶潮洲路八千〔三〕。欲爲聖明除弊事〔四〕，肯將衰朽惜殘年〔五〕。雲横秦嶺家何在〔六〕？雪擁藍關馬不前〔七〕。知汝遠來應有意〔八〕，好收吾骨瘴江邊〔九〕。

〔一〕日本享和三年本又玄集題作「貶官潮州出關作」。〔方世舉注〕史記周昌傳：「吾極知其左遷。」索隱曰：「韋昭以爲左猶下也，地道尊右，右貴左賤，故謂貶秩爲左遷。」新唐書韓愈傳：「憲宗遣使者往鳳翔，迎佛骨入禁中。三日乃送佛寺，王公士人奔走膜唄，至灼體膚，委珍貝，騰沓係路。愈聞惡之，乃上表極諫。表入，帝大怒，持示宰相，將抵以死。裴度、崔羣曰：『愈言訐牾，罪之誠宜。然非内懷至忠，安能及此。願少寬假，以來諫争。』雖戚里諸貴，亦爲愈言，乃貶潮州刺史。」地理志：「京兆府藍田縣有藍田關。」宰相世系表：「湘，老成子，登長慶三年第，大理丞。」〔高步瀛曰〕元和郡縣志曰：「關内道京兆府藍田縣：藍田關在縣南九十里，即嶢關也。」〔段成式曰〕韓文公愈，有疎從子姪自江淮來，年甚少，韓令學院中伴子弟，子弟悉爲凌辱。韓知，遂送街西僧院中，令讀書。經旬，寺主綱復訴其狂率。韓遽令歸，且責曰：「市肆賤類，營衣食尚有一事長處。汝所爲如此，竟作何物？」姪拜謝，徐曰：「某有一藝，恨叔不知。」因指階前牡丹曰：「叔要此花青紫黄赤唯命也。」韓大奇之，遂給所須試之。乃豎箔曲盡遮牡丹叢，不令人窺。掘棵四面深及其根，寬容人坐，唯齎紫鑛輕粉朱紅旦暮治其根。凡七日，遂掩坑白其叔曰：「恨校遲一月。」時冬初也，牡丹本紫，及花發，色黄紅歷緑，每朵有一聯詩，字色紫分明，乃是韓公出關時詩。頭一韻曰「雲横秦嶺家何在？雪擁藍關馬不前」十四字。韓大驚異。遂乃辭歸江淮，竟不願仕。〔補釋〕太平廣記引仙傳拾遺以此爲愈外甥之事，於元和中至長安與愈相見。其後貶潮州時，至商山與此甥重會，愈賦此詩爲别。詩話總龜引劉斧青瑣集以此爲愈猶子湘事，湘先爲愈開非時之花，花間有「雲横秦嶺」一聯。愈貶潮州時，藍關雪中見湘來，乃足成此詩。道緣匯録又載愈有從姪孫湘，藍關遇雪時二人相見。輒轉附會爲神仙故事，怪誕不可究詰，今皆不取。

〔蔣之翹注〕翹嘗考之，公從子老成，生子二，曰湘、曰滂。湘登進士第，爲大理丞。滂未仕而死。初公南謫時，湘年二十七，滂年十九，皆從公以行。觀公宿曾口示湘詩及在袁州作滂墓誌可見。而此詩末句所爲遠來者，蓋公既行而湘始追及於此，而深有意之言，亦不過感歎之意焉耳。竊意或者因是言，又見世之所傳仙人有韓湘子者，遂傅會而爲此說歟？抑主異教者，陰欲破公正論，而故爲此以張大其事歟？況公之貶在憲宗元和己亥，又四年爲穆宗長慶癸卯。湘始登第。豈湘既學仙而又出仕歟？其事怪妄不經，史傳無載。而舊之注公詩者，乃爲之取，亦鄙陋甚矣。〔方世舉注〕愚謂此等記載，皆歐公所謂人好爲新奇可喜之論，而不知其幼妄可鄙。詩語有事實當考者，又皆昧昧無言。愚按公作女挐壙銘云：「愈黜之潮州，既行，有司以罪人家不可留京師，迫遣之。」此詩喜湘遠來，蓋其時倉卒，家室不及從，而後乃追及，公尚未知，故以將來歸骨，委之于湘。蓋年已逾艾，身入瘴鄉，九死一生，不覺預計。此時事當考者也。〔朱彝尊曰〕雲雪一聯，世傳以爲湘示先兆，似出附會。何者？秦嶺、藍關，畿内近地，不爲險遠。在退之謫出途中遇雪，以自道則可耳。使湘示意，何不云「海氣昏昏水拍天」乎？〔方成珪箋正〕湘，字北渚。宰相世系表：老成子。本集有示爽詩，韓仲韶謂爽即湘小字。湘爲公姪孫，不得以姪及族姪當之。

〔二〕〔補釋〕九辯：「君之門以九重。」

〔三〕〔祝本魏本注〕「州」，一作「陽」。又玄集、太平廣記引仙傳拾遺，詩話總龜引青瑣集，苕溪漁隱叢話引藝苑雌黄俱作「陽」。　〔方世舉注〕新唐書地理志：「潮州潮陽郡，屬嶺南道。」按：潮州之去長安，其里數新書未言。舊書地理志，今本缺文，大抵新書承之耳。〔補釋〕舊唐書地理志：韶州至京師四千九百三十二里。公在韶所作瀧吏詩云：「下此三千里，有州始名潮。」合計之近八千。文集卷三十唐故中散大夫少府監胡良公神道碑亦言潮州距長安八千里。

〔四〕〔考異〕「欲」，或作「本」。又玄集、太平廣記引仙傳拾遺，詩話總龜引青瑣集，苕溪漁隱叢話引藝苑雌黄俱作「本」。祝本、廣記引仙傳拾遺「明」俱作「朝」。詩話總龜引青瑣集「事」作「政」。

〔五〕〔考異〕「肯將」，或作「豈將」。方作「豈於」。「朽」，方作「暮」。「惜」，方作「計」。〔舉正〕閣本與文録作「暮」。杭、蜀本作「朽」。上於字並同。廖本、王本作「肯」。祝本、魏本、又玄集、太平廣記引仙傳拾遺、詩話總龜引青瑣集作「豈」。青瑣集「將」作「於」。廖本、王本作「惜」。祝本、魏本作「計」。　〔張相曰〕肯，猶豈也。　〔方世舉注〕公是年五十二矣。

〔六〕〔陳景雲曰〕通典云：「在藍田界。」　〔補釋〕顧祖禹讀史方輿紀要：「藍田縣：秦嶺在縣東南，即南山别出之嶺。凡入商洛、漢中者，必越嶺而後達。」

〔七〕〔舉正〕閣、杭作「雪擁」。　〔考異〕「擁」，方作「擁」。今按：方本此詩，「於」、「暮」、「計」、「擁」四字，皆不如諸本之勝。　〔曾季貍曰〕韓退之「雪擁藍關馬不前」三字，出古樂府飲馬長城窟行「驅馬涉陰山，山高馬不前」。

〔八〕詩話總龜引青瑣集「應」作「須」。

〔九〕〔何焯義門讀書記〕結句即是不肯自毁其道以從于邪之意，非怨懟，亦非悲傷也。〔程學恂曰〕時未離秦境，而語已及此，其感深矣。

【集説】

李光地榕村詩選曰：佛骨表孤映千古，而此詩配之。尤妙在許大題目，而以「除弊事」三字了卻。

何焯曰：沈鬱頓挫。

章士釗曰：覩子厚貶所各詩，都表現與峒氓渾融一氣，和平恬澹，勤勞民事，四年之間，渾如一日，與其他遷客之無端怨悱，大異其趣。試以退之雲横秦嶺，收骨瘴江覈之，兩者有舒躁和怨之不同，一目了然。

武關西逢配流吐蕃〔一〕

嗟爾戎人莫慘然〔二〕，湖南地近保生全〔三〕。我今罪重無歸望，直去長安路八千。

〔一〕〔魏本引樊汝霖曰〕公謫潮州，自藍田入商洛，於武關西作。〔舉正〕唐制，西邊擒蕃囚，皆傳至南方，不加戮。〔方世舉注〕史記秦始皇本紀：「上自南郡，由武關歸。」應劭曰：「武關，秦南關，通南陽。」楚世家：「秦昭王遺楚懷王書曰：『寡人與楚接境壤界，願與君王會武關，面相約，結盟而去。』楚王至，則閉武關，遂與西至咸陽。」新唐書地理志：「商州上洛郡，貞元七年，刺史李西華自藍田至内鄉新道七百餘里，迴山取塗，人不病涉，謂之偏路，行旅便之。商洛縣東有武關，屬關内道。」又吐蕃傳：「吐蕃本西羌屬，百有五十餘，散處河、湟、江、岷間。」

〔二〕〔舉正〕閣本、三館本皆作「胡人」。

〔三〕魏本、廖本、王本作「南」。祝本作「西」。〔舉正〕蜀作「地近」，謝校同。〔考異〕「地近」，或作「近地」。〔王元啓曰〕「湖南」，當作「河南」，謂在黄河之南。諸本作「湖」，並誤。

【集説】

朱彝尊曰：借苦説苦。

路傍堠〔一〕

堆堆路傍堠〔二〕，一雙復一隻。迎我出秦關〔三〕，送我入楚澤〔四〕。千以高山遮，萬以遠水隔〔五〕。吾君勤聽治，照與日月敵〔六〕。臣愚幸可哀，臣罪庶可釋〔七〕。何當迎送歸，緣路高歷歷。

〔一〕〔魏本引樊汝霖曰〕元和十四年春，出爲潮州作，詩意可見。子厚元和十年自永州召赴闕，其寄零陵親故詩，亦有「岸旁古堠應無數，次第行看別路遥」之句。〔祝充注〕堠，封堠也。

〔二〕〔方世舉注〕曹植詩：「周流二六堠，間置十二亭。」北史韋孝寬傳：「先是路側一里置一土堠，經雨頽毁，每須修之。孝寬勅部内，當堠處植槐樹代之。」

〔二〕〔舉正〕唐本、李、謝校作「堠堠」。杭作「折折」。蜀作「堆堆」。〔考異〕「堆堆」，或作「拆拆」，方從唐本作「堠堠」，皆非是。

〔三〕秦關，謂武關，見前首注。

〔四〕〔補釋〕出武關而南，則楚地矣。〔蔣抱玄注〕子虚賦：「臣聞楚有七澤。」

〔五〕〔舉正〕閣、蜀作「大水」。〔趙翼曰〕昌黎不但創格，又創句法。路旁堠云：「千以高山遮，萬以遠水隔。」此創句之佳者。

〔六〕〔方世舉注〕記經解：「天子者，德配天地，兼利萬物，與日月並明，明照四海，而不遺微小。」

〔七〕〔方世舉注〕潮州上表云：「臣以狂妄戇愚，不識禮度，上表陳佛骨事，言涉不敬，正名定罪，萬死猶輕。陛下哀臣愚忠，恕臣狂直，謂臣言雖可罪，心亦無他，特屈刑章，以爲刺史。」蓋謝恩也。此時方之潮洲，乃望恩或免也。

【集説】

蔣抱玄曰：氣勢甚壯鬱。

次鄧州界〔一〕

潮陽南去倍長沙〔二〕，戀闕那堪又憶家〔三〕。心訝愁來惟貯火〔四〕，眼知別後自添花〔五〕。商顏暮雪逢人少〔六〕，鄧鄙春泥見驛賒〔七〕。早晚王師收海嶽〔八〕，普將雷雨發萌芽〔九〕。

〔一〕〔方世舉注〕新唐書地理志：「鄧州南陽郡，屬山南東道。」

〔二〕〔魏本引樊汝霖曰〕漢賈誼爲長沙王太傅。長沙潭州，在唐隸江南西道，而潮陽在嶺南，距長安八千里，故曰倍云。

〔三〕〔洪興祖韓子年譜〕公初貶潮至藍關，有詩云：「雲橫秦嶺家何在？」次鄧州界，有詩云：「戀闕那堪又憶家。」蓋公乘驛之官，與家人別于京師，其後，家亦譴逐，及公於南方。

〔四〕〔魏本注〕「惟」，一作「誰」。〔方世舉注〕莊子外物篇：「心若懸於天地之間，慰暋沈屯，利害相摩，生火甚多，衆人焚和。」按莊子：「我其内熱歟？」是「心訝愁來惟貯火」也。

〔五〕〔方世舉注〕張華詩：「三雅來何遲，耳熱眼中花。」公於貞元十八年間與崔羣書，已云「目視昏花」，至此又十七年矣，宜其更添花也。

〔六〕〔魏本引樊汝霖曰〕前漢溝洫志：「引洛水至商顔下。」注：「商山之顔，譬人之顔額也。」

〔七〕〔方世舉注〕左傳：「鄧南鄙鄾人。」

〔八〕〔方世舉注〕新唐書憲宗紀：「十四年正月，田弘正及李師道戰于穀陽，敗之。二月戊午，師道伏誅。」蓋望其獻俘而頒赦也。〔陳景雲曰〕海嶽之地，皆在鄆部。時鄆寇將平，故云爾。

〔九〕〔方世舉注〕易解卦：「象曰：天地解而雷雨作，雷雨作而百果草木解甲坼。解之時大矣哉！象曰：雷雨作解，君子以赦過宥罪。」〔陳景雲曰〕先是淮西甫平，即有赦令，公亦冀平鄆之後，當例降德音，可遂因此内移耳。詩以初春作，因有雷雨句，及仲春而海岳收矣。緣降赦在秋，故至冬始自潮移袁也。

【集説】

朱彝尊曰：比示湘作運思入細，態較濃，然不若彼之渾然。

食曲河驛〔一〕

晨及曲河驛，悽然自傷情〔二〕。羣烏巢庭樹〔三〕，乳雀飛簷楹〔四〕。而我抱重罪，子孑萬里程〔五〕。親戚頓乖角〔六〕，圖史棄縱横。下負朋義重〔七〕，上孤朝命榮。殺身諒無補〔八〕，何用答生成〔九〕？

〔一〕〔魏本引韓醇曰〕驛在商、鄧之間。公之潮州，自藍田關入商陵，將過鄧州而作。故其下有過南陽之什。〔沈欽韓注〕九域志：「鄧州穰縣有曲河鎮。」

〔二〕〔考異〕「悽」，或作「凄」。

〔三〕〔考異〕「烏」，或作「鳥」。

〔四〕〔魏本引孫汝聽曰〕言烏雀皆得其所，而我獨遠行不如也。

〔五〕〔方世舉注〕詩：「孑孑干旄。」〔補釋〕漢書高惠高后文功臣表注：「孑然，獨立貌。」此處「孑孑」亦作孤獨解。至詩經之「孑孑」，毛傳訓爲干旄之貌，字雖出彼，而意則殊。

〔六〕〔考異〕「角」，或作「權」。〔魏本引孫汝聽曰〕乖角，謂離别也。〔補釋〕李治敬齋古今黈：「乖角，猶言乖張，蓋俗語也。然唐人詩有之。獨孤及酬于逖畢曜陽病云：『救物智所昧，學仙類未從。行藏兩乖角，蹭蹬風波中。』」

〔七〕祝本、魏本作「朋」。廖本、王本作「明」。〔舉正〕晁本作「明義」。〔考異〕「明」，或作「朋」。按杜詩：「於公負明義。」作「朋」非是。〔王元啓曰〕杜詩上有「於公」字，自應作「明」。此句與下句「朝命」爲偶，恐當作「朋」。若作「明義」，下又著一「重」字，未免複沓。而「下負」下字，尤覺無著。

〔八〕〔魏本引韓醇曰〕論語：「有殺身以成仁。」

〔九〕祝本、廖本、王本作「用」。魏本作「以」。〔舉正〕「用」，李、謝本一作「由」。

【集説】

程學恂曰：路傍堠、食河曲驛二詩，語淺感深。

蔣抱玄曰：下語甚有分寸。

過南陽〔一〕

南陽郭門外，桑下麥青青。行子去未已〔二〕，春鳩鳴不停。秦商邈既遠〔三〕，湖海浩將經〔四〕。孰忍生以感〔五〕？吾其寄餘齡。

〔一〕〔魏本引韓醇曰〕南陽，鄧州。公赴潮州日作。

〔二〕〔魏本引孫汝聽曰〕行子，公自謂也。

〔三〕〔魏本引孫汝聽曰〕秦、商，謂秦山、商山。

〔四〕〔魏本引孫汝聽曰〕言湖海之大，將經行也。

〔五〕〔考異〕「慼」，或作「蹙」。

【集説】

蔣抱玄曰：淡而有致。

題楚昭王廟〔一〕

丘墳滿目衣冠盡〔二〕，城闕連雲草樹荒〔三〕。猶有國人懷舊德〔四〕，一間茅屋祭昭王。

〔一〕〔方世舉注〕史記楚世家：「楚平王卒，乃立太子珍，是爲昭王。立二十七年卒。」公外集記宜城驛云：「此驛置在古宜城内，驛東北有井，傳是昭王井，有靈異。井東北數十步，有楚昭王廟，有舊時高木萬株，歷代莫敢翦伐。尤多古松大竹。舊廟屋極宏盛，今惟草屋一區。然問左側人，尚云每歲十月，民相率聚祭其前。廟後小城，蓋王居也。其内處偏高，廣員八九十畝，號殿城。當是王朝内之所也。元和十四年二月二日題。」新唐書地理志：「襄州襄陽郡宜城，屬山南東道。」

〔二〕〔舉正〕三本同作「墳」。〔考異〕「墳」，或作「園」。祝本、魏本作「園」。廖本、王本作「墳」。〔方世舉注〕班昭東征賦：「蘧氏在城之東南兮，民亦尚其丘墳。」水經注：「宜城縣有大山，山下有廟，漢末多士，朱軒華蓋，同會於廟下。刺史行部見之，號爲冠蓋里。」

〔補釋〕漢書杜欽傳：「故衣冠謂欽爲盲杜子夏以相别。」師古曰：「衣冠謂士大夫也。」

〔三〕〔方世舉注〕陸機歎逝賦：「慜城闕之丘荒。」　〔何焯曰〕二語顛倒得妙，亦迴鸞舞鳳格。

〔李黼平曰〕楚昭王自郢徙都於鄀，鄀故地在今宜城縣。以公宜城縣驛記參之，詩當作於宜城，是昭王故都，故有城闕連雲之語。　〔補釋〕楚王城遺址位於今宜城縣南偏東約十五里之崗陵地上。城址南北長約四里，東西廣約三里，城周圍共十二點七里。現在城垣，似大型土堤一圈，均爲土築，高低不一。此遺址於一九七七年發現。

〔四〕〔方世舉注〕易訟卦：「六三，食舊德。象曰：食舊德，從上吉也。」

【集説】

劉辰翁曰：人評公曲江寄樂天絶句勝白全集，此獨謂唱酬可爾。若公絶句，正在昭王廟一首，盡壓晚唐。

楊慎升庵詩話曰：宋人詩話取韓退之「一間茅屋祭昭王」一首，以爲唐人萬首之冠。今觀其詩只平平，豈能冠唐人萬首？而高棅唐詩品彙取其説，甚矣世人之有耳而無目也！

蔣之翹曰：弔古詩只是傷今，不更及古，而思古之意，自是淒絶。

朱彝尊曰：若草草然，卻有風致，全在「一間茅屋」四字上。

何焯曰：意味深長，昌黎絶句中第一。又義門讀書記曰：近體即非公得意處，要之自是雅音。

陳衍曰：韓退之之「日照潼關四扇開」，不如其「一間茅屋祭昭王」。

程學恂曰：自是唐絶，然亦没甚意思。

蔣抱玄曰：未是快調，卻能以氣勢爲風致，愈讀則意愈綿，愈嚼則字愈香，此是絶句中傑作。

瀧吏〔一〕

南行逾六旬〔二〕，始下昌樂瀧〔三〕。險惡不可狀〔四〕，船石相舂撞〔五〕。往問瀧頭吏，潮州尚幾里？行當何時到？土風復何似〔六〕？瀧吏垂手笑：官何問之愚〔七〕！譬官居京邑〔八〕，何由知東吴〔九〕？東吴游宦鄉，官知自有由。潮州底處所〔一〇〕？有罪乃竄流〔一一〕。儂幸無負犯〔一二〕，何由到而知？官今行自到，那遽妄問爲〔一三〕？不虞卒見困，汗出愧且駭。吏曰聊戲官〔一四〕，儂嘗使往罷〔一五〕，嶺南大抵同，官去道苦遼。下此三千里，有州始名潮〔一六〕。惡溪瘴毒聚〔一七〕，雷電常洶洶〔一八〕。鱷魚大於船〔一九〕，牙眼怖殺儂〔二〇〕。州南數十里〔二一〕，有海無天地〔二二〕。颶風有時作〔二三〕，掀簸真差事〔二四〕。聖人於天下，於物無不容〔二五〕。比聞此州囚，亦有生還儂。官無嫌此州，固罪人所徙〔二六〕。官當明時來，事不待説委〔二七〕。官不自謹慎，宜即引分往〔二八〕。胡爲此水邊，神色久懭慌〔二九〕？祇大餅罌小〔三〇〕，所任自有宜。官何不自量，滿溢以取斯〔三一〕？工農雖小人，事業各有守。不知官在朝，有益國家不？得無虱其間〔三二〕，不武亦不文，仁義飾其躬〔三三〕，巧姦敗羣倫〔三四〕。叩頭謝吏言：始慙今更羞。歷官二十餘〔三五〕，國恩並未酬。凡吏之所訶，嗟實頗有之。不即金木誅〔三六〕，敢不識恩私。潮州雖云遠，雖惡不可過〔三七〕。於身實已多，敢不持自賀〔三八〕。

〔一〕〔魏本引樊汝霖曰〕元和十四年赴潮州作。〔方世舉注〕廣韻：「瀧，吕江切。南人名湍，亦州名。又音雙，水名。」〔補釋〕酈道元水經注：「武溪水出臨武縣西北桐柏山，東南流合溱水，亂流東南，逕臨武縣西，又南入重山，山名藍豪，廣圓五百里，悉曲江縣界。崖峻險阻，巖嶺干天，交柯雲蔚，霾天晦景，謂之瀧中。懸湍迴注，崩浪震山，名之瀧水。瀧水又南出峽，謂之瀧口。」

〔二〕〔考異〕方考云：謝表及祭神文皆止云今月，而逐鱷魚文正本皆但云年月日，則公之到郡，實不知何月日也。況自韶至廣，雖爲順流，而自廣之惠，自惠之潮，水陸相半，要非旬日可到，故公表亦云：「自潮至廣，來往動皆經月。」則公到郡，決非三月。而逐鱷魚，亦未必在四月二十四日也。今按道里行程，則方説爲是。但與大顛第一書石本乃云「四月七日」，則又似實以三月二十五日到郡也。未詳其説，闕之可也。〔王元啓曰〕「六旬」蓋「四旬」之誤。公以正月十四日貶潮州，即日上道，至三月二十五日至治所，八千里地，以七旬餘赴之，殊爲不過。方疑自京至韶，已逾六旬，則自韶至潮三千里，不應以八、九日赴之，因欲盡删謝表、祭神文三月二十五日至治下之語。不知自京至韶，不及五千里，不須行至六旬，改作「逾四旬」，即集中宜城驛記、潮州謝上表、祭神文、鱷魚文、與大顛師書石本所載月日，悉無可疑。又考别本臨瀧寺詩注引舊史地理志：韶州至京四千九百三十二里。余謂正使足五千里，公爲嚴程所迫，必無行過六旬之理。「六」當作「四」，蓋無疑也。〔補釋〕鄭珍書韓集與大顛三書後曰：「韓文公元和十四年潮州謝表云：『以今月二十五日到州。』今月無實證，洪興祖沿韓集或本鱷魚文『維年月日』作『維元和四年四月二十四日』之説，定爲三月，方崧卿辨其決非三月，朱子深然之，而又云：『與大顛第一書石本云四月七日，似實爲三月二十五日到郡。』復以洪氏爲是。蘇文忠公謂此書凡鄙，雖退之家奴僕亦不作。韓子由刑部侍郎貶潮，三書石刻後俱銜吏部侍郎潮州刺史上顛師，此書之僞，但觀其詞鄙銜謬，已可斷爲庸妄人所假託。考公瀧吏詩云：『南行逾六旬，始下昌樂瀧。』瀧在韶州樂昌縣，公以正月十四日啓行，行逾六旬，始下此瀧，則公之過樂昌，已是三月望後，去月之二十五，計多不過七八日。由此而韶而廣而始至潮。瀧吏詩云：『下此三千里，有州始名潮。』三千里豈七八日可到？謝表云：『臣所領州去廣州雖云才二千里，然來往動皆經月。』此公初到郡據所新歷以上告天子者，程期明白可據。由廣至潮，已須經月方到，韶之距廣，又一千里，其至亦必經旬日。

公之到潮爲四月二十五日，確無可疑。四月七日何由書召大顛也？」鄭氏此考甚諦。據此，則此詩「六旬」字原無可疑，王氏欲改「六」爲「四」，其説未安。考公於正月十四日離長安，商顔風雪，行程必稽緩，故抵宜城已爲二月二日。此段路程甚短，已占去二旬。自宜城至韶，其途遥遠。中間湘水一段，逆水南行，必不能速，亦必不能以二旬時間達之也。王氏「四旬」之説，出于臆測，未可從。

〔三〕〔考異〕「昌樂」，諸本作「樂昌」。方從杭、蜀本。祝本作「樂昌」。魏本、廖本、王本作「昌樂」。〔歐陽修集古録〕韶州圖經云：「後漢桂陽太守周府君廟，在樂昌縣西一百一十八里武溪上。武溪驚湍激石，流數百里。周府君開此溪下合真水。武水源出郴州臨武縣鸕鷀石，南流三百里入桂陽。而桂陽真水、盧溪、曹溪諸水，皆與武水合流。其俗謂水湍峻爲瀧。韓退之詩云『南下昌樂瀧』，即此水也。」國子監直講劉仲章者，前爲樂昌令。余初以韓集云昌樂瀧，疑其誤，乃改從樂昌。仲章曰：「不然，縣名樂昌，而瀧名昌樂，其舊俗所傳如是。韓集不誤也。」乃知古人傳疑而慎於更改者如此。〔舉正〕蔣潁叔云：「李君謂樂昌五里有昌山，有樂石，尤高大。當時樂昌以縣名，昌樂以山名，瀧在縣上五里。」〔方世舉注〕新唐書地理志：「韶州樂昌縣，屬嶺南道。」

〔四〕〔舉正〕謝云：唐本作「樂昌險惡狀」。祝本注曰：一云「樂昌瀧險惡」。魏本注曰：一本作「昌樂瀧險惡」。〔洪适曰〕兹水發源王禽山，千渠萬澮，下湊六瀧，舟楫過之，若奔車失轡，狂牛無縻，喪寶玩，流象犀，積有日矣。韓退之詩云「南下昌樂瀧，險惡不可狀」者，即謂此也。

〔五〕〔補釋〕劉熙釋名：「春，撞也。」

〔六〕〔方世舉注〕左傳：「樂操土風，不忘舊也。」

〔七〕〔何焯曰〕奇波頓起。

〔八〕〔考異〕或作「譬如官居北」。〔魏本注〕一作「譬官牧郡邑」，一作「譬如官居此」。

〔九〕〔祝本魏本注〕「東吳」，一作「京都」。〔何焯義門讀書記〕「東吳」說無謂，當如注中或作。〔方成珪箋正〕韶州乃三國孫吳始興郡，故曰東吳。惟韶爲東吳地，故瀧吏亦用吳音稱儂也，何云無謂乎？

〔一〇〕〔方世舉注〕底，何也。古樂府子夜歌：「郎喚儂底爲？」又歡聞變歌：「底爲守空池？」懊儂歌：「約誓底言者？」西烏夜飛：「持底喚歡來？」唐詩家多用底事，猶云何事也。蓋俗謂何等爲甚底，而吳音急速，故轉語如此。此詩如儂字、罷字皆吳語也。

〔一一〕〔補釋〕書：「流共工于幽州，放驩兜于崇山，竄三苗于三危，殛鯀于羽山。」孔穎達正義：「流者移其居處，若水流然，罪之正名。竄者，投棄之名。」

〔一二〕〔方世舉注〕儂字不止稱我，如子夜歌「郎來就儂嬉」、「負儂非一事」、「許儂紅粉粧」，皆所謂我儂也。如尋陽樂「雞亭故儂去，九里新儂還」，讀曲歌「冥就他儂宿」，皆所謂渠儂也。此詩

「儂幸無負犯」、「儂嘗使往罷」，皆自稱也。「亦有生還儂」，則指他人也。〔補釋〕玉篇：「儂，奴冬切。吴人稱我曰儂。」史記五帝紀正義：「負，違也。」〔何焯義門讀書記〕六句頓挫處。

〔一三〕〔舉正〕杭作「妄問」。〔考異〕「妄」，或作「妾」，非是。

〔一四〕〔朱彝尊曰〕故作戲答，以發駭愕，正是長篇轉折。

〔一五〕〔方成珪箋正〕説文网部：「罷，遣有罪也，从网能，言有賢能而入网，即貰遣之。」周禮秋官小司寇：「四日議能之辟。」〔王懋竑曰〕罷，音擺。案廣韻：罷，支韻，與疲同。蟹韻音羅，止也，休也。正韻同擺，紙韻音彼，遣有罪也。則罷免之罷，宜從擺音或彼音，無音杷者。韻會依毛氏增入禡韻，正韻同，今皆讀如杷矣。然古韻所無，不可不知也。紙韻罷，正韻同陛。

〔一六〕〔何焯曰〕遠。

〔一七〕〔魏本引孫汝聽曰〕惡溪，潮州水名。〔方世舉注〕公祭鱷魚文：「以羊一豬一，投惡溪之潭水，以與鱷魚食。」

〔一八〕〔祝充注〕楚辭：「聽波聲之洶洶。」

〔一九〕〔魏本引孫汝聽曰〕鱷，魚名，大者凡數丈，玄黄蒼白，厥類惟錯。似龍無角，似蛇有足。卵生山谷間，其卵無數，大率爲鱷魚者十止二三焉，餘即爲黿爲龜也。鱷魚善食人，狎于水者，每每罹害。居民畜産，亦輒尾去。

〔二〇〕〔何焯曰〕惡。〔朱彝尊曰〕此等質語，絶不易及，學之無可下手。

〔二一〕廖本、王本作「數十」。祝本、魏本作「十數」。〔舉正〕閣作「斗數里」。杭作「㪷」，義同。史記書：「盛山斗入海。」斗，絶也。〔考異〕「數十」，諸本作「十數」。謝本作「數十」。方從閣本作「斗數」云云。今以地理考之，謝本爲是。此句與斗入海，文意絶不同，方説誤矣。〔方成珪箋注〕元和郡縣志：「潮州潮陽郡，南至大海八十五里。」則作「十數里」及「斗數里」皆不諳地理者也。

〔二二〕〔舉正〕范、謝本作「有水」。〔方世舉注〕潮州謝上表：「臣所領州，在廣府極東界上，去廣府雖云纔二千里，然來往動皆經月。過海口，下惡水，濤瀧壯猛，難計程期。颶風鱷魚，患病不測。州南近界，漲海連天。毒霧瘴氛，日夕發作。」

〔二三〕颶風，見卷二縣齋有懷注。

〔二四〕〔魏本引孫汝聽曰〕差事，奇怪也。〔補釋〕集韻去聲四十禡：「差，異也，楚嫁切。」

〔二五〕〔何焯曰〕接妙。

〔二六〕〔舉正〕蜀本、李、謝校同。閣本作「官嫌此州惡固人之所徙」。

〔二七〕〔舉正〕閣、蜀同。李本校作「官當來時事不待説而委」。〔沈欽韓注〕隋書太子勇傳：「高祖既數聞讒譖，疑朝臣皆具委。」通鑑改作「悉知之」。蓋其時以委爲知。任淵山谷内集注：「委，謂諳識也。」

〔二八〕〔何焯曰〕接妙。

〔二九〕〔祝充注〕儻慌，失意貌。楚辭：「心儻慌而不我與。」　〔朱彝尊曰〕宛不相識猜度語，大妙。

〔三〇〕〔考異〕瓬音岡，見方言。或作瓬，音倣，周禮有旊人，義不相近。祝本作「瓬」，魏本作「旊」，廖本、王本作「瓬」。祝本作「鉼」，魏本、廖本、王本作「鉼」。祝本、魏本作「罌」，廖本、王本作「罌」。　〔馬永卿曰〕考工記：「搏埴之工陶旊。」注云：「旊，讀爲甫始之甫。鄭玄謂旊讀如放。」音義：甫岡切。韻略：甫兩切，與昉同音，注云：「搏埴工。」以此考之，則旊者，乃搏埴之工耳，非器也。而退之乃言旊大瓶甕小者，何也？考工記：「旊人爲簋，實一觳，崇尺，厚半寸，脣寸，豆實三而成觳，崇尺。」注：「觳受斗二升豆實四升，故云豆實三而成觳。」然則旊人所作器，大者不過能容斗二升，小者不過能容四升耳。　〔方世舉注〕方言：「靈、桂之郊謂之瓬，其小者謂之甂，其中者謂之瓫，或謂之罌，罌其通語也。缶謂之瓿甌，其小者謂之瓶。」　〔王懋竑曰〕瓬，廣韻作甌，音岡。

〔三一〕〔方世舉注〕孝經：「滿而不溢，所以長守富也。」

〔三二〕〔舉正〕唐、杭同作「虱」。荆公、謝本皆從「虱」。蜀本作「風」，訛自此也。商君書二十六篇，大抵以仁義禮樂爲虱官，曰：「六虱成俗，兵必大敗。」洪引阮籍語，亦非也。　〔魏本引樊汝霖曰〕此句世多引阮籍大人先生論，所謂「君子之處域内，何以異虱之處褌中」爲解，非也。商君書二十六篇，大抵以仁義禮樂爲虱官，如曰「農桑官，三者天下之常官也。農闢地，商致物，官法民。三官者生虱官者六，曰歲，曰食，曰玩，曰好，曰志，曰行，六者有必削」是也。杜牧之常書其語於處州孔子廟碑陰曰：「彼商鞅者，能耕能戰，能行其法，基秦之強。曰彼仁義，虱官也，可以置之。」公之所謂虱其間，蓋由此。然牧之所引，不見于商子。蓋漢藝文志商子有二十九篇，今所傳纔二十六篇。牧之之語，其出于亡篇矣。〔補釋〕西溪叢語説與樊注同。〔方世舉注〕六蝨之説，商子凡屢見，其所指不一，大約以仁義爲害政也。〔朱彝尊曰〕虱字工。〔查慎行曰〕虱字用得奇，猶言么麽細瑣，無關輕重也。

〔三三〕〔舉正〕三本同作「飭其躬」。〔考異〕「飾」，方作「飭」。「躬」，或作「姦」。祝本作「飭」。魏本、廖本、王本作「飾」。

〔三四〕〔舉正〕閣本作「敗倫羣」，謂敗其倫，敗其羣也。「羣倫」爲無義。杭、蜀本皆作「巧姦」。〔考異〕杭、蜀本如此。「姦」，或作「躬」。「羣」，或作「其」。方從閣本作「倫羣」。今按「倫羣」不詞，而「冠乎羣倫」，乃揚子雲語。又正與「其躬」爲對，不可謂之無義。〔朱彝尊曰〕借别人語罪己，乃真罪己。

〔三五〕〔方世舉注〕按公行狀及本傳，自貞元十二年受董晉辟，得試秘書省校書郎，爲觀察推官，又爲張建封節度推官，試協律郎，選四門博士，拜監察御史，貶陽山令，遷江陵府法曹參軍，入朝權知國子博士，分司東都，改真博士，改都官員外郎，守東都省，授河南縣令，行尚書職方員外郎，復爲國子博士，改比部郎中，考功郎中，史館修撰，知制誥，遷中書舍人，降爲太子右庶子，以裴度請，兼御史中丞，爲行軍司馬，遷刑部侍郎，貶潮州刺史，凡歷官二十餘。而自貞元十二年至此，亦二十四年矣。

〔三六〕〔魏本引孫汝聽曰〕莊子列禦寇篇：「爲外刑者金與木也。」注：「金謂刀鋸斧鉞，木謂捶撻桎梏。」

〔三七〕廖本、王本作「雖惡」。祝本、魏本作「惟思」。〔舉正〕文録與唐本同作「惟惡」。〔考異〕「雖」，方作「惟」。今據洪、謝本皆作「雖」，下注「澄」字，其義差長。蓋再疊上句雖遠，又接下文而言也。或作「惟思」，雖亦可通，然與下文不相應。

〔三八〕〔舉正〕杭本「持」作「特」。〔何焯曰〕收得足。

【集説】

朱彝尊曰：欲道貶地遠惡，卻設爲問答，又借吳音野諺，以致其真切之意。語調全祖古樂府來。大抵作此等詩，專以才力運，一毫雕琢藻繪俱使不得。

何焯曰：此篇雖似朴拙，然用筆極精妙，無一平筆順筆。又義門讀書記曰：最古。又曰：自訟兼望後命，亦得體。

查慎行曰：通篇以文滑稽，亦解嘲、賓戲之變調耳。特失職之望少，而負慝之意多。

沈德潛唐詩別裁集曰：音節氣味，得之漢人樂府，韓詩中推爲別調。借吏言以規諷，主意在此。

唐宋詩醇曰：君子以恐懼修省，瀧吏篇之謂也。莫道英雄氣短。

黄鉞曰：凡用十一官字，如聞其聲。

施補華峴傭説詩曰：最質古。

程學恂曰：此詩變屈、賈之語，而得屈、賈之意，最爲超古。又曰：入後痛罵得妙。

題臨瀧寺〔一〕

不覺離家已五千〔二〕，仍將衰病入瀧船。潮陽未到吾能説〔三〕，海氣昏昏水拍天〔四〕。

〔一〕〔補釋〕舊唐書地理志：「韶州，隋南海郡之曲江縣。武德四年平蕭銑，置番州，領曲江、始興、樂昌、臨瀧、良化五縣。貞觀元年，改爲韶州。八年，廢臨瀧、良化二縣。」〔方成珪箋正〕臨瀧乃舊縣名，寺特假以爲名耳。

〔二〕〔方世舉注〕舊唐書地理志：「嶺南道韶州，至京師四千九百三十二里。」

〔三〕〔舉正〕「吾能説」，三本、文苑並同。〔考異〕「吾能」，或作「人先」，或作「先聞」。祝本、魏本作「人先」。廖本、王本作「吾能」。〔朱彝尊曰〕妙處全在「吾能説」三字上。〔王元啓曰〕建本作「人先説」。或作「先聞説」，亦通。方作「吾能説」則非。作「先説」或「先聞」，與「未到」字緊相呼應，且與上二句一氣貫注。下云「海氣昏昏」，又與瀧吏所言「有海無天地」者正合。若云「吾能説」，則似公所熟聞，在京時早能言之，何待五千里外，既入瀧船，乃始説及？建本特著「人先説」三字，正謂向初不知世有如此惡地也。如此接入末句，大有驚訝之神。方本神理全失，較建本有死活之殊。〔補釋〕王説太固，正所謂神理全失者。潮陽瀕海之郡，其爲「海氣昏昏水拍天」，何待人説而後知乎？

〔四〕〔考異〕「水」，或作「浪」。

【集説】

蔣抱玄曰：調高字響，亦悲亦豪。

晚次宣溪辱韶州張端公使君惠書敍别酬以絶句

二章〔一〕

韶州南去接宣溪〔二〕，雲水蒼茫日向西。客淚數行元自落〔三〕，鷓鴣休傍耳邊啼〔四〕。

〔一〕〔舉正〕題以唐本爲正。〔考異〕或無「辱端公絶句」字。祝本、魏本無「端公絶句」字。廖本、王本有。〔蔣之翹注〕宣溪在今韶州府城南八十里，源出螺坑。〔補釋〕韶州府志卷二七：「舊志：張蒙，元和中知韶州，歷任四年，勤恤民隱，廣修庠序，梗化者莫不濯心，祀名宦。」〔沈欽韓注〕因話録：「侍御史相呼爲端公。」〔陳景雲曰〕此赴潮過韶作。〔方成珪昌黎先生詩文年譜〕是午春作。

〔二〕〔舉正〕杭本、文苑、洪、謝校作「韶」。〔祝本魏本引洪興祖曰〕「韶州」，今本作「潮州」，非是。

〔三〕〔舉正〕杭、蜀本、文苑並同作「元」。〔考異〕「元」，或作「先」。祝本、魏本作「先」。廖本、王本作「元」。

〔四〕〔補釋〕重修政和證類本草：「鷓鴣生江南，形似母雞，鳴聲鉤輈格磔者是。」〔何焯曰〕淒緊。

【集説】

朱彝尊曰：「如何此時恨，噭噭夜猿鳴」、「鄉心正欲絶，何處擣寒衣」，皆是此意。此但添「元自」、「休傍」四字，境遂别，然終覺稍著意。

兼金那足比清文〔一〕，百首相隨愧使君〔二〕。俱是嶺南巡管内〔三〕，莫欺荒僻斷知聞〔四〕。

〔一〕〔舉正〕杭、蜀、李校同作「那」。〔考異〕「那」，或作「安」。祝本、魏本作「安」。廖本、王本作「那」。〔魏本引孫汝聽曰〕孟子：「餽兼金百鎰。」兼金，美金。〔魏本引韓醇曰〕選王僧達答顔延年詩：「誦以永周旋，匣以代兼金。」注：「兼金，最好金也。」

〔二〕〔舉正〕杭本作「百首」。蜀本作「白首」。此豈猶祭張署文所謂「百篇在吟」者耶？「白首」非義。祝本、魏本作「白首」。廖本、王本作「百首」。〔王元啓曰〕「白」，方作「百」。按：題語但云惠書敍别，不見别寄他文，「百首」字爲無根，且于「相隨愧使君」意不接。建本作「白首」，謙言才力已退，不復能追武後塵耳。如此接入末句「莫欺」，意尤一貫。一本「白首」作「百歲」，尤非。〔補釋〕「白首」義短，仍當從舉正作「百首」。

〔三〕〔魏本引孫汝聽曰〕潮、韶二州，皆屬嶺南節度。

〔四〕〔朱彝尊曰〕微近俚。

【集説】

筆墨閒録曰：潮州以後詩最哀深。次宣溪絶句等詩，絶有味。

過始興江口感懷〔一〕

憶作兒童隨伯氏〔二〕，南來今只一身存〔三〕。目前百口還相逐，舊事無人可共論〔四〕。

〔一〕〔魏本引孫汝聽曰〕韶州，始興郡。大曆十四年四月，起居舍人韓會以罪貶韶州刺史，公隨會而還，時年十歲。至是貶潮州，道過始興，所謂感懷也。〔方世舉注〕水經注：「大庾嶠水，亦名東江，又曰始興水。重嶺衿瀧，湍奔相屬。西逕始興縣南，又西入曲江縣，又與利水合。水出縣之韶石北山，南注東江。東江又西，注于北江，自此有始興大江之名。」

〔二〕〔方成珪箋正〕「作」，猗覺寮雜記引作「昨」。〔魏本引孫汝聽曰〕伯氏，謂會也。詩曰：「伯氏吹塤。」〔洪興祖韓子年譜〕盧東美誌云：「愈之宗兄起居舍人君，以道德文學伏一世。」即伯兄會也。舊史不悟宗兄爲大宗小宗之宗，遂云愈孤養於從父兄，誤矣。大曆十三年戊午祭嫂云：「年方及紀，薦及凶屯，兄罹讒口，承命南遷。」復志賦云：「當歲行之未復兮，從伯氏以南遷。至曲江而乃息兮，逾南紀之連山。」時年十一。舊史云：「大曆十二年夏五月，起居舍人韓會坐元載貶官。」豈以十二年貶，十三年始至韶邪？〔方崧卿年譜增考〕以唐史及通鑑考之，韓會坐元載之貶，實大曆十二年也。以公祭嫂文及復志賦考之，公隨會遷韶，年方及紀，實十四年也。賦言「歲行未復」，蓋公生于戊申，逾年方復庚申，其爲十四年明甚。豈會固嘗以他事再貶耶？況諸黨元載以敗，無有度嶺者。楊炎道州司馬，韓洄邵州司户，雖王縉始欲誅之，亦只降括州刺史，不應會獨貶韶也。樊譜只繫十四年，洪譜繫之十三年，謂逾歲方至韶，失于牽合也。〔朱翌曰〕退之兄會，嘗爲起居舍人，謫韶州司馬。退之幼從其兄到韶，兄死，退之後至曲江云「憶昨兒童隨伯氏，南來今只一身存」云云。會史無傳，不知坐何事貶？考之史，坐元載也。載傳云：「與載厚善，貶者某人某人。」會其一也。

〔三〕〔洪興祖韓子年譜〕初公隨兄南遷于韶，兄卒北歸，與百口避地江南。至今三十餘年，往時百口，獨公存耳。

〔四〕〔方世舉注〕百口，甚言其多，大抵此時家室已追及東行矣。然如鄭嫂、十二郎及乳母等，皆已前死，俯仰今昔，四十餘年，當時舊人，想無在者。而復以遷謫來經於此，其爲感愴，何可勝言也？〔程學恂曰〕果是百口，何其多耶？然前汴州詩亦云「百口無罹殃」，則合全家皆來矣。〔章士釗曰〕退之南行，自稱百口相隨，此百口中，奴隸泰半。子厚與蕭俛書，謂「家生小童，皆自然嘵嘵，晝夜滿耳」，夫子厚無子，小童何來？嘵嘵滿耳，人數決不在少。凡此皆奴隸也。〔蔣之翹曰〕一結無限悲愴動人。

【集説】

朱彝尊曰：道得真切，鍊得簡妙。

程學恂曰：此亦尋常追感。

贈别元十八協律六首〔一〕

知識久去眼〔二〕，吾行其既遠。瞢瞢莫訾省〔三〕，默默但寢飯。子兮何爲者〔四〕，冠珮立憲憲〔五〕。何氏之從學，蘭蕙已滿畹〔六〕？於何翫其光，以至歲向晚〔七〕？治惟尚和同〔八〕，無俟于謇謇〔九〕。或師絶學賢，不以藝自輓〔一〇〕。子兮獨如何，能自媚婉娩〔一一〕？金石出聲音〔一二〕，宫室發關楗〔一三〕。何人識章甫〔一四〕，而知駿蹄踠〔一五〕？惜乎吾無居，不得留息偃〔一六〕。臨當背面時〔一七〕，裁詩示繾綣〔一八〕。

〔一〕祝本、魏本無「别」字。廖本、王本有。〔舉正〕杭、蜀同作「贈别」。樊澤之謂考白樂天集，元十八，元集虚也。裴行立以元和十二年觀察桂管，詩所謂桂州伯，乃裴也。〔魏本引韓醇曰〕元十八，于詩不見其名。柳子厚集有送元十八山人南游序，亦不著其名。惟白樂天游大林寺序有河南元集虚者，疑即其人。〔廖瑩中注〕此詩赴潮州道中元和十四年作。〔陳景雲曰〕樊説是，特語猶未詳。白序作于元和十二年，正裴行立帥桂時。大林寺在江州廬山，元十八嘗構溪亭于山之東南，見樂天詩。又樂天有送元十八出廬山從事南海詩，蓋同游大林後，尋赴嶺外使幕矣。本從事桂林，而云南海者，殆以桂林亦嶺南五管之一，故可通稱耶？〔沈欽韓注〕柳州集鈷鉧潭西小丘記：「元克己同游。」白樂天草堂記：「與河南元集虚落之。」蓋名集虚，字克己也。〔補釋〕元十八蓋將裴行立之命，以書及藥物勞退之於途次者。〔章士釗曰〕退之函責子厚，不當爲元南游濫草贈序。口沫未乾，被譴之山人踵至，而退之竟五體投地，傾服倍至，子厚篤於友情，宜未聞反脣而相稽。

〔二〕〔考異〕「去」，或作「絶」。〔方世舉注〕南史虞悰傳：「悰性敦實，與之知識，必相存訪。」

〔三〕〔祝充注〕瞢，目不明也。〔王懋竑曰〕瞢，音蒙，又音儚，登韻。又音懜，燈韻。〔舉正〕杭本作「莫訾省」。閣與蜀本皆作「訾毁」，誤也。史記膠西王傳：「遂爲無訾省。」蘇林謂無所訾録，無所省録也。〔考異〕蘇注不可曉，而顔注又以爲不省訾財，亦非是。禮記「不訾重器」，「毋訾金玉成器」，注皆云「思也」。詳此蓋以訾爲思慮計度之意云。〔俞樾曰〕國語齊語：「訾相其質。」韋注曰：「訾，量也。」吕氏春秋知度篇：「量小大而知材木矣，訾功丈而知人數矣。」高注曰：「訾，相也。」然則訾與量同，自有計度之意。朱子引禮記注，其義轉迂。

〔四〕〔魏本引孫汝聽曰〕謂元十八。〔朱彝尊曰〕用何字，歷歷爲問，前此未見。

〔五〕〔舉正〕詩：「顯顯令德。」禮作「憲憲」。校本多讀「憲」爲「顯」。按注傳：「無然憲憲。」謂「憲憲」猶「欣欣」也，義自明。柳文亦屢用「憲憲」字。〔王懋竑曰〕憲，讀作顯。顯銑韻，古阮銑通。〔補釋〕憲字收在廣韻去聲二十四願，此首全押上聲，不應闌入一去聲韻，且「欣欣」意亦無取，自當從讀顯爲長。

〔六〕〔舉正〕蜀本「已」作「以」。〔魏本引孫汝聽曰〕騷：「余既滋蘭之九畹兮，又樹蕙之百畝。」

〔七〕〔魏本引孫汝聽曰〕翫，習也。翫其光者，猶言韜光也。歲向晚，言將老也。於何韜光以至于老乎？〔何焯義門讀書記〕驚心動魄，少年當日誦以自儆。

〔八〕〔舉正〕閣、蜀本、李、謝校作「治惟」。杭本作「時治」。祝本、魏本作「時治」。廖本、王本作

「治惟」。〔魏本引孫汝聽曰〕老子：「和其光，同其塵。」

〔九〕〔魏本引孫汝聽曰〕謇，諤也。易：「王臣謇謇。」〔魏本引韓醇曰〕楚辭：「余固知謇謇之爲患。」注：「忠正貌，音蹇。」〔王懋竑曰〕謇，廣韻阮韻缺。此字禮韻有之，則今刻本誤也。〔補釋〕謇字收在廣韻上聲二十八獮。

〔一〇〕〔魏本引孫汝聽曰〕絶學，謂老子也。楊子：「老子之言道德，吾有取焉爾。及槌提仁義，絶滅禮學，吾無取焉爾。」輓，牽引也。言師老子之賢，務爲隱約，不以才藝自推輓也。〔祝充注〕輓，音挽，引也。周禮：「輂車組輓。」注：「人輓之以行。」荀子：「禮者政之輓。」〔何焯義門讀書記〕四句乃思其向晚之由，或緣此也。

〔一一〕祝本作「婉婉」。魏本、廖本、王本作「婉娩」。〔顧嗣立注〕禮記内則：「婉娩聽從。」鄭氏曰：「婉謂言語也。娩之言媚也，謂容貌也。」

〔一二〕〔魏本引孫汝聽曰〕莊子：「曾子居衛，緼袍無表，曳縱而歌商頌，聲滿天地，若出金石。」

〔一三〕〔祝充注〕楗，拒門木。老子：「善閉者無關楗而不可開。」〔何焯義門讀書記〕「子兮獨如何」四句，上二語言協律初非過于謇謇，下二語言協律亦非深于閉匿。

〔一四〕〔顧嗣立注〕莊子逍遥遊篇：「宋人資章甫而適諸越，越人斷髮文身無所用之。」司馬彪曰：「章甫，冠名也。」

〔一五〕〔魏本引祝充曰〕踠，馬足蹉跌。選：「踠足鬱怒。」〔魏本引孫汝聽曰〕言無人識章甫，並知此駿蹄也。章甫、駿蹄，皆以喻元十八。〔朱彝尊曰〕兼文武意。

〔一六〕〔魏本引孫汝聽曰〕詩：「或息偃在牀。」公言吾無居室，不得留元與之同息偃也。

〔一七〕〔魏本引孫汝聽曰〕公祭張署文亦云：「解手背面。」「面」，一作「南」，非。

〔一八〕〔補釋〕詩民勞：「以謹繾綣。」毛傳：「繾綣，反覆也。」

【集説】

朱彝尊曰：第一首是空谷足音意，觀起二句可見。

英英桂林伯〔一〕，實維文武特〔二〕。遠勞從事賢〔三〕，來弔逐臣色〔四〕。南裔多山海〔五〕，道里屢紆直〔六〕。風波無程期，所憂動不測。子行誠艱難〔七〕，我去未窮極。臨別且何言〔八〕？有淚不可拭。

〔一〕〔方成珪箋正〕新史裴行立傳：「行立學兵有法，口陳願治民。試一縣自效。除河東令，由蘄州刺史遷安南經略使，徙桂管觀察使。」方鎮表：行立由安南徙桂管，在元和十一年。〔陳景雲曰〕伯謂九州之伯，左傳云「五侯九伯」是也。

〔二〕〔廖瑩中注〕詩：「百夫之特。」〔補釋〕特，傑出也。

〔三〕〔魏本引孫汝聽曰〕從事，幕僚。〔魏本引韓醇曰〕即謂元協律也。

〔四〕〔魏本引孫汝聽曰〕逐臣，公自謂也。

〔五〕〔補釋〕國語韋昭注：「裔，荒裔也。」廣雅：「裔，邊也。」

〔六〕〔蔣抱玄注〕漢書司馬相如傳：「道里遼遠。」

〔七〕〔考異〕「行」，方作「往」。　祝本、魏本作「往」。　廖本、王本作「行」。　〔祝本注〕「難」，一作「險」。　〔魏本引孫汝聽曰〕元十八時亦遷謫。

〔八〕〔祝本魏本注〕「臨」，一作「遠」。　〔舉正〕蜀作「且何言」。　荆公校同。　〔考異〕「何」，或作「無」。　祝本、魏本作「無」。　廖本、王本作「何」。

【集説】

朱彝尊曰：指事。正意。

吾友柳子厚，其人藝且賢。吾未識子時，已覽贈子篇〔一〕。寤寐想風采〔二〕，於今已三年〔三〕。不意流竄路〔四〕，旬日同食眠〔五〕。所聞昔已多，所得今過前〔六〕。如何又須别，使我抱悁悁〔七〕？

〔一〕〔魏本引樊汝霖曰〕子厚集有送元十八山人南遊序，其後在南方送僧浩初序又云「退之寓書罪予，且曰見送元生序」云云。則知子厚此篇，果嘗爲公所覽，至此始識其人也。　〔陳景雲曰〕注説是也。柳序稱「元生之爲學，恢博而貫統」，韓贈詩第五篇，即申言序意耳。

〔二〕〔魏本引補注〕漢書霍光傳：「天下想聞其風采。」

〔三〕〔陳景雲曰〕考子厚送僧浩初序云「近李生礎自東都至，退之寓書曰：見送元生序」云云。退之在東都送李生還湖南，乃元和四年事，則見柳送元序，必更在其前。見序與貶潮，相去已踰十載，不當止云想風采三年。疑三年二字，傳録有誤。柳序作於永州，方送元生爲湖、嶺之游，其栖止廬山，蓋南游迴棹後事也。〔王元啓曰〕三年當改作十年。〔補釋〕三爲多數之稱，見汪中釋三九，不必改字。

〔四〕流竄，見本卷瀧吏注。

〔五〕〔舉正〕閣作「旬日」。〔考異〕「旬日」，或作「兼旬」。祝本、魏本作「兼旬」。廖本、王本作「旬日」。

〔六〕〔方世舉注〕吴志朱異傳：「異，字季文。孫權與論議，辭對稱意，謂異從父朱據曰：本知季文慟定，見之復過所聞。」

〔七〕〔補釋〕詩毛傳：「悁悁，猶悒悒也。」

【集説】

朱彝尊曰：傍及子厚。真率意宛然，固是難到。

勢要情所重，排斥則埃塵〔一〕。骨肉未免然，又況四海人〔二〕？嶷嶷桂林伯〔三〕，矯矯義勇身〔四〕。生平所未識，待我逾交親〔五〕。遺我數幅書，繼以藥物珍〔六〕；藥物防瘴癘，書勸養形神〔七〕。不知四罪地〔八〕，豈有再起辰？窮途致感激〔九〕，肝膽還輪囷〔一〇〕。

〔一〕〔魏本引孫汝聽曰〕居勢要者俗情所重，及一旦排斥，則視如塵埃矣。

〔二〕〔舉正〕蜀作「又況」。〔考異〕「又況」，或作「況又」。祝本、魏本作「況又」。廖本、王本作「又況」。〔魏本引孫汝聽曰〕榮辱之際，骨肉尚如此，而況他人乎？言此者，惟桂林伯獨不然也。

〔三〕〔陳景雲曰〕歐陽生哀辭云：「容貌嶷嶷然。」此句蓋亦稱其容貌之莊。至史記「其德嶷嶷」，乃五帝本紀中稱帝嚳語，若引以頌美臣下，不倫甚矣。

〔四〕〔方世舉注〕詩：「矯矯虎臣。」

〔五〕廖本、王本作「逾」。祝本、魏本作「踰」。〔舉正〕「踰」，監本作「如」。

〔六〕〔顧嗣立注引吴兆宜曰〕左傳：「盡心力以事君，舍藥物可也。」

〔七〕祝本、廖本、王本作「形」。魏本作「精」。

〔八〕〔魏本引孫汝聽曰〕書：「四罪而天下咸服。」堯放驩兜于崇山，今公亦謫南方，故云。

〔九〕〔魏本引韓醇曰〕公於子厚誌中，言行立有節概，重然諾。公與之素不識，將赴貶所，而行立乃俾其從事來問勞，且復遺以書藥，誠有節概矣。此公所以窮途致感激也。

〔一〇〕〔魏本引韓醇曰〕前漢鄒陽傳：「蟠木根柢，輪囷離奇。」輪囷，屈曲貌。

讀書患不多，思義患不明，患足已不學〔一〕，既學患不行。子今四美具〔二〕，實大華亦榮〔三〕。王官不可闕〔四〕，未宜後諸生。嗟我擯南海〔五〕，無由助飛鳴〔六〕。

〔一〕〔舉正〕唐本、謝校作「已」。「足已而不學」，史記周亞夫贊語。蜀本作「以」，非。祝本、魏本作「以」。廖本、王本作「已」。

〔二〕〔方世舉注〕劉琨答盧諶詩：「音以賞奏，味以殊珍，文以明言，言以暢神。之子之往，四美不臻。」王勃滕王閣序「四美具，二難并」，乃用劉詩。此但承本詩起四句。

〔三〕〔魏本注〕「亦」，一作「不」。

〔四〕〔祝本魏本注〕「官」，一作「宮」，非。〔方世舉注〕晉書鄧攸傳：「攸祖父殷，有賜官敕，攸受之。後太守勸攸去王官，欲舉爲孝廉。攸曰：先人所賜，不可改也。」

〔五〕〔舉正〕范、謝校作「海南」。〔考異〕方作「海南」。

〔六〕〔方世舉注〕史記滑稽傳：「此鳥不飛則已，一飛沖天。不鳴則已，一鳴驚人。」〔朱彝尊曰〕贊元愧助。

寄書龍城守〔一〕，君驥何時秣〔二〕？峽山逢颶風〔三〕，雷電助撞捽〔四〕。乘潮簸扶胥〔五〕，近岸指一髮〔六〕。兩巖雖云牢，木石互飛發〔七〕。屯門雖云高〔八〕，亦映波浪没〔九〕。余罪不足惜，子生未宜忽。胡爲不忍别？感謝情至骨。

〔一〕〔方世舉注〕新唐書地理志：「柳州龍城郡，本昆州。貞觀八年，以地當柳星，更名。屬嶺南道。」〔魏本引唐庚曰〕守謂柳子厚。

〔二〕〔黄鉞注〕出詩「秣我名驥」。〔王懋竑曰〕秣，音林，末韻。此首没韻月韻，獨此字末韻，疑古通也。〔朱彝尊曰〕秣驥是問内召意。

〔三〕〔蔣之翹注〕峽山，一名中宿峽，在今廣東廣州清遠縣，崇山峻立，中貫江流。〔方世舉注〕水經注：「溱水又西南曰湞陽峽，兩岸傑秀，壁立虧天。出峽，左則湞水注之。溱水又西南，歷逕中宿縣，連山交枕，絶岸壁竦。」應即其處也。溱水蓋瀧水，曲江之總名。自湞水東南，歷貞女峽，即至陽山縣之路也。自中宿縣而南，則至潮之路也。颶風，見卷二縣齋有懷注。

〔四〕〔祝充注〕手捽也。莊子：「齊人之井，飲者相捽也。」

〔五〕〔魏本引孫汝聽曰〕簸，簸蕩也。扶胥，地名，在廣州東南。〔祝充注〕南海神廟碑曰：「扶胥之口，黄木之灣。」

〔六〕〔朱彝尊曰〕本是地近不得會，卻作圖相會意，以作其態。

〔七〕廖本、王本作「乎」。祝本、魏本作「互」。

〔八〕〔蔣之翹注〕屯門，山名，在廣州。〔方世舉注〕新唐書地理志：廣州中都督府有屯門鎮兵。

〔九〕〔朱彝尊曰〕巖申山，波申潮。

【集説】

李光地榕村詩選曰：元生蓋將桂林之命，而從龍城柳氏來者。六詩兩頌桂林，兩及子厚，首章五章，褒勉元生。貶竄之際，辭義和婉，公初年詩所不及。

何焯義門讀書記曰：頗有陳思、老杜之風。六詩勝處，在多發天然，自流肺腑，有意于奇者，轉無其工耳。

朱彝尊曰：六詩俱是唐調，然立格稍新。

程學恂曰：其神黯然，其音悄然，其意闊然，直得天問、九章遺意。然以語句求之，則無一相肖者。

初南食貽元十八協律〔一〕

鱟實如惠文〔二〕，骨眼相負行〔三〕。蠔相黏爲山〔四〕，百十各自生。蒲魚尾如蛇〔五〕，口眼不相營〔六〕。蛤即是蝦蟇〔七〕，同實浪異名。章擧馬甲柱〔八〕，鬭以怪自呈〔九〕。其餘數十種，莫不可歎驚。我來禦魑魅〔一〇〕，自宜味南烹。調以鹹與酸〔一一〕，芼以椒與橙〔一二〕。腥臊始發越〔一三〕，咀吞面汗騂〔一四〕。惟蛇舊所識〔一五〕，實憚口眼獰〔一六〕。開籠聽其去，鬱屈尚不平。賣爾非我罪，不屠豈非情。不祈靈珠報〔一七〕，幸無嫌怨并〔一八〕。聊歌以記之〔一九〕，又以告同行。

〔一〕〔魏本引樊汝霖曰〕元和十四年抵潮州後作也。〔補釋〕前贈別元十八詩，尋其敍述，蓋途次相別。則此詩不應爲抵潮州後作。

〔二〕〔魏本引樊汝霖曰〕鱟，魚類。按山海經：「鱟形如惠文，十二足，似蟹，雌負雄而行，漁必兩得。」又酉陽雜俎：「鱟過海，輒相負于背，高尺餘如帆，俗呼鱟帆，其殼可爲冠。」又吴録：「地理志云：交州有鱟，形如惠文冠，青黑色，十二足，似蟹，長五寸，腹中有子如麻，取以作醬，尤美。」惠文，冠也。漢張敞傳：「秦時獄法吏冠柱後惠文。」注：「法冠也。」〔魏本引洪興祖曰〕惠文，冠名。一本作車文。今廣韻引山海經注，亦作車文。又釋音云：「郭璞云：鱟形如車文。」未詳。〔魏本引祝充曰〕選：「乘鱟黿鼉。」注：「鱟形如惠文。」廣韻所引山海經注，非是。〔方世舉注〕玉篇：「山海經：鱟形如車，子如麻子，南人爲醬。」按：鱟形如車，僅見玉篇，今山海經無此語。宜作惠文爲是。〔祝充曰〕鱟，音候。

〔三〕〔舉正〕李本云：疑合作「背眼」。嶺表録異：「鱟眼在背上，雌負雄而行。」〔蔣之翹注〕

爾雅翼云：「鱟背上自有骨，高七八寸，如石珊瑚者，俗呼爲鱟帆。」則韓公之用骨字，亦無可疑，更不必妄爲改也。〔王元啓曰〕鱟魚十二足，行必南向，雖移令北向，旋改而南。此物性之異，注家俱未之及，輒漫補之。

〔四〕廖本、王本作「黏」。祝本、魏本作「粘」。〔舉正〕字書無蠔字。董彦遠云：五代潘崇徹敗王逵兵于蠔石，亦地名，不應不見字書，蓋闕誤。〔方成珪箋正〕王逵當作王進逵。〔魏本引韓醇曰〕蠔，魚屬。嶺表録異云：「蠔，即牡蠣也。初生海邊，如拳石，四面漸長，高一二丈者，巉岩如山。每一房内，蠔肉一片，隨其所生，前後小大不等。每潮來，諸蠔皆開房，伺蟲蟻入，既合之。」〔祝本引洪興祖曰〕牡礪附石而生，磈礧相連，一名蠔山。

〔五〕〔祝充注〕鯆魚也。今廣州曰蒲魚。〔沈欽韓注〕御覽九百四十：「魏武四時食制曰：蒲魚，其鱗如粥，出郫縣。」一統志：「潮州土産蒲魚。」

〔六〕〔舉正〕閣作「縈」。〔考異〕「謍」，方作「縈」。

〔七〕〔祝充注〕本草注云：「青蛙、鼃、蛤、長脚、螻子，皆蝦蟇之類。」〔魏本引樊汝霖曰〕嶺表録異：「蛤蚧首如蝦蟇，皆有鱗，如蠶子，土黄色，身短尾長，自呼蛤蚧。」〔顧嗣立注〕本草圖經：「蝦蟇有一種大而黄色，多在山石中藏蟄，能吞氣飲風露，不食雜蟲，謂之山蛤。」

〔八〕〔魏本引孫汝聽曰〕釋音云：「章舉有八脚，身上有肉如臼，亦曰章魚。」酉陽雜俎云：「每月三八日則多馬夾柱。」亦魚名。〔魏本引洪興祖曰〕即今之江瑶柱。〔方世舉注〕嶺表録異：「章舉形如烏賊，以薑醋食。」〔高似孫曰〕郭璞江賦曰：「玉珧海月，吐内石華。」晉安海物異名記曰：「肉柱膚寸，美如珧玉。」臨海異物志曰：「玉珧柱，厥甲美如珧玉。」趙德麟侯鯖集：「韓退之詩所云馬甲柱，正謂此。字書曰：珧，蜃甲可飾物。爾雅釋弓曰：弓有緣，以金爲之，謂之銑。以玉爲之，謂之珧。今人但用瑶字，固自有珧字也。」〔王元啓曰〕江瑶柱，即蚌内肉丁，味既絶美，色復瑩白可嘉。今與八脚之章舉並稱爲怪，必另有一物。洪以江瑶訓馬甲，竊恐魏好異倫。

〔九〕〔張相曰〕鬬，猶紛也，亂也。言紛紛以怪自呈也。

〔一〇〕〔魏本引孫汝聽曰〕魑魅，鬼物。左氏傳云：「流四凶族，投諸四裔，以禦魑魅。」公言其貶斥也。

〔一一〕〔考異〕「以」，或作「之」。

〔一二〕〔方世舉注〕詩：「有椒有馨。」〔祝充注〕張協曰：「燀以秋橙。」〔補釋〕七命文。禮記内則：「芼羹菽麥。」鄭玄注：「芼，菜也。」孔穎達正義：「芼菜者，用菜雜肉爲羹。」集韻：「芼，以菜和羹，武道切。」即取孔義。

〔一三〕〔方世舉注〕周禮天官内饔：「辨腥臊羶香之不可食也。」〔蔣抱玄注〕上林賦：「衆香發越。」

〔一四〕〔魏本引祝充曰〕咀謂咀嚼。騂，牲赤色。禮記：「牲用騂。」〔方世舉注〕世説：「何平叔面至白，魏明帝疑其傅粉，正夏月，與熱湯麪試之。既噉，大汗出，而面更白。」此言騂則面赤也。

〔一五〕〔方世舉注〕淮南精神訓：「越人得髯蛇以爲上肴，中國得而棄之無用。」

〔一六〕〔魏懷忠注〕獰，惡也。〔王懋竑曰〕獰同寧，正韻同能。廣韻，獰庚韻，能登韻，音微別，當用寧。

〔一七〕〔顧嗣立注〕淮南子：「隨侯之珠。」高誘曰：「隨侯見大蛇傷斷，以藥傅而塗之。後蛇于大江中銜珠以報之，因曰隨侯之珠。」選曹子建與楊德祖書：「人人自謂握靈蛇之珠。」

〔一八〕〔舉正〕杭、蜀作「幸不」。〔考異〕「無」，方作「不」。〔查慎行曰〕八句亦似有寓諷，與病鵩一首同情。

〔一九〕〔舉正〕蜀本、謝校作「記」。〔考異〕「記」，或作「寄」。

【集説】

朱彝尊曰：實記異物，亦自成一體，下句亦多工。

宿曾江口示姪孫湘二首〔一〕

雲昏水奔流，天水漭相圍〔二〕。三江滅無口〔三〕，其誰識涯圻〔四〕？暮宿投民村，高處水半扉。犬雞俱上屋，不復走與飛。篙舟入其家，暝聞屋中唏〔五〕。問知歲常然〔六〕，哀此爲生微。海風吹寒晴，波揚衆星輝。仰視北斗高，不知路所歸〔七〕。

〔一〕〔舉正〕廣州增城縣之東境。〔魏本引孫汝聽曰〕元和十四年，公赴潮州作。〔方世舉注〕廣州府志：「增江，源出陳峒山，歷龍門，自北而東，遶增城縣而南，百花林水自西合之。經豸嶺南流，溯波羅水入于南海。」即此曾江也。古曾字不用土傍。〔沈欽韓注〕寰宇記：「廣州增城縣，因增江爲名。」〔補釋〕增江水分流入東江，此所謂增江口者，即增江入東江之口也。

〔二〕〔魏本引祝充曰〕選注：「五湖以漫漭。」「漭，大水貌。」相圍，謂天水之相接也。

〔三〕〔補釋〕舊注三江皆誤。清史稿地理志云：「增江上流爲龍門水，南與派潭水合，又南至三江口，右納澄溪水，左納九曲水，過增城縣治東南，分流入東江。」公詩之三江，即指此。古今地理不殊也。

〔四〕〔魏本引孫汝聽曰〕涯圻，岸也。

〔五〕〔方世舉注〕方言：「哀而不泣曰晞。楚言哀曰晞。」〔王懋竑曰〕晞，廣韻無此字，當與欷同。

〔六〕〔考異〕「知」，或作「之」。〔廖瑩中注〕選陸機歎逝賦：「經終古而常然。」

〔七〕〔方世舉注〕此即屈原九章「曾不知路之曲直兮，南指月與列星」之意。又淮南齊俗訓：「乘舟而惑者，不知東西，見斗極則寤矣。」詩更從此翻出。〔補釋〕唐天文志云：「開元十二年，詔太史，交州測景以八月，自海中南望老人星殊高。老人星下，衆星粲然，其明大者甚衆，圖所不載，莫辨其名。」公詩所敍，同此光景。惟南方視北斗低，公詩轉言高耳。

【集説】

朱彝尊曰：嶺南不時泛溢，或平夜溢没公署，此所賦宛然畫出。

程學恂曰：此詩寫窮民之苦，逐客之感，愴怳渺茫，語語沈痛，起興無端，結意無極，惟少陵可以媲之。

舟行亡故道〔一〕，屈曲高林間。林間無所有，奔流但潺潺〔二〕。嗟我亦拙謀，致身落南蠻。茫然失所詣，無路何能還？

〔一〕〔舉正〕閣本「亡」作「止」，恐非。〔方世舉注〕曹植詩：「欲歸忘故道，顧望但懷愁。」

〔二〕〔祝本魏本注〕「但」，一作「且」。

【集説】

王鳴盛曰：二詩寫所歷境地，難狀之景，如在目前。

程學恂曰：兩詩淺深判然，非太白白頭吟二詩之比也。

蔣抱玄曰：兩詩音節，逼真老杜。雄闊細膩，兼而有之。

答柳柳州食蝦蟇〔一〕

蝦蟇雖水居，水特變形貌〔二〕。强號爲蛙蛤〔三〕，於實無所校〔四〕。雖然兩股長〔五〕，其奈脊皴皰〔六〕。跳躑雖云高〔七〕，意不離濘淖〔八〕。鳴聲相呼和，無理祇取鬧。周公所不堪，灑灰垂典教〔九〕。我棄愁海濱〔一〇〕，恒願眠不覺。叵堪明類多〔一一〕，沸耳作驚爆。端能敗笙磬〔一二〕，仍工亂學校〔一三〕。雖蒙勾踐禮〔一四〕，竟不聞報效。大戰元鼎年〔一五〕，孰强孰敗橈〔一六〕？居然當鼎味〔一七〕，豈不辱釣罩〔一八〕？余初不下喉〔一九〕，近亦能稍稍〔二〇〕，常懼染蠻夷，失平生好樂〔二一〕。而君復何爲，甘食比豢豹〔二二〕？獵較務同俗〔二三〕，全身斯爲孝〔二四〕。哀哉思慮深，未見許迴櫂〔二五〕。

〔一〕〔魏本引樊汝霖曰〕公爲潮州，子厚爲柳州，元和十四年也。梅聖俞詩有曰：「子厚謫柳州，而猶食蝦蟇。」〔方世舉注〕新唐書柳宗元傳：「元和十年，徙柳州刺史。南方爲進士者，走數千里，從宗元游。世號柳柳州。十四年卒。」〔顧嗣立注〕本草圖經：「蝦蟇腹大形小，皮上多黑斑點，能跳，時作呷呷聲，在陂澤間。」

〔二〕〔舉正〕杭本、荆公校作「水特」，言于水族之中，特異其形貌也。蜀本「水」作「未」。〔考異〕此字此説，皆不成文理，闕之可也。〔補釋〕從事理推測，「水特」二字，竊疑爲「以時」或

「不時」二字之訛，「以」、「不」二字形與「水」字相近，「時」與「特」字相近，傳寫時易致誤。

〔三〕〔魏懷忠注〕凡蛙蛤皆似蝦蟇，其背青緑色者，俗謂之青蛙，黄文者謂之金綫蛙，黑色者號爲蛤，亦名水雞。

〔四〕〔舉正〕荆公、范、謝本所校並同。蜀本作「較」，義近。〔考異〕或作「効」。〔張相曰〕較，猶差也。字亦作校。無所較，無所差也。

〔五〕〔魏本注〕「然」，一作「云」。〔方世舉注〕埤雅釋魚：「一種似蝦蟇而長踦，瞋目如怒，謂之鼃。」

〔六〕〔舉正〕蜀本、諸校本多作「背脊皰」。〔考異〕「脊皴」，方作「背脊」。祝本、魏本作「背脊」。廖本、王本作「脊皴」。

〔七〕〔方世舉注〕埤雅：「蝦蟇背有黑點，身小能跳，接百蟲，善鳴。」〔魏本引祝充曰〕皰，玉篇云：「面皮生氣也。」

〔八〕〔舉正〕謝校作「竟不」。〔考異〕「意」，方作「竟」。今按文義，作「意」爲是。下文又有「竟不」字，不應複出。〔祝充注〕濘淖，泥也。左氏：「晉戎馬還，濘而止。」又：「有淖于前。」

〔九〕〔魏本引樊汝霖曰〕周官：「蟈氏掌去鼃黽，焚牡蘜，以灰洒之則死。」灑與洒同。〔蔣之翹注〕王十朋曰：「蝦蟇水蟲，不爲人害，與螟蝗之類不同。然周官云云，謂蟈與耿黽，尤怒鳴聒人耳，故去之。」予竊謂此非周公之用心，必後世傳習之訛，而附益其説也。退之述其事于詩，未免乎勸矣。

〔一〇〕〔舉正〕三本同作「海渚」。　〔考異〕「濱」，方作「渚」。

〔一一〕〔舉正〕閣、杭本、曾、謝校同作「亘」。蜀本作「頗」。亘，不可也。鮑明遠詩：「亘忝節榮衰。」　〔魏本引集注〕朋類，其儔侶也。

〔一二〕諸本皆作「敗」。蔣本作「坐」，誤。　〔魏本注〕一作「磬鐘」。　〔祝本注〕一作「鐘磬」。

〔一三〕〔祝本魏本注〕「工」，一作「又」。　〔方世舉注〕此二語，一謂亂樂音，一謂敗書聲，仍承上文無理取鬧沸耳作驚而申之，無所爲事實。　〔沈欽韓注〕亂學校事未詳。

〔一四〕〔魏本引孫汝聽曰〕韓子：「越王伐吴，欲人之輕死，出見怒鼃，乃爲之軾。從者曰：奚敬于此？王曰：爲其有氣故也。」

〔一五〕〔方世舉注〕漢書五行志：「武帝元鼎五年秋，鼃與蝦蟇羣鬭。」

〔一六〕〔舉正〕橈字從木，猶木曲也。左傳：「畏君之震，師徒橈敗。」杜曰：「橈，曲也。」　〔考異〕「橈」，或作「撓」。　祝本、魏本作「撓」。廖本、王本作「橈」。

〔一七〕〔方世舉注〕南史虞悰傳：「悰獻粣及雜肴數十輿，太官鼎味不及也。」

〔一八〕〔祝充注〕罩，竹籠，取魚也。詩：「烝然罩罩。」

〔一九〕〔方世舉注〕淮南説林訓：「嚼而無味者，弗能納于喉。」

〔二〇〕〔祝充注〕稍，説文：「出物有漸也。」　〔方世舉注〕史記張儀傳：「稍稍近就之。」

〔二一〕〔舉正〕從唐本、蔡校。記曰：「有所好樂。」閣本作「平生性不好」，杭、蜀本作「平生性不樂」，皆非。若曰性不樂此味，不當以平生言也。〔考異〕此句未詳，當闕。祝本、魏本作「平生性不樂」。廖本、王本作「失平生好樂」。

〔三二〕〔顧嗣立注引劉石齡曰〕文選枚乘七發：「豢豹之胎。」〔王元啓曰〕七發善注引六韜曰：「玉杯象箸，不盛菽藿之羹，必將熊膰豹胎。」翰曰：「豢養之豹，取其胎也。」

〔三三〕〔魏本引祝充曰〕孟子：「魯人獵較，孔子亦獵較。」注：「獵較者，田獵相較奪禽獸，得之以祭。時俗所尚，以爲吉祥。」〔魏本引孫汝聽曰〕魯俗如此，孔子亦爲之，故云同俗。

〔三四〕〔方世舉注〕記祭義：「父母全而生之，子全而歸之，可謂孝矣。不虧其體，不辱其身，可謂全矣。」

〔三五〕〔祝充注〕櫂與棹同，檝也。楚辭：「桂櫂兮蘭枻。」〔魏本引樊汝霖曰〕子厚以其年十月夢奠柳州，卒不生還矣。

【集説】

朱彝尊曰：只是戲筆，下句則故爲俚以取快，亦俳諧之類。

方世舉曰：柳州原唱，今不載集中，他亦無寄韓者。柳詩無體不工，無篇不妙，惜乎其少，大抵逸者多矣。

程學恂曰：梅聖俞食河豚魚詩，結意與此略同，而此所感獨深，蓋所以驚子厚者，不僅在食物也。

琴操十首 并序〔一〕

〔一〕〔魏本引韓醇曰〕琴操十有二，公取其十，如下所作是也。惟水仙、懷陵操乃伯牙所作，公削之。爲之詞者十事，各注于下。〔考異〕歐本云：此效蔡邕作十操，事蹟皆出蔡邕琴操云。〔補釋〕後漢書曹褒傳注：「劉向別録云：『君子因雅琴之適，故從容以致思焉。其道閉塞悲愁而作者，名其曲曰操，言遇災害而不失其操也。』」蔡邕琴操：「古琴曲有一十二操，一曰將歸操，二曰猗蘭操，三曰龜山操，四曰越裳操，五曰拘幽操，六曰岐山操，七曰履霜操，八曰雉朝飛操，九曰別鶴操，十曰殘形操，十一曰水仙操，十二曰懷陵操。」〔方世舉注〕按琴操十章，未定爲何年所作。但其言皆有所感發，如「臣罪當誅」二語，與潮州謝上表所云「正名定罪，萬死猶輕」之意正同，蓋入潮以後，憂深思遠，借古聖賢以自寫其性情也。若水仙、懷陵二操，於義無取，則不復作矣。〔陳沆曰〕予讀琴操，而知古人之用意，曠世不遇知音者，何多也？夫昌黎詞必己出，不傍古人，故集中從無樂府騷七之篇，假設摹仿之什。乃忽無病效顰，代情擬古，言匪由衷，例徒自亂，果何爲者耶？古操十二，止取其十。懷陵、水仙，删而不擬，何爲者耶？將歸、猗蘭，以孔子而先文、周，越裳、岐山，一周公而分兩處，宋本沿于唐集，此必公所手定，又何爲者耶？貿貿悠悠，尋聲奚益，惟知爲詠懷感遇之作，乃測其時世先後之由，前之四操，蓋作于陽山謫黜之時，後之六操，乃在潮海竄逐之後。既匪作于一時，自難循其故序。且前謫止由萋菲，故巖巖然疾邪守正之思。後竄因觸龍鱗，故悄悄兮引咎戀主之意。比類以觀，洵非逆志無以達其辭，非論世不可誦其詩已。〔補釋〕陳沆以前四操爲在陽山作，以後六操爲在潮州作，雖自成一説，然實疏於考訂。尋此十操次第，退之一依蔡邕琴操原次，初未有所更張。沆蓋未覩邕書，故有「以孔子而先文、周，一周公而分兩處」之疑也。且一題十操，而沆截爲兩處，先後年代，遼隔至十六年，於理亦不合。沆以前三操爲指斥德、順之際李實、韋執誼諸權幸，然未嘗不可指元和末之皇甫鎛。沆謂越裳操爲德宗而作，然未嘗不可謂儆戒憲宗以居安思危之意。故今仍從方世舉舊編，繫潮州諸作中。

將歸操

孔子之趙聞殺鳴犢作〔一〕。

狄之水兮，其色幽幽〔二〕。我將濟兮，不得其由。涉其淺兮〔三〕，石齧我足〔四〕。乘其深兮，龍入我舟〔五〕。我濟而悔兮，將安歸尤？歸兮歸兮〔六〕！無與石鬬兮，無應龍求〔七〕。

〔一〕魏本「鳴」上有「竇」字。祝本、廖本、王本無。祝本題義下有注曰：「不遇其時，慮人之忌害我者，故將歸也。」魏本、廖本、王本無。〔舉正〕閣本只存此題義，無注文。唐令狐本注與題義皆不出。蜀本于注文上增「又曰」二字，與題義皆夾注寫，以此見雖題義亦後人以琴操續補也。歐、宋、荆公本皆用閣本。謝氏從唐本。今姑以閣本爲正。〔考異〕諸本題義下皆有子注。

〔補釋〕蔡邕琴操：「將歸操者，孔子之所作也。趙簡子循執玉帛，以聘孔子。孔子將往，未至，渡狄水，聞趙殺其賢大夫竇鳴犢，喟然而嘆曰：夫趙之所以治者，鳴犢之力也。殺鳴犢而聘余，何丘之往也？夫燔林而田，則麒麟不至；覆巢破卵，則鳳皇不翔。鳥獸尚惡傷類，而況君子哉？於是援琴而鼓之云：翺翔於衛，復我舊居。從吾所好，其樂只且。」〔方世舉注〕史記孔子世家：「孔子既不用于衛，將西見趙簡子。至于河而聞竇鳴犢舜華之死也，臨河而嘆曰：美哉水，洋洋乎！丘之不濟，此命也夫！乃還息乎陬鄉，作爲陬操以哀之。」孔叢子記問篇：「趙使聘夫子，夫子聞鳴犢與竇犨之見殺也，回輿而旋衛息鄹，遂爲操曰：『周道衰微，禮樂陵遲。文武既墜，吾將焉歸？周遊天下，靡邦可依。鳳鳥不識，珍寶梟鴟。眷然顧之，慘然心悲。巾車命駕，將適唐都。黄河洋洋，攸攸之魚。臨津不濟，還轅息鄹。傷于道窮，哀彼無辜。翺翔于衛，復我舊廬。從吾所好，其樂只且！』」〔魏本引蔡夢弼曰〕「竇鳴犢」，孔叢子作「鳴犢竇犨」，戰國策作「鳴犢鐸犨」，新序作「犢犨鐸鳴」，或又作「鳴鐸竇犨」。諸説不同，未知孰是。〔沈欽韓注〕此操見水經注河水篇，與孔叢異辭。公此詞本水經所載。〔陳沆曰〕孔叢子將歸操作四言。公擬此篇「狄之水」云云，用水經注而不用孔叢者，以其僞書故也。

〔二一〕〔祝本魏本注〕一作「狄水深」，一作「秋之水」。作「秋」者恐誤。〔舉正〕閣本、杭本皆作「狄」，蜀本始訛。臨濟，故狄也。水經注甚詳。〔考異〕「狄」，蜀本作「秋」。今按水經：「河水至東阿、茌平等縣，東北流四瀆津。」注云：「津西有四瀆祠，東對四瀆口。河水東分，濟水受河，蓋滎口水斷不通，始自是。出與清水合，沛犢自河入濟，水徑周通，故有四瀆之名。昔趙殺鳴犢，孔子臨河歎而作歌曰：『狄之水兮風揚波，舟楫顛倒更相加。歸來歸來胡爲斯？』案臨濟故狄也，是濟所逕，得其通稱也。」又云：「濟水逕臨濟縣南。」詳此則是濟水自滎澤之下，潛流至此四瀆津口，而後復出河，又東分一支，與之合流，以過臨濟，而爲狄水，故孔子臨河不濟而歌詠。狄水即此東分之河復出之濟也。然此皆齊地，今在鄆、濟之間。史記以爲孔子自衛將西見趙簡子，則其道不當出此，此又不可曉者。今姑闕之，以俟深于地理者正焉。〔于欽曰〕朱子韓文考異云云。案：漢陳留郡平丘縣有臨濟亭，故狄也。蓋濟水出陶丘北，南被孟豬，北瀆注巨野，亭臨此瀆，故曰臨濟。春秋時狄人據此，因此名焉。此水夫子所歌，至王莽時枯竭。水經所謂「濟枯渠注巨野」者也。其自巨野至四瀆津與河合流者，乃齊之清河，水經所謂得其通稱者是也。漢千乘郡別有狄縣，安帝更名臨濟。唐又別以齊朝陽縣爲臨濟，今章丘之臨濟鎮也。文公蓋疑于此云。〔朱彝尊曰〕今相傳孔子回車處在山西澤州，此正由衛入晉路。狄水太遠，作「秋」近是。退之或亦承訛。〔姚範曰〕臨濟，今濟南府濟陽縣。又按：史記云：「乃還息乎陬鄉，作爲陬操以哀之。」或還陬而濟狄水與？今高苑縣西南，有臨濟縣故城。〔王元啓曰〕據水經注所載孔子歌詠狄水之辭，疑史記自衛之言或誤。否則言狄水者妄矣。抑豈自衛之晉，中間别有狄水，非酈元臨濟之謂與？又按：後漢郡國志：「河南雒陽有狄泉，在城中。」劉昭注云：「左傳僖二十九年：『盟于狄泉。』杜預曰：『城内太倉西南地水。』」此水亦以狄名，然而自衛適晉，其道亦不須經此。〔俞樾曰〕「狄」，當爲「鐵」，聲之誤也。廣韻十六屑：「鐵，他結切。」而二十三錫中從狄得聲之字，如逖，如惖，並他歷切。鐵與他雙聲，從狄得聲之字，亦與他雙聲，故鐵得轉而爲狄。水經河水篇：「河水東經鐵丘南，春秋左傳哀公二年登鐵上，即此處也。」京相璠曰：鐵，丘名。杜預曰：在戚南，河之北岸。」孔子自衛之晉，故取道鐵丘。說文：「鐵，黑金也。」凡言鐵者，皆有黑意。月令：「駕鐵驪。」注云：「色如鐵也。」「鐵之水兮，其色幽幽。」幽幽亦黑也。疑鐵丘之水，正以深黑得名矣。〔補釋〕諸說皆未安。于氏臨濟亭之說，仍非由衛入晉之道。朱氏疑秋水近是，然於書無徵。姚氏還陬而濟狄水之說，與史記臨河不濟之說不合。王氏狄泉之說，固風馬牛不相及。俞氏以鐵爲狄，音近而形不近，且有改字之嫌。竊謂史記所稱臨河而嘆洋洋者，其非小川澤可知。由衛入晉，惟漳河足以當之耳。水經「濁漳水過潞縣北」條，酈道元注：「縣故赤翟，潞子國也。闞駰曰：有潞水，爲冀州浸，即漳水也。無佗大川可以爲浸，所有巨浪長湍，惟漳水耳，故世人亦謂濁漳爲潞水矣。」禮記祭統孔疏云：「翟即狄也，古字通用。」檀弓鄭注：「是時在翟。」釋文云：「本又作狄。」狄之水者，赤狄潞國之水也。潞縣，今之潞城縣，在山西省長治縣東北。又水經注沁水條云：「邘水逕邘城西，又東南逕孔子廟東。廟庭有碑云：『仲尼傷道不行，欲北從趙鞅，聞殺鳴鐸，遂旋車而返。及其後也，昔人思之，于太行嶺南，爲之立廟，蓋往時迴轅處也。』」余按諸子書及史籍之文，並言仲尼臨河而歎曰：「丘之不濟，命也夫。」是非太行迴轅之言也。此條與朱氏澤州之説近。邘城在今河南省沁陽縣西北，雖亦由衞入晉之道，然邘水與狄水聲形俱不近，恐不然也。

〔三〕〔蔣抱玄注〕詩邶風：「就其深兮，方之舟之。就其淺兮，泳之游之。」

〔四〕廖本、王本作「醫」。祝本、魏本作「囓」。〔聞人倓注〕説文：「醫，噬也。」

〔五〕〔蔣之翹注〕淮南子：「禹南省方，濟于江，黄龍負舟。舟中之人，五色無主。禹熙笑而稱曰：我受命于天，竭力而勞萬民。生，寄也。死，歸也。何足以滑和？視龍猶蝘蜓。龍乃弭耳掉尾而逃。」〔方世舉注〕涉淺乘深四句，從屈原九章「令薜荔而爲理兮，憚舉趾而緣木。因芙蓉而爲媒兮，憚褰裳而濡足。登高吾不説兮，入下吾不能」化出。〔朱彝尊曰〕四語近騷，而稍加陗快。

〔六〕〔舉正〕閣本、李、謝校作「歸兮歸兮」。〔考異〕諸本「兮」作「乎」。祝本、魏本作「乎」。廖本、王本作「兮」。

〔七〕〔蔣之翹注〕此聖人不入危邦之意。〔查慎行曰〕得未濟九二之義。〔唐宋詩醇〕喻意奇警。

【集説】

陳沆曰：公秋懷詩欲詈南山之寒蛟，炭谷詩欲刃牛蹄之湫龍，説者皆謂其指斥權幸，證以此詩益明。蓋龍謂竊弄威福者，石謂餘黨附和者。言我將小試其道，則羣小齟齬，將深論大事，則權貴側目，吾力其能勝彼乎？恐道未行而身先不保矣。公陽山之謫，新、舊書謂因論宫市，行狀及碑則謂爲幸臣專政者所惡，年譜謂爲李實所讒，而公詩云：「或自疑上疏，上疏豈其由？或慮言語泄，傳之落冤讎。」又云：「前年出官由，此禍最無妄。奸猜畏彈射，斥逐恣欺誑。」則其爲權幸忌而逐之矣。又憶昨行云：「伾文未揃崖州熾，雖得赦宥常愁猜。」是其爲韋執誼、王叔文等所排明矣。無應龍求，即炭谷、秋懷二詩所指也。

猗蘭操

孔子傷不逢時作〔一〕。

蘭之猗猗〔二〕，揚揚其香〔三〕。不採而佩〔四〕，於蘭何傷〔五〕？今天之旋，其曷爲然？我行四方，以日以年。雪霜貿貿〔六〕，薺麥之茂〔七〕。子如不傷，我不爾覯〔八〕。薺麥之茂，薺麥之有〔九〕。君子之傷，君子之守〔一〇〕。

〔一〕祝本題義下有注曰：「蘭薺麥自喻，我不用，於我何傷乎？霜雪貿貿之時，薺麥乃茂，喻己居亂薄之世，自修古人之道。」魏本、廖本、王本無。〔補釋〕蔡邕琴操：「猗蘭操者，孔子所作也。孔子歷聘諸侯，諸侯莫能任。自衛反魯，過隱谷之中，見薌蘭獨茂，喟然歎曰：夫蘭當爲王者香，今乃獨茂，與衆草爲伍，譬猶賢者不逢時，與鄙夫爲倫也。乃止車，援琴鼓之云：『習習谷風，以陰以雨。之子于歸，遠送于野。何彼蒼天，不得其所？逍遥九州，無所定處。世人闇蔽，不知賢者。』年紀逝邁，一身將老，自傷不逢時，託辭于薌蘭云。」

〔二〕〔魏本引蔡夢弼曰〕班固西都賦：「蘭茝發色，曄曄猗猗。」〔補釋〕詩淇奥毛傳：「猗猗，美盛貌。」文選琴賦李善注：「猗猗，衆盛貌。」

〔三〕〔魏本引孫汝聽曰〕揚揚，香之遠聞也。〔補釋〕史記司馬相如傳：「吐芳揚烈。」集解：「郭璞曰：揚烈，香酷烈也。」

〔四〕〔魏本引韓醇曰〕左傳：「蘭有國香，人服媚之。」楚辭：「紉秋蘭以爲佩。」佩，言以之而爲服飾也。

〔五〕〔魏本引補注〕文子曰：「蘭芷不爲莫服而不芳，君子行道，不爲莫知而止。」此公所謂「不採而佩，何傷于蘭」之意也。〔鍾惺曰〕有品有識之言，即所謂「草木有本心，何求美人折」也。〔朱彝尊曰〕三四太顯，少味。

〔六〕〔方成珪箋正〕「雪霜」，唐文粹作「霜雪」。貿，説文貝部作「貿」，徐鍇繫傳：「貿，猶亂也，交互之易。」廣韻去聲五十候：「貿，交易也。」檀弓「貿貿」注：「不明之貌。」與此異義。

〔七〕〔陳沆曰〕淮南子：「麥，秋金王而生。薺，冬水王而生。」〔翁方綱石洲詩話〕傅玄董逃行歷九秋篇：「薺與麥兮夏零，蘭桂踐霜逾馨。」董仲舒雨雹對：「薺麥始生，由陽生也。」薺麥正當寒冬所生，故曰雪霜貿貿，祇惟薺麥之是茂也。與傅玄同用以託蘭，而意有正反。

〔八〕〔翁方綱石洲詩話〕「子如不傷」二句，在篇中爲最深語。蓋有不妨聽汝獨居之意。較不採何傷，更進一層。然説著不傷，而傷意已深矣，此亦妙脱本詞也。

〔九〕〔朱彝尊曰〕莆田詩：「終善且有。」有，蓋多也。

〔一〇〕〔朱彝尊曰〕夫子傷蘭守，總是「不爲莫服而不芳」意。〔翁方綱石洲詩話〕前曰何傷，後曰之傷，迴環婉摯。評家或以了指夫子，我指蘭，非是。〔唐宋詩醇〕薺麥二語，妙于和平。君子二語，妙于斬截。寫得安土樂天意出。

【集説】

鍾惺曰：聲氣在漢、魏上。

查慎行曰：雪霜貿貿，薺麥之時也。薺麥得時，猗蘭斷無不受傷之理。子字爾字，與末兩君子，皆指蘭而言。得其解者，不煩辭費。

方世舉曰：此作在諸操中最爲奥折，舊注多未得其解。孫汝聽云：「言我如薺麥之茂，當霜雪之時，不改其操。子如見傷而用我可也，子如不傷，我亦無自貶以見子之義。」又云：「茂而能傲霜雪，薺麥之固有。」韓醇云：「君子居可傷之時，不易其守，亦猶薺麥之有也。」此兩説以薺麥自比，而竟抛荒猗蘭，不知題義何居？劉履云：「篇中三傷字正與題下傷不逢時相應。」亦爲踳駁唯聱者。唐汝詢云：「蘭之含芳，喻己之抱道。不採而佩，未見用也。芬芳自有，於己何傷。且當法天之健，周流四方，以行吾道，不自掩其芳也。及涉霜雪而覩薺麥之茂，則世亂益甚，在位皆匪人，蘭於此能無傷乎？假令不傷而與薺麥等，則我無用見汝矣。彼薺麥之茂，薺麥所自有之性。蘭爲君子所傷，謂其有君子之守也。薺麥感陰而生，故以爲匪人之喻。蘭芳以時，不羣衆草，故取爲有守之比。然始云何傷，末竟不能無傷者，遯世固可以無悶，對麟不能不掩涕耳。」此説於義爲近，然猶未盡善也。竊推之，蘭有國香固宜佩服，然無人自芳，要亦何損？特天之生蘭，不宜如是置之耳。今天道不可知，而我亦終老于行，唯見邦無道富且貴焉者累累若，若於此而不傷，則亦無以見蘭爲矣！雖然，彼薺麥故無足怪也，所謂適時各得所也。若夫君子之傷，則謂生不逢時，處非其地，爲世道慨嘆耳。要其固窮之守，豈與易哉？薺麥即指衆草。「今天之旋」四句，即舊操「何彼蒼天」四句之意。「子如不傷」，子字即指蘭，如「籜兮籜兮，風其吹汝」之汝也。諸家之説，蓋未向舊操推求耳。

王元啓曰：孫、韓舊注，皆以薺麥當霜雪時不改其操，比君子之有守。余謂託興猗蘭，忽復下儕薺麥，孤芳與羣蔓無分，語殊不稱。唐汝詢謂「薺麥感陰氣而生，故以爲匪人之喻，猗蘭不與薺麥争茂，故取爲有守之比」，此論獨爲超越。以此推之，雪霜二句，言世亂而羣小盈朝。薺麥之有，言薺麥自有其時，如鼠之乘昏肆竊，蚊之候夜噆人，公所謂嗟嗟乎鄙夫是也。甘處可傷之地，不與薺麥爭榮，是則君子之守也。

陳沆曰：霜雪以下，説者多昧。蓋薺麥得陰氣以生，故以喻小人。猗蘭無人而自芳，故以況君子。詩中所謂子所謂爾者，皆指猗蘭也。霜雪貿貿者，薺麥之時。薺麥既得時，猗蘭自無不受摧傷之理。如使亦乘時競榮，而與薺麥無異，則我亦何由見爾之真乎！何則？受氣于天，物各有性。彼薺麥之以此時茂者，乃薺麥之所固有，則君子之以此時傷者，亦正君子之所自守也。公當李實、韋執誼等用世時，不肯附之驟進，而甘受其中傷，所以高于劉、柳歟？

龜山操

孔子以季桓子受齊女樂，諫不從，望龜山而作〔一〕。

龜之氛兮〔二〕，不能雲雨〔三〕。龜之枿兮〔四〕，不中梁柱〔五〕。龜之大兮，祇以奄魯〔六〕。知將隳兮〔七〕，哀莫余伍〔八〕。周公有鬼兮，嗟歸余輔〔九〕。

〔一〕祝本「從」字下注曰：一有「退」字。題義下有注曰：「位之尊，非其人，嗟予莫之依也。」魏本、廖本、王本無。〔補釋〕蔡邕琴操：「龜山操者，孔子所作也。齊人饋女樂，季桓子受之，魯君閉門不聽朝。當此之時，季氏專政，上僭天子，下畔大夫，賢聖斥逐，讒邪滿朝。孔子欲諫不得，退而望魯，魯有龜山蔽之，辟季氏於龜山，託勢位於斧柯。季氏專政，猶龜山蔽魯也。傷政道之陵遲，閔百姓不得其所，欲誅季氏而力不能，於是援琴而歌云：予欲望魯兮，龜山蔽之。手無斧柯，奈龜山何？」〔祝充注〕龜山，魯山。詩曰：「奄有龜蒙。」〔魏本引孫汝聽曰〕魯定公十四年，齊選國中女子八十人以遺魯，季桓子受之。〔魏本引樊汝霖曰〕史記：「季氏受齊樂，三日不聽政，郊又不致燔俎于大夫。孔子時爲大司寇，遂行，宿于屯。而師己送曰：『夫子則非罪。』孔子曰：『吾歌可夫？』歌曰：『彼婦之口，可以出走。彼婦之謁，可以敗死。蓋優哉游哉，維以卒歲。』師己反，季子曰：『孔子亦何言？』師己以實告。季子喟然歎曰：『夫子罪我以羣婢也。』」〔方成珪箋正〕「季子曰」，「子」當作「氏」。「以羣婢」下脱「故」字。

〔二〕〔舉正〕唐、閣本作「氛」。〔考異〕「氛」，或作「氣」。 祝本、魏本作「氣」。廖本、王本作氛。 〔方世舉注〕説文：「氛，祥氣也。」

〔三〕〔舉正〕杭本作「不能爲雨」。蜀本作「不能爲雲雨」，校本多只同今文。〔魏本引補注〕春秋元命苞曰：「山者，氣之包含，所含精藏雲，故觸石布山。」言龜山不能然也。〔顧嗣立注引劉石齡曰〕禮記：「山林川谷丘陵，能出雲爲風雨見怪物，皆曰神。」

〔四〕〔補釋〕爾雅：「烈、枿，餘也。」書盤庚正義引李巡曰：「枿，槁木之餘也。」釋文引馬云：「顛木而肄生曰枿。」文選東京賦：「山有槎枿。」薛綜注：「斬而復生曰枿。」

〔五〕〔舉正〕閣本「不」下有「能」字。太玄經：「梁不中，柱不隆，大廈微。」中平聲讀。〔考異〕此但言其木不堪作梁柱耳，與太玄中字意異。當只作去聲讀，文意乃協。〔方世舉注〕當作平聲。漢書王尊傳：「其不中用，趨自退避。」魏志焦先傳：「不中爲卿作君。」洛陽伽藍記：「惟茗飲不中與酪作奴。」今世俗猶有不中用之語。其義則去聲，其音則平聲也。公所爲毛穎傳云：「吾嘗謂君中書，今君不中書耶？」此其作平聲讀顯顯甚明者。於彼既然，不應此作去聲也。亦有宜當去聲者。如禮記王制云：「用器不中度，兵器不中度，布帛精麤不中數，幅廣狹不中量，木不中伐，禽獸魚鱉不中殺，不粥于市。」皆去聲讀。世説：「陸玩拜司空，有人詣之，索美酒，得便自起瀉著梁柱間地，祝曰：當今乏才，以爾爲柱石之用，莫傾人棟梁。玩笑曰：戢卿良箴。」

〔六〕王本、游本作「祇」。祝本、魏本、廖本作「秖」。〔陳沆曰〕奄、掩同。

〔七〕〔考異〕「知」，或作「如」。〔祝充注〕隳，毁也。老子：「或載或隳。」〔魏本引補注〕將隳，蓋取左氏「仲尼將隳三都」。〔補釋〕左傳作「墮」，杜預注：「墮，毁也。」「隳」，蓋「墮」之俗字。吕氏春秋高誘注：「隳，壞也。」公此語兼取荀子富國篇：「非將墮之也。」〔朱彝尊曰〕龜喻季氏，隳指隳三都，作如字圓。

〔八〕〔魏本引孫汝聽曰〕言魯將隳壞，哀而憐之者，莫余若也。

〔九〕魏本作「歸余」。祝本、廖本、王本作「余歸」。〔舉正〕杭、蜀同作「周公有鬼兮嗟歸余輔」。

荆公、洪、謝本並校從上。〔考異〕「鬼」，或作「思」，非是。「余歸」，方作「歸余」，非是。大抵方意尚異，不問文意之如何，惟作倒語者則必取之。如下文「我豳于家」、「莫爾余追」，皆此類也。〔祝本引洪興祖曰〕舊本皆同，蓋言周公如有神，其使余歸輔其君也。今本云「周公有思兮，嗟余歸輔」，恐非。〔王元啓曰〕愚謂此承周公有鬼言之，作「歸余」，方與上句意脈相注。作「余歸」，則似孔子自歸，與周公何與？方雖好奇，此卻未爲失理。〔何焯義門讀書記〕末句所謂「公伯寮其如命何」。〔唐宋詩醇〕一結深痛。

【集説】

朱彝尊曰：語太奇險，類鐃歌、郊廟歌，稍乏雅味。不若古操渾妙，含味深長。

陳沆曰：此刺執政之臣，智小謀大，力小任重，無鼎足之望，有棟撓之凶也。舊唐書言自陸贄免相後，德宗不復委成，所取信者，惟裴延齡、李齊運、李實、韋執誼等，皆權傾相府，姦欺多端，故云「祇以奄魯」也。知國事之日隳，哀手援之莫助，故章末望之。苦寒詩云：「天王哀無辜，惠我下顧瞻。褰旒去耳纊，調和進梅鹽。賢能日登御，黜彼傲與僉。生風吹死氣，豁達如褰簾。天乎苟其能，吾死意亦厭。」即章末之旨。

程學恂曰：前半已盡原詞之意，結處真能得孔子心。蔡邕豈能見及？

越裳操

周公作〔一〕。

雨之施〔二〕，物以孳〔三〕。我何意於彼爲〔四〕？自周之先，其艱其勤。以有疆宇，私我後人〔五〕。我祖在上，四方在下〔六〕。厥臨孔威〔七〕，敢戲以侮〔八〕。孰荒于門？孰治于田〔九〕？四海既均〔一〇〕，越裳是臣〔一一〕。

〔一〕〔舉正〕閣本、蜀本皆只具此三字。祝本題義下有注曰：「雨施物孳，賢人道施則國治。其末患時之荒淫者衆，君不能艱勤致越裳之臣。」魏本、廖本、王本無。〔補釋〕蔡邕琴操：「越裳操者，周公之所作也。周公輔成王，成文王之王道，天下太平，萬國和會。江、黃納貢，越裳重九譯而來，獻白雉執贄曰：吾君在外國也，頃無迅風暴雨，意者中國有聖人乎？故遣臣來。周公於是仰天而歎之，乃援琴而鼓之，其章曰：『於戲嗟嗟，非旦之力，乃文王之德。』遂受之，獻於文王之廟。」〔魏本引集注〕越裳在交趾國之南。

〔二〕〔方世舉注〕易乾卦：「雲行雨施，品物流行。」

〔三〕〔考異〕「孳」，或作「滋」。〔方世舉注〕説文：「孳，汲汲生也。」〔朱彝尊曰〕兩語簡妙。

〔四〕〔唐宋詩醇〕不享其贄，不臣其人，妙用盡此六字。語淡意濃。

〔五〕〔補釋〕呂氏春秋：「而以私其子孫。」高誘注：「私，利也。」

〔六〕〔方世舉注〕詩大雅：「明明在下，赫赫在上。」

〔七〕〔補釋〕詩：「上帝臨女。」又：「臨下有赫。」鄭箋：「臨，視也。」説文：「臨，監臨也。」詩毛傳：「孔，甚也。」又：「昊天已威。」傳：「威，畏也。」

〔八〕〔補釋〕詩：「今女下民，或敢侮予。」

〔九〕〔李光地曰〕見非安近無以服遠，起下兩句意。〔何焯義門讀書記〕二句言必内治而後外服，亦所謂不泄邇不忘遠也。

〔一〇〕〔魏本注〕「海」，一作「方」。

〔一一〕〔方世舉注〕孫汝聽曰：「言豈有荒于門而能治于田者乎？故必四海既均而後越裳是臣也。」唐汝詢曰：「我祖在天，四方皆其覆冒。厥臨甚威，罔敢戲慢。孰爲荒遊？孰爲力作？我祖實鑒臨之。今世治而越裳是來臣服，皆我祖之靈也。」按：如孫説則不應用二孰字。如唐説則荒于門句似無所指。此詩歸美先王，則荒字當訓爲治。「天作高山，太王荒之。」乃立皋門，乃立應門」，爲後世治朝懸法之所。是荒于門者，太王之所以基王業也。后稷始播百穀，文王卑服即康功田功，是治于田者，周家之所以開國也。今孰爲荒于門，孰爲治于田，致四海既均而越裳是臣乎？即「無念爾祖，聿修厥德」之意也。〔王元啓曰〕古人最重田功，荒則必不于田，治則必不于門。門與田特言嬉遊勤業之所，非謂治田外別有不荒于門之業也。孫注謂必無荒于門，而後能治于田，其説非是。荒于門是戲侮者，治于田是不戲侮者，皆我祖鑒觀之所及也。此二句承上「厥臨孔威」言之。「四海既均」，又承上兩「孰」字言之。舉世皆不荒而克治者，此越裳所以來臣也。語語歸功祖德，與古操「非旦之力」二句同意。〔唐宋詩醇〕愈淡愈妙，所謂不著一字，盡得風流也。

【集説】

陳沆曰：朝廷者，藩鎮之所瞻仰。此言欲服外必先治内也。神堯以一旅取天下，而子孫不能以天下取河北。然先朝之功德在人，四方之人心未去。綢繆桑土，孰敢侮乎？德宗初政清明，叛將投戈于河北；奉天罪己，軍士垂泣于山東。此治于門自不荒于田之驗也。一用奸相，再致播遷，貪彼進奉，權歸節鎮。此荒于門必不治于田之驗也。故文宗云：去河北賊易，去中朝黨難。杜牧罪言亦謂上策自治，中策取魏。皆「四海既均，越裳是臣」之謂也。此詩正爲德宗而作。若元和以後，憲宗朝綱振肅，强鎮削平，不可謂荒于門矣。以上四操，皆德、順之際，公謫陽山時作。故以孔子而居文王之前。又周公兩操，而忽以羑里隔其中，皆此爲先作，彼爲後作，不以時代爲次第之明證。以下六操，皆憲宗元和中貶潮州時作。

程學恂曰：有周公之理，無周公之才，蔡詞不足道也。

拘幽操

文王羑里作〔一〕。

目窈窈兮〔二〕，其凝其盲〔三〕。耳肅肅兮〔四〕，聽不聞聲。朝不日出兮〔五〕，夜不見月與星。有知無知兮，爲死爲生〔六〕？嗚呼！臣罪當誅兮，天王聖明。

〔一〕祝本「王」字下注曰：一有「拘」字。題義下有注曰：「退之罹患，操者自堅其心也。」魏本、廖本、王本無。〔補釋〕蔡邕琴操：「拘幽操者，文王拘于羑里而作也。文王備脩道德，百姓親附。文王二子周公、武王皆聖。是時崇侯虎與文王列爲諸侯，德不能及文王，常嫉妬之，乃譖文王於紂曰：『西伯昌，聖人也。長子發、中子旦，皆聖人也。三聖合謀，將不利于君。君其慮之。』紂用其言，乃囚文王於羑里，擇日欲殺之。於是文王四臣太顛、閎夭、散宜生、南宮适之徒，往見文王。文王爲曠反目者，紂之好色也，柎桴其腹者，言欲得奇寶也。蹀躞其足者，使疾迅也。於是乃周流海内，經歷風土，得美女二人，水中大貝，白馬朱鬣，以獻於紂。陳於中庭，紂見之，仰天而歎曰：『嘻哉！此誰寶？』散宜生趨而進曰：『是西伯之寶，以贖刑罪。』紂曰：『於寡人何其厚也！』立出西伯。紂謂宜生：『譖岐侯者，長鼻決耳也。』宜生還以狀告文王，乃知崇侯譖之。文王在羑里時，演八卦以爲六十四卦，作鬱尼之辭，困於石，據於蒺藜，乃申憤以作歌曰：『殷道溷溷，浸濁煩兮。朱紫相合，不別分兮。迷亂聲色，信讒言兮。炎炎之虐，使我愆兮。無辜桎梏，誰所宣兮？幽閉牢穽，由其言兮。遘我四人，憂勤勤兮。得此珍玩，且解大患兮。倉皇迄命，遺後昆兮。作此象變，兆在昌兮。欽承祖命，天下不喪兮。遂臨下土，在聖明兮。討暴除亂，誅逆王兮。』」〔方世舉注〕漢書地理志：

「河内郡蕩陰有羑里城，西伯所拘也。」

〔二〕〔舉正〕三本同作「窈揨揨」。〔考異〕「目窈窈」，方作「窈揨揨」，或作「目揨揨」。今按：下文有「耳」字，正與「目」字相對。「窈窈」二字，比之「揨揨」，似亦差勝。祝本、魏本作「目揨揨」。廖本、王本作「目窈窈」。〔補釋〕窈窈，昏暗也。司馬相如長門賦：「天窈窈而書陰。」

〔三〕〔補釋〕文選七命李善注：「凝猶結也。」〔蔣之翹注引劉辰翁曰〕極形容之苦，不可謂非怒也。

〔四〕〔補釋〕肅肅，猶肅瑟，蕭條冷落狀。潘岳寡婦賦：「墓門兮肅肅。」

〔五〕〔舉正〕蜀本「日」上有「見」字。文粹無，荆公删。

〔六〕〔魏本引孫汝聽曰〕皆言幽囚之際，耳目無所聞見，不知爲死爲生也。

【集説】

程頤曰：退之作琴操有曰：「臣罪當誅兮，天王聖明。」道文王意中事，前後之人道不到此。

晁説之曰：徐仲車言：退之拘幽操爲文王羑里作，乃曰：「臣罪當誅兮，天王聖明。」此可謂知文王之用心矣。凱風七子之母，猶不能安其室，而云：「母氏聖善，我無令人。」重自責也。

胡應麟曰：「臣罪當誅，天工聖明」，得其意未得其詞。

譚元春曰：從容悲緩。

朱彝尊曰：只就拘幽字上生發來，自有意味。末二句意雖正，卻不難道，愚則以爲尚未圓妙。

查愼行曰：前八句是明入地中之象，文王之蒙難以之。結句即繫傳懼以終始之義。

方世舉曰：劉會孟詳此詩，謂其極形容之苦，不可謂非怨者。然小雅怨誹而不亂，亦人情也。況此詩唯歸咎于己，怨且無之，又何怒焉？末二語深道得聖人心事，今不知者竟以爲文王語矣。

袁枚隨園詩話曰：鄭夾漈笑韓昌黎琴操諸曲爲兔園册子，薄之太過。然羑里操一篇，末二句云：「臣罪當誅，天王聖明。」深求聖人，轉失之僞。按大雅：「文王曰咨，咨汝殷商。汝炰哮于中國，斂怨以爲德。」文王並不以紂爲聖明也。昌黎豈不讀大雅耶？東坡言孔子不稱湯武，按革卦繫詞：「湯、武革命，順乎天而應乎人。」繫詞，孔子所作也。東坡豈不讀易經耶？劉後村爲吳恕齋作詩序云：「近世貴理學而賤詩賦，間有篇章，不過押韻之語録講章耳。」余謂此風至今猶存，雖不入理障，而但貪序事，毫無音節者，皆非詩之正宗，韓蘇兩大家，往往不免。

王元啓曰：琴録所載之辭，幾于直言罵詈矣，讀此然後知公作高出古人遠甚。然讀詩「文王曰咨」之篇，則其憂深思遠，似又有非公所能及者。此又不可不知。

陳沆曰：琴操皆被謫時詠懷而作。十二操中獨去懷陵、水仙者，殆以無可寄託歟？觀其赴貶時途中詩云：「吾君勤聽治，照與日月敵。臣愚幸可哀，臣罪庶可釋。」又云：「而我抱重罪，孑孑萬里程。下負明義重，上孤朝命榮。殺身諒無補，何用答生成。」正此篇之旨也。或謂如此，得無嫌于以憲宗比紂？不知魏、晉以來擬古樂府者，皆借言己情，非擬其人其事也。董逃行、楊叛兒，孰是泥其本題本事者？何獨琴操而不然？且猗蘭、越裳，不嫌自比于周、孔，何獨羑里而不然？

程學恂曰：謂十操作于潮州，恐未必然。且在貶所而作拘幽操，不幾于訕乎？此詩須是程子識得確乎不刊。袁子才欲恃其滑稽辯才，翻伊川之案，遂并抹倒此詩，恐難以強同百世人心也。

岐山操

周公爲太王作〔一〕。

我豳于家〔二〕，自我先公〔三〕。伊我承序〔四〕，敢有不同？今狄之人，將土我疆。民爲我戰，誰使死傷？彼岐有岨〔五〕，我往獨處。爾莫余追〔六〕，無思我悲〔七〕。

〔一〕祝本題義下有注曰：「追古豳公之績，患時黷武也。」魏本、廖本、王本無。〔補釋〕蔡邕琴操：「岐山操者，周太王之所作也。太王居豳，狄人攻之。仁恩惻隱，不忍流洫，選練珍寶犬馬皮幣束帛與之。狄侵不止，問其所欲，得土地也。太王曰：土地者，所以養萬民也。吾將委國而去矣，二三子亦何患無君？遂杖策而出，踰乎梁而邑乎岐山。自傷德劣，不能化夷狄，爲之所侵。喟然歎息，援琴而鼓之云：『狄戎侵兮土地移，遷邦邑兮適於岐。烝民不憂兮誰者知？嗟嗟奈何予命遭斯？』」按：太平御覽引大周正樂曰：「岐山操者，周大臣之所作也。」

〔二〕〔舉正〕杭、蜀、文粹、謝校同。〔祝充注〕岐山在岐州，今有岐山縣。音祈。詩：「居岐之陽。」

〔三〕〔魏本引蔡夢弼曰〕豳，悲巾切，地名。公謂慶節也。史記周本紀：「后稷卒，子不窋立。夏后政衰，去稷不務，以失其官，而犇戎狄之間。不窋卒，子鞠立。卒，子公劉立。雖在戎狄之間，復修后稷之業，民賴其慶，懷之而歸。卒，子慶節立，國于豳。」鄭玄詩譜云：「豳者，公劉所徙，戎狄之地名。今屬扶風栒邑。」孔穎達云：「漢地理志：右扶風栒邑縣有豳鄉，詩公劉所邑。是漢時屬扶風栒邑。」杜預云：「豳在新平漆縣東北，今邠州是也。」「邠」與「豳」同。

〔四〕廖本、王本作「序」。祝本、魏本作「緒」。〔舉正〕三本同作「序」。商書：「丕承基緒。」然國

廖本、王本俱作「我家于豳」。〔考異〕「我家于豳」，方作「我豳于家」，非是。祝本、魏本、傳：「懼隊宗主，私族于謀。」以私謀于族爲私族于謀。〔王元啓曰〕方本如此。考異作「我家于豳」。愚按：左氏句法皆同。王荆公銘晁仲參墓，有「開封于家」之語。又云：「室于怒，市于色。」與此詩留。」步驟此詩，幾于準矩作方，尤可證方本之非謬。其銘李餘慶墓云：「公閩于家，來自陳

語亦有「奔走承序」，注：謂承受事業次第。〔考異〕諸本「序」作「緒」。今按：序謂傳授次第。漢書多云「朕承天序」是也。緒猶言統系，方引商書之言是也。二字義雖不同，然用之于此，似亦兩通。但國語承序，乃謂承受政役之次第，與漢書字同而意異。方作「序」而引以爲説，則誤矣。

〔五〕〔舉正〕岨，與阻同。楚辭、漢書多用「岨」字。今以平聲讀之，非也。〔補釋〕晉書音義：「阻險與岨險同。」

〔六〕〔舉正〕杭、蜀作「莫爾余追」。荆公、曾、李本並校從上。閣本作「人莫余追」。〔考異〕「爾」，或作「人」。「爾莫」，方作「莫爾」，非是。廖本、王本作「爾莫」。祝本、魏本作「人莫」。

〔七〕〔魏本引蔡夢弼曰〕詩言我者，皆追指古亶父，即太王也。周本紀：「慶節卒，八世至古公亶父立，復修后稷、公劉之業，積德行義，國人戴之。薫育戎狄攻之，欲得地與民。民皆怒欲戰，古公曰：今戎狄所爲攻戰，以吾地與民。民之在我，與其在彼何異？民欲以我故戰，予不忍爲。乃去豳，止于岐下，豳人復歸之。于是古公乃貶戎狄之俗，營築而邑居之，民皆歌頌其德焉。」

【集説】

陳沆曰：公潮州之貶，以諫迎佛骨。其表言佛本夷狄之人，非中國先王之教，不宜崇奉，使愚民疑惑。故是篇託避狄之詞以寄意。蓋周初竄于夷狄之間，自公劉遷豳，變從中夏聲教，已非一世，故太王不肯從狄俗而遷岐焉。公詩則借以言中國先王之教，自古至今，相承不改。今夷狄之教行，將化中國而從之，坐視愚民爲其惑而不救，是誰之責乎？「我往獨處」以下，則謂中朝之人，或憐其竄逐投荒萬里，然我則忠鯁獲罪，甘之不悔也。借古寄情，斷章取意。不然，此與越裳皆周公作，且此篇追擬太王，尤應在前，何爲獨次羑里之後？

履霜操

尹吉甫子伯奇無罪，爲後母譖而見逐，自傷作〔一〕。

父兮兒寒，母兮兒飢。兒罪當笞〔二〕，逐兒何爲？兒在中野〔三〕，以宿以處。四無人聲，誰與兒語？兒寒何衣？兒飢何食？兒行于野，履霜以足〔四〕。母生衆兒，有母憐之。獨無母憐〔五〕，兒寧不悲〔六〕？

〔一〕祝本、魏本無「伯奇」二字。廖本、王本有。祝本題義下有注曰：「追帝舜之事，明怨其身之不父母憐也。言人之不得于父母者，當益親也。」魏本、廖本、王本無。〔補釋〕蔡邕琴操：「履霜操者，尹吉甫之子伯奇所作也。吉甫，周上卿也。有子伯奇。伯奇母死，吉甫更娶後妻，生子曰伯邦。乃譖伯奇于吉甫曰：伯奇見妾有美色，然有欲心。吉甫曰：伯奇爲人慈仁，豈有此也？」妻曰：「試置妾空房中，君登樓而察之。」後妻知伯奇仁孝，乃取毒蜂綴衣領，伯奇前持之。於是吉甫大怒，放伯奇於野。伯奇編水荷而衣之，采楟花而食之，清朝履霜，自傷無罪見逐，乃援琴而鼓之曰：『履朝霜兮採晨寒，考不明其心兮聽讒言。孤恩別離兮摧肺肝，何辜皇天兮遭斯愆，痛殁不同兮恩有偏，誰説顧兮知我冤？』宣王出游，吉甫從之。伯奇乃作歌，以言感之於宣王。宣王聞之曰：『此孝子之辭也。』吉甫乃求伯奇于野而感悟，遂射殺後妻。」

〔二〕〔魏本引蔡夢弼曰〕前漢車千秋傳：「子弄父兵，法罪當笞。」〔補釋〕「法罪常笞」，蔡注：「法」字衍。

〔三〕〔魏本引蔡夢弼曰〕野，協音墅，郊外也。〔補釋〕按邵長蘅古今韻略六語：「古韻叶野上與切。司馬相如賦：『出乎椒丘之闕，行乎洲淤之浦。經乎桂林之中，過乎泱漭之野。』」〔蔣抱玄注〕易：「葬之中野。」

〔四〕〔補釋〕邵長蘅古今韻略：「足，古韻叶子悉切。易林：『欲飛無翼，鼎重折足。失其福利，包羞爲賊。』」

〔五〕〔方世舉注引唐汝詢曰〕上文兼呼其母，此以獨無母憐悟其父，雖不敢明言後母之譖，而失愛之由，隱然見矣。昌黎善體古人之心哉！

〔六〕〔考異〕「兒」，方作「母」，非是。

【集説】

劉辰翁曰：不怨，非情也，乃怨也，此乃小弁之志歟？又飢寒履霜，反覆感切，真可以泣鬼神矣。此所以爲琴操也。

蔣之翹曰：退之十操，惟此最得體。語近古而意含蓄有味，絶無摹倣痕跡。

朱彝尊曰：通首精工。末四句略指大意，卻不傷露。

何焯曰：淒切。

唐宋詩醇曰：結處獨呼母憐，更得神解。

陳沆曰：此即至潮州謝表所謂「臣負罪嬰釁，自拘海島，瞻望宸極，神魂飛去。伏望陛下天地父母哀而憐之」者也。

程學恂曰：妙在質，妙在穉。「逐兒何爲」、「獨無母憐」，正是學小弁之怨。

雉朝飛操

牧犢子七十無妻，見雉雙飛，感之而作〔一〕。

雉之飛，于朝日。羣雌孤雄，意氣横出〔二〕。當東而西〔三〕，當啄而飛〔四〕。隨飛隨啄，羣雌粥粥〔五〕。嗟我雖人，曾不如彼雉。生身七十年，無一妾與妃〔六〕。

〔一〕〔考異〕「牧犢」，或作「沐犢」。祝本題義下有注曰：「言婚姻失時也。」魏本、廖本、王本無。〔補釋〕蔡邕琴操：「雉朝飛操者，齊獨沐子所作也。獨沐子年七十，無妻。出薪于野，見飛雉雌雄相隨，感之，撫琴而歌曰：『雉朝飛，鳴相和。雌雄羣遊于山阿。我獨何命兮未有家？時將暮兮可奈何！嗟嗟暮兮可奈何！』」按：初學記引琴操作「牧犢子」。

〔二〕〔考異〕或無「氣」字。〔魏本引嚴有翼曰〕橫，下孟切。〔朱彝尊曰〕橫出二字太厲。

〔三〕〔補釋〕曹植吁嗟篇：「當南而更北，謂東而反西。」

〔四〕〔方世舉注〕莊子養生主篇：「澤雉十步一啄，百步一飲。」

〔五〕〔祝充注〕粥，之六切。禮記：「粥粥若無能。」或謂字當作喌，音祝。説文：「呼雞重言之。」杜詩：「誰話喌雞翁？」〔蔣之翹注〕禮記：「粥粥若無能也。」注：「卑謙貌。」則正洽雌從飛啄之意，更不必换字強釋矣。

〔六〕諸本「雉」下俱有「雞」字。〔考異〕馬大年云：別本「彼」作「此」，無「雞」字。而下語「妃」音媲，與「雉」叶。〔王元啓曰〕漢時始有野雞之名，恐周時未有此語，或當從別本爲是。〔俞樾曰〕無「雞」字者是也。既言雉，又言雞，文複而俚，乃俗人疑雉字與下妃字不協韻，故妄增之耳。不知雉妃古韻同在支微部，至平上之分別，則古詩固不拘也。又此四句，人與年韻，雉與妃韻，乃古詩隔句協韻之例。人與年古韻同在真臻部也。〔方世舉注〕妃字古人通用。説文云：「妃，匹也。」秦國策「貞女工巧，天下願以爲妃」是也。後世乃獨稱王妃耳。

〔蔣之翹注〕「嗟我」四句，語太淺露，此感二鳥賦致譏于後人也。〔朱彝尊曰〕後四句傷直致，「曾不如」無太著力，看古詞何等渾然。

【集說】

陳沆曰：感盛年之遲莫，慨遇合之無時也。以雉之意氣横出，喻乘權得志之人。羣雌孤雄，喻黨附之衆。蓋斥皇甫鎛輩矣。

程學恂曰：只直言之，正足感動。誰爲在上者？發政施仁，豈容緩耶？

别鵠操

商陵穆子娶妻五年無子，父母欲其改娶。其妻聞之，中夜悲嘯。穆子感之而作〔一〕。

雄鵠銜枝來，雌鵠啄泥歸〔二〕。巢成不生子，大義當乖離〔三〕。江漢水之大，鵠身鳥之微〔四〕。更無相逢日，且可繞樹相隨飛〔五〕。

〔一〕〔魏本注〕一本題曰「别鶴操」。祝本題義下有注曰：「商陵操，言人情義澆薄也。」魏本、廖本、王本無。〔補釋〕蔡邕琴操：「别鶴操者，商陵牧子所作也。牧子娶妻，五年無子，父兄欲爲改娶。妻聞之，中夜驚起，倚户悲嘯。牧子聞之，援琴鼓之云：『痛恩愛之永離，歎别鶴以舒情。』故曰别鶴操。後仍爲夫婦。」孫星衍校：案古今注别鶴操作「牧子聞之，愴然而悲，乃歌曰：將乖比翼隔天端，山川悠遠路漫漫，攬衣不寢食忘飧」，與此異。〔陳景雲曰〕鵠與鶴本一字，古人皆通用。〔方成珪箋正〕説文：「鵠，鴻鵠也。」胡沃切。鶴，下各切。淮南子覽冥訓：「鴻鵠鶬鶴。」班固西都賦：「鳥則玄鶴白鷺，黄鵠鵁鶄。」左思吴都賦：「鸘鵠鷺鴻，鶤鶴鶖鶬。」皆鵠與鶴並舉，似不可謂一鳥也。〔補釋〕鵠鶴固非一鳥，然二字互用，古人亦有先例。莊子天運：「夫鵠不日浴而白。」釋文：「鵠，本作鶴。」又庚桑楚：「越雞不能服鵠卵。」釋文：「本亦作鶴。」方以智通雅云：「詩『從子于鵠』，音鶴，叶『白石皓皓』。後漢吴良傳贊：『大儀鵠髮。』注：『白髮，即鶴髮。』曹植表：『實懷鵠立企佇之心。』即鶴立。劉孝標辯命論：『龜鵠千歲。』即龜鶴。法書要録：『鶴頭書，一作鵠頭書。』今武昌黄鶴樓下曰黄鵠磯，此確證也。」

〔二〕〔鍾惺曰〕便難堪。

〔三〕〔譚元春曰〕大義二字悲甚。　〔補釋〕孟子：「不孝有三，無後爲大。」

〔四〕〔鍾惺曰〕二語合來便是樂府。　〔朱彝尊曰〕水大鳥微，語迂拙。中著之字，更緩弱。

〔五〕廖本、王本作「且可繞樹相隨飛」。祝本、魏本作「安可相隨飛」。〔舉正〕李、謝以閣本校。李陵詩：「長當爲此別，且復立斯須。」又古樂府：「與子如黄鵠，將别復徘徊。」意義原此。杭、蜀本皆作「且可」。　〔考異〕「且」，或作「安」，又無「繞樹」二字，皆非是。〔方成珪箋正〕「爲此别」之「爲」，當作「從」。「與子」二語，乃劉孝綽江津寄劉之遴詩，非古樂府也。

〔方世舉注〕魏武帝短歌行：「繞樹三匝，無枝可依。」

【集説】

查慎行曰：讀此，覺孔雀東南飛一首未免冗長。

陳沆曰：逐臣棄婦同情也。水大如江漢，則始分終合。今我微如禽鳥，而一分尚有合時乎？既不可必，且盡吾依戀之情而已。

程學恂曰：更無可説，含悲無窮。古今多少去婦詞，皆不及此深厚而悽惻也。

殘形操

曾子夢見一狸不見其首作〔一〕。

有獸維狸兮，我夢得之。其身孔明兮〔二〕，而頭不知〔三〕。吉凶何爲兮，覺坐而思。

巫咸上天兮〔四〕，識者其誰？

〔一〕祝本「曾」字下注曰：一作「魯」。題義下有注曰：「狸身明而頭不知，言不祥也，當得智者識之。」魏本、廖本、王本無。〔補釋〕蔡邕琴操：「殘形操者，曾子所作也。曾子鼓琴，墨子立外而聽，曲終入曰：善哉鼓琴，身已成矣，而曾未得其首也。曾子曰：吾晝卧，見一狸，見其身而不見其頭，起而爲之弦，因曰殘形。」

〔二〕〔方世舉注〕詩：「祀事孔明。」　〔補釋〕孔，猶甚也。

〔三〕〔鍾惺曰〕奇語。　〔何焯義門讀書記〕未得其首，蓋歎明王不作也。　〔王元啓曰〕此操專重此句，然莫識其義之何屬。或云慨聖王之不作。吾謂推之事親交友，及學問中崇德辨惑之事，無所不通。若就魯國而論，或歎三桓僭妄，亦未可知。

〔四〕〔魏本引韓醇曰〕離騷：「巫咸將夕降兮，懷椒糈而要之。」注：「巫咸，古神巫名也。當商中宗時。降，下。」張衡思玄賦：「抨巫咸使占夢。」

【集説】

蔣之翹曰：昔劉須溪論十操，惟此最古意，以其不着迹也。余以其辭尚欠歸宿。

朱彝尊曰：直述事，語亦古質，但恨少言外意。

陳沆曰：賈謫長沙，問吉凶於鵩鳥。屈放江南，託占筮于巫咸。此詩合而用之，明示放臣之感，故以終篇。不然牧犢子乃齊宣王時人，曾子何爲反殿其後？

程學恂曰：淡得妙，糊塗得妙。笑問青天我是誰，用此章結，既濟未濟。

晁補之曰：愈博涉羣書，所作十操，奇辭奥旨，如取之室中物。以其所涉博，故能約而爲此也。夫孔子於三百篇皆弦歌之，操亦絃歌之辭也。其取興幽渺，怨而不言，最近騷體。騷本古詩之衍者，至漢而衍極，故離騷、琴操，與詩賦同出而異名，蓋衍復于約者。約故去古不遠，然後之爲騷者，惟約猶及之。

强幼安唐子西文録曰：古樂府命題，皆有主意。後之人用樂府爲題者，直當代其人而措詞，如公無渡河，須作妻止其夫之詞。太白輩或失之。惟退之琴操得體。又曰：琴操非古詩，非騷詞，惟韓退之爲得體。退之琴操，柳子厚不能作。子厚皇雅，退之亦不能作。

嚴羽曰：韓退之琴操極高古，正是本色，非唐賢所及。

謝榛曰：碧雞漫志曰：斛律金敕勒歌曰：「敕勒川，陰山下。天似穹廬，籠蓋四野。天蒼蒼，野茫茫，風吹草低見牛羊。」金不知書，同于劉、項，能發自然之妙。韓昌黎琴操雖古，涉于摹擬，未若金出性情爾。

朱彝尊曰：琴操果非詩、騷，微近樂府，大抵稍涉散文氣。昌黎以文爲詩，是用獨絶。

劉大勤師友詩傳續録引王士禛曰：中唐如韓退之琴操，直遡兩周。

何焯義門讀書記曰：十篇皆得不失其操本意。

姚範曰：唐庚强作解事。

翁方綱石洲詩話曰：唐詩似騷者，約言之有數種，韓文公琴操，在騷之上。王右丞送迎神曲諸歌，騷之匹也。劉夢得竹枝，亦騷之裔。盧鴻一嵩山十志詩最下。

王元啓曰：琴操十首，皆古詩體。中如將歸、龜山、拘幽、殘形等操，則亦可以爲騷，故朱子楚辭後語採之。論者但以柳集所無，遂謂子厚不能作，而更造爲非詩非騷之論以惑誤後生，此真耳食之論。

夏敬觀説韓曰：琴操、皇雅一類詩，皆非深於文者不能作。退之、子厚皆文章之宗匠也。惟退之湛深於經誥，子厚則惟淵源於騷雅。使子厚作琴操必如騷，退之未嘗不能作皇雅也。

程學恂曰：琴操十首，皆勝原詞，有漢、魏樂府所不能及者。惟越裳、岐山二操，不逮周公雅頌耳。

章士釗曰：子厚平淮夷雅，唐子西取退之琴操與之相比，此子西之庾辭也。夫題如琴操，辭出名手，非摹古詩，即肖騷辭，非詩非騷，抑又何物？試爲譬之，直獸類中之四不像耳。明明譏退之不能作此體文，而美其名曰惟退之爲得體，猶言退之以文爲詩然。夫文與詩，赫然兩體，不能相溷也。今不曰退之不能爲詩，而佯譽之曰以文爲詩，試爲譬之，亦直人類中之陰陽生耳。誠不若楊升庵逕以「人稱退之善詩，乃勢利他」語之爲直截痛快也。於是子西謂「退之琴操，子厚不能作」，特子厚不作而已，非真不能作也。如作之，非古詩，即騷辭。至「子厚皇雅，退之不能作」，則退之真不能作，如作之，將四不像與琴操等。按：章譏退之不能作雅，但退之平淮西碑具在；譏退之不能爲騷，但退之柳州羅池廟碑之迎送神詞具在，章説非確論。

量移袁州張韶州端公以詩相賀因酬之〔一〕

明時遠逐事何如〔二〕？遇赦移官罪未除〔三〕。北望詎令隨塞雁〔四〕，南遷纔免葬江魚〔五〕。將經貴郡煩留客，先惠高文起謝予〔六〕。暫欲繫船韶石下〔七〕，上賓虞舜整冠裾〔八〕。

〔一〕〔舉正〕閣本無「端公」與「因」字。蜀本作「量移袁州酬張韶州先寄詩賀」。三館本作「量移袁州張韶州先詩見賀因酬之」。題語四易各有義，聊並存之。〔魏本引韓醇曰〕此量移命初下之時相贈答也。〔方世舉注〕新唐書地理志：「袁州宜春郡，屬江南道。」按舊唐書憲宗紀：「十四年冬十月丙寅，以湘州刺史韓愈爲袁州刺史。」此詩在聞令之後，未至韶州之前。洪譜竟編十五年，非也。〔補釋〕洪譜並未編此詩於十五年。

〔二〕〔蔣抱玄注〕曹植求自試表：「志欲自效于明時。」

〔三〕〔魏本引韓醇曰〕公至潮州，以表哀謝。帝謂宰臣曰：昨得愈表，因思其所諫，大是愛我。然愈爲人臣，不當言人主事佛乃年促也。七月，羣臣上尊號，大赦天下，乃量移爲袁州刺史。

〔四〕〔魏本引孫汝聽曰〕左太沖蜀都賦：「晨鳧且至，候雁銜蘆。木落南翔，冰泮北徂。」鴻雁之屬，九月而南，正月而北，故公自言不如此塞雁得北向也。

〔五〕〔方世舉注〕屈原漁父篇：「寧赴湘流，葬于江魚之腹中。」

〔六〕〔方世舉注〕江淹詩：「高文一何綺？」〔魏本引孫汝聽曰〕語曰：「起予者商也，始可與言詩已矣。」

〔七〕〔魏本注〕「繫舡」，一本作「寄舡」。〔方世舉注〕水經注：「利水出曲江縣之韶石下。其高百仞，廣園五里，兩石對峙，相去一里，大小略均，似雙闕，名曰韶石。」〔魏本引樊汝霖曰〕郡國志云：「舜登此奏韶樂。」

〔八〕〔方世舉注〕逸周書太子晉解：「王子曰：吾後三年，上賓于帝所。」孔晁注：「言爲賓于天帝之所，鬼神之側。」〔李光地榕村詩選〕末句取諸離騷所謂「跪敷衽以陳辭」者，蒙難正志氣象。〔李詳證選〕屈原離騷：「濟沅湘以南征兮，就重華以陳詞。」此公詩意所出。

別趙子〔一〕

我還於揭陽〔二〕，君先揭陽居。揭陽去京華，其里萬有餘。不謂小郭中，有子可與娱〔三〕。心平而行高，兩通詩與書。婆娑海水南〔四〕，簸弄明月珠〔五〕。及我還宜春〔六〕，意欲攜以俱。擺頭笑且言〔七〕，我豈不足歟〔八〕？又奚爲於北〔九〕，往來以紛如〔一〇〕？海中諸山中，幽子頗不無〔一一〕。相期風濤觀，已久不可渝〔一二〕。又嘗疑龍蝦〔一三〕，果誰雄牙鬚〔一四〕？蚌嬴魚鼈蟲〔一五〕，瞿瞿以狙狙〔一六〕。識一已忘十〔一七〕，大同細自殊。欲一窮究之，時歲屢謝除〔一八〕。今子南且北〔一九〕，豈非亦有圖？人心未嘗同〔二〇〕，不可一理區〔二一〕。宜各從所務〔二二〕，未用相賢愚〔二三〕。

〔一〕〔洪興祖韓子年譜〕潮州請置鄉校牒云「趙德秀才」，即敍退之文章七十二篇爲文録者。公有別趙子詩。德自謂行道學文，庶幾乎古，不肯從公于袁。而區弘自連山從公于荆，又從公于京師，各從其志也。〔魏本引韓醇曰〕公爲潮州刺史時，攝海陽尉，督州學生徒者。東坡所謂「潮人初未知學，公命趙德爲之師」，即其人也。公自潮移袁，詩以別之。德，潮人，公欲與俱而不可耳。〔方成珪昌黎先生詩文年譜〕是年冬作。

〔二〕〔方世舉注〕漢書地理志：「揭陽縣屬南海郡。」按公集黄陵廟碑云：「元和十四年，余以言事得罪，黜爲潮州刺史，其地于漢南海之揭陽。」

〔三〕〔廖瑩中注〕詩鄭風：「聊可與娱。」

〔四〕〔補釋〕文選神女賦：「又婆娑乎人間。」李善注：「婆娑，猶媻姗也。」

〔五〕〔魏本引孫汝聽曰〕廣記云：「鯨鯢目即明月珠。」詩意謂其懷寶自樂也。〔顧嗣立注〕史記李斯傳：「垂明月之珠。」

〔六〕〔魏本引孫汝聽曰〕元和十四年七月己丑，憲宗上尊號，大赦天下。十二月二十四日，公自潮州量移袁州郡，即宜春郡也。

〔七〕祝本、廖本、王本作「且言」。魏本作「不可」。

〔八〕〔汪琬曰〕以下述趙語。

〔九〕〔舉正〕閣、范、李校作「北」。〔考異〕「北」或作「此」，非是。廖本、王本作「北」。祝本、魏本作「此」。蔣本作「比」。

〔一〇〕〔舉正〕蜀本「以」作「各」。

〔一一〕〔魏本引孫汝聽曰〕幽子，隱士。

〔一二〕〔魏本引孫汝聽曰〕相期者，德自言與幽子相期往觀風濤也。此言已久，不可中變從公而往。渝，變也。

〔一三〕祝本、魏本、王本作「蝦」。廖本作「鰕」。〔方世舉注〕漢書息夫躬傳：「撫龍神兮攬其須。」爾雅釋魚：「鰝，大鰕。」注：「大者出海中，長二三丈，鬚長數尺。」〔顧嗣立注〕王隱交廣記：「或語廣州刺史滕修，鰕須長一丈，修不信。其人後至東海，取鰕須長四丈四尺封以示修。修乃服。」〔蔣抱玄注〕龍蝦即俗稱明蝦，非二物也。〔補釋〕此處仍當作二物解，否則下句誰字無謂矣。

〔一四〕〔補釋〕杜甫詩：「陰壑虎豹雄牙須。」

〔一五〕〔方世舉注〕易説卦傳：「離爲鼈爲蟹，爲蠃爲蚌。」〔翁方綱石洲詩話〕漁洋云：韓、蘇七言詩學急就篇句法，如「鴉鳴鷹鵰雉鵠鵾」、「騅駓駰駱驪騵騵」等句。近又得五言數語，韓詩「蚌蠃魚鼈蟲」，盧仝「鰻鱣鮎鯉鰌」云云。然此種句法，間作七言可耳，五言即非所宜。解人當自知之。

〔一六〕〔補釋〕禮記檀弓：「瞿瞿如有求而弗得。」正義：「瞿瞿，眼目速瞻之貌。」又玉藻：「視容瞿瞿梅梅。」正義：「瞿瞿，驚遽之貌。」揚雄方言：「掩，索取也。自關而西曰索，或曰狙。」注：「狙，伺也。」

〔一七〕〔考異〕「已」，方作「以」。又云：山谷、謝本「以」皆作「已」，今從黄、謝。祝本、魏本作「以」。廖本、王本作「已」。

〔一八〕〔魏本引孫汝聽曰〕德又言嘗聞龍蝦蚌蠃魚鼉蟲大小不同，欲一往而窮究之。歲時屢謝，終未能往，言今當往也。〔方世舉注〕楚辭大招：「青春受謝，白日昭只。」詩蟋蟀：「今我不樂，日月其除。」

〔一九〕〔魏本引孫汝聽曰〕子謂公也。

〔二〇〕〔魏本引韓醇曰〕左傳：「人心之不同，如其面焉。」

〔二一〕〔舉正〕杭、蜀作「區」。〔考異〕「區」，或作「驅」。祝本、魏本作「驅」。廖本、王本作「區」。

〔二二〕〔舉正〕山谷本、范本所校同。〔考異〕「務」，或作「好」，或作「勝」。祝本、魏本作「勝」。廖本、王本作「務」。

〔二三〕祝本、廖本、王本作「相」。魏本作「分」。

【集説】

朱彝尊曰：述不肯俱北之，灑灑可喜。

方世舉曰：此詩首敍遷謫潮州，喜于得趙。及移袁州，欲與偕而不可，有不得不別者矣。乃復述趙之言，以爲海南有以樂，日物理細大，不可究詰，人生去往，亦豈可強同，此所以不相從也。截然便住，彼此之意各盡，不作一惜別語。於此歎格之奇，而亦可相見趙立品之高，不煩語及俗情也。

程學恂曰：趙德亦落落可喜，宜乎其能風率潮士也。

蔣抱玄曰：此詩風致情緒，都無可取，殆亦口占而不經追琢者。

章士釗曰：介甫送潮州呂使君一詩云：「韓君揭陽居，戚嗟與死鄰。呂使揭陽去，笑談面生春。曾復進趙子，詩書相討論。不必移鱷魚，詭怪以疑民。」趙子者，趙德也。退之有別趙子詩云云。介甫意謂與趙子討論詩書則可，若移鱷，則巫道也，殊詭怪，非儒者所有事。詞雖極簡，義卻嚴正。

卷十二

將至韶州先寄張端公使君借圖經〔一〕

曲江山水聞來久〔二〕，恐不知名訪倍難。　願借圖經將入界，每逢佳處便開看〔三〕。

〔一〕元和十五年庚子。　〔考異〕或無「端公」字。　祝本、魏本無「端公」。廖本，王本有。　〔魏本引洪興祖曰〕此詩及下至韶州留別詩，皆自潮移袁道中作。　〔方成珪昌黎先生詩文年譜〕是年正月作。　〔岑仲勉唐史餘瀋〕將至韶州先寄張端公使君借圖經詩注云：「此詩及下至韶州留別詩，皆自潮移袁道中作。」余則以爲應是謫潮時作。　蓋來往皆道出於韶，則謫潮日曾經其地，何此時猶云「曲江山水聞來久，恐不知名訪倍難」耶？如以兩詩同署張端公爲疑，則愈兩度經韶，前後約衹八月，其南下之際，可能張端公已上韶任也。　姑識之以待質諸方志，抑同卷更有詩題云「去歲自刑部侍郎以罪貶潮州刺史，乘驛赴任」，或來時乘驛，不得流連山水，故「聞來久」一句，仍無害其爲再度經過歟？　〔方世舉注〕新唐書百官志：

「職方郎中員外郎，掌地圖。凡圖經非州縣增廢，五年乃修，歲與版籍俱上。」

〔二〕〔方世舉注〕水經注：「瀧水又南逕曲江縣東。曲，山名也。瀧中有碑文曰：按地理志，曲江，舊縣也。王莽以爲始興郡治。水出始興東江，西與連水合。水在南康縣涼熱山連谿山，即大庾嶺也，五嶺之最東矣。又西逕始興縣南，又西入西江縣，邸水注之。水出浮嶽山，山躡一處，則百餘步動，若在水也。南流注于東江，又西與利水合。水出縣之韶石下。」

〔三〕〔舉正〕唐本、文苑作「每」。閣本、蜀本作「亦」。李，謝從唐本。祝本、魏本作「亦」。廖本、王本作「每」。

【集説】

朱彝尊曰：人皆有此意，如此寫來自妙。

題秀禪師房〔一〕

橋夾水松行百步〔二〕，竹牀莞席到僧家〔三〕。暫拳一手支頭卧〔四〕，還把漁竿下釣沙〔五〕。

〔一〕〔陳景雲曰〕題驛梁詩題云：「貶潮州刺史，乘驛赴任。」其時方爲嚴程所迫，塗中山水，皆未暇游眺，故後日移袁過韶，寄詩韶守，有欲借圖經開看佳處之語。則到僧家把漁竿，必非赴潮時事，定量移後過其地而留題也。〔補釋〕舉正以此詩爲元和十四年貶潮陽道中作，方世舉編年亦然。今從陳説，改繫本年正月。南方氣暖，竹牀莞席，乃四時常御也。

〔二〕〔舉正〕「松」，閣本作「船」。〔方世舉注〕左思吴都賦：「草則石帆水松。」南方草木狀：「水松葉如檜而細長，出南海。土産衆香，而此木不大香，故彼人無佩服者。嶺北人極愛之。然其香殊勝在南方時。」按：水松，左思以爲草，嵇含以爲木，大抵是兩，而要皆南方物也。

〔三〕〔舉正〕蜀作「牀」。李、謝校同。〔祝本引洪興祖曰〕「竹牀」，一作「竹林」，非是。〔方世舉注〕南方多竹，可以爲牀。〔祝充注〕莞草叢生水中，圓可以織席。

〔四〕〔舉正〕杭、蜀作「頭」。〔考異〕「頭」，或作「頤」。祝本、廖本、王本作「頭」。魏本作「頤」。

〔五〕〔舉正〕閣作「釣」。〔考異〕「釣」，或作「晚」。祝本、魏本作「晚」。廖本、王本作「釣」。

【集説】

朱彝尊曰：四句四事，清迥絶俗。

韶州留别張端公使君〔一〕

來往再逢梅柳新〔二〕，别離一醉綺羅春〔三〕。久欽江總文才妙〔四〕，自歎虞翻骨相屯〔五〕。嗚笛急吹争落日，清歌緩送欵行人〔六〕。已知奏課當徵拜〔七〕，那復淹留詠白蘋〔八〕？

〔一〕祝本、魏本無「端公」字。廖本、王本有。〔魏本引孫汝聽曰〕公量移袁州，故云留別。〔方成珪昌黎先生詩文年譜〕是年正月作。〔補釋〕爲是年閏正月作。

〔二〕〔魏本引孫汝聽曰〕元和十四年正月，公以論佛骨貶潮州。三月至潮州。十月量移袁州。十五年正月至袁州。其往來上下于韶，皆梅柳新時也，故云。〔王元啓曰〕公以十四年二月過韶，十五年赴袁，又於閏正月過韶，故云再逢梅柳。孫注以來爲三月，往爲正月，並非。按：憲宗之崩在正月二十六日，穆宗即位在閏月三日，袁州謝上表云：「以今月八日到任上訖。」無論正月閏月，俱在未接哀詔之先，表中不應遂有先朝之稱，公自潮至韶有「再逢梅柳」之句，其至袁州，必在閏月以後，二月初旬。〔徐震曰〕據袁州刺史謝上表，自潮移袁爲十月二十四日，其過韶當在十一月。此嶺上梅開之時。其貶至潮過韶，在三月中，則正值柳新之時。〔補釋〕移袁過韶爲十五年閏正月，王說爲長。其貶潮過韶，在十四年三月，則當從徐說。王以貶潮時爲二月過韶者，改瀧吏詩「南行逾六旬」爲「四旬」立說耳，未爲的論。〔何焯義門讀書記〕起句再字與末句淹留反對。

〔三〕〔方世舉注〕指韶州宴別時事。

〔四〕〔方世舉注〕南史江總傳：「總，字總持，幼聰敏，及長，篤學有文辭。南陽劉之遴等，並高才碩學。總時年少有名，之遴嘗酬總詩，深相欽挹。梁元帝徵爲始興内史，不行，流寓嶺南積歲。陳天嘉中徵還，累遷太子詹事。尤工五言七言，多爲豔詩，好事者相傳諷翫。」〔何焯義門讀書記〕此句乃斷章用嶺外事，與第七奏課徵拜呼應。〔陳景雲曰〕始興即韶州，以江比張，蓋用當州故事。

〔五〕〔方世舉注〕吴志虞翻傳：「翻，字仲翔，孫權以爲騎都尉，數犯顔諫争，權不能悦。又性不協俗，多見謗毁，坐徙丹陽。涇縣吕蒙，請以自隨，因此令翻得釋。翻性疎直，數有酒失。權與張昭論及神仙，翻指昭曰：『彼皆死人，而語神仙，世豈有仙人也？』權積怒非一，遂徙翻交州。」按：翻以論神仙徙交州，公以論佛骨貶潮州，皆黜外教，皆放南方，故以自比，其用事精切如此。〔陳景雲曰〕吴志裴注引翻别傳有「自恨骨體不媚，犯上獲罪，當長殁海隅」諸語。

〔六〕〔舉正〕唐本、李、謝校作「争落日」、「欸行人」。蜀本亦只作「争」。李本云：二宋評此詩，小宋疑下語有誤，大宋初不以爲然，後得善本始信。〔考異〕諸本「争」作「催」，「欸」作「感」。方從唐本。祝本、魏本作「催落日」、「感行人」，廖本、王本作「争落日」、「欸行人」。〔何焯義門讀書記〕作「感」，便與「緩」字無情。

〔七〕〔魏本引孫汝聽曰〕課，治狀也。

〔八〕白蘋，見卷九和席八十二韻注。

【集説】

朱彝尊曰：格平調穩，寫情點景皆合拍，讀之有味。

除官赴闕至江州寄鄂岳李大夫〔一〕

盆城去鄂渚〔二〕，風便一日耳〔三〕。不枉故人書，無因帆江水〔四〕。故人辭禮闈〔五〕，旌節鎮江圻〔六〕。而我竄逐者，龍鍾初得歸〔七〕。别來已三歲〔八〕，望望長迢遞〔九〕。咫尺不相聞〔一〇〕，平生那可計？我齒落且盡，君鬢白幾何〔一一〕？年皆過半百〔一二〕，來日苦無多。少年樂新知〔一三〕，衰暮思故友〔一四〕。譬如親骨肉，寧免相可否〔一五〕？我昔實愚惷〔一六〕，不能降色辭〔一七〕，子犯亦有言，臣猶自知之〔一八〕。公其務貰過〔一九〕，我亦請改事〔二〇〕。桑榆儻可收〔二一〕，願寄相思字〔二二〕。

〔一〕〔顧嗣立注〕顔師古漢書注：「凡言除者，除去故官就新官。」舊唐書：「李程，字表臣，隴西人，貞元十二年進士擢第。」〔方世舉注〕新唐書地理志：「江州潯陽郡、鄂州江夏郡、岳州巴陵郡，皆屬江南西道。」〔魏本引樊汝霖曰〕元和十五年九月，公自袁州召拜國子監祭酒。行次盆城，作此詩寄之。公嘗與表臣同爲御史，及鄭餘慶爲詳定使，公又與表臣俱爲之副。反覆詩語，疑若與表臣嘗有隙，至是因詩謝之。故舊無大故則不棄，此公所以思之，且請改事也。

〔二〕〔魏本引孫汝聽曰〕潯陽記：「盆水出青盆山，因以爲名。帶山雙流，而右灌潯陽，北流入江。」今在江州。鄂渚，今鄂州。〔王元啓曰〕一説當作「鄂渚去溢城」。〔補釋〕元和郡縣志：「隋文帝平陳，置江州總管，移理溢城，古之溢口城也。漢高帝六年灌嬰所築。」酈道元水經注：「九州記曰：鄂，今武昌也。」

〔三〕〔陳景雲曰〕陸游入蜀記云：「自江州至鄂州七百里，泝流雖日得便風，亦須三四日。韓詩云『盆城去鄂渚，風便一日耳』，過矣。」〔王元啓曰〕此二句爲下故人書作引。蓋公與李有故，公至江州，李宜有書見及。自鄂至江，順流而下，風便一日可至。而竟寂然，公故作此遺之。〔方成珪箋正〕公詩特極言其速，與李太白早發白帝城詩「千里江陵一日還」同意。

〔四〕〔舉正〕蜀作「帆」，洪、謝校同。帆，去聲讀。少陵詩「浦帆晨初發」是也。〔考異〕「帆」，諸本作「泛」。〔祝本魏本引洪興祖曰〕帆，去聲，船使風也。今本作「汎」，非是。〔楊慎升庵詩話〕劉熙釋名曰：「隨風張幔曰帆。」注：去聲。廣韻曰：「張布障風曰帆。音與梵同。」南史：「因風帆上，前後連烟。」

〔五〕〔魏本注〕「辭」，一作「闢」。〔方世舉注〕任昉王文憲集序：「出入禮闈，朝夕舊館。」

〔六〕〔魏本引樊汝霖曰〕舊史：程元和十三年四月拜禮部侍郎，六月出爲鄂州刺史、鄂岳觀察使。程自禮闈出鎮明矣。而新傳獨言歷御史中丞：鄂岳觀察使，蓋逸之也。〔方世舉注〕水經：「江之右岸，有鄂縣故城。」注：「江中有節度石，是西陽、武昌界。分江于斯石。江浦東逕五磯，北有五山，庾仲雍謂之五圻。」

〔七〕龍鍾，見卷一醉留東野注。

〔八〕〔洪興祖韓子年譜〕蓋程十三年出鎮，與公別于京師，今三歲矣。

〔九〕〔蔣抱玄注〕禮記：「其往送也望望然。」

〔一〇〕〔魏本注〕「不」，一作「何」。

〔一一〕〔魏本注〕「君」，一作「公」。〔舉正〕蜀作「鬢」。〔考異〕「鬢」，或作「鬚」。祝本作「鬚」。魏本作「髮」。廖本、王本作「鬢」。

〔一二〕〔魏本引孫汝聽曰〕公是歲年五十三。

〔一三〕〔顧嗣立注〕楚辭屈原九歌：「樂莫樂兮新相知。」

〔一四〕〔考異〕「哀」，或作「歲」。〔李詳證選〕沈約別范安成詩：「生平少年日，分手易前期。及爾同哀暮，非復別離時。」〔程學恂曰〕從楚辭翻出，更有深情。

〔一五〕〔程學恂曰〕以下數語，真意可感。想從前與李多有不合處。

〔一六〕〔舉正〕「惷」，蜀本作「戇」。愚惷，見禮記。漢書多用「愚戇」字。〔方成珪箋正〕「愚惷」，當作「惷愚」，見禮記哀公問。漢高帝紀下：「王陵可，然少戇。」張陳王周傳贊：「王陵少戇。」師古注皆云：「戇，愚也。」

〔一七〕〔黄徹曰〕張籍嘗移書責退之與人商論，不能下氣。愈亦有云：「我昔實愚惷，不能降色辭。」余謂此乃書生常態。〔方世舉注〕元和十三年，鄭餘慶爲詳定禮樂使，公與李程爲副使，或議論有所不合也。

〔一八〕〔方世舉注〕左傳：「子犯以璧授公子曰：臣負羈紲，從君巡于天下，臣之罪甚多矣。臣猶知之，而況君乎？」

〔一九〕〔祝充注〕貰，賒也，貸也。前漢：「數蒙聖恩，得見貰赦。」〔方世舉注〕漢書尹賞傳：「願自改者皆貰其罪。」

〔二〇〕〔顧嗣立注〕左傳宣公十二年：「楚子圍鄭，鄭伯肉袒牽羊以逆曰：使改事君，夷于九縣，君之惠也，孤之願也。」

〔二一〕見卷一孟生詩注。

〔二二〕〔魏本引孫汝聽曰〕古詩：「客從遠方來，遺我一書札。上言長相思，下言久離別。」

【集説】

朱彝尊曰：眼前意寫得活潑，即如口説一般，正以淺顯佳。

唐宋詩醇曰：情致纏綿，詞氣遜順，使人之意也消。

次石頭驛寄江西王十中丞閣老〔一〕

憑高試迴首〔二〕，一望豫章城〔三〕。人由戀德泣〔四〕，馬亦别羣鳴〔五〕。寒日夕始照，風江遠漸平〔六〕。默然都不語，應識此時情。

〔一〕〔舉正〕石頭驛在豫章郡西二十里。王十，王仲舒也。自此至題驛梁六詩，皆元和十五年冬召還道間作。〔魏本引樊汝霖曰〕袁隸江南西道。公自袁還朝，行次石頭，而作是詩。〔方世舉注〕豫章古今記：「石頭津在郡江之西岸，一名沈書浦。殷羨爲豫章太守，臨去，有附書百封，羨將至石頭，擲之水中，故名焉。」水經注：「贛水逕豫章郡北，爲津步。水之西岸有盤石，謂之石頭，津步之處也。」〔顧嗣立注〕舊唐書王仲舒傳：「字弘中，太原人。穆宗即位，召爲中書舍人，出爲洪州刺史、御史中丞、江南西道觀察使。」

〔二〕〔舉正〕蜀作「迴馬首」。文苑同。〔考異〕方作「迴馬」。今按：下句有「馬」字，方本非是。祝本、魏本作「迴馬」。廖本、王本作「試迴」。

〔三〕〔方世舉注〕左傳：「令尹子蕩師于豫章。」豫章古今記：「豫章之境，南接五嶺，北帶九江。春秋時爲楚之東境，至漢高五年，灌嬰定江南，始立爲郡。郡城即灌嬰所築。」新唐書地理志：「洪州豫章郡，屬江南西道」。

〔四〕〔舉正〕「由」，蜀本作「猶」。〔蔣抱玄注〕張華詩：「戀德維懷，永嘆弗及。」

〔五〕〔蔣抱玄注〕禮記：「游牝別羣，則縶騰駒班馬政。」

〔六〕〔考異〕「風江」，或作「江風」。〔祝本魏本注〕「風江」，一作「楓江」。〔朱彝尊曰〕五六工。風江字佳，若江風則常語耳。且漸平正指江言。〔蔣抱玄注〕杜甫詩：「風江颯颯亂帆秋。」

遊西林寺題蕭二兄郎中舊堂〔一〕

中郎有女能傳業〔二〕，伯道無兒可保家〔三〕。偶到匡山曾住處〔四〕，幾行衰淚落烟霞〔五〕。

〔一〕蕭兄有女出家。〔考異〕諸本「遊」作「題」，「題」作「故」，無「兄」字及注。祝本作「題西林寺故蕭二郎中舊堂」。魏本作「題西林寺故蕭二郎中舊堂公有女爲尼在江州」，注曰：「江州」，一作「汝州」。廖本、王本作「遊西林寺題蕭二兄郎中舊堂及注」。〔舉正〕蕭二，存也。存少與韓會、梁肅友善，廬山今猶有蕭存、魏弘、李渤同遊大林題名。〔汪琬曰〕方語本之莊綽雞肋編。〔陳景雲曰〕「魏弘」下脱「簡」字。白樂天遊大林寺序可證。弘簡卒貞元末，有墓誌在柳子厚集。其遊廬山，蓋攝官江州刺史時也。又長慶初，有樞密内臣魏弘簡，乃姓名偶同者。〔洪興祖韓子年譜〕因話録云：「蕭穎士子存，字伯誠，爲金部員外郎，惡裴延齡之爲人，棄官歸廬山，以山水自娱。終于檢校倉部郎中。公少時嘗受金部賞知，及自袁州入爲祭酒，途經江州，因遊廬山，過金部山居，訪知諸子凋謝，惟二女在焉，因賦此詩，留百縑以拯之。」〔方世舉注〕蓮社高賢傳：「西林法師慧永，初至潯陽，刺史陶範留築廬山舍宅爲西林。遠師之來龍泉，桓伊爲立東林。」新唐書蕭穎士傳：「穎士子存，字伯誠，亮直有父風，能文辭，與韓會等善。浙西觀察使李栖筠表常熟主簿。顔真卿在湖州，與存及陸鴻漸等討摭古今韻字所原，作書數百篇。建中初，遷殿中侍御史，四遷比部郎中。疾裴延齡之姦，去官，風痺卒。韓愈少爲存所知，自袁州還，過存廬山故居，而諸子前死，唯一女在，爲經贍其家。」

〔二〕〔方世舉注〕後漢書列女傳：「陳留董祀妻者，蔡邕之女也。名琰，字文姬，博學有才辨。興平中，天下喪亂，爲胡騎所獲。曹操素與邕善，痛其無嗣，乃遣使者以金璧贖之，而嫁于祀。操因問曰：聞夫人先多墳籍，猶能憶識之不？文姬曰：昔亡父賜書四千餘卷，流離塗炭，罔有存者。今所誦憶，裁四百餘篇，乞給紙筆，真草唯命。于是繕書送之，文無遺誤。」

〔三〕〔考異〕因話録作「無人可主家」。〔方世舉注〕晉書鄧攸傳：「攸，字伯道。永嘉末没于石勒，步走，擔其兒及其弟子綏而逃，度不能兩全，乃謂其妻曰：吾弟早亡，唯有一息，理不可絶，祇應自棄我兒耳。幸而得存，我後當有子。妻泣而從之。棄子之後，卒以無嗣。時人義而哀之，爲之語曰：天道無知，使鄧伯道無兒。」

〔四〕〔方世舉注〕水經注：「廬山，彭澤之山也。山四方，周四百餘里，疊嶂之巖萬仞，懷靈抱異，苞諸仙迹。遠法師廬山記曰：殷、周之際，匡俗先生遊此山，時人謂其所止爲神仙之廬，因以名山矣。」

〔五〕〔舉正〕因話録作「今日匡山過舊隱，空將衰淚對烟霞」。祝本、魏本注引因話録作「到烟霞」。

【集説】

蔣抱玄曰：淋漓盡致。

自袁州還京行次安陸先寄隨州周員外〔一〕

行行指漢東〔二〕，暫喜笑言同。雨雪離江上，蒹葭出夢中〔三〕。面猶含瘴色，眼已帶華風〔四〕。歲暮難相值〔五〕，酣歌未可終〔六〕。

〔一〕廖本、王本題如此。祝本、魏本「袁州」下有「除官」二字。祝本「隨」作「循」。〔舉正〕唐本作「自貶所蒙恩袁州除官還京行次安陸先寄隨州周員外」。如淳漢紀注曰：「此言除者，除故官就新官也。」公誌鄭儋墓曰：「詔受司馬節度，除其官爲工部尚書。」與此同。公時自袁州由豫章、九江涉江而北，徑安陸、漢東、襄陽，趨商洛以還秦。周員外，周君巢也。時知隨州。他本多誤，故詳具經行以信唐本云。〔考異〕諸本如此，但以「隨」爲「循」。方從唐本云「自貶所蒙恩袁州除官還京」，凡多六字。今按諸本得之。唐本既顛倒重複，而方説又不可曉。疑「袁州」字當在「貶」字上，或注在「所」字下。循州之辨，則方得之。或本「袁州」下有「除官」二字，亦通。「隨」又作「復」，當考。〔魏本引樊汝霖曰〕諸本以「隨州」爲「循州」誤矣。循與潮相鄰，皆在廣南，安陸則安州也。安州去隨纔九十，又與隨皆隸湖北，次安陸而寄隨州，則道里爲便。若白袁還京，至安州而先寄詩循州，則道里何逆也？公詩曰：「行行指漢東。」左傳云：「漢東之國隨爲大。」此非隨而何？「循」又一作「復」，亦非。〔王元啓曰〕愚謂詩言「暫喜笑言同」，正謂安、隨相去不遠，越宿即可相見耳。若作循則隔越南裔，公還京北上，愈行愈遠，更何笑言可同？〔方世舉注〕水經注：「隨水出隨郡西，南至安陸縣故城西，故鄖城也。」新唐書地理志：「安州安陸郡中都督府，有雲夢縣，中有神山，屬淮南道。隨州漢東郡，屬山南東道。」〔洪興祖韓子年譜〕「隨州」，一作「循」，一作「徐」，皆誤。舊本蓋曰「周隨州循」，循其名也。〔方崧卿年譜增考〕周員外乃周君巢也。諸本亦無有名循者。公再寄周詩云：「陸孟丘楊久作塵，同時存者更誰人？金丹別後知傳得，乞取刀圭救病身。」公與君巢同爲董晉幕客，陸長源、孟叔度、丘穎、楊凝，皆一時同幕之舊，至是皆歿矣。君巢晚留意丹藥，柳子厚嘗有答周君巢論餌藥久壽書，故公有末章之語，其爲周君巢無疑矣。洪爲或本所誤耳。〔沈欽韓注〕周員外，謂周愿也。與公同在董晉幕中，故下有陸、孟、丘、楊之感。文苑英華周愿三感説，愿始爲嶺南節度使李復從事，後牧守竟陵。白樂天集有周愿自復州遷衡州制，則愿爲隨州，又在衡州之後。〔補釋〕君巢當是周愿之字。洪譜云：「周君巢，貞元十一年進士。」

〔二〕漢東，見題注。

〔三〕〔方世舉注〕書禹貢：「荆及衡陽維荆州，雲土夢作乂。」左傳：「邧夫人使棄諸夢中。」杜預

注：「夢，澤名，在江夏安陸縣城東南。」是則言夢而不言雲。又：「楚子濟江入于雲中。」是則言雲而不言夢。史記秦始皇紀：「東巡至雲夢。」索隱曰：「雲、夢，二澤名。人以二澤相近，故合稱雲夢耳。」

〔四〕〔方世舉注〕陳書高祖紀：「高冠厚履，希復華風。」

〔五〕〔陳景雲曰〕公以冬日次安陸，歲已暮矣，然末聯又非專言時序也。韓詩：「歲聿其暮。」薛君章句曰：「暮，晚也，謂君年歲已晚。」詩意本此。蓋公早歲與隨州同佐汴幕，是時舊寮多逝，僅存二人，故深喜晼晚相值之難耳。合後寄隨州詩觀之，義益明矣。

〔六〕朱本「歌」誤作「醉」。

【集説】

朱彝尊曰：虚虚道景言情，卻有雅味。

李光地榕村詩選曰：竄逐生還，悲喜情至。

又寄周隨州員外〔一〕

陸孟丘楊久作塵〔二〕，同時存者更誰人〔三〕？金丹別後知傳得〔四〕，乞取刀圭救病身〔五〕。

〔一〕魏本作「又寄周隋州員外」。祝本作「又寄周循州員外」。舉正、考異、廖本、王本俱作「寄隨州周員外」。朱翌猗覺寮雜記引作「寄周循州」。兹依魏本。〔考異〕「隨」，或作「循」，或作「復」，説已見上。〔王元啓曰〕前有行次安陸一詩，題云「先寄」，則此當作「又寄」可知。

〔二〕〔舉正〕蜀本作「陽」，非。公與陸長源、孟叔度、丘穎、楊凝及周君巢同爲董晉幕客故也。〔王元啓曰〕四人皆公與周汴府同幕。陸長源爲行軍司馬，孟叔度爲支度營田判官，楊凝爲觀察副使，丘穎爲觀察支使，陸、孟、丘皆貞元十五年爲汴州亂軍所害，惟楊凝先以朝正入京，至十九年以兵部郎中卒于京。

〔三〕〔魏本引樊汝霖曰〕元和四年，公分司東都，有送李正字歸湖南序云：「於是太傅府之士，惟愈與河南司録周君獨存，其外則李氏父子，相與爲四人。」至作此詩時，又一星終矣。李氏父子，存否莫詳。因此詩而知其存者，獨公與周耳。〔朱彝尊曰〕起二句道得真率，無限感慨。

〔四〕見前詩題注。〔方世舉注〕抱朴子：「金丹燒之愈久，變化愈妙，令人不老不死。」

〔五〕魏本、廖本、王本作「取」。祝本作「與」。〔朱翌曰〕退之戒人服丹，其言甚切。乃乞丹于循州。樂天云「退之服硫黄」，信矣。〔魏本引樊汝霖曰〕公詩及此，而或者遂謂公晚年惑金石藥，且引樂天思舊詩云：「退之服硫黄，一病訖不痊。」公卒以長慶四年，其三年誌李干墓，方且歷疏以藥敗者六七，以爲世誡。今乃不取此爲正而徒云爾邪？〔章士釗曰〕白樂天思舊詩「退之服硫黄」一語，有人認爲鐵證，然亦有人證其非指韓退之。就詩而論，殆無從證實退之不爲昌黎，況退之集中自有寄隨州周員外詩，詩喜君巢之得金丹，向之乞取，「病身」明是自謂，然却未言己身服食。此能作爲充足證據，斷定退之服硫黄與否，似猶待考。硫黄者，以服食言，亦鍾乳一類之藥餌也。相傳韓退之服硫黄而死，袁子才隨筆中，有辨訛一則如下：「孔毅夫雜説稱，退之晚年服金石藥致死，引香山詩爲證。吕汲公辨之云：衞中立字退之，餌金石求不死，反死。中立與香山交好，非韓退之也。韓之痛詆金石，兒李虚中諸人墓誌矣。豈有身反服之之理。」吕説甚辨。查退之李虚中誌稱，虚中昆弟六人，先死者一人，信道士長生不死之説，而虚中本人，亦好道士説，於蜀得祕方，能以水銀爲黄金，服之，冀果不死云云。是虚中既不能鑒於昆弟中死於道士之邪説而已不信道士，退之如何能鑒於虚中之死而已不服硫黄？吾友楊守仁篤生，通人也，自研化學，深信有成。後與吾同學英倫，亦服硫黄逾量，内熱不可忍，因蹈海而死。然則服鐘乳硫黄一類金石餌品，不能説何人必服，也不能説何人必不服。〔方世舉注〕庾信詩：「成丹須竹節，量藥用刀圭。」本草：「凡散藥有云刀圭者，十分方寸匕之一，準如梧桐子大也。方寸匕者，作匕正方一寸，抄散取不落爲度。」

題廣昌館〔一〕

白水龍飛已幾春〔二〕？偶逢遺跡問耕人〔三〕。丘墳發掘當官路〔四〕，何處南陽有近親〔五〕？

〔一〕〔方成珪箋正〕元和志：「山南道隨州棗陽縣，本漢蔡陽地，屬南陽郡。後漢分蔡陽立襄鄉縣。周改爲廣昌。」據此，則館乃用古縣名也。

〔二〕〔顧嗣立注〕選東京賦：「我世祖忿之，乃龍飛白水。」薛綜曰：「世祖謂光武，白水謂南陽，白水縣，世祖所起之處也。」

〔三〕〔舉正〕蜀作「逢」。謝校同。〔考異〕「逢」，或作「尋」。〔魏本注〕「遺」字一作「蹤」。〔魏本引孫汝聽曰〕光武之高祖春陵節侯買，本封在今永州。元帝時徙南陽，仍號春陵，在今隋州。

〔四〕〔舉正〕唐本、蔡校作「路」。〔考異〕「路」，或作「道」。祝本、魏本作「道」。廖本、王本作「路」。〔魏本引孫汝聽曰〕當官道，言無所畏忌也。

〔五〕〔方世舉注〕後漢書劉隆傳：「時天下墾田多不以實，帝見陳留吏牘上有書云：『潁川、弘農可問，河南、南陽不可問。』帝詰吏由，不肯服。時顯宗爲東海公，年十二，曰：河南帝城多近臣，南陽帝鄉多近親，田宅踰制，不可爲準。帝詰問吏，吏乃實首服。如顯宗對。」〔王元啓曰〕故時南陽多近親，致奉詔檢覈田舍俱被格。今至丘墳發掘如是，公蓋不勝桑田滄海之感。

【集説】

蔣之翹曰：此與題楚昭王廟情事俱感慨無極。

朱彝尊曰：即張孟陽七哀詩，而以四語道盡，何等朗快！

程學恂曰：此詩係書一時所感。

蔣抱玄曰：淒婉。

酒中留上襄陽李相公〔一〕

濁水汙泥清路塵〔二〕，還曾同制掌絲綸〔三〕。眼穿長訝雙魚斷〔四〕，耳熱何辭數爵頻〔五〕？銀燭未銷窗送曙〔六〕，金釵半墮座添春〔七〕。知公不久歸鈞軸〔八〕，應許閒官寄病身〔九〕。

〔一〕〔考異〕諸本作「醉中留別襄州李相公」。廖本、王本作「酒中留上襄陽李相公」。祝本、魏本作「醉中留別襄州李相公」。〔魏本注〕「留別」，一作「上別」。〔魏本引樊汝霖曰〕李謂逢吉也。舊史：「元和九年，拜中書舍人。十一年拜相，尋出爲劍南東川節度使。穆宗即位，移襄州刺史、山南東道節度使。」公自袁召還，過襄陽作也。

〔二〕〔魏本引孫汝聽曰〕曹子建詩：「君若清路塵，妾若濁水泥。浮沈各異勢，會合念何時？」濁水，汙泥，公以自喻。清路塵，以喻逢吉也。〔方世舉注〕曹植九愁賦：「寧作清水之沈泥，不爲濁路之飛塵。」按：首句七字，全用此二句義。

〔三〕〔魏本引韓醇曰〕公元和十一年正月爲中書舍人，而逢吉以其年二月自舍人拜相，故云。〔魏本引唐庚曰〕據送襄陽李尚書詩石本名銜云：「中書舍人李逢吉，考工郎中知制誥韓愈。」〔王元啓曰〕逢吉元和九年拜中書舍人，公於是年十月爲考功郎中知制誥，與逢吉同掌絲綸者前後一年有餘，不特十一年正月同官舍人，乃謂之同制也。絲綸，見卷九和席八十二韻注。

〔四〕〔何焯曰〕杜詩：「眼穿當落日。」〔魏本引韓醇曰〕選：「客從遠方來，遺我雙鯉魚。呼兒烹鯉魚，中有尺素書。」雙魚，書也。

〔五〕〔李詳證選〕楊惲報孫會宗書：「酒酣耳熱。」曹植箜篌引：「樂飲過三爵。」〔俞弁曰〕天廚禁臠，洪覺範著。有琢句法，中假借格，如「殘春紅藥在，終日子規啼」，以紅對子。如「住山今十載，明日又遷居」以十對遷。朱子儋詩話謂其論詩近于穿鑿。余謂孟浩然有「庖人具雞黍，稚子摘楊梅」，以雞對楊。老杜亦有「枸杞因吾有，雞栖奈爾何！」以枸對雞。韓退之云：「眼昏長訝雙魚影，耳熱何辭數爵頻？」以魚對爵。皆是假借，以寓一時之興。唐人多有此格，何以穿鑿爲哉？〔黄鉞注〕雙魚數爵，亦是巧對。

〔六〕〔舉正〕文苑作「銀燭未終雞送曙」。〔考異〕「銷」，或作「殘」。〔楊慎升庵詩話〕穆天子傳：「天下之寶，璿珠燭銀。」郭璞曰：「銀有精光如燭也。」梁簡文詩：「燭銀踰漢女，寶鐸邁昆吾。」江總貞女峽賦：「含照耀之燭銀，泝潺湲之膏玉。」唐人詩用銀燭字，本此。

〔七〕祝、魏、廖、王諸本皆作「半醉」。〔舉正〕文苑作「金釵半墜坐添春」。〔何焯義門讀書記〕用「前有墮珥，後有遺簪」之意，作「墜」爲是。〔王元啓曰〕「醉」，與「釵」字不黏。以上句「銀燭未銷」例之，或本作「墜」爲是。〔補釋〕曹植詩：「頭上金爵釵。」大智度論：「頭上金釵墮地。」

〔八〕〔補釋〕詩：「秉國之均。」毛傳：「均，平也。」漢書律曆志作「秉國之鈞」。説文：「軸，持輪也。」〔許顗曰〕殊不類其爲人。乃知能賦梅花，不獨宋廣平。

〔九〕〔方世舉注〕公生平不合于逢吉，此非諂譽之也。逢吉險譎多端，意豈能須臾忘勢位哉？於穆宗有講侍舊恩，即位之初，移鎮襄陽，固有必入之勢矣。長慶二年，召爲兵部尚書，遂排裴度而奪其位。此人得志，其恩怨報復，豈徒然哉？故逆揣其將然，而云閒官寄病身，以示處不争之地。蓋欲釋憾于小人，非以自託也。儉德避難，不可榮以禄。自全之道，固宜然耳。〔程學恂曰〕注言示處不争之地，頗得詩意。

【集説】

朱彝尊曰：頷聯鍛鍊雖工，卻未渾化。頸聯興趣自佳。又曰：李最與退之不合，此詩乃若是歡洽，何也？

汪琬曰：神韻獨絶，公詩之以韻度勝者。

去歲自刑部侍郎以罪貶潮州刺史乘驛赴任其後家亦譴逐小女道死殯之層峯驛旁山下蒙恩還朝過其墓留題驛梁〔一〕

數條藤束木皮棺〔二〕，草殯荒山白骨寒。驚恐入心身已病，扶舁沿路衆知難。繞墳不暇號三帀〔三〕，設祭惟聞飯一盤〔四〕。致汝無辜由我罪，百年慚痛淚闌干〔五〕。

〔一〕廖本、王本題如此。魏本無「以罪」二字，「赴任」作「之官」，「殯」作「瘞」，「旁」作「之」。無「蒙恩還朝」四字，「過」字上有「今」字，注曰：一本題上有「題驛梁」三字，下無「留題驛梁」四字。祝本作「題驛梁」，下有注文四十二字，全同魏本之題。〔舉正〕驛在商州上洛縣。元微之集只作「曾峯」。蜀本題與此小異，然「題驛梁」三字亦只連後寫。〔考異〕諸本只作「題驛梁」，下有注字，與此題少異。方從唐本。〔汪佑南曰〕即祭女挐文「草葬路隅，棺非其棺」意。〔方世舉注〕公集女挐壙銘：「女挐，韓愈第四女也。愈爲少秋官，斥之潮州。女挐年十二，病在席，既驚痛，與其父訣。又輿致走道，撼頓失食飲節，死于商南層峰驛，即瘞道南山下。五年，愈爲京兆，始令易棺衾，歸女挐之骨于河陽韓氏墓。女挐死當元和十四年二月二日。」

〔二〕〔方世舉注〕墨子節葬篇：「堯葬蛩山之陰，衣衾三領，穀木之棺，葛以緘之。」釋名：「棺束曰緘。緘，函也，古者棺不釘也。」庾信傷心賦：「藤緘轊櫝。」

〔三〕〔魏本引樊汝霖曰〕禮記：「延陵季子適齊，于其反也，其長子死，葬于嬴博之間。既封，左袒右還其封且號者三。」〔朱彝尊曰〕用事親切有味。

〔四〕〔魏本引韓醇曰〕荆楚歲時記：「孫楚祭子推文：黍飯一盤，醴酪二盂，清泉甘水，充君之廚。」〔方世舉注〕今本歲時記無此語。〔朱彝尊曰〕下句不切，且不知何爲用「惟聞」二字。〔徐震曰〕此句與上句「繞墳不暇號三帀」，皆追述葬時及葬後情狀也。愈葬女拏即行，祭墓之事，在愈行後使人爲之，故上句言不暇號，見行之迫促。此句言惟聞，謂得諸傳説也。

〔五〕〔補釋〕文選左思吴都賦劉逵注：「闌干，猶縱横也。」

【集説】

汪佑南曰：讀古人詩，須知古人當日情事，而後識其用意之所在。竹垞謂第三聯用事親切有味，下句不切，且不知何爲用「惟聞」二字。竹垞但論字句之切與不切，未從通體細看也。按首聯木皮棺草殯，即祭女拏文「草葬路隅，棺非其棺」意。次聯不用平直之筆，回想未死前病狀，宛然在目，即「昔汝疾革，值吾南逐，蒼黄分散，使汝驚憂」，及「家亦隨譴，扶汝上輿，撼頓險阻」意，悲痛自在言外。三聯寫殯時之草率，故翻用延陵季子事，所謂死典活用。竹垞謂親切有味，誠然；謂下句不切，非也。余按祭文「死于窮山」一語，想當時無從覓得祭品，即「既瘞遂行」意，故用「不暇」、「維聞」緊相呼應。末聯即「父母之罪，使汝至此」意。祭文中「我歸自南，乃臨哭汝」二語，正是此題過其墓留題驛梁之時，可見去歲葬祭草率，今日還朝，經過墓下，始克成祭也。本一篇祭文意，縮成此詩，三復不禁淚下。又按祭文云：「我既南行，家亦隨譴。」考女挐壙銘云：「愈既行，有司以罪人家不可留京師，迫遣之。」女挐之死于商南層峰驛，在元和十四年二月二日。細味兩既字，是韓公先行，殯與祭不及親臨，至明年冬，自袁州歸，始作文祭之。所以此詩有「繞墳不暇號三帀，設祭惟聞飯一盤」二句。竹垞之不解「惟聞」二字，殆未參考祭文與壙銘也。

賀張十八秘書得裴司空馬〔一〕

司空遠寄養初成〔二〕，毛色桃花眼鏡明〔三〕。落日已曾交轡語〔四〕，春風還擬並鞍行〔五〕。長令奴僕知飢渴，須著賢良待性情〔六〕。旦夕公歸伸拜謝〔七〕，免勞騎去逐雙旌〔八〕。

〔一〕〔舉正〕文苑作「酬張祕書因寄馬贈詩」。〔考異〕或作「酬張祕書因騎馬贈詩」。〔魏本引孫汝聽曰〕「賀」字當作「和」。〔魏本引樊汝霖曰〕張籍有謝裴寄馬詩，裴亦有詩答籍。李絳、元稹、白居易、劉禹錫、張賈皆有詩賀之，公亦有此作。孔子曰：「齊景公有馬千駟，死之日，民無得而稱焉。」籍得一馬，而諸公争爲之詠若此，誠以其人耶？〔顧嗣立注〕舊唐書張籍傳：「籍自太常寺太祝轉國子助教祕書郎。」〔王元啓曰〕近方世舉謂籍時已官水部，題稱祕書爲誤。按籍由公薦，自祕書改官國子博士，後遷水部員外郎。此詩元和十五年冬公初自袁州召還，籍尚未爲博士。至後雨中寄籍詩稱博士，乃長慶元年作。曲江春遊以下三首，始稱水部，則二年春作。白集有喜張十八除水部員外郎詩，其年歲可考也。方以度守司空爲東都留守，在長慶三年，因疑祕書二字爲誤。不知前此度爲河東節度，穆宗即位，已進檢校司空。詩云「司空遠寄」，孫謂自河東寄籍，必有所據。方定此詩爲籍官水部，蓋由臆説。〔鄭珍曰〕方扶南箋編此詩于同水部張員外曲江春遊首後，云籍此時已爲水部員外，前題稱之。此稱祕書，或仍其舊，或傳寫誤。余謂香山集卷十九有和張十八祕書謝裴相公寄馬詩，亦稱籍爲祕書，其後有喜張十八博士除水部員外郎詩，編次在遇芍藥初開首後，食勅賜櫻桃首前。參互考之，知籍除員外必在長慶二年三月，此詩作在除官前，故韓、白並稱之祕書。李漢元編此詩在遊曲江前，不誤。方氏移易舊次，自取葛藤，不知何由知得馬時定爲水部員外也？

〔二〕〔魏本引孫汝聽曰〕元和十四年四月，以裴度爲河東節度使。十五年九月，以度守司空。遠寄，謂自河東寄籍。

〔三〕〔何焯義門讀書記〕「毛色」，當從英華作「衫色」。唐人馬詩用衫色者非一。〔方世舉注〕爾雅釋畜：「馬黄白雜色駓。」汪：「今之桃花馬。」〔魏本引孫汝聽曰〕顔延之赭白馬賦曰：「雙瞳夾鏡，兩權協月。」眼鏡，言兩眼如鏡也。

〔四〕〔蔣抱玄注〕儀禮：「薦馬纓三就入門，北面交轡，圉人夾牽之。」

〔五〕〔方成珪箋正〕穆宗于元和十五年閏正月即位。是年九月，以度守司空。此詩有春風句，是指長慶元年之春而言，詩實十五年冬作。〔朱彝尊曰〕三四興趣佳，最得賀友人馬意。

〔六〕〔魏本引孫汝聽曰〕謂此良馬當以賢良之性待之。

〔七〕〔魏本引孫汝聽曰〕詩：「是以有袞衣兮，無以我公歸兮。」公歸者，謂度將自河東歸赴朝廷也。

〔八〕〔舉正〕閣本、李校作「騎去」，蓋裴詩有「他日着鞭能顧我」之語，故公云爾。〔考異〕「騎去」，或作「去騎」。祝本、魏本作「去騎」。廖本、王本作「騎去」。〔方世舉注〕新唐書百官志：「符寶郎掌國之符節，凡命將遣使皆請旌節。旌以顓賞，節以顓殺。」

【集説】

何焯義門讀書記曰：賢者不得志而至于從戎，則時可知矣。元勛大老，亦不可以久棄于外也。因一馬之微，而惓惓于否之還泰，公之意于是遠矣。

程學恂曰：此題祕書自有詩，白香山亦有和作。然如此五六二句，固非二子所能道也。

附 謝裴司空寄馬詩

張籍

緑耳新駒駿得名，司空遠自寄書生。乍離華廐移蹄澀，初到貧家舉眼驚。每被閒人來借問，多尋古寺獨騎行。長思歲旦沙堤上，得從鳴騶傍火城。

附 答張籍詩

裴度

滿城馳逐皆求馬，古寺閒行獨與君。代步本慚非逸足，緣情何幸枉高文。若逢佳麗從將換，莫共駑駘角出羣。飛鞚着鞭能顧我，當時王粲亦從軍。

詠燈花同侯十一〔一〕

今夕知何夕？花然錦帳中〔二〕。自能當雪暖，那肯待春紅。黄裏排金粟〔三〕，釵頭綴玉蟲〔四〕。更煩將喜事〔五〕，來報主人公〔六〕。

〔一〕〔舉正〕以閣本校。侯十一，侯喜也。〔考異〕或作「同侯十一詠燈花」。祝本、魏本作「同侯十一詠燈花」。廖本、王本作「詠燈花同侯十一」。〔方世舉注〕公以冬暮至京師，此乃初至京師之作。〔補釋〕舉正以此詩爲十四年作。據三四一聯，詩實作于冬暮。而十四年冬，公尚在潮州，無緣與侯同詠。今從方世舉編。

〔二〕〔方世舉注〕梁元帝玄覽賦：「燈花開而夜然。」

〔三〕〔考異〕諸本「黄」作「囊」。祝本、魏本作「囊」。廖本、王本作「黄」。〔祝本注〕「囊裏」，一作「屋裏」，洪慶善作「黄裏」。〔舉正〕蜀、三館本、樊、謝校作「黄」。何遜詩：「金粟裏搔頭。」蜀人史念升曰：「黄裏排金粟，謂額間花鈿也。」〔鄭珍曰〕文選注：「石中黄子，黄石脂也，宫額用之。」是黄子乃石名，以之飾額。故義山詩云：「低眉遮黄子。」而梁簡文詩「約黄能效月」，更省稱黄。是公以釵對黄，比物連類，的是正對。

〔四〕〔鄭珍曰〕此二句之擬狀絶肖者。鐙之火光内黄外赤，花在其中，恰是黄裏排金粟。釵以比鐙芯，花在其首，確是釵頭綴玉蟲。於此見公體物之精。

〔五〕〔魏本引孫汝聽曰〕西京雜記口：「目瞤得酒食，燈花得錢財。」〔魏本引韓醇曰〕杜詩：「燈花紅太喜。」

〔六〕廖本注曰：「公」，一作「翁」。魏本作「翁」。祝本、廖本、王本作「公」。

【集説】

雪浪齋日記曰：此詩極似少陵。

朱彝尊曰：運意沈細，得詠物趣。

黄叔燦曰：自能一聯，賦燈花之意。黄裏一聯，象燈花之形。金粟玉蟲，借用其事。

送侯喜〔一〕

已作龍鍾後時者〔二〕，懶于街裏踏塵埃。如今便別長官去〔三〕，直到新年衙日來〔四〕。

〔一〕〔魏本引韓醇曰〕公長慶元年有雨中寄張博士籍侯主簿喜之什，此詩豈同時作歟？喜時爲國子主簿，公爲祭酒，故云長官也。〔方世舉注〕長官之説是也。按：詩云「直到新年衙日來」，乃猶十五年冬作，不得與雨中作概謂長慶元年。

〔二〕龍鍾，見卷一醉留東野注。

〔三〕〔舉正〕蜀作「官長」，三館本同。〔考異〕「長官」，或作「官長」，非是。〔陳景雲曰〕一官之長曰長官。漢孔氏書傳及鄭氏詩箋中皆有此稱，其來久矣。

〔四〕〔魏本引孫汝聽曰〕衙，謂請謁上官。〔方世舉注〕此蓋歲杪時休假而歸，故至新年坐衙之日復來謁也。容齋三筆：「今監司郡守初上事，既受官吏參謁，至晡時。僚屬復同于客次胥吏列立廷下通刺曰衙，以聽進退之命。如是者三日，如主人免此禮，則翌旦又通謝刺。韓詩曰：『如今便別長官去，直到新年衙日來。』疑是謂月二日也。」〔沈欽韓注〕歐陽詹集上鄭相公書云：「某冗官也，政令裁制一月兩衙之。」謂詹爲四門助教，與其等伍皆須衙參祭酒司業也。

【集説】

朱彝尊曰：質朴可喜，微近戲。

程學恂曰：衙日即謂新年坐衙之日。自稱長官，并是戲言。

杏園送張徹侍御〔一〕

東風花樹下，送爾出京城。久抱傷春意〔二〕，新添惜别情。歸來身已病〔三〕，相見眼還明。更遣將詩酒，誰家逐後生〔四〕？

〔一〕穆宗長慶元年辛丑。舉正、考異、廖本、王本「侍御」下皆有「歸使」二字。祝本、魏本無。〔考異〕「侍御」，或作「侍郎」。〔舉正〕諸本皆無「歸使」字，惟唐本有之。徹時以幽州判官趨朝，半道有詔還之，仍遷侍御史，從張弘靖之請也。杏園在長安城南。其實徹已抵京，但未朝見耳。舊傳云「續有張徹自遠使歸」是也。〔補釋〕徐松唐兩京城坊考卷三：「次南通善坊，杏園。」張穆校補：「爲新進士宴遊之所。按貞元四年以曲江亭望慈恩寺杏園花發詩試進士，慈恩杏園皆在曲江之西故也。」〔方世舉注〕公爲張徹墓誌云：「徹以進士累官至范陽府監察御史。長慶元年，今牛宰相爲御史中丞，奏徹名迹中御史選。詔即以爲御史，其府惜不敢留，遣之。而密奏臣始至孤怯，須強佐乃濟。發半道，有詔以徹還之，仍遷殿中侍御史，加賜朱衣銀魚。至數日，軍亂，殺府從事而囚其帥。相約張御史長者，無庸殺，置之帥所。居月餘，推門求出，駡賊死。贈給事中。」方崧卿據此爲説，其於侍御歸使則當矣，但詩云「東風花樹下」，是春間所作。弘靖以長慶元年三月出鎮，至七月軍亂，則杏園之送，在初赴幽州之時，未嘗爲侍御，亦不得云歸使也。誌既云半道還之，則抵京未朝，出于何據？方蓋惑于侍御歸使，而強爲之説耳。此四字係後人妄加，竟當删去。〔王元啓曰〕此條駁斥甚當，但使府幕僚兼官御史者，唐人往往以侍御相呼，不必定屬殿院專稱。考建安魏本「侍御」下實無「歸使」字。今從魏本删「歸使」，存「侍御」，庶爲兩得。

〔二〕〔蔣抱玄注〕陸機詩：「節運同可傷，莫若春氣甚。」

〔三〕〔魏本引孫汝聽曰〕歸來，謂歸自潮州也。〔方世舉注〕自敘其竄逐而歸。喜得見徹，而又有此別也。

〔四〕〔魏本引孫汝聽曰〕更遣，謂更令。我將此詩酒於何處逐後生乎？〔方世舉注〕言徹既去，誰可與詩酒留連者？身老矣，不能復追逐後生。猶送温處士序云「資二生以待老，今皆爲有力者奪之」之意也。〔張相曰〕誰家，猶云怎能也。

【集説】

朱彝尊曰：亦是虚虚道意。第六句最醒快，振起通首精神。

李光地榕村詩選曰：後四句言對知心則不覺沈痾之去體也。公別詩又言「年少樂新知，老大思故友」，今子之去，將使何處逐尋後生而與之娛樂詩酒乎？

雨中寄張博士籍侯主簿喜〔一〕

放朝還不報，半路蹋泥歸〔二〕。雨慣曾無節，雷頻自失威〔三〕。見牆生菌徧，憂麥作蛾飛〔四〕。歲晚偏蕭索〔五〕，誰當救晉饑〔六〕？

〔一〕〔方世舉注〕公爲國子祭酒時，有薦張籍狀云：「登仕郎守秘書省校書郎張籍，學有法師，文多古風。臣當司見闕國子監博士一員，乞授此官。」又張籍祭退之詩云：「我官麟臺中，公爲大司成。念此委末秩，不能力自揚。特狀爲博士，始獲升朝行。」公初爲祭酒，在元和十五年冬，而此詩所云雷雨菌麥，則似夏景，蓋長慶元年作也。

〔二〕廖本、王本作「半路」。祝本、魏本作「夜半」。〔舉正〕「夜半」，文苑作「半路」，頗有義。〔考異〕「半路」，方作「夜半」。今按朝還無因至夜半，作半路亦不可曉。疑以雨放朝，而有司失于關報，行至半路，乃得報而歸也。方本非。〔祝充注〕籍有詩云：「屋濕惟添漏，泥深未放朝。」白樂天云：「仍聞放朝夜，誤出到街頭。」皆謂此也。〔方成珪箋正〕朱子謂朝還無因至夜半，似已。然白樂天和公此詩，結句云云，是亦以夜言之，未爲臆斷也。〔補釋〕放朝之放，猶言放免，非退朝之謂。朱子謂朝還，非是。詳樂天詩句，公蓋以未得放朝之報，故誤出到街頭，得報而歸，並未到朝也。早朝出門，總在五更之先，猶是戊夜。樂天詩以夜言之，其語無失。若言「夜半」，則似太早，不如作「半路」爲安。

〔三〕〔朱彝尊曰〕雨雷常事，而下語新，慣字人亦罕用。

〔四〕〔方世舉注〕述異記：「晉永嘉中，梁州雨七旬，麥化爲飛蛾。」〔何焯曰〕句法別。

〔五〕〔陳景雲曰〕觀「雷頻」以下三句，則時非冬日可知。兼觀白樂天和篇中有葉濕蠶病語，蓋苦雨在初夏明矣。落句歲晚之義，與寄周隨州、馬僕射二詩中歲暮、歲晏同。楚辭：「及年歲之未晏兮。」正公所本也。〔方世舉注〕雷雨云云，非歲晚之景，大抵猶言暮齒耳。如鮑照詩：「沈吟芳歲晚，徘徊韶景移。」又：「早寒逼晚歲，衰恨滿秋容。」皆非歲杪之謂也。

〔六〕〔方世舉注〕左傳：「晉饑，秦輸之粟。」

【集說】

蔣抱玄曰：此詩造語特新硬，爲五律別開生面之作。

附酬韓祭酒雨中見寄

張　籍

雨中愁不出，陰黑盡通宵。屋濕惟添漏，泥深未放朝。無芻憐馬瘦，少食信兒嬌。聞道韓夫子，還同此寂寥。

南山有高樹行贈李宗閔〔一〕

南山有高樹，花葉何衰衰〔二〕！上有鳳凰巢，鳳凰乳且棲〔三〕。四旁多長枝，羣鳥所托依。黄鵠據其高，衆鳥接其卑〔四〕。不知何山鳥，羽毛有光輝〔五〕。飛飛擇所處，正得衆所希〔六〕。上承鳳凰恩，自期永不衰。中與黄鵠羣，不自隱其私〔七〕。下視衆鳥羣〔八〕，汝徒竟何爲〔九〕？不知挾丸子〔一〇〕，心默有所規〔一一〕。彈汝枝葉間，汝翅不覺摧〔一二〕。或言由黄鵠，黄鵠豈有之〔一三〕？慎勿猜衆鳥，衆鳥不足猜〔一四〕。無人語鳳凰，汝屈安得知〔一五〕？黄鵠得汝去，婆娑弄毛衣〔一六〕。前汝下視鳥，各議汝瑕疵〔一七〕。汝豈無朋匹？有口莫肯開〔一八〕。汝落蒿艾間，幾時復能飛〔一九〕？哀哀故山友，中夜思汝悲。路遠翅翎短，不得持汝歸〔二〇〕。

〔一〕〔舉正〕長慶元年作。〔魏本引韓醇曰〕據詩意，鳳凰謂裴度，挾丸子謂李德裕、李紳、元稹也。據宗閔傳，裴度伐蔡，引爲彰義觀察判官。蔡平，知制誥。長慶初，錢徽典貢舉，宗閔託所親於徽，李德裕、李紳、元稹共白徽取士不以實，坐貶劍州刺史，俄復爲中書舍人。由是嫌怨顯結，縉紳之禍四十餘年不解。此詩及下篇，蓋長慶初作也。此詩當是宗閔初貶，公爲祭酒時作。後篇當是宗閔復入後作也，詳詩意可見。新史云：「宗閔初爲裴度引用，及度薦李德裕可爲宰相，宗閔遂與爲怨，韓愈作南山、猛虎行。」據度薦德裕在公歿後五年，史誤矣。〔胡仔苕溪漁隱叢話引蔡寬夫詩話〕退之與李宗閔俱裴晉公征淮西時幕客也。退之作南山有高木及猛虎行贈宗閔，皆略盡其終身所爲。然退之亡恙時，宗閔纔爲中書舍人，其所尚未暴。自錢徽貶後，牛、李之憾始結。至其爲相，則退之死久矣，遂有封川之行。所謂「前汝下視鳥，各議汝瑕疵」、「烏鵲從噪之，虎不知所歸」者，何其明驗也。〔方世舉注〕新書謂裴度薦李德裕，宗閔遂與爲怨。公作此詩規之，不知何所據而云然，大抵後人以宗閔太和間樹黨修怨，晚節謬悠，遂並其初服誣之。又以韓公正人，贈詩自應規諷，無稽臆度，附會曲成。不知宗閔早年對策，甚有峭直之聲。即與公同爲裴度幕官，以及長慶初年立朝，皆未嘗有傾險敗行。逮至太和以後，黨迹始張，而韓公歿已久矣，何從而預知其非，先爲規諷之詩乎？苕溪漁隱詩話明知黨事在後，而以爲何其明驗，此疑鬼疑神之逆詐億不信者，甚可笑也。韓醇説詩，不知理會通章文氣，而以鳳凰爲指裴，未知黄鵠又作何解？此韓詩歷來晦昧之篇，故詳論之。〔王元啓曰〕按通鑑長慶元年，錢徽與楊汝士同知貢舉，段文昌、李紳各以書屬所善進士于徽。榜出，皆不預，而宗閔之壻、汝士之弟獲第。文昌、紳及李德裕、元稹共言其不公。徽貶江州刺史，宗閔劍州刺史，汝士開江令。或勸奏文昌、紳屬書，上必悟。徽曰：奏人私書，非士君子所爲。取而焚之。新史徽傳亦同。據此則以書屬徽者，文昌、紳，非宗閔也。宗閔憸險小人，貶不足惜。然爲文昌、紳等排陷，實爲負屈。故公詩亦有「汝屈安得知」

之語。韓注據宗閔傳，謂宗閔託所親于徽，則此貶爲不屈矣。且宗閔以壻蘇巢在選致貶，本傳但云託所親于徽，其語更恐不實。韓注又云：「此詩宗閔初貶時作，後篇宗閔復入後作。」愚謂後詩初貶時作，此篇既至劒州後作。讀篇末「路遠翅翎短」二句，可見先作猛虎行以誨之，繼作高樹行以悲之，不嫌重複，蓋出故舊之情。至宗閔復入，乃在公卒之後，詩爲復入後作，其説尤非。〔陳沆曰〕鳳皇謂裴度，挾丸子謂李德裕，黄鵠謂元稹、李紳也。史言自錢徽貶後，牛、李之怨始結，縉紳之禍四十餘年不解。故知與宗閔爲難者德裕，而不盡由元稹、李紳，故云「或言由黄鵠，黄鵠豈有之」也。故山友，公自謂也。裴度伐蔡，公與宗閔皆被引爲判官司馬。宗閔此時，官尚未顯，而後此朋黨之禍，公若預見之者，必其平日專以門户聲氣爲事也。〔程學恂曰〕此詩亦未定何時。公既與宗閔同爲裴度幕官，則以鳳皇比度，而黄鵠衆鳥挾丸子皆同幕之人，亦未可知。意當時或有相傾軋之事，而其事其人，今皆不可考矣。獨以何山鳥比宗閔，以故山友爲公自比，不可易耳。存此以待博古之士，或有確證也。史言裴薦德裕，宗閔遂與裴有怨，公作此詩相規，固爲失之。然方注言爲宗閔貶劒州時作，亦未爲得也。蓋以黄鵠謂段文昌，則糾錢徽并及宗閔者，即文昌也。而挾丸子又指誰耶？以衆鳥爲元、李輩，則從劾之者，即諸人也。又何言衆鳥不足猜，待其去後始各議瑕疵耶？注又以豈有之爲將無有之，絶不合語氣。「以有口莫肯開」爲錢徽不奏段、李私書，不知即奏出此情，亦只以劾段、李之罪，不能以減宗閔之罪也。種種不合，正是臆度附會，以烏有先生而笑子虛，相距幾何哉？注者不知何故，力祖宗閔，豈震其對策時有直聲耶？則牛僧孺亦同之矣。

〔二〕〔舉正〕考張衡南都賦，當作「蓑蓑」。〔顧嗣立注〕選南都賦：「敷華蘂之蓑蓑。」善曰：「下垂貌。」〔方世舉注〕説文：「衰，艸雨衣，象形。」公從古字，不必加草也。其義則如方説。

〔三〕〔方世舉注〕鳳凰喻君上也。

〔四〕〔舉正〕閣作「接」。曹子建鶴賦：「承解后之僥倖，得接翼于鸞凰。」〔考異〕「接」，或作「棲」。祝本、魏本作「棲」。廖本、王本作「接」。〔方世舉注〕黄鵠比宰相，喻段文昌；衆鳥比散官，喻元微之、李紳、李德裕。

〔五〕〔方世舉注〕謂宗閔也。

〔六〕〔方世舉注〕中書舍人爲唐美地，衆所希望，而宗閔以駕部郎中得之，宜其爲衆所側目也。

〔七〕〔魏本注〕「自」，一作「日」。

〔八〕〔舉正〕蜀本、李、謝校同作「羣鳥」。〔考異〕「衆」，方作「羣」。今按：下有「羣」字，不當複出。

〔九〕〔方世舉注〕「上承鳳凰恩」六語，謂其爲中書舍人，自信得君，俯視一切。

〔一〇〕〔方世舉注〕楚國策：「黄雀不知夫公子王孫，左挾彈，右攝丸，將加己乎十仞之上。」

〔一一〕〔舉正〕唐本、謝校作「規」。規，圖也。〔考異〕「規」，或作「窺」。

〔一二〕〔方世舉注〕「不知挾丸子」四語，言爲諸人所中傷也。

〔一三〕〔方世舉注〕謂中傷之言本段文昌。豈有，猶言將無有之也。

〔一四〕〔舉正〕「猜」，蜀作「疑」，非。〔王懋竑曰〕猜叶棲。

〔一五〕〔方世舉注〕惜當時無人爲之申理也。

〔一六〕〔舉正〕閣作「婆婆」。〔考異〕閣本之謬，乃有如此之甚者。方雖不從，而亦不敢明言其謬也。舊聞傅安道説：親戚間嘗有校此書者，他本元作「娑娑」，先校者滅去其上一「娑」字，而别定作「婆」。此人不詳己本已作「婆娑」而遽亦滅去「娑」字，别定爲「婆」，則遂無復「娑」字，而直爲「婆婆弄毛衣」矣。當時疑其戲語，今見方氏所據閣本乃如此，而云出于李左丞家，則知傅公之言爲不妄矣。〔魏本引孫汝聽曰〕得汝去，猶言因汝去也。黄鵠因汝去，乃敢自喜婆娑然弄其毛衣。〔補釋〕禮記禮器鄭玄注：「晝尊若鳳羽婆娑然。」

〔一七〕〔魏本引補注〕左傳：「不汝瑕疵。」〔方世舉注〕謂李紳、德裕、徽之輩繼文昌而言者也。〔朱彝尊曰〕既云豈有之、不足猜，卻又弄毛衣、議瑕疵，曲盡人情。

〔一八〕〔方世舉注〕謂錢徽不奏文昌、李紳私書也。〔王懋竑曰〕開叶欺。〔王元啓曰〕裴度征淮，宗閔與馮宿、李正封同備幕僚。還朝後，宿、宗閔皆遷官，正封不遷，反至分司東出，意必有中傷之者。公送李員外詩，極致憐惜。時宗閔正掌制誥，不爲一言，所謂有口莫開，疑指此事。〔補釋〕王説非是。有口莫開，指朋匹一面言。若如王説，則成他山鳥自謂，與上下文義不貫。

〔一九〕〔方世舉注〕正傷其貶劍州也。

〔二〇〕〔舉正〕閣本、李、謝校作「得」。蜀本作「能」。祝本、魏本作「能」。廖本、王本作「得」。

〔方世舉注〕此猶古樂府飛來雙白鵠篇所云「吾欲銜汝去，口噤不能開。吾欲負汝去，毛羽何摧頹」意也。〔方世舉注〕公自敍其友朋之情也。

【集説】

廖瑩中曰：公此二詩，皆視古用韻。古音齊與灰皆通支用。如詩「維葉萋萋，黄鳥于飛」，又「則不我遺，先祖于摧」，又「天子是毗，俾民不迷」是也。

蔣之翹曰：其體本古樂府飛來雙白鵠，而暢意爲之。

朱彝尊曰：借鳥爲喻，一一比得親切，最委曲有致。古歌謡有所諷諭，必且雜亂其辭，此卻帖得太明白了。

李黼平曰：支、微、齊、灰四韻通押。

猛虎行〔一〕

猛虎雖云惡，亦各有匹儕。羣行深谷間，百獸望風低。身食黄熊父〔二〕，子食赤豹麡〔三〕。擇肉於熊豹〔四〕，肯視兔與貍〔五〕？正晝當谷眠，眼有百尺威。自矜無當對，氣性縱以乖。朝怒殺其子，暮還食其妃〔六〕。匹儕四散走，猛虎還孤棲〔七〕。狐鳴門兩旁〔八〕，烏鵲從噪之。出逐猴入居〔九〕，虎不知所歸。誰云猛虎惡？中路正悲啼。豹來銜其尾，熊來攫其頤〔一〇〕。猛虎死不辭，但慙前所爲。虎坐無助死，況如汝細微〔一一〕。故當結以信，親當結以私。親故且不保，人誰信汝爲〔一二〕？

〔一〕祝本、魏本有「贈李宗閔」字。廖本、王本無。〔考異〕諸本有「贈李宗閔」字，方從唐、閣、蔡、李本。〔舉正〕蜀本總題，誤以上題「贈李宗閔」四字綴「猛虎行」之上，後人因之。其實後詩不爲宗閔作也。猛虎行，樂府舊題，非前詩類也。編者以爲贈宗閔則過矣。宗閔晚節雖可議，然公在日，纔爲中書舍人。劍川之行，曲不在宗閔，又公與宗閔嘗同爲淮西幕客，不應譏議如此之深也。況事亦不類。新史又謂裴度薦李德裕，宗閔怨之，爲作此詩。薦事在太和三年，公死久矣。不可據。〔魏本引孫汝聽曰〕猛虎行云：「飢不從猛虎食，暮不從野雀棲。野雀安無巢，遊子爲誰驕？」此詩且取古猛虎行名篇，不必以篇中意義也。〔蔣之翹注〕按此詩意，則公必非無爲之作。舊題而托以新意，亦何不可爲？雖新史失考，本不足信，然史因詩謬，非詩因史而傅會也。其贈宗閔之作無疑。〔方世舉注〕以詩推之，大抵爲殘忍暴虐不恤將士諸節度作，其人非一人，其文非一事也。歷考唐書，如貞元間宣武劉士寧、橫海程懷直，元和間魏博田季安、振武李進賢，或淫虐游畋，或殺戮無度，後皆爲將士所逐，奪其兵柄，故詩以猛虎比之。「羣行山谷間」以下，寫其殘忍暴虐之狀也。「出逐猴入居，虎不知所歸」以下，寫其爲將士所逐，或奔京師，或奔他軍，或死于將士之手也。故當結以私，爲大衆説法也。〔沈欽韓注〕此篇似指李紳輩作，大約爲爭臺參事也。〔王元啓曰〕方本無「贈李宗閔」四字。愚謂無此四字，則篇中兩汝字不知何指。新史附會失實，固不足憑；然此詩以氣性縱乖爲戒，而謂無助足以致死，此則以理決之，知有必然，不必定有事跡可據也。方謂此爲樂府舊題，尤與耳食無異。凡擬古之作，其大意必有與之相類者，如效阮步兵一日復一夕之類是也。猛虎行樂府古辭云：「飢不從猛虎食，暮不從野雀棲。」篇中所言，豈有一句與之相類者。不得其意而徒泥其題，此孟子所謂害辭害志之説詩也。又方世舉謂此詩爲諸節鎮不恤將士者發云云，然與「故當結以信，親當結以私」二句誨語不親。〔程學恂曰〕前所刺不可知，末六句卻是爲宗閔説。不然則汝字何屬？方注言爲大衆説法，與詩語意不相似。〔補釋〕南山有高樹行，通篇皆比體，篇中汝字指何山鳥，亦即指宗閔，故大體可以人物比附。此詩則借虎爲興，至「虎坐無助死，況如汝細微」，方轉入所刺之人。兩汝字皆指人而非虎。其上敍猛虎事，固不必全以人事附合坐實也。謂刺宗閔或李紳皆可通，惟謂爲刺宗閔則可，謂爲贈宗閔則不可。猛虎行雖古題，但詩中既著以惡字，縱非以之爲比，而公然贈友，亦未免孟浪唐突，今從舉正刪「贈李宗閔」字。

〔二〕〔舉正〕晁本「熊」作「能」，奴夾切。下同。〔考異〕「熊」，或作「能」，非是。下同。〔方世舉注〕張衡南都賦：「虎豹黄熊游其下。」善曰：「六韜云：散宜生得黄熊而獻之紂。」按：今六韜無此語，唯淮南道應訓云：「散宜生求黄羆青犴白虎文皮以獻于紂。」非黄熊也。

〔三〕〔方世舉注〕詩：「赤豹黄羆。」〔補釋〕禮記曲禮：「士不取麛卵。」孔穎達正義：「麛乃鹿子之稱，而凡獸子亦得通名也。」〔魏本引孫汝聽曰〕上言黄熊父，則赤豹麛蓋豹子也。

〔四〕〔考異〕「豹」，方作「羆」。祝本、魏本作「羆」。廖本，王本作「豹」。

〔五〕魏本、廖本、王本作「貍」。祝本作「狸」。

〔六〕〔祝本魏本注〕「食」，一作「餐」。

〔七〕此與南山有高樹行「汝豈無朋匹，有口莫肯開」同一意。宗閔前時朋儕，必有不足其所爲而莫爲之助者。

〔八〕〔考異〕「兩」，方作「四」，注云：山谷本「四」作「兩」。今按：門只有兩旁，作「兩」爲是。山谷蓋以唐本定也。祝本、魏本作「四」。廖本、王本作「兩」。

〔九〕祝本、廖本、王本如是。魏本「出逐」句在先，「烏鵲」句在後。〔舉正〕居，音姬，古何居、誰居，皆姬音也。列子：「姬，吾語汝。」束皙詩：「彼居之子。」音與字本相近。傳本不考古音，多以「烏鵲從噪之」一語易置於其上，質之舊本，非也。舊監本、潮本尚同。唐本、杭、蜀本皆作「雅」。雅，音壘，似猴而大。〔考異〕諸本皆如此。方從舊監本、潮本倒此兩句，又從杭、蜀本以「猴」爲「猚」云云。今按詩意，蓋謂狐鳴鵲噪于外，虎出逐之，猴乃入居其穴，而虎不知所歸耳。狐鳴鵲噪，能使虎出，而不能使之失其歸。猴既入穴，則又不待鵲噪而後虎失所歸也。方以舊本古韻之故，必欲倒此二句，而不顧其文理之不順，不若諸本之爲當也。又「猚」字本作「蜼」字，蜼見於禮經，然非常有之物，亦不若作「猴」之爲明白而易知也。方意務爲難澁，大抵如此，今皆不取。〔陳景雲曰〕「猴」，方本作「猚」，朱子辨之。然「猴」字亦竊疑未安。蓋猴非虎敵明甚，若入居其穴，乃齗虎牙而餧之肉耳，虎何憚而不敢歸穴乎？「猴」、「猚」二字俱傳録有誤。〔王元啓曰〕陳説太拘。虎爲熊豹死，其故穴遂爲他物所據，雖其非己敵者，虎亦無如之何耳。如宗閔以中書舍人貶刺遠州，繼其後者豈必才望遠過宗閔，乃始不敢相奪乎？特用「猴入居」三字，正自有義，不宜改用熊豹同類之字。

〔一〇〕〔祝充注〕攫，音矍，持也。〔補釋〕禮記儒行：「鷙蟲攫搏。」孔穎達正義：「以脚取之謂之攫，以翼擊之謂之搏。」

〔一一〕〔舉正〕謝校作「虎坐」、「況如」。荆公本亦作「如」。蜀本「坐」作「兕」，「如」作「知」，他本多從之。〔考異〕「坐」，或作「兕」。「如」，或作「知」，皆非是。廖本、王本作「坐」作「如」。祝本作「兕」作「知」。魏本作「兕」作「如」。〔查愼行曰〕汝字當有所指，觀結處自明。

〔一二〕〔朱彝尊曰〕正意嫌指得太實。

【集説】

朱彝尊曰：聲色太厲，語太直，不若南山有高樹行婉雅有藴藉。

唐宋詩醇曰：哀矜涕泣而道，宵雅之遺則也。

李黼平曰：支、微、齊、佳四韻通押。

奉和兵部張侍郎酬鄆州馬尚書祗召途中見寄開緘之日馬帥已再領鄆州之作〔一〕

來朝當路日〔二〕，承詔改轅時〔三〕。再領須句國〔四〕，仍遷少昊司〔五〕。暖風抽宿麥〔六〕，清雨卷歸旗〔七〕。賴寄新珠玉〔八〕，長吟慰我思。

〔一〕考異本、廖本、王本題如此。魏本「酬」下無「鄆州」字，「馬」下無「帥」字，「州」下無「之作」字，「奉和」二字在末。祝本作「和張侍郎酬馬尚書」。〔考異〕諸本無「奉和」及「鄆州之作」字，別有「奉和」二字。「祗」，或作「被」。〔魏本引樊汝霖曰〕張侍郎，賈也。馬尚書，總也。〔方世舉注〕公爲馬總作鄆州溪堂詩序云：「憲宗之十四年，始定東平，三分其地。以華州刺史禮部尚書兼御史大夫扶風馬公爲鄆曹濮節度觀察等使，鎮其地。既一年，褒其軍號曰天平軍。上即位之二年，召公入。且將用之。以其人之安公也，復歸之鎮。」按新唐書總傳：長慶初，劉總上幽鎮地，詔徙天平。而召馬總還，將大用之。會劉總卒，穆宗以鄆人附賴總，復詔還鎮。〔方成珪昌黎先生詩文年譜〕舊紀：「長慶元年夏四月丙子，以前天平軍節度使馬總復爲天平軍節度使。」詩即其時作。

〔二〕〔蔣抱玄注〕詩：「君子來朝，何錫予之？」　〔方世舉注〕當道猶言在道也。

〔三〕〔方世舉注〕左傳：「令尹南轅返旆。王告令尹改乘轅而北之。」時劉總已棄官爲僧，不受旌節，亦尋卒。馬總蓋中路奉詔而還，賈與公俱不及面也。

〔四〕〔魏本引樊汝霖曰〕左傳僖公二十一年：「邾人滅須句。」杜預注：「須句，在東平須昌縣西北。」言總再領鄆州。　〔方世舉注〕新唐書地理志：「鄆州東平郡須昌縣，屬河南道。」〔陳景雲曰〕唐之鄆州，即晉東平郡也。通典云：「鄆州，古須句國。」

〔五〕〔魏本引韓醇曰〕月令：「秋之三月，其帝少昊。」蓋秋主刑，而總加檢校刑部尚書，故云。〔陳景雲曰〕馬總始以檢校禮部尚書鎮天平，及召入，未至，復令還鎮，加檢校刑部尚書，故有是句。司寇秋官，秋月其帝少昊，故云爾。又天平屬邑曲阜，本少昊之墟，此句蓋雙關再鎮天平意。

〔六〕〔方世舉注〕董仲舒乞種麥限田章：「使關中民益種宿麥，令毋後時。」　〔蔣抱玄注〕漢書武帝紀：「元狩三年，遣謁者勸有水災郡種宿麥。」注曰：「秋冬種之，經歲乃熟，故曰宿麥。」

〔七〕〔葉夢得曰〕蔡天啓云：「嘗與張文潛論韓、柳五言警句，文潛舉退之『暖風抽宿麥，清雨卷歸旗』，子厚『壁空殘月曙，門掩候蟲秋』，皆爲集中第一。」　〔朱彝尊曰〕此聯文潛以爲第一，豈謂天然成句，鍊之浄而泯其迹耶？

〔八〕〔祝本魏本注〕「寄」，一作「有」。〔蔣抱玄注〕荀子：「贈人以言，重于金石珠玉。」〔方世舉注〕陸雲答兄平原書：「敢投桃李，以報珠玉。」

南内朝賀歸呈同官〔一〕

薄雲蔽秋曦〔二〕，清雨不成泥〔三〕。罷賀南内衙〔四〕，歸涼曉淒淒〔五〕。緑槐十二街〔六〕，渙散馳輪蹄〔七〕。余惟戇書生〔八〕，孤身無所齎〔九〕。三黜竟不去〔一〇〕，致官九列齊〔一一〕。豈惟一身榮，珮玉冠簪犀〔一二〕。滉蕩天門高〔一三〕，著籍朝厥妻〔一四〕。文才不如人，行又無町畦〔一五〕。問之朝廷事，略不知東西。況於經籍深，豈究端與倪〔一六〕。君恩太山重，不見酬稗稊〔一七〕。所職事無多，又不自提撕〔一八〕。明庭集孔鸞，曷取於梟鷖〔一九〕？樹以松與柏，不宜間蒿藜〔二〇〕。婉孌自媚好，幾時不見擠〔二一〕？貪食以忘軀，尠不調鹽醯〔二二〕。法吏多少年，磨淬出角圭〔二三〕。將舉汝愆尤〔二四〕，以爲己階梯〔二五〕。收身歸關東〔二六〕，期不到死迷。

〔一〕〔沈欽韓注〕雍録：「唐諸帝多居大明宮，或遇大禮大事，復在太極，知太極尊于大明也。太極在西，故曰西内。大明在東，曰東内。興慶宮在都城東南角，人主亦於此出政，故又號南內。」案穆宗紀：「元和十五年六月，皇太后移居興慶宮，皇帝與六宮侍從，大合樂于南內。」后妃傳：「懿安皇后郭氏，穆宗嗣位，册爲皇太后，居興慶宮。帝每月朔望參拜。三朝慶賀，帝自率百官詣門上壽。」此詩蓋其時作。盧本編年置此詩於元和十三年，謬甚。〔陳景雲曰〕此詩疑公在穆宗朝除京兆尹與中丞李紳爭臺參後作。唐人以中丞居風憲，多呼爲法吏。詩云「法吏多少年，磨淬出圭角」，法吏自指中丞也。又皇甫湜作公墓誌，其中敍爭臺參事，斥紳爲佞臣，有訾其鋩之語，詩所謂圭角，殆猶誌之言鋩，均指紳之得君勢盛也。據實録，京尹之除，在長慶二年六月，其復除兵部侍郎，則是冬十月，觀篇首「秋曦」句，則詩以秋日作。正臺府不協，移牒紛然時也。〔方成珪箋正〕陳謂詩作於除京兆尹後，非也。元和十五年，穆宗即位。九月辛酉，公拜國子祭酒。冬暮至京師。明年爲長慶元年，七月庚申，轉兵部侍郎。是月乙未朔，庚申二十六日。此詩當是方官祭酒，未轉兵部時作。唐百官志：「國子祭酒從三品。」于「致官九列齊」句正合。前漢韋玄成傳：「恤我九列。」師古注：「九列，卿之位。」唐初太常、光禄、衛尉、宗正、太僕、大理、鴻臚、司農、太府，皆從三品。天寶初，升太常、宗正爲正三品，餘如故。國子祭酒，官秩正與之齊也。詩中「況于經籍深，豈究端與倪」，及「所職事無多」句，尤爲官祭酒之明證。若官京尹，則綱紀衆務職事多矣，安得作此語？陳以法吏指李紳，亦鑿。

〔二〕〔舉正〕蜀本「蔽」作「庇」，謝校同。

〔三〕〔朱彝尊曰〕退之點景，每得閒淡趣。〔程學恂曰〕起興已是鬱鬱。

〔四〕〔舉正〕三本同作「南内衙」。題語亦可考。〔考異〕「内衙」，或作「衙内」，非是。〔沈欽韓注〕六典：「興慶門内曰興慶殿，即正衙殿。」玉海七十：「會要：『故事：朔望日御宣政殿見羣臣，謂之大朝，立仗正衙。或御紫宸殿，則唤仗自宣政兩門入，所謂東西上閤門也。』」五代史李琪傳：「宣政，前殿也，謂之衙，衙有仗。紫宸，便殿也，謂之閤。」按此參賀皇太后，自放正衙，故曰衙也。

〔五〕〔舉正〕唐本、謝校作「曉」。〔考異〕「曉」，或作「晚」。祝本、魏本作「晚」。廖本、王本作「曉」。

〔六〕〔魏本引樊汝霖曰〕中朝事迹云：「天街兩畔槐樹，俗號爲槐街。」

〔七〕〔魏本引孫汝聽曰〕涣散，分散。輪蹄，車馬也。

〔八〕〔方世舉注〕史記汲黯傳：「上曰：吾欲云云。黯對曰：陛下内多欲而外施仁義。上默然怒，退謂左右曰：甚矣汲黯之戆也。」

〔九〕〔蔣抱玄注〕易：「齎咨涕洟。」按：此猶言無所懊喪也。〔補釋〕廣雅：「齎，持也。」此處訓持，義似較長。

〔一〇〕〔魏本引樊汝霖曰〕皇甫持正誌公墓云：「公爲御史尚書郎中書舍人，前後三貶。及爲刑部侍郎，言憲宗迎佛骨非是，上怒，就貶三千里海上。」蓋公爲御史，以論天旱大饑貶陽山；爲尚書郎，以論柳澗下遷博士；爲中書舍人，以論淮西下遷右庶子。此詩所謂三黜，則未貶潮州前爲右庶子日作。〔陳景雲曰〕舊注以此詩爲公官庶子日作，非也。官庶子在元和中，朝南内乃長慶間事，前後了不相涉。又自舍人改庶子，乃自要職徙閒官，非貶也。此詩蓋作于貶潮還朝後。三黜謂爲御史郎官及刑部侍郎時，凡三黜官耳。況明言「致官九列齊」，庶子之官不得齊于九列，則注説之誤益明矣。〔王元啓曰〕張籍祭公詩云：「三以論諍貶。」籍詩總敍一生，不應潮州之貶，反列諸三黜之外。則謂爲御史郎官及刑部侍郎時三貶官爲三黜，無可疑者。

〔一〕詳題注。

〔二〕〔補釋〕舊唐書輿服志：「一品以下，五品以上，佩水蒼玉。」〔方世舉注〕新唐書車服志：「天子五冕，皆玉簪導，通天冠，玉犀簪導。皇太子犀簪導。羣臣自一品以下，皆角簪導。文官九品，公事弁服牙簪導。」則犀簪爲太子之服。然九品用牙簪，而角在牙之上，則角亦犀也。

〔三〕〔魏本引孫汝聽曰〕滉蕩，高貌。天門，宫門。〔補釋〕漢書禮樂志：「天門開，詄蕩蕩」。

〔四〕〔魏本引孫汝聽曰〕籍，二尺竹牒，記其年紀名字物色，縣之宫門，案省相應，乃得入也。公妻盧氏，封高平縣君，歲時入朝宫中，故云朝厥妻。〔方世舉注〕漢書魏相傳：「霍光夫人顯及諸女皆通籍長信宫。」師古曰：「謂禁門之中，皆有名籍。」〔陳景雲曰〕命婦亦入朝太后。

〔一五〕〔補釋〕莊子：「彼且爲无町畦，亦與之爲无町畦。」釋文：「李云：町畦，畔埒也。無畔埒，無威儀也。崔云：喻守節。」

〔一六〕〔顧嗣立注〕莊子大宗師篇：「反復終始，不知端倪。」

〔一七〕〔魏本引祝充曰〕稗稊，草如禾，可食。莊子：「道在稊稗。」〔魏本引孫汝聽曰〕小米也。

〔補釋〕稗稊以喻微小，此言無些微之報也。

〔一八〕〔考異〕「自」，或作「相」。〔魏本引祝充曰〕提撕，挈也。詩：「言提其耳。」注：「親提撕其耳。」〔魏本引孫汝聽曰〕公言其職事既簡，又不能自提撕振起也。

〔一九〕〔魏本引孫汝聽曰〕明庭，帝庭也。孔，孔雀。鸞，鸞鳥。以喻賢者在位也。言明庭方集孔鸞，安用此鳧鷖乎？鳧鷖凡鳥，公以自喻也。詩：「鳧鷖在沙。」鳧鷖皆水鳥，鳧似鴨而小，江東亦呼爲鸍。鷖，鷗也，一名水鴞。

〔二〇〕〔舉正〕蜀本「間」作「問」。〔考異〕「間」，或作「問」，非是。祝本、魏本作「問」。廖本、王本作「間」。〔魏本引孫汝聽曰〕蒿、藜，皆菜名，亦以自喻。〔方世舉注〕史記封禪書：「管仲曰：今嘉穀不生，而蓬蒿藜莠並興。」

〔二一〕〔魏本引孫汝聽曰〕詩：「婉兮孌兮，總角丱兮。」婉，少貌。孌，好貌。媚，媚也。言婉孌者自相媚好，而我以直道獨立其間，幾時不見擠斥乎？擠，推斥也。〔方世舉注〕莊子人間世篇：「因其修而擠之。」〔王元啓曰〕謂雖婉孌媚好，不自露其悻直之氣，終不免爲人排擠也。舊注：「婉孌指他人。」非是。〔補釋〕王説添語解詩，不如孫注爲安。公祭河南張員外文云：「彼婉孌者，實憚吾曹。」亦以婉孌斥他人。

〔二二〕〔祝充注〕㔩，少也。楚辭：「居寥廓兮㔩疇。」〔魏本引孫汝聽曰〕貪食忘軀，以禽畜自喻也。言貪食而忘軀，鮮不爲人所烹。醯鹽所以調食。〔方世舉注〕楚國策：「黄雀俯噣白粒，仰棲茂樹，自以爲無患，與人無争也。不知夫公子王孫，左挾彈，右攝丸，將加己乎十仞之上。晝游乎茂樹，夕調乎酸鹹。」

〔二三〕〔魏本引孫汝聽曰〕磨，淬厲。淬，見卷五贈劍客李園聯句注。〔方世舉注〕角圭，即圭角也。唐人好倒用字。如鮮新、莽鹵、角圭之類甚多。〔補釋〕禮記儒行鄭玄注：「去己之大圭角，下與衆人小合也。」孔穎達正義：「圭角謂圭之鋒鋩有楞角。」

〔二四〕徭尤，見卷三赴江陵途中寄贈三學士注。

〔二五〕〔魏本引孫汝聽曰〕以爲進身之梯。〔黄鉞注〕十字仕路嶮巇，古今一轍。〔蔣抱玄注〕至此一拓，妙有波瀾。

〔二六〕〔魏本引孫汝聽曰〕公家于關東。

【集説】

唐宋詩醇曰：戒心法吏，始擬收身，則已有爲而爲矣。中間省躬引分，乃足爲朝士座右銘。

程學恂曰：此詩似慶幸處，全是自責自貶，責貶處又是憂讒畏譏，要皆不得志之詞也。

蔣抱玄曰：雖不坐粗硬之病，而實尠淡遠之致。

朝歸〔一〕

峨峨進賢冠〔二〕，耿耿水蒼佩〔三〕，服章豈不好，不與德相對〔四〕。顧影聽其聲〔五〕，赬顏汗漸背〔六〕。進乏犬雞效〔七〕，又不勇自退〔八〕。坐食取其肥，無堪等聾聵〔九〕。長風吹天墟〔一〇〕，秋日萬里曬。抵暮但昏眠，不成歌慷慨。

〔一〕〔廖瑩中注〕與前詩同時作。

〔二〕〔補釋〕楚辭惜賢：「冠浮雲之峨峨。」王逸章句：「峨峨，高貌也。」〔方世舉注〕古今注：「文官冠進賢冠。古委貌之遺象也。」〔方成珪箋正〕舊史輿服志：「進賢冠，三品以上三梁，五品以上兩梁，九品以上一梁。」

〔三〕〔補釋〕説文：「杜林説：耿，光也。」水蒼佩，見前首注。〔魏本引孫汝聽曰〕水蒼，玉名。禮記：「大夫佩水蒼玉而純組綬。」水蒼者，言似水之蒼色而雜有文也。

〔四〕〔蔣抱玄注〕左傳：「君子小人，物有服章。」〔魏本引孫汝聽曰〕服章即謂上冠珮，言此章服豈不好乎，但己無德，不能與相稱也。

〔五〕〔魏本引孫汝聽曰〕影，冠影。 聲，珮聲也。

〔六〕〔魏本引孫汝聽曰〕赬，赤色。 漸，漬也。 〔魏本引韓醇曰〕漢文帝問周勃決獄錢穀，勃謝不知，汗出洽背。

〔七〕〔方成珪箋正〕詩意以犬雞有司夜司晨之效，謙言己不能如也。

〔八〕〔蔣抱玄注〕梁武帝申飭選人表：「其有勇退忘進，懷質抱真者。」

〔九〕祝本、廖本作「聵」。 魏本、王本誤作「瞶」。 〔魏本引孫汝聽曰〕國語：「聾瞍使之司聲，聾聵使之司火。」言己無堪，徒與聾聵等耳。 〔方世舉注〕晉語：「文公問于胥臣曰：吾欲使陽處父傅讙也而教誨之，其能善之乎？對曰：聾聵不可使聽，僮昏不可使謀。」

〔一〇〕〔蔣抱玄注〕海賦：「北灑天墟。」

【集說】

葛立方曰：歐陽永叔詩文中好說金帶，杜子美、白樂天皆詩豪，器識皆不凡，得一緋衫何足道，而詩句及之不一，何邪？蓋命服章身，人情所甚喜，故心聲所發如是。退之云：「峩峩進賢冠，耿耿水蒼佩，服章非不好，不與德相對。」其必有以稱之哉。

程學恂曰：詩與前首同意。

蔣抱玄曰：較前首爽直。

早春與張十八博士籍遊楊尚書林亭寄第三閣老兼呈白馮二閣老〔一〕

牆下春渠入禁溝〔二〕，渠冰初破滿渠浮。鳳池近日長先暖〔三〕，流到池時更見不〔四〕？

〔一〕長慶二年壬寅。廖本、王本題如此。祝本、魏本無「十八」字，注曰：一本無「博士」二字。又無「寄第三閣老兼」六字。第三閣老，楊於陵之子嗣復也。白和詩只作「楊舍人林池」是也。〔考異〕諸本無「十八」字，方從唐本。今按：洪本「第三」作「三弟」，云澄本如此。〔舉正〕白居易、馮宿也。然王沂公言行録記「楊大年呼沂公爲第四廳舍人」，疑前世遺俗，自有此等稱呼，洪本或未必然。而此所遊，乃嗣復家林亭，故特以詩寄之，而并呈白、馮也。但未知三人者，其次第又如何耳？〔顧嗣立注〕舊唐書楊嗣復傳：「字繼之，僕射於陵子也。擢進士第。長慶元年十月，以庫部郎中知制誥，正拜中書舍人。」馮宿傳：「宿，東陽人。元和十二年，從裴度東征，爲彰義軍判官。淮西平，拜比部郎中。長慶二年，拜中書舍人。」白居易傳：「字樂天，太原人。文辭富豔。尤精于詩筆。長慶元年十月，轉中書舍人。」〔方世舉注〕於陵子四人，景復、嗣復、紹復、師復。今曰嗣復，則應稱第二，而曰第三，非其行次，乃閣中第三廳之中書也。翫朱子説甚明。亦或紹復行次。考紹復進士擢第，亦中書舍人。〔沈欽韓注〕長安志：「新昌坊有尚書左僕射楊於陵宅。」魏泰東軒筆録：「舊制，學士有闕，則以第一廳舍人爲之。」王沂公言行録：「楊大年呼沂公爲第四廳舍人。」則此第三閣亦依資在第三也。六典注：「中書舍人在省，以年深者爲閣老。」〔陳景雲曰〕令狐澄本作「三弟」，亦非。楊嗣復行六，非三也。見白樂天集。嗣復後入相，唐史有傳。澄生長貴胄，而于近時宰輔，亦偶未悉其行次，足知考訂之難。此諱行録之可資採證也。〔王元啓曰〕陳説偏徇考異，見嗣復的是省中第三廳之舍人。然考白集別有楊三員外詩，知嗣復實係行三。至楊六爲汝士之行，白集亦屢見之。陳蓋考之未詳耳。又此詩長慶二年公爲兵部侍郎時作，白有和詩，但稱韓侍郎，不言兵部吏部，然白集編年，和詩後有勤政樓西老柳一首，云是長慶二年春作。則此詩在公未赴鎮州之前，其時正官兵部。考穆宗赦承宗之詔，于二月二日始下。宣慰之命，又在其後。公壽陽驛詩：「風光欲動別長安。」二月初旬，正風光欲動時也。〔岑仲勉唐人行第録〕舊注以第三閣老爲嗣復。續世説一言語門，韋温稱嗣復、李珏爲楊三、李七。白氏集一八京使迴累得南省諸公書因以長句詩寄謝蕭五劉二元八吴十一韋大陸郎中崔二十二牛二李七庾三十三李六李十楊三樊大楊十二員外之楊三亦嗣復也。〔方成珪昌黎先生詩文年譜〕楊嗣復于長慶元年十月辛未爲庫部郎中知制誥；是月壬午，白居易自主客郎中知制誥，遷中書舍人；時馮宿亦以兵部郎中同掌絲綸，故皆稱閣老。此詩二年二月作。

〔二〕〔考異〕「溝」，或作「流」。　〔蔣抱玄注〕劉孝綽詩：「帳殿臨春渠。」

〔三〕〔魏本引韓醇曰〕荀勗自中書遷尚書令，曰：「奪我鳳凰池。」　〔魏本引孫汝聽曰〕近日，以喻近君也。　〔補釋〕鳳池事見文選謝朓直中書省詩李善注引晉中興書。

〔四〕諸本作「更不流」。　〔考異〕「更」，或作「見」。　〔魏本注〕蔡本作「更見不」。　〔王元啓曰〕因楊氏林池與鳳池相接，故覩冰破而懷念鳳池三閣老，云「更見不」者，問辭也。白答詩云：「鳳池冷暖君諳在，二月因何更有冰？」正答公見不之問。若作「更不流」，則已明知其盡泮，白所答詩爲剩語矣。且語意死活懸殊，公亦不當作此滯句。今輒定從蔡本。

【集説】

程學恂曰：公前爲刑部侍郎，此時爲兵部侍郎，後轉吏部侍郎，凡在近貴所作詩，似遜于遷謫及散處時之鬱勃豪壯。然則詩以窮而工，固不僅在孟東野、梅聖俞也。

附 和韓侍郎題楊舍人林池見寄

白居易

渠水暗流春解凍，風吹日炙不成凝。鳳池冷暖君諳在，二月因何更有冰？

奉使常山早次太原呈副使吴郎中〔一〕

朗朗聞街鼓，晨起似朝時。翻翻走驛馬〔二〕，春盡是歸期〔三〕。地失嘉禾處〔四〕，風存蟋蟀辭〔五〕。暮齒良多感，無事涕垂頤。

〔一〕〔考異〕或無「早」字。祝本、魏本無「早」字。廖本、王本有。〔方世舉注〕舊唐書穆宗紀：「長慶元年七月，鎮州軍亂，節度使田弘正遇害，推衙將王庭湊爲留後。二年二月癸亥朔甲子，詔雪王庭湊，仍令兵部侍郎韓愈往彼宣諭。」新唐書地理志：「鎮州常山郡大都督府，本恒州恒山郡，治石邑。武德四年，徙治真定。元和十五年，避穆宗更名。屬河北道。」又：「太原府太原郡，本并州，開元十一年爲府，屬河東道。」〔魏本引樊汝霖曰〕吴郎中名丹，時以駕部郎中爲宣慰副使。唐子西曰：「公孫弘以董仲舒相膠西，梁冀以張綱守廣陵，李逢吉以韓愈使鎮州，盧杞以顔魯公使李希烈，其用意正相類。」然考之史，公出使鎮在二月，而逢吉三月始召爲兵部尚書，六月始代裴度爲相，子西云爾，何也？抑豈逢吉險邪，遂以公此行爲其所中歟？君子惡居下流，天下之惡皆歸焉。此之謂也。〔方世舉注〕皇甫湜韓文公墓誌銘：「王庭湊反，圍牛元翼于深，救兵十萬，望不敢前。詔擇庭臣往諭，衆慄縮，先生勇行。元稹言于上曰：韓愈可惜。穆宗悔，馳詔無遝入。先生曰：止，君之仁。死，臣之義。遂至賊營，麾其衆責之。賊恇汗伏地，乃出元翼。春秋美臧孫辰告糴于齊，以爲急病。校其難易，孰爲宜褒？嗚呼！先生真所謂古大臣者耶？」據此，則此行出于公之本意，不必以論逢吉也。〔王元啓曰〕公酬裴司空詩，一則曰「恨不身先去鳥飛」，再則曰「日馳三百自嫌遲」，見公浩然獨往之氣。此詩未至而先計歸期，似非公志。又結語氣弱不振，辭復不貫，恐此係吴郎中作。公有詩題後，編次者遂并目爲公詩。題中「呈」字係衍文，「副使」以下五字，乃編詩者特記此詩爲吴作耳。吴于早次太原作此，公題其後云云，則在夕次壽陽時也。〔沈德毓曰〕既以篇題論，公詩槩題鎮州，此忽改作常山，便知非出公一手，以「呈」字爲衍文，定爲吴郎中作，其説的確無疑。

〔二〕〔方世舉注〕馬曰翻翻，似乎好奇。然廣雅釋訓：「翩翩、翻翻，飛也。」馬行如飛，則可以曰翩翩，亦可以曰翻翻矣。

〔三〕〔方世舉注〕此聯詩體隔句對，與送李員外分司東都同調。〔朱彝尊曰〕起扇對，亦流動有態。

〔四〕〔方世舉注〕書序：「唐叔得禾，異畝同穎，獻諸天子。王命唐叔歸周公于東，作歸禾。」漢書地理志：「太原郡晉陽，故詩唐國。周成王封弟叔虞。」案：唐叔得禾，又見史記魯世家，與此略同。

〔五〕〔方世舉注〕詩序：「蟋蟀，刺晉僖公也。此晉也，而謂之唐，本其風俗，憂深思遠，儉而用禮，乃有堯之遺風焉。」

【集説】

方成珪箋正曰：雪王廷湊罪，復以爲節鎮，非公意也。故此詩有微詞焉。地失嘉禾，言太平無象。風存蟋蟀，警太康也。結則憂深思遠，可于言外得之。

程學恂曰：前半略似齊梁體。

夕次壽陽驛題吴郎中詩後〔一〕

風光欲動别長安，春半邊城特地寒〔二〕。不見園花兼巷柳，馬頭惟有月團團〔三〕。

〔一〕廖本、王本題如此。祝本、魏本作「壽陽驛題絶句」。〔考異〕或作「壽陽驛題絶句」。方云：蜀本亦注「夕次」字。〔方世舉注〕新唐書地理志：「太原府太原郡壽陽，畿，本受陽，武德六年徙受州來治，又以遼州之石艾、樂平隸之。貞觀八年，州廢，縣皆來屬。十一年，更名。」〔王元啓曰〕所題吴郎中詩，即前篇早次太原之作。壽陽，太原屬邑，今隸平定州，在太原東百七十里。公酬裴司空有「日馳三百」之句，則百七十里，固可朝發夕至也。又按壽陽以西皆河東地，自壽陽踰嶺而東，即河北鎮州也。

〔二〕〔張相曰〕特地，猶云特別也。

〔三〕魏本、廖本、王本作「團團」。祝本作「團圓」。〔程學恂曰〕二句拙稚不成語。

奉使鎮州行次承天行營奉酬裴司空相公〔一〕

竄逐三年海上歸，逢公復此著征衣〔二〕。旋吟佳句還鞭馬，恨不身先去鳥飛。

〔一〕祝本、魏本題如此。考異本、廖本、王本無「奉相公」三字。〔考異〕或有「相公」字。〔魏本引孫汝聽曰〕長慶元年七月，鎮州衙將王庭湊反，自稱留後。八月，以河東節度使裴度爲幽鎮兩道招撫使。十月，以度爲鎮州四面行營都招討使。二年二月，詔雪庭湊罪，以公爲宣慰使。承天行營，節度屯兵處也。〔王元啓曰〕通鑑：「度將兵出承天軍故關。」注云：「承天軍在遼州界，故關即娘子關。宋朝以承天軍爲寨，屬平定縣，即唐廣陽縣也。」考地理志，并州太原郡廣陽縣故關，有井陘，盤石，葦澤三所，無娘子關。廣陽本名石艾，屬并州。武德三年，析置遼州。天寶三年，更名廣順，仍屬并州。宋白曰：承天軍在太原東鄙。蓋自河東至河北必經之道。此詩當繼夕次壽陽之後。因新史地理志闕載，孫汝聽注于地理最詳，亦不言承天在所，故特詳列之。大槩宋屬遼州，唐故并州太原郡屬。方無「相公」字，以後三題例之，當有。

〔二〕〔方崧卿年譜增考〕公長慶二年再見裴晉公于鎮州行營，所謂「竄逐三年海上歸，逢公復此著征衣」者，蓋記相別之日，兼竄逐而言也。非必謂竄逐實經三年也。〔洪興祖韓子年譜〕蓋公嘗從度討蔡，今復使廷湊也。〔方世舉注〕公以元和十四年正月貶潮州。是年四月，度罷相爲河東節度，至此三年矣。公還潮以來，未嘗見度也。

【集説】

唐宋詩醇曰：詔許遲留，而奮迅如此。仁者之勇，庶無愧焉。

鎮州路上謹酬裴司空相公重見寄〔一〕

銜命山東撫亂師〔二〕，日馳三百自嫌遲。風霜滿面無人識，何處如今更有詩？

〔一〕〔舉正〕蜀本「謹」作「奉」。〔方成珪昌黎先生詩文年譜〕此與前詞皆二月中作。

〔二〕〔蔣抱玄注〕禮記：「銜君命而使，雖遇之不鬬。」〔魏本引樊汝霖曰〕張籍祭公詩云：「再使平山東，不言謀所臧。」再使蓋謂從伐蔡與此使鎮州也。自太行而東，皆曰山東。

鎮州初歸〔一〕

別來楊柳街頭樹，擺弄春風只欲飛〔二〕。還有小園桃李在，留花不發待郎歸〔三〕。

〔一〕〔方成珪昌黎先生詩文年譜〕是年春作。

〔二〕〔舉正〕閣、蜀作「弄」作「只」。〔考異〕「擺」，或作「摇」。「弄」，或作「撼」。「只」，或作「秖」。祝本、魏本作「撼」作「秖」。廖本、王本作「弄」作「只」。祝本注曰：「擺撼」，一作「猶弄」。

〔三〕諸本作「待」。祝本作「侍」。〔洪興祖韓子年譜〕公以二月初使鎮州，二月望次壽陽驛，比還，春末矣。

【集説】

王讜曰：退之二侍妾，一曰絳桃，一曰柳枝，皆能歌舞。初使王庭湊，至壽陽驛絶句云云，蓋寄意二姝。逮歸，柳枝踰垣遁去，家人追獲。故鎮州初歸詩云云，自是專寵絳桃矣。

邵伯温曰：孫子陽爲予言，近時壽陽驛發地，得二詩石，唐人跋云：「退之有倩桃、風柳二妓，歸途聞風柳已去，故云云。」後張籍祭退之詩云「乃出二侍女」，非此二人耶？

蔣之翹曰：按唐語林、邵氏聞見録，其説甚不足信。退之固是偉人，歸來豈别無所念，而獨殷殷于婢妾。假思之，亦不過作懷人常語耳，更何必切名致意若此。況所云發地得詩石，則當時必韓公自立，他人豈便以去妾爲言。此韓公之意，蓋感慨故園景色，如詩東山「有敦瓜苦，烝在栗薪。自我不見，于今三年」同旨。其説宜不攻而自破也。

方世舉曰：蔣持論甚是，詩語不過言去時風光未動，還時桃李猶存，以見其使事畢而來歸疾也。

朱彝尊曰：比擬殊妙，風致由筆尖溢出。

王鳴盛曰：蔣之翹云云。愚謂詩言待郎歸，語甚旖旎，安得泛指景色。退之壽陽之行，不畏彊禦，大節凛然，殷殷婢妾，何害其爲偉人。

迮鶴壽曰：文天祥爲宋室忠臣，平時歌妓滿前。宋頭巾腐談，往往如此。豈张籍祭詩亦不足信耶？至發地得石之説，斷無其事。豈有尋常一詩，而刻石埋于地下，文公肯爲之乎？抑他人肯爲之乎？

程學恂曰：語林誠不足信，然此詩亦不佳。

同水部張員外曲江春遊寄白二十二舍人〔一〕

漠漠輕陰晚自開〔二〕，青天白日映樓臺〔三〕。曲江水滿花千樹，有底忙時不肯來〔四〕？

〔一〕廖本、王本題如此。祝本、魏本作「同張水部籍遊曲江寄白二十二舍人」。〔考異〕或作「同張水部籍遊曲江寄白二十二舍人」。〔考異〕或作「同張水部籍遊曲江寄云云」。〔魏本引樊汝霖曰〕張籍自國子博士遷水曹外郎，白居易自主客郎爲中書舍人，居易和篇見此詩後。世傳韓、白無往來之詩，非也。〔方世舉注〕舊唐書張籍傳：「累授國子博士、水部員外郎，轉水部郎中卒。世謂之張水部云。」案新唐籍傳，愈薦爲國子博士，歷水部員外郎、主客郎中，終國子司業，非終于水部也。〔王元啓曰〕前遊楊氏林亭，二年二月初作，猶稱籍爲博士。此詩歸自鎮州後作，改稱水部，知籍遷官在公奉使鎮州之役。　曲江，見卷四杏花注。

〔二〕〔補釋〕楚辭疾世：「塵漠漠兮未晞。」王逸章句：「漠漠，合也。」

〔三〕〔舉正〕三館本作「青天」。公憶昨行亦有「青天白日花草麗」。〔考異〕「天」，或作「春」。祝本、魏本作「春」。廖本、王本作「天」。

〔四〕〔張相曰〕有底，猶云有如許或有甚也。亦猶云爲甚也。有底忙一語，詩詞中屢見。韓愈詩云云。此亦有如許或有甚，均可解。時字相當於呵或啊，爲語氣間歇之用。〔黄叔燦曰〕語入詩便趣。

【集説】

何谿汶竹莊詩話引蒼梧雜志曰：退之盡是直道，更無斧鑿痕。人多嫌退之律詩不工，使魯直爲之，未必能得如是氣象，唐人謂此四句可敵一部長慶集，誠然。

楊慎升庵詩話曰：「城中車馬應無數，能解閒行有幾人」，亦是此見。

蔣抱玄曰：醞釀有風致。

附酬韓侍郎張博士雨後遊曲江見寄　白居易

小園新種紅櫻樹，閒繞花行便當遊。何必更隨鞍馬隊，衝泥踏雨曲江頭。

和水部張員外宣政衙賜百官櫻桃詩〔一〕

漢家舊種明光殿〔二〕，炎帝還書本草經〔三〕。豈似滿朝承雨露〔四〕，共看傳賜出青冥〔五〕。香隨翠籠擎初到〔六〕，色映銀盤寫未停〔七〕。食罷自知無所報〔八〕，空然慙汗仰皇扃〔九〕。

〔一〕魏本、廖本、王本題如此。祝本作「和張水部勑賜櫻桃詩」。〔魏本引洪興祖曰〕一本題作「和張水部敕賜櫻桃詩」。〔方世舉注〕舊唐書地理志：「京師東内正門曰丹鳳，正殿曰含元，含元之後曰宣政。宣政左右有中書、門下二省。高宗以後，天子常居東内。」唐李綽歲時記：「四月一日，内園薦櫻桃寢廟。薦訖，班賜各有差。」〔沈欽韓注〕新書文藝傳：「中宗景龍二年夏，宴蒲桃園，賜朱櫻。」蓋自此以爲故事。

〔二〕〔魏本引韓醇曰〕洛陽宮殿簿曰：「漢有明光殿、徽音殿。」又曰：「顯陽殿前，櫻桃六株，徽音殿前、乾元殿前並三株。」〔方世舉注〕三輔黃圖：「明光宮，武帝太初四年秋起，在長樂宮後。」

〔三〕〔魏本引孫汝聽曰〕神農本草云：「櫻桃味甘，主調中益脾胃，令人好顏色。」〔汪琬曰〕溯其由來。

〔四〕〔汪琬曰〕應百官。

〔五〕〔汪琬曰〕勑賜。〔何焯義門讀書記〕前四句鄭重，正蓄無所報三字之勢。〔李黼平曰〕以漢家、炎帝起，見古人寶貴此物。轉出滿朝承賜，乃覺分外恩榮，此文家争起勢也。

〔六〕〔舉正〕唐本、文苑同作「初到」。蜀本作「初出」，今作「重」，皆非。祝本、魏本作「重」。廖本、王本作「到」。〔王伯大注〕籠，竹器也。〔汪琬曰〕先貯之籠。

〔七〕〔舉正〕唐本、文苑同作「映」。〔考異〕「映」，或作「照」。祝本、魏本作「照」作「瀉」。廖本、王本作「映」作「寫」。〔方世舉注〕「銀盤」，疑作「瑛盤」。東觀漢記：「明帝宴羣臣大官，進櫻桃，以赤瑛盤賜羣臣。月下視之，盤與櫻桃同色。羣臣皆笑云：是空盤。」今云銀盤，或紀當時實事，又取紅白相映之意。〔李黼平曰〕銀盤句泛説，注者引東觀漢記赤瑛盤事，則起處方言漢家之不若，又用漢事，不自相矛盾耶？少陵野人送朱櫻詩，金盤亦泛説。惟右丞「中使頻傾赤玉盤」，是用漢記耳。〔方成珪箋正〕曲禮：「御食于君，君賜餘，器之溉者不寫，其餘皆寫。」注：「謂萑竹所織，不可洗滌，則傳寫于他器而食之，不欲口澤之瀆也。」〔補釋〕説文：「寫，置物也。」曲禮正義：「寫謂倒傳之也。」〔汪琬曰〕次登之盤。杜公：「數回細寫愁仍破，萬顆勻圓訝許同。」此云「未停」，則細寫而員不破矣。工細之極。〔胡仔曰〕摩詰詩：「歸鞍競帶青絲籠，中使頻傾赤玉盤。」退之詩：「香隨翠籠擎初重，色映銀盤瀉未停。」二詩語意相似，摩詰詩渾成勝退之詩。櫻桃初無香，退之言香，亦是語病。

〔八〕〔汪琬曰〕終之以食。

〔九〕〔何焯義門讀書記〕結句收出宣政衙，非趁韻。穆宗昏荒，不復可以有爲。公雖立朝，徒俯仰默嘆而已。曰自知無所報者，正傷欲報而無路也。公寄崔立之詩「無能食國惠，豈異哀癃罷」，其即慙汗二字注脚乎？〔王元啓曰〕結語與朝歸詩所謂「坐食取其肥，無堪等聾聵」意同。

【集説】

潛溪詩眼曰：老杜櫻桃詩云：「西蜀櫻桃也自紅，野人相送滿筠籠。數回細寫愁仍破，萬顆勻圓訝許同。」直書目前所見，平易委曲，得人心所同然。至于「憶昨賜霑門下省，退朝擎出大明宫。金盤玉筯無消息，此日嘗新任轉蓬」，其感興皆出于自然，故終篇遒麗。韓退之詩，蓋學老杜，然搜求事迹，排比對偶，其言出于勉強，所以相去甚遠。然若非老杜在前，人亦安敢輕議。

蔣之翹曰：詞亦雅麗，較張作特勝。

汪琬曰：章法井井。

朱彝尊曰：此詩卻不落中唐，彷彿效摩詰作。

程學恂曰：櫻桃詩摩詰最工，亦最得體。杜次之，此又次之。然公詩豈可以工拙論者？潛溪所評，見尚淺也。

附　宣政衙賜百官櫻桃詩

張　籍

仙果人間都未有，今朝忽見下天門。捧盤小吏初宣敕，當殿羣臣共拜恩。日色遥分廊下坐，露芽才出禁中園。每年種此偏先熟，願得千春奉至尊。

送桂州嚴大夫〔一〕

蒼蒼森八桂，兹地在湘南〔二〕。江作青羅帶〔三〕，山如碧玉篸〔四〕。户多輸翠羽〔五〕，家自種黄甘〔六〕。遠勝登仙去，飛鸞不暇驂〔七〕。

〔一〕同用南字。魏本無旁注四字。祝本、廖本、王本有。〔舉正〕蜀本題下有「赴任」二字。〔方世舉注〕新唐書地理志：「桂州始安郡中都督府，屬嶺南道。」舊唐書穆宗紀：「長慶二年四月丁亥，以秘書監嚴謩爲桂管觀察使。」〔魏本引孫汝聽曰〕公與白居易、張籍皆有詩送其行。

〔二〕〔舉正〕從蜀本。山海經：「桂林八樹，在賁禺東。」選天台山賦：「八桂森挺以凌霜。」閣本作「蒼蒼八月桂茲樹在湘南」。文苑同。宋、李本皆從閣本。一曰月桂，見淮南子，謂月中種也。〔考異〕「在」，或作「近」。〔魏本引樊汝霖曰〕山海經云：「桂林八樹，在賁禺東。」注云：「今番禺也，桂林郡因取此以爲名。」〔補釋〕江淹詩：「蒼蒼山中桂。」王勃九成宫頌：「蒼蒼八桂。」

〔三〕〔方世舉注〕史記高祖功臣侯年表：「使長河如帶。」淮南泰族訓：「視天都若蓋，江、河若帶。」

〔四〕〔方世舉注〕劉孝威詩：「玉簪久落鬢。」〔查慎行曰〕不到粵西，不知對句之妙。

〔五〕〔方世舉注〕漢書南粵傳：「尉佗因使者獻翠鳥千，生翠四十雙。」新唐書地理志：「嶺南道，厥貢金銀孔翠犀象綵藤竹布。」

〔六〕〔方世舉注〕司馬相如上林賦：「黄柑橙榛。」南方草木狀：「柑乃橘之屬，味甘美特異者也。有黄者，有赬者，赬者謂之壺柑。」

〔七〕〔舉正〕閣作「不假」。荆公、李本校同。蜀作「不暇」。文苑同。祝本、魏本作「暇」。廖本、王本作「假」。〔何焯義門讀書記〕「暇」字佳，「假」字與勝仙不相應。〔陳景雲曰〕「驂」、「鸞」二字，本江淹別賦。〔王元啓曰〕選：「駕鶴上漢，驂鸞騰天。」按：上借登仙取喻，故用此。

【集説】

朱彝尊曰：是淺調，屬對卻工，頗類初唐。

奉和僕射裴相公感恩言志〔一〕

文武成功後，居爲百辟師〔二〕。林園窮勝事〔三〕，鐘鼓樂清時〔四〕。擺落遺高論〔五〕，雕鐫出小詩。自然無不可〔六〕，范蠡爾其誰〔七〕？

〔一〕〔考異〕祝本、魏本無「奉」字。廖本、王本有。〔方世舉注〕新唐書裴度傳：「是時，徐州王智興逐崔羣，諸軍盤互河北，進退未一。議者交口請相度，乃以守司徒、淮南節度使兼中書侍郎、平章事。權佞側目，謂李逢吉險賊善謀，可以搆度，諷帝自襄陽召還，拜兵部尚書。度居位再閱月，果爲逢吉所間，罷爲左僕射。」按宰相表：度以三月戊午相，六月甲子罷，是日李逢吉遂同平章事。

〔二〕〔蔣抱玄注〕詩：「不顯惟德，百辟其刑之。」

〔三〕〔補釋〕徐松唐兩京城坊考：「次南興化坊，晉國公裴度池亭。」

〔四〕〔蔣抱玄注〕李陵答蘇武書：「策名清時。」〔魏本引補注〕詩話云：慶曆中，西師未解，晏元獻爲樞密使。會大雪，置酒西園。永叔賦詩云：須憐鐵甲冷徹骨，四十餘萬屯邊兵。晏曰：昔韓愈亦能作言語，赴裴度會，但云：園林窮勝事，鐘鼓樂清時。不曾如此作鬧。〔方世舉注〕余見二者各有所當，晏語未可爲定論。蓋晏殊方秉樞，裴度已罷相，錯置則兩失，易地則皆然。〔唐宋詩醇〕夫裴度之優游緑野，乃不得已而與世浮沈，故愈詩云云。晏殊所處不同，聞永叔諷厲，正應改容謝之，顧猶怫然于中耶？〔王元啓曰〕元獻特用戲語解嘲，然而歐公之意則美矣。須知詩曰清時，必非干戈搶攘之時，與晏公于西師未解時設宴者異矣。若晉公東征淮蔡作詩，則云「待平賊壘報天子，莫指仙山示武夫」，未嘗作此高宴也。韓魏公詩云：「細民溝壑方懸慮，野館鶯花任送春。」此方是大臣宰相之詩，與歐公氣識略同。又裴罷相爲僕射在六月，是時鎮州兵罷已五月矣，公詩「清時」二字，非率直也。

〔五〕〔方世舉注〕陶潛詩：「擺落悠悠談，請從余所之。」

〔六〕〔方世舉注〕莊子：「順物自然而無容心焉。」〔蔣抱玄注〕論語：「我則異于是，無可無不可。」

〔七〕〔舉正〕三館本作「爲誰」。〔方世舉注〕史記越世家：「范蠡事越王，既苦身戮力，與句踐深謀二十餘年，竟滅吴，報會稽之恥，句踐以霸，而范蠡稱上將軍。以爲大名之下，難以久居，乃裝其輕寶珠玉，乘舟浮海以行，終不反。」

【集説】

朱彝尊曰：與和僕射相公朝迴見寄二詩，能道出大賢功成後心事，不高不卑，與世相移，而主張自在。細玩深有腴味。

程學恂曰：晉公原詩不可見，然觀此結句，必爲愠于羣小而思爲退避之詞也。

和裴僕射相公假山十一韻〔一〕

公乎真愛山，看山旦連夕〔二〕。猶嫌山在眼，不得著脚歷〔三〕。枉語山中人，匄我澗側石〔四〕。有來應公須，歸必載金帛。當軒乍駢羅〔五〕，隨勢忽開坼。有洞若神剜〔六〕，有巖類天劃〔七〕。終朝巖洞間，歌鼓燕賓戚。孰謂衡霍期〔八〕，近在王侯宅？傅氏築已卑〔九〕，磻溪釣何激〔一〇〕？逍遥功德下，不與事相摭。樂我盛明朝〔一一〕，於焉傲今昔〔一二〕。

〔一〕〔舉正〕唐本、杭、蜀、文苑并同作「奉和裴僕射相公爲山」。〔魏本引集注〕裴度爲李逢吉所間，長慶二年六月罷相，爲尚書左僕射。公有此和篇及感恩言志與朝迴見寄之作。「假山」，一作「假爲山」。

〔二〕魏本、廖本、王本作「旦」。祝本作「且」。

〔三〕〔張相曰〕著，猶落也，下也。着脚，落脚也。

〔四〕〔舉正〕唐、文苑同李、謝本，皆一作「匄」。「枉」，猶枉臨枉教之枉，作「往」非義。〔考異〕

「枉」，或作「往」。「匄」，或作「與」。祝本、魏本作「往」作「與」。廖本、王本作「枉」作「匄」。

〔五〕〔蔣抱玄注〕楚辭：「羣行兮上下，駢羅兮列陳。」

〔六〕〔魏本引祝充曰〕說文云：「剜，削也。」

〔七〕〔方世舉注〕言其制作之奇，若神功鬼斧也。

〔八〕〔舉正〕杭、蜀、文苑并同。選謝靈運詩：「遊當羅浮行，息必廬霍期。」〔考異〕「期」，或作「奇」。祝本、魏本作「奇」。廖本、王本作「期」。〔補釋〕爾雅：「霍山爲南嶽。」書正義引風俗通云：「王者受命，恒封禪之。衡山一名霍山，言萬物霍然大也。」

〔九〕〔魏本引孫汝聽曰〕史記：「傅說爲胥靡，築于傅岩。」〔魏本引韓醇曰〕書：「說築傅巖之野。」

〔一〇〕〔魏本引孫汝聽曰〕尚書候曰：「周文王至磻溪，見呂尚釣，文王拜之。」〔魏本引祝充曰〕磻溪，太公釣處。越絶書：「太公，磻溪之餓也。」〔顧嗣立注〕阮嗣宗勸晉王牋：「呂尚，磻溪之漁者。」尚書中候：「王即迴駕水畔，至磻溪之水，呂尚釣于崖。」〔方世舉注〕水經注：「磻溪中有泉，即太公釣處，今謂之凡谷泉。南隅有石室，蓋太公所居。水次盤石釣處，即太公垂釣之所。其投竿跪餌兩膝，遺跡猶存，是磻溪之稱也。」〔何焯義門讀書記〕傅巖、磻溪之時，其功德尚未昭宣，此裴公山池所以尤當其盛也。襯語仍不失分寸。

〔二〕〔舉正〕文苑、謝校同作「朝」。〔考異〕「朝」，或作「時」。祝本、魏本作「時」。廖本、王本作「朝」。

〔三〕〔魏本引補注〕詩：「於焉逍遥。」焉，何也。

【集説】

朱彝尊曰：若不經意，然意態卻流便可喜。此詩是踴躍作者，和李相公攝事南郊詩，是勉強作者。

何焯義門讀書記曰：晉會稽王道子嬖人趙牙，爲道子開東第，築山穿池，功用鉅萬。孝武帝常幸其第，謂道子曰：「府内有山甚善，然修飾太過。」帝去，道子謂牙曰：「上知山是人力所爲，爾必死矣。」道子帝弟相王，當時築一假山，尚以爲異事。至齊而武陵王自怨貧薄，名後堂山曰首陽，山池由此遂盛。國用人力，盡費于園囿。自唐至今，視爲常事矣。雖賢如裴、韓，賦詩相誇，曾不致疑也。

奉和李相公題蕭家林亭〔一〕

山公自是林園主〔二〕，歎惜前賢造作時。巖洞幽深門盡鎖，不因丞相幾人知〔三〕？

〔一〕祝本、魏本無「奉」字。廖本、王本有。〔魏本引樊汝霖曰〕李相公，逢吉也。蕭氏在唐最盛，璃、嵩、華、復、俛、寘、倣、遇凡八葉宰相。嵩第在城南布政坊，寘第在城南永樂坊，見長安志。餘無所見。〔陳景雲曰〕「遇」，本作「遘」，避高宗嫌名易之，非誤。〔方成珪昌黎先生詩文年譜〕是年六月甲子李逢吉同平章事，詩當是六月後作。

〔二〕魏本、廖本、王本作「林園」。祝本作「園林」。〔方世舉注〕水經注：「襄陽湖水入侍中襄陽侯習郁魚池，郁依范蠡養魚法作大陂，限以高堤，楸竹夾植，蓮芡覆水，是遊宴之名處也。山季倫之鎮襄陽，每臨此池，未嘗不大醉而還。恒言此是我高陽池。故時人爲之歌曰：『山公出何去？往至高陽池。日暮倒載歸，酩酊無所知。』」

〔三〕〔蔣抱玄曰〕直中有幽致。

【集説】

方世舉曰：按語意乃諷李逢吉也。蕭氏以八葉宰相而林亭今亦冷落，逢吉之傾人貪位者何爲耶？若與和裴度女几山絶句「暫攜諸吏上崢嶸」一例看，則非。

鄆州谿堂詩 并序〔一〕

憲宗之十四年，始定東平，三分其地。以華州刺史、禮部尚書兼御史大夫扶風馬公爲鄆曹濮節度觀察等使，鎮其地。既一年，褒其軍號曰天平軍。上即位之二年，召公入，且將用之。以其人之安公也，復歸之鎮。上之三年，公爲政于鄆曹濮也，適四年矣。治成制定，衆志大固。惡絶于心，仁形于色，竱心一力，以供國家之職。于時沂、密始分，而殘其帥，其後幽、鎮、魏不悦于政，相扇繼變，復歸于舊。徐亦乘勢逐帥自置，同于三方。惟鄆也截然中居，四鄰望之，若防之制水，恃以無恐。然而皆曰：鄆爲虜巢且六十年，將彊卒武，曹、濮于鄆州大而近，軍所根柢，皆驕以易怨。而公承死亡之後，掇拾之餘，剥膚椎髓，公私掃地赤立，新舊不相保持。萬目睽睽，公於此時，能安以治之，其功爲大。若幽、鎮、魏、徐之亂，不扇而變，此功反小，何也？公之始至，衆未孰化，以武則忿以憾，以恩則横而肆。一以爲赤子，一以爲龍蛇，憊心罷精，磨以歲月，然後致之難也。及教之行，衆皆戴公爲親父母。夫叛父母，從仇讎，非人之情，故曰易。于是天子以公爲尚書右僕射，封扶風縣開國伯，以褒嘉之。公亦樂衆之和，知人之悦，而侈上之賜也，於是爲堂於其居之西北隅，號曰谿堂，以饗士大夫，通上下之志。既饗，其從事陳曾謂其衆言：公之畜此邦，其勤不亦至乎？此邦之人，纍公之化，惟所令之，不亦順乎？上勤下順，遂濟登兹，不亦休乎？昔者人謂斯何？今者人謂斯何？雖然，斯堂之作，意其有謂，而暗無詩歌，是不考引公德而接邦人于道也。乃使來請。其詩曰：

帝奠九壥〔二〕，有葉有年〔三〕。有荒不條〔四〕，河岱之間〔五〕。及我憲考，一牧正之〔六〕。視邦選侯，以公來尸〔七〕。公來尸之〔八〕，人始未信。公不飲食〔九〕，以訓以徇。孰飢無食〔一〇〕？孰呻孰歎？孰冤不問，不得分願〔一一〕？孰爲邦蝨〔一二〕，節根之螟〔一三〕？羊狠狼貪〔一四〕，以口覆城〔一五〕。吹之煦之，摩手拊之〔一六〕，箴之石之〔一七〕，膊而磔之〔一八〕。凡公四封〔一九〕，既富以彊。謂公吾父，孰違公令？可以師征〔二〇〕，不寧守邦。公作谿堂，播播流水〔二一〕。淺有蒲蓮，深有蒹葦。公以賓燕，其鼓駭駭〔二二〕。公燕谿堂，賓校醉飽。流有跳魚，岸有集鳥，既歌以舞，其鼓考考〔二三〕。公在谿堂，公御琴瑟〔二四〕。公暨賓贊〔二五〕，稽經諏律〔二六〕。施用不差，人用不屈〔二七〕。谿有薲苽〔二八〕，有龜有魚。公在中流，右詩左書〔二九〕。無我斁遺〔三〇〕，此邦是庥〔三一〕。

〔一〕〔考異〕方多從石本。〔祝充注〕鄆，音運，秦爲薛郡，漢爲東平國。春秋：「齊人來歸鄆、讙、龜陰田。」〔洪興祖韓子年譜〕鄆州谿堂詩後曰：長慶二年十月建。序曰：憲宗十四年，馬公爲節度觀察使。上即位之二年，召公入。穆宗以元和十五年即位，即位之二年，長慶元年也。上之三年，公爲政于鄆曹濮適四年矣，正在今年。〔方世舉注〕上之三年，穆宗長慶二年也。總以是年十二月召入，爲户部尚書。〔沈欽韓注〕明統志：「溪堂在東平州城内。」金石録：「溪堂詩，長慶二年韓愈撰，牛僧孺正書。」〔方成珪昌黎先生詩文年譜〕是年夏秋間作，以「淺有蒲蓮，深有蒹葦」等語見之，至十月乃勒石。

〔二〕〔魏本引孫汝聽曰〕九壥，九州也。〔祝充注〕壥，與廛同。

〔三〕〔補釋〕詩毛傳：「葉，世也。」〔方世舉注〕唐有天下，至穆宗十一世，十一帝，二百餘年矣。

〔四〕〔舉正〕「不條」，閣同石本。杭、蜀皆誤。〔考異〕「不」，或作「有」。〔方世舉注〕廣韻：「條，貫也，教也。」不條，言不奉詔條也。〔補釋〕方注迂折。文選四子講德論李善注：「條，猶理也。」不條，言不治也。

〔五〕〔魏本引孫汝聽曰〕河、岱皆天平之境。〔方世舉注〕鄆屬淄青，當云海岱。然公祭馬總文，亦有「岱定河安，惟公之躂」句。

〔六〕〔舉正〕「收」，閣同石本。杭、蜀皆誤。〔考異〕「收」，或作「牧」。〔王元啓曰〕上文但云「有荒不條」，不言抗拒不臣，舊作「收正」，收字突出無根，當作「牧正」爲是。

〔七〕〔補釋〕詩毛傳：「尸，主也。」

〔八〕〔方世舉注〕詩：「誰其尸之？」

〔九〕〔方世舉注〕猶書無逸篇言「自朝至于日中昃，不遑暇食」也。

〔一〇〕祝本作「飢」。魏本、廖本、王本作「饑」。

〔一一〕〔蔣抱玄注〕劉勰新論：「今人不知命之有限，而妄覬于分願。」

〔一二〕〔舉正〕蟊，食草根蟲。集韻：「通作蟱」。洪謂石本作「蟱」。然樊氏所録石本只作「蟊」。姑用正字。祝本、魏本作「蟱」。廖本、王本作「蟊」。〔方世舉注〕詩：「天降罪罟，蟊賊内訌。」

〔一三〕〔魏本引孫汝聽曰〕詩：「去其螟螣，及其蟊賊。」毛氏云：「食苗心曰螟，食葉曰螣，食根曰蟊，食節曰賊：皆蝗類也。」

〔一四〕〔方世舉注〕史記項羽紀：「宋義下令軍中曰：猛如虎，狠如羊，貪如狼，彊不可使者，皆斬之。」

〔一五〕〔方世舉注〕新唐李師道傳：亡命少年爲師道計，燒河陰敖庫，募壯士劫洛陽宫闕，以解蔡圍。又説李師道爲袁盎事，殺武元衡，傷裴度，斷建陵門戟。及李光顔破凌雲柵，始大懼，遣使歸順，而又負約，私奴婢媪争言先司徒土地，奈何一旦割之，遂抗命，致諸軍進討，傳首京師。皆所謂以口覆城者也。〔王元啓曰〕此句未詳，孫謂以利口傾覆之，然與前後辭義不類。〔沈欽韓注〕太玄于首次八：「赤舌燒城。」

〔一六〕〔方世舉注〕吹煦，以氣温之也。拊摩，以手循之也。皆喻恩澤。此承「孰飢無食」四句。

〔一七〕〔舉正〕「箴」，杭、蜀同石本。〔考異〕「箴」，或作「針」。〔魏本引孫汝聽曰〕石，砭也。謂以石爲鍼也。

〔一八〕〔魏本引祝充曰〕膊，説文：「薄脯，膊之屋上。」左氏成二年傳：「龍人囚盧蒲就魁，殺而膊諸城上。」磔，開也，張也。〔方世舉注〕左傳注：「膊，磔也。」按：箴石以治之，膊磔以刑之，此承「邦蟊」四句言，分别罪之重輕以爲威令也。〔蔣抱玄注〕鼓氣直下。

〔一九〕〔蔣抱玄注〕左傳：「我有四封，而詰其盜，何故不可？」

〔二〇〕〔舉正〕石作「帥」。閣同。杭、蜀作「師」。〔考異〕方從石本作「帥」。今按：平淮西碑云：「屢興師征。」作「師」爲是。石本或誤，未可知也。祝本、魏本作「帥」。廖本、王本作「師」。

〔二一〕〔補釋〕史記夏本紀索隱：「播是水播溢之義。」

〔二二〕〔舉正〕詩十一章，六章章四句，五章章六句。以令叶強，以駭叶水，皆古音也。令，古音自有平聲一讀。公獨孤郁墓誌亦見。淮南子：「勿驚勿駭，萬物將自理。勿撓勿攖，萬物將自清。」駭古音自與理叶也。周官注：「疾雷擊鼓曰駭。」西京賦所謂「駭雷鼓」是也。〔考異〕古音之説甚善。吳才老補音、補韻二書，其説甚詳。駭水叶韻，如管子「宮如牛鳴盎中，徵如負豕覺而駭」，亦一證也。沙隨程可久曰：「吳説雖多，其例不過四聲互用，切響通用二條而已。」此説得之。如通其説，則古書雖不盡見，今可以例推也。〔方成珪箋正〕周禮夏官大司馬：「鼓音驉。」釋文：「本亦作駭。」西京賦「駭」亦作「驉」。〔沈欽韓注〕韻會：「駭，紙韻，叶訏己切。」吳子：「戢其耳目，無令驚駭。習其馳逐，閑其進止。」

〔二三〕〔方世舉注〕詩：「子有鐘鼓，弗鼓弗考。」

〔二四〕〔魏本引孫汝聽曰〕詩：「琴瑟在御。」

〔二五〕〔考異〕「曁」，或作「洎」。

〔二六〕〔魏本引祝充曰〕稽，考也。諏，訪也。詩：「周爰咨諏。」左氏：「咨事爲諏。」〔方世舉注〕賓贊，謂幕僚。

〔二七〕〔魏本引孫汝聽曰〕用謂由是也。施由是而不差，人由是以不屈，言皆得其宜也。〔方世舉注〕記儒行：「今人與居，古人與稽。」

〔二八〕〔方世舉注〕賈誼治安策：「然而天下不屈者，殆未有也。」

〔二九〕〔祝本魏本注〕「詩」，一作「琴」。〔方世舉注〕梁元帝玄覽賦：「聊右書而左琴，且繼踵于華陰。」

〔三〇〕〔魏本引孫汝聽曰〕斁，厭也。無我斁遺者，言無厭棄我而去。

〔三一〕〔魏本引孫汝聽曰〕言且麻茈是邦也。〔方世舉注〕爾雅釋詁：「庇，麻廕也。」注：「今俗語呼樹蔭爲麻。」

【集説】

樊汝霖曰：長安薛氏有皇甫湜手帖云：「鄆塘特高古風，敢樹降旗。而作者之下，何人能及矣？崔侍御前日稱歎終席，滿座不覺繼燭。我唐有國，退之文宗一人，不任欽慰之極。湜上侍郎宗伯。」鄆塘正謂此鄆州溪堂也。公時爲兵部侍郎，曰宗伯者，文章宗伯也。

張表臣曰：退之南山詩乃類杜甫之北征，進學解乃同子雲之解嘲，鄆州溪堂之什，依于國風，平淮西碑之文，近於小雅。

林紓曰：詩亦全用散文驅駕之法，較元和聖德詩，火色稍減。雖以荆公之拗折，學之亦不能至。宜多讀以領取其聲韻。

蔣抱玄曰：音節幾逼三百，乃不知有漢，無論魏、晋。

和僕射相公朝迴見寄〔一〕

盡瘁年將久〔二〕，公今始暫閒。事隨憂共減，詩與酒俱還。放意機衡外〔三〕，收身矢石間〔四〕。秋臺風日迥，正好看前山。

〔一〕〔舉正〕蜀作「朝迴」。〔考異〕或作「迴朝」，或有「裴」字。廖本、王本作「朝迴」。祝本、魏本作「迴朝」。魏本「僕射」下有「裴」字。〔魏本引韓醇曰〕長慶二年作。張籍集有酬裴僕射朝回寄韓吏部詩，其末云：「惟應有吏部，詩酒每相同。」謂此。韓爲吏部在二年四月。〔補釋〕洪興祖韓子年譜曰：「穆宗實録云：二年九月庚寅，兵部侍郎韓愈爲吏部侍郎。」樊汝霖韓文公年譜亦曰：「二年九月遷吏部侍郎。舊紀不書，見于實録及歐陽文忠公羅池廟碑跋尾。」據此則韓醇謂公爲吏部在四月者誤也。詩有「秋臺風日迥」句，自是九月中作。

〔二〕〔魏本引補注〕詩：「或盡瘁事國。」

〔三〕〔補釋〕列子：「放意所好。」〔方世舉注〕書：「在璿璣玉衡，以齊七政。」

〔四〕〔方世舉注〕左傳：「苟偃、士匄攻偪陽，親受矢石。」

【集説】

唐宋詩醇曰：退之與中立雅契，同涉艱危，樹功業，其于當時朝局，元老苦心，有知之最深者。和感恩言志、朝迴見寄二詩，能曲傳之，諷詠殊有餘味。

蔣抱玄曰：意境幽逸，卻稱晉公沖淡胸襟，是絶非粗鹵之作。

奉酬天平馬十二僕射暇日言懷見寄之作〔一〕

天平篇什外〔二〕，政事亦無雙。威令加徐土，儒風被魯邦〔三〕。清爲公論重，寬得士心降〔四〕。歲晏偏相憶〔五〕，長謡坐北窗〔六〕。

〔一〕〔考異〕或無「暇日言懷之作」六字。祝本、魏本無六字。廖本、王本有。〔方世舉注〕鄆州溪堂詩序，總以長慶二年爲尚書右僕射，封扶風縣開國伯。新書總傳則云，二年檢校尚書左僕射，入爲户部尚書。此書稱僕射，是二年之作。而云「歲晏偏相憶」，則來詩在元年冬，奉酬或二年也。〔補釋〕總於二年十二月始入爲户部尚書，寄公詩當在十二月前未入京時，不必元年冬也。

〔二〕〔蔣抱玄注〕古時有以地稱人，以官稱人，以世子稱人者，以軍名稱人，此其創見也。〔方世舉注〕毛詩凡一題爲一篇，二雅繁多，每十篇爲一什，後人概以稱詩。如鍾嶸詩品云「永嘉篇什，理過其辭」，梁簡文帝答湘東王書「裴氏乃是良史之才，了無篇什之美」是也。

〔三〕〔魏本引樊汝霖曰〕劉夢得天平軍節度使廳壁記：「惟鄆在春秋爲須句之國，涉漢爲濟東，蓋禹貢兗州之域。宣精在上，奎爲文宿，畫野在下。」魯爲儒邦，而曰「威令加徐土」者，禹貢「海岱及淮惟徐州」，而前漢以徐隸臨淮，則徐亦魯也。徐土魯邦字，蓋出詩常武、閟宫之什云。〔方世舉注〕詩：「省此徐土。」又：「魯邦是常。」〔沈欽韓注〕唐徐州爲武寧軍。穆宗紀：「長慶二年三月，徐州節度使崔羣爲其副使王智興所逐，智興自擅軍務。」故此詩激發之。

〔四〕〔朱彝尊曰〕兩語非賢者莫能當，固是善頌。

〔五〕〔蔣抱玄注〕楚辭：「歲既晏兮孰華予。」

〔六〕〔廖瑩中注〕選劉越石詩：「引領長謡。」

【集説】

程學恂曰：此隨時應酬之作。

蔣抱玄曰：竭誠傾倒，裴相公外，此爲第一人。

早春呈水部張十八員外二首〔一〕

天街小雨潤如酥〔二〕，草色遥看近卻無。最是一年春好處，絶勝烟柳滿皇都〔三〕。

〔一〕長慶三年癸卯。〔舉正〕閣本無此二首。〔方世舉注〕「官忙身老大」，應是爲吏部侍郎時。〔王元啓曰〕此早春在長慶三年。

〔二〕天街，見卷九早赴街西行香注。〔方世舉注〕玉篇：「酥，酪也。」

〔三〕〔黄鉞注〕「勝」字于義當作仄聲，宋刻本「勝」作「城」，亦不可解。太白詩：「領得烏紗帽，全勝白接䍦。」亦作平聲。〔補釋〕宋刻祝、魏、廖本，元刻王本皆作「勝」。黄氏所據作「城」之宋刻，未詳何本。〔舉正〕唐本、蔡校作「花柳」。〔考異〕「花」，或作「烟」。祝本、魏本、苕溪漁隱叢話所引皆作「烟」。廖本、王本作「花」。〔王元啓曰〕此對草色言之，只當作「烟」。

【集説】

胡仔曰：「天街小雨潤如酥」云云，此退之早春詩也。「荷盡已無擎雨蓋，菊殘猶有傲霜枝。一年好景君須記，正是橙黄橘緑時。」此子瞻初冬詩也。二詩意思頗同而詞殊，皆曲盡其妙。

朱彝尊曰：景絶妙，寫得亦絶妙。

黃叔燦曰：「草色遥看近卻無」，寫照工甚。正如畫家設色，在有意無意之間。「最是」二句，言春之好處，正在此時，絶勝於烟柳全盛時也。

莫道官忙身老大，即無年少逐春心。憑君先到江頭看，柳色如今深未深〔一〕？

〔一〕祝本、魏本注曰：「今」，一作「金」。祝本、魏本、廖本作「未深」。王本作「又深」。

【集説】

朱彝尊曰：粗鹵中卻有逸致。

查慎行曰：詩境從老杜集中得來。

程學恂曰：真唐人性格。

送鄭尚書赴南海〔一〕

番禺軍府盛〔二〕，欲説暫停盃。蓋海旂幢出，連天觀閣開〔三〕。衙時龍户集〔四〕，上日馬人來〔五〕。風静鶢鶋去〔六〕，官廉蚌蛤迴〔七〕。貨通師子國〔八〕，樂奏武王臺〔九〕。事事皆殊異，無嫌屈人才。

〔一〕祝本、魏本題下有注云：「得來字。」廖本、王本無。〔方世舉注〕公送鄭尚書序云：「嶺之南，其州七十有二，十二隸嶺南節度府。長慶三年四月，以工部尚書鄭公爲刑部尚書兼御史大夫，往踐其任。將行，公卿大夫士咸相率爲詩，韻必以來字者，祝公成政而來歸疾也。」新唐書鄭權傳：「權，汴州開封人。擢進士第。穆宗立，遷工部尚書。用度豪侈，乃結權倖求鎮守，于是檢校尚書左僕射嶺南節度使，多裒貲珍，使吏輸送。凡帝左右助力者，皆有納焉。」

〔二〕〔方世舉注〕史記南越傳：「番禺負山險，阻南海，東西數千里，此亦一州之主也。」漢書地理志：「粤地，今蒼梧、鬱林、合浦、交趾、九真、南海、日南，皆越分，番禺其一都會也。」南越志：「番禺縣有番、禺二山，因以爲名。」新唐書地理志：「廣州南海郡中都督府，有府二，曰綏南、番禺。」

〔三〕〔何焯曰〕風力亦何減少陵？

〔四〕〔魏本引韓醇曰〕南部新書：「長安有龍户，見水色則知有龍，或引出，但鰍魚而已。」〔朱翌曰〕龍户，即蜑户也。〔曾三異曰〕昌黎廣州詩：「衙時龍户集。」龍户往往以爲蜑户，而無明文。近聞廣人云：有一種蘆淳人，在海岸石窟中居止，初無定處，三四口共一小舟，能没入水數丈，過半日乃浮出。形骸飲食衣服非人也，能食生魚，兼取蜆蛤海物，從舡人易少米及舊衣以蔽體。風浪作，即扛挽舡置岸上，而身居水中。無風浪，則居舡中。只有三姓，曰杜，曰伍，曰陳，相爲婚姻。意此乃龍户之類。〔補釋〕查繼佐罪惟録蠻苗列傳云：「蛋人以舟爲宅，或編蓬水滸，謂之水攔，辨水色知龍居，故又曰龍人。」此雖清初人記述，然可證龍户之即是蜑户。

〔五〕〔補釋〕僞古文尚書舜典傳：「上日，朔日也。」〔程大昌曰〕傳燈録曰：「富那夜奢昔爲毗舍利國王，其國有一類人，如馬倮露。王運神力，分身爲蠶，彼乃得衣。王後復生中印度，馬人感戀悲鳴，因號馬鳴大士。」中印度在西域，地與廣近，豈唐時嘗有中印度人來至廣境耶？〔王應麟曰〕唐書環王傳：「西屠夷蓋馬援還，留不去者，才十户，隋末孳衍至三百，皆姓馬。俗以其寓，故號馬留人。與林邑分唐南境。」演繁露引傳燈録，中印度乃在西域，其説誤矣。〔翁元圻曰〕水經注三十六：「俞益期牋曰：『馬文淵立兩銅柱于林邑，岸北有遺兵十餘家，不反，居壽泠岸南，而對銅柱，悉姓馬，自相婚姻，今有二百户。交州以其流寓，號曰馬流。』林邑記曰：『建武十九年，馬援樹兩銅柱于象林南界，與西屠國分漢之南疆也。土人以其流寓，號曰馬流，世稱漢子孫也。』」西陽雜俎説同。〔補釋〕王説本舊韓醇注。

〔六〕〔方世舉注〕魯語：「海鳥曰爰居，止于魯東門之外。展禽曰：今兹海其有災乎？夫廣川之鳥獸，恒知而避其災也。是歲也，海多大風。」〔何焯義門讀書記〕爰居去，年穀和熟，得天時也。

〔七〕〔方世舉注〕後漢書孟嘗傳：「嘗遷合浦太守，郡不産穀食，而海出珠寶。與交阯比境。先時宰守並多貪穢，詭人採求，不知紀極，珠遂漸徙交趾郡界。嘗到郡，曾未踰歲，去珠復還。」〔朱彝尊曰〕易珠爲蚌蛤，反覺味長。〔何焯義門讀書記〕蚌蛤迴，商賈流通，得地利也。

〔八〕〔方世舉注〕南史海南諸國傳：「師子國，天竺旁國也。其國舊無人，止有鬼神及龍居之。諸國商賈來共市易，鬼神不見其形，但出珍寶，顯其所堪價，商人依價取之。諸國人聞此土樂，因此競至，或有住者，遂成大國。」新唐書西域傳：「師子居西南海中，延袤二千餘里，有稜迦山，多奇寶。以寶置洲上，商舶償直輒取去。能馴養師子，因以名國。」

〔九〕〔舉正〕「武王臺」，杭、蜀本並同。〔考異〕「武」，或作「越」。魏本作「越」。祝本、廖本、王本作「武」。〔方世舉注〕史記南越傳：「尉佗自立爲南越武王。」水經注：「高帝定天下，使陸賈就立趙佗爲越王，剖符通使。佗因岡作臺，北面朝漢，圓基千步，直峭百丈，頂上三畝，複道回環，逶迤曲折。朔望升拜，名曰朝臺。前後刺史郡守，遷除新至，未嘗不乘車升履，于焉逍遥。在州城東北三十里。」〔查慎行曰〕三聯皆嶺南事，對仗精工。

【集説】

朱彝尊曰：得體。

章士釗曰：工部尚書鄭權，出爲廣州節度使，退之爲作詩序，稱頌功德，謂其「貴而能貧，爲仁者不富之效」。顧其人貪邪無對，在鎮廣爲聚斂，並以公家珍寶，厚賂羣閹，以酬恩地，爲薛廷老疏請按罪。而在退之眼中，則爲「家屬百人無半畝之宅」之仁者。

和李相公攝事南郊覽物興懷呈一二知舊〔一〕

燦燦辰角曙〔二〕，亭亭寒露朝〔三〕。川原共澄映，雲日還浮飄〔四〕。上宰嚴祀事〔五〕，清途振華鑣〔六〕。圓丘峻且坦〔七〕，前對南山標〔八〕。村樹黄復緑，中田稼何饒？顧瞻想巖谷〔九〕，興嘆倦塵囂〔一〇〕。惟彼顛瞑者〔一一〕，去公豈不遼〔一二〕？爲仁朝自治，用静兵以銷。勿憚吐捉勤〔一三〕，可歌風雨調〔一四〕。聖賢相遇少，功德今宣昭〔一五〕。

〔一〕〔舉正〕杭、蜀本題首有「奉」字。〔魏本引韓醇曰〕李相公，逢吉也。據逢吉前作相在元和十一年十二月，明年九月罷，不經郊祀。而題云攝事南郊，當是長慶二年再相後作。新、舊志：唐初貞觀禮，冬至祀昊天上帝于圓丘。正月辛日，祈穀于南郊。孟夏雩于南郊。明皇定開元禮，天寶初，遂合祭天地于南郊。其後遂攝祭南郊。故曰攝事南郊也。〔王鳴盛曰〕此非長慶二年冬即三年冬作。方世舉辨此與和杜相公太清宫二首皆贋詩，亦未見的確。〔方成珪箋正〕此南郊之祭，當是季秋大享帝。新史禮樂志云：「迄唐之世，季秋大享，皆寓圓丘。」詩「亭亭寒露朝」，寒露正九月節，「川原」、「村樹」二聯皆秋景，而「中田稼饒」，尤季秋之明證也。

〔二〕〔魏本引孫汝聽曰〕楚辭天問曰：「角宿未没，曜靈安藏？」角，東方宿名。辰角曙，謂東方欲曉時。

〔三〕〔補釋〕文選司馬相如長門賦：「荒亭亭而復明。」李善注：「亭亭，遠貌。」

〔四〕〔顧嗣立注〕文選謝靈運詩：「雲日相輝映，空水共澄鮮。」

〔五〕〔魏懷忠注〕上宰，即李逢吉也。〔蔣抱玄注〕詩：「祀事孔明。」

〔六〕〔祝充注〕鑣，悲驕切，馬銜也。詩：「輶車鸞鑣。」

〔七〕〔顧嗣立注〕廣雅：「圓丘，大壇祭天也。」

〔八〕〔魏本引孫汝聽曰〕南山，長安南山，謂終南之屬。標，山峯也。〔補釋〕文選孫綽遊天台山賦：「赤城霞起而建標。」此公詩標字所本。

〔九〕〔魏本引孫汝聽曰〕想巖谷，謂思謝事也。

〔一〇〕〔舉正〕杭、蜀作「倦」。〔考異〕「倦」，或作「卷」。〔朱彝尊曰〕前十二句是文選調。

〔一一〕〔舉正〕「瞑」从目，古「眠」字也。徐鍇曰：今俗別作「眠」，非也。莊子曰：「顛冥於富貴之地。」司馬彪云：冥，音眠。顛冥，猶迷惑也。言其交結人主，情馳富貴也。莊子他語，眠多作瞑。〔方成珪箋正〕舉正「徐鍇曰」云云，説文作「臣鉉等」。檢説文繫傳，亦未見楚金有此語。當是方氏誤記。

〔一二〕〔舉正〕蜀作「云公」。謝校同。〔考異〕「去」，方作「云」，非是。〔何焯義門讀書記〕上即其所明而進之，下乃窺其所短而諷之也。

〔一三〕〔舉正〕閣、蜀、謝校同作「捉」，字本史記。今人用吐握，本韓詩外傳也。〔考異〕「捉」，或作「握」。祝本、魏本作「握」。廖本、王本作「捉」。〔魏本引孫汝聽曰〕魯世家：「周公戒其子曰：我一沐三握髮，一飯三吐哺以待士，猶恐失天下之賢人。」〔補釋〕今本史記魯世家作「握髮」。惟淮南子氾論訓稱「禹一沐而三捉髮」。或爲公詩「捉」字所本。

〔一四〕〔魏本引孫汝聽曰〕論衡曰：「儒老論太平瑞應，皆言五日一風，十日一雨，風不鳴條，雨不破塊。」〔魏本引韓醇曰〕禮記：「饗帝于郊，風雨節，寒暑時。」〔何焯義門讀書記〕宰相能爲人主得人，斯可對越上帝。暗收攝事南郊，意極深厚。

〔一五〕〔顧嗣立注〕詩：「宣昭義問。」

【集説】

王元啓曰：近時方世舉摘顛眠以下四句爲譏。余謂李詩託興巖谷，雖係諢語，然而借頌寓規，謂其去顛眠遠，亦無不可。惟是逢吉爲相，無一事近仁，且其妒害裴度，陰阻討蔡之謀，與公意趣迥殊。反以用静兵銷相目，似屬違心獻媚之談。然玩終篇吐捉四語，仍望其兼收羣策，興致太平，大昭功德，勿專執己意，峻拒忠言，偷爲姑息養癰之計。則所以諷者至矣。方氏直斥爲非公所作，尚與鄙意未符。

鄭珍曰：方扶南辨爲贋作，附在編末，大意謂「爲仁朝自治，用静兵以銷」，「惟彼顛瞑者，去公豈不遼」，吉甫不足以當此。余以理揆之，原無可議。凡和人詩，必就彼題目，裝入己意，大抵贊人者多，或寓規于贊。體例自是如此。公和李作，題是攝事南郊，覽物興懷。逢吉元詩，必見倦於樞務，思息山林之意，所謂「顧瞻想巖谷，興嘆倦塵囂」也。即此一念，視世之顛瞑富貴，恬不知止者，詎不遠甚。公既和其詩，可得曰汝傾險小人，實媿宰輔，既思引退，理宜速去乎？故即就詩意慰勉之，謂相臣總斡中外，盡職誠勞，然以仁待臣民，則朝廷自治，以静鎮邦國，則兵革自銷，祇勿憚吐握之勤，舉賢自輔，各任其職，己總其成，而陰陽燮理，風雨調和矣，又何倦塵囂之有？且相公爲上所倚任，郊天首重，猶且代行，誠能如我所言，則明良共濟，功德昭宣于今日矣，又何想巖谷之有？逢吉嫉功妬能，妨賢樹黨，實不仁不静，不能吐握者。公詩力砭其病，而渾無痕迹。如方氏意，則此詩若出公手，必痛加斥詈始合。然則「濁水汙泥清路塵」、「應許閒官寄病身」之言，何自貶損乃爾耶？

蔣抱玄曰：此詩寓有規諷，讀之意味深厚。

奉和杜相公太清宫紀事陳誠上李相公十六韻〔一〕

耒耜興姬國〔二〕，輜𫐐建夏家〔三〕。在功誠可尚，於道詎爲華〔四〕？象帝威容大〔五〕，仙宗寶曆賒〔六〕。衛門羅戟槊，圓壁雜龍蛇〔七〕。禮樂追尊盛，乾坤降福遐〔八〕。四真皆齒列〔九〕，二聖亦肩差〔一〇〕。陽月時之首〔一一〕，陰泉氣未牙〔一二〕。殿階鋪水碧〔一三〕，庭炬坼金葩。紫極觀忘倦〔一四〕，青詞奏不譁〔一五〕。噌吰宮夜闢〔一六〕，嘈囋鼓晨撾〔一七〕。褻味陳奚取〔一八〕？名香薦孔嘉〔一九〕。垂祥紛可録〔二〇〕，俾壽浩無涯〔二一〕。貴相山瞻峻〔二二〕，清文玉絶瑕〔二三〕。代工聲問遠〔二四〕，攝事敬恭加〔二五〕。皎潔當天月，葳蕤捧日霞〔二六〕。唱研酬亦麗，俛仰但稱嗟〔二七〕。

〔一〕廖本、王本題如此。祝本、魏本作「杜相公太清宫十六韻紀事陳誠上李相因和」。〔舉正〕杜相公，元穎也。閣本、蜀本皆作「杜相公太清宫十六韻紀事呈李相公奉和」。〔考異〕或作「杜相公太清宫十六韻紀事陳誠上李相因和」。〔方世舉注〕新唐書杜如晦傳：「如晦五世孫元穎，貞元末進士第，又擢宏詞，爲翰林學士。敏文辭，憲宗特所賞歎。吴元濟平，論書詔勤，遷司勳員外郎，知制誥。穆宗以元穎多識朝章，尤被寵。拜中書舍人户部侍郎，爲學士承旨，以本官同平章事。自帝即位，不閱歲至宰相，縉紳駭異。甫再朞，出爲劍南西川節度使。」又穆宗紀：「長慶元年二月，段文昌罷，杜元穎同平章事。三年十月，元穎罷。」〔沈欽韓注〕此當是長慶三年，穆宗以疾不親事，而杜元穎攝之也。〔方成珪箋正〕舊紀：「天寶元年置玄元廟于大寧坊。二月辛卯，親享于新廟。二年三月壬子，改西京玄元廟爲太清宫，東京爲太微宫，天下諸郡爲紫微宫。」〔魏本引孫汝聽曰〕太清宫，玄元皇帝廟也。每歲十月有事以爲常。此詩謂長慶二年十月也。〔補釋〕徐松唐兩京城坊考：「次南大寧坊，西南隅太清宮。」張穆校補：「禮閣新儀曰：『開元二十九年，始詔兩京及諸州各置玄元皇帝廟一所，依道法醮。天寶二年三月，敕西京改爲太清宮。十二載二月，加號大聖祖高上大道金闕玄元天皇大帝，每歲四時及臘終，行廟獻之禮。』」如沈說，此詩三年十月作，當在元穎尚未罷相前。

〔二〕〔魏本引韓醇曰〕謂后稷教民稼穡而有天下。〔顧嗣立注〕史記周本紀：「周后稷，名弃，堯舉爲農師，封于邰，號曰后稷，别姓姬氏。」

〔三〕〔魏本引孫汝聽曰〕尸子曰：「行塗以輴，行險以欙。」輴亦曰毳，毳者，謂以板置泥上以通行路也。欙亦曰梮，梮，木器也，如今轝牀，人轝以行也。輴欙者，蓋禹治水所乘之四載也。〔魏本引樊汝霖曰〕書益稷載禹曰：「予乘四載。」孔氏謂水乘舟，陸乘車，泥乘輴，山乘欙。〔顧嗣立注〕史記夏本紀：「泥行乘橇，山行乘檋。」孟康曰：「橇形如箕，擿行泥上。」如淳曰：「撵車謂以鐵如椎頭長半寸，施之履下，以上山不蹉跌也。」〔方成珪箋正〕輴，見文子自然篇及吕氏春秋慎勢篇。河渠書作毳，漢書溝洫志同。史記注引尸子作楯，尚書益稷正義又引尸子作䡅，説文車部作輴。欙，見説文木部。河渠書作橋，溝洫志作梮，文子自然篇作樏，淮南子修務訓作蔂，古書錯雜不符如此。

〔四〕〔魏本引樊汝霖曰〕言夏、周之祖，以功而興。詎若唐李氏之先，出自玄元，于道爲華也。

〔五〕〔魏本引孫汝聽曰〕老子：「吾不知其誰之子，象帝之先。」此言象帝者，即指玄元也。

〔六〕〔蔣抱玄注〕徐陵檄周文：「主上恭膺寶曆。」〔張相曰〕言歲曆長也。

〔七〕〔補釋〕杜甫禹廟詩：「古屋畫龍蛇。」

〔八〕〔蔣抱玄注〕書：「降爾遐福，惟日不足。」

〔九〕〔魏本引樊汝霖曰〕天寶元年，親享玄元皇帝于新廟。以莊子爲南華真人，文子爲通玄真人，列子爲沖虛真人，庚桑子爲洞虛真人，是爲四真也。見舊唐書玄宗紀。

〔一〇〕〔魏本引樊汝霖曰〕初太清宮成，命工于太白山採白石，爲玄元真像，衮冕之服，當扆南面。玄宗、肅宗真容，侍立左右，皆朱衣朝服。

〔一一〕〔魏本引孫汝聽曰〕爾雅：「十月爲陽。」十月爲冬時之首。

〔一二〕〔補釋〕爾雅「十月爲陽」郭璞注：「純陰用事。」禮記月令：「仲春之月，安萌牙。」

〔一三〕〔舉正〕杭、蜀同作「階」。謝本作「筵」。祝本、魏本作「筵」。廖本、王本作「階」。〔魏本引孫汝聽曰〕水碧，水玉也。

〔一四〕〔方成珪箋正〕唐會要：「太清宮薦獻聖祖玄元皇帝，奏混成紫極之舞。」

〔一五〕〔沈欽韓注〕翰林志：「凡太清宮道觀薦告文詞，用青藤紙朱字，謂之青詞。」

〔一六〕〔李詳證選〕司馬相如長門賦：「擠玉户以撼金鋪兮，聲噌吰而似鐘音。」

〔一七〕〔魏本引祝充曰〕嘈囐，鼓聲。張衡東京賦：「奏嚴鼓之嘈囐。」撾，擊也。後漢：「禰衡爲漁陽摻撾。」

〔一八〕〔舉正〕蜀作「褻味」，字見禮記。閣本作「褻服」，非。〔魏本引韓醇曰〕禮：「不敢用常褻味，而貴多品，所以交於神明之義也。」〔考異〕本朝景靈宮天興殿，祝以青詞，薦以酒果，用唐制也。

〔一九〕〔蔣抱玄注〕王維詩：「百福透名香。」詩：「其新孔嘉。」

〔二〇〕祝本「録」作「緑」，誤。

〔二一〕〔魏本引孫汝聽曰〕詩：「俾爾壽而昌。」

〔二二〕〔魏本引孫汝聽曰〕貴相，貴近之相，謂杜也。詩：「嵩高惟嶽，峻極于天。惟嶽降神，生甫及申。」

〔二三〕〔魏本引孫汝聽曰〕瑕，玉病也。

〔二四〕〔魏本引孫汝聽曰〕書：「天工人其代之。」工，官也。〔蔣抱玄注〕孟子：「聲問過情，君子恥之。」

〔二五〕〔魏本引孫汝聽曰〕攝事，謂有事于太清宮。杜爲宰相，攝祀事也。〔魏本引韓醇曰〕新、舊志：唐初貞觀禮，冬至祀昊天上帝于南郊，正月祈穀于南郊，孟夏雩于南郊。明皇定開元禮，天寶初遂合祭天地于南郊。時神仙道家之説興，乃建玄元廟。二月辛卯，親享玄元廟。甲午，親享太廟。丙申，有事于南郊。其後遂攝祭南郊，薦獻太清宮，薦享太廟。〔蔣抱玄注〕論語：「官事不攝。」詩：「敬恭明神。」

〔二六〕〔考異〕「葳」，或作「萎」。方從蜀本。魏本作「萎」。祝本作「威」。廖本、王本作「葳」。〔補釋〕楚辭七諫王逸章句：「葳蕤，盛貌。」〔魏本引孫汝聽曰〕天日以喻君，月霞以喻杜攝事在人主之側。

〔二七〕〔舉正〕唐本、謝校作「亦」。唱酬，謂李、杜。興嗟，公自謂也。「亦」字爲當。〔考異〕「亦」，或作「匪」。祝本、魏本作「匪」。廖本、王本作「亦」。

【集説】

朱彝尊曰：宏麗精密，絶似少陵。

查慎行曰：前有少陵作，自難方駕。

查晚晴曰：語多隱諷，與少陵玄元皇帝廟詩同旨。

方世舉曰：必非韓作。大抵二相屬和，不得已而假手代之。李漢不審，漫以編録耳。按：杜元穎之爲相，雖爲人情駭異，而史稱敏于文辭，多識朝章，和詩以爲清文無瑕可也。其頌太清者，則令人可駭可愕。伯禹、后稷之功，遂不及玄元皇帝之道耶？本朝固當尊崇，立言自有適可。如杜甫詩：「世家遺舊史，道德付今王。」何等熨貼？曉人不當如是耶？大抵不學無術者爲之代言，而公以末暮之年，倦于筆墨，遂未加推敲耳。論道而貶三代，昌黎爲人何至于是，此詩之所以必爲贋也。

王元啓曰：謂禹、稷之功不及玄元之道，此言似非公所宜出。近方世舉定李逢吉南郊詩及此詩爲二相屬和，不得已而假手他人之作。愚謂南郊詩未見必爲贋作，此詩起四語，鄙人竊不能無疑。然其詩句卻高出前篇吴郎中作遠甚，故余尚未敢直斥爲僞。

鄭珍曰：「『在功誠可尚』二語，言禹、稷之功可尚如此，而姬家、夏家於尊崇之道未極光華，不若我唐之追尊玄元皇帝也。道非道德之謂，於道承上姬國、夏家，言夏、周兩朝之於道，於字不屬禹、稷。題是朝享太清宫，自宜就事論事，何暇以禹、稷、老子比較高下乎？『象帝威容大』以下八句，正極言其華處。方氏誤解詞意，遂疑非公作。不知苟屬代筆，不出張、李之徒，論道而貶三代，即張、李亦決不道。明明詩語，乃如此讀之，可歎也。

枯樹〔一〕

老樹無枝葉，風霜不復侵。腹穿人可過，皮剥蟻還尋〔二〕。寄託惟朝菌〔三〕，依投絶暮禽。猶堪持改火〔四〕，未肯但空心。

〔一〕〔方世舉注〕此詩當是爭臺參時作。〔補釋〕詩意與爭臺參無涉，第無可繫年，姑仍方舊編。

〔二〕〔方世舉注〕此喻小人乘其隙而中之也。

〔三〕〔魏本引孫汝聽曰〕莊子：「朝菌不知晦朔。」朝菌，大芝也。天陰則生糞土，見日則死。

〔四〕〔魏本引樊汝霖曰〕論語：「鑽燧改火。」馬融曰：「周書月令有改火之文，春取榆柳之火，夏取棗杏之火，季夏取桑柘之火，秋取柞楢之火，冬取檀槐之火。一年之中，鑽火各異木，故曰改火也。」

【集説】

汪琬曰：有及時行樂意。

朱彝尊曰：工切而不板俗，改火意尤新。

程學恂曰：此詩三四與張水部「蠹節莓苔老，燒痕霹靂新。危根堪繫馬，空腹恐藏人」句意略同，而輸其工矣。

送諸葛覺往隨州讀書〔一〕

鄴侯家多書〔二〕，插架三萬軸，一一懸牙籤〔三〕，新若手未觸〔四〕。爲人強記覽，過眼不再讀。偉哉羣聖文，磊落載其腹〔五〕。行年餘五十，出守數已六〔六〕。京邑有舊廬〔七〕，不容久食宿，臺閣多官員，無地寄一足。我雖官在朝，氣勢日局縮。屢爲丞相言，雖懇不見録。送行過滻水〔八〕，東望不轉目。今子從之游〔九〕，學問得所欲。入海觀龍魚〔一〇〕，矯翮逐黄鵠〔一一〕。勉爲新詩章，月寄三四幅。

〔一〕〔魏本引韓醇曰〕諸葛覺，或云即澹師，後去僧爲儒。公逸詩有澹師鼾睡二首，爲此人作。〔何焯義門讀書記〕諸葛覺，貫休集中作珏。其懷珏詩有「出山因覓孟，踏雪去尋韓」，注云：「遇孟郊、韓愈于洛下。」又注云：「諸葛曾爲僧，名□然。」公詩蓋送其人也。〔舉正〕長慶四年作，李繁時知隨州。〔方世舉注〕舊唐書李泌傳：「泌，字長源，貞元三年拜中書侍郎同中書門下平章事。子繁，少聰警，有才名，無行義，積年委棄，後爲太常博士太常卿，權德輿奏斥之，除河南府士曹參軍。泌之故人爲宰相，左右援拯，後得累居郡守。而力學不倦。罷隨州刺史歸京師，久不承恩，敬宗誕日，詔入殿中抗浮圖道士講論。除大理少卿，出爲亳州刺史，以濫殺無辜賜死。時人冤之。」案繁爲隨州，年月無所考。然元和十五年，公爲國子祭酒時，曾爲處州刺史李繁作孔子廟碑。是詩云「出守數已六」，應又在處州之後。史第云累居郡守，蓋略之也。繁罷隨州之後，即接敬宗之事，其爲隨州，大抵在穆宗時。又云「我雖官在朝，氣勢日局縮」，疑自京兆尹罷爲兵部侍郎作。〔補釋〕懷珏詩非貫休作，見卷六嘲鼾睡題注。又公罷京兆尹在長慶三年冬，茲從方世舉説繫年。

〔二〕〔王應麟曰〕李泌父承休，聚書二萬餘卷，誡子孫不許出門，有求讀者，别院供饌。見鄴侯家傳。〔方世舉注〕泌封鄴侯，而公孔子廟碑云：「處州刺史鄴侯李繁。」蓋或繁襲封也。

〔三〕〔方世舉注〕唐六典：「集賢所寫書有四部。」舊唐書經籍志：「甲爲經，乙爲史，丙爲子，丁爲集，分四庫。經庫鈿白牙軸紅牙籤，史庫鈿青牙軸緑牙籤，子庫雕紫檀軸碧牙籤，集庫緑牙軸白牙籤，已爲分別。」

〔四〕〔方世舉注〕此非美其書之新，正言其性之敏，不俟再讀耳。〔何焯義門讀書記〕倒裝出不再讀意。

〔五〕〔補釋〕磊落，衆多也。成公綏天地賦：「川瀆浩汗而分流，山岳磊落而羅崎。」

〔六〕〔魏本引洪興祖曰〕公處州孔子廟碑，爲繁作也。而傳不言其爲處州，所載特隨、亳二州，而亳又在公亡後爲之。此詩言「出守數已六」，而白樂天有繁刺吉州及遂州制，則知史氏所遺略多矣。

〔七〕〔方世舉注〕新唐書李泌傳：「泌，魏柱國弼六世孫，徙居京兆。」

〔八〕滻水，見卷七贈張籍注。

〔九〕〔魏本引孫汝聽曰〕謂覺從繁往隨州也。

〔一〇〕〔方世舉注〕海外西經：「龍魚陵居，狀如貍，神聖乘此以行九野。」

〔一一〕〔魏本引補注〕龍魚黄鵠，以喻繁于學問志其大者。〔方世舉注〕吴越春秋：「烏鳶歌：矯翮兮雲間，任厥性兮往還。」屈原卜居：「寧與黄鵠比翼乎？將與雞鶩争食乎？」

【集説】

朱翌曰：近世譏有書不讀者，多引退之送諸葛覺詩，是未嘗考其全篇也。鄴侯，李繁也。史云：「陽城論裴延齡，使繁書，已封，盡能誦憶，乃録以示延齡。延齡白帝：城以疏示于朝，摘其條目自訴。城奏入，帝怒不省。」以是觀之，爲人強記覽，不誣也。新若手未觸，恐是言愛護之至，塵埃不及，或是一讀即記，不假再閱，故書皆如新，送諸葛往從讀書，且謂「學問得所欲」，決非有書不讀者。近世不考本末，小兒輩雷同，以手未觸之句譏人，故爲辨之。退之又爲繁作處州孔子廟碑云：「鄴侯尚文，其於古記無不貫達。」益知非不讀書者。史書爲隨州刺史，不書爲處州。觀碑所稱道，與史所記，其人甚不相類。當以退之言爲正。

朱彝尊曰：亦是快調。

程學恂曰：送諸葛而前半全説李繁，此古格法。杜與公每用之，世俗多不知也。按：李繁比裴延齡陷陽城，爲長源不肖子，而公反稱述之，何也？曰：公止許其能讀書，節取之義也。再按：詩中屢薦於丞相，則似并取其人矣，此不可解。

蔣抱玄曰：不必轉折頓挫，而風韻自妍，是集中上乘之快調也。

章士釗曰：凡退之所譽，其中不少淫穢無行，及貪污不堪之敗類。如李繁，退之美其「鄴侯家多書，插架三萬軸。爲人強記覽，過眼不再讀。偉哉羣聖文，磊落載其腹。」顧新、舊史本傳，稱繁無行，爲陽城書劾裴延齡疏，而漏言以誤之。師事梁肅，及卒，烝其室，士議讙醜。事爲史官所記，刺隨又遠在烝其室後，退之寧得諉爲不知？復次，淫師遺婺，較之腹載羣聖文，其人度量相越，殆不知幾千萬重，而退之悍然謬契爾爾。

示爽〔一〕

宣城去京國〔二〕，里數逾三千。念汝欲別我，解裝具盤筵。日昏不能散，起坐相引牽。冬夜豈不長？達旦燈燭然。座中悉親故，誰肯捨汝眠？念汝將一身，西來曾幾年〔三〕？名科掩衆俊〔四〕，州考居吏前〔五〕。今從府公召〔六〕，府公又時賢〔七〕。時輩千百人〔八〕，孰不謂汝妍〔九〕？汝來江南近〔一〇〕，里閭故依然〔一一〕。昔日同戲兒，看汝立路邊。人生但如此〔一二〕，其實亦可憐〔一三〕。吾老世味薄，因循致留連。強顏班行內〔一四〕，何實非罪愆？才短難自立，懼終莫洗湔。臨分不汝誑，有路即歸田。

〔一〕〔魏本引韓醇曰〕求之譜系，公諸子姪，皆無名爽者。有姪孫湘者，字北渚，老成長子，登長慶三年進士第，終大理丞。爽豈湘小字耶？〔王元啓曰〕據此則此詩公爲吏部侍郎時作。韓于「強顏班行」句注云：「公時知制誥。」與此注自相矛盾。〔沈欽韓注〕按詩「名科掩衆俊」，「州考居吏前」，則又服官得上考也。湘之登第在長慶三年，疑非湘也。沈亞之集送韓北渚赴江西序云：「北渚，公之諸孫也。今年春，進士登第，冬則賓仕于江南府。」疑即爽也。〔補釋〕洪興祖韓子年譜：湘，唐史云字北渚。沈疑爽非湘，又疑北渚即爽，是以湘與北渚爲兩人矣，非是。姚合集有送韓湘赴江西從事詩。

〔二〕〔方世舉注〕舊唐書地理志：「宣州，隋宣城郡，武德三年分宣城置懷安、寧國二縣。天寶元年，改爲宣城郡。在京師東南三千五百五十一里，屬江南西道。」

〔三〕〔魏本引孫汝聽曰〕西來，來京師也。

〔四〕〔舉正〕蜀作「名科」。〔考異〕「名科」，或作「科名」。祝本、魏本作「科名」。廖本、王本作「名科」。〔魏本引韓醇曰〕言爽來京師登第也。

〔五〕〔魏本引孫汝聽曰〕考謂考課。居吏前，最課也。

〔六〕〔魏本引韓醇曰〕疑爽第後，從宣歙觀察使，辟爲府從事。〔補釋〕姚合送韓湘赴江西從事詩云「年少登科客，從軍詔命新。行裝有兵器，祖席盡詩人。細雨湘城暮，微風楚水春。潯陽應足雁，夢澤豈無塵」云云。一篇之内，地名錯出，皆不在宣、歙境内。唐人送別詩，喜以地名填砌。姚詩亦概舉南方風色，述湘去程所經耳。若湘城則又越出征途之外矣。當以沈亞之送別序「賓仕于江南府」一語爲準。

〔七〕〔蔣抱玄注〕後漢書韋彪傳：「欲借寵時賢以爲名。」

〔八〕魏本、廖本、王本作「百」。祝本作「餘」。

〔九〕〔方世舉注〕曹植詩：「觀者咸稱善，衆工歸我妍。」

〔一〇〕〔舉正〕范、謝校同作「汝」。〔考異〕「汝」或作「此」。祝本、魏本作「此」。廖本、王本作「汝」。

〔一一〕〔舉正〕閣本作「固」。蜀本作「故」。〔魏本引孫汝聽曰〕宣城在江之南，公有別業在宣城。〔補釋〕洪興祖韓子年譜稱「建中、興元中，公以中原多故，避地江左。祭嫂云：『既克返葬，遭時艱難，百口偕行，避地江濆。』歐陽詹哀詞云：『建中、貞元間，就食江南。』韓氏有別業在宣城，見示爽詩」云云。考其後貞元二年，公始來長安，而公姪老成則仍留江南，祭十二郎文云：「吾年十九，始來京城，其後四年而歸視汝。」可以爲證。老成於貞元十九年歿，葬南方，祭文所云「汝之子始十歲」，即謂湘也。是湘生長江南，無可疑者。故下句有「昔日同戲兒」之語。孫、洪二家皆謂韓氏有別業在宣城者，其說可信。上句「汝來」之來，詩采薇鄭箋云：「來，猶反也。」汝來江南，猶云汝反江南。

〔一二〕〔考異〕「但」，或作「得」。

〔一三〕〔查慎行曰〕亦只就世俗人情說，先生之于子姪，往往如此。

〔一四〕〔方世舉注〕司馬遷報任安書：「所謂強顏耳，曷足貴乎？」〔陳景雲曰〕凡列朝班者，皆可云在班行内。

【集説】

朱彝尊曰：純是真率意。

南溪始泛三首〔一〕

榜舟南山下〔二〕，上上不得返〔三〕。幽事隨去多〔四〕，孰能量近遠〔五〕？陰沈過連樹，藏昂抵横坂〔六〕。石麤肆磨礪，波惡厭牵挽。或倚偏岸漁，竟就平洲飯〔七〕。點點暮雨飄，梢梢新月偃〔八〕。餘年懔無幾〔九〕，休日愴已晚〔一〇〕。自是病使然，非由取高蹇〔一一〕。

〔一〕長慶四年甲辰。〔魏本引樊汝霖曰〕公長慶四年八月，病滿百日假。既罷，十二月，薨於靖安里第。明年正月，葬於河陽。張籍祭以詩，略云：「去夏公請告，養疾城南莊。籍時官休罷，兩月同游翔。移船入南溪，東西縱篙棖。公爲游溪詩，唱詠多慨慷。」則知公此詩，其年以病在告日所作。故云「足弱不能步」，「餘年懔無幾」，殆絶筆於此矣。籍又有同韓侍郎南溪夜賞篇，亦云「南溪兩月逐君行」，蓋謂此也。〔補釋〕張籍祭公詩，於「移船入南溪」句上，有「會有賈秀士，來茲亦間并」二句，洪興祖韓子年譜云：「賈秀士即島，島有韓侍郎夜泛南溪詩。」

〔二〕魏本、廖本、王本作「榜」。祝本作「搒」。〔舉正〕杭、蜀本、曾、謝校同作「山下」。〔考異〕「山下」，或作「溪上」。祝本、魏本作「溪上」，注曰：一作「溪下」。廖本、王本作「山下」。

〔補釋〕楚辭：「齊吴榜以擊汰。」洪興祖補注：「榜，北孟切。又音謗，進船也。」文選江賦：「涉人於是檥榜。」李善注：「榜，併船也。」〔方世舉注〕城南莊蓋即在南山之下，此溪即山下之小溪也。

〔三〕〔祝充注〕上上，上時掌切，登也。書：「火曰炎上。」下時亮切，凡在物上之上。書：「昭升于上。」〔方世舉注〕上上者，逆流而上，屢上而不已也。

〔四〕〔舉正〕唐、蔡本、山谷本校同。〔考異〕或作「幽尋事隨去」。祝本、魏本作「幽尋事隨去」，廖本、王本作「幽事隨去多」。

〔五〕〔朱彝尊曰〕兩語妙絶。

〔六〕諸本皆作「藏昂」。方世舉本作「昂藏」。〔魏本引孫汝聽曰〕藏昂，屈曲貌。坂，坡也。

〔補釋〕藏昂猶言昂藏，孫解作屈曲，未安。〔張鴻曰〕陰沈藏昂，皆疊韻也。

〔七〕〔補釋〕張籍祭退之詩云：「盤回入潭瀨，下網截鯉魴。蹈沙掇小蔬，樹下烝新粳。」即此二句事。

〔八〕〔舉正〕唐本作「梢梢」。山谷本、謝本校同。廣雅：「區區、梢梢，小也。」〔考異〕「梢梢」，或作「稍稍」。祝本、魏本作「稍稍」。廖本、王本作「梢梢」。〔曾季貍曰〕俗本作「稍稍」。荆公改作「梢梢」。蓋令狐澄本作「梢梢」。澄本最善，荆公用此改定。梢梢者，細也。見方言。白樂天詩亦用「梢梢筍成竹」。〔朱彝尊曰〕屬對工而自然。

〔九〕〔舉正〕杭、蜀作「懍」。〔考異〕「懍」，或作「諒」。詳下對「愴」字，明是「懍」也。

〔一〇〕〔魏本引孫汝聽曰〕公時病滿百日，因致仕。

〔一一〕〔考異〕「蹇」，或作「謇」。祝本、魏本作「謇」。廖本、王本作「蹇」。〔補釋〕楚辭離騷王逸章句：「偃蹇，高貌。」左傳杜預注：「偃蹇，驕傲。」劉熙釋名：「偃蹇，偃息而卧，不執事也。蹇，跛蹇也。」病不能作事，今託病似此也。

【集説】

蔣之翹曰：寫得真率，不用雕琢。

南溪亦清駛〔一〕，而無檝與舟。山農驚見之，隨我觀不休。不惟兒童輩，或有杖白頭。饋我籠中瓜〔二〕，勸我此淹留。我云以病歸，此已頗自由。幸有用餘俸〔三〕，置居在西疇〔四〕。囷倉米穀滿〔五〕，未有旦夕憂。上去無得得〔六〕，下來亦悠悠。但恐煩里閭，時有緩急投。願爲同社人，雞豚燕春秋。

〔一〕〔考異〕「駛」，或作「駃」。洪云：作「駃」誤。姑兩存之。祝本、魏本作「駃」。廖本、王本作「駛」。〔顧嗣立注〕文選謝靈運詩：「活活夕流駛。」

〔二〕〔舉正〕閣本、謝校作「籬中瓜」。〔考異〕「籠」，方作「籬」。

〔三〕魏本、廖本、王本如此。祝本作「今幸有餘俸」。〔魏本注〕一作「今幸有餘奉」。

〔四〕〔方世舉注〕陶潛歸去來辭：「農人告余以春及，將有事于西疇。」

〔五〕〔蔣抱玄注〕禮月令：「修囷倉。」

〔六〕〔尤焴全唐詩話〕得得，唐人方言，猶特地也。

【集説】

蔣之翹曰：即物寫心，愈朴而愈切。柳柳州於此派尤近。

朱彝尊曰：不古不唐，昌黎本色。

足弱不能步〔一〕，自宜收朝蹟〔二〕。羸形可輿致〔三〕，佳觀安可擲〔四〕？即此南坂下，久聞有水石。拕舟入其間〔五〕，溪流正清激。隨波吾未能，峻瀨乍可刺〔六〕。鷺起若導吾，前飛數十尺〔七〕。亭亭柳帶沙〔八〕，團團松冠壁〔九〕。歸時還盡夜〔一〇〕，誰謂非事役？

〔一〕〔祝本魏本注〕「能」，一作「宜」。

〔二〕〔方世舉注〕梁簡文帝答湘東王慶州牧書：「必欲卷緩避賢，辭病收迹。」

〔三〕〔舉正〕唐、蜀同作「輿」。蘇武傳所謂「輿歸營」是也。〔考異〕「輿」，或作「與」。祝本作

「與」。魏本、廖本、王本作「輿」。〔魏本引祝充曰〕史記：「形羸不能服藥。」〔方世舉注〕張衡西京賦：「始徐進而羸形，似不任乎羅綺。」〔顧嗣立注〕晉陶潛傳：「刺史王弘要之，還州，問其所乘，答云：素有脚疾，因乘籃輿，亦足自反。」

〔四〕〔舉正〕蜀作「安事」。謝校同。〔考異〕「可」，方作「事」，非是。祝本、魏本作「事」。廖本、王本作「可」。〔祝充注〕釋名：「觀，於上觀望也。」老子：「雖有榮觀。」

〔五〕〔考異〕「拕」，方作「拖」。今按漢書：「拕舟而入水。」注云：「曳也，音它。」祝本、魏本作「拖」。廖本、王本作「拕」。

〔六〕〔舉正〕閣作「瀨峻」。〔考異〕方作「瀨峻」。〔祝充注〕瀨，湍也。楚辭：「戲疾瀨之素水。」〔張相曰〕乍可，猶寧可也。言不甘隨波浮沈，寧可刺船以進也。〔方世舉注〕是倔強人到老氣概。世間脂韋人，加之衰邁，定無此千秋生氣。著作等身，狐貉亦噉盡矣。

〔七〕〔補釋〕清人錢儀吉閩游集中詩云：「泱起輿前雙白鷺，衝烟先我入斜陽。」祖此意。

〔八〕〔方世舉注〕釋名：「亭亭然孤立旁無所倚也。」

〔九〕〔舉正〕杭、蜀本作「冠松壁」。一曰：此吉日辰良體也。〔考異〕「柳帶」、「松冠」，或作「帶柳」、「冠松」。方從閣本作「帶柳」、「松冠」。今按：「亭亭帶柳沙」無義。且此兩句用對偶亦何害？方信閣本，故曲爲之説如此。或本亦無義，皆非是。〔黄鉞注〕謝宣城新治北窗詩：「泱泱日照溪，團團雲去嶺。」公詩本此。〔李詳證選〕謝惠連泛湖歸出樓中翫月詩：

「斐斐氣冪岫，泫泫露盈條。」公此二語用小謝句法，朱子正之是也。

〔一〇〕〔補釋〕張籍祭退之詩云：「月中登高灘，星漢交垂芒。釣車擲長線，有獲齊驩驚。夜闌乘馬歸，衣上草露光。」云云。與公詩此語合。

【集説】

蔣之翹曰：全詩玄澹，能除自家本色，不特「帶沙」、「冠壁」句清麗而已。

朱彝尊曰：鍊得已無痕，但不免微有著力處。此等在陶亦有之，此則又隔陶一間耳。又曰：興趣似陶，音節卻不似。

胡仔苕溪漁隱叢話曰：蔡寬夫詩話云：「退之詩豪健雄放，自成一家，世特恨其深婉不足。南溪始泛三篇，乃末年所作，獨爲閒遠，有淵明風氣。」王直方詩話云：「洪龜父言：山谷於退之詩，少所許可，最愛南溪始泛，以爲有詩人句律之深意。」

查慎行曰：韋、柳家法，公亦優爲之。

唐宋詩醇曰：三首神似陶公，所謂「姦窮變怪得，往往造平淡」者。

程學恂曰：數詩清興尚依然，而氣韻蕭颯，神情黯慘，夫子之病，殆轉深矣。

與張十八同效阮步兵一日復一夕〔一〕

一日復一日，一朝復一朝。秖見有不如〔二〕，不見有所超〔三〕。食作前日味，事作前日調。不知久不死，憫憫尚誰要〔四〕？富貴自縶拘，貧賤亦煎焦。俯仰未得死，一世已解鑣〔五〕。譬如籠中鶴，六翮無所摇〔六〕。譬如兔得蹄〔七〕，安用東西跳〔八〕？還看古人書，復舉前人瓢〔九〕，未知所究竟〔一〇〕，且作新詩謡。

〔一〕廖本、王本作「夕」。祝本、魏本作「日」。〔舉正〕閣作「夕」。阮嗣宗詠懷詩近百篇，其一六韻一首云：「一日復一夕，一夕復一朝。顔色改平常，精神自損消。」其一七韻一首云：「一日復一朝，一昏復一晨。容色改平常，精魂自飄淪。」公詩效其體而又繹之曰：「一日復一日，一朝復一朝。」然其題實自效「一日復一夕」始也。後人以詩語與題不相應，併易作一日字，實非也。〔顧嗣立注〕晉書阮籍傳：「字嗣宗，陳留尉氏人。爲步兵校尉，能屬文，作詠懷詩八十餘篇。」〔方世舉注〕此自病中滿百日假時所作。張籍所作，其集中不載。

〔二〕〔魏本注〕「秖」，一作「只」。

〔三〕〔魏本引孫汝聽曰〕超，勝也。

〔四〕〔李詳證選〕潘岳河陽縣詩：「人生天地間，百歲孰能要？」

〔五〕〔方世舉注〕解鑣猶言脱去轡銜也。

〔六〕〔李詳證選〕左思詠史詩：「習習籠中鳥，舉翮觸四隅。」〔魏本引孫汝聽曰〕新序：「鴻鵠高飛，所恃者六翮。」〔方世舉注〕楚國策：「奮其六翮，而淩清風。」

〔七〕〔舉正〕杭、蜀作「蹄」。〔考異〕「蹄」，或作「跡」。祝本作「跡」。魏本、廖本、王本作「蹄」。〔魏本引孫汝聽曰〕莊子：「蹄者所以在兔，得兔而忘蹄。」蹄，兔網。

〔八〕〔方世舉注〕莊子逍遥遊篇：「東西跳梁，不避高下。」

〔九〕〔舉正〕杭、蜀作「前人」。〔考異〕「前人」，或作「前日」。祝本、魏本作「前日」。廖本、王本作「前人」。〔魏本引孫汝聽曰〕論語：「顔子一瓢飲。」

〔一〇〕〔補釋〕漢書食貨志注：「究竟，盡也。」

【集説】

朱彝尊曰：不甚似阮，阮天然自肆，此稍有安排，然氣格亦古淡。

程學恂曰：起八句警妙極矣，然此豈久人世者？其爲請告時作無疑。

翫月喜張十八員外以王六祕書至〔一〕

前夕雖十五，月長未滿規。君來晤我時〔二〕，風露渺無涯。浮雲散白石，天宇開青池。孤質不自憚〔三〕，中天爲君施〔四〕。翫翫夜遂久，亭亭曙將披〔五〕。況當今夕圓，又以嘉客隨〔六〕，惜無酒食樂，但用歌嘲爲。

〔一〕〔舉正〕三本同作「以」，「以」、「與」義通。〔考異〕「以」，或作「與」。今按：「以」字或取能左右之之義。祝本、魏本作「與」。廖本、王本作「以」。〔魏本引韓醇曰〕張十八，籍也。嘗爲水部員外郎。王六，集無可考據。張籍有酬祕書王丞詩云：「芸閣水曹雖最冷，與君長喜得身閒。」又賈島酬張籍王建詩，亦有「水曹芸閣」之句，疑此「王六祕書」即建也。〔魏本引樊汝霖曰〕公長慶四年夏，以病在告。至八月滿百日，免吏部侍郎。張籍祭詩云：「中秋十六夜，魄圓天差晴，公既相邀留，坐語於階楹。」此詩首言「前夕雖十五，月長未滿規」，則十六夜作此明矣。此正與籍詩合。〔方世舉注〕舊人皆以南溪始泛爲絶筆，然張籍祭退之詩云：「去夏公請告，養疾城南莊。籍時官罷休，兩月同游翔。」後云：「中秋十六夜，魄圓天差晴，公既相邀留，坐語於階楹。顧我數來過，是夜涼難忘。」下便接云：「公疾浸日加，孺人視藥湯，來候不得宿，出門每迴遑。」則與籍泛南溪，乃在夏時，病尚未篤。自此翫月之後，病始寖加，足知此作爲絶筆矣。

〔二〕〔舉正〕唐本、山谷、范、謝校同。晤，對也。〔考異〕「來」，一作「未」。魏本作「未晤」，注曰：「晤」，一作「語」。祝本作「未語」。廖本、王本作「來晤」。

〔三〕〔魏本引孫汝聽曰〕孤質謂月。

〔四〕〔補釋〕常建詩：「松際露微月，清光猶爲君。」爲此詩「爲君」二字所本。

〔五〕亭亭，見和李相公攝事南郊注。

〔六〕〔舉正〕蜀作「嘉」。廖本、王本作「嘉」，王本注：「嘉」，或作「佳」。祝本、魏本作「佳」。

〔方世舉注〕詩：「所謂伊人，于焉嘉客。」　〔何焯曰〕入題只二句，奇甚。

【集説】

蔣之翹曰：寫得澹宕，「浮雲」、「天宇」二句尤佳。

朱彝尊曰：清空寫意，不拘拘在題上藻飾，但説自己意思。詩雖未工，卻得詩言志之意旨，胸次自超。當夜月不説，卻追念説前夕月，格亦新。

何焯曰：短章之奇。

程學恂曰：祕書有上公詩云：「不以雄名疏野賤，敢將直氣折王侯。」當即在此時，而公已成絶筆矣。悲哉，嫉惡之懷，有生已然；好士之心，垂死不倦。嗚呼公乎，如之何勿思？

辭唱歌〔一〕

抑逼教唱歌〔二〕，不解著豔詞〔三〕。坐中把酒人，豈有歡樂姿？幸有伶者婦，腰身如柳枝。但令送君酒，如醉如憨癡〔四〕。聲自肉中出，使人能逶隨。復遣慳悋者，贈金不皺眉。豈有長直夫，喉中聲雌雌〔五〕。君心豈無恥〔六〕？君豈是女兒？君教發直言，大聲無休時。君教哭古恨，不肯復吞悲。乍可阻君意〔七〕，豔歌難可爲。

〔一〕〔祝充注〕此詩恐非。此詩見外集。

〔二〕〔補釋〕抑逼，唐人俗語，猶言逼迫、强使。景德傳燈録卷十八明州翠巖令參禪師條：「問：國師喚侍者，意旨如何？師曰：抑逼人作麽？」
〔三〕祝本作「著」。廖本、王本作「看」。
〔四〕祝本作「必醉」。廖本、王本作「如醉」。
〔五〕〔補釋〕雌雌，謂婦人聲。病中贈張十八詩：「雌聲吐款要。」其義亦同。
〔六〕廖本、王本作「無」。祝本作「不」。
〔七〕乍可，見本卷南溪始泛第三首注。

【集説】

何焯義門讀書記曰：近東野。

王元啓曰：此詩後半議論，似欲規倣韓公，然其通首辭語嫩拙，必非公作。

蔣抱玄曰：此詩亦快調。

贈賈島〔一〕

孟郊死葬北邙山〔二〕，從此風雲得暫閑〔三〕。天恐文章渾斷絶〔四〕，更生賈島着人間〔五〕。

〔一〕以下二詩，韓集無，收於全唐詩卷十二韓愈十，注云：「以下二首，見萬首絶句。」選本中此首最先收於韋莊又玄集卷中。原無注，皆余補釋。此詩及本事見卷七送無本歸范陽題下魏本集注所引劉公嘉話，並引蘇軾語，謂詩爲「世俗無知者所託」。按：知不足齋叢書本鑒誡録卷八賈忤旨，明本阮閲詩話總龜卷十一苦吟門引唐宋遺史，所述與嘉話内容相同，文字略異。均謂島初見愈，在愈官京兆尹時，則其年爲長慶三年，愈年五十六歲。計有功唐詩紀事卷四十乃云：「島爲僧，時洛陽令不許僧午後出寺，賈有詩云：『不如牛與羊，猶得日暮歸。』韓愈惜其才，俾反俗應舉，貽其詩云：『孟郊死葬北邙山』云云。由是振名。或曰：非退之詩。」尤熇全唐詩話卷三所述，文與紀事全同。愈爲洛陽令，乃元和五年冬至元和六年秋之間事，時愈年四十三四歲。今按愈於洛陽識島，早在貞元十七年或元和六年，其時孟郊尚未死，東野集中有戲贈無本詩二首，愈如贈島詩，豈得云「孟郊死後」、「更生賈島」。如嘉話説，愈、島相識在長慶三年，則又不應早在元和六年即已有送無本歸范陽之詩。此絶句之非愈作明矣。

〔二〕文集貞曜先生墓誌銘：「鄭公以節領興元，奏爲其軍參謀，試大理評事。挈其妻行之興元，次於閿鄉，暴疾卒，年六十四。買棺以斂，以二人轝歸。十月庚午，樊子合凡贈賻而葬之洛陽東其先人墓左。」鄭公爲鄭餘慶，於元和九年三月爲興元尹。樊子爲樊宗師。明一統志：「北邙山，在河南府城北十里，山連偃師、鞏、孟津三縣，綿亘四百餘里。東漢諸陵及唐、宋名臣境多在此。」

〔三〕集注引劉公嘉話、鑒誡録，詩話總龜引唐宋遺史俱作「日月風雲頓覺閒」。又玄集、唐詩紀事、全唐詩話作「日月星辰頓覺閑」。

〔四〕劉公嘉話「渾」作「還」。鑒誡録、唐宋遺史「渾」作「聲」。唐詩紀事、全唐詩話「渾」作「中」。

〔五〕劉公嘉話、又玄集、唐詩紀事、全唐詩話「更」作「再」，「着」作「在」。唐宋遺史「更」作「故」，「着」作「在」。鑒誡録「更」作「再」，「着」作「向」。

贈譯經僧〔一〕

萬里休言道路賒，有誰教汝度流沙〔二〕？只今中國方多事，不用無端更亂華。

〔一〕僧祐高僧傳有譯經一門。

〔二〕書禹貢：「導弱水，至于合黎，餘波入於流沙。」流沙，指沙漠地帶。

【集説】

陳寅恪論韓愈曰：昌黎集三九論佛骨表略云：「臣某言，伏以佛者，夷狄之一法耳，自後漢時流入中國，上古未嘗有也。假如其身至今尚在，奉其國命，來朝京師，陛下容而接之，不過宣政一見，禮賓一設，賜衣一襲，衛而出之於境，不令惑衆也。」全唐詩一二函韓愈十贈譯經僧詩云云。

寅恪案：退之以諫迎佛骨得罪，當時後世莫不重其品節，此不待論者也。今所欲論者，即唐代古文運動一事，實由安史之亂及藩鎮割據之局所引起。安史爲西胡雜種，藩鎮又是胡族或胡化之漢人，故當時特出之文士自覺或不自覺，其意識中無不具有遠則周之四夷交侵，近則晉之五胡亂華之印象，「尊王攘夷」所以爲古文運動中心之思想也。在退之稍先之古文家如蕭穎士、李華、獨孤及、梁肅等，與退之同輩之古文家如柳宗元、劉禹錫、元稹、白居易等，雖同有此種潛意識，然均不免認識未清晰，主張不澈底，是以不敢亦不能因釋迦爲夷狄之人，佛爲夷狄之法，抉其本根，力排痛斥，若退之之所言所行也。退之之所以得爲唐代古文運動領袖者，其原因即在於是。

附録

本書所據各本韓集目

方崧卿韓集舉正十卷、外集舉正一卷　商務印書館影印故宫博物院藏文淵閣四庫全書本。四庫本所據爲宋淳熙刻本。舉正所據校者，石本、唐令狐氏本、蔡、謝校、南唐保大本、祕閣本、祥符杭本、嘉祐蜀本、趙德文録、文苑英華、文粹、謝任伯本、李漢老本

祝充音注韓文公文集四十卷、外集十二卷　文禄堂影印蕭山朱氏藏宋紹熙刻本。據張允亮跋，此爲祝充音義之删節本

朱熹韓文考異十卷　商務印書館影印前錢塘丁氏八千卷樓藏宋慶元刻本。此爲考異之單行本，清康熙間李光地曾有翻刻本

魏懷忠新刊五百家注音辨昌黎先生文集四十卷、外集十卷　商務印書館影印前錢塘丁氏八千卷樓藏宋慶元刻本。清乾隆間富氏翻刻本，無外集十卷。此爲建安魏仲舉本。仲舉，名懷忠。見丁丙善本書室藏書志

廖瑩中昌黎先生集四十卷、外集十卷、遺文一卷　蟫隱廬影印聊城楊氏海源閣藏宋末世綵堂刻本，明萬

曆東吴徐氏東雅堂翻刻本

王伯大朱文公校昌黎先生文集四十卷、外集十卷、遺文一卷商務印書館影印涵芬樓藏元天曆刻本，明萬曆新安朱崇沐翻刻本

韓文四十卷、外集十卷、遺文一卷明嘉靖南平游居敬刻本。此本白文無注

蔣之翹輯注唐韓昌黎集四十卷、外集十卷、附録一卷明崇禎檇李蔣氏三徑藏書刻本

顧嗣立昌黎先生詩集注十一卷清康熙長洲顧氏秀野堂原刻本，道光黄鉞二客軒翻刻增注證訛本，道光穆彰阿賡德堂翻刻硃墨批點本

方世舉韓昌黎詩集編年箋注十二卷清乾隆德州盧氏雅雨堂原刻本

以上各本，舉正、考異二本之考訂，爲原版所繫，全部採入。其餘據以校勘者，以祝、魏、廖、王四本（於注文中簡稱祝本、魏本、廖本、王本）爲主，餘則與四本有異同者始列入。各藏書家書目所載宋、元以來韓集版本甚多，未經寓目，無從據校。清人韓集點勘、讀韓記疑、沈欽韓補注、韓集箋正各書，其體例皆同舉正、考異，不刊全文，兹不列入版本中。

本書所輯諸家姓氏書目

皇甫湜魏本引手帖

段成式酉陽雜俎

以上唐。

柳　開河東集韓文公雙鳥詩解

穆　修魏本引校定韓文

歐陽修六一詩話　集古録跋尾

契　嵩鐔津文集非韓

劉　攽中山詩話　祝本引

沈　括夢溪筆談

程　頤魏本引

蘇　軾志林　仇池筆記　魏本引

蘇　轍苕溪漁隱叢話引　欒城第三集詩病五事

王得臣麈史

吕大防韓吏部文公集年譜

孔平仲苕溪漁隱叢話引

黄庭堅魏本引　苕溪漁隱叢話引

張　耒考異引

陳師道後山詩話

晁補之蔣之翹注引

劭伯温邵氏聞見録

晁説之晁氏客話

魏　泰臨漢隱居詩話　魏本引

王觀國學林

唐　庚強幼安唐子西文録　魏本引

惠　洪冷齋夜話

蔡　啓苕溪漁隱叢話引蔡寛夫詩話

蔡　絛鐵圍山叢談　苕溪漁隱叢話引西清詩話

馬永卿嬾真子録

葛勝仲詩話總龜引丹陽集

葉夢得石林詩話

張邦基墨莊漫録

王　讜唐語林

曾　慥苕溪漁隱叢話引高齋詩話

王立之苕溪漁隱叢話引王直方詩話
范　温魏本引潛溪詩眼
呂本中苕溪漁隱叢話引呂氏童蒙訓
程　俱韓文公歷官記
鄭景望蒙齋筆談
張　戒歲寒堂詩話
曾　氏魏本及竹莊詩話引筆墨閒録
陳　善捫蝨新話
周　煇清波雜志
洪興祖韓子年譜　魏本王本引韓集辨證
鄧　肅栟櫚集跋陳了翁書邵堯夫戒子文
阮　閱詩話總龜
許　顗彦周詩話
朱　翌猗覺寮雜記
陳長方魏本引陳齊之説
葛立方韻語陽秋

陳巖肖 庚溪詩話

林光朝 艾軒集讀韓柳蘇黄集

洪　适 隸釋

洪　邁 容齋隨筆　三筆　四筆

程大昌 演繁露

周紫芝 竹坡詩話

張表臣 珊瑚鉤詩話

陸　游 老學庵筆記　入蜀記　渭南文集再跋皇甫先生文集後

楊萬里 江西道院集　誠齋詩話

黄　徹 䂬溪詩話

晁公武 郡齋讀書志

曾季貍 艇齋詩話

嚴有翼 魏本引韓文切證　苕溪漁隱叢話引藝苑雌黄

胡　仔 苕溪漁隱叢話

周必大 二老堂詩話

吴　幵 優古堂詩話

陸唐老魏本引

樊汝霖韓文公年譜　魏本王本引譜注

孫汝聽魏本王本引全解

韓　醇魏本王本引全解

祝　充音注韓文公文集　魏本王本引音義

蔡夢弼魏本引纂注

方崧卿韓集舉正　年譜增考　韓文年表

朱　熹韓文考異

張　栻廖本引

陸九淵象山語録

蔡元定魏本引補注

魏懷忠五百家注音辨昌黎先生文集

計有功唐詩紀事

高似孫緯略

敖陶孫詩人玉屑引臞翁詩評

姜　夔白石道人詩説

張　洽韓文考異附載
趙與時賓退録
黄　震黄氏日鈔　蔣之翹注引
嚴　羽滄浪詩話
王伯大昌黎先生文集音釋
劉克莊蔣之翹注引
魏慶之詩人玉屑
曾三異説郛引同話録
王應麟困學紀聞
俞文豹吹劍録
方　回瀛奎律髓
劉辰翁須溪集趙仲仁詩序　蔣之翹汻引
吴子良荆溪林下偶談
廖瑩中昌黎先生集注
尤　焴全唐詩話
何谿汶竹莊詩話

范晞文對牀夜話

以上宋。宋人著述有道山清話及詩話總龜所引唐宋遺史，苕溪漁隱叢話所引復齋漫録、雪浪齋日記、三山老人語録、漫叟詩話，竹莊詩話所引蒼梧雜志等，未詳撰人姓名。

趙秉文滏水集與李孟英書

王若虚滹南詩話

以上金。

李　冶敬齋古今注

吴師道吴禮部詩話

范　梈木天禁語

劉　履蔣之翹注引

于　欽齊乘

以上元。

瞿　佑歸田詩話

李東陽懷麓堂詩話

何孟春餘冬詩話

都　穆南濠詩話

楊　慎升庵詩話　蔣之翹注引

俞　弁逸老堂詩話

王世貞藝苑卮言

謝　榛四溟詩話

胡震亨唐詩談叢

胡應麟詩藪　蔣之翹注引

鍾　惺唐詩歸

譚元春唐詩歸

陳繼儒佘山詩話

孫　鑛蔣之翹注引

焦　竑焦氏筆乘

周履靖騷壇祕語

唐汝詢蔣之翹注引

蔣春父蔣之翹注引

陳禹謨蔣之翹注引

蔣之翹韓昌黎集輯注

陸時雍詩鏡總論

錢謙益初學集秋懷唱和詩序　有學集題遵王秋懷詩後

以上明。以下清及近人。

顧炎武日知録

王夫之唐詩評選　薑齋詩話

朱彝尊批韓詩

王士禛池北偶談

郎廷槐師友詩傳録

劉大勤師友詩傳續録

吴　喬圍爐詩話

邵長蘅古今韻略

汪　琬批韓詩

葉　燮原詩

吴兆宜顧嗣立注引

胡　渭顧嗣立注引

劉石齡顧嗣立注引

俞　瑒顧嗣立注引

金居敬顧嗣立注引

孫之騄玉川子詩注

李光地榕村詩選　榕村韻書

何　焯批韓詩　義門讀書記

查慎行十二種詩評

查晚晴十二種詩評附載

俞　琰席上腐談

方婺如翁元圻困學紀聞注引

許昂霄十二種詩評附載

張載華十二種詩評附載

趙執信聲調譜

王懋竑讀書記疑

顧嗣立昌黎先生詩集注　寒廳詩話

嚴虞惇批顧嗣立韓詩注

陳祖范記昌黎集後

陳景雲韓集點勘

沈德潛說詩晬語　唐詩別裁集

清乾隆御定唐宋詩醇

方世舉昌黎詩集編年箋注

王應奎柳南隨筆

金德瑛冷廬雜識引

姚　範援鶉堂筆記

汪師韓詩學纂聞

恒　山月山詩話

袁　枚隨園詩話　隨筆

薛　雪一瓢詩話

黄子雲野鴻詩的

馬　位秋窗隨筆

李重華貞一齋詩說

沈德毓讀韓記疑引

印憲曾讀韓記疑引

王元啓讀韓記疑　校韓集
何文焕歷代詩話考索
王鳴盛蛾術編　批韓詩
紀　昀瀛奎律髓批
趙　翼甌北詩話
錢大昕十駕齋養新録
姚　鼐惜抱軒尺牘
翁方綱石洲詩話　七言詩平仄舉隅　聲調譜批　古詩選批
洪亮吉北江詩話
翁元圻困學紀聞注
黄　鉞昌黎詩增注證訛
吴吴山李滄溟唐詩選注
管世銘讀雪山房唐詩
黄叔燦唐詩箋注
聞人倓古詩箋
俞汝昌唐詩別裁集注

翟　翬聲調譜拾遺

王文誥蘇文忠詩編注集成

李調元雨村詩話

李黼平讀杜韓筆記

方東樹昭昧詹言

迮鶴壽蛾術編附按

沈欽韓韓集補注

龐大堃古音輯略

陸以湉冷盧雜識

陳　沆詩比興箋

彭邦疇朱竹垞何義門批韓詩序

方成珪韓集箋正　昌黎先生詩文年譜

潘德興養一齋詩話

龔自珍書湯海秋詩集後

蔣超伯通齋詩話

鄭　珍巢經巢文集跋韓詩書韓集與大顛三書後

劉熙載　藝概
俞　樾　俞樓雜纂
王闓運　湘綺樓論唐詩　詩法一首示黄生　論作詩門徑　爲陳完夫論七言歌行
譚　獻　復堂日記
吴汝綸　唐宋詩舉要引
施補華　峴傭説詩
施　山　薑露庵筆記
葉昌熾　語石
沈曾植　海日樓札叢　海日樓遺札
文廷式　純常子枝語
陳　衍　石遺室詩話
馬其昶　韓昌黎文集校注
林　紓　韓文研究法
吴闓生　唐宋詩舉要引
李　詳　韓詩證選　韓詩萃精　窳記
蔣元慶　石鼓發微

張　鴻批韓詩

章炳麟國故論衡中辨詩

蔣抱玄評注韓昌黎詩集

程學恂韓詩臆説

夏敬觀説韓　孟東野先生年譜

汪佑南山涇草堂詩話

張　相詩詞曲語辭匯釋

高步瀛唐宋詩舉要

黄　侃讀漢書後漢書札記

章士釗柳文指要

陳寅恪元白詩箋證稿　論韓愈

岑仲勉唐人行第録　唐集質疑

徐　震韓集詮訂　南山詩評釋

古　直讀杜韓筆記附載

陳延傑孟東野詩注　張籍詩注

舊唐書本傳

韓愈字退之，昌黎人。父仲卿，無名位。愈生三歲而孤，養於從父兄。愈自以孤子，幼刻苦學儒，不俟獎勵。大曆、貞元之間，文士多尚古學，效揚雄、董仲舒之述作，而獨孤及、梁肅最稱淵奥，儒林推重。愈從其徒游，鋭意鑽仰，欲自振於一代。洎舉進士，投文於公卿間，故相鄭餘慶頗爲之延譽，由是知名於時。

尋登進士第。宰相董晉出鎮大梁，辟爲巡官。府除徐州。張建封又請爲其賓佐。愈發言真率，無所畏避，操行堅正，拙於世務。調授四門博士，轉監察御史。德宗晚年，政出多門，宰相不專機務。宫市之弊，諫官論之不聽。愈嘗上章數千言極論之，不聽，怒貶爲連州陽山令。量移江陵府掾曹。元和初，召爲國子博士，遷都官員外郎。時華州刺史閻濟美以公事停華陰令柳澗縣務，俾攝掾曹。居數月，濟美罷郡，出居公館。澗遂諷百姓遮道索前年軍頓役直。後刺史趙昌按得澗罪以聞，貶房州司馬。愈因使過華，知其事，以爲刺史相黨，上疏理澗。留中不下，詔監察御史李宗奭按驗，得澗贓狀，再貶澗封溪尉。以愈妄論，復爲國子博士。愈自以才高，累被擯黜，作進學解以自喻曰：

國子先生晨入太學，召諸生立館下，誨之曰：「業精于勤，荒于嬉；行成于思，毁于隨。

方今聖賢相逢，治具畢張。拔去兇邪，登崇俊良。占小善者率以録，名一藝者無不庸。爬羅剔抉，刮垢磨光。蓋有幸而獲選，孰云多而不揚？諸生業患不能精，無患有司之不明；行患不能成，無患有司之不公。」言未既，有笑于列者曰：「先生欺予哉！弟子事先生，于兹有年矣。先生口不絶吟於六藝之文，手不停披於百家之編。記事者必提其要，纂言者必鉤其玄。貪多務得，細大不捐。燒膏油以繼晷，常矻矻以窮年。先生之業，可謂勤矣。觝排異端，攘斥佛、老。補苴罅漏，張皇幽眇。尋墜緒之茫茫，獨旁搜而遠紹。障百川而東之，迴狂瀾於既倒。先生之於儒，可謂有勞矣。沈浸醲郁，含英咀華，作爲文章，其書滿家。上規姚、姒，渾渾無涯。周誥、殷盤，佶屈聱牙。春秋謹嚴，左氏浮誇。易奇而法，詩正而葩。下逮莊、騷，太史所録。子雲、相如，同工異曲。先生之於文，可謂閎其中而肆其外矣。少始知學，勇於敢爲；長通於方，左右具宜。先生之於爲人，可謂成矣。然而公不見信於人，私不見助於友。跋前躓後，動輒得咎。暫爲御史，遂竄南夷。三年博士，冗不見治。命與仇謀，取敗幾時。冬煖而兒號寒，年豐而妻啼饑。頭童齒豁，竟死何裨？不知慮此，而反教人爲？」先生曰：「吁！子前來。夫大木爲宗，細木爲桷，欂櫨侏儒，椳闑扂楔，各得其宜，施以成室者，匠氏之工也。玉札丹砂、赤箭青芝、牛溲馬勃、敗鼓之皮，俱收並蓄，待用無遺者，醫師之良也。登明選公，雜進巧拙，紆餘爲妍，卓犖爲傑，校短量長，惟器是適者，宰相之方也。昔者孟軻好辯，孔道以明。轅環天下，卒老于行。荀卿守正，大論是弘。逃讒于楚，廢死蘭陵。是二儒者，吐辭爲經，擧足爲法。絶類離倫，優入聖域。其遇於世何如也？今先生學雖勤，不繇其統；言雖多，不要其中；文雖奇，不濟於用；行雖修，不顯於衆。猶且月費俸錢，歲縻廩粟。子不知耕，婦不知織。乘馬從徒，安坐而食。踵常塗之促促，窺陳編以盜竊。然而聖主不加誅，宰臣不見斥，此非其幸哉！動而得謗，名亦隨之。投閑置散，乃分之宜。若夫商財賄之有無，計班資之崇庳。忘己量之所稱，指前人之瑕疵。是所謂詰匠氏之不以杙爲楹，而訾醫師以昌陽引年，欲進其豨苓也。」執政覽其文而憐之，以其有史才，改比部郎中、史館修撰。踰歲，轉考功郎中、知制誥，拜中書舍人。

俄有不悦愈者，摭其舊事，言「愈前左降爲江陵掾曹，荆南節度使裴均館之頗厚，均子鍔凡鄙，近者鍔還省父，愈爲序餞鍔，仍呼其字。」此論喧於朝列，坐是改太子右庶子。元和十二年八月，宰臣裴度爲淮西宣慰處置使，兼彰義軍節度使，請愈爲行軍司馬，仍賜金紫。淮、蔡平，十二月，隨度還朝，以功授刑部侍郎。仍詔愈撰平淮西碑，其辭多敍裴度事。時先入蔡州擒吴元濟，李愬功第一，愬不平之。愬妻出入禁中，因訴碑辭不實。詔令磨愈文，憲宗命翰林學士段文昌重撰文勒石。

鳳翔法門寺有護國真身塔，塔内有釋迦文佛指骨一節，其書本傳法，三十年一開，開則歲豐人泰。十四年正月，上令中使杜英奇押宫人三十人，持香花，赴臨皋驛迎佛骨，自光順門入大内，留禁中三日，乃送諸寺。王公士庶，奔走捨施，唯恐在後。百姓有廢業破産、燒頂灼臂而求供養者。愈素不喜佛，上疏諫曰：

伏以佛者，夷狄之一法耳。自後漢時始流入中國，上古未嘗有也。昔黄帝在位百年，年百一十歲。少昊在位八十年，年百歲。顓頊在位七十九年，年九十八歲。帝嚳在七十年，年百五歲。帝堯在位九十八年，年百一十八歲。帝舜及禹年皆百歲。此時天下太平，百姓安樂壽考，然而中國未有佛也。其後殷湯亦年百歲。湯孫太戊在位七十五年，武丁在位五十年，書史不言其壽，推其年數，蓋亦俱不減百歲。周文王年九十七歲。武王年九十三歲。穆王在位百年。此時佛法亦未入中國，非因事佛而致此也。

漢明帝時始有佛法，明帝在位纔十八年耳。其後亂亡相繼，運祚不長。宋、齊、梁、陳、元魏已下，事佛漸謹，年代尤促。唯梁武帝在位四十八年，前後三度捨身施佛，宗廟之祭，不用牲牢，晝日一食，止於菜果，其後竟爲侯景所逼，餓死臺城，國亦尋滅。事佛求福，乃更得禍。由此觀之，佛不足信，亦可知矣。

高祖始受隋禪，則議除之。當時羣臣識見不遠，不能深究先王之道、古今之宜，推闡聖明，以救斯弊，其事遂止。臣嘗恨焉。伏惟皇帝陛下，神聖英武，數千百年以來，未有倫比。即位之初，即不許度人爲僧尼道士，又不許别立寺觀。臣當時以爲高祖之志必行於陛下之手，今縱未能即行，豈可恣之轉令盛也。

今聞陛下令羣僧迎佛骨於鳳翔，御樓以觀，舁入大内，令諸寺遞迎供養。臣雖至愚，必知陛下不惑於佛，作此崇奉以祈福祥也，直以年豐人樂，徇人之心，爲京都士庶設詭異之觀、戲玩之具耳。安有聖明若此而肯信此等事哉？然百姓愚冥，易惑難曉，苟見陛下如此，將謂真心信佛，皆云天子大聖，猶一心敬信，百姓微賤，於佛豈合惜身命。所以灼頂燔指，百十爲羣，解衣散錢，自朝至暮，轉相倣效，唯恐後時。老少奔波，棄其生業。若不即加禁遏，更歷諸寺，必有斷臂臠身以爲供養者。傷風敗俗，傳笑四方，非細事也。

夫佛本夷狄之人，與中國言語不通，衣服殊製，口不道先王之法言，身不服先王之法行，不知君臣之義，父子之情。假如其身尚在，奉其國命，來朝京師，陛下容而接之，不過宣政一見，禮賓一設，賜衣一襲，衛而出之於境，不令惑於衆也。況其身死已久，枯朽之骨，凶穢之餘，豈宜以入宫禁？孔子曰：「敬鬼神而遠之。」古之諸侯，行弔於國，尚令巫祝先以桃茢，祓除不祥，然而進弔。今無故取朽穢之物，親臨觀之，巫祝不先，桃茢不用，羣臣不言其非，御史不舉其失，臣實恥之。乞以此骨付之水火，永絶根本，斷天下之疑，絶後代之惑，使天下之人知大聖人之所作爲，出於尋常萬萬也，豈不盛哉！豈不快哉！佛如有靈，能作禍祟，凡有殃咎，宜加臣身。上天鑒臨，臣不怨悔。

疏奏，憲宗怒甚。間一日，出疏以示宰臣，將加極法。裴度、崔羣奏曰：「韓愈上忤尊聽，誠宜得罪，然而非内懷忠懇，不避黜責，豈能至此？伏乞稍賜寬容，以來諫者。」上曰：「愈言我奉佛太過，我猶爲容之。至謂東漢奉佛之後，帝王咸致夭促，何言之乖剌也！愈爲人臣，敢爾狂妄，固不可赦。」于是人情驚惋，乃至國戚諸貴，亦以罪愈太重，因事言之，乃貶爲潮州刺史。

愈至潮陽，上表曰：

臣今年正月十四日，蒙恩授潮州刺史，即日馳驛就路。經涉嶺海，水陸萬里。臣所領州，在廣府極東，去廣府雖云二千里，然來往動皆踰月。過海口，下惡水，濤瀧壯猛，難計期程，颶風鱷魚，患禍不測，州南近界，漲海連天，毒霧瘴氛，日夕發作。臣少多病，年纔五十，髮白齒落，理不久長。加以罪犯至重，所處又極遠惡，憂惶慚悸，死亡無日。單立一身，朝無親黨，居蠻夷之地，與魑魅同羣。苟非陛下哀而念之，誰肯爲臣言者。

臣受性愚陋，人事多所不通，唯酷好學問文章，未嘗一日暫廢，實爲時輩推許。臣於當時之文，亦未有過人者，至於論述陛下功德，與詩、書相表裏，作爲歌詩，薦之郊廟，紀太山之封，鏤白玉之牒，鋪張對天之宏休，揚厲無前之偉跡，編於詩、書之策而無愧，措於天地之間而無虧。雖使古人復生，臣未肯多讓。伏以大唐受命有天下，四海之内，莫不臣妾，南北東西，地各萬里。自天寶之後，政治少懈，文致未優，武克不綱。孽臣姦隸，外順内悖，父死子代，以祖以孫，如古諸侯，自擅其地，不朝不貢，六七十年。四聖傳序，以至陛下，躬親聽斷，干戈所麾，無不從順。宜定樂章，以告神明，東巡泰山，奏功皇天，使永永萬年，服我成烈。當此之際，所謂千載一時不可逢之嘉會，而臣負罪嬰釁，自拘海島，戚戚嗟嗟，日與死迫，曾不得奏薄伎於從官之内、隸御之間，窮思畢精，以贖前過。懷痛窮天，死不閉目！瞻望宸極，魂神飛去。伏惟陛下，天地父母，哀而憐之。

憲宗謂宰臣曰：「昨得韓愈到潮州表，因思其所諫佛骨事，大是愛我，我豈不知？然愈爲人臣，不當言人主事佛乃年促也。我以是惡其容易。」上欲復用愈，故先語及，觀宰臣之奏對。而皇甫鎛惡愈狷直，恐其復用，率先對曰：「愈終大狂疎，且可量移一郡。」乃受袁州刺史。

初，愈至潮陽，既視事，詢吏民疾苦，皆曰：「郡西湫水有鱷魚，卵而化，長數丈，食民畜産將盡，以是民貧。」居數日，愈往視之，令判官秦濟炮一豚一羊，投之湫水，呪之曰：

前代德薄之君，棄楚、越之地，則鱷魚涵泳於此可也。今天子神聖，四海之外，撫而有之。況揚州之境，刺史縣令之所治，出貢賦以共天地宗廟之祀，鱷魚豈可與刺史雜處此土哉？刺史受天子命，令守此土，而鱷魚睅然不安谿潭，食民畜熊鹿麞豕，以肥其身，以繁其卵，與刺史爭爲長。刺史雖駑弱，安肯爲鱷魚低首而下哉？今潮州大海在其南，鯨鵬之大，蝦蠏之細，無不容，鱷魚朝發而夕至。今與鱷魚約，三日乃至七日，如頑而不徙，須爲物害，則刺史選材伎壯夫，操勁弓毒矢，與鱷魚從事矣！

呪之夕，有暴風雷起於湫中。數日，湫水盡涸，徙於舊湫西六十里，自是潮人無鱷患。

袁州之俗，男女隸於人者，踰約則没入出錢之家。愈至，設法贖其所没男女，歸其父母。仍削其俗法，不許隸人。

十五年，徵爲國子祭酒，轉兵部侍郎。會鎮州殺田弘正，立王廷湊，令愈往鎮州宣論。愈既至，集軍民論以逆順，辭情切至，廷湊畏重之。改吏部侍郎。轉京兆尹，兼御史大夫。以不臺參，爲御史中丞李紳所劾。愈不伏，言準敕仍不臺參。紳、愈性皆褊僻，移刺往來，紛然不止。乃出紳爲浙西觀察使，愈亦罷尹爲兵部侍郎。及紳面辭赴鎮，泣涕陳敍。穆宗憐之，乃追制以紳爲兵部侍郎，愈復爲吏部侍郎。

長慶四年十二月卒，時年五十七。贈禮部尚書，謚曰文。

愈性弘通，與人交，榮悴不易。少時與洛陽人孟郊、東郡人張籍友善，二人名位未振，愈不避寒暑，稱薦於公卿間，而籍終成科第，榮於祿仕。後雖通貴，每退公之隙，則相與談讌，論文賦詩，如平昔焉。而觀諸權門豪士，如僕隸焉，瞪然不顧。而頗能誘厲後進，館之者十六七，雖晨炊不給，怡然不介意。大抵以興起名教弘獎仁義爲事。凡嫁内外及友朋孤女僅十人。

常以爲自魏、晉已還，爲文者多拘偶對，而經誥之指歸，遷、雄之氣格，不復振起矣。故愈所爲文，務反近體，抒意自言，自成一家新語。後學之士，取爲師法。當時作者甚衆，無以過之，故世稱「韓文」焉。然時有恃才肆意，亦有盭孔、孟之旨。若南人妄以柳宗元爲羅池神，而愈譔碑以實之；李賀父名晉，不應進士，而愈爲賀作諱辨，令舉進士；又爲毛穎傳，譏戲不近人情：此文章之甚紕繆者。時謂愈有史筆，及撰順宗實録，繁簡不當，敍事拙於取捨，頗爲當代所非。穆宗、文宗嘗詔史臣添改，時愈壻李漢、蔣係在顯位，諸公難之。而韋處厚竟别撰順宗實録三卷。

有文集四十卷，李漢爲之序。

子昶，亦登進士第。

新唐書本傳

韓愈字退之，鄧州南陽人。七世祖茂，有功於後魏，封安定王。父仲卿，爲武昌令，有美政。既去，縣人刻石頌德。終祕書郎。

愈生三歲而孤，隨伯兄會貶官嶺表。會卒，嫂鄭鞠之。愈自知讀書，日記數千百言。比長，盡能通六經百家學。擢進士第。會董晉爲宣武節度使，表署觀察推官。晉卒，愈從喪出。不四日，汴軍亂，乃去依武寧節度使張建封，建封辟府推官。操行堅正，鯁言無所忌。調四門博士，遷監察御史。上疏極論宫市，德宗怒，貶陽山令。有愛在民，民生子多以其姓字之。改江陵法曹參軍。元和初，權知國子博士，分司東都，三歲爲真。改都官員外郎，即拜河南令。遷職方員外郎。

華陰令柳澗有罪，前刺史劾奏之，未報，而刺史罷。澗諷百姓遮索軍頓役直，後刺史惡之，按其獄，貶澗房州司馬。愈過華，以爲刺史陰相黨，上疏治之。既御史覆問，得澗贓，再貶封溪尉。愈坐是復爲博士。既才高數黜，官又下遷，乃作進學解以自喻曰：

國子先生晨入太學，招諸生立館下，誨之曰：「業精于勤，荒于嬉；行成于思，毀于隨。方今聖賢相逢，治具畢張。拔去兇邪，登崇畯良。占小善者率以録，名一藝者無不庸。爬羅剔抉，刮垢磨光。蓋有幸而獲選，孰云多而不揚？諸生業患不能精，無患有司之不明；行患不能成，無患有司之不公。」

言未既，有笑于列者曰：「先生欺予哉！弟子事先生，于兹有年矣。先生口不絶吟於六藝之文，手不停披於百家之編。記事者必提其要，纂言者必鈎其玄。貪多務得，細大不捐。焚膏油以繼晷，常矻矻以窮年。先生之業，可謂勤矣。觝排異端，攘斥佛老。補苴罅漏，張皇幽眇。尋墜緒之茫茫，獨旁搜而遠紹。停百川而東之，回狂瀾於既倒。先生之於儒，可謂有勞矣。沈浸醲郁，含英咀華。作爲文章，其書滿家。上規姚、姒，渾渾亡涯。周誥、商盤，佶屈聱牙。春秋謹嚴，左氏浮夸。易奇而法，詩正而葩。下逮莊、騷，太史所録。子雲、相如，同工異曲。先生之於文，可謂閎其中而肆其外矣。少始知學，勇於敢爲。長通於方，左右具宜。先生之於爲人，可謂成矣。然而公不見信於人，私不見助於友。跋前躓後，動輒得咎，暫爲御史，遂竄南夷。三年博士，冗不見治。命與仇謀，其敗幾時。冬煖而兒號寒，年豐而妻啼飢。頭童齒豁，竟死何裨？不知慮此，而反教人爲？」

先生曰：「吁！子來前。夫大木爲宋，細木爲桷，欂櫨侏儒，椳闑店楔，各得其宜，施以成室者，匠氏之工也。玉札丹砂，赤箭青芝，牛溲馬勃，敗鼓之皮，俱收並蓄，待用無遺者，醫師之良也。登明選公，雜進巧拙，紆餘爲妍，卓犖爲傑，校短量長，惟器是適者，宰相之方也。昔者孟軻好辯，孔道以明，轍環天下，卒老於行。荀卿宗王，大倫以興，逃讒于楚，廢死蘭陵。是二儒者，吐詞爲經，擧足爲法。絶類離倫，優入聖域。其遇於世何如也？今先生學雖勤而不繇其統，言雖多而不要其中，文雖奇而不濟於用，行雖修而顯於衆。猶且月費奉錢，歲靡廩粟。子不知耕，婦不知織。乘馬從徒，安坐而食。踵常途之促促，窺陳編以盜竊。然而聖主不加誅，宰臣不見斥。兹非其幸歟！動而得謗，名亦隨之。投閑置散，乃分之宜。若夫商財賄之有無，計班資之崇庳。忘量己之所稱，指前人之瑕疵，是所謂詰匠氏之不以杙爲楹，而訾醫師以昌陽引年欲進其豨苓也。」

執政覽之，奇其才，改比部郎中、史館修撰。轉考功，知制誥，進中書舍人。

初，憲宗將平蔡，命御史中丞裴度使諸軍按視。及還，且言賊可滅，與宰相議不合。愈亦奏言：

淮西連年修器械防守，金帛糧畜耗於給賞，執兵之卒四向侵掠，農夫織婦，餉於其後，得不償費。比聞畜馬皆上槽櫪，此譬有十夫之力，自朝抵夕，跳躍叫呼，勢不支久，必自委頓。當其已衰，三尺童子可制其命。況以三州殘弊困劇之餘而當天下全力，其敗可立而待也。然未可知者，在陛下斷與不斷耳。夫兵不多不足以取勝，必勝之師，利在速戰。兵多而戰不速，則所費必廣。疆土之上，日相攻劫。近賊州縣，賦役百端。小遇水旱，百姓愁苦。方此時，人人異議以惑陛下。陛下持之不堅，半塗而罷，傷威損費，爲弊必深。所要先決於心，詳度本末，事至不惑，乃可圖功。

又言：「諸道兵羇旅單弱不足用，而界賊州縣，百姓習戰鬭，知賊深淺，若募以内軍，教不三月，一切可用。」又欲「四道置兵，道率三萬，畜力伺機，一日俱縱，則蔡首尾不救，可以責功」。執政不喜。會有人詆愈在江陵時爲裴均所厚，均子鍔素無狀，愈爲文章，字命鍔，謗語囂暴，由是改太子右庶子。及度以宰相節度彰義軍，宣慰淮西，奏愈行軍司馬。愈請乘遽先入汴，説韓弘使叶力。元濟平，遷刑部侍郎。

憲宗遣使者往鳳翔迎佛骨入禁中，三日，乃送佛祠。王公士人奔走膜唄，至爲夷法灼體膚，委珍貝，騰沓係路。愈聞惡之，乃上表曰：

佛者，夷狄之一法耳，自後漢時始入中國，上古未嘗有也。昔黄帝在位百年，年百一十歲；少昊在位八十年，年百歲；顓頊在位七十九年，年九十歲；帝嚳在位七十年，年百五歲；堯在位九十八年，年百一十八歲；帝舜在位及禹年皆百歲。此時天下太平，百姓安樂壽考，然而中國未有佛也。其後，湯亦年百歲，湯孫太戊在位七十五年，武丁在位五十年，書史不言其壽，推其年數，蓋不減百歲。周文王年九十七歲，武王年九十三歲，穆王在位百年。此時佛法亦未至中國，非因事佛而致此也。漢明帝時始有佛法，明帝在位纔十八年。其後亂亡相繼，運祚不長。宋、齊、梁、陳、元魏以下，事佛漸謹，年代尤促。唯梁武帝在位四十八年，前後三度捨身施佛，宗廟祭不用牲牢，晝日一食，止於菜果，後爲侯景所逼，餓死臺城，國亦尋滅。事佛求福，乃更得禍。由此觀之，佛不足信，亦可知矣。

高祖始受隋禪，則議除之。當時羣臣識見不遠，不能深究先王之道、古今之宜，推闡聖明，以救斯弊，其事遂止。臣常恨焉。伏惟睿聖文武皇帝陛下，神聖英武，數千百年以來，未有倫比。即位之初，即不許度人爲僧尼、道士，又不許別立寺觀。臣當時以爲高祖之志必行於陛下。今縱未能即行，豈可恣之令盛也？今聞陛下令羣僧迎佛骨於鳳翔，御樓以觀，舁入大内，又令諸寺遞加供養。臣雖至愚，必知陛下不惑於佛，作此崇奉以祈福祥也。直以豐年之樂，徇人之心，爲京都士庶設詭異之觀、戲玩之具耳。安有聖明若此而肯信此等事哉？然百姓愚冥，易惑難曉，苟見陛下如此，將謂真心信佛，皆云：「天子大聖，猶一心信向，百姓微賤，於佛豈合更惜身命？」以至灼頂燔指，十百爲羣，解衣散錢，自朝至暮，轉相倣效，惟恐後時，老幼奔波，棄其生業。若不即加禁遏，更歷諸寺，必有斷臂臠身以爲供養者。傷風敗俗，傳笑四方，非細事也。

佛本夷狄之人，與中國言語不通，衣服殊製，口不道先王之法言，身不服先王之法服，不知君臣之義、父子之情。假如其身尚在，奉其國命來朝京師，陛下容而接之，不過宣政一見，禮賓一設，賜衣一襲，衛而出之於境，不令貳於衆也。況其身死已久，枯朽之骨，凶穢之餘，豈宜令入宫禁？孔子曰：「敬鬼神而遠之。」古之諸侯弔於其國，必令巫祝先以桃茢祓除不祥，然後進弔。今無故取朽穢之物，親臨觀之，巫祝不先，桃茢不用，羣臣不言其非，御史不舉其失，臣實恥之。乞以此骨付之水火，永絕根本，斷天下之疑，絕後代之惑，使天下之人知大聖人之所作爲出於尋常萬萬也。佛如有靈，能作禍祟，凡有殃咎，宜加臣身。上天鑒臨，臣不怨悔。

表入，帝大怒，持示宰相，將抵以死。裴度、崔羣曰：「愈言訐牾，罪之誠宜。然非內懷至忠，安能及此？願少寬假，以來諫争。」帝曰：「愈言我奉佛太過，猶可容；至謂東漢奉佛以後，天子咸夭促，言何乖剌邪？愈，人臣，狂妄敢爾，固不可赦。」於是中外駭懼，雖戚里諸貴，亦爲愈言，乃貶潮州刺史。

既至潮，以表哀謝曰：

臣以狂妄戇愚，不識禮度，陳佛骨事，言涉不恭，正名定罪，萬死莫塞。陛下哀臣愚忠，恕臣狂直，謂言雖可罪，心亦無它，特屈刑章，以臣爲潮州刺史，既免刑誅，又獲禄食，聖恩寬大，天地莫量，破腦刳心，豈足爲謝！

臣所領州，在廣府極東，過海口，下惡水，濤瀧壯猛，難計期程，颶風鱷魚，患禍不測。州南近界，漲海連天，毒霧瘴氛，日夕發作。臣少多病，年纔五十，髮白齒落，理不久長。加以罪犯至重，所處遠惡，憂惶慚悸，死亡無日。單立一身，朝無親黨，居蠻夷之地，與魑魅同羣，苟非陛下哀而念之，誰肯爲臣言者？

臣受性愚陋，人事多所不通，維酷好學問文章，未嘗一日暫廢，實爲時輩所見推許。臣於當時之文，亦未有過人者。至於論述陛下功德，與詩、書相表裏，作爲歌詩，薦之郊廟，紀太山之封，鏤白玉之牒，鋪張對天之宏休，揚厲無前之偉蹟，編於詩、書之策而無愧，措於天地之間而無虧，雖使古人復生，臣未肯讓。

伏以皇唐受命有天下，四海之内，莫不臣妾，南北東西，地各萬里。自天寶以後，政治少懈，文致未優，武剋不剛，孽臣奸隸，蠹居棋處，摇毒自防，外順内悖，父死子代，以祖以孫，如古諸侯，自擅其地，不朝不貢，六七十年。四聖傳序，以至陛下。陛下即位以來，躬親聽斷，旋乾轉坤，關機闔開，雷厲風飛，日月清照，天戈所麾，無不從順。宜定樂章，以告神明，東巡泰山，奏功皇天，具著顯庸，明示得意，使永永年服我成烈。當此之際，所謂千載一時不可逢之嘉會，而臣負罪嬰釁，自拘海島，戚戚嗟嗟，日與死迫，曾不得奏薄伎於從官之内、隸御之間，窮思畢精，以贖前過。懷痛窮天，死不閉目，伏惟陛下天地父母哀而憐之。

帝得表，頗感悔，欲復用之，持示宰相曰：「愈前所論，是大愛朕，然不當言天子事佛乃年促耳。」皇甫鎛素忌愈直，即奏言：「愈終狂疏，可且内移。」乃改袁州刺史。

初，愈至潮，問民疾苦，皆曰：「惡溪有鱷魚，食民畜産且盡，民以是窮。」數日，愈自往視之，令其屬秦濟以一羊一豚投谿水而祝之曰：

昔先王既有天下，列山澤，罔繩擉刃以除蟲蛇惡物爲民除害者，驅而出之四海之外。

及德薄，不能遠有，則江、漢之間尚皆棄之以與蠻夷楚、越，況湖、嶺之間去京師萬里哉？鱷魚之涵淹卵育於此，亦固其所。

今天子嗣唐位，神聖慈武，四海之外，六合之内，皆撫而有之，況禹跡所揜，揚州之近地，刺史縣令之所治，出貢賦以供天地、宗廟、百神之祀之壤者哉？鱷魚其不可與刺史雜處此土也。刺史受天子命，守此土，治此民，而鱷魚睅然不安溪潭，據處食民畜熊豕鹿麞以肥其身，以種其子孫，與刺史拒争爲長雄。刺史雖駑弱，亦安肯爲鱷魚低首下心，伈伈睍睍，爲吏民羞，以偷活於此也？承天子命來爲吏，固其勢不得不與鱷魚辨。鱷魚有知，其聽刺史。

潮之州，大海在其南，鯨鵬之大，蝦蟹之細，無不容歸，以生以食，鱷魚朝發而夕至也。今與鱷魚約：「盡三日，其率醜類南徙于海，以避天子之命吏。三日不能，至五日；五日不能，至七日。七日不能，是終不肯徙也，是不有刺史，聽從其言也。不然，則是鱷魚冥頑不靈，刺史雖有言，不聞不知也。夫傲天子之命吏，不聽其言，不徙以避之，與頑不靈而爲民物害者，皆可殺。刺史則選材技民，操彊弓毒矢，以與鱷魚從事，必盡殺乃止，其無悔！」

祝之夕，暴風震電起谿中，數日水盡涸，西徙六十里，自是潮無鱷魚患。

袁人以男女爲隸，過期不贖，則没入之。愈至，悉計庸得贖所没，歸之父母七百餘人。因與約，禁其爲隸。召拜國子祭酒，轉兵部侍郎。

鎮州亂，殺田弘正而立王廷湊，詔愈宣撫。既行，衆皆危之。元稹言：「韓愈可惜。」穆宗亦悔，詔愈度事從宜，無必入。愈至，廷湊嚴兵迓之，甲士陳廷。既坐，廷湊曰：「所以紛紛者，乃此士卒也。」愈大聲曰：「天子以公爲有將帥材，故賜以節，豈意同賊反邪？」語未終，士前奮曰：「先太師爲國擊朱滔，血衣猶在，此軍何負，乃以爲賊乎？」愈曰：「以爲爾不記先太師也，若猶記之，固善。天寶以來，安禄山、史思明、李希烈等有若子若孫在乎？亦有居官者乎？」衆曰：「無。」愈曰：「田公以魏、博六州歸朝廷，官中書令，父子受旗節；劉悟、李祐皆大鎮，此爾軍所共聞也。」衆曰：「弘正刻，故此軍不安。」愈曰：「然爾曹亦害田公，又殘其家矣，復何道？」衆讙曰：「善。」廷湊慮衆變，疾麾使去。因曰：「今欲廷湊何所爲？」愈曰：「神策六軍將，如牛元翼者爲不乏。但朝廷顧大體，不可棄之。公久圍之，何也？」廷湊曰：「即出之。」愈曰：「若爾，則無事矣。」會元翼亦潰圍出，廷湊不追。愈歸奏其語，帝大悦。轉吏部侍郎。

時宰相李逢吉惡李紳，欲逐之，遂以愈爲京兆尹，兼御史大夫，特詔不臺參。而除紳中丞。紳果劾奏愈，愈以詔自解。其後文刺紛然，宰相以臺府不協，遂罷愈爲兵部侍郎，而出紳江西觀察使。紳見帝，得留，愈亦復爲吏部侍郎。長慶四年卒，年五十七。贈禮部尚書，謚曰文。

愈性明鋭，不詭隨。與人交，終始不少變。成就後進士，往往知名。經愈指授，皆稱「韓門弟子」。愈官顯，稍謝遣。凡内外親若交友無後者，爲嫁遺孤女而卹其家。嫂鄭喪，爲服期以報。

每言文章自漢司馬相如、太史公、劉向、揚雄後，作者不世出。故愈深究本元，卓然樹立，成一家言。其原道、原性、師説等數十篇，皆奥衍閎深，與孟軻、揚雄相表裏，而佐佑六經云。至它文造端置辭，要爲不襲蹈前人者。然惟愈爲之，沛然若有餘，至其徒李翺、李漢、皇甫湜從而效之，遽不及遠甚。從愈游者，若孟郊、張籍，亦皆自名於時。

贊曰：唐興，承五代剖分，王政不綱，文弊質窮，𤢖俚混并。天下已定，治荒剔蠹，討究儒術，以興典憲，薰醲涵浸，殆百餘年。其後文章，稍稍可述。至貞元、元和間，愈遂以六經之文，爲諸儒倡，障隄末流，反刓以樸，剗僞以真。然愈之才，自視司馬遷、揚雄，至班固以下不論也。當其所得，粹然一出於正，刊落陳言，横騖别驅，汪洋大肆，要之無抵捂聖人者。其道蓋自比孟軻，以荀況、揚雄爲未淳，寧不信然？至進諫陳謀，排難卹孤，矯拂媮末，皇皇於仁義，可謂篤道君子矣。自晉汔隋，老佛顯行，聖道不斷如帶。諸儒倚天下正議，助爲怪神。愈獨喟然引聖，争四海之惑，雖蒙訕笑，跲而復奮，始若未之信，卒大顯於時。昔孟軻拒楊、墨，去孔子才二百年。愈排二家，乃去千餘歲，撥衰反正，功與齊而力倍之，所以過況、雄爲不少矣。自愈没，其言大行，學者仰之如泰山、北斗云。

諸家詩話

自唐迄近代諸家評論，已採入注中外，其通論全體或數首者，選輯爲詩話一卷。

司空圖題柳柳州集後

韓吏部歌詩數百首，其驅駕氣勢，若掀雷抉電，撐扶於天地之間，物狀奇怪，不得不鼓舞而徇其呼吸也。

陳師道後山詩話

蘇子瞻云：「子美之詩，退之之文，魯公之書，皆集大成者也。學詩當以子美爲師，有規矩，故可學。退之於詩，本無解處，以才高而好爾。淵明不爲詩，寫其胸中之妙爾。學杜不成，不失爲工。無韓之才與陶之妙，而學其詩，終爲樂天爾。」

退之以文爲詩，子瞻以詩爲詞，如教坊雷大使之舞，雖極天下之工，要非本色。

惠洪冷齋夜話

沈存中、吕惠卿吉甫、王存正仲、李常公擇，治平中，在館中夜談詩。存中曰：「退之詩，押韻之文耳。雖健美富贍，然終不是詩。」吉甫曰：「詩正當如是，吾謂詩人亦未有如退之者。」正仲是存中，公擇是吉甫。於是四人者相交攻，久不決。公擇正色謂正仲曰：「君子羣而不黨，公獨黨存中？」正仲怒曰：「我所見如此，偶同存中，便謂之黨。則君非黨吉甫乎？」一坐大笑。

詩人玉屑引隱居詩話，與此略同。歷代詩話本臨漢隱居詩話無之。予嘗熟味退之詩，真出自然。其用事深密，高出老杜之上。如符讀書城南詩「少長聚嬉戲，不殊同隊魚」，又「腦脂蓋眼卧壯士，大弨掛壁何由彎」，皆自然也。

蔡絛鐵圍山叢談

韓退之詩，山立霆碎，自成一法。樊侯冠佩，微露粗疎。與柳州詩，若捕龍蛇，搏虎豹，急與之角，而力不敢暇，非輕蕩也。

張戒歲寒堂詩話

以押韻爲工，始於韓退之，而極於蘇、黃。

韓退之詩，愛憎相半。愛者以爲雖杜子美亦不及，不愛者以爲退之於詩本無所得。自陳無己輩，皆有此論。然二家之論俱過矣。以爲子美亦不及者固非，以爲退之於詩本無所得者，談何容易耶？退之詩，大抵才氣有餘，故能擒能縱，顛倒崛奇，無施不可。放之則如長江大河，瀾翻洶湧，滾滾不窮；收之則藏形匿影，乍出乍没。姿態横生，變怪百出，可喜可愕，可畏可服也。蘇黄門子由有云：「唐人詩當推韓、杜，韓詩豪，杜詩雄。然杜之雄，亦可以兼韓之豪也。」此論得之。詩文字畫，大抵從胸臆中出。子美篤於忠義，深於經術，故其詩雄而正。李太白喜任俠，喜神仙，故其詩豪而逸。退之文章侍從，故其詩文有廊廟氣。退之詩正可與太白爲敵，然二豪不並立，當屈退之第三。

柳柳州詩，字字如珠玉，精則精矣，然不若退之之變態百出也。使退之收斂而爲子厚則易，使子厚開拓而爲退之則難。意味可學，而才氣則不可強也。

林光朝讀韓柳蘇黄集

韓、柳之别猶作室。子厚則先量自家四至所到，不敢略侵别人田地。退之則惟意之所指，横斜曲直，只要自家屋子飽滿，不問田地四至，或在我與别人也。

姜夔白石道人詩説

詩有出於風者，出於雅者，出於頌者。屈原之文，風出也；韓、柳之詩，雅出也。杜子美獨能兼之。

吴子良荆溪林下偶談

退之贈無本詩有云：「風蟬碎錦纈，緑池垤菡萏。英芝擢荒穢（榛），孤翮起連菼。」醉贈張云：「君詩多態度，藹藹春空雲。東野動驚俗，天葩吐奇芬。张籍學古淡，軒昂避雞羣。」至論李、杜，則云：「想當施手時，巨刃摩天揚。垠厓劃崩豁，乾坤擺雷硠。」其形容諸人之詩，亦可謂奇巧也矣。

敖陶孫臞翁詩評

韓退之如囊沙背水，惟韓信獨能。

魏慶之詩人玉屑

東坡云：書之美者莫如顔魯公，然書法之壞自魯公始。詩之美者莫如韓退之，然詩格之變自退之始。

何谿汶竹莊詩話

雪浪齋日記云：王逸少於書知變，猶退之於詩知變，則「一洗萬古凡馬空」也。

劉辰翁趙仲仁詩序

後村謂文人之詩與詩人之詩不同，其所乏適在此。文人兼詩，詩不兼文。杜雖詩翁，散語可見。惟韓、蘇傾竭變化，如雷霆河漢，可驚可快，必無復可憾者，蓋以其文人之詩也。

李東陽懷麓堂詩話

潘禎應昌嘗謂予：詩宮聲也，予訝而問之。潘言其父受於鄉先輩曰：詩有五聲，全備者少，惟得宮聲者爲最優。蓋可以兼衆聲也。李太白、杜子美之詩爲宮，韓退之之詩爲角，以此例之，雖百家可知也。

五七言古詩，仄韻者，上句末字類用平聲。惟杜子美多用仄，如玉華宮、哀江頭諸作，概亦可見。其音調起伏頓挫，獨爲趫健，似別出一格。回視純用平字者，便覺萎弱無生氣。自後則韓退之、蘇子瞻有之，故亦健於諸作。此雖細故末節，蓋舉世歷代而不之覺也。偶一啓鑰，爲知音者道之。若用此太多，過於生硬，則又矯枉之失，不可不戒也。昔人論詩，謂韓不如柳，蘇不如黄，雖黄亦云：「世有文章名一世，而詩不逮古人者，殆蘇之謂也。」是大不然。漢魏以前，詩格簡古，世間一切細事長語，皆著不得，其勢必久而漸窮。賴杜詩一出，乃稍爲開擴，庶幾可盡天下之情事。韓一衍之，蘇再衍之，於是情與事無不可盡，而其爲格亦漸靡矣。然非具宏才博學，逢原而泛應，誰與開後學之路哉？

何孟春餘冬詩話

韓退之詩，歐陽永叔謂其「工於用韻」云云。蔡寬夫因此遂言：「秦漢以前字書未備，既多假借，而音無反切，平仄皆通用。自齊、梁後，概拘以四聲，又限以音韻，故士率以偶儷聲病爲工，文氣安得不卑弱？惟陶淵明、韓退之擺脱拘忌，皆取其旁韻用，蓋筆力自足以達之。」春按：秦漢以前韻，有平仄皆通用者，古韻應爾，豈爲字書未備？淵明、退之集多用古韻，於古俱是一韻，何旁之有？歐陽所謂旁韻，就今韻而言，非謂其兼取於彼此也。

王世貞藝苑卮言

韓退之於詩，本無所解，宋人呼爲大家，直是勢利他語。

胡震亨唐詩談叢

韓退之多悲詩，三百六十言哭泣者三十首。

唐至開元而海内稱盛，盛而亂，亂而復，至元和又盛。前有青蓮、少陵，後有昌黎、香山，皆爲其時鳴盛者也。

胡應麟詩藪

元和而後，詩道浸晚，而人才故自横絶一時。若昌黎之鴻偉，柳州之精工，夢得之雄奇，樂天之浩博，皆大家材具也。今人概以中、晚束之高閣。若根脚堅牢，眼目精利，泛取讀之，亦足充擴襟靈，贊助筆力。

周履靖騷壇祕語

古體韓愈：祖風雅，宗漢樂府，不入詩境，其實有韻。

鍾惺唐詩歸

唐文奇碎，而退之春融，志在挽回。唐詩淹雅，而退之艱奥，意專出脱。詩文出一手，彼此猶不相襲，真持世特識也。至其樂府，諷刺寄託，深婉忠厚，真正風雅，讀猗蘭、拘幽等篇可見。

蔣之翹讀韓集叙説

陳禹謨曰：韓詩多悲，白詩多樂。夫詩以理性情，多悲多樂，恐無有是處。

孫鑛曰：退之不願作詩人，此論固高；然其所作則似非正派。古詩猶有雅音，律詩似未脱中、晚氣習。嘗怪此老爲文，即西京以下不論。而詩卻不能超脱。殆不可解。

蔣之翹讀柳集叙説

劉克莊曰：柳子厚才高，他文惟韓可對壘，古律詩精妙，韓不及也。當舉世爲元和體，韓猶未免諧俗。

陸時雍詩鏡總論

讀柳子厚詩，知其人無與偶。讀韓昌黎詩，知其世莫能容。材大者聲色不動，指顧自如，不則意氣立見。李太白所以妙於神行，韓昌黎不免有蹶張之病也。氣安而静，材斂而開，張子房破楚椎秦，貌如處子，諸葛孔明陳師對壘，氣若書生，以此觀其際矣。

「隴上壯士有陳安，軀幹雖小腹中寬。驎驄文馬鐵鍛鞍，七尺大刀奮如湍，丈八蛇矛左右盤，十盪十決無當前。」此言可評昌黎七古。

王夫之薑齋詩話

含情而能達，會景而生心，體物而得神，則自有靈通之句，參化工之妙。若但於句求巧，則性情先爲外蕩，生意索然矣。松陵體永墮小乘者，以無句不巧也。然皮、陸二子，差有興會，猶堪諷咏。若韓退之以險韻奇字古句方言，矜其餖飣之巧，巧誠巧矣，而於心情興會，一無所涉，適可爲酒令而已。

劉大勤師友詩傳續録

（王阮亭答）大抵七古句法字法，皆須撑得住，拓得開，熟看杜、韓、蘇三家自得之。

善押強韻，莫如韓退之，卻無一字無出處也。

葉燮原詩

唐詩爲八代以來一大變，韓愈爲唐詩之一大變，其力大，其思雄，崛起特爲鼻祖。宋之蘇、梅、歐、蘇、王、黄，皆愈爲之發其端，可謂極盛。而俗儒且謂愈詩大變漢、魏，大變盛唐，格格而不許，何異居蚯蚓之穴，習聞其長鳴，聽洪鐘之響而怪之，竊竊然議之也。且愈豈不能擁其鼻，肖其吻，而效俗儒爲建安、開、寶之詩乎哉？開、寶之詩，一時非不盛。遞至大曆、貞元、元和之間，沿其影響字句者且百年。此百餘年之詩，其傳者已少殊尤出類之作，不傳者更可知矣。必待有人焉，起而撥正之，則不得不改絃而更張之。愈嘗自謂「陳言之務去」，想其時陳言之爲禍，必有出于目不忍見，耳不堪聞者，使天下人之心思智慧，日腐爛埋没於陳言中，排之者比於救焚拯溺，可不力乎？而俗儒且栩栩然俎豆愈所斥之陳言，以爲祕異而相授受，可不哀邪！故晚唐詩人亦以陳言爲病，但無愈之才力，故日趨於尖新纖巧。俗儒即以此爲晚唐詬厲。嗚呼，亦可謂愚矣！

作詩者在抒寫性情，此語夫人能知之，夫人能言之，而未盡夫人能然之者矣。作詩有性情，必有面目，此不但未盡夫人能然之，并未盡夫人能知之而言之者也。舉韓愈之一篇一句，無處不可見其骨相稜嶒，俯視一切。進則不能容于朝，退又不肯獨善于野，疾惡甚嚴，愛才若渴，此韓愈之面目也。

杜甫之詩，獨冠今古。此外上下千餘年，作者代有，惟韓愈、蘇軾，其才力能與甫抗衡，鼎立爲三。韓詩無一字猶人，如太華削成，不可攀躋。若儒論之，摘其杜撰，十且五六，輒摇脣鼓舌矣。蘇詩包羅萬象，鄙諺小説，無不可用，譬之銅鐵鉛錫，一經其陶鑄，皆成精金。庸夫俗子，安能窺其涯涘？并有未見蘇詩一斑，公然肆其譏彈，亦可哀也！韓詩用舊事而間以己意，易以新字者，蘇詩常一句中用兩事三事者，非騁博也，力大故無所不舉。然此皆本于杜。細覽杜詩，知非韓、蘇創爲之也。必謂一句止許用一事，如七律一句，上四字與下三字總現成寫此一事，亦非謂不可。若定律如此，是記事册，非自我作詩也。詩而曰作，須有我之神明在内。如用兵然，孫、吴成法，懦夫守之不變，其能長勝者寡矣。驅市人而戰，出奇制勝，未嘗不愈於教習之師。故以我之神明役字句，以我所役之字句使事，知此方許讀韓、蘇之詩。不然，直使古人之事，雖形體眉目悉具，直如芻狗，略無生氣，何足取也。

古人之詩，必有古人之品量。其詩百代者，品量亦百代。古人之品量，見之古人之居心。其所居之心，即古盛世賢宰相之心也。宰相所有事，經綸宰制，無所不急，而必以樂善愛才爲首務，無毫髮媢疾忌忮之心，方爲真宰相。百代之詩人亦然。孟郊之才不及韓愈遠甚，而愈推高郊，至「低頭拜東野」，願郊爲龍身爲雲，「四方上下逐東野」。盧仝、賈島、張籍等諸人，其人地與才，愈俱十百之，而愈一一爲之歎賞推美。史稱其獎借後輩，稱薦公卿間，寒暑不避。此其中懷闊大，天下之才皆其才，而何娼疾忌忮之有？

五古漢、魏無轉韻者，至晉以後漸多。唐詩五古長篇大都轉韻矣，惟杜甫五古終集無轉韻者。畢竟以不轉韻者爲得。韓愈亦然。

七古終篇一韻，唐初絶少，盛唐間有之，杜則十有二三，韓則十居八九。終篇一韻，全在筆力能舉之，藏直敍於縱横中，既不患錯亂，又不覺其平蕪，似較轉韻差易。韓之才無所不可，而爲此者，避虚而走實，任力而不任巧，實啓其易也。

今人偶用一字，必曰本之昔人，昔人又推而上之，必有作始之人。彼作始之人，復何所本乎？不過揆之理事，情切而可通而無礙，斯用之矣。昔人可創之於前，我獨不可創於後乎？古之人有行之者，文則司馬遷，詩則韓愈是也。

顧嗣立寒廳詩話

韓昌黎詩句句有來歷，而能務去陳言者，全在於反用。如醉贈張祕書詩，本用嵇紹鶴立雞羣語，偏云「張籍學古淡，軒鶴避雞羣」。縣齋有懷詩，本用向平婚嫁畢事，偏云「如今便可爾，何用畢婚嫁」。送文暢詩本用老杜「每愁夜中自足蝎」句，偏云「照壁喜見蝎」。薦士詩本用漢書「强弩之末，不能入魯縞」語，偏云「强箭射魯縞」。嶽廟詩本用謝靈運「猿鳴誠知曙」句，偏云「猿鳴鐘動不知曙」，此等不可枚舉。學詩者解得此祕，則臭腐化爲神奇矣。

犀月謂昌黎詩「將軍欲以巧伏人，盤馬彎弓惜不發」，此中機括，彷彿見作文用筆之妙。又善用反襯法，如鄭羣贈簟「攜來當晝不得卧，卻願天日恒炎曦」是也。又善用深一步法，如病鴟「計校生平事，殺卻理亦宜」、「亮無責報心，固以聽所爲」是也。

顧嗣立昌黎先生詩集注序

余於詩雅宗仰昌黎先生。而論先生詩者，或有以文爲詩之誚，至直斥爲不工。蓋其論始於陳後山，自宋迄明，更相附和。而先生之詩，幾爲其文所掩而不能自伸。余竊怪説者不深考其源流，而妄爲此呶呶也。夫詩自李、杜勃興而格律大變，後人祖述，各得其性之所近，以自名家。獨先生能盡啓祕鑰，優入其域，非餘子可及。顧其筆力放姿横從，神奇變幻，讀者不能窺究其所從來，此異論所以繁興，而不自知其非也。

嚴虞惇秀野堂本韓詩批

論公詩者，皆云古詩勝於律詩。不知律詩之工穩，總非後人所能及。蓋其服膺老杜，非如江西一派，襲取一二硬澀字句，爲得其神髓也。

沈德潛說詩晬語

韓、孟聯句體，可偶一爲之。連篇累牘，有傷詩品。

昌黎豪傑自命，欲以學問才力跨越李、杜之上，然恢張處多，變化處少，力有餘而巧不足也。獨四言大篇，如元和聖德、平淮西碑之類，義山所謂「句句語重」、「點竄塗改」者，雖司馬長卿，亦當斂手。

性情面目，人人各具。世不我谷，愛才若渴者，昌黎之詩也。

姚範援鶉堂筆記

韓退之學杜，音韻全不諧和，徒見其佶倔。如杜公但于平中略作拗體，非以音節聱牙不和爲能也。

清乾隆御定唐宋詩醇

韓愈文起八代之衰，而其詩亦卓絶千古。論者常以文掩其詩，甚或謂於詩本無解處。夫唐人以詩名家者多，以文名家者少，謂韓文重於韓詩可也，直斥其詩爲不工，則羣兒之愚也。大抵議韓詩者，謂詩自有體，此押韻之文，格不近詩；又豪放有餘，深婉不足，常苦意與語俱盡。蓋自劉攽、沈括，時有異同。而黄魯直、陳師道輩，遂羣相訾謷。歷宋、元、明，異論間出。此實昧於昌黎得力之所在，未嘗沿波以討其源，則真不辨詩體者也。夫六義肇興，體裁斯別。言簡而意該，節短而韻長，含吐抑揚，雖重複其詞，而彌有不盡之味，此風人之旨也。至於二雅三頌，鋪陳終始，竭情盡致。義存乎揚厲，而不病其夸；情迫於呼號，而不嫌其激。其爲體迴異於風，非特詞有繁簡，其意之隱顯固殊焉。千古以來，寧有以少含蓄爲雅頌之病者乎？然則唐詩如王、孟一派，源出於風；而愈則本之雅頌，以大暢厥辭者也。其生平論詩，專主李、杜。而於治水之航，摩天之刃，慷慨追慕，誠欲效其震蕩乾坤，陵暴萬類，而後得盡吐其奇傑之氣。其視清微淡遠，雅詠温恭，殊不足以盡吾才。然偶一爲之，餘力亦足以相及，如琴操及南溪諸作具在。特性所不近，不多作耳。而仰攻者顧執多少之數，以判優絀之數乎？擬桃源爲樂土，而輒謂洪河、太華之駴人；求仙佛之玄虚，而反以聖賢經天緯地爲多事。此其説固不待智者而決也。今試取韓詩讀之，其壯浪縱恣，擺去拘束，誠不減於李；其渾涵汪茫，千彙萬狀，誠不減於杜。而風骨崚嶒，腕力矯變，得李、杜之神而不襲其貌，則又拔奇於二子之外，而自成一家。夫詩至足與李、杜鼎立，而論定猶有待于千載之後，甚矣詩道之難言也。然元稹固嘗推杜而抑李，歐陽修又主退之不主子美；李、杜已然，在愈故應不免。彼自鳴自息者，又烏足與深辨哉！兹集所登，爲古詩者什八，爲律詩者什二，蓋愈偏以古勝，此自有定論也。聯句之盛，前此未有，以非一人所得專美，姑置不録。若夫集外遺詩，如嘲鼾睡、辭唱歌，淺俚醜惡，假託無疑，直應削去，而不容列諸集中者也。

袁枚隨園詩話

昌黎鬬險，掇唐韻而拉雜砌之。

黄子雲野鴻詩的

古人有負才而欺世者三家：曹瞞氣傑鶩而以詭異欺，昌黎語瑰奇而以強梗欺，義山韻宕逸而以荒誕欺。

昌黎極有古音。惜其不由正道，反爲盤空硬語，以文入詩，欲自成一家言，難矣。然集中琴操、秋懷、醉贈張祕書、山石、雉帶箭、謁衡嶽、縣齋有懷數篇，居然大家規範。其「露泫秋樹高，蟲弔寒夜永」、「春風吹園雜花開，朝日炤屋百鳥語」、「青天白日花草麗」此等句，亦是不凡。近體中得敦厚雅正之旨者，唯「未報恩波知死所，莫令炎瘴送生涯」二語。若南山詩非賦非文，而反流傳，人之易欺也如此。

馬位秋窗隨筆

昌黎古詩勝近體，而近體中惟湘中酬張十一功曹、奉酬振武胡十二丈大夫及西林寺題蕭二兄郎中舊堂、次潼關先寄張十二閣老使君諸作，矯矯不羣，可以頡頏老杜。他如「春風紅樹驚眠處，似妒歌童作豔聲」、「暖風抽宿麥，清雨卷歸旗」、「鳴笛急吹争落日，清歌緩送款行人」，唐諸人莫及也。近體中得此，所謂已探驪龍珠，餘皆長物矣。

退之七古有絶似太白處，讀者自知之。

退之古詩，造語皆根柢經傳，故讀之猶陳列商、周彝鼎，古痕斑然，令人起敬。時而火齊木難，錯落照眼，應接不暇，非徒作幽澀之語，如牛鬼蛇神也。

李重華貞一齋詩説

七言成於鮑照，而李、杜才力，廓而大之，終爲正宗。厥後韓愈、蘇軾稍變之。然論七古，無逾此四家者矣。

詩家奥衍一派，開自昌黎。然昌黎全本經學，次則屈、宋、揚、馬，亦雅意取裁，故得字字典雅。後此陸魯望頗造其境。今或滿眼陸離，全然客氣，問所從則曰我韓體也。且謂四庫書俱尋常聞見，於是專取説部，摭拾新奇，以誇繁富。不知説部之學，眉山時復用之者，不過借作波瀾，初非靠爲本領。今所尚止在於斯，乃正韓、蘇大家吐棄不屑者，安得以奥衍目之。

學韓、蘇失之者，其弊在駁雜。

王鳴盛蛾術編

韓昌黎用韻最雜。如南山之姤、遘，秋懷之乾、玕，江陵塗中寄三學士之憂、櫌，贈張祕書之勛、曛，游湘西兩寺之苒、染，答張徹之冥、溟、筳、庭、囹、靈，薦士之盜、蹈，喜侯喜至之塹、槧，崔十六少府攝伊陽之鴈、贗，皆同紐。若聯句會合之蛹、踊，鄆城夜會之槖、拓，并屬和之者亦爲所牽掣矣。然皆古詩也。至律詩惟和崔舍人詠月婷、庭連用，似同紐，但廣韻不收婷字，則仍無害。

趙翼甌北詩話

韓昌黎生平所心摹力追者，惟李、杜二公。顧李、杜之前，未有李、杜，故二公才氣横恣，各開生面，遂獨有千古。至昌黎時，李、杜已在前，縱極力變化，終不能再闢一徑。惟少陵奇險處，尚有可推擴，故一眼覷定，欲從此闢山開道，自成一家。此昌黎注意所在也。然奇險處亦自有得失。蓋少陵才思所到，偶然得之，而昌黎則專以此求勝，故時見斧鑿痕迹，有心與無心異也。其實昌黎自有本色，仍在文從字順中，自然雄厚博大，不可捉摸，不專以奇險見長。恐昌黎亦不自知，後人平心讀之自見。若徒以奇險求昌黎，轉失之矣。

盤空硬語，須有精思結撰。若徒挦撦奇字，詰曲其詞，務爲不可讀，以駭人耳目，此非真警策也。昌黎詩如題炭谷湫云：「巨靈高其捧，保此一掬慳。」謂湫不在平地，而在山上也。「吁無吹毛刃，血此牛蹄殷。」謂時俗祭賽此湫龍神，而已未具牲牢也。送無本詩云：「鯤鵬相摩窣，兩舉快一噉。」形容其詩力之豪健也。月蝕詩：「帝箸下腹嘗其皤。」謂烹此食月之蝦蟇以享天帝也。思語俱奇，真未經人道。至如苦寒行云：「啾啾窻間雀，所願晷刻淹，不如彈射死，卻得親炰燖。」謂雀受凍難堪，翻願就炰炙之熱也。竹簟云：「倒身甘寢百疾愈，卻願天日恒炎曦。」謂因竹簟可愛，轉願天不退暑而長卧此也。此已不免過火，然思力所至，寧過毋不及，所謂矢在弦上，不得不發也。至如南山詩之「突起莫間簉」、「詆訐陷乾竇」、「仰喜呀不仆」、「堛塞生怐愗」、「達枿壯復奏」，和鄭相樊員外詩之「稟生有勦剛」、「烹斡力健倔」、「龜判錯衮黻」、「呀豁疢掊掘」，征蜀詩之「剟膚浹瘡痍，敗面碎剠刮」、「岩鈞踔狙猿，水漉雜鱣鮪，投奅閙碚礐，塡隍傶傄」、「爇堞熇歊熺，抉門呀拗闔」、「跧梁排郁縮，闖竇揳窟窡」，陸渾山火之「盂池波風肉陵屯」、「雹光礣磹頳目燡」，此等詞句，徒聲牙轖舌，而實無意義，未免英雄欺人耳。其實石鼓歌等傑作，何嘗有一語奥澀，而磊落豪横，自然挫籠萬有。又如喜雪獻裴尚書、咏月和崔舍人以及叉魚、咏雪等詩，更復措思極細，遣詞極工，雖工於試帖者，亦遜其穩麗。此則大才無所不辦，并以見詩之工，固在此不在彼也。

昌黎古詩用韻，有通用數韻者，有專用一韻者。六一詩話謂「其得韻寬則泛入旁韻，乍還乍離，出入回合，不可拘以常格，如此日足可惜之類。得韻窄則不復旁出，而因難見巧，愈險愈奇，如病中贈張十八之類。譬如善馭馬者，通衢廣陌，縱横馳騁，惟性所之；至於蟻封水曲，又疾徐中節，不少差跌。此天下之至工也」。今按：此日足可惜一首，通用東、冬、江、陽、庚、青六韻。此外如元和聖德詩，通用語、麌、馬、有、哿五韻，孟東野失子詩通用先、寒、删、真、文、元六韻，餘可類推。其用窄韻，亦不止病中贈張十八一首，如陪杜侍御游湘西兩寺一首，又會合聯句三十四韻，洪容齋謂除塚、蛹二字，韻略未收，餘皆不出二腫之內。今按：塚、蛹二字，唐韻本收在二腫，則皆本韻也。

聯句詩，王伯大以爲古無此體，實創自昌黎。沈括則謂虞廷賡歌，漢武柏梁，已肇其端。晉賈充與妻李氏遂有連句。六朝以前謂之連句，見梁書及南史。其後陶、謝諸公，亦偶一爲之，何遜集中最多。然皆寥寥短篇，且文義不相連屬，仍是各人之製而已。是古來原有此體，特長篇則始自昌黎耳。今觀韓集中，會合聯句則昌黎及孟郊、張籍、張徹四人所作。石鼎聯句則軒轅彌明、侯喜、劉師命所作，獨無昌黎名，或謂彌明即昌黎託名也。鄆城夜會聯句則昌黎與李正封所作。其他如同宿一首，秋雨一首，雨中寄孟幾道一首，納涼一首，征蜀一首，城南一首，遠遊一首，鬬雞一首，皆韓、孟二人所作。大概韓、孟俱好奇，故兩人如出一手。其他則險易不同。然即二人聯句中，亦自有利鈍。惟鬬雞一首，通篇警策。遠遊一首，亦尚不至散漫。征蜀一首，至一千餘字，已覺太冗，而段落尚覺分明。至城南一首，則一千五六百字，自古聯句，未有如此之冗者。以城南爲題，景物繁富，本易填寫，則必逐段勾勒清楚，方醒眉目。乃遊覽郊墟，憑弔園宅，侈都會之壯麗，寫人物之殷阜，入林麓而思遊獵之娱，過郊壇而述禋祀之肅，層疊鋪敘，段落不分，則雖更增千百字，亦非難事。何必以多爲貴哉？近時朱竹垞、查初白有水碓及觀造竹紙聯句，層次清澈，而體物之工，抒詞之雅，絲絲入扣，幾無一字虚設，恐韓、孟復生，亦歎以爲不及也。

自沈、宋創爲律詩後，詩格已無不備。至昌黎又斬新開闢，務爲前人所未有。如南山詩内鋪列春夏秋冬四時之景，月蝕詩内鋪列東西南北四方之神，譴瘧鬼詩内歷數醫師灸師詛師符師是也。又如南山詩連用數十「或」字，雙鳥詩連用「不停兩鳥鳴」四句，雜詩四首内一首連用五「鳴」字，贈別元十八詩連用四「何」字，皆有意出奇，另增一格。答張徹五律一首，自起至結，句句對偶，又全用拗體，轉覺生峭，此則創體之最佳者。

昌黎詩中，律詩最少。五律尚有長篇，及與同人唱和之作，七律則全集僅十二首。蓋才力雄厚，惟古詩足以恣其馳驟，一束于格式聲病，即難展其所長，故不肯多作。然律中如咏月、咏雪諸詩，極體物之工，措詞之雅。七律更無一不完善穩妥，與古詩之奇崛，判若兩手。則又其隨物賦形，不拘一格之能事。

中唐詩以韓、孟、元、白爲最。韓、孟尚奇警，務言人所不敢言。元、白尚坦易，務言人所共欲言。試平心論之，詩本性情，當以性情爲主。奇警者猶第在詞句間爭難鬬險，使人蕩心駭目，不敢逼視，而意味或少焉。坦易者多觸景生情，因事起意，眼前景，口頭語，自能沁人心脾，耐人咀嚼。此元、白較勝於韓、孟，世徒以輕俗訛之，此不知詩者也。

姚鼐惜抱軒尺牘與伯昂從姪孫

大抵作詩，平易則苦無味，求奇則患不穩。去此兩病，乃可言佳。至古體詩，須先讀昌黎，然後上溯杜公，下采東坡，於此三家得門逕尋入。於中貫通變化，又係各人天分。

翁方綱石洲詩話

韓文公約六經之旨而成文，其詩亦每於極瑣碎極質實處，直接六經之脈。蓋爻象繇占，典謨誓命，筆削記載之法，悉醞入風雅正旨，而具有其遺味。自東皙、韋孟以來，皆未有如此沈博也。

洪亮吉北江詩話

李青蓮之詩，佳處在不著紙；杜浣花之詩，佳處在力透紙背；韓昌黎之詩，佳處在「字向紙上皆軒昂」。

管世銘讀雪山房唐詩

以昌黎之神力，而七言律未能擅場，弓強而手不柔也。

方東樹昭昧詹言

莊以放曠，屈以窮愁，古今詩人，不出此二大派，進之則爲經矣。漢代諸遺篇，陳思、仲宣，意思沈痛，文法奇縱，字句堅實，皆去經不遠。阮公似屈兼似經，淵明似莊兼似道，此皆不得僅以詩人目之。其後惟杜公本小雅、屈子之志，集古今之大成，而全渾其迹。韓公後出，原本六經，根本盛大，包孕衆多，巍然自開一世界。東坡横截古今，使後人不知有古，其不可及在此，然遂開後人作滑俗詩，不求復古亦在此。太白亦奄有古今，而迹未全化，亦覺真實處微不及阮、陶、杜、韓。……南宋以來，詩家無有出李、杜、韓、蘇四公境界，更不向上求，故亦無復有如四公者。一二深學，即能避李、蘇，亦止追尋到杜、韓而止。乃若其才既非天授，又不知杜、韓之導源經騷，津逮漢、魏，奄有鮑、謝處，故終亦不能到杜、韓也。

齊、梁以下，有句無章。迨於杜、韓，乃以史、漢爲之，幾與六經同工。

漢、魏、阮公、陶公、杜、韓，皆全是自道己意，而筆力強，文法妙，言皆有本。尋其意緒，皆一綫明白，有歸宿，令人了然。其餘名家多不免客氣假象，並非從自家胸臆性真流出。……惟大家學有本源，故説自己本分話。雖一滴一勺，一卷一撮，皆足見其本，孟子所謂容光水瀾也。如是方合於興觀羣怨六義之旨。

以新意清詞，易陳言熟意，惟明遠、退之最嚴，政如顏公變右軍書爲古今一大界限，所謂詞必己出，不隨人作計。以謝、鮑、韓、黄深苦爲則，則凡漢、魏六代三唐之熟境熟意熟詞熟字熟調熟貌，皆陳言不可用。非但此也，須知六經亦陳言不可襲用，如用之，則必使入妙。

韓、蘇之學古人，皆求與之遠，故欲離而去之以自立。明以來詩家，皆求與人似，所以多成剽襲滑熟。

好用虚字承遞，此宋後時文體，最易軟弱。須横空盤硬，中間擺落斷剪多少軟弱詞意，自然高古。此惟杜、韓二公爲然。其用虚字，必用之於逆折倒找，令人莫測。須于三百篇及杜、韓用虚字處，加意研揣。

頓挫之説，如所云有往必收，無垂不縮，「將軍欲以巧服人，盤馬彎弓惜不發」，此惟杜、韓最絶。太史公之文如此，六經、周、秦皆如此。

薑塢先生曰：「文字最忌低頭説話。」余謂大抵有一兩行五六句平衍騃説，即非古。如賈生文，句句逆接横接。杜詩亦然。韓公詩間亦敍者，文則無一挨筆。

韓公縱横變化，若不及杜公，而丘壑亦多，蓋是特地變，不欲似杜，非不能也。

漢、魏、阮公、陶公皆出之自然天成，惟大謝以人巧奪天工。太白文法全同漢、魏，渾化不可測。杜、韓短篇皆然，惟五言長篇，不免有傷多之病，而氣脈筆勢壯闊，亦非漢、魏人所能及。

學者取謝、鮑奇警句法，而仍須自加以神明，作用乃妙。深觀杜、韓，則謝之爲謝，杜、韓之爲善學，而妙皆自見矣。蓋杜、韓能兼鮑、謝，謝不能有杜、韓也。

杜、韓皆常取鮑句格，是其才力能兼之。孟東野、曾南豐，專息駕於此，豈曰非工，然門徑狹矣。

明遠「淚竹感湘别」，韓公所擬也。

觀選詩造語奇巧，已極其至，但無大氣脈變化。杜公以六經、史、漢作用行之，空前後作者，古今一人而已。韓公家法亦同此，而文體爲多，氣格段落章法，較杜爲露圭角。然造語去陳言，獨立千古。至於蘇公，全以豪宕疏古之氣，騁其筆勢，一片滚去，無復古人矜慎凝重。此亦是一大變，亦爲古今無二之境。但末流易開俗人滑易甘多苦少之病，今欲矯世人學蘇之失，當反之於杜、韓。然欲學杜、韓而不得其氣脈作用，則又徒爲陳腐學究皮毛，及兒童强作解事，令人嘔噦而已。

退之云：「巨刃摩天揚，崖垠劃崩豁，乾坤擺雷硠」，光燄萬丈，百怪入腸。此惟李、杜、韓、蘇四公，獨有千古。

讀杜、韓兩家，皆當以李習之論六經之語求之，乃見其全量本領作用。至其筆性選字造語隸事，則各不同；而同於文法高古，奇恣變化，壯浪縱宕，横跨古今。

選體造語極其奇變，但筆勢不能壯浪縱恣；又託興隱緩，自家胸襟面目，不能呈露；固由其本領淺薄，亦由篇局短，筆力懦，氣魄小，發不出來。至杜、韓始極其揮斥；固是其胸襟高，本領高，實由讀書多，筆力强，文法高古。而文法所以高古，由其立志高，取法高，用心苦，其奥密在力去陳言而已。去陳言，非止字句，先在去熟意。凡前人所已道過之意與詞，力禁不得襲用。於用意戒之，於取境戒之，於使勢戒之，於發調戒之，於選字戒之，於隸事戒之。凡經前人習熟，一概力禁之，所以苦也。

韓公當如其如潮處，非但義理層見疊出，其筆勢湧出，讀之攔不住，望之不可極，測之來去無端涯，不可窮，不可竭。當思其「腸胃繞萬象」，精神驅五岳，奇崛戰鬭鬼神，而又無不文從字順，各識其職，所謂「妥貼力排奡」也。

方東樹昭昧詹言續録

杜、韓有一種真率、樸直、白道，不煩繩削而自合者。此必須先從艱苦怪變過來，然後乃得造此。若未曾用力，便擬此種，則枯短淺率而已。如公南溪始泛三篇、寄元協律四篇、送李翺、寄鄂岳李大夫等，皆是文體白道，但序事，而一往清切，愈樸愈真，耐人吟諷。山谷、後山，專推此種，昔人譏其舍百牢而取一臠。余謂此詩實佳，但未有其道腴，而專學其貌，必成流病，失之樸率陋淺，又開僞體矣。

選字避陳熟，固矣。而於不經意語助虚字，尤宜措意：必使堅重穩老，不同便文，隨意帶使。此惟杜、韓二家最不苟。東坡則多率便矣，然要自穩老，非庸懦比。

他人數語方能明者，只須一句即全現出，而句法復有餘地，此爲筆力。韓公獨步。

朱子譏韓公：「生平但飲酒賦詩，不過要語言文字做得與古人一般，便以爲是。」按：此論學則誠不是，若論詩學文，卻是不傳之祕。杜公云：「語不驚人死不休。」今誦公詩，真有起頑立痿之妙。七言古詩，易入整麗，而近平熟，公七言皆祖杜拗體。

陳沆詩比興箋

謂昌黎以文爲詩者，此不知韓者也。謂昌黎無近文之詩者，此不知詩者也。謝自然，送靈、惠，則原道之支瀾。薦孟郊、調張籍，乃譚詩之標幟。以此屬詞，不如作論。世迷珠櫝，俗驍駱駝，語以周情孔思之篇，翻同折楊皇荂之笑。豈知排比鋪陳，乃少陵之碱砆；聯句效體，寧吏部之韶頀？以此而議其詩，亦將以諛墓而概其文乎？當知昌黎不特約六經以爲文，亦直約風騷以成詩。

彭邦疇朱竹垞何義門批韓詩序

讀詩如行路然。是故王、孟之詩，平遠之山川也；温、李之詩，金碧之樓臺也；元、白之詩，洞達之衢市也。即太白之奇境別開，少陵之中峯獨峙，然皆有門户之可倚，厓徑之可尋。惟韓詩如高山喬嶽，無不包孕，洪波巨浸，莫可端倪，局聲調者病其艱澀，蹈空虚者厭其精詳。故學詩難，讀韓詩亦不易。

潘德輿養一齋詩話

昌黎詩有鬬勝之意，東坡詩有游戲之意，皆非古音。而昌黎古於東坡者，昌黎讀書精於東坡故也。第鬬勝之意迫，游戲之意閒，故時人覺昌黎詩不如東坡之妙。

沈存中謂「韓退之詩乃押韻之文，雖健美富贍，而格不近詩」，吕惠卿謂「詩正當如是，詩人以來，未有如退之者」。此二説皆過也。昌黎琴操高古特絶，唐人無及之者。古詩崛而堅，足爲李、杜後勁。其鬭險之作，則不可法。存中以其鬭險之失，概卻全集；而惠卿矯之，謂詩正當爾，其謬更甚於存中也。蓋惠卿小人，徒以言語好勝，而不顧其安，必至如此。

龔自珍書湯海秋詩集後

人以詩名，詩尤以人名。唐大家若李、杜、韓，及昌谷、玉谿，及宋元眉山、涪陵、遺山，當代吴婁東，皆詩與人爲一，人外無詩，詩外無人，其面目也完。

蔣超伯通齋詩話

英石之妙，在皺、瘦、透。此三字可借以論詩。起伏蜿蜒，斯爲皺；皺則不衍，昌黎有焉。削膚存液，斯爲瘦；瘦則不膩，山谷有焉。六通四闢，斯爲透；透則不木，東坡有焉。支離非皺，寒儉非瘦，鹵莽滅裂非透。吁！難言矣。

劉熙載藝概

詩文一源。昌黎詩有正有奇。正者，即所謂約六經之旨而成文；奇者，即所謂時有感激怨懟奇怪之辭。

昌黎七古，出於招隱士，當於意思刻畫、音節遒勁處求之。使第謂出於柏梁，猶未之盡。

昌黎詩，往往以醜爲美。然此但宜施之古體，若用之近體，則不受矣，是以言各有當也。

昌黎自言其行己不敢有愧於道，余謂其取友亦然。觀其寄盧仝云：「先生事業不可量，惟用法律自繩己。」薦孟郊云：「行身踐規矩，甘辱恥媚竈。」以盧、孟之詩名，而韓所盛推乃在人品，真千古論詩之極則也哉！

昌黎、東野兩家詩，雖雄富清苦不同，而同一好難爭險。惟中有質實深固者存，故較李長吉爲老成家數。

王闓運詩法一首示黄生

閻朝隱、顧況、盧仝、劉叉推宕排闔，韓愈之所羨也。退之嫥尚詰詘，則近乎戲矣。宋人披昌，其流弊也。

王闓運論作詩門徑

孔子論門人，許其成章，詞章之章也。無論何文，但屬辭成句，即自有章。韓退之起八代之衰，文詩皆未成章。

王闓運爲陳完夫論七言歌行

李白始爲敍情長篇，杜甫亟稱之，而更擴之，然猶不入議論。韓愈入議論矣，苦無才思，不足運動，又往往湊韻，取妍鉤奇，其品益卑，駸駸乎蘇、黄矣。元、白歌行，全是彈詞；微之頗能開合，樂天不如也。今有一壯夫，擊缶喧呼，口言忠孝，有一盲女，調絲曼聲，搬演傳奇，人將喜喧叫而屏弦索耶？抑姑退壯夫而進盲女也？韓、白之分，亦如此矣。

施補華峴傭説詩

退之五古，横空硬語，妥帖排奡，開張處過於少陵，而變化不及。中唐以後，漸近薄弱，得退之而中興。

七古盛唐以後繼少陵而霸者，唯有韓公。韓公七古，殊有雄強奇傑之氣，微嫌少變化耳。少陵七古，多用對偶；退之七古，多用單行。退之筆力雄勁，單行亦不嫌弱，終覺鈐束處太少。

少陵七古間用比興；退之則純是賦。

少陵、退之、東坡三大家，皆不能作五絶。蓋才太大，筆太剛，施之二十字，反喫力不討好。言豈一端而已，夫各有所當也，五絶究以含蓄清淡爲佳。

施山薑露庵雜記

韓七古結處多不精妙，蓋用筆過於剛健，收煞故難也。

學詩猶學書然：虞廷賡歌，鳥迹蝌蚪也；三百篇、離騷，鐘鼎古篆也；漢、魏、六朝，八分小篆也；王、李、高、岑如魏碑；李、杜如鍾、王；韓、蘇如顔、柳。學李、杜、鍾、王者，略變而成大家。學韓、蘇、顔、柳者，善變而成名家。此外古人雖各自成家，後人參觀博覽則可，若專爲宗主，未見其能成家者也。

自王、孟、韋、柳、東野已後，千餘年來，無有以五古名家者，摹古調則聲存實寡，抒己意則體格卑庸，此體劇難制勝。亦惟有學李、杜、韓三家，鍊其雄奇沈鬱之氣，以揮寫性情，鋪陳事實，乃能避熟避俗。

學李、杜不善，則有矜氣游詞，學韓則無之。惟韓詩門逕較少，換其面目，大非易事。

沈曾植海日樓遺札與謝復園

「虞書渾渾，夏書噩噩」，揚子雲氏之觀于書也。「周誥殷盤，詰屈聱牙」，昌黎之觀于書也。今人所謂崛強，合此二義，而書之文見，昌黎文之得力於書者亦可見。知昌黎文之得力於書，則知昌黎詩之得力於書矣。古言古字宜留意。詩道性情，由之而生風趣。太白以放逸爲風趣，杜陵以沈摯爲風趣，並出于風。韓公則出于雅、頌。義山詩所謂「點竄堯典舜典字，塗改清廟生民詩」，已兼詩書言之。昌黎儒道自任，多壯語。莊語而不爲太公家教，書之爲效可知矣。詩家句法，即書家筆法也。昌黎句法最備，不可不熟參之。寄梅道人詩，筆剛情柔。昌黎集中亦有此體，試尋之。公詩質勝於文，欲望取通行本五色批韓詩細閱，其中竹垞批甚可玩。絶句以風神爲主，宜柔不宜剛。柔者宜情不宜理，韓、杜多涉理，故以拗句出之，此不得不然者。

陳衍石遺室詩話

書生好作大言，自以爲器識遠大，此結習殆牢不可破。無論太山秋毫，兩俱無窮，殤子非夭，彭、聃非老，聖人語大極諸莫載，語小極諸莫破，大言賦、小言賦不足以盡之也。韓、杜詩之能爲大言者，至「巨刃摩天揚」、「刺手拔鯨牙」、「舉瓢酌天漿」、「未掣鯨魚碧海中」、「鯨魚跋浪滄溟開」而止耳，可謂莫載否乎？

元和以降，各人各具一種筆意，昌黎則兼有清妙、雄偉、磊砢三種筆意。北宋人多學杜、韓，故工七言古者多。

紛紅駭緑，韓退之之詩境也。

李詳韓詩證選序

唐以詩賦取士，無不熟精文選，杜陵特最著耳。韓公之詩，引用文選亦夥。惟宋樊汝霖窺得此旨，於秋懷詩下云：「公以六經之文爲諸儒倡，文選弗論也，獨於李邾墓志之曰：『能暗記論語、尚書、毛詩、左氏、文選。』故此詩往往有其體。」余據樊氏之言，推尋公詩，不僅如樊所舉。因條而列之，名曰韓詩證選。宋人舊注，如詮「賤者非貴獻」及「徒觀斧鑿痕，不矚治水航」諸語，能以嵇康絶交書、郭景純江賦證之，始知韓公熟精選理，與杜陵相亞。此余之所不敢攘美。其爲余所得者，則施名以别之云。

李詳韓詩萃精序

韓公之詩，蓋承李、杜而善變者也。公之生也，去太白没時僅六年。少陵之没，公已三歲。而公於李杜則云：「李杜文章在，光燄萬丈長。」又云：「少陵無人謫仙死，才薄將奈石鼓何！」又云：「昔年因讀李白、杜甫詩，長恨二人不相從。」又云：「遠追甫白感至誠。」又云：「近憐李杜無檢束，爛漫常醉多文詞。」又云：「勃興得李杜，萬類困陵暴。」此宋洪容齋所稱者。余更益以公城南聯句云：「蜀雄李杜拔。」以公剛方屈彊之性，於並世詩人，服膺讚歎如此。又能遺貌取神，不相剽襲，自成一家，獨立千載。此韓公之詩，所以與天地比壽，日月齊光者也。唐人杜牧，以公之筆與杜詩並重。六朝至唐，以散文爲筆。牧之綺靡之體，安足知公。宋歐陽永叔稍學公詩，而微嫌冗長，無奇警遒麗之語。東坡以豪字概公，雖能造句，而不能緯以事實，如水中著鹽，消融無迹。黄魯直詩於公師其六七，學杜者二三。舉世相承，謂黄學杜。起山谷而問之，果宗杜耶？抑師韓也？悠悠千載，誰能喻之？余少好公詩，在光緒己卯、庚辰之間，倍誦無遺。今老矣，胸中餘味，偶一致思，如在會厭之下。記憶雖疏，識見日益，不以衰老謝也。竊嘗論詩，必具酸鹹苦辛之旨，濟以遒麗典贍之詞，始能及遠。李、杜之詩善矣。學韓公詩，於騷、雅、陶、謝，一一具在。韓不稱陶公，有極似陶者。余故羅縷其詞，揭其篇目。至於疏通大義，發明體要，將與文選別爲一書，流布于世。鑽味諸家之外，其庶幾焉。

章炳麟國故論衡中辨詩

然七言在陳、隋，氣亦宣朗，不褋傳記名物之言。唐世浸變舊貫，其執則不可久。哀思主文者，獨杜甫爲可與。韓愈、孟郊，蓋急就章之別辭。元稹、白居易，則日者瞽師之誦也。

矜而不蹇者謝靈運，則韓愈可絶也。

四言之用，自漢世已衰。敘傳雖非其至，自雅頌以下，獨有李斯、韋孟、揚雄、班固四家，復欲陵轢其上，固已難矣。韓愈稍欲理其廢絶，辭已壯麗，博而不約，鮮温潤之音，學之雖至，猶病傀怪，不至乃獷獷如豺狼聲。詎非正以雅頌，其可爲典刑耶？

夏敬觀說韓

退之詩如其文，前之論其文者之語，即可移以論其詩。劉昫唐書本傳云：「自魏、晉已還，爲文者多拘偶對，而經誥之指歸，遷、雄之氣格，不復振起矣。故愈所爲文，務反近體，抒意立言，自成一家新語。後學之士，取爲師法。當時作者甚衆，無以過之，故世稱韓文焉。」李漢序其集云：「文者，貫道之器也。不深於斯道，有至焉者不也？易繇爻象，春秋書事，詩詠歌，書、禮剔其僞，皆深矣乎！秦、漢以前，其氣渾然。迨乎司馬遷、相如、董生、揚雄、劉向之徒，尤所謂傑然者也。至後漢、曹魏，氣象萎薾。司馬氏已來，規範蕩悉，謂易以下爲古文，剽掠潛竊爲工耳，文與道蓁塞，固然莫知也。」李漢、劉昫所稱，蓋本於退之平昔自道之旨，與薦士詩所言相合。

蘇東坡潮州韓文公廟碑云：「公昔騎龍白雲鄉，手抉雲漢分天章。天孫爲織雲錦裳，飄然乘風來帝傍。下與濁世掃粃糠。西游咸池略扶桑，草木衣被昭回光。追逐李杜參翱翔，汗流籍湜走且僵，滅没倒景不可望。」

退之詩奇偶兼行。多用騈字，出於司馬相如、揚雄之賦也。其奇者，取法於司馬遷之文。劉熙載云：「昌黎詩往往以醜爲美。」按：以醜爲美，即是不要人道好。詩至於此，乃至高之境。近體興於唐之以詩賦取士，將以博利禄者，不徇人意不可也。

章士釗柳文指要

明王文禄所著竹下寤言，其分别韓、柳處，立説如下：「韓退之學不如柳深，柳子厚氣不如韓達。韓詩優於文，柳文優於詩。韓不能賦，柳辭賦之才也。若論其世，柳非黨伾、文，伾、文援柳爲重；韓之求薦，可恥尤甚於柳。世以成敗論人，是以知柳者鮮也。」

韓、柳文之高下，議論不一。獨於詩也，似一例右柳左韓。如楊升庵云：「韓退之於詩本無所解。」可稱鄙夷之至。東坡一意稱述柳，於韓却少置詞，較有涵蓄。

雲仙散録有玉蕤香一條，所記如下：好事集曰：「柳宗元得韓愈所寄詩，先以薔薇露灌手，薰以玉蕤香，然後發讀，曰：大雅之文，正當如是。」釗案：韓、柳兩之詩，一奔放激厲，一幽閒静穆，賦性絶不相能。以予推之，子厚殆不以退之爲典型詩人，無意與之唱和，故柳集中並無一詩與韓有關。獨韓集答柳柳州食蝦蟆一首，而柳抹去其先發之作，至今了無痕跡。以此柳對韓詩之看法，可想而知，雲仙之所云云，殆極端紕繆。以子厚一生特躬謹飭，鰥居後不蓄妄媵，薔薇露、玉蕤香之爲何物，應是服飾中所不具備。好事集之爲何書，亦無人能言，或謂作者雜記古人逸事，各注其所出之書，而其書皆古來史志所不載，依託顯然，（語出四庫全書目録子部小説家類）由是所記之全無可採，似不待論。又退之作石鼓歌，誤認宇文周物爲雅，反斥編詩者爲陋儒。真僞之不知，雅俗之不辨，謬妄無識，大爲通人所笑。歐陽永叔曾謂：韓、柳猶夷夏之分，此究孰爲夷？孰爲夏？殆不待智者而明。即此以觀，退之之詩，於大雅二字何有？豈不彰明較著。雲仙遽欲浼子厚而諂事之，抑何外哉？

陳寅恪論韓愈

退之以文爲詩，誠是確論；然此爲退之文學上之成功，亦吾國文學史上有趣之公案也。據高僧傳弍譯經中鳩摩羅什傳略云：「初，沙門慧叡才識高明，常隨什傳寫。什每爲叡論西方辭體，商略同異，云：『天竺國俗甚重文製，其宮商體韻以入絃爲善。凡覲國王，必有讚德，見佛之儀以歌歎爲貴，經中偈頌皆其式也。但改梵爲秦，失其藻蔚，雖得大意，殊隔文體，有似嚼飯與人，非徒失味，乃令嘔噦也。』什常作頌贈沙門法和云：『心山育明德，流薰萬由延。哀鸞孤桐上，清音徹九天。』凡爲十偈，辭喻皆爾。」蓋佛經大抵兼備「長行」即散文及偈頌即詩歌兩種體裁。而兩體辭意又往往相符應。考「長行」之由來，多是改詩爲文而成者，故「長行」乃以詩爲文，而偈頌亦可視爲以文爲詩也。天竺偈頌音綴之多少，聲調之高下，皆有一定規律，唯獨不必叶韻。六朝初期，四聲尚未發明，與羅什共譯佛經諸僧徒雖爲當時才學絕倫之人，而改竺爲華，以文爲詩，實未能成功，惟仿偈頌音綴之有定數，勉強譯爲當時流行之五言詩，其他不遑顧及。故字數雖有一定，而平仄不調，音韻不叶，生吞活剥，似詩非詩，似文非文，讀之作嘔，此羅什所以嘆恨也。如馬鳴所撰佛所行讚，爲梵文佛教文學中第一作品。寅恪昔年與鋼和泰君共讀此詩，取中文二譯本及藏文譯本比較研究，中譯似尚遜於藏譯，當時亦引爲恨事，而無可如何者也。自東漢至退之以前，此種以文爲詩之困難問題迄未有能解決者。退之雖不譯經偈，但獨運其天才，以文爲詩，若持較華譯佛偈，則退之之詩詞旨聲韻無不諧當，既有詩之優美，復具文之流暢，韻散同體，詩文合一，不僅空前，恐亦絶後。試觀清高宗御製諸詩，即知退之爲非常人，決非效顰之輩所能企及者矣。後來蘇東坡、辛稼軒之詞亦是以文爲之，此則效法退之而能成功者也。

忠雅堂集校箋	[清]蔣士銓著　邵海清校　李夢生箋
甌北集	[清]趙翼著　李學穎、曹光甫校點
惜抱軒詩文集	[清]姚鼐著　劉季高標校
兩當軒集	[清]黄景仁著　李國章校點
惲敬集	[清]惲敬著　萬陸、謝珊珊、林振岳標校　林振岳集評
茗柯文編	[清]張惠言著　黄立新校點
瓶水齋詩集	[清]舒位著　曹光甫點校
龔自珍全集	[清]龔自珍著　王佩諍校點
龔自珍詩集編年校注	[清]龔自珍著　劉逸生、周錫䪖校注
水雲樓詩詞箋注	[清]蔣春霖著　劉勇剛箋注
人境廬詩草箋注	[清]黄遵憲著　錢仲聯箋注
嶺雲海日樓詩鈔	[清]丘逢甲著　丘鑄昌標點

牧齋雜著	[清]錢謙益著　[清]錢曾箋注 錢仲聯標校
牧齋初學集詩注彙校	[清]錢謙益著　[清]錢曾箋注 卿朝暉輯校
李玉戲曲集	[清]李玉著 陳古虞、陳多、馬聖貴點校
吴梅村全集	[清]吴偉業著　李學穎集評標校
歸莊集	[清]歸莊著
顧亭林詩集彙注	[清]顧炎武著　王蘧常輯注 吴丕績標校
安雅堂全集	[清]宋琬著　馬祖熙標校
吴嘉紀詩箋校	[清]吴嘉紀著　楊積慶箋校
陳維崧集	[清]陳維崧著　陳振鵬標點 李學穎校補
屈大均詩詞編年校箋	[清]屈大均著　陳永正等校箋
秋笳集	[清]吴兆騫撰　麻守中校點
漁洋精華録集釋	[清]王士禛著 李毓芙、牟通、李茂肅整理
聊齋志異會校會注會評本	[清]蒲松齡著　張友鶴輯校
敬業堂詩集	[清]查慎行著　周劭標點
納蘭詞箋注	[清]納蘭性德著　張草紉箋注
方苞集	[清]方苞著　劉季高校點
樊榭山房集	[清]厲鶚著　[清]董兆熊注 陳九思標校
劉大櫆集	[清]劉大櫆著　吴孟復標點
儒林外史彙校彙評	[清]吴敬梓著　李漢秋輯校
小倉山房詩文集	[清]袁枚著　周本淳標校

雁門集	[元]薩都拉著 殷孟倫、朱廣祁校點
揭傒斯全集	[元]揭傒斯著　李夢生標校
高青丘集	[明]高啓著　[清]金檀注 徐澄宇、沈北宗校點
唐寅集	[明]唐寅著　周道振、張月尊輯校
文徵明集(增訂本)	[明]文徵明著　周道振輯校
震川先生集	[明]歸有光著　周本淳校點
海浮山堂詞稿	[明]馮惟敏著 凌景埏、謝伯陽標校
滄溟先生集	[明]李攀龍著　包敬第標校
梁辰魚集	[明]梁辰魚著　吴書蔭編集校點
沈璟集	[明]沈璟著　徐朔方輯校
湯顯祖詩文集	[明]湯顯祖著　徐朔方箋校
湯顯祖戲曲集	[明]湯顯祖著　錢南揚校點
白蘇齋類集	[明]袁宗道著　錢伯城校點
袁宏道集箋校	[明]袁宏道著　錢伯城箋校
珂雪齋集	[明]袁中道著　錢伯城點校
隱秀軒集	[明]鍾惺著　李先耕、崔重慶標校
譚元春集	[明]譚元春著　陳杏珍標校
張岱詩文集(增訂本)	[明]張岱著　夏咸淳輯校
陳子龍詩集	[明]陳子龍著 施蟄存、馬祖熙標校
夏完淳集箋校(修訂本)	[明]夏完淳著　白堅箋校
牧齋初學集	[清]錢謙益著　[清]錢曾箋注 錢仲聯標校
牧齋有學集	[清]錢謙益著　[清]錢曾箋注 錢仲聯標校

東坡樂府箋	[宋]蘇軾著　[清]朱孝臧編年 龍榆生校箋
東坡詞傅幹注校證	[宋]蘇軾著　[宋]傅幹注 劉尚榮校證
欒城集	[宋]蘇轍著　曾棗莊、馬德富校點
山谷詩集注	[宋]黄庭堅著　[宋]任淵、史容、 史季温注　黄寶華點校
山谷詩注續補	[宋]黄庭堅著　陳永正、何澤棠注
山谷詞校注	[宋]黄庭堅著　馬興榮、祝振玉校注
淮海集箋注	[宋]秦觀撰　徐培均箋注
淮海居士長短句箋注	[宋]秦觀著　徐培均箋注
清真集箋注	[宋]周邦彦著　羅忼烈箋注
石林詞箋注	[宋]葉夢得著　蔣哲倫箋注
樵歌校注	[宋]朱敦儒著　鄧子勉校注
李清照集箋注(修訂本)	[宋]李清照著　徐培均箋注
陳與義集校箋	[宋]陳與義著　白敦仁校箋
蘆川詞箋注	[宋]張元幹著　曹濟平箋注
劍南詩稿校注	[宋]陸游著　錢仲聯校注
放翁詞編年箋注(增訂本)	[宋]陸游著　夏承燾、吴熊和箋注 陶然訂補
范石湖集	[宋]范成大撰　富壽蓀標校
于湖居士文集	[宋]張孝祥著　徐鵬校點
稼軒詞編年箋注(定本)	[宋]辛棄疾撰　鄧廣銘箋注
辛棄疾詞校箋	[宋]辛棄疾著　吴企明校箋
姜白石詞編年箋校	[宋]姜夔著　夏承燾箋校
後村詞箋注	[宋]劉克莊著　錢仲聯箋注
瀛奎律髓彙評	[元]方回選評　李慶甲集評校點

長江集新校	[唐]賈島著　李嘉言新校
張祜詩集校注	[唐]張祜著　尹占華校注
三家評注李長吉歌詩	[唐]李賀著　[清]王琦等評注
樊川文集	[唐]杜牧著　陳允吉校點
樊川詩集注	[唐]杜牧著　[清]馮集梧注
温飛卿詩集箋注	[唐]温庭筠著　[清]曾益等箋注
玉谿生詩集箋注	[唐]李商隱著　[清]馮浩箋注　蔣凡校點
樊南文集	[唐]李商隱著　[清]馮浩詳注　錢振倫、錢振常箋注
皮子文藪	[唐]皮日休著　蕭滌非、鄭慶篤整理
鄭谷詩集箋注	[唐]鄭谷著　嚴壽澂、黄明、趙昌平箋注
韋莊集箋注	[五代]韋莊著　聶安福箋注
李璟李煜詞校注	[南唐]李璟、李煜著　詹安泰校注
張先集編年校注	[宋]張先著　吴熊和、沈松勤校注
二晏詞箋注	[宋]晏殊、晏幾道著　張草紉箋注
乐章集校箋	[宋]柳永著　陶然、姚逸超校箋
梅堯臣集編年校注	[宋]梅堯臣著　朱東潤編年校注
歐陽修詩文集校箋	[宋]歐陽修著　洪本健校箋
歐陽修詞校注	[宋]歐陽修著　胡可先、徐邁校注
蘇舜欽集	[宋]蘇舜欽著　沈文倬校點
嘉祐集箋注	[宋]蘇洵著　曾棗莊、金成禮箋注
王荆文公詩箋注	[宋]王安石著　[宋]李壁箋注　高克勤點校
王令集	[宋]王令著　沈文倬校點
蘇軾詩集合注	[宋]蘇軾著　[清]馮應榴注　黄任軻、朱懷春校點

玉臺新咏彙校	吴冠文、談蓓芳、章培恒彙校
王梵志詩校注(增訂本)	[唐]王梵志著　項楚校注
盧照鄰集箋注	[唐]盧照鄰著　祝尚書箋注
駱臨海集箋注	[唐]駱賓王著　[清]陳熙晉箋注
王子安集注	[唐]王勃著　[清]蔣清翊注
陳子昂集(修訂本)	[唐]陳子昂撰　徐鵬校點
孟浩然詩集箋注(增訂本)	[唐]孟浩然著　佟培基箋注
王右丞集箋注	[唐]王維著　[清]趙殿成箋注
李白集校注	[唐]李白著　瞿蜕園、朱金城校注
高適集校注(修訂本)	[唐]高適著　孫欽善校注
杜詩趙次公先後解輯校	[唐]杜甫著　[宋]趙次公注　林繼中輯校
杜詩鏡銓	[唐]杜甫著　[清]楊倫箋注
錢注杜詩	[唐]杜甫著　[清]錢謙益箋注
杜甫集校注	[唐]杜甫著　謝思煒校注
岑參集校注	[唐]岑參著　陳鐵民、侯忠義校注
戴叔倫詩集校注	[唐]戴叔倫著　蔣寅校注
韋應物集校注(增訂本)	[唐]韋應物著　陶敏、王友勝校注
權德輿詩文集	[唐]權德輿撰　郭廣偉校點
王建詩集校注	[唐]王建著　尹占華校注
韓昌黎詩繫年集釋	[唐]韓愈著　錢仲聯集釋
韓昌黎文集校注	[唐]韓愈著　馬其昶校注　馬茂元整理
劉禹錫集箋證	[唐]劉禹錫著　瞿蜕園箋證
白居易集箋校	[唐]白居易著　朱金城箋校
柳宗元詩箋釋	[唐]柳宗元著　王國安箋釋
柳河東集	[唐]柳宗元著　[宋]廖瑩中輯注
元稹集校注	[唐]元稹著　周相録校注

《中國古典文學叢書》已出書目

詩經今注	高亨注
楚辭今注	湯炳正、李大明、李誠、熊良智注
司馬相如集校注	[漢]司馬相如著　金國永校注
揚雄集校注	[漢]揚雄著　張震澤校注
張衡詩文集校注	[漢]張衡著　張震澤校注
阮籍集	[魏]阮籍著　李志鈞等校點
陸機集校箋	[晉]陸機著　楊明校箋
陶淵明集校箋(修訂本)	[晉]陶潛著　龔斌校箋
世說新語箋疏(修訂本)	[南朝宋]劉義慶撰　余嘉錫箋疏　周祖謨等整理
世說新語校釋(增訂本)	[南朝宋]劉義慶撰　[南朝梁]劉孝標注　龔斌校釋
鮑參軍集注	[南朝宋]鮑照著　錢仲聯增補集說校
謝宣城集校注	[南朝齊]謝朓著　曹融南校注集說
江文通集校注	[南朝梁]江淹著　丁福林、楊勝朋校注
文心雕龍義證	[南朝梁]劉勰著　詹鍈義證
詩品集注(增訂本)	[梁]鍾嶸著　曹旭集注
文選	[梁]蕭統編　[唐]李善注
蕭繹集校注	[南朝梁]蕭繹著　陳志平、熊清元校注

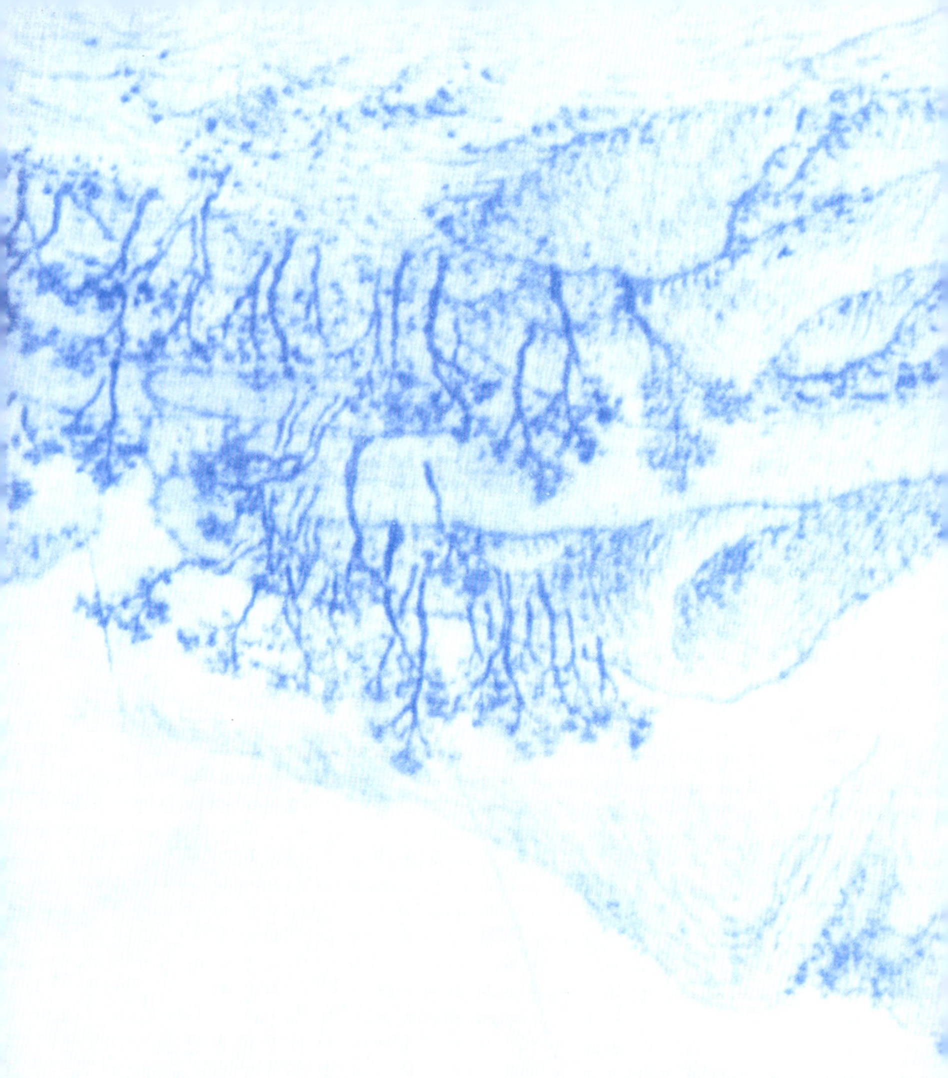